哈尔滨师范大学校友会资助

中国四大古典名著考论　第一编

水浒传　考论

张锦池　著

人民出版社

目　录

第一编　水浒传考论

前　言 ……………………………………………………………………3

第一章　一支流动的盗侠武装 ……………………………………11
　　——北宋末年宋江起义考实
　　一、引言 …………………………………………………………11
　　二、规模甚小，骁勇善战 ………………………………………12
　　三、纵横数省，踪迹无定 ………………………………………17
　　四、不假称王，而呼保义 ………………………………………21
　　五、降而复叛，叛而被擒 ………………………………………25
　　六、三点结论 ……………………………………………………34

第二章　乱世忠义的颂歌 …………………………………………35
　　——宋元水浒故事思想倾向考释
　　一、引言 …………………………………………………………35
　　二、从水浒故事的应运而生看问题 ……………………………36
　　三、从水浒故事的"说话家数"看问题 ………………………42
　　四、从水浒故事的演化轨迹看问题 ……………………………52
　　五、简短的结论 …………………………………………………66

第三章　两宋"忠义人"的英雄谱 68

　　——水浒故事与《水浒传》文化特征考辨

　　一、以"忠义人"的襟怀写"忠义人" 68

　　二、绿林与官府的关系:"盗比官好" 70

　　三、英雄与仇人的关系:"斩草除根" 71

　　四、英雄与钱财的关系:"劫富自济" 73

　　五、英雄与女性的关系:"阴人不吉" 76

　　六、英雄们对生死的抉择:"求生取义" 79

第四章　《水浒传》原本无征辽故事考 87

　　——兼说《水浒传》原本的回数

　　一、引言 87

　　二、明代中后期的一般说法 88

　　三、五四以后的主要说法 90

　　四、说"征辽"故事是伪墨 92

　　五、考辨征辽之真伪的意义 96

　　六、结论和余论 99

第五章　乱世忠义的悲歌　宗宋情结的哀歌 101

　　——《水浒传》创作本旨考实

　　一、问题的提出 101

　　二、"啸聚"不忘"廊庙" 103

　　三、"顺天"出于"护国" 107

　　四、"颂圣"亦是"诮圣" 113

第六章　"群山万壑赴荆门"..................................116

——《水浒传》结构形态考略

一、引言 116

二、说"群山"：一百零八将的行踪 116

三、说"主脉"：宋江其人的人生道路 123

四、说"荆门"：前为梁山泊，后为蓼儿洼 128

第七章　千古蓼洼埋玉地　落花啼鸟总关愁..................134

——论宋江艺术形象的演化

一、势成鼎足的三说 134

二、宋江是怎么"落草为寇"的 135

三、宋江是怎么"把寨为头"的 140

四、宋江是怎么"接受招安"的 144

五、宋江接受招安后的结局如何 151

六、结论 156

第八章　说断了尾巴的"蜻蜓"仍是"蜻蜓"..................158

——"金本"《水浒传》思想性质小考

一、引言 158

二、也谈书名"水浒"的含义 159

三、也谈《水浒传》的"楔子" 165

四、也谈《水浒传》的思想内核 173

五、结论和余论 176

第九章　借神道说人道 **178**

　　——说《水浒传》的艺术特征和价值取向

　　一、引言 178

　　二、说天罡地煞的"神性"与"魔性" 179

　　三、说"神谕"和"圣谕"实即作者自谕 182

　　四、说梁山好汉的三段式生命历程 187

　　五、结论和余论 191

第十章　论《水浒传》的治平理念 **195**

　　——与《三国演义》比较谈

　　一、引言 195

　　二、意主忠义，旨归劝惩 195

　　三、以义济忠，以忠齐义 200

　　四、道之以德，齐之以礼 201

　　五、结论和余论 207

第十一章　论《水浒传》的神道设教和审美特征 **210**

　　——与《西游记》比较谈

　　一、引言 210

　　二、哲学基础："天人合一"说 211

　　三、文化特点：借"神境"，说"人间" 219

　　四、叙事功能：神谕圣谕乃作者自谕 227

　　五、文化心态："放眼古今，拿来主义" 234

　　六、审美特征：以宗教光环为表，以尘俗治平为里 237

七、结论和余论 242

第十二章　论《水浒传》的"明德"观念 244

——与《红楼梦》比较谈

一、引言 244

二、"明德"说的由来 245

三、"明德"观念与《水浒传》 247

四、"明德"观念与《红楼梦》 253

五、童心之国与常心之邦 255

六、结语 257

第十三章　论中国四大古典小说的人伦观念 258

——以《水浒传》为中心比较谈

一、小引 258

二、说《水浒传》的君臣观 258

三、说《水浒传》的父子观 266

四、说《水浒传》的夫妇观 269

五、结论和余论 275

附录一　宋人"说话四家数"考论 277

——试论宋人"说话四家数"的分类标准

一、引言 277

二、宋人"说话四家数"的分类方法 278

三、小说和银字儿是否为同一概念 281

四、合生和商谜以及说诨话等小型伎艺 286

五、结论 290

附录二　关于《水浒传考论》的评论 293

一、把文本、文献、文化结合起来研究 293

二、回归传统是作者一贯坚持的道路 295

第二编　三国演义考论

前　言 301

第一章　《三国志通俗演义》的三本思想 308

　　——一部说给有志王天下者听的英雄史诗

一、小引 308

二、"民为邦本，本固邦宁"：民心为立国之本 308

三、"得人者昌，失人者亡"：人才为兴邦之本 311

四、"汉界楚河，唯智胜也"：战略为成败之本 317

第二章　《三国志通俗演义》的文化沿革 324

　　——一部打开了的民众心史

一、一个值得注意的历史现象 324

二、一种可歌可泣的民众参政意识 331

第三章　《三国志通俗演义》的儒法观念 347

　　——从"失空斩"中诸葛亮的形象说起

　　一、引言 347

　　二、从"街亭之失"说诸葛亮的用人 349

　　三、从"空城之设"说诸葛亮的知人 353

　　四、从"马谡之斩"说诸葛亮的为人 358

　　五、弘扬儒法互补的思想观念 362

第四章　《三国演义》罗本与毛本的思想异同 365

　　——兼说历史小说与史传文学的区别

　　一、小引 365

　　二、罗本《三国志通俗演义》拥刘反曹思想的形成和发展 365

　　三、毛本《三国演义》宗汉情结的形成和发展 367

　　四、"熊猫非猫，终归像猫" 371

　　五、结论 373

第五章　《三国志通俗演义》的创作原则 374

　　——俯仰史册，激扬理性

第六章　《三国志通俗演义》的题材洗练 380

　　——缘史通志，谱写史诗

第七章　《三国志通俗演义》的人物塑造 392

　　——博采雅俗，因材成型

第八章 《三国志通俗演义》的布局谋篇 403
　　——网状形态，传记组合

第九章 《三国志通俗演义》的创作方法 408
　　—— 一部具有中国特色的古典主义开山作
　　一、问题的由来 408
　　二、问题的实质 409
　　三、结论 411

第十章 《三国志通俗演义》的正统观念 413
　　——从曹操和刘备的艺术形象说开去
　　一、小引 413
　　二、曹操和刘备艺术形象识小 413
　　三、正统观念与桃园精神和水泊理念 417
　　四、正统观念的社会基础 421

第十一章 四大古典小说忠义观念识要 423
　　——是歌颂忠义观念，还是讥刺忠义观念
　　一、小引 423
　　二、《三国志通俗演义》与《水浒传》
　　　　忠义观念的内涵 423
　　三、《水浒传》与《西游记》忠义观念的异同 429
　　四、《红楼梦》的反忠义观念 435

第十二章　是规范封建道德，还是批判封建道德 437

　　——以《三国志通俗演义》为中心纵横谈

　　一、小引 437

　　二、是憧憬"仁政"，还是嘲讽"仁政" 437

　　三、是讴歌"三纲"，还是讥刺"三纲" 441

　　四、是褒扬"常人"，还是颂扬"真人" 461

　　五、是讽喻文学，还是叛逆文学 463

　　六、结论和余论 467

附录一　志人小说论纲 470

　　——中国小说探源

　　一、引言 470

　　二、志人小说与神话传说 471

　　三、志人小说与先秦历史散文 474

　　四、志人小说与先秦诸子散文 482

　　五、志人小说与早期小说理论 489

　　六、志人小说的发展阶段及其历史地位 492

附录二　关于《三国演义考论》的评论 498

　　一、一位富有创见的"理论家" 498

　　二、思路和结构皆有独创之处 501

第三编　西游记考论

前　言 505

第一章　《大唐三藏取经诗话》成书年代考论 509

一、势成鼎足的三说及其由来 509

二、说《取经诗话》成书年代的上限 514

三、说《取经诗话》成书年代的下限 522

四、说《取经诗话》的最后写定时间 525

五、说世传本《取经诗话》非初刻本 528

第二章　《大唐三藏取经诗话》"说话"家数考论 534

一、歧见的来由 534

二、说"四家"说的分类标准及近人和时贤分类的失误 536

三、说《取经诗话》"说话"家数归属问题 548

四、简短的结论 558

第三章　《大唐三藏取经诗话》故事源流考论 561

一、关于《取经诗话》的故事摇篮问题 561

二、说猴行者的现实原型是石磐陀 562

三、说两大护持神的由来和主次易位 567

四、说深沙神的文化原型是沙漠恶煞 570

五、说女人国与狮子林同源而异流 574

六、说宋元取经故事的演化方式.. 578

七、说《取经诗话》乃"取经烦猴行者"故事发轫作.......................... 579

第四章　论唐僧形象的演化....................................... 584

一、一个有趣的二律背反 584

二、超凡入圣的三藏法师 584

三、亦凡亦圣的三藏法师 589

四、肉眼凡胎的三藏法师 597

五、结论和余论 606

第五章　论孙悟空形象的演化..................................... 608

一、问题的追溯与成果的反思 608

二、说孙悟空的形象孕育于道教猿猴故事的凝聚 613

三、说孙悟空的形象发展于释道二教思想的争雄 621

四、说孙悟空的形象定型于个性解放思潮的崛起 630

五、孙悟空和贾宝玉比较研究识小 642

第六章　论猪八戒形象的演化..................................... 650

一、难点所在与解决途径 650

二、说猪八戒形象演化的文化基因 651

三、说猪八戒形象演化的原型问题 658

四、说猪八戒形象是阿 Q 的远祖 674

五、简短的结论 689

第七章 论沙和尚形象的演化 692

一、一种最难刻画的个性 692

二、从沙漠恶煞到沙河水怪 692

三、从无名天将到卷帘大将 697

四、从唐僧二弟子到唐僧三弟子 701

五、一个品位不高的循吏的典型 706

六、简短的结论 714

第八章 论《西游记》思想和写法上的总体特点与文化特征 715

一、宗教光环下的尘俗治平求索 715

二、朝圣宗旨与价值观念的蜕化 715

三、负债意识与感恩情结的易位 720

四、公义观念与立身之道的嬗变 728

五、灵山就在孙悟空的金箍棒上 734

第九章 论《西游记》的创作本旨及其对传统思想的打破 736

一、明清以来的几种主要说法 736

二、从孙悟空形象的演化史来考察 738

三、从世德堂本的怪异署名来考察 745

四、从观音和孙悟空的关系来考察 751

五、从与《水浒》的思想异同来考察 762

六、从与《焚书》的思想联系来考察 769

七、以个性心灵解放为基础的文艺开山作 772

第十章　论《西游记》的艺术构思及其对传统写法的打破.................776

一、"附辞会义，务总纲领".................776

二、横云断岭式的三层构架.................778

三、金线贯珠式的结构形态.................781

四、彩线亦金线的美学效应.................784

五、形象体系构成的立新场.................787

六、人物刻画方法的开生面.................790

七、蜡梅之美其所以为美.................798

第十一章　《西游记》版本源流考论.................800

一、五四以来的几种说法.................800

二、世本祖本探迹.................806

三、说杨本是世本的删节改写本.................814

四、说朱本是晚于杨本的三缀本.................830

五、结论和余论.................849

第十二章　论《西游记》的著作权问题.................851

　　——兼论世本与杨本、朱本和《吴承恩诗文集》思想性质的不同

一、说五四以来定吴承恩为《西游记》作者，

　　是据鲁迅先生的一家之言.................851

二、说世德堂本不像成于谁某独力创作，

　　而像成于谁某妙手改定.................853

三、说世德堂本的思想性质与杨本和朱本貌似神异，

　　而与《焚书》异曲同工.................857

　四、说《吴承恩诗文集》的思想和风格与世德堂本殊不类，

　　孙悟空断非吴氏所期望的英雄 869

　五、说今见外证材料不能证明世德堂本为吴承恩作，

　　此书最后改定者是华阳洞天主人 879

　六、结语 893

第十三章　论《水浒传》和《西游记》的神学问题 894

　一、说英雄人物的神性与魔性问题 894

　二、说"神谕"和"圣谕"亦即作者的自谕 902

　三、说神道设教在叙事结构中的作用 910

　四、结论和余论 918

附录　关于《西游记考论》的评论 922

　一、使人耳目一新的力作 922

　二、考证和义理兼长 926

　三、材料为根　思辨为翼 929

　四、"考论"小议——从张锦池《西游记考论》

　　说开去 932

　五、颇有新意的《西游记考论》 935

第四编　红楼梦考论

前　言 939

第一章　《红楼梦》作者考 943

　　一、小引 943

　　二、乾隆年间的看法 944

　　三、脂砚斋们的说法 952

　　四、如何理解书中的"矛盾现象" 970

第二章　曹雪芹生年考 976

　　一、引言 976

　　二、评胡适的前后三种说法 977

　　三、评周汝昌的"雍正甲辰"说 980

　　四、评李玄伯的"康熙乙未"说 984

　　五、说曹雪芹生于康熙戊戌年 987

　　六、说曹雪芹的卒年问题 993

第三章　巧姐的人生历程及大观园的时间跨度考 999

　　一、小引 999

　　二、巧姐与大姐：说《红楼梦》创作过程中的一些问题 999

　　三、巧姐与香菱：说巧姐被卖时的年龄与大观园的时间跨度 1003

　　四、巧姐与二丫头：说巧姐的最后归宿与贾府的"琼兰齐荣" 1010

第四章　论《红楼梦》与启蒙主义人性思潮 1017

　　一、引言 1017

　　二、美——人的仪表 1017

　　三、美——人的才智 1023

　　四、美——人的情欲 1029

五、美——人的本性 1038

六、简短的结语 1045

第五章　略论《红楼梦》对传统的思想和写法的打破 1048

一、小引 1048

二、旨在揭示地主阶级必然衰败之内因 1048

三、旨在传达"王道乐土"上的呼号 1054

四、旨在塑造"千古未有之一人" 1061

第六章　略论《红楼梦》形象体系内部构成的特点及其代表人物 ... 1071

一、释贾宝玉的一句"呆话" 1071

二、说作者笔端的人中"宝珠" 1072

三、说作者笔端的人中"死珠" 1077

四、说作者笔端的人中"鱼眼睛" 1084

五、结语 1090

第七章　论《红楼梦》的三世生命说与两种声音 1091

一、我对书中神道问题的基本看法 1091

二、非因神设事，是以事设神 1092

三、一支王道曲，千红无子遗 1097

四、"四大皆幻设，唯情不虚假" 1107

第八章　论《红楼梦》的悲剧底蕴 1120

一、书中交织着两种审美视点 1120

二、世上鲜见的大善人 1120

三、天下少有的幸运儿 1130

四、大幸者的不幸，大善者的不善 1136

第九章　论《红楼梦》悲剧主题的多层次性 1144

一、引言 1144

二、情爱的颂歌 1146

三、童心的赞歌 1156

四、青春的悲歌 1169

五、结论和余论 1179

第十章　论《红楼梦》主线与明清小说传奇结构形态 1187

一、引言 1187

二、说"通灵玉"在情节结构中的作用 1191

三、说贾宝玉在情节结构中的作用 1197

四、"借得山川秀，添来景物新" 1205

第十一章　论《红楼梦》的结构学 1213

一、引言 1213

二、本旨：三种悲剧构架 1213

三、情节："三波九折"相激成澜 1219

四、主线：一主双宾联络交互 1232

五、余论："三"和"四"及"正"和"闺" 1244

第十二章 《红楼梦》的均衡美及其数理文化论纲 1250

一、引言 1250

二、从芳官的耳环说起 1251

三、从人物安排上说起 1253

四、从章回布局上说起 1255

五、从重大关目上说起 1258

六、从情节线索上说起 1259

七、从通部格局上说起 1261

八、结论 1263

九、余论 1266

第十三章 李贽的"童心"说和曹雪芹的《红楼梦》 1269

一、引言 1269

二、说葆有"童心"的叛逆者形象 1271

三、说具有"童心"的女奴们形象 1277

四、说"童心"被污的年轻女子形象 1283

五、说失却"童心"的封建统治者形象 1290

六、简短的小结 1294

第十四章 究竟是想规范封建道德，还是在批判封建道德 1298

　　——《红楼梦》与《三国演义》和《水浒传》道德观念的比较研究

一、小引 1298

二、是讽喻文学，还是叛逆文学 1298

三、是憧憬"仁政"，还是嘲讽"仁政" 1302

四、是讴歌"三纲",还是讥刺"三纲" 1306

五、是褒扬"常人",还是颂扬"真人" 1314

第十五章　究竟是主张制约"童心",还是鼓吹放纵"童心" 1317
　　——《红楼梦》与《西游记》人性观念的比较研究

一、小引 1317

二、说两部小说都肯定"童心"而同中有异 1317

三、说两部小说都诮儒毁僧谤道而同中有异 1323

四、说两部小说都打破了传统写法而同中有异 1328

第十六章　究竟是人间喜剧,还是时代悲剧 1336
　　——《红楼梦》与《金瓶梅》审美观念的比较研究

一、引言 1336

二、从作品的描写对象来说 1337

三、从作品的艺术构思来说 1343

四、从作品行文如绘来说 1349

五、结论和余论 1354

第十七章　究竟是悲怆地缅怀三代,还是苦痛地求索未来 1358
　　——《红楼梦》与《儒林外史》社会观念的比较研究

一、问题的提出 1358

二、说两部小说思想意蕴的异同 1359

三、说两部小说天良内涵的异质 1369

四、说两部小说文化沿革的异途 1383

　　五、余音 1397

第十八章　论《红楼梦》后四十回 1398

　　一、引言 1398

　　二、说高鹗辈续补后四十回的基本方法 1398

　　三、说高鹗辈续补后四十回的指导思想 1408

　　四、说高鹗辈续补后四十回的总体功过 1418

第十九章　论《姽婳词》在《红楼梦》悲剧结构中的地位................1426

　　——兼说《红楼梦》的艺术结构

　　一、从贾政闲征《姽婳词》说起 1426

　　二、从贾宝玉因何关入"狱神庙"说起 1434

　　三、从《红楼梦》的惯用笔法说起 1442

附录　红学的新贡献 1449

后　记 1456

第 一 编

水浒传考论

前　言

　　《水浒传考论》，与我的《中国四大古典小说论稿》、《红楼梦考论》、《西游记考论》等一样，也是来自我的讲稿。书名题曰《水浒传考论》，是与《红楼梦考论》、《西游记考论》"排行"。我研究古典名著，如此一部一部地进行，迹类皓首穷经。这是由于，我认为作为研究员，搞科研本身就是目的；作为教师，搞科研本身不是目的，只是手段，目的是以科研促教学。如何使学生真有所得，这是一个大问题。每念及此，胆子就越来越小，所以便学刘姥姥，"守多大的碗儿吃多大的饭"，而将文本、文献、文化作些整合一体的研究，以求心里踏实些。

　　这使我于上世纪八十年代初提出了"《水浒传》乃乱世忠义的悲歌"一说。三十年来，不断倡而言之，它自然也就成了这本小书的思想贯穿线。兹略述本书的要点如下，以便方家指正。

　　认为宋江起义约略可以分为三个时期：起于"河北"，时在政和末年前后；盛于"京东"，时在宣和元年与宣和二年；败于"淮南"，时在宣和三年。其主要特点是：规模甚小，骁勇善战；纵横数省，踪迹无定；不假称王，而呼保义；降而复叛，叛而被擒，遂归泉下；谓其被擒后曾从童贯征方腊，乃小说家言。

　　认为宋江起义虽无固定的根据地，是流动作战，但当其转战"河北"时可能曾一度小栖于太行山，当其转战"京东"时可能曾一度小栖于梁山泊，当其转战"淮南"时可能曾一度小栖于楚州某地，所以也就使宋元以来的水浒故事带有不同的区域色彩。与其说它是支革命的农民武装，不如说它是支亦盗亦侠的"忠义人"队伍。所以，施耐庵其写宋江的作用也，道是："直教红巾名姓传千古，青史功勋播万年。"其写水泊健儿的装束也，道是："人人都带茜红巾，个个齐穿绯衲袄。"其写梁山的旗帜也，道是："满地红旗飘火焰，半空赤帜耀霞光。"其写宋江的心志也，道是："统豺虎，御边幅，号令明，军威肃。中心愿，平虏保民安国。"

认为"以忠义人的襟怀写忠义人"实乃《水浒传》的文化特征。其写绿林与官府的关系也，则认为盗比官好；其写英雄与仇人的关系也，则主张斩草除根；其写英雄与钱财的关系也，则赞同劫富自济；其写英雄与女性的关系也，则认为阴人不吉；其写英雄们对生死的抉择也，则主张"求生取义"。《宋史·宗泽传》云："今河东、山西不从敌国而保山寨者，不知其几。诸处节义之夫，自黥其面，争先救驾者，复不知其几。"所以一部《水浒传》不失为两宋"忠义人"的英雄谱。说宋江的原型是家有中资、职任小吏、乐善好施的"山寨忠义"，当无大错。

认为《水浒传》中的征辽故事是伪墨，乃后人所加。这可以从蓟州的归属、鲁智深的两个偈语、宋江何以参禅五台山、梁山泊与蓼儿洼的位置、征辽后一百单八将何以一个未多一个未少以及若将征辽、征田虎、征王庆拿掉不仅不影响全书的逻辑性反而使全书的逻辑性倒更严密了等问题上看出端倪。

认为考辨征辽故事之真伪，这不是一个小问题，它事关施耐庵的创作宗旨。有两种悲剧放在我们面前：一是宋江接受招安以后除平了方腊以外，还平了辽，然后遇害。这是"狡兔死，走狗烹"的悲剧，是于谦式的悲剧。一是宋江谋求招安以后平了方腊，志在平虏而未能征辽，便遇害了。这是"夜视太白收光芒，报国欲死无战场"的悲剧，是岳飞式的悲剧。其深刻性非"狡兔死，走狗烹"型的悲剧所能比拟。它旨在引起人们对北宋何以亡于金、南宋何以亡于元的反思，可谓深刻无比！施耐庵所赋予宋江的人生悲剧，其质的规定性便是后者。

认为百回本《水浒传》，第一回至第八十二回是原书实有，第九十一回至第一百回征方腊故事亦为原书所具。其他，如"五台山宋江参禅"、"陈桥驿滴泪斩小卒"、"双林渡燕青射雁"等章回，亦与全书血脉相通，也是施耐庵的原创。凡此，共九十三回半，皆施耐庵原著。因此说《水浒传》原本应为九十五回或一百回，当为密合事理的推测。如果原本为九十五回，当取于《易经》之数理文化"九五"之说；如果《水浒传》原本是一百回，当为"一百"这数理所拘。由此，杨定见本《水浒传》一百回的"一百"，亦可能是托古改制。那么，究竟是九十五回，还是一百回，"证信尚缺，未能定也"。如果一定要我给出最后一个答案，我将奉上"九五"说。

认为说《水浒传》是"诲盗"之书，或是农民起义的"英雄史诗"，说《水浒传》是"弭盗"之作，或是"投降主义的反面教材"，都只着眼于作品的客观效果的某些片面，而非作者始料所及。实际上，这是一部宣扬忠义思想的小说。它的主题是颂扬忠义，鞭挞奸佞，憧憬好皇帝。梁山好汉的形象是作者心目中的"乱世忠义"的形象。《水浒传》作者写此书的目的，是想总结北宋灭亡的原因，为后来者戒。

认为《水浒传》有两大标志：一是忠义堂，标志着梁山好汉皆忠义之士；一是杏黄旗，标志着梁山好汉皆仁德之人。二者的结合，而一以贯之以"宗宋情结"，是谓"梁山精神"。这一"梁山精神"，一则反映为当时华夏民众对反宋农民起义的不认可，遂有梁山好汉的同心同德征方腊；一则反映为当时华夏民众对辽金元异族政权的不认同，遂使"统豺虎，御边幅"成为宋江的不二心志。是故，可视之为宋元明三朝的华夏民众之心史的写照。那"还我河山"的声声呐喊是隐约可闻的。

认为宋江形象演化的过程，就是其忠义思想不断发展和深化的过程。其反映于宋江何以会"落草为寇"，则由《宣和遗事》中的"直奔梁山"投那晁盖哥哥，到元人杂剧中的为晁盖哥哥"救上梁山"，到《水浒传》中的"逼上梁山"；其反映于宋江何以会"把寨为头"，则由《宣和遗事》中的"有意为之"，到元人杂剧中的"自然晋职"，到《水浒传》中的众头领"三次相请"；其反映于宋江何以会"接受招安"，则由《宣和遗事》中的为张叔夜所劝，到元人水浒故事中的主动谋求，到《水浒传》中的一意招安，专图报国；其反映于宋江接受招安的结局，则由《宣和遗事》中的平方腊有功被封为节度使，到《水浒传》中的怀抱"统豺虎，御边幅"之志而遇害。是故，"忠烈义济"是作者施耐庵给他笔端心爱的主人公的盖棺论定。

认为《水浒传》的结构形态，可以用杜甫的一句诗来表达，即"群山万壑赴荆门"。"群山"是一百零八将投奔梁山的行踪，"主脉"是宋江其人的人生道路。"荆门"有两座：第一座是"龙腾虎跃"的梁山泊，第二座是"落花啼鸟"的蓼儿洼。面对这两座盛衰之旨自呈的"荆门"，则劝惩之旨亦寓焉！

认为神道设教是《水浒传》艺术构思上的一大特色。其英雄人物具有神性与魔性双重属性，其神谕和圣谕实即作者自谕，其神道描写在叙事结构上赋予英雄人物以"神"→外"魔"内"神"→"神"三段式生命历程，并相应地以"神境"→"人境"→"神境"三段式情境线索作为全书结构框架，借助神的威力，以神谕的方式，一则以匡范英雄们的人生道路，让他们"去邪归正"，一则为英雄人物的公义观念和立身之道作辩护，以期统治者能用之为虎臣武将。凡此，皆真切地反映了国政弛废下的民众转思草泽的心理。神道设教这种法子，在明清小说中是一种普遍现象，是中国叙事文学的重要理论基点之一，不可简单地以宣扬封建迷信视之。

认为《水浒传》与《三国演义》虽同"意主忠义"，而侧重点不同。《三国演义》的侧重点是在"义"，在"下安黎庶"，即"为民"；《水浒传》的侧重点是在"忠"，在"上报国家"，即"为国"。以刘备和宋江的好哭来说。试看："玄德泣曰：'先生不出，如苍生何！'"刘备之眼泪是为苍生而流的，乃民本主义的，所以滴滴似金。试看："宋江道：'今日朝廷赐死无辜，宁可朝廷负我，我忠心不负朝廷。'"宋江之眼泪淌自他的"宗宋情结"，乃爱国主义的，所以亦滴滴似金。是故，以"上报国家"（忠义）为操守，以"下安黎庶"（仁义）齐人心者，是为《三国演义》中的蜀国英雄；以"替天行道"（仁义）为操守，以"顺天护国"（忠义）齐人心者，是为《水浒传》中的梁山好汉。二者是相得益彰的。足见，论民本主义思想，《三国演义》实更充沛些；论爱国主义激情，《水浒传》实更浓烈些。

认为面对"官逼民反"的乱世，金圣叹作为正统观念甚强的封建时代文人，怀抱的是清官政治，理想中的官员是张叔夜式的人物，这使他举起左手，反对"官逼"，以为"不过行俭德，盗贼本王臣"。宋江等所以啸聚梁山是"乱自上作"，罪在奸佞当道与天子不明，若不重整朝纲就不会有"天下太平"，这使他举起右手，又反对"民反"，以为"王臣"一旦成为"盗贼"则必须大正其罪，以张国法，以昭往戒，以防未然，以正人心，以辅王化，否则亦不会有"天下太平"。凡此，也就是金圣叹为何腰斩《水浒传》、"独恶宋江"、续以"恶梦"的深层原因。若以"革命"或"反动"说之，皆有失金圣叹的全人。

认为《三国演义》和《水浒传》这两部古典小说，一写蜀汉之兴非兴于天之所佑，乃兴于刘备君臣之自佑，倘以"厚德载物"和"自强不息"说蜀汉君臣，那是最贴切不过的，当为英雄们唱一曲"乱世忠义"

的颂歌，以示缅怀。一写宋室之亡非亡于天意，乃亡于其君臣之自为，那宋徽宗既不能继书中"引首"所言宋太祖之武略，又不能承书中"引首"所言宋仁宗之文治，遂致蔡京之流祸国有路，梁山好汉报国无门，当为英雄们唱一曲"宗宋情结"的哀歌，以寄孤愤。二者相映成辉，遂使这两部忠义小说成为各具特色而相得益彰的姐妹篇。

认为《水浒传》对"仁"与"仁政"及圣君贤臣的憧憬之情一点也不亚于《三国演义》。这有施耐庵为宋江起的那三个似道路口碑，又似人物剪影的绰号可证。一曰：孝义黑三郎；二曰：呼保义；三曰：及时雨。雄者，宋公明，论孝，论忠，论仁，可谓"三元及第"矣。这哪是什么绰号？这分明是施耐庵开的一付济世良方：以"孝义"齐家，以"仁义"安民，以"忠义"保国。所以"一百八人中，独予宋江用此大书者，盖一百七人皆依列传例，于宋江特依世家例，亦所以成一书之纲纪也"。

认为《水浒传》是一部闪烁着人本思想光辉的重"人"之作。它所重的"人"是仁义礼智信"五常足备"的"人"。这有施耐庵借宋江之口以雁说人可证：其真义是认为那宋室君臣苟能以"仁义礼智信"作为自己的行动准则，和谐相与如飞鸿，则天下归心、王道荡荡、野无饿殍矣。

认为《水浒传》又用"神道设教"的法子，写出梁山好汉天命之性与气质之性的转化。我们知道，道教所说的"天罡地煞"，既指"驱魔神煞"，是善的，又指"月内凶神"，是恶的，一身而二具焉。程朱理学所说的天命之性是善的，气质之性是善恶相混的。施耐庵则以"黑气"喻指"天罡地煞"的"魔性"，并进而喻指人的"气质之性"；以"金光"喻指"天罡地煞"的神性，并进而喻指人的"天命之性"。从而写出了二者的消长过程，并以一股"黑气"化作百十道"金光"作结。它象征着一百零八将由于能"替天行道"于梁山，所以他们身上的"天命之性"

日周，"气质之性"日泯，皆成为忠于君、仁于民、孝于亲、悌于兄、义于友的志士仁人。

认为《水浒传》对天命之性的颂扬是强意识的，这体现在作者用神道设教的法子对宋江人生历程的三大阶段的划分上。自第一回"洪太尉误走妖魔"至"还道村受三卷天书"，宋江是亦"盗"亦"侠"，即亦"魔"亦"神"，所以这时他也打击贪官污吏，也伤及良民，甚至还萌生过"敢笑黄巢不丈夫"之念；自"还道村受三卷天书"至"忠义堂石碣受天文"，宋江是外"盗"内"侠"，即外"魔"内"神"，所以这时他身居水浒之中，而心在朝廷之上；自"忠义堂石碣受天文"至最后一回"宋公明神聚蓼儿洼"，宋江是"侠"之"雄"者，"神"之"英"者，所以这时他主动谋求招安，虽遇害而心无悔矣。这就写出了"仁义礼智信"在宋江身上不断扩而充之的过程，它标志着这一人性论由接受程朱理学的洗礼而朝向孔孟之道原教旨的回归，遂使这部小说成为"形象的谏疏"，"讽喻文学的经典"。

认为《水浒传》、《三国演义》和《红楼梦》这三部经典著作，其文化成因是各具特色的。试以妇道观言之：《红楼梦》的妇道观念是从封建叛逆者的审美心理角度写出的，所以在书中可以闻到"一支王道曲，千红无子遗"的声声呐喊；《三国演义》的妇道观念，是从士大夫的审美心理角度写出的，所以旨归封建正统文化的风范，反映为书中有节烈之妇，而无杀夫之妻；《水浒传》的妇道观念是从绿林豪杰的审美心理角度写出的，所以蕴涵江湖文化的元素，反映为书中多害夫之妇，而寡节烈之妻。这是我们研究作品的文化现象不可不注意的重要问题之一。

认为施耐庵在"陈桥驿滴泪斩小卒"短短一回书中，八次提及"陈桥驿"，这是意在暗示：此时此刻的宋江若非宗宋之志一如既往，也效一效宋太祖来个"陈桥兵变"，则亦"黄袍加身"矣！

　　或问："那么，你认为《水浒传》所宣扬的忠义思想，其质的规定性究竟是什么呢？"答曰："乃乱世忠义的悲歌与宗宋情结的哀歌合二为一是也！"

　　敝帚自珍，诚可哂也！

第一章　一支流动的盗侠武装

——北宋末年宋江起义考实

一、引言

方腊起义与宋江起义，一南一北，几乎是发生在同时，都在宋徽宗宣和年间。①

论史籍记载，以方腊起义为详；论故事传说，以宋江起义为盛。这是耐人寻味的问题。

理论界与史学界论及中国历史上的农民革命战争，都习惯于把宋江起义与方腊起义相提并论，用以作为宋朝农民革命战争的两大代表；甚至习惯于把宋江的名字排在方腊的前面，道是"宋朝的宋江、方腊"②，好像方腊起义与宋江起义相比，其对宋室的震撼作用又稍逊一筹。

这恐怕是上了施耐庵的当，无形中受了那《水浒传》里所描写的"仗义疏财归水泊，报仇雪恨上梁山"，以及"三打祝家庄"、"聚义打青州"、"智取大名府"、"夜打曾头市"、"两赢童贯"、"三败高俅"等情节的影响；以为宋江起义是以水泊梁山为根据地，曾屯数百只战舰艨艟，聚百千万

---

① 宋江起义当始于宣和元年之前，此就其全盛期而言，说详后。

② 《毛泽东选集》第二卷，人民出版社 1991 年版，第 625 页。

军粮马草，曾一再消灭地主阶级的地方武装，曾屡屡攻克宋室的军事重镇，曾数度击溃朝廷发来的雄兵，致成为宋徽宗的心头之患而将其以天下第一寇视之。

其实，要是我们据史料认真地考察一下历史上的宋江起义，便不难看出它作为一次农民起义并不典型，当然也就难以与方腊起义同日而语。

诚然，要还宋江起义以本来的历史面目，这是困难的，因为史籍上有关这次起义的记载皆语焉不详，且相互抵牾，令人莫衷一是。然而，如果对这种片断而零碎的记载予以异中求同，则摆在我们面前的将不是一笔糊涂账，而是历史上的宋江起义的大致情况，以及水浒故事何以会应运而生的某种内因。

二、规模甚小，骁勇善战

方勺《青溪寇轨》说方腊起义："民方苦于侵渔，果所在响应，数日，有众十万，遂连陷郡县数十，众殆百万，四方大震。"①《宋史·童贯传》附《方腊传》说方腊起义："腊之起，破六州五十二县……王师自出到凯旋，四百五十日。"《宋史·李邈传》说方腊起义：是役也，宋室"竭数路之力，而后能平之"。记载与此相类者，还有李埴《皇宋十朝纲要》等。则方腊起义，其规模之巨，于此可知矣。

宋江起义呢？它以人少而善战著称。这也有史料可证。素有信史之称的王偁《东都事略》，其卷一百三《侯蒙传》云：

---

① 方勺：《泊宅编》，中华书局 1983 年版，第 113 页。

　　宋江寇京东，蒙上书陈制贼计曰："宋江以三十六人，横行河朔、京东，官军数万，无敢抗者，其材必过人。不若赦过招降，使讨方腊以自赎，或足以平东南之乱。"徽宗曰："蒙居间不忘君，忠臣也。"起知东平府，未赴而卒。

《宋史·侯蒙传》也有类似的记载，言简事赅而已：

　　侯蒙……罢知亳州。旋加资政殿学士。宋江寇京东，蒙上书言："江以三十六人横行齐、魏，官军数万无敢抗者，其才必过人。今青溪盗起，不若赦江，使讨方腊以自赎。"帝曰："蒙居外不忘君，忠臣也。"命知东平府，未赴而卒。

　　可见，当"江以三十六人横行齐、魏"时，侯蒙有此"上书"，是不容置疑的。

　　侯蒙以"官军数万，无敢抗者"，言宋江"其才必过人"，则"江以三十六人"云云，无论是初起人数，还是头领人数，其所部不会逾万，是以人少而善战著称于时，亦可知矣！

　　问题在于：侯蒙这一奏策，呈于何时？此时的宋江起义，处何阶段？答案恐怕只能是：侯蒙的这一奏策，是呈于宣和二年（1120）十二月底或宣和三年正月初；其时的宋江起义，正处于全盛期。何以知之？

　　李埴《皇宋十朝纲要》云："宣和元年十二月，诏招抚山东盗宋江。"可见宋江起义至晚当始于政和末年。方腊于宣和二年十月反于青溪，可见侯蒙的这一奏策不会呈于宣和元年，而宣和元年之宋江亦未接受招安。

　　《宋史·王黼传》云："睦寇方腊起，黼方文太平，不以告，蔓延弥月，遂攻破六郡。帝遣童贯督秦甲十万始平之。"李埴《皇宋十朝纲要》亦如是言，且云："宣和三年正月丁酉朔，改谭稹为两浙制置使。癸卯，以童贯为江浙淮南等路宣抚使。……稹逗留不时进。及贼入杭，乃使童行。"而据方勺《泊宅编》知：方腊于宣和二年"十二月四日，陷睦州"；"十三日，又陷歙州"；"二十九日，进逼杭州，郡守弃城走，州即陷"。则侯蒙的这一奏策，当呈于宣和二年十二月底或宣和三年正月初，明矣！宋徽宗之赞"蒙居外不忘君"，且"命知东平府"，盖旨在由其招抚宋江，已病急乱投医耳！谁知侯蒙"未赴而卒"，事成泡影。

方勺《泊宅编》又云：方腊攻克睦州的第三天，即宣和二年十二月初七日，"歙守天章阁待制曾孝蕴，以京东贼宋江等出入青、齐、单、濮间，有旨移知青社"，是以不数日，歙州亦失守。这是怎么回事呢？方腊已克睦州，而宋室却不仅不去加强歙州的战备，反倒调走其知府曾孝蕴去任青州知府以对付宋江！此无他，显然是由于王黼对方腊反于青溪，不以实奏，遂使宋徽宗将"出入青、齐、单、濮间"，即所谓"横行齐、魏"的宋江起义作为心腹之患。则其时的宋江起义正处于全盛期，亦明矣！否则，当不会有江南能员曾孝蕴的"有旨移知青社"。

处于全盛时期的宋江起义，众不逾万，千计而已，可见其规模甚小，却骁勇善战，是支十分精悍的人马。正因如此，所以当统治者认为心腹之患还不是那横行齐魏的宋江，而是那震惊江左的方腊时，便出现了侯蒙的呈奏。

或谓"江以三十六人"云云，这是侯蒙出于奏请招安并推举其才的需要，乃过甚之辞，并不足以看出宋江起义的实际规模。让我们再看一看宋江横行齐魏与剽掠京东期间的两次受挫。

一次是受挫于蒋圆，事见张守《毗陵集》卷十二《左中奉大夫充秘阁修撰蒋公墓志铭》："宋江啸聚亡命，剽掠山东一路，州县大震，吏多逃匿。公独修战守之备，以兵扼其冲。贼不得逞，祈哀假道。公吭然阳应，侦食尽，督兵鏖击，大破之。余众北走龟蒙间，卒投戈请降。"

一次是受挫于王师心，事见汪应辰《文定集》卷二十三《显谟阁学士王公墓志铭》："河北剧贼宋江者，肆行莫之御。既转略京东，径趋沭阳。公独引兵要击于境上，败之，贼遁去。"

蒋圆与王师心败宋江起义军时，一官居沂州郡守，一职充海州沭阳县尉，或"以兵扼其冲"，或"引兵要击于境上"，便皆使宋江起义军败北，于此亦可见宋江起义之实际规模。诚然，此等墓志铭是给死人延誉的，难保无溢美之词，甚至失实。然而，重要者，其时耳目甚近，纵是虚造，亦有因由。其因则是：不论《宋史》或南宋人所修的野史，虽则均言宋江肆行莫之御，却从未道及其曾攻克何地，亦未言及宋室遣何重兵镇压，这种矛盾现象正反映了宋江起义虽以其骁勇善战而令"官军莫敢婴其锋"，但其实际兵力却并不能攻坚而只能"剽掠"，所以给这类墓志铭的溢美之词提供了史实前提。

或谓被蒋圆和王师心所击败的有可能是打着宋江旗号的其他绿林中人，也有可能是宋江起义军的一股，甚或是死者的亲族在搞拉郎配以炫示死人，并不能据以推知宋江起义实际人马的多寡。那么，再看一看宋江起义最后失败时的情况。

照历史文献的记载，宋江起义的结局问题向来有两说：一是"招安"说，一是"就擒"说。二者是有共同点的。

《宋史·张叔夜传》云："张叔夜……以徽猷阁待制再知海州。宋江起河朔，转略十郡，官军莫敢婴其锋。声言将至，叔夜使间者觇所向，贼径趋海濒，劫巨舟十余，载卤获。于是募死士得千人，设伏近城，而出轻兵距海诱之战。先匿壮卒海旁。伺兵合，举火焚其舟。贼闻之，皆无斗志，伏兵乘之，擒其副贼，江乃降。"王偁《东都事略·张叔夜传》

亦云："张叔夜……以徽猷阁待制出知海州。会剧贼宋江剽掠至海，趋海岸，劫巨舰十数。叔夜募死士千人，距十数里，大张旗帜，诱之使战。密伏壮士匿海旁，约候兵合，即焚其舟。舟既焚，贼大恐，无复斗志，伏兵乘之，江乃降。"谓"知州张叔夜设方略讨捕招降之"者，还有《宋史·徽宗纪》、徐梦莘《三朝北盟会编》、李焘《续宋编年资治通鉴》、李埴《皇宋十朝纲要》等。

这就是所谓"招安"说。宋江及其部众径趋海濒，显然是想由海路他往。要注意的是两点：一是宋江以所"劫巨舟十余"，便聊可载其主要人马及虏获，以至因舟焚而"皆无斗志"；二是张叔夜以所"募死士千人"，便可制胜宋江的主要兵力，并从而胁之接受招安。凡此，说明宋江的主力部队至多亦只千人左右而已。

范圭《宋故武功大夫河东第二将折公墓志铭》，说："方腊之叛"，折可存"用第四将从军"，"腊贼就擒，迁武节大夫。班师过国门，奉御笔：'捕草寇宋江'，不逾月，继获，迁武功大夫。"徐直之《忠义彦通方公传》亦云："公遂得生擒腊，献军中，槛送京师。……是年，宋江三十六人猖獗淮甸，未几亦就擒。"王偁《东都事略》除了在《张叔夜传》中记有张叔夜设方略招降宋江以外，还于《徽宗纪》里载有"宣和三年……夏四月庚寅，童贯以其将辛兴宗与方腊战于青溪，擒之。五月丙申，宋江就擒"。

这就是所谓"就擒"说。要特加注意者，宋室镇压方腊起义，"竭数路之力"，历时"凡四百五十日"；镇压宋江起义，只提师一旅，历时"未几"，甚至"不逾月"。两相对照，宋江起义的实际兵力之薄可想而知矣，难怪因方腊就擒而志得意满的赵佶要御笔书之曰："捕草寇宋江。"

由此可见，"招降"说也罢，"就擒"说也罢，且不论宋江起义的结局如何，这两种史籍记载，都反映出它的致败简直犹如星星之火为阵雨所欺。

要之，《宋史·宗泽传》称王善为"河东巨寇"，盖因其"拥众七十万"。《宋史·徽宗纪》称方腊为"青溪妖贼"，盖因其乃青溪人而于起事时曾"托左道以惑众"。宋江呢？今见史料，只或称之为"剧贼"，或称之为"草寇"。盖"草"者"小"也，"剧"者"猛"也。一个"草"字，一个"剧"字，正形象地道出了宋江起义以人少而善战著称这一特点。

宋江起义以人少而勇悍著称，这在早期水浒故事里也有反映。元人陈泰在他的《所安遗集补遗·江南曲序》里叙及其童年时"闻长老言宋江事"，有云：

> 宋之为人，勇悍狂侠。其党如宋者三十六人。至今山下分赃台，置石座三十六所。俗所谓"来时三十六，归时十八双"，意者其自誓之辞也。

这，便是明证。假若结合《宋史·张叔夜传》所云"擒其副贼，江乃降"看问题，其"勇悍狂侠"如是，其同道守义如是，则与其谓其所部是支农民起义队伍，毋宁谓其所部是支"盗跖居民间者"的盗侠武装而初始时为"三十六人"，亦明矣。

三、纵横数省，踪迹无定

方腊是"青溪盗"，"巢穴"是"帮源洞"，这在史籍上有明文记载，且《宋史·童贯传》附《方腊传》如是言，方勺《青溪寇轨》等私人记载亦如是言。

宋江是何方的"盗"？今见史料，其说却不一，就更不用说"巢穴"了。

《宋史》的提法有三：《徽宗纪》称"淮南盗宋江"；《张叔夜传》谓"宋江起河朔"；《侯蒙传》言"江以三十六人横行齐、魏"。

野史的提法就更多，至少有四：王偁《东都事略·徽宗纪》称"淮南盗宋江"；方勺《泊宅编》谓"京东贼宋江"；李埴《皇宋十朝纲要》言"山东盗宋江"；汪应辰《显谟阁学士王公墓志铭》曰"河北剧贼宋江"。

要知道，北宋"至道三年，分天下为十五路，天圣析为十八，元丰又析为二十三：曰京东东、西，曰京西南、北，曰河北东、西，曰永兴，曰秦凤，曰河东，曰淮南东、西，曰两浙，曰江南东、西，曰荆湖南、北，曰成都、梓、利、夔，曰福建，曰广南东、西"①。元祐元年，"京东西路、京东东路并为京东路，京西南路、京西北路并为京西路……河北西路、河北东路并为河北路，淮南西路、淮南东路并为淮南路，其后仍分为两路"②。金改宋京东东路、京东西路为山东东路、山东西路，此后山东就成为政区名。明了这一点，上述史籍的歧义，也就可以获得正确的解释。

盖"河朔"作为地区名，是泛指黄河以北。语出《书·泰誓中》："王次于河朔。"孔传："渡河而誓，既誓而止于河之北"。"河北"作为宋至道十五路之一的路名，或对此后河北东路与河北西路的合称，其辖境相当今河北省易水、雄县、霸县与海河以南，及山东、河南两省以北的大部。"魏"郡的治所在今河北省大名县，而宋至道年间的河北路其治所即在今大名县东的大名府。可见，谓"宋江起河朔"亦犹言"河北剧贼

---

① 脱脱等：《宋史》卷85《地理一》，中华书局1985年版，第2094页。
② 同上书，第2107页。

宋江"，是指其初起时活动的区域而言的。

盖"京东"作为宋至道十五路之一的路名，或对此后京东东路与京东西路的合称，"应天、兖、徐、曹、青、郓、密、齐、济、沂、登、莱、单、濮、潍、淄、淮阳军、广济军、清平军、宣化军、莱芜监、利国监"①，皆属其管辖。"齐"地相当今山东省泰山以北黄河流域及胶东半岛地区，宋时大体属京东路。所以，"京东贼宋江"亦犹言"山东盗宋江"，是指其全盛时活动的区域而言的。

盖"淮南"作为宋至道十五路之一的路名，或对此后淮南东路与淮南西路的合称，其"东路，州十：扬、亳、宿、楚、海、泰、泗、滁、真、通；军二：高邮、涟水；县三十八"②。其"西路，府：寿春；州七：庐、蕲、和、舒、濠、光、黄；军二：六安、无为；县三十三"③。而据《弘治徽州府志》卷八《汪希旦传》言，宋江驰骋淮南时，还曾一度到过今安徽凤阳县东北的濠州："汪希旦，字周佐，歙人。……知泗州。时剧贼宋江，横行及濠，濠与泗近，希旦密为守备，贼不敢犯。上嘉之，转朝奉郎，直秘阁。"则所谓"淮南盗宋江"乃指其接受招安前夕的活动区域而言之，亦明矣！

问题很清楚，"河北"、"京东"、"淮南"作为宋时的路名，其所辖地域，南至长江，北至海河，西至太行山，东至海滨。今见史料所以对宋江是何方的"盗"其说不一，显然是由这支义军的如下特点造成的，那就是：规模既小而又无固定的根据地，却骁勇善战，以流动的方式，一时"剽掠"，一时"散伏"。"散伏"则渺无踪影，"剽掠"则震惊州县。其神出鬼没之状，犹如神龙遨游于云海，人们各以其候而所现述其

① 脱脱等：《宋史》卷85《地理一》，中华书局1985年版，第2107页。

② 脱脱等：《宋史》卷88《地理四》，中华书局1985年版，第2178页。

③ 同上书，第2182页。

方位，自会众说不一而又并非出于杜撰。因此，只要我们对这类歧说作一认真梳理，宋江起义的印迹也就赫然在目，即起于"河北"，盛于"京东"，败于"淮南"，历经三个时期。盖亦"流寇"也！

实际上，宋江起义是属于所谓的"流寇"，这在史籍的记载上文义自明，只是人们为《水浒传》等"啸聚梁山"之说所囿未去细察而已。

先看《宋史》。《张叔夜传》云："宋江起河朔，转略十郡。"《侯蒙传》云："江以三十六人横行齐、魏。"《徽宗纪》云："淮南盗宋江等犯淮阳军，遣将讨捕。又犯京东、江北，入楚、海州界。"

再看具有信史之称的《东都事略》。《侯蒙传》云："宋江以三十六人，横行河朔、京东。"《张叔夜传》云："会剧贼宋江剽掠至海，趋海岸，劫巨舰十数。"《徽宗纪》云："淮南盗宋江陷淮阳军，又犯京东、河北，入楚州。"①

最后看一看其他的私人编撰。方勺《泊宅编》云："京东贼宋江等出入青、齐、单、濮间。"张守《毗陵集》云："宋江啸聚亡命，剽掠山东一路。"汪应辰《文定集》云："河北剧贼宋江者，肆行莫之御。既转略京东，径趋沭阳。"

要之，只言宋江的横行地区，不言宋江的"巢穴"；只言宋江的肆行莫之御，不言宋江的夺地争城；只言宋江所至州县大震，不言宋室曾命何人领兵征讨：这是今存有关史料的记叙特点。这一特点说明：历史上的宋江起义不只是一旅轻骑，而且是属于"流寇"，其活动方式是"转略"，并不以攻州陷县作旨归，更无意建立什么根据地，当然也就谈不上有如同《水浒传》里所写的宛子城。所以，袁枚《随园随笔》卷十八《辨

---

① 按，"河北"当从《宋史·徽宗纪》作"江北"；"入楚州"当作"入楚，海州"，遗一"海"字，因张叔夜从未任过楚州知府。

讹类下·梁山泊之讹》与邱炜菱《菽园赘谈·梁山泊辨》等，皆否定梁山泊是宋江的"巢穴"，直斥之为"杜撰"，这并不是没有道理，虽然说得有失于绝对些。

笔者以为，宋江起义虽无根据地，属于"流寇"，而当其"转略"河北、京东、淮南三路时，或曾小栖于太行山、梁山泊、楚州某地以作些休整；因为后来的许多故事，除了从梁山泊和太行山传出来的以外，还有从楚州传出来的。

正因如此，所以在宋元以来的水浒故事里对宋江是何方的"盗"也是众说纷纭。龚开《宋江三十六赞》谓"太行好汉，三十有六"。《大宋宣和遗事》说宋江落草的地点是"太行山梁山泊"。元人杂剧《梁山泊黑旋风负荆》等又道水泊梁山是宋江的啸聚之地。最耐人寻味而向来为人们所忽略的是邵灿《香囊记》据以改编的一段水浒故事，它说宋江"兄弟三十六人，横行天下，云聚星散，踪迹无定"。假若宋江有如同方腊那样的根据地青溪帮源洞，则在早期水浒故事里当不会出现这样众说纷纭的情况。

四、不假称王，而呼保义

《宋史》与《东都事略》等官私编撰，皆言方腊于宣和二年十月起事。宣和三年四月"就擒"，曾"僭改元，号永乐"。他是要与宋室争夺天下的。

宋江则不然。按《皇宋十朝纲要》所载，宣和元年十二月，曾"诏招抚山东盗宋江"，可见宋江起事当不晚于宣和元年。宋江起义的失败，按前面所引的"招安"说，是早于方腊被擒两个月；按前面所引的"就擒"说，则又晚于方腊被擒一个月。要之，宋江起义的延续时间及所波及的地域，一点也不亚于方腊。然而，不论正史，还是野史，却皆未言及宋江的称王问题，足见宋江始终没有称王。这是他与方腊的最大不同。请莫以等闲视之。

问题的关键在于：宋江始终没有称王，这究竟是出于策略上的考虑认为以缓称为宜呢，还是原本就无意于此？照我的粗浅看法，这反映了他只以劫富济贫为目的，既不想与宋室争夺江山，又无意于"要做官，杀人放火受招安"。理由何在？

首先，北宋末年，"官逼民反"，人心思乱，各地皆然。方腊起义其所以能于旬月之间"破六州五十二县"，便由于义旗一举，江南各地之"寇"，"皆合党应之"，遂"众殆百万"。宋江横行大河南北，其地"素多盗"，特别是太行山和梁山泊地区，若这位"其才必过人"的英雄果有王霸之志，则定然也能带甲百万，而决不会转战数年卒止于仅率轻骑一旅。

其次，宋江作为"流寇"，素以骁勇善战著称。横行齐魏时，官军莫敢婴其锋。剽掠山东一路时，吏多逃匿，转略京东、江北、淮南地区时，正当方腊揭竿而起，并迅即震撼东南，宋徽宗"竭数路之力"，命童贯等"率禁旅及秦晋藩汉兵十五万"前往讨伐，北国守军益发虚弱。若这位"肆行莫之御"的好汉果有王霸之志，则定会充分利用这一良机夺地争城，而不会仍止于"剽掠"。

再次，宋江的未称王，当然可以用他所领导的农民起义尚处于初级阶段来解释。然而亦不尽然。方腊于宣和二年十月起义，十一月即"僭号改元"。其时的战斗力尚不及宋江，加上王黼的为文饰太平而知情不报，遂有宋徽宗将曾孝蕴由歙州移知青州以御当时出没于"青、齐、单、濮"间的宋江的决策。可见宋江的未称王未必是由于他所领导的农民起义是处于初级阶段。再说，据李心传《建炎以来系年要录》记载，

"建炎元年，秋七月，贼史斌据兴州，僭号称帝。斌本宋江之党，至是作乱"。可知"宋江之党"中想效法方腊者实有人在。足见，宋江的"立号既不僭侈，名称俨然，犹循轨辙"，并非出于策略上的考虑，乃由于他本人的思想使然。陆树仑认为："这个史斌，原是'关中贼'，怎么与活动在河朔、京东、淮南地区，从未进入关中的宋江结成一党呢？看来，他们结成一党，不在起义过程中，而是在他们投降之后。"① 这是可以商榷的。"淮南盗宋江"于海州接受张叔夜的招安后又和"关中贼史斌"结成一党，这于史无征：一也。"关中贼史斌"作为昔日的江湖亡命完全有可能成为昔日"宋江起河朔"时的"三十六人"之一：二也。如果我的这一看法不无道理，那么就更足以说明这支义军起义过程中的指导思想是宋江的思想。

最后，假若将龚开《宋江三十六赞》并序与徐松《宋会要辑稿·兵（十二）》连起来作一考察，则宋江起义的指导思想问题也就不言自喻。《宋江三十六赞》序云："余尝以江之所为，虽不得自齿，然其识性超卓，有过人者。立号既不僭侈，名称俨然，犹循轨辙，虽托之记载可也。古称柳盗跖为盗贼之圣，以其守一至于极处，能出类而拔萃。若江者，其殆庶几乎。"《宋江三十六赞》云："不假称王，而呼保义。岂若狂卓，专犯忌讳？"《宋会要辑稿·兵（十二）》云："宣和三年十二月十九日奉御笔：'河北群贼白呼赛保义等，昨于大名府界往来作过'。"一叙传说，一记史实，内容所述又似风马牛，但二者的内在同一性却是显然的：据《宋江三十六赞》并序所言，我们可以看出宋江起义并非以称孤道寡作旨归，而是以"呼群保义"为宗旨的，所以"呼保义"成了宋江的特征。

---

① 陆树仑：《关于历史上宋江的两三事》（上、下），《辽宁大学学报》1979 年第 2、3 期。

据《宋会要辑稿·兵（十二）》所记，我们又可以看出"河北群贼"之"自呼赛保义"，是旨在以前此不久"转略"于这一地区的"河北剧贼宋江"自比。两相对照，我们还可以看出"河北剧贼宋江"的绰号即便不是"呼保义"，亦必含"保义"二字，也就是说，"保义"二字乃宋江起义之"立号"的历史遗踪，其思想内涵，与后来水浒故事中的"广行忠义，殄灭奸邪"或"替天行道"，当属同一血统，盖亦"从猿到人"之演变而已！

那么，宋人水浒故事中的宋江三十六人形象又是什么样的呢？是亦"盗"亦"侠"，似"盗"实"侠"。让我们将之与经典著作对照着看问题：

《庄子·盗跖篇》说盗跖："从卒九千人，横行天下，侵暴诸侯，穴室枢户，驱人牛马，取人妇女……所过之邑，大国守城，小国入保。"《宣和遗事》说宋江三十六人："各人统率强人，略州劫县，放火杀人。攻夺淮扬、京西、河北三路二十四州八十余县；劫掠子女玉帛，掳掠甚众。"《宋江三十六赞》并序也说宋江三十六人："与之盗名而不辞，躬履盗迹而无讳者也。"凡此，这使宋江三十六人近乎"盗跖"。

《史记·游侠列传》说游侠："其行虽不轨于正义，然其言必信，其行必果，已诺必诚，不爱其躯，赴士之厄困，既已存亡死生矣，而不矜其能，羞伐其德""至如朋党宗强比周，设财役贫，豪暴侵凌孤弱，恣欲自快，游侠亦丑之。"《宣和遗事》借九天玄女所示写宋江三十六人聚义的宗旨："天书付天罡院三十六员猛将，使'呼保义'宋江为帅，广行忠义，殄灭奸邪。"《宋江三十六赞》并序也说宋江三十六人："立号既不僭侈，名称俨然，犹循轨辙。"凡此，这使宋江三十六人又更近乎"游侠"。

龚开年少时见于街谈巷语的水浒故事和《宣和遗事》所载的水浒故事，二者在"宋人说话四家数"中，一属"小说"子目"说铁骑

儿"，一属"小说"子目"说公案"①，尽管存在着种种不同，却都将宋江
三十六人说成亦"盗"亦"侠"，似"盗"实"侠"，原因在于，这是历
史上的宋江起义在民间故事传说中之"胎毛未脱"的反映，可以作为北
宋末年的宋江起义实际上是支亦"盗"亦"侠"、似"盗"实"侠"的
带有反叛性的游侠武装的佐证，所以其首领人物宋江"不假称王，而呼
保义"。

五、降而复叛，叛而被擒

方腊的结局在史籍里是有翔实的记载的：宣和三年（1121）四月庚
寅"就擒"，八月丙辰"伏诛"。《宋史》如是说，《皇宋十朝纲要》等私
人史籍亦如是说，可见这是铁案如山摇不动的一桩事实。

然而，宋江的结局却众说纷纭，莫衷一是。主要问题有三：一是宋
江曾否接受"招安"；二是宋江曾否从征方腊；三是宋江最后"就擒"与
否。这三大问题，曾一度成为《水浒传》研究和历史上宋江起义研究的
论争热点。在此，谨在前人与时贤研究成果的基础上，略参以己意并推
论一些问题。

"招安"说是属于成说。《宋史》中的《徽宗本纪》、《张叔夜传》及《东
都事略》、《三朝北盟会编》、《续宋编年资治通鉴》、《皇宋十朝纲要》等，
皆有张叔夜设方略招降宋江于海州的记载。② 然而，由于这些官私史籍
的记载在有关宋江活动地区和投降日期上多抵牾不合，以致研究者对

---

① 详见本编第二章《乱世忠义的颂歌——宋元水浒故事思想倾向考释》。

② 黄以周等辑《续资治通鉴长编拾补》谓："据诸史解书招降宋江事，俱在三
年二月，而《续宋编年资治通鉴》独系之是年十二月，与诸史不同，疑有舛错。"说
甚是。

其可信度见仁见智，看法不一。鲁迅《中国小说史略》、余嘉锡《宋江三十六人考实》等，皆主"招安"说，认为《宋史》和《东都事略》等记载可信。张政烺《宋江考》则以为宋江"曾一度诈降张叔夜……后来又反正了"。严敦易始认为《宋史》和《东都事略》所记不一定是事实，"在海州被张叔夜擒降的……也许只是宋江手下的一员头领"[1]。明确认为宋江不曾接受招安的，是邓广铭、李培浩合撰的两篇宏文：《历史上的宋江不是投降派》、《再论历史上的宋江不是投降派》。[2] 以为"北宋期内的记载全无宋江受招安之说，此说是南宋期内编造出来的"，"宋江在举行起义的全过程中并无诈降之事，更绝对没有参加镇压方腊起义的罪恶活动"。这就引起了一场大讨论。其中以上面提及的陆树仑的《关于历史上宋江的两三事》对已知史料之辨析最为精当，它对邓、李的文章有是正之处，亦有证实之处。然而，关于历史上的宋江是不是投降派的问题所以能获得最后解决，却由于马泰来揭出北宋末年人李若水的《捕盗偶成》诗，并及时刊在《中华文史论丛》一九八一年第一辑上，用此诗作为一个确凿证据，证明宋江之曾接受"招安"，遂成为邓广铭后来在他的宏文《关于宋江的投降与征方腊问题》[3]中所形容的"铁案如山摇不动"的一桩事实：

> 去年宋江起山东，白昼横戈犯城郭。
>
> 杀人纷纷翦草如，九重闻之惨不乐。
>
> 大书黄纸飞敕来，三十六人同拜爵。
>
> 狞卒肥骖意气骄，士女骈观犹骇愕。

---

① 严敦易：《水浒传的演变》，作家出版社 1957 年版，第 18 页。

② 《社会科学战线》1978 年第 2 期；《光明日报》1978 年 7 月 29 日。

③ 载《中华文史论丛》1982 年第 4 辑。

今年杨江起河北，战阵规绳视前作。

嗷嗷赤子阴有言，又愿官家早招却。

我闻官职要与贤，辄唨此曹无乃错。

招降况亦非上策，政诱潜凶嗣为虐。

不如下诏省科繇，彼自归来守条约。

小臣无路扪高天，安得狂词裨庙略。

——《忠愍集》卷二《捕盗偶成》

与"招安"说相类，"就擒"说亦古已有之，且也是见于王偁的《东都事略》。不过《东都事略·徽宗纪》虽赫然有书"宣和三年……五月丙申，宋江就擒"，而宋江的"就擒"问题真正引起学界的关注，则是在1939年陕西府谷出土了范圭撰写的《宋故武功大夫河东第二将折公墓志铭》之后。"墓志"说折可存"方腊之叛，用第四将从军。……腊贼就擒，迁武节大夫。班师过国门，奉御笔：'捕草寇宋江。'不逾月，继获，迁武功大夫"。且"铭文"有云："俘腊取江，势若建瓴。"问题在于：这类说法，其可信度如何？笔者以为不宜断言这是捏造。理由如次：

其一，《东都事略》不是一般的野史，据洪迈的一个札了说："（王）偁之父赏，在绍兴中……为实录修撰，偁承其绪余，刻意史学。断自太祖，至于钦宗，上下九朝，为《东都事略》一百三十卷，其非国史所载而得于旁搜者居十之一，皆信而有证，可以据依。"[1]可见王偁之撰写《东都事略》，是旨在将其呈于当朝皇帝作为资治之鉴的，态度十分严肃。还须考虑一个情况，即义军首领的"旋降旋叛"，这在当时并不

---

[1]　《四库全书总目提要》之《东都事略》，中华书局1997年版。

鲜见，比如，冯琦的《宋史纪事本末·平群盗》说邵青其人，便曾于一个月左右的时间之内，降而复叛，叛而又降，降而再叛。因此，假若以"降而复叛，叛而就擒"去解释《东都事略》既在其《张叔夜传》中言宋江于宣和三年二月为张叔夜招降于海州，又在其《徽宗纪》中说宣和三年五月丙申宋江就擒，我以为是比较妥帖的。还可以说得明确一点：纵然王偁在记载宋江就擒的日期上有误，亦不能以此去否定其《徽宗纪》中的所言"宋江就擒"是指宋江"复叛"后的"就擒"。

其二，不言而喻，范圭的《折公墓志铭》是有溢美之词的，其荦荦大者如将"俘腊"附会于折可存的名下。实际上，正如陆树仑所说，折可存之从童贯征方腊，一直是在浙东台州一带打吕师囊等方腊的余部，并未参与对方腊的"巢穴"帮源洞和青溪的"围剿"，何言"俘腊"之有！而据嘉靖《永嘉县志》卷九《杂志》等，知吕师囊之被擒是在宣和三年十月，则折可存之"班师过国门"，如非出于特殊情况，当在宣和三年十月以后；假若《东都事略·徽宗纪》所载宋江"就擒"之日期不误，则折可存"班师过国门"时又何言"取江"之有！然而，却不能由此而否定他至少曾参与对随宋江复叛的义军余部的最后镇压。道理很简单：假若吕师囊不是方腊的余党，便不会有"墓志"中"俘腊"之说，假若宋江没有复叛与随之而来的就擒，便不会有"墓志"中"取江"之言，因为这儿的"俘腊取江"是并言的，此宋江又只能是昔日之"横行齐魏"的彼宋江。① 况且，正如邓广铭在其《关于宋江的投降与征方腊问题》一文中所说："不论范圭如何夸大折可存的事功，他是决不敢伪造皇帝的一道《御笔》的……折可存必为颁降这道《御笔》的对象人员

① 一些学者认为此"草寇宋江"非彼曾"横行齐魏"的宋江，最初主此说者是张国光，详见《〈历史上的宋江不是投降派〉一文质疑》，《社会科学战线》1978年第4期。

之一，也是不容置疑的。"还可补充一条理由，而且更为过硬：宋时武功大夫较武节大夫军阶高四级，"墓志"谓折可存以"捕草寇宋江"之功而由武节大夫迁武功大夫，当信非虚造，足证此人至少亦是从征者。所以，以范圭的《折公墓志铭》去印证《东都事略·徽宗纪》，并从而证明宋江的最后结局是"就擒"，实亦不容置疑：可置疑者只是宋江之"就擒"的具体日期之类而已，乃末节也，不妨"疑以传疑"。

其三，陆树仑认为：徐直之《忠义彦通方公传》里关于宋江"就擒"的记载，"是不大可靠的"。理由是："概念甚是含混不清。'是年，宋江三十六人猖獗淮甸'，既好像是说宋江在宣和三年始起义于'淮甸'，又好像在说宋江在宣和三年始进入'淮甸'。不论是前者还是后者，都不符合事实。'未几，亦就擒'，也不好理解，是说宋江'猖獗淮甸'不久，就被生擒，还是对方腊被俘，'腰斩于市'而言，即指宋江在方腊被俘，惨遭杀害之后不久，亦被生擒。叙事如此含糊，说明徐直之对宋江起义始末并不真的了解，只是摭拾一点旧的记载，或'田里遗闻'，牵强附会地把这件与方腊无直接关系的事，写进《方腊传》。"这是可以商榷的。照我看来，"是年，宋江三十六人猖獗淮甸，未几，亦就擒"，既是紧承"宣和三年""生擒腊"云云而来，所以，"是年，宋江三十六人猖獗淮甸"，犹言"宣和三年""淮南盗宋江"，如何如何；"未几，亦就擒"，犹言"夏四月庚寅，童贯以其将辛兴宗与方腊战于青溪，擒之。五月丙申，宋江就擒"。这与《东都事略·徽宗纪》的记载是完全一致的，怎可说"都不符合事实"！因此，说徐直之"只是摭拾一点旧的记载"，尚可；说徐直之只是摭拾一点旧的"田里遗闻"，则万万不可。因为，宋元以来的"田里遗闻"，谓宋江接受招安者有之，谓遣宋江讨方腊者有之，谓宋江最后"就擒"者则无有。这是不可不注意的，它说明："就擒"说，并非来自小说家言，而是来自宋江起义的史实。

既然宋江曾接受招安，这是事实，时在方腊被俘以前；既然宋江的最后结局是"就擒"，这也是事实，时在方腊被俘以后：那么，宋江的降而复叛、叛而就擒，也便成为"铁案如山摇不动"的一桩事实。问题是，其间究竟曾否从征方腊？这也是个聚讼不休的老问题。

徐梦莘《三朝北盟会编》卷五十二引《中兴姓氏奸邪录》云："宣和二年，方腊反睦州，陷温、台、婺、处、杭、秀等州，东南震动。以贯为江浙宣抚使，领刘延庆、刘光世、辛兴宗、宋江等军二十余万往讨之。"卷二百十二引《林泉野记》云："宣和二年，方腊反于睦州，光世别将一军自骁趋衢、婺，出贼不意，战多捷。……腊败走入青溪洞，光世遣谍察知其要险难易，与杨可世、宋江并进，擒其伪将相，送阙下。"杨仲良《续通鉴长编纪事本末》卷一四一《讨方贼》云："宣和三年四月戊子……刘镇将中军，杨可世将后军，王涣统领马公直并裨将赵明、赵许、宋江，既次（帮源）洞后，而门岭崖壁峭拔，险径危侧，贼数万据之。刘镇等率劲兵从间道掩击，夺门岭，斩贼六百余级。"李埴《皇宋十朝纲要》卷十八《徽宗纪》亦云："六月……辛丑，辛兴宗、宋江破贼上苑洞。""宋江从征方腊"说本此，亦古已有之。然而，一来由于这四部书，记及宋江的立功地点，则或云"青溪洞"，或云"帮源洞"，或云"上苑洞"，记及宋江的军事职位，则或将之与统领熙河兵的陕西名将辛兴宗并论，或将之写成只是杨可世属下的一员裨将，其他悠谬失实之处，就更不一而足；二来由于《宋会要辑稿·讨叛（四）》与方勺《青溪寇轨》列举宋室"围剿"方腊、统领兵马的将副偏裨甚详，却无宋江其人；三来由于《东都事略》记宣和三年二月，方腊陷处州，宋江为张叔夜招降于海州，四月庚寅方腊被捉，五月丙申宋江就擒，谓宋江曾参与"围剿"方腊，时间上亦难允许；四来由于宋江投降后，曾否如侯蒙的建议，"讨方腊以自赎"，《宋史》无一言及此：是故，也就导致研究者对宋江的曾否从征方腊其说不一。

俞樾根据洪迈《夷坚乙志》卷六《蔡侍郎》篇关于蔡居厚帅郓时杀降的记载，而在他的《茶香室续钞》卷十六《梁山泺》篇断言：蔡居厚所杀来降之"梁山泺贼即宋江等"。鲁迅在《中国小说史略》里采纳了俞樾的看法，认为"山泺健儿终局，盖如是而已"。其实，正如《宋史》卷三百五十三《许几传》所说："梁山泺多盗，皆渔者窟穴也。"怎知蔡居厚所杀之"梁山泺贼即宋江等"！然而亦反映出俞樾和鲁迅对宋江从征方腊之说持否定态度。余嘉锡则反是，曾摭拾旧说而在他的《宋江三十六人考实》里认为："江降后曾隶属童贯，参与攻方腊之役"。"且'擒其伪将相，送阙下'，又有上苑洞之捷。"此说的影响远盖过了"杀降"说。日本的宋史专家宫崎市定则干脆认为从征方腊的将官宋江与接受张叔夜招抚的宋江并非一人。[①] 邓广铭、李培浩的《历史上的宋江不是投降派》、《再论历史上的宋江不是投降派》与陆树仑的《关于历史上宋江的两三事》，双方虽则在关于宋江曾否接受招安的问题上观点针锋相对，然而在关于宋江曾否打方腊的问题上，都对南宋史籍所载宋江从征方腊的资料逐条作了辨析，令人信服地指出，这类资料不足征，是以小说家言入史，认为历史上的宋江不曾从征方腊。兹再以李若水《捕盗偶成》为证，略作补说。诗中以"去年"，宋室招安"山东盗"宋江与"今年"嗷嗷赤子愿官家招却"河北盗"杨江对举，说明此诗当写于宋江接受招安后一年左右，而这一年左右正是北宋王朝平定方腊起义期间。假若宋江降后确曾隶属童贯，参与攻方腊之役，而且确曾"擒其伪将相，送阙下"，则于北宋王朝可谓功莫大焉！其人只能被诗人称为"贤"，其

---

① 马泰来：《从李若水的〈捕盗偶成〉诗论历史上的宋江》，《中华文史论丛》1981年第1辑。

事只能被诗人用作证明招降政策之为上策。今诗中却以宋江作例证，一则说"我闻官职要与贤，辄唉此曹无乃错"，二则说"招降况亦非上策，政诱潜凶嗣为虐"。则宋江接受招安后并未参与攻方腊之役，亦明矣！

要进一步探讨的，当是宋江为什么会接受招安，又为什么要复叛。这对认识宋江其人及其起义的特点是至关重要的。

宋江为什么会接受招安呢？《宋史·张叔夜传》说是由于张叔夜设方略，困宋江于海滨，"擒其副贼，江乃降"。邓广铭则对这一记载持否定态度，而且在发现了李若水《捕盗偶成》后尤甚。他在《关于宋江的投降与征方腊问题》一文中认为：《捕盗偶成》"诗中既然说'大书黄纸飞敕来，三十六人同拜爵。狞卒肥骖意气骄，士女骈观犹骇愕'，这怎么能是作战失败、副将被擒、迫不得已而投降的情况呢？这几句诗所反映的，只能是：宋江等人的起义部队'横行'于山东河朔等地，屡次打败北宋官军，宋廷在感到难于用军事进行征服之后，便下诏招安；不知经过了一些什么周折，宋江等三十六人便率所部（'狞卒肥骖'）一齐接受招安了。如果一定要说宋江等人的这次投降必然与张叔夜有关，则也只能是由张叔夜担任了说客，由他与宋江联系，最后取得这样一个结果而已"。尽管邓老这一看法与《宣和遗事》所云"朝廷无其奈何，只得出榜招谕宋江等"而由张叔夜前往"招诱"颇为吻合，但我还是不敢苟同。理由如次：

首先，此诗的主旨显然是体现在如下几句上："我闻官职要与贤，辄唉此曹无乃错。招降况亦非上策，政诱潜凶嗣为虐。不如下诏省科繇，彼自归来守条约。"亦即认为：上策是"省科繇"而任贤能；"招降"是下策，且会养痈遗患。假若我们此说大致不错，则"大书黄纸飞敕来"云云，实系在用夸张的笔法为"我闻官职要与贤"云云作反衬，借以讽喻北宋王朝的舍本求末。

其次，《宋史·岳飞传》载岳飞奏请讨伐杨幺云："比年多命招安，故盗力强则肆暴，力屈则就招，苟不略加剿除，蜂起之众未可遽殄。"照《皇宋十朝纲要》说，宣和元年十二月，曾"诏招抚山东盗宋江"。宋江所以未接受"招抚"，盖由于其正"肆行莫之御"。按《宋史·张叔夜传》所载，宋江所以接受张叔夜的招降，实由于作战失败，副将被擒，陷于重围。凡此，完全符合岳飞所说的情况，不能说"不切合情理"。

再次，宋江接受招安之日，正当张叔夜知海州之时，宋徽宗不可能亦无必要让张叔夜不远千里跑到"山东河朔等地"去"担任说客"。实际上，此时的宋江并不在"山东河朔等地"，已转战到淮南，且已由楚州入海州，而时任海州知府的张叔夜乃北宋王朝有名的清官和能员，由他设方略就地招降宋江，可谓合情合理。证之于《三朝北盟会编》卷八十八引《张叔夜家传·以病乞致仕宫观札子》云，即所谓"逮出守海埭，会剧贼猝至，偶遣兵斩捕，贼势挫创，相与出降"是也，盖"剧贼"即指"淮南盗宋江"。

最后，正因为宋江的接受招降具有被逼的一面，并且抱有"救"其"副贼"的目的，所以未为"拜爵"所羁，不久又复叛——依然我行我素去过那种亦盗亦侠的"剽掠"生涯，凡此也符合他那"勇悍狂侠"的性格。但由于"同拜爵"的三十六人可能已分驻诸路，宋江的左右未必仍有三十六数，是以复叛"未几"即为北宋王朝所擒。

这么解释宋江的"降而复叛"的原因，尽管还带有推断性质，证据也还不足，但我们认为与事理还是密合的。

正如鲁迅所说："宋代外敌凭陵，国政弛废，转思草泽，盖亦人情。"[1] 这一思潮的特点就是：诅咒祸流四海的乱臣贼子；憎恶一切立号

---

① 鲁迅：《中国小说史略》，《鲁迅全集》第 9 卷，人民文学出版社 2005 年版，第 145 页。

僭侈的"反贼";颂扬"精忠报国"的良臣名将;推许不从敌国而瞻依廊庙的草泽英雄并以接受忠臣良将的招抚作为他们应有的归宿。正是这种社会思潮造就了《宣和遗事》中的宋江结局:因"平方腊有功,封节度使"。而此等小说家言,一旦闯入某些史家的笔端,便出现了上述横戈跃马鏖战于"青溪洞"、"帮源洞"、"上苑洞"的宋江。

六、三点结论

其一,宋江起义的主要特点是:规模甚小,骁勇善战;纵横数省,踪迹无定;劫富济贫,无意称王;降而复叛,叛而被擒;谓其曾从征方腊,乃小说家言。

其二,宋江起义约略可以分为三个时期:起于"河北",时在政和末年前后;盛于"京东",时在宣和元年与宣和二年;败于"淮南",时在宣和三年。所以,官私史籍或称之为"河北剧贼",或称之为"京东贼",或称之为"淮南盗"。这里所说的"河北"、"京东"、"淮南",皆北宋王朝所设置的"路名"。今东至海滨,西至太行山,南至长江,北至海河,但宋江的主要活动区域,则是在黄河南北。

其三,宋江起义虽无固定的根据地,是流动作战,但当其转战"河北"时可能曾一度小栖于太行山,当其转战"京东"时可能曾一度小栖于梁山泊,当其转战"淮南"时可能曾一度小栖于楚州某地,所以也就使宋元以来的水浒故事带有不同的区域色彩。

要而言之,宋江起义作为农民起义并不典型,与其说它是一支革命的农民队伍,毋宁说它是一支流动的盗侠武装。宋江其人,既不是个方腊式的有志图王的人物,更不是个"要做官,杀人放火受招安"的人物,与其说他像陈胜,不如说他像盗跖。这就是本章的总的结论。

第二章 乱世忠义的颂歌

——宋元水浒故事思想倾向考释

一、引言

在我国数千年的历史上曾有过大小数百次的农民起义，但哪次农民起义所产生的故事传说都不若宋江起义那么多，这是为什么？

不论哪朝哪代的封建统治者无不把农民起义看作洪水猛兽，不仅极力用军事或政治的手段予以镇压，而且还力图从思想意识领域防患于未然，特别是南宋以来由于程朱理学之被定为钦定哲学而尤甚。可水浒故事居然能见于街谈巷语，并由民间流行而逐步进入话本与戏曲，在帝王与达官贵客的眼皮子底下盛传而不衰，直至蔚为大观，其主人公宋江亦因之而成了名盖"当今"的"替天行道救生民"的大英雄，这又是为什么？

应该说，这是发人深省的问题，也是值得研究的问题。其所以值得研究，不只由于这类故事本身乃是一笔可贵的文学遗产，它在一定程度上反映了宋元两代的民众心史，还在于它有助于我们加深对《水浒传》这部古典名著的思想意蕴、创作本旨、价值观念的认识。

笔者认为，南宋以来的水浒故事，既不是在歌颂什么农民起义，也不是在宣扬什么投降主义。凡此，皆是其社会客观效果的某一片面。南宋以来的水浒故事，是特定时代的一曲昂入云天的"乱世忠义"的颂歌，是民众的爱国主义和民本主义思想的载体。施耐庵的《水浒传》，则又从而集其大成并使之演化为一曲令人耳热心酸的"乱世忠义"的悲歌。

二、从水浒故事的应运而生看问题

方腊起义与宋江起义，一南一北，都发生在宋徽宗宣和年间，可论史籍记载则以方腊起义为详，而论故事传说却以宋江起义为盛：这取决于宋江起义的自身特点，同时也是由当时的社会矛盾使然。

关于历史上宋江起义的自身特点问题，当另立专题论说①，简而言之，要是对史籍上相互抵牾的记载予以异中求同，察其内核，当可得出如下的结论：一是规模甚小，骁勇善战；二是纵横数省，踪迹无定；三是亦"盗"亦"侠"，无意称王；四是降而复叛，叛而被擒。一言以蔽之，历史上的宋江，既不是方腊式的农民起义的领袖，也不是那种"要做官，杀人放火受招安"的人物；他所领导的起义，与其说是一支革命的农民队伍，毋宁说是一支流动的盗侠武装——这就是史籍记载里所浮现出的宋江起义的大致面貌。

正如鲁迅所说："宋代外敌凭陵，国政弛废，转思草泽，盖亦人情。"②宋江起义既然是一支流动的盗侠武装，既有其以武犯禁、与官府对抗的一面，又有其不假称王、犹循轨辙的一面，当然便易于为广大的社会阶层所喜闻乐道，而犹以民众为甚。这种"内因"和"外因"一结合，便使水浒故事应运而生，同时也就被深深地打上"忠义"二字的时代烙印。这是清楚的：

---

① 详见本编第一章《一支流动的盗侠武装——北宋末年宋江起义考实》。

② 鲁迅：《中国小说史略》，《鲁迅全集》第9卷，人民文学出版社2005年版，第145页。

　　其一，正由于宋江起义是亦"盗"亦"侠"，并未称孤道寡，所以方能与部众交情深似股肱，义气如同骨肉。一般贫苦群众固然会把他们当作"劫富济贫"的义士来传颂，一般不满于现实的士大夫也能把他们当作"锄暴安良"的节侠来默认。这有现存的早期水浒故事可证。

　　比如，宋末遗民龚开的《宋江三十六赞》并序，言见于"街谈巷语"的宋江其人，说他"识性超卓，有过人者"，既是个"与之盗名而不辞，躬履盗迹而无讳"的绿林好汉，又是个"立号既不僭侈，名称俨然，犹循轨辙"，以"呼群保义"为己任的忠义英雄；说他立身行事，光明磊落，敢作敢为，"岂若世之乱臣贼子，畏影而自走，所为近在一身，而其祸未尝不流四海"！应该注意的是，龚《序》所说的"祸流四海"的"世之乱臣贼子"，是既指蔡京之流祸国殃民的权奸，又指"立号僭侈"自称"圣公"的方腊。要之，"劫富济贫，无意称王"，既与蔡京之流的权奸形象对垒，又与方腊式的义军领袖形象分庭，这就是龚开心目中的宋江形象，也是流行于南宋"街谈巷语"中的宋江形象，密合事理的推断，当是个"只反贪官，不反皇帝"的草泽英雄，是以龚开在《赞》中以"不假称王，而呼保义。岂若狂卓，专犯忌讳"概括其人其事的特点。正因如此，所以，"呼保义"宋江既为里巷细民所乐道，且使"士大夫亦不见黜"，致有南宋遗民如龚开于"年少时"即"壮其人，欲存之画赞"云云。

　　再如，《宣和遗事》亨集"梁山泺聚义本末"谓宋江啸聚"太行山梁山泺"的宗旨。说宋江杀了阎婆惜，郓城县官府得知，命巡检王成领大兵弓手前去捕捉，宋江躲入九天玄女庙，获得一卷天书，天书末后有一行字写道：

　　　　天书付天罡院三十六员猛将，使"呼保义"宋江为帅，广行忠义，殄灭奸邪。

说宋江出了九天玄女庙，带领朱仝等九人直奔梁山泊，投奔晁盖，到梁山泊时晁盖已死，众好汉便共推宋江做山寨之主，吴加亮于喜庆筵席上对宋江说：

> 是哥哥晁盖临终时分道与我："从政和年间朝东岳烧香，得一梦，见寨上会中合得三十六数。若果应数，须是助行忠义，卫护国家。"

这九天玄女法旨与晁盖遗言，实际上是种常见于中国古代小说的"神道设教"①，说话人于宋江上山前后反复运用，盖意在强调自己的创作本旨与宋江三十六人的终极价值观念。我们知道，《宣和遗事》采用的材料大多是南宋人的笔记和小说，所选诗也无晚于刘克庄者。所以，其书或出于宋、元间，却可以断定它所记叙的宋江三十六人的故事与龚开所见于"街谈巷语"的"宋江事"基本是属于同一时代的产物，乃南宋时的话本或传说。因此，如果说，《宣和遗事》的这一记载是当时梁山泊故事的缩影，那么，"广行忠义，殄灭奸邪"或"助行忠义，卫护国家"显然就是这种民间传说的共同主题。是故，以"广行忠义，殄灭奸邪"或"助行忠义，卫护国家"去释龚开《宋江三十六赞》中的"呼保义"的内涵，当无大错；甚或还道出了其思想"基因"。

最后，还有一个实属于早期的水浒故事，只是由于被明人邵灿改编在他的《香囊记》第二十六出"义释"里，一直不为人们所注意而以为是邵灿的信笔胡诌。试看其中的两段宾白：

———————

① 详见本编第十一章《论〈水浒传〉的神道设教和审美特征——与〈西游记〉比较谈》。

　　[末上] 三军敛手待和戎，扰扰迁都避敌锋。安得上方三尺剑，直从天上斩奸雄。自家不是别人，乃是宋江手下一个兄弟。大宋为秦贼弄权，困辱诸将，契丹占扰中原，势逼南畿，即日迁都临安。士民奔走，哭声载道，其间多有以强凌弱，以众欺寡。俺哥哥着我每沿路巡走，务要抑强制暴，恤寡周贫，行些好事。正是天上人间，方便第一。

　　[外上] 三尺龙泉万卷书，老天生我意何如。山东宰相山西将，彼丈夫兮我丈夫。自家宋江的便是，兄弟三十六人，横行天下，云聚星散，踪迹无定，鸣锣击鼓，剽掠有时。除非黄榜可招安，余下官军收不得。兄弟每哪里？ [净末] 覆哥哥，有何钧旨？ [外] 如今宋室南迁，士民奔走，路上强暴，侵凌寡弱。你每马上巡视，但有富豪商旅，分掠他些金帛衣服，如遇孤苦贫穷，就要分赠与他。不可违我号令。

　　此宋江故事，不言宋江啸聚一百零八人于水泊梁山，却言宋江"兄弟三十六人，横行天下，云聚星散，踪迹无定，鸣锣击鼓，剽掠有时"，这不仅与《水浒传》里的情节不合，且亦与元人杂剧水浒戏里的情节不合，当属于此时在民间流传的另一种早期水浒故事的遗踪。而此处的宋江形象又恰好可以为龚开《宋江三十六赞》所说的"不假称王，而呼保义"，或《宣和遗事》所说的"广行忠义，殄灭奸邪"进一解，是以不只为黎民百姓所传颂，还能为道学之士如邵灿者所称道。

　　凡此，足以证明：由于南宋水浒故事是"宋代外敌凭陵，国政弛废，转思草泽，盖亦人情"这一时代思潮的结晶，是以宋江的艺术形象早在其"躬履盗迹而无讳"时就已被赋予忠义思想。

　　其二，正由于宋江起义规模甚小，却骁勇善战，且纵横数省，涉及的地区十分广阔，所以也就具有传奇色彩，其影响所及，便纷纷藉藉，传闻沓来。久之，遂成为英雄传奇。这反映在早期水浒故事里，便是：或云"太行好汉，三十有六"，宋江其人"识性超卓"（龚开《宋江三十六赞》并《序》）；或云"京东宋江三十六，白日横行大河北"（陆友《杞菊轩稿·题宋江三十六人画赞》）；或云水泊梁山是宋江的啸聚之地，"至今山下分赃台，置石座三十六所。俗所谓'来时三十六，归时十八双'，意者其自誓之辞也"（陈泰《所安遗集补遗·江南曲序》）；或云宋江落草为寇的地点是太行山梁山泊，曾"统率三十六将，往朝东岳，赛取金炉心愿。朝廷无其奈何，只得出榜招谕宋江等"（《宣和遗事·梁山泺聚义本末》）；或云宋江"兄弟三十六人，横行天下，云聚星散，踪迹无定"，没有固定的根据地，是支神出鬼没的节侠武装（邵灿《香囊记·义释》所本之宋江传说）。此外，"三十六人"究竟是哪三十六人，其人名与绰号，虽龚开《宋江三十六赞》与《宣和遗事》所载，亦有不同。其最显著者，是宋江在龚开《宋江三十六赞》中名列三十六人之首，而在《宣和遗事》中却不属三十六人之一。这一不同，显然是由于人们对王偁《东都事略·侯蒙传》"江以三十六人"云云的理解不同而造成的。即："江以三十六人"究竟包括不包括宋江本人在内已失考。

凡此等等，足以说明一个事实：不同的地区各有自己的水浒故事，但哪个地区的水浒故事都把宋江等人描绘成传奇式的英雄——"除非黄榜可招安，余下官军收不得"。但"官军收不得"而"黄榜可招安"，则人们交口相传的宋江三十六人其"忠义"之心，亦可掬矣！

其三，正因为处于"外敌凭陵，国政弛废"下的人们之"转思草泽"，实际上是反映了他们期望草泽英雄出来"助行忠义，卫护国家"，所以接受招安以尽心为国便成了他们心目中的草泽英雄的理想归宿，至于方腊式的农民起义领袖反倒被他们视为祸国殃民的"乱臣贼子"。正由于他们是在按照这一社会理想和价值观念塑造宋江三十六人的英雄形象，自然在题材的取舍中也就不会对宋江的降而复叛、叛而被擒的史迹津津乐道，所以一个堪称风光的结局便随之在他们的脑海中如云出岫，那就是《宣和遗事》中所说的：

> 朝廷无其奈何，只得出榜招谕宋江等。有那元帅姓张名叔夜的，是世代将门之子，前来招诱宋江和那三十六人归顺宋朝，各受武功大夫诰敕，分注诸路巡检使去也。……后遣宋江平方腊有功，封节度使。

这结局真风光！且不说其所写宋江的如何"发迹变泰"，单道其所写宋江于力强时何以会接受招安。张叔夜何许人也？北宋末年之清官、名将、民族英雄。当金兵入侵时，叔夜与其子守开封，"城陷，叔夜被创，犹父子力战"。当其被俘押送大都时，"道中不食粟，唯时饮汤。既次白沟，驭者曰：'过界河矣。'叔夜乃矍然起，仰天大呼，遂不复语，明日卒，年六十三"[①]。这样的民族英雄，是令人景仰的，缅怀的。惺惺惜惺惺，好汉爱好汉，自古而然。由这样的民族英雄亲自前往"招诱"的绿林豪客，不言而喻，当然必是个具有忠义之心的大英雄。说话人所以不从《宋史·张叔夜传》记宋江因力拙而受招之说，我想，其深层的用意大概亦在此吧！

问题是清楚的，水浒故事乃应运而生。其外因是：由于宋代外敌凭陵与内政弛废而产生的期望草泽英雄出来卫护国家的社会思潮；其内因是：由于历史上的宋江起义实属一支流动的盗侠武装而形成的自身特

---

① 脱脱等：《宋史》卷 353《张叔夜传》，中华书局 1985 年版，第 11142 页。

点。二者一结合，遂使水浒故事于方兴未艾之时便被打上了"忠义"二字的时代烙印，个案上的差别仅深浅或隐显有所不同而已。

三、从水浒故事的"说话家数"看问题[①]

宋人"说话"不只分"科目"，还有"四家数"的划分，"家数"就是门类。关于宋元水浒故事的"说话家数"问题，鲁迅认为来自"讲史"[②]，严敦易认为来自"说铁骑儿"[③]，孙楷第认为来自"说公案"[④]，可谓见仁见智，令人莫衷一是。事关《水浒传》故事的性质，不可不予一辨。这就又涉及"四家"说的分类问题。

宋人"说话有四家"的提法，最早见于耐得翁的《都城纪胜》。它在"瓦舍众伎"条中曾这样说：

> 说话有四家：一者小说，谓之银字儿，如烟粉、灵怪、传奇。说公案，皆是搏刀赶棒及发迹变泰之事。说铁骑儿，谓士马金鼓之事。说经，谓演说佛书。说参请，谓宾主参禅悟道等事。讲史书，讲说前代书史文传、兴废征战之事。最畏小说人，盖小说者能以一朝一代故事，顷刻间提破。合生与起令、随令相似，各占一事。商谜，旧用鼓板吹《贺圣朝》，聚人猜诗谜、字谜、戾谜、社谜，本是隐语，有道谜、正猜、下套、贴套走智、横

---

① 参见本编附录一《宋人"说话四家数"考论》。
② 鲁迅：《中国小说史略》，《鲁迅全集》第 9 卷，人民文学出版社 2005 年版，第 139 页。
③ 严敦易：《水浒传的演变》，作家出版社 1957 年版，第 70 页。
④ 孙楷第：《中国通俗小说书目》，人民文学出版社 1982 年版，第 209 页。

下、问因、调爽。

然而，一则由于耐得翁只说了个"一者小说"，没有说"二者"、"三者"、"四者"，二则由于当时没有如同我们今天所使用的标点，可左可右，断句很难有固定的标准，遂使近百年来的学者们对"说话"四家的分法，人执一词，聚讼不已。这一览下面简表便知。①

家数 论者	烟粉	灵怪	传奇	公案	铁骑儿	说经	说参请	讲史	合生	商谜	讲诨话
王国维 胡怀琛	1					2	3	4			
鲁迅甲 严敦易	1					2		3	4		
孙楷第	1					2		3	4		
鲁迅乙	3					2		1			4
赵景深	1					2		3			4
谭正璧甲	1					2		3		4	
谭正璧乙	1				2	3	4				
翟灏 张心泰 陈汝衡 李啸仓 青木正儿	1			2		3		4			
王古鲁	1				2	3		4			
胡士莹	1				2	3		4			

吴自牧《梦粱录》"小说讲经史"条给"说话"下的定义是："说话

---

① 胡士莹：《话本小说概论》，中华书局 1980 年版，第 106—108 页。

者，谓之舌辩。"结合今见或目录尚存的当时一些作品看问题，照我的粗浅考辨，"说话四家"的分法应该是这样的：一是小说（包括银字儿、说公案、说铁骑儿，银字儿又包括烟粉、灵怪、传奇）；二是说经（以演说佛书为主，也包括说参请、说诨经）；三是讲史；四是其他以"舌辩"为其特点的伎艺之小型者，如合生、商谜、说诨话等（如今之相声段子即是）。① 这么分法，我以为比较通脱些，也比较密合事理些。

然而，不论对"说话四家"怎么分法，一个客观事实是无法否定的，那就是：北宋末年的宋江起义，只是《水浒传》的一点因由，书中所讲说的"水浒寨中屯节侠，梁山泊内聚英雄"，好像源于"前代书史文传、兴废征战之事"，实际出于说话人"以一朝一代故事顷刻间提破"。因此，与其说它是"元明传来之讲史"，不如说它源出宋人"说话"四家数中的"小说"。

这可以从两方面看问题：

其一，《宋史·侯蒙传》所谓"江以三十六人"，除宋江外，只有史斌可考，其余皆未提及姓名。两宋之际，"盗贼"蜂起，"忠义人"遍神州。南宋水浒故事中的"三十六天罡"，可能都是当时各地忠义军的首领及南北的大盗，他们聚于宋江旗下，不过是"说话人"的"顷刻间捏合"罢了。元人水浒故事中的"七十二地煞"当然也是如此。从而，也就决定了《水浒传》是"忠义人"的"英雄谱"。

何以见得？看一看余嘉锡的《宋江三十六人考实》和王利器的《〈水浒〉的真人真事》② 两种著作的考证。余先生以丰富翔实的史料，证明南宋水浒故事中的三十六人，宋江、杨志、李俊、史进、张顺、关胜、

---

① 详见张锦池：《西游记考论》，黑龙江教育出版社1997年版，第28—41页。

② 湖北省《水浒》研究会、《水浒争鸣》编委会主编：《水浒争鸣》第1、2辑，长江文艺出版社1982、1983年版。

李逵、董平、杨雄、孙立、张清、燕青、呼延灼、张横①，都是实有人物。王先生又更上一层楼，把这一考实工作扩大到施耐庵笔下的一百零八将，指出刘唐、解宝、彭玘、王英、陈达、宋万、李忠，也都实有其人。这类考实，虽如余先生所说："盖与其过而废也，宁过而存之耳。"但对研究《水浒传》的艺术构思，我以为是功德无量的。兹据二位先生的考实，略予补说如下：

首先，在历史上，这些人物不但人各其地，甚至不是同一代人。比如，刘唐是"京东剧贼"，至和二年（1055）被蒋宪告获，下距宋江起义，六十多年；李逵乃密州"乐将节级"，建炎元年（1127）乘赵野弃城"作乱"，上距宋江起义，不足十年；李俊系泗州衙役，绍兴十年（1140）"遇僧"一案中的"小杖直"，上距宋江起义，近二十年；张顺本郢襄西山"民兵部将"，南宋咸淳八年（1272）应募率水师援襄阳而以身殉国，上距宋江起义，一百五十余年。王利器先生认为："《水浒》一书的断限，不仅仅局限在宣和三几年间的一个历史阶段，而是上起北宋初期下讫南宋末年的。"② 这，显然不无道理。

其次，在历史上，这些人物虽不是同一代人，但大多生活于两宋之交，刘唐和张顺只是例外。不妨统计一下，其人其事见于北宋宣和年间（1119—1125）者二人：宋江、杨志；北宋靖康年间（1126—1127）者一人：杨雄的原型王雄；建炎年间（1127—1130）者八人：李逵、关胜、解宝、董平、王英、李忠，以及史进的原型史斌、张清的原型张青；绍兴年间（1131—1162）者八人：孙立、张横、李俊、彭玘、宋万、陈达，以及燕青的原型梁青，呼延灼的原型呼延通。要之，两宋之交的

---

① 《宣和遗事》中，李俊作李海，杨雄作王雄，张清作张青，呼延灼作呼延绰。
② 湖北省《水浒》研究会、《水浒争鸣》编委会主编：《水浒争鸣》第1辑，长江文艺出版社1982年版。

人几占十分之九，而南宋初年的人又逾其中的四分之三，无论如何，这是值得我们注意的，而王利器先生却只强调了一个方面。

再次，在历史上，这些人物大都有各自的起义或御侮或二者兼而有之的业绩①，他们的实际身份和精神面貌与南宋以来的水浒英雄是相通的。宋江、刘唐、李逵、张顺，已如上述。杨志乃"招安巨寇"，宣和四年（1122）从童贯征辽，官先锋军统制。关胜乃"济南骁将"，建炎二年（1128）屡挫金兵，知府刘豫遂杀之以降金。解宝乃"济州山口贼"，建炎二年（1128）为韩世忠所镇压。董平乃"唐州土豪"，建炎三年（1129）集强壮为兵以"勤王"，间亦胁制州郡。孙立乃"镇江水盗"，绍兴元年（1131）与盗首邵青"改过自新"。张横乃"太原义士"，绍兴五年（1135）于"太行山保聚"，曾败金人于宪州，擒其首将。王英乃"不愿顺藩"而"聚兵保守山寨"的河东义士，建炎四年（1130）成为河南镇抚使翟兴的属下。李忠乃河西二十万红巾军首领，建炎四年（1130）曾屡犯均州，绍兴元年（1131）为金房镇抚使王彦败于秦郊。彭玘乃翟兴部下骁将，绍兴元年（1131）曾俘金人酋长忽沙郎君等于井谷；绍兴二年（1132）因翟兴兵败殉国，无奈失节伪齐；绍兴三年（1133），背伪齐归正，官知汝州。宋万乃归德军卒，绍兴二年（1132）因助李亘等反正而为刘豫所杀。陈达乃亳州之民，绍兴九年（1139）曾"请输税以助国用"，当亦义士。凡此，都是与梁山英雄同名同姓的。此外，还有不同姓名而疑是原型的：杨雄的原型疑是王雄，王雄曾于靖康年间（1126—1127）以斩获侵扰冀方逋卒进官，固当是忠勇之人。史进的原型是史斌，几已成为学界的定论，"斌本宋江之党"②，建炎元年（1127）复叛，曾据

——————————
① 聂绀弩：《中国古典小说论集》，上海古籍出版社1981年版，第38页。
② 朱一玄、刘毓忱编：《水浒传资料汇编》，南开大学出版社2002年版，第15页。

兴州僭号称帝。张清的原型疑是张青，张青乃邵青部下梢工，建炎三年（1129）曾与邵青以一舟十八人挡金人于江中，中十七矢，遂退于竹筱港。呼延灼的原型是呼延通，几已成为学界的共识，呼延通乃韩世忠部下骁将，绍兴六年（1136）曾生擒金人猛将牙合字董于宿迁。燕青的原型疑是梁青，梁青曾于绍兴年间（1131—1162）以数千人在太行山相保聚，固当亦是时人所说的"忠义人"。然而，最为重要的还是，有起义或御侮的勋业者占十之八九，而有二者兼而有之的勋业者又占其中的十分之六七，李俊似乎只是个例外。这一总体特点与南宋以来的水浒英雄是神似的，它反映为《宣和遗事》中的梁山英雄"助行忠义，卫护国家"，元人杂剧中的水浒英雄"替天行道救生民"，施耐庵笔端的水泊英雄"同存忠义于心，共著功勋于国"。实可谓既是"妖魔"而又是"星君"！

最后，在历史上，这些人物与梁山英雄虽则不无相似之处，但大多不是侯蒙所说的三十六人。刘唐、张顺，当然不是：因为，一个下距宋江起义六十多年，一个上距宋江起义一百五十年以上，寿所不及。王英、李忠、彭玘、宋万、陈达，当然不是：因为，他们都是"七十二地煞"中的人物，"七十二小伙"是元人水浒故事中才有的，施耐庵已无从考订。张清、孙立，当然不是：因为，他们是长江"水贼邵青"的部下。杨雄、李逵、解宝、董平、张横、燕青、李俊，当然不是：因为，李若水《捕盗偶成》说得明白："大书黄纸飞敕来，三十六人同拜爵。"而这七条好汉，在靖康以前却没有一个居官的。史进、呼延通，也鲜有可能：因为，呼延通是韩世忠部下骁将，史有明文，说史进即史斌，实于史无据，而且也很难找出二者之间的共同点，所以虽余嘉锡先生亦未"敢定斌为进"。杨志、关胜呢？回答也应该是否定的：因为，没有任何材料可以证明关胜曾为盗，将其打入"宋江之党"全然是受了水浒故事的影响；杨志与宋江虽则都是宣和年间的盗，然而一个是"巨寇"，一个是"草寇","巨寇"不能成为"草寇"的"三十六人"之一，其理由当不言自明。

问题也就来了：其一这些历史上的实有人物，他们与梁山英雄同名同姓或姓名相近而事迹相类，是偶然的巧合，还是另有深层原因？正确的回答恐怕只能是：从我们今天对个别人的考实来说，可能是种"偶合"；从作者当年"寂然凝虑，思接千载；悄焉动容，视通万里"（《文心雕龙·神思》）来说，却是种"顷刻间捏合"。道理很简单，两宋之交是阶级矛盾和民族矛盾犬牙交错时期，也是民族英雄和绿林豪杰灿若群星时期。深重的阶级压迫既使人民群众生出崇拜草泽英雄的心理，而严峻的民族矛盾又使人民群众生出希望草莽英雄出来匡扶宋室的心理。宋江有传说流传在民间，其他英雄人物当然也是如此。起初，彼此不一定有什么关系；久之，于交口相传中渐渐和宋江故事挂了钩；最后，经说话艺人的筛选和再编派，完成了三十六数。简言之，不是那些实有人物与"宋江三十六人"中人物同名，而是说宋江故事的人无意或有意将他们派充为"宋江三十六人"中的人物，这便是同题的实质。还是以张顺来说吧。施耐庵笔端的"涌金门张顺归神"，无疑是取材于《宋史》卷四百五十《忠义张顺传》："夜漏下三刻，起碇出江，以红灯为识，贵先登，顺殿之，乘风破浪，径犯重围。至磨洪滩以上，北军舟师布满江面，无隙可入，众乘锐，凡断铁攒杙数百，转战百二十里，黎明，抵襄阳城下。城中久绝援，闻救至，踊跃气百倍。及收军独失顺。越数日，有浮尸溯流而上，被介胄，执弓矢，直抵浮梁，视之顺也，身中四枪六箭，怒气勃勃如生。诸军惊以为神，结冢殓葬，立庙祀之。"这位民族英雄的牺牲，在南宋末年的影响是相当大的。龚开作为南宋遗民，其《宋江三十六赞·浪里白条张顺》云："雪浪如山，汝能白跳，愿随忠魂，来驾怒潮。"显然可以看作是对他的一种凭吊，已著施耐庵将非《水

浒》人物张顺写成《水浒》人物张顺的先鞭。然而，龚开生于宋宁宗嘉
定十五年（1222），下距张顺以身殉国半个世纪，则其昔年所见于街谈
巷语的水浒故事当产生于南宋中期以前；则故事中的"浪里白条张顺"，
其原型当是绍兴二年（1132）据州而叛的慈湖砦兵张顺；则将非宋江故
事中的人物张顺编派为宋江故事中的浪里白条张顺，其始作俑者还是南
宋中期以前的说书艺人，施耐庵又只是将相隔近一个半世纪的两个张顺
"顷刻间捏合"而已。

　　其二，水浒故事的发展过程，就是将非梁山英雄说成梁山英雄，
非水浒英雄的故事说成水浒英雄的故事之过程。[①]这种艺术加工，对交
口相传的大众来说，是无意识的附会；对民间艺人来说，是有意识的捏
合。再经施耐庵"笼天地于形内，挫万物于笔端"（陆机《文赋》），遂
使"水浒寨中屯节侠，梁山泊内聚英雄"越来越远离史实而成了想象的
故事，连百分之一的历史真实性都没有的。它可以使我们从中看出一个
时代的政治风云和民众心态，却不能使我们从中看出历史上宋江起义的
来龙去脉，哪怕是个侧影。

　　龚开的《宋江三十六赞》有几点是值得注意的：一是某些人物的品
格并不高尚。说武松是"酒色财气，更要杀人"，说"石秀拼命，志在金
宝"。解珍绰号"两头蛇"，赞语是"左啮右噬，其毒可畏"；解宝绰号"双
尾蝎"，赞语是"反其常性，雷公汝嫌"。这些人物大概都是些"风高敢
放连天火，月黑提刀去杀人"的草头王。二是某些人物的品格是高尚的。
说宋江是"不假称王，而呼保义"；说关胜是"云长义勇，汝其后昆"；说
杨雄是"能持义勇，自命何全"；说张顺是"愿随忠魂，来驾怒潮"。这
些人物又简直成了"不从敌国而保山砦"的"节义之夫"代表。三是屡

---

① 聂绀弩：《中国古典小说论集》，上海古籍出版社1981年版，第35页。

言太行而只字不提梁山。卢俊义绰号"玉麒麟"，赞语是"风尘太行，皮毛终坏"。戴宗绰号"神行太保"，赞语是"汝行何之，敢离太行"。穆弘绰号"没遮拦"，赞语是"出没太行，茫无畔岸"。张横绰号"船火儿"，赞语是："太行好汉，三十有六。无此火儿，其数不足。"还说那"浪子燕青"，是"太行春色"。这是很有意思的，它反映了说书艺人竟将南宋初年"忠义八字军"和"红巾军"的根据地太行山说成了"宋江三十六人"的"巢穴"。四是并未接受招安，类"不从金者，于太行山相保聚"。何以见得？其赞九纹龙史进云："龙数肖九，汝有九文，盍从东皇，驾五色云？"又赞小李广花荣云："中心慕汉，夺马而归。汝能慕广，何忧数奇？"这明显地反映了龚开希望他所赞的英雄能"一归于正，义勇不相庚"。从这四点，可以看出这是个由农民起义发展为抗金义兵的英雄传奇故事，它在宋人"说话"家数中当属于"小说"的子目"说铁骑儿"。

《宣和遗事》则不同，它一则写"江和三十六人"先后亡命梁山，一则借九天玄女法旨，要宋江率三十六天罡"广行忠义，殄灭奸邪"，一则写宋江等"各人统率强人，略州劫县，放火杀人"，最后九九归一，归到宋江接受招安，"平方腊有功，封节度使"。其他"三十六人"亦"各受武功大夫诰敕，分注诸路巡检使去也"。这显然是个江湖亡命发迹变泰的英雄传奇故事，它在宋人"说话"家数中当属于"小说"的子目"说公案"。

罗烨《醉翁谈录》，录有话本一百零七种，分为八类。其中公案类的"石头孙立"，朴刀类的"青面兽"，杆棒类的"花和尚"、"武行者"，大概都是水浒故事。可惜现在只存篇目，话本的故事如何，无从一知了。要之，这类话本，就其自由刻画某一英雄形象来说，它对水浒故事的发展，贡献是很大的。

问题是，这三种水浒故事的关系。我们知道，"说铁骑儿"以其专门讲说宋代的民族战争，具有现实的针对性而盛于南宋前期。它除了讲说抗金御侮的宋代名将，还讲说不从敌国而聚众保砦的"忠义人"。随着时间的推移，"现实的"越来越变为"历史的"。随着南宋屈辱求和政策的实现，统治者越来越讳于言御辽抗金，"说铁骑儿"也就随之而"一朝飘泊难寻觅"。其以宋代名将为主人公的故事，便和"讲史"合流，成为罗烨所说的"说新话"，我则称之为"亚历史小说"，代表作有"杨家将"和"岳家将"。其以"忠义人"为主人公的故事，遂与"说公案"合流，成为耐得翁所谓的"说公案皆是搏刀赶棒及发迹变泰之事"的典范之作，《宣和遗事》所录水浒故事便是这方面的代表。论者一般都以为《醉翁谈录》所录水浒话本篇目当是最早水浒故事，这恐怕是种误解。照我看来，它们皆不是最初载于人口的，相反，倒是取材于前两种水浒故事而经加工的，已启元人水浒戏对水浒人物再创作的先河。简言之，这些话本中的水浒英雄虽各有自己的勋绩，却莫不与一个人物挂钩，这个人物就是"呼保义"宋江，其情景当一如元人水浒戏中的主人公。

水浒故事的每一演变和发展，都包含着作家们或虚构或将非梁山英雄的故事移来写成梁山英雄的故事。比如"三打祝家庄"、"夜攻曾头市"，令劣绅丧胆，是虚构；"两败童贯"、"三败高俅"，叫谗臣魄散，是虚构；将"替天行道"的杏黄旗送上梁山，把一座"强盗山寨"变为仁义的机关，也是虚构。便皆不见于《宣和遗事》。比如，"黑旋风沂岭杀四虎"，当来自洪迈《夷坚甲志》所载复妻仇州民杀四虎："归云：'初寻迹至穴，虎牝牡皆不在。有二子戏岩窦下，即杀之而隐其中以俟。少顷，望牝者衔一人至，倒身入穴，不知人藏其中也。吾即持尾断其一足。虎弃所衔人，跟跄而窜。徐出视之，果吾妻也，死矣。虎曳足行数十步，堕涧中。吾复入窦俟牡者。俄咆哮而至，亦以尾先入，又如前法杀之。妻仇已报，吾无憾矣。'乃邀邻里往视，舁四虎归，分烹之。""呼延灼摆布连环马"和"宋江大破连环马",当来自《宋史·岳飞传》关于金人拐子马的记载:"初,兀术有劲军,皆重铠,贯以韦索,三人为连,号拐子马,官军不能当。是役也,以万五千骑来。飞戒步卒以麻扎刀入阵,勿仰视,第斫马足。拐子马相连,一马仆,二马不能行。官军奋击,遂大败之。"最有意思的还是"鲁提辖拳打镇关西"和"汴州城杨志杀牛二",疑脱胎于《新五代史·周太祖纪》:"潞州留后李继韬募勇敢士为军卒,威年十八,以勇力应募。为人负气,好使酒,继韬特奇之。威尝游于市,市有屠者,常以勇服其市人。威醉,呼屠者,使进几割肉,割不如法,叱之,屠者披其腹示之曰:'尔勇者,能杀我乎?'威即前取刀刺杀之,一市皆惊,威颇自如。"凡此,皆可以看出施耐庵是在有意为小说,且善于点石成金;并可以看出南宋以来的水浒故事的确是宋元两代民众的心史,它反映了压在民族压迫和阶级压迫两座大山下的黎民百姓,不得不把委屈和耻辱、愤怒和绝望记在心里,眺望茫茫的草泽,希望在那里找到救星,出来攘外安内,还我河山。

一言以蔽之,宋元水浒故事和《水浒传》,乃两宋强梁故事的"顷刻提破","忠义人"的"英雄谱",所以"助行忠义,卫护国家",便成为其延绵不绝的思想基调。

四、从水浒故事的演化轨迹看问题

如果把水浒故事的历史演化比作滚雪球,那么,随着这个雪球越滚越壮观,也就越来越为忠义思想所浸润。"忠义"二字始终是它运行的思想轨辙。而如果说,宋元水浒故事是"乱世忠义"的颂歌,那么,施耐庵的《水浒传》则是"乱世忠义"的悲歌,仅此不同而已。这有其演化轨迹可证。

第一，主题思想由期望宋江等三十六人出来"助行忠义，卫护国家"演化为痛惜宋江等一百零八将枉自"共存忠义于心"，却不能被朝廷用于"保境安民"。

《宣和遗事》所载"梁山泺聚义本末"，其主题思想比较集中地表现在两段话上。一是宋江所得"天书"写道："天书付天罡院三十六员猛将，使'呼保义'宋江为帅，广行忠义，殄灭奸邪。"一是晁盖临终遗言："从政和年间朝东岳烧香，得一梦，见寨上会中合得三十六数。若果应数，须是助行忠义，卫护国家。"这种假神道以设教，不止道出了宋江三十六人的聚义宗旨，也表达了作者的创作本旨，名为"神谕"，实亦作者"自谕"。这一点，我们在前文已经提及。需阐释的是："梁山泺聚义本末"虽属说书人粗陈故事梗概的"话本"，还是勾勒了宋江等三十六人"助行忠义，卫护国家"的"三部曲"。其始也，因反对朱勔和梁师成等"祸流四海"的贪官污吏而落草"太行山梁山泺"。其继也，因接受爱国将领张叔夜的"招诱"而"分注诸路"充当"巡检使"。其终也，宋江因"平方腊有功"而"封节度使"，"统豺虎，御边幅"。这"统豺虎，御边幅"虽则带有推断性质，书中并没有这么说，但与事理是密合的。因为，纵览全篇，此处所谓的"节度使"，显非两宋专作将相及宋室勋戚的荣衔，而类辽金之沿唐制一般皆设于边沿地区的实衔。况且"天书"说宋江："一朝充将领，海内耸威风。"言下亦不仅仅限于平方腊，还分明给人以抵御敌国的畅想，而这与篇中所写晁盖遗言"助行忠义，卫护国家"云云又是密合的。

尽管同是称颂宋江等三十六人的"殄灭奸邪"、"卫护国家"，龚开《宋江三十六赞》并《序》所言与《宣和遗事》所载却有明显的不同。二者的主要差别，并不在于所叙"三十六人"的人名与绰号等存在歧异，甚至亦不在于宋江其人属不属于"三十六人"之一，而在于如下三个事关重要的问题：

一是，《宣和遗事》里的宋江等三十六人于聚义期间曾离开根据地"梁山泊"，去"攻夺淮扬、京西、河北三路二十四州八十余县"。《宋江三十六赞》里的宋江等三十六人于聚义期间却并未离开根据地"太行山"。这何以见得？"神行太保戴宗赞"云："不疾而速，故神无方。汝行何之，敢离太行？""信使"神行太保戴宗当然会离开太行山外出打探信息，可见宋江的主要活动范围是在太行山地区；而统观《宋江三十六赞》并《序》，亦难以看出宋江三十六人曾倾巢而出攻州夺郡，如《宣和遗事》中所写。

二是，《宣和遗事》中的宋江等三十六人是接受招安了的，且曾去打方腊。《宋江三十六赞》中的宋江等三十六人正处于聚义时期，皆草莽英雄。这何以见得？《序》中说得明白："盖其本拨矣，将使一归于正，义勇不相戾，此诗人忠厚之心也。"

三是，《宣和遗事》里宋江等三十六人卷入民族矛盾是在宋江封节度使以后。《宋江三十六赞》里的宋江等三十六人卷入民族矛盾是早在宋江接受招安之前。这又何以见得？从赞辞知之。比如"小李广花荣赞"云："中心慕汉，夺马而归。汝能慕广，何忧数奇？"再如，"大刀关胜赞"云："大刀关胜，岂云长孙？云长义勇，汝其后昆。"此处特标"中心慕汉，夺马而归"，"云长义勇，汝其后昆"，诚然是表露了龚开作为宋朝遗民的爱国心理及其对所赞人物的"忠厚之心"，然而与南宋"街谈巷语"中的花荣和关胜等的实际形象，甚或该水浒故事的思想，亦必不相悖。

《宋史·宗泽传》云："今河东、山西不从敌国而保山寨者，不知其几。诸处节义之夫，自黥其面，争先救驾者，复不知其几。"显然，龚开作《赞》所依据的南宋"街谈巷语"中的宋江等三十六人的形象，实更接近于两宋之交出没于太行山的"八字军"（《三朝北盟会编》）、"忠义社"(《宋史·岳飞传》)、"红巾军"(熊克《中兴小纪》)等民众勤王御侮武装的历史剪影。它较之《宣和遗事》里的水浒故事民族意识更为炽热。唯其如此，所以它不仅最为人民群众所津津乐道，且"有高如李嵩辈传写"，且有南宋遗民龚开予三十六人各为之赞，又从而序论之——虽"士大夫亦不见黜"。

因此，《宣和遗事》所载"梁山泺聚义本末"与龚开据以作《宋江三十六赞》并《序》的"街谈巷语"，二者实际上属于两个系统：一是源出南宋以说江湖亡命游侠招安受职之事为主的"说公案忠义类"；一是源出南宋以说民族斗争为主包括了农民起义及其发展为抗金义兵事迹的"说铁骑儿"，而后者略早。这一点，前面已经说了，兹不赘述。

重要的是，不论《宣和遗事》所载"梁山泺聚义本末"，还是龚开据以作《宋江三十六赞》并《序》的"街谈巷语"，它们所宣扬的忠义思想，说到底，就是要草泽英雄"同存忠义于心，共著功勋于国"，就是要草泽英雄出来"匡扶宋室"、"安内攘外"。质而言之，它们真正赞扬的，并不是反抗官府的草泽英雄，而是草泽英雄的"归顺宋朝"。因此，它们对英雄们的被逼落草虽壮其人却不认可。比如，《宣和遗事》说宋江等"各人统率强人，略州杀人……劫掠子女玉帛，掳掠甚众"。比如，龚开《宋江三十六赞·玉麒麟卢俊义》云："白玉麒麟，见之可爱。风尘太行，皮毛终坏。"凡此，便明显地反映了这一点。一言以蔽之，当宋江三十六人落草为寇时，作者认为他们是"义勇相戾"的。所以，虽同情其遭际，而对其"躬履盗迹"的一面却不无微词。

打破这思想局限的是比较激进的南宋遗民周密为龚开《宋江三十六赞》并《序》所写的跋与元人杂剧中的水浒戏。民族压迫，说到底，是阶级压迫，但此种阶级压迫，又是以民族压迫的形态来实现的，是以比一般的阶级压迫更为深重，其所激起的被压迫阶级的反抗也就更强烈、更内在、更普遍：这就是元代社会矛盾的主要特点。正是在这种历史条件下，周密怀着故国之思在将龚开《宋江三十六赞》并《序》收入他的《癸辛杂识续集》时，写下如下的一段跋语：

> 此皆群盗之靡耳。圣与既各为之赞，又从而序论之，何哉？太史公序游侠而进奸雄，不免异世之讥，然其首著胜广于列传，且为项籍作本纪，其意亦深矣。识者当自能辨之云。

龚开在《宋江三十六赞》里，诸如说："龙数肖九，汝有九文。盍从宋皇，驾五色云？"等等，还只是希望草泽英雄出来重扶宋室；周密的这段跋语则不啻是公然期望当时的草泽英雄出来推翻元朝，认为只要能推翻元朝就是"真命天子"。今日观之，这种民族情绪显然是窄狭的，可在当时却代表着一种社会思潮。

正是在这一社会思潮下，元人杂剧《梁山泊黑旋风负荆》与《争报恩三虎下山》等水浒戏，把"替天行道"的"杏黄旗"插上了水泊梁山，将一座封建统治者心目中的强盗山寨"聚义厅"改为"替天行道救生民"的"忠义堂"，道是"忠义堂高搠杏黄旗，一面上写着'替天行道宋公明'"。要了解这一艺术处理的思想内涵，最好莫过于看一看《古今小说·闹阴司司马貌断狱》里有一段关于"天道"的议论，因为它代表了旧时一般民众对"天道"的诠释：

> 阎君，你说奉天行道，天道以爱人为心，以劝善惩恶为公。如今世人有等悭吝的，偏教他财积如山；有等肯做好事的，偏教他手中空乏；有等刻薄害人的，偏教他处富贵之位，得肆其恶；有等忠厚肯扶持人的，偏教他吃亏受辱，不遂其愿。作善者常被

　　作恶者欺瞒，有才者反为无才者凌压。有冤无诉，有屈无伸，皆
　　由你阎君判断不公之故。

《古今小说》里的这段话，实际上是道出了封建社会的通病，蒙古贵族统治下的元朝尤其如此。然而，自古以来都把实施这种"以爱人为正，以劝善惩恶为公"的民本主义仁政理想寄托在"圣君贤臣"的身上。开明士大夫如龚开感于亡国之痛自序作赞的用意，有"将使一归于正，义勇不相庚，此诗人忠厚之心也"的话，那也不过是寄予一线希望的话。现在，元人杂剧称梁山好汉"替天行道救生民"，宣称"三十六勇耀罡星，一个个正直公平"（《燕青博鱼》），道其"只杀滥官污吏，并不杀孝子节妇"（《争报恩》），道其"将奸夫淫妇都杀坏，方显义气仁风播四海"（《还牢末》），这种让梁山好汉惩处"倚势挟权"的权豪势要和捉拿"败坏风俗"的奸夫淫妇，这种让梁山好汉保护孝子节妇和解救含冤负屈的良民，这种让梁山好汉承担起正风俗、明教化的责任的做法，赋予了《宣和遗事》"梁山泺聚义本末"九天玄女法旨所说的"广行忠义，殄灭奸邪"以实际内涵，不只反映了时人对英雄们的落草为寇公然认可，而且无异于在说"盗"比"官"好，"强盗山寨"比"官府公堂"好。因此，无疑是对宋人水浒故事思想主题的重大发展。这一发展，既有反对阶级压迫的意蕴，又有反对民族压迫的意蕴，既可表示元朝广大人民群众的心理，又暗中规定了后来《水浒传》里的梁山义军的性质。其时代烙印是清楚的，其在水浒故事演变史上的作用也是清楚的。

　　还需注意的是，现存六个元人水浒戏，除《争报恩三虎下山》杂剧以外，五个写宋江的自报家门，内容是雷同的，都道是"某，姓宋名江字公明，绰号顺天呼保义"。都道是"因带酒杀了阎婆惜，迭配江州牢城营；路打这梁山过，遇见晁盖哥哥，救某上山"。都道是"哥哥

晁盖三打祝家庄身亡，众兄弟拜某为头领"。都道是"某聚三十六大伙，七十二小伙，半垓来小喽啰，威镇梁山"。则这类元人水浒戏皆取资于一种由《宣和遗事》"梁山泺聚义本末"发展而来的平话，明矣！则该平话对落草时期的梁山好汉的认知当与元人水浒戏相类，亦明矣！这后一点，还有个旁证，杨慎《词品》云：

> 《瓮天脞语》又载宋江潜至李师师家，题一辞于壁云："天南地北，问乾坤何处可容狂客？借得山东烟水寨，来买凤城春色。翠袖围香，鲛绡笼玉，一笑千金值。神仙体态，薄幸如何销得！想芦叶滩头，蓼花汀畔，皓月空凝碧。六六雁行连八九，只待金鸡消息。义胆包天，忠肝盖地，四海无人识。闲愁万种，醉乡一夜头白。"小辞盛于宋，而剧贼亦工如此。

正如胡应麟在其《少室山房笔丛》中所说："此即《水浒》词，杨谓《瓮天》，或别有据；第以江尝入洛，则太愦愦也。"重要的是，童瓮天的《瓮天脞语》乃宋元之间的作品。这首写宋江为谋求招安而走李师师的门路题于李氏之壁的《念奴娇》，明确无误地写出了落草梁山时期的以宋江为代表的众好汉乃忠义双全的大英雄。杨慎将"野史"人物宋江与"正史"人物宋江混而为一，固然"愦愦"，然而假若其所记不误，则元人之对梁山好汉的被逼落草是持认同态度的，亦不言而喻矣！

今存六个元人水浒戏写的皆是落草时期的梁山英雄。那么，元代的水浒故事说宋江等人的结局又如何呢？与《宣和遗事》里一样，也颇煊赫，甚或过之。这有元人陆友的《题宋江三十六人画赞》可证。其写方腊与宋江故事云：

睦州盗起蟓连城，谁挽长江洗兵马。

京东宋江三十六，白日横行大河北。

官军追捕不敢前，悬赏招之使擒贼。

后来报国收战功，捷书夜奏甘泉宫。

这种将宋江与方腊作对照，乃《宣和遗事》"梁山泺聚义本末"系统水浒故事的特征。诗中所言"甘泉宫"，乃汉时宫名；汉武帝常接见诸侯王、郡国上计吏及外国宾客于此。则"后来报国收战功，捷书夜奏甘泉宫"云云，言下宋江的事功似不止于平方腊，"攘夷"的边功直隐隐呼之欲出。这是诗人的期望，抑或是种思潮？要之，元明间的无名氏杂剧《宋公明排九宫八卦阵》，则演出了宋江征辽的故事。说梁山义军归顺宋室以后，适逢辽国兴兵犯境，宋江率其部下排九宫八卦阵以御之，大获全胜，遂授沧州节度使，部下亦都授官。该故事无稽如是，或滥觞于元末闾巷之言，亦未可知也。

如上所说，龚圣与据以作《宋江三十六赞》的水浒故事，其流传于闾巷时倘有抗御敌国的情节，当在宋江三十六人啸聚太行山时。《宣和遗事》里的水浒故事，其说书人在畅而演之时倘有抗御敌国的情节，当在宋江三十六人平方腊以后。陆友据以作《题宋江三十六人画赞》的元朝中叶以前的水浒故事亦然。因此，以"征辽"紧接"招安"如杂剧《宋公明排九宫八卦阵》所写，只是势若江河的宋元水浒故事之发展演化过程中的一支插曲，乃衍生的，后起的，它不属于宋元平话水浒故事的系统。

第一，《水浒传》是以《宣和遗事》所载"梁山泺聚义本末"为蓝本的，这已成为学界的共识；可今见《水浒传》，除金本以外，却皆以"征辽"接"宋公明全伙受招安"，这该怎么解释？莫非施耐庵受了杂剧《宋公明排九宫八卦阵》的影响？否。因为，百回本《水浒传》成书在前，杂剧《宋公明排九宫八卦阵》搬演在后，这是可以断定的。何以知之？杂剧写宋江兴兵征辽时曾问"久后结末之事"于罗真人，罗真人答以"八句诗"，道是：

> 忠心者少，义气者稀。幽燕功毕，明月辉辉。始遇冬暮，鸿雁分飞。吴头楚尾，巨缘同回。

这"八句诗"乃谶语。盖"幽燕功毕"云云，言兴兵征辽，马到成功；"吴头楚尾"云云，言平定方腊，魂归楚州。因此，这"八句诗"，正可以用来说百回本《水浒传》所写宋江等梁山好汉于接受招安后，由"征辽"而"征方腊"而"神聚蓼儿洼"的悲剧命运。则小说之成书与杂剧之搬演，二者究竟孰先孰后，可以定谳矣！

正因为施耐庵的《水浒传》是由宋元平话水浒故事发展而来的，而"征辽"不是属于这一故事系统，所以百回本《水浒传》中的"征辽"也是元明间好事者据闾巷琐谈所加，而非施氏原作。这一点，鲁迅在其《中国小说史略》里说得很清楚："以平方腊接招安之后，如《宣和遗事》所记者，于事理始为密合。"对此，郑振铎还曾在其《〈水浒全传〉序》里以无可辩驳的事实作了论证，最后令人信服地指出："征辽"、"讨田虎"、"伐王庆"，皆后人所加，"它们不是原本的完整的结构中所包含的部分"。明了这一点，是十分重要的。否则，便难以看清《水浒传》的创作本旨与艺术结构的有机性，以及施耐庵的悲愤之所在。

那么，《水浒传》除了内容赡博、铺张壮烈以外，它与南宋以来的水浒故事主要不同之点在什么地方呢？难道是在于鼓吹"忠义思想"？不，这是宋元水浒故事的传统主题。难道在于描绘"宋江投降了，就去打方腊"？不，这是《宣和遗事》里固有的情节。难道是在于把"聚义厅"改为"忠义堂"，将"替天行道"的"杏黄旗"插上水泊梁山？不，这在元人杂剧里早已如此。《水浒传》与南宋以来的水浒故事，其主要不同之点是在于改变了宋江的结局——让"宋公明神聚蓼儿洼"。这是作品的主题深刻性之所在，也是作者的深沉的悲愤之所在，从而使之成为中国文学史上第一部反思小说。

这是因为，《水浒传》所写的"官逼民反"是强调"乱由上作"，而不是认为官也不好，民也不好，该各打五十大板。梁山好汉们的形象在作者心目中固然是"乱世忠义"的形象，跟随"反贼"方腊的"乱民"在作者心目中也是"盗贼本王臣"，其所以沦为"盗寇"，皆在于道君皇帝无道，"满朝文武，多是奸邪"。"宋公明全伙受招安"以前，写宋江等义勇"不在古今名将之下"的一百零八条好汉，他们是如何被无道之君祸国之臣"逼上梁山"，沦为"盗贼"，而犹"但愿共存忠义于心，同著功勋于国，替天行道，保境安民"。"宋公明全伙受招安"之后，写宋江等一百零八位义勇"不在古今名将之下"的英雄，他们是如何不仅未能被朝廷用于"统豺虎，御边幅"，反而被无道之君祸国之臣先后一一驱入死而不得其所的死地——"煞曜罡星今已矣，谗臣贼相尚依然！"面对外敌凭陵，遂致国将不国。这样，施耐庵就在谱写一曲令人耳热心酸的"乱世忠义"悲歌的同时，悲愤地喊出"国家兴亡，匹夫无责，责在朝廷"，从而总结了北宋何以灭亡的原因并为后来者戒，而这也就是作品的创作本旨。因此，假若去掉"征辽"、"讨田虎"、"伐王庆"等后人所制的赝品，则施耐庵的《水浒传》原著，其主题思想是深刻的，光辉的，其艺术结构是完整的，谨严的。

第二，宋江的形象由"勇悍狂侠"、"躬履盗迹而无讳"的草莽英雄而演变为"仁德施恩"、"替天行道救生民"的忠厚长者。

宋江作为"三十六人"的首领，当一开始就在故事传说中居于众星拱月般的首要地位。论者往往以为罗烨《醉翁谈录》所载《石头孙立》、《戴嗣宗》、《青面兽》、《花和尚》、《武行者》等话本的名目，说的只是孙立、戴宗、杨志、鲁智深、武松等个人的故事，这未必正确。照我的看法，其中必有一个共同的人物，那就是宋江，人物关系当如元人杂剧《黑旋风双献功》等水浒戏。否则，便难以形成早期水浒故事的雏形。这些话本中的宋江等人物形象，我们虽已无从知晓，但从《醉翁谈录》将其分别列入"小说"子目"公案"、"朴刀"、"杆棒"来看，还是可以推知他们当属于任侠尚义而不惜违犯法度的草莽英雄。

这与南宋的其他水浒故事传说并不相悖。陈泰《所安遗集补遗》里记载的民间传说，说"宋之为人，勇悍狂侠。其党如宋者三十六人"。龚开《宋江三十六赞》与《宣和遗事》里所说的"三十六人"，亦皆"勇悍狂侠"之士。这是有稽可查的。比如，龚开之言武松也，固然是"酒色财气，更要杀人"。其言吴学究也，亦是"惜哉所予，酒色粗人"。那么，宋江是否也是如此呢？《宣和遗事》里说宋江："醋劲"一起，阎婆惜和吴伟人头落；想落草为寇，便"直奔梁山泊上，寻那哥哥晁盖"；既以"助行忠义，卫护国家"为己任，却也"略州劫县，放火杀人"。要之，这两种作品，皆云宋江的绰号为"呼保义"，却没有掩饰他的"盗迹"。说他既有"广行忠义，珍灭奸邪"的方面，也有"略州劫县，劫掠子女玉帛"的方面。凡此，都反映了宋江的性格特点，的确是属于"勇悍狂侠"，并不那么拘泥于君国法度；还不能说他是"草泽忠臣"，只能说他是"盗贼之圣"，"义"与"勇"仍有相"戾"的地方。这基本反映了南宋水浒故事中对宋江的造型，也符合时人对"忠义八字军"，特别是对"红巾军"的看法。视之为"忠义八字军"或"红巾军"的历史剪影可也。

元朝定鼎后是水浒故事发生急剧变化的时期，宋江的思想性格也是如此。从元初童瓮天《瓮天脞语》所记的那首《念奴娇》中知宋江已一跃而成"义胆包天，忠肝盖地"的忧国忧民的英雄。从元人杂剧水浒戏中知宋江的绰号除了在南宋时的"呼保义"冠以了"顺天"之外，又新增了个"及时雨"，盖"顺天呼保义"旨在言其"忠"，"及时雨"旨在言其"仁"，而戏中的宋江其主要特点则是"替天行道救生民"，遂使之又一跃而成为忧国忧民的"仁义"的英雄。这是一种了不起的变化，既反映了民族压迫与阶级压迫这双重压迫下的人民群众的心理，同时也为后来《水浒传》中的宋江的思想性格奠定了其以"仁义"为骨而以"忠义"为肌的基调。

然而，元人杂剧水游戏里的宋江还把"风高敢放连天火，月黑提刀去杀人"作豪语，其"盗气"还没有完全为"忠义"二字所销尽；上述《念奴娇》有句云"借得山东烟水寨，来买凤城春色"，若不经《水浒传》式的总体情节制约，亦不无"要做官，杀人放火受招安"之嫌。到了施耐庵的笔下，写宋江之栖身梁山也，则成为"休言啸聚山林，早愿瞻依廊庙"，宋江身上的固有"盗气"不仅为之一扫，性格也差不多近于"勇悍狂侠"的反面，成为仁德长厚一流的刘备式英雄，成为"忠义"二字的思想化身——"忠为君王恨贼臣，义连兄弟且藏身。不因忠义心如一，安得团圆百八人。"

随着宋江思想性格的历史演变，关于宋江何以落草为寇、充任寨主、接受招安等关键性情节也都相应地发生历史演变[①]。简单地说：

宋江落草为寇的过程，由《宣和遗事》里所写出于"醋意"怒杀阎婆惜，题诗于壁云："要捉凶身者，梁山泊上寻。"并"直奔梁山泊，寻那哥哥晁盖"。到元人杂剧水浒戏里所写"因带酒杀了阎婆惜，迭配江州牢城营；路打这梁山过，遇见晁盖哥哥，救某上山"。到《水浒传》里所写因出于自卫而被迫杀了阎婆惜，囿于君国法度不肯落草梁山而最终不得不"权借水泊暂栖身"。其三部曲是：投奔梁山——救上梁山——逼上梁山。

宋江充当寨主的过程，由《宣和遗事》里所写宋江"及到梁山泊上时分，晁盖已死……吴加亮和那几个弟兄，共推让宋江做强人首领"。到元人杂剧水浒戏里所写晁盖救宋江上山，让第二把交椅坐，晁盖三打祝家庄身亡，众好汉拜宋江为头领。到《水浒传》里所写晁盖率众劫法场救宋江上山，让第一把交椅坐，宋江"情愿就死"不肯，坐了第二位，晁盖曾头市中箭身亡，宋江代理梁山寨主，把"聚义厅"改为"忠义堂"，"忠义堂石碣受天文"，宋江方正式"把寨为头"，并旋即发表了旨在要求众好汉"共存忠义于心，同著功勋于国"的"就职演说"。其"三部曲"是：乐于充当——顺水推舟——只得担任。

宋江接受招安的过程，由南宋史籍所载被张叔夜的"逼降"，演变为《宣和遗事》里所说直使"朝廷无其奈何"而"光荣"地为张叔夜奉谕"诏诱"；到《瓮天脞语》里所说走李师师的门路主动谋求招安；到《水浒传》里所说于"两赢童贯"和"三败高俅"之后，复走李师师门路"把衷情达知今上"乞求降诏招抚，以期能"竭力捐躯，尽忠报国，死而后已"。其"三部曲"是：被人"招诱"——主动谋求——乞恩降诏。

凡此，都从不同的侧面反映了宋江思想性格演变的历程，而其总的趋势则是："盗气"渐渐为"忠义"二字所销尽，随之越来越成为忠义思想的化身。

第三，"聚义"的根据地由传说不一而定为水泊梁山；好汉由三十六人而发展为一百零八将。

陈泰《所安遗集补遗》说宋江聚义地点是水泊梁山；其地"绝湖为

池，阔九十里"，"至今山下分赃台，置石座三十六所"。"绝湖为池"云云，则可以推知宋江所部不会是千军万马。龚开《宋江三十六赞》说宋江聚义地点是太行山；序里以"盗跖"喻宋江，称之为"盗贼之圣"。"盗跖"以九千人横行天下，则可以推知龚开所闻说的宋江当亦以人少而善战著称。《宣和遗事》把"梁山"与"太行山"捏在一起，说宋江聚义地点是"太行山梁山泊"，曾兵分三路去"略州劫县"。这与前两说相比，声势显然是壮大了，但"头领"依然是三十六人。元初童瓮天《瓮天脞语》所录《念奴娇》词，说宋江啸聚地点是"山东烟水寨"，好汉人数是"六六雁行连八九"，已由南宋传说的三十六人扩大到了一百零八人。元人杂剧水浒戏把宋江写得更有气派："某聚三十六大伙，七十二小伙，半坎来小喽啰，威镇梁山。寨名水浒，泊号梁山。纵横河港一千条，四下方圆八百里。……有七十二道深河港，屯数百只战舰艨艟；三十六座宴楼台，聚百万军粮马草。"由此，也就暗中为后来《水浒传》所描写的"众虎同心归水泊"规定了地理环境与义军规模。当然，若以兵力而论，前者与后者相比，则又是小巫见大巫。

现在，要提出研究的问题是：南宋水浒故事大多说宋江聚义的地点是太行山，"头领"是三十六人，元朝水浒故事则把宋江聚义的地点放在水泊梁山，将"头领"扩大到一百零八人，引起水浒故事这一骤变的时代原因是什么？照我的看法，这是由于：南宋外敌凭陵，国政弛废，人民群众交口传颂水浒故事，实际上是反映了他们自觉或不自觉地希望草泽英雄出来匡扶宋室，抵御外侮，所以大多把宋江聚义地点定在曾一度作为"忠义八字军"等抗金根据地的太行山，而"三十六人"云云则是受时代较近的史实的制约，同时也是出于想把英雄人物说得更传奇些。元朝定鼎以后，民族压迫深重，"人心不忘赵氏"，自会痛定思痛，人民群众交口相传水浒故事，实际上反映了他们自觉或不自觉地想借以总结宋室何以会灭亡的原因并为后来者戒，所以把宋江聚义地点定在离北宋京城开封近在咫尺的水泊梁山，并把"头领"由三十六人扩大到一百零八将，一则借以显现梁山"不在古今名将之下"的英雄好汉如云，一则借以显现宋江实属不肯"杀去东京，夺了鸟位"的"忠义之烈"，目的是要说明宋室其所以会灭亡，全然是在于"满朝文武，多是奸邪"，致使矢志"替天行道，保境安民"的"忠义之士"英雄无用武之地，死而不得其所，含冤涕泣而犹不忘效力于黄泉！

五、简短的结论

盛传于宋元两代的水浒故事，其所以会形成和发展，并蔚为大观，孕育出不朽名著《水浒传》，一则基于历史上宋江起义的自身特点，一则基于当时的势如黄河东流的社会思潮。它的发展轨辙，始终未脱"忠义"二字。其美学价值越高，其史学价值越低。只可把它看作宋元意识形态的形象画卷，不可把它看作北宋末年宋江起义的英雄史诗。

"臣心一片磁针石，不指南方不肯休"。这是民族英雄文天祥的思想，也是宋元两代民族矛盾高涨的历史条件下汉族人民和知识分子的潜在民族心理。正是基于这种心理，人们于交口相传中把水浒故事谱写成一曲昂入云霄的"乱世忠义"的颂歌。人们并没有把宋江等英雄好汉当作农民起义的领袖人物来看待，而是把他们看成所谓"忠义之聚于山林者也"。施耐庵的《水浒传》则又集其大成。因此，水浒故事或《水浒传》中的宋江形象，根本不存在什么投降派不投降派的问题。认为《水浒传》是歌颂农民起义的"英雄史诗"，是"诲盗"之作；认为《水浒传》是"宣扬投降主义的反面教材"，是"弭盗"之作。这两种观点皆是作者始料所不及的形象客观社会效果的某一片面，当然也就经不起南宋以来水浒故事的检验。

　　论述水浒故事或《水浒传》的忠义思想的质的规定性，不是本文的用意之所在，当另文作专题论说。但从本文如上的论说中已可见其一斑，借用明人余象斗的话来说，那就是"尽心于为国之谓忠，事宜在济民之谓义"（《题水浒传叙》）。直白地说，那就是爱国主义与民本主义思想的结合。而由于水浒故事或《水浒传》又是将这种结合与忠君观念胶结在一起的，其结果就必然会成为难于结出硕果的鲜花。这真是个悲剧，是时代的悲剧。

第三章　两宋"忠义人"的英雄谱

——水浒故事与《水浒传》文化特征考辨

一、以"忠义人"的襟怀写"忠义人"

两宋之交的"忠义人"约略可以分为两类：一是以"不从敌国，结寨自保"为其特点的"山寨忠义"，这是种地方豪强武装，除了给养遇到困难以外，一般不干法外勾当。一是以"头扎红巾，啸聚山林"为其特征的"红巾军"，这是种江湖亡命武装，虽躬履盗迹而无讳，却宗宋反金。王彦所部的"忠义八字军"，则是由接受招抚后的这两部分人的精锐所组成，所以格外具有战斗力。而"忠义八字军"所以要循宋兵刺花的传统而在脸上刺了"赤心报国誓杀金贼"，恐怕不只出于想借此以明志，也是出于为使当政者放心而允其勤王。其忠义之心如是，难怪岳飞要将招抚"两河忠义"作奇兵作为自己的复国方略之一："河北响应，一战而中原复矣！"①

明乎此，便知一部《忠义水浒传》实乃两宋"忠义人"的英雄谱，岂止水泊健儿，清风山、二龙山、桃花山、饮马川等砦寨的强人，莫不是"忠义人"。所以，其写宋江的作用也，道是："直教红巾名姓传千古，

---

① 岳珂：《百氏昭忠录》卷11，《鄂国金佗续编》卷27，中华书局1989年版，第1592页。

青史功勋播万年。"其写山泊健儿的装束也，道是："人人都带茜红巾，个个齐穿绯衲袄。"其写梁山的旗帜也，道是："满地红旗飘火焰，半空赤帜耀霞光。"其写宋江的心志也，道是："统豺虎，御边幅，号令明，军威肃。中心愿，平虏保民安国。"岳武穆泉下有知，当引以为同调吧！则"日月常悬忠烈胆，风尘障却奸邪目。望天王降诏早招安，心方足"云云，忧国忧民之心，民族大义之念，存焉！是故，梁山寨主宋江的这支畅想曲《满江红》，是传达了两宋"忠义人"（特别是两河地区红巾军）之心声的。其壮烈如是，称之为"忠义进行曲"，并不为过。

　　这是不足为怪的。宋元水浒故事既先后来自"说铁骑儿"和"说公案"之"忠义类"①，当然也就使它蕴有草泽忠良的"宗宋平虏"价值观念和江湖亡命的"发迹变泰"思想意识，从而也就使梁山好汉成为事实上的两宋"忠义人"的艺术剪影。"不须出处求真迹，却喜忠良作话头。"施耐庵既没有以农民起义的观念去修正这种两宋"忠义人"的艺术剪影，从而使梁山好汉成为"有志图王"的英雄；又没有以士大夫的托怀清贞去改造这种两宋"忠义人"的艺术剪影，从而使梁山好汉成为举体无常人事的节侠；却以"忠义人"的襟怀去完成其再创作。他一则将梁山好汉写成具有江湖亡命之外在特征的"魔君"，一则将梁山好汉写成具有"宗宋平虏"之内在要求的"星君"，即开卷所云似"魔君"而实"星君"是也。② 这就使小说的忠义观念不同于正统的忠义观念，反映出一种儒家文化与江湖文化的碰撞与融汇，形成了一种本质上是属于乱世半无产者与游民无产者的意识形态和文化心理，并在中国六大古典小说中独树一帜：这正是施耐庵之难能可贵的地方。它作用于施耐庵的艺术构思，

---

　　① 　详见本编第二章《乱世忠义的颂歌——宋元水浒故事思想倾向考释》。

　　② 　详见本编第十一章《论〈水浒传〉的神道设教和审美特征——与〈西游记〉比较谈》。

便出现了书中对如下几种关系的处理。这种以"忠义人"的襟怀写"忠义人"，不可以不认真研究。

二、绿林与官府的关系："盗比官好"

打开地主阶级的法典，"盗"和"官"这两个概念所具有的内涵，除了同是"人"这一共同的基本属性之外，其他表明各自特征的条件皆无共同之点。诗圣杜甫喊出"不过行俭德，盗贼本王臣"，正是他伟大的地方，但同时亦说明"王臣"一旦为"盗贼"也就被他打入另册。宋人计有功《唐诗纪事》，说唐文宗大和年间，诗人李涉舟经皖口遇盗，盗首曰："久闻诗名，愿题一篇足矣。"涉书赠一绝云："春雨潇潇江上村，绿林豪客夜知闻。他时不用相回避，世上如今半是君。"盗首得诗大喜，再拜送行，因为，诗中说天下的"官"多半也是"盗"。实际上，这种以"盗赃"喻"官赃"，说明诗人对"盗赃"也不是欣赏的。

作为士大夫，他们的社会地位、文化心态、价值观念决定了他们在阶级矛盾问题上可以反对苛政，怜悯黎元，高喊"盗贼本王臣"，诅咒天下的官多是盗，却不会站在揭竿而起者一面，去赞美绿林豪杰，说声"盗比官好"。况且，诗歌又是文学上的"正宗"，主要是给士子们看的，还有个读者对象问题。宋人"见于街谈巷语"的水浒故事，当时士大夫们的五七言诗里都没有"采著"，而只是说话艺人说给市民群众听的通俗小说的题材，其原因亦在于此。当遗老如龚开因痛恨"乱臣贼子"的"祸流四海"而想起宋江这种"盗贼之圣"来，满怀"孤愤"地说"盗贼之圣"比"乱臣贼子"好，那已是"大元"的天下，面对的是民族矛盾问题了。纵然如此，他对宋江也只是否定中的肯定：仅比"乱臣贼子"好而已。

"无道之时多有盗",元代就是这么个社会。它将人分为"蒙古人"、"色目人"、"汉人"、"南人"四等,酷虐的民族压迫成了反民族压迫的温床。它"官法滥,刑法重,黎民怨","贼做官,官做贼,混贤愚","惹红巾万千"。它尚武轻文,鄙夷知识,仇视人才,抛士子于"九儒十丐"的社会地位,缩短着文人学士与游民无产者的距离。人们将"替天行道"的杏黄旗送上梁山,说明"剥民官府过于贼"已成为社会的一种共识。

这种抑"官府"而扬"绿林"的思想,作为一种意识形态,已逾越士大夫对苛政的愤懑情绪,而包孕着乱世小生产者的反叛意念,从正统的忠义观看问题,显然是不宜提倡的,因为它本质上是草莽英雄的辩护词。

三、英雄与仇人的关系:"斩草除根"

"替天行道"虽然是梁山的标帜,但英雄们却似乎只讲"忠"和"义",雪起恨来,并不怎么讲"仁",更不讲什么"恕"。乱世英雄自然会杀人,张飞的丈八长矛就惯取咽喉,它给作品增添了不少悲壮美,令善者勇而恶者惧。可梁山好汉却有些乱杀人,报起仇来不仅杀贪官污吏、土豪劣绅、奸夫淫妇,还将无辜者的鲜血作为雪恨的对象,那刀光斧影,直令人毛骨悚然。

李逵不必说,江州劫法场,"一斧一个,排头儿砍将去",哪里人多就往哪里砍,"不问军官百姓";"捉鬼"四柳村,一斧一个结果了"奸夫淫妇"犹难息怒,又"看著两个死尸,一上一下,恰似发擂的乱剁了一阵"。武松报仇雪恨,讲"供人头",讲"一不做,二不休,杀了一百个,也只是这一死"。"血溅鸳鸯楼",一口气杀了十三人,刀都砍缺了,三分之二的人分明是无辜的。

　　宋江是忠厚长者，总不会对仇人一家"斩草除根"吧？与武松并无二致，只是不去一个一个手刃而已。比方他曾让花荣剜取刘高那厮的心，叫"把刘高一家老小尽都杀了"。比方他又曾让李逵生炙黄文炳的肉，令"把黄文炳一门内外大小四五十口，尽皆杀了，不留一人"。比方他还曾替柴进雪恨，于高廉阵亡后，"把高廉一家老小良贱三四十口，处斩于市"。死在他手下的无辜者，显然不比死在武松刀下的少。

　　章学诚在他的《丙辰札记》中，认为《三国演义》"叙昭烈、关、张、诸葛，俱以《水浒传》中崔苻啸聚行径拟之"。可是宋江和吴用行军打仗，却不像刘备和诸葛亮那样爱惜黎民。比方宋江为了拉秦明落草，竟然让小卒装做秦明，夜半去青州城下指拨红头子杀人放火，致"原来旧有数百人家，却都被火烧做白地，一片瓦砾场上，横七竖八，杀死的男子妇女，不计其数"。比方吴用攻克大名府，令"杜迁、宋万，去杀梁中书老小一门良贱。刘唐、杨雄，去杀王太守一家老小"。竟致行刑刽子蔡福请柴进"救一城百姓，休教残害"。比及柴进寻着吴用下令"教休杀害良民时，城中将及损伤一半"。此等"坏了百姓人家房屋，杀害良民"之事，是刘备和诸葛亮没有做过的。

　　然而，最不足训者，还是秦明的妻子为慕容知府所杀乃宋江设的计，朱仝的小衙内被李逵"头劈做两半个"乃吴用下的令，还有无数客商被朱贵麻翻杀死，许多过客成了孙二娘的包子馅。

　　问题在于：这些"报仇雪恨上梁山"的英雄，他们为什么也乱杀无辜？一种解释是："大概因为作者处于外族统治压迫之下，遍地灾荒，把杀人、吃人肉等等，看作无足深怪，以致在书中写了不少这一类的事情。"[①]这当然是对的。然而，问题也来了：哪一些人不视杀掠为丑行呢？

_____

　　① 《水浒传·前言》，中华书局香港分局 1970 年版，第 5 页。

孙述宇先生的答案是"强徒",因为,"杀人越货是他们生活中的基本事实,他们自然认为不必大惊小怪"①。这无疑是正确的。然而"替天行道"的强徒为什么也残害无辜?

答案是,法外之人的恐慌心理,以牙还牙的复仇意识,立德立功的价值观念,时不我待的起伏心潮,汇为一种"左"倾盲动情绪,于是,"敢笑黄巢不丈夫"也就成为他们心理流程的暗流。施耐庵报之以欣赏的笔触,遂使《水浒传》隐现着某种"强人说给强人听的强人故事"的面目,尽管其创作动机是意主忠义而旨归劝惩。二者所以能统一起来,并不令人感到梁山好汉是面目可憎的强盗,反倒令人感到他们是可歌可泣的伟丈夫,就在于作者写他们的乱杀无辜,一般都是把它作为他们报仇雪恨过程中的一支插曲来写的,由于反贪官污吏、土豪劣绅是人之大愿,故而在总体上并不影响他们的"忠义之聚于山林"的英雄形象。

四、英雄与钱财的关系:"劫富自济"

"替天行道"虽然是梁山的标帜,水泊英雄讲"忠"讲"义",然而在钱财问题上,却不讲什么清高,甚至不讲什么"义利之辨",唯不贪而已。

首先,石将军说:"老爷天下只让得两个人,其余的都把来做脚底下的泥。"哪两个人,又为什么"让得"呢?"一个是沧州横海郡柴世宗的孙子,唤做小旋风柴进柴大官人。""人都说仗义疏财,专一结识天下好汉,救助遭配的人,是个现世的孟尝君。""一个又奢遮,是郓城县押司山东及时雨呼保义宋公明。""平生只好结识江湖上好汉,但有人来投

---

① 孙述宇:《水浒传的来历、心态与艺术》,明报出版部1984年版,第35页。

奔他的，若高若低，无有不纳，便留在庄上馆谷，终日追陪，并无厌倦；若要起身，尽力资助，端的是挥霍，视金似土。"谁说不是如此呢？柴进曾资助过林冲，还曾资助过王伦。宋江北上避难期间曾资助过武松白银十两，致武松回清河县时路上还在寻思："结识得这般弟兄，也不枉了！"迭配江州期间资助李逵的银子就更多，遂使这个"黑凛凛大汉"自心底涌出话来："结拜得这位哥哥，也不枉了！"然而，你几曾见柴大官人开仓救济过灾民？宋公明也只是应允赠一具棺材给县前卖汤药的老王头而已。足见，施耐庵所讴歌的"仗义疏财"，究其实，主要是江湖好汉间的惺惺惜惺惺，好汉爱好汉，同道相助，其谊断金，而不是怜老惜贫，赈济黎民。

其次，梁山英雄，他们受人之施，从不忸怩作态；他们接济落难之人，从不以为是在积德行善；他们劫取"不义之财"，从没认为应用来济贫而不该归己。柴进是个"孟尝君"，可他对流配来的犯人的资助是菲薄的。"只见数个庄客托出一盘肉，一盘饼，温一壶酒；又一个盘子，托出一斗白米，米上放著十贯钱，都一发将出来。"这就是"份子"了，可林冲亦以为德。鲁智深是个大英雄，他对金二父女的资助是那么慷慨，令人肃然起敬；却卷走了桃花山的金银酒器，让李忠和周通"这厮吃俺一惊"，直叫今天的读者大皱眉头。晁盖是个大义士，他和吴用等劫取生辰纲，脑子里压根儿就没有济贫的念头，只想"大家图个一世快活"，如此而已。成功之后，便把财物分了，白胜家无处可藏，只好埋在床下，成了物证。

又次，梁山英雄，讲同道相助，也讲"亲兄弟，勤算账"。英雄们上梁山以前，他们大多各有自己的领地，以第三十七回所写来说，揭阳岭上岭下，李俊和李立是一霸；揭阳镇上，穆弘和穆春是一霸；浔阳江边做私商的，张横和张顺是一霸，平素各以客商作为自己的"衣食父母"。好汉们归水泊以后，他们对打劫来的财物当面分赃，以第二十回来说，"晁盖等众头领，都上到山寨聚义厅上，簸箕掌栲栳圈坐定。叫小喽罗杠抬过许多财物在厅上一包包打开，将彩帛衣服堆在一边，行货等物堆在一边，金银宝贝堆在正面。众头领看了打劫得许多财物，心中欢喜，便叫掌库的小头目，每样取一半，收贮在库，听候支用。这一半分做两分：厅上十一位头领，均分一分；山上山下众人，均分一分"。这种分配原则，显然是平均主义的，也是按等级的。

再次，宋江上山后，将打家劫舍和报仇雪恨结合了起来，将就地开仓济民和搬取财物上山结合了起来。比如打下祝家庄，一面"所有各家，赐粮米一石，以表人心"；一面"把祝家庄多余粮米，尽数装载上车。金银财赋，犒赏三军众将"。比如攻下大名府，"便把大名府库藏打开，应有金银宝物，缎匹绫锦，都装载上车子。又开仓廒，将粮米俵济满城百姓了，余者亦装载上车，将回梁山泊仓用"。搬回梁山的"金银宝物"虽然仍按寨规分配，但"盗赃"却被融入"替天行道"里了。

凡此，说明一个事实：施耐庵笔端的"节侠"，认为钱财是"人伦物理"，人们之需要钱财犹如鱼之需要水一样自然，用不着大惊小怪。从而也就反映了一个问题：施耐庵的文化心态有别于正统。

周密曾叹"太史公序游侠而进奸雄，不免异世之讥"。然而，司马迁在他的《游侠列传》中褒扬的是朱家、郭解。至若北道姚氏，西道诸杜，南道仇景，东道赵他、羽公子，南阳赵调之徒，却都是他所贬抑的，道是"此盗跖居民间者耳，曷足道哉！此乃乡者朱家之羞也"。施耐庵所称颂的梁山英雄，略类朱家者，惟宋江和柴进而已，晁盖和吴用等当属赵调之徒，就更不用说七十二地煞中的时迁之辈。

这就显露了两种文化心态的分歧：一个是从士大夫的文化心态出发，在叙写家有中资的游侠，所以认为"劫富"而不以"济贫"为目的，便是其志可羞的盗跖之徒。一个虽然也是文人，却具有某种平民意识，从民众的俗文化心态出发，在叙写闾巷之侠及家无余资的匹夫之侠，所以一方面以仗义疏财的宋江作为"节侠"的样板，另一方面又认为若不先解决肚子问题，就无"财"可"疏"，也成不了"节侠"，"劫富"以"济己"乃正常的事情，关键在于能否以"忠义"二字存于心。这一思想，实际上也就为李贽的"穿衣吃饭即是人伦物理"的观念开了先路，可以看作是施耐庵现实主义精神的胜利。

诚然，在今天的读者看来，劫财为己用固然不是一种好的品格，无故接受别人的钱物也未免有失自尊。然而，约翰逊的话还是对的："贫穷是人类幸福的大敌；贫穷不但破坏人的自由，而且可能使某些美德无法表现。"①（《约翰逊传》）施耐庵所以伟大，就在于他一丝不苟地在为贫困的年代贫困的民众写心。

五、英雄与女性的关系："阴人不吉"

女人和女色，这在《水浒传》里几乎是同义词。"女人是祸水"，简直成了施耐庵构思梁山英雄两性关系的指导思想之一。

宋江名满天下，江湖拱手，却吃了阎惜姣母女的亏。卢俊义力敌万人，通今博古，却险些被发妻贾氏送了性命。潘金莲害死了武大郎，并断送了武松的都头生涯。潘巧云送给了杨雄一顶绿帽子，且离间杨雄和石秀的结义之情。白秀英弄得雷横号令在勾栏门首，还一巴掌将雷横的老母打个跟跄。史进曾被李瑞兰置于缧绁，李巧奴对安道全已怀二

---

① ［英］包斯威尔：《约翰逊传》第4卷，中国社会科学出版社2004年版，第459页。

心。一言以蔽之，被红颜所害是不少英雄上山的起因。

这些女人有三个共同特点：一是标致，妖媚动人。二是有主见，"拳头上立得人，胳膊上走得马，人面上行得人，不是那等搊不出的鳖老婆"。三是无德，淫荡，没良心，甚至不惜谋杀亲夫。

美而无德的女子如此，美而贤良的女人又如何呢？也会给夫婿招引祸灾，林冲的妻子张氏便是如此。

然而，"饮食男女"毕竟是"人之大欲"，何况传宗接代又是人之大伦，所以，施耐庵理想中的一对，当莫过于小尉迟孙新娶母大虫顾大嫂："自藏鸿鹄志，恰配虎狼妻，到处人钦敬，孙新小尉迟。"

施耐庵的这种妇女观，一般都认为受了孔孟之道的影响。我以为不能这么看问题。

首先，三纲五常是儒家的基本法典，实践理性是儒家的哲学精神。这使历朝历代的最高统治者，莫不以表彰忠臣、孝子、节妇的法子去为臣民立极；这使中国的史册上多"循吏传"、"忠义传"、"孝义传"、"列女传"；这使中国文学史上臣子的形象比君主光辉，妇女的形象比男子夺目。还由于君为臣纲与夫为妻纲不无相似之点，文人学士们的思绪总好翩翩起舞，一来二去，"贤妻"等于"良臣"、"弃妇"等于"逐臣"，经常成为他们自况的形象，又让她赢走了一分男性的自我可怜。这样，在艺术的世界里，女性形象倒成了明月，男性形象只是天幕上的繁星而已。

其次，饮食男女乃人之大欲，"英雄"其所以引人称羡，原因之一，恐怕也在于平居宴饮时在美色上可以满足他的自我，于是，反映入文人学士的笔端，"英雄美人"成了永恒的主题。试看看苏东坡的神往吧："遥想公瑾当年，小乔初嫁了，雄姿英发。"再看看辛弃疾的怅恨吧："倩何人、唤取红巾翠袖，揾英雄泪！"而宋公明的结论："但凡好汉犯了'溜骨髓'三个字的，好生惹人耻笑。"这用来说"奸淫"，无疑是正确的，若用以说"红颜祸水"，大儒如苏东坡和辛弃疾，想来是不会首肯的，他们并无防闲女性的心态。

再次，顾大嫂的见义勇为，无疑是应该称颂的，她也的确是孙新的贤内助。然而，她的"眉粗眼大，胖面肥腰"，特别是"有时怒起，提井栏便打老公头；忽地心焦，拿石锥敲翻庄客腿"的性子，我想，"君子"见了，是不会"辗转反侧"的，只有将"温柔敦厚"的诗教放在脑后的人，才会"寤寐求之"。因为一旦需要，她可以帮你动手打人。

中国文学史以它的形象画廊告诉我们，具有防闲女性心理的是两种人。一是高僧：话本《月明和尚度柳翠》，写"出世古佛"玉通禅师，就因被红莲"赚骗"，破了色戒，险些堕入地狱。《明悟禅师赶五戒》，写得道高僧五戒，只因"差了念头，犯了色戒，淫了红莲，把多年清行付之东流"。《西游记》写唐僧西行求法，路逢九九八十一难，其中"色戒"问题竟占去了八难，女儿国的女王，对于这位圣僧来说，和遇到妖魔同样可怕。凡此，都反映出一种对女性的恐惧。二是强盗：最典型的例证就是现存六个元人水浒戏。六本戏中，竟有四本演淫妇勾结奸夫构陷亲夫，其余两本也是演男人因女人而大吃苦头。"阴人不吉"的观念，真是信手可掬。还是孙述宇先生说得好："我们发觉强人与僧人一样避忌妇女，这两种人处处南辕北辙，然而为自己生命的焦虑则一，所不同的是强人焦虑的是肉身生命，僧人则是精神生命而已。我国过去的盗匪有劫财不劫色的规条，又有阴人不吉的观念，都反映这种心理。"①

需要补说的是两点：一是，这种"阴人不吉的观念"，作为盗跖之徒的一条教义，它具有保持队伍的战斗力与将扰民的一面控制到最小限度的双重作用，其本质是入世的、积极的，与僧侣主义只是同路人

---

① 孙述宇：《水浒传的来历、心态与艺术》，明报出版部 1984 年版，第 40 页。

而已。换句话说，施耐庵写"红颜祸水"，含有戒绿林豪客"淫欲邪心"的用意，并不是想宣扬僧侣主义，否则就不会一再让宋江去做红媒了。二是，施耐庵最喜爱的女子，是顾大嫂；论原因，主要是由于她武艺高强，且能结交豪杰，帮助丈夫闯荡江湖。施耐庵最憎恶的女子，是潘巧云；论原因，主要是由于她坏了杨雄和石秀"兄弟情分"，从而使杨雄的生命失去了保障。两相对照，足以看出：求生存，求安全互助，是梁山英雄处理夫妻关系和兄弟关系的最高原则，而这，正深层地反映了那在为一己生命而焦虑不安的法外强徒的亡命心态，虽然他们莫不勇力过人。

六、英雄们对生死的抉择："求生取义"

孔子强调"杀身成仁"，孟子强调"舍生取义"，地主阶级倡导它，志士仁人遵从它，成了儒家文化的人格标准。梁山英雄是否也信守呢？没信守，又信守了。问题就这么复杂。

施耐庵笔端的"义"，其内涵是非常丰富的，它既是梁山英雄处理内部关系的原则，又是梁山英雄处理外部关系的原则，前者使它呈现江湖文化的风采，后者又使它显露儒家文化的面目，并且，二者是相表里的。

"义"作为江湖文化的"行而宜之"，其质的规定性，是朋辈忠诚相待而不惜有违法度，它在《水浒传》中表现为三种形态：

同道中人的捐输施与、互相救助，谓之"义气"。如宋江"担著血海也似干系"私放晁盖；晁盖率众不避刀斧劫法场救拔宋江性命。

同道中人以"死生相托，患难相扶"为宗旨，结拜为"情逾骨肉"的义兄义弟，谓之"结义"。如鲁智深和林冲结为兄弟，不避艰险，不远千里，一路护送林冲迭配沧州，虽恶了高太尉、落草二龙山亦在所不惜；杨雄和石秀结为兄弟，石秀智杀裴如海以警杨雄，杨雄肢解潘巧云以谢石秀，二人又一同投奔梁山。

同道中人，不论是否有"结义"关系，甚至不论此前是否相识，团结合作，群策群力，去干于法度上饶不得的危险勾当，谓之"聚义"。如"七星聚义"劫生辰纲；"白龙庙小聚义"取无为军；"三山聚义"打青州；"梁山泊英雄排座次"，盟誓要"替天行道"，是为"大聚义"。

这三种形态，就其表现绿林豪杰的"义"来说，显然是相当完备的。"古人交谊断黄金，心若同时谊亦深。水浒请看忠义士，死生能守岁寒心。"这首诗可以看作对梁山英雄内部人际关系的真实写照。宋江，是"及时雨"，"义之烈"。

"义"作为儒家文化的"行而宜之"，其质的规定性，是自觉地遵从三纲五常而不逾规矩，这在梁山英雄身上的反映就曲折些，也更为内在些：一要生存，二要温饱，三要发展，这是人的天性。梁山英雄也是如此。面对求生存，求温饱，他们一不戒"杀"，二不戒"劫"，这是事实；但，他们杀的主要是贪官污吏，劫的主要是不义之财，这也同样是事实。

除了在求生存、求温饱的斗争上不惜违犯法度以外，他们倒都是些忠臣孝子，皇帝固然不敢反，心态也是儒家的。这一点，施耐庵有意作了显示。梁山英雄中最爱杀人的莫过于李逵，而且常乱砍好人，然而，他对母亲的孝心，一点也不亚于宋江，"忠臣出孝子之门"。朱贵在梁山英雄中的分工是开黑店，宋江把寨为头前不知有多少无辜进了他的"人肉作坊"，然而，他对哥哥的爱心恐怕还有甚于宋江，"孝悌其为仁之本欤"！

梁山英雄在生活问题上的向往只是"大块吃肉"，并无"脍不厌细"

的追求，一旦肚子里有了点油水，便想到了天下的穷人，以"替天行道"作为自己的宗旨，所以，他们虽然口不言"仁"，却是真正"穷年忧黎元，叹息肠内热"的仁者。

梁山英雄的政治立场，其实是一贯的，就是："酷吏赃官都杀尽，忠心报答赵官家。"这就决定了他们紧接求生存求温饱而来的求发展，不是对封建宗法的思想和制度的叛逆，而是向孔孟之道的回归，不是想"杀去东京，夺了鸟位"，而是盼"赦罪招安，同心报国，青史留名"；简言之，是想把"霸道"世界变为"王道"世界，这是他们蕴藏于心的"大义"，也就是"忠"；所以，他们的啸聚山林虽然是"灭九族的勾当"，却个个都是不在古来名将之下的忠良，在于善用不善用而已。宋江，是"呼保义"，"忠之烈"。

论者认为宋江不是"义之烈"，提出三点理由[①]：

理由之一，说宋江性格中的"义"与"利"是相互作用、相互依存的。一点儿也不错；然而又能说明什么呢？"在家靠父母，出外靠朋友。"那乱世小生产者的朋友之谊本身就是很务实的，否定了它的功利性也就否定了小生产者的朋友之义。诚然，宋江北上避难与迭配江州期间所以处处有人救援，认识的与不认识的，"就因为宋江早已声名在外，已成了'义'的偶像的缘故"，"义"倒着实帮了他自己的忙。然而，这不正应了旧时小生产者的生活经验吗？"多个朋友多条路，多个对头多堵墙。"重要的是，要成为阅历丰富的江湖好汉心目中的"'义'的偶像"，谈何容易！又怎可因宋江的这种"种瓜得瓜，种豆得豆"而反倒断然否定他是"义之烈"！

理由之二，说宋江以"个人的冤仇为重，百姓友人的疾苦为轻"。

---

① 刘敬圻：《困惑的明清小说·宋江补论》，黑龙江人民出版社 1990 年版。

证据是"以对待刘高的态度为例"。这是可以商榷的。宋江救刘高的妻子在前，花荣说这婆娘"只是调拨他丈夫行不仁的事"在后，宋江没让王英"叫那贱人受些玷辱"，说不得是以"百姓的疾苦为轻"。宋江认为同僚间"冤仇可解不可结"，亦是为吏之道，花荣是接受了的，不意刘高夫妇恩将仇报，诬宋江为盗，还捉了花荣；花荣剜了刘高的心，燕顺将其婆娘一刀挥为两段，"正是生事事生君莫怨，害人人害汝休嗔"，说不得宋江以"个人的冤仇为重"。宋江为了断绝秦明的归路，派小卒装做秦明打城子，坏了百姓人家房屋，杀害良民，结果了秦明一家老小，这的确是"天不盖，地不载"的丑行，虽然是他一生中仅有的，尔后便"替天行道"，总是白璧之玷；不过，宋江设此毒计时，个人的冤仇已报，秦明还说不上是他的朋友，他只是好汉爱好汉，想留秦明落草而已。凡此，说宋江缺乏未卜先知之明，尚可；说宋江当时作为小吏与贪官污吏有苟且的一面，尚可；说宋江报仇雪恨时不讲什么恕道，尚可；说宋江于还道村受三卷天书以前也有"魔君"的一面，尚可；唯独扣之以"个人的冤仇为重，百姓友人的疾苦为轻"，我总感到有失深文周纳，也过于在苛求宋江，因为，开天辟地以来，只有南昌起义和秋收起义的领导人才能将这"轻"、"重"问题真正颠倒过来，施耐庵既不可能有这个觉悟，当然也就不能以此去说宋江是否是"义之烈"。

理由之三，说宋江以"个人的存亡为重，义军兄弟的安危为轻"。证据有两个。一曰，还道村"在义军兄弟为接应宋江而与官兵浴血格斗的紧急关头，宋江却一直躲在树后探头探脑地观战"。二曰，上元节遇险，宋江"恐关了城门，脱身不得"，当即率柴进、戴宗二人"先赶出城"；城中，只留下燕青一人"看守着"那位捅了乱子的李逵。这就有点近乎欲加之罪了，因为书中有书中的写法。却原来不是什么义军与官兵"浴血格斗的紧急关头"，乃是梁山英雄鹰逐鸡雏般地追杀捕役赵能之流的戏剧性场面：宋江才闪得入树背后去，只见"赵能也抢入来，口里叫道：'我们都是死也！'宋江道：'那厮如何恁地慌？'却见背后一条大汉追将入来。那大汉上半截不著一丝，露出鬼怪般肉，手里拿著两把夹钢板斧，口里喝道：'舍鸟休走！'远观不睹，近看分明，正是黑旋风李逵。宋江想道：'莫非是梦里么？'不敢走出去"。却原来宋江上元节观灯，旨在谋求招安，李逵非要去不可，宋江"就叫燕青也走一遭，专和李逵作伴"。却原来李逵独自一个，要去打这东京城池，"被燕青抱住腰胯，只一交，撅个脚梢天。燕青拖将起来，望小路便走，李逵只得随他。为何李逵怕燕青？原来燕青小厮扑天下第一，因此宋公明著令燕青相守李逵"。哪是什么宋江以"个人的存亡为重，义军兄弟的安危为轻"，分明是写宋江对义军兄弟的骨肉深情及其知人善任！好在李逵和燕青并皆安然无恙，否则，虽施耐庵亦百口莫赎。设若宋江能舞动水火棍，率领李逵等一路打出城去，该多么令人钦敬，无奈，施耐庵没有赋予他这种武功，也没有想让他充当这类角色。因为，"两肋插刀"，向来是多种多样，因人因势而异的。程婴为保全赵氏孤儿，毅然献出自己的儿子冒顶，是"两肋插刀"；公孙杵臼为开脱程婴之罪，牺牲了自己的生命，也是"两肋插刀"。关云长千里走单骑，是"两肋插刀"；张翼德大闹长坂，也是"两肋插刀"。劫法场石秀跳楼，甘冒生命危险，是"两肋插刀"；鲁智深大闹野猪林，并无生命危险，也是"两肋插刀"。宋江私放晁天王，这在我们看来，悄悄报个信，算不了豪杰，可在水浒英雄看来，更是"两肋插刀"。岂但如此，宋江上山后一再亲冒矢石，率师冲州撞府，这在我们看来是农民战争，可在施耐庵看来，又是在为救兄弟而"两肋插刀"；宋江潜入京城，投李师师谋求招安，这在我们看来，是叛变革命的开始，可在施耐庵看来，更是在为梁山英雄的名垂青史而"两肋插刀"，可歌可颂。把握住这一特点，才能把握住作为帅才的宋江，施耐庵赋予他的重义性格的规定性，既区别于梁山众将，又区别于传统义士的那个"度"及其表现形态。否则，也就失去了"义之烈"的宋江。

论者又否认宋江是"忠之烈"。理由如下：

一曰："生的欲望，动摇着忠的信念。"要强调指出的是，梁山英雄都具有强烈的"生的欲望"，不具有强烈的"生的欲望"的人不上梁山。"逼上梁山"一个"逼"字，正说明他们所以上梁山，迫在眉睫的问题是"求生存，求温饱"，堂庙上的"死谏死战"论者，哪知个中的辛酸！王世贞笔端的"八大谏臣"面对的是君主，还可"朝阳丹凤一齐鸣"；施耐庵笔端的一百零八将却没有这种资格，面对的乃是掌握在贪官污吏手中的"法度"。想报仇雪恨，须"留得青山在"；想面圣奏策，须"留得青山在"；想"统豺虎，御边幅"，须"留得青山在"。"保生"不是为了"杀去东京，夺取鸟位"，而是为了获得"平虏、保民、安国"的机会，怎么倒"动摇着忠的信念"了呢？难道只有"浊气一涌"去死和"死谏死战"无涉的死于贪官污吏把玩杀人的"法度"，才称得上是"忠之烈"吗？谁也没有凭宋江的因不肯"落草"而决绝地说了句"虽死不做不忠不孝之人"，就送他一顶"忠之烈"的桂冠！在"两赢童贯"、"三败高俅"，宋室精兵已被消灭殆尽之日，如乘胜"杀去东京，夺取鸟位"者，是可歌可泣的农民起义英雄；不仅不乘胜"杀去东京"，反倒更加积极主动谋求招安以保摇摇欲坠的"大宋鸟位"者，是可悲可叹，甚至令今人还有几分可鄙的"忠之烈"，其平素所表现出的"休言啸聚山林，早愿瞻依廊庙"，还只是次要的。

二曰："对功名的渴望，激扬着尽忠报国的热情。"这与说宋江是"忠之烈"有什么不可调和的矛盾呢？不谈别人，岳飞和陆游不也是这么"激扬着"吗？"三十功名尘与土，八千里路云和月。莫等闲、白了少年头，空悲切!""自许封侯在万里。有谁知?鬓虽残,心未死。"不料,我们的研究者却怪罪宋江没有以无名英雄自期:"说白了,'顺天'、'护国'与'功成名遂'都是宋江的终极目标,它们互为条件,并曾在一定时期内相辅相成。"其实,需指出的当是:这个人物,既来自南宋的"说铁骑儿",又来自宋元的"说公案",因而,他的强烈的"功名欲望",实曲折地反映了下层人民的尽忠报国之志和"发迹变泰"之心。

三曰:如果不是误饮鸩毒而又兄弟未散,宋江可能还会反上梁山的。这推论似不无道理。问题是,再次反上梁山的宋江,会"杀去东京,夺取鸟位"吗?恐怕不能,将再去"替天行道"!这就叫"家鸡打得团团转,野鸡不打满天飞"。施耐庵深感悲愤的,就是宋室将这类"家鸡"一一打杀了,以致国将不国。而这,正是作品艺术构思的基石。

唯其如此,所以,尽管《水浒传》的现实主义精神是《三国演义》无可比拟的,但其总体悲剧构架却仍是古典主义的伦理型的二维形态。即:忠义之士在朝廷则为张叔夜等清官循吏,在草泽则为宋江等梁山英雄;奸佞之徒在朝廷则为高俅等贪官污吏,在草泽则为方腊等乱臣贼子。宋江其人,基本上是个中国式的古典主义形象。"无道之时多有盗,英雄进退两俱难",是宋江的基本心理矛盾。"忠为君王恨贼臣,义连兄弟且安身",是宋江思想性格的基本特点。梁山英雄,当他们是单个人,又都是宋江思想性格的陪衬。因此,一部《水浒传》又可称之为"忠义宋江传"。作为一座矗立在俗文化心态上的爱国主义和民本主义思想的丰碑,它是可以与雅文化争辉的。

写梁山英雄如何求生存、求温饱的施耐庵,是伟大的,现实主义的,因为他在"天理人欲之辨"上大胆地肯定了穿衣吃饭亦是人伦物理,从而使作品闪烁着一种江湖文化和市民文化的光泽。写梁山英雄如何求发展的施耐庵,是平庸的,古典主义的,因为他在"天理人欲之辨"上又谨小慎微地回归到道统的轨道，从而使作品散发着一种酸腐的道学气。二者水乳交融，便是《水浒传》的艺术构思及宋江的形象塑造赖以如云无心而出岫的文化心态。这种文化心态，我称之为俗文化心态，因为，统治者的思想是统治的思想，与被统治者思想的碰撞则必然会使它朝着对角线的方向形成一种新的形态。由此，也就决定了《水浒传》所宣扬的"忠"和"义"及宋江作为"忠义之烈"的典型是包蕴着"人欲"的，并非纯属"天命之性"。

第四章 《水浒传》原本无征辽故事考

——兼说《水浒传》原本的回数

一、引言

《水浒传》的版本异常复杂，可分为繁本和简本两大系统。

简本，即文简事繁本，主要有：一百十五回本、一百零二回本、一百十回本、一百二十四回本等。

繁本，即文繁事简本，主要有：一百回本、一百二十回本、七十回本等。"征田虎、平王庆"的故事，各简本皆有，繁本一百二十回本亦有，而一百回本与七十回本俱无。

那么，哪种是《水浒传》的原本呢？是其中某一种，还是另有玄机？或者如郑振铎所说《水浒传》原本"大致相当于一百回本减去'征辽'故事八回之后的九十二回，或一百二十回本减去'征辽'故事八回和'平田虎、王庆'故事二十回之后的九十二回"。尤其是那除七十回本以外，各本皆有的"征辽"故事，究竟是施耐庵原创，还是后人所加？这是个大问题，五四以来，学界也一直说法不一。兹不揣浅陋，试对此问题作一梳理，以就正于方家。

二、明代中后期的一般说法

说《水浒传》宋江"平田虎、王庆"，系后人增添，这已为学术界所公认。如明人天都外臣（汪道昆）在《水浒传序》中说：

> 故老传闻：洪武初，越人罗氏，诙诡多智，为此书，共一百回，各以妖异之语引于其首，以为之艳。嘉靖时，郭武定重刻其书，削去致语，独存本传。余犹及见《灯花婆婆》数种，极其蒜酪。余皆散佚，既已可恨。自此版者渐多，复为村学究所损益。盖损其科诨形容之妙，而益以淮西、河北二事。赭豹之文，而画蛇之足，岂非此书之再厄乎！①

这就告诉我们：那罗氏古本《水浒传》中的"平田虎、王庆"乃"村学究"所加，是画蛇添足，而"征辽"一事是原有的。故全书共一百回。这说法是比较客观的。

易生歧义的说法是袁无涯的，他在《忠义水浒全书·发凡》中写道：

> 古本有罗氏致语，相传《灯花婆婆》等事，既不可复见；乃后人有因四大寇之拘而酌损之者，有嫌一百廿回之繁而淘汰之者，皆失。郭武定本，即旧本，移置阎婆事，甚善；其于寇中去王、田而加辽国，犹是小家照应之法。不知大手笔者，正不尔尔，如本内王进开章而不复收缴，此所以异于诸小说，而为小说

---

① 天都外臣：《水浒传序》，朱一玄、刘毓忱编：《水浒传资料汇编》，南开大学出版社 2002 年版，第 167—168 页。

之圣也欤！①

这里，要注意的是三点：

一是，袁无涯这么述说"罗氏古本"、"郭武定本，即旧本"、《忠义水浒全书》的来龙去脉，是有深意的。显然是旨在要人们相信，他为之写"凡例"的《忠义水浒全书》是以"罗氏古本"为底本，并吸取了"郭武定本，即旧本"之长而成书的，中有平"四寇"，共一百二十回。这种托古改制，是不足为法的。

二是，由此也告诉我们，"王、田"之入一百二十回《忠义水浒全书》，显系后人所加，亦有可能是袁无涯本人所为。所以，两个故事在篇幅上也来个平分秋色，各占十回。

三是，无论百回本，还是百二十回本，其第七十二回皆写及那宋徽宗御笔书于素白屏风上的"四大寇"名单：一曰山东宋江，二曰河北王庆，三曰淮西田虎，四曰江南方腊。"去王、田而加辽国"云云，很明显，是从"四大寇"名单之变动来说的，不是从后文故事情节之有无来说的。则"征辽"故事，乃"郭武定本"即"旧本"所原有，亦明矣。

一言以蔽之，如何理解"去王、田而加辽国"，是考察"郭武定本，即旧本"有无征辽故事的关键。要之，"去王、田而加辽国"，其所"去"所"加"者乃宋徽宗御书之"四大寇"名单上的，而非小说故事情节中的。这就是问题的症结所在。

把话说得最清楚的还是明人李贽，他在《忠义水浒传序》中说：

　　《水浒传》者，发愤之作也。……施罗二公身在元，心在宋，

---

① 李贽：《焚书》卷3《忠义水浒传序》，中华书局1975年版，第109页。

> 虽生元日，实愤宋事。是故愤二帝之北狩，则称大破辽以泄其愤；愤南渡之苟安，则称灭方腊以泄其愤。敢问泄愤者谁乎？则前日啸聚水浒之强人也，欲不谓之忠义不可也。①

李贽不但指出"征辽"之事是施耐庵的原创，并且还指出"征辽"的用意，即生活在元代的施、罗二人由于"实愤宋事"才编写出来。

要之，认为征辽故事为《水浒传》所原有，乃明代中后期学界的一般看法。

三、五四以后的主要说法

五四以后，胡适在《中国章回小说考证·水浒传考证》中认为：

> 宋元人借这故事发挥他们的宿怨，故把一座强盗山寨变成替天行道的机关。明初人借他发挥宿怨，故写宋江等平四寇立大功之后反被政府陷害谋死。明朝中叶的人——所谓施耐庵——借他发挥他的一肚皮宿怨，故削去招安以后的事，做成一部纯粹反抗政府的书。②

在这里胡适也同意"征辽"乃系施耐庵的原创，然在"征辽"之用意上却与李贽又有所不同。按照胡适的思路，宋江最终的悲剧结局乃明人为讽刺明初统治者（朱元璋）杀害功臣而写。

---

① 李贽：《焚书》卷3《忠义水浒传序》，中华书局1975年版，第109页。
② 胡适：《中国章回小说考证》，上海书店1980年影印版，第58—59页。

鲁迅在《中国小说史略》中则认为：

> 《水浒》有古本百回，当时"既不可复见"；又有旧本，似百二十回，中有"四大寇"，盖谓王田方及宋江，即柴进见于白屏风上御书者（见百十五回本之六十七回及《水浒全传》七十二回）。郭氏本始破其拘，削王田而加辽国，成百回；《水浒全书》又增王田，仍存辽国，复为百廿回，而宋江乃始退居于四寇之外。然《宣和遗事》所谓"三路之寇"者，实指攻夺淮阳京西河北三路强人，皆宋江属，不知何人误读，遂以王庆田虎辈当之。然破辽故事虑亦非始作于明，宋代外敌凭陵，国政弛废，转思草泽，盖亦人情，故或造野语以自慰，复多异说，不能合符，于是后之小说，既以取舍不同而分歧，所取者又以话本非一而违异，田虎王庆在百回本与百十七回本名同而文迥别，迨亦由此而已。惟其后讨平方腊，则各本悉同，因疑在郭本（明嘉靖时武定侯郭勋家所传之本）所据旧本之前，当又有别本，即以平方腊接招安之后，如《宣和遗事》所记者，于事理始为密合，然而证信尚缺，未能定也。①

郑振铎赞同鲁迅的看法，并予以阐说，云：

> 我们仔细的研究了几种本子的《水浒传》，无论其为繁本、简本、一百回本、一百一十五回本或一百二十回本之后，我们便

---

① 鲁迅：《中国小说史略》，《鲁迅全集》第9卷，人民文学出版社2005年版，第150—151页。

显然的可以看出，原本《水浒传》的结构是一个什么样子的。除了金圣叹伪托的七十回删本之外，其余的许多繁本、简本的《水浒传》，都只是在原本之上增加了什么上去，但这些增加的痕迹却是异常明显的。原本《水浒传》的结构，当系始于张天师祈禳瘟疫，然后叙王进、史进、鲁智深、林冲诸人的事，然后叙晁盖诸人智取生辰纲的事，然后叙宋江杀阎婆惜，武松打虎杀嫂，以及大闹江州，三打祝家庄的事，然后叙卢俊义的被赚上山，一百单八个好汉的齐聚于梁山泊，然后叙元宵夜闹东京，三败高太尉，以及全伙受招安的事。至此为止，原本与诸种繁本、简本的皆无大差别。此下，诸本或添征辽及征田虎、王庆，皆为原本所无。原本当于'全伙受招安'之后，即直接征方腊的事。①

要之，在有无征辽的问题上，胡适是采用了明人的成说；鲁迅则认为征辽当系伪墨；同意鲁迅的看法，并予论证者，是郑振铎；而几部有影响的"文学史"却多未提及。

四、说"征辽"故事是伪墨

直到现在为止，还没有发现一个权威的古本来作为征辽故事有无的证明。征辽故事是否伪墨，这不是仁者见仁，智者见智的问题，而应凭"证信"说话。

其一，从蓟州的归属问题说起。

① 郑振铎：《〈水浒传〉的演化》，竺青选编：《名家解读水浒传》，山东人民出版社 1998 年版，第 64—65 页。

各路英雄聚义梁山前，公孙胜、杨雄、石秀、时迁等好汉的故事就发生在蓟州，说蓟州是大宋的国土，杨雄是蓟州府两院押狱节级，石秀是其情胜手足的结义兄弟，公孙胜出家修行的紫虚观也在蓟州。

小说写征辽，宋江领兵攻打蓟州城，守将阿里奇开城冲着宋江叫道："宋朝合败，命草寇为将，敢来侵犯大国，尚不知死。"蓟州又成了辽国的城池。

这是怎么回事呢？难道是刻印的失误？原来，公元938年，后晋之儿皇帝石敬瑭为讨好辽国，而将燕云十六州割让给辽，蓟州就是燕云十六州之一，整个北宋王朝亦没有将其收复。这说明，写作杨雄故事与征辽故事是两个作者，一个了解这段历史，一个不了解这段历史。

其二，从鲁智深的两个偈语说起。

书中第五回"鲁智深大闹五台山"，智真长老与其分别时曾送给他一首偈语，道是："遇林而起，遇山而富，遇水而兴，遇江而止。"说的是鲁智深如何救林冲大闹野猪林，如何结杨志落草二龙山宝珠寺，如何三山聚义归水泊，如何助宋江替天行道于梁山。并说："你可终身受用。"鲁智深接过偈语九拜而别。

书中第九十回"五台山宋江参禅"，鲁智深与长老告别时，智真长老再次送给鲁智深一首偈语，道是："逢夏而擒，遇腊而执，听潮而圆，见信而寂。"说的是鲁智深如何杀死夏侯成，如何活捉方腊，如何坐化于六和寺。并说："你可终身受用。"鲁智深拜受偈语珍藏身边。

不言而喻，如将两个偈语合二为一，则成鲁智深一生主要事迹的光辉写照。然而，从这一写照中可以看出在他的人生道路上并无征辽之举。鲁智深作为梁山的最重要的将领之一，若有"征辽"这样重大的战事，他是不可能不参加的。可见，不仅鲁智深没有"征辽"，宋江也没有"征辽"，征辽乃是伪墨，难道不是这样吗？

其三，从宋江参禅五台山说起。

一个现象值得注意：就是宋江缘何路经五台山？照宋江的说法，是"奉诏破辽到此"，来"拜见堂头大和尚"的。这位堂头大和尚是位关心国祚民瘼的有名活佛，他对参禅的宋江亲手上了三道香，以祝"国安民泰，岁稔年和"。可见他对宋室命运是何等的关心，然而书中写他一见鲁智深和宋江的面，劈头一句却是说鲁智深："徒弟一去数年，杀人放火不易。"宋江赶忙为鲁智深解释："智深和尚与宋江做兄弟时，虽是杀人放火，忠心不害良善，善心常在。"智真长老答的也是："久闻将军替天行道，忠义于心，深知众将义气为重。吾弟子智深跟着将军，岂有差错。"

要之，说来说去，都是啸聚梁山的事情，片言不及宋江征辽之捷。密合事理的解释只能是宋江不是征辽到此，而是宋江受招安进京面圣经此。所以，这位堂头大和尚对谈梁山之事才醉心如是。那宋江所云"奉诏破辽到此"一语，是后人所加，乃"小家照应"而已。

其四，从梁山泊与蓼儿洼说起。

或问：梁山泊在山东郓城，宋江受招安赴开封朝圣，怎么会经过山西五台山呢？这正是一个十分重要而又有趣的问题。却原来，《宣和遗事》中的梁山泊的地理位置是有定所的。它在山西太行山，故曰："太行山梁山泊"。需说明的是，泊畔有蓼儿洼，有宛子城，设有忠义堂，乃两宋之交忠义八字军的抗金根据地。却原来，《水浒传》中的梁山泊的地理位置则有其无定所的一面。这无定所的一面，如：其写杨志流落关西路经梁山泊与林冲交手也，则此位于"关西"的梁山泊显然就是那位于太行山的梁山泊，是二而一的。需说明的是，泊畔也有蓼儿洼，有宛子城，当有忠义堂。如：其写宋江落草为寇也，则梁山泊又分明是在山东济州府郓城。需说明的是，泊畔也有蓼儿洼，洼中有忠义堂。如：

其写宋江死封"梁山泊都土地"、"忠烈义济灵应侯"也，则云"宋公明神聚蓼儿洼，徽宗帝梦游梁山泊"，且曰此梁山泊畔有蓼儿洼，蓼儿洼里也有忠义堂。则梁山泊又分明是在宋江等魂栖之所淮南楚州府。正是"三山"都有蓼儿洼，"三山"都有忠义堂，该怎么解释呢？这当然不无可能是作者的一时失察，致使天衣有缝。然而我更认为这是作者的有意为之，是独具匠心的。盖旨在写出："普天之下，莫非王土；率土之滨，莫非王臣。"从而写出：梁山遍宇内，忠义布四海；何处非水浒？何处无忠义之士？宋室所以不竞，不是由于我中原无人，而是人才不得其用。

足见，作者写宋江接受招安是在太行山梁山泊蓼儿洼，高擎"顺天"、"护国"两面大旗，赴开封朝圣，路经五台山、双林渡，屯兵于开封北面的陈桥驿，此乃《水浒传》原本所写宋江接受招安进京朝圣的路线。值得注意的还有，作者一再提及蓼儿洼，正反映了他对两宋之交的太行山抗金忠义八字军的不胜缅怀。这也就难怪，五台山参禅也罢，双林渡说雁也罢，陈桥驿滴泪斩小卒也罢，都包蕴着一种不祥之兆，以此接征方腊之第一战"宋江智取润州城"，是顺理成章的；若以此接所谓征辽之第一战"宋公明兵打蓟州城"，就明显是一种郢书燕说了。那"奉陛下敕命招安之后，北退辽兵"云云，亦"小家照应"耳。

其五，从征辽后一百单八将未多未少说起。

正如郑振铎所说，征辽时："一百单八个好汉，虽受过许多风波，却一个也不曾伤折。其阵亡的，受害的，全都是一百单八个好汉以外的新附的诸将官。然而到了征方腊时，阵亡的却是梁山泊的兄弟了。这岂不是明明白白地指示给我们看：梁山泊的许多英雄，原本已安排定或在征方腊时阵亡，或功成受害，或洁身归隐的了。其结局一点也不能移动，但是攻战又不能一无伤折，所以做'插增'《水浒传》的作者们只好请出许多别的将军们来以代替他们去伤折、阵亡，而留下他们来，依照着原本的结局以结束之。"①

　　笔者在上世纪八十年代的一篇文章中除了赞同郑振铎的观点之外，又做了点补述，说是：征辽、征田虎、征王庆，是后人加的，占《水浒全传》第八十三回至第一百九回。这三大战役，其共同点是梁山英雄一个也没有死，死的都是新结识的弟兄；而新结识的弟兄，其未死者一个也没有从征方腊。② 最有趣的是于征田虎战役中出现的琼英郡主，书中大费笔墨写了她与张清的姻缘以及打石子的技艺之精湛。那么，征方腊时理所应当和丈夫同赴战场一显身手，但征方腊中却没有她的身影，文中为她找了一个借口，称其有孕而不得同往。便是一证。

　　茅盾认为："从全书看来，《水浒》的结构不是有机的。我们可以把若干主要人物的故事分别编为各自独立的短篇或中篇而无割裂之感。但是，从一个人物的故事看来，《水浒》的结构是严密的，甚至也是有机的。"③ 我们认为征辽、征田虎、征王庆之所以能拿掉不仅不影响全书的逻辑性，反倒更严密了，并非如"链条"丢掉两节可以再连接的问题，是由于这些情节本来就不是《水浒传》原本这一"链条"上的，而是后人加的，是伪墨。此其六也，方家以为如何？

五、考辨征辽之真伪的意义

　　考辨征辽之真伪，这不是一个小问题，它事关施耐庵的创作宗旨。

---

　　① 郑振铎：《〈水浒传〉的演化》，竺青选编：《名家解读水浒传》，山东人民出版社 1998 年版，第 66 页。
　　② 详见张锦池：《论宋江的艺术形象及其历史发展》，《中国四大古典小说论稿》，华艺出版社 1993 年版，第 100、147 页。
　　③ 茅盾：《谈〈水浒〉的人物和结构》，《文艺报》1950 年 4 月 10 日。

两种悲剧放在我们面前：一是宋江接受招安以后除平了方腊以外，还平了辽，然后遇害。这是一种悲剧，是"狡兔死，走狗烹"的悲剧，是"天下本是将军定，不让将军见太平"的悲剧，是于谦式的悲剧。这是常见于中国历史的，它记录了封建当政者的无情和内部矛盾。一是宋江谋求招安以后平了方腊，志在平虏而未能征辽，便遇害了。这是另一种悲剧，是"夜视太白收光芒，报国欲死无战场"的悲剧，是"出师未捷身先死，长使英雄泪满襟"的悲剧，是岳飞式的悲剧。其深刻性非"狡兔死，走狗烹"型的悲剧所能比拟，它旨在引起人们对北宋何以亡于金、南宋何以亡于元的反思，可谓深刻无比！

那么，施耐庵欲赋予宋江的人生悲剧，其质的规定性究竟是哪一种呢？显然不是前者，而是后者。这一"意主忠义，而旨归劝惩"的观念是渊源有自的，是宋元两朝时代的历史思潮的产物。

譬如，《宣和遗事》是《水浒传》的雏形，作者的创作宗旨，便鲜明地反映在作品的两次"神道设教"上：一次是借九天玄女娘娘的口，要宋江率三十六人"广行忠义，殄灭奸邪"；一次是借东岳大帝的口，要宋江率三十六人"助行忠义，卫护国家"。说得多么明确！鲁迅云："宋代外敌凭陵，国政弛废，转思草泽，盖亦人情。"亦此之谓也。以此为基点，宋江与方腊也就成了对立的形象。

再如，元代是元人杂剧兴旺发达的年代，水浒故事是民众所喜爱的。要注意的是宋江的绰号由龚开所说的"呼保义"变成"顺天呼保义"，元人还把忠义堂放到了梁山，并在堂前插了面杏黄旗，上书"替天行道救生民"。罗尔纲说宋江这么做是要："建立起与宋皇朝相对立的政权，推翻宋皇朝，建立新朝。"[1]错了。作者在这里是用春秋的法子，否定当

---

① 罗尔纲：《〈水浒传〉原本和著者研究》，江苏古籍出版社1992年版，第20页。

时元蒙贵族统治者所建立的政权是正统。故"顺天呼保义"者，顺宋室之天、信守忠义也。施耐庵不仅不反宋，而且怀有"臣心一片磁针石，不指南方不肯休"般的宗宋情结。这有"宋江挥泪斩小卒"可证。

施耐庵于《宋江挥泪斩小卒》(第八十三回下半回)短短的半回书中一再提及"陈桥驿"：道是"叫中书省院官二员，就陈桥驿与宋江先锋犒劳三军"；道是"宋江催趱三军，取陈桥驿大路而进"；道是"中书省差到二员厢官，在陈桥驿给散酒肉"；道是"宋江计议定了，飞马亲到陈桥驿边"；道是"宋江正在陈桥驿勒兵听罪"；道是"将军校首级挂于陈桥驿号令"，如加上回目，竟有八次之多，真可谓不厌其烦。试掩卷思之，"陈桥"系什么地方？是当年宋太祖赵匡胤发动兵变"黄袍加身"之地。试想，宋江若是于挥泪之时效仿宋太祖，也来个黄袍加身，不是易如反掌吗？是宋江等没有这样的实力吗？非也。试看梁山队伍打下高唐州、青州、华州、大名府，两赢童贯，三败高俅，宋江所领导的梁山队伍攻城略地，势如破竹，不仅把当时封建地主武装打得落花流水，还把当时的宋朝政府武装打得一败涂地。足见，"黄袍加身"四字，这对于宋江来说，"非不能也，是不为也"！正因为如此，所以《水浒传》不是一般的"乱世忠义"的悲歌，就其质的规定性来说，它还是梁山好汉们的"宗宋情结"的哀歌，其挥泪斩小卒，便是写宋江之以"哀歌当哭"。

梁山好汉固然是忠义之士，而方腊手下也不乏忠义之人。正因为宋江的中心愿是"平虏保民安国"，所以在征方腊过程中，宋江每死一个兄弟必恸哭，这不仅是宋江的眼泪，也是作者的眼泪。宋江哭的是兄弟之情，作者哭的是国家栋梁不能用武于边陲，反倒被朝廷驱入于萁豆相煎的可悲境地。直至"煞曜罡星今已矣，谗臣贼相尚依然"，宋室国将不国矣。作者的创作宗旨实在此。于此不难看出，李贽说施罗"虽生元日，实愤宋事"是有道理的，也就是说《水浒传》当产生于元代民族矛盾最激烈的时期。

最后，那么《水浒传》究竟产生于何时呢？至晚当出现于杂剧《宋公明排九宫八卦阵》之前。据傅惜华考证，杂剧《宋公明排九宫八卦阵》是元明之间的作品。它与《水浒传》有征辽故事的最初本子当是同一社会思潮的产物，而该杂剧是在有征辽故事的小说影响下出现的，何以见得？这可从两方面看问题。一是，从审美观念来说，《水浒传》征辽故事有一个特点：就是著者以布阵、破阵为情节发展的艺术美。这是不见于小说中征方腊的。在宋江受招安之前，也只是出现一次，即一赢童贯中的宋江和吴用摆九宫八卦阵。而在征辽中共出现了八次：分别为五虎靠山阵、太乙三才阵、河洛四象阵、循环八卦阵、武侯八阵图、太乙混天象阵、鹍化为鹏阵和九宫八卦阵。二是，这里还需注意的是，宋公明排九宫八卦阵在《水浒传》里有，杂剧里面也有。那么，究竟是谁采用了谁的呢？当是不言而喻的。李贽所云"施罗二公，虽生元日，实愤宋事"，当不是随便说说的。凡此，也在证明《水浒传》中的征辽故事是他人所加的，而非施耐庵的原创。

六、结论和余论

宋江"征田虎、王庆"系后人所加，这已是学界公认的事实。从百回本来看，第一回至第八十二回是原书实有，第九十一回至第一百回征方腊故事亦为原书所具。其他，如"五台山宋江参禅"、"陈桥驿滴泪斩小卒"、"双林渡燕青射雁"等章回，亦与全书血脉相通，也是施耐庵的原创。凡此，共九十三回半，皆施耐庵原著。小说的章回是可以有一定伸缩的，这有简本《水浒传》回数的多寡不一可证。因此说《水浒传》原本应为九十五回或一百回，当为密合事理的推测。

如果原本为九十五回，当取于《易经》之数理文化。所谓"九五"，乃《易》卦阳爻居第五位者。《周易·乾卦》："九五，飞龙在天，利见大人。"孔颖达正义云："言九五阳气盛至于天，故云'飞龙在天'。此自然之象，犹若圣人有龙德飞腾而居天位，德备天下，为万物所瞻睹，故天下利见此居王位之大人。"① 故而，九五成了天子之位的象征，成了帝王的象征。要之，这"九五"，盖亦昭示着施耐庵创作《水浒传》是在给"履帝位"的"大人"的一部形象谏疏。

如果《水浒传》原本是一百回，当为"一百"这数理所拘，所以征辽那么大的一次战役，只给予六回半书，而征田虎、征王庆、征方腊，却各给予十回或十一回的篇幅。由此，杨定见本《水浒传》一百回的"一百"，亦可能是托古改制。

那么，究竟是九十五回，还是一百回，"证信尚缺，未能定也"。如果一定要我给出最后一个答案，我将奉上"九五"说。

---

① 《周易正义》，《十三经注疏》，清嘉庆刊本，中华书局 2009 年版，第 28 页。

第五章 乱世忠义的悲歌 宗宋情结的哀歌

——《水浒传》创作本旨考实

一、问题的提出

《水浒传》的主题究竟是什么？这是值得研究的问题。

说《水浒传》是部"无美不归绿林"的"诲盗"之书，或歌颂农民起义的"英雄史诗"，这又像，又不像。说它像，是不无理由。书里明明歌颂了英雄们的"仗义疏财归水泊，报仇雪恨上梁山"。说它不像，理由也很充足。书里对"山东宋江，淮西王庆，河北田虎，江南方腊"这同被宋徽宗御笔亲书于睿思殿素白屏风上的"四大寇"，却力贬"三寇"而独褒宋江，甚至把接受招安的宋江与拒不投降的方腊对照地予以描写，道是"宋江重赏升官日，方腊当刑受剐时。善恶到头终有报，只争来早与来迟！"显然，假若《水浒传》的主旨真是意在歌颂农民起义，作者当不会对"太乙院题本，奏请圣旨，将方腊于东京市曹上凌迟处死，剐了三日示众"感到十分快意。

说《水浒传》是部"惟以招安为心而名始传"的"弭盗"之作，或"宣扬投降主义的反面教材"，这也像也不像。说它像，是不无道理：书里明明称颂了宋江的"借得山东烟水寨，来买凤城春色"。道是"休言啸聚山林，早愿瞻依廊庙"。说它不像，理由也颇充分。要知道，《宣和遗事》给予宋江的结局是颇为煊赫的，说他接受招安后因收方腊有功，封节度使。但以《宣和遗事》为蓝本的《水浒传》却偏偏给予宋江以悲惨的结局，写他于"百战擒辽破腊"之后被高俅等以鸩毒毒死，只落得"神聚蓼儿洼"。显然，假若《水浒传》的主旨真是意在宣扬投降主义，作者当不会以"千古蓼洼埋玉地，落花啼鸟总关愁"的图景对起义者作为诱饵。

这两类观点都是作者始料所不及的，都是着眼于《水浒传》的某些客观效果方面看问题而周纳出的结论。要想把握这部小说的主题，还应从它所宣扬的"忠义"思想里去探求。"《水浒》而忠义也，忠义而《水浒》也"[1]，此乃《水浒传》的政治倾向；"尽心于为国之谓忠，事宜在济民之谓义"[2]，此乃《水浒传》的忠义思想的思想性质；"一百八人者，忠义之聚于山林者也"[3]，此乃《水浒传》作者心目中的梁山好汉们的形象；接受招安以前写的是忠义之士如何被无道之君、误国之臣逼上梁山沦为"盗寇"，接受招安以后写的是外可以安邦、内可以定国的忠义之士是如何地被无道之君、误国之臣逼上绝境，遂致国将不国，此乃作者郁结于心而抒之于笔的"孤愤"。一言以蔽之，《水浒传》里的梁山好汉的形象在作者心目中是"乱世忠义"的形象；《水浒传》所宣扬的忠义思想是爱国主义思想与民本主义思想的结合；《水浒传》的主题是颂扬忠义，鞭挞奸佞，憧憬好皇帝；《水浒传》作者写作此书的目的是想总结北宋灭亡的原因，并为后来者戒。

---

① 杨定见：《水浒传全书小引》，《水浒传会评本》，北京大学出版社 1981 年版，第 30 页。

② 余象斗：《题〈水浒传〉叙》，《水浒传会评本》，北京大学出版社 1981 年版，第 33 页。

③ 李贽：《出像评点忠义水浒全传发凡》，《水浒传会评本》，北京大学出版社 1981 年版，第 31 页。

二、"啸聚"不忘"廊庙"

《水浒传》所描写的"啸聚山林"，是"官逼民反"，"乱由上作"。英雄们"啸聚山林"的目的，是要"酷吏赃官都杀尽，忠心报答赵官家"。其忠义思想体现于此，其民本主义思想亦体现于此。试环绕宋江在书中的地位和作用略予说明。

其一，梁山先后换了三任寨主，三任寨主存在着内在的对照与对比。褒贬的标准，一是看其是否能广施博济于民，二是看其是否能兼容天下豪杰，三是看其是否能赤心报国不负宋室。

王伦作为第一任寨主，他"打家劫舍，抢掠来往客人"。甚至以方圆八百里水泊为私产，不许渔民打鱼，"绝人衣饭"。他的"心地窄狭，安不得人"。"只将寨主为身有，却把群英作寇仇"。林冲上山，"呕尽他的气"，晁盖入伙，竟为他所不能相容。他只图"独据梁山"，打家劫舍，"享受快乐"，不图"酷吏赃官都杀尽，忠心报答赵官家"。照作者的看法，此人"言清行浊"，其志"可羞"，"做不得山寨之主"，只配"杯盘响处落人头"。

晁盖作为第二任寨主，他虽吩咐手下"切不可伤害客商性命"，但仍拦劫客商"金帛财物"。他虽"作事宽洪，疏财仗义"，与林冲等新旧头领"交情浑似股肱，义气如同骨肉"，但既不能争取像黄安那样的并无劣迹的宋室将官，也不善于团结像时迁那样的职业低贱的江湖好汉，以发展壮大梁山的力量。他反对贪官污吏，甚至要和蔡京之流的权臣做个对头，但其主观目的却不一定是出于"忠心报答赵官家"。凡此，照作者的看法，晁盖只能为梁山奠定基业，但不是理想的寨主，所以让他"归天及早"，以免其久后"托胆称王"。

宋江作为第三任寨主，他"不侵州府，不掠良民"，凡"客商车辆人马，任从经过"，并且还"救困扶危"。他对"上任官员，箱里搜出金银来时，全家不留，所得之物，解送山寨，纳库公用"；对"钱粮广积害民的大户"或"欺压良善的暴富小人"，皆"不论远近，令人便去尽数收拾上山"。他"义胆包天"，"大量招贤纳士"，不论是对草泽英雄，还是朝廷良将，不论是梁上君子，还是一方豪杰，莫不输诚以待，"仁德施恩"，"死生相托"。他"忠肝盖地"，一接任梁山寨主便改"聚义厅"为"忠义堂"，"只待朝廷赦罪招安，去边廷上一刀一枪"，"保国安民"。正因为"惟宋江肯呼群保义"，所以作者认为只有他才配"把寨为头"。

其二，不但是不在"天罡地煞"之数的王伦和晁盖，就是在"天罡地煞"之数的其他豪杰，在书中也各自从不同的侧面对宋江起着烘云托月的作用，而焦点也是在"忠义"二字上。

"仗义疏财归水泊"，这是促成"天罡地煞"云集梁山的直接原因之一。柴进以"门招天下客"，名播海宇。那么，这位以"招贤纳士"驰名天下的帝子玄孙能否做梁山之主呢？似乎不能。因为他只能团结地主阶级出身的落魄英雄，不能团结劳动人民出身的运蹇豪杰。书中曾把柴进对宋江和武松的态度，与宋江对武松的态度作过鲜明的对此。宋江杀了阎婆惜，躲到柴进庄上。柴进以上宾相待，日日设宴相陪。武松酒后把人打昏，误以为死，投奔柴进门下。柴进"也曾相待的厚"，但不久"却听庄客搬口，便疏慢了"。武松染患疟疾，冷得在廊下烧炭向火，柴进也不予过问。柴进设宴款待宋江，更一字不提武松。宋江则以席间躲杯结识武松于廊下，当作不意之喜。"携住武松的手，一同到后堂席上，便唤宋清与武松相见。柴进便邀武松坐地。宋江连忙让他一同在上面坐"。自此，日则同饮，夜则同宿，相见恨晚，相处恨短。武松回清河，柴进既未挽留又未相送，宋江则与宋清送了一程又一程，临别又与武松结为兄弟，并且送与武松一锭十两银子；难怪武松走在路上还寻思道："江湖上只闻说及时雨宋公明，果然不虚。结识得这般弟兄，也不枉了！"与此相反，武松投奔柴进的结果，却感到"人无千日好，花无百日红"。

"报仇雪恨上梁山"，这是促成"天罡地煞"云聚水泊的另一直接原因。论反抗精神之强烈与彻底，梁山好汉中当首推李逵。那么，这位力主"杀去东京，夺了鸟位"的"黑旋风"能否做梁山之主呢？似乎更不能。别的不说，尽管他是人人所喜的快人，却难以团结浪里白条张顺。张顺并没有因为他为人"真实不假"而不将他按在水里浸得眼白。此外，他的两把板斧，好"排头砍去"，皂白不分，也未免怕人。诚然，李逵骂钦差说："你的皇帝姓宋，我的哥哥也姓宋，你做得皇帝，偏我哥哥做不得皇帝！"这在我们看来，无疑是正确的。然而，他的那条"杀去东京，夺了鸟位"的路线在水泊梁山却是曲高和寡的。就连他的生平知己戴宗听了都连忙喝住："铁牛，你这厮胡说！"秦明、呼延灼、徐宁等一流人物当然就更难苟同。显然，李逵的思想是作为宋江思想的陪衬来描写的。作者对李逵其人是既喜爱又颇多揶揄。喜爱的，是他想把"酷吏赃官都杀尽"；揶揄的，是他想让"晁盖哥哥做大宋皇帝，宋江哥哥做小宋皇帝"。

其三，宋江"权且尊临"梁山寨主虽则是在第六十一回"晁天王曾头市中箭"之后，正式成为梁山寨主虽则是在第七十一回"梁山泊英雄排座次"之时，然而在此以前却一直是梁山好汉的精神领袖与事实上的组织者和领导者。宋江结豪杰于水泊的过程，实际上也就是他宣传忠义思想的过程。没有宋江，便没有梁山的兴旺。

奠定梁山基业的虽则是晁盖，但晁盖等八人也是受宋江的恩惠才得以上梁山的。

不论是《宣和遗事》，还是元人杂剧，都说宋江杀了阎婆惜，便落草梁山。《水浒传》则与此不同。小说写宋江杀了阎婆惜，想去避难的地方有三处，一是沧州横海郡柴进府第，二是青州清风寨花荣寨里，三是白虎山孔太公庄上，却唯独不想去梁山投奔晁盖。而作为宋江此次北上的结果，是复仇清风寨，卷来一大批人马，梁山有一大发展。宋江本人却因路遇石勇，捎来家书，没有上山。小说又写宋江回乡被捕，刺配江州，路经水泊，晁盖将其劫上梁山，而宋江则认为如果自己留在山寨，便是"上逆天理，下违父教，做了不忠不孝的人"，所以"坚心要行"。而作为宋江此次南下的结果，是智取无为军，又给梁山卷来一大批好汉，自己也不得不上梁山。显然，作者如此不惜笔墨描绘宋江逼上梁山的螺旋式的发展过程，实际上也就是写他组织英雄豪杰，壮大梁山人马，反对贪官污吏，宣传忠义思想的过程。比如，他在白虎山就曾明确地对前往二龙山入伙的武松说："如得朝廷招安，你便可撺掇鲁智深、杨志投降了。日后但去边上，一刀一枪，博得个封妻荫子，久后青史上留一个好名，也不枉了为人一世。"

宋江上山，标志着梁山进入了发展的新阶段。自此，不仅兴师讨伐地主武装，而且接二连三地与官兵发生正面的大规模的交战，并都获得胜利。宋江虽则坐的是第二把交椅，在征战中却处于事实上的统帅地位。宋江对待被俘的宋室将领的态度，与晁盖有原则的不同。晁盖捉住黄安是将其"绑在将军柱上"，没有招降的意思。宋江捉住呼延灼，是"礼貌甚恭"，着眼劝降，说是"倘蒙将军不弃山寨微贱，宋江情愿让位与将军；等朝廷见用，受了招安，那时尽忠报国，未为晚矣"。宋江用忠义思想作武器说服了呼延灼，也用同样的办法劝降了关胜和董平等等，而这些人物后来都成为忠义堂上的主要头领。

宋江在被生擒的宋室将领面前，开口"招安"，闭口"报国"，这绝不是一种招降策略，而是一种肝胆相照。宋江上山后所问的第一件事，就是"黄安那厮，如今在哪里？"知道已死，又"嗟叹不已"。宋江上山后所遇的第一件事，就是"还道村受三卷天书"。九天玄女在授给天书时说："汝可替天行道，全忠仗义为臣，辅国安民，去邪归正。"这四句话既可以看作宋江上山后行动的指针，也可以看作是作者对整个梁山英雄的要求。因此，不论是对宋江思想性格的刻画，还是对梁山兵马性质的揭示，都具有画龙点睛的作用。

宋江虽则武不如晁盖，文不如吴用，社会地位不如柴进，其所以能使"众虎同心归水泊"，就在于他是"义胆包天，忠肝盖地"。"义"，是他连结李逵一流人物思想的纽带；"忠"，是他沟通关胜一流人物思想的桥梁。"义"，是他深得人心的基础；"忠"，是他结英雄于水泊的目的。因此，《忠义水浒传》就是"忠义水浒传"。认为要是予以腰斩，只留七十回，就"把《忠义水浒传》变成了纯粹草泽英雄的《水浒传》"[1]，那是皮相之见；殊不知，作者笔下的"草泽英雄"是"忠义之聚于山林者也"——由于"满朝文武，多是奸邪，蒙蔽圣聪"，逼使他们不得不起而造反。但他们的造反却并不是以谋取帝位为目的，而是以"替天行道救生民"当出发点，以"致君尧舜上，再使风俗淳"作旨归，所以"造反"亦"忠义"。

三、"顺天"出于"护国"

《水浒传》又描写了"宋公明全伙受招安"。其所以接受招安，既不是畏惧强敌而摇尾乞怜，也不是为高官厚禄所诱而屈膝投降，实乃出于"中心愿，平虏保境安民"。其忠义思想体现于此，其爱国主义思想亦体

---

[1] 胡适：《中国章回小说考证》，上海书店 1980 年影印版，第 47 页。

现于此，试仍环绕宋江在书中的地位和作用略予说明。

首先，梁山的兴旺与宋江的忠义思想是相互影响的。梁山兵马发展壮大的过程，既是英雄们为宋江的忠义思想所感化的过程，也是宋江的忠义思想不断朝向纵深发展的过程。所以梁山接受招安，是宋江所推行的忠义路线的必然归宿。

梁山英雄来自五湖四海，汇集水泊以前，各人的思想并不相同。阮氏三雄跟随晁盖劫取生辰纲与抗拒官兵追捕时想的是："酷吏赃官都杀尽，忠心报答赵官家。"武松投奔鲁智深和杨志，落草二龙山，想的也是："天可怜见，异日不死，受了招安。"凡此，用龚开的话说，就是虽"躬履盗迹"而"犹循轨辙"。然而，相当一部分好汉却并非如此。比如，燕顺等落草清风山时所定寨规却是："便是赵官家驾过，也要三千贯买路钱。"石勇也说："便是赵官家，老爷也别鸟不换。"他们都不把"赵官家"放在眼里。然而，一旦接受了宋江的领导，就彼此"心情肝胆，忠诚信义并无差"——皆成了"替天行道"的忠义英雄。

梁山英雄们接受宋江的领导，又是出自内心的强烈要求。晁盖在曾头市中箭，曾留下遗言，说是"但有人捉得史文恭者，不拣是谁，便为梁山泊之主"。可是，因卢俊义捉得史文恭，宋江要实现晁盖的遗言，却遭到众头领的一致反对，于此可见宋江在众头领心目中的地位。而宋江在众头领面前却从未隐瞒过自己"权借水泊里随时避难，只待朝廷赦罪招安"的思想，于此又可见这一思想在梁山上所拥有的群众基础。

"忠义堂石碣受天文"，实乃梁山的全盛时期。宋江在"英雄排座次"时所说的一席话，可以看作是他正式就任梁山寨主时的"就职演说"。无论是论梁山的实力，还是论个人在山寨的威望，此时宋江都有资格自立称王。梁山离汴京又不甚远，要是宋江"杀去东京，夺取鸟位"，那官兵是难以抗御的。随后书中所写的两赢童贯、三败高俅，足可证明这一点。然而，宋江在他的"就职演说"里却对天盟誓，道是"但愿共存忠义于心，同著功勋于国，替天行道，保境安民。神天鉴察，报应昭彰"。难怪李贽要称他为"忠义之烈"。宋江誓毕，"众皆同声共愿"，并且还"歃血誓盟"，这与石碣上"天文"的精神完全吻合，显然是反映了作者的思想。由此可知，宋江其所以"望天王降诏，早招安"，不是出于别的，是出于"保国安民"。唯其如此，所以作者又以画龙点睛的笔法写出"宋公明全伙受招安"于"赴京朝觐"时，"前面打着两面红旗：一面上书'顺天'二字，一面上书'护国'二字"。

有的论者认为"八方共域，异姓一家"那篇下启宋江"就职演说"的"单道梁山泊的好处"的文字，是作者的乌托邦思想的反映——向往社会平等。照我的粗浅看法，作者的本旨似不在此。要是把这篇文字与宋江的"就职演说"连结起来看，便不难发现它实质上是反映了作者如下的政治理想："八方共域，异姓一家"，"不分贵贱"，"无问亲疏"，"认性同居"，"随才器使"，彼此"死生相托，患难相扶，一同保国安民"。这里发出的分明是炽化的爱国主义火焰。因此，与其说作者是在弹奏向往社会平等的舞曲，毋宁说作者是在高唱"天下兴亡，匹夫有责"的战歌。

其次，要特别注意的是，宋江正式"把寨为头"之日，也就是他把招安问题正式提上议事日程之时。有的论者认为在招安与反招安问题上，梁山内部存在着两条路线的激烈斗争，我是不敢苟同这一观点。试看双方摆的理由：一方以鲁智深为代表，说是"只今满朝文武，多是奸邪，蒙蔽圣聪，就比俺的直裰染做皂了，洗杀怎得干净？招安不济事；便拜辞了，明日一个个各去寻趁罢"。一方以宋江为代表，说是"今皇上至圣至明，只被奸臣闭塞，暂时昏昧，有日云开见日，知我等替天行道，不扰良民，赦罪招安，同心报国，青史留名，有何不美！因此只愿早早招安，别无他意"。双方所能摆出来的道理就是如此。"浮云蔽日"，双方都承认；"保境安民"，谁也不反对。问题的症结仅在于：是否相信有"云开见日"的一天，究竟应该退隐草泽还是出驻塞上！诚然，宋江的看法由于是代表着梁山头领中的多数，所以争论的结果是"全伙受招安"。然而，"全伙受招安"的结果，却又证明真理是掌握在鲁智深所代表的少数头领手里。要知道，《宣和遗事》中写宋江接受招安的结局是好的，悲剧的结局恰恰是出于《水浒传》作者的艺术再创造。足见，梁山在招安与反招安问题上的舌战，宋江的看法固然反映了作者的观点，鲁智深的看法也同样反映了作者的观点。因此，梁山在招安与反招安问题上的斗争，与其说是反映了水泊英雄内部的两条路线的激烈斗争，毋宁说是反映了作者脑海深处的两种思想的激烈斗争。一方面，出于炽热的爱国主义思想感情，别无选择，只有让自己心爱的英雄接受招安，以期能"统豺虎，御边幅"；另一方面，又基于对朝政的黑暗和腐败的清醒认识，深知接受招安不会使自己心爱的英雄有好的结果，更不能补救时弊于万一。明知接受招安会是悲剧性的结局，却又不能不让自己心爱的英雄接受招安，这正是作者的深沉的悲愤。其所以要如此写，显然是出于想发人深省——说明宋室之所以亡于异族，并不是由于国无人可用，而是由于"满朝文武，多是奸邪，蒙蔽圣聪"，犹如鲁智深的"直裰染做皂了"，再也无法"洗杀干净"！这在当时是一种十分深刻的思想，可以为后来者戒。

　　然而，这一思想却历来不为研究者注意。论原因，主要是两个：一是，不是着眼于说《水浒传》是"农民起义的伟大史诗"，就是着眼于说《水浒传》是一部宣扬投降主义的坏作品，而不从研究"忠义"二字出发去探求《水浒传》的本旨；二是，现在我们所能看到的《水浒传》的版本虽多，但皆出于明代嘉靖年间以后，已被加入"征辽"的情节，宋江的"统豺虎，御边幅"的理想获得了坐实。鲁迅《中国小说史略》认为："以平方腊接招安之后，如《宣和遗事》所记者，于事理始为密合。"这是对的。百二十回本的"征辽"、"平田虎"、"讨王庆"，情节的确是游离的。在这三次战役里，属于梁山一百零八将以内的英雄未牺牲一人，属于三次战役中新结纳的好汉又无一人去"征方腊"，便是明证。明代进步思想家李贽说："《水浒传》者，发愤之所作也。盖自宋室不竞，冠履倒施，大贤处下，不肖处上。驯致夷狄处上，中原处下。一时君相，犹然处堂燕雀，纳币称臣，甘心屈膝于犬羊已矣。施、罗二公身在元，心在宋；虽生元日，实愤宋事。是故愤二帝之北狩，则称大破辽以泄其愤；愤南渡之苟安，则称灭方腊以泄其愤。敢问泄愤者谁乎？则前日啸聚水浒之强人也，欲不谓之忠义不可也。"[①] 李贽说"施、罗二公身在元，心在宋"云云，这是有见地的；说"愤二帝之北狩"与"愤南渡之苟安"云云，则未免显得牵强附会，强作解人。实际上，加不加入"平田虎"和"讨王庆"，这对《水浒传》的思想并无什么影响；而加不加入"征辽"则不然。要知道，宋江渴望招安的"中心愿"是"统豺虎，御边幅"，是"平虏保民安国"。因此，同是"煞曜罡星今已矣，谗臣贼相尚依然"！若以平方腊接大破辽之后，则写出的是外虏已定，宋江素志已遂，而功成见害；这是属于"狡兔死，走狗烹"的问题。若以平方腊接招安之后，则暗示的是外敌凭陵，宋江素志未遂，而遗恨绵绵；这是属于国失栋梁，国将不国的问题。显然，这前一点，颇类明人对朱洪武屠戮功臣所发挥的宿怨。这后一点，符合汉民族在异族的统治下缅怀宋室所产生的悲愤情绪。说《水浒传》的作者"虽生元日，实愤宋事"，也就始为密合小说的事理。

---

① 李贽：《焚书》卷3《忠义水浒传序》，中华书局1975年版，第109页。

最后，只要把"统豺虎，御边幅"如实地看作是宋江接受招安的"中心愿"，那么，便不难看出"征方腊"也包含着作者深沉的悲愤，这是怎么说的呢？书中描写宋江之结英雄于八百里梁山和方腊之占有八州二十五县自号为一国，既有不同的地方又有相同的地方。不同的地方在于：宋江是"休言啸聚山林，愿瞻依廊庙"，是"替天行道"的忠义之士；方腊早在起事以前就"向人说自家有天子福分"，是"立号僭越"的"反贼"。相同的地方在于：都是"乱由上作"。"逼上梁山"，这是一百零八将的共同遭际，自不必说。方腊其所以能占了江南八州，这在书里也说得很清楚："因朱勔在吴中征取花石纲，百姓大怨，人人思乱，方腊乘机造反。"这一笔十分重要，它反映了作者如下的思想："不过行俭德，盗贼本王臣。"亦即认为吴中百姓其所以"人人思乱"，是由于朝廷不施仁政，没有奉行"俭德"的政策，致使"官逼民反"。理当用于"御边幅"的一百零八将，在"征方腊"的过程中"损折大半"。每折一将，宋江莫不恸哭，实反映了作者的恸哭。宋江的恸哭是出于以"义"为基础的兄弟之情；作者的恸哭是鉴于这些"不在古今名将之下"的忠义双全的英雄竟不是战死边陲！鲁智深生擒方腊以后，说自己一切都不要，"只得个囫囵尸首，便是强了"。要是结合他在反对招安时所持的道理来看，便不难看出鲁智深的这种悲愤，实际上也就是作者的悲愤，其矛头所指则是宋徽宗视为股肱的"变乱天下，坏国，坏家，坏民"的"贼臣"。

问题同样是清楚的，如果结合《水浒传》的成书过程来考察，知道北宋之亡于金，特别是南宋之亡于元，当时的问题乃是国亡的原因和亡国遗民的惨痛等等问题，便不会认为那鼓吹"共存忠义于心，同著功勋于国，替天行道，保境安民"的《忠义水浒传》是宣扬投降，主张"做反面教材"；相反地，倒应把宋江的身居水泊，心在朝廷，一意等待招安报国，卒至于犯大难，服毒自缢，同死而不辞，看作是那个时代汉族人民的民族主义思潮的反映以及对宋室何以灭亡的反思。

四、"颂圣"亦是"诮圣"

正如鲁迅所说，"宋代外敌凭陵，国政弛废，转思草泽，盖亦人情"。由此也就决定了水浒故事以及《水浒传》的忠义思想的特点：爱国固然是忠义，造反亦出于忠义。而由于时代的局限，旧时往往以为忠君就是爱国，于是便产生了《水浒传》对于宋徽宗的态度问题。认为《水浒传》"只反贪官，不反皇帝"虽则已成流行的说法，然而照我的看法，《水浒传》是反对贪官，憧憬好皇帝。并且，它所憧憬的好皇帝，实际上就是"替天行道"的宋江式的人物。这又是《水浒传》不同于一般的颂扬圣君贤臣的作品的地方。

《水浒传》反对贪官，这是无需赘述的问题。问题是在于：它对宋徽宗究竟是拥护还是批判？答案应该是：既拥护又批判。宋徽宗作为国家的象征，作者是拥护的；作为一代帝王，作者是批判的。诚然，书中并不乏"至今徽宗天子，至圣至明"之语；然而，不应看作者是怎么说，而应看作者是怎么写。宋徽宗尚未登极，作为端王，在书中登场伊始，作者就让他亮了一个"浮浪子弟"的丑相，说他对"浮浪子弟门风帮闲之事，无一般不晓，无一般不会，更无一般不爱"。登极之后，作者写他的第一桩"德政"，就是把天下安危所系的军国要职，授予"仁义礼智，信行忠良却是不会"、"最是踢得好脚气毬"的"浮浪破落户子弟"高俅，封之为"殿帅府太尉"。自此，"每日被高俅、杨戬议论奢华受用所惑"，虽则民怨载道，干戈四起，而他却常常"一个月不曾临朝视事"，一味地嫖妓宿娼，"在李师师家娱乐"。直至最后发现高俅、杨戬谋杀忠良，害卢焜宋，也只骂句"败国奸臣，坏寡人天下"，而"不加其罪"。凡此，倒写出"奸臣弄权"就在于"天子昏昧"；倒写出宋室其所以国将不国，就在于"天子"信用不忠不义之人而使忠义之士流离失所与冤含地府。

既然"道君皇帝"无"道"，是个坏宋室之天下的昏君，那么，人民群众在口头相传水浒故事的过程中自然会憧憬好皇帝。而作为梁山寨主的宋江，便日渐成为他们这一理想的寄托者。这与小说在作者心目中梁山英雄是忠义之聚于山林，并不自相矛盾。历史证明，在封建社会内部出现资本主义生产关系萌芽以前，农民起义发展壮大的过程，实际上也就是其领袖人物接受地主阶级思想改造的过程。农民起义的领导者一旦称孤道寡，其与部下的关系也就由兄弟关系演变为君臣关系，其所建立的政权也就由代表农民利益的政权日趋蜕化为代表地主阶级利益的政权。所以农民理想中的政权形式，只能暂存于起义过程的较低级阶段。历史上的宋江起义，不论是正史还是野史，均未言其称孤道寡，正是处于农民起义的初级阶段，而且并不典型[①]，其与部下的关系自与起义的高级阶段不同。在特定的历史条件下，在交口相传的过程中，人民依照自己的心愿赋予宋江以爱国爱民的志士仁人的形象，把"及时雨"的绰号与"替天行道救生民"的旗帜送给宋江，这实际上已把他看作是人民的"救星"。《水浒传》成书于元末农民大起义之后，施耐庵和罗贯中又都参加过元末的农民大起义，因此自会自觉地或不自觉地融注一些农民的社会理想，反映为继承并发展了原来水浒故事的忠义思想。他们笔下的梁山固皆忠义之士，但毕竟具有"啸聚山林"的一面。正因如此，反倒具有农民理想中的政权的胚胎形态。所以那把寨为头的宋江，也就具有人们所憧憬的好皇帝的特点。关于这，前人看得很清楚。清人章学诚在他的《丙辰札记》里说：《三国演义》"其最不可训者，桃园结义，甚

---

① 详见本编第一章《一支流动的盗侠武装——北宋末年宋江起义考实》。

至忘其君臣而直称兄弟，且其书似出《水浒传》后，叙昭烈、关、张、诸葛，俱以《水浒传》中崔苻啸聚行径拟之"。章学诚这种对《三国演义》的不满，却能从反面给我们以启发：要是把梁山的忠义堂改为金銮殿，那宋江与吴用等的关系也就是昭烈与关羽等的关系，而这当是作者理想中的"圣君贤臣"！难怪关于《水浒传》的作者问题都牵涉到"有志图王"的罗贯中。难怪明人要将《三国演义》与《水浒传》合刻而称之为《英雄谱》。还有一个重要的内证：《水浒传》写李俊等人后来"自投化外"，成为"暹罗国之主"，"君臣相得"，"另霸海滨"。这是作者的理想！要是"及时雨"宋江当年想"杀去东京，夺了鸟位"，当然就更是个恩施海内的"仁德之君"。只是他怀抱"宁可朝廷负我，我忠心不负朝廷"，不肯"托胆称王"而已。然而如此专图报国的"忠义之烈"，却卒至于犯大难，报国未就身先死，这又正好反映了作者对"圣君贤臣"的憧憬之情是何等的殷切！

由此不难看出：以颂扬忠义和鞭挞奸佞为出发点，以憧憬刘备或宋江式人物的皇帝实施仁政于民作旨归，这就是《水浒传》的主要政治倾向和主题思想，而贯穿全书的主脉则不脱"忠义"二字。

同时也不难看出：《水浒传》作者改变《宣和遗事》的宋江封节度使的结局，而写成"煞曜罡星今已矣，谗臣贼相尚依然"！其目的是想总结北宋灭亡的经验教训，并为后来者戒。这一点，李贽在《忠义水浒传序》里说得比较清楚："故有国者不可以不读，一读此传，则忠义不在水浒而皆在君侧矣。"[1]

---

① 李贽：《焚书》卷3《忠义水浒传序》，中华书局1975年版，第110页。

第六章　"群山万壑赴荆门"

——《水浒传》结构形态考略

一、引言

施耐庵不只继承和发展了水浒故事的忠义思想，而且还继承和发展了水浒故事的结构形态。假若要用一句话说出《水浒传》的结构特点，最恰当的恐怕莫过于"群山万壑赴荆门"。这种结构形式，不只完美地传达了作品的主题思想，还给予明清小说以多方面影响。

二、说"群山"：一百零八将的行踪

"群山万壑赴荆门"，"群山"就是一百零八将，态势如叠浪入海，气象万千，这是《水浒传》艺术结构的特点之一。

与龚开《宋江三十六赞》的赞语"龙数肖九，汝有九文，盍从东皇，驾五色云"有关，一百零八将率先登场的，是矢志不肯落草而终于不能不上少华山去的可爱少年史进。从史大郎渭州寻师，又引出鲁智深，这是个"一片热血直喷出来"[1]的人，只因救金老父女，惹下人命案，致被逼而当和尚，再被逼而做强盗，却看不起桃花山的强人。"拳打镇关

---

① 金本《水浒传》第二回回前评，江苏古籍出版社 1985 年版。

西"、"大闹五台山"、"倒拔垂杨柳",几乎成了家喻户晓的故事。又从
花和尚菜园演武,引出豹子头林冲,这是位名震海内的八十万禁军枪棒
教头,只因妻子美丽而贤淑,竟被高俅父子逼得无路可走,只好"误入
白虎堂"、"大闹野猪林"、"棒打洪教头"、"风雪山神庙"、"火烧草料场"、
"雪夜上梁山",都是脍炙人口的情节。从王伦要林冲"纳投名状",又
引出青面兽杨志,他乃"三代将门之后,五侯杨令公之孙",曾官居殿
司制使,只因失陷了花石纲,只得避难关西,虽经赦宥,又被高俅一笔
勾了前程,穷得出卖宝刀,以致犯罪受杖,送配大名府。施耐庵以第二
回至第十三回共十二回的篇幅连写四个不肯做强盗的好汉,其命意是显
而易见的,就是要"开宗明义",写出英雄落草是"乱由上作",把罪名
归到贪官污吏的身上。

与"杨志押送金银担"相衔接的,是"吴用智取生辰纲"。此前,
以浓墨重彩描写了"赤发鬼醉卧灵官殿,晁天王认义东溪村","吴学究
说三阮撞筹,公孙胜应七星聚义",写出了他们的躬履盗迹是要与当朝
宰相奸臣做个对头。此后,又以浓墨重彩描写了"花和尚单打二龙山,
青面兽双夺宝珠寺","美髯公智稳插翅虎,宋公明私放晁天王","林冲
水寨大并火,晁盖梁山小夺泊","梁山泊义士尊晁盖,郓城县月夜走
刘唐",写出了无意为寇的豪杰与有心为盗的英雄殊途同归于草泽,而
宋江"担著血海也似干系"私放晁盖,又实因"剥民官府过于贼,应为
知交放贼来"。这七回书,即第十四回至第二十回,写的虽是"生辰纲"
始末,却是通部书之大过节大关键。因为梁山英雄的领袖人物全在这里
登场了。施耐庵一面将晁盖和吴用等送进水泊,让他们去开创梁山基
业,一面将宋江写成他们的救命恩人,暗示没有宋公明便压根儿没有天
罡地煞的风云际会。写鲁达和杨志的落草二龙山,只是为日后的"三山
聚义打青州,众虎同心归水泊"投种于地而已。

　　如果说，"智取生辰纲"的始末实际上是晁盖和吴用等"七星"上梁山的"小史"，那么，第十八回"宋公明私放晁天王"便是"宋江传"的开篇。如果说，第二十一回"怒杀阎婆惜"以前的宋江是其当押司时期，他的主要功业是私放晁盖，那么，自"杀惜"后至第四十一回上梁山以前的宋江便是其飘零江湖时期，他的主要勋业是先后送了两路英雄上梁山。北路的英雄是：花荣、秦明、黄信、燕顺、王英、郑天寿、吕方、郭盛、石勇。南路的英雄是：戴宗、李逵、李俊、穆弘、张横、张顺、萧让、薛永、金大坚、穆春、李立、欧鹏、蒋敬、童威、童猛、马麟、侯健、郑天寿、陶宗旺。施耐庵不只将宋江浪迹江湖的过程写成他团结英雄豪杰并将之送上梁山的过程，还通过宋江先后被清风寨刘知寨的老婆和江州蔡九知府的"帮闲"黄文炳的构陷写出贪官污吏"滔滔者天下皆是也"，而且牵耳腮动，各有后台，甚至是通天的。其意旨不言自明："嗟乎！才调皆朝廷之才调也，气力皆疆场之气力也，必不得已而尽入于水泊，是谁之过也？"① 这浩叹是可以垂戒千古的。

　　宋江避难期间，初次见到武松是在柴进庄上，事见第二十二回；二次见到武松是在孔太公庄上，事见第三十二回。施耐庵以横云断岭之法，其间插入了一篇"武松传"。"武松打虎"，"武松杀嫂"，"醉打蒋门神"，"血溅鸳鸯楼"，几乎成了家喻户晓的故事。凡此，皆说明艺术成就之高。思想成就呢？还是让我们看看武松和宋江的临别依依吧——宋江要武松和他一起去清风寨投奔花荣，武松道："便是哥哥与兄弟同死同生，也须累及了花荣山寨不好。只是由兄弟投二龙山去了罢。天可怜见，异日不死，受了招安，那时却来寻访哥哥未迟。"宋江道："兄弟，你只顾自己前程万里，早早的到了彼处。入伙之后，少戒酒性。如

────────────

　　① 　金本《水浒传》第二回回前评，江苏古籍出版社 1985 年版。

得朝廷招安，你便可撺掇鲁智深、杨志投降了。日后但是去边上，一刀一枪，博得个封妻荫子，久后青史上留一个好名，也不枉了为人一世。"忠义之心，皎如皓魄。武松投二龙山落草去了，认为落草为寇"上逆天理，下违父教"的宋公明也终于上了梁山。再次见面，却不是在廊庙，竟是在一座强盗山寨的忠义堂上！忠义之士"必不得已而尽入于水泊，是谁之过也"？显然，这样的发问昭示着作品的主旋律。

宋江上山以前，《水浒传》的结构形态简直可以看作人物传记的连环，而某一传记的主人公又串连着若干英雄人物。它使我们想起"如集诸碎锦，合为贴子"①的《儒林外史》的结构形式，对明清小说结构学的影响是深远的。

宋江的上山给梁山带来空前兴旺，它使贪官污吏食不甘味，也使土豪劣绅寝不安席。仇恨点燃了战火，作品的艺术结构亦随之由以人物传记的连环为特点的链状形态，演变为以一次战役接一次战役为特点的帖子式形态；让英雄们由原先的四散落草，演变为于战火缤纷中分批云集梁山；但万变不离其宗的，却是以某一人物去引出若干人物，甚至是一次战争，即在总体艺术构思上采用的仍是那种顺藤摸瓜的方式。

三打祝家庄，是梁山好汉第一次大规模军事行动。其浅层次的原因是为了救时迁，深层次的原因是为了解决山寨的粮草问题。

这次军事行动，其情节发展实滥觞于第四十二回写水浒英雄下山探亲。显然是出于对"忠臣出孝子之门"的一种暗示。施耐庵写宋江一上梁山便偷回家中搬取老父，由此引起公孙胜下山探母，李逵下山接娘，朱贵下山看望哥哥。宋江悄然自去，遇着官兵追捕，躲入九天玄女

---

① 鲁迅：《中国小说史略》，《鲁迅全集》第9卷，人民文学出版社2005年版，第221页。

庙，得受三卷天书，要他"可替天行道为主，全忠仗义为臣，辅国安民，去邪归正"，实际上这是作者在为梁山制定路线。李逵和朱贵的下山，引出了朱富和李云的上山。公孙胜一去不知信息，又引起戴宗下山探听下落。路遇裴宣、杨林、邓飞、孟康四条好汉，遂引荐于大寨入伙；并在蓟州酒家结识了以卖柴度日的石秀，亦劝其"不若挺身江湖上去，做个下半世快乐也好。……只等朝廷招安了，早晚都做个官人"。石秀正欲"投托入伙"，不意被两院押狱杨雄撞散。次写石秀与杨雄结为兄弟，杨雄醉骂潘巧云，石秀智杀裴如海，翠屏山石秀假杨雄之手杀嫂逢时迁。次写三人投奔梁山，夜宿祝家庄时迁偷鸡被捉，杨雄遇李应的管家杜兴，李应修书搭救时迁被辱而导致与祝家庄的反目。次写杨雄和石秀奔赴梁山求救，宋江遂率师攻打祝家庄："一是与山寨报仇，不折了锐气；二乃免此小辈被他耻辱；三则得许多粮食，以供山寨之用；四者就请李应上山入伙。"

施耐庵写罢"宋公明两打祝家庄"，便以横云断岭法写登州猎户解珍、解宝射杀一虎，虎被毛太公抬去县里请功，人被毛太公陷害打入死囚牢里，难中遇姑舅哥哥孙提辖孙立的妻舅小牢子乐和，托乐和请姑舅兄嫂孙新、顾大嫂设法营救。次写孙新、顾大嫂请来邹渊、邹润，骗来孙立，商议劫狱，并且，不由孙立不答应。次写因邹渊、邹润与杨林、邓飞、石勇相识，所以，英雄们劫狱后便一起投奔梁山；又因孙立与栾廷玉是师兄弟，所以，英雄们上山前便"只做登州对调来郓州守把"，打着"登州兵马提辖孙立"的旗号，大模大样地进入祝家庄去充当梁山的内应。宋公明三打祝家庄，遂一举成功。

除了宋江兴师前已随戴宗上山的裴宣、杨林、邓飞、孟康四位好汉以外，踏着此场战火入寨的新头领，则有李应、孙立、孙新、解珍、解宝、邹渊、邹润、杜兴、乐和、时迁、扈三娘、顾大嫂十二位英豪。

至此，情节已进入第五十回。

攻打高唐州，是梁山好汉首次冲州撞府，第二次大规模军事行动，原因是为了救柴进。

情节实际上是从第五十一回开始的。该回写雷横路经梁山不肯入伙，回到县中因枷打白秀英而被新来知县定成死罪。朱仝因义释雷横而迭配沧州，由于小衙内只要他抱而获得知府另眼相待，由此引出雷横投奔梁山。宋江让他随吴用和李逵去沧州请朱仝入伙，吴用令李逵杀死小衙内以绝朱仝归路，遂致朱仝以不与李逵同在梁山作为入伙条件，柴进出面调解，让李逵留在自己庄上。由此又引出柴进同李逵到高唐州探望柴皇城，李逵打死仗着姐夫高知府的权势强占柴府花园的殷天锡，高廉竟仗他堂兄高俅的权势将柴进问成死罪，抄扎了柴皇城家私。由此遂引出宋江攻打高唐州，戴宗二取公孙胜，李逵荐汤隆上山，公孙胜斗法破高廉，李逵下井救柴进。

显而易见，施耐庵是旨在通过叙写这次军事行动及其由来，让对梁山有恩有义而不肯落草的三位好汉雷横、朱仝、柴进上山，从而再次指出英雄落草是"乱由上作"，并进而把梁山英雄的冲州撞府归罪于贪官污吏的上下其手。写汤隆的上山，只是随笔点染而已，却是下文徐宁上山的"先时伏著"。

聚义打青州，是梁山好汉第二次冲州撞府，水泊英雄和三山好汉一次联合军事行动，目的是救孔明。

高廉被杀，高俅怎肯善罢甘休！所以，紧承第五十四回"黑旋风探穴救柴进"，便写"高太尉大兴三路兵"。次写呼延灼摆布连环马，遂有汤隆赚徐宁上山教使钩镰枪。次写呼延灼兵败投青州，遂有慕容知府请他收服桃花山、二龙山、白虎山。次写呼延灼生擒白虎山寨主孔明，遂有第五十八回"三山聚义打青州，众虎同心归水泊"的场面。

"宋江大破连环马",打的是保卫战。"三山聚义打青州",打的是攻坚战。将这两次战役结成一个整体的,是呼延灼的征山与上山。施耐庵这么写,其命意显然有二:一是将二龙山的头领鲁智深、杨志、武松、施恩、曹正、张青、孙二娘,桃花山的头领李忠、周通,白虎山的头领孔明、孔亮,送上梁山;一是让呼延灼、韩滔、彭玘、凌振四员朝廷遣来征讨梁山的良将,"功名未上凌烟阁,姓字先标聚义厅"。从而,再一次将水浒英雄冲州撞府的罪名归到贪官污吏身上去。

闹西岳华山,是梁山好汉第三次冲州撞府,第四次大规模军事行动,原因是为了救史进和鲁智深。写其来龙去脉虽然只用了第五十八回下半回至六十回上半回两回书,但施耐庵的命意却是别具匠心的:除了让少华山的头领史进、朱武、陈达、杨春,芒砀山的头领樊瑞、项充、李衮,接踵上山,还在和"天书"所云"逢宿重重喜"作照应,为宋江日后接受招安以及招安后的际遇"来年下种"。

然而,梁山英雄排座次前规模最大、延续时间最长的一次用兵,却是两打曾头市、两打大名府,以及打东平府、打东昌府。两打大名府是两打曾头市之间的"断岭横云",打东平府和打东昌府是两打曾头市的余波。两打大名府之间,"吴用智取大名府"和"宋公明夜打曾头市"之间,又各有"锁溪横桥",一为"关胜议取梁山泊",一为"关胜降水火二将"。要之,"只为一人归水浒,致令百姓受兵戈"。从第六十回"晁天王曾头市中箭"至第七十一回"忠义堂石碣受天文",其间十一回书,我们是可以当作"卢俊义传"来读的。踏着这场战火上山的英雄,除卢俊义之外,三十六天罡中的人物有关胜、董平、张清、索超、燕青,七十二地煞中的人物有宣赞、郝思文、单廷珪、魏定国、安道全、皇甫端、鲍旭、龚旺、丁得孙、蔡福、蔡庆、焦挺、王定六、段景住。这二十位英雄一上山,忠义堂上的头领也就够了一百零八数。然而,这都是浅层次的问题。深层次的问题是：施耐庵为什么要将忠义堂上的二号人物卢俊义放到这么后来写？要想正确地回答这一问题，首先应了解宋江其人在作品艺术结构中的地位和作用，以及作品的本旨。

三、说"主脉"：宋江其人的人生道路

"群山万壑赴荆门"，"群山"中有一主脉，主脉就是宋江的人生道路及其价值观念，其他人物虽各有各的小传，却莫不与宋江其人挂号，这是《水浒传》艺术结构的特点之二。

与《宣和遗事》所载"梁山泊聚义本末"相比，《水浒传》虽则继承了它的链状结构形态，然而变化还是很大的。主要有六：

一是，将"乱自下生"，个人作歹，改为"乱自上作"，人心思乱，从而为宋江的人生历程提供典型的社会环境。

《宣和遗事》开篇即写英雄失路，先后上山。第一批，杨志、李进义、林冲、王雄、花荣、柴进、张青、徐宁、李应、穆横、关胜、孙立等十二人，因杨志杀了一个恶少后生而迭配卫州，李进义等又为救杨志而杀了防送军人，遂同往太行山落草为寇；第二批，晁盖、吴加亮、刘唐、秦明、阮进、阮通、阮小七、燕青等八人，因劫取生辰纲，为逃避官府追捕，遂邀约杨志等十二人前往太行山梁山泊去落草为寇；第三批，杜千、张岑、索超、董平等四人，或因做了几项歹事勾当，或因捕捉晁盖不获而受了几顿粗棍限棒，经宋江引荐上了梁山；第四批，宋江争风吃醋，杀了阎婆惜和吴伟，为躲避官府追捕，"只得带领朱全、雷横，并李逵、戴宗、李海等九人，直奔梁山泊上，寻那哥哥晁盖"；第五批，呼延绰奉命率李横等收服梁山泊，"屡战屡败，朝廷督责严切"，遂"反叛朝廷，亦来投宋江为寇。那时有僧人鲁智深反叛，亦来投奔宋

江。这三人来后，恰好是三十六人数足"。这里令人注目的异名问题还不算重要，重要的是：英雄们的先后上山，究其落草为寇的原因，只有晁盖劫取生辰纲还多少带有反贪官污吏的意味，其余众人都是属于"乱自下生"，个人不合做了"歹事勾当"。正因如此，作品也就未能为宋江的"替天行道"提供一个典型环境。

《水浒传》则不然，它未写一百八人，先写高俅得宠与肆虐。紧接着便写了三类英雄的落草：一乃奉公守法而不肯落草的英雄，二乃但取不义之财而无意落草的英雄，三乃为衣食所迫而图个下半世快活的英雄。他们有的上了梁山，有的上了二龙山，有的上了少华山，有的上了桃花山。真可谓天下扰扰，各占山寨以自济。这种英雄落草，"乱自上作"，不只为宋江的人生历程提供了一个典型环境，还向人们提出了这么一个严肃的问题：谁能"呼群保义"，使"众虎同心归水泊"，去"替天行道"呢？答案是不言而喻的——宋江，及时雨宋江。这种不写之写，在中国小说美学上，可称之为于无字处塑造人物形象。

这种不写之写所以成功，就在于宋江与先他而出现的人物之间存在着内在的联系，从而使前后情节血脉贯通，浑然一体。比如，写宋江出场后做的第一件事是"私放晁天王"，遂有晁盖上山后的第一个念头是将梁山寨主的位置留给宋江。又如，写史进落草少华山，鲁智深和杨志落草二龙山，皆先于宋江的出场；与此相掩映的情节，不只有武松投奔二龙山，宋江依依惜别，"三山聚义打青州"，宋江亲临矢石，还有"宋江闹西岳华山"，正是为了救史进和鲁智深出缧绁。再如，写"三十六天罡"中率先上梁山的是林冲，施耐庵不只将他定为梁山泊的开山元老，还进而让他秉持公心充当梁山寨主的拥立人，当王伦嫉贤傲士，想拒晁盖等七人于山寨之外时，由他以众豪杰义气为重，火并了王伦那厮，立晁盖为山寨之主，而当晁盖留下遗言，说"如有人捉得史文

恭者，便立为梁山泊主"时，又由他以"国一日不可无君，家一日不可
无主"为重，出面"与公孙胜、吴用，并众头领商议，立宋公明为梁山
泊主，诸人拱听号令"。凡此，也就使宋江与先之而出场的众豪杰之间
的关系，状若"大江来自万山中，山势尽与江流东"。随着大江由隐而
显，万山亦随之而不断送青。而这，也就是宋江这个典型人物与他所处
的典型环境之间的关系。

二是，将宋江带领九人，"直奔梁山泊"，改为漂泊南北，螺旋式的
上山，从而使他在上山以前就成为梁山英雄的实际组织者和精神领袖。

《宣和遗事》所载"梁山泊聚义本末"，实际上是由三个主要故事、
三路草泽英雄捏合而成的。杨志等十二位好汉是一路，主要故事是"杨
志卖刀"。晁盖等八位好汉是一路，主要故事是"劫生辰纲"。宋江一路，
当包括杜千等四人、朱仝等九人、呼延绰等三人，共十七条好汉，主要
故事是"宋江杀惜"。三路好汉上山落草以前，宋江故事和晁盖故事的
结合点，是宋江私放晁盖和晁盖遭刘唐酬谢宋江一对金钗。晁盖故事和
杨志故事的结合点，是晁盖邀约杨志等十二人同往梁山泊落草为寇。令
人奇怪的是，宋江故事和杨志故事却一点关系也没有。这使我怀疑这种
水浒故事在好汉人数问题上虽采自《东都事略》等"江以三十六人"之说，
实际上却是一种以晁盖故事为母本的对宋江故事和杨志故事的捏合。无
论如何，作为以宋江为主人公的水浒故事，它的艺术结构不能说是完整
的、有机的，还明显地存在着拼凑的痕迹。

《水浒传》也写了"杨志卖刀"，也写了晁盖等人"智取生辰纲"，
也写了"宋江杀惜"，然而，三路好汉的班底却被施耐庵解散了两路，
只有晁盖一路算被以白胜换走了燕青。施耐庵不仅将杨志和宋江的原来
班底统统解散，让他们星散各地，而且，又让他们在贪官污吏和土豪劣
绅的逼迫下，重新云集于宋江"替天行道"的旗帜下。写宋江杀惜后不

"直奔梁山泊上，寻那哥哥晁盖"，而北上避难，以致迭配江州，便是最具匠心的笔墨之一。其时施耐庵笔端的宋江，简直像欧洲"流浪汉小说"中的主人公。施耐庵通过他的言行表现其忠义思想，通过他的眼睛展示社会画面，通过他的足印送花荣和李俊等南北两路英雄上山。这种金线贯珠式的结构形态，它对《西游记》艺术结构的影响是显而易见的。

三是，将梁山兵分三路略州劫县，打家劫舍，改为宋江为了营救弟兄而率师冲州撞府，打击贪官污吏、土豪劣绅，甚至敢和当朝贵妃、太师、太尉的至亲做个对头，从而突出宋江"呼群保义"的旗帜作用，使各路英雄望风归附。

《宣和遗事》写宋江把寨为头后，"是时筵会已散，各人统率强人，略州劫县，放火杀人，攻夺淮扬、京西、河北三路二十四州八十余县；劫掠子女玉帛，掳掠甚众"。这当就是龚开所说的"与之盗名而不辞，躬履盗迹而无讳"了。这里，只想补充一点：这种兵分三路，实际上反映了三十六人的聚散就是我们前面所说的三路好汉的聚散。作为以宋江为主角的水浒故事，它的形象既不崇高，结构也是松散的。

《水浒传》也写了宋江上山后水泊英雄的冲州撞府和抗御官军，那是作为宋江"替天行道为主，全忠仗义为臣"的重要行动来写的。兴兵的起因是为了营救兄弟；打击的对象是贪官污吏，直接的或间接的；行动的结果是使"宛子城中藏虎豹，蓼儿洼内聚蛟龙"。那在战火中上山的新头领，他们来自社会各个阶层。就新出场的人物来说，他们的上山有拓展作品生活画面的作用。就久已亮过相的人物来说，他们的上山还是情节上的一种前呼后应。凡此，又都环绕着宋江的人生历程和价值观念来写的，当然也就增强了作品的有机性和整一性。英雄们的精神境界，亦在宋江忠义思想的感召下获得升华。

四是，将卢俊义先于宋江上山，改为后于宋江上山，从而突出宋江在梁山英雄中众星拱月的地位和至高无上的威望。

无论《宋江三十六赞》，还是《宣和遗事》，都是说宋江上山后坐第一把交椅，吴用坐第二把交椅，卢俊义坐第三把交椅。《宣和遗事》还明确地写：卢俊义和吴用皆先于宋江上山，而卢俊义又先于吴用落草；晁盖谢世，宋江上山以前，梁山"是以次人吴加亮、李进义两人，做落草强人首领"。宋江一上山，便把寨为头，并不是由于他在梁山英雄中有无可争议的地位，而是由于他在接风筵会上"把那天书说与吴加亮等道了一遍"。

让卢俊义坐第二把交椅，并后于宋江上山，乃出于施耐庵的精心构撰。胡适说："《宣和遗事》里，卢俊义是梁山泊上最初的第二名头领，《水浒传》前面不曾写他，把他留在最后，无法可以描写，故只好把擒史文恭的大功劳让给他……这真是《水浒传》的'强弩之末'了！"① 专家学者们一般也都这么认为。这看法是可以商榷的。照我看来，施耐庵所以把卢俊义放在最后来写，其真正的命意是想借以提出："谁可为梁山泊主？"没有比这更根本、更原则的问题了，所以将它留到"忠义堂石碣受天文"的前面来写。第六十回"晁天王曾头市中箭"，算是问题的提出；第七十回"宋公明弃粮擒壮士"，算是问题的解决。其间"两打大名府"和"夜打曾头市"，只是为了能将这一问题提到忠义堂上去讨论而已。晁盖的遗言不管用，宋江的意向不管用，卢俊义的家世和武艺更不管用；由宋江把寨为头，不只是忠义堂上人心所向，也是昊昊上苍天意所归！从而，也就写出在艺术结构上宋江和众英雄的关系是：万山络绎，来自昆仑。

五是，将王伦写成第一任寨主，晁盖写成第二任寨主，宋江写成

---

① 胡适：《中国章回小说考证》，上海书店 1980 年影印版，第 54 页。

第三任寨主，形成深层次的对照，从而一则说明何以宋江是最理想的寨主，二则也使作品更臻于有机和整一。

梁山有三任寨主之说，实肇源于《宣和遗事》：第一任寨主为晁盖，第三任寨主为宋江，吴加亮和李进义合为第二任寨主。三任寨主之间只是一种递传关系，没有任何其他的命意。这对小说艺术结构的有机性和严密性，无疑是有影响的。

施耐庵笔端的三任寨主则不然，三个形象之间存在着深刻而鲜明的对比。这在王伦："独据梁山志可羞，嫉贤傲士少宽柔……胸怀褊狭真堪恨，不肯留贤命不留。"这在晁盖："作事宽洪，疏财仗义"，这是一面；另一方面，"恐托胆称王，归天及早"。这在宋江："忠为君王恨贼臣，义连兄弟且藏身。不因忠义心如一，安得团圆百八人"。这样，也就使梁山义军的发生和发展结成一个有机的不可分割的整体，而"忠为君王恨贼臣"云云，不仅可以用来说宋江的思想性格，还可以用来说宋江在作品艺术结构中的地位和作用。

四、说"荆门"：前为梁山泊，后为蓼儿洼

"群山万壑赴荆门"，"荆门"有两座，第一座是龙腾虎跃的梁山泊，第二座是落花啼鸟的蓼儿洼，二者二而一，一而二，这是《水浒传》艺术结构的特点之三。

说梁山泊是第一座"荆门"，当是不言而喻的。问题是，施耐庵笔端的梁山在什么地方？第十一回说得清楚，道是"山东济州管下一个水乡，地名梁山泊，方圆八百余里，中间是宛子城、蓼儿洼"。然而，宛子城和蓼儿洼却是北宋末年太行山忠义八字军和红巾军的抗金根据地。这是一。第十二回写林冲下山取"投名状"，杨志和王伦打话，却

说："洒家是三代将门之后，五侯杨令公之孙，姓杨，名志，流落在此关西。"这是二。第五十九回"吴用赚金铃吊挂，宋江闹西岳华山"，不远千里从济州兴师"直取华州"，且能"迎头赶上"宿元景"赚"其金铃吊挂，简直是不可想象的。这是三。则梁山泊又显然是在如同《宣和遗事》所说的太行山。宋江兴师山东，横穿京城所在地的河南，去"闹西岳华山"，固然是不可想象的；晁盖率水泊健儿，纵越京城所在地的河南，赴江州劫法场，又带领上千人马，重返济州或太行山的梁山泊，也是不可想象的。这是一。梁山泊的实际位置在郓城北，可第三十六回将它写成宋江迭配江州的必经之地，则施耐庵笔端的梁山泊当在郓城以南一两天路程。这是二。郓城又在东京北，可第三十九回写戴宗赴东京送信却要经过梁山泊，则施耐庵笔端的梁山泊当在东京南面而距江州"三二百里"。这是三。凡此，又与其说梁山泊在济州府或太行山，毋宁说它在"淮南盗宋江"云云的淮南。这种不合理，当然可以说水浒故事是多元的，用施耐庵做统一工作时难免不无疏忽而来解释。然而，可不可以打开另一种思路呢？施耐庵的心中虽然有个宋元以来水浒故事中的"山东烟水寨"，可当他进行艺术构思时却被一种审美意识吸引住了："忽闻海上有仙山，山在虚无缥缈间。"这与书名"水浒"，我想还是有内在联系的。"哀哉乎！此书既成，而命之曰《水浒》也。是一百八人者，为有其人乎？为无其人乎？诚有其人也，即何心而至于水浒也？为无其人也，则是为此书者之胸中，吾不知其有何等冤苦，而必设言一百八人，而又远托之于水涯。吾闻率土之滨，莫非王臣；普天之下，莫非王土也。一百八人而无其人，犹已耳；一百八人而有其人，彼岂真欲以宛子城蓼儿洼者，为非复赵宋之所覆载乎哉？"[①] 何处非"水浒"？何处无

---

① 金本《水浒传》楔子回前批，江苏古籍出版社 1985 年版。

忠义之士？惜其不在君侧而在水浒罢了。这也就是北宋何以亡于金、南宋何以亡于元的原因吧！施耐庵深沉的悲愤亦在此。

正因如此，所以在施耐庵的笔端，"梁山泊英雄排座次"的结束也就成了"宋公明神聚蓼儿洼"的开始。这，是分三个层次来写的。第一个层次，写宋江一心报国，只图招安，虽"两赢童贯"、"三败高俅"，消灭了宋室的精兵，若"杀去东京，夺取鸟位"，易如反掌，亦不改初衷。占第七十二回至第八十二回。第二个层次，照鲁迅先生的看法，"以平方腊接招安之后，如《宣和遗事》所记者，于事理始为密合"，这是对的。写宋江谋求招安的初衷，是"统豺虎，御边幅"，"平虏保民安国"，可接受招安以后却被遣去征方腊，以致梁山英雄"十损其八"，晚死者班师回京又惨遭奸臣暗算。占第一百十回至第一百二十回。其中，"宋公明神聚蓼儿洼"，又可看作全书的尾声，自成一个层次，明写天帝哀宋江等忠义，"封为梁山泊都土地"，实叹宋室"煞曜罡星今已矣，谗臣贼相尚依然"！国将不国了。

"征辽"、"征田虎"、"征王庆"，是后人加的，占第八十三回至第一〇九回。这三大战役，其共同特点是梁山英雄一个也没有死，死的都是宋江出征后新结识的弟兄，那次战役中结识的大多在那次战役中阵亡了，竟没有一个后来从征方腊的。

这说明：一百二十回本《水浒传》，它的艺术结构是不完整的，因为，"征辽"、"征田虎"、"征王庆"，游离于作品情节之外，不是有机的。施耐庵的原著即以平方腊接招安之后的《水浒传》，它的艺术结构是完整的，有机的，所以，后人虽插入了"征辽"、"征田虎"、"征王庆"，却无法使之与作品的前后情节血脉贯通，经络交错。

这还说明：一百二十回本《水浒传》，它写"宋公明神聚蓼儿洼"，是旨在慨叹"狡兔死，走狗烹"，发泄对朱元璋之辈屠杀功臣的不满。

施耐庵的原著即以平方腊接招安之后的《水浒传》，它写"宋公明神聚蓼儿洼"，是旨在慨叹外患依然，良将已丧，国将不国；总结北宋何以亡于金、南宋何以亡于元的历史教训。二者的主题思想是有差别的，而以施氏原著为尚。

最后，《水浒传》的艺术结构还有一个不为人们所认识的特点，就是用复楔子开篇。借以表露作者的政治观念、人才观念、价值观念，提挈全书精神。

正如金圣叹所说："楔子者，以物出物之谓也。"《水浒传》的"引首"是楔子，它以仁宗年间乃"三登之世"为楔，楔出百姓乐极悲生，天下瘟疫盛行；楔出第一回"张天师祈禳瘟疫，洪太尉误走妖魔"。"张天师祈禳瘟疫，洪太尉误走妖魔"也是楔子，它以百官奏请仁宗"释罪宽恩，省刑薄税，祈禳天灾，救济万民"为楔，楔出张天师；以天师为楔，楔出洪太尉；以洪太尉为楔，楔出"三十六员天罡下临凡世，七十二座地煞降在人间"。金圣叹将这"引首"和第一回合并为"楔子"作为全本的开篇，那是有道理的。

从宋太祖至宋真宗中期，黄老的"与民休息"、"无为而治"的思想，是最高统治者治国平天下的基本思想。它促进了经济的恢复与发展，也带来了宋初的俭朴之风、读书之风、忠贞之风。继真宗临宇的仁宗又是个励精图治的明主，遂使北宋王朝到达鼎盛时期。施耐庵将仁宗年间（1023—1063）的"三登之世"，归于"文有文曲，武有武曲"，文曲包拯，武曲狄青，各在其位，各司其职，这是有深意的，目的是要楔出对天罡地煞作为星辰的总体认识。

怎么看"天罡地煞"？实际上是个人才观问题。一种看法，认为他们是"魔君"，要伤人的。另一种看法，认为他们虽是"魔君"，但本质上却是"星君"，驱之入草泽则社稷忧忧，揽之入廊庙则玉宇无尘。这后一种看法，是施耐庵的看法。正因如此，所以其写"洪太尉误走妖魔"，则云："那一声响亮过处，只见一道黑气从穴里滚将起来，掀塌了半个殿角。那道黑气，直冲到半天里空中，散作百十道金光，望四面八方去了。"这里，"黑气"和"金光"的象征意义，我想是用不着解释的。

要特别指出的是，施耐庵这种对人才的看法，给予《西游记》作者的影响是极其深刻的。孙悟空是"天产石猴"，也是"大闹天宫"的妖猴；猪八戒是"天河里天蓬元帅"，也是占了云栈洞"吃人度日"的妖精；沙和尚是"灵霄殿下侍銮舆的卷帘大将"，也是占了流沙河"三二日间出波涛寻一个行人食用"的妖魔；小白龙是"西海龙王敖闰之子"，也是占了鹰愁洞"吃人为生"的妖怪。他们一经观音菩萨的惜之用之，个个又都成了正果。令人哀之叹之的是，那三十六天罡、七十二地煞遇到的却是高俅，而不是观音式的人物；却是宋徽宗，而不是太宗式的君主。

其实，不但"引首"是楔子，第一回"张天师祈禳瘟疫，洪太尉误走妖魔"是楔子，我以为那第二回"王教头私走延安府"实际上也是楔子，而且是更具创造性的，只是至今尚不为人们所认识而已。论作者旨在将其作为笔端人物的表率，则王进有似于《儒林外史》第一回"说楔子敷陈大义"中的王冕。论作者又意欲令其于隐去前引出作品中的其他人物，则王进又有似于《红楼梦》第一回"甄士隐梦幻识通灵"中的甄士隐。吴敬梓和曹雪芹曾从施耐庵这里获得启迪亦未可知。

王进是施耐庵笔端的理想人物，应无疑义。还是金圣叹说得好："高俅来而王进去矣。王进者何人也？不坠父业，善养母志，盖孝子也。吾又闻古有'求忠臣必于孝子之门'之语，然则王进亦忠臣也。孝子忠臣，则国家之祥麟威凤，圆璧方圭者也，横求之四海而不一得之，竖求之百年而不一得之。不一得之而忽然有之，则当尊之，荣之，长跽事之。必欲骂之，打之，至于杀之，因逼去之，是何为也！王进去而一百八人来矣。"① 只可惜他没有看出"王教头私走延安府"也是个楔子。

光看到这一点是不够的，还应看到这个楔子包蕴着施耐庵的政治观念和价值观念。都是被逼，王进是"私走延安府"，效力边廷，一百八人是投奔梁山泊，落草为寇。相形之下，施耐庵更多赞扬的是前者，尽管对后者也满怀同情，却是作为天罡地煞之"魔"的一面来写的。一则不忘借九天玄女之口要宋江"去邪归正"，二则不忘让宋江开口闭口"权栖水泊"，三则以颂扬的笔调写"替天行道"的强盗去打不"替天行道"的强盗，凡此，便是明证。

既是"魔君"：敢于啸聚和冲州撞府；又是"星君"："忠心报答赵官家"。这不是在为两宋之交的"忠义之士"画像和写心吗？

既为昏君奸臣所逼，逼上梁山，犹念念不忘"平虏保民安国"；谋求招安后又为昏君奸臣所通，逼上死路，犹精灵不昧而神聚当年"替天行道"的蓼儿洼。这不是在为两宋之交的"忠义人"唱悲歌吗？

《水浒传》通过它的"群山万壑赴荆门"的结构形态，为我们谱写的正是这么一首昂入云天的"乱世忠义"的悲歌。令人热耳酸心的是："煞曜罡星今已矣，谗臣贼相尚依然。早知鸩毒埋黄壤，学取鸱夷泛钓船。"

---

① 金本《水浒传》第一回回前批，江苏古籍出版社 1985 年版。

第七章　千古蓼洼埋玉地　落花啼鸟总关愁

——论宋江艺术形象的演化

一、势成鼎足的三说

恐怕没有比这更深刻的分歧了：那《水浒传》中的宋江，誉之者说他是"农民革命运动的领袖"，毁之者说他是"地地道道的投降派"！

宋江作为《水浒传》的当然主人公，在梁山好汉中居于众星拱月般的地位。这一典型形象，凝聚着作者的满腔"孤愤"与全部理想。因而对施耐庵笔端的宋江形象的认识与评价问题，实际上也就是对《水浒传》的思想倾向的认识与评价问题。

说宋江是"农民革命运动的领袖"，《水浒传》是"农民起义的伟大史诗"，并不是没有道理。一部"金本"明明写的是"仗义疏财归水泊，报仇雪恨上梁山"。而正是宋江个人的作用和影响给梁山事业带来了兴旺。

说宋江是"地地道道的投降派"，《水浒传》是一部宣扬投降主义的作品，也不是向壁虚构。"容本"与"袁本"等又明明写了"一封恩诏出明光，伫看梁山尽束装"。而又正是宋江个人的作用和影响导致了梁山好汉"全伙受招安"。

难怪有些研究者认为：由于版本不同，实际上存在着两种《水浒传》、两个宋江形象，一当以誉，一当以毁。

足见，三种观点都能从作品中找到它们所需要的证据。

列宁说得好："如果从事实的全部总和、从事实的联系去掌握事实，那么，事实不仅是'胜于雄辩的东西'，而且是证据确凿的东西。如果不是从全部总和、不是从联系中去掌握事实，而是片断的和随便挑出来的，那么，事实就只能是一种儿戏，或者甚至连儿戏也不如。"① 对《水浒传》的研究也是如此。

如果我们从南宋以来水浒故事的历史发展及其社会原因，并从作者的主观命意与作品的客观思想和社会效果及其联系中去把握问题，那就不能不认为《水浒传》是"乱世忠义"的悲歌，宋江是"忠义之烈"的典型。

为此，可以用观察树木年轮的方法，把宋江的形象切成几个重要的横断面，具体观察一下它的历史发展以及社会气候对它的影响。

二、宋江是怎么"落草为寇"的

谁"落草为寇"皆有悖于当时的"王法"，但落草者却各有自己的原因和心理。因此，考察不同历史时期水浒故事所叙述的宋江"落草为寇"的原因和心理上的差别，便成为我们研究《水浒传》中的宋江形象及其历史发展所不可不考察的第一个问题。

《宣和遗事》，"其书或出于元人，抑宋人旧本，而元时又有增益，皆不可知"②。但书中叙徽钦二帝被俘后的事，记载得非常详细，显然是种族之痛最深时的作品。书中采用的材料大多是南宋人的笔记和小说，

---

①　《列宁全集》第23卷，人民出版社1963年版，第279页。

②　鲁迅：《中国小说史略》，《鲁迅全集》第9卷，人民文学出版社2005年版，第122页。

采的诗也没有刘克庄以后的诗。因此，我们可以断定《宣和遗事》所载的"梁山泊聚义本末"，当是南宋时期流行民间的小说。那么，它是怎样写宋江"落草为寇"的呢？要注意的是三点：

一是，写晁盖与吴加亮等八人伙劫生辰纲，宋江"星夜走去石碣村"私放晁盖；晁盖等八人遂邀约杨志等十二人结为兄弟，前往太行山梁山泊去落草为寇。宋江回宋公庄省亲，在路上撞着旧时相识杜千和张岑与"做了几项歹事勾当，不得已而落草"的索超饮酒；董平"为捕捉晁盖不获，受了几顿粗棍限棒，也将身在逃"，适与宋江途中相会。宋江便修书一封，送这四人去梁山泊投奔晁盖。凡此，说明宋江虽身为押司，却是个专好结交江湖好汉，十分注意江湖义气的人物。

二是，写晁盖念宋江相救之恩，密使刘唐携金钗一副去酬谢宋江。宋江将金钗交与娼妓阎婆惜收藏，被阎婆惜知得来历。"阎婆惜又与吴伟打暖"，宋江撞见二人"正在偎倚"，便"一条忿气"杀了吴伟和阎婆惜。凡此，又说明宋江是个性情粗犷，多少有点贪恋女色的人物。

三是，写宋江杀了吴伟和阎婆惜，题诗于壁："杀了阎婆惜，寰中显姓名。要捉凶身者，梁山泊上寻。"郓城县派巡检王成去宋公庄捉拿宋江，宋江躲入屋后九天玄女庙，获天书一卷，卷末有字一行："天书付天罡院三十六员猛将，使'呼保义'宋江为帅，广行忠义，殄灭奸邪。"宋江遂义无反顾地带领朱仝和李逵等九人，"直奔梁山泊上，寻那哥哥晁盖"。凡此，还说明宋江杀惜时便有落草梁山的想法，但最后促成他变为行动的却是那九天玄女的法旨。

要是着眼于前两点看问题，则宋江是个目无"王法"的英雄好汉：这是形象的客观思想。要是着眼于后一点看问题，则宋江是个以"忠义"自守的绿林豪杰：这包含着作者的主观命意。要是从上述三点的联系中去端详宋江的这次"亮相"，则宋江是个"忠"字观念几为"义"字观念所消融的勇悍狂侠之士。

　　现存六个元人水浒戏，除《争报恩三虎下山》杂剧以外，都有一段小传式的宋江自白，细目虽有详略的差别，但纲要却基本相同，显然是有一种很通行的水浒故事作共同的底本。其中，关于宋江为何落草梁山问题，都说是："因带酒杀了阎婆惜，送配江州牢城营；路打这梁山过，遇见晁盖哥哥，救某上山。"当可以代表元时的民间传说。

　　问题是，宋江由《宣和遗事》里因"醋意"杀了阎婆惜，躲避官兵追捕，带领朱仝等九人，"直奔梁山泊上，寻那哥哥晁盖"，到元人杂剧里渐渐变成了因"带酒"杀了阎婆惜，送配江州牢城营，路从梁山泊经过，晁盖将其救上梁山"落草为寇"，这一历史演变说明了什么呢？说明元人已感到《宣和遗事》所载的宋江杀惜与落草，实有损于宋江的精神境界与忠于宋室的观念；说明元人想尽可能地把宋江的杀惜与落草写成不是出于目无国家法度，以免有损他作为草泽忠良的英雄形象。正因为如此，所以元人水浒戏中的宋江的绰号，不仅在原有的"呼保义"前被冠以"顺天"二字，还新添了一个绰号："及时雨宋公明。"

　　写宋江的何以"落草为寇"，最具匠心的是施耐庵。施耐庵不惜笔墨描绘了宋江在忠孝思想支配下，逼上梁山的螺旋式的发展过程。

　　《水浒传》也写了宋江违背"法度"，"舍着条性命"私放晁盖，那是出于友情和正义冲动："剥民官府过于贼，应为知交放贼来。"尽管如此，他的任侠仗义仍超不出承认官府统治是正统这一观念的范围，所以一听说晁盖等人在梁山"杀了做公的，伤了何观察，又损害了许多官军人马，又把黄安活捉上山"，便不胜震惊竦惧，认为这是"灭九族的勾当。虽是被人逼迫，事非得已，于法度上却饶不得"。因此，晁盖遣刘唐来访，他连夜打发回寨，并叮嘱说："贤弟保重，再不可来。"足见，宋江虽义重如山，而在"法度"面前却是"小胆"。《水浒传》也写了宋江杀惜，那是写成一位忠厚长者在忍无可忍的情况下杀人。阎婆惜忘恩负义太甚！不杀，情理难容。不杀，晁盖遣刘唐送信事就会泄露。宋江杀惜后想去三个地方避难：白虎山孔太公庄园、横海郡柴进府第、清风寨花荣军营。却唯独不想去水泊梁山，其心理自明：怕栖身"盗窟"，"辱没祖宗"。宋江此次北上沧州，一路上结交了不少江湖好汉。谁知在清风寨却被刘知寨夫妇构陷，在性命交关之际不得不与慕容贵妃的哥哥青州知府慕容彦达兵戎相见。因形势所逼，宋江只好"小胆翻为大胆"，决定率领花荣等八位好汉与数百人马，打着收捕草寇官军旗号投奔晁盖。眼见就到梁山，宋江却被父亲利用他的忠君孝亲思想哄了回去，致遭官府捕获。

《水浒传》也写了宋江迭配江州，路经梁山泊，晁盖将其救上梁山，那是为了用彩笔描绘宋江忠君孝亲的思想。晁盖要宋江留在梁山共同聚义，宋江却道"父亲明明训教宋江，小可不争随顺了，便是上逆天理，下违父教，做了不忠不孝的人，在世虽生何益？如不肯放宋江下山，情愿只就众位手里乞死。"花荣教两个公人给宋江开了枷。宋江却道："贤弟，是什么话！此是国家法度，如何敢擅动！"宋江此次南下江州，一路上又结识了不少英雄豪杰。谁知独酌浔阳楼，醉草一首《西江月》，不意又被黄文炳构陷，导致杀身之罪。在处斩的生死关头，幸被梁山英雄劫法场抢了出来，却也由此而与当朝宰相蔡京的小儿子江州知府蔡九做下了对头。在只有上梁山这唯一的路可走时，他才"今日不由宋江不上梁山泊投托哥哥去"，而新结识的李逵等十三条好汉亦随之上了梁山。

施耐庵这么写，其用意是想收到一叩三响的艺术效果：

在形象塑造上，要把宋江刻画成忠君孝亲重义的仁义英雄，借以抒发"无道之时多有盗，英雄进退两俱难"的"孤愤"。

在艺术结构上，要以宋江作为线索，让南北两路英雄豪杰云集梁山，汇成一股"忠义"的洪流。

在环境描写上，要通过宋江螺旋式的上山过程，写出贪官污吏比比皆是，致使英雄们有国难报，不得不屯聚梁山。

三者的有机统一，也就比较妥然地暂时调和了宋江身上的"忠"和"义"的矛盾，忠君思想与落草为寇的矛盾："忠为君王恨贼臣，义连兄弟且藏身。不因忠义心如一，安得团圆百八人。"

施耐庵这么写，也带来了他始料所不及的艺术效果。其中最主要的一点，是欲状宋江之忠肝义胆而近乎诈。

比如，"大闹清风寨"之后，应是宋江上梁山之时。只因还有去江州的任务，所以作者便让他撇下所率人马，回家以尽子职。直弄得花荣等"事在途中，进退两难：回又不得，散了又不成"。真使人感到宋江是这么一种人："生命诚可贵，'义'字价更高，为了一'孝'字，二者均可抛。"

再如，宋江迭配江州时，晁盖将其救上梁山，留其共同聚义。宋江却振振有词大谈"忠孝"，宛若道学先生；然而不知何时又题反诗于壁，终于在无路可走的情况下犹如惊弓之雁飞栖水泊。真使人感到宋江又是这么一种人："'义'字诚可贵，'忠'字价更高。为了能活命，二者均可抛。"

金圣叹感受到宋江为人有"诈"，这是他艺术感受力过人的地方；但他把形象的客观效果当作作者的主观意图，这又是他不甚高明的地方。

宋江是怎么"落草为寇"的？这是我们考察宋江思想性格的第一个横断面。我们看到的是：南宋以来宋江形象的历史发展过程，就是他身上的忠义思想不断深化的过程，而尤以忠于宋室的观念为甚。

三、宋江是怎么"把寨为头"的

"把寨为头",这在当时被人们认为是"不忠不孝","灭九族的勾当"。南宋以来的水浒故事有个谁也无法否认的事实,就是宋江"把寨为头"的过程和原因存在着明显的不同。因此,考察这种不同所隐藏着的意蕴,便成为我们研究《水浒传》中的宋江形象及其历史发展所不可不考察的第二个问题。

《宣和遗事》里写宋江的"把寨为头",真可谓直截了当,说:宋江带领朱仝等九人,"直奔梁山泊上,寻那哥哥晁盖。及到梁山泊上时分,晁盖已死;又是以次人吴加亮、李进义两人,做落草强人首领。见宋江带得九人来,吴加亮等不胜欢喜。宋江把那天书说与吴加亮等道了一遍。吴加亮和那几个弟兄,共推让宋江做强人首领"。这就是说:宋江一上梁山,吴加亮和李进义便让出"强人首领"坐位,推让宋江"把寨为头"。

到了元人杂剧里,晁盖的寿命延长了,宋江"把寨为头"的问题也就随之而出现了"候补期"。用《燕青博鱼》等五个水浒戏里的宋江自白来说,就是:"晁盖哥哥,打开枷锁,救某上山,就让某第二把交椅坐。哥哥晁盖三打祝家庄身亡,众兄弟就让某为头领。"这就是说:宋江的"把寨为头",是属于自然晋职。

到了《水浒传》里,情况就更特别。尽管宋江在逼上梁山以前就是梁山好汉们的精神领袖与事实上的组织者,然而施耐庵在写宋江的"把寨为头"问题上,却让他"千呼万唤始出来,犹抱琵琶半遮面"。前后经过三次推让,当宋江正式"把寨为头"时,已进入第七十一回:"忠义堂石碣受天文,梁山泊英雄排座次。"

照理说来,宋江是水浒故事与《水浒传》的当然主人公,应该让他尽早地在职在位，"把寨为头"。然而，实际情况恰好相反。从南宋以来的水浒故事发展成《水浒传》，宋江就任梁山泊寨主的时间问题，其总的发展趋势，却是不断地被往后推。这是由于，人们越来越自觉地想把宋江塑造成"义胆包天，忠肝盖地"的英雄。

《宣和遗事》写"宋江把那天书说与吴加亮等道了一遍。吴加亮和那几个弟兄，共推让宋江做强人首领"。这从作者的主观命意来说，显然是要将九天玄女的"使'呼保义'宋江为帅，广行忠义，殄灭奸邪"的法旨遍告山寨，实际上也就是要借以点明作品的主题思想。但从作品的客观思想与社会效果来说，却反映出宋江的做"强人首领"，固然出于吴加亮等人的"推让"，也由于他自己有此内在要求。想当"强人首领"，这既令人感到宋江对宋室并不那么"忠"；让吴加亮与李进义"逊位"，那又令人感到宋江对朋友并不那么"义"。可见，这里作者的主观命意并未能化成形象的血脉，只是一种说教，因而也就与形象的客观思想处于若即若离的状态。

莫以为元人水浒戏里改用"自然晋职"的方式让宋江"把寨为头"是一种无关紧要的偶然笔墨。要知道，元朝水浒故事中的宋江形象已被传颂为"全忠秉义"的英雄。宋江的绰号已由南宋时的"呼保义"，变成了"顺天呼保义"和"及时雨宋公明"。夫"顺天"者，"休言啸聚山林，早愿归依廊庙"之谓也。"及时雨"者，"为人仗义疏财，有养济万人之度量"之意也。正是在这种社会思潮的裹挟下，宋江之成为"强人首领"，遂被写成："晁盖哥哥救某上山，就让某第二把交椅坐。哥哥晁盖三打祝家庄身亡，众兄弟就让某为头领。"这与《宣和遗事》所载相对照，宋江想当"强人首领"的主动心理显然是被磨灭或削弱了。这就于步不动而神移中深化了宋江的忠义思想，并使宋江的忠于宋室的观念变得更内在。

　　施耐庵创作《水浒传》虽则是以《宣和遗事》作蓝本的，但在刻画宋江形象时给予他以更多启发的却是元朝水浒故事对于宋江形象的塑造。施耐庵仿佛从中悟出一个道理：磨灭掉宋江想当"强人首领"的心理，就等于是给宋江的忠义思想特别是忠于宋室的观念赋彩。因此，便以一种曲径通幽的笔法去描绘宋江"把寨为头"的过程。如果说，书中写宋江的落草梁山是由于贪官污吏的一再构陷，那么，写宋江的"把寨为头"则是由于梁山英雄的再三拥戴。如果说，罗贯中写诸葛亮的出山是由于刘备的三次相顾，那么，施耐庵写宋江的"把寨为头"则是由于众好汉的三次相请。

　　宋江正式上梁山是在第四十一回。宋江一上梁山，晁盖便请宋江"为山寨之主"。宋江再三推让，"坐了第二位"。这次相请，写出宋江与晁盖并皆义重如山的是英豪。

　　晁盖曾头市中箭身亡是在第六十回。梁山开山元老林冲与吴用等众头领，香花灯烛，请宋江"为梁山泊主"。宋江却道："晁天王临死时嘱付：'如有人捉得史文恭者，便立为梁山泊主。'此话众头领皆知。今骨肉未寒，岂可忘了？"吴用等复以"山中岂可一日无主"相劝，宋江方应允"权当此位"，并把聚义厅改为忠义堂以明志。这次相请，不只写出了宋江在山寨是众望所归，而且写出了宋江对宋室的忠心不二。

　　卢俊义活捉史文恭是在第六十八回。宋江不负晁盖遗言，要把主位让与卢俊义；众头领不服，卢俊义亦坚请由宋江"把寨为头"。宋江无可奈何，遂交由"天意"去定：令裴宣写下两个阄儿，一攻东平府，一打东昌府，与卢俊义各拈一处，"如先打破城子的，便做梁山泊主"。等到宋江攻下东平府，协助卢俊义攻下东昌府，正式"把寨为头"时，已进入第七十一回："忠义堂石碣受天文，梁山泊英雄排座次。"而宋江一充任寨主，便以"共存忠义于心，同著功勋于国，替天行道，保境安民"作为水泊梁山的共同纲领。这次相请，写出宋江"为梁山泊主"，不仅下合人心，而且上顺"天意"——"在晁盖恐托胆称王，归天及早；唯宋江肯呼群保义，把寨为头。"

三次相请，施耐庵一面于有形处着色，层层深入地渲染了宋江的"义胆包天"，与众好汉"交情浑似股肱，义气如同骨肉"，把宋江身上的"义"写得赤如篝火；一面于无形处赋彩，层层深入地揭示了宋江的"忠肝盖地"，虽身在山林，却心存廊庙，把宋江身上的"忠"写得宛若白炽：真可谓是一喉而二歌。

正因为施耐庵既要将宋江的"把寨为头"写成有违素愿，以免损害他忠于宋室的形象，同时又要把宋江写成梁山事业的实际组织者和领导者，以颂扬他的"义胆包天，忠肝盖地"，所以便一面大大延长南宋以来水浒故事中所写的晁盖充任梁山寨主的时间，一面让宋江虽坐第二把交椅而却处于事实上的决策者的地位。谁知金圣叹感到不忿了，骂宋江窥觊晁盖的座位。谁知现代一些评论者也感到不忿了，骂宋江架空晁盖，说施耐庵宣扬投降主义，摒晁盖于一百零八人之外。殊不知，晁盖在《水浒传》中的地位远比在《宣和遗事》里要高。在《宣和遗事》里，晁盖虽属三十六人之数，却位居三十六人中倒数第一！那么，施耐庵又为什么要让晁盖立下那个遗言呢？难道是要表明晁盖已经察觉到宋江与自己存在着路线上的分歧？否。其主要目的，显然是要借以引出众好汉一请再请宋江当梁山泊寨主，并从而显示宋江在梁山上具有无与伦比的崇高威望，却素无当寨主的意图。君不见那一百零八人，信守晁盖遗言者，宋江一人而已！

唯其如此，也就产生了作者始料所不及的客观效果：欲显宋江之忠厚而近乎伪。宋江与卢俊义拈阄为定，分别去东平和东昌借粮，"如先打破城子的，便做梁山泊主"；却特地教吴用和公孙胜帮卢俊义，"只想要他见阵成功，山寨中也好眉目"。真是义重如山，忠厚之至！然而，谁不知道吴用是山寨中领头反对卢俊义当寨主的谋士，怎么可能会去帮助卢俊义先于宋江而"打破城子"呢？这就难怪金圣叹读到这里又把形象的客观效果当作作者的主观动机，大写宋江"权诈"，并喋喋不休地说这是施耐庵的"春秋笔法"！

宋江是怎么"把寨为头"的？这是我们考察宋江思想性格的第二个横断面。我们看到的也是：南宋以来宋江形象的历史发展过程，就是他身上的忠义思想不断深化的过程，而尤以忠于宋室的观念为甚。

四、宋江是怎么"接受招安"的

"接受招安"，用当时一般人的话来说，叫作"归顺朝廷"，"改邪归正"。用我们今天的话来说，叫作"投降"，"叛变革命"。然而，亦不尽然。北宋末年那自黥其面的"忠义八字军"，就未见有人称之为"投降派"，倒被视为一支爱国主义的军旅。足见，具体问题还应具体分析。水浒故事中的宋江是一定社会思潮的审美产物，他的接受招安的动机是从他所由以产生的历史潮流里得来的。因此，考察不同历史时期的水浒故事关于宋江接受招安问题的说法上的变异及其根由，便成为我们研究《水浒传》中的宋江形象及其历史发展所不可不考察的第三个问题。

现在让我们先看一看一种虽出于南宋史家笔端却带有某些传说色彩的说法："张叔夜……以徽猷阁待制出知海州。会剧贼宋江剽掠至海，趋海岸，劫巨舰十数。叔夜募死士千人，距十数里，大张旗帜，诱之使战。密伏壮士匿海旁，约候兵合，即焚其舟。舟既焚，贼大恐，无复斗志，伏兵乘之，江乃降。"这段话见于王偁的《东都事略·张叔夜传》。要注意的是三点：一是，说宋江是掠州略郡的"剧贼"；二是，说宋江的接受招安是由于兵败被困；三是，把宋江的接受招安当作张叔夜的事功来叙述，宋江全然是个失败者的形象。这三点在感情色彩上足以代表南宋士大夫们对宋江其人及其接受招安一事的看法。

然而，一经民间的交口相传，宋江的形象便发生了变化。《宣和遗事》所载就是如此。

书中写宋江一当上"强人首领"，吴加亮便在庆贺宴席上对宋江说："是哥哥晁盖临终时分道与我：'从政和年间朝东岳烧香，得一梦，见寨上会中合得三十六数。若果应数，须是助行忠义，卫护国家。'"一个在统治者心目中并无忠义可言的"剧贼"，却成了说话人所欲口写的"助行忠义，卫护国家"的英雄。

但是，赋予"落草为寇"的宋江以"忠义"之心，却不等于作者赞赏宋江的"落草为寇"。所以，书中紧接着便写："是时筵会已散，各人统率强人，略州劫县，放火杀人，攻夺淮扬、京西、河北三路二十四州八十余县；劫掠女子玉帛，掳掠甚众。"这又分明是说：宋江虽以"助行忠义，卫护国家"自策，则既为"盗寇"，难免不"义勇相戾"。

那么，宋江怎样才能"义勇不相戾"呢？当然只有"一归于正"。所以，书中紧接着便描写了宋江的光荣受招安。道是"宋江统率三十六将，往朝东岳，赛取金炉心愿。朝廷无其奈何，只得出榜招谕宋江等。有那元帅姓张名叔夜的，是世代将门之子，前来招诱宋江和那三十六人归顺宋朝，各受武功大夫诰敕，分注诸路巡检使去也"。"朝廷无其奈何，只得出榜招谕"，这固然是宋江的莫大光荣；张叔夜是北宋末年的抗金英雄，意由张叔夜亲自"前来招诱"，这更是宋江的莫大光荣。与《东都事略》等史籍所载相比，宋江遂由阶下囚的形象一变而成了胜利的英雄！

《宣和遗事》始则赋予宋江以"忠义"之心，继则讥弹宋江的"略州劫县",终则赞扬宋江接受张叔夜的"招诱",这种三部曲表明:作者所真正赞颂的,实际上并不是反抗官府的草泽英雄,而是草泽英雄的出山匡扶宋室——"助行忠义,卫护国家"。论其根由,则不外鲁迅所说:"宋代外敌凭陵,国政弛废,转思草泽,盖亦人情。"①

元代是个民族矛盾与阶级矛盾犬牙交错的时代,由于"人心不忘赵氏",水浒故事中的宋江形象亦随之而获得新的发展。这也同样反映在接受招安问题上。《瓮天脞语》所载宋江潜至李师师家题在壁上的那首《念奴娇》,便是明证。

这首《念奴娇》,显然是根据当时家喻户晓的水浒故事写成。这一点,我们可以从元人水浒戏里获得印证。一云:"借得山东烟水寨",把梁山泊写得浩淼无际;一云:"寨名水浒,泊号梁山。纵横河港一千条,四下方圆八百里。"把南宋水浒故事中所说的"绝湖为池,阔九十里"②,扩大了十来倍。一云:"六六雁行连八九",将梁山好汉的人数由南宋水浒故事中所说的三十六人变成了一百零八人;一云:"聚三十六大伙,七十二小伙,半垓来的小喽茑自缚啰,威镇梁山。"一云:"义胆包天,忠肝盖地,四海无人识";一云:"忠义堂"前"高搦杏黄旗,一面上写着:'替天行道宋公明'"。梁山的规模、英雄的人数、宋江的思想性格,莫不吻合;而与南宋水浒故事呈现出明显的不同。

正因为如此,所以《念奴娇》所写"借得山东烟水寨,来买凤城春色"与"六六雁行连八九,只待金鸡消息",便分外值得注意。其所以然?就在于:《宣和遗事》所写的宋江接受招安,张叔夜的诱导之功是起着

---

① 鲁迅:《中国小说史略》,《鲁迅全集》第9卷,人民文学出版社2005年版,第145页。

② 陈泰:《所安遗集补遗》,朱一玄、刘毓忱编:《水浒传资料汇编》,南开大学出版社2002年版,第49页。

主导作用；而《念奴娇》却表明宋江的接受招安是其自身的内在愿望与主动谋求。

宋江在山寨的威望如此，梁山的形势险要如此，水泊的兵马强盛如此，而宋江却无意于"杀去东京，夺取鸟位"，只求"替天行道"，只待"金鸡消息"，这是南宋以来水浒故事的重大发展。它使落草梁山时期的宋江，便成了"义勇不相戾"的"全忠秉义"的仁义英雄。尽管元人水浒戏里的宋江自白，还有"风高敢放连天火，月黑提刀去杀人"一类的"豪语"，令人感到宋江身上的"草寇气息"尚未为"忠义"二字所销尽，与《宣和遗事》所写"劫掠子女玉帛"，"掳掠甚众"之类相比，那也只是属于残存在孩童身上的胎毛而已。

元朝人把梁山的"聚义厅"改为"忠义堂"，并将"替天行道"的"杏黄旗"插上梁山，这对施耐庵创作思想的影响是如此巨大而直接，它不仅暗中规定了《水浒传》里的梁山义军的性质，而且同时也奠定了《水浒传》里的宋江思想性格的基调。反映在招安问题上，尤其如此。施耐庵在以长达十一回的篇幅描写宋江谋求招安的过程中，曾将《瓮天脞语》所载的那首《念奴娇》用于自己的笔端，这便是最好的证明。

宋江作为"义胆包天，忠肝盖地"的仁义英雄，"忠"与"义"在他身上虽属双全，却非并驾。"忠"始终居于矛盾的主导面，但有表现形式的不同。如果说，前期的宋江忠于宋室的观念在他身上犹如唐突于地底的熔岩，那么，后期的宋江忠于宋室的观念在他身上则宛若熔岩喷吐于爆发的火山。其分界线是"把寨为头"之日，其转折点是写作《满江红》之时。

宋江在菊花会上写的那首《满江红》，既是他政治怀抱的抒发，也是他为梁山义军制定的政治纲领。前半片是抒写他的"义胆"："愿樽前长叙弟兄情，如金玉。"是点到为止。后半片是抒写他的"忠肝"："统豹虎，御边幅。号令明，军威肃。中心愿，平虏保民安国。日月常悬忠烈胆，风尘障却奸邪目。望天王降诏，早招安，心方足。"是泼墨挥写。自此，一石激起千重浪。此后的整整十回书，宋江的谋求招安问题，便始终被置于艺术结构的中心地位。

首先，施耐庵描写了宋江的谋求招安在梁山英雄内部引起的不同反响以及北宋王朝统治阶层内部对梁山英雄的不同态度。鲁智深、李逵、武松、阮小七等是招安的反对者。行动上最急烈的是李逵，能摆出道理来的是鲁智深。鲁智深认为："只今满朝文武，多是奸邪，蒙蔽圣聪，就比俺的直裰染做皂了，洗杀怎得干净？招安不济事，便拜辞了，明日一个个各去寻趁罢。"吴用、林冲、关胜、徐宁等虽然并不直接反对招安，但主张先给高俅之流一点颜色看看，"等这厮引将大军来到，教他着些毒手，杀得他人亡马倒，梦里也怕，那时方受招安，才有些气度"。否则，"纵使招安，也看得俺们如草芥"。一心只盼"赦罪招安，同心报国"的宋江，则不仅对鲁智深等人的意见听不进去，就连对吴用等人的建议亦大不以为然，认为那样去做，会"坏了'忠义'二字"。梁山英雄内部对宋江的谋求招安有不同的反响。北宋统治阶层内部也是如此。御史大夫崔靖认为："此等山间亡命之徒，皆犯官刑，无路可避，遂乃啸聚山林，恣为不道。"不如"招安来降，假此以敌辽兵，公私两便"。济州太守张叔夜的看法，实可谓知人之论："论某愚意，招安一事最好。"此一伙义士，"要图忠义报国，扬名后代"，"归降之后，必与朝廷建功立业"。与此相对立，权臣蔡京、高俅、童贯却狼狈为奸，明里暗里百般阻拦朝廷招安，一心想要"斩草除根"，再三主张"前去剿扫"。由此不难看出：如果说，宋江的"望天王降诏，早招安"，好去"统豹虎，御边幅"，这是作者爱国主义思想的反映，是作者所写的"应该如此"；那么，吴用所主张的先把群奸杀得梦里也怕，然后再受招安，鲁智深所认为的朝政已腐败得无可救药，接受招安决不会有什么好的结果，则又传达了作者对现实的清醒认识，是作者所写的"事实如此"。正因为二者都是作者所意识到的历史内容，所以就不应该简单地只把吴用和鲁智深的观点看作是作者对宋江的"全忠秉义，护国保民"的观念的一种衬托，更应该看到吴用和鲁智深的观点同时也是作者为宋江的"一意招安，专图报国"的心愿所暗设的谶言！这，也就是施耐庵深沉的"孤愤"之所在。

其次，施耐庵又描写了在宋江谋求招安的过程中童贯和高俅的先后兴师"剿扫"以及梁山英雄两赢童贯与三败高俅的赫赫战功。蔡京不仅暗中阻挠朝廷招安宋江，还亲自保举枢密使童贯"剿扫"梁山。童贯"统率大军十万，战将百员"，满以为可以克日"扫清山寨"，只两阵，便被梁山英雄"杀的人马辟易，片甲只骑无还"。要不是宋江"素怀归顺之心，不肯尽情追杀"，童贯自己亦定成阶下之囚。蔡京瞒过童贯败绩，又亲自保举高俅"进剿"梁山。高俅调天下军马一十三万，统率十个骁勇善战的节度使出征，水陆并进，满以为克日可擒宋江，只三阵，便被梁山好汉"杀的手脚无措，军马折其三停，自己亦被活捉上山，许了招安，方才放回"，却留下参谋闻焕章在梁山质当。重要的是，"两赢童贯"、"三败高俅"，意味着什么？意味着宋室的精锐兵马虚耗殆尽，意味着宋江若有志图王，实易如反掌。这就清楚地告诉人们：宋江谋求招安，蔡京等奸佞之臣却妒贤嫉能，定欲灭此朝食，"教国家损兵折将，虚耗了钱粮"，这正是他们的祸流四海的地方。"两赢童贯"与"三败高俅"之时，宋江满可以"杀去东京，夺取鸟位"，却仍孜孜以求招安，报国之心如一，这正是他作为忠义之烈的地方。

最后，施耐庵还描写了宋江前后五次"钻刺关节"，"指望将替天行道、保国安民之心，上达天听，早得招安，免致生灵受苦"。第一次是走李师师门路，时在"梁山英雄排座次"的翌年元宵。第二次是恳求被俘上山的"御前飞龙大将"酆美能予玉成，时在二赢童贯之日。第三次是求告被生擒上山的"云中雁门节度使"韩存保能予成全，时在两败高太尉那天。第四次是在高太尉全军覆没之时，哀求已成阶下囚的高俅予以"慈悯"。四次未成，又第五次"钻刺关节"。这次是双管齐下：一面派燕青再去走李师师门路，求李师师在宋徽宗面前"吹枕头风"；一面请闻焕章给宿太尉修书，求宿太尉在宋徽宗面前早晚题奏。正是在李师师的玉成下，燕青得以"月夜遇道君"，款款陈情。宋徽宗得知"宋江这伙，不侵州府，不掠良民，只待招安，与国家出力"，便"御笔亲书丹诏"，并特差宿太尉前往招安。须知，施耐庵的妇女观是相当落后的。宋江、卢俊义、杨雄、武松的逼上梁山，当然主要是被贪官污吏威逼的结果；然而，阎婆惜、贾氏、潘巧云、潘金莲亦从中起了"祸水"的作用。因此，施耐庵写宋江的谋求招安，以走李师师的门路起，以走李师师的门路结，甚至称李师师是"梁山泊数万人之恩主"，也就格外发人深省。这么写，显然是要说明："权贵满朝多旧识，可无一个荐贤人。"那些衮衮诸公大多连娼妓亦不如！显然是要说明：宋江虽历经种种磨难，但忠于宋室之心始终不二，可以委曲求全，可以忍辱负重，真是："臣心一片磁针石，不指南方誓不休。"

确实，施耐庵仿佛悟出一个秘诀：越是写宋江如何"替天行道为主"而心里总感"误犯大罪"，越是写梁山如何兵强马壮而宋江仍念念不忘招安，越是写李逵如何想"杀去东京，夺取鸟位"而宋江却执迷于谋求招安，也就越能显出宋江的"全忠秉义"来。

然而，由于施耐庵过分爱他的主人公，都快把人物的个性消融到忠义思想里去了，所以也就给形象带来了作者始料所不及的客观效果。试看宋江对被活捉上山的高俅赔罪："文面小吏，安敢叛逆圣朝！奈缘积累罪尤，逼得如此。……万望太尉慈悯，救拔深陷之人，得瞻天日。刻骨铭心，誓图死报。"这种对招安的乞求，与其说他像一位叱咤风云的英雄，倒不如说他像一位迂而且腐的道学先生。

宋江是怎么"接受招安"的？这是我们考察宋江思想性格的第三个横断面。这一横断面说明：南宋以来宋江形象的历史发展过程，就是他身上的忠义思想不断增强与深化的过程，而忠于宋室的观念越来越处于矛盾的主导方面。

五、宋江接受招安后的结局如何

具有"信史"之称的《东都事略》与《宋史》虽曾记载了宋江的接受招安，却并未言及其最后的结局问题，所以也就给民间艺人和施耐庵以更为自由地驰骋自己想象的天地。这种想象的结果，不只直接地反映了作者审美旨趣的高下，同时还对作品的创作意图具有画龙点睛的作用。因此，考察不同历史时期水浒故事所叙述的宋江接受招安以后的命运上的变化以及产生这种变化的原因，便成为我们研究《水浒传》中的宋江形象及其历史发展所不可不考察的第四个问题。

前几年马泰来先生发现了北宋末年人李若水的《捕盗偶成》诗。诗中有句云："大书黄纸飞敕来，三十六人同拜爵。"说明历史上的宋江确曾一度接受宋室的招安，并且于接受招安的同时，就被封了官。诗中又云："我闻官职要与贤，辄唳此曹无乃错。"足见历史上的宋江并没有为宋室建功立业，否则诗人决不会以招安宋江为例证明"招降"不是"上策"。如果历史上的宋江是"降而复叛"，"叛而被擒"，那他的最后结局当是方腊式的牺牲。

龚开的《宋江三十六赞》并《序》大约作于宋元之际，而所依据的却是盛传于南宋时期的一种"街谈巷语"。《呼保义宋江赞》告诉我们，宋江是位以"忠义"二字自策自励的草莽英雄。《大刀关胜赞》、《浪里白条张顺赞》、《小李广花荣赞》、《赛关索杨雄赞》等又告诉我们，宋江部下有不少"中心慕汉"与"愿随忠魂"的义勇刚直之士。《玉麒麟卢俊义赞》、《浪子燕青赞》、《船火儿张横赞》、《神行太保戴宗赞》、《没遮拦穆横赞》等还告诉我们，宋江聚义的根据地是在当时"忠义八字军"与"红巾军"抗金活动中心的太行山地区。凡此，我们可以看出：这种水浒故事是源出南宋以说民族斗争为主包括了农民起义及其发展为抗金义兵事迹的"说铁骑儿"。宋江等三十六人的形象，实更接近了那出没于太行山"不从敌国而保山砦"的"红巾军"等的历史剪影。与《赞》相比，《序》在考据上又显得更有价值些。《序》里说：宋江"识性超卓，有过人者。立号既不僭侈，名称俨然，犹循轨辙"。这与《呼保义宋江赞》说宋江"不假称王，而呼保义"是一个意思，都是说宋江虽投身草泽却能以助行忠义自守。《序》里又说："跖与江，与之盗名而不辞，躬履盗迹而无讳者也。岂若世之乱臣贼子，畏影而自走，所为近在一身，而其祸未尝不流四海？呜呼，与其逢圣公之徒，孰若跖与江也？"这是说宋江作为"盗贼之圣"，要比祸国殃民的奸臣政客好，要比立号僭侈而自号圣公的方腊好。《序》里还说："于是即三十六人，人为一赞，而箴体在焉。盖其本拨矣，将使一归于正，义勇不相戾，此诗人忠厚之心也。"这又分明是希望宋江不要满足于充当"盗贼之圣"，而应该出来匡扶宋室，"攘外安内"，保境安民。然而，这种寄希望，同时也就说明龚开所熟悉的那种"街谈巷语"，它所叙述的只是宋江落草太行山，并无接受招安的情节，当然也就谈不上被招安以后的结局问题。

明确写到宋江接受招安以后的结局的，最先见于《宣和遗事》所载的"梁山泺聚义本末"。它是这么写的："有那元帅姓张名叔夜的，是世代将门之子，前来招诱宋江和那三十六人归顺宋朝，各受武功大夫诰敕，分注诸路巡检使去也。……后遣宋江平方腊有功，封节度使。"三十六人都当了大官，而尤以宋江的结局最为煊赫。要注意的是，书中有一首隐语："破国因山木，刀兵点水工。一朝充将领，海内耸威风。"它概括了作品的思想内容。前两句隐指宋江落草梁山，略州劫县；后两句隐指宋江归顺朝廷，官至节度使。这种写宋江的发迹变泰，实属于南宋以说江湖亡命游侠招安受职之事为主的"说公案"的传统主题。与龚开所熟悉的"街谈巷语"，不是同一"说话"家数。

　　现存的元人的六种水浒戏，虽然写的都是落草梁山时期的宋江，却不等于说元人水浒故事中没有接受招安及其以后的情节。陆友《杞菊轩稿·题宋江三十六人画赞》便明确地写道："睦州盗起嶂连城，谁挽长江洗兵马。京东宋江三十六，白日横行大河北。官军追捕不敢前，悬赏招之使擒贼。后来报国收战功，捷书夜奏甘泉宫。""甘泉宫"是汉时宫名，汉武帝常在此接见诸侯王、郡国上计吏及外国宾客。因此，"后来报国收战功，捷书夜奏甘泉宫"云云，显见宋江接受招安后的业绩已不限于"平方腊有功"，那征辽一类的攘外情节已呼之欲出。果不其然，元明之际便出现了无名氏的剧杂《宋公明排九宫八卦阵》，写宋江接受招安以后，因抗辽有功，官封沧州节度使，部下亦俱授官。其结局较之《宣和遗事》所写就更光彩，简直成了胜利的民族英雄！

　　显而易见，寄希望于草泽英雄出来"攘外安内"，匡扶宋室，这是宋元水浒故事所反映的共同社会思潮。《宣和遗事》写宋江平方腊有功而封节度使，杂剧《宋公明排九宫八卦阵》写宋江御辽国有功而封节度使，便是这同一社会思潮的两个侧面的具体反映。宋江征辽虽亦事属无稽，却反映了民族灾难深重下的汉族人民要求"还我河山"的共同民族心理。因此，杂剧《宋公明排九宫八卦阵》虽出于元明之际无名氏之手，而论其故事来源，倒有可能是源出宋人或南宋遗民的造野语以自慰。要之，正因为宋元人民群众是寄希望于草泽英雄出来"攘外安内"，匡扶宋室，所以他们也就乐于给自己心目中的草泽忠良宋江于接受招安后美好的结局。

把宋江接受招安后的结局写成悲剧，是施耐庵的独创。这种独创，是别具匠心的。

首先，百二十回本与百回本等《水浒传》，都有宋江"征辽"与"平方腊"的情节，这从宋元水浒故事的历史发展来说，堪谓皆有所本。但是，却未必是原著的本来面目。鲁迅先生认为：原本《水浒传》当"以平方腊接招安之后，如《宣和遗事》所记者，于事理始为密合"[1]。这是有道理的。郑振铎先生已作了令人信服的考证。说明"征辽"、"平田虎"、"灭王庆"等三次战役俱是明人所加。[2] 我想补充说明的是：加不加入"平田虎"和"灭王庆"，无关宗旨；加不加入"征辽"，会对宋江的悲剧性质产生微妙的影响。这是怎么说的呢？我们知道，施耐庵曾一再强调宋江谋求招安的目的，是要"统豺虎，御边幅"，"平虏保民安国"。因此，同是"煞曜罡星今已矣，谗臣贼相尚依然"！若以平方腊接大破辽之后，则写出的是外虏已平，宋江素志已遂，而功成见害，这是属于"狡兔死，走狗烹"的问题；若以平方腊接招安之后，则暗示的是外敌凭陵，宋江壮志未酬，而遗恨绵绵，这是属于国失栋梁，国将不国的问题。前者属于明代于谦式的悲剧，它反映了明代人民对朝廷戮杀功臣的愤懑；后者属于宋代岳飞式的悲剧，它反映了元代人民"身在元，

---

① 鲁迅：《中国小说史略》，《鲁迅全集》第 9 卷，人民文学出版社 2005 年版，第 145 页。

② 参见《〈水浒全传〉序》，上海人民出版社 1976 年版。

心在宋；虽生元日，实愤宋事”[①] 的悲愤情绪。

其次，宋江的形象与方腊的形象虽则在南宋水浒故事中就是对立的形象，而在《宣和遗事》里也只是以“后遣宋江平方腊有功，封节度使”短短一语交代其结局。施耐庵却对宋江“平方腊”一役予以畅而演之，不仅叙述了方腊起事的本末，还将梁山好汉们的悲惨结局大都安排在这一战役中，那是饱含着“孤愤”之情的。这又是怎么说的呢？凡是细心的读者都会看出：书中所写的宋江啸聚于梁山和方腊起事于青溪，二者既有共同点而又有不同点。都是“官逼民反”，“乱由上作”；部下都有能征善战、智勇兼备的名将：这是共同点。宋江是“忠义之士”，所以“替天行道”于水泊；方腊是“奸佞之徒”，所以“僭号改元”于睦州：这是不同点。要注意的，是前一点，它告诉人们：宋室其所以衰微，并不是国家无人可用，实由于朝政失修，致使那些能征善战、智勇兼备的豪杰，不仅不能用武于边陲，反倒被朝廷驱入于其豆相煎的可悲境地！

最后，《宣和遗事》写宋江一旦接受招安，三十六人便俱皆授官，宋江最后还因平方腊有功而封节度使。这固然反映了作者希望草泽英雄出来匡扶宋室，同时也反映了作者对朝廷所寄的幻想。《水浒传》写宋江统十万精兵，赤胆归顺宋室，却成为蔡京之流俎上之肉；宋江明明知此，却不仅自己宁“死于九泉，忠心不改”，而且不许众弟兄重返梁山，以免坏了昔日“梁山泊替天行道忠义之名”。这就不只一般地反映了作者对宋室的缅怀之情，同时还反映了作者对宋室何以会灭亡的沉痛反思。

宋江接受招安后的结局如何？这是我们考察宋江思想性格的第四个横断面。人们可以清楚看出：在民族矛盾与阶级矛盾犬牙交错的历史

---

① 李贽：《焚书》卷3《忠义水浒传序》，中华书局1975年版，第109页。

条件下，人民群众寄希望于草泽英雄出来匡扶宋室，"攘外安内"，保境安民，这本是南宋以来水浒故事的固有思想，具体反映为使接受招安后的宋江获得煊赫的结局。施耐庵突破了这一传统思想，他进而把宋江塑造为"忠义之烈"的典型，并将其写成悲剧的结局；目的是想总结宋室何以会灭亡的经验教训，为后来者戒。

六、结论

水浒故事是宋以来人民群众所喜闻乐见的故事，而宋江则是人民群众所乐于交口相传的传奇式的英雄人物。

南宋水浒故事只是一座民间艺苑。宋江形象是下层人民心目中的英雄，既是个"与之盗名而不辞，躬履盗迹而无讳"的"盗贼之圣"，又是个"广行忠义，殄灭奸邪"的绿林豪杰。但是，作者所真正颂扬的，却并不是"略州劫县，放火杀人"的宋江，而是"助行忠义，卫护国家"的宋江。因此在作品形象体系中将他处理成既是个与贪官污吏相对立的形象，又是个与农民起义领袖方腊相对立的形象。由此也就暗中规定了后来《水浒传》中的人物的基本关系。

元朝水浒故事是一座南宋遗老等文人学士也乐于问津的艺术王国。宋江形象是汉族人民心目中的豪杰，尽管身上还残存着绿林好汉的某些特点，实际上已被描写成"义胆包天，忠肝盖地"的仁义英雄。元人把梁山的聚义厅改为忠义堂，并将"替天行道"的杏黄旗插上梁山，由此也就暗中规定了后来《水浒传》中的宋江思想性格的基调以及梁山义军的性质。

足见，宋江的形象早在南宋水浒故事中便被赋予忠义思想的色彩。宋江形象的历史发展过程，就是其忠义思想被不断深化的过程，而忠于宋室的观念则越来越处于矛盾的主导方面。期望草泽英雄出来匡扶宋室，并给予接受招安后的宋江以官封节度使的煊赫结局，这是南宋以来水浒故事的传统主题和写法。

《水浒传》把宋江塑造成"忠义之烈"的典型，赋之以岳武穆式的宁可朝廷负我，我衷心不负朝廷的思想感情，这正是南宋以来水浒故事及宋江形象的合乎逻辑的发展。不是一般地希望草泽英雄出来匡扶宋室，而是想借水浒故事总结宋室何以灭亡的原因，赋予宋江以壮志未酬身遇害的悲剧结局，这又是施耐庵高过于前人和同时代人的地方。由此，也就使《水浒传》成为一曲昂入云天的乱世忠义的悲歌。

宋江形象的历史发展始终是在忠义二字的思想轨道上运行，这并不是偶然的。南宋内政弛废，外敌凭陵。元代政治黑暗，民族压迫深重。元末的农民起义，具有民族革命的特点。深重的阶级压迫既使人民群众生出崇拜草泽英雄的心理，而严峻的民族矛盾又使人民群众生出想望草莽英雄匡扶宋室的心理——希望他们能外御其侮，还我河山。这就形成一股历久不衰的忠义思潮。此其一。宋元明朝，是封建国家中央集权加强和巩固时期，相应地也就要求加强封建思想统治，竭力灌输给人们以忠君爱国的封建传统思想。那应运而生的程朱理学，自南宋晚期以后一直处于钦定哲学的权威地位。它再一次大力宣扬自汉代开始流行的加强封建专制绝对权力的三纲五常思想，认为三纲五常既是亘古不变的"礼之大体"，又是人的本心的显现。面对宋金对峙的局面，儒家的正统观念也由于南宋诸儒的纷纷宣传而获得进一步加强。凡此，自然会对社会人心产生深远的影响。那元末红巾军起义的领袖人物韩林儿建国号"宋"，便是南宋灭亡虽近百年而人心犹不忘赵氏的明证。此其二。正因为如此，所以南宋以来的水浒故事及宋江形象的历史发展，当然也就不可能逾越"忠义"二字的思想雷池。

第八章　说断了尾巴的"蜻蜓"仍是"蜻蜓"

——"金本"《水浒传》思想性质小考

一、引言

明末崇祯十三年（1640）以前，《水浒传》的通行本是多元的。既有属于"繁本"系统的百回本、百二十回本等，又有属于"简本"系统的百十回本、百十五回本等，还有参合了"简本"、"繁本"而为一的五湖老人三十卷本。其共同点是，皆以"忠义"相标榜。写宋江于梁山大聚义后，便率部接受了招安；旋即奉旨平辽，又去打别的不替天行道的强盗方腊等；虽功成遇害而犹执"忠义"之心于泉下，保佑一方百姓，可以称之为一曲"忠义"的悲歌。

可崇祯十四年（1641）有怪杰金圣叹，却以"托古改制"的法子，伪称得了部"贯华堂古本"，而以百二十回本即"袁本"《忠义水浒全书》作底本，一则砍去了"梁山泊英雄排座次"以下四十九回的文字，二则杜撰了一段"梁山泊英雄惊恶梦"作为一百零八将的结局，三则将原本的"引首"和第一回的前半合为"楔子"置于回目之前，从而形成了个七十回本的《水浒传》，然后又逐回加上眉批、夹批、总批。而这"金本"一问世，竟然成为此后近三百年中《水浒传》的定本，以致世人不知《水浒传》还有其他的"繁本"、"简本"。

这就产生了一个问题："金本"《水浒传》这么一数管齐下，是否改变了原本《水浒传》讴歌"忠义"的思想性质？五四以来，不少研究者的回答是肯定的。如胡适在他的《〈水浒传〉考证》中，便明确认为：金圣叹这么一"删"，就"把'《忠义水浒传》'变成了'纯粹草泽英雄的《水浒传》'"。张国光先生在新的历史条件下，又从而发展了胡适的看法，提出了"两种《水浒传》，两个宋江"之说。认为"《忠义水浒传》"是宣扬投降主义的，宋江是可耻的投降派和镇压方腊等义军的元凶；"金本"《水浒传》是鼓吹农民起义的，宋江是坚定的革命派和具有雄才大略的农民领袖（《〈水浒传〉与金圣叹研究》）。罗尔纲先生虽不认为"金本"《水浒传》来自金圣叹对百二十回本《忠义水浒全书》的"腰斩"，而认为"罗贯中《水浒传》原本只七十回"，金圣叹砍去百回本《忠义水浒传》盗加者续写的后二十九回半并加上评点，是为"金本"《水浒传》；但对文本思想性质的基本看法，却与张国光异曲同工。也认为这七十回本《水浒传》是"一部热烈歌颂农民起义，反抗官府到底的小说"，而被金圣叹砍去的那盗加者续加的后二十九回半则"是痛恨农民起义的"（《水浒传原本和著者研究》）。

关于"金本"《水浒传》的由来问题，笔者赞同"腰斩"说。而且认为：如果着眼于原本作者的创作思想和深隐作意看问题，则"金本"《水浒传》这只断尾巴蜻蜓仍是蜻蜓，即依旧是以讴歌"忠义"为其主旋律的。兹呈管窥，以资证明，并就正于方家。

二、也谈书名"水浒"的含义

一部大书，写的分明是"梁山泊聚义本末"，却以"水浒"名之，作者这么做，显然是有深义的。是故，一些研究者对此都先予解释，以指引读者对全书的观照。

袁无涯在他的《忠义水浒全书发凡》里解释说："梁山泊属山东兖州府……传不言梁山，不言宋江，以非贼地，非贼人，故仅以'水浒'名之。浒，水涯也，虚其辞也。盖明率土王臣，江非敢据有此泊也。其居海滨之思乎？罗氏之命名微矣。"也就是说：袁无涯认为作者所以取"水浒"做小说的书名，是旨在表明"溥天之下，莫非王土；率土之滨，莫非王臣"；宋江不敢据有水泊梁山"图王伯业"，而只想学姜子牙居东海之滨，等候时机辅佐圣主"保境安民"。盖"此一百八人者，忠义之聚于山林者也"。

金圣叹在他的贯华堂《水浒传》序二中则云："观物者审名，论人者辨志。施耐庵传宋江，而题其书曰《水浒》，恶之至、迸之至、不与同中国也。而后世不知何等好乱之徒，乃谬加以'忠义'之目。呜呼！忠义而在《水浒》乎哉！忠者，事上之盛节也；义者，使下之大经也。忠以事其上，义以使其下：斯宰相之材也。忠者，与人之大道也；义者，处己之善物也。忠以与乎人，义以处乎己：则圣贤之徒也。若夫耐庵所云'水浒'也者，王土之滨则有水，又在水外则曰浒，远之也。远之也者，天下之凶物，天下之所共击也；天下之恶物，天下之所共弃也。若使忠义而在水浒，忠义为天下之凶物、恶物乎哉？"一言以蔽之，金圣叹认为"'水浒'也者，王土之滨则有水，又在水外则曰浒，远之也"，作者所以题其书曰《水浒》，"意若以为之一百八人，即得逃于及身之诛戮，而必不得逃于身后之放逐者，君子之志也"。这是由于他认定：既是"忠义"就不做"强盗"，既做"强盗"就不算"忠义"；宋江等"殆不止于伯夷、太公居海避纠之志"，是要造反的。

罗尔纲先生在他的大著《水浒传原本和著者研究》里，也开宗明义作了解释。在他看来，"水浒"一词的来源出自《诗经·大雅·绵》："率西水浒，至于岐下。"而这是首歌颂周文王的祖父古公亶父迁国开基的周人史诗。元杂剧《黑旋风双献功》和《鲁智深喜赏黄花峪》取资于此，"把梁山写成为根据地，以水浒寨作为新政权"，道是"寨名水浒，泊号梁山，纵横河港一千条，四下方圆八百里"。那"罗贯中正是继承了并且进一步发挥了元杂剧的思想，取'水浒'为书名，以表明梁山泊与宋王朝对立，建立新政权的全书内容的"。而袁无涯和金圣叹却皆未能"追寻出'水浒'的辞源以为断"，他们的"两种解释"当然也就"没有根据"。要之，认为作者所以取"水浒"为书名，是旨在表明宋江等要在其据有的"梁山泊"建立一个"与宋王朝对立"的"新政权"。这便是罗尔纲先生对问题的基本看法。

显而易见，罗尔纲先生对书名"水浒"之含义的解释，倒是与袁无涯相异而和金圣叹殊途同归的，皆否定"此一百八人者，忠义之聚于山林者也"，皆认为宋江其人是个与宋王朝怀有二心的人物，只不过一个站在歌颂农民革命的立场认为这种怀有二心好得很，一个站在反对农民革命的立场认为这种怀有二心坏得很而已。那么，上述三种对书名"水浒"的解释，究竟哪种比较符合作品之隐旨呢？笔者以为是袁无涯的。对"忠义"本固然如是，对"金本"亦如是。

须知，"不假称王，而呼保义"，是宋元以来水浒故事流变过程中宋江形象的不二特点，也是宋江形象与方腊一类形象的主要分水岭。这有诸多史料可证。比如，《宣和遗事》所记南宋水浒故事《梁山泺聚义本末》，篇中先后假借九天玄女和华山菩萨的法旨，一则要宋江"广行忠义，殄灭奸邪"，再则要宋江"助行忠义，卫护国家"，实际上这都是作者在以神道设教的法子，一再点示作品的主题和宋江其人的价值观念。比如，随着"忠义堂"之在《争报恩三虎下山》等元人水浒戏中的出现，道是："占下了八百里梁山泊，搭造起百十座水兵营。忠义堂高搠杏黄旗，一面上写着：'替天行道宋公明'。"宋江的绰号亦由宋人龚开《宋江三十六赞》里所说的"呼保义"演化为元人杂剧中所习见的"顺天呼保义"。凡此说明：宋江身上的忠义观念，是随着宋元水浒故事的流变而日益增浓的。由此可见，一部"金本"《水浒传》，其写一百八人之"仗义疏财归水泊，报仇雪恨上梁山"也，则以"杀尽贪官与污吏，忠心报答赵官家"作为他们的反抗宗旨；其写梁山好汉们共拥之寨主宋江也，则以开口"招安"闭口"报国"作为他的口头禅，乃至使他一充当"代理寨主"，便将"聚义厅"改为"忠义堂"以明志。凡此等等，是符合宋元水浒故事之思想流变规律的，乃其滚滚东流而已。罗尔纲先生为了论证"金本"《水浒传》"原本"是歌颂农民起义的，说此类情节此等思想皆来自《忠义水浒全书》后四十九回半的盗加者所盗加，这固然失之于主观臆断；金圣叹为了不使"金本"《水浒传》成为"无恶不归朝廷，无美不归绿林，已为盗者读之而自豪，未为盗者读之而为盗"（贯华堂《水浒传》序二）之作，将宋江所有"专等朝廷招安，为国家出力"之言皆批之曰"假话"或"一片权诈之词"，这类评点亦只能视为他的一家之言，又怎可据以论定宋江的艺术形象和小说的思想性质！

宋江的艺术形象演化至元，又多了个绰号，那就是"及时雨"。这绰号"及时雨"，与那"寨名水浒"，以及"替天行道救生民"的杏黄旗，三者实际上是一体的，其所展示者乃宋江的"仁"。何以言之？且看《孟子·梁惠王下》对古公亶父"率西水浒，至于岐下"这一段历史的记述：

> 昔者大王（案即古公亶父）居邠，狄人侵之。事之以皮币，不得免焉；事之以犬马，不得免焉；事之以珠玉，不得免焉。乃属其耆老而告之曰："狄人之所欲者，吾土地也。吾闻之也：君子不以其所以养人者害人。二三子何患乎无君？我将去之。"去邠，逾梁山，邑于岐山之下居焉。邠人曰："仁人也，不可失也。"从

之者如归市。

可以推想，彼大王乃"仁人也，不可失也"，故而当其为狄人所侵，不得不"率西水浒，至于岐下"时，"从之者如归市"，遂于此开创了有周一代的基业。斯宋江亦"仁人也，不可失也"，故而当其为贪官所逼，不得不渡彼水泊，投奔梁山时，亦"从之者如归市"，遂于此将一座强盗山寨变作了"替天行道救生民"的仁义机关。如果这么说，是可以的；则施耐庵们的笔端隐旨亦明矣，那就是认为：此一百八人者，"休言啸聚山林，真可图王伯业"，而宋江却只以"替天行道存忠义"为念，其仁爱之心和忠义之心如是，堪谓"失之于正史，求之于稗官；失之于衣冠，求之于草野"者也。这就深刻地传达并极大地加强了宋元两代阶级矛盾和民族矛盾犬牙交错的历史条件下那种"久而不变、隐而未申"的民众爱国心。这有两宋"忠义人"以及元末建国号曰"宋"的韩林儿起义等的战斗历程可证。

还需注意的是：上引孟子的这一段话，是有其针对性的。这一点，书中说得一清二楚：

> 滕文公问曰："滕，小国也；竭力以事大国，则不得免焉，如之何则可？"

于是，孟子便以古公亶父"率西水浒，至于岐下"这一历史故实作了回答。一个问："滕是个弱小的国家，怎样才能避免大国的侵害？"一个答："做个有仁德的人，让百姓追随你，那就有办法了。"足见，施耐庵们取"水浒"为书名，除了表明宋江等乃忠义之士以外，还有另一层含义，亦即对"仁德之君"的憧憬。这不是一般的憧憬，它有其特定的历史内涵，那就是反映了金元两代"中原人心不忘赵氏"，因而是爱国主义的。这有范成大的名篇《州桥》可证：

> 州桥南北是天街，父老年年等驾回。
> 忍泪失声问使者，几时真有六军来？

然而，这还只是期望王师的北定中原。入元，那南宋遗民，竟转思草泽，公然把还我河山的希望寄托到草泽英雄身上。道是：

> 此皆群盗之靡耳，圣与既各为之赞，又从而序论之，何哉？太史公序游侠而进奸雄，不免后世之讥。然其首著胜广于列传，且为项籍作本纪，其意亦深矣。识者当自能辨之云。（周密《宋江三十六赞》跋）

正如胡适所说："这是老是希望当时的草泽英雄出来推翻异族政府的话。这便是元朝'水浒故事'所以非常发达的原因"（《〈水浒传〉考证》）。证之于元人水浒戏和《水浒传》，便出现了"寨名水浒，泊号梁山"的提法。何以言之？盖此"水浒"，其含义固然来自昔日古公亶父所过的"水浒"；此"梁山"，其含义当亦来自昔日古公亶父所越的"梁山"。假若结合上引《诗经·大雅·绵》及孟子的记述之本意看问题，则施耐庵们已将还我河山、重振宋室的希望不折不扣地寄托到"及时雨宋公明"身上，亦明矣！

由此可见，取"水浒"为书名，既不是什么旨在"表明梁山泊与宋王朝对立，建立新政权的全书内容"，更不是什么旨在表示对宋江们"恶之至、迸之至、不与同中国"；比较密合作品事理的解释，倒是袁无涯的，即所谓"盖明率土王臣"以示"居海滨之思"。那么，如果结合书中写宋江之以"及时雨"的绰号走天下、以"替天行道"的"杏黄旗"为号召，可不可以将书名"水浒"的含义解释为"仁者的心路"呢？我想，是可以的，或许还更贴近作者的隐旨些，但需加上一句，那就是：这条"仁者的心路"是以"顺天"、"护国"两面大旗为其路标的！从而也就暗中规定了《水浒传》之忠义思想的思想性质，亦即"尽心于为国之谓忠，事宜在济民之谓义"（余象斗《题〈水浒传〉叙》）。这种以爱国主义思想与民本主义思想相结合为其内涵的忠义思想，它植根于"宋代外敌凭陵，国政弛废，转思草泽，盖亦人情"[1]的民众心态，萌发为如《宣和遗事·梁山泺聚义本末》所言"助行忠义，卫护国家"之说；然后一以贯之地左右着宋元水浒故事的流变；至"忠义"本《水浒传》而汇为大宗，具体表现为梁山好汉们于战斗中形成了一个共同心愿，那就是"同存忠义于心，共著功勋于国，保境安民"，并孜孜以求之。"金本"《水浒传》既"与百二十回本之前七十回无甚异，惟刊去骈语特多"（鲁迅《中国小说史略》），那么，这只"断尾巴蜻蜓"当然也就仍是只蜻蜓，于书名中冠不冠以"忠义"二字，那是无关大局的。

三、也谈《水浒传》的"楔子"

闲斋老人评《儒林外史》第一回"说楔子敷陈大义，借名流隐括全文"道："元人杂剧开卷率有楔子。楔子者，借他事以引起所记之事也。然与本事毫不相涉，则是庸手俗笔；随意填凑，何以见笔墨之妙乎？作

---

① 鲁迅：《中国小说史略》，《鲁迅全集》第 9 卷，人民文学出版社 2005 年版，第 122 页。

者以史汉才作为稗官，观楔子一卷，全书之血脉经络无不贯穿玲珑，真是不肯浪费笔墨。"①这"作者以史汉才作为稗官"云云，用以说《儒林外史》的"楔子"固然是精到的，借以说《水浒传》的"楔子"也同样合适。尽管《儒林外史》的"楔子"是个单楔子，而《水浒传》的"楔子"则是由三个楔子合成的复楔子。

"金本"《水浒传》的开篇是经过金圣叹潜心修改了的。那么，金圣叹又为什么要作此修改呢？兹将"袁本"《水浒传》的引首、第一回"张天师祈禳瘟疫，洪太尉误走妖魔"、第二回前半回"王教头私走延安府"与"金本"《水浒传》的引首、楔子"张天师祈禳瘟疫，洪太尉误走妖魔"、第一回前半回"王教头私走延安府"作一比较研究，以察金圣叹的用心。

"袁本"《水浒传》的引首，实际上是个楔子。该楔子对宋室的颂扬是以认定其乃"正统王朝"为旨归的，从而也就为梁山好汉的忠于宋室之正当性提供了坚实的理论基础。这可以从三个思想层面看问题。

其一，要特别注意那首借以开篇的引首词，它凝聚着作者的政治理念。其所强调者，是对"占据中州"的"前王并后帝"，"当知有正统、闰运、僭国之别"。亦即词中所谓"试看书林隐处，几多俊逸儒流。虚名薄利不关愁，裁冰及剪雪，谈笑看吴钩。评议前王并后帝，分真伪，占据中州，七雄扰扰乱春秋"是也。可这么一个制约全书思想倾向的理念，却未为研究者们注意。

其二，在作者看来，晚唐以降，那"占据中州"的"前王并后帝"，谁是"正统"呢？而诗曰"纷纷五代乱离间，一旦云开复见天"云云，则是他对这一问题的回答："宋，我大宋。"因此上，他一则纵情高歌，说那太祖武德皇帝乃是上界霹雳大仙下凡，英雄勇猛，智量宽洪，"自

---

① 吴敬梓：《儒林外史》，齐鲁书社 1994 年版，第 12—13 页。

古帝王，都不及这朝天子"；二则借邵康节先生之口，说这太祖武德皇帝，一条杆棒等身齐，打四百座军州都姓赵，"正如教百姓再见天日之面一般"；三则引陈抟处士之言，说那东京柴世宗让位与赵检点登基，正应上合天心、下合地理、中合人和，"天下从此定矣"。由此可见，这诗曰"纷纷五代乱离间，一旦云开复见天"云云，以及小说对该诗的阐释，既是由上述词曰"试看书林隐处，几多俊逸儒流"云云所楔出，同时也表述了作者对宋室之立国的认知。

其三，仁宗年间是宋室的全盛时期。特别是，其中自天圣元年至嘉祐二年，"一连三九二十七年，号为三登之世"。施耐庵一则将这"三登之世"归结为仁宗皇帝的生性爱民，又得贤臣辅佐，遂获上苍赐福，一则又从"天道循环"观念出发，以仁宗皇帝的"三登之世"为楔，楔出那"谁道乐极悲生：嘉祐三年春间，天下瘟疫盛行"，致有"张天师祈禳瘟疫，洪太尉误走妖魔"，遂教"三十六员天罡下临凡世，七十二座地煞降在人间"。

这三个思想层面的关系是清楚的。即施耐庵以寻问那"占据中州"的"前王并后帝"谁是"正统"为楔，楔出宋太祖的立国是上合天心，下合地理，中合人和；又以宋太祖的平定天下为楔，楔出宋仁宗的开创"三登之世"，以及嘉祐三年的不意"天下瘟疫盛行"。凡此，这不是在一般地歌颂宋室，这是在称颂宋室是"正统"。弦外之音是：那五代及辽金元等，只是些"闰运"或"僭国"而已。正因如此，所以施耐庵认为那"造凡历劫"而不忘"替天行道"的三十六天罡与七十二地煞，是"节侠"，是"英雄"，乃"忠义之聚于山林者也"。

"袁本"《水浒传》的引首固然是楔子，其第一回"张天师祈禳瘟疫，洪太尉误走妖魔"实际也是楔子。何以言之？

还是金圣叹说得好："楔子者，以物出物之谓也。"该回"以瘟疫为楔，楔出祈禳；以祈禳为楔，楔出天师；以天师为楔，楔出洪信；以洪信为楔，楔出游山；以游山为楔，楔出开碣；以开碣为楔，楔出三十六天罡、七十二地煞，此所谓正楔也"。该回还有其所谓"奇楔"，如"以洪信骄情傲色楔出高俅、蔡京"（"金本"楔子回前评）是也。

然而，这是从该回的情节之关联而言的。假若从该回的思想意蕴看问题，其不可不注意者有三。

首先，该回以"目今天灾盛行，军民涂炭"这一非常时期为背景，纵情地讴歌了仁宗君臣的爱民如子，以及忧国忧民之心。这是清楚的。谓嘉祐三年春，天下瘟疫方传至两京，开封府主包待制便"亲将惠民和济局方，自出俸资合药，救治万民"：一也。谓不料其年瘟疫转盛，遂有宰相赵哲、参政文彦博奏知仁宗天子，"天子听奏，急敕翰林院随即草诏，一面降赦天下罪囚，应有民间税赋，悉皆赦免；一面命在京宫观寺院，修设好事禳灾"：二也。谓不料其年瘟疫越盛，仁宗天子闻知，龙体不安，复会百官计议，遂依参知政事范仲淹所奏，"急令翰林学士草诏一道，天子御笔亲书，并降御香一炷，钦差内外提点殿前太尉洪信为天使，前往江西信州龙虎山，宣请嗣汉天师张真人星夜来朝，祈禳瘟疫"：三也。这一"合药"，二"修省"，三"祈禳"，就将仁宗君臣写成令人神往的圣君贤臣，就将有宋一代写成鲜见于史册的"圣朝"，从而也就深化了小说之引首所提出的"正统"说。

其次，该回的后半回题曰"洪太尉误走妖魔"，可文中却曰："一来天罡星合当出世，二来宋朝必显忠良，三来凑巧遇着洪信，岂不是天数？"既说被锁于"伏魔之殿"的三十六天罡、七十二地煞是"妖魔"，又说下临凡世的三十六天罡、七十二地煞是"忠良"。该怎么解释呢？这是由于星辰崇拜古来虽一，但各地星辰传说有殊，反映入道教故事，便一言天罡地煞是"驱魔神煞"（说见《道藏》三一三册《上清天枢院回车毕道正法》等），一言天罡地煞是"月内凶神"（说见《海琼白真人语录》等），而施耐庵则使这两说合一，将三十六天罡、七十二地煞写成亦魔亦神，外魔内神，似魔实神，以与梁山好汉的形象相观照，从而赋予梁山好汉以"魔君"和"星君"双重特点。所以，其写天罡地煞之出世也，道是：

> 只见穴内刮喇喇一声响亮。……那一声响亮过处，只见一道黑气，从穴里滚将起来，掀塌了半个殿角。那道黑气，直冲到半天里空中，散作百十道金光，望四面八方去了。

不言而喻，这"黑气"乃"魔君"之象，它喻指梁山好汉乃"与之盗名而不辞"、"闹遍赵家社稷"的草莽英雄；"金光"乃"星君"之象，它喻指梁山好汉乃"替天行道"、"忠为君王恨贼臣"的志士仁人。还有，那"一道黑气"之"散作百十道金光"，似乎还有另一种寓意，那就是喻指梁山好汉之由啸聚水泊而接受招安报效宋室。凡此，不难看出：施耐庵对"忠义"二字的追求是何等执着，又何等认定宋室是"正统。"

再次，如何解释那石碑上所凿"遇洪而开"，这是个似简单而实复杂的问题。洪太尉之对下骄情傲色，对上巧言令色，其病根在于：只知谋权用权，唯利是图，以致面对"天子要救万民"，而他却全无"一点志诚心"。这种太尉代不乏人，乃至天下治乱在于他们能起作用的大小。此其一。还要知道，施耐庵是旨在以洪太尉为楔，楔出高太尉；以开碣为楔，楔出三十六天罡、七十二地煞。此其二。既然如此，则"遇洪而开"云云，当作如是解，即犹言洪信来，而三十六天罡来，亦犹言高俅来，而梁山好汉来。说得直白点，就是：施耐庵在将梁山好汉的云屯水泊，轰动宋室乾坤，归结为奸佞当道，乱自上作，以致忠义之士啸聚有

169

路，报国无门。

凡此，就不只从政治理念的高度，点明了梁山好汉的特点，即用之列朝班则为"星君"，驱之入山林则为"魔君"；还从总结历史经验的角度，点明了宋室盛衰的原因，即由忠贤辅弼则盛，任奸佞弄权则衰，天灾问题倒在其次。书中写仁宗年间虽天下瘟疫盛行，而仍礼乐笙镛治；徽宗年间天下虽无甚天灾，却变作兵戈剑戟丛，其所显示者，便属这层道理。

岂但"袁本"《水浒传》的引首和第一回是楔子，其第二回的前半回"王教头私走延安府"又何尝不是楔子呢？这可以从三个方面看问题。

其一，"王进者何人也？"这一点，金圣叹的看法是正确的：王进者，"不坠父业，善养母志，盖孝子也。吾又闻古有'求忠臣必于孝子之门'之语，然则王进亦忠臣也。孝子忠臣，则国家之祥麟威凤，圆璧方圭者也，横求之四海而不一得之，竖求之百年而不一得之。不一得之而忽然有之，则当尊之，荣之，长跽事之。必也骂之，打之，至于杀之，因逼去之，是何为也！王进去而一百八人来矣"（"金本"第一回回前评）。这就是说：施耐庵这么写，是旨在以忠臣孝子王进为楔，楔出忠义之聚于山林的一百八人。

其二，"王教头私走延安府"故事中的高俅形象虽属整个小说之高俅形象的开端，却具有相对的寓言性。这一点，金圣叹的看法也是正确的：一部大书，"将写一百八人也，乃开书未写一百八人，而先写高俅者，盖不写高俅，便写一百八人，则是乱自下生也；不写一百八人，先写高俅，则是乱自上作也。乱自下生，不可训也，作者之所必避也。乱自上作，不可长也，作者之所深惧也。一部大书……而开书先写高俅，有以也"（"金本"第一回回前评）。这就是说：施耐庵这么写，是用心良苦的。既要写出北宋末年天下大乱是"乱自上作"，那"王进去而高俅来矣"便是"天下无道"的标帜；又要以此为楔，楔出"直使宛子城中藏虎豹，蓼儿洼内聚神蛟"，即所谓"则是高俅来，而一百八人来矣"是也。

其三，王望如认为："《水浒》一百八人，开口先提孝子王进，以见此人非盗，并见一百八人非生而为盗。"（陈曦钟等辑校《水浒传》会评本第一回回后附录）这当然不是没有道理。但尤为重要者，应当看到：面对困境，择"镇守边廷"作为自己的"安身立命"，且矢志不二，这是王进；心怀父教，不肯玷污祖宗清白，却不得已而尽入于水泊，这是宋江等一百八人。是故，施耐庵对王进之私走延安府是颂扬，对宋江等一百八人之逼上梁山是同情。同情不等于完全肯定，而颂扬则是最大的肯定。

由此可见，施耐庵之写《水浒传》，开篇即写"王教头私走延安府"，是旨在以王进为即将登场的梁山好汉立极，而决不是相反。其审美作用当如《儒林外史》中的王冕。

要而言之，上述具有"敷陈大义，隐括全文"作用的楔子证明："袁本"《水浒传》是以认定宋室为正统、讴歌忠义为旨归的，压根儿就不存在颂扬农民起义、鼓吹推翻宋室的思想。

那么，"金本"《水浒传》的楔子又如何呢？金圣叹在腰斩"袁本"《水浒传》成"金本"时，也对"袁本"的楔子作了些修改。这可以从三个方面看问题：

其一，置于"袁本"第二回"王教头私走延安府，九纹龙大闹史家村"前面的是：引首，目录，第一回"张天师祈禳瘟疫，洪太尉误走妖魔"。置于"金本"第一回"王教头私走延安府，九纹龙大闹史家村"前面的是：引子，楔子"张天师祈禳瘟疫，洪太尉误走妖魔"，回目。要特别注意的是：金圣叹之使"袁本"引首的一裂为二，从而一则将词曰"试看书林隐处"云云作为全书的引子，这就不只使之更为醒目，也增强了它在整个小说中的分量；一则将诗曰"纷纷五代乱离间"云云以下文字，归入"张天师祈禳瘟疫，洪太尉误走妖魔"一回合为楔子，这就不只使相关情节更为整一，还增强了该楔子的艺术表现力。而如上所述，认为人们对那"占据中州"的"前王并后帝"须心存正统、闰运、僭国之辨，乃词曰"试看书林隐处"云云一篇的要旨；写宋太祖之扫清寰宇也好，宋仁宗之开创"三登之世"也好，张天师之祈禳瘟疫也好，又莫不是以对宋室的颂扬为旨归的。由此可见，在称颂宋太祖与宋仁宗的文治武功、认定宋室是正统方面，与"袁本"的楔子相比，"金本"的楔子是有过之而无不及的。

其二，要注意的是，金圣叹对施耐庵赋予天罡地煞以亦"魔"亦"神"的品格基本上是认同的，这有他在"金本"的楔子中照录上述"只见一道黑气……散作百十道金光"等情节可证，而这类情节对规范梁山好汉的价值观念实具有定性作用。然而金圣叹对施耐庵的这一认同又是极为低调的，甚至在"金本"的楔子中对天罡地煞的降临凡世不愿置一褒语，这有被他删去两段相关文字可证。一是诗，见于"袁本"引首部分的煞尾，诗曰："万姓熙熙化育中，三登之世乐无穷。岂知礼乐笙镛治，变作兵戈剑戟丛。水浒寨中屯节侠，梁山泊内聚英雄。细推治乱兴亡数，尽属阴阳造化功。"一是文，见于"袁本"第一回"张天师祈禳瘟疫，洪太尉误走妖魔"中的一段，也就是上文已作征引的"一来天罡星合当出世，二来宋朝必显忠良"云云。这么一来，也就淡化了梁山好汉形象的忠义色彩。

其三，那么，金圣叹又为什么要这么做呢？莫非想突出梁山好汉的"造反精神"，从而把一部宣扬忠义的小说变为一部鼓吹"反抗政府"的作品？否，这有他在"金本"第一回中的诸多回前批可证。比如，王进作为楔子，其楔出者是九纹龙史进。"袁本"如是写，"金本"亦如是写。小说这么写，是有深意的。其寓意显然是："龙数肖九，汝有九文。盍从东皇，驾五色云。"（龚开《宋江三十六赞》）也就是期望梁山好汉能同存忠义于心，共著功勋于国，保境安民。可金圣叹的批语却是："王进去后，更有史进。史者，史也，寓言稗史亦史也。……史进之为言进于史，固也；王进之为言何也？曰：必如此人，庶几圣人在上，可教而进之于王道也。必如王进，然后可教而进之于王道，然则彼一百八人也者，固王道之所必诛也。"（"金本"第一回回前评）其独出心裁如是，深文周纳如是，说他是把梁山好汉当作农民起义在反对则可，说他是把梁山好汉当作农民起义在歌颂则不可。

问题是清楚的，不论是"袁本"，还是"金本"，当其"说楔子敷陈大义"时，莫不强调"正统之辨"，也都尊奉宋室为"正统"，而尤以"金本"为甚。遂使以宗宋为其立场的金圣叹，不仅痛恨乱臣贼子的败坏赵宋天下，也对忠义之被逼而聚于山林不以为然。因为他们毕竟有哄动宋室乾坤的一面，和王进相比，于"忠义"二字有亏。由此观之，金圣叹所以腰斩《水浒传》并详加评点，不只是在戒盗，而且是在戒忠义之被逼而为盗。这里暗中规定"金本"之思想性质的，是金圣叹和施耐庵在以王进为忠义之楷模上心有灵犀一点通。只是，金圣叹认为：必如王进，方是忠义之士；权诈如宋江，乃一巧伪人而已。

四、也谈《水浒传》的思想内核

《水浒传》的思想内核，可用一句话表述：以忠义平虏，以仁义保民，以礼义安国，则天下太平！

"晁天王曾头市中箭"一回，写："林冲与公孙胜、吴用，并众头领商议，立宋公明为梁山泊主，诸人拱听号令。"写："宋江焚香已罢，权居主位，坐了第一把椅子。上首军师吴用，下首公孙胜；左一带林冲为头，右一带呼延灼居长。众人参拜了，两边坐下。""宋江乃言道：'小可今日权居此位，全赖众兄弟扶助，同心合意，共为肱股，一同替天行道。如今山寨，人马数多，非比往日，可请众兄弟分做六寨驻扎。聚义厅今改为忠义堂'。"

"袁本"如是写，"金本"亦如是写。这就使"忠义堂"成为梁山的标志，标志着那梁山好汉皆忠义之士，是忠义之聚于山林者也。

宋江于"忠义堂石碣受天文"的那天，又"从新置立旌旗等项，山顶上立一面杏黄旗，上书'替天行道'四字。忠义堂前绣字红旗二面：一书'山东呼保义'，一书'河北玉麒麟'。外设飞龙飞虎旗、飞熊飞豹旗、青龙白虎旗、朱雀玄武旗、黄钺白旄、青旛皂盖、绯缨黑纛。中军器械外，又有四斗五方旗、三才九曜旗、二十八宿旗、六十四卦旗、周天九宫八卦旗、一百二十四面镇天旗。尽是侯建制造。金大坚铸造兵符印信。一切完备，选定吉日良时，杀牛宰马，祭献天地神明，挂上忠义旗，断金亭牌额，立起'替天行道'杏黄旗。"

"袁本"如是写，"金本"亦如是写。这就使杏黄旗成为梁山的标志，标志着那梁山好汉皆仁义之士，是仁义之聚于山林者也。

然而，一个现象值得注意，那"忠义堂石碣受天文"，仅半回书而已，却一再提及"雁台"。道是："只说宋江与军师吴学究、朱武等计议，堂上要立一面牌额，大书'忠义堂'三字；断金亭也换个大牌匾。前面册立三关，忠义堂后建筑雁台一座，顶上正面大厅一所，东西各设两房。正厅供养晁天王灵位。"道是："宣和三年四月初一日，梁山泊大聚会，分调人员告示。当日梁山泊宋公明传令已了，分调众头领已定，各各领了兵符印信，筵宴已毕，人皆大醉，众头领各归所拨寨分，中间有未定执事者，都于雁台前后驻扎听调。"

"袁本"如是写，"金本"亦如是写。这是施耐庵在"以雁喻人"，主张"以礼义安国"。"燕青双林渡射雁"，施耐庵借宋公明之口说："此禽五常足备之物，岂忍害之！天上一群鸿雁相呼而过，正如我等弟兄一般。你却射了那数只，比俺兄弟中失去了几个，众人心内如何？兄弟今后不可害此礼义之禽。""燕青默默无语，悔罪不及。"孔子曰："克己复礼谓之仁。"所以，"克己复礼"这四个大字，也就成了施耐庵置于宋江这位梁山寨主脚下的终生未能逾越的人生道路，一旦与"替天行道"相结合，则《水浒传》的思想真义亦见于此矣！

这就写出"晁盖的临终遗言"，即"谁捉得史文恭，谁为梁山寨主"。虽一字未提宋江，却传达了宋江的心声和愿望。换句话说，晁盖之所以吐此肺腑之言作为自己的遗言，是由于此时此刻的晁盖已深知宋江既无充当寨主之意，更无"图王伯业"之心。其中心愿是：统豺虎，御边幅，平房、保民、安国。其"惺惺惜惺惺，好汉爱好汉"，"患难相扶，死生相托"如此，真知交也。则其礼让之心，足可与那"礼义之禽"鸿雁比翼齐飞矣。君不见施耐庵写晁盖于九泉之下，尤牵挂着那宋江的病情；君不见施耐庵写宋江于梁山大聚义之后，又恭恭敬敬地将晁盖的灵牌置于忠义堂的正中央，尊之为梁山寨主。

"袁本"这么写，"金本"也这么写。因此，若以"面和心不和"去说宋江与晁盖的关系，也就失去了《水浒传》中的宋江与晁盖这两个人物的艺术形象。

还需要注意的是："袁本"写"梁山泊英雄排座次"之所以两提"雁台"，其用意之一，显然旨在加强对后文"燕青秋林渡射雁"的"应接"，从而使之整然一体。凡此，也就告诉我们：是"金本"来自好事者对"袁本"的"腰斩"，非"袁本"来自好事者对"金本"的"妄加"。这

便是问题的根本。罗尔纲先生蒙受金圣叹的影响，把问题看反了，不足
征信。①

五、结论和余论

　　既然"金本"《水浒传》其书在情节上与百二十回本之前七十回无
甚异，二书写"王教头私走延安府"，又皆旨在为梁山好汉的价值观念
和人生道路立极，既然金圣叹"他处处深求《水浒传》的'皮里阳秋'，
处处把施耐庵恭维宋江之处都解作痛骂宋江"（胡适《〈水浒传〉考证》），
纯属他个人的一家之言。那么，假若从整个作品的故事情节而删去其金
氏的一段伪墨"梁山泊英雄惊恶梦"看问题，则一部"金本"《水浒传》
实属"乱世忠义的颂歌"，亦明矣！

　　要指出的倒是，金圣叹"处处把施耐庵恭维宋江之处都解作痛骂宋
江"，这不是偶然的，除了不愿使宋江的价值观念和人生道路与王进分
庭抗礼以外，还因为施耐庵由于对其主人公爱之太深而在人物形象刻画
上产生一失，即失在欲状宋江之全忠全义而近伪，遂使明人怀林误把
人物形象刻画的这一客观效果当作施耐庵的主观命意而在其《梁山泊
一百单八人优劣》中写道："若夫宋江者，逢人便拜，见人便哭，自称
曰'小吏，小吏'或招曰'罪人，罪人'的是假道学，真强盗也。"作
为怪杰的金圣叹，却亦据此人物形象刻画的客观效果而认为："盖此书
写一百七人处，皆直笔也，好即真好，劣即真劣。若宋江则不然。骤读
之而全好，再读之而好劣相半，又再读之而好不胜劣，又卒读之而全劣

---

　　①　罗尔纲：《水浒传原本和著者研究》，江苏古籍出版社 1996 年版，第 139—
140 页。

无好矣。"（"金本"第三十五回回前评）其结论是："《水浒传》独恶宋江，亦是歼厥渠魁之意，其余便饶恕了。"（《读第五才子书法》）显而易见，这"独恶宋江"云云，实即金圣叹的夫子自道。证之以所续"梁山泊英雄惊恶梦"，就是写一百八人之死便死在以玩弄"术数"为人生立命处的宋江，其"诈降术"未能瞒过张叔夜的火眼金睛，故被斩。

面对"官逼民反"的乱世，金圣叹作为正统观念甚强的封建时代文人，怀抱的是清官政治，理想中的官员是张叔夜式的人物。这使他举起左手，反对"官逼"，认为"不过行俭德，盗贼本王臣"，宋江等所以啸聚梁山是"乱自上作"，罪在奸佞当道与天子不明，若不重整朝纲就不会有"天下太平"；这使他举起右手，又反对"民反"，认为"王臣"一旦成为"盗贼"，则必须大正其罪，以张国法，以昭往戒，以防未然，以正人心，以辅王化，否则亦不会有"天下太平"。凡此，也就是金圣叹为何腰斩《水浒传》、"独恶宋江"、续以"恶梦"的深层原因。窃以为以"革命"或"反动"说之，皆有失金圣叹的全人。

第九章　借神道说人道

——说《水浒传》的艺术特征和价值取向

一、引言

梁山一百零八将，是三十六天罡七十二地煞转世。除"金本"以外，"容本"和"袁本"等《水浒传》，皆以"洪太尉误走妖魔"起、"宋公明神聚蓼儿洼"结。"天罡地煞"→"梁山好汉"→"梁山泊都土地"，形成了一种有似佛教的"三世生命观"。其中，九天玄女的"法旨"也罢，高僧等的偈语也罢，对主人公的事功和结局亦莫不具有预言作用。对此如何解读，这不能说不是个问题。

笔者认为，这是施耐庵接过了《易·观·彖》中的观点而运之于笔端，即所谓借"神道"以"设教"是也：

> 大观在上，顺而巽，中正以观天下。……观天之神道，而四时不忒，圣人以神道设教而天下服矣。

因此，究其实，书中所肯定的"神道"实际上是别一种"人道"，我们可以以此作窗口，以窥施耐庵的价值取向和文化心态。

二、说天罡地煞的"神性"与"魔性"

打开"容本"和"袁本"《水浒传》，其第一回"张天师祈禳瘟疫，洪太尉误走妖魔"与开卷的"引首"实际上是二而一的，都是小说的"楔子"，具有"敷陈大义，隐括全文"的作用。金圣叹将其合二而一，作为"金本"的"楔子"置于全书的开端，是有艺术眼光的。

现在就让我们通过对这一"楔子"的解读，以窥《水浒传》的思想意蕴与"神道描写"的关系，及其价值取向于一斑。

该"楔子"写龙虎山主持真人对"伏魔之殿"的解释也，道是："此乃是前代老祖天师锁镇魔王之殿。"并言："此是老祖大唐洞玄国师封锁魔王在此。"所以，"此殿开不得，恐惹利害，有伤于人"。该"楔子"写及殿内石碑上凿着"遇洪而开"也，道是："却不是一来天罡星合当出世，二来宋朝必显忠良，三来凑巧遇着洪信。岂不是天数？"是故，"不须出处求真迹，却喜忠良作话头"。其写洪太尉强令火工道人打开地穴也，道是："只见穴内刮喇喇一声响亮……那一声响亮过处，只见一道黑气，从穴里滚将起来，掀塌了半个殿角。那道黑气直冲上半天里，空中散作百十道金光，望四面八方去了。"不言而喻，"黑气"乃"魔君"之像，"金光"乃"星君"之像。写及"教三十六员天罡下临凡世，七十二座地煞降在人间"也，道是："水浒寨中屯节侠，梁山泊内聚英雄。"凡此，分明是说殿中所锁镇之魔王，乃亦魔亦神，外魔而内神，似魔而实神者也。

要之，从正统立场看问题，梁山好汉有啸聚山林的一面，当然是"魔君"。可施耐庵却以"忠义人"的襟怀写之，认为他们好就好在是"与之盗名而不辞，躬履盗迹而无讳者也。岂若世之乱臣贼子，畏影而自走，所为近在一身，而其祸未尝不流四海"①！这么一将其与腐败的官府相对照，他们也就成为"仗义疏财归水泊，报仇雪恨上梁山"的可歌可泣的绿林豪客。那"诲盗"说即由是而滋。

凡此，皆言梁山一百零八将是"忠为君王恨贼臣"的绿林志士，"替天行道救生民"的草泽仁人。证之于整个作品：他们身居水浒，心系社稷，把一座时人心目中的强盗山寨，变作"替天行道"的仁义机关；他们虽然也冲州撞府，但想的却是"酷吏赃官都杀尽，忠心报答赵官家"。他们"同存忠义于心"，将"平虏、保民、安国"作为自己的人生目标和价值取向，于两赢童贯、三败高俅之日，不仅没有乘胜"杀去东京，夺取鸟位"，反倒将其用作谋求招安之时；他们同功同过同死同生，卒至于犯大难，英魂亦同聚蓼儿洼，卫护一方百姓。其忠于君、仁于民、义于友如是，"则谓水浒之众，皆大力大贤有忠有义之人可也"②。

难怪施耐庵要颂之曰："天罡尽已归天界，地煞还应入地中。千古为神皆庙食，万年青史播英雄。"那"弭盗"说亦由是而兴。

该"楔子"其所以一再点明洪太尉误走的"妖魔"乃"三十六天罡，七十二地煞"，显然是有深义的。却原来天罡地煞的善恶问题历来存在两说，一为"驱魔神煞"说，认为天罡地煞乃"驱魔神煞"，遇之则泰运来，事见道藏三一三册《上清天枢院回车毕道正法》等。一为"月内凶神"说，认为遇之则厄运至，事见《海琼白真人语录》卷二《鹤林法语》等。施耐庵所说的黑气变成金光实即二者的混一。这是由于"道教源于各种各样的民间信仰，而这些民间信仰的中心，是从古至今在中国人中

---

① 此系周密对龚开《宋江三十六赞》中梁山好汉的看法，见《癸辛杂识续集》，窃以为可以借来说施耐庵对梁山好汉的认识。

② 李贽：《焚书》卷3《忠义水浒传序》，中华书局1975年版，第109页。

有广泛影响的万物有灵论"①。其中的星辰崇拜古来虽一，但各地星神传说有殊，且互为影响，交错衍绎，实事有必然。因此，《水浒传》于"楔子"中将三十六天罡和七十二地煞写成浑身"魔气"的"神煞"，当是"驱魔神煞"说与"月内凶神"说在民间传说中的混一。

然而，施耐庵实际所强调的乃是"驱魔神煞"说，认为这是梁山好汉们的本质属性，所以纵然在"楔子"中亦有"黑气散作百十道金光"之说，虽标目为"洪太尉误走妖魔"，实际是将梁山好汉们作为"驱魔神煞"来塑造与颂扬的。

是故，小说中的梁山好汉，面对贪官污吏，他们是要冲州撞府的，而且勇往直前，是十足的"魔王"。面对外敌凭陵，他们又是一心宗宋的，而且至死不渝，是地道的"星君"。则其本质属性是似"魔"而实"神"，亦明矣！

因此，施耐庵以三十六天罡和七十二地煞附会梁山一百零八将，不只真切地反映了宋代外敌凭陵，国政弛废，民众转思草泽的心理，而且创作本旨及其满腔悲愤亦寓焉，那就是要告诉人们：梁山一百零八将乃天罡地煞临凡殄灭奸邪的英豪，却反为奸邪逼上梁山沦为盗寇；谋求招安后满以为可以"统豺虎，御边幅"，不料又惨遭奸邪暗算，以致"煞曜罡星今已矣，谗臣贼相尚依然"，宋室遂国将不国。

这分明是一曲令人热耳酸心的"乱世忠义"的悲歌，旨在为北宋何以亡于金，南宋何以亡于元，总结历史教训，为后来者戒。可不少专家学者却据作品的两个不同侧面的客观效果，或断其旨在"诲盗"，或断其旨在"弭盗"，一发展为"农民起义的英雄史诗"说，一发展为"宣扬投降主义的反面教材"说：岂不是失之毫厘，差以千里！

---

① ［日］窪德忠著，萧坤华译：《道教诸神》，四川人民出版社1989年版，第28页。

问题是清楚的，《水浒传》中的梁山英雄，既具"神性"（"星君"）的特点，又具"魔性"（"魔王"）的特点，明显地呈现出一种"亦魔亦神"→外"魔"而内"神"→"神"否定之否定三段式生命历程。写其"魔性"的一面，是朝政外铄于彼的，驱之使然的，因而是浅层面的；写其"神性"的一面，是上苍内铄于彼的，天性使然的，因而是深层面的。这两方面的特点，流动不居，一以定之于他们的际遇和境况，这就是我们所看到的作者笔端英雄人物的事功。执柄者用之则社稷从今化为礼乐笙镛治，弃之则乾坤由此变作兵戈剑戟丛，这就是作者通过他笔端英雄人物的上述三段式生命历程所欲晓谕的哲理，而其深沉的感慨亦寓焉！是故，李贽的看法是中肯的：设"弃置此等辈有才有胆有识之者而不录，又从而弥缝禁锢之，以为必乱天下，则虽欲不作贼，其势自不可尔"。设"用之为虎臣武将，则阃外之事可得专之，朝廷自然无四顾之忧矣"①。

三、说"神谕"和"圣谕"实即作者自谕

《水浒传》写英雄人物的三段式生命历程，主要是写他们的"今世"生命历程，其"前世"和"来世"生命历程只在"序曲"和"尾声"中点到为止。

梁山好汉作为外"魔"而内"神"的绿林豪客，两宋"忠义人"的历史剪影，他们的价值观念和生活际遇决定了他们的行止，不只常有悖于儒家的世俗伦理道德，而且常有违于释道的宗教道德伦理，是谓江湖文化与儒释道三教文化的碰撞与融汇。

---

① 李贽：《焚书》卷4《因记往事》，中华书局1975年版，第156—157页。

于是，"不须出处求真迹，却喜忠良作话头"的施耐庵，作为小说创作的主体，便借助于神佛的名义和意志，并直接以"神谕"的方式，一则以匡范梁山好汉的人生道路，一则以替梁山好汉的公义观念和立身之道作辩护，一则以褒扬梁山好汉的立德立功众志成城，从而以喻示自己的创作本旨和价值判断。这种神道设教的方式和作用，它在明清长篇小说创作中具有普遍性，其中"忠义"类的作品尤其如此。

其一，借"神谕"以匡范梁山好汉的价值取向，要好汉们"共存忠义于心，同著功勋于国"。它来自金元民族压迫下被压迫者的宗宋心理，是儒家正统观念在施耐庵笔端的凝聚。比如，那第七十一回"忠义堂石碣受天文，梁山泊英雄排座次"，便是一证。该回写天降石碣，其文云：

> 侧首一边是"替天行道"四字，一边是"忠义双全"四字。顶上皆有星辰南北二斗……前面有天书三十六行，皆是天罡星。背后也有天书七十二行，皆是地煞星。下面注着众义士的姓名。

显而易见，这既是对开卷"楔子"所写天罡地煞之说的浓墨关合，也是对第四十二回《还道村受三卷天书宋公明遇九天玄女》所写九天玄女法言的庄严重申；旨在借"天帝"之意，要梁山一百零八将，"共存忠义于心，同著功勋于国，替天行道，保境安民"，莫走黄巢和方腊的道路。从而，也就将八百里水泊写成一座"忠义山寨"。

其二，借"神谕"以充当梁山好汉的公义观念的辩护士，认为"惩恶"即是"劝善"，而且是最有效的"劝善"。它来自宋金元阶级压迫下被压迫者铤而走险的复仇心理，是绿林豪客哲学在施耐庵笔端的升华。

施耐庵写梁山好汉啸聚水泊的总体原因是："仗义疏财归水泊，报仇雪恨上梁山"，乃"乱由上作"。这就决定了英雄们要以锄"恶"即是行"善"作为自己的立身之道和公义观念。这就决定了英雄们的见义勇为，并非旨在"劫富济贫"，而是意归"杀尽不平方太平"。这就决定了英雄们对贪官污吏和土豪劣绅从不讲什么"仁义"，更不讲什么"慈悲"，直欲斩尽杀绝而后快，甚至好"斩草除根"灭其满门，甚至好"排头砍去"不惜殃及池鱼。梁山好汉们的这种打杀了豺狼即保全了羔羊的思想和行为，不言而喻，既具有相当的正义性，亦寓有"左"倾的盲动性，江湖文化的特征是鲜明的。而一经九天玄女的"法旨"言之，即成为宋公明的"替天行道救生民"，也就与儒家文化的"仁者爱人"融而为一，则江湖文化的印记亦随之而消淡矣！

施耐庵写宋江接受招安以前的思想和行止是："忠为君王恨贼臣，义连兄弟暂安身。"这是说，宋江其所以与"贼臣"誓不两立，是出于"忠为君王"；其所以"义连兄弟"而"权居水泊"，是旨在"统豺虎，御边幅"，也是出于"忠为君王"。"忠君"与"爱国"在宋江身上是统一的，这也是面对日益高涨的民族矛盾，一切忠义之士的共同特点。然而，曾记否？吴用"智取生辰纲"和晁盖"梁山小夺泊"，宋江闻知，认为这是"罪灭九族的勾当"！可落草为寇后的他自己呢？一次又一次地率领"兄弟"攻州克郡，一次又一次地统率"兄弟"消灭朝廷发来的兵马，直使"社稷从今云扰扰，兵戈到处闹垓垓"，就更是罪莫大焉！那么，施耐庵又是怎么为之辩解而令人确信宋江是个"忠为君王恨贼臣，义连兄弟暂安身"的"忠义之烈"的呢？其始也，借九天玄女的"法旨"，要宋江"为主全忠仗义"。其继也，写宋江的一次又一次地率领强人攻州克郡，皆非为了"劫掠子女玉帛"，都是为了营救"兄弟"于缧绁，而旨归言其如何"仗义"。写宋江的一次又一次地统率强人消灭朝廷发来的兵马，皆非出于想"犯上作乱"，都是出于"谋求招安"致不得不如是，而旨归言其如何"全忠"。二而一，则宋江"为主全忠仗义"之迹，亦明矣！其终也，借宋徽宗御笔亲书的"圣谕"为梁山好汉的啸聚作结："切念宋江、卢俊义等，素怀忠义，不施暴虐。归顺之心已久，报效之志凛然。虽犯罪恶，各有所由。"由此观之，说梁山好汉是两宋"忠义人"的代表和典范，他们的悲剧反映了两宋"忠义人"的历史悲剧，这是可以定谳的。

施耐庵在写梁山好汉"八方共域，异姓一家"时，还曾以浓墨重彩描写了三个出家人，那就是道士公孙胜、和尚鲁智深、行者武松。我们知道，释道二教除了借助于神权的威力使儒家的"三纲五常"神圣化以外，还有自己的戒律，亦即行为规范和善行标准。佛教的基本戒律是"五戒"，内容是"不杀生，不偷盗，不邪淫，不妄语，不饮酒"。道教"老君一百八十戒"吸取了佛教"五戒"的内容，定为：不得杀生，不得荤酒，不得口是心非，不得偷盗，不得邪淫。因此，认为"劝善"即是"惩恶"，便成为僧道们的公义观念和立身之道。这类宗教教义在培养人性向善方面是有其不容否认的积极性作用的；但是，当恶魔已张开血盆大口而犹主张以劝"善"去息"恶"，要人导之以"天堂"，诫之以"地狱"，其结果只能是令"恶"成为恶者的"通行证"，令"善"成为善者的"墓志铭"。这显然是施耐庵所反对的，所以其笔端的公孙胜、鲁智深、武松虽皆是"出家人"，可他们的思想和行为与梁山其他好汉却彼此彼此，也"饮酒"，也"偷盗"，也"杀生"；而且，论酒兴之浓，杀兴之高，在梁山好汉中堪与李逵相伯仲者，亦唯武松和鲁智深而已。然而，施耐庵却对他们赏爱有加，不只让他们皆位列三十六天罡，还让五台山高僧鲁智深之师智真长老与宋江说："常有高僧到此，亦曾闲论世事循环。久闻将军替天行道，忠义于心，深知众将义气为重。吾弟子智深跟着将军，岂有差错。"既然高僧们亦认可如是，则梁山好汉的公义观念和立身之道，可谓"上合天心，下合地理，中合人和"也矣！

其三，借"神谕"以暗示小说的创作本旨，而这蕴有施耐庵的难言之隐，亦由此而增加了作品的况味。

《水浒传》神秘色彩最浓的，莫过于开卷"楔子"和煞尾一回"宋公明神聚蓼儿洼，徽宗帝梦游梁山泊"。

"楔子"主要叙"天罡星合当出世"，"宋朝必显忠良"，用之则敢教"礼乐笙镛治"，弃之则变作"兵戈剑戟丛"。

煞尾一回主要写"败国奸臣"跋扈朝纲，以药酒鸩死宋江。宋江与众已亡，兄弟"阴魂不散"，以忠义相守于泉下，显灵士庶，"祈风得风，祷雨得雨"。天帝哀怜宋江等"忠义"，封之为"梁山泊都土地"。宋徽宗因"宋江忠义为神，显灵士庶"，遂"亲书圣旨，敕封宋江为忠烈义济灵应侯"，这"忠烈义济"当是施耐庵对宋江的盖棺论定。可宋徽宗明知"败国奸臣，坏寡人天下"者为谁，却"终被四贼曲为掩饰，不加其罪"。难怪施耐庵要扼腕叹曰："煞曜罡星今已矣，谗臣贼相尚依然。"

两相对照，则施耐庵的创作本旨不言自明：谓北宋所以亡于金，南宋所以亡于元，并非由于中原无人，而是由于败国奸臣为非有路，忠义之士报国无门。假若删去后人所加的"征辽"、"征田虎"、"征王庆"，则施耐庵这一创作本旨就更显豁。是故，一部《水浒传》径称之为"宗宋情结"的挽歌可也。

壮哉！那节义之夫"忠义八字军"的自黥其面："誓杀金贼，忠于赵王。"

还是"异端之尤"李贽说得好："《水浒传》者，发愤之所作也。……施、罗二公身在元，心在宋；虽生元日，实愤宋事。"[1]真可谓目光如炬，一语中的。假若看一看《宋史》卷三百六十《宗泽传》，便知施耐庵的

---

[1] 李贽：《焚书》卷3《忠义水浒传序》，中华书局1975年版，第109页。

慨叹是多么深沉，又是多么富有历史内涵：

> 山东盗起，执政谓其多以义师为名，请下令止勤王。泽疏
> 曰："自敌围京城，忠义之士愤懑争奋，广之东、西，湖之南、
> 北，福建、江淮，越数千里争先勤王。当时大臣无远识大略，不
> 能抚而用之，使之饥饿穷困，弱者填沟壑，强者为盗贼，此非勤
> 王者之罪，乃一时错置乖谬所致耳。今河东不从敌国而保山砦者
> 不知其几，诸处节义之夫自黥其面而争先救驾者复不知其几。此
> 诏一出，臣恐草泽之士一旦解体，仓卒有急，谁复有愿忠效义之
> 心哉！"

惜哉，宗泽的复国方略未为宋室所采，而施耐庵却与之"心有灵犀
一点通"，所以不无戚戚焉！于是，遂以一腔孤愤谱写了这曲昂入云天、
令人热耳酸心的"乱世忠义"的悲歌，"宗宋情结"的哀歌。由此，亦
不难理解"忠义"二字何以成了施耐庵坚执不二的价值取向。

四、说梁山好汉的三段式生命历程

一部作品中的神道描写，是否在宣扬宗教思想，不决定于它是否
满纸神鬼出没，而决定于作者的以人生观、价值观、认识观为其内驱力
的审美情感、审美理想、审美心理定式如何。《水浒传》作者的人生观、
价值观、认识观，是种以释道二教思想为肤、以江湖文化为肌、以儒家
治平之志为骨的奇妙融汇，因而他的审美情感、审美理想、审美心理定
式也就决定了他对神道采取"拿来主义"的变通态度，从而使之在作品
的叙事结构中起其应起的作用。这就要求我们从作品的总体格局和作者

的创作本旨去把握它，否则势必导致郢书燕说。

我们具体看看神道设教在《水浒传》叙事结构中的作用。

与《水浒传》的英雄人物三段式生命历程相对应的，是作品的三段式情境结构格局，即"神境→人境→神境"，并以神灵之出没于"人境"而作为"神境"在"人境"中的峥嵘一露。这一类于"天人合一"的结构模式，完善地展示了北宋何以致亡的原因，以及作者的心理定式和价值取向。

施耐庵在小说"楔子"中以"评议前王并后帝，分真伪占据中州"的襟怀与用意，实际写了三个仙话故事：一言太祖武德皇帝建宋所以"上合天心，下合地理，中合人和"；一言仁宗皇帝所以能带来"三登之世"；一言洪太尉所以会"误走妖魔"。三而一，形成了"楔子"中的"神境"。因此，这"神境"与正文所写的"人境"，以及末回所写的"神境"，既有一脉相承的一面，即与金辽等乃"僭国"相异，宋室是堂堂正统王朝，梁山好汉乃"天罡地煞"转世，又有遥相对照的一面，即徽宗之世与仁宗之世的不同。这前一点不言自明，需予补说的是后一点。

"这仁宗皇帝，乃是上界赤脚大仙。降生之时，昼夜啼哭不止"。泪从何来？怕登基后无贤臣辅佐，不能将国家治理好，让百姓安居乐业！这就"感动天庭"，玉帝端的"差遣紫微宫中两座星辰，下来辅佐这朝天子。文曲星乃是南衙开封府主龙图阁大学士包拯，武曲星乃是征西夏国大元帅狄青。这就带来了"三登之世"，即"一连三九二十七年"，"天下太平，五谷丰登，万民乐业，路不拾遗，户不夜闭"。其实，"文曲武曲"是"星君"，"天罡地煞"何尝不是"星君"！九天玄女就曾明确无误地称宋江为"宋星君"。不同者，仁宗之世"星君"在朝班，徽宗之世"星君"在梁山；仁宗之世"星君"在治国平天下，徽宗之世"星君"却"壮志未酬身先死"！两相对照，足见施耐庵认为北宋之亡：亡于宋徽宗不知忧国忧民，任贤用能，只知寻欢作乐，风流自赏；亡于蔡京之流不知居官为公，谏君之阙，只知结党营私，奉君之恶。一言以蔽之，亡于"煞曜罡星今已矣，谗臣贼相尚依然"。这就道出了一条不二的真理：国之盛衰系于用人。

然而，《水浒传》作者这种以"三段式"写梁山好汉的生命历程和安排小说叙事的情境格局，虽来自佛教的三世生命说，但当他在安置英雄人物的内部关系时，其所借用的却是儒教的天命观。于此亦可以看出他对"神道"问题是采取"拿来主义"的态度，未必真信。何以见得？这有作者笔端的"理想国"可证。

《水浒传》中也有作者的"理想国"，这"理想国"不在别处，就在梁山上，其标志有三：一是杏黄旗，乃仁义的标志；一是忠义堂，乃忠义的标志；一是雁台，乃礼义的标志。试看作者借旁观者之口，"有篇言语，单道梁山泊的好处"：

> 八方共域，异姓一家。天地显罡煞之精，人境合杰灵之美。千里面朝夕相见，一寸心死生可同。相貌语言，南北东西虽各别；心情肝胆，忠诚信义并无差。其人则有帝子神孙，富豪将吏，并三教九流，乃至猎户渔人，屠儿刽子，都一般儿哥弟称呼，不分贵贱。且又有同胞手足，捉对夫妻，与叔侄郎舅，以及跟随主仆，争斗冤仇，皆一样的酒筵欢乐，无问亲疏。或精灵，或粗卤，或村朴，或风流，何尝相碍，果然认性同居；或笔舌，或刀枪，或奔驰，或偷骗，各有偏长，真是随才器使。可恨的是假文墨，没奈何着一个圣手书生，聊存风雅；最恼的是大头巾，幸喜得先杀却白衣秀士，洗尽酸悭。地方四百五里，英雄一百八人。昔时常说江湖上闻名，似鼓楼钟声声声传播；今昔始知星辰中

列姓，如念珠子个个连牟。在晁盖恐托胆称王，归天及早；惟宋江肯呼群保义，把寨为头。休言啸聚山林，早愿瞻依廊庙。

施耐庵借"旁观者"之口而歌之颂之者却原来是"天下大同"。

然而，那一百零八将，一人有一人的性情，一人有一人的生活习惯。况且，上山有先后，技艺有专攻。况且，有的原是朝廷命官，有的本是江湖亡命，有的出身龙子龙孙，有的出身极为微贱。好汉们的座次最后如何排法，这不能不说是个大问题，因为它关系到彼此能否"死生同守岁寒心"！还是宋江说得好："今者上天显应，合当聚义。今已数足，上苍分定位数，为大小二等。天罡、地煞星辰，都已分定次序。众头领各守其位，各休争执，不可逆了天言。"果然，众人皆道："天地之意，物理定数，谁敢违拗？"这种"鸾鹤空中送好音"就是施耐庵的"神道设教"。而"好音"者，施耐庵之心曲是也。

《水浒传》作者还以神灵或高僧等的"偈子"作为小说情节发展的伏脉，从而严密其叙事结构的针线，并使其成为作品的点睛之笔。九天玄女赠给宋江的那首偈子便是明证，容本其文云：

> 遇宿重重喜，逢高不是凶。北幽南至睦，两处见奇功。

"遇宿"，伏宋江闹西岳华山遇宿太尉，宿太尉奏请宋徽宗招抚梁山英雄，宋江"忠义为神"后宿太尉申奏宋徽宗"敕封宋江为忠烈义济灵应侯"等关目，故云"重重喜"。"逢高"，伏宋江于"两败童贯"后"三败高俅"，并将高俅捉上梁山，蔡京之流此后再不敢阻止宋徽宗下招安旨，故云"不是凶"。"幽"，伏宋江破辽于幽州；"睦"，伏宋江擒方腊于睦州：故云"两处见奇功"。

"袁本"增加了"征田虎"和"征王庆",所以将后两句"北幽南至睦,两处见奇功",改为"外夷及内寇,几处见奇功"。

"金本"腰斩《水浒传》,所以也一斧砍去了这首"偈子",并对九天玄女的"法旨""宋星君"云云加了一条批语,道是:

> 只因此等语,遂为后人续貂之地,殊不知此等,悉是宋江权术,不是一部提纲也。

该书又不是宋江的自传,怎么施耐庵笔端的九天玄女的"法旨",要宋江"替天行道,为主全忠仗义,为臣辅国安民",却成了宋江玩弄的"权术",而且"悉是"!所以,倒令人从金圣叹这条批语的反面看出九天玄女的这一"法旨"和"偈子",端的是《水浒传》"一部提纲","作传根本"[①]。

凡此,也就告诉我们:以"偈子"作情节发展的伏脉并使之起提纲挈领的作用,的确是施耐庵的一长。

五、结论和余论

一部《水浒传》,实际上是两宋"忠义人"的英雄谱,旨在为两宋"忠义人"写心。面对犬牙交错的阶级矛盾和民族矛盾,两宋"忠义人"是会反抗官府的,又是要精忠报国的。施耐庵其所以以神魔"天罡地煞"附会自己笔端的英雄人物,显然旨在说明:梁山好汉这类胆气压乎群类

---

① "袁本"眉批,见陈曦钟、侯忠义、鲁玉川辑校:《水浒传会评本》,北京大学出版社1981年版,第780页。

而又疾恶如仇的英豪，假若用之为虎臣武将，则天下可立致太平；假若驱之使为盗，则亦会由此四海无宁日。他之所以赋予笔端的英雄人物以"亦魔亦神"→外"魔"而内"神"→"神"三段式生命历程，并相应地以"神境"→"人境"→"神境"三段式情境格局作为全书结构框架，显然是旨在以"假象见义"的方法，谓宋室所以不竞，并非由于我中原无人，是由于"败国奸臣"作歹有路，"忠义之烈"报国无门，遂致国将不国，从而演奏了一曲令人热耳酸心的"乱世忠义的悲歌"，"宗宋情结的哀歌"。

"仗义疏财归水泊，报仇雪恨上梁山。"梁山好汉既被统治者驱之使为盗，当然也就站到了剥民官府的对立面，而内心却是宗宋的，尽管也干种种法外勾当。于是，施耐庵便又借助"神"的威力以"神谕"的方式，一则以匡范英雄们的人生道路和价值取向，让他们"去邪归正"，不逾忠义，一则以为英雄人物的公义观念和立身之道作辩护，以期统治者能抚而用之，使"统豺虎，御边幅"。凡此，皆真切地反映了外敌凭陵，国政弛废下的民众转思草泽的心理：其所期望者，不是绿林豪杰出来改朝换代，再造太平盛世；其所期望者，是草泽英雄出来殄灭奸邪，卫护国家，巩固皇图。这一咬住青山不放松的"宗宋情结"，它来自两宋"忠义人"和民众，也深刻地反映了两宋遗民的深层心理，是以成了宋元水浒故事的一种思想基因和战斗灵魂。

施耐庵最后借宋徽宗的"亲书圣旨"敕封已"忠义为神"的宋江为"忠烈义济灵应侯"。这"忠烈义济"四字，我以为是施耐庵对宋江的盖棺论定，也是他价值关注的重点和判断。

这种"神道设教"，虽可能与作者的某种宗教意识有关，但决不意味着他对宗教神学的笃信。荀子是个著名的唯物主义无神论者，可他就主张借"神道设教"以教化士庶，事见《荀子·礼论》。其文云：

　　祭者，志意思慕之情也，忠信爱敬之至矣，礼节文貌之盛矣。苟非圣人，莫之能知矣。圣人明知之，士君子安行之，官人以为守，百姓以成俗。其在君子，以为人道也；其在百姓，以为鬼事也。

王充也是如此。他在《论衡·祭意篇》中说：

　　凡祭礼之义有二：一曰报功，二曰修先。报功以勉力，修先以崇恩。……推人事鬼神，缘生事死，人有赏功供养之道，故有报恩祀祖之义。

莫不主张通过祭祀"神道"以光扬"人道"。施耐庵则是得其个中三昧的作家之一，是以《水浒传》中的谈神说鬼，浅层面视之，是"神道描写"，深层面视之，是"人道描写"，故不可等闲视之。

　　那么，施耐庵所肯定的"人道"，其全豹又是什么呢？且看"容本"第九十回《五台山宋江参禅，双林渡燕青射雁》。这显然是作者在借宋江之口，以"雁"喻"人"，以"五常"说"人道"，以"五常俱备"的"雁阵"说梁山英雄。因具谶言性，是以悲凉之雾弥漫于字里行间。"山岭崎岖水渺茫，横空雁阵两三行。忽然失却双飞伴，月冷风清也断肠。"此宋江见景生情，马背所占之诗也。"容本"下接"征方腊"，宋江此诗果然一语成谶！

　　既然施耐庵的人道观念几乎是在照搬程朱的"天命之性"说，其公义观念是站在绿林豪客的一边，其笔端的"神道"是对释道二教的"拿来"，则其文化心态，是以释道文化为肤、江湖文化为肌、儒家文化为骨，明矣！是以梁山英雄们虽勇猛过人，却无一人具有睥睨宗法等级秩序的狂傲美，如孙悟空然，则《水浒传》依然是属于讽喻文学而非叛逆文学，亦明矣！

岳飞有《满江红》云："靖康耻，犹未雪，臣子恨，何时灭，驾长车踏破，贺兰山缺。壮志饥餐胡虏肉，笑谈渴饮匈奴血。待从头，收拾旧山河，朝天阙。"宋江亦有《满江红》云："统豺虎，御边幅。号令明，军威肃。中心愿，平虏保民安国。日月常悬忠烈胆，风尘障却奸邪目。望天王降诏早招安，心方足。"

"臣心一片磁针石，不指南方不肯休"：此之谓也。

第十章　论《水浒传》的治平理念

——与《三国演义》比较谈

一、引言

《三国演义》与《水浒传》是中国小说史上最早出现的两部长篇小说。这两大杰作：其体制，一属历史演义，一属英雄传奇；其题材，一主要来自史册，一主要来自民间传说；其主人公，一是帝王将相，一是绿林豪杰；其文字，一为半文不白，一为语体。凡此，堪称殊不类。然而，明人熊飞和杨明琅却认为这两部小说题材虽殊而创作宗旨则一，皆"意主忠义，而旨归劝惩"①，视之为姊妹篇，将二者予以合刻，题曰《英雄谱》。

熊杨二公的这一说法，是否符合作品的实际呢？事关问题的方方面面，还是让我们以事实来说话吧！

二、意主忠义，旨归劝惩

《三国演义》和《水浒传》是两部貌相违而神相类的古典小说。其相违处是在作品的题材上：一写帝王将相并歌颂其圣君贤臣；一写绿林人士并歌颂其英雄豪杰。其相类点是在作品的思想底蕴上：二者所歌颂

---

① 丁锡根编著：《中国历代小说序跋集》，人民文学出版社1996年版，第906页。

的都是志士仁人。其所至心朝礼者，是忠义、仁义、礼义三大思想。这有事实为证。

水泊梁山有三大标志：

一是"忠义堂"，乃"忠义"的标志。它标志着梁山好汉皆忠义之士，他们"啸聚"不忘"廊庙"，"顺天"是为了"护国"，是忠义之聚于山林者也。

一是"杏黄旗"，乃"仁义"的标志。它标志着梁山好汉皆仁义之士，他们虽身居水泊而犹念念不忘"替天行道救生民"，是仁义之聚于山林者也。

一是"雁台"，乃礼义的标志。"雁台"位于"忠义堂"的后面，乃梁山好汉们的宿营地。照施耐庵借宋江之口的说法，"雁"不只是"仁义之禽"，而且是"礼义之禽"。照《左传·隐公十一年》的说法，"礼"是"经国家，定社稷，序民人"的。则那座"雁台"自然也就随之而成为"礼义"的标志。它标志着梁山好汉皆礼义之士，他们那以"还我河山"为内核的宗宋情结，乃礼义之聚于山林者也。

三而一，则象征着忠义思想、仁义思想和礼义思想，即爱国主义思想、民本主义思想和礼治思想的结合，是梁山好汉的指导思想，而以"宗宋情结"一以贯之。这种以宗宋情结为中轴，以忠义思想、仁义思想和礼义思想为三个基本点的有机结合，我们称之为"梁山精神"或《水浒传》"治平三策"。

这一"梁山精神"，它既反映于梁山义军对反宋农民起义的不认可，遂有"一百零八将"的同征方腊，而那已萌远祸海外之念的李俊亦终始从之。更反映于梁山好汉对辽金元等异族政权的不认同，而要求"还我河山"的呼唤则隐约可闻，遂有宋江的"中心愿，平虏保民安国"，却不意被害的人生悲剧。宋江的这种"啸聚山林而不忘廊庙"，一心想"统豹虎、御边幅"的心志，不禁使人想到当时太行山忠义八字军那额上所刺的八个字：誓杀金贼，忠于赵王。是故，造反亦忠义。

"宴桃园豪杰三结义"，刘备作为蜀汉英雄的代表，曾立下信誓。梁山泊英雄排座次，宋江作为梁山好汉的代表，亦曾立下信誓。这两个信誓，不失为小说思想底蕴的点睛之笔，施罗二氏借小说主人公之口所作的"政治宣言"。不妨结合前人的评述，将这两个信誓作为观察有关问题的一个窗口，以明究竟。

试看"宴桃园豪杰三结义"，其誓云：

> 念刘备、关羽、张飞虽然异姓，既结为兄弟，则同心协力，救困扶危；上报国家，下安黎庶；不求同年同月同日生，只愿同年同月同日死。皇天后土，实鉴此心，背义忘恩，天人共戮！①

是故，清人赵翼是这么评说刘备的："关、张、赵云，自少结契，终身奉以周旋，即羁旅奔逃，寄人篱下，无寸土可以立业，而数人者，患难相从，别无贰志，此固数人者之忠义，而备亦必有深结其隐微而不可解者矣！"②那么，这"深结其隐微而不可解者"的是什么呢？显然就是那"上报国家，下安黎庶"之心以及那"朋友而兄弟，兄弟而又主臣"之谊。所以王侃是这么评说关羽文化之传播的："《三国演义》可以通之妇孺，今天下无不知有关忠义者，《演义》之功也。"③

---

① 罗贯中著，毛宗岗评：《全图绣像三国演义》，内蒙古人民出版社1981年版，第6页。

② 赵翼著，王树民校证：《廿二史札记校证》卷7，中华书局1984年版，第142页。

③ 王侃：《江州笔谈》，朱一玄、刘毓忱编：《三国演义资料汇编》，南开大学出版社2003年版，第618页。

再看"梁山泊英雄排座次",其誓云:

> 宋江鄙猥小吏,无学无能,荷天地之盖载,感日月之照临,聚弟兄于梁山,结英雄于水泊,共一百八人,上符天数,下合人心。自今已后,若是各人存心不仁,削绝大义,万望天地行诛,神人共戮,万世不得人身,亿载永沉末劫。但愿共存忠义于心,同著功勋于国,替天行道,保境安民。神天鉴察,报应昭彰。①

是故,李贽如此评说梁山好汉:"今观一百单八人者,同功同过,同死同生,其忠义之心,犹之乎宋公明也。独宋公明者,身居水浒之中,心在朝廷之上;一意招安,同甘共苦,专图报国;卒至于犯大难,成大功,服毒自缢,同死而不辞,则忠义之烈也。"②所以五湖老人是这么评说《水浒传》的:"兹余于《水浒》一编,而深赏其血性,总血性有忠义名,而其传亦足不朽。"③

刘备的信誓实亦道出了宋江的夙愿:愿能"上报国家,下安黎庶";那宋江的信誓实亦道出了刘备的夙愿:愿能"替天行道,保境安民"。其相合如此,说明这两部小说思想底蕴的相合是根本性的:皆"意主忠义,而旨归劝惩",具有反思性和讽喻性。这种忠和义的有机结合,遂成崇高思想和完美人格的别名。那蜀汉英雄被认为是这样的人物,那梁山好汉也被认为是这样的人物。

由此可见,写乱世忠义之甫离草泽即奋志匡扶社稷,"上报国家,下安黎庶",果展宏图,是为《三国演义》中的蜀汉英雄;写乱世忠义

---

① 施耐庵、罗贯中:《水浒传》,人民文学出版社 1997 年版,第 933 页。
② 朱一玄、刘毓忱编:《水浒传资料汇编》,南开大学出版社 2002 年版,第 172 页。
③ 同上书,第 188 页。

之被逼啸聚山林而犹谋"替天行道，保境安民"，却壮志难酬，是为《水浒传》中的梁山好汉。两者虽题材不同，在蒙受江湖文化和市井文化的影响上亦有轻重之分，而创作宗旨则一：皆是意主忠义，以德行仁，而旨归劝惩之作，遂成"姊妹篇"。

这就难怪明人熊飞和杨明琅要将《水浒传》与《三国演义》合刻，题为《英雄谱》，道是：

> 故为君者不可以不读此谱，一读此谱，则英雄在君侧矣；为相者不可以不读此谱，一读此谱，则英雄在朝廷矣。经略掌勤王之师，马部主犁庭之役，又不可以不读此谱，一读此谱，则干城腹心尽属英雄，而沙漠鬼哭之惨，玉门冤号之声，各不复闻于耳矣。此乃余合谱英雄意也，非专以为英雄耳也。[1]

也就是说，他们之所以将《三国演义》和《水浒传》合刻而题名"英雄谱"，不仅仅是为了歌颂英雄，还为了使为君为相为经略者，阅后能以此为鉴，引起对玉门何以有"冤号之声"，沙漠何以有"鬼哭之惨"的反思，求取保国安民之道。果能如此，则"天下王道荡荡矣"！这也就是熊飞和杨明琅所说的"旨归劝惩"。

还需一说的是：这《英雄谱》是乱世忠义的《英雄谱》。其文化渊源和哲学基础，是孔孟的保国安民的道德气节，知难而进的入世精神，实践理性的求是理念，王道济民的政治主张，事父事君的纲常教义，立德立功的价值观念，舍生取义的人格追求，华夷之辨的民族操守，以及由政治思想上的儒法互补、美学思想上的儒道互补、道德思想上的儒墨

---

[1]　朱一玄、刘毓忱编：《水浒传资料汇编》，南开大学出版社2002年版，第205页。

互补所形成的健全而稳定的文化心理结构。因而，这是在为中华民族写心。则亦"厥斯伟矣"！

三、以义济忠，以忠齐义

《三国演义》和《水浒传》，最习见的观念当莫过于"忠"、"仁"、"义"，而尤以"义"为甚。"忠"指"上报国家"，即"尽心于为国"；"仁"指"下安黎庶"，即"致力于为民"。"义"呢？其内涵主要有二：一指"宜而行之"，就是行事符合某种既定的社会规范、道德原则，这是广义的解释；一指"事宜在济民"，就是"博施于众，救困扶倾"，这是狭义的解释，而这种狭义的解释，亦可以径训作"仁"。则所谓"意主忠义"，而"仁"亦寓焉。

《三国演义》与《水浒传》虽同"意主忠义"，而侧重点不同。《三国演义》的侧重点是在"义"，在"下安黎庶"，即"为民"；《水浒传》的侧重点是在"忠"，在"上报国家"，即"为国"。就以刘备和宋江的都好哭来说吧，这是出了名的，而出发点却各有侧重，这是不可不注意的。

试看："玄德泣曰：'先生不出，如苍生何！'言毕，泪沾袍袖，衣襟尽湿。"刘备的眼泪是为苍生而流的，乃民本主义的，所以滴滴似金。

试看："宋江道：'我为人一世，只主张忠义二字，不肯半点欺心。今日朝廷赐死无辜，宁可朝廷负我，我忠心不负朝廷。'言讫，堕泪如雨'。"宋江的眼泪淌自他的"宗宋情结"，乃爱国主义的，所以亦滴滴似金。

是故，以"上报国家"（忠义）为操守，以"下安黎庶"（仁义）齐人心者，是为《三国演义》中的蜀国英雄；以"替天行道"(仁义）为操守，以"顺天护国"(忠义）齐人心者是为《水浒传》中的梁山好汉。二者是相得益彰的。

足见，论民本主义思想，《三国演义》实更充沛些；论爱国主义激情，《水浒传》实更浓烈些。其所以然？就在于：身处"外敌凭陵，国政弛废"下的乱世，民众对于帝王将相与草泽英雄的期待有所侧重。罗贯中笔端的英雄人物是逐鹿中原的群雄，乃"在朝派"，民众期待于他们的，其重中之重，当莫过于"下安黎庶"四字，即把"安民"放在第一位，故而作者的用笔是以"忠"济"义"写之。施耐庵笔端的英雄人物是绿林豪杰，乃"在野派"，民众期待于他们的，其重中之重，当莫过于"上报国家"四字，即把"报国"放在第一位，故而作者的用墨是以"义"济"忠"写之。

《水浒传》中，施耐庵曾以"神道设教"的法子，借"圣旨"以"敕封宋江为忠烈义济灵应侯"。这"忠烈义济"四字，当然也就成了施耐庵对自己心爱的主人公的盖棺论定。这"忠烈义济"四字，就不只可以用来说宋江身上的"忠"和"义"的辩证关系，也可以用来说整个《水浒传》的"忠"和"义"的辩证关系。同样，还可以用"忠烈义济"来说《三国演义》所宣扬的"忠"和"义"的辩证关系。由此也就使这两部宣扬"忠义"思想的小说，在歌颂乱世忠义上成为各具特点的姊妹篇：一为乱世忠义的悲歌，一为乱世忠义的颂歌。

四、道之以德，齐之以礼

在我国传统的道德思想中，最享美誉、最具理想意义的，是"仁"。孔子把"仁"看作是道德范畴的最高原则，道是"一日克己复礼，天下归仁焉"①。孟子以他的"性善"说作为"仁政"理论的哲学基础,"仁"被列为他所说的天赋予人的四种美德的第一德。程朱理学言天命之性,则进而以"仁"为"四德"的基本,而又包括了"四德",道是"学者须先识仁。仁者浑然与物同体,义礼智信皆仁也"②。于是,"仁"便越来越明确地成为最完美的人格的别名,即《中庸》所谓"仁者,人也"。笃行之,则为"仁者";佯行之,则成"巧伪人";倒行逆施之,则为"暴虐"。

"欲知三国苍生苦,请听《三国演义》篇。"《三国演义》作为乱世忠义的颂歌,它对解黎民百姓于倒悬之灾的圣君贤臣的憧憬之情是殷切的,作者妙笔生花的地方在于:他以"仁"与"仁政"作为道德圭臬与政治圭臬,寓褒贬于逐鹿中原的群雄形象的塑造,让大家自己从中去认定谁是圣君贤臣,谁是乱臣贼子。这,只要以董卓、曹操、刘备的形象作一简略对比,便一目了然。

董卓的特点是"专权肆不仁"。"吾为天下计,岂惜小民哉?"竟成了他的指导思想。甚至,"尝引军出城,行到阳城地方,时当二月,村民社赛,男女皆集。卓命军士围住,尽皆杀之,掠妇女财物,装载车上,悬头千余颗于车下,连轸还都,扬言杀贼大胜而回;于城门外焚烧人头,以妇女财物分散众军。"司徒荀爽曾劝董卓:"民为邦本,本固邦宁。"卓怒曰:"乱道!"并即日罢之为庶民。此等暴虐之徒,最终当然只能被钉在历史的耻辱柱上。

与董卓有所不同,曹操的特点是"假仁"。他对人民的态度是"王霸参半",好坏取决于个人的得失喜怒。比如,"曹操仓亭破袁绍",写

----

① 《论语注疏》,《十三经注疏》,清嘉庆刊本,中华书局 2009 年版,第 5436 页。

② 程颢、程颐:《二程集》卷 2(上),中华书局 1981 年版,第 16 页。

曹操力主秋成之后围攻冀州，"众曰：'若恤其民，必误大事。'操曰：'民为邦本，本固邦宁，若废其民，纵得空城，有何用哉！'"这反映了他有异于董卓。"报父仇曹操兴师"，写曹操因曹嵩被杀而迁怒于徐州黎庶，令"但得城池，将城中百姓尽行屠戮"，致"大军所到之处，杀戮人民，发掘坟墓"。这又反映了他与董卓是"一路人"。唐太宗说他"临危制变，料敌设奇，一将之智有余，万乘之才不足"[①]，可谓定评。

刘备的特点是"大仁"。他对百姓的态度是"仁德施恩"，直至不顾个人安危，"携民渡江"便是最好的证明。要之，"上报国家，下安黎庶"，这是他转战南北的首要目标；认为"举大事者必以人为本"，这是他立身处世的不二信条。唯其如此，所以能"远得民心，近得民望"。以至陶恭祖三让徐州，玄德仍辞不受职，徐州百姓拥挤府前哭拜曰："刘使君若不领此郡，我等皆不能安生矣！"难怪毛宗岗说："民心悦服如此，想见刘公平日德政。"[②]所以"天下归心"。终以一州之地而三分天下，不亦雄乎！其临终遗言是："汉贼不两立，王业不偏安。"并诏告后主："唯贤唯德，可以服人。"其所念念不忘者，仍是如何方能"上报国家，下安黎庶"。其以仁得人之心，以忠齐人之志，堪与日月齐辉矣。真仁德之主也。

"煞曜罡星今已矣，谗臣贼相尚依然！"《水浒传》卷末所发出的这一深沉叹息，说明它对"仁"与"仁政"及圣君贤臣的憧憬之情一点也不亚于《三国演义》。这有施耐庵为宋江起的那三个似道路口碑，又似人物剪影的绰号可证。

一曰："孝义黑三郎"。书中说得清楚："为他面黑身矮，人都唤他做

---

① 司马光：《资治通鉴》卷197，中华书局1956年版，第6217页。

② 罗贯中著，毛宗岗评：《全图绣像三国演义》，内蒙古人民出版社1981年版，第108页。

黑宋江。"排行第三，"又且于家大孝，为人仗义疏财，人皆称他做孝义黑三郎"。这里，其所着意强调的是宋江的"孝"。

二曰："呼保义"。须知，"不假称王，而呼保义"，是宋元以来水浒故事流变过程中宋江形象的不二特点，也是宋江形象与方腊形象的主要分水岭。是故，"呼保义"者，"呼群保义"，"共存忠义于心，同著功勋于国"是也。这里，其所着意强调的是宋江的"忠"。

三曰："及时雨"。盖谓其"济弱扶倾心慷慨，高明水月双清，及时甘雨四方称也"。这里，其所着意强调的是宋江的"仁"。

三个绰号，一使宋江闻名乡里，一使宋江闻名山东河北，一使宋江闻名四方。九九归一，莫不在言宋江是个"孝子"，莫不在言宋江是个"仁者"，莫不在言宋江是个"忠义之士"。雄者，宋公明，论孝，论忠，论仁，"三元及第"矣。

就这样，施耐庵以史家的笔法，于宋江出场之初，便借着对主人公三个绰号的介绍，表述了自己的治国方略：以"孝义"齐家，以"仁义"安民，以"忠义"保国。这哪是什么绰号，分明是施耐庵开的一付济世良方！而"一百八人中，独予宋江用此大书者，盖一百七人皆依列传例，于宋江特依世家例，亦所以成一书之纲纪也"。①

施耐庵这么处理"忠"与"仁"及"孝"的关系，是有其文化渊源的。却原来，在孔子的道德观念里，"孝悌"被认为是"仁之本"，而"仁"原本就包摄了"臣事君以忠"。是故，孔子之赞微子、箕子、比干，不说"殷有三忠焉"，而说"殷有三仁焉"。②是故，孟子虽然也主张"君臣有义"，而当齐宣王说"武王伐纣"是"臣弑其君"时，孟子的回答

---

① 《贯华堂第五才子书水浒传》第十七回夹批，《金圣叹全集》（一），江苏古籍出版社 1985 年版，第 273 页。

② 《论语注疏》，《十三经注疏》，清嘉庆刊本，中华书局 2009 年版，第 5494 页。

却是既严肃又干脆，道是："贼仁者谓之贼，贼义者谓之残。残贼之人谓之一夫。闻诛一夫纣矣，未闻弑君也。"[1] 这种把忠义观念和仁义观念置于君王权威之上，是可取的。它是对孔孟原教旨忠义观与仁义观的回归，从而也就使《水浒传》成为一部流芳千古的"形象的谏疏"。

正因如此，所以宋江上梁山后，一当梁山寨主，便将"聚义厅"改为"忠义堂"，且于堂前高揽杏黄旗一面，上书"替天行道"四字以明志。宋江以"替天行道"为己任，而矢志宗宋，这就把王伦开辟的一座强盗山寨变作宇内"替天行道救生民"的仁义中枢，而专与那"贼仁贼义"之徒作对头。所以，"造反"亦"忠义"。那金圣叹却认为既是"忠义"就不做强盗，既做"强盗"就不算忠义，这是在拣封建的假道学的唾余，与孔孟的有关看法也是南辕北辙的。

诚然，在梁山好汉中也有对朝廷不恭的。比如，燕顺等落草清风山时所制定的寨规，就有"便是赵官家驾过，也要三千买路钱"；石勇也曾在光天化日之下，说过"便是赵官家，老爷也别鸟不换"一类的粗话，都没把"赵官家"放在眼里；李逵豪兴一来，便建议"杀去东京，夺取鸟位"。然而，应看到这类思想只是作为陪衬宋江其人乃"忠义之烈"而存在。宋江被逼上梁山以及梁山发展兴旺的过程，就是众好汉为宋江的忠义思想与仁义思想所感化的过程，也是宋江忠义思想与仁义思想不断朝向纵深发展并趋于净化的过程。故石勇也罢，燕顺与王英等人也罢，一经接受宋江的领导，便皆成为"忠诚信义并无差"的志士，"替天行道"的"仁人"。

宋江武不如晁盖，文不如吴用，社会地位不如柴进，之所以能使"众虎同心归水泊"，就在于他是"义胆包天，忠肝盖地"。"义"与"忠"，

---

① 《孟子注疏》，《十三经注疏》，清嘉庆刊本，中华书局 2009 年版，第 5828 页。

是他连结李逵、武松一流人物思想的纽带，也是他沟通关胜、呼延灼一流人物思想的桥梁。"仁"与"忠"是他深得人心的基础，也是他结英雄于水泊的目的。从而，也就使以仁得人心、以忠齐人志成了宋江立身行事的不二法门。施耐庵写此，用意自明，那就是宋室苟能像宋江治理梁山那样，以"仁"结众心，以"忠"齐众志，以"礼"定乾坤，则"天下王道荡荡矣"。那鸿雁世界就是这样的天地。

要特别注意的是：《水浒传》不只宣扬和歌颂"忠"，不只宣扬和歌颂"仁"，还宣扬和歌颂"礼"。"忠义"、"仁义"、"礼义"是《水浒传》的"三驾马车"，这有施耐庵借宋江之口以鸿雁比梁山好汉，称鸿雁为"礼义之禽"，并在忠义堂的后面高筑一座雁台以明志。

"双林渡燕青射雁"，是施耐庵在借宋江之口以物喻人。他一则说："此宾鸿仁义之禽，或数十，或三五十只，递相谦让，尊者在前，卑者在后，次序而飞，不越群伴，遇晚宿歇，亦有当更之报。"一则说："此禽五常足备之物，岂忍害之！天上一群鸿雁，相呼而过，正如我等弟兄一般。你却射了那数只，比俺弟兄中失了几个，众人心内如何？兄弟今后不可害此礼义之禽。"这里，既说鸿雁乃"仁义之禽"，又说鸿雁乃"礼义之禽"。那么，鸿雁究竟是"仁义之禽"，还是"礼义之禽"呢？答曰：这是不可分割的两个问题。孔子曰："克己复礼为仁，一日克己复礼，天下归仁焉。"礼，泛指奴隶社会或封建社会之等级制的道德规范和社会规范。这就等于说：抑制自己，做到"非礼勿视，非礼勿听，非礼勿言，非礼勿动"，是谓仁。所以，孔子又云："道之以政，齐之以刑，民免而无耻；道之以德，齐之以礼，有耻且格。"凡此，也就是《水浒传》礼治思想的由来。它较之"仁治"，尤为重要，目的是要人由背离"礼"而回归于"礼"。须知，"平虏保民安国"，乃宋江的"中心愿"，也是当时汉族人民的"中心愿"。显然，那"赵王"如能"以忠义平虏"，"以仁义保民"，"以礼义安国"，则绝不会有"宋室"之亡：这就是施耐庵通过他的"乱世忠义的悲歌"《水浒传》所宣告于人的最后结论。壮哉施耐庵，他借助于宋江说雁，道出了自己的治国方略。

一言以蔽之，如果说，"以忠义平虏"、"以仁义保民"、"以礼义安国"，是施耐庵的"治平方略"的三大理念，而前两个理念是"梁山精神"的核心，那么，"以礼义安国"这后一个理念，则是"梁山精神"的文化折光。它集中反映了施耐庵的治平思想是对孔孟治平思想的回归。虽然也多少接受了程朱理学的文化洗礼，反映为宋江的艺术形象常有几分道学气。相比之下，《三国演义》中的一号人物诸葛亮身上则无，他是个外儒而内法的人物形象，说明《三国演义》受程朱理学的文化影响，比《水浒传》为轻。此乃这两部经典著作的相异点之一。

五、结论和余论

《三国演义》和《水浒传》这两部古典小说，二者虽一是乱世忠义的颂歌，一是乱世忠义的悲歌，但其相异点是"貌"，其相类点是"神"，且彼此相辅相成，具有互补性和反思性。说得具体点，就是：一写蜀汉之兴非兴于天之所佑，乃兴于刘备君臣之自佑，倘以"厚德载物"和"自强不息"说蜀汉君臣，那是最贴切不过的，当为英雄们唱一曲乱世忠义的颂歌，以示缅怀。一写宋室之亡非亡于天意，乃亡于其君臣之自为，那宋徽宗既不能继书中"引首"所言宋太祖之武略，又不能承书中"引首"所言宋仁宗之文治，遂致蔡京之流祸国有路，梁山好汉报国无门，当为英雄们唱一曲乱世忠义的悲歌，以寄孤愤。二者相映成辉，遂使这两部忠义小说成为各具特色的"姊妹篇"。而如上所说，那"宗汉情结"和"宗宋情结"，本质上，实反映了当时华夏民众对反宋农民起义的不认可，对辽金元异族政权的不认同，要求"还我河山"。视之为宋元明三朝的华夏民众的心史，是恰当的。那蜀汉英雄和梁山豪杰不愧为我们炎黄子孙的脊梁。

正因为罗贯中与施耐庵创作《三国演义》和《水浒传》是以"意主忠义，而旨归劝惩"为其创作宗旨的，这就决定了他们要以"忠"与"不忠"、"仁"与"不仁"、"义"与"不义"的对立为其情节开展的基本模式。此等以忠奸对立为其特点的二维模式，它可使作品之形象体系的构成，灿灿然，若"落霞与孤鹜齐飞"，淡淡然，似"秋水共长天一色"。《三国演义》和《水浒传》就是这样的作品。

罗贯中其写"群雄逐鹿"也，则以桓灵二帝失政为总起，以晋统一天下作总结，其间以魏蜀吴三国的兴亡史为"经"，以其他各路诸侯的盛衰史为"纬"，以"汉贼不两立，王业不偏安"为主脉，一以贯穿全书。经纬交错，从而形成一种扁形的网状结构形态。

其写"汉贼不两立，王业不偏安"也，则又写出：国之将兴，必有忠信；国之将亡，必有妖逆。天子之国有它的忠臣和奸臣，诸侯之邦也有它的忠臣和奸臣。其独到处，是能将天子之国和诸侯之邦的盛衰与忠奸斗争的成败作一体两面的描写，以示人本问题的重要，以言民心为立国之本，人才为兴邦之本，战略为成败之本。

施耐庵一则写"忠义之士"在朝廷，是为张叔夜等贤臣良将，"忠义之士"在山林，是为宋江等梁山好汉；一则写奸佞之徒在朝廷，是为蔡京等恶佞权臣，奸佞之徒在草泽，是为方腊等乱臣贼子：两大阵营的对立何其鲜明。

论及《水浒传》的结构形态，可以用杜甫一句诗来表达，即"群山万壑赴荆门"。"群山"就是一百零八将投奔梁山的行踪，"主脉"是宋江其人的人生道路。"荆门"有两座：第一座是龙腾虎跃的梁山泊，第二座是落花啼鸟的蓼儿洼。

这两部古典小说，皆具反思性：一旨在反思蜀汉何以未能一统天下；一旨在反思宋室何以失国。二者相辅相成，寄寓了那个时代的人民群众对国家命运的关心。

第十一章　论《水浒传》的神道设教和审美特征

——与《西游记》比较谈

一、引言

正如恩格斯所说:"主要人物是一定阶级和倾向的代表,因而也是他们时代的一定思想的代表,他们的动机不是从琐碎的个人欲望中,而正是从他们所处的历史潮流中得来的。"

以"神道设教"之法写宗教光环下的尘俗治平求索,是《西游记》思想和写法上的总体特点与文化特征。作者以"法轮回转,皇图永固"作为取经人的价值观念和奋斗目标,亦犹如《三国演义》中刘备所说的"上报国家,下安黎庶",《水浒传》中宋江所说的"同存忠义于心,共著功勋于国",都可以看作造福生灵、造福社稷的同义语。因而,这是中国文学主题学中的一大传统主题,也是中华民族民族精神的一大呈现。

"忠义"类的小说可以《三国演义》和《水浒传》为代表。一个写"宴桃园豪杰三结义",实意味着共推"当今皇叔"刘玄德为尊,关羽和张飞自愿"拱听号令",彼此生死与共,协力同心,"上报国家,下安黎庶"。一个写"梁山泊英雄排座次",实意味着共推"全忠全义"宋公明"把寨为头",众好汉则自愿"拱听号令",彼此死生相托,患难相扶,"共存忠义于心,同著功勋于国,替天行道,保境安民"。这类指奸责佞而

"意主忠义，旨归劝惩"的作品，实植根于民族矛盾和阶级矛盾犬牙交错的历史时代，融汇着汉民族的民族情绪和民本主义的思想潮流，具有广大而深厚的群众基础，并以其源远流长而在明代文学中蔚为大观，虽主要是反映了"在家靠父母，出外靠朋友"的广大小生产者的审美情趣、文艺思想和政治要求，而本质上却属于江湖文化和儒家文化相碰撞和圆融的产物。其中尤以以"忠义人"的襟怀写"忠义人"的《水浒传》为最。那作品中的当"大哥"者固皆"仁德之主"、"忠义之士"，而"义结金兰"的功利目的又都十分明确。所以，"结义"者们一方面是各自人格独立的英雄豪杰，一方面又尽皆甘把自己的意志交由"大哥"去作统一的集体中无个性自觉的一员。凡此，正说明他们的心理结构，从根本上来说，依然是儒家文化的心理结构。作为同是乱世英雄的颂歌，同是英雄传奇，同是江湖文化和儒家文化相碰撞和圆融的产物，从总体方面来说，《西游记》虽则未能超越这一文化圈，但已有诸多打破，这主要表现在主人公是否已具有个性自觉上。

在"忠义"类的小说里，《水浒传》和《西游记》最具可比性。兹将《水浒传》和《西游记》略作比较，以资说明。

二、哲学基础："天人合一"说

《水浒传》和《西游记》中英雄人物，既具"神性"的特点，又具"魔性"的特点，明显地呈现出一种"神"→外"魔"而内"神"→"神"否定之否定三段式生命历程。其"魔性"的一面是君主外铄于彼的，驱之使然的，因而是浅层面的。其"神性"的一面是上苍内铄于彼的，天性使然的，因而是深层面的。二者流动不居而一以定之于他们的际遇，这就是我所看到的作者笔端的英雄人物的事功。执柄者用之则社稷从今化为礼乐笙镛治，弃之则乾坤由此变作兵戈剑戟丛，这就是作者通过他笔端英雄人物的上述三段式生命历程所欲晓谕的哲理，而其深沉的感叹亦寓焉！

容本和袁本《水浒传》，其第一回赫然写着："张天师祈禳瘟疫，洪太尉误走妖魔。"该回与开卷的"引首"实际上是二而一的，都是小说的"楔子"，具有"敷陈大义，隐括全文"的作用。金圣叹将其合二而一，作为金本的"楔子"置于全书的开端，可谓深得施耐庵创作意旨之个中三昧。以下通过对这一"楔子"的解剖，以略窥《水浒传》的思想意蕴与"神道描写"的关系。

其一，该"楔子"写龙虎山主持真人对"伏魔之殿"的解释，道是："此乃是前代老祖天师锁镇魔王之殿。"写洪太尉令火工道人打开地穴时之初所见，道是："那一声响亮过处，只见一道黑气，从穴里滚将起来，掀塌了半个殿角。"不言而喻，"黑气"乃"魔君"之象。写洪太尉"误走妖魔"的后果，道是："直使宛子城中藏猛虎，蓼儿洼内聚飞龙。"凡此，皆言梁山好汉是杀人越货的绿林豪杰，"闹遍赵家社稷"的草莽英雄。证之于整个作品：他们不只曾三打祝家庄，两打曾头市，攻克大名府，还曾公然与朝廷发来的兵马对垒，两赢童贯，三败高俅，将朝廷精兵消灭殆尽。凡此等等，这从正统立场看问题，他们当然是"魔君"无疑，而施耐庵却认为他们好就好在是"与之盗名而不辞，躬履盗迹而无讳者也。岂若世之乱臣贼子，畏影而自走，所为近在一身，而其祸未尝不流四海"[①]！所以处处以欣赏的笔触将他们写成与腐败的官府相对立的绿林豪客。"诲盗"说即由是而滋。

---

① 此系周密对龚开《宋江三十六赞》中梁山好汉的看法，见《癸辛杂识续集》，窃以为可以借来说施耐庵对梁山好汉的评价。

其二，该"楔子"写及殿内石碑上凿着"遇洪而开"时有段作者评述，其文云："却不是一来天罡星合当出世，二来宋朝必显忠良，三来凑巧遇着洪信，岂不是天数？"写及洪太尉令火工道人打开地穴之终所见时有段描述，其文云："那道黑气直冲上半天里，空中散作百十道金光，望四面八方去了。"不言而喻，"金光"乃"星君"之象。写及"教三十六员天罡下临凡世，七十二座地煞降在人间"时曾以诗为证，其颈联云："水浒寨中屯节侠，梁山泊内聚英雄。"凡此，皆言一百八人是"忠为君王恨贼臣"的志士，"替天行道"的草泽仁人。证之于整个作品：他们身居水浒，心系社稷，把一座时人心目中的强盗山寨变作"替天行道"的仁义机关；他们虽然也冲州撞府，但想的是"酷吏赃官都杀尽，忠心报答赵官家"。他们"同存忠义于心"，将"平虏保民安国"作为自己的人生目标，于两赢童贯、三败高俅之日，不仅没有乘胜"杀去东京，夺取鸟位"，反倒将它用作谋求招安之时；他们同功同过同死同生，卒至于犯大难，英魂亦同聚蓼儿洼，卫护一方百姓。其忠于君仁于民义于友如是，"则谓水浒之众，皆大力大贤有忠有义之人可也"[1]。难怪施耐庵要颂之曰："天罡尽已归天界，地煞还应入地中。千古为神皆庙食，万年青史播英雄。"那"弭盗"说亦由是而兴。

其三，该"楔子"所以一再点明洪太尉误走的"妖魔"乃"三十六天罡，七十二地煞"，显然是有深义的。道教谓北斗丛星中有三十六个天罡星，每个天罡星各有一个神将，合称"三十六天罡"；道教又谓北斗丛星中有七十二个地煞星，每个地煞星也各有一个神将，合称"七十二地煞"。道士斋醮作法时，常召请三十六天罡与七十二地煞神将下凡驱魔，事见《道藏》三一三册《上清天枢院回车毕道正法》等。天罡又是丛辰名，

---

[1] 李贽：《焚书》卷3《忠义水浒传序》，中华书局1975年版，第109页。

为月内凶神，说见《海琼白真人语录》卷二《鹤林法语》等。这是由于"道教源于各种各样的民间信仰，而这些民间信仰的中心，是从古至今在中国人中有广泛影响的万物有灵论"[①]。其中的星辰崇拜古来虽一，但各地星神传说有殊，且互为影响，交错衍绎，实事有必然。因此，《水浒传》于"楔子"中将三十六天罡和七十二地煞写成浑身"魔气"的"神煞"，当是"驱魔神煞"说与"月内凶神"说在民间传说中的混合。然而，施耐庵实际强调的，则是三十六天罡和七十二地煞作为驱魔之"神煞"的一面，认为这是他们的本质属性，所以纵然在"楔子"中亦有"黑气散作百十道金光"之说，虽标目为"洪太尉误走妖魔"。因此，《水浒传》以三十六天罡和七十二地煞附会梁山一百零八将，不只真切地反映了宋代外敌凭陵，国政弛废，民众转思草泽的心理，且创作本旨亦寓焉，那就是要告诉人们：梁山一百零八将乃天罡地煞临凡殄灭奸邪的英豪，却反为奸邪逼上梁山沦为盗寇；谋求招安后满以为可以"统豺虎，御边幅"，不料又惨遭奸邪暗算，以致"煞曜罡星今已矣，谗臣贼相尚依然"，宋室国将不国。从而总结了北宋何以亡于金的历史教训，谱写了一曲令人热耳酸心的乱世忠义的悲歌。论者把这种"无恶不归朝廷，无美不归绿林"，说成是作者旨在"诲盗"或"弭盗"，皆只不过是据作品的两个不同方面的客观效果所作的臆断而已！

与《水浒传》这种对英雄人物生命历程的写法异曲而同工的，是《西游记》。

《西游记》似乎没有"敷陈大义，隐括全文"的"楔子"，实际上《西游记》与《水浒传》的写法如出一辙，只是专家学者没有注意而已。《西游记》的"楔子"，是第八回"我佛造经传极乐，观音奉旨上长安"。其

---

① ［日］窪德忠著，萧坤华译：《道教诸神》，四川人民出版社1989年版，第28页。

所以被置于第八回，原因是：宋元取经故事是以弘扬佛法为旨归的宗教文学，所以据《朴通事谚解》可知，已佚《西游记平话》开卷第一回是写佛祖说法灵山，最后一回是写唐僧诸人正果西天宝莲座下听经文，《西游记》的祖本当亦如是。则"我佛造经传极乐，观音奉旨上长安"原本就是《西游记》祖本的第一回，具有"敷陈大义，隐括全文"的"楔子"作用，明矣！《西游记》实际是孙悟空的个人英雄传奇，所以作者更动了传统的结构方式，把孙悟空"大闹天宫"提到全书的开端，并用了七回的篇幅将一个宗教故事改写为神话故事，又因元人杂剧有将"楔子"置于第一折之后并使之起过渡性作用的写法，所以《西游记》作者便仿之以施墨，亦明矣！

要之，《西游记》第八回与《水浒传》开卷"楔子"在思想和写法上"心有灵犀一点通"，确是不容置疑的事实。这集中反映在对英雄人物三段式生命历程的敷陈上。

该回写观音于途中剃度的第一个魔王，是个"獠牙撑剑刃，红发乱蓬松"的怪物。他就是后来正果西天成为金身罗汉的沙和尚。当时他正栖身流沙河，"在此间吃人无数"，其中便有"几次取经人"。不意撞着观音，他陈情道："我不是妖邪，我是灵霄殿下侍銮舆的卷帘大将。只因在蟠桃会上，失手打碎玻璃盏，玉帝把我打了八百，贬下界来，变得这模样。又教七日一次，将飞剑来穿我胸胁百余下方回，故此这般苦恼。没奈何，饥寒难忍，三二日间，出波涛寻一个人食用。"却原来他是个名列云班的天将，为妖是迫于无奈！

该回写观音于途中剃度的第二个魔王，是个"卷脏莲蓬吊搭嘴，耳如蒲扇显金睛"的丑八怪。他就是后来正果西天当了净坛使者的猪八戒。当时他正占了福陵山，想"捉个行人，肥腻腻的吃他家娘"！不意撞上观音，他诉苦道："我不是野豕，亦不是老彘，我本是天河里天蓬元帅。

只因带酒戏弄嫦娥，玉帝把我打了二千锤，贬下尘凡。一灵真性，竟来夺舍投胎，不期错了道路，投在个母猪胎里，变得这般模样。是我咬杀母猪，打死群彘，在此处占了山场，吃人度日。不期撞着菩萨，万望拔救，拔救。"却原来他是个品位甚高的神灵，虽被惩已身如畜类，而求善之心未泯！

该回写观音途经五行山曾特留残步看望了一个压在山下的猴王，就是那搅乱蟠桃会大闹天宫的齐天大圣。猴王不胜感激道："我已知悔了。但愿大慈悲指条门路，情愿修行。"观音闻得此言，满心欢喜，与他摩顶受戒，并委之以重任，令保唐僧取经，以求"法轮回转，皇图永固"，最后他果然正果西天成为斗战胜佛。那么，这猴王他最初是不是个妖怪呢？书中说得一清二楚：他是"仙山"花果山顶上的一块"仙石"孕"天真地秀，日精月华"而生的一个"天产石猴"。既然所秉皆"正"，又怎能是"魔"！然而，他有个天生不幸，那就是：形体是"猴"，而不是"人"。道教因受儒家封建等级观念的影响僵死地最讲究"人兽之界"，而灵霄殿又实乃尘间金銮殿在天国的投影，所以纵然他已练就"七十二般真功果，长生不老大法门"，可在灵霄殿上的君臣心目中，却依然是个不入品位的"地上妖仙"。玉帝始则封他为弼马温，继则又给他一个齐天大圣的空衔，这在满殿文武看来，已是"大慈大仁"。可他却"官封弼马心何足，名注齐天意未宁"，一心想凭自己的本事争得个与名列云班的仙卿们平起平坐的平等地位，而这一契合点在天庭既定宗法等级秩序中又是压根儿不存在的，于是他便愤而想取玉帝而代之，自己面南而坐。其结果当然是只能引起天上神佛共怒，以致为"我佛慈悲"的如来罪判无期徒刑压于五行山下。因此，他的所谓"知悔"，实际上是"知悔"不该高喊"皇帝轮流做，明年到我家"，而并非他那身上的"老孙派头"，只不过观音在起用他之后能束之戒之勉之谅之容之而已！

无孙悟空，唐僧到不了西天；无观音，孙悟空不能尽其器能。管仲从狱官手里被释放而提举出来，鲍叔由此而千百年来为人们传颂不已。观音未经如来许可而起用孙悟空于囚中，其胆识足可与鲍叔并驾！可见这第八回之体现作者创作本旨上的重要。

该回写观音在途中还曾救过一条孽龙，这就是后来正果西天封为"八部天龙"的玉龙。他本是西海龙王敖闰之子，因纵火烧了殿上明珠，其父表奏天庭，告了忤逆；玉帝把他吊在空中，打了三百，不日遭诛。观音将他救下，留作与取经人做个脚力。作为取经队伍的实际组织者和领导者，其周密如是，又怎能叫人不三呼"菩萨"！

要而言之，该回写观音于途中剃度的三个魔王和一条孽龙：玉龙固然本是条"神龙"，猪八戒与沙和尚本来也是两个名登仙谱的"天将"，纵然是被认为罪大恶极的"妖猴"孙悟空，亦是个孕"天真地秀"而生的"天产石猴"。孙悟空、猪八戒、沙和尚所以成为妖魔，或占山为王或据水为霸，或自封"齐天大圣"或以"吃人度日"，皆由于玉帝或恪守成法而"不会用人"，或过于严苛而滥施刑宪，以致如是。玉龙所以会被"告了忤逆"，"不日遭诛"，盖亦由于乃父西海龙王敖闰之不慈，玉帝之喜"以理杀人"。他们一旦为观音量才录用，莫不各尽其能，各操其守，皆在以造福生灵造福社稷为宗旨的取经事业中以自己的功德正果西天。一言以蔽之，玉帝将"神"变成"魔"，观音将"魔"变成"神"，成了作者笔端英雄人物的《水浒传》和《西游记》的英雄人物三段式生命历程。

平话《西游记》和杂剧《西游记》皆言孙悟空是"老猴精"，既好色而又吃人成性。平话说朱八戒是土生土长的"黑猪精"，杂剧说猪八戒是私自下凡的"摩利支天部下御车将军"。平话如何写沙和尚被谪流沙河，又如何写玉龙问罪当斩，已无从知晓；杂剧说沙和尚被谪流沙河是由于他"带酒思凡"，说玉龙法当斩罪是由于他"行雨差迟"。还有，平话和杂剧写猪八戒与沙和尚的皈依佛门，亦并非观音与之剃度。凡此，也大致反映了元代取经故事中唐僧四位弟子的来历。

两相对照，问题就分外清楚：平话和杂剧是既歌颂了玉帝，又歌颂了观音；小说却无美不归观音，无恶不归玉帝。而此乃作者的匠心独运。

显而易见，《西游记》的这种"无美不归观音，无恶不归玉帝"与《水浒传》的"无美不归绿林，无恶不归朝廷"在思想上是一脉相承的，皆旨在说明：面对梁山好汉和孙悟空式的英雄人物，设"弃置此等辈有才有胆有识之者而不录，又从而弥缝禁锢之，以为必乱天下，则虽欲不作贼，其势自不可尔"，设"用之为虎臣武将，则阃外之事可得专之，朝廷自然无四顾之忧矣。"① 因此，就"出世"与"入世"来说，两位作者都是儒家的用世；就思想组成来说，都深层地反映了一种江湖文化与儒家文化的碰撞和融汇，而释道二教思想对作者价值观念的影响则是浅层次的；就思想性质来说，《水浒传》既非叛逆文学，《西游记》亦非宗教文学，两部作品皆依然是属于讽喻文学的范畴。因而，它们施于点示英雄人物三段式生命历程的笔墨："神"→外"魔"而内"神"→"神"，显然是种借神道以设教的讽喻方式，个中包蕴着作者的愤懑和憧憬，切不可被瞒蔽了去，以为是在宣扬释道二教的宗教思想。当然，假若说没有"三世生命观"，恐怕就不会有《水浒传》和《西游记》的这种神道描写，这一宗教思维对创作艺术表现方法拓展之功不可没，那是完全正确的。

这种借神道，说人道，从叙事学上说，是种"神道设教"，其哲学

---

① 李贽：《焚书》卷 4《因记往事》，中华书局 1975 年版，第 156—157 页。

基础当是中华文化的"天人合一"说。

三、文化特点：借"神境"，说"人间"

《水浒传》和《西游记》写英雄人物三段式生命历程，主要是写他们的"今世"生命历程，其"前世"和"来世"生命历程在作者笔端只是个点到为止的"序曲"和"尾声"。书中英雄人物的内"神"而外"魔"的性情，正是对现实生活中草泽忠良立身处世的写真。那以宋江为首的梁山好汉固然是绿林豪客，以孙悟空为首的唐僧弟子实际上又何尝不是江湖节侠！因此，他们的价值观念使他们的行止，不只常有悖于儒家的世俗伦理道德，而且常有违于释道的宗教伦理道德，是为江湖文化与儒释道三教文化的碰撞。于是，小说作者作为创作的主体，便借助于神佛的名义和意志，并直接以"神谕"的方式，一则以匡范英雄人物的人生道路，一则以为英雄人物的公义观念作辩护，一则以褒扬英雄人物的立功立德众志成城，从而喻示自己的创作本旨。这种神道描写的方式和作用，它在明清长篇小说创作中具有普遍性，其中"忠义"类的作品尤其如此，甚至可以说是明清长篇小说创作中具有规律性的叙事特点，而长期以来却被专家学者们视为宣扬宗教迷信的糟粕，所以不可不略予陈说。

其一，借"神谕"以匡范英雄人物的人生道路：这实际上反映了作者期望绿林豪杰出来匡扶社稷，而统治者亦能尽其器能。

《水浒传》作者对梁山好汉人生道路的匡正，主要有三次。一是，隐喻式的，亦即前面提到的"楔子"中所谓"一道黑气"，"散作百十道金光"，实际上这是作者在为梁山好汉们未来的人生道路铺设总的轨道。二是，面谕式的，亦即第四十二回"还道村受三卷天书，宋公明遇九天玄女"，写九天玄女面谕宋江："宋星主，传汝三卷天书，汝可替天行道：为主全忠仗义，为臣辅国安民。去邪归正。他日功成果满，作为上卿。"何谓"还道村"？显然它是与宋江上山前酒后曾题"反诗"于浔阳楼相对而言的，其诗有云："他时若遂凌云志，敢笑黄巢不丈夫。"足见，实际上这是作者在为初上山的宋江设计今后的人生道路。三是，天示式的，亦即第七十一回"忠义堂石碣受天文，梁山泊英雄排座次"，写天降镌有天文的石碣："侧首一边是'替天行道'四字，一边是'忠义双全'四字。顶上皆有星辰南北二斗，……前面有天书三十六行，皆是天罡星。背后也有天书七十二行，皆是地煞星。下面注着众义士的姓名。"那金圣叹说这是宋江和吴用合谋搞的鬼，哄骗众好汉的。实际上这是作者在梁山兵强马壮之时，借"天"的名义和意志晓谕身为梁山好汉的他们应走的人生道路。要指出的是，这种以神道描写匡范梁山好汉的人生道路，并非始于施耐庵，早在《宣和遗事》中就是如此，而且在不足四千字的短短篇幅里两见：一曰宋江上山前得九天玄女天书，书未有一行字写道："天书付天罡院三十六员猛将，使'呼保义'宋江为帅，广行忠义，殄灭奸邪。"一曰宋江上山后，吴加亮向宋江说："是哥哥晁盖临终时分道与我：'从政和年间朝东岳烧香，得一梦，见寨上会中合得三十六数。若果应数，须是助行忠义，卫护国家。'"把"聚义厅"改为"忠义堂"，将"替天行道"杏黄旗插上梁山，其始作俑者也不是施耐庵，元人水浒故事早就如此。例如无名氏《争报恩三虎下山》杂剧便明确无误地写道："忠义堂高搠杏黄旗，一面上写道：'替天行道宋公明。'"骂施耐庵"搞修正主义，宣扬投降"，实在冤枉了这位天才作家。他的《水浒传》只不过是继承并发展了南宋以来水浒故事的忠义思想而已，而这一忠义思想又正反映了北宋末年以来，民族矛盾和阶级矛盾犬牙交错下的华夏民族的民众心理，正可把它看作是特定历史时期的华夏民族的民众心史。

《西游记》作者对孙悟空人生道路的匡正，也主要是三次。一次见于第二回"悟彻菩提真妙理，断魔归本合元神"，写菩提祖师逐走孙悟空时叮嘱道："你这去，定生不良。凭你怎么惹祸行凶，却不许说是我的徒弟。""定生不良"云云，当指孙悟空后来的以为"强者为尊该让我"，竟然"要夺玉皇上帝尊位"。盖作者对花果山时期的孙悟空是欣赏，而欣赏并不等于完全肯定。欣赏他天不拘兮地不羁的秉性，压乎群类的胆气，励学求知练就的"七十二般真功果，长生不老大法门"，以及不甘雌伏于天庭宗法等级秩序的傲骨；但一见他"因在凡间嫌地窄，立心端要住瑶天"，想面南而坐灵霄殿，却连连摇头，忙说不可如此，不可如此。因此，菩提祖师对其入室弟子孙悟空的这一严厉告诫，实反映了作者从否定性的一面在谈孙悟空的人生道路问题。还有两次是从肯定性的一面谈的。一次见于第八回"我佛造经传极乐，观音奉旨上长安"，写观音见孙悟空说"但愿大慈悲指条门路，情愿修行"便满心欢喜道："你既有此心，待我到了东土大唐国寻一个取经的人来，教他救你。你可跟他做个徒弟，秉教伽持，入我佛门，再修正果。"一次见于第十五回"蛇盘山诸神暗佑，鹰愁涧意马收缰"，写具有大无畏精神的孙悟空，当他头戴紧箍认真踏上征程时却临事而惧，观音道："你当年未成人道，且肯尽心修悟；你今日脱了天灾，怎么倒生懒惰？我门中以寂灭成真，须是要信心正果；假若到了那伤身苦磨之处，我许你叫天天应，叫地地灵。十分再到那难脱之际，我也亲来救你。"说罢，又将三个杨柳叶变作三根救命的毫毛赠与孙悟空，教他："若到那无济无主的时节，可以随机应变，救得你急苦之灾。"真是惠诲谆谆，有逾骨肉，是开导，也有承诺。自此，孙悟空一心为"法轮回转，皇图永固"而一路荡妖灭怪保唐僧取经。事实上作者真正歌颂的也是作为斗战胜佛的孙行者，并非作为齐天大圣的美猴王！

其二，借"神谕"以充当英雄人物的公义观念的辩护士：这实际上反映了江湖文化和儒释道三教文化的碰撞和融汇，以及儒家的世俗伦理道德和释道的宗教伦理道德在作者笔端的江湖化。

中国封建社会精神领域中充当至高主宰的，基本上是儒家思想。一方面是"三纲五常"借助于政权实力而成为国人不二的教义，一方面是释道二教又借助于神权的威力从而使之神圣化，这就是唐宋以来所谓"三教合一"的基本特征。

释道二教有自己的戒律，亦即行为规范和善行标准。佛教的基本戒律是"五戒"，内容是：不杀生，不偷盗，不邪淫，不妄语，不饮酒。道教"老君一百八十戒"吸取了佛教"五戒"的内容，定为：不得杀生，不得荤酒，不得口是心非，不得偷盗，不得邪淫。佛教戒律的这一"五不"，实际是从否定方面说"五善"，若从肯定方面谈问题当是"五要"：要放生，要布施，要恭敬，要实言，要和合。① 显然，佛教的这类教义在培养人性向善方面，有其不容否认的积极性的作用，特别是被称为佛教宗教道德之精髓的众生平等，皆可成佛，大慈大悲，忍辱无净。但是，当恶魔已张开血盆大口而犹鼓吹以劝"善"去惩"恶"，要人导之以"天堂"，诚之以"地狱"，其结果只能是令"恶"成为恶者的"通行证"，令"善"成为善者的"墓志铭"！

《水浒传》和《西游记》的作者，其可贵之处是：尽管仍被儒释道三教思想噩梦般地缠住头脑，但清醒间已能看出一些问题，于是便以神道描写为护身符，去对它们进行某种"内部批判"。

施耐庵写梁山好汉落草为寇的原因是："仗义疏财归水泊，报仇雪

---

① 吕大吉：《人道与神道》，上海人民出版社 1991 年版，第 201 页。

恨上梁山。"因而，梁山好汉从不讲"恕道"。其积极的一面是：他们认为锄恶即是行善，而且是最大的行善，与乡愿思想了无共同之点。因此，他们的"替天行道"，亦并不以劫富济贫为己任，而是以"打尽不平见太平"为己务。其消极的一面是：他们的强烈复仇心理，成了滋生"斩草除根"思想与盲动行为的温床。因此，他们不只好以灭绝仇家一门老幼为快，甚至杀得兴起时对无辜者"排头砍去"亦不以为是恶。这两个方面，都使他们迥然有违于儒家的"仁者爱人"和释道二教的"慈悲为怀"，亦使他们有异于太史公所歌颂的笔端游侠。这是一。施耐庵写宋江接受招安以前的思想和品性是："忠为君王恨贼臣，义连兄弟暂安身。"他不只以肯定的笔墨描写了宋江为营救身陷缧绁的"兄弟"而"三打祝家庄"和"攻克大名府"等一系列军事行动，认为这是宋江的"仗义"，而且以同样肯定的笔墨描写了宋江作为谋求招安的一种手段而"两赢童贯"和"三败高俅"等击溃朝廷发来的兵马，认为这是宋江的"全忠"。这种将居于五伦之首的君臣关系的"忠"几与居于五伦之末的朋友关系的"义"相提并论，实际上也就削弱了"君臣之义"在五伦关系中凌驾于一切之上的神圣地位。这是二。施耐庵在写梁山好汉"八方共域，异姓一家"时，还曾以浓墨重彩描写了三个出家人，那就是道士公孙胜、和尚鲁智深、行者武松。可他们的思想和行为与梁山其他好汉却彼此彼此，也"饮酒"，也"偷盗"，也"杀生"；而且，论酒兴之浓，杀兴之高，在梁山好汉中堪与李逵相伯仲者，亦唯武松和鲁智深而已。但施氏却对他们赏爱有加，让他们皆位列三十六天罡。这是三。凡此说明：梁山好汉们的公义观念和立身之道，莫不深深打着绿林哲学的思想印记。

施耐庵借"神谕"和"圣谕"屡屡为自己笔端的英雄人物作辩护。施氏曾以"神谕"和"圣谕"的方式匡范梁山好汉的人生道路，实际上这一匡范已把梁山人马定性为忠义之士啸聚山林，一也。其中九天玄女的"面谕"特别重要，因为它要宋江上山后"为主全忠仗义"，实际上也就又给了宋江一张"三打祝家庄"等和"两赢童贯"等一为"仗义"而一为"全忠"两类用兵的护身符，二也。施氏意犹未足，又借宋徽宗御笔亲书的"圣谕"为梁山好汉的啸聚作结："切念宋江、卢俊义等，素怀忠义，不施暴虐。归顺之心已久，报效之志凛然。虽犯罪恶，各有所由"①，三也。施氏意仍未足，复让五台山高僧鲁智深之师智真长老与宋江道："常有高僧到此，亦曾闲论世事循环。久闻将军替天行道，忠义于主，深知众将义气为重。吾弟子智深跟着将军，岂有差错"，四也。凡此，则梁山好汉的公义观念和立身之道，可谓"上合天心，下合地理，中合人和"！而这，正反映了施耐庵是以"忠义人"的襟怀在说两宋之际的"忠义人"之事。这一点，笔者在拙著《中国四大古典小说论稿》中已作专节论说，兹不赘。

孙悟空虽是齐天大圣和斗战胜佛，可就其公义观念和立身之道来说，却简直可以认之为梁山好汉中的一员。首先，孙悟空保唐僧取经虽以"法轮回转，皇图永固"为宗旨，但在对"君臣之义"的态度上，却不同于唐僧。唐僧的君臣观念是颇为浓厚的，反映为他不仅叩拜过唐太宗，而且对沿途诸国的国王亦极恭敬。孙悟空的君臣观念却比较淡薄，反映为他不仅对沿途诸国的国王傲不为礼，甚至还请朱紫国国王吃"马尿"，而且从来没有拜玉皇大帝，甚至屡萌回花果山之念。由此可见，如果说，唐僧的君臣观念类似宋江，那么，孙悟空的君臣观念则类似鲁智深。其次，唐僧奉旨西行，一则要一心秉善为僧，二则想沿途劝善，这就决定了他认为"劝善"即是"惩恶"，并使之成为自己的公义观念

---

① 中国古代小说戏曲中，但凡作者以肯定笔墨写的"圣谕"，皆与"神谕"无异，因有"君权神授"之说，皇帝称为"天子"。

和立身之道，因而只要他以为孙悟空打死的是人，便一次次咒念紧箍。孙悟空保唐僧在路，一则为保唐僧性命以报答"救命之恩"，二则要荡妖灭怪以"专治人间灾害"，这就决定了他认为"惩恶"即是"劝善"，因而见到妖怪就打，一任唐僧咒念紧箍而依然我行我素。这一矛盾冲突的结果，是唐僧成为旃檀功德佛之日，就是他认同孙悟空的公义观念和立身之道之时。显而易见，孙悟空与鲁智深这两个释门弟子，他们在公义观念和立身之道上堪称是难兄难弟。再次，毋庸为贤者讳，孙悟空也的确有恃强斗胜、引祸招灾，以及嫉恶过甚、轻易伤生的地方，并非过错全在唐僧。比如，论"偷技"之高和自得之甚，恐地贼星时迁亦难与之并驾，他在五庄观就曾对当方土地自我炫耀说："老孙是盖天下有名的贼头。"结果呢？不只窃了人家的人参果，还蛮不讲理地推倒了人家的人参树，招致了唐僧八十一难中的两难！比如，他"神狂"时，不止两次横扫草寇、一次打死无数猎人，还曾令猪八戒与沙和尚将百花羞公主与黄袍老怪生的两个孩子从云头上摔下。这种残杀孩童的行径，恐只有天杀星李逵敢与之同驱！切莫无视书中这类细节，它最能反映出孙悟空身上的某种流氓无产者的烙印。凡此说明：与其说孙悟空是个释门弟子，毋宁说孙悟空是个江湖节侠。

不同于《水浒传》之以绿林豪客作题材，《西游记》是部以取经故事为题材的作品，孙悟空又是圣僧唐僧的掌门弟子。那么，作者又是怎么为孙悟空这种与释氏教义大相径庭的公义观念和立身之道作辩解的呢？答曰：借观音和如来的"佛谕"，真所谓解铃还需系铃人。其先也，则有观音对孙悟空肯定前提下的劝说："似你有无量神通，何苦打杀许多草寇！草寇虽是不良，到底是个人身，不该打死。比那妖禽怪兽、鬼魅精魔不同。那个打死，是你的功绩；这人身打死，还是你的不仁。"其后也，则有如来对孙悟空一路所作所为的总体性定评："喜汝隐恶扬善，在途中炼魔降怪有功，全终全始，加升大职正果，汝为斗战胜佛。"这就难怪陈元之《序》说作者"意近跅弛滑稽之雄"。因为孙悟空的"途中炼魔降怪"，并非与释门核心教义相依的将妖魔押入地狱，而是与释门核心教义相违的一见妖魔举棒就打，是故作者所称颂的这位斗战胜佛，实乃释门之异端！

其三，借"神谕"以暗示作品的创作本旨，而这蕴有作者的难言之隐。

《水浒传》神秘色彩最浓的，莫过于开卷"楔子"和煞尾一回。"楔子"主要叙"天罡星合当出世"，"宋朝必显忠良"。煞尾一回主要写"败国奸臣"跋扈朝纲，以药酒鸩死宋江；宋江与众已亡兄弟以忠义相守于泉下，显灵士庶；天帝哀怜宋江等忠义，封之为"梁山泊都土地"。两相对照，则施耐庵的创作本旨不言自明：谓北宋所以亡于金，南宋所以亡于元，并非由于我中原无人，而由于败国奸臣为非有路，忠义之士报国无门。假若删去明人所加的"征辽"、"征田虎"、"征王庆"，则施耐庵这一创作本旨就更显豁。李贽《忠义水浒传序》云："《水浒传》者，发愤之所作也。……施、罗二公身在元，心在宋；虽生元日，实愤宋事。"[1]真可谓目光如炬，一语中的。

《西游记》最后两回反复谈"有字真经"与"无字真经"问题。如来说"有字的"是"真经"，"无字的"也是"真经"，这当然有可能是解嘲。可燃灯古佛也如是说。原来孙悟空保唐僧西行取经过程，就是他一路炼魔降怪、"专治人间灾害"的过程，就是他扫荡妖尘、澄清玉宇的过程。既然如此，那么，他们取经的过程，当然也就是他们获得"真经"的过程。这就是说，所谓"有字真经"就是一部《西游记》；所谓"无字真经"

---

① 李贽：《焚书》卷3《忠义水浒传序》，中华书局1975年版，第109页。

就是要读者于无字处识得的作品创作本旨，亦即灵山不在西天，"灵山就在我心头"，灵山就在孙悟空的金箍棒上。可孙悟空在灵霄宝殿辖下时，玉帝却驱之使为魔！是故《西游记》者，亦发愤之所作也。盖作者所愤者，山林有孙悟空而朝廷无观音也。

一言以蔽之，西方古代长篇小说作者，他们感到有重要话需说时，好中断情节发议论；中国古代长篇小说作者，他们感到有重要话需说时，喜附会神灵演双簧。假若我们一见"神谕"，便或认为作者在宣扬宗教思想，或不从一部大书全局去把握而在浅层面上谈一些显而易见的问题，岂不辜负了作者匠心？

四、叙事功能：神谕圣谕乃作者自谕

一部作品中的神道描写，是否在宣扬宗教思想，不决定于它是否满纸神鬼出没，而决定于作者的以其人生观、价值观、认识观为内驱力的审美情感、审美理想、审美心理定式如何。

《水浒传》作者和《西游记》作者的人生观、价值观、认识观，是种以释道二教思想为肤、以江湖文化为肌、以儒家治平之志为骨的奇妙融汇，因而他们的审美情感、审美理想、审美心理定式也就决定了他们对神道采取"拿来主义"的变通态度，从而使之在作品的叙事结构中起其应起的作用。假若不知道这一点，或不善于从作品的总体格局和作者的创作本旨去把握它，那么，势必导致郢书燕说。

其一，与《水浒传》和《西游记》的英雄人物三段式生命历程相对应的是，两部作品有一共同的三段式情境结构格局，即"神境→人境→神境"，并以神灵之出没于"人境"而作为"神境"在"人境"中的隐形显现。但因作者审美情感、审美理想、审美心理定式的同中有异，融贯于二书这三段式情境结构格局中的思想意蕴却不尽相同。

论及《水浒传》开卷"楔子"中的"神境"，不可不一说"洪太尉误走妖魔"的"误"。天罡地煞说来真教人为之不平，人们平居无事时都把他们当作少惹为妙的凶神而使之蒙受冷落，一旦家宅不宁时又请道士作法把他们召来为之除祟降魔。所以，他们不显灵于人们家门之"盛"，只显灵于人们家门之"衰"。这一特点反映入《水浒传》"楔子"，就是：当宋室处于蒸蒸日上时，他们被张天师当作妖魔困禁于地穴；当宋室由盛转衰时，他们又被洪太尉误释出来殄灭奸邪于人间。然而洪太尉打开地穴的本意却不在此，而在一显自己的权威，所以作者将他放走三十六天罡、七十二地煞让他们下凡历劫称之为"误"。一则由于殄灭邪祟乃天罡地煞的本性，二则由于九天玄女和天帝的屡屡垂示，所以其后身宋江等一百八人虽反为宋室之"四凶"高俅等逼成盗寇，却犹念念不忘"替天行道"于梁山，并且一意招安，专图报国。君不见，宋江军马浩浩荡荡朝京在路："前面打着两面红旗，一面上书'顺天'二字，一面上书'护国'二字。"这何其威风！"顺天"乃为了"护国"，又何其堂堂！然而，如此忠义之士，如此千古良将，却未能实现其素志"统豺虎，御边幅""平虏保民安国"；只落个"神聚蓼儿洼"，蒙"天帝"哀怜彼等忠义，"封为梁山泊都土地"！这种果报，这种"千古蓼洼埋玉地，落花啼鸟总关愁"下的"神境"描写，与其说是施耐庵用以麻醉他人精神的鸦片烟，毋宁说是施耐庵于痛定思痛时自我服下的一粒镇痛丸。

明人袁于令《西游记题词》云："文不幻不文，幻不极不幻。是知天下极幻之事，乃极真之事；极幻之理，乃极真之理。"此真可谓深得《西游记》叙事艺术个中三昧之言。书中第一回至第七回，以及具有全书"楔子"作用的第八回，写的是"神境"。这是儒释道三教的统治层在天国的投影。它写出玉帝是宗法等级秩序的化身和最高执法者，其两旁的仙卿尽皆是些只解打躬作揖的道学之士，其属下的天兵天将亦只知以奉旨征讨为能，俱无个人的独立人格可言，以致见孙悟空"不知朝礼"，莫不"大惊失色"，连呼"该死"。它写出兜率宫里的太上老君，只知与炼丹服食相依为命，全不以普济苍生为念，是个拔一毛以利天下而不为的人，却与玉帝联络有亲，不是跑去"帮闲"，就是跑去"帮忙"，甚至将孙悟空关进他的八卦炉，想以文武火使之化为灰烬。它写出平素主张佛法平等、慈悲为怀的如来，却也与玉帝联络有亲，一见玉帝有难便赶忙跑去救驾，以欺骗的法子将打上灵霄殿的孙悟空镇压于五行山下。书中第九回至九十七回，主要写"人境"。这是尘世所以成为"苦海"的写真。它写出这里有土生土长的妖魔，他们或以人肉为餐，或蛊惑国王祸国殃民，其中的神通广大者还会博得神佛的赏识而被收作部下。它写出这里还有比土生土长的妖魔凶恶十倍的天上下来的妖魔，他们可以成千成万吃人，却不会受到任何果报，一旦被主人知道收上天去，依然可在宝莲座下听经文。它还写出这里经常蒙受神佛的严惩，天上下来的妖魔可以随意吃人和淫人妻女，佛祖只对他们讲慈悲，道祖只对他们讲仁慈，玉帝只对他们讲恕道，因为他们莫不与神佛有亲；要是凡夫俗子触犯了神灵，那是要遭受果报的，而且是"现世报"，甚至对他们一罚就是让全郡三年不下雨！凡此，皆是为了写出孙悟空一路荡妖灭怪之不易，"专治人间灾害"之难能，以"惩恶"作为"劝善"的路线之可嘉。书中的最后三回，又回复到以写"神境"为主。它一则借佛祖如来之口，肯定了孙悟空一路棒打妖魔的正义性：因为孙悟空的以"惩恶"作为"劝善"的思想路线与释门"五戒"第一戒"不杀生"是背道而驰的，乃为了打鬼而借助钟馗。二则通过如来纵容阿傩和伽叶向取经人勒索"人事"，讥弹了所谓"我佛造经传极乐"却原来也是想以"经"换"金"，从而表露了作者对世态的揶揄和对佛教的不恭。三则与开卷之"神境"描写相对照，从中肯定了佛教关于众生平等、皆可成佛的教义，再次表露了作者对玉帝坚守的等级秩序的不满。四则如上所说，亦旨在借孙悟空的加升为斗战胜佛，暗示"真经"即是孙悟空保唐僧取经过程，"灵山"就在孙悟空的金箍棒上：作者所列唐僧取得经目何以甚为荒唐，我以为答案亦即在此。

不难看出，《水浒传》和《西游记》虽则同以"神境→人境→神境"作为自己叙事结构的三段式构架，但其所包蕴的思想却同中有异，其最大的相异点在于：《水浒传》的批判矛头直指向朝廷的黑暗和腐败，而《西游记》的批判矛头已指向封建宗法的思想和制度的弊端。论原因，是在于：《西游记》是部建筑在个性心灵解放基础上的文学作品，而《水浒传》却不是，这从作者借宋江之口以"仁义礼智信，五常具备"说"雁德"可知。

其二，《水浒传》和《西游记》对英雄人物三段式生命历程的写法，这当然是属于佛教三世生命观的范畴，但在安置英雄人物的内部关系时，却一个借助于属于儒家思想范畴的天命论，一个借助于属于道教思想范畴的五行说。

《水浒传》写梁山好汉，是"八方共域，异姓一家"，彼此"交情浑似股肱，义气如同骨肉"。然而，一人有一人的性情，一人有一人的志趣爱好，一人有一人的生活习惯。况且，有的原是朝廷命官，有的本是江湖亡命，有的出身龙子龙孙，有的出身极为微贱。梁山一百单八条汉子最后座次如何排法，这不能不是个大问题，它关系到彼此能否死生同守岁寒心！谅施耐庵心亦知此，所以来个"忠义堂石碣受天文，梁山泊英雄排座次"！以"堂堂一卷天文字，付与诸公仔细看。"说白了便是：他用神道设教之法使梁山好汉们的辞让之心殊途同归于替天行道的杏黄旗下，而导之以"忠"，齐之以"义"，守之以"礼"。

与梁山好汉总是那么唇齿相依而齿又从未擦唇不同，唐僧师徒间却是个时而和睦、时而不睦的取经小家族。算上白马，唐僧师徒正好五人，其内部关系又如此，假若以五行相生相克说之，真可谓是既形象而又符合实际。况且，不说别的，仅回目中便以"金"或"金公"三次指孙悟空；以"木"或"木母"十次指猪八戒；以"土"或"刀圭"三次指沙和尚。还有，书中写唐僧屡言其自出娘胎遭水难，显然是以"水"附会唐僧；书中又谓小白龙之为玉帝问罪当诛是由于"纵火烧了殿上明珠"，亦显然是以"火"附会白龙马。凡此，皆可用作作者是有意以五行说比附唐僧师徒关系之明证。然而，亦只是种外在的比附而已。假若以为是旨在"寓五行生克之理，玄门修炼之道"，那就过犹不及。何以言之？盖道教的五行说，以五行、五方、天干相配，谓东方甲乙木，南方丙丁火，中央戊己土，西方庚辛金，北方壬癸水，五方以"中"为尊，五行以"土"为尚。因此就师徒关系论之，当以"土"附会唐僧；就人物在作品中地位之重要论之，当以"土"附会孙悟空。然而，作者皆不，却以"土"附会沙和尚。原因何在呢？就在于"土"性"和"。假若以"土"附会唐僧或孙悟空，也就没有了孙悟空、猪八戒、唐僧三人之间的矛盾纠葛，也就没有了作品情节中令人忍俊不禁的喜剧效应。所以，作者便以"土"去附会沙和尚，将他塑造成一个唯法是求、唯师是尊、唯和是贵、唯正是尚的人物，让他不只以自己的智慧和才干全力地卫护着唐僧西行求法，而且以自己的一片丹心和处事不温不火维系着取经群体的内部团结，成为这一取经群体的另一种精神脊梁而与横扫妖魔的孙悟空相匹。足见，作者对所谓五行说的运用，是变通的。不知道这一点，也就失去了唐僧师徒间的关系，又怎可不慎！

其三，《水浒传》和《西游记》还或以"偈子"作为情节发展的伏脉，或以菩萨出没沟通"人境"和"神境"，从而严密作品叙事结构的针线。

《水浒传》的"偈子"有两类，它对我们了解施耐庵原作的大致面貌很重要。一类是九天玄女赠给宋江的。事见容本第四十二回，道是："遇宿重重喜，逢高不是凶，北幽南至睦，两处见奇功。""遇宿"，伏宋江闹西岳华山遇宿太尉。"逢高"，伏宋江三败高俅并将其捉上梁山。"幽"，伏宋江破辽于幽州。"睦"，伏宋江擒方腊于睦州。杨本增加了"征田虎"和"征王庆"，所以将后两句改为"外夷及内寇，几处见奇功。"金本腰斩《水浒传》，所以一斧砍去了这首"偈子"，并与此处对前引九天玄女的"法旨"加了一条批语，道是："只因此等语，遂为后人续貂之地。殊不知此等悉是宋江权术，不是一部提纲也。"该书又不是宋江的自传，怎么施耐庵笔端的九天玄女的"法旨"，成了宋江玩弄的"权术"，而且"悉是"！所以，倒令人从这条批语的反面看出九天玄女的这一"法旨"和"偈子"，的确是《水浒传》"一部提纲"。那么，容本的"北幽南至睦，两处见奇功"会不会是对施耐庵原著的改易呢？另一类"偈子"似可为我们提供一个比较正确的答案。这就是伏鲁智深一生命运的先后两个"偈子"，而这两个"偈子"皆是他的师父"活佛"智真长老所占。一见于第五回，写鲁智深告别师父时，智真长老赠偈云："遇林而起，遇山而富，遇水而兴，遇江而止。"一见于第九十回写鲁智深重见师父时，智真长老赠偈云："逢夏而擒，遇腊而执。听潮而圆，见信而寂。"前一个"偈子"，说的是鲁智深由京都遇林冲而落草二龙山，而同归水泊，而止于宋江旗下。后一个"偈子"，说的是鲁智深由活捉夏侯成而生擒方腊，而闻潮信坐化于六和寺。两个"偈子"，容本如是云，杨本亦如是云。则鲁智深一生无征辽事，明矣！还有，容本第九十回"五台山宋江参禅，双林渡燕青射雁"，具有承上启下作用，承宋江征辽，启宋江征方腊。然而，当宋江等人参见智真长老时，这位关心国祚民瘼的高僧，劈头一句却是："徒弟一去数年，杀人放火不易。"宋江赶忙为鲁智深解释："智深和尚与宋江做兄弟时，虽是杀人放火，忠心不害良善，善心常在。"智真长老答的也是："久闻将军替天行道，忠义于心，深知众将义气为重。吾弟子智深跟着将军，岂有差错。"要之，说来说去，都是啸聚梁山的事情。其间，宋江虽有"今因奉诏破辽到此，得以拜见堂头和尚"一语，但智真长老却始终无一言涉及宋江的平辽之捷。则"今因奉诏破辽到此"之言显系容本所后加，该回原属招安与征方腊之间的过渡回①，亦明矣！凡此，似皆可为施氏原著无征辽作一证。② 于此，亦可看出施氏之好以"偈子"作情节发展的伏脉确是其一长，因为他能使之起到提纲挈领的作用而一切又显得那么水到渠成。

　　不同于《水浒传》的"群山万壑赴荆门"的总体艺术结构形态，《西游记》的总体艺术结构形态是短篇结成的长篇。这一总体艺术构思，决定了作者精心考虑的不是如何设置伏脉，而是如何设置贯穿线。其匠心独运之一，就落在观音这一形象上。观音和孙悟空的关系，是《西游记》思想与艺术精髓之所在，而向来为研究者所忽略的，却正是这一点。从思想意义上说，观音和孙悟空都是作者幻想中的自我：当他呼唤"千里马"，则幻想中出现了孙悟空；当他呼唤"伯乐"，则幻想中出现了观音。从叙事结构上说，观音和孙悟空一虚一实相辅相成，形成了作

---

　　①　龚开《宋江三十六赞》与《宣和遗事》皆谓梁山泊在太行山。《水浒传》写宋江自郓城发配至江州经过梁山，则梁山当在开封以北；写戴宗自江州赴京都送信路经梁山，则梁山当在开封以南；写宋江神聚楚州蓼儿洼封梁山泊都土地，楚州即今江苏连云港，则梁山当在开封以东；写梁山有宛子城，宛子城在太行山，为北宋末年"忠义八字军"抗金根据地之一，则梁山当在开封以西。梁山泊如此忽南忽北忽东忽西，亦增加了施耐庵于宋江受招安和征方腊之间插入宋江五台山参禅的可能性。

　　②　鲁迅《中国小说史略》云：施耐庵原著当"以平方腊接招安之后，如《宣和遗事》所记者，于事理始为密合，然而证信尚缺，未能定也。"

品的情节贯穿线！这在取经部分尤其如此。孙悟空作为取经队伍中的一员，他的主要活动是在"人境"，但又经常到天上查找妖怪的来历，这就使他成为勾连"人境"和"神境"的银梭。观音作为取经队伍的实际组织者和领导者，这已使她成为架于"神境"和"人境"的金桥；作为修行于落伽山的救苦救难菩萨，哪儿有孙悟空克服不了的困难，哪儿就出现了观音，这就又使她成为勾连"神境"和"人境"的金针。一个从"人境"勾连"神境"，一个从"神境"勾连"人境"，这就是作者对孙悟空和观音这两个形象在作品艺术结构中的相对分工。因此，二者有个契合点，那就是观音赠予孙悟空的"三根救命毫毛"，说明观音虽身在落伽山，但取经队伍中却有她的身影。那金圣叹却不明此理，说什么"《水浒传》不说鬼神怪异之事，是他气力过人处。《西游记》每到弄不来时，便是南海观音救了"①。这不只反映了他对《水浒传》过于偏爱，也反映了他对《西游记》缺乏认真研究，但却从反面道出了观音形象在作品叙事结构中的情节贯穿线作用。

要指出的应是：《水浒传》借"偈子"或神灵穿插以严密作品的叙事结构，这种严密是表层的，有之则眉目更为清楚，删之亦无损作品筋骨。《西游记》作者借观音出没以严密作品的叙事结构，这种严密是深层的，不可更易的，易之则作品形损神销矣。

五、文化心态："放眼古今，拿来主义"

《水浒传》和《西游记》中都有不同程度的"神道描写"，但反映出作者对"神道"并非"至心朝礼"，而是持一种"拿来主义"的变通态度。

① 《金圣叹全集》（一），江苏古籍出版社1985年版，第18页。

究其实，是在穿着释道二教的服饰，演出他们自己的治平思想的历史新场面，从而表露了对现实的强烈不满，将批判矛头直指朝廷。然而，从作品总体思想性质来说，虽包蕴着江湖文化小传统与儒释道三教文化大传统的碰撞与融汇，可形成的形态却是以释道思想为肤、以绿林思想为肌、以儒家思想为骨，依然是属于讽喻文学范畴，仍然是在为封建王朝开疗救药方。所以，我称作者笔端的这类"神道描写"为"神道设教"。这种"神道设教"，虽可能与作者的某种宗教意识有关，但决不意味着他对宗教神学的笃信。荀子是个著名的唯物主义无神论者，可他就主张借"神道设教"以教化士庶，事见《荀子·礼论》。其文云："祭者，志意思慕之情也，忠信爱敬之至矣，礼节文貌之盛矣。苟非圣人，莫之能知矣。圣人明知之，士君子安行之，官人以为守，百姓以成俗。其在君子，以为人道也；其在百姓，以为鬼事也。"王充也是如此，他在《论衡·祭意篇》中就认为："凡祭祀之义有二：一曰报功，二曰修先。报功以勉力，修先以崇恩。……推人事鬼神，缘生事死，人有赏功供养之道，故有报恩祀祖之义。"莫不主张通过宗教崇拜来维护并加强封建宗法制度的伦理关系，而首倡者则是荀子。《水浒传》和《西游记》作者，只不过是发展了荀子的这一"神道设教"思想并用之于自己的文学创作而已。

《水浒传》和《西游记》的作者，他们所以写英雄人物的"神性"和"魔性"，显然旨在说明：宋江和孙悟空这类胆气压乎群类而又葆有天赋美德的英豪，假若用之为虎臣武将，则天下可立致太平；假若驱之使为盗，则亦会由此四海无宁日。他们所以赋予笔端英雄人物以亦"魔"亦"神"→外"魔"而内"神"→"神"三段式生命历程，并相应地以"神境"→"人境"→"神境"三段式情境线索作为全书结构框架，显然是旨在以"假象见义"的方法，或谓宋室所以不竞，并非由于我中原无人，是由于"败国奸臣"作歹有路,"忠义之烈"报国无门,遂致国将不国;或言玉帝所以会求如来救驾,是由于他驱"天产石猴"使之成为横扫天兵的无敌"妖猴",观音所以能使玉宇无尘,是由于她起用了这无敌"妖猴"而使之成为炼魔伏怪的斗战胜佛。《水浒传》是从反面,《西游记》是从正面,可两位作者交的却是同一答卷!

正因为《水浒传》和《西游记》所歌颂的英雄人物,就其思想和性情来说,本质上都是江湖节侠,一则由于江湖节侠与官府甚或朝廷有对立的一面,二则由于江湖节侠的以"惩恶"作为"劝善"的公义观念和立身处世原则,既为佛教的讲慈悲不相容,又与道教的讲仁慈有忤逆,也与儒家的讲恕道相抵牾,而统治者的"三教合一"思想正是统治的思想。这就决定了作者要以"解铃还须系铃人"之说为借鉴,于是便借助"神"的威力,以"神谕"的方式,一则以匡范英雄们的人生道路,让他们"去邪归正";一则以为英雄人物的公义观念和立身之道作辩护,以期统治者能用之为虎臣武将。凡此,皆真切地反映了国政弛废下的民众转思草泽的心理。但并未发展为期望绿林豪杰出来改朝换代,再造太平盛世;其所期望者,是草泽英雄出来殄灭奸邪,卫护国家,巩固皇图。这一点,《水浒传》和《西游记》的思想,又可谓异曲同工。

然而,《水浒传》和《西游记》毕竟不是同一历史时期的作品。因此,二者对"神性"亦即"天赋美德"的认识上有一明显不同,那就是:《西游记》作者认为天赋予人的美德,实际上就是后来李贽所说的"童心",还可打个胚胎学上的比方。如果说,孙悟空是具有"童心"的"真人"的"猿"的形态,那么,贾宝玉便是具有"童心"的"真人"的"人"的形态,因此在孙悟空身上具有一种鄙视天庭等级秩序的狂傲美。这当然是个人性论上的问题,可施耐庵对"神性"亦即"人性"的认识却并非如此。何以知之?且看宋江说"雁":"此禽仁、义、礼、智、信五常俱备：空中遥见死雁，尽有哀鸣之意，失伴孤雁，并无侵犯，此为仁也；一失雌雄，死而不配，此为义也；依次而飞，不越前后，此为礼也；预避鹰雕，衔芦过关，此为智也；秋南冬北，不越而来，此为信也。此禽五常足备之物，岂忍害之！"这显然是作者在借宋江之口，以"雁"喻"人"，以"五常"说人性。这种人性论，是属于程朱"天命之性"范畴。所以，施氏笔端的梁山好汉本质上是具有"常心"的"常人"。因此，在他们身上无一人具有鄙视宗法等级秩序的狂傲美，而且那把寨为头的宋公明还总带三分道学气。并且，施耐庵对释道二教的代表人物都是恭敬有加，而不像《西游记》作者对佛祖道祖总笔带几分揶揄。其个性心灵解放也未？于此亦可窥一斑。

写至此，笔者仿佛听到那笔端狐鬼满纸的蒲松龄一声长叹："浮白载笔，仅成孤愤之书。寄托如此，亦足悲矣！"若以此数语说《水浒传》和《西游记》中神道描写，不知可否？愿就教于方家。

六、审美特征：以宗教光环为表，以尘俗治平为里

《水浒传》和《西游记》神道设教的审美特征，其相似之点主要有四：

一是，位卑未敢忘忧国是两位作者的共同文化心理。《水浒传》作者笔端的一百零八将，几乎没有一个不是被逼上梁山的，尤其是其中的领袖人物。然而，他们虽"啸聚山林"，却念念"不忘廊庙"。宋江正式"把寨为头"时的就职演说，即"共存忠义于心，同著功勋于国，替天行道，保境安民"云云，显然程度不等地道出了众好汉的心愿，否则，他在梁山决不会拥有至高无上的威望。诚然，《西游记》的作者确"有一点爱骂人的玩世主义"；然而，胡适道出的仍只是作品的表层色彩，

实际上作者是在寓庄于谐，借妖魔以写人间而寓以"斩鬼"的豪情。论者只知宋江在梁山"替天行道"，其实孙悟空的一路荡妖灭怪又何尝不是在"替天行道"呢？甚至是种有甚于宋江的"替天行道"，只是由于研究者为作品的表层"玩世主义"色彩所惑，没有看出这"作者之心傲世之意"而已。假若没有这种忧国忧民的社会责任感，这两位作者是不会有作品长留天地间的。

二是，两位作者都以神道设教的方式赋予笔端的英雄人物以似魔而实神的先天品格。《水浒传》第一回写"洪太尉误走妖魔"时的情景："那一声响亮过处，只见一道黑气，从穴里滚将起来，掀塌了半个殿角。那道黑气，直冲到半天里空中，散作百十道金光，望四面八方去了。"盖"黑气"者，"魔君"之象也；"金光"者，"星君"之象也。其由"黑气"而化作"金光"者，"休言啸聚山林，早愿瞻依廊庙"之谓也。盖所以"啸聚山林"而身不在"廊庙"者，"乱由上作"而非英雄们之罪也。《西游记》的作者对笔端的英雄们又何尝不是如此写的呢？那美猴王分明是个"孕天地之灵秀"而生的"天产石猴"，可灵霄宝殿上的君臣们却偏要认为他是个"地上妖仙"而鄙之贱之，致使他"欺天罔上思高位，凌圣偷丹乱大伦"。那在福陵山以吃人度日的猪八戒，却原来是个"因带酒戏了嫦娥"而被玉帝贬入下界的"天河里天蓬元帅"。那在流沙河"没奈何，饥寒难忍，三二日间，出波涛寻一个行人食用"的恶魔沙和尚，却原来是个在蟠桃会上不意"失手打碎了玻璃盏"而被玉帝谪入尘凡的"灵霄殿下侍銮舆的卷帘大将"。这与《水浒传》第一回"楔子"所示，又何其相似乃尔！假若没有一点"不过行俭德，盗贼本王臣"的观念，假若没有"暮雨潇潇江上村，绿林豪客夜知闻。他时不用相回避，世上如今半是君"的认识，假若没有"贼做官，官做贼，混贤愚"的愤懑，两位作者是不会赋予笔端的曾一度被逼为"盗"或"妖"的英雄人物以如此似魔而实神的精神品格的！

三是，两位作者都以"惩恶"即是"劝善"作为笔端英雄人物的公义观念和立身之道。《水浒传》中的李逵和阮氏兄弟等世俗好汉自不必说，就是作为出家人的花和尚鲁智深以及行者武松，他们对贪官污吏和乱臣贼子也不心慈手软。正因如此，所以二人皆成正果。凡此，都反映了作者对英雄们的以"惩恶"作为"劝善"的最大肯定。《西游记》中的孙悟空，其公义观念和立身之道，与花和尚鲁智深和行者武松显然如出一辙。不但如此，作者还以孙悟空的以"惩恶"作为"劝善"与唐僧的以"劝善"作为"惩恶"形成两条路线的对立，从而肯定前者而讥刺后者。假若社会不是腐败到了极点，两位作者是不会作如是构思的。因为，社会既已成了群魔乱舞的社会，那么，若以"劝善"去"惩恶"，则不但不能感化"恶"，倒会驱善者去充当虎口的羔羊；而若以"惩恶"去"劝善"，则打了豺狼，羔羊也就脱了险地。以"劝善"去使吸民脂民膏以肥的贪官污吏洗心革面，更只不过是统治阶级内部官官相护的一面好看招牌而已！

最后，两位作者均以英雄无用武之地作为主人公的不平之恨。《水浒传》中的宋室是个不肖役大贤的天下，以致英雄们初受贪官污吏所役而只好云聚水泊，接受蔡京之流所役而只可魂聚蓼儿洼。与此略呈异彩，《西游记》中的灵霄宝殿是个小贤役大贤的天国，以致屡蒙仁德加恩的盖世英雄孙悟空，他初受其役固然只能当个弼马温，继受其役亦只可当个以看守蟠桃园为其实际职守的空头"齐天大圣"。难怪他要高喊："强者为尊该让我，英雄只此敢争先。"

《水浒传》和《西游记》审美特点相异之点，亦主要有四：

《水浒传》中的梁山好汉们的"义结金兰"，一方面使他们成为朋友加兄弟，彼此患难相扶，死生相托，众志成城；另一方面又使宋江以下的好汉们须以宋江的意志作为自己的最终意志，甚至使位居"大哥"的宋江对违令者拥有生杀大权。这种"义结金兰"，显然是封建性的。它反映了小生产者在政治上对朋友而又兄弟而又君臣的君臣关系的憧憬之情，与《三国演义》中的"宴桃园豪杰三结义"并无质的不同。因此，无论是"三打祝家庄"，"夜打曾头市"，还是"两赢童贯"，"三败高俅"，莫不是在宋江的统一号令下众好汉的同心作战。《西游记》也写了孙悟空在花果山自在为王时曾与牛魔王等"结为七弟兄"，那是一种别开生面的"义结金兰"。这种"结义"，不以功利目的作为思想纽带，连排行也是依个儿大小，牛魔王个儿最大，"做了大哥"，孙悟空个儿最小，"排行第七"。一切循乎天然，身份和名望之类不起任何作用，纯然是"结契同情"。这种"结义"，不为封建宗法思想所束缚，孙悟空一自称"齐天大圣"，六个魔王也自作自为，自称自号，莫不自封"大圣"。彼此完全处于平等地位，俱各保持着自己人格的独立和个人意志的自由。这种"结义"，不对个人生活道路起任何约束作用，也不以死生相托、患难相扶作要求。孙悟空大闹天宫并没有想到去求助"六弟兄"，"六弟兄"亦没有兴兵前来助战。随着各自所走的道路不同，孙悟空在西行路上对牛魔王"先礼而后兵"也没有被看作不义之举。这种"结义"，决不会见之于任何社会的成年人之间，只能见之于孩童们的游戏。然而作者却报以欣赏态度，而这种对孩童们游戏的欣赏，正反映了他对人"心之初"①的求索和依恋。罗贯中与施耐庵如有在天之灵，大概不会引这位"跅弛滑稽之雄"为同调。此其一。

《水浒传》中的梁山好汉们之所以云聚水泊，并非出于他们的本心。他们的本心对以三纲五常为其法规的"仁政"，还是充满向往之情的。

---

① 李贽：《焚书》卷3《童心说》，中华书局1975年版，第98页。

所以，他们才在"忠义堂"前树起"替天行道"的大旗，而他们心目中的"天道"与儒家的仁政思想并不相背。九天玄女在宋江上山后对他的训示，便是明证。梁山好汉们之所以"啸聚山林"，全然是由于"官逼民反"，一则为了求"生存"，二则为了求"温饱"，主要是蒙受外力的推动。与此相比，《西游记》中的孙悟空之所以大闹天宫，其原因要复杂得多，也深刻得多。他是为了求"生存"吗？不，花果山是个自由自在的天地。他是为了求"温饱"吗？不，花果山有四季吃不完的果品。那么，他究竟是由于什么呢？是为了求"发展"，主要是内在于他的天性使之然！这可以从两方面说：一方面，他的天性是以"天不拘兮地不羁"、不识等级观念与秩序为何物为其特点的。这种天性发展下去，不可避免地会与天庭的宗法等级观念和制度本身发生冲突。另一方面，玉帝封他为弼马温和空头"齐天大圣"，固属玉帝"轻贤"和"不会用人"。然而玉帝所以"轻贤"若此，那又是由于天庭的清规戒律规定对地上的"妖仙"只能如是。凡此，也就将孙悟空的大闹天宫上升到《水浒传》无法与之并驾的思想层面。它实际上反映了作者对宗法的思想和制度的本身以及朝廷用人墨守成规的某种不满。这就难怪斯人要对大闹天宫的美猴王报以欣赏态度了。须知他本人就是个"跅弛滑稽之雄"！此其二。

《水浒传》中的一百零八将，虽则个个都是各有擅长的英雄好汉，却没有一个形象具有狂傲美。《西游记》中的孙悟空则不然，狂傲美成了其形象的首要特征，而这种狂傲美又是其内在的"天不拘兮地不羁"、不识等级观念与秩序为何物的天性之外在表现。所以，纵然已成为"行者"，其"老孙"派头依然不减当年。还是让我们具体看看诸神在他心中的位置吧！他曾"攥着铁棒，望那坟上捣了三下"，对那被他打死的两个强盗说：

> 尽你到那里去告，我老孙实是不怕：玉帝认得我，天王随得我；二十八宿惧我，九曜星官怕我；府县城隍跪我，东岳天齐怖我；十代阎君曾与我为仆从，五路猖神曾与我当后生；不论三界五司，十方诸宰，都与我情深面熟，随你那里去告！

与唐僧的"善念祝荒坟"相比，这是何等的气贯长虹、睥睨世俗！然而，这种气贯长虹、睥睨世俗，反乡愿则反矣，却又正说明他这个狂人乃是中国狂人史上的第一代，所以，不若其第二代曹雪芹笔端的狂人贾宝玉已开始对人生真谛的苦痛思索，更不若其第三代鲁迅《狂人日记》中的狂人已具对中国文明史之苦痛思索的哲人头脑。可照我看来，这三个千古不朽的狂人形象，实乃同属明中叶以来矗立于个性心灵解放思潮中的三座丰碑。此其三。

正因如此，所以孙悟空在玉帝、如来佛、太上老君面前表现的那种目无尊者的"玩世主义"，实际上已开贾宝玉诮儒毁僧谤道思想之先河。而《西游记》中的这种对儒释道三教的不恭是不见于《水浒传》的，当然也就更不见于《三国演义》，当属冬末的萌芽。此其四。

七、结论和余论

李泽厚在其《美的历程》一书中云："以'童心'—'真心'作为创作基础和方法，也就为本来建筑在现实世俗生活写实基础上的市民文艺，转化为建筑在个性心灵解放基础上的浪漫文艺铺平了道路。"①

这一论断，是很精辟的；但同时也认为：这一"转化"实际已由《西

---

① 李泽厚：《美的历程》，文物出版社 1981 年版，第 95 页。

游记》作者自觉或不自觉地初步完成。上述《水浒传》与《西游记》的异同点，便是明证。那孙悟空身上的狂傲美，就是"建筑在个性心灵解放基础上的"。这是个刚在历史舞台上崭露头角的"新人"。华阳洞天主人最了不起之处就在于：他认为真能荡妖灭怪，造福生灵、造福社稷者，舍斯人其谁欤？真不失为跅弛滑稽之雄！宋江的艺术形象呢？随着其忠义思想在他身上的发展和净化，却越来越成为怀林和尚所说：开口"小吏，小吏"，闭口"罪人，罪人"的假道学。

这就不难看出，"天人合一"的观念是中华民族的根本观念，也是《水浒传》的根本观念。宋江的"替天行道"，从文化上说，实际上是为了求得对孔孟原教旨的回归。只因作者爱之太过，致有欲显其忠厚而似伪之失。这一失，亦见于《三国演义》中的"救世主"——仁德之君的刘备形象。不可不一辩的是，显刘备和宋江这类人物之"厚"是作者的主观动机，显刘备和宋江这类人物之"伪"是形象的客观效果。二者不可混为一谈。

第十二章 论《水浒传》的"明德"观念

——与《红楼梦》比较谈

一、引言

中国封建社会的伦理观念和道德教义，其哲学基础主要是孟子的"性善"说。是故，需要一提的乃是：与西方中世纪相比，中国封建社会是比较开明的。这是由于中国封建社会的文化是种比较重"人"的文化，一种朴素的人本思想，它始终伴随着孟子以来的"性善"说而不断作用于封建统治者的统治思想。遂致诸如"大学之道，在明明德"之说，虽历千年而不衰。即以宋元以来而言，便分为对立的两大派：程朱理学所说的"明德"指的是"天命之性"，这是对孟子的"四德"说、董仲舒和韩愈的"五常"说的承传和发展。反程朱理学的思想家李贽所说的"明德"指的是"童心"，而"童心"是绝假纯真，不含有"四德"或"五常"等道德伦理。《红楼梦》中所强调的"明德"指的是"意淫"，"意淫"就是体贴，就是关爱，就是要求"个性解放"，要求"人身自由"，要求"人格平等"。它是对李贽"童心"说的继承和发展。凡此，这对明清小说创作的影响是不言而喻的。其对讽喻文学如《水浒传》的创作如此，其对叛逆文学如《红楼梦》的创作也是如此。兹不避浅陋，试作一研究，以期引玉。

二、"明德"说的由来

所谓"明德"，意即天赋予人的美德，语见《尚书·君臣》："黍稷非馨，明德惟馨。"[①] 那么，这种天赋予人的美德又是什么呢？书中未曾言及。因此，这一人性论，只能目之为是种抽象的"性善"说在时人道德观上的运用，它本身并不具体、不完整。

孟子则接过这一抽象的"明德"说，而充之以"四德"，即"仁义礼智"。荀子也认为"仁义礼智"乃人的美德，但同时又认为那不是先天的，而是后天教育的结果。先天的人之本性，是对"饮食男女"等物质的要求。凡此，也就成为"性恶"说的由来。那么，孟子这位亚圣又是怎么解释"仁义礼智"这"四德"的呢？他在《孟子·公孙丑章句上》里写道：

> 恻隐之心，仁之端也；羞恶之心，义之端也；辞让之心，礼之端也；是非之心，智之端也。人之有是四端也，犹其有四体也。……苟能充之，足以保四海；苟不充之，不足以事父母。[②]

这就开辟了中国封建地主阶级人性论的新纪元，而孟子所说的"明德"就是"仁义礼智"四德。这就在中国哲学思想史上第一次发现了"人"；而孟子所发现的"人"，就是那以"仁义礼智"四德相标榜的封建地主阶级的"新人"。

西汉大儒董仲舒则接过孟子的"四德"，增之以"信"，是为"五常"

---

① 《尚书正义》，《十三经注疏》，清嘉庆刊本，中华书局 2009 年版，第 504 页。

② 《孟子注疏》，《十三经注疏》，清嘉庆刊本，中华书局 2009 年版，第 5852 页。

说。这一"五常"说既属道德范畴的命题，又属哲学范畴的命题。其中心是说只有葆有"五常"的人，才是真正的具有人性的人。那么董仲舒又是怎么阐释"五常"之内涵及其意义的呢？他在《举贤良对策一》中写道：

> 为政而宜于民者，固当受禄于天。夫仁、谊（义）、礼、知（智）、信五常之道，王者所当修饬也。五者修饬，故受天之佑，而享鬼神之灵，德施于方外，延及群生也。①

这"五常"说，又称"常心"说。与"三纲"相配，谓之"三纲五常"。唐代大儒韩愈则继承了董仲舒的观点。"三纲五常"遂被认定是人性的完美体现；遂成为中国封建社会最高的道德思想。若笃而行之，是谓"王道荡荡"。

两宋年间，程朱理学将孟子的"性善"说和荀子的"性恶"说合二而一，建构了它的以"天命之性"和"气质之性"为两大内涵的人性论。而所谓"天命之性"，乃指"理"言，"理"即"天理"，亦即仁义礼智信等纲常伦理，所以"天命之性"是纯善的。而所谓"气质之性"，乃指"欲"言，"欲"即"人欲"，亦即饮食男女等人们的生存欲望。因"气"有清浊，所以"气质之性"善恶混。于是那"理欲之辨"，其口号也就由汉儒的"存天理，制人欲"演变为宋儒的"存天理，灭人欲"。

这就告诉我们，随着封建社会的发展，封建伦理道德对人们头脑的禁锢是越来越紧的，以致成为封建"假道学"以"理"杀人的工具。但它在安邦定国方面所起的积极作用，也是不容置疑的。

---

① 班固：《汉书》卷56《董仲舒传》，上海古籍出版社1986年版，第235页。

三、"明德"观念与《水浒传》

"明德"说对《水浒传》等古典小说的创作，其影响是明显的。

明代笑花主人在他的《今古奇观序》中曾这么写道：

> 元施、罗二公，大畅斯道，《水浒》、《三国》，奇奇正正，河
> 汉无极。论者以二集配伯喈、《西厢》传奇，号四大书，厥观伟
> 矣。……故夫天下之真奇，在未有不出于庸常者也。仁义礼智，
> 谓之常心；忠孝节烈，谓之常行；善恶果报，谓之常理；圣贤豪
> 杰，谓之常人。然常心不多葆，常行不多修，常理不多显，常人
> 不多见，则相与惊而道之。闻者或悲或叹，或喜或愕。其善者知
> 劝，而不善者亦有所惭恶悚惕，以共成风化之美。则夫动人以至
> 奇者，乃训人以至常者也。①

《三国演义》所歌所颂者，便是这种"常心、常行、常理、常人"。
这是清楚的。其写刘备也，则写其"虽颠沛险难而信义愈明，势逼事危
而言不失道"②。其写孔明也，则写其"在草庐之中，而识三分天下，则达
乎天时，承顾命之重，而至六出祁山，则尽乎人事"③。其写关羽也，则写
其"秉烛达旦，人传其大节；单刀赴会，世服其神威；独行千里，报主之
志坚；义释华容，酬恩之谊重。作事如青天白日，待人如霁月光风"④。其

---

① 朱一玄：《明清小说资料选编》，南开大学出版社 2006 年版，第 911—912 页。

② 陈寿撰，裴松之注：《三国志·先主传》，中华书局 1959 年版，第 878 页。

③ 毛宗岗：《读三国志法》，《全图绣像三国演义》，内蒙古人民出版社 1981 年
版，第 2 页。

④ 同上。

写蜀国英雄的晚辈及部下也，臣死于君则有诸葛瞻、诸葛尚之忠，子死于父则有刘谌、关平之孝，妻死于夫则有糜夫人、甘夫人、孙夫人之节，部曲死于主帅则有周仓之义。凡此，炳炳麟麟，以为民立极，以纠时弊，以化天下，则"夫动人以至奇者，乃训人以至常者也"。

《水浒传》在宣扬人性论方面更是如此。试看"双林渡燕青射雁"，施耐庵曾这么借宋江之口以物喻人。

一曰：雁具恻隐之心，"空中遥见死雁，尽有哀鸣之意，失伴孤雁，并无侵犯，此为仁也"。凡此，也就告诉我们，认为"惩恶"就是"劝善"，是梁山好汉平素"替天行道"的一方面。其内驱力，是人皆有之的"恻隐之心"，亦即对弱小者的同情。

二曰：雁具"羞恶之心"，"一失雌雄，则死而不配，此为义也。"这可从两方面看问题：

一是，凡以"行而宜之，不逾法度"一类思想写之，多属儒家文化的思想投影，如"王教头私走延安府"，写王进本是个"仁、义、礼、智、信、行、忠、良"俱全的十万禁军教头，而高俅则欲置之于死地。王进呢？与林冲有别，他没有去什么山寨当头领，而是径赴延安府，"投着在老经略处勾当"，为国效忠。作者写此，显然是旨在为梁山好汉立极。一是，凡以"行己有耻，无视法度"一类思想写之，多属江湖文化的思想投影。如写宋江之私释晁盖与晁盖之营救宋江，如写"三山聚义打青州，众虎同心归水泊"等，作者写此，显然是旨在称颂绿林豪杰的同道相助，宋江的天下归心。二者以儒家文化为主，而辅之以江湖文化，遂成《水浒传》中的"羞恶之心，义之端也"的文化特征。一些主要人物的思想性格亦随之而趋于多层面化。

三曰：雁"依次而飞，不越前后，此为礼也。"《水浒传》中对此"辞让之心，礼之端也"问题是多所写及的。这体现在宋江与晁盖谁当梁山寨主问题上。不论是晁盖对宋江，还是宋江对晁盖，彼此都曾救过对方的命，心里都有个感恩情结。所以，江州劫法场后，宋江一上梁山，晁盖便请宋江为山寨之主。两人推让来，推让去。宋江道："仁兄，论年齿，兄长也大十岁，宋江若坐了，岂不自羞。"再三推晁盖坐了第一位。真可谓好汉爱好汉，惺惺惜惺惺。

这也体现在宋江与那朝廷降将的关系问题上。"三山聚义打青州"，捉得呼延灼。宋江亲自扶呼延灼上帐坐定，拜见道："倘蒙将军不弃山寨微贱，宋江情愿让位与将军；等朝廷见用，受了招安，那时尽忠报国，未为晚矣。""宋公明雪天擒索超"，捉得关胜。宋江见了，慌忙下堂，喝退军卒，亲解其缚，把关胜扶在正中交椅上，纳头便拜，叩首伏罪，说道："亡命狂徒，冒犯虎威，望乞恕罪。"并说："将军倘蒙不弃微贱，一同替天行道。若是不肯，不敢苦留，只今便送回京。"

显而易见，宋江的"辞让之心"和他的忠义之心是二而一的，而"辞让之心"则是其忠义之心的哲学基础。因此，我们也可以这么说：那黑宋江，不因辞让心如一，安得团圆百八人。而如果说，诸葛亮的出山是由于刘备的三请，那么，宋江的把寨为头则出于众好汉的三请。既然如此，则宋江的"辞让之心"也就成了他的近得人心、远得民望的人格美，亦明矣。这于"忠义堂石碣受天文，梁山伯英雄排座次"写得尤其到位。他用神道设教之法使梁山好汉们的"辞让之心"，殊途同归于替天行道的杏黄旗下，而道之以"忠"，齐之以"义"。

四曰：雁"预避鹰雕，衔芦过关，此为智也"。雁有鹰之威胁，而面对以"智"。那呼保义宋公明呢？《水浒传》中写其所思所虑者，首在如何将"酷吏赃官都杀尽，忠心报答赵官家"。所以，作者说他"有养济万人之度量，怀扫除四海之心机"；"刀笔敢欺萧相国，声名不让孟尝君"。百回本《水浒传》之回目，含有"智"字者便不下十一回。其写英雄内部矛盾者，如"美髯公智稳插翅虎"，"戴宗智取公孙胜"，"吴用智赚玉麒麟"；其写敌我矛盾者，如"吴用智取生辰纲"，"宋江智取无为军"，"石秀智杀裴如海"，"吴用智取大名府"，"吴学究智取文安县"，"宋江智取润州城"，"宋江智取宁海军"，"宋公明智取清溪洞"。

这就清楚了，施耐庵所说的"是非之心，智之端也"的"智"，是指以"忠为君王恨贼臣"为圭臬所表现的明辨是非的能力与品性。需补充一句的是，以仁自律，而反不仁，固然是智，如上述宋江等多数英雄。以仁自守，而远不仁，也是智，如燕青、李俊之避害远祸是也。所以对"智"以"守正反邪"的品性说之，也许更全面些。

五曰：雁"秋南冬北，不越而来，此为信也"。我们知道，孟子所说的"明德"是指"仁义礼智"。理学所说的"明德"是指"仁义礼智信"。"信"乃汉儒董仲舒所加，是谓"五常"。"人无信而不立"，"信"遂成为人们判别是非善恶的尺度之一。《水浒传》中有食言自肥的权奸，无失信于人的好汉，便是明证。兹以王英和扈三娘的婚姻故事为例说之。

其始也，书中以随笔点染的法子，写宋江客居清风山之日，正值王英下山掳得刘知寨妻，欲将其作为压寨夫人之时。宋江知之，以为不可，劝道："兄弟，你不要焦躁，宋江日后好歹要与兄弟完娶一个，教你欢喜便了。"事见第三十二回等。

其继也，则以对照法，写王英是个仪表不雅、武艺不强、品格不端的丑男子。扈三娘是位仪表高雅、武艺高强、品格高洁的巾帼英雄。王英与扈三娘战，不两个回合，扈三娘便捉得王英而归。事见第四十八回等。

其终也，则以云开见日法，写林冲捉得扈三娘，宋江一面设法连夜将扈三娘送上梁山，交与宋太公认作义女，一面设法将王英救回梁山，抚慰有加。众头领都只道宋江自要扈三娘，将其娶为压寨夫人。不意宋江却当着众头领指着王英对扈三娘说道："是我当初曾许下他一头亲事，一向未曾成得，今日贤妹你认义我父亲了，众头领都为媒人，今朝是个良辰吉日，贤妹与王英结为夫妇。"

凡此，这就既写出了宋江是"言必信，行必果"的仁义君子，又写出了扈三娘是位"言必信，行必果"的巾帼英雄，今既认义宋太公为父，则婚姻大事理当由父作主。同时也写出了王矮虎虽然好色，但也有一善，善在"言必信，行必果"，虽然心有不愿，还是任从义兄燕顺，放刘知寨妻下山回府，以全大局，而未予半路设伏劫回。如此一叩三响，而以"信"为美一以贯之的思想与写法，是值得称道的，施耐庵不愧为文坛的宙斯。

要而言之，《水浒传》是一部闪烁着人本思想光辉的重"人"之作。它所重的人是仁义礼智信"五常足备"的人。它所开的济世良方，是期望君王能以忠义思想集众志、能以仁义思想齐人心，群策群力，保境安民。认为彼此苟能以"仁义礼智信"作为自己的行动准则，和谐相与如飞鸿，则"天下归心，王道荡荡矣"。

不难看出，施耐庵通过宋江说雁所宣扬的这一人性论，是接受过程朱理学天命之性与气质之性说之时代思潮洗礼的，那"一失雌雄，死而不配"云云，如旨归以物喻人，便不无道学气。然而，那只是其外在的特征。其内在的特点则是情本位，是以"替天行道救生民"为其要义的。如说，"空中遥见死雁，尽有哀鸣之意"云云就是如此。因此它是种朝向孔孟之道原教旨情本位的回归。

还需一提的是：施耐庵这么以"仁义礼智信"作为梁山好汉的人性美来颂扬，是强意识的，一以贯穿全书的。这有小说的"楔子"，道是"张天师祈禳瘟疫，洪太尉误走妖魔"可证。我们知道，道教所说的"天罡地煞"，既是"驱魔神煞"，是善的，又是"月内凶神"，是恶的，一身而二具焉。① 施耐庵则以"黑气"喻指"天罡地煞"的"魔性"，并进而喻指人的"气质之性"；以"金光"喻指"天罡地煞"的神性，并进而喻指人的"天命之性"，从而写出了二者的消长过程，并以一股"黑气"化作百十道"金光"作结。它象征着一百零八将由于能"替天行道"于梁山，所以他们身上的"天命之性"日周，"气质之性"日泯，皆成为忠于君、仁于民、孝于亲、悌于兄、义于友的志士仁人。

再以宋江的人生轨迹言之：自第一回"张天师祈禳瘟疫，洪太尉误走妖魔"，至第四十二回"还道村受三卷天书，宋公明遇九天玄女"，宋江是亦"盗"亦"侠"，即亦"魔"亦"神"。他也打击贪官污吏土豪劣绅，如刘高、黄文炳等；也伤及良民，如为逼秦明入伙而杀得青州城外百姓尸横遍野，甚至心田深处还有"敢笑黄巢不丈夫"之念；自第四十二回"还道村受三卷天书，宋公明遇九天玄女"，至第七十一回"忠义堂石碣受天文，梁山泊英雄排座次"，宋江是外"盗"内"侠"，即外"魔"内"神"，他身居水浒之中，心在朝廷之上，但没有主动谋求招安，作者所暗示的是此时的宋江"休言啸聚山林，真可图王霸业"；自第七十一回"忠义堂石碣受天文，梁山泊英雄排座次"，至最后一回"宋公明神聚蓼儿洼，徽宗帝梦游梁山泊"，宋江是"侠"之"雄"者，"神"之"英"者，他主动谋求招安，虽遇害而心无悔意。这就写出了"仁义礼智信"在宋江身上不断扩而充之的过程。由此，亦可看出，《水浒传》开卷所云"三十六天罡"和"七十二地煞"的魔性与神性，黑气与金光的转化，从人性论上来说，作者是作为人物的气质之性和天命之性的消长来写的，其欲道出的，是人之天赋秉性。

---

① 见本编第十一章《论〈水浒传〉的神道设教与审美特征——与〈西游记〉比较谈》；亦可参见张锦池：《论〈水浒传〉和〈西游记〉的神学问题》，香港浸会大学《人文中国学报》第 4 期。

四、"明德"观念与《红楼梦》

明中叶以后，出现了反理学思潮。与程朱理学的"天命之性和气质之性"说直接相对抗的是叛逆之尤李贽的"童心"说。它认为天赋予人的美德，不是"仁义礼智信"，不是三纲五常等封建道德伦理，而是"童心"。它还认为把三纲五常说成是人性，是天赋予人的美德，这是封建正统御用学者强加在人性上的桎梏。然而，何谓"童心"？李贽却未能给予系统的、正面的、有具体内容的界定和阐释。因此，李贽的这一"童心"说实际上是他的抽象的人性论在道德观方面的运用，虽已含有个性的自觉，虽已越出地主阶级人性论的范畴，却只能看作是近代人性论的前奏。

《红楼梦》对于人性问题实际上是很强调的。这表现在它的一句名言上："只除'明明德'外无书。"更为重要的是，李贽的"童心"说是抽象的，而《红楼梦》作者则接过李贽这一抽象的"童心"说，而充之以自由、平等、博爱观念，将其发展为"意淫"说。而所谓"意淫"，就是"关爱"，就是体贴，就是要求"个性解放"，要求"人身自由"，要求"人格平等"，就是"人道观念"、"人权思想"。反映于贾宝玉平素对群钗的"护法"，就是"昵而敬之，恐拂其意"，乃至"爱博而心劳，而忧患亦日甚矣"①。

显而易见，这一"意淫"说，当属近代人性论的思想范畴。从而，也就使曹雪芹继孟子之后又一次发现了人，而曹雪芹所发现的"人"，就是以自由、平等、博爱相标榜的近代处于萌芽状态的资产阶级"新

---

① 鲁迅：《中国小说史略》，《鲁迅全集》第9卷，人民文学出版社2005年版，第229页。

人"。贾宝玉就是这类人物，所以脂砚斋称之为"古今未有之一人"。

然而，李贽的"童心"说对《红楼梦》的影响主要还不在"意淫"说的提出上，主要还在人物形象的创造及人物形象体系的内部构成上。

书中借贾宝玉之"呆话"所说的女儿一生的三变：未出嫁是颗"宝珠"；出了嫁，变成"死珠"；再老了，变成"鱼眼睛"。这实际上是指一个人由于入世日深日益丧失"童心"而以封建宗法思想等为之心的过程。《礼记》云："男女有别而后夫妇有义，夫妇有义而后父子有亲，父子有亲而后君臣有正。故曰：昏礼者，礼之本也。"① 唯其如此，所以贾宝玉也就把女孩子出嫁看作是她由"宝珠"变为"死珠"的起点。"宝珠"者是指具有"童心"的"真人"；"死珠"者是指"童心"虽障但未全失的人物；"鱼眼睛"者是指"童心"已失而以封建宗法思想等为之心的人物。

诚然，《红楼梦》里的人物形象是千姿百态，气象万千的。然而，有一特征，即老年一代中无正面人物，且只处于形象体系中的客位，正面人物都出自青少年，且青少年处于形象体系中的主位。正因如此，所以，这具有"童心"的"真人"（人中的"宝珠"）、"童心"既障而尚未全失的人物（人中的"死珠"）、失却"童心"的"假人"（人中的"鱼眼睛"）三者之间的有机组合而以青少年处于形象体系的主位，便成为《红楼梦》形象体系内部构成的一大特点。从而也就突破了《水浒传》等以忠奸对立为其结构特点的基本模式，创造性地代之以"父与子"的矛盾。其焦点是各代表一种价值观念，一种人生道路，一种历史发展前途。

因此，如果说，李贽的"童心"说是贾宝玉的女儿一生有三变那"呆

---

① 《礼记正义》，《十三经注疏》，清嘉庆刊本，中华书局 2009 年版，第 3649 页。

话"的哲学基础，那么，无善不归人的天赋本性，无恶不归宗法的思想和制度及其所形成的价值观念和社会风尚，则是贾宝玉这一"呆话"的思想旨归。如果说，李贽的"童心"说已含有个性的觉醒，那么《红楼梦》则是建筑在个性心灵解放基础上的文学巨著，叛逆文学的经典。这也就是《水浒传》与《红楼梦》思想性质的根本不同点。

五、童心之国与常心之邦

高尔基说："文学是人学"。正是那一与天齐寿的"明德"说，它不仅使讽喻文学《水浒传》和叛逆文学《红楼梦》齐登金榜，也使施耐庵、曹雪芹这两位文学巨匠笔端的"理想国"各具特征。

《水浒传》的"理想国"是水泊梁山，这是个"常心之邦"。那篇《单说梁山泊的好处》，是其建国方略。那首《满江红》，是其政治宣言。那一刻在天降石碣上的铭文："替天行道"、"忠义双全"，是其公义观念和行动指南。还有一幅不太为人注意的"行乐图"，是好汉们"闲时下山"替天行道的真实写照。道是：

原来泊子里好汉，但闲便下山，或带人马，或只是数个头领，各自取路去。途次中若是客商车辆人马，任从经过；若是上任官员，箱里搜出金银来时，全家不留。所得之物，解送山寨，纳库公用；其余些小，就便分了。折莫便是百十里、三二百里，若有钱财广积，害民的大户，便引人去，公然搬取上山。谁敢阻挡！但打听得有那欺压良善，暴富小人，积攒得些家私，不论远近，令人便去尽数收拾上山。如此之为，大小何止千百余处。为是无人可以当抵，又不怕你叫起撞天屈来，因此不曾显露。所以

255

无有话说。①

　　这幅行乐图，它还告诉我们：平素的"除暴安良"，是梁山好汉"替天行道救生民"的一个方面。从而也就给这一"仁之端也"的"恻隐之心"注入了一种外江湖而内儒学的文化观念与价值观念，遂形成"忠义"类小说人物形象塑造的一大特点：亦即使"济困扶危"成为志士仁人的天性，以弘扬"常心"，以培育"常人"。

　　《红楼梦》呢，该书的艺术境界有三。一是贾府正府，这是作者以"富而好礼之第"为原型造就的现实世界。它是地主阶级正统派的天地，封建的宗法和制度的殿堂，古来传颂的王道乐土，而同时也是禁锢青年的精神和肉体的黑暗王国。二是太虚幻境，这是作者以自由、平等观念的幻影为心象造就的理想世界。这是个童心之国。它是个只知相互体贴而不知纲常观念为何物的女儿乐园，是个人皆可以"各得其情，各遂其欲"的和谐社会。三是大观园，这是介乎贾府正府和太虚幻境之间的中介世界，乃怡红公子与诸艳的游乐和栖息地。它既是以"不拘不束"为其特点的太虚幻境在人间的投影，同时又是以"体仁沐德"为其特点的贾府在世外的投影。正因为大观园交织着如此两种投影，所以它也就成为贾宝玉"意淫"观念和孔孟的"仁政"思想之间不见刀光剑影、不闻战马嘶鸣的无声战场。其结果是，一支王道曲，千红无孑遗！死于霸道，人皆怜之。死于王道，又有谁怜？此所以作者有"一把辛酸泪"，并写一太虚幻境以寄遐思。

　　问题是《红楼梦》这三个境界，哪个是曹雪芹的"理想国"呢？不言而喻，当然是那太虚幻境。这是个"童心之国"、"意淫之乡"。

---

　　①　施耐庵、罗贯中：《水浒传》，人民文学出版社1975年版，第984页。

六、结语

如此谈论问题，并不是在贬低《水浒传》的思想价值而拔高《红楼梦》，只是想还它们以本来思想面貌。《红楼梦》与《水浒传》这种对人性的看法不同，是由于它们赖以产生的时代不同。《水浒传》产生的时代，那时虽已出现了市民阶层，但这市民阶层还不能说它是资本主义萌芽的代表。时代没有给施耐庵提供新的思想武器。他只好拿着圣贤们理想中的东西或具有欺骗性的东西来让现实统治者兑现，其主观上则是想为民请命，并不是想维护或巩固现实统治者的罪恶统治。只要看看孟夫子由于说了"民为贵，社稷次之，君为轻"一类的话，其神像竟被朱元璋逐出孔庙，就知道施耐庵对民本主义思想的鼓吹是多么了不起。《水浒传》出现于元末明初，实在是个奇迹，作者不愧为那个时代文坛上的巨匠。《红楼梦》之所以会成为世界首屈一指的文学名著，就在于曹雪芹又在另一个时代里以《水浒传》等文学巨著作阶梯，"独上高楼，望断天涯路"，终于发现了新世界的曙光，而明代中叶以后日益获得发展的资本主义的萌芽，又为他的登楼和发现提供了新的物质基础。

第十三章　论中国四大古典小说的人伦观念

——以《水浒传》为中心比较谈

一、小引

"人伦"，是中国封建社会中人与人之间的关系和应当遵守的行为准则。照孟子的说法，就是"父子有亲，君臣有义，夫妇有别，长幼有序，朋友有信"。用董仲舒的话说，就是"王道之三纲，可求于天"，"君臣、父子、夫妇之义皆取诸阴阳之道"。用程朱理学的话说，就是"三纲五常，礼之大体，三代相继，皆因之而不能变"。

是故，本文拟以《水浒传》为中心，就中国四大古典小说的人伦思想作一比较研究，以窥其文化沿革于一斑。

二、说《水浒传》的君臣观

"君为臣纲"是"三纲"中最主要的一纲，它是封建主义中央集权的理论基础。《三国演义》和《水浒传》对此是宣扬的。要点有四：

其一，说"天下土地，唯有德者居之"的君道观。

《三国演义》曾先后六次借五人之口侃侃而言之，可见罗贯中对这一君道观是如何倾心。它的确是中国文化传统中具有民主性的精华之一，突破了两汉以来的"君权神授"说。那么，这里所说的"有德者"

的"德",指的又是什么呢?就是坚执"举大事者必以人为本"的理念,不忘"尊贤使能、俊杰在位"的重要,做到"以德行仁,泽布于民"。如刘备为政新野,百姓歌之曰:"新野牧,刘皇叔,自到此,民丰足。"如刘备兵败新野渡江之日,两县同行军民十余万人,齐声大呼曰:"我等虽死,亦愿随使君!"天下归心如是,则庶可与古公亶父齐芳矣。

或许由于"外敌凭陵,国政弛废",而小说则旨在"宗宋",《水浒传》中虽无类似"天下唯有德者居之"的提法,但寄意实有之。其中如以春秋笔法将"引首"中的宋太祖和宋仁宗与正文里的宋徽宗之形成对照,便属独具匠心。实则就是:其颂宋太祖之武功,与宋仁宗之文治,皆旨在强调宗宋的正当性,并对宋徽宗作适当褒贬,以明宋室何以会兴,又何以会衰。

故谓宋太祖"乃是上界霹雳大仙下降,英雄勇猛,智量宽洪,自古帝王都不及这朝天子","那天子扫清寰宇,荡静中原,国号大宋,建都汴梁","正应上合天心,下合地理,中合人和"。

故谓宋徽宗枉自称"道君",却武不能一继其先祖的雄风,文不能一承其先祖的德治。其立朝也,明知蔡京等四凶皆奸佞之臣,在危害社稷,却恶恶而不能去,明知梁山好汉皆忠义之士,可造福生灵,却善善而不能用,实属"庸主"。致以"替天行道"为己务、以"及时雨"之德走天下的宋公明之"中心愿,平虏保民安国",只能成为"仁者的心路",不能成为现实,遂致"煞曜罡星今已矣,谗臣贼相尚依然",国将不国。

故谓宋仁宗在文治上是开宋室"三登之世"的"仁君"。而说来奇怪,这位皇帝比刘备还爱哭,乃至"降生之时,昼夜啼哭"不已。却原来他所忧者,是唯恐将来无贤臣辅弼,不能解民于倒悬之灾,所以太白金星给他开的止哭良方,是"文有文曲,武有武曲"。正因为宋仁宗是位"穷年忧黎元，叹息肠内热"的仁君，所以虽在瘟疫流行的重灾之年，社稷犹能"礼乐笙镛治"。

与此似殊途而实相类的，是混江龙李俊之入主"暹罗国"一事。这一情节，它集中反映了施耐庵的只反贪官，不反王权，以及对"好皇帝"的憧憬之情；而施耐庵所憧憬的"好皇帝"，除了宋太祖和宋仁宗式的人物以外，实际上还有宋江式的"仁者"。故而，明容与堂刻本《水浒传》说梁山好汉："休言啸聚山林，真可图王伯业。"须知，那李俊一有"图王伯业"之志尚且可以"另霸海滨"，则宋江如有"图王伯业"之心，当可以代宋而"王天下"。试想，宋江"陈桥驿滴泪斩小卒"之日，他也来个"陈桥兵变"，"黄袍加身"，不是易如反掌吗？只是他一意招安，专图报国，誓死不为而已。不意他这以"顺天护国"为标帜的"仁者的心路"，却演化为"忠义的悲歌"，"宗宋情结的哀歌"，则施耐庵之孤愤亦深沉焉！这就难怪他要将宋江"滴泪斩小卒"的地点精心安排在"陈桥驿"，而且一说再说，乃至于在第八十三回的下半回《陈桥驿滴泪斩小卒》中竟不惜笔墨说了八次之多，在第九十回后半回《双林渡燕青射雁》中，又三提"陈桥驿"：该不是无意吧！

其二，说"朋友而兄弟，兄弟而主臣"三伦一体的主臣观。

《三国演义》写张辽和关羽相交甚厚。一日，张辽问关羽："兄与玄德交，比弟与兄交何如？"关羽曰："我与兄，朋友之交也；我与玄德，是朋友而兄弟，兄弟而又主臣者也，岂可共论乎？"毛宗岗评曰："看他轻重较然，只二语中已备五伦之三矣。"① 五伦中唯居于末位的朋友关系是相对平等的，而以兄弟关系为最亲，因此，也就使这种三伦一体的主

---

① 罗贯中著，毛宗岗评：《全图绣像三国演义》，内蒙古人民出版社1981年版，第257页。

臣观不同于理学的"君君臣臣"，多少含有平等意识和情本位基因，它是顺应时代潮流的，进步的。其源头有三：一是，来自农民起义处于初级阶段时以结义的方式求得同心协力的组织形式；二是，来自小生产者的在家靠父母出外靠朋友以结义的方式取得互助互利的思想要求；三是，来自晚唐五代某些势单力薄的君主以结义的方式对大权臣大军阀进行拉拢的政治手段。一经罗贯中的艺术加工和改造，便化腐朽为神奇，成为这一以"上报国家，下安黎庶"为宗旨的三位一体的主臣观。嘉靖本虽无此提法，已有此思想。经毛氏本借关羽的口一点，遂成《三国演义》中理想的主臣观，而为蜀国英雄所信守。

《水浒传》似未道及这一主臣观，实际上是写到了的。这一点，清人章学诚倒是看到了的，他在《丙辰札记》里说《三国演义》：

> 其最不可训者，桃园结义，甚至忘其君臣而直称兄弟，且其书似出《水浒传》后，叙昭烈、关、张、诸葛，俱似《水浒传》中萑苻啸聚行径拟之。①

章学诚以信史去要求《三国演义》，当然是不足为训的，且把《三国演义》和《水浒传》成书的先后颠倒了；但他这种对《三国演义》的不满，却正好从反面说明一个问题，即"梁山泊英雄排座次"前后的宋江与吴用等的关系，实乃"宴桃园豪杰三结义"前后的刘备与关、张等的关系的雏形，本质上都是种"朋友而兄弟，兄弟而主臣"的关系。那另霸海滨之时的混江龙李俊与其左右的关系当亦如此。只是刘备有皇叔

---

① 朱一玄、刘毓忱编：《三国演义资料汇编》，南开大学出版社 2003 年版，第600 页。

之说，而宋江则矢志"宗宋"，不肯托胆称王而已。

其三，说"执一而终，有死不贰"的臣道观。

《三国演义》塑造了一大批"忠臣义士"的形象。个中既有忠于汉献帝反对曹操的董承、吉平，又有忠于曹魏的庞德、王经；既有忠于刘璋而反对刘备的赵累、张任，又有忠于刘备的关羽等辈。总之，不论其主公是谁，只要是为之效死，就被作为"忠臣义士"来赞美。反之，则被斥为乱臣贼子的行径，而将其绑在历史的耻辱柱上。

第二十五回《屯土山关公约三事，救白马曹操解重围》写：

> 一日，关公在府，忽报："内院二夫人哭倒于地，不知为何，请将军速入。"关公乃整衣跪于内门外，问二嫂为何悲戚。①

这里，关羽执的乃是臣礼，虽口称"二嫂"。而当时的关羽正羁留曹营，这也就等于是他在明告曹操：我尊"皇叔"刘玄德为"主公"，是"执一而终，有死不贰"的。同时也写出了曹操之辅汉献帝，是"假忠欺世，卒为身谋"。真可谓一叩双响。

"臣心一片磁针石，不指南方不肯休。"这是民族英雄文天祥的名句。倘借以说《三国演义》中蜀国英雄关羽等的"宗汉情结"，是合适的；倘借以说《水浒传》中宋江等一百零八将的"宗宋情结"，也是合适的。宋江曾说过这样一段饱含热泪的话：

> 我为人一世，只主张"忠义"二字，不肯半点欺心。今日朝

---

① 罗贯中著，毛宗岗评：《全图绣像三国演义》，内蒙古人民出版社 1981 年版，第 246 页。

廷赐死无辜，宁可朝廷负我，我忠心不负朝廷。①

这是宋江的遗言，也是施耐庵给宋江的盖棺论定，真不愧为"忠义之烈"。

不难看出，这种"执一而终，有死不贰"的臣道观是正统的臣道观，并多少接受过程朱理学的洗礼。从而也就使这种臣道观有一失，失在流向"愚忠"。然而，由于程朱理学在"外敌凭凌，内政弛废"的时势下，分外强调"华夷之辨"，从而也就使这种臣道观有一得，得在将"忠君"和"爱国"合二而一，认为"顺天"乃是为了"护国"。这有宋江接受招安时作为开路的"顺天"、"护国"两面大旗可证，具体反映为宋江的"中心愿"，就是志在"平虏保民安国"。

其四，说"良禽择木而栖，贤臣择主而事"的臣道观。

这是古已有之的，那孔子与孟子的周游列国又何尝不是在"择主"呢，只是未能如愿而已。《三国演义》所写的"良禽择木"主要有三种类型，而写此盖旨在"明道"，这是其可贵之处。

一是，赵云式的。赵云以忠义之心为纽带，只身离袁绍而投刘备。玄德曰："吾一会子龙，便有留恋不舍之意。谁想今日相遇，乃备之幸也！"云曰："奔走四方，寻主事之，未有真主。今随皇叔，大称平生。虽肝胆涂地，无少恨矣。"彼此可谓堂堂正正，心心相印，忠义惜忠义，英雄爱英雄。

二是，魏延式的。魏延杀故主韩玄而献长沙于刘备，不论出于何心，在客观上却陷自己和刘备于不义。所以孔明曰："食其禄而杀其主，是不忠也；居其土而献其地，是不义也。吾观魏延脑后有反骨，久后必

---

① 施耐庵、罗贯中：《水浒传》，人民文学出版社 1997 年版，第 1302 页。

反"，故欲斩之，"以绝祸根"。与此同时，黄忠离韩玄而献长沙投刘备，其过程恰与魏延相反，而不违忠义之道，所以孔明深敬之。

三是，蔡瑁、张允式的。二人出于私利，不惜卖主求荣，欺幼主刘琮而献荆州于曹操，不忠不义，故曹操佯用之，实忌之，复杀之。而毛宗岗则假借"后人"之口作诗叹曰："曹操奸雄不可当，一时诡计中周郎。蔡张卖主求生计，谁料今朝剑下亡！"①

这就说明一个道理：择主者与被择者应各以"忠义"二字自守，卖主求荣之事切不可为，亦不可容。那赵子龙的"良禽择木而栖"，则堪称是"贤臣择主而事"的典范，所以名扬史册而称颂于众口。

由此，也可以看出《水浒传》主臣观的文化基因是多元的汇一，其中"有德者居之"、"良禽择木而栖"是孔孟之道原教旨的，而"执一而终"是孔孟之道原教旨接受程朱理学洗礼的，"朋友而兄弟，兄弟而又主臣"是孔孟之道原教旨接受墨家文化和市井文化洗礼的。

那么，《西游记》的君臣观又是如何的呢？书中有一段集中的描写，事见第十二回《玄奘秉诚建大会，观音显像化金蝉》。写唐太宗见了观音的"颂子"，问聚集于化生寺做道场的一千二百名高僧：

> "谁肯领朕旨意，上西天拜佛求经？"问不了，旁边闪过法师，帝前施礼道："贫僧不才，愿效犬马之劳，与陛下求取真经，祈保我王江山永固。"唐王大喜，上前将御手扶起道："法师果能尽此忠贤，不怕程途遥远，跋涉山川，朕情愿与你拜为兄弟。"玄奘顿首谢恩。唐王果是十分贤德，就去那寺里佛前，与玄奘拜了

①　罗贯中著，毛宗岗评：《全图绣像三国演义》，内蒙古人民出版社1981年版，第457页。

四拜，口称"御弟圣僧"。玄奘感谢不尽道："陛下，贫僧有何德何能，敢蒙天恩眷顾如此？我这一去，定要捐躯努力，直至西天；如不到西天，不得真经，即死也不敢回国，永堕沉沦地狱。"随在佛前拈香，以此为誓。

显而易见，玄奘的这种对唐太宗李世民的"忠心赤胆"，实质上是种"忠君即是爱国"的宋儒思想，并含有某种"士为知己者死"的壮士情怀，全然是世俗的、伦理的。它反映了一个无可辩驳的事实：玄奘西行求法，由《三藏法师传》中的"违旨"，演化为《西游记》杂剧中的奉旨，演化为世本《西游记》中的"请旨"，乃是取经故事在三教圆融而以儒教为主导的思想轨迹上运行的必然结果。当"忠为君王"被说成是玄奘西行求法的主要目的，那么，玄奘的艺术形象也就随之而成为头戴僧帽的世俗士大夫了。那流传千古的取经故事，也就成为宗教光环下的尘俗治平求索。

凡此，也就告诉我们：刘备、赵匡胤、李世民都是开国之君，他们所以能开国就在于他们都是有德者。此其一。他们与大臣的关系都是"朋友而兄弟，兄弟而又主臣"三伦一体的主臣关系。此其二。臣僚们都是怀着"士为知己者死"的心态参政议政的，忠心赤胆，是他们的基本品格。此其三。其所以然，就在于三国故事、水浒故事、取经故事这三大故事是宋元以来同一社会思潮下的产物，所以在审美文化上也就具有如上的共同点。

《红楼梦》中"君为臣纲"观念的描写则又有所不同。

书中实际是写了三个皇帝，一个是"仿舜巡"的太祖皇帝，一个是想"以孝治天下"的"当今"，一个是赞同"当今"想"以孝治天下"的"太上皇"。祖孙三代都想行"王道"于民，做个"体贴万人之心"，"仁孝

265

过天"，赢得万民高呼的"圣君"。可他们的以"仁孝"，亦即以"王道"治理天下，又是意在以弘扬那"天有十日，人有十等"的封建等级思想和等级制度为旨归的。是故，其治理天下的结果，却是"千红一窟（哭），万艳同杯（悲）"。这是何等深刻的揭示，它所提出的问题已不限于某某君主是否有道，而是对封建君主制度本身的合理性提出了深刻的怀疑。

书中写贾宝玉有句呆话，其意思是："那朝廷是受命于天，他不圣不仁，那天地断不把这万几重任与他了。"又哪来的"昏君"，又哪来的"战乱"；那"文死谏，武死战"，"皆非正死"，还不如死于"为丫鬟们充役"的好。这就等于说，既然有昏君，有战乱，那么就证明皇权不是"受命于天"的，这就不只雄辩地否定了"文死谏，武死战"这一封建主义最高道德信条，而且还以春秋笔法否定了"君权神授"说。

书中写及"刘姥姥二进荣国府"，与几个丫鬟行至象征皇权的省亲别墅下，忽然一阵肚响，解下裤带欲方便。诚然刘姥姥是醉了，但作者没有醉。

书中写及"贾元春才选凤藻宫"，说那六宫太监夏守忠奉旨召贾政进宫，"临敬殿陛见"，吓得"贾母等合家人心中皆惶惶不定"，"不知是何兆头"。这真可谓伴君如伴虎。贾政以心伴君如此，元春以身伴君亦如此，所以日后她才有"虎兕相逢大梦归"的命运和结局。

凡此等等，足以看出曹雪芹对"君为臣纲"的不恭，是似颂而实讽。

三、说《水浒传》的父子观

"父为子纲"是君为臣纲的缩影，它是封建主义族权的理论基石，实际上也就是要以家长统治维护封建社会的宗法等级制度。方法是以封建主义的孝道作纽带，把个人、家族、国家联系起来，将封建主义的政治和封建主义的伦理打成一片，这也就是《孝经》所说的"移孝为忠"："夫孝，始于事亲，中于事君，终于立身。"①

《三国演义》对这一封建教义恪守不渝，"孝"字成了它褒贬人物的重要标准。

比如，小说开卷第一回，说刘备："玄德幼孤，事母至孝。"说曹操："操有叔父，见操游荡无度，尝怒之，言于曹嵩。嵩责操。操忽心生一计：见叔父来，诈倒于地，作中风之状。叔父惊告嵩，嵩急视之，操故无恙。嵩曰：叔言汝中风，今已愈乎？操曰：儿自来无此病，因失爱于叔父，故见罔耳。"

二人甫登场，作者为什么要如此介绍他们幼年时的行状并形成对比呢？毛氏父子于"故见罔耳"一语下有段评语："欺其父，欺其叔，他日安得不欺其君乎？玄德孝其母，曹阿瞒欺其父、叔，邪正便判。"②

"父为子纲"还被作者直接用以作为褒贬人物的"义与不义"或"仁与不仁"的基本原则。"元直走马荐诸葛"，写曹操闻听徐庶"事母至孝"，居然无视徐母的意旨，伪拟手书，想召徐庶回许昌充当自己的股肱之士，而刘备则鉴于"母子乃天性之亲"，送徐庶归许昌以全其母子之恩，借以形成鲜明对照，说明曹操是不仁不义而刘备是大仁大义。

《水浒传》呢？它对于"父为子纲"的信奉一点也不亚于《三国演义》，这集中表现在作者的理想寄托者宋江身上。宋江固然是个"义胆包天"的人物，然而他身上的"义胆"与其"孝道"相比，则又不能不说是处于次要地位。

---

① 《孝经注疏》，《十三经注疏》，清嘉庆刊本，中华书局 2009 年版，第 5526 页。
② 罗贯中著，毛宗岗评：《全图绣像三国演义》，内蒙古人民出版社 1981 年版，第 8 页。

"花荣大闹清风寨"，宋江不得不率领花荣与秦明等众好汉投奔梁山，于村店碰到捎书的石勇。宋江读罢家书：

> 叫声苦，不知高低，自把胸脯捶将起来，自骂道："不孝逆子，做下非为，老父身亡，不能尽人子之道，畜生何异！"自把头去壁上磕撞，大哭起来。①

哭昏苏醒以后，既不考虑个人的吉凶，也不考虑弟兄们的安危，边哭边留下一封书信，"连夜自赶回家"。弄得花荣和秦明等众兄弟，"事在途中，进退两难；回又不得，散了又不成"。宋江回到家里，知父亲不曾谢世；自己却银铛入狱，并被断配江州。晁盖聚众好汉四处堵截，把宋江劫上梁山，让坐第一把交椅，宋江却正色道：

> 父亲明明训教宋江，小可不争随顺了，便是上逆天理，下违父教，做了不忠不孝的人，在世虽生何益？如不肯放宋江下山，情愿只就众位手里乞死。②

真是：生命诚可贵，义字价更高。为了尽孝道，两者均可抛。可作者却认为：这才是宋江品德高尚而为他人所不及的地方，让时人呼之曰"孝义黑三郎"。

那么，《西游记》呢？它对"父为子纲"这一教义也是恭奉的。

取经故事由唐演化至元，三藏法师的形象已由一代高僧演化为地

---

① 施耐庵、罗贯中：《水浒传》，人民文学出版社 1997 年版，第 460 页。
② 同上书，第 472 页。

道的封建士大夫。这有《西游记》杂剧写其赴西天取经，临别留言可证。道是："为臣尽忠，为子尽孝。忠孝两全，余无所报。"《西游记》中的唐僧形象更是如此，而且作者这么写是强意识的。反映为：如果说"玄奘秉诚建大会，观音显象化金蝉"是意在突出唐僧的"忠"，那么"陈光蕊赴任逢灾，江流儿复仇报本"则意在突出唐僧的"孝"。

这是清楚的。书中写唐僧一旦得知其母还在人世，便舍生忘死探母于仇人私衙。一旦得知其祖母尚流落他乡，便不远千里寻亲于洪州。一旦得知仇人底细，便星夜赴京求外祖父起兵征讨，以报杀父之仇。

一言以蔽之，没有玄奘的这份孝心，便没有他一家三代四口人的团聚。谓玄奘是"忠孝双全"的圣僧，不亦宜乎？

那么，《红楼梦》对"父为子纲"的态度又如何呢？

一个现象值得注意，就是：书中的正面形象皆在子辈，父辈中无作者称颂或肯定的人物。当父子之间发生冲突时，作者的同情全在子辈。宝玉挨打是如此，贾琏挨鞭也是如此。诚然，子辈身上也有毛病，但作者皆写成是由父辈的管教和影响造成的。

这种作为小说情节结构之主轴的"父与子"的矛盾，说到底，是由于父辈只允许子辈在以封建等级思想和制度打造的平台上表演人生之戏，而子辈却想到那以自由平等思想打造的平台上演唱人生之歌。所以，这种"父与子"的矛盾，是代表着两种人生道路、两种历史发展方向的矛盾。

凡此，可以看出《红楼梦》对"父为子纲"的不以为然。

四、说《水浒传》的夫妇观

"夫为妻纲"，不仅是封建家庭内部施行"夫权"的理论基础，实质上也是宗法等级制度以男性居于中心统治地位的理论基础。

"四书"之一的《大学》强调"治国"必先"齐家"。《诗》云："刑于寡妻，至于兄弟，以御于家邦。"孔颖达疏云："能施礼法于寡少之适妻，内正人伦以为化本。复行此至于兄弟亲族之内，言族亲亦化之。又以为法，迎治于天下之家国，亦令其先正人伦，乃和亲族。其化自内及外，遍被天下，是文王圣也。"①《礼记》云："男女有别而后夫妇有义，夫妇有义而后父子有亲，父子有亲而后君臣有正，故曰：昏礼者，礼之本也。"②朱子《白鹿洞书院揭示》列"父子有亲，君臣有义，夫妇有别，长幼有序，朋友有信"为"五教之目"，并称："尧舜使契为司徒，敬敷五教，即此是也"③。圣贤们此唱彼和，认为"治国"必先"齐家"，认为"齐家"的起点当是"施礼法于寡少之适妻，内正人伦以为化本"。这倒不是他们有什么天生的管教妻子的癖性，或者出于恩爱和慎重而将妻子作为"治国"的试点。这是由于"最初的阶级压迫是跟男性对女性的奴役相一致的"。说穿了，所谓"刑于寡妻"，实际上是宗法等级压迫的一种表现形式，是社会阶级压迫在两性关系上的变相反映。毋庸讳言，《水浒传》与《三国演义》里所反映出的妇女观是相当落后的，甚至落后于宋元话本与元人杂剧某些优秀作品所反映的妇女观。

《三国演义》开卷便写青蛇蟠于御椅以及雌鸡化雄等种种"不祥之兆"，以示汉祚之衰，天下将乱。所谓青蛇蟠于御椅，意即毛氏父子批语所说的"'唯虺唯蛇，女子之祥'。寺人正女子一类也，故有此

---

① 《毛诗正义》，《十三经注疏》，清嘉庆刊本，中华书局2009年版，第1111—1112页。

② 《礼记正义》，《十三经注疏》，清嘉庆刊本，中华书局2009年版，第3649页。

③ 朱熹：《晦庵集》卷74，《四部丛刊》影印明嘉靖刻本。

兆"①。所谓雌鸡化雄，实即《尚书》所云"牝鸡司晨，惟家之索"②的旧调重弹。二者皆是以女子擅权喻东汉末年的十常侍误国。要是结合书中所写的"白门楼吕布殒命"，是由于"听妻妾言，不听将计"，刘琮的州破身亡，是由于"蔡夫人议献荆州"等重要情节看问题，便不能不认为作者实际上是在把女子看成是"祸水"。

《水浒传》更是如此。书中写宋江的触犯王法、亡命江湖，是由于杀惜；宋江之所以杀惜，就在于阎婆惜忘恩负义、反目成仇，以刘唐的下书作把柄要挟宋江。写卢俊义原是立意与梁山为敌的人，之所以会被逼上梁山，是由于吴用的"智赚"；吴用的计策之所以会实现，则又由于"谁料室中狮子吼，却能断送玉麒麟"。写潘金莲私通西门庆，药鸩亲夫武大郎；武松为兄报仇杀死奸夫淫妇，由此触犯王法而被步步逼上梁山。写杨雄之妻潘氏，私通和尚裴如海，离间杨雄与石秀的结义之情；石秀设法使杨雄明白事情的真相，杨雄遂杀死潘氏，与石秀畏罪投奔梁山。凡此等等，真可谓无恶不归女子，无善不归丈夫！

当然《三国演义》和《水浒传》也塑造了一些正面的女性形象，然而，皆以听从伦理观念的支配为其特点，并不见其有什么独立的意志和人格。貂蝉是个"颜色倾城，年当十八"的女郎，王允让她表演"连环计"以拯救汉室，她就在董卓与吕布之间弄色相风情，离间其父子分颜；吕布杀了董卓，她又温驯地成了吕布的侍妾，始终没有半点个人感情的波动。施耐庵把扈三娘的武艺写得超过梁山上的不少好汉，这当是他独具胆识的地方；但是，当宋江为了实现当年许诺给王矮虎找门亲事的诺言，亲自保媒让被俘归顺梁山的扈三娘"当夜"与王矮虎完婚，扈三娘

①　罗贯中著，毛宗岗评：《全图绣像三国演义》，内蒙古人民出版社 1981 年版，第 2 页。

②　《尚书正义》，《十三经注疏》，清嘉庆刊本，中华书局 2009 年版，第 388 页。

接受宋江的摆布当即嫁给其貌不扬、"贪财好色"的王矮虎而没有激起纹丝感情的涟漪!

《三国演义》和《水浒传》里的正面女子形象,其思想品格多是从班昭《女诫》的模型里倒出来的。班昭《女诫》说得明白:女子当自甘于"卑"、"弱","苟不甘于卑,而欲自尊,不伏于弱,而欲自强,则犯义而非正矣"。①王允待貂蝉情同"亲女",宋江与扈三娘是结义兄妹,她们对亲长当然只有惟命是从;这也就是罗施二氏所要看到的女性的道德面貌和精神境界。岂但如此,罗贯中还借刘备的口说了一段"名言":"兄弟如手足,妻子如衣服。衣服破,尚可缝;手足断,安可续?"这一古老思想在《水浒传》里也获得形象的写照,那杨雄杀妻一段血淋淋的描写不只是一般地宣扬"夫为妻纲"的神圣,简直是认为丈夫有权把妻子当作任意屠宰的牲口。

然而,《水浒传》所写的女子,其"自甘于卑、弱"者寡,其自许"不是鳖老婆"者众。其胆略大多不亚于男子,其胆大则往往胜过男子。令人悚然,亦令人避忌:"阴人不吉"。

还须一提的是,都重男轻女,都写及英雄和美人,而《三国演义》无"阴人不吉"的观念。原因何在呢?这是由于《水浒传》所蒙受的江湖文化和市井文化的影响要比《三国演义》深。何以言之?还是孙述宇先生说得好:"我们发觉强人与僧人一样避忌妇女,这两种人处处南辕北辙,然而为自己生命的焦虑则一,所不同的是强人焦虑的是肉身性命,僧人则是精神生命而已。我国过去的盗匪有劫财不劫色的规条,又有阴人不吉的观念,都反映这种心理。"②

---

① 班昭:《女诫》,《女四书笺注》,王相校笺,光绪三年刊本。
② 孙述宇:《水浒传的来历与艺术》,明报出版部 1984 年版,第 40 页。

最后，一个现象值得注意：《三国演义》中无淫妇，多节妇。《水浒传》中寡节妇，多淫妇。怎么解释呢？这是由于《三国演义》所描写的妇女皆来自绣户侯门，《水浒传》中的妇女皆属市井中人。二者蒙受的教育不同，文化素质不同，社会身份不同，心理结构不同，致道德操守不同。一个把班昭的《女诫》当作座右铭恪守之，一个把班昭的《女诫》视为废纸唾置之。这就出现了《三国演义》中多节妇无淫妇的现象，而《水浒传》则相反。是故，不应当单从妇女观的角度去评价一部作品思想水平的高低。应予回味的倒是：这两部小说中的妇女形象何以会如此相辅相成。

《西游记》呢？不妨先谈谈玄奘的"坐怀心悸"问题。

比如，第八十二回，写金毛白鼻老鼠精将其摄入陷空山无底洞要与之结为夫妇。面对女妖的爱欲恣恣，玄奘狼狈不堪，知孙悟空在室，惊魂方定。晚上饮"交杯酒"，一个"娇怯怯"，满斟美酒递与郎君；一个"羞答答"，满斟一盏回与佳人。次日相与游园，一个情切切喊声"长老"，一个意绵绵回声"娘子"。诚然，玄奘是在依孙悟空之计而行，然而，也难言不是在万种风流中的真情流露。

再如，第五十四回"法性西来逢女国，心猿定计脱烟花"，写西梁女王愿以一国之富招赘玄奘为夫，生子生孙，永传帝业，玄奘竟不知如何是好，让孙悟空给拿主意：

　　行者道："依老孙说，你在这里也好。自古道'千里姻缘似线牵'哩。那里再有这般相应处？"三藏道："徒弟，我们在这里贪图富贵，谁却去西天取经？那不望坏了我大唐帝主也？"

足见，玄奘并非无意于"一国之富"，"倾国之容"，其令人钦敬之处，是在于能将之视为"鱼"，而将取回真经以报唐王视为"熊掌"。可见玄奘其禅心虽在，却已非沾泥之絮。

还是作者自己说得好，"情欲原因总一般，有情有欲自如然"。质而言之，玄奘的这种"坐怀心悸"是以"有情有欲自如然"为其审美特征的，故可视之为宗教光环下的人之爱欲觉醒。它打着个性解放的思想烙印，这烙印虽然还处于"草色遥看近却无"的状态，而在客观上却是对传统的"阴人不吉"等观念的一种文化冲击。

不妨让我们再看一看《红楼梦》对"夫为妻纲"的态度。面对传统的男尊女卑，女子无独立人格的现实，贾宝玉有两句"呆话"。一曰："女儿是水做的骨肉，男人是泥做的骨肉，我见了女儿，我便清爽，见了男子，便觉浊臭逼人。"[①]一曰："山川日月之精华独钟于女儿，须眉男子不过是些渣滓浊沫而已。"[②]这种发自贾宝玉"意淫"观念的道白，这种建立在对男性贬抑上的对女性的褒扬，在对传统观念的矫枉上虽则是过正的，但其哲理层面却是正确的。那就是：认为"男尊女卑"的观念是不合理的；认为"夫为妻纲"的观念是不合理的；认为以男性居于社会中心统治地位的封建等级思想和制度是不合理的。认为合理的社会当如太虚幻境般的自由而平等的社会，认为合理的婚姻当如宝黛为神瑛侍者和绛珠仙子之时所订立的木石前盟，这是种以男女平等、性情相契、相知相爱为基础的自择婚姻。不言而喻，这种妇女观和婚姻观具有世法变革的性质，所以是进步的，乃"东方的微光，林中的响箭，冬末的未萌"也。

---

① 曹雪芹、高鹗：《红楼梦》，人民文学出版社 1982 年版，第 28—29 页。

② 同上书，第 283 页。

五、结论和余论

要指出的是：《三国演义》和《水浒传》对"三纲"等人伦观念的态度是褒扬，而《红楼梦》对"三纲"等人伦观念的态度则是扬弃。《西游记》则介于二者之间。

这不是偶然的。盖一要生存，二要温饱，三要发展，这是人类生长于天地间的基本法则。"霸道"无视于人的"生存"和"温饱"的要求，故黎民皆欲叛离之。"王道"虽则制约人的"发展"，而能关心人的"生存"和"温饱"，故黎民皆愿追随之。《三国演义》和《水浒传》，一写志士仁人是如何地在刀光剑影下为国捐躯，一写绿林豪杰是如何地欲尽忠报国而壮志难酬。其所欲解决者，乃是如何从"三纲"中吸取圣贤们的良法美意，以在此"礼"之大体的框架中谱写王道乐章的问题。这也就是施罗二氏褒扬"三纲"等人伦观念，而对"君为臣纲"颇多瞩目的原因。其所提出的新思想，则有"朋友而兄弟，兄弟而又主臣"的"三伦一体"的主臣观念。《西游记》呢？则是宗教光环下的尘俗治平求索，它打着个性解放的思想烙印。这烙印虽然还处于"草色遥看近却无"的状态，而在客观上却是对传统的"君为臣纲"等观念的一种文化冲击。《红楼梦》则不然，它写的是"生于王道乐土上的芸芸众生恍若无事的社会人生的悲剧"。盖作者从"三纲"等人伦观念中有个破天荒的发现：却原来那"王道"只给人生存和温饱，不给人"发展"以推动历史前进，也在吃人。这就决定了曹雪芹对"三纲"等人伦观念所包含的圣贤们的良法美意持此批判态度，而以"路漫漫其修远兮，吾将上下而求索"自励。苦痛的求索造就了曹雪芹。

还须指出的是：不同于《红楼梦》的妇道观念是从封建叛逆者的审美心理角度写出的，《三国演义》和《水浒传》的妇道观念，一从士大夫的审美心理角度写出，所以旨归封建正统文化的风范，反映为书中有节烈之妇，如孙夫人，而无杀夫之妻；一从绿林豪杰的审美心理角度写出，所以蕴涵江湖文化的元素，反映为书中多害夫之妇，如淫妇二潘，而寡节烈之妻。《西游记》呢？由于蒙受个性解放思潮的影响，至作者笔端的女性往往具有爱欲的朦胧觉醒。凡此，我们研究作品的文化现象是不可不注意的。所以，不能专从小说所写妇道观念的进步与否去论作者思想水平的高低。

附录一　宋人"说话四家数"考论

——试论宋人"说话四家数"的分类标准

一、引言

宋人"说话"四家数的划分问题，向来是个言人人殊的问题。迩来一些研究者更认为"说话有四家"云云，乃是"耐得翁个人意见"，"并非定论"；认为宋人"真正说话之分类，实仅三家，即小说、讲史、说经"。① 其实，"四家"说也罢，"三家"说也罢，虽然都赫然标举着"小说"和"说经"，而他们对"小说"之内涵的理解也是言人人殊的。"说经"亦然。

照我看来，"说话"四家数之论，是否为宋元人定论，这是一个问题；是否有其道理，这又是一个问题。最为重要的是研究一下耐得翁把宋人"说话"划分为"四家数"的标准，而这正是当前的"四家"论者与"三家"论者所忽略了的。如果我们把握了耐得翁的分类标准，再参照以宋元人的一些约定俗成的看法，那么，就可以对"说话有四家"的提法是否合适作出应有的解答。

---

① 皮述民：《宋人"说话"分类的商榷》，《北方论丛》1987 年第 1 期。

二、宋人"说话四家数"的分类方法

宋人"说话有四家"的提法，最早见于耐得翁的《都城纪胜》。它在"瓦舍众伎"条中曾这样说：

> 弄悬丝傀儡、杖头傀儡、水傀儡、肉傀儡。凡傀儡敷演烟粉灵怪故事、铁骑公案之类，其话本或如杂剧，或如崖词，大抵多虚少实，如巨灵神朱姬大仙之类是也。影戏，凡影戏乃京师人初以素纸雕簇，后用彩色装皮为之，其话本与讲史书者颇同，大抵真假相半，公忠者雕以正貌，奸邪者与之丑貌，盖亦寓褒贬于市俗之眼戏也。说话有四家：一者小说，谓之银字儿，如烟粉、灵怪、传奇。说公案，皆是搏刀赶棒，及发迹变泰之事。说铁骑儿，谓士马金鼓之事。说经，谓演说佛书。说参请，谓宾主参禅悟道等事。讲史书，讲说前代书史文传、兴废争战之事。最畏小说人，盖小说者能以一朝一代故事，顷刻间提破。合生与起令、随令相似，各占一事。商谜，旧用鼓板吹《贺圣朝》，聚人猜诗谜、字谜、戾谜、社谜，本是隐语。有道谜、正猜、下套、贴套走智、横下、问因、调爽。

吴自牧的《梦粱录》沿袭了这一看法。它在"小说讲经史"条中是这么说的：

> 说话者，谓之舌辩。虽有四家数，各有门庭。且小说名"银字儿"，如烟粉、灵怪、传奇、公案、朴刀、杆棒，发发踪参（发迹变泰）之事，有谭淡子、翁三郎、雍燕、王保义、陈良甫、陈

郎妇枣儿、余二郎等，谈论古今，如水之流。谈经者，谓演说佛书；说参请者，谓宾主参禅悟道等事；有宝庵、管庵、喜然和尚等。又有说诨经者戴忻庵。讲史书者，谓讲说通鉴、汉唐历代书史文传，兴废争战之事，有戴书生、周进士、张小娘子、宋小娘子、丘机山、徐宣教。又有王六大夫，元系御前供话，为幕士请给，讲诸史俱通，于咸淳年间，敷演《复华篇》及《中兴名将传》，听者纷纷，盖讲得字真不俗，记问渊源甚广耳。但最畏小说人，盖小说者，能讲一朝一代故事，顷刻间捏合。（合生）与起令随令相似，各占一事也。商谜者，先用鼓儿贺之，然后聚人猜诗谜、字谜、戾谜、社谜，本是隐语。

一经吴自牧这么袭而用之，充而实之，耐得翁的"说话有四家"的提法，遂成为清季以来学界的不易之论。

然而，一则由于耐得翁只说了个"一者小说"，没有说"二者"、"三者"、"四者"，吴自牧也没有明言"四家"是哪四家；二则由于当时没有如同我们今天所使用的标点，可左可右，断句很难有固定的标准，遂使近代学者们对"说话"四家的分法，人执一词，聚讼不已。要知专家们的意见分歧到什么程度，不妨让我们看看胡士莹所制下列简表[①]：

家数\论者	烟粉	灵怪	传奇	公案	铁骑儿	说经	说参请	讲史	合生	商谜	讲诨话
王国维 胡怀琛	1					2	3	4			
鲁迅甲 严敦易	1					2		3	4		

---

① 胡士莹：《话本小说概论》，中华书局1980年版，第106页。

家数 论者	烟粉	灵怪	传奇	公案	铁骑儿	说经	说参请	讲史	合生	商谜	讲诨话
孙楷第	1					2		3	4		
鲁迅乙	3					2		1			4
赵景深	1					2		3			4
谭正璧甲	1					2		3		4	
谭正璧乙	1			2		3	4				
翟灏 张心泰 陈汝衡 李啸仓 青木正儿	1			2		3		4			
王古鲁	1			2		3		4			

制表者认为四家的分法应该是这样的：

1.小说（即银字儿）——烟粉、灵怪、传奇、说公案，皆是搏刀赶棒及发迹变泰之事。

2.说铁骑儿——士马金鼓之事。

3.说经——演说佛书；

说参请——宾主参禅悟道等事；

说诨经。

4.讲史书——讲说前代书史文传兴废争战之事。

其理由是："耐得翁的一段话，貌似混乱，其实却有其严整之处，四家数的分界，亦显然在焉。问题就在'事'字上。试看：'一者小说……之事；说铁骑儿……之事；说经……，说参请……等事；讲史书……之事，最畏小说人……'由此可见，耐得翁的分法，是从最根本的因素——内容，亦即反映生活的范围出发的。他着重在某一家数说什么'事'。而且，因为说经、说参请形式不同，内容却大同小异，所以他合而为一，后面用的是'等事'，也用得很合逻辑。"结论则是："耐得翁从内容来看问题的方法是正确的。"[1] 要之，从这种种四分法的"说话"分类来看，正如皮述民所说，"它们是大同小异的，所谓大同，是它们均同意小说、讲史、说经三种各占一位，所谓小异，即是第四位应分派给谁，意见分歧。或主张合生，或主张合生、商谜，或主张合生商谜外加说诨话，或者否定这几种说法，而把说公案、说铁骑另立一门，各是其是。总之，四分法到目前为止，迄无定论"[2]。

三、小说和银字儿是否为同一概念

其一，耐得翁认为"说话有四家"，其分类的标准究竟是什么？

《都城纪胜》告诉我们：弄傀儡有话本，当然也有讲唱，但作为一种伎艺，其主要演出手段则是靠傀儡以引人。影戏亦有话本，当然也有说唱，但作为一种伎艺，其主要演出手段则是靠皮影以动人。"说话"不只有说，间或还有唱，唱时当然也会用乐器，但作为一种伎艺，其主要演出手段则是靠"舌辩"以娱人。这好像是老生常谈，实际上耐氏用以区别"说话"与皮影等其他伎艺的标准亦显然在焉，那就是演出时主要靠"舌辩"以自资者谓之"说话"。

《都城纪胜》还告诉我们："凡傀儡敷演烟粉灵怪故事，铁骑公案之类。其话本或如杂剧，或如崖词，大抵多虚少实。"凡影戏乃以素纸或

---

[1] 胡士莹：《话本小说概论》，中华书局 1980 年版，第 107—108 页。

[2] 皮述民：《宋人"说话"分类的商榷》，《北方论丛》1987 年第 1 期。

兽皮雕簇，"公忠者雕以正貌，奸邪者与之丑貌，盖亦寓褒贬于市俗之眼戏也"；"其话本与讲史书者颇同，大抵真假相半"。这也好像是老生常谈。实际上耐氏用以区别"小说"与"讲史"的标准却亦在焉，那就是看其虚构程度如何，"大抵多虚少实"者谓之"小说"，"大抵真假相半"者谓之"讲史"。

这两点是万万不可忽略的，否则，我们就难以论定耐得翁所说的"说话有四家"究竟是哪四家。一些研究者以为耐得翁的分法是从作品反映生活的范围出发的，由此而主张对《都城纪胜·瓦舍众伎》不取"说话有四家"一语以前的傀儡和影戏，也不取"最畏小说人"这总结以后的合生与商谜；认为只要捉住其间一段文字中的四个"事"字，便可正确地判别耐得翁所说的"说话有四家"是哪四家。[①] 这是把问题过分地简单化了，实际情况并非如此。这里，只想指出一点，那就是：说"说公案"，"皆是搏刀赶棒及发迹变泰之事"，那是可以的，因为符合现存及本事可考者这类作品的事实；说"烟粉、灵怪、传奇"诸作，"皆是搏刀赶棒及发迹变泰之事"，那是不可以的，因为不符合现存及本事可考者这类作品的事实。《醉翁谈录》乙集"烟粉欢合"类之《林叔茂私挈楚娘》及壬集"夤缘奇遇"类之《崔木因妓得家室》，便足资证。二者既没有什么"搏刀赶棒"，也没有什么"发迹变泰"，一风月情而已。

其二，小说和银字儿是不是同一概念的两个不同名称，铁骑儿和小说是不是属于同等概念的一种并列关系？

银字儿是银字管亦即银字笙和银字觱篥的简称。这种乐器是以"银字制笙，以银作字，饰其音节"而得名。所谓"以银作字"，就是"镂

---

① 胡士莹：《话本小说概论》，中华书局 1980 年版，第 107 页。

字于管，钿之以银"；所谓"饰其音节"，就是"于笙之按孔处，钿之以银"①，具有外形的美。与此不无关系吧，诗人也就雅好以它入诗词。如白居易《南园试小乐》诗云："高调管色吹银字，慢拽歌词唱'渭城'。"杜牧《寄珉笛与宇文舍人》诗云："调高银字声还侧，物比柯亭韵校奇。"如毛滂《浣溪沙·泛舟》云："银字笙箫小小童，梁州吹过柳桥风。阿谁劝我玉杯空。"蒋捷《一剪梅·舟过吴江》云："何日归家洗客袍？银字笙调，心字相烧。"而从这些诗词的意境来看，则又可以看出"'银字'本身腔调所代表的情绪，是哀艳的，回环复沓的"②，且为当时人们所喜闻乐见。

银字儿与"说话"的关系，当前有两种看法。叶德均认为："宋代说话的小说又名'银字儿'，是因讲唱时用银字笙、银字觱篥乐器配合歌唱而得名"③。孙楷第也说："说话第一类之小说，既以'银字儿'命名，必与音乐有关，大概说唱时以银字管和之。"④这是一种看法。李啸仓认为："银字为哀艳腔调的代称，是灼而易见的。进而，'银字'到宋朝已经孳乳引申为哀艳之义的专名词，也就成为极可能的事了。"⑤而说活人讲的烟粉、灵怪、传奇这一类小说，"大抵都是很哀艳动人的"，所以"特异的称它为'银字儿'，恐怕就是这个道理"⑥。胡士莹也说："我们不否认说话是有歌唱部分，但它是否用银字笙、银字觱篥来伴奏，尚难找

---

① 李啸仓：《释银字儿》，《宋元伎艺杂考》，上杂出版社1953年版，第103页。
② 同上书，第103—104页。
③ 叶德均：《宋元明讲唱文学》，《戏曲小说丛考》，中华书局1979年版，第630页。
④ 孙楷第：《宋朝说话人的说话家数问题》，《沧州集》，中华书局2009年版，第63页。
⑤ 李啸仓：《释银字儿》，《宋元伎艺杂考》，上杂出版社1953年版，第105页。
⑥ 同上书，第106页。

到根据。'小说'之所以称为'银字儿'，第二说似较为合理。"① 这又是一种看法。要注意的是，叶德均和胡士莹是认为银字儿乃小说的别名，而孙楷第和李啸仓则认为银字儿乃一类小说的代称。这种意见分歧，对于研究"说话"家数之一的小说来说，反映了银字儿当作属概念还是种概念认识上的不同。

那么，应该怎样认识这种看法的分歧呢？其实它们皆有合理的内核，以任何一方否定另一方均有失于全面。

宋人"说话"可上推受唐人"转变"之启示和影响，是种以说白为主而有歌有吟的伎艺。银字笙和银字觱篥，是隋唐燕乐及唐宋教坊音乐的重要乐器，形既甚美而音又哀艳。说小说人演述哀艳故事时以银字管吹奏相和，我认为完全密合事理。此其一。

银字儿本身腔调所代表的情绪既是低回悱恻的，所和的小说故事又是哀婉复沓的，相沿成趣，久之遂使银字儿成为哀艳的代词，我想也不是绝无可能。此其二。

宋时说商谜者曾"用鼓板吹（贺圣朝），聚人猜诗谜、字谜、戾谜、社谜"，则说小说者亦会吹奏银字管以招徕他的听客，我认为这事有必然。由此而使银字儿日渐成为说某类小说甚或说小说的一种象征，亦情理中事。此其三。

不言而喻，三者当有一个共同的基础，那就是：银字儿的腔调和小说情节的格调不应相左。我们知道，《都城纪胜》在记叙傀儡戏时以"烟粉灵怪"和"铁骑公案"对举，足证它的内容有文有武。"其话本或如杂剧，或如崖词"。崖词者，"无端崖涘之辞"（郭庆藩《庄子集释》）也，此指多虚少实的小说。戏之情节既有文有武，小说的故事当亦如此。那

---

① 胡士莹：《话本小说概论》，中华书局 1980 年版，第 111 页。

么，与银字儿腔调所代表的哀艳情绪相鸣的小说故事当是什么故事？应是或者说主要是"文"的！足见似不能说银字儿是小说的别名而只宜说它是一类小说的代称，这类小说就是烟粉、灵怪、传奇。盖烟粉多讲烟花粉，人鬼幽媾；灵怪多讲灵异鬼怪，人妖偷期；"唐人所谓传奇，内容本无所不包，话本则仅指爱情故事一类"①。凡此皆大抵以哀艳见称。

要是我们这种看法大体不错，则将有助于弄清说铁骑儿或铁骑公案与小说的关系。一些研究者认为"研究者们对于'家数'问题所以聚讼纷纷，关键在于他们忽视了'说铁骑儿'这一家数的现实性和独立性"②。实际情况，我认为并非如此。何以见得？

《都城纪胜》将"烟粉灵怪"，与"铁骑公案"对举，已可说明它们在耐得翁心目中是并列的，皆属于以"多虚少实"为特点的小说类的子目，当然也就谈不上是一家数。这是一。

所谓说铁骑儿的"现实性和独立性"，无非就是它的内容犹如严敦易所说的"自北宋灭亡以来，民间艺人们所津津乐道，与广大听众所热切欢迎的，包括了农民暴动和起义以及发展为抗金义兵的一些英雄传奇的故事"③。然而，从南宋及后世存在的有关宋代战争的作品来看，无论是歌颂忠臣良将的狄青故事、杨家将故事、岳飞故事，还是以太行山忠义八字军为剪影的龚开所称颂的宋江三十六人故事，哪一个越出了耐得翁试图为小说所下的那个定义！不认为它们是"真假相半"的讲史，而认为它们是"多虚少实"，"能以一朝一代故事顷刻间提破"的小说，时至今日，我们还可以看出耐得翁的高明。这是二。

---

① 谭正璧：《话本与古剧》，上海古籍出版社 1985 年版，第 21 页。
② 胡士莹：《话本小说概论》，中华书局 1980 年版，第 108 页。
③ 严敦易：《水浒传的演变》，作家出版社 1957 年版，第 69 页。

一些专家又认为"'说铁骑儿'这一说话家数的出现，历时并不太长，后来就被统治阶级所钳制而取消了。晚出的《武林旧事》就没有四家的说法"①。此说颇新颖，但恐怕也是臆测。《梦粱录》亦属晚出，也无"说铁骑儿"，却赫然写着："说话者，谓之舌辩。虽有四家数，各有门庭。"若以此列彼，岂不正好说明说铁骑儿不是四家数之一！《梦粱录》较《都城纪胜》晚出四十余年，其所以没有"说铁骑儿"一项，我认为这是说铁骑儿故事自身发展的结果。所谓"说铁骑儿"，实际上包括两类故事。一类是农民义军发展为抗金武装的故事，其代表作当是龚开所赞颂的以"不假称王，而呼保义"为特点的宋江三十六人故事；这种故事由于出现了宋江的接受招安与征方腊有功封节度使，也就随之而演化为以演述"搏刀赶棒及发迹变泰之事"为特点的"说公案"②。一类是宋廷爱国将领精忠报国故事，其代表作当如《中兴名将传》之类；这种故事由于私家编撰的史书不断出现，由于南宋的灭亡而使"本朝"的"事"变成了"前代"的"史"，随之也就使它被怀有故国之思的编纂者附于讲史。吴自牧便是这么做的。这是三。

凡此，足证说公案与说铁骑儿也是小说的子目，与银字儿鼎足而三合起来称为小说。

四、合生和商谜以及说诨话等小型伎艺

是否属于"说话"伎艺的一种合生和商谜以及说诨话等这些小型伎艺，是否属于"说话"伎艺的一种？回答应该是肯定的，试以合生为例

---

① 胡士莹：《话本小说概论》，中华书局 1980 年版，第 108 页。

② 张锦池：《"乱世忠义"的颂歌》，《中国四大古典小说论稿》附录，华艺出版社 1993 年版。

说明问题。理由如次：

一是，何谓"合生"？唐人的合生是种歌舞戏，宋人的合生是种有白有咏的小品。洪迈《夷坚志·乙志》卷六"合生诗词"条说得非常明白：

> 江浙间路歧伶女，有慧黠知文墨，能于席上指物题咏，应命辄成者，谓之合生。其滑稽含玩讽者，谓之乔合生。盖京都遗风也。

这一定义告诉我们：合生是种以"舌辩"自资的文艺小品，与"现代的相声有些近似，形式比较灵活"。

二是，孟元老《东京梦华录》卷五"京瓦伎艺"条，将商谜、合生、说诨话毗连，置于小说与"说三分"之间。罗烨《醉翁谈录》甲集"说引子"云："由是有说者纵横四海，驰骋百家，以上古隐奥之文章，为今日分明之议论。或名演史，或谓合生，或称舌耕，或作挑闪，皆有所据，不敢谬言。"公然把合生和讲史相提并论，认为皆是"说者"的有为之作。其他如《西湖老人繁胜录》"瓦市"条，也像《都城纪胜》与《梦粱录》一样，将合生置于小说、说经、讲史三家之后，只有周密《武林旧事》卷六"诸色伎艺人"条是个例外。凡此，足以说明：将合生看作"舌辩"伎艺之一个分支，乃渊源有自，并非耐得翁和吴自牧二人如此，实代表着当时的普遍看法。

三是，合生，见于洪迈《夷坚志·乙志》卷六"合生诗词"条，是洪迈给合生下定义后的引证，具有一定的代表性：

> 张安国守临川，王宣子解庐陵郡印归，次抚，安国置酒郡斋，招郡士陈汉卿参会。适散乐一妓言学作诗，汉卿语之曰：

"太守呼为五马，今日两州使君对席，遂成十马，汝意作八句！"妓凝立良久，即高吟曰："同是天边侍从臣，江头相遇转情亲。莹如临汝无瑕玉，暖作庐陵有脚春。五马今朝成十马，两人前日压千人。便看飞诏催归去，共坐中书秉化钧。"安国为之叹赏竟日，赏以万钱。

多像一篇话本的入话！其艺术表现方式，也令人想起《苏小妹三难新郎》中苏小妹与苏东坡的指物题咏，相互戏嘲。胡士莹认为："合生是一种以歌唱诗词为主的口头伎艺，内容很少故事性，实与以故事为主的'说话'殊途。'说话'中词话，形式固然以唱为主，但内容则以故事为主。划分家数，须以内容为主要标准，形式是次要的。"①而我则以为，要合生这样的文艺小品具有较强的故事性是勉为其难的，倒应该看到这篇合生它具有故事崖略而以情节为线，简直可以看作"丛残词话"！前面提到罗烨曾将合生与讲史相提并论，其《醉翁谈录》丁集"嘲戏绮语"所录，直令人疑心就是当时瓦肆演出的合生或说诨话。兹录《夫嘲妻青黑》：

> 有一邻家。夫妻甚相谐和。夫自外归，见妇吹火，乃赠诗焉。诗曰："吹火朱唇动，添薪玉腕斜，遥看烟里面，大似雾中花。"其妻亦候夫归，告之曰："君何不能学彼咏诗？"夫曰："君当吹火，吾亦赋诗以咏汝。"妻即效吹，夫乃作诗赠之："吹火青唇动，添薪鬼胆斜，遥看烟里面，恰似鸠盘茶。"（原注：鸠盘茶乃鬼名）

---

① 胡士莹：《话本小说概论》，中华书局 1980 年版，第 125 页。

这种对东施效颦现象的嘲讽是辛辣的。"吹火朱唇动"云云是"起令"，"吹火青唇动"云云是"随令"，与《都城纪胜》和《梦粱录》所说的合生的特点，并不相背。然而，罗烨却把它作为"说话"的材料录入自己的作品。

四是，主张合生不是"说话"四家数之一，用力最勤的是李啸仓。他在《宋元伎艺杂考·合生考》中曾以一节的篇幅，提出六点理由，"辨合生非说话四家之一"。令人最感兴味的，是其最后结语："但合生的表演。如前所论，在说唱故事上用叙述而不用代言，其与说话颇有类似之处却是可以断言的。《醉翁谈录》的作者把它们混同来讲，推其缘故，当也即在此。"罗烨是南宋人，又是那时的"说话"里手，他所以把合生与"说话"混同来讲，就在于凭他的学识与经验，认为那"在说唱故事上用叙述而不用代言"的合生，也是一种"舌辩"。并且比我们今天看得真切！

五是，笔者虽不敢苟同皮述民的"宋代说话宜分三类"说。但认为他下列的看法是精辟的："说话既独立门户表演，其演出的时间、场数，一定不少，可想而知。为了调剂各类说话的单纯性，因此，选择了一些演出时间较为短暂的、有趣味性的，或能与观众打成一片的小表演，作为穿插，它们就是上述的这些小型伎艺。"然而，下面一段话就可以商榷了："这些小型伎艺，本身不能成为表演的主体，所以只能寄生在其它节目之间。作为过渡性、调剂性的演出。"[①] 笔者认为它们是可以自成一家，独立演出的，一个节目接一个节目，演出给那些来来往往、忙中偷闲的人看。《东京梦华录》卷五"京瓦伎艺"云："毛祥、霍伯丑，商谜，吴八儿，合生。张山人，说浑话。"《西湖老人繁胜录》"瓦市"云："勾

---

① 皮述民：《宋人"说话"分类的商榷》，《北方论丛》1987年第1期。

栏合生，双秀才。……背商谜，胡六郎。谈诨话，蛮张四郎。"《武林旧事》卷六"广诸色伎艺人"云："说诨话，蛮张四郎。商谜，胡六郎等十三人。……合笙，双秀才。"这种职有专人，便是这些小型伎艺既可作为小说、讲史、说经的穿插，也可以其独特的趣味，自成一体而独立演出的明证。

问题是清楚的，耐得翁以是否是"舌辩"的伎艺，将"说话"与"弄傀儡"和"影戏"分开；以虚构的程度如何，将小说与讲史作了必要的区分；并从而结合"说话"的内容和形式，把"说话"分为四家。"最畏小说人"云云，谓其前面的三家是主要的，其后面的一家是次要的。如果用我们今天的思维形式来表达，那就是："说话有四家"，小说、说经、讲史是主要的，其他还有合生等小型伎艺。如此而已，岂有他哉！鲁迅等据《梦粱录》，凭直观，虽有犹疑，却无大错。李啸仓等在说铁骑儿或铁骑公案上求之过深，反倒由于失之毫厘而差之千里。"说话有四家"云云，当然是耐得翁的个人意见，但这种概括是符合当时"说话"实际的。耐氏的高明处亦在此。

还须知道：宋人"说话"分类问题，既是个理论问题，也是个实践问题。它需要有一个标准，也要考虑约定俗成。耐得翁在《都城纪胜》里提出的"说话有四家"说，便是他从这两方面探索的结果。因此，不只是他个人的意见，还代表着一种比较普遍的看法。

五、结论

要之，"说话者，谓之舌辩"。主要是不是靠"舌辩"，这是耐得翁据以划分"说话"与"傀儡"及"皮影"等伎艺的标准。他之所以把"合生与商谜"等小型伎艺作为"说话"四家数之一，就在于它们也是一种"舌

辩"伎艺。与此同时，耐得翁还曾对"说话"自身的分类问题提出了一
个标准。那就是看其虚构程度如何。认为"讲史"应"大抵真假相半"，
"小说"可"大抵多虚少实"，这已触及作品的生活真实与艺术真实的关
系问题。也是符合当时创作实际的。这对我们面对同是演说"兴废争战
之事"的宋人话本，正确区分哪是"讲史"哪是"说铁骑儿"，是有帮助的。
凡此，也就是耐得翁在理论上的探索及其所作出的贡献。耐得翁的"说
话四家"说，无疑是充分考虑了当时的一些约定俗成，而这些约定俗成
本质上是基于"说话"自身的题材及其主导思想的思想性质。如果我们
能结合《醉翁谈录》等文史家的著作以及当时的创作实践予以考察，问
题就更清楚。比如，同属取材于"前代书史文传"，若取材基于儒家的
典籍或史家的修撰，借对"兴废争战之事"的演说以宣扬孔孟之道者，
谓之"讲史"；若取材于佛教的经籍或史籍，借其一点生发开去以弘扬
佛法者，则谓之"说经"。又如，同属讲精怪的作品，若与佛教思想有
纠葛，谓之"说经"或"说诨经"；若与道教思想有纠葛，则谓之"灵怪"
或"妖术"。再如，同属讲超凡脱俗的著作，若讲禅悦，讲涅槃，谓之
"说经"或"说诨经"、"说参请"；若讲金丹，讲羽化，则谓之"神仙"。
再如，"小说"是"大抵多虚少实"；一切宗教故事皆富于想象，"说经"
又何尝不是"大抵多虚少实"呢？"讲史"固然要求"大抵真假相半"，
可事实上却往往做不到这一点，元刊本《武王伐纣平话》不就"大抵多
虚少实"吗？然而，取尘世题材，宣扬尘俗观念者，谓之"小说"；取
佛教题材，宣扬禅门教义者，谓之"说经"或"说诨经"；借"前代书
史文传兴废争战之事"的一点崖略生发开去，以褒扬忠义而鞭挞奸佞者，
则仍谓之"讲史"：这就是旧时的题材决定论。正因为如此，所以"讲史"
可作为"说话"伎艺儒教者流的代称，"说经"可作为"说话"伎艺佛
教者流的代称，"灵怪"和"神仙"及"妖术"等三个"小说"子目可

作为"说话"伎艺道教者流的代称。认识这一点是十分重要的，它不仅有助于我们正确认识耐得翁的"说话有四家"说，有助于我们正确判别某一具体作品的"说话"家数，还有助于我们正确认识当时的社会思潮及儒释道三教的审美观念和价值观念。

正是基于这两点，"说话四家"的分法应该是这样的：

其一，小说：银字儿（如烟粉、灵怪、传奇），说公案（皆是搏刀赶棒及发迹变泰之事），说铁骑儿（谓士马金鼓之事）。

其二，说经（谓演说佛书），说参请（谓宾主参禅悟道等事），说诨经。

其三，讲史书（讲说前代书史文传兴废争战之事）。

其四，合生（与起令随令相似，各占一事），商谜[旧用鼓板吹（贺圣朝），聚人猜诗谜、字谜、戾谜、社谜，本是隐语]，说诨话。

前三家是主要的，后一家是次要的；凡属"舌辩"伎艺之小型者，均可归入这后一家。

附录二　关于《水浒传考论》的评论

一、把文本、文献、文化结合起来研究①

　　锦池兄要我为他的新著《水浒传考论》写序，我觉得作为老朋友、师兄弟义不容辞，难以推托。但是，在准备的过程中，读了吴小如先生为《中国四大古典小说论稿》、冯其庸先生为《红楼梦考论》、程毅中先生为《西游记考论》、刘敬圻和温孟孚先生为《红楼管窥》所写的几篇序言后，觉得他们对锦池治古代小说名著的成就和特点都说得非常充分，我几乎无从下笔了。

　　现在我只能就我和他交往、读他的著作中令我感动、敬佩之处，结合他这部《水浒传考论》谈一点体会和感想。

　　首先是他对学术的执着追求的精神。你和锦池接触，就会感到他是全身心扑到学术研究上，他的谈话都是和你探讨他的学术见解；他整天思考的都是他认为悬而未决的学术难题。他现在身体不太好，但他全部的心愿和追求，就是在一件事上：他曾经向吴组缃先生表示要完成四大古典小说考论，多年努力已完成《水浒传》、《西游记》和《红楼梦》考论，现在他念念不忘的是还有一本《三国演义考论》未完成。我相信《三国演义考论》很快也能完成，因为《中国四大古典小说论稿》中有

――――――――――

　　①　原《水浒传考论》序言，作者为齐裕，人民出版社 2014 年版。

关《三国演义》的部分已经奠定了坚实的基础。四大古典小说考论全部完成，就实现了他的学术抱负，在古代小说研究领域立起一块丰碑。

其次是他对教师工作的热爱和敬业精神。毋庸讳言，现在高校存在着"教学吃亏论"，有的教授不愿多上课。但锦池热爱教学工作，几十年如一日始终站在教学第一线。他这几本"考论"都是在讲稿基础上完成的。他说："我认为作为研究员，搞科研本身就是目的；作为教师，搞科研本身不是目的，只是手段，目的是以科研促教学。如何使学生真有所得，这是一个大问题。"这种以科研促教学的精神是值得提倡的。也因此，他这几本书研究的都是课堂上必讲的名著。我在课堂上常介绍锦池的论述，如他对《西游记》取经四众的分析、采用他的《红楼十二论》给学生上选修课等，都取得很好的效果。所以，我半开玩笑说，"在课堂上，我是言必称张锦池"。他全心全意为学生服务，在教书育人上做出了杰出的成绩，获得首届全国教学名师奖是实至名归。

再次是他在学术研究中的刻苦钻研、开拓创新的精神。他所论的是名著。这块园地上实在是太热闹了，对四大名著的研究占古代小说论著的百分之七十多，无怪乎有的学者要高呼"悬置名著"。但锦池却是勇于攀登，在对这几部名著的论述中新见迭出，使人耳目一新。

锦池和我都是吴门弟子，我们都师从大吴（组缃）先生和小吴（小如）先生。小如先生要我们"'义理'、'考据'、'辞章'三者必兼而有之"；组缃先生则进一步认为单纯的考据是必要的，但更提倡要把考据和研究作家作品的思想、艺术结合起来。锦池的"考论"就是走大吴先生和小吴先生所指引的路子。如在《水浒传考论》中，他在吸收了鲁迅、郑振铎观点的基础上，"从蓟州的归属、鲁智深的两个偈语、宋江何以参禅五台山、梁山泊与蓼儿洼的位置、征辽后一百单八将何以一个未多一个未少以及若将征辽、征田虎、征王庆拿掉不仅不影响全书的逻辑性反而使全书的逻辑性倒更严密了等问题",考证征辽故事是"伪墨"。再把这个考证的结论和全书的主题研究结合起来,认为它事关施耐庵的创作宗旨。有两种悲剧放在我们面前:一是宋江接受招安以后除平了方腊以外,还平了辽,然后遇害。这是"狡兔死,走狗烹"的悲剧,是于谦式的悲剧;二是宋江谋求招安以后平了方腊,志在平虏而未能征辽,便遇害了。这是"夜视太白收光芒,报国欲死无战场"的悲剧,是岳飞式的悲剧,其深刻性非"狡兔死,走狗烹"型的悲剧所能比拟,它旨在引起人们对北宋何以亡于金、南宋何以亡于元的反思,非常深刻!

锦池把文本、文献、文化结合起来研究。指出"以忠义人的襟怀写忠义人"实乃《水浒传》的文化特征;从文化成因的角度分析比较几部名著的妇女观的不同;认为《水浒传》的结构形态,可以用杜甫的一句诗来表达,即"群山万壑赴荆门";认为神道设教是《水浒传》艺术构思上的一大特色;等等。

精彩之论未能一一列举。

锦池的成功,在于他的勤奋、他的才气、他的理论功底,还在于他的文笔极为雄辩,有长江大河奔腾之气势。我想,如果他在这部著作中对当前学术界的争论、对彻底否定《水浒传》的种种奇谈怪论予以适当回应,加以反驳,会令人感到更痛快淋漓。

以上这些粗浅的看法,是我的肺腑之言,就聊充一篇序言吧。

二、回归传统是作者一贯坚持的道路①

记得何满子先生说过:"考证工作如果作为一种基础研究,仅只排

---

①　原《水浒传考论》跋语,作者为鲁德才,人民出版社 2014 年版。

比材料，就事论事地说明一两个问题，我认为意义不大（至于大量铺列资料，以为学问全在于此，则更自郐以下了）；倘若寻源究本是为了借此论证小说的艺术，并且有意识地与小说的文本研究相沟通，或为艺术研究的一个有机部分，作用就大不相同。"锦池的"考论"，从 1997 年推出的《西游记考论》，1998 年刊行的《红楼梦考论》，到即将问世的《水浒传考论》，全然没有烦琐地堆砌资料而不能把研究提升到审美高度之嫌。因为其"考"是为"论"提供科学依据，而"论"又为"考"指明观照点和价值判断。于是在考论全过程中，翔实的材料，敏锐的观察力，深厚的理论功底，严密的思维逻辑，使他常常能提出振聋发聩的见解，为学人所称引。例如《水浒传》是写"乱世忠义的悲歌，宗宋情结的哀歌"，就是一例。

众所周知，由于时代、社会、民族性格、学养、年龄、政治倾向之不同，以及被意识形态斗争所左右，各家对同一部小说的意旨有不同判断，正因如此，鲁迅先生分列出各派红学家。《水浒传》的主题思想的研究何尝不是众说纷纭？但这不等于说谁人也破解不了作者的意图和小说的原意，从而放弃对小说思想意旨的研究。比如我在日本东京大学中国文学语言研究室执教时，就发现研究中国古代小说的同行们不研究或很少研究小说的思想与艺术，只做文献的实证研究。在他们看来，艺术研究属于艺术家们的研究范畴，不归属古代小说。那么，小说的主题思想呢？他们认为没有可靠的判断标准，公说公有理，婆说婆有理。他们举《水浒传》为例，时而是"英雄史诗"，时而又成了"叛徒颂歌"，孰是孰非？没有定论。他们沿袭杜威的实证主义和中国乾嘉学派的考索方法，用大量的文献资料，去证明某个命题，而不作思想理论的说明。可在中国学者看来，倘若不能从小说艺术和思想整体把握小说，怎能说清楚小说？不能因为有一千个读者就有一千个哈姆雷特的忧虑而却步。

关键在于研究者应客观地、不带任何偏见地、忠实地依照文本的本意，再参照作者创作小说和小说所反映的人文环境、意识形态，特别是中国传统思想在文本中的辐射去探索。而当我们以当代人的思想观点和方法（包括西方的批评方法）审视作品时，只能是作为观照时的指导，而不能夹带某种偏见，随心所欲地附会引申，甚或为了吸引读者视点而标新立异，任意忽悠，那是看不出老照片中原来面貌，得不出接近小说家本意的判断。从这一点而言，我很赞佩锦池尊重文本的研究态度，因为二十几年前，满街皆唱《水浒传》是"农民起义的史诗"，或是"投降主义的反面教材"时，他不屈从于政治斗争的需要，不媚俗，特立独行地提出"乱世忠义"说，认为"以忠义人的襟怀写忠义人"，实乃《水浒传》的文化特征。也许学人不见得都首肯锦池的论证，但你不能不承认他的论证是基于小说文本的。这是锦池在《水浒传考论》，以及《西游记考论》、《红楼梦考论》中一贯坚持的求实学风之一。回归传统，尊重传统，即重视研究中国古代传统文化思想同小说的关系，则从另一个侧面反映了他的求实存真精神。因为中国古人写的是中国小说，不能不呈现中国人的传统思想。

事实是中国传统文化中以人为中心的运思趋向，一切思想几乎都以政治伦理为始点的思维方式，形成中国古典文学与封建政治紧密相连的关系。这也使中国小说家们一开始就把创作基础奠基在人间，重点放在人情上，重视小说在伦理道德上惩恶劝善、涤虑洗心、有补于世道人心的"喻世"、"警世"、"醒世"作用。表现在人物塑造上，便是选择那些最能表现社会伦理和人际关系的典型人物，通过对人的反思，一方面揭示外在关系的规定性，如三纲、五常、八目等规范；另一方面表露人格的自我实现，歌颂圣王和理想人格的高尚精神与道德情操。这种人生化、理性化的艺术，是中国古代小说十分显著的特征。而在涉及历史题材小说创作时，小说家们不能不受到古代史学精神的影响，特别是司马迁开创的新史学。即一方面继承齐太史、董狐忠实地记述历史的精神；另一方面，发扬《春秋》借史明经的批判笔法，从历史变化中，研究及解释某一朝代成败兴亡的发展趋势和因果关系，进而探求天道与人道治乱兴亡的永恒的道德价值的根本，寄托理想，成就史家不朽的一家之言。所以，我相信"有志图王者"的罗贯中，或辅助有志图王的人实行王者之道，或寄希望于谋求霸权的王者用王者之道治天下，现实的和将来的政治环境，应该实现清明的政治，贤明的政治统治。因此，《三国演义》中的英雄们，未必都能谋得霸权，而谋得局部霸主地位的二代们，却又马下失去了天下。悲剧性格决定了他们的悲剧命运。与此同理，施耐庵写《水浒传》的政治觉悟还没有高到去歌颂农民起义，可也未下落到"为了强盗写作强盗的书"。所以回归传统，是锦池一贯坚持的道路。他指出《水浒传》"是一部宣扬忠义思想的小说。它的主题是颂扬忠义，鞭挞奸佞，憧憬好皇帝。梁山好汉的形象是作者心目中的'乱世忠义'的形象。《水浒传》作者写此书的目的，是想总结北宋灭亡的原因，为后者戒"。这些判断，初看并不惊天动地，可细思之，以往的封建王朝统治，难道不都是因最高统治者的昏庸，奸佞擅权，贪官污吏横行不法而走向灭亡吗？可贵的是，锦池抓住了"宁肯朝廷负我，我忠心不负朝廷"的宋江的悲剧形象贯穿全书，"负我"与"我不负"的性格纠结，好汉们亦"盗"亦"侠"，即亦"魔"亦"神"的双重人格，乃至宋江忠义于朝廷，梁山好汉们又忠义于宋江，在忠义观念和忠义旗帜下走向毁灭。其间的悲剧意识，锦池有详尽论证，勿须我多赘。

锦池是我的挚友，遵命捉笔，草成不成文的小文，表达我对老友的致意。

哈尔滨师范大学校友会资助

三國演義 考论

中国四大古典名著考论　第二编

张锦池 著

人民出版社

第二编

三国演义考论

前　言

《三国志通俗演义考论》（简称《三国演义考论》）是我多年来从事教学和科研的一点成果。与《红楼十二论》、《中国四大古典小说论稿》、《西游记考论》、《红楼梦考论》、《中国六大古典小说识要》、《水浒传考论》等 11 部著作一样，也来自我的讲稿。书名题曰《三国演义考论》，是与《西游记考论》、《红楼梦考论》、《水浒传考论》"排行"，合称中国四大古典小说考论。

我研究中国古典小说如此一部一部地进行，迹类皓首穷经。这是由于：我认为作为研究员搞科研本身就是目的；作为教师搞科研本身不是目的，只是手段。目的是以科研促教学，使学生真有所得一二，这是一个大问题。每念及此，胆子就越来越小，所以便学刘姥姥"守多大的碗儿，吃多大的饭"。遂适其要，而将文本、文献、文化做些整合一体的研究，学学从宏观着眼，从微观着手去研究些问题，以求心里踏实些。因而，当我开专题课时，便喜欢选那些学生读过的名著和别人谈烂了的重大问题，作为麻雀来解剖，从中让学生看看还能否有所发现，有所前进。基点是求实，而把心思放在学贵有疑上。

多年来属于敝帚自珍的心得主要有如下一些。兹录于下，以便读者指正。

认为《三国志通俗演义》实际上是一部说给有志王天下者听的英雄史诗。作为中国历史小说的扛鼎之作，它的独特审美价值，在于宣扬一种三本思想。那就是：民心为立国之本，人才为兴邦之本，战略为成败之本。这种"三本"思想一以贯穿全书，成为作者褒贬诸镇的准则，不吐不快的方略。从而也就使作品成为一部千古不朽的形象的"资治通鉴"。

认为《三国志通俗演义》乃人才之大都会。仅明主即有三位，战略家便不下四人。哪三个明主？一是刘备，二是孙权，三是曹操。他们都懂得人心为立国之本，而以刘备为最。他们都懂得人才为兴邦之本，亦各能用人，而"曹操以权术相驭，刘备以性情相契，孙氏兄弟以意气相投"。他们都懂得战略为成败之本，果决善断，而以曹操"明略最优"。哪四大战略家？一是诸葛亮，二是鲁肃，三是曹操，四是司马懿。而如果说，诸葛亮大智若仙，曹操大智若谲，那么，鲁肃则大智若愚，司马懿则大智若怯。既是战略家又是明主，一身而二任焉，唯曹操一人。可见作者对他的历史评价是公正的，不能说作品是曹操的"谤书"。所谓反曹，是反其急、暴、谲的本性，及其对汉室的态度。

认为诸葛亮是《三国志通俗演义》的中心主人公，也是"失街亭""空城计""斩马谡"这浑然一体三个故事的中心主人公。

一个事实是无法否定的：街亭之失，罪在马谡一人之不从诸葛亮的"节度"，而马谡之守街亭又是由诸葛亮任用的。小说中的诸葛亮之所以令人敬煞，亦令知耻者愧煞，就在于他之责己也，尤甚于责马谡。罗贯中的创造在于：一则写出了孔明之自责非伪，一则写出了马谡之坐法难宽，二者又是相为表里的。这就不只肯定了诸葛亮的严于治国和严于治军，而且还集中歌颂了诸葛亮的大仁大德及其律己严而近乎苛的崇高品格。着眼点是"一夫有死，吾之罪也"，这是他斩马谡的根本原因，也是他所以自贬三等的根本原因。其一片丹心体现于此，其大仁大义亦体现于此！

诸葛亮在"失空斩"中表现出的"智、勇、仁"的圆融，正是君子之儒的政治思想和道德品格的光辉写照。正说明他是蜀国的儒法相济，以法济儒，修身齐家，治国平天下的典范，而这也正是作者在《三国志通俗演义》中儒法观念的寓意所在。

认为《三国志通俗演义》的创作原则，是俯仰史册，激扬理性。题材洗练，是缘史通志，谱写史诗。人物塑造，是博彩雅俗，因材成型。布局谋篇，是网状形态，传记组合。乃是一部具有中国特色的古典主义开山作。

认为一个历史现象值得注意，否则就不可能对《三国志通俗演义》的拥刘反曹问题作出科学的解答。这个历史现象是：钦定的正史虽有帝魏帝蜀之争，却莫不赞叹刘备的“德”。西晋以来的民众几乎清一色，都是拥刘反曹派，而且此风越演越烈。与此情绪比较合拍的，是一些封建士大夫的文学作品。这种合拍往往是不期然而然的。没有这种“黄河之水天上来，奔流到海不复回”的社会思潮，就没有《三国志通俗演义》。“打倒罗贯中”，并不能解决文学史上的拥刘反曹问题。

认为《三国志通俗演义》和《水浒传》这两部古典小说，一写蜀汉之兴非兴于天之所佑，乃兴于刘备君臣之自佑，倘以“厚德载物”和“自强不息”说蜀汉君臣，那是最贴切不过的。当为英雄们唱一曲“宗汉情结”的颂歌，以示缅怀。一写宋室之亡非亡于天意，乃亡于其君臣自为，那宋徽宗既不能继书中“引首”所言宋太祖之武略，又不能承书中“引首”所言宋仁宗之文治，遂致蔡京之流祸国有路，梁山好汉报国无门。当为英雄们唱一曲“宗宋情结”的悲歌，以寄孤愤。二者相映成辉，遂使这两部忠义小说成为各具特色而相得益彰的姐妹篇。

认为《三国志通俗演义》和《水浒传》其共同之点主要有三：其一，两部小说的文化意蕴似相异而实相类，写乱世义之甫离草泽即奋志匡扶社稷，是为《三国志通俗演义》中的蜀汉英雄；写乱世忠义之被逼啸聚山林而尤谋"顺天护国"，是为《水浒传》中的英雄好汉。二者虽题材不同，在蒙受江湖文化的影响上亦有轻重之分，而创作宗旨则一，即"意主忠义，而旨归劝惩"。其二，两部小说的忠义观念似相左而实相成。虽都"意主忠义"，而侧重点不同。《三国志通俗演义》的侧重点是在"义"，在"下安黎庶"，即"为民"，作者是以"忠"济"义"写之；《水浒传》的侧重点是在"忠"，在"上报国家"，即"为国"，作者是以"义"济"忠"写之。论民本主义思想，《三国志通俗演义》实更充沛些；论爱国主义激情，《水浒传》实更浓烈些。其三，两部小说的结构模式似相异而实相同。二者皆以"忠"与"不忠"、"义"与"不义"、"仁"与"不仁"的忠奸对立的二维模式为其结构的基本模式。其结论当是：两大名著相映成辉，成为歌颂忠义的英雄谱。

认为《三国志通俗演义》中的正统观念既有以曹魏集团为代表的嫡系的、典型的、传统的；又有以蜀汉集团为代表的非嫡系的、非典型的、非传统的。其区分在政权的思想性质上：蜀汉政权是植根于"在家靠父母，出外靠朋友"的市井小生产者的思想的沉淀；而曹魏政权则是植根于封建地主阶级的思想体系的深层。

典型的、传统的正统观念，强调"君君臣臣"，所规定的君臣关系是严格的主从关系。虽然也说"君使臣以礼，臣事君以忠"，而凡事必须面君，然后才能施行。曹操智足以揽人才而欺天下，驭士之术堪称海内无匹。他昭士之功，誉士之德，无贵无贱，唯才是宜，矫情任算，不念旧恶，放眼群英，厚待异己。另一方面谁若违反他的意愿，窥视他的势欲野心，或言其不仁，就会人头落地。虽契友荀彧和良才杨修也在所难免。正所谓"君君臣臣，君要臣死，臣不得不死"，安危系于他一人的喜怒。曹魏集团的这种宽猛相济的君臣关系，应该说是传统的正统的君臣关系。曹操对黎民百姓也是王霸相兼，具有两面性的。一方面，他知道民心之可用，高唱"天地间，人为贵"，呼吁"咸爱其民"，俨然千古贤相；另一方面，为报父仇，竟"坑杀男女数十万于泗水，水为之不流"，其残忍如斯。

正是这种宽猛相济和王霸相兼，成为他统治人民的法宝，使他具备"治世之能臣，乱世之奸雄"的双重品性。这一特点也是千百年来地主阶级传统的正统派的统治特点。正是这种传统的统治术使他能窃国家之柄而姑存其号，终于为子孙创下基业。

《三国志通俗演义》中蜀汉政权的正统观念，虽然也是属于封建思想体系的范畴，但又不是封建正统观念的嫡出。我们知道，典型的、传统的正统观念，其五伦的排列顺序是："君臣、父子、夫妇、兄弟、朋友"。朋友关系居于五伦之末。而蜀汉政权的五伦关系却是"五伦备其三"，即"朋友而兄弟，兄弟而主臣"三伦一体的君臣关系。刘备作为王室后人，把关羽和张飞看成"朋友而兄弟"，以示对他们人格尊严的尊重。而关羽和张飞作为庶人，则是把刘备看成是"君臣而兄弟而朋友"，以示对他社会地位的尊重。君臣之间，互信互赖，如鱼得水，而刘备则以鱼自居。关羽、张飞等良臣，则具有相对的独立性和朴素的平等倾向，正如"宴桃园豪杰三结义"所言"不求同年同月同日生，只愿同年同月同日死"。这实际上是对"君君臣臣"的"君叫臣死，臣不得不死"的传统的正统的君臣关系的一种反动，也是对宗法等级制度的一种突破。这种非传统的正统观念为蜀国君臣所信守，我们称之为"桃园精神"，在一定程度上，与"水泊理念"相通。

典型的传统的正统观念，不只是欺骗和慑服人民的工具，而且是排斥其他封建势力的竞争以稳定地主阶级利益的手段。因此，它特别强调"忠"。至于稍具平等色彩的"义"，却被置于五伦之末。而《三国志通俗演义》虽然也主张"忠"，但是，是以"君使臣以礼"为前提的，否则，将"良禽择木"，赵子龙就曾三易其主。一旦忠、义发生矛盾，则以公理为圭臬，宜而行之。"义释华容"，就是最好的例子。作者这么强调"义"，几乎将其提居于五伦之首或相并列，这本身就是对传统的正统观念的一种反动或不恭。

认为在四大古典小说中，《三国志通俗演义》和《水浒传》对仁政的态度是憧憬，对"三纲"等道德观念的态度是褒扬，因此都是讽喻文学；而《红楼梦》对仁政的态度是嘲讽，对"三纲"等道德观念的态度是讥刺，因此是叛逆文学。《西游记》则介于二者之间，是"跌弛滑稽之雄"。

认为《三国志通俗演义》和《水浒传》，一写志士仁人是如何地在刀光剑影下为国捐躯，一写绿林豪杰是如何地欲尽忠报国而壮志难酬。二者皆是反对"霸道"的无视于人的"生存"和"温饱"。其欲解决者乃是如何从"三纲"中吸取圣贤们的良法美意，以在此"礼"之大体的框架中谱写王道乐章的问题。这也就是施、罗二氏褒扬"三纲"等道德观念，而对"君为臣纲"颇多瞩目的原因。其所提出的新思想，则有"朋友而兄弟，兄弟而主臣"的"三伦一体"的主臣观念。

而《红楼梦》则不然，作者认为那"王道"只给人以生存和温饱，不给人以"发展"，推动历史前进，也在吃人。那封建思想和等级制度治理天下的结果却是"千红一窟（哭），万艳同杯（悲）"，它所提出的问题已不限于某某君主是否有道，而是对封建君主制度本身的合理性提出了深刻的怀疑。因此，曹雪芹对仁政的态度是嘲讽，对"三纲"等道德观念所含的圣贤们的良法美意是讥刺，因此是叛逆文学。

认为《西游记》则是宗教光环下的尘俗治平求索，它打着个性解放的思想烙印，虽处于"草色遥看近却无"的状态，而在客观上却是对传统的"君为臣纲"等观念的一种文化冲击。

认为一个现象值得注意:《三国志通俗演义》中无淫妇,多节妇,是由于它所描写的妇女多来自绣户侯门,作者是从士大夫的审美心理角度写出的,所以旨归封建正统文化的风范。《水浒传》中寡节妇,多淫妇,是由于它所描写的妇女皆属于市井中人,作者是从绿林豪杰的审美角度写出的,所以蕴含江湖文化的元素。二者蒙受的教育不同,文化素质不同。一个把班昭的《女诫》当作座右铭恪守之,一个则视为废纸唾置之。《西游记》作者说得好,"情欲原因总一般,有情有欲自如然"。玄奘的"坐怀心悸"正是以此为审美特征的,是故"禅心虽在",却已非未沾泥之絮,故可视之为宗教光环下人之爱欲觉醒。它打着个性解放的思想烙印,是对传统的"阴人不吉"观念的一种文化冲击。《红楼梦》呢?则公然主张婚姻应以爱情作基础,反对男尊女卑而以相互尊重为原则。认为"夫为妻纲"的观念是不合理的,认为男性居于社会中心统治地位的封建等级思想和制度是不合理的。作者是以封建叛逆者的审美心理角度写出的。所以这种妇女观和婚姻观具有世法变革的性质,所以是进步的,乃"东方的微光"。

第一章 《三国志通俗演义》的三本思想

——一部说给有志王天下者听的英雄史诗

一、小引

《三国志通俗演义》实际上是一部说给有志王天下者听的英雄史诗。它宣扬忠义，但不止于崇尚忠义。崇尚忠义只是它对臣民的人格要求。

作为中国历史小说的扛鼎之作，它的独特审美价值，更主要的还在于宣扬了一种"三本思想"，那就是：民心为立国之本，人才为兴邦之本，战略为成败之本。这种"三本思想"一以贯穿全书，成为作者褒贬诸镇的准则，不吐不快的方略，从而也就使作品成为一部千古不朽的形象的"资治通鉴"。

作者的襟怀，作品的意旨，尽见于此。

二、"民为邦本，本固邦宁"：民心为立国之本

《三国志通俗演义》曾以追本穷源的笔法写出汉末天下大乱是"乱由上作"。谓三国之分实肇衅于桓灵二帝上不能体天心之仁爱，下不能纳良臣之说论，禁锢善类而宠信宦官，朝政日非，民怨沸腾。遂致一方面有黄巾之作乱，英雄之聚义草泽，诸镇之缮修兵革；另一方面有何进之召外兵，董卓之乱国，诸镇之角立。这种追本穷源是独具匠心的，它

不只从统治阶级内部矛盾与社会阶级矛盾两个方面写出汉室已不可兴，齐桓晋文之业已不可再，还从而让读者从它所写的那逐鹿中原的群雄中自己去选择谁是"仁德"之主。

董卓乘十常侍之乱入持朝政，废少帝而立献帝，挟天子以令诸侯，自号为"尚父"：位望不可谓不通显。带甲数十万，又有吕布、李傕、郭汜、张济、樊稠为羽翼：兵不可谓不雄。差二十五万人夫筑郿坞，与长安城廓一般高下厚薄，周回九里。坞盖宫室仓库，囤积二十年粮食，"霸业成时履帝王，不成且作富家郎"①：城不可谓不坚，粮不可谓不足，思虑不可谓不周。曾几何时，却暴尸街头。此无他，就在于"专权肆不仁"。"吾为天下计，岂惜小民哉！"竟成了他的指导思想。甚至，"常引一军出城外，前行到阳城，时当二月，村民社赛，男女皆集，引军围住，尽皆杀之，掠其妇女财物，收万千余件，都装在车上，悬头千余颗于车下，连轸还都，先报董太尉杀贼，大胜而回"。甚至，尝留百官饮宴，却将北地招安降卒数百人，"于座前或断其手足，或凿去眼睛，或割其舌，或以大锅煮之。皆未死，于酒桌几前反复挣命。百官战栗失箸，卓饮食谈笑自若"。甚至，民生其时，富亦死，贫亦死。贫者既死于离乡背井，沦为饿殍；富者复死于"匹夫无罪，怀璧其罪"。司徒荀爽曾劝董卓："民为邦本，本固邦宁。"卓怒曰："乱道！"并即日罢之为庶民。一个蔑视黎元甚至以残杀无辜来张威的人，当然成不了什么气候，最终只能被钉在历史的耻辱柱上。"杀董卓之时，日月清净，微风不起，号令卓尸于通道。卓极肥胖，看尸军士以火置卓脐中以为灯光，明照达旦，膏流满地。百姓过者，手掷董卓之头，至于碎烂……城内城外，若老若幼，踊跃欢忻，歌舞于道。男女贫者尽卖衣装，酒肉相庆

---

① 是书的小说引文均从罗本，意同而文洁者则从毛本。

曰：'我等今番夜卧，皆可方占床席也！'"这种对乱国害民贼臣的愤恨，正反映了乱世人对"仁政"的渴慕。

与董卓相比，窃国家之柄而姑存其号，挟天子以令诸侯，那曹操实有过之而无不及。然而，阿瞒却终于为子孙创下基业。所以然？就在于他智足以揽人才而欺天下，其中便包括知民心之可用。因而，他对黎民百姓是王霸相济，具有两面性。当其出"愤师"以报仇雪恨，则不惜残杀黎元以张威。如"兴兵报父仇"，竟号令部下："尽杀徐州所辖之民并四下郡县百姓"，"草木不留，吾之愿也"。其残忍如斯，几与董卓无二。难怪毛宗岗要嘲之曰："前日杀吕家，是宁可我负人；今日欲报仇，是不可人负我。"当其出"王师"以讨伐诸镇，则不忘施德政于民以示仁义。如"仓亭破袁绍"，操闻河上父老言："袁本初重敛于民，民皆生怨。"便号令三军："如有下乡杀人家鸡犬者，如杀人之罪"，其仁爱之心如斯，则又俨然千古贤相！难怪罗贯中要插一评语："此是操买民心也。"平心而论，这种宽猛相济，实际上是封建统治阶级统治人民的传统法宝，也最本质地反映了曹孟德作为"治世之能臣，乱世之奸雄"的双重特点。

孙策"聚数万之众，游于江东，安民恤众，投者无数。江东之民，但呼策为'孙郎'"。民既归附，"割据江东，策之基兆也"。

真将"民为邦本，本固邦宁"作为自己的思想指导者，是初起于草泽之间而不即在诸镇之内的枭雄①刘玄德。宴桃园豪杰三结义，玄德焚香再拜而誓曰："上报国家，下安黎庶……皇天后土，以鉴此心。"其平生抱负如此。玄德除授安喜县尉，"署县事一月，与民秋毫无犯，其盗者皆化为良民"。玄德理政新野，新野人歌曰："新野牧，刘皇叔；自到

---

① 作者称刘备为"枭雄"，谓其性格有"骁悍"一面，论者以为含贬义，误。

此，民丰足。"其仁德及人如此。玄德除授豫州牧，时韩暹、杨奉"权沂都、琅琊两县，纵使军士抢掠徐、扬地面，人民无所不怨"，玄德乃设一宴，诈请议事，令关、张诛韩、杨于席前。玄德败走江陵，百姓十万相随，玄德傍百姓而行，日行十余里，宁可被曹操大军追及，亦不肯暂弃百姓。其爱民之心如此。玄德客居小沛，陶恭祖三让徐州，玄德皆义不从请，徐州百姓哭拜于地，曰："使君若不领此郡，我等皆死于贼人奸党之手矣！"玄德入成都，"百姓香花灯烛，迎门而接"。其"远得人心，近得民望"如此。论者均以为诸葛亮的出山是由于刘备的三请，这无疑是对的，然而那只是历史。罗贯中笔端的诸葛亮所以出山，还由于刘玄德的一哭。书中写孔明感玄德三顾之恩而报以《隆中对》，"玄德顿首谢曰：'备虽名微德薄，愿先生同往新野，兴仁义之兵，拯救天下百姓！'孔明曰：'亮久乐耕锄，不能奉承尊命'。玄德苦泣曰：'先生不肯匡扶生灵，汉天下休矣！'言毕，泪沾衣衿袍袖，掩面而哭。孔明曰：'将军若不相弃，愿效犬马之劳。'"俗话云："刘备的江山，哭出来的。"笔者要补充一句：刘备的泪是为"上报国家，下安黎庶"而流的。这使他成为家弦户颂的"仁君"典型。当然，刘备这样的"仁德"之君历史上是不存在的；而罗贯中却按照人民理想中的"好皇帝"的模式创造了他。

三、"得人者昌，失人者亡"：人才为兴邦之本

三国时期是中华民族人才荟萃时期之一，炳炳麟麟，照耀史册，蜚声里巷。《三国志通俗演义》又不仅以它特有的艺术魅力指出人才为兴邦之本，还将能否揽人才而善用之作为褒贬诸镇的另一个准则。

作品说袁绍，"空留俊杰三千客，谩有英雄百万兵"。这是由于：袁

绍其人只知争天下靠实力，却不知人才本身就是最活跃的实力："吾南据河，北阻燕、代，兼戎狄之众，南向以争天下，庶可以济乎？"知人才本身就是最活跃的实力者，是与本初共起兵时的曹操："吾任天下之智力，以道御之，无所不可。"这果然是高见，本初之墓可以证明。更在于：袁绍其人"外宽内忌，好谋无决"。"外宽"、"好谋"，决定了他喜以折节待士自誉，亦能"聚才"。"内忌"、"无决"，决定了他"有才而不能用，闻善而不能纳"。甚至愎过而好胜，面对谋士争衡，疑其所不当疑，信其所不当信。许攸、张郃、高览因此而投入曹营，田丰、沮授因此而魂归地府。操曰："河北义士何如此之多矣！可怜袁氏而不能用，能用则吾安敢正眼而观此地也！"罗贯中始则引诗叹曰："昨朝沮授军中失，今日田丰狱内亡。河北栋梁皆折断，本初焉不丧家邦！"继则引孙盛之言评曰："观田丰、沮授之谋，虽良、平何以过之？故君贵审才，臣尚量主。君用忠良，则伯王之业隆；臣奉暗后，则覆亡之祸至。存亡荣辱，常必由兹。"最后又引陈寿之言作结论说："昔项羽背范增之谋，以丧其王业。绍之杀田丰，乃甚于羽远矣！"可见，这"君贵审才，臣尚量主"，是作者久萦于心不吐不快的问题。

与袁绍之用人形成对照并成为作者理想之反映的，是刘玄德。玄德天下枭雄，且又"远得人心，近得民望"；关羽"义勇"盖世，张飞亦是"万人敌"，"古城聚义"日更有常山赵子龙来投。然而，在与诸葛亮相会之前，却一直"区区奔走于形势之途"，乃至"上无片瓦盖顶，下无置锥之地"，原因在哪里呢？就在于左右缺少一个"经纶济世之士"。然而，非玄德亦不能"尽亮"。"贤亮"易，"尽亮"难。何谓"贤亮"？不以亮躬耕南阳为卑微鄙陋，屈驾折节三顾于草庐，既出则"以师礼待之"，咨之以军政。何谓"尽亮"？视己为"鱼"，视亮为"水"，待之以师礼，委之以军政。其极也则有白帝城托孤，泣曰："君才胜曹丕十倍，必安国而成大事。若嗣子可辅，则辅之；如其不才，君可自为成都之主"。并诏告后主："勿以恶小而为之，勿以善小而不为。惟贤惟德，可以服人。卿父德薄，不足效也。卿与丞相从事，事之如父，勿怠！勿忘！"这什么意思？说白了就是："我死了之后，请您当我的全权代表。如果我儿不听您的话，您可以为成都之主。"并明告后主："惟贤惟德，可以服人。你必须听从丞相的教诲。"这不是一般的托孤，这是托以天下！"三顾草庐"是史实，"托孤之言"也是史实。孙盛评曰："苟所寄忠贤，则不须若斯之诲，如非其人，不宜启篡逆之途。是以古之顾命，必贻话言；诡伪之辞，非托孤之谓。幸值刘禅暗弱，无猜险之性，诸葛威略，足以检卫异端，故使异同之心无由自起耳。不然，殆生疑隙不逞之衅。"① 我则认为：刘备临终吐此言，留此诏，绝对真诚，亦绝顶聪明。这是怎么说的呢？天下三分，蜀国最小，荆州之失，彝陵之败，元气顿衰。玄德其人，"折而不挠"，北伐曹魏乃其遗志。知道自己一死，魏、吴必乘机合兵伐蜀，益州诸郡亦难云不起风波；阿斗无用，是个"素丝无常，唯所染之"② 式的人物；威略足以统一荆襄旧部与刘璋旧部之意志并从而拒敌于国门之外者，孔明一人而已。如果阿斗对孔明能言听计从，则蜀汉之基业可保，汉室或可中兴；否则，宗庙社稷倾于旦夕，更不用说北伐曹魏，一统宇内了。孔明闻之，知言出于诚，则其必"夙夜忧叹，恐托付不效，以伤先帝之明"③。刘禅闻之，知言出于诚，则其听孔明之言，敬孔明之意，愈不得不肃。臣民闻之，知言出于诚，则必对后主授孔明以旄钺之重，付孔明以专命之权视为当然。于是，遂"政事无巨细咸决于亮"而"疑隙不逞之衅"则无由生矣！玄德如此"举国托

---

① 陈寿：《三国志》卷 35《诸葛亮传》裴注，中华书局 1982 年版，第 918 页。

② 陈寿：《三国志》卷 33《后主传》，中华书局 1982 年版，第 902 页。

③ 陈寿：《三国志》卷 35《诸葛亮传》，中华书局 1982 年版，第 920 页。

孤于诸葛亮，而心神无贰，诚君臣之至公，古今之盛轨也"①。

刘备不仅能使荆襄旧部人尽其才，而且能使刘璋旧部人尽其才。包括"不以德素称"②的法正，刘璋之所重用的李严，宿昔之所忌恨的刘巴。故有志之士，无不竞劝。《出师表》有言："侍卫之臣不懈于内，忠志之士忘身于外者，盖追先帝之殊遇，欲报之于陛下也。"雄哉刘玄德，德泽后主至于如此，无愧为知人待士之哲。他的"鱼水"说比"人鉴"说更高明，因为暗合中国人的"人生乐在相知心"的文化心态。

曹操又何尝不是"知人善察，难眩以伪"③呢？如果说，罗贯中写其对汉室的态度是有贬无褒，写其对黎民的态度是亦贬亦褒，那么，写其对人才的态度则是褒多于贬。孟德一领兖州牧，便"招贤纳士"，荀彧之荐，操与"共论天下之事"，喜曰："使吾成大事者，必此人也"。其知人善察如此。玄德兵败投许都，荀彧曰："刘备乃英雄之才，今不早图之，后必为患。"操曰："非可也。方今用英雄之时，杀一人而失天下之心"。其思贤若渴如此。关云长千里独行，诸将皆不平，欲追之，操曰："事主不忘其本，乃天下之义士也；来去明白，乃天下之丈夫也。汝等皆可效之。"其以忠义诲部下如此。战官渡本初败绩，操于绍所弃图书中忽检出书信一束，皆许都及曹军中诸人暗通之书。荀攸曰："可逐一点对姓名，收而杀之。"操曰："当绍之强，孤亦不能自保，况他人乎？"尽皆将信焚之，遂不再问。其待部下宽宏大度如此。淯水祭典韦，操"再拜，痛哭，昏绝于地"。易州祭郭嘉，操"哭倒于地曰：'奉孝死，乃天丧吾也！'"其以至情待勋高之士如此。唯其如此，遂使八方迈等越伦之士奔合辐辏于曹营。这就写出曹操待士有异于袁绍而有似于刘备的

---

① 陈寿：《三国志》卷33《先主传》，中华书局1982年版，第892页。
② 陈寿：《三国志》卷37《法正传》，中华书局1982年版，第962页。
③ 陈寿：《三国志》卷1《武帝纪》，中华书局1982年版，第54页。

一面。罗贯中还写出曹操待士有异于刘备而有似于袁绍的一面。刘备既可同忧，亦可同乐，注意"终始之分"；曹操"只可同忧，不可同乐"，无视"终始之分"。刘备用人不疑，唯人是宜，尤敬才智高于己者；曹操"用才能之人，心甚忌之，只恐人高如己"，常用其人而疑其心。刘备服人，惟贤惟德，士皆感服，感服则易生忠信，所以一生未杀过谋士，而在其用过的人中亦未见有司马懿父子式的人物；曹操服人，以智以谲，士皆慑服，慑服则易藏大伪，所以虽曾因"忌"而杀杨修，因"疑"而赐死荀彧，却至死亦未识破屡屡入梦的那"同槽"的"三马"为谁，堪谓历史的讽刺。正因如此，故而罗贯中最后引唐太宗祭魏武帝之言予以盖棺论定曰："一将之智有余，万乘之才不足。"这是中肯的。

创业不易，守业尤难。"生子当如孙仲谋！"那么，孙权的卓越之点是什么呢？孙策临终之言可谓一语破的："若举江东之众，决机于两阵之间，与天下争衡，卿不如我；举贤任能，各尽其心以保江东，我不如卿。"孙权一坐镇江东，便求治国之策于周瑜。瑜曰："方今英雄并起，得人者昌，失人者亡。须得高明远见之士，以佐将军，江东自定也。"遂荐鲁肃。肃劝孙权"鼎足江东，以观天下之衅"。并荐诸葛瑾。瑾劝孙权"勿通袁绍，且顺曹操，后却图之"。曹操遂封孙权为讨虏将军，领会稽太守。当是时也，河北袁绍、西蜀刘璋亦谋臣云集，可一则王霸之业日隆，一则覆亡之祸骤至，足见最为重要者还在于为君者是否具有"文雅坐镇君人之度"。赤壁之战，江东"文官要降，武将要战"，双峰对峙。彝陵之战，江东吕蒙新死，拜何人为帅，意见不一，众水分流。孙权的英雄本色亦在于：能使文官武将争相进言，然后断其所当断。这一点，岂但袁绍、刘璋望尘莫及，刘备、曹操亦几难与之齐驱。

正因如此，所以也就使他一生有"四快"。"子敬一见孤时，便有帝王大略，此一快也。后孟德东下，诸人皆劝孤降之，孤与子敬并周郎廓开大计，赤壁鏖兵，全获其功，此二快也。今子明设谋定计，立取荆州，胜如子敬、周郎多矣！"这是他在为吕蒙夺取荆州开的庆功会上举杯而言的。不言而喻，他一生还有一快，那就是：不从众议，独用阚泽之言，拜儒生陆逊为帅，一举破刘备七十万大军于彝陵。雄哉孙仲谋，一生有此"四快"，亦可谓"用人不疑，唯才是宜"，有"万乘之智"者矣！然而，若无赤壁之捷，东吴早就丧了基业，可孙权却认为吕蒙"胜如子敬、周郎多矣！"明显地表露了一种对鲁肃和周郎的不满之情，论原因当然是由于鲁肃曾劝他借荆州与刘备而周郎又未能为其收复。此其一。曹操作为刘备的敌国，不害关羽，遂有华容脱围；孙权作为刘备的盟军，却畏其虎威而害之，也就等于削弱了自己。此其二。还有，昔日庞统投孙权，孙权以统貌陋且傲，明知"赤壁鏖兵之时，此人曾献连环策，成第一功"，且鲁肃又再三推荐，却"誓不用之"①；庞统投玄德，"长揖不拜"，"玄德见统貌陋，心中不悦"，却仍任之以耒阳令，一旦知其贤，即拜为副军师中郎将，并再三"请罪"。或许罗贯中有感于此吧，所以又引陈寿之言，评曰："然性多嫌忌，果于杀戮，暨臻末年，弥以滋甚。"确实，与刘备和曹操相比，虽亦人杰，终显"小器"；其胆略气度，守业有余而创业不足。

正因为《三国志通俗演义》要宣扬的是"君贵审才，臣尚量主"。所以它虽崇尚忠义，却不主张愚忠。它否定的只是"蔡张卖主求生计"，对赵子龙式的"良禽择木而栖"却是充分肯定的。作者写董卓作为奸贼，尤恶中有一善，善在能忍性屈情用蔡邕；王允作为忠臣，万善中有一恶，恶在刚愎自用杀蔡邕；蔡邕作为逸才，千虑中有一失，失在不该因一时知遇之感而伏尸哭董卓。我以为这"蔡邕问题"可以看作罗贯中

---

① 此为《三国志》所无，疑出于作者虚构。

既崇尚忠义而又不主张愚忠的思想写照。他之所以贬王允甚于贬蔡邕，只是为了说明一个道理："王公所为，其无后乎！善人，国之所纪也；制作，国之典也。灭纪废典，岂能久乎？"

四、"汉界楚河，唯智胜也"：战略为成败之本

《三国志通俗演义》不但强调民心为立国之本、人才为兴邦之本，还进而指出战略为成败之本。这在作品中又是那么强意识，乃至成为作者褒贬诸镇的又一准则。

其一，小说写出东汉之亡，亡于何进"无谋"，王允"智小"，一着酿成千古错。

灵帝年间，十常侍专政，天下人民欲食十常侍之肉，灵帝却敬如父母，皆封列侯。这不是偶然的，盖有鉴于西汉之亡，亡于外戚王莽终移汉鼎，所以用宦官对付外戚，成了东汉历代君主的传家宝。灵帝崩殂，何进拟杀十常侍而何太后不允，其深层原因实在于此。何进之错，错在采纳袁绍之策："可召四方英雄之士，勒兵来京，尽诛阉竖。"不听曹操之言："若欲治罪者，当除元恶，但付一狱吏足矣，何必纷纷召外兵乎？"其结果，不但他自己反为宦竖所杀，朝柄亦落入豺虎之属董卓之手。

王司徒"巧使连环计"，可谓用心良苦，忠心难得。然而，"巧"亦"小"矣。董卓既诛，王允便刚愎自用，缢死蔡邕之事犹小。时李傕、郭汜、张济、樊稠拥兵于外，又有谋士贾诩为羽翼，应散其众而徐图之；可当其使人往长安上表告赦也，王允却曰："卓之过恶，皆是四人以助之，可大赦天下，独不赦此一支军马。"真是冬烘的头脑又被胜利冲昏！这一失算，其直接后果是激出傕、汜、济、稠乱长安。从此，"秦

失其鹿，天下共逐之"。

如果说，何进欲尽诛阉竖还多少含有个人的企图，那么，王允欲尽诛董孽则一心想安汉室。然而却殊途同归于身死、国乱，获得的是愿望的反面。为什么呢？答案是清楚的，曰："胸无韬略"。

其二，小说写出袁绍尚"力"，故"虽强必弱"；曹操尚"智"，故"虽弱必强"。其转折点，是官渡之战；它决定了由谁统一北方，而成败关键则是在用不用许攸其人其策。

却原来"北军虽众，而勇猛不及南军；南军虽精，而粮草不如北广。南军无粮，利在速战；北军有靠，宜且缓守。若能旷以日月，则南军不战自败"，这就是官渡之战的总形势。荀攸看到这一点，建议曹操"速战"。操曰："正合吾机。"沮授早看到这一点，建议袁绍"缓守"。绍却罪以"慢我军心"，叱左右："锁禁军中"。荀攸之策见用而沮授之策见罪，主帅之智可谓优劣霄壤，而袁绍却自矜于智高！

孟德以区区七万之众战本初七十五万大军，打了两个来月，"军马疲乏，粮草缺少"，意欲弃官渡退回许昌。荀彧呈书曰：公以至弱当至强，若不能制，必为所乘；绍军虽众，而不能用；公宜画地而守，情见势竭，必将有变，此用奇之时，不可失也。操信其所当信，令将士各效勇力守之。其致荀彧催粮书不意为许攸截获，攸径见袁绍，曰："曹操起军马，尽屯官渡，与我军相拒，许昌必然空虚。若分轻骑，星夜掩袭许昌，而许昌可拔也，则奉迎天子以讨曹操，操可擒也。如其未溃，首尾相攻，必破之矣。今操粮食已尽，正可乘时两路击之。"可绍却疑其所不当疑，曰："曹操诡计极多，此书乃诱敌之谋也。"攸顿首言曰："今若不取，必为虏矣！"恰巧审配自邺郡来函，说"攸在冀州时取受民间财物"。绍又信其所不当信，复疑其所不当疑，怒曰："滥行匹夫，尚有面目于吾前献计也！吾知汝与曹阿瞒有旧，想是受他金帛，与他行计，啜赚吾军耶?"善用人者使贪使诈,了然于心而已;纵然许攸果滥行,其策自是可用,何况又属长策。孟德事后知攸曾献此策,"大惊曰:'若袁绍用子远之言,吾等皆死无葬身之地也!'"惜本初不是孟德。

许攸受辱,投奔曹营。操方解衣歇息,"不及穿履,跣足出迎之"。攸呈劫乌巢烧粮草之策。操得策辄行。张辽等谏曰:"恐中许攸之计"。操曰:"若不用许攸之计,则是坐而待困也。彼若有诈,安肯留我军中乎?"与此同一时刻,沮授于囚中求见袁绍曰:"乌巢屯粮之所,不可不提备。速遣精兵猛将于间道山路巡之,免被曹操之策算。"绍怒叱曰:"汝乃得罪之人,敢以妄言惑众耶!"遂斩监者,别唤人"牵沮授去"。既驱许攸以资操用,又对沮授如此,一误再误,却自诩曰:"吾行兵二十年,非不能也。"天下事能堪此等愎过而好胜者几误!

昔日袁绍以极骄极傲之状借粮于曹操时,荀彧谓操有"四胜"而绍有"四败",郭嘉谓操有"十胜"而绍有"十败"。其结论皆是:"刘、项之不敌,公所知。汉祖唯智胜,项羽虽强,终为所擒。"官渡之战大致应验了,谁说作者对曹操有否定而无赞美!"智"的最高形态是战略思想。

其三,小说写出赤壁之战奠定了天下三分局面,证明了鲁肃、诸葛亮的孙、刘联合以抗曹的战略方针的正确。

"定三分隆中决策",孔明的高瞻远瞩是有口皆碑的。还有一个人物却不大为人所知,那就是木讷谨厚的鲁肃。鲁肃初见孙权,权问以齐桓、晋文之业。肃答曰:"窃料之,汉室不可复业,曹操不可卒除。为将军计,惟有鼎足江东,以观天下之衅。"这与后来孔明的"隆中决策"精神是一致的。因此,当袁绍既灭,刘备新败,刘表新亡,刘琮又献了荆州,曹操陈兵百万威加东吴时,二人各为其主谋划帝王之业,却"心有灵犀一点通",成为孙、刘联盟以拒曹路线的实际缔造者,是必然的。

没有这条路线，就没有曹操的赤壁之败，就没有天下鼎足三分之势。如果说，孔明是作品中的"智绝"，那么，鲁肃则是大智若愚的典型。孙权、周郎、吕蒙、陆逊皆无法与之比战略眼光。

江东武将要战，文官要降，成败在于孙权作何决策。文官中主联刘以抗曹者唯鲁肃一人而已，而孙权却瞩目于鲁肃之策。武将中谓曹兵犯有"四忌"可一战而胜者唯周瑜一人而已，而孙权却矍然起曰："卿言当伐，甚合孤意。"诚然，孔明的舌上风雷给予江左主战派的支持是有力的；然而，关键还在于孙权是人杰，不比袁绍，"三人占则从二人之言，六人谋则从四人之论"①。刘备、孙权虽不如曹操会用兵、用谋，却比曹操更会用用兵和用谋之人。没有刘备、孙权的英明决策，就没有曹操的兵败赤壁，就没有天下的鼎足三分。

曹操赤壁之败，还由于孔明与江左俊彦群策群力，各竭其智，成功地利用了曹兵所犯的"四忌"，成功地利用了曹操兵胜而骄的心理，成功地利用了曹操自身的缺点和优点。比如，曹操唯才是用，心尚忠义之士，鄙薄谄佞之徒；早就想杀卖主求荣的蔡瑁、张允，只因"北地之众，不习水战"，故"权且用之"为水军大都督、水军副都督；蒋干中计，又急骤地加剧了他对二人的怀疑与厌恶，当其猛省"吾中计矣"，二人头已落地。又如，曹操善疑亦善信，平生所自负者智；黄盖用苦肉计，阚泽献诈降书，二人机谋被他一言道破而终使他中计者，在于阚泽能巧妙地笑其料事之不明，蔡和、蔡中的谍报又从中起了作用。再如，曹操是个见才就爱的人，又日为北兵不惯乘舟犯愁；凤雏先生既是他素所敬服的人，"连环计"又解决了北兵不习水战问题，且火攻一事是他早想

---

① 毛宗岗评语，见《全图绣像三国志演义》第 22 回，内蒙古人民出版社 1981 年版，第 212 页。

过了的，焉有不堕其术中之理！这种智者欺之以智，抓住曹操的长处让他上钩，足令人快读古之胸，而长尚论之识，减却愚蒙。

其四，小说写出彝陵之战是孙、刘长期摩擦的必然结果，是孔明、鲁肃缔造的孙、刘联合以拒曹的战略路线一次严重受挫，蜀国固然大伤了元气，吴国也间接地削弱了它的抗曹力量，从而暗中规定了天下只能由魏晋来统一。

这种摩擦，是从赤壁之战中周瑜几次三番想杀诸葛亮开始的。论者都认为这是由于周瑜量窄。其实不然。周瑜始荐张昭于孙策，又荐鲁肃于孙权，复遣诸葛瑾说孔明"同事东吴"，屡屡推贤、让能，足见其气度恢宏。周瑜忌孔明，非忌胜己者，忌胜己者为敌效力，"久必为江东之患"；却不知有个相对强大的刘备集团是有益于东吴的，可以联合起来对付曹操；缺乏如同鲁肃那样远大的战略眼光，只具将帅之智，够不上是位战略家；当其高喊"既生瑜，何生亮"时，还在为东吴的未来担忧呢，真是个悲剧。

强烈认识到孙、刘联盟之战略价值的，倒是北国的曹操。荆州乃用武之地，赤壁之战后，刘备借东吴之力取个现成，周瑜衔恨不已。曹操遂用程昱之策，表奏周瑜为南郡太守、程普为江夏太守，实际上也就以天子名义将汉上九郡给了东吴，从而"使孙、刘自相吞并"以坐收渔翁之利。其第一次所收之利，是东吴失了周瑜。所以，孔明柴桑之哭，是假中有真。

继任东吴大都督者是鲁肃。孙权出于切身利益，屡逼鲁肃收复荆州。关羽则置孔明之嘱"东结孙权"于脑后，但知"保汉土"而一再蔑视吴侯。鲁肃作为战略家，知刚愎自用的关云长并不足畏，足畏的是北国的曹孟德，遂委曲求全于关羽和孙权之间，这正是他才智超群之处。所以，他当东吴大都督的时候，正是孙、刘抗曹力量急速发展的时期。

待鲁肃一死，周瑜者俦吕蒙继任大都督，遂迎孙权之意，不惜暗中勾结曹操，一举袭取了荆州，结果是蜀国丧了关羽。这是曹孟德第二次坐收渔翁之利。

"朕不与弟报仇，虽有万里江山，何足为贵？"刘备不听孔明和赵云一再苦谏，"起倾国之兵，剪伐东吴"。此"哀兵"也。然而，"天下者，重也；冤仇者，轻也"。况且，"水军沿江而下，进则容易，退则实难"。此乃为国者不可不静而思之的问题。于是"哀兵"遂一变而成为"滞兵"。谁知东吴新任大都督却是名不见经传的儒生陆逊！"朕用兵老矣，今反不如一黄口孺子耶？"于是，"滞兵"遂再变而成为"骄兵"。陆逊则故意示弱以益其骄，步步将其诱堕术中，最后来个"火烧连营七百里"，以数万之众大败刘备七十余万大军于猇亭。曹魏至此，第三次坐收渔翁之利。蜀固大丧元气，吴亦不得不因此而"降魏受九锡"。

刘备兴师前，秦宓谏曰："陛下舍万乘之躯而成小义，古人所不取也。且关公轻贤傲士，刚而自矜，以致丧命，非天亡之也。"赵云谏曰："国贼曹操非比孙权也，宜先灭其魏，则吴自服矣。"孔明谏曰："陛下初登宝位，不思以德服人，为一时之忿……亲冒矢石，非所以重宗庙也"。谁说作者对刘备和关羽一味赞美而无微词？虽然这类描写也包含着对结义之情的肯定，感情是复杂的。

最后，小说还写出孔明鲁肃缔造的孙、刘联合以拒曹操的战略路线真正成为蜀、吴两国的国策，是在"白帝城托孤"之后；原因是吴、蜀荆州之争已经解决，两国都感到舍此则无力与魏国取得均势。司马氏最后所以能使三国归晋，不仅由于北国的民心趋于稳定，不仅凭借魏国的人力和物力，还凭借战略思想的正确和拥有邓艾、钟会、羊祜、杜预这样的一批智勇之士。

官渡之战，袁绍将失败的原因归结为"此天丧我"，正见其愚。赤壁之战，曹操以哭郭嘉的方法归过于谋士们缺智少谋，正见其"鬼"。彝陵之战，刘备将失败的原因归罪于"何期智识浅陋，不纳丞相之言，自取其败"，正见其明：明在其再次肯定孔明、鲁肃缔造的孙、刘联合以拒曹的战略路线的正确。

诸葛亮安居平五路之后，主动遣邓芝通好东吴。约曰："'天无二日，民无二王'。如灭魏之后，大王未识天命所归何人也。但为君者，各修其德；为臣者，各尽其忠。然战争方兴，未可以为乐也。"自此吴、蜀通好，成为两国的国策，再未见以兵戎，而伐魏则有配合。

诸葛亮及时利用了吴、蜀通和，魏不敢加兵于蜀的机会，以"攻心为上，攻城为下"的方针，一举平定了南蛮。南方已定，国力已苏，遂统领三军北伐中原，以报"先帝托孤之重"。昔日沮授、许攸所论袁、曹交战形势复现于今日之魏、蜀。然而，袁绍不知"缓守"可使曹军不战自败，司马懿却知"缓守"可使蜀军不战自退；袁绍不知用许攸之计，以全师屯官渡而以偏师袭许昌可以破曹，司马昭却知用邓艾之计，以全师屯剑阁而以偏师袭成都可以亡蜀。

蜀亡，魏为司马炎所篡，吴亦遂灭。"青山依旧在，几度夕阳红。"庶可与之比辉者，唯此说给有志王天下者听的英雄史诗《三国志通俗演义》而已。

第二章 《三国志通俗演义》的文化沿革

—— 一部打开了的民众心史

一、一个值得注意的历史现象

怎么看《三国志通俗演义》的拥刘反曹，是个聚讼不休的老问题，一直影响到对主要人物形象和作者创作思想的看法。

我以为一个历史现象值得注意，否则就不可能对这一问题作出科学的解答。这个历史现象是：钦定的正史虽有帝魏帝蜀之争，却莫不赞叹刘备的"德"；西晋以来的民众几乎清一色，都是拥刘反曹派，而且此风越演越烈。

西晋人陈寿撰《三国志》，奉魏为正统，蜀吴皆为僭国。不仅只尊曹氏父子为"帝"，给予"纪"的规格，称刘氏父子为"先主"、"后主"，归入"传"的档次，而且在篇幅上也甚是偏心，给《魏书》的篇幅以《蜀书》的三倍，给《武帝纪》的篇幅以《先主传》的两倍。相形之下，尊曹抑刘的倾向是明显的。然而，其评曹操："汉末，天下大乱，雄豪并起，而袁绍虎视四州，强盛莫敌。太祖运筹演谋，鞭挞宇内，揽申、商之法术，该韩、白之奇策，官方授材，各因其器，矫情任算，不念旧恶，终能总御皇机，克成洪业者，唯其明略最优也。抑可谓非常之人，超世之杰矣。"其评刘备："先主之弘毅宽厚，知人待士，盖有高祖之风，英雄之器焉。及其举国托孤于诸葛亮，而心神无贰，诚君臣之至公，古今之盛轨也。机权干略，不逮魏武，是以基宇亦狭。然折而不挠，终不为下者，抑揆彼之量必不容己，非唯竞利，且以避害云尔。"两相对照，又分明在说：曹操以"明略"最优，而刘备以"仁厚"见长。中国人重"德"甚于重"才"，陈寿的感情倾向与帝魏思想是相违的。

首倡应奉蜀汉为正统而以魏吴为僭国的，是东晋人习凿齿撰写的《汉晋春秋》。《晋书》本传，说该书"凡五十四卷"，"起汉光武，终于晋愍帝。于三国之时，蜀以宗室为正，魏武虽受汉禅晋，尚为篡逆，至文帝平蜀，乃为汉亡而晋始兴焉。"习凿齿在临终前还特地给皇帝上了一篇题为《皇晋宜越魏继汉不应以魏后为三恪》疏论，驳斥了"以晋承魏"的观点，指出："若以魏有代王之德，则其道不足；有静乱之功，则孙刘鼎立。道不足则不可谓制当年，当年不制于魏，则魏未曾为天下之主；王道不足于曹，则曹未始为一日之王矣。"结论是："以晋承汉，功实显然，正名当事，情体亦厌。"习凿齿所说的"汉"，是包括蜀汉政权在内的，在他看来，刘备乃"汉高之正胄也，信义著于当年，将使汉室亡而更立，宗庙绝而复继，谁云不可哉？"拥刘之意何其明确！

南朝宋文帝刘裕命裴松之"采三国异同以注陈寿《三国志》"。《四库全书总目提要》说松之所注："杂引诸书，亦时下己意。综其大致约有六端：一曰引诸家之论，以辨是非；一曰参诸书之说，以核伪异；一曰传所有之事，详其委曲；一曰传所无之事，补其阙佚；一曰传所有之人，详其生平；一曰传所无之人，附以同类。"最耐人寻味的是，裴松之认为："寿书铨叙可观，事多审正。诚游览之苑囿，近世之嘉史。"对《三国志》尊曹魏为正统显然是首肯的。然而，纵观其注，却在说明："王道不足于曹"，刘备"信义著于当年"；玄德是位弘毅宽厚的君子，孟德是个"宁我负人，毋人负我"的人物。对此，唐代著名史学批评家刘知几，曾不无感叹地说："自魏、晋以降，著述多门，《语林》、《笑林》、《世说》、《俗说》，皆喜载调谑小辩，嗤鄙异闻，虽为有识所讥，颇为无知所悦。而斯风一扇，国史多同。"① 可见裴注的倾向，并非注者个人的失误。

裴松之的立场还成了后来北宋史学家司马光的立场。《资治通鉴》虽以曹魏为正统，但在《魏纪一》中特意作了说明："苟不能使九州合为一体，皆有天子之名而无其实者也"，"正闰之际"既不能"以自上相授受者为正"，亦不能"以有道德者为正"，更不能"以居中夏者为正"，只能"据其功业之实而言之"。"昭烈之于汉，虽云中山靖王之后，而族属疏远，不能纪其世教名位，亦犹宋高祖称楚元王后，南唐烈祖称吴王恪后，是非难辨，故不敢以光武及晋元帝为比，使得绍汉氏之遗统也。"司马光提出的这一区分正闰之别的标准无疑是有见地的，要比习凿齿的识见高明些。然而，《资治通鉴》与《汉晋春秋》的主要不同处，亦仅在名位上的帝魏帝蜀而已。司马光一则以裴注为依据，说曹操"暴戾强伉"而"有大功于天下"，"其蓄无君之心久矣"②；一则赞同习凿齿的看法，说刘备"虽颠沛险难而信义愈明，势逼事危而言不失道"③。这是很值得注意的，因为不是戴着"汉高之正胄"那血统论的有色眼镜在看问题。

把《三国志》帝魏而伪蜀的案最后翻过来的，是南宋理学家朱熹的《通鉴纲目》。《纲目》以蜀承汉祚，于"汉献帝建安二十五年"之后，紧接着便大书"汉昭烈帝章武元年"。这正如刘友益《纲目书法》所申述的："大书章武何？绍昭烈于高光也。魏篡立，吴割据，昭烈亲中山靖王之裔，名正言顺，舍此安归？《纲目》揭章武之元而大书之，

---

① 刘知几著，浦起龙释：《史通通释·书事》，上海古籍出版社1982年版，第231页。

② 司马光：《资治通鉴》卷68，中华书局1982年版，第2174页。

③ 司马光：《资治通鉴》卷65，中华书局1982年版，第2083页。

然后正闰顺逆，各得其所，故曰统正于下而人道定矣。"此后，元、明、清三代，皆奉蜀为正统，魏吴为僭国。史学家们的思想和感情一致起来了。

然而，民众的拥刘反曹思想却不是从《通鉴纲目》始，它是不以地主阶级的史学家、思想家、政治家的意志为转移而自行发展的。

《三国志》裴注中的"噍鄙异闻"，不少皆属民间传说，比如，《武帝纪》注引《曹瞒传》，写曹操的好色而酷虐："有幸姬常从昼寝，枕之卧，告之曰：'须臾觉我。'姬见太祖卧安，未即寤，及自觉，棒杀之。"再如，《关张马黄赵传》注引《云别传》写刘备君臣相知："初，先主之败，有人言云已北去者，先主以手戟掷之曰：'子龙不弃我走也。'顷之，云至。"说明早在西晋便激荡着一种拥刘反曹的思潮。

两晋南北朝还有一个有趣的现象，那就是《廿二史札记》曾说及的，"称勇者必推关张"。只是赵翼于举例时有误，兹据有关史书枚举如下。《晋书·刘遐传》云："遐为坞主，每击贼，率壮士陷坚摧锋，冀方比之张飞、关羽。"《宋书·檀道济传》云："道济腹心有勇力，时以比张飞、关羽。"《南史·文惠太子传》云："略阳垣历生、襄阳蔡道贵，拳勇秀出，当时以比关羽、张飞。"《北史·杨大眼传》云："当世推其骁果，以为关张弗之过也。"《陈书·萧摩诃传》云："吴明彻济江攻秦郡，时齐遣大将尉破胡等率众十万来援……又有西域，妙于弓矢，弦无虚发，众军尤惮之。及将战，明彻谓摩诃曰：'若殪此胡，则彼军夺气，君有关张之名，可斩颜良矣。'"赵翼的结论是："可见二公之名，不唯同时之人望而畏之，身后数百年，亦无人不震而惊之。威声所垂，至今不朽。天生神勇，固不虚也。"这结论无疑是正确的。但应补充一句：吕布和许褚又何尝不是"天生神勇"呢？足见，关张"威声所垂"，实际上正反映了刘备集团的德声所垂。这就再次说明，拥刘反曹已成为两晋南北朝的一种社会思潮。

隋代的三国故事，可从杜宝《大业拾遗录》所记察其端倪："炀帝……以三月上巳日会群臣于曲水，以观水饰。有……曹瞒浴谯水，击水蛟……吴大帝临钓台，望乔玄；刘备乘马渡檀溪……皆刻木为之。"论者认为这三个水傀儡的节目，"对曹操、孙权和刘备都是作为英雄歌颂的，不见有褒此贬彼的情绪"。① 前一句话当然是正确的，后一句话恐怕还不能这么说。刘备檀溪跃马，事见《三国志·先主传》裴松之注引《世语》："备屯樊城，刘表礼焉，惮其为人，不甚信用。曾请备宴会，蒯越、蔡瑁欲因会取备，备觉之，伪如厕，潜遁出。所乘马名的卢，骑的卢走，堕襄阳城西檀溪水中，溺不得出。备急曰：'的卢：今日厄矣，可努力！'的卢乃一踊三丈，遂得过，乘桴渡河，中流而追者至，以表意谢之，曰：'何去之速乎！'"曹操谯水击蛟，事见《三国志集解》卷一引刘昭《幼童传》："太祖幼而智勇。年十岁，常浴于谯水，有蛟逼之，自水奋击，蛟乃潜退。浴毕而还，弗之言也。后有人见大蛟，奔退，太祖笑之，曰：'吾为蛇所击而未惧，斯畏蛇而恐耶？'众问，乃知，咸惊异焉。"一言刘备脱难之奇，一言曹操自幼便心术不正，褒此贬彼的情绪似乎还是明显的。

唐代的三国故事，可从大觉《四分律行事钞批》所记窥其传统："蜀有智将，姓诸葛，名高[亮]，字孔明，为王所重，刘备每言曰：'寡人得孔明，如鱼得水。'后乃刘备伐魏，孔明领兵入魏，魏国与蜀战，诸葛高[亮]于时为大将军，善然谋策，魏家唯惧孔明，不敢前进。孔明因致病垂死，语诸人曰：'主弱将强，为彼所难，若知我死，必建[遭]彼我[伐]。吾死已后，可将一袋土，置我脚下，取镜照我面。'

① 陆树仑：《漫谈三国故事的思想倾向》，《〈三国演义〉论文集》，中州古籍出版社 1985 年版，第 10 页。

言已气绝。后依此计，乃将孔明置于营内，于幕围之，刘家夜中领兵还退归蜀。彼魏国有善卜者，意转判云：'此人未死。'何以知之？蹋土照镜，故知未死，遂不敢交战。刘备退兵还蜀，一月余日，魏人方知，寻往看之，唯见死人，军兵尽散。故得免难者，孔明之策也。时人言曰：'死诸葛怖生仲达。'仲达是魏家之将也，姓司马，名仲达。亦云：'死诸葛走生仲达。'"这个奇特的故事，它暗中规定了后来三国故事中诸葛亮的神机妙算，"六出报忠勤"的精神品格，"秋风五丈原"的悲剧氛围。刘知几《史通·内篇·采撰》云："如曾参杀人，不疑盗嫂。翟义不死，诸葛犹存。此皆得之于行路，传之于众口。"那"得之于行路，传之于众口"的"诸葛犹存"故事，显然就是这"死诸葛怖生仲达"。

到了北宋，不仅三国故事的拥刘反曹思想更鲜明了，而且"说话"艺人中还出现了"说三分"的专业艺人霍四究，"影戏"里也有了"三分战争"节目。苏轼《东坡志林》就记载王彭尝云："涂巷中小儿薄劣，其家所厌苦，辄与钱令聚坐听说古话，至说三国事，闻刘玄德败，颦蹙有出涕者，闻曹操败，即喜畅快。以是知君子小人之泽，百世不斩。"洪迈《容斋三笔》卷二《平天冠》，还曾记载着徽宗年间这么一件有趣的"谋逆"案："俗呼为'平天冠'，盖指言至尊乃得用。范纯礼知开封府，中旨鞫淳泽村民谋逆事。审其故，乃尝入戏场观优，归途见匠者作桶，取而戴于首，曰：'与刘先主如何？'遂为匠擒。"可见，时人不只一般地尊刘贬曹，而且帝蜀的情绪在民间是强烈的。《三国志平话》与元人三国戏，便是这一思潮的产物。

《三国志平话》和《三分事略》在版式和内容上完全相同。《三分事略》其上有"甲午新刊"字样，卷首题"至元新刊全相三分事略"。"可知这本《三分事略》刊于一二三四年，上距南宋亡只有十几年。既称'新刊'，则祖本当刊于宋代"①。说它是两宋"说三分"的集大成之作，当不会有问题。书中以蜀汉为中心，无一贬辞，而对于吴魏则有褒有贬。褒曹操奉帝命联合诸侯讨董卓，于虎牢关前一再保荐刘关张，主张唯才是用；贬曹操名为汉相，实为汉贼，勘吉平、弑太子、逼献帝禅让于曹丕，欲灭刘皇叔一统天下。贬孙坚防贤忌能，于虎牢关前一再以资历地位压制刘关张，其子孙权为了夺取荆州而最后杀害了关羽；褒孙权于赤壁之战中和刘备合作，彝陵之战后又与蜀汉言和减却了孔明东顾之忧。从明面上看问题，作品贬孙吴的情绪似乎有甚于贬曹魏，那是由于刘关张初时曾获得曹操的青睐而遭受过孙坚的白眼，三人的归天又都直接间接地和孙权有关系，凡此，留给人的印象很深。从深层次上说，作品写曹操的雄才大略，知人善任，最后则是为了写出他"志不在社稷，假忠欺世，卒为身谋"，是个王莽式的人物，孤立地看对曹操的赞扬而认为作品"对曹操褒多于贬"，是有失作者匠心的。褒贬全然以刘备的利益为转移，一心想写出唯刘备才是"上报国家，下安黎庶"的"仁主"，这便是问题的实质。

这一点，在元代三国戏里尤为清楚。元人三国戏，现存二十一种。我赞同时贤们的归纳，其中写曹刘合作、鞭挞孙坚的有：《虎牢关三战吕布》、《张翼德单战吕布》；写曹刘联合、鞭挞董卓余党的有：《张翼德三出小沛》、《关云长单刀劈四寇》；写拥刘反曹的有：《诸葛亮博望烧屯》、《关云长千里独行》、《曹操夜走陈仓道》、《阳平关五马破曹》、《莽张飞大闹石榴园》；写拥刘反吴的有：《关大王独赴单刀会》、《关张双赴西蜀梦》、《刘玄德醉走黄鹤楼》、《两军师隔江斗智》、《寿亭侯怒斩关

---

① 陆树仑：《漫谈三国故事的思想倾向》，《〈三国演义〉论文集》，中州古籍出版社 1985 年版，第 12 页。

平》。这些作品的内容，多数是《三国志平话》里有的，有的是《三国志平话》里没有的。莫不以蜀汉人物为中心，莫不以对蜀汉的态度如何作为褒贬人物、抑扬吴魏的标准。要补充说明的是，其时代烙印，则是更加强调与讴歌蜀汉人物的"汉家节"。

结论：魏晋以来，是以曹魏为正统，还是以蜀汉为正统，地主阶级的史学家、思想家、政治家是反反复复的。一其心志的是民众，他们尊刘贬曹的情绪千百年如一日，而且有增无已，形成了自己的褒贬原则。与此情绪比较合拍的，是一些封建士大夫的文学作品。这种合拍往往是不期然而然的，没有这种"黄河之水天上来，奔流到海不复回"的社会思潮，就没有《三国志通俗演义》。"打倒罗贯中"，并不能解决文学史上的拥刘反曹问题。

二、一种可歌可泣的民众参政意识

正如先哲所说，现象是本质的外部表现形式，二者是相互联系的，"本质在表现出来，现象是本质的"[1]；然而，这种表现又是常眩以伪的，"如果事物的表现形式和事物的本质是直接相符合的话，那么任何科学都是多余的了"[2]。拥刘反曹作为一种绵延千年的历史现象，其思想内涵当然也是如此。"从来庶人之议，皆史也。"[3] 拥刘反曹的思想内涵显然不是三言两语可以道尽的，应该如实地把它当作打开了的时代乐章、民众心史、宗汉情结。从而，由表及里地逐层认识其文化心态。

---

[1] 列宁：《哲学笔记》，人民出版社 1956 年版，第 256 页。

[2] 《资本论》卷 3，《马克思恩格斯全集》，人民出版社 1980 年版。

[3] 金圣叹：《水浒传》第 1 回回首总评，朱一玄、刘毓忱编：《水浒传资料汇编》，百花文艺出版社 1984 年版，第 258 页。

第一，《三国志通俗演义》，"若诗所谓里巷歌谣之义也"①。这类里巷歌谣之义，实际上是一种民众参政意识，在文化上是渊源有自的。

我同意一种看法：中国文化"缺乏民主意识"；只是想加上一句：这种缺乏是以"庶民之议"作补充物的。其思想来由应追溯到先秦孔学。理性精神是孔学也是先秦诸子的共同倾向，核心是重视人，着眼于肯定人生意义上下求索治国平天下之道。政治思想上的儒法互补、美学思想上的儒道互补、道德思想上的儒墨互补，奠定了华夏民族的文化心理结构，形成了中国文化的深层意识。其中，孔孟的知难而进的入世精神、实践理性的哲学思想、王道济民的政治主张、事父事君的纲常教义、立德立功的价值观念、舍生取义的人格追求、华夷之辨的民族操守，在塑造华夏民族的世界观、思维方式、审美情趣上，起了决定性的作用。这就使中国文化深层意识的重"人"，具有双重性。一方面，它是非常宗法的——唯恐损伤宗法的思想和制度的权威，排斥民主意识，主张"民可使由之，不可使知之"；另一方面，它又是非常民主的——认为"民为贵，社稷次之，君为轻"，要求君王"乐民之乐"而"忧民之忧"，高度评价里巷歌谣的"兴、观、群、怨"作用。二者最后统一在一个理想的"富贵不能淫，贫贱不能移，威武不能屈"的伟大人格追求上。其为君，则若"唐尧虞舜"、"夏禹商汤"；其为臣，则若"殷之三仁"、"周公召公"；其为民，则"独善其身"而"心存魏阙"，其处乱世，则以"天下兴亡，匹夫有责"自励自策。这种"人"的观念，这种对人格的崇尚，作为中国文化的深层意识，每当社会风云变幻之际，它便云破月来，熠熠生辉，成为忠义思潮的意识源泉，成为华夏民族的内在凝聚力。阶级

---

① 庸愚子：《三国志通俗演义序》，朱一玄、刘毓忱编：《三国演义资料汇编》，百花文艺出版社 1983 年版，第 233 页。

矛盾和民族矛盾犬牙交错之时尤其如此。

这里，需着重一提的是宋人的"说话"。"瓦子勾栏"虽则是当时军卒平民的暇日娱戏之地，但是，一种入世精神，却使"说话"艺人，"讲论只凭三寸舌，称评天下浅和深"①。其中作为"说话"四家数之一的"讲史"，它"以上古隐奥之文章，为今日分明之议论"②。这类艺人有个共同的创作思想，那就是："暂时罢鼓膝间琴，闲把遗编阅古今。常叹贤君务勤俭，深悲庸主事荒淫。致平端自亲贤哲，稔乱无非近佞臣。说破兴亡多少事，高山流水有知音"③。这一价值观念，一直影响到当时皮影中的敷演"铁骑公案"："其话本与讲史书者颇同。大抵真假相半，公忠者雕以正貌，奸邪者与之丑貌，盖亦寓褒贬于市俗之眼戏也。"④ 而如果我们对宋人"讲史"和"小说"中的说"铁骑公案"作一通考，那就不难发现：这类作品不是"乱世忠义"的颂歌，就是说给有志王天下者听的英雄史诗。它反映了身处乱世的民众，在以自己的参政意识编写"资治通鉴"。三国故事和水浒故事，便是这种阆苑仙葩。

第二，拥刘反曹思想的产生有其外因，那就是：曹丕称帝标志着两汉盛世的结束，此后近三个世纪的纷乱分裂的局面造成了人心思汉，同时也就扭曲了曹操在民众心目中的形象。

曹操曾以文王自期："'施于有政，是亦为政。'若天命在吾。吾为周文王矣。"武王伐纣，使文王成了有口皆碑的圣主，可曹丕篡汉，却

---

① 罗烨：《醉翁谈录·小说引子》，续修四库全书本，第 1266 册，上海古籍出版社 2002 年版。

② 同上。

③ 《宣和遗事·前集》，《宋元平话集》本，丁锡根点校，上海古籍出版社 1990年版，第 269 页。

④ 耐得翁：《都城纪胜·瓦舍众伎》，文渊阁四库全书本，第 590 册，台湾商务印书馆 1986 年版。

使曹操父代子过，成了世人心目中的王莽。

一种解释是："某朝的年代短一点，其中差不多没有好人……年代短了，作史的是别朝人，便很自由地贬斥其异朝人物，所以在秦朝，差不多在史的记载上半个好人也没有。曹操在史上年代也是颇短的，自然也逃不了后一朝人说坏话的公例。"① 这是合情理的。如果两宋加在一起不是长达 279 年之久，恐怕也就不会有杂剧《宋太祖龙虎风云会》一类歌颂赵匡胤的作品，那位"陈桥兵变，黄袍加身"的赵检点，将被斥为以阴谋诡计欺侮孤儿寡母的绝代奸雄。不过，亦不尽然。蜀汉和东吴也是短命的，可在民众的口碑上，刘备不必说，孙权也比曹操好。况且，正史《三国志》倒是帝魏而伪蜀吴的，称阿瞒是"非常之人，超世之杰"，结论是够好的。

另一种解释是："以理而论，寿之谬万万无辞，以势而论，则凿齿帝汉顺而易，寿欲帝汉逆而难。盖凿齿时晋已南渡，其事有类乎蜀，为偏安者争正统，此孚于当代之论者也；寿则身为晋武之臣，而晋武承魏之统，伪魏是伪晋矣，其能行于当代哉！此犹宋太祖篡立近于魏，而北汉、南唐迹近于蜀，故北宋诸儒皆有所避而不伪魏；高宗以后，偏安江左，近于蜀，而中原魏地全入于金，故南宋诸儒乃纷纷起而帝蜀。此皆当论其世，未可以一格绳也。"② 这解释无疑是重要的。它是说，西晋以来是以魏为正统，还是以蜀为正统，这不是个学术问题，而是个严肃的政治问题。习凿齿为蜀汉争正统，实际上是在为东晋争正统，强调唯有东晋才是当时中国的合法政府。朱熹为蜀汉争正统，实际上是在为南宋争正统，强调唯有南宋才是当时中国的合法政府。这的确是撞心之言，

① 鲁迅：《魏晋风度及文章与药及酒之关系》，《鲁迅全集·而已集》，人民文学出版社 1981 年版，第 501—502 页。

② 永瑢等撰：《四库全书总目·三国志》，中华书局 1965 年版，第 403 页。

它道出了处于阶级矛盾和民族矛盾犬牙交错状态下的汉族人民的民族感情和爱国主义精神。然而，习凿齿和朱熹的主张帝蜀也只是充当了弄潮儿而已。因为，我们从裴注知道，早在习凿齿以前，吴人《曹瞒传》、韦曜《吴书》、晋人孔衍《汉魏春秋》、孙盛《魏氏春秋》等已对曹操不那么恭维，而其中就有不少来自民间的"嗤鄙异闻"。

还是元人脱脱说得好："昔者尧、舜以禅代，汤、武以征伐，皆南面而有天下。四圣人者往，世道升降，否泰推移。当斯民涂炭之秋，皇天眷求民主，亦唯责其济斯世而已。"① 不论是用哪种方式坐的天下，作为开国之君，其道路口碑如何，最终是看他能否带来国泰民安，天下统一。这是由中国文化的仁德观念决定的，也是由我们民族的凝聚意识决定的。都是篡位，王莽遗臭万年，而赵匡胤流芳百世，原因亦在于此。不是曹操不伟大，是曹丕篡汉后的历史缩小了他在民众心态上的形象。这段历史就是：曹魏凡四十五年，它是与战乱共始终的，天下三足鼎立。西晋凡五十一年，其中一统天下的局面仅二十二年，而"八王之乱"却又占去了这二十二年中的前后十六年。东晋共一百零三年，中原先后出现了十六国。南朝共一百六十九年，北朝始终与之对峙着，直到隋文帝一统中国。凡此，说明曹丕篡汉标志着"两汉盛世在此际结束，纷乱分裂的局面在此际开始"②。它带来的是三国纷争局面；它带来的是西晋"八王之乱"；它带来的是南北分裂，北部中国的汉族人民第一次接受少数民族的统治，而偏安江南的东晋与南朝统治者却无意于北伐统一中国。这当然主要不应由曹氏父子负责；但是，由此而造成人心思汉却是必然的——思汉室的一统天下，思两汉的文功武治，思蜀汉的庄敬

---

① 《宋史·太祖本纪》，中华书局 1977 年版，第 50 页。

② 何满子：《在评价〈三国演义〉的文学成就以前》，《三国演义学刊》第 1 辑，四川省社会科学院出版社 1985 年版，第 155 页。

自强。这是有稽可查的。《晋书·汉·刘元海载记》就曾记载刘元海于西晋永兴元年立国所以称"汉"，其语云："汉有天下世长，恩德结于人心，是以昭烈崎岖于一州之地而能抗衡于天下。吾又汉氏之甥，约为兄弟，兄亡弟绍，不亦可乎？且可称汉，追尊后主，以怀人望。"召唤亡灵是为了演出历史的新场面，其中既然包含着对两汉盛世的缅怀之情，那么，曹操的脸谱当然就只能是王莽式的。于是，凡有忠义思潮和强调"君子小人之泽"的地方，便可能有拥刘反曹的三国故事在产生。

第三，拥刘反曹思想的产生还有其更为深刻的内因，那就是：旧时中国人的文化心态基本上是儒家的，民众从刘备身上比从曹操身上发现了更多的符合他们愿望的东西。

其一，正如《周书》所说，"抚我则后，虐我则仇"；民众是不以成败论英雄的。曹操虽功盖天下，论"仁德及人"，却不如刘备。

如果说，"济大事必以人为本"是刘备开创宏基的方略，那么，"迈仁树德"则是他一生立身行事的特点。每当他作出一项决策，必先考虑民心的向背。凡是顺民心的事，他就尽量多做。如：杨奉知刘备与吕布有隙，"私与备相闻，欲共击布"，只因"奉在下邳，寇掠徐、扬间"，刘备便"阳许之"，设计斩杨奉于小沛，以平徐、扬之民愤。[1] 凡是逆民心的事，他就尽量不做，如：刘琮投降曹操，诸葛亮劝刘备攻刘琮夺取荆州，备曰："刘荆州临亡托我以孤遗，背信自济，吾所不为，死何面目以见刘荆州乎！"[2] 万不得已而做有失民心的事，则效"汤、武逆取而顺守之"[3]。如：明知是"以小利而失信于天下"，刘备在形势的逼迫下还是袭击了刘璋；但由于他对刘璋"旧心依依，实无薄意"，且能"厚

---

① 司马光：《资治通鉴》卷62，中华书局1982年版，第2001页。
② 司马光：《资治通鉴》卷65，中华书局1982年版，第2083页。
③ 司马光：《资治通鉴》卷66引陆贾语，中华书局1982年版，第2111页。

树恩德以收众心"，所以"益州郡县，皆望风景附"，"益州之民，是以大和"①；刘备不只重视民心，还勇于补救时弊，不只是位以儒律己的仁君，还是位以法驭民的英主。《资治通鉴》载"诸葛亮佐备治蜀"，曾对法正说："刘璋暗弱，自焉以来，有累世之恩，文法羁縻，互相承奉，德政不举，威刑不肃。蜀土人士，专权自恣，君臣之道，渐以陵替，宠之以位，位极则贱；顺之以恩，恩竭则慢。所以致敝，实由于此。吾今威之以法，法行则知恩；限之以爵，爵加则知荣。荣恩并济，上下有节，为治之要，于斯而著矣。"②刘璋父子统治下的益州，实际上可以看作东汉社会的缩影，它的时弊乃汉武以来"罢黜百家，独尊儒术"的必然。孔明的治国是成功的，《三国志》本传作者曾不无感叹地写着："其秋病卒，黎庶追思，以为口实。至今梁、益之民，咨述亮者，言犹在耳。虽《甘棠》之咏召公，郑人之歌子产，无以远譬也。孟轲有云：'以逸道使民，虽劳不怨，以生道杀人，虽死不忿。'信矣！"凡此，也反映了刘备和诸葛亮的共同政治品格：以仁义律己，以法治驭民。

曹孟德呢？作为诗人，他高唱"天地间，人为贵"（《度关山》），呼吁"咸爱其民"，"恩德广及草木昆虫"（《对酒》），谴责"贼臣持国柄，杀主灭宇京"（《薤露行》），低吟"白骨露于野，千里无鸡鸣。生民百遗一，念之断人肠"（《蒿里行》），还以周公、管仲、晏婴等先哲自比（《善哉行》），俨然是位"爱兵如命，视民如伤"的仁者。然而，作为叱咤风云的英雄人物，我们从《后汉书》、《三国志》、《资治通鉴》等史籍中，却不只看到了他的赫赫战功，还看到了其引兵击陶谦时，"坑杀男女数十万口于泗水，水为不流"，"攻取虑、睢陵、夏丘，皆屠之，鸡犬亦

---

① 司马光：《资治通鉴》卷 67，中华书局 1982 年版，第 2130 页。

② 同上书，第 1945 页。

尽，墟邑无复行人"①，官渡破袁绍时，"追之不及，尽收其辎重、图书、珍宝。余众降者，操尽坑之，前后所杀七万余人"②，潜师袭乌桓时，"斩蹋顿及名王以下，胡、汉降者二十余万口"③，兵败于赤壁时，"引军从华容道步走，遇泥泞，道不通，天又大风，悉使羸兵负草填之，骑乃得过。羸兵为人马所蹈藉，陷泥中，死者甚众"④，如此屠城坑降以重威，妄杀无辜以"垫脚"，似乎他身上所缺少的正是当时民众所企望的"仁德"。用郭嘉的话来说，就是："今四州之民，徒以威附，德施未加"⑤。并非曹操不知以"德"济"威"的重要，实由于兼灭群雄，统一北方，四方征战，日不暇给。霍性也看到这一点，曾疏谏魏文帝云："伏惟先王功无与比，而今能言之类，不称为德。故圣人曰'得百姓之欢心'，兵书曰'战，危事也'。是以六国力战，强秦承弊，幽王不争，周道用兴。愚谓大王且当委重本朝而守其雌，抗威虎卧，功业可成。"⑥谁知曹丕酷似其父，也是个果于杀戮的人，霍性言犹在口，已身首异处。其结果，则正如陆机《辨亡论》所说："曹氏虽功济诸夏，虐亦深矣！其民怨矣！"

其二，"士为知己者死，女为悦己者容"。这是我国旧时莘莘学子的传统观念。曹操用人"以权术相驭"，刘备用人"以性情相契"⑦，两相对照，刘备待士，常使后世士子神往不已。

无论如何，曹操不失为三国时第一流政治家，第一流军事家；因

---

① 司马光：《资治通鉴》卷 60，中华书局 1982 年版，第 2035 页。

② 司马光：《资治通鉴》卷 63，中华书局 1982 年版，第 2072 页。

③ 司马光：《资治通鉴》卷 65，中华书局 1982 年版，第 2093 页。

④ 同上书，第 2070 页。

⑤ 同上书，第 60 页。

⑥ 《三国志·文帝纪》裴注引《魏略》，中华书局 1982 年版，第 85 页。

⑦ 赵翼：《廿二史札记》卷 7，中国书店 1990 年版，第 54 页。

为他意识到战争不只是人力、物力的较量，也是人才的较量。"周公吐哺，天下归心"，成了他的座右铭。其驭士之术，亦海内无匹。一曰昭士之功，誉士之德。荀彧、郭嘉、荀攸、程昱为操画策，人所不知，操一一表述之，绝不攘为己有。二曰无贵无贱，唯才是宜。"拔于禁、乐进于行阵之间，取张辽、徐晃于亡虏之内，皆佐命立功，引为名将；其余拔出细微，登为牧守者，不可胜数。"① 三曰矫情任算，不念旧恶。毕谌、魏种皆先臣后叛之人，既已生擒，谁肯复贷其命！操却怜才，一一释而用之，尽其器能。四曰放眼群英，厚待异己。刘备穷途投曹，程昱以备乃人杰，劝操图之，操曰："方今收英雄时也，杀一人而失天下之心，不可。"② 关羽挂印归刘，左右皆欲追之，操曰："彼各为其主，勿追也。"③ 凡此，皆足令人心醉，今古有此胆气者几人！这是由于他出身比较微贱，当其初起时，方欲借众力以鞭挞宇内，开创宏基，故以能用度外之人、敬度外之士而奔走天下。随着他芟夷群雄，势位已定，暗以文王自期，其雄猜之性亦如云无心而出岫，其人亦由谦恭下士的周公变为志骄意满的霸主。孔融乃天下贤士，以讥讽阿瞒为子纳袁氏妇与制酒禁而夷族④；许攸"少与袁绍及太祖善"，以"自恃勋劳，时与太祖戏"而见收⑤；崔琰"有伯夷之风，史鱼之直"，素为曹氏父子所倚信，因阿瞒进爵为魏王未加附和而见诛；荀彧素为阿瞒谋主，"发言授策，无施不效"，亦以其阻九锡而胁之自戕⑥。曹操这种性多嫌忌，果于杀戮，位高

---

① 陈寿：《三国志·武帝纪》裴注引《魏书》，中华书局1982年版，第14页。
② 陈寿：《三国志·武帝纪》，中华书局1982年版，第940页。
③ 陈寿：《三国志·关羽等传》，中华书局1982年版，第372页。
④ 陈寿：《三国志·崔琰等传》裴注，中华书局1982年版，第372页。
⑤ 陈寿：《三国志·崔琰等传》裴注引《魏略》，中华书局1982年版，第373页。
⑥ 陈寿：《三国志·荀彧传》，中华书局1982年版，第315—317页。

弥甚，不是一般的一阔脸就变的问题。作为一位地主阶级的政治家，实反映了他从前的度外用人，"特出于矫伪，以济一时之用，所谓以权术相驭也"①。

与曹操不同，刘备用人以信为本，以诚为宗，宽仁有度，知人知心，所以能得人死力。"三请诸葛亮"，这在中国是家喻户晓的，而且有口皆碑。最为稀世一时的，我以为还是白帝城托孤。"汉主谓亮曰：'君才十倍曹丕，必能安国，终定大事。若嗣子可辅，辅之，如其不才，君可自取。'亮涕下曰：'臣敢不竭股肱之力，效忠贞之节，继之以死！'"②其心神无贰如此，"诚君臣之至公，古今之盛轨也"。一篇《出师表》也证明着孔明与刘备是如何肝胆相照。孙盛却将肝胆相照之言看成"诡伪之辞"③，不亦惑哉！然而，更令人赞叹不已的，还是刘备不只与荆襄旧部，而且与刘璋旧臣也那么君臣相知。不说与法正，就说与黄权。刘备将伐吴，"权谏曰：'吴人悍战，又水军顺流，进易退难，臣请为先驱以尝寇。陛下宜为后镇。'先主不从，以权为镇北将军，督江北军以防魏师"。猇亭兵败，道路隔绝，黄权无路可归，乃降魏，有司请收其妻子。"先主曰：'孤负黄权，权不负孤也。'待之如初。"黄权在魏，或言蜀已诛其妻子，权亦不信。文帝诏发丧，"权曰：'臣与刘、葛推诚相信，明臣本志。窃疑未实，请须。'后得审问，果如所言"。④ 君臣之相与如此，这在中国历史上是鲜见的。那么，原因呢？"孤之有孔明，犹鱼之有水也"⑤。我以为刘备的这种"鱼水"说，实际上也就是他对待臣民的哲学；

---

① 赵翼：《廿二史札记》卷 7，中国书店 1990 年版，第 85 页。
② 陈寿：《三国志·诸葛亮传》，中华书局 1982 年版，第 918 页。
③ 陈寿：《三国志·诸葛亮传》裴注，中华书局 1982 年版，第 918 页。
④ 司马光：《资治通鉴》卷 69，中华书局 1982 年版，第 2203—2206 页。
⑤ 司马光：《资治通鉴》卷 65，中华书局 1982 年版，第 2075 页。

这种哲学，要比"舟水"说和"人鉴"说来得深刻和高明。它符合中国人的"人生乐在相知心"的深层意识和热切追求，是刘备深结豪杰之隐微的法宝，是刘备所至使人倾倒不已的奥秘，也是刘备虽属小国之君，却不失为千古一帝的原因。而这，乃是为研究者所忽略了的。

其三，曹丕与曹植同母而其豆相煎，刘备与关张异姓而情逾骨肉。这一对照是那么撼人心弦。直令人感到刘备与关张的关系是今古人际关系的典范。

《世说新语》云："魏文帝忌弟任城王骁壮，因在卞太后阁共围棋，并啖枣。文帝以毒置诸枣蒂中，自选可食者而进。王弗悟，遂杂进之。既中毒，太后索水救之，帝预敕左右毁瓶罐，太后徒跣趋井，无以汲。须臾遂卒。复欲害东阿，太后曰：'汝已杀我任城，不得复杀我东阿！'"《世说新语》又云："文帝尝令东阿王七步作诗，不成者行大法。应声便为诗曰：'煮豆持作羹，漉豉以为汁。萁在釜下燃，豆在釜中泣。本自同根生，相煎何太急？'帝深有惭色。"这并非臆造。《三国志·任城威王彰等传》载：早在曹操生前，曹植就为曹丕所忌；曹操"以罪诛修"，实际上是由于杨修乃曹植的羽翼而又"颇有才策"，恐其将来助曹植争位；曹丕称帝后，即令诸弟归藩，曹彰于黄初四年朝都时暴卒，曹植"十一年中而三徙都。常汲汲无欢，遂发疾薨，时年四十一"。孙盛叹曰："异哉，魏氏之封建也，不度先主之典，不思藩屏之术；违敦穆之风，背维城之义。"这种骨肉之情让位于地主阶级内部权力和财产再分配问题上的争斗，民众是不会颂扬的。

与此形成鲜明对照，刘备与关羽、张飞异姓，却交情浑似股肱，义气如同骨肉。这一点，《三国志·关张马黄赵传》说得清楚："先主与二人寝则同床，恩若兄弟。而稠人广坐，侍立终日，随先主周旋，不避艰险。"刘备与关羽、张飞这种恩若兄弟，其所以令人称颂不已，还在于它多少反映了中国文化理想上的道德原则：

首先，中国文化向来重视人格尊严，尽管在现实生活中只是个美丽的幻影。孔子就曾慨叹说："不降其志，不辱其身，伯夷叔齐与？"（《论语·微子》）而刘备与关、张的恩若兄弟，却正是在相互尊重对方人格的基础上实现的。关、张对刘备，"稠人广坐，侍立终日"，这在人际之间的地位秩序上是下事上、卑事尊，地位是不等的。它反映了关、张对刘备的权威人格的维护和尊崇，不敢与之平起平坐。刘备待关、张，"同席而坐，同簋而食"，这在人际之间的地位秩序上是兄弟情、朋友谊，地位是相等的。它反映了刘备对关、张独立人格的确认和尊崇，甘与平起平坐。在专制主义社会里，下事上、卑事尊，尊重对方的权威人格是"三纲"规定的，也是约定俗成的；上待下、尊待卑，尊重对方的独立人格是分外的，也是万难做到的。这样，刘备在人际交往的"人情账"上就始终保持"债主"的地位，所以关、张总感到刘备待自己恩重，愿涌泉相报。

其次，中国文化又向来承认人是具有独立意志的，认为"三军可夺帅也，匹夫不可夺志也"（《论语·子罕》）。因此以"义"作为人际关系的最高准则，强调"君子和而不同，小人同而不和"（《论语·子路》）。盖"君子心和，然其所见各异，故曰不同；小人所嗜好者则同，然各争其利，故曰不和"①。陆九渊说："若某则不识一字，亦须还我堂堂地做个人。"（《陆九渊集·语录》）堂堂地做个人，就是要在人际关系中以"君子和而不同"律己，"毋意，毋必，毋固，毋我"（《论语·子罕》），保持人格尊严和独立意志。这在"唯一原则就是轻视人类，使人不成其为人"的专制制度里，不论卑贱者还是高贵者，都是很难做到的。刘备其

---

① 《论语·子路》，十三经注疏标点本，北京大学出版社 1999 年版。

人，思贤若渴而爱恤下人；关羽其人，"善待卒伍而骄于士大夫"①；张飞其人，"爱敬君子而不恤小人"②。三人"所见各异"，却始终"恩若兄弟"，显然就在于："君子和而不同"是他们所信守的原则。"三顾草庐"时的意见分歧，便是明证。

再次，中国文化还一以贯穿着对于崇高人格的追求，而民众从刘备与关、张的"恩若兄弟"中恰好发现了他们所崇尚的人格美。关、张与刘备自少结契，终身奉以周旋，纵然羁旅奔逃，无寸土可以立业，二人亦患难相随，心无贰念。这固然由于刘备乃仁义之人，士之所慕若水之归海，也由于关、张有国士之风，是千古忠义。"吾极知曹公待我厚，然吾受刘将军厚恩，誓以共死，不可背之。吾终不留，吾要当立效以报曹公乃去。"③"先主既即尊号，将东征孙权以复关羽之耻，君臣多谏，一不从。"④ 这种义薄云天，真可以昭日月而泣鬼神。其结果，虽然"江流石不转，遗恨失吞吴"。

这不是偶然的。曹操"重诸侯科禁"，乃至"以罪诛修"而使曹植"益内不自安"⑤，也由于以袁绍身后为鉴，怕儿孙蹈袁氏覆辙，毁我社稷，并非生来就骨肉情薄。刘备与关、张始终"恩若兄弟"，也由于一生坎坷，虎踞益州又是反客为主，只有与荆襄旧部保持团结，才能团结刘璋旧部，只有保持这两个团结，才能以区区一州之地与魏、吴鼎足而立，鞭挞八荒，并非生来就义重如山。曹丕与曹植、曹璋的关系最后撕去温情脉脉的外衣而其豆相煎，不只当事者性情所使然，也是客观形势所使

---

① 陈寿：《三国志·关张马黄赵传》，中华书局 1982 年版，第 944 页。

② 同上。

③ 陈寿：《三国志·关张马黄赵传》，中华书局 1982 年版，第 940 页。

④ 陈寿：《三国志·庞统法正传》，中华书局 1982 年版，第 961—962 页。

⑤ 陈寿：《三国志·陈思王植》，中华书局 1982 年版，第 588 页。

然。二者于交口相传中日益媸妍相映，"宴桃园豪杰三结义"成了人际关系的风范。此非唯"人谋"，抑亦"天时"也。

其四，《易传》提出："天行健，君子以自强不息"，"地势坤，君子以厚德载物"。这"自强不息，厚德载物"，实际上也就是中华民族的民族精神，刘备的"折而不挠，弘毅宽厚"①，孔明的"弘毅忠壮，忘身忧国"②，皆颇近此。"贵不期骄，富不期侈"，虽唐太宗亦未能尽免。"汉贼不两立，王业不偏安"，更是"错把杭州作汴州"的东晋和南宋统治者所缺少的思虑。面对每况愈下的时局，一些有识之士与人民群众不禁油然而生对刘备与孔明的缅怀之情，是必然的。还是让我们看一看王安石的鲜为人注意的古诗《诸葛武侯》吧："汉日落西南，中原一星黄。群盗伺昏黑，联翩各飞扬。武侯当此时，龙卧独摧藏。掉头《梁甫吟》，羞与众争光。邂逅得所从，幅巾起南阳。崎岖巴汉间，屡以弱攻强。晖晖若长庚，孤出照一方。势欲起六龙，东回出扶桑。惜哉沦中路，怨者为悲伤。竖子祖余策，犹能走强梁。"这位伟大的改革家讴歌的是什么呢？诸葛武侯的君臣相得与自强不息的精神！正因如此，岂但曹操，就连司马懿也成了三国故事中被贬抑的形象。

最后，曹操的历史悲剧还在于：面对的不是暴君，而是"仁柔"之主，所以只能坐在权臣的被告席上，眼巴巴地望着身藏讨曹密诏的刘备被民众誉为"上报国家，下安黎庶"的忠义之士。

孙策的话是客观的："成汤讨桀称'有夏多罪'，武王伐纣曰'殷有重罚'，此二主者，虽有圣德，假使时无失道之过，无由逼而取也。今主上非有恶于天下，徒以幼小，胁于强臣，异于汤、武之时也。且董卓

---

① 陈寿：《三国志·先主传》，中华书局1982年版，第892页。
② 陈寿：《三国志·诸葛亮传》裴注，中华书局1982年版，第895页。

贪淫骄凌，志无纪极，至于废主自兴，亦犹未也，而天下同心疾之，况效尤而甚焉者乎！又闻幼主明智聪敏，有夙成之德，天下虽未被其恩，咸归心焉。"① 然而，曹操却不以"总御皇机"为满足，一心想取而代之，直至公然勒兵入宫，缢贵妃，弑皇后，鸩杀二皇子。"郗公，天下宁有是邪！"

刘备的想法是聪明的："今指与吾为水火者，曹操也。操以急，吾以宽；操以暴，吾以仁；操以谲，吾以忠：每与操反，事乃可成耳。"② 知己知彼，百战不殆。你可以说刘备的"宽"、"仁"、"忠"含有战略用意，那么，曹操其人的主要特点当是："急"、"暴"、"谲"。你甚至可以认为刘备的"宽"、"仁"、"忠"全然是出于他打天下的需要，一旦坐定江山也会翻脸不认人的。那么，"先帝创业未半而中道崩殂"，"宽"、"仁"、"忠"也就成了他的盖棺论定。娄圭说得好："天下扰扰，各贪王命以自重。"③ 更何况，那一纸"衣带诏"又在使刘备作为"忠义之士"而名扬天下。真是"天时"、"地利"、"人和"都在玉成他流芳百世。

曹操呢？我们看到了有趣的二律背反：那"挟天子以伐不臣"，一方面使他成为政治、军事法庭上的原告，"十分天下有其八"；另一方面又使他成为民众道德法庭上的被告，当了"粉面的奸臣"。

结论：曹丕篡汉后的近三百年纷争分裂的局面使人心转而思汉，是形成三国故事拥刘反曹思想的外因。刘备身上符合民众愿望的东西要比曹操身上多得多，是形成三国故事拥刘反曹思想的内因。二者统一在儒学的"人之所以为人者"的文化心态上，统一在"仁者在位"的民众参政意识上。"礼失而求诸野"，就保存儒家思想中闪光的东西而言，我认

---

① 司马光：《资治通鉴》卷62，中华书局1982年版，第1982页。

② 司马光：《资治通鉴》卷66，中华书局1982年版，第2110页。

③ 陈寿：《三国志》卷12引《吴书》，中华书局1982年版，第374页。

为可以这么说。因为势要者大多是言行不一的人。刘备身上符合民众愿
望的东西所以比较多，恐怕也就在于汉末诸镇唯他起于草泽，而且常羁
旅奔逃，寄人篱下，身无尺寸之柄，经历使他领悟到"唯贤唯德，可以
服人"。死于伐吴以复关羽之耻而兵败还蜀，和关、张终始之分又可谓
古今无双。"宽"、"仁"、"忠"三个字，不只成了他的战略思想，也成
了历史对他的盖棺论定。民众是不以成败论英雄的，所以也就使他成为
千古一帝，尽管蜀汉很小。

第三章　《三国志通俗演义》的儒法观念

——从"失空斩"中诸葛亮的形象说起

一、引言

《三国志通俗演义》中的"失街亭"、"空城计"、"斩马谡",可谓家喻户晓、妇孺皆知;乃至"失空斩"成为京剧搬演时的简称,特别是"空城计",尤为人们所喜闻乐道。

这分则为三、合则一体的脍炙人口的故事,实出于罗贯中的艺术创造。因为,不论陈寿的《三国志》,还是元人的《三国志平话》,皆无"武侯弹琴退仲达"之说,且对"失街亭"与"斩马谡"二事的记述亦甚简。就以《三国志平话》所写来说吧,仅一百五十一字而已:

> 军师再出祁山第四。先到隔茅关,又名街亭,离关五十里,众官接着,又行四十里下寨。诸葛问:"街亭怎生?"有佐贰官杨仪、姜维曰:"马谡失了街亭。"诸葛大惊:"此乃拒险之地,如何失了?"姜维言:"马谡带酒,司马懿搦战,马谡出战,魏延劝,连骂数句,众官劝不住,马谡又骂太守,言军师者吾乃乡人也,吾失了城不碍。魏军先困了马谡,众官去杀,后失了街亭。"军师唤到当面问,马谡无言支对,推出交斩。[①]

---

① 无名氏:《三国志平话》,上海古典文学出版社 1955 年版,第 137 页。

　　然而罗贯中笔端的"失街亭"、"空城计"、"斩马谡"，又是以史料作依据的。其所据史料，主要有三，兹征引于下，以作参考：

　　一是，《三国志·诸葛亮传》云："六年春，扬声由斜谷道取郿，使赵云、邓芝为疑军，据箕谷，魏大将军曹真举众拒之。亮身率诸军攻祁山，戎阵整齐，赏罚肃而号令明，南安、天水、安定三郡叛魏应亮，关中响震。魏明帝西镇长安，命张郃拒亮，亮使马谡督诸军在前，与郃战于街亭。谡违亮节度，举动失宜，大为郃所破。"① 罗贯中笔端的"马谡拒谏失街亭"本此。

　　二是，同卷又云：街亭既失，"亮拔西县千余家，还于汉中，戮谡以谢众。上疏曰：'臣以弱才，叨窃非据，亲秉旄钺以厉三军，不能训章明法，临事而惧，至有街亭违命之阙，箕谷不戒之失，咎皆在臣授任无方。臣明不知人，恤事多暗，《春秋》责帅，臣职是当。请自贬三等，以督厥咎'。于是以亮为右将军，行丞相事，所总统如前"②。罗贯中笔端的"孔明挥泪斩马谡"本此。

　　三是，同卷裴松之注引"郭冲三事曰：亮屯于阳平，遣魏延诸军并兵东下，亮惟留万人守城。晋宣帝率二十万众拒亮，而与延军错道，径至前，当亮六十里所，侦候白宣帝说亮在城中兵少力弱。亮亦知宣帝垂至，已与相逼，欲前赴延军，相去又远，回迹反追，势不相及，将士失色，莫知其计。亮意气自若，敕军中皆卧旗息鼓，不得妄出菴幔，又令大开四城门，扫地却洒。宣帝常谓亮持重，而猥见势弱，疑其有伏兵，于是引军北趋山。明日食时，亮谓参佐拊手大笑曰：'司马懿必谓吾怯，将有强伏，循山走矣。'候逻还白，如亮所言。宣帝后知，深以为恨"③。

---

①　陈寿：《三国志》，中华书局 1982 年版，第 923 页。
②　同上。
③　同上书，第 921 页。

罗贯中笔端的"武侯弹琴退仲达"本此。

这前两条所记，显乃史实；后一条所言，当属民间传说。因为，正如裴松之所说："阳平在汉中，亮初屯阳平，宣帝尚为荆州都督，镇宛城；至曹真死后，始与亮于关中相抗御耳。魏尝遣宣帝自宛由西城伐蜀，值霖雨，不果。此之前后，无复有于阳平交兵事。就如冲言，宣帝既举二十万众，已知亮兵少力弱，若疑其有伏兵，正可设防持重，何至便走乎？……故知此书举引皆虚。"①

由此可见，罗贯中笔端的"失街亭"、"空城计"、"斩马谡"作为一个完整的历史故事，与诸葛亮一出祁山的历史原型相比，可谓"熊猫非猫，但却像猫"。而这种像与不像之间，作者的审美旨趣和价值观念存焉。这集中体现在作者对诸葛亮形象的塑造上，也体现在作者对人物关系的安排上。

二、从"街亭之失"说诸葛亮的用人

《三国志通俗演义》写街亭之役，与《三国志·诸葛亮传》所记，其相符者三：一是，写街亭是失守了的；二是，写街亭失守的原因，是由于"谡违亮节度，举行失宜"；三是，写街亭失守的后果，是使诸葛亮的"一出祁山"归于落空，致不得不还于汉中。其虽与《三国志·诸葛亮传》所记不符，却符合文学创作之虚构法则者，亦有三：一是，改马谡与张郃战于街亭为马谡与司马懿战于街亭，从而也就将诸葛亮"一出祁山"的主要对手由平庸无能的曹真置换为大智若怯的司马懿；二是，将马谡由"督诸军在前"伐魏的先锋官改为镇守街亭的守将，从而也就

---

① 陈寿：《三国志》，中华书局 1982 年版，第 921—922 页。

相对地减弱了他所肩负的使命的重要性；三是，与此相关，以"明修栈道，暗度陈仓"的笔法，明写信史所无的诸葛亮闻知司马懿领兵后如何调兵遣将，暗写诸葛亮之派遣马谡守街亭并非"授任无方"。这后一点又是怎么说的呢？

须知，小说写武侯此次兴兵，是心怀"汉贼不两立，王业不偏安"的宿念，志在吞魏，非惟拓境而已。这就决定了他的军事思想是战略进攻而非战略防御。落实到进军路线上，就是兵分两路：一路出斜谷，攻郿城，一路为疑军，据箕谷；二者形成掎角之势。这是一条较平稳的进军路线，可谓小心者惟孔明也。

须知，小说写司马懿之抗击孔明与曹真不同。曹真抗击孔明，是采取"兵来将挡，水来土掩"的打法。司马懿之抗击孔明，则一面让曹真坚守郿城，一面亲率二十万大军攻取街亭。盖街亭虽小，乃汉中咽喉；设若拿下街亭，则望阳平关不远矣，可谓狡狯者惟仲达也。

须知，小说写司马懿之所思即诸葛亮之所想，诸葛亮之所想即司马懿之所思，彼此是心有灵犀一点通的。这就形成了一种很微妙的战争格局：大路朝天，各走一边，你打你的，我打我的。亦即：一方旨在守街亭而攻郿城，郿城既克则可望直下长安，一方旨在守郿城而攻街亭，街亭既克则可望直下阳平。真个是"棋逢对手，将遇良材"！

问题在于：面对这一战争形势，诸葛亮在调兵遣将时应遣何人去守街亭？赵云当然是个理想的人选，其人剑胆琴心，骁勇善战。然而，他有个更为重要的任务，那就是与邓芝为疑军，据箕谷。姜维当然是个理想的人选，其人文武双全，智勇足备，乃当世之英杰。然而，他也有个更为重要的任务，那就是做先锋，兵出斜谷。魏延当然也可考虑，其人虽性矜，但勇猛过人，又善养士卒。论者一般皆认为未遣魏延去守街亭，此乃诸葛亮的严重失误。窃以为若用以论历史上的诸葛亮则可，因为《三国志·马良传附马谡传》明明写着："建兴六年，亮出军向祁山，时有宿将魏延、吴壹等，论者皆言以为宜令为先锋，而亮违众拔谡，统大众在前，与魏将张郃战于街亭，为郃所破，士卒离散。"[①] 而若用以论小说中的诸葛亮则万万不可，因为小说明明写着：并不是"亮违众拔谡"而不用魏延守街亭！其始也，由于马谡主动请战，且"愿责军令状"，以全家性命担保，孔明遂许之并以"平生谨慎"的王平为辅；其继也，孔明寻思，恐马谡和王平有失，又唤高翔曰："街亭东北上有一城，名列柳城，乃山僻小路，此可以屯兵扎寨。与汝一万兵，去此城屯扎。但街亭危，可引兵救之。"其终也，孔明又思高翔非张郃之对手，遂唤"魏延引本部兵去街亭之后屯扎"，以"接应街亭，当阳关要道路，总守汉中咽喉"。可见，孔明如此用魏延亦本为守街亭，及救阳平关之危于万一，则魏延之任重又有甚于马谡矣！

问题还在于：诸葛亮遣马谡守街亭，是否仅仅因为其主动请战，且"愿责军令状"？答案是否定的。当还鉴于其"才器过人，好论军计"（《马谡传》），且颇多善策。这在小说中有两处伏脉可证。一见于"诸葛亮一擒孟获"，写诸葛亮征孟获而问计于马谡如何平蛮夷，马谡答曰："夫用兵之道：'攻心为上，攻城为下；心战为上，兵战为下。'愿丞相但服其心，足以服蛮夷矣"。孔明叹曰："幼常足知吾肺腑也！"于是遂令马谡为参军。一见于"孔明初上出师表"，写诸葛亮欲伐魏而问计于马谡如何除去其心头之患司马懿，马谡答曰："司马懿虽是魏朝大臣，而曹睿平素疑之。何不密遣人往洛阳、邺郡等处，散布流言，说此人欲反。"魏明帝果中其"反间计"，削去了司马懿总督雍、凉兵马的官职。这前

---

① 陈寿：《三国志》，中华书局 1982 年版，第 984 页。

者是以史实为依据的①，而后者则出于作者的虚构。说这两处伏脉皆是作者在为孔明何以用马谡守街亭作铺垫，当不是深文周纳吧！则"吾素读兵书，深通谋略，丞相诸事尚问于吾"云云，既是作者在写镇守街亭之时的马谡是如何志得意满，也是作者在别具匠心地对上述两处伏脉作应接，明矣！

还需注意的是：小说写街亭一失守，马谡即径投阳平关；想拼力夺回街亭的，是魏延、王平、高翔。三人直杀得所部人马死伤过半而再复街亭无望时，"魏延恐阳平关有失，慌与王平、高翔望阳平关来"，与马谡一起死守这个"汉中咽喉"以不致有失。则魏延、王平、高翔三人得计皆在马谡之后，亦明矣！凡此说明：街亭之役中的马谡，罗贯中是旨在将其写成"聪明一世，糊涂一时"的良才，不唯责之，亦且惜之。

问题是清楚的，司马懿是旨在守郿城而攻街亭以期直下阳平关，诸葛亮是旨在守街亭而攻郿城以期直下长安。面对这一战争格局，诸葛亮将赵云、邓芝、姜维、关兴、张苞等用于"攻"的方面军，将马谡、王平、高翔、魏延等用于"守"的方面军，而以魏延应接于街亭和阳平关之间，这一总体安排无疑是十分谨慎的，也是十分妥帖的。此其一。街亭其地，"无城廓，又无险阻，所守极难"，宜用计谋之士而非勇夫；马谡其人，"才器过人，好论军计"，曾屡献善策，且又主动请战，致"愿责军令状"。诸葛亮用马谡为镇守街亭的主将，这从他当时手下可遣的将领来说，亦只能如是，实无大错，实出无奈，否则又何必既用之而又叮咛再三！此其二。其三，马谡所以会失街亭，论者一般皆认为是由于他"骄傲自满"、"缺乏实战经验"、"好背教条"，这不无道理，却未必说中要害。窃以为马谡跟随孔明多年，屡经实战，其所以会失街亭，

---

① 陈寿：《三国志》，中华书局 1982 年版，第 983—984 页。

主要是由于他好大喜功，想立奇勋，一鸣惊人，以致膜拜教条而刚愎自用。这又是怎么说的呢？

要知道，诸葛亮教马谡"下寨当要道之处，使贼兵急且不能偷过"，这在军事上叫作战略防御，旨在要他马谡全力拖住司马懿二十万大军。可马谡却以"置之死地而后生"和"凭高视下，势如劈竹"为由，居然屯军于一座四面皆不相连的山上，这在军事上叫作战略进攻，旨在由他马谡一举击溃司马懿二十万大军，"马谡拒谏失街亭"，其所拒者岂则是王平的"谏言"，亦孔明的"节度"。所以，街亭的失守，恰好证明了诸葛亮军事路线和战略方针的正确。

然而，诸葛亮获知街亭失守时，其"跌足长叹"的却是："大事去矣！吾之过也！"——归罪于自己在用人问题上的失误。我以为，只有以国家的祸福为圭臬来检查自己是非的丞相才作如是思，只有以战役的胜负为准则来检查自己功过的统帅才有如是言。真令人敬煞，亦令知耻者愧煞！罗贯中之写"马谡拒谏失街亭"，其本旨在此。

三、从"空城之设"说诸葛亮的知人

纵览《三国志通俗演义》，可以称为战略家者，四人而已：一是诸葛亮，其大智若仙；二是鲁肃，其大智若愚；三是曹操，其大智若谲；四是司马懿，其大智若怯。实际上，"怯"乃司马懿和诸葛亮成为对手时二人的共同特点，只不过一属大智大勇大谲者的疑惧，一属大智大勇大德者的谨慎而已。所以，虽皆临事而惧，司马懿的谨慎是以疑心防万一，诸葛亮的谨慎是以小心求万全。正因为二人不仅彼此用兵皆"怯"，而且彼此皆深知对方的所以"怯"，便出现了罗贯中笔端脍炙人口的文字"武侯弹琴退仲达"。

　　这一故事的原型，当是裴注引"郭冲三事"所说的诸葛亮以"空城计"却敌。何以见得？皆言诸葛亮的对手是司马懿，不是魏大将军曹真，一也；皆言诸葛亮所以敢设"空城计"而司马懿所以会中计，是由于他们之间的知己知彼，二也；皆言司马懿退兵的方向，是北趋山，三也。这三点相符是根本上的相符，也是这两个故事之间存在源流关系的铁证。裴松之认为"郭冲三事"举引失实，那是从史学角度在看问题。如果从文学角度看问题，则不能不认为其所言诸葛亮以"空城计"退司马懿一事具有一定的艺术真实性。因为但凡民众所喜闻乐见的故事传说，必有其天然的合理性，纵然它是很幼稚，期期不可以之证史。此为文学研究不可不注意的大事；否则，便会视而不见某种有价值的原型。

　　那么，罗贯中的创造性又表现在哪里呢？要而言之，就是：将"空城计"和"失街亭"一体化，反复点染诸葛亮和司马懿的"怯"以及彼此间的知己知彼；从而将西城写成诸葛亮能否使斜谷和箕谷两路人马及辎重粮草等安然撤回汉中的"街亭"；进而以诸葛亮弹琴和司马懿听琴的场面将"空城计"写成诸葛亮和司马懿之间的一场惊心动魄的心理战，以比一比谁心理上占有优势，谁比谁了解对方更彻底些。这又是怎么说的呢？也应从当时的战争形势与诸葛亮和司马懿的用兵特点及彼此间的知己知彼看问题。

　　小说写诸葛亮兴兵伐魏，不出子午谷径取长安，而出斜谷取郿城再克长安，固然是在言其"怯"；写诸葛亮既遣马谡退守街亭而以王平辅之，又遣高翔守列柳城与之形成掎角之势，复遣魏延屯兵于街亭之右以折冲于街亭和阳平关之间，四将起程时又一一再三叮咛之，这正如毛宗岗所说，可谓"十分疑虑"、"十分提防"、"十分仔细"、"十分周密"、"十分到家"、"十分郑重"，甚至再加几个"十分"亦可。可四将引军去后，他仍心头忐忑，"犹豫不定"，又何尝不是在言其"怯"！然而，正是这种"怯",致魏延等的受命确保了街亭失守后阳平关这一汉中总咽喉的无恙,还为后来"空城计"的成功作了层层而必要的铺垫。此不可不注意者一。

小说写司马懿初衷,是取街亭以直下阳平关,断绝诸葛亮的归路。街亭既克,因料定魏延、马谡、王平、高翔定死据阳平关,若攻此关,诸葛亮必随后掩杀——恐置身于腹背受敌之境——遂一变初衷,"径取斜谷,由西城而进"。因为,西城虽山僻小县,乃蜀兵囤粮之所,又南安、天水、安定三郡"总路"。则司马懿之抗御诸葛亮,是在以"怯"对"怯",亦可知矣!这就既写出了司马懿的雄才大略,又为其中诸葛亮的"空城计"作了重要铺垫。此不可不注意者二。

小说写诸葛亮一知街亭失守,即将自己的军事路线由战略进攻改为战略撤退。于是:

> 急唤关兴、张苞,分付曰:"汝二人各引三千精兵,投武功山小路而行。如遇魏兵,不可大击,只鼓噪呐喊,为疑兵惊之。彼自走矣,亦不可追之。待军退尽,便投阳平去。"又令张翼先去引军修理剑阁,以备归路。又传令教大军暗暗收拾行装,以备启程。又令张岱、姜维断后,先伏于山谷中,待诸军退尽,方令马忠引兵去搦战曹真厮杀。又差心腹人,分投报与天水、南安、安定三郡官吏军民,皆入汉中。

真可谓"周匝之极"。须知,其中关兴、张苞一路,不是用于狙击司马懿进军西城,而是用于伏击司马懿兵退西城。足见,当获悉街亭失守时,诸葛亮已料定司马懿会改变攻打阳平关的方针,而"径取斜谷中道,必至西城",形势危急,退必受执,遂决意在西城设"空城计"以待,而料定司马懿多半会中计。这就不只使诸葛亮及其手下一班文官得以安然脱险，而且还为实现诸葛亮既定的撤军计划赢得了时间。此不可不注意者三。

小说还写出司马懿所以会中诸葛亮之"空城计"的诸多原因。一、从诸葛亮和司马懿的军事思想来说。蜀国是小国，利在速战；魏国是大国，利在缓守。司马懿的"怯"，实际上反映了他知道如何以战略防御去对付诸葛亮的战略进攻，是以不以置身险地与人一决雌雄为上，而以不战能屈人之兵令其自退为上。这有书中所写诸葛亮另外五次兵出祁山司马懿与之对抗策略可证。况且，当是时也，蜀兵在斜谷、箕谷的兵力又多于魏兵；而司马懿是贬后初出，又心存后顾之忧。凡此，又怎叫他不事事在意，步步小心，以防万一！二、从诸葛亮和司马懿的相知来说。还是毛宗岗说得好："孔明若非小心于平日，必不敢大胆于一时。仲达不疑其大胆于一时，正为信其小心于平日耳。"若以司马懿的话来诠释，那就是："亮平生谨慎，不曾弄险。今大开城门，必有埋伏。我军若进，中其计也。"可当司马懿退兵后，诸葛亮却认为此计的成功只具或然律而不具必然律，这就越显其平生是多么谨慎，说明他是"人"而不是"神"。三、从诸葛亮与司马懿的智斗来说。司马懿所以兵退西城，乃诸葛亮善假琴声与之较量的结果。何以言之？要知道，汉魏六朝的士大夫皆精通音乐。今诸葛亮和司马懿，一个身披鹤氅，焚香操琴于城上，一个身挂铠甲，倾耳听琴于城下，你弹着，我听着，彼此在有限时空中相对抗，这实在是一场惊心动魄的心理战：诸葛亮有半点心惊，则手指颤矣，琴音变矣，司马懿兵入城中矣！难怪毛宗岗要引诗赞曰："瑶琴三尺胜雄师，诸葛西城退敌时。十五万人回马处，土人指点到今疑。"问题是，那二十多个扮成百姓的军士，面对魏兵压城，又何来如此大勇，竟"低头洒扫，旁若无人"呢？显然是由于他们坚信诸葛亮必有安排，定不会错，所以能镇定自若。假如这些军士神色慌张，则司马懿恐亦兵入城矣，诸葛亮为阶下囚矣！难怪诸葛亮要事后叹曰："吾非行险，盖因不得已而用之。"这自白是"人"的，不是"神"的。诚然，假若兵压西城者是曹真，兴许是会遣兵入城的；然而，此辈连街亭都不知道应夺而取之，又何至诸葛亮于急切中行险西城如是！此不可不注意者四。

还需注意的是，类似以"空城计"设疑而拒敌之事，这在汉末军事史上是屡见不鲜的。如：《三国志·魏书·文聘传》裴注引《魏略》说：文聘与孙权战于石阳时，曾以"空城计"疑孙权。"权果疑之，语其部党曰：'北方以此人忠臣也，故委之以此郡，今我至而不动，此不有密图，必当有外救。'遂不敢攻而去。"又如：《三国志·蜀书·王平传》云："建兴六年，（王平）属参军马谡先锋。谡舍水上山，举措烦扰，平连规谏谡，谡不能用，大败于街亭。众尽星散，唯平所领千人，鸣鼓自持，魏将张郃疑其伏兵，不往逼也。于是平徐徐收合诸营遗迸，率将士而还。"可见，罗贯中笔端的"武侯弹琴退仲达"，除了直接取资于上引郭冲之言外，或还曾以这类记载为借鉴亦未可知也。此不可不注意者五。

由此可见，罗贯中笔端的"武侯弹琴退仲达"，虽于"正史"无征，却符合文艺创作的"或然律"，因而不是某大作家所说的什么"败笔"，乃千古绝唱。

问题是清楚的，马谡所以失街亭，就在于违背了诸葛亮的"节度"，其后果则是几乎断了蜀兵的"咽喉之路"；蜀兵所以不仅能安然退回汉中，而且在撤退过程中还能小胜魏兵，就在于执行了诸葛亮的"节度"。司马懿所以能成为诸葛亮天造地设的对手，是由于他们俩知己知彼，而且用兵皆"怯"，是以诸葛亮独惧司马懿；诸葛亮所以能以"空城计"退司马懿于西城，是由于"知彼之能知己，因出于彼所不及知之外，以善全夫己"①，是以司马懿独服诸葛亮。是故，"武侯弹琴退仲达"与"马谡拒谏失街亭"实乃姊妹篇。它不仅是"马谡拒谏失街亭"之故事情节的合乎逻辑的发展，而且还合乎逻辑地共同展现了诸葛亮和司马懿的知己知彼及其用兵皆"怯"。而如果说，"马谡拒谏失街亭"主要写诸葛亮的谨慎，那么，"武侯弹琴退仲达"则主要写诸葛亮的大勇——不言而喻，一以贯之者是写诸葛亮的大智。

要而言之，"知己为明，知人为智"，"知己知彼，百战不殆"。"知己"固然不易，"知人"亦难，知司马懿这样的对手更是难而又难。当"咽喉之路"街亭为司马懿所夺之后，蜀兵所以能安然退回汉中，除了诸葛亮的"节度"正确之外，还由于诸葛亮的能知部属而善任之，能知司马懿而善却之。这就从另一面再次证明：罗贯中所以泼墨写"马谡拒谏失街亭"，不是旨在咎诸葛亮的用非其人，而是旨在赞诸葛亮的严于律己、引咎责躬的高风亮节。

四、从"马谡之斩"说诸葛亮的为人

诸葛亮作为历史人物，他在"违众拔谡"令守街亭与街亭失守"戮谡以谢众"两个问题上，曾受到史家们的左右非议；其最严厉而又最具代表性者，是东晋著名史家习凿齿在《三国志·蜀书·马良传附马谡传》裴注中表达的看法：

> 诸葛亮之不能兼上国也，岂不宜哉！夫晋人规林父之后济，故废法而收功；楚成暗得臣之益己，故杀之以重败。今蜀僻陋一

---

① 会评本《三国演义》第95回毛批，北京大学出版社1986年版，第1167页。

方，才少上国，而杀其俊杰，退收驽下之用，明法胜才，不师三
败之道，将以成业，不亦难乎！且先主诚谓之不可大用，岂不谓
其非才也？亮受诚而不获奉承，明谓之难废也。为天下宰匠，欲
大收物之力，而不量才节任，随器付业；知之大过，则违明主之
诚，裁之失中，即杀有益之人，难乎其可与言智者也。①

认为诸葛亮"不量才节任，随器付业"，而"违众拔谡"，令守街亭，
固然是大错；街亭既失，又"戮谡以谢众"，在"蜀僻陋一方，才少上
国"的情况下"杀其俊杰"，更是大错。这恐怕也是当时国人的普遍看法，
尤其是后一点。须知，《马良传》附《马谡传》裴注曾引《襄阳记》曰：

> 谡临终与亮书曰："明公视谡犹子，谡视明公犹父，愿深唯
> 殛鲧兴禹之义，使平生之交不亏于此，谡虽死无恨于黄壤也。"
> 于时十万之众为之垂涕。亮自临祭，待其遗孤若平生。蒋琬后诣
> 汉中，谓亮曰："昔楚杀得臣，然后文公喜可知也。天下未定而
> 戮智计之士，岂不惜乎！"亮流涕曰："孙武所以能制胜于天下者，
> 用法明也。是以杨干乱法，魏绛戮其仆。四海分裂，兵交方始，
> 若复废法，何用讨贼邪！"②

裴松之注引此，心似亦有戚戚焉！而这段文字，当是罗贯中笔端
"孔明挥泪斩马谡"的原型。文中的"十万之众"，当主要是指屯于汉中
的蜀军将士。须知，旧时国人的文化心态基本上是儒家的；道闻及此，

---

① 陈寿：《三国志》，中华书局 1982 年版，第 984 页。

② 同上。

人们的同情当在马谡的一方，觉得诸葛亮虽明于"法"，却暗于"仁"，于"理"虽可以接受，于"情"却难以认可。

罗贯中的创造在于：一则写出了孔明之自责非伪，一则写出了马谡之坐法难宽，二者又是互为表里的。这就不只肯定了诸葛亮的严于治国和严于治军，而且还集中地歌颂了诸葛亮的大仁大德及其律己严而近乎苛的崇高品格。这是怎么说的呢？这就得从诸葛亮此次用兵的胜负转折过程来看问题。

《三国志·诸葛亮传》明明写着："南安、天水、安定"的取得，是由于"三郡叛魏应亮"。可小说则以"赵子龙大破魏兵"、"诸葛亮智取三郡"、"孔明以智伏姜维"、"孔明祁山破曹真"、"孔明大破铁车兵"等章回写之。这一艺术真实，它传达的是孔明功莫大焉！然而，由于作为蜀兵"咽喉之路"的失守，遂使南安、天水、安定三郡不得不弃，斜谷、箕谷两路兵马不得不撤，西城之饷不得不收；遂令向之擒夏侯楙、斩崔谅、杀杨陵、取上邽、袭冀县、骂王朗、破曹真的战功皆一一付之乌有。这一艺术真实，它传达的是马谡罪莫大焉！

正如毛宗岗所说："为将之道，不独进兵难，退兵亦难。能进兵是十分本事，能退兵亦是十分本事。当不得不退之时，而又当必不可退之势，进将被擒，退亦受执，于此而权略不足以济之，欲全师而退，难矣！"①确保蜀兵摆脱进退维谷的境地而全师而还者为谁？孔明！则斯人功莫大焉。然而，蜀兵的全师而还，不是意味着别的，是意味着此次出征的最后失败。导致此次出征失败并将蜀兵置于进退维谷者为谁？马谡！则斯人罪莫大焉。

诚然，胜败乃兵家常事，马谡又是难得的智谋之臣，蜀国又在用

---

① 会评本《三国演义》第 95 回毛批，北京大学出版社 1986 年版，第 1158 页。

人之秋，赦之是可以找到理由的。然而，要知道，街亭之败，实不是由于马谡因缺乏实战经验而中了司马懿的圈套，或由于一时指挥上的失误及其他。实乃由于马谡因好大喜功而膜拜教条，拒不听从诸葛亮的一再叮咛告诫，拒不执行诸葛亮的安营守把节度，由平素的好论兵计急剧恶化为于生死存亡关头的奢论兵计，遂使他成为又一个赵括。不可忘却者，是小说写马谡请缨时还曾"愿责军令状"，谓"若有差失，乞斩全家"！其"差失"如是，则是可恕，孰不可恕！诚然，诸葛亮对马谡的处理却又是包含着恕道的，即只斩其人而待马谡的遗孤如己子。真可谓正哉唯孔明，仁哉唯孔明！

要而言之，一个客观事实是无法否定的：街亭之失，罪在马谡一人之不从诸葛亮的"节度"，而马谡之守街亭又是由诸葛亮任用的。这也是谁也不能否定的史实。小说中的诸葛亮之所以令人敬煞，亦令知耻者愧煞，就在于他之责己也，尤甚于责马谡。是故，一见马谡首级，便"大恸不已"。所恸者何？"吾非为马谡而痛。谡与吾义同父子，今违令斩之，又何悔焉？吾想先帝在白帝城临危之时，曾嘱吾曰：'马谡言过其实，不可大用。'今果应此言。乃恨己之不明，追思先帝之言，因此大痛也！"

然而，谁以为诸葛亮所以"大恸不已"，仅仅是由于想及刘备这一临终遗言，那还是浅层面的。其深层面的原因，我以为他是念及："普天之下，莫非汉民，国家威力未举，使百姓困于豺狼之口。一夫有死，吾之罪也……（今）兵败师还，不曾取得寸土，此吾之大罪也。"二者的因果关系是：若谨记刘备临终之言，则不致有马谡街亭之失，则不致有兵败师还如是，但着眼点却是"一夫有死，吾之罪也"。这是他所以斩马谡的根本原因，也是他所以自贬三等的根本原因。其一片丹心体现于此，其大仁大义亦体现于此！而刘备的"遗言"又是由他的口中道出，此外无人知者，这就更凸显了他品格的崇高和自责之诚。而这自责之诚，亦包蕴着他对马谡之死的无比痛惜。因为，深知"蜀僻陋一方，才少上国"者，是他！深知马谡"才器过人"而与之"义同父子"者，也是他！

五、弘扬儒法互补的思想观念

诸葛亮是《三国志通俗演义》的中心主人公，也是"失街亭"、"空城计"、"斩马谡"这浑然一体三个故事的中心主人公形象的圆融。写到这，应对这三个故事中所呈现出的诸葛亮的总体形象作一简短结论。结论是："诸葛一生唯谨慎，吕端大事不糊涂"，是尽人皆习之的古话。当我们解读了这三个故事以后，应该补充一句：诸葛亮的谨慎是以大智大勇大德为其内涵的，是大智大勇大德的圆融，所以也就使之成为如同孔子所说的"临事而惧，好谋而成者也"的典范。其大智，"赤壁之战"中已写之矣，甚至有点写过了头，致"状诸葛之多智而近妖"。其大勇，"赤壁之战"中亦点到矣，如"草船借箭"中即含之。其大德，"赤壁之战"中似未及写，但在"定三分亮出茅庐"中亦点到矣，如将其出山原因最后归之于玄德的一"哭"，哭民生之多艰。其谨慎，此前则多隐现于写其如何定计却敌章回，如"安居平五路"是也。

正因如此，所以"失街亭"、"空城计"、"斩马谡"中的诸葛亮形象，可以视之为《三国志通俗演义》中整个诸葛亮形象的缩影，而且是作者在对这一人物形象的刻画上最为成功的笔墨，无欲状其多智而近妖之失。

要特别注意的是，在《三国志通俗演义》中，体现了一种观念，即民心为立国之本、人才为兴邦之本、战略为成败之本的儒家思想，亦即

"匡国济民","意主忠义,而旨归劝惩"。歌颂明君贤相、忠信节义、平等爱民。正如《三国志通俗演义》中修髯子的引言所说:

> 知正统必当扶,窃位必当诛;忠孝节义必当师,奸贪谀佞必当去。是是非非,了然于心目之下,裨益风教,光且大焉,何病其赘耶?

作者正是以这一儒家的政治思想和道德品格为标准去评价每个历史人物的,即看他们对国家兴亡、民族盛衰、人民利害所负的责任和作为。诸葛亮在"失空斩"中所表现的"智、勇、仁"正是这一标准之最光辉者,就是明证。

在《三国志通俗演义》中,诸葛亮舌战群儒时不是说吗:

> 有君子之儒,有小人之儒。夫君子之儒,心存仁义,德处温良;孝于父母,尊于君王;上可仰瞻于天文,下可俯察于地理,中可流泽于万民;治天下如磐石之安,立功名于青史之内,此君子之儒也。夫小人之儒,性务吟诗,空书翰墨;青春作赋,皓首穷经;笔下虽有千言,胸中实无一物。且如汉扬雄,以文章为状元,而屈身仕莽,不免投阁而死,此乃小人之儒也;虽日赋万言,何足道哉!

这段话是诸葛亮对问题的看法,实际上也是罗贯中对问题的看法。也可以看作是民众对诸葛亮道德品格和政治品格的颂扬。只有智勇仁兼备者才可望成为君子之儒,而诸葛亮是当之无愧的。

诸葛亮注重修身齐家,认为"人君先正其身,然后乃行其令"。并主张"教令为先，诛罚为后"。诸葛亮的挥泪斩马谡正是如此。对自己自贬三等也正是正己教人，体现了他执法的严谨。给马谡厚葬并厚待其家人又体现了他的大仁。

　　君子之儒还有一个极为重要的特点，就是长于儒法互补，而以法济儒。"孔明挥泪斩马谡"时诸葛亮说得清楚："昔孙武能制胜于天下者，用法明也。今四海分争，干戈交接，若复废法，何以讨贼耶？合当斩之！"①智勇仁千古一贤的诸葛亮不但挥泪斩了与自己情同父子的马谡，而且以"一夫之死，吾之罪也"为由，自贬三等。责己之严，可谓今古无双。诸葛亮在"失空斩"中表现出的智勇仁千古一贤的圆融，正是君子之儒的政治思想和道德品格的光辉写照。以"天行健，君子以自强不息；地势坤，君子以厚德载物"说起笔端的诸葛亮是最恰当不过的。由此可见，儒法相济，而以法济儒的理念成了蜀国的修身齐家治国平天下的不二方略。这也正是罗贯中在《三国志通俗演义》中儒法观念的寓意所在。

---

　　① 《三国志通俗演义》，上海古籍出版社 1980 年版，第 927 页。

第四章 《三国演义》罗本与毛本的思想异同

——兼说历史小说与史传文学的区别

一、小引

罗本《三国演义》（即《三国志通俗演义》），实际上是部说给有志王天下者听的英雄史诗。它宣扬民心为立国之本、人才为兴邦之本、战略为成败之本。正因如此，所以在那雄浑悲壮的格调中也弥漫着一种深沉的失落感和斩不断的宗汉情结。它是千百年来"说三国事，闻刘玄德败，颦蹙有出涕者，闻曹操败，即喜畅快"，无奈天不佑汉而产生的情结。但毛本《三国演义》与罗本《三国志通俗演义》，其审美内涵又不尽相同。

二、罗本《三国志通俗演义》拥刘反曹思想的形成和发展

与《三国志平话》相比，拥刘反曹思想在《三国志通俗演义》中获得了进一步发展。

罗贯中的拥刘反曹思想是强烈的，反映为小说中有他不少的偏心笔墨。最典型的例子，似乎还不是写曹操如何"明知而故杀"了恩义并重的世伯吕伯奢，那多少还有点史料的影子。孙盛《杂记》曰："太

祖闻其食器声，以为图己，遂夜杀之。既而凄怆曰：'宁我负人，毋人负我！'遂行。"况且，说曹操是个"宁教我负天下人，休教天下人负我"的人，荀彧和崔琰等泉下有知也会首肯的。最典型的例子，似乎还是写刘琮献荆州而为曹操所杀，献帝逊龙位而为曹丕所弑。献帝固然是位"仁柔"之主，刘琮也是个"轻荣重义"的少年。实际上，刘琮的结局是蛮好的。《三国志·刘表传》云："太祖以琮为青州刺史，封列侯。"后又"表琮为谏议大夫，参同军事"。献帝的结局也不错。《资治通鉴》云：魏文帝黄初元年，"十一月癸酉，奉汉帝为山阳公，行汉正朔，用天子礼乐"，"时群臣并颂魏德，多抑损前朝；散骑常侍卫臻独明禅授之义，称扬汉美。帝数目臻曰：'天下之珍，当与山阳共之'"[1]。魏明帝青龙二年，"三月庚寅，山阳公卒，帝素服发表"[2]，"汉帝见害"，只是黄初年间的一种"传闻"。那么，罗贯中为什么要这么离谱呢？显然是想借以衬托刘璋结局的美好，从而说明刘备平定益州的确是"逆取顺守，古人所贵"的。

照理，三国时期的中心人物当是曹操，他南征北战，东伐西讨，与各路诸侯都打过交道。然而，罗贯中却继承并发展了《三国志平话》的传统思想和写法，以蜀汉作为小说的主线，置刘备和诸葛亮于作品艺术结构的中心地位。而且，将刘备写成千古仁君，将孔明写成千古贤相，将关羽写成千古良将。而且，将"宴桃园豪杰三结义"作为人际关系和人生价值观念的典范而为民立极。而且，将关羽等身上的那种作为汉室臣民的"汉家节"赋予汉民族的"汉家节"的内涵。令人"高山仰止，景行行止"，但愿其坐天下，而不愿其失江山。

---

① 司马光：《资治通鉴》卷69，中华书局1986年版，第2182—2183页。
② 司马光：《资治通鉴》卷72，中华书局1986年版，第2292页。

罗贯中又改变了《三国志平话》对孙坚父子亦褒亦贬而贬多于褒的写法。写他们的创业和守业，写东吴的国险而民附，写江左群英的雄才大略，写孙权用人以意气相投，写鲁肃的联刘抗曹战略思想，莫不予以赞赏之情，贬抑的只是孙权与刘备争夺荆襄地区而已。

与此同时，却又改变了《三国志平话》对曹操有褒有贬而褒贬参半的写法，将阿瞒写成智足以揽人才而欺天下的千古奸雄。教人总希望他打败仗，不希望他打胜仗；甚至不论他的对手是谁，只除了暴虐不仁的董卓。比如，袁绍并不是个坏人，愎过好胜而已。我们所以那么不喜欢他，就在于官渡之战，他本来是可以打败曹操的，却被曹操打得落花流水，令人窝火！再如，谁喜欢那"三姓家奴"吕布呢？可濮阳破曹操却是大快人心的；而曹操竟得大难不死，又令人不胜怅然。

罗贯中还别具匠心地改变了《三国志平话》的开头和结尾。开篇，删去司马仲相断案而代之以桓、灵失政；这就等于将考察三国兴衰的视角从天意移向了人谋，否定了曹丕代汉是前生命定。结尾，删去以匈奴人刘渊的后汉接蜀汉为正统而代之以司马炎独霸天下，那就不只消除了如同说乾隆帝乃陈阁老之子一样的阿Q精神，而且还具有更为深刻的含义——天下是统一了，但"三国并收"的司马炎，其"德"固然不如刘备，其"才"亦远不如曹丕。不是说"谋事在人，成事在天"吗？"浩浩昊天，不骏其德！"这是令人遗恨绵绵的。它体现了民众对仁政理想的追求之情及幻灭后的怅惘与悲哀。

三、毛本《三国演义》宗汉情结的形成和发展

《三国志通俗演义》经毛宗岗父子修改成毛本《三国演义》，拥刘反曹的思想倾向更强烈了，其失落感亦随之而水涨船高。要特别注意的是

如下几点：

它强化正统思想，宣扬"汉室"中心论，认为"不特魏、晋不如汉之为正，即唐、宋亦不如汉之为正"。最典型的例子是，罗贯中笔端的王允、薛综、诸葛亮、张松、华歆，皆曾侃侃而谈"天下者非一人之天下，乃天下人之天下"，"天下土地，唯有德者居之"。这些言论，与"世袭制"、"家天下"是背道而驰的。诸葛亮一人说了两次，实际上反映了罗贯中所以帝蜀，不只由于刘备是"帝室之胄"，更由于刘备是"有德者"。可书中这五人六次言论，却一一被毛宗岗剔除了。说明毛宗岗所以帝蜀，不只由于刘备是"有德者"，更由于刘备是"帝室之胄"；还说明毛宗岗认为"汉室"之为正统当如日经天，不应给"专权僭越"的曹操们提供任何口实。因为，照他看来，"高帝以除暴秦击楚之杀义帝者而兴；光武以诛王莽而克复旧物；昭烈以讨曹操而存汉祀于西川。祖宗之创之者正，而子孙之继之者亦正"。"唐、宋且不如汉而何论魏、晋哉？"吴、魏固然是"僭国"，西晋亦只能算作"闰运"①。

它掩饰蜀汉人物的王霸之志，使之成为汲汲于汉室中兴的志士仁人，唯恐他们有涉"僭越"之嫌。最有趣的例子是，罗贯中写"刘玄德遇司马徽"，玄德曰："请问谁为俊杰？"水镜曰："且如汉高祖得张良、萧何、韩信之辈，汉光武得邓禹、吴汉、冯异之徒，能成王霸之根基，如此，则为俊杰也。"写"定三分亮出茅庐"，孔明有言："诚如是，则霸业可成，汉室可兴矣。"写"庞统献策取西川"，士元曾云："今益州户口百万，土广财富，以为可资大业，而王霸诚足成也。"正如《资治通鉴》所说，"建安之初，四海荡覆，尺土一民，皆非汉有"。

---

① 《读三国志法》，《全图绣像三国演义》卷首，内蒙古人民出版社1981年版，第1页。

时局如此，那"自幼便大"的刘备有王霸之志，是很自然的。然而，一种为贤者讳的心理，也是为了将刘备的心志与曹操和孙坚区别得更加原则些，却促使毛宗岗不只将水镜和庞统的这两段话砍个一干二净，而且将诸葛亮这段话中的"霸业可成"改成"大业可成"。

它将刘备的民本思想推向了一个新的高峰，使之成为"穷年忧黎元，叹息肠内热"的仁德之主，天下归心如川之海。最典型的例子是，罗贯中写刘玄德"三顾草庐"，孔明陈罢《隆中对》，还是不肯出山，"玄德苦泣曰：'先生不肯匡扶生灵，汉天下休矣！'言毕，泪沾衣衿袍袖，掩面而哭"。一经毛宗岗的精心修改，却成了"玄德泣曰：'先生不出，如苍生何！'言毕，泪沾袍袖，衣襟尽湿"。正是这种"为苍生而泣"，感动了孔明。与此形成鲜明对照，罗贯中笔下的曹操身上的民本思想，却被毛宗岗修改殆尽，还从而加上批语，说曹操待百姓"有时而仁，有时而暴"，"其暴处多是真，其仁处多是假"，要读者勿为其"假慈悲"瞒蔽了去。

最后，毛宗岗还精心地修改了作品的开头和结尾，以"话说天下大势，分久必合，合久必分"作开篇，末卷增补了一则羊祜、陆抗之从容互镇故事，使《三国演义》的结尾成为中国几大古典小说中最好的。它不只写出羊祜与陆抗的交欢边境，馈酒受药无异良朋赠答，是"外似于相和，而意实主于相敌"——"彼以德怀我之人，是欲不战而服我也；我亦以德怀彼之人，是亦欲不战而服彼也"[①]。这在书里描写的林林总总的斗智中是别具一格的，从而也就使两位风度翩翩的儒将跃然纸上。它还写出孙皓宠信宦官岑昏，既好土木，又好甲兵，不从陆抗之疏，固然

---

① 《全图绣像三国演义》第 120 回回前批，内蒙古人民出版社 1981 年版，第 1180 页。

是亡国之君；司马炎举兵伐吴，"羊祜请焉，杜预劝焉，王濬、张华又赞焉，而冯纯阻之，荀勖、贾充阻之，王浑、胡奋亦欲缓之矣"①。这从情节开展来说，是一波三折，从人物刻画来说，是写庸主临朝，当断不断。写羊祜的睿智，是为了写司马炎的平庸。其德虽与曹丕同侪，其才却一蟹不如一蟹。天下已非汉室之天下，一可悲。君主又非有道之君主，二可悲。将结语"一统乾坤归晋朝"，改为"后人凭吊空牢骚"，感慨更深沉了。

我们知道，《三国演义》的校饰与评点工作，是毛宗岗与其父毛纶共同努力完成的，时当顺治年间或康熙初年。毛氏父子如此宣扬汉室中心论，一洒凭吊之泪，贬抑新朝，是发人深省的。王夫之《读通鉴论·三国》指出："以先主绍汉而系之正统者，为汉惜也。"顾炎武亦有诗云："传与儿曹记，无忘汉腊年。"②史可法致书清摄政王多尔衮，则以蜀汉比弘光小朝廷："《纲目》踵事《春秋》，其间特书，如莽移汉祚，光武中兴，丕废山阳，昭烈践位；愍怀之国，晋元嗣基；徽钦蒙尘，宋高缵统。是皆于国仇未翦之日，亟正国号，《纲目》未尝斥为自主，率以正统予之。"③黄人《小说小话》载李定国抗清事，也曾把永历小朝廷比作蜀汉："说书人金光以《三国演义》中诸葛、关、张之忠义相激动，遂幡然束身归明，尽忠永历……为明代三百年忠臣功臣之殿。"足见，王夫之说的"为汉惜"，顾炎武说的"汉腊年"，其所谓"汉"，不只指汉朝，当时也被理解为汉民族。毛宗岗评论关羽时曾说："关公不屑与东吴较量尔。我只将大汉二字压倒东吴，此其读春秋得力处也。"他在

---

① 《全图绣像三国演义》第 120 回回前批，内蒙古人民出版社 1981 年版，第 1179 页。

② 顾炎武：《顾亭林诗文集》，中华书局 1986 年版，第 425 页。

③ 转引自萧一山：《清代通史》，中华书局 1986 年版，第 281 页。

《琵琶记总论》里还曾谈到"拟作雪恨传奇数种，总名之曰《补天石》"。而从所列名目看，十种传奇，多半是写国家的、民族的，如《汨罗江屈子还魂》、《太子丹荡秦雪耻》、《丞相亮灭魏班师》、《李陵重返故国》、《昭君复入汉关》、《南霁云诛杀贺兰》等。这些名目，反映出毛宗岗的爱国之情、故国之思、复国之志是那么执着，以致想借助幻想来弥补自己的缺憾。论及许贡三家客，则云："其事比豫让为尤快，其人亦比豫让为更烈。虽其姓名不传，固当表而出之，以愧后世之为人臣而忘其君者。"不禁令人想起《长生殿》中的雷海青"骂贼"。一部大书，改以"滚滚长江东逝水，浪花淘尽英雄。是非成败转头空。青山依旧在，几度夕阳红"起，以"纷纷世事无穷尽，天数茫茫不可逃；鼎足三分已成梦，后人凭吊空牢骚"收，这种笼罩全书的失落感，也使人想起《桃花扇》中那个余音不绝的《哀江南》。可见，毛本《三国演义》的拥刘反曹思想，还熔铸了毛氏父子的兴亡之感和故国之思。那伪金序假托的写作时间"顺治岁次甲申嘉平朔日"，亦可作为旁证，因为就在这一年，闯王入京，崇祯自缢，顺治君临天下，福王朱由崧于南京建立南明。

四、"熊猫非猫，终归像猫"

问题是，罗贯中在《三国志通俗演义》中已作了一些偏心文章，毛宗岗又从而加强了作品的拥刘反曹倾向，那么，毛本《三国演义》作为一部历史小说是否就失去了历史的真实，罗贯中和毛宗岗是否就成了"肆意地歪曲历史，贬斥曹操的历史罪人了呢"？回答只能是否定的。

论者谈《三国志通俗演义》，只知说罗贯中曾取材于《三国志》和裴注，却忽略了它还有一个更为重要的蓝本，那就是《资治通鉴》中汉灵帝光和四年至晋武帝太康元年。《三国志通俗演义》中的主要史料和主要人物的基本精神面貌，皆取资于此。前面的有关引文，足以说明这一点。《资治通鉴》帝魏，而在感情上却拥刘。这不足为怪。"记功书过，彰善瘅恶"①，是史家必须奉行的原则。历史评判第一，道德评判第二，司马光是掌握了这一原则的。这无疑是科学的。"善是历史发展的动力"，此言说来不会令人心惊；"恶是历史发展的动力"，此言说来却未免令人肉跳。然而，事实却是事实。所以，史传话本中的历史人物形象，其审美价值绝不仅仅在善恶之间，道德评判只能是次要的。左丘明对齐桓公、管仲、宋襄公形象的描写，司马迁对项羽、刘邦、陈平形象的刻画，均为我们提供了光辉的范例。

然而，历史评判第一，道德评判第二，只是对史传话本的要求，不是对历史小说的要求；对历史小说的要求，正好反过来，是道德评判第一，历史评判第二。其所以然？就在于史传话本的质的规定性是历史，属科学范畴；求真，求历史人物的历史作用是第一义的。历史小说的质的规定性是小说，属文艺范畴；求善，求历史人物的内在精神是第一义的。历史上的曹操和刘备，都是大英雄。一个不怕别人说他"急"、说他"暴"、说他"谲"，在短短十多年的时间里统一了北部中国；一个则务使人称他"宽"、称他"仁"、称他"忠"，敢于以一州之地与魏、吴三分天下，成了中国历史上以弱攻强的典范。旧时，中国人的文化心态基本上是儒家的。"恶"作为"历史发展的动力"，在历史著作中虽然可以获得某种有条件的肯定，但在历史小说里却只能被钉在耻辱柱上；因为，"恶"可以是"真"，却不能成为"美"，历史小说里的正面人物形象必须是真、善、美的统一，更何况中国文学又是重教化的。

---

① 刘知几著，浦起龙释：《史通通释·书事》，上海古籍出版社1978年版，第231页。

苏轼在史学的正统观上是附和欧阳修的帝魏而伪蜀论的，然而在论及三国故事时，却又毫不犹疑地赞同民间艺人的帝蜀而伪魏观念，其深层原因也就在此。一个"宽、仁、忠"，一个"急、暴、谲"，作为历史人物的艺术形象，其审美价值虽仍不仅仅在善恶之间，但善恶已不以个人意志为转移地成了审美活动的前提。再加以典型化，与历史原型相比，"熊猫虽然像猫"，却已成了杂食动物。将《三国演义》当作历史来讲，会成为高老夫子的。这过错不能算到罗贯中和毛宗岗头上。

五、结论

正统观念与道统的仁政理想相胶结，血统观念与汉民族的民族感情相融会，这是三国故事缅怀刘汉的实质，由此也就决定了它必然要反对曹魏。当阶级矛盾高涨时，它强调刘备不只是"帝室之胄"，而且是位"有德者"。当民族矛盾高涨时，它强调刘备不只是位"有德者"，而且是"帝室之胄"。这也是罗贯中和毛宗岗思想的异同点。缅怀越执着，失落感就越深沉。凡此，都深层地反映了当时民众的情绪，所以不但深沉，而且伟大。不论罗贯中，还是毛宗岗，对刘备和曹操的艺术形象的塑造，都是沿着"宽、仁、忠"与"急、暴、谲"[①]的轨辙进行的。与历史原型相比，"熊猫非猫，终归像猫"。这种像与不像之间，它反映了整整一个历史时代民众的文化心态与审美观念及参政意识。

---

　　①　司马光：《资治通鉴》卷66云："备曰：'今指与吾为水火者，曹操也。操以急，吾以宽；操以暴，吾以仁；操以谲，吾以忠：每与操反，事乃可成耳。'"中华书局1982年版，第2110页。按：知己知彼，百战不殆，你可以认为刘备的"宽"、"仁"、"忠"含有战略用意，但却不能否定曹操的特点是"急"、"暴"、"谲"。

第五章 《三国志通俗演义》的创作原则

——俯仰史册，激扬理性

俯仰史册，激扬理性，是《三国志通俗演义》的创作原则。作品不但传达了感情，而且传达了思想，理性是作者创作过程中的准绳。渊源有二：一是受"以事明理"的史传文学的影响，一是受"话兴亡千古，试听取是和非"的宋元"讲史"和"平话"的影响。

这是怎么说的呢？还是让我们从作品的"依史以演义"说起吧。

其一，"演义"一词当然不是罗贯中的创造，是古已有之的。如《后汉书·周党传》云："党等文不能演义，武不能死君"。它本指阐发经义，后引申为敷陈义理。但将它与史籍联系起来并从而使之成为一种文学样式的，却是这位曾"有志图王"的大作家。我以为庸愚子的说法是正确的："夫史，非独纪历代之事，盖欲昭往昔之盛衰，鉴君臣之善恶，载政事之得失，观人才之吉凶，知邦家之休戚，以至寒暑灾祥，褒贬予夺，无一而不笔之者，有义存焉"。然而，"史之文，理微义奥，不如此，乌可以昭后世？语云：'质胜文则野，文胜质则史'。此则史家秉笔之法，其于众人观之，亦尝病焉。故往往舍而不之顾者，由其不通乎众人，而历代之事愈久愈失其传"。

正因如此，所以"东原罗贯中以平阳陈寿传，考诸国史，自汉灵帝中平元年，终于晋太康元年之事，留心损益，目之曰《三国志通俗演义》。文不甚深，言不甚俗，事纪其实，亦庶几乎史。盖欲读诵者，人人得而知之，若诗所谓里巷歌谣之义也"①。这就是说，罗贯中的这种"依史以演义"，是以一定的理性作指导的。那就是：想通过对《三国志》所记史实的敷陈和对三国历史人物的褒贬，以反映社会盛衰的某种规律和历史经验，从而使后世有所鉴戒，庶免重蹈覆辙。

其二，"演义"作为一种章回体长篇历史小说的文学样式虽始于《三国志通俗演义》，然而它的前身却是宋元时期的"讲史"和"评话"。"评话"和"讲史"的名称，便表明了说话艺人们在"讲说前代书史文传兴废争战之事"②时，是很重视讲评的。它不只包孕着说话艺人们的自豪："只凭三寸舌，褒贬是非；略咽万余言，讲论古今"③。同时还传达了说话艺人们的期待："说破兴亡多少事，高山流水有知音"④。好像他们在说历史故事时不常夹有评议，便不足以显示自己的"史识"似的。凡此又说明：以理性作为创作过程中的准绳，是宋元"讲史"和"评话"的共同特点；《三国志通俗演义》那种"欲天下之人入耳而通其事，因事而悟其义，因义而兴乎感"⑤，便是对宋元"讲史"和"评话"的这一传统的继承和发展。

诚然，宋元"讲史"和"评话"艺人崇尚的理性原则是很浅显的，道是"常叹贤君务勤俭，深悲庸主事荒淫。致平端自亲贤哲，稔乱无非近佞臣"⑥而已。然而，这类"庶民之议"却也道出了古来史册的基本

---

① 《三国志通俗演义序》，上海古籍出版社 1980 年版，第 1 页。

② 耐得翁：《都城纪胜·瓦舍众伎》，文渊阁四库全书本，第 590 册，台湾商务印书馆 1986 年版。

③ 罗烨：《醉翁谈录》，续修四库全书本，第 1266 册，上海古籍出版社 2002 年版。

④ 《宣和遗事·前集》开场诗，《宋元平话集》本，丁锡根点校，上海古籍出版社 1990 年版，第 269 页。

⑤ 修髯子：《三国志通俗演义引》，上海古籍出版社 1980 年版，第 3 页。

⑥ 《宣和遗事·前集》开场诗，《宋元平话集》本，丁锡根点校，上海古籍出版社 1990 年版，第 269 页。

精神，是可供太子们作为启蒙读物来诵读的。《三国志通俗演义》的理性原则虽与此一脉相承，却丰富多了，也深刻多了。那修髯子所指出的"不待研精覃思，知正统必当扶，窃位必当诛，忠孝节义必当师，奸贪谀佞必当去，是是非非，了然于心目之下"①的审美效果，只是其道德伦理层次。还有更为重要的政治伦理层次，就是那统摄全书情节的"三本思想"与蕴含新质的"忠义观念"。亦即民心为立国之本，人才为兴邦之本，战略为成败之本，亦即赋予了"忠义"二字以"上报国家，下安黎庶"的内涵。实则使它成为一种爱国主义与民本主义思想的结合。这就使《三国志通俗演义》成为一部说给有志王天下者听的英雄史诗。

其三，《三国志通俗演义》的这种赋予"忠义观念"以新质，是有其鲜明的时代烙印的。宋元两代一直处于阶级矛盾和民族矛盾犬牙交错的状态，那以"尽心于为国之谓忠，事宜在济民之谓义"（天海藏《题水浒传叙》）为内涵的"忠义"二字，便随之而成为世人所崇尚的人格与"汉家节"（关汉卿《单刀会》）。明代笑花主人的看法是符合旧时中国人的文化心态与审美观念的："仁义礼智，谓之常心；忠孝节烈，谓之常行；善恶果报，谓之常理；圣贤豪杰，谓之常人。然常心不多葆，常行不多修，常理不多显，常人不多见，则相与惊而道之。闻者或悲或叹，或喜或愕。其善者知劝，而不善者亦有所惭恶悚惕，以共成风化之美。则夫动人以至奇者，乃训人以至常者也"（《今古奇观序》）。讴歌"常心"，赞美"常行"，颂扬"常人"，而怅然于天道之不公，"常理"之不显，蜀汉终未有天下，这显然是《三国志通俗演义》作者之创作个性的鲜明特点。正是这一特点，使作品具有一种难以企及的和谐美与崇高美。

其四，岂止于此，《三国志通俗演义》的这种赋予"忠义观"以新质，

---

① 修髯子：《三国志通俗演义引》，上海古籍出版社 1980 年版，第 3 页。

还深层地反映了一种儒家传统文化和江湖侠义文化的碰撞与融汇。最典型的例子，莫过于刘备集团乃作者仁政思想的寄托，"义结桃园"乃作者"忠义观念"的结晶，而恰恰在这一集团的主要人物身上却多少含有某种江湖好汉的气质。那就是章学诚在他的《丙辰札记》里所曾指出的："《演义》之最不可训者，《桃园结义》，甚至忘其君臣，而直称兄弟。且其书似出《水浒传》后，叙昭烈、关、张、诸葛，俱以《水浒传》中萑苻啸聚行径拟之。诸葛丞相，生平以谨慎自命，却因有祭风及制造木牛流马等事，遂撰出无数神奇诡怪，而于昭烈未即位前，君臣寮宰之间，直似《水浒传》中吴用军师，何其陋耶？张桓侯，史称其爱君子，是非不知礼者，《演义》直以拟《水浒》之李逵，则侮慢极矣"。这不足为怪。马克思在《路易·波拿巴的雾月十八日》里指出：法国资产阶级革命曾战战兢兢地依次请出罗马共和国和罗马帝国亡灵来给他们以帮助，"借用它们的名字、战斗口号和衣服，以便穿着这种久受崇敬的服装，用这种借来的语言，演出世界历史的新场面"。这番话也完全可以适用于文学史上的某些文学现象。法国新古典主义代表作家"高乃伊所歌颂的是十一世纪的西班牙骑士熙德，他所要塑造的却是当时情况下的符合新英雄主义理想的少年男女"[1]，便是明证。

其五，明人甄伟《西汉通俗演义序》的看法是正确的："俗不可通，则义不必演矣。义不必演，则此书亦不必作矣"。《三国志通俗演义》用以"通俗"的"义"，其引而申之的义理实际上也就是宋元两代的社会思潮。"宋代外敌凭陵，国政弛废，转思草泽，盖亦人情"[2]。所以，《三国志平话》里不只有"桃园结义"，还有"刘备落草"。元末农民大起义，

---

① 朱光潜主编：《西方美学史》，人民文学出版社 1981 年版，第 166 页。

② 《鲁迅全集》第 9 卷，人民文学出版社 1981 年版，第 145 页。

更是草泽英雄得意之秋，而罗贯中又曾呼吸于其间。因而，这位湖海散人笔端出现此等"最不可训者"，将之作为"忠义观念"和"汉家节"的载体，实事有必然。

其六，然而，曾有一个相当长的时期，《三国志通俗演义》的忠义思想却一直受到非难，甚至被专家学者们视为"封建糟粕"。说："书中大力鼓吹忠义等封建伦理观念，塑造了一大批'忠臣义士'的形象，既有忠于汉献帝而反对曹操的董承、吉平，又有忠于曹魏的庞德、王经；既有忠于刘璋而反对刘备的王累、张任，又有忠于刘备的关羽等人。总之，无论他的主子是谁，只要为其主子效死，就被作为'忠臣义士'来赞扬。尤其是关羽，更被视为'忠义'的典范，受到作者的尽情歌颂。这种描写，实际上是引导读者全忠尽义，为维护封建统治服务，旧时曾起过相当有害的作用"①。这是值得商榷的。试看明清历史演义与侠义小说几乎莫不以"忠义"二字作为褒贬人物的准绳，可见它不是个等闲问题。设若没有那宁为玉碎的"忠臣义士"形象，恐怕这类小说也就失去了它的感人的人格力量和崇高美。

问题是，又是"三本思想"，又是"忠义观念"，二者的关系是什么呢？一主要是对人物的才学识的要求，政治品格的要求；一主要是对人物的真善美的要求，道德品格的要求。当然，这是相对而言的。二者兼具，便是作者的理想人物。

一言以蔽之，西方文化崇尚"自然"，形象塑造重"摹仿"，以"真"作为"真善美"的基石。中国文化崇尚伦理，形象塑造重写意，以"善"作为"真善美"的基石。法国新古典主义理论家布瓦洛说："只有真才美，只有真才可爱：真应该到处统治，寓言也非例外；一切虚构中的真正的

---

① 《三国志通俗演义·前言》，上海古籍出版社 1980 年版，第 3 页。

虚假都只为使真理显得更耀眼"①。不妨活剥一下，说《三国志通俗演义》的创作原则："只有善才美，只有善才可爱；善应该到处统治，寓言也非例外；一切虚构中的真正的恶都只为使善显得更耀眼"。

---

① 布瓦洛:《诗的艺术》第 9 章，人民文学出版社 2009 年版。

第六章 《三国志通俗演义》的题材洗练

——缘史通志，谱写史诗

　　缘史通志，谱写史诗，是《三国志通俗演义》的选材指南。因此，理性成了作者洗练题材的上帝。具体说来，其标准有四：

　　拥刘反曹乃三国故事里巷歌谣之义，《三国志通俗演义》继承了这一思想传统，并成为它洗练题材的标准之一。

　　谁不知道"关云长义释曹操"呢？那是于史无征的。《三国志·武帝纪》裴注引《山阳公载记》只说："公船舰为备所烧，引军从华容道步归，遇泥泞，道不通，天又大风，悉使羸兵负草填之，骑乃得过。羸兵为人马所蹈藉，陷泥中，死者甚众。军既得出，公大喜，诸将问之，公曰：'刘备，吾俦也。但得计少晚；向使早放火，吾徒无类矣。'备寻亦放火而无所及。"这是令人遗憾的：假若诸葛亮预先在这里埋伏一军，而且是令关云长前往，岂不瓮中捉鳖！"盖应变将略，非其所长欤！"弥补了读者这份缺憾的是《三国志平话》，它是这样写的："曹公寻华容路去行，无二十里，见五百校刀手，关将拦住。曹相用美言告云长：'看操，与寿亭侯有恩。'关公曰：'军师严令。'曹公撞阵。"这么一来，诸葛亮是够有智谋的了，却使作者自己进退维谷；若让曹操"撞"了过去，则显关羽无能；若让关羽斩了曹操，则又严重违背史实。于是，便请天公帮忙："却说话间，面生尘雾，使曹公得脱。关公赶数里，复回。"这么一来，曹操是脱险了，却不只有损关羽的义名，而且有煞关羽的威风。数全其美的，当莫过于罗贯中的那种"据正史，采小说，证文辞，通好尚，非俗非虚，易观易入，非史氏苍古之文，去瞽传诙谐之气"①，妙手写下的"诸葛亮智算华容，关云长义释曹操"。鲁迅《中国小说史略》云："此叙孔明止见狡狯，而羽之气概则凛然，与元刊本平话，相去远矣"！"兵不厌诈"，自古皆然，其时孔明又需服关羽之心，"此叙孔明止见狡狯"，似乎还不能算是败笔，恐怕亦只能这样处理，而且不失为一种比较好的处理。

谁不知道曹操杀吕伯奢之事呢？这是于史有据的。然而，《三国志·武帝纪》裴注所列三条记载，说法却不一样。"《魏书》曰：太祖以卓终必覆败，遂不就拜，逃归乡里。从数骑过故人成皋吕伯奢；伯奢不在，其子与宾客共劫太祖，取马及物，太祖手刃击杀数人"。照此记载，曹操"击杀数人"出于自卫，并无多大过错。"《世语》曰：太祖过伯奢。伯奢出行，五子皆在，备宾主礼。太祖自以背卓命，疑其图己，手剑夜杀八人而去。"照此说法，曹操由于疑心太重，又是惊弓之鸟，致犯了错杀无辜的罪行。"孙盛《杂记》曰：太祖闻其食器声，以为图己，遂夜杀之。既而凄怆曰：'宁我负人，毋人负我！'遂行"。如照此传闻，则知曹操于错杀无辜后，曾自觉理亏而又直找辩解。要特别注意的是，三种传闻中都没有吕伯奢本人出场，也都没有说吕伯奢是曹操的世伯。可罗贯中在进行艺术加工的时候，却不只选取了三条传闻中最不利于曹操的一条，而且，将曹操一句自我解嘲的话变作他的座右铭："宁教我负天下人，休教天下人负我"；而且，让曹操"明知而故杀"了恩义并重的世伯吕伯奢，以此作为他果真崇奉这一禽兽逻辑的铁证。如果结合作品的艺术构思看问题，毛宗岗的看法显然是符合罗贯中原意的："（伯

---

① 高儒：《百川书志》卷 6《史部·野史》，《观古堂书目丛刊》1915 年刻本。

奢）乃翁之结义兄弟也，而既杀其家，复杀其身。咄哉阿瞒，岂堪复与刘、关、张三人作狗彘耶?"①

刘、关、张一生，难道都那么霁月光风，一点隐私也没有? 恐怕不能这么说。蜀国人物最为后世推崇者莫过于关羽，简直成了人们心目中努力自我实现的圣人。然而，《三国志·关羽传》裴注也引《蜀记》的一条传闻:"曹公与刘备围吕布于下邳，关羽启公，布使秦宜禄行求救，乞娶其妻，公许之。临破，又屡启于公。公疑其有异色，先遣迎看，因自留之，羽心不自安。"罗贯中对此视而不见，显然是怕有伤关羽的体面。

要之，中国封建社会的"文明中心"②，理论上是道统，实际上是皇权。皇权的拥有者莫不自诩为道统的体现者，想南面而皇者亦莫不自诩为"有德者"。《三国志通俗演义》是维护皇权的，"废献帝曹丕篡汉"，作者的同情在献帝一边;"司马复夺受禅台"，作者的同情又在曹氏一边，便是明证。其所以拥刘反曹，并将之作为洗练题材的标准之一，说到底，就在于千百年来民众交口相传的刘备形象，它体现了道统和皇权的完美统一。

三国人才之盛，如游玄圃而见积玉，美不胜收。才与才敌，以谱写乱世英雄的颂歌，是《三国志通俗演义》洗练题材的标准之二。

《三国志通俗演义》乃人才之大都会，谋士林立，名将如云，炳炳麟麟，照耀史册，仅明主即有三位，战略家便不下四人。

哪三个明主? 一是刘备，二是孙权，三是曹操。他们都知道民心为立国之本，而以刘备为最，曹操则采取实用主义态度。他们都知道人才为兴邦之本，亦各能用人，而"曹操以权术相驭，刘备以性情相契，

---

① 《全图绣像三国演义》第 4 回夹批，内蒙古人民出版社 1981 年版，第 39 页。
② 《马克思恩格斯全集》第 10 卷，人民出版社 1980 年版。

孙氏兄弟以意气相投"①。他们都知道战略为成败之本，果决善断，而以曹操"明略最优"。

哪四大战略家？一是诸葛亮，二是鲁肃，三是曹操，四是司马懿。与之相比，徐庶、庞统、姜维、周瑜、吕蒙、陆逊、郭嘉、荀彧、程昱、钟会、邓艾、田丰、沮授，莫不退了一箭之地。而如果说，诸葛亮大智若仙，曹操大智若谲，那么，鲁肃则大智若愚，司马懿则大智若怯。

阿瞒一身而二任焉，可见作者对他的历史评价是公正的，不能说作品是曹操的"谤书"。其实，作品对曹操的狡诈和残忍的描写是有节制的，是以不影响他的奸雄形象而成为董卓第二为前提的。"宁教我负天下人，休教天下人负我"云云，只是对其人生哲学的一种概括而已。阿瞒于史有据的还有不少恶德劣行，作者均弃置未用。这是可以对证的。《世说新语·假谲》云："魏武少时，尝与袁绍好为游侠。观人新婚，因潜入主人园中，夜叫呼，云有偷儿贼，青庐中人皆出观。魏武乃入，抽刃劫新妇，与绍还出。失道，坠积棘中，绍不能得动，复大叫云：'偷儿在此。'绍遑迫自掷出，遂以俱免。"《三国志·武帝纪》裴注引《曹瞒传》云："陈留边让言议颇侵太祖，太祖杀让，族其家"。"又有幸姬常从昼寝，枕之卧，告之曰：'须臾觉我。'姬见太祖卧安，未即寤，及自觉，棒杀之。"《魏书·刘表传》裴注引《零陵先贤传》云：零陵周不疑，"幼有异才，聪明敏达，太祖欲以女妻之，不疑不敢当。太祖爱子仓舒，夙有才智，谓可与不疑为俦。及仓舒卒，太祖心忌不疑，欲除之。文帝谏以为不可，太祖曰：'此人非汝所能驾驭也。'乃遣刺客杀之"。《资治通鉴》卷六十五云：操击乌桓，"斩蹋顿及名王已下，胡、汉降者二十余万口。"凡此等等，就皆不见于《三国志通俗演义》。

---

① 赵翼：《廿二史札记》，中国书店1990年版，第85页。

相反，作品写曹操的雄才大略是不惜笔墨的，史书所陈几乎全部采用，还虚构了不少故事。比如，写其"谋卓献刀"，何等智勇；"矫诏讨凶"，何等干略；"推袁绍为盟主"，何等气度；"拔关张于微贱"，何等襟怀；"孤军赶董卓"，何等胆识；"秉义责群雄"，何等慷慨。与满朝公卿比，与各镇诸侯比，可谓鹤立鸡群。这是作者在有意为曹操赋彩。因为，"诈作京师三公移书与州郡，陈卓罪恶，云'见逼迫，无以自救，企望义兵，解国患难'"① 者，乃东郡太守桥瑁，今则将此功勋移置于孟德名下；除"拔关张于微贱"以外，其余亦皆不见于《三国志平话》。又如，写其赤壁之败一路三笑：一笑于乌林之西，是骑于马上仰面大笑，"笑周瑜无谋，诸葛亮少智"，没有"预先在这里埋伏一军"，说犹未了，两边鼓声震响，杀出了常山赵子龙；二笑于葫芦口，是坐于疏林之下仰面大笑，"笑诸葛亮、周瑜毕竟智谋不足"，没有"就这个去处，也埋伏一彪军马"，正说间，前军后军一齐发喊，杀出了燕人张翼德；三笑于华容道，是在马上扬鞭大笑，笑周瑜、诸葛亮"到底是无能之辈"，没有在"此处埋伏一旅之师"，言未毕，一声炮响两边五百校刀手摆开，为首大将关云长，提青龙刀，跨赤兔马，截住去路。这三笑，笑得尴尬；然而，也笑得潇洒。因为，笑出了他不以一时胜负论成败的思想，亦证明了他是诸葛孔明的知音。这三笑，只有华容道上的一笑还有点历史的影子，其余两笑则纯属作者的虚构。足见，不论写曹操的"荣"，还是写曹操的"辱"，罗贯中都没有忘掉他是一个大英雄。

我们知道，在《三国志平话》中的孙吴集团里，几乎没有一个人能称得上是英雄。"于兴义之中最有忠烈之称"② 的孙坚，成了庸弱无能而

---

① 陈寿：《三国志·武帝纪》裴注引《英雄记》，中华书局 1982 年版，第 6 页。
② 陈寿：《三国志·孙破虏讨逆传》裴注，中华书局 1982 年版，第 1100 页。

又忌才妒贤的无赖小人。他拼命反对曹操举荐刘关张到军前效命，而自己又不堪吕布一击。"性度弘朗，仁而多断"[①]的孙权，成了可以任人把玩掌上的懦夫。赤壁之战前夕，他读罢曹操送予江东的檄文，"唬得遍身汗流，衣湿数重，寒毛斗耸"，只因诸葛亮提剑就阶杀了曹操派往东吴的使臣，才迫使他不得不走上联刘抗曹的道路。"文武筹略，万人之英"[②]的周瑜，成了不以国家大事为计的酒色粗人，当曹操一百三十万大军压境时，他却在豫章城里"每日伴小乔作乐"，拒不应召出征，直到诸葛亮说出曹操取江东是想"虏乔公二女"，这才冲冠一怒为红颜，率众踏上征程。"少有壮节，好为奇计"[③]的鲁肃，成了周瑜的应声虫，一个说："诸葛命世之才，辅佐玄德，天下休矣！我使小法，囚了皇叔，捉了卧龙，无此二人，天下咫尺而定。"一个点头："元帅言是也。"所以，赤壁之战的结束，也就是东吴联刘抗曹的终止。

《三国志通俗演义》则不然。小说虽然将历史上的孙坚斩华雄，艺术处理为"关羽温酒斩华雄"，借以写云长的神勇；然而，虎牢关前的孙坚，拒董卓之和亲，责袁术之背义，叹民生之多艰，当先敢战，忠义之气凛然，形象还是光辉的。小说虽然将历史上的孙权"借箭"，艺术处理为"用奇谋孔明借箭"，借以写诸葛亮的神机妙算；然而，与其父相比，孙权之才，更属万乘之智。要注意的，正是作者是以隐恶扬善的态度来描写孙权的。扬其"推诚信士，不恤人之我欺；量能授器，不患权之我逼。执鞭鞠躬，以重陆公之威；悉委武卫，以济周瑜之师。卑宫菲食，以丰功臣之赏；披怀虚己，以纳谋士之算"[④]。隐其"性多嫌忌，

---

① 陈寿：《三国志·吴主传》裴注引《江表传》，中华书局1982年版，第1115页。
② 陈寿：《三国志·周瑜传》裴注引《江表传》，中华书局1982年版，第1265页。
③ 陈寿：《三国志·鲁肃传》裴注引《吴书》，中华书局1982年版，第1267页。
④ 陆机：《辨亡论下》，《陆机集》，中华书局1982年版，第130页。

果于杀戮，暨臻末年，弥以滋甚"①。小说虽然也写了周瑜的"忿极而叹，
叹甚于忿"："既生瑜，何生亮！"然而，赤壁之战中的公瑾还是雄姿英
发的，可以与之对局者，亦唯有诸葛亮和曹孟德而已。小说虽然也写了
鲁肃的忠厚老实，周旋于公瑾、孔明之间，恍若是个没有主见的老好
人，然而，那只是一种大智若愚而已，作为东吴联刘抗曹路线的缔造者
和维护者，其智已使公瑾见绌，其功已不在禹下。

　　论个人的功绩被罗贯中移置于孔明和关张名下最多者，恐怕还数
那绝代枭雄刘玄德。这是有据可查的。不说历史上鞭督邮的是刘备而不
是张飞，斩蔡阳的也是刘备而不是关羽，那都是些微不足道的小问题，
还是让我们来考察一下他的文韬武略吧。《三国志·先主传》云：刘表
"使拒夏侯惇、于禁等于博望。久之，先主设伏兵，一旦自烧屯伪遁，
惇等追之，为伏兵所破。"又云：黄忠遵刘备节度既枭夏侯渊于定军山，
"曹公自长安举众南征。先主遥策之曰：'曹公虽来，无能为也，我必有
汉川矣。'及曹公至，先主敛众拒险，终不交锋，积月不拔，亡者日多。
夏，曹公果引军还，先主遂有汉中"。裴注引《江表传》云：赤壁之战
前，周瑜率水兵三万赴樊口，与刘备共击曹操。"备遣人慰劳之。瑜曰：
'有军任，不可得委署，倘能屈威，诚副其所望。'备谓关羽、张飞曰：
'彼欲致我，我今自结托于东而不往，非同盟之意也。'乃乘单舸往见
瑜"。又云：赤壁之战后，"周瑜为南郡太守，分南岸地以给备。备别立
于油江口，改名为公安。刘表吏士见从北军，多叛来投备。备以瑜所给
地少，不足以安民，复从权借荆州数郡"。可见，历史上的鲁肃和周瑜
称刘备为"天下枭雄"，是以他的非凡的军事才能和政治谋略为内涵的。
难怪《三国志·武帝纪》也说在赤壁之战中刘备曾亲统兵马，担任主攻，

---

　　①　陈寿：《三国志·吴主传》，中华书局 1982 年版，第 1149 页。

顶住了曹操大军南下。

　　然而，我们从小说中却只看到刘备对孔明是如何言听计从，"只候军师调用"；却只看到关张又是如何听从孔明的将令，勇冠三军。那是由于作者要写出诸葛亮"比管、乐则过之，比伊、吕则兼之，是古今来贤相中第一奇人"[①]，那更由于作者认为"善将兵"只是一将之智，韩信与张良式的韬略，"善将将"才是万乘之才，刘邦与李世民式的经纶。刘备所以为"天下枭雄"，就在于他是仁德爱民、知人善任之圣，贤相如孔明，名将如关张乐为之用，欲以"鞠躬尽瘁，死而后已"酬知遇之恩，谢"鱼水"之说。

　　"诸葛一生唯谨慎"，以谨慎对谨慎而令孔明顾忌者，是司马懿。"空城一计"所以能摆成，不但由于"孔明若非小心于平日，必不敢大胆于一时，仲达不疑其大胆于一时，正为信其小心于平日"[②]。更由于当时两国的人力和物力对比，决定了孔明利在速战速决，司马懿利在战略防守，夏侯楙、曹真皆以战而败，司马懿则欲以不战而胜。正因如此，所以孔明说："吾岂惧曹睿耶？平生所患者，独司马懿一人而已"。"空城计"是紧承"失街亭"而来的，"失街亭"的最大历史失真是"易帅"，将历史上的马谡与张郃对垒，易为诸葛亮与司马懿的直接交锋，并将魏方的主师曹真"改派"为司马懿。"空城计"只有一点历史因由[③]，其基本情节则纯属虚构。这从史学的角度看问题似不可取，却鲜明而集中地

---

　　① 毛宗岗：《读三国志法》，《全图绣像三国演义》，内蒙古人民出版社 1981 年版，第 2 页。

　　② 《全图绣像三国演义》第 95 回回前批，内蒙古人民出版社 1981 年版，第 940 页。

　　③ 陈寿：《三国志·王平传》云：马谡大败于街亭，"众尽星散，惟平所领千人，鸣鼓自持，魏将张郃疑其伏兵，不往逼也。"中华书局 1982 年版，第 1049—1050 页。

反映了作者洗练题材的一项基本原则：写才与才敌，并进而写一才与众才敌，这一才就是诸葛孔明。其理性光辉是悦目的，所崇尚的是英雄，正面的或反面的。

召唤英雄们的亡灵，是为了演出历史的新场面。变通古今，以谱写时代的乐章，是《三国志通俗演义》洗练题材的标准之三。

首先，作者想缘史醒世，表述人们的一种呐喊："汉、贼不两立，王业不偏安"。因而，一反《三国志》给《魏书》的篇幅以《蜀书》的三倍，给《蜀书》的篇幅以《吴书》的不足三分之二的做法。将作品的主要篇幅让给了刘备集团，使之处于艺术结构的中心地位；并将关云长镇守荆州和诸葛亮六出祁山，作为作品先后描写的蜀汉的两个战略重心，一借以集中描绘关羽的神勇和气节，一借以集中描绘孔明的智谋和忠贞，从而把帝蜀而伪魏的观念推向了一个新的高度。其中，就包含着东晋以来的民众对"邦命中兴汉，天心大破曹"的渴望之情。这又是怎么说的呢？还是让我们引《四库全书总目·三国志》的看法来说明问题吧："其书以魏为正统，至习凿齿作《汉晋春秋》始立异议。自朱子以来，无不是凿齿而非寿。然以理而论，寿之谬万万无辞；以势而论，则凿齿帝汉顺而易，寿欲帝汉逆而难。盖凿齿时晋已南渡，其事有类乎蜀，为偏安者争正统，此孚于当代之论者也。寿则身为晋武之臣，而晋武承魏之统，伪魏是伪晋矣。其能行于当代哉？此犹宋太祖篡立近于魏，而北汉、南唐迹近于蜀，故北宋诸儒皆有所避而不伪魏。高宗以后，偏安江左，近于蜀，而中原魏地全入于金，故南宋诸儒乃纷纷起而帝蜀。此皆当论其世，未可以一格绳也。"①

这就是说，维护皇权并使之作为中国合法政府的象征，是历史上

---

① 永瑢等撰：《四库全书总目·三国志》，中华书局1965年版，第403页。

帝魏帝蜀之争的共同点与精神实质；而民族矛盾高涨时期的帝蜀观念则多少渗入了汉民族的民族感情，蜀汉的"汉"与汉民族的"汉"已悄悄在人们的意念上结下不解之缘。问题是，与蜀汉群臣相比，那偏安江左的六朝与南宋统治者所缺而令人不胜怅恨的是什么？不就是当年关羽镇守荆州时的那种北拒曹操而东抗孙权的汉家气节吗？不就是当年诸葛亮六出祁山时的那种"崎岖巴汉间，屡以弱攻强"的忘身忧国精神吗？真是"其人虽已没，千载有余情"。它是能使怯者愧而勇者励的。不明白这一点，就不懂得作者在洗练题材时为什么要将关羽镇守荆州与诸葛亮六出祁山作为全书前后两大重点章节来描写，就不懂得民众为什么总"伪魏"而"帝蜀"。

其次，作者想因史喻世，表露人们的一种心态：鄙夷奸诈而崇尚忠厚，憎恶霸主而景仰仁君。因而，洗练关于曹操的题材时有个三字经，那就是能表现人物的"急、暴、谲"；洗练关于刘备的题材时也有个三字经，那就是能表现人物的"宽、仁、忠"。它忠实于历史人物的基本方面。《三国志·庞统传》裴注引《九州春秋》云："备曰：'今指与吾为水火者，曹操也，操以急，吾以宽；操以暴，吾以仁；操以谲，吾以忠；每与操反，事乃可成耳。'"知己知彼，百战不殆。"急、暴、谲"当是曹操的特点，尽管刘备的"宽、仁、忠"不无战略用意，它又是对历史人物的某种超越。作为艺术形象，曹操的"急、暴、谲"概括了历代统治者的恶行劣德，而以"宽、仁、忠"自守的刘备则成为民众理想中的好皇帝。

再次，作者想借史警世，表达人们的一种感受，一种心愿：天下快意之事莫若友，快友之事莫若同存忠义之心。因而，洗练刘、关、张三人关系方面的题材就显得分外精心。《三国志·关羽传》只说："先主为平原相，以羽、飞为别部司马，分统部曲。先主与二人寝则同床，恩若兄弟。而稠人广坐，侍立终日，随先主周旋，不避艰险。""桃园结义"
是小说家言，见于《三国志平话》。《三国志通俗演义》作为"历史演
义"，却不据正史而采小说，这已值得注意了；更值得注意的是，作者
竟赫然置"祭天地桃园结义"于一部写政治风云之变幻的大书开篇。其
目的，显然是要在人际关系和人生价值观念的取向上为人间立极。我们
知道，"义结金兰"虽古已有之，而君臣间的结义却始于五代。五代诸
帝大多有结义兄弟，亦大多由部曲拥立，直至"千秋疑案陈桥驿，一著
黄袍便罢兵"，才算结束。论原因，是由于王政不纲，权反在下，下凌
上替，祸乱相寻。这在传统思想的"义利之辨"上，显然属于以利合。
然而，一旦被民众于理想中改造为以义合，思潮所及，却影响了《三国
志平话》中刘、关、张的关系，却影响了《三国志通俗演义》的有关
题材的洗练，其微细处如写"刘备进位汉中王"和"汉中王成都称帝"，
皆与写"曹阿瞒进爵魏王"和"废献帝曹丕篡汉"不同，一是出于"身
不由己"的"拥立"，一是出于"示意左右"的"劝进"。还需着重一提
的是，刘、关、张三人之间的那种君臣而又朋友而又兄弟的关系，说到
底，实际上是在为"在家靠父母，出外靠朋友"的小生产者与"其言必
信，其行必果，已诺必成"的江湖豪杰写心。

　　总体框架上羽翼信史，于微细变动处集腋成裘见精神，既源于信
史而又高于信史，以谱写形象的"资治通鉴"，是《三国志通俗演义》
洗练题材的标准之四。

　　诚然，作者是拥刘反曹的；然而，拥的是刘备的"德"，也写出了
其"机权干略，不逮魏武，是以基宇亦狭"，而不惜笔墨写魏武的雄才
大略，实际上也就是对曹操历史功绩的充分肯定。诚然，作者是很爱关
羽的；然而，不只写了他的五关斩将，也写了他的败走麦城，还曾借秦
宓之口指出"关公轻贤傲士，刚而自矜，以致丧命，非天亡之也"。诚

然，作者是怅恨天不祚汉的，既不愿看到蜀亡于魏，也不忍看到蜀亡而晋得一统；然而，并没有因此而以"仲相断阴间公事"开篇，去解释魏、蜀、吴何以三分天下，更没有以搞拉郎配作结，去讴歌"刘渊兴汉巩皇图"，反倒对《三国志平话》中的种种不经之谈一一作了斧正。所以，章学诚的"七真三假"之说还是正确的。需要补充的只是："七真"是真在大的历史事件上，"三假"是假在于变动微细处以见精神上。而章学诚所以对《三国志通俗演义》的这种"七真三假"那么恼火，就在于"其真者可以补金匮石室之遗，而研者亦必有一番激扬劝诱，悲歌感慨之意。事真而理不赝，即事赝而理亦真"（无碍居士《警世通言叙》），弄得这位史学大师亦真假难辨。试看其最为不满的"桃园结义"，正史不也说"先主与二人恩若兄弟"吗？可小说这种为小生产者和江湖豪杰写心，却是对封建宗法的思想和制度的一种"跪着造反"，因为它已含有平等观念的因素，尽管还很微弱，乃是冬末的未萌。

第七章 《三国志通俗演义》的人物塑造

——博采雅俗，因材成型

傅继馥教授在他的《类型化艺术典型的光辉范本》一文中开门见山地说："《三国志通俗演义》中的重要人物形象，是古代文学中类型化艺术典型的光辉高峰和不朽的范本。研究它，既可以总结类型化艺术典型的特点和经验；又可以从这一范例考察中国古典小说中艺术典型所经历的发展过程，证明由类型化典型到性格化典型是普遍的规律，中国小说的发展历史并没有例外，从而促使我们重新考虑关于古典小说创作方法的某些定论"①。

石昌渝教授在他的《论〈三国志通俗演义〉人物形象的非类型化》一文中也开门见山："认为《三国志通俗演义》塑造的人物形象是'类型化典型'，其含义是说人物形象没有个性，只是某种抽象伦理品德的化身。'类型化典型'以'类型化'修饰和限制典型，意指它是典型的一种形态。我则认为既然是典型就不能是类型化，因而'类型化典型'的提法是不科学的。"② 这是新中国成立以来关于《三国志通俗演义》人物描写的一次认真争鸣，它对该书创作方法的研究至关重要。

照我的粗浅看法，凡是不朽的典型，都是既充分类型化了的，同

---

① 《三国演义研究集》，四川省社会科学院出版社 1983 年版，第 101 页。

② 《三国演义学刊》第 1 辑，四川省社会科学院出版社 1985 年版，第 158 页。

时又充分个性化了的：否则便不可能比实际更高、更美、更强烈、更理想。这绝不是我在想当然，是有中外美学史可证的。司马迁说："其称文小而其指极大，举类迩而见义远"①。茅盾说："各人都有点像'他'，然而又不'全'像'他'；到处可以碰见'他'，然而不能指认'他'就是谁某：这才是'人物'创造的最上乘"②。菲尔丁说："我描写的不是某甲、某乙，我描写的是性格；不是某个个人，而是类型"③。巴尔扎克说："'典型'这个概念应该具有这样的意义，'典型'指的是人物，在这个人物身上包括着所有那些在某种程度跟它相似的人们的最鲜明的性格；典型是类的样本"④。高尔基说："典型——这是小业主、和尚、警察等等某一类人所固有的许多个别特征的综合"⑤。

这些现实主义的大师们，说来说去，无非想说明一个道理：不充分类型化，典型就不是很多人，不是熟识人；不充分个性化，典型就不是单个人，不是陌生人。成功地使类型化与个性化成为一体的两个方面，这就是典型，这就是作家的创造。脱离个性化的类型化固然会把形象变成如同马克思所说的"时代精神的单纯的传声筒"⑥。脱离类型化的个性化也会把形象变成如同托尔斯泰所说的"某种个别的、例外的、没有意思的东西"⑦。然而，侧重点又总是有的，虽同一个作家也是如此。莎士

---

① 司马迁：《史记·屈原贾生列传》，中华书局1963年版，第2482页。

② 茅盾：《茅盾论创作》，上海文艺出版社1980年版，第469页。

③ 《约瑟夫·安德路斯》卷3第1章，《文艺理论译丛》1958年第1期。

④ 《〈一桩无头公案〉初版序言》，《古典文艺理论译丛》第10册，人民文学出版社1965年版，第137页。

⑤ 高尔基：《论文学》，人民文学出版社1978年版，第303页。

⑥ 《马克思恩格斯全集》第4卷，人民出版社1980年版。

⑦ 托尔斯泰：《同作家莫欣的谈话》，布罗茨基主编：《俄国文学史》，作家出版社1962年版，第1092页。

比亚的《温莎的风流娘儿们》的人物塑造不同于《暴风雨》，巴尔扎克的《欧也妮·葛朗台》的人物塑造不同于《驴皮记》，便是明证。把共性特征占主导地位、精神面貌呈感情化的思想形态的艺术典型称之为类型化的典型，把个性特征占主导地位、精神面貌呈思想化的感情形态的艺术典型称之为个性化的典型，我以为并无大错。作为一种塑造形象的方法，它往往并存于天才作家的笔端。作为一种文学思潮，这就出现了西方文学史上的古典主义和现实主义。问题就这么简单而复杂！

照我的粗浅看法，天地间万般事物，其长处所在往往就是它的短处所在，其短处所在往往就是它的长处所在，从哪一个角度看问题而已。亚里士多德关于艺术典型的理论就是如此。《诗学》第九章指出，历史家与诗人"两者的差别在于一叙述已发生的事，一描述可能发生的事。因此，写诗这种活动比写历史更富于哲学意味，更被严肃地对待；因为诗所描述的事带有普遍性，历史则叙述个别的事"。说亚里士多德的典型论"忽视个性"，是不确切的，因为他是说"诗所描述的事带有普遍性"。说亚里士多德的典型论更强调共性，却属事实，因为他意在指出诗与历史的不同。亚里士多德的这一发现，无疑是光辉的；然而一经贺拉斯《论诗艺》的发挥，却成为后世西方古典主义的理论基石。与此不同的是，中华民族由于素重历史，以致"在社会上颇有影响的史学家常常从历史学的角度上看待和批评小说，而小说家为了抬高小说地位又往往将小说归入史部之中"①。这种史学观念像梦魇一样地对封建士大夫们文学观念的纠缠，必然会影响到小说创作中的人物塑造，"是编为正史之补"的演义小说当然尤其如此。石昌渝教授的如下看法是精到的：

---

① 河南省社会科学院文学研究所选编：《〈三国演义〉论文集》，中州古籍出版社1985年版，第222页。

"司马迁的《史记》对人物的描写就不是类型化的，它写的同一类型的人物总是各有自己鲜明的个性。魏晋笔记小说写人物恰恰是着眼于个性"。不充分注意史传文学和笔记小说对罗贯中文艺思想的影响，就很难看清《三国志通俗演义》人物塑造的特点。

《三国志通俗演义》中有"为一般而找特殊"的类型化典型，蜀汉和曹魏集团的主要人物大多属于这类形象。其主要特点是：莫不以某种道德品质作为基本特征，形象内部的其他构成因素尽受此支配；乃至"写好的人，简直一点坏处都没有；而写不好的人，又是一点好处都没有"①。所以，人物的思想性格也就显得比较纯净和稳定，保持着古典式的整一和静穆，具有"半神"式的崇高美；乃至一出场就定型化的，那千变万化的情节只被用作对人物思想性格的多方位展示。这就产生了毛宗岗所击节赞赏的"三绝"：

诸葛孔明一绝也：智绝。"其处而弹琴抱膝，居然隐士风流，出而羽扇纶巾，不改雅人深致。在草庐之中，而识三分天下，则达乎天时，承顾命之重，而至六出祁山，则尽乎人事。七擒八阵，木牛流马，既已疑鬼疑神之不测，鞠躬尽瘁，志决身歼，仍是为臣为子之用心。比管、乐则过之，比伊、吕则兼之，是古今来贤相中第一奇人"。

关云长一绝也：义绝。"青史对青灯，则极其儒雅；赤心如赤面，则极其英灵。秉烛达旦，人传其大节；单刀赴会，世服其神威。独行千里，报主之志坚；义释华容，酬恩之谊重。作事如青天白日，待人如霁月光风。心则赵抃焚香告帝之心而磊落过之，意则阮籍白眼傲物之意而严正过之，是古今来名将中第一奇人"。

---

① 鲁迅：《中国小说的历史的变迁》，《鲁迅全集》第9卷，人民文学出版社1981年版，第323页。

曹孟德亦一绝也：奸绝。"听荀彧勤王之说而自比周文，则有似乎忠，黜袁术僭号之非，而愿为曹侯，则有似乎顺，不杀陈琳而爱其才，则有似乎宽，不追关公以全其志，则有似乎义。王敦不能用郭璞，而操之得士过之；桓温不能识王猛，而操之知人过之。李林甫虽能制禄山，不如操之击乌桓于塞外，韩侂胄虽能贬秦桧，不若操之讨董卓于生前。窃国家之柄而姑存其号，异于王莽之显然弑君；留改革之事以俟其儿，胜于刘裕之急欲篡晋，是古今来奸雄中第一奇人"①。

"刘备的江山——哭出来的"。其人又何尝不可称为一绝呢？仁绝。"虽颠沛险难而信义愈明，势逼事危而言不失道。追景升之顾，则情感三军；恋赴义之士，则甘与同败。观其所以结物情者，岂徒投醪抚寒含蓼问疾而已哉！其终济大业，不亦宜乎！"②可谓"是古今来仁君中第一奇人"。就是那莽张飞也令我想到布瓦洛的典型论："论勇武天下无敌，论道德众美兼赅；纵然是在弱点上也显得英雄气概"③。

这是不足为怪的。耐得翁《都城纪胜·瓦舍众伎》说"影戏"："其话本与讲史书者颇同。大抵真假相半，公忠者雕以正貌，奸邪者与之丑貌，盖亦寓褒贬于市俗之眼戏也"。在那阶级矛盾和民族矛盾犬牙交错的历史时代里，在那期望"邦命中兴汉，天心大破曹"的思想潮流中，刘备、孔明、关羽、张飞、曹操早在《三国志平话》内就已成为仁、智、义、莽、奸的"箭垛式的人物"；而此等"里巷歌谣之义"却为罗贯中所激赏，于是也就将这种"箭垛式的人物"作为"野史"所载原型置于他的笔端斧而正之。

---

① 毛宗岗：《读三国志法》，《全图绣像三国演义》，内蒙古人民出版社 1981 年版，第 2—3 页。

② 陈寿：《三国志·先主传》裴注引《汉晋春秋》，中华书局 1982 年版，第 878 页。

③ 布瓦洛：《诗的艺术》，人民文学出版社 2009 年版。

然而，这只是一个方面，问题还有另一个方面：形象回避了性格的复杂性。回避了现象与本质的矛盾，是西方古典主义类型化艺术典型的一般特点，虽莫里哀笔端的阿巴公和答尔丢夫也是如此。《三国志通俗演义》比《悭吝人》和《伪君子》早三个来世纪，而罗贯中笔端的类型化艺术典型其性格的丰满性，却是莫里哀等西方古典主义作家所难企及的，这是很值得注意的事情。

还是拿我们所提到的形象来说吧！刘玄德外忠厚而内弘毅，当其将"宽"、"仁"、"忠"作为战略思想时又显出他是一个"深心人"。诸葛亮仁义之士也，却经常施狡狯，虽对关张亦每如是，且曾想烧死"折冲外御，镇保国境"的魏延于上方谷。关云长义重如山，饱读兵书，腹有良谋，却刚愎自用，不顾大局，想入川与马超比武，又不知"东和孙权"的重要，以至大意失荆州。张翼德直而至于莽，却粗中有细，时有妙计；还既有爱敬君子的一面，又有不恤士卒的一面。说到曹孟德，其"机警处，狠毒处，变诈处，均有过人者；即其豪迈处、风雅处，亦有非常人所能及者。盖煮酒论英雄及横槊赋诗等事，皆其独有千古者也"①。凡此又说明：罗贯中在接过《三国志平话》所提供的这些人物形象后是按照史传文学的精神进行艺术再创作的，即"憎而知其善，爱而知其丑，善恶必书"。这就使这类典型所具的"高贵的单纯"是种寓杂多于整一，而且也使这类典型塑造具有某种现实主义的特征。

《三国志通俗演义》中也有"在特殊中显出一般"的个性化典型，孙权和袁绍集团的主要人物大多属于这类形象。说曹操是奸贼，刘备是忠臣，那是可以的；说袁绍是奸贼，孙权是忠臣，或者反之，恐怕不行。说黄盖等主战的武官是忠义之士，那是可以的；说张昭等主和的文

---

① 张冥飞：《古今小说评林》，1919 年刊本。

官乃奸佞之人，恐怕不行。说田丰、沮授是忠义之士，那是可以的；说与之不睦的审配、郭图是奸佞之人，恐怕不行。这说明一个问题：罗贯中在塑造孙权和袁绍集团的主要人物时，其褒贬原则已不在忠奸之间，已不在道德上的善恶之间，已移向人物的思想个性，特别是对袁绍集团的人物塑造尤其如此。

书中的袁绍，说不得忠，说不得奸；说不得贤，说不得愚；说不得善，亦说不得恶。与"不才"敌，他是"才者"："初以豪侠得众，遂怀雄霸之图"。与"才"敌，他又是"不才"者："羊质虎皮功莫说，凤毛鸡胆事难成"。其思想性格的主要特点则是：志大而智小，好谋而无决，外宽而内忌，色厉而胆薄。一个好端端的社稷分明断送于他的"有才而不能用，闻善而不能纳"。平素愎过而好胜，危难时又失去了主意，却曰"乃天丧吾也"！这种"羊质虎皮、凤毛鸡胆"者的悲剧，不只具有政治哲理意味，而且具有人生哲理意味，足可为"盛名之下，其实难副"者戒。

如果说，袁绍是"昏主"，那么，孙权就是"明主"。他的格言是："能用众力，则无敌于天下；能用众智，则无畏于圣人矣"[1]。是个性度弘朗、审而多断、具有群体智慧意识的帅才。他可以用周瑜之谋，拔剑砍案以示决计破曹操；也可以用赵咨之谋，上表降魏而诚心不款。他可以用鲁肃之谋，将荆州借给刘备而使之作为自己拒曹的屏障；也可以用吕蒙之谋，袭取荆州并危害关羽以开拓江东基业。不可不注意的乃是：《三国志平话》对袁绍集团的描写是微乎其微的，对孙权其人的描写也很少，而且还将其丑化了；罗贯中对孙权和袁绍的形象塑造基本上是以《三国志》等史籍所提供的形象作原型的，功绩仅在于赋予它以艺术生

---

① 陈寿：《三国志·吴主传》裴注引《江表传》，中华书局 1982 年版，第 1143 页。

命使之栩栩如生而已。因此，如果说这类形象是种个性化的艺术典型，那是由于史籍所提供的原型它本身是典型的。

《三国志通俗演义》中还有一类艺术形象，我称之为历史人物的剪影。他们于《三国志》或《后汉书》中有传，而进入罗贯中笔端的却只是某一个或几个镜头，情同特写。蔡邕、华歆，甚至陆逊①、法正都属于这类形象。这当然是受了魏晋以来志人小说的影响，更由于如同石昌渝教授所说："作者是站在鸟瞰历史全局的位置上展开他的故事，他的目光始终贯注在历史发展的关节点上。这一点和托尔斯泰的《战争与和平》不同。托尔斯泰不断变换自己的观察点，他分别从四个家庭的角度描叙了俄国历史上的一次伟大战争。托尔斯泰从人的角度写事件，罗贯中则从事件的角度写人，历史的旋涡卷进了什么人，他就写什么人，如果什么人被抛出了旋涡中心，他也就置之不顾了"。称这类形象为个性化的艺术典型，那是过誉的，尽管有的也写得栩栩传神。

《三国志通俗演义》中的人物塑造，真正比较接近现实主义个性化艺术典型的，我认为是周瑜、鲁肃、魏延、司马懿一类形象。《三国志》本传里的周瑜，性度恢廓，风流儒雅。《三国志平话》中的周瑜，器量狭小，容易冲动。《三国志通俗演义》中的周瑜兼具二者的特点，而以前者为其隐性性格、后者为其显性性格。这又是怎么说的呢？书中写得清楚：周瑜先荐张昭于孙策，复荐鲁肃于孙权，其推贤酬主之意，堪与鲍叔比高志；与程普不睦，守之以恭让，其折节报国之情，堪与蔺相如比雅量；蒋干来说，挥洒自如，三江纵火，从容不迫，其忠义之心，英灵之气，堪与姜子牙比文韬武略。诚然，周郎是"忌"孔明的，早在赤

---

① 正因如此，所以陆逊虽败刘备于彝陵，而罗贯中对他却充分肯定，与《三国志·陆逊传》如出一辙。

壁之战中就说："若留此人，乃东吴祸根也"。临终犹仰天长叹曰："既生瑜，何生亮！"然而，毛宗岗的看法是切中肯綮的："周瑜非忌孔明也，忌玄德也。孔明为玄德所有则忌之，使孔明而为东吴所有，则不忌也。观其使诸葛瑾招之之意可见矣。非若庞涓之忌孙膑，同事一君而欲杀之而后快之。一则在异国而招之使入我国，一则在我国而驱之使入异国。试以庞涓较周瑜，则周瑜真爱孔明之至耳"①。正因如此，我以为周瑜的器量窄小，容易冲动，虽有年轻气盛的一面，却不属于个人的品格问题，它的内涵是极为丰富的，既反映了其人是诸葛亮的知音，又反映了其人对东吴的忠贞，还反映了其人在战略问题上缺少卓识，只知"方今曹公在北，疆场未静；刘备寄寓，有似养虎，天下之事，而未知终始，此朝士旰食之秋，至尊垂虑之日也"，却不知容刘寄寓，"多操之敌，而自为树党，计之上也"。②

江左联刘抗曹路线的实际缔造者是鲁子敬。这是史称"为人方严"而"好为奇计"的人物，《三国志平话》却将其写成周瑜的"应声虫"，到罗贯中笔下乃使之与孔明和周瑜交相辉映，塑造成忠厚老实、志笃意诚，而思度弘远、有过人之明的大智若愚的典型。如果说，面对心怀杀机的周瑜和身居虎穴的孔明，逆来顺受于二者之间以不使后者遇害，这是东吴根本利益所要求的。孔明脱险南屏山曾使鲁肃暗喜，那么，面对刚愎自用的关羽和怒气填膺的孙权，委曲求全于二者之间以不使两国交兵，就更是东吴根本利益所要求的。关羽脱险单刀会又何尝不是鲁肃的愿望！还是毛宗岗说得好："试观鲁肃初见孙权数语，与孔明隆中所

---

① 《全图绣像三国演义》第44回回前批，内蒙古人民出版社1981年版，第438页。

② 陈寿：《三国志·鲁肃传》裴注引《汉晋春秋》，中华书局1982年版，第1271页。

见略同。人但知其为谨厚，而不知其慷慨；但知其为诚实，而不知其英敏，岂得为知子敬者耶！"①

如果说，鲁子敬是大智若愚，那么，司马懿则大智若怯。这是诸葛亮的空城计所以摆成的原因，也是诸葛亮的六出祁山所以失败的根由。因为，"亮侨军远寇，利在急战"②，若迁延岁月，粮尽兵疲，会不战自溃；司马懿守之以谨慎，便在战略上占据了不败之地，写其"怯"，实处处写其是孔明的敌手和知音。由此，也就使司马懿成为大智若怯的典型。

凡此，可以看出：这类形象有个共同的特点，那就是人物的隐性性格和显性性格存在明显的不同。这种不同虽然也可以从刘备身上看到，那还可以解释为"欲显刘备之长厚而似伪"。是形象的客观效果。周瑜、鲁肃、司马懿一类形象就不同了，它反映了作者的自知与自强意识，源出于作者已注意到人物思想性格的复杂性与多层次性。因此，不仅不"回避现象与本质的矛盾"，还以神来之笔将之强化为人物显性性格与隐性性格的不同。因而也就使人物形象不像类型化艺术典型那样"单纯和明确"，即人物的内心世界不具备一眼就看到底的特点。傅继馥教授说罗贯中笔下人物形象的"单纯和明确"的另一表现，是"回避理智与情感的矛盾"。这种现象确实是存在的，不容忽视的，那是由于作者描写了将近一个世纪的历史风云，只能让人物在激烈而复杂的政治军事冲突中显现其思想世界，而不可下马看花来细细叙写人物的感情世界。正因如此，所以人物的精神面貌大多是感情化的思想形态。关羽再刚愎自用，头上仍有一个"紧箍儿"，那就是"义"。魏延却不然，其相貌、性格、谋略、功勋，莫不与关羽相仿佛，分明是个与关羽作对照的形象，

---

① 《全图绣像三国演义》第29回回前批，内蒙古人民出版社1981年版，第284页。

② 房玄龄等撰：《晋书·宣帝纪》，中华书局1996年版，第8页。

焦点则在于其头上的"紧箍儿"不是"义",而是诸葛亮其人。作者的本意是想借此以写孔明的知人之明与善于驭人,却也由此而为我们塑造了一个"脑后有反骨"的个性化艺术典型。

凡此说明了什么呢?说明《三国志通俗演义》人物塑造的方法具有多样性,很难用类型化艺术典型或非类型化艺术典型来论定。其总的特点是博采雅俗,因材成型,艺术加工又有多有少。由于受"讲史"艺术的影响,个别人物的思想性格虽然也有某种程度的发展,但定型化是主要特征,以致写好人事事全好,写坏人事事全坏;由于受史传文学的影响,除了个别人物外,又大都做到"明镜照物,妍媸必露","寓褒贬,别善恶"。或由于受史册所载的启发,或由于注意到人物思想性格的复杂性,塑造了一批以显性性格与隐性性格相表里为特点的人物形象,这无疑是种艺术上的大创造,功不在禹下;但这类形象仍体现着古代审美意识所要求的"高贵的单纯",还不是高尔基所说的"带着自己心理底整个复杂性的人"。

这种史传文学与"讲史"艺术的合璧,我称之为具有中国特色的古典主义或前现实主义的人物描写方法。形象的静穆美、整一美、崇高美,足以与西方古典主义类型化艺术典型相颉颃;形象的层次性、复杂性、丰富性,却又为西方古典主义类型化艺术典型所不可企及。这是由于西方古典主义既有现实主义因素,又有形式主义因素。而史传文学和"讲史"艺术碰撞下形成的具有中国特色的古典主义,则又较之多了一点现实主义精神,少了一点形式主义东西。前面我们所谈论的作品的创作原则和选材标准,也都有助于说明这一点。

第八章 《三国志通俗演义》的布局谋篇

——网状形态，传记组合

论者一般都认为《三国志通俗演义》的艺术结构形态是网状的，我以为这的确道出了它的外部特征。只想补说一点：这种网状形态，是按一定的理性原则和审美心理由众多的人物传记组合而成的，是史传文学和"讲史"艺术的合璧在艺术结构形式上的结晶。这一结构学，对明清两代的叙事文学产生了无比深远的影响。

其一，小说形象体系的内部构成，是以忠奸对立为其基本模式。书中写国之将兴，必有忠信；国之将亡，必有妖逆。天子之国有它的忠臣和奸臣，诸侯之邦也有它的忠臣和奸臣。忠奸对立，壁垒分明，令读者是是非非，了然于心目之下，"君子小人，义与利之间而已"。这种忠奸对立的模式，它有自己的生活基础，那就是：中国封建社会是个重伦理教化的社会，令人各安其位、各操其守的，主要不是靠法治，不是靠法律观念的约束，而是靠德治，靠道德观念的制约。因此，"好人"与"坏人"的观念也就梦魇般地紧紧缠着人们的头脑，使人们总想获得一个简短而明确的回答。

这种忠奸对立的模式，它又有自己的文化渊源，那就是：中国传统文化是伦理型文化，重视人际关系，重视伦理道德，而忽视个性存在。所谓："为人君止于仁，为人臣止于敬，为人子止于孝，为人父止于慈，与国人交止于信"[1]，

---

[1] 《大学》，朱熹《四书章句集注》本，中华书局 1983 年版，第 5 页。

便是从伦理作出的对人的本位和义务的规定。一反映入史册，便出现了"忠义传"、"奸佞传"、"循吏传"、"酷吏传"等等黑白分明的名目。从而影响了宋元"讲史"的艺术结构形式，进而影响了罗贯中的文艺观念与审美理想。这种忠奸对立的模式，对后世文艺创作的影响是十分深远的，其他演义小说是这种模式，《水浒传》等英雄传奇小说是这种模式，《鸣凤记》和《桃花扇》等政治题材的明清传奇也是这种模式。它在明清小说、传奇的结构学上，岂但卓然成家，而且蔚为大观。

其二，小说的网状结构，是以桓灵二帝失政为总起，以晋一统天下作总结，其间以魏、蜀、吴三国的兴灭史为经，以其他各路诸侯的盛衰史为纬，交织而成的；但若分而观之，则这些"经线"和"纬线"，乃是有关各方主要人物的评传而已。

何以见得呢？毛宗岗的看法是精辟的：《三国》一书，"叙三国不自三国始也，三国必有所始，则始之以汉帝。叙三国不自三国终也，三国必有所自终，则终之以晋国"。此"总起总结之中，又有六起六结。其叙献帝，则以董卓废立为一起，以曹丕篡夺为一结。其叙西蜀，则以成都称帝为一起，而以绵竹出降为一结。其叙刘、关、张三人，则以桃园结义为一起，而以白帝托孤为一结。其叙诸葛亮，则以三顾草庐为一起，而以六出祁山为一结。其叙魏国，则以黄初改元为一起，而以司马受禅为一结。其叙东吴，则以孙坚匿玺为一起，而以孙皓衔璧为一结。凡此数段文字，联络交互于其间，或此方起而彼已结，或此未结而彼又起，读之不见其断续之迹，而按之则自有章法之可知也"[1]。当然，毛宗岗的这种归纳不一定完全正确，而且只涉及作品的经线，只字未提作品

---

[1] 毛宗岗：《读三国志法》，《全图绣像三国演义》，内蒙古人民出版社 1981 年版，第 5 页。

的纬线；然而，他看出人物传记在该书艺术结构中的地位和作用，无论如何，是独具慧眼的。那么，纬线呢？曾猖獗两京之董卓，鹰视河朔之袁绍，称帝淮南之袁术，跳梁河洛之吕布，饮誉荆州之刘表，龙骧西凉之马腾，虎踞汉中之张鲁，苟安西蜀之刘璋等。最有意味的是，小说写群雄逐鹿，一路诸侯有一路诸侯的主要人物，一路诸侯有一路诸侯的君臣关系。这种奇峰对插，锦屏对峙，顿使人想到《说苑》卷一叙燕昭王向郭隗问"存社稷，保宗庙"之道。"帝者之臣，其名臣也，其实师也。"刘备之待孔明、庞统是也。"王者之臣，其名臣也，其实友也。"孙权之待周瑜、鲁肃是也。"霸者之臣，其名臣也，其实仆也。"曹操之待荀彧、程昱是也。"危国之臣，其名臣也，其实虏也。"袁绍之待田丰、沮授是也。凡此，当然是于史有据的；然而，亦难云不是作者以理性强化的结果。

其三，小说展现了整整一个世纪的政治风云，其所以能似散实整，一个极为重要的原因，在于它有一个中心、两个大战区。两个大战区是：魏、蜀、吴争夺荆州；孔明六出祁山和姜维九伐中原。一个中心是：诸葛亮其人及其所代表的蜀国东和孙吴、北伐曹魏的战略路线。而通过一个人物的传记以反映一个历史时期的政治风云，正是《史记·高祖本纪》一类史传文学的特点。正如毛宗岗在毛本《三国演义》第五回《发矫诏诸镇应曹公，破关兵三英战吕布》回前批中所说："董卓不乱，诸镇不起。诸镇不起，三国不分。此一卷，正三国之所自来也。故先叙曹操发檄举事，次叙孙坚当先敢战，末叙刘备三人英雄无敌。其余诸人纷纷滚滚，不过如白茅之藉琬琰而已。"也就是说，早在群雄逐鹿之初，作者便在艺术结构上将刘备、曹操、孙坚置于十八路诸侯的众星拱月地位，尽管当时的刘备还很微贱，只是站在公孙瓒背后之人。

然而，光看到这一点是不够的，还应看到刘备、曹操、孙坚父子在作品艺术结构中的地位和作用，不在一个层次上。诸葛亮出山前，刘备一直处于小说艺术结构的中心。讨黄巾，讨董卓，讨袁术，讨吕布，投刘焉，投刘恢，投公孙瓒，投陶谦，投曹操，投袁绍，投刘表，转战南北，奔逃羁旅，于关、张有离有合，宛若西方流浪汉小说中的主人公，足迹所至成了勾连作品情节的主要线索。其间，颍川之役，张飞想杀董卓，"玄德与关公急止之"。许田打围，关羽欲杀曹操，"玄德见了，慌忙摇手送目"。陶谦让徐州，关、张拟接牌印，玄德曰："汝等陷我于不义也，吾身死矣！"刘备想羁縻吕布于徐州，张飞曰："我只要杀此贼，以绝后患！"玄德风雪访孔明于茅庐，张飞与云长曰："那厮高卧，推睡不起，等我去庵后放一把火，看他起也不起！"显然，这是以"君子和而不同"的原则在写三人的关系。更为重要的是，这种以一人为中心，以"君子和而不同"的一组人物为主线去勾连作品的情节，它实际上已着明清《西游记》等主线形态之先鞭，在中国文学史上是种了不起的大创造，在世界文学史上也是领先的。

然而，只注目于此还是片面的，更应看到诸葛亮一出山，便成为作品的当然主人公，居于小说总体艺术结构的核心地位。刘备按其计谋办事，则荆州失而复得；关羽不按其计谋办事，则荆州得而复失。赤壁之战前，玄德按其计谋办事，则转危为安，还开创了西川基业；彝陵之战前，玄德不按其计谋办事，则有火烧连营七百里，基业几毁于一旦。"舌战群儒"，令东吴失色；"智算华容"，让曹操魄散；"六出祁山"，叫仲达丧胆；"七擒七纵"，使苗王诚服。孔明归天后，写姜维九伐中原固然是在写诸葛亮；孔明出山前，写刘备奔逃羁旅其实也是在写诸葛亮，皆所谓不写之写。这种以主人公的人生道路而辅之以虚实相生为主线勾连作品的情节，是对中国史传文学的结构形态的继承和长足发展。《水浒传》的以宋江的人生道路为主线的主线形态固然是受了它的影响，

《红楼梦》的以贾宝玉的人生道路为主线的主线形态其实也是受了它的影响。

其四，小说所以能将一个世纪的政治风云组织成一个有机的整体并使之呈现出一种和谐美，还在于作者成功地运用了诸多的艺术手法。这是令人叹为观止的。毛宗岗总结为十五条：一曰"追本穷源"；二曰"巧收幻结"；三曰"以宾衬主"；四曰"同树异枝、同枝异叶、同叶异花、同花异果"；五曰"星移斗转，雨覆风翻"；六曰"横云断岭，横桥锁溪"；七曰"将雪见霰，将雨闻雷"；八曰"浪后波纹，雨后甘霖"；九曰"寒冰破热，凉风扫尘"；十曰"笙箫夹鼓，琴瑟间钟"；十一曰"隔年下种，先时伏著"；十二曰"添丝补锦，移针匀绣"；十三曰"近山浓抹，远树轻描"；十四曰"奇峰对插，锦屏对峙"；十五曰"首尾大照应，中间大关锁"①。这虽不无溢美之辞，还是有见地的。这些艺术手法的成功运用，无疑会严密作品针线的。一些专家学者讥毛宗岗是以八股眼光在谈小说艺术，那是过于刻薄的。

要之，"《三国》叙事之佳，直与《史记》仿佛，而其叙事之难则有倍难于《史记》者。《史记》各国分书，各人分载，于是有本纪、世家、列传之别。今《三国》则不然，殆合本纪、世家、列传而总成一篇。分则文短而易工，合则文长而难好也"②。质之高明，以为如何？

---

① 毛宗岗：《读三国志法》，《全图绣像三国演义》，内蒙古人民出版社 1981 年版，第 5—13 页。

② 同上书，第 14 页。

第九章 《三国志通俗演义》的创作方法

—— 一部具有中国特色的古典主义开山作

一、问题的由来

《三国志通俗演义》的出现，开创了我国长篇小说创作的新纪元。它以"依史以演义"[①] 的独特文学样式为素重历史传统的中华儿女所喜闻乐见。"嗣是效颦日众，因而有《夏书》、《商书》、《列国》、《两汉》、《唐书》、《南北宋》诸刻。其浩瀚几于正史分签并架"[②]。形成了一个"意主忠义，而旨归劝惩"[③] 的历史小说的天地。

《三国志通俗演义》既是"依史以演义"的杰作，主要人物又没有会腾云驾雾的，两阵对圆也不见祭什么法宝。所以，一些专家学者认为："从总的倾向说，《三国志通俗演义》是一部现实主义的作品。"[④] 然而，一个事实又谁都否定不了，那就是：如果说《西游记》中的孙悟空

---

① 金人瑞：《三国志演义序》，朱一玄、刘毓忱编：《三国演义会评本》，北京大学出版社 1986 年版，第 1 页。

② 可观道人：《新列国志叙》，朱一玄、刘毓忱编：《三国演义资料汇编》，百花文艺出版社 1983 年版，第 561 页。

③ 清溪居士：《重刊三国志演义序》，朱一玄、刘毓忱编：《三国演义资料汇编》，百花文艺出版社 1983 年版，第 426 页。

④ 中国社会科学院文学研究所：《中国文学史》，人民文学出版社 1983 年版，第 850 页。

和猪八戒等形象，其精神状态是"人"，其形体和作为却近乎"魔"，这是现实生活中见所未见的；那么，罗贯中笔端的诸葛亮和关云长等人物，其形体虽是"人"，其精神状态和某些作为却近乎"神"，这也是现实生活中见所未见的。于是，另一些专家学者则认为："《三国志通俗演义》的艺术风格属于浪漫主义。"① 而最具权威的观点恐怕还是：《三国志通俗演义》"体现着现实和理想的结合，现实主义和浪漫主义的结合"②。凡此，也就是新中国成立以来学界的一般看法。

认为从文学产生之后，就存在着以描写现实为主和以表现理想为主的两种不同的基本创作倾向，因此，现实主义和浪漫主义就成为两种主要的和基本的创作方法，那无疑是有道理的。但是，若由此而认为《三国志通俗演义》的创作方法"不归杨，则归墨"，要不就是"现实主义和浪漫主义的结合"，却未必正确。因为，包孕着"描写现实"和"表现理想"的，还有其他创作方法：怎知不是古典主义呢？

可见，《三国志通俗演义》的创作方法究竟是什么，还是个有待深入研究的问题。

二、问题的实质

要之，《三国志通俗演义》的创作原则和人物描写曾蒙受两种文化的影响：一是史传文学，一是宋元"讲史"。乃二者的合璧，这是问题的实质，那是谁也否定不了的。

我们知道，史传文学和"讲史"话本有其共同特点：一是崇尚理

---

① 《三国演义研究集》，四川省社会科学院出版社1983年版，第17页。
② 游国恩等编：《中国文学史》，人民文学出版社1964年版，第869页。

性，非独叙其事，亦且"有义存焉"；二是尊王抑霸，崇尚皇权，更崇尚道统，寻求二者的统一；三是崇尚英雄，不仅在为帝王将相作家谱，还将豪杰作为历史的主人，黎民的主宰；四是崇尚伦理，意主忠义，而旨归劝惩；五是崇尚悲壮，遗芳遗臭，在生死观念，君子小人，于义利之间。

凡此，也就是罗贯中的创作原则和选材标准。凡此，也就是《三国志通俗演义》审美意蕴的基本特点。其所以尊刘抑曹，固然由于历史上前者以"宽、仁、忠"而后者以"急、暴、谲"见称，更由于东晋以降，在民族矛盾的作用下，蜀汉的"汉"与汉民族的"汉"在汉民族的意念上日渐结下了不解之缘。而蜀国君臣的那种"汉、贼不两立，王业不偏安"的"还我河山"精神和大无畏气概，又正是偏安江左的东晋和南宋统治者所缺，而令人心怅恨不已的。于是，便要求在文学艺术中一补其内心的缺憾，实质是想通过对亡灵的召唤，去演出历史的新场面。题材，于大关节处俯仰史册，所以作品可以羽翼信史；于变动微细处以集腋成裘的法子见精神，所以作品又超越了信史。

我们知道，史传文学和"讲史"话本又有其不同特点：一个本质上是历史，它叙述的是"已发生的事"；它描述的人物形象是史学意义上的"在特殊中显出一般"；它评价历史人物的标准，是历史功绩第一，道德操守第二，要求做到"明镜照物，妍媸必露"，富于一种严峻的现实主义精神。一个本质上是文学，它所迷恋的是"借尸还魂"，"尸"虽是历史躯壳，而"魂"却是种"可能发生的事"；它描写的人物形象往往是以民间的交口相传作基础的，"为一般而找特殊"原本就是民间文学人物塑造的基本特点；它评价历史人物的标准，是道德操守第一，历史功绩第二，要求是非分明，"公忠者雕以正貌，奸邪者与之丑貌"，洋溢着一种素朴的浪漫主义情调。

我以为罗贯中笔端的人物塑造，实际上集了二者的大成，但对于具体形象来说，则又有侧重点的不同。其原型基本取自《三国志平话》者，则呈类型性典型，如刘备和诸葛亮；其原型基本取自《三国志》等正史者，则呈个性型典型，如袁绍和孙仲谋。所以，不能认为《三国志通俗演义》的人物描写是非此即彼，尽管作品中的人物形象都是伦理型的，那是一定历史时期的民众文化心态所使然。

真正应予注目的，倒是作者笔端出现了一群显性性格和隐性性格具有差异的人物形象如周瑜和鲁肃等，它们还比较接近我们通常所说的文学创作中的现实主义典型，虽然还不能说已刻画出"带着自己心理底整个复杂性的人"[①]，这在那个时代已难能可贵了。

《三国志通俗演义》的蓝本无疑是《三国志平话》，这在作品的基本构架上反映得尤其明显。然而，论作品的规模之巨，却远非《三国志平话》所能比拟的。这就增加了作者谋篇布局的困难。其基本艺术构思是：于汉末各路诸侯中突出曹操、刘备、孙坚；于魏、蜀、吴三国中突出蜀国；于蜀国中突出诸葛亮，并使其所作所为牵动着魏、蜀、吴三国的全局。这种以主人公的生涯为主线写一个历史时期的政治风云变幻的手法，反映了罗氏的创作气魄，也反映了小说深得《史记》之壶奥，它对后世的小说结构学产生了非比寻常的影响，其功不在禹下。

三、结论

该作结论了，结论应该是：这种史传文学和"讲史"话本的合璧，

---

① 高尔基：《俄国文学史序言》，《高尔基文选》，中苏友好协会 1949 年版，第 3 页。

可以称之为具有中国特色的古典主义。其形象的静穆美、整一美、崇高美，可以与西方古典主义相颉颃；其形象的层次性、复杂性、丰富性，却又使西方古典主义所难以比肩，乃世界古典主义文学中最具滋味者。

第十章 《三国志通俗演义》的正统观念

——从曹操和刘备的艺术形象说开去

一、小引

历史小说不同于史书，前者意在借古喻今，表达作者对现实的看法和改革政治的主张，求善是第一义的。后者意在总结历史发展的规律，记叙与阐释历史事实，供后人借鉴，求真是第一义的。艺术形象更不同于历史人物，后者只是前者的模特儿，前者不只概括了一定的历史内容，而且概括了一定的现实生活。因而，它就更集中、更典型、更富于一般性和代表性。艺术是通过形象来反映生活的。因此要了解《三国志通俗演义》中正统观念的精神实质，最好先分析两个人物的艺术形象——曹操和刘备。

二、曹操和刘备艺术形象识小

作为艺术形象的曹操，已不是历史上的曹操。它不只概括了后者的反面特质，而且成了历史上一切反动统治者的缩影，人人欲得而诛之的暴君。但不是一个普通的、平庸的、董卓式的暴君，而是一个有权谋、多机变的奸雄。为泄私愤而绞杀身怀重孕的董妃，为报父仇而兴兵"洗荡徐州"，借黄祖之手杀祢衡，借王垕之头安军心，垂涎二乔而造铜雀，设心狠毒而屠伯奢，割发代首以严军纪。真是"宁教我负天下人，休教天下人负我"，竟成了他的座右铭。

其为人也，直白地说：他是无时不在以自我为圆心，曹氏利益为半径作圆，来此圆内者，可以与之共舞，但不可窥视他的势欲野心，或言其至不仁。否则，就会人头落地。虽契友如荀彧，贤士如孔融，良才如杨修也在所难免，就是明证。既杀之，又"似悔之"，且"厚葬之"，还"哭之甚哀"，以慰藉死者在天之灵，以赢得生者继续为其效命。似看他疑神疑鬼而"梦中"诛近侍，梦三马同槽而谋杀马腾父子，真是宁愿错杀千人，不愿放走一个。这种宽猛相济，实乃一切奸雄所共施的统治法宝。

当然，曹操也是有其"长处"的，作者并未抹杀。《三国志通俗演义》中有三大明主、四大战略家。三大明主是刘备、曹操、孙权；四大战略家是诸葛亮、鲁肃、司马懿、曹操。诸葛亮大智若仙，鲁肃大智若愚，司马懿大智若怯，曹操大智若谲。既是明主，又是战略家，一身而二任焉，唯曹操一人而已。难怪《三国志》称之为"明略最优"。

作为明主，曹操的特点是他智足以揽人才而欺天下，其中便包括知民心之可用，提出"天地间，民为贵"，而俨然以周公自励。因而，他对黎民百姓是王霸相济，具有两面性。其统治术是传统的。

作为战略家，他的特点是：认为那赤壁之败可以卷土重来，令人可忧者乃是孙刘联盟正在形成。那官渡之战曹操信其所当信获胜，袁绍疑其所不当疑致败，关键在于用不用许攸之计。那"煮酒论英雄"，显示了他过人的见识；知人善任，高瞻远瞩，从不以小失大。那焚通敌书信而不究，显示了他惊人的政治涵养；南征北战，运筹决策，突出了他精湛的军事造诣，称其为战略家是名副其实的。而"急"、"暴"、"谲"则是他的处世哲学和行动指南。

刘备是《三国志通俗演义》中与曹操对立的形象，他是人民理想中的好皇帝。他七分像文王，三分像宋江。在他身上完美地体现了战乱中人民对仁政的向往和追求。

刘备出身家贫，"以贩履织席为业"，虽是个"失路王孙"，因其本身经济地位低微，屡受权豪势要的鄙视，常常被人讥为"卖履小儿"、"织席小儿"或"卖履织席小辈"。然而由于他生在乱世，有"申大义于天下"的宏愿，怀着"上报国家，下安黎庶"的政治动机，从事实际的军政斗争。所到之处，与民"秋毫无犯"，"仗义闻于四海"，人民"扶老携幼箪食壶浆"，"焚香遮道"而迎。兵败当阳，他不忍抛弃"扶老携幼"紧紧相随的"数十万赴义之民"而"日行十里，甘与同败，不思进取江陵"。虽然目击曹操铁骑已至，势如压卵而来也在所不顾。正因如此，"两县之民若老若幼，齐声大呼曰：'我等虽死，亦随使君'"。入川时，"百姓提老携幼，满路观瞻，焚香礼拜"。他也爱民如子，"杀牛宰马，大饷士卒，开仓赈济百姓"。深知"举大事者必以人为本"，"宽"、"仁"、"忠"三字，成为他的处世哲学和行动指南。

作为仁者，刘备礼贤下士，躬己待人。怀着治国平天下拯民于水火的政治目的，"总揽英雄，思贤如渴"。为请孔明出山，不惜三顾茅庐，见他不肯出仕，便"苦泣"："先生不匡扶生灵，汉天下休矣，言毕，泪沾衣襟袍袖，掩面而哭。"孔明既出，他待之如师，"食则同桌，寝则同榻，终日议论天下之事"。刘备善引咎自责，律己甚严，惊悉小用士元，便衣冠相迎"下阶请罪"。君臣之间，如鱼似水，而刘备则以鱼自居，从不自骄。这种君臣间的互信互赖，在一定程度上体现了刘备集团的平等的君臣关系。

作为仁者，刘备坚信"唯德可以服人"，"宁死不为不仁不义之事"，得志前，虽然漂泊尘寰，身无立锥之地，却不肯"乘人之危，夺取城

池"。明知的卢"妨主"，也不愿"利己妨人"让给他人，即使是自己的
"仇怨"。他的人生哲学是"勿以善小而不为，勿以恶小而为之"。这与
曹操的人生哲学"宁教我负天下人，休教天下人负我"，正好是个鲜明
的对照。

作为智者，刘备知人善任，见识过人。兵败当阳，糜芳匆忙赶来
报说亲眼见到"赵子龙反投曹操去了"。张飞不知就里也拼命帮腔，玄
德却认为："子龙从我于患难，心如铁石，非富贵所能动摇"，坚信他绝
不会降曹；白帝城托孤，孔明盛赞马谡是"当世之英才"，而刘备正确
地指出"此人言过其实，不可大用"。凡此，可以看出：刘备不仅是知
人善任，而且是疑人不用，用人不疑。

要之，总揽英雄，思贤若渴，知人善任，爱民如子，这正是"仁君"
本色，刘备不愧为文王第二！

需特别提出的是，刘备与关张始终保持着"朋友而兄弟，兄弟而
主臣"的关系。关羽被害，他"一日哭绝三五次，三日水浆不进，只是
痛哭，泪湿衣襟，斑斑成血"，"朕不为兄弟报仇，虽有万里江山何足为
贵"。曹氏兄弟"煮豆燃豆萁"，手足相残，亲同陌路；刘关张结义弟兄
"不求同年同月同日生，只愿同年同月同日死"，情同骨肉。二者又是个
鲜明的对照。

这是霸者与仁者的对照，它饱含着人民的爱憎背向。章学诚说玄
德像宋江，看来不是没有根据。张飞一听二兄被害，连夜赶来成都，一
见玄德，便"拜伏于地，抱先主足而哭"，并且质问："陛下今日为君，
早忘了桃园之誓，二兄之仇，如何不报？"最后立誓："若陛下不去，臣
舍此躯与二兄报仇，若不能报时"，"宁死不见陛下"。刘备赶忙应承：
"朕与弟同往！"章学诚对此愤愤不平，责备罗贯中因"义"而忘"君臣
之纲"，正足以说明蜀国的政权具有一定的朴素的平等倾向，君臣间具

有相对的独立性，否则张飞决不敢如此放肆。一些文人首先看到了这一点，说张飞鲁莽像李逵，"何其陋邪"（《景贤札记》）！

通过对曹操和刘备形象的分析，我们懂得了："拥刘"，为什么不拥"善善恶恶"，时号"江东八俊"的刘表？因为他徒有虚名，"善善而不能用，恶恶而不能去"。为什么不拥益州刘璋？因为他愚昧暗弱，"民殷国富而不知存恤"。乱离中人民所理想的是英明之君，仁慈之主，刘备正够格："屈身下士，躬己待人，仁声素著，世之黄童白叟，牧子樵夫，皆知其名，真当世之英雄也。"不拥他，拥谁？曹操奸诈残忍，"设心狠毒非良士，曹董本是一路人"，不反他，反谁？

三、正统观念与桃园精神和水泊理念

我们知道，传统的典型的正统观念，其五伦的排列顺序是：君臣、父子、夫妇、兄弟、朋友。朋友关系居五伦之末，是比较平等的。所以有"在家靠父母，出外靠朋友"之说。那么，《三国志通俗演义》中，蜀汉政权的五伦关系又是怎么排列的呢？其"五伦备其三"的是："朋友而兄弟，兄弟而主臣"。刘备作为王室后人，是把关羽和张飞看成是朋友而兄弟，以示对他们人格尊严的尊重。而关羽和张飞作为庶人，则是把刘备看成是君臣而兄弟而朋友，以示对他社会地位的尊重。我们称这种思想关系为桃园精神。

所以，只要我们对具体问题稍作具体分析，就知道《三国志通俗演义》中的正统观念既有以曹操为代表的嫡系的、传统的、典型的；又有以刘备为代表的非嫡系的、非典型的、非传统的。区分在哪？在政权的思想性质上：蜀汉政权是植根于"在家靠父母，出外靠朋友"的市井小生产者的思想的沉淀；而曹魏政权则是植根于封建地主阶级的思想体系的深层。不可不注意的有三：

其一，传统的典型的正统观念，其爱憎是非标准，最根本的不是谁对人民的态度好些，而是谁对人民的剥削手段更高明，谁能最大限度地满足与确保封建地主阶级的根本利益。曹操的统治术就是一证。

我们说过：曹操智足以揽人才而欺天下，驭士之术堪称海内无匹。是故，一方面，昭士之功、誉士之德是他，无贵无贱、唯才是宜也是他；矫情任算、不念旧恶是他，放眼群英、厚待异己也是他。

另一方面，孔融乃天下贤士，却以讥讽阿瞒为子纳袁氏妇与制酒禁而夷族①；许攸"少与袁绍及太祖善"，却以"自恃勋劳，时与太祖戏"而见收②；崔琰"有伯夷之风，史鱼之直"，素为曹氏父子所倚信，却因阿瞒进爵为魏王未加附和而见诛；荀彧素为阿瞒谋主，"发言授策，无施不效"，亦以其阻九锡而胁之自鸩③。简直是："君君臣臣，君要臣死，臣不得不死。"安危系于他一人的喜怒。所以说，曹魏集团的这种宽猛相济的君臣关系应该说倒是比较正统的。

曹操对黎民百姓也是王霸相济，具有两面性。一方面，他知民心之可用，高唱"天地间，人为贵"，呼吁"咸爱其民"，"恩德广及草木昆虫"，谴责"贼臣持国柄，杀主灭宇京"，低吟"白骨露于野，千里无鸡鸣。生民百遗一，念之断人肠"。"仓亭破袁绍"，操闻河上父老言："袁本初重敛于民，民皆生怨。"便号令三军："如有下乡杀人家鸡犬者，如杀人之罪"，其仁爱之心如斯，俨然千古贤相。

另一方面，他引兵击陶谦时，"坑杀男女数十万口于泗水，水为之不流"，"攻取虑、睢陵、夏丘，皆屠之，鸡犬亦尽，墟邑无复行人"，

① 陈寿：《三国志·崔琰等传》裴注，中华书局1982年版，第372页。
② 同上书，第373页。
③ 陈寿：《三国志·荀彧传》，中华书局1982年版，第315—317页。

其残忍如斯。①

却正是这种宽猛相济，成了他统治人民的法宝，使他具备"治世之能臣，乱世之奸雄"的双重品格。这一特点也是千百年来地主阶级正统派的统治特点，正是这种传统的统治术使他能窃国家之柄而姑存其号，终于为子孙创下基业。

其二，传统的典型的正统观念，不只是欺骗和慑服人民的工具，而且是排斥其他封建势力的竞争以稳定地主阶级利益的手段。因此，它特别强调"忠"。至于稍具平等色彩的"义"，却被置于五伦之末。而《三国志通俗演义》虽然也主张"忠"，但是，是以"君使臣以礼"为前提的，否则将"良禽择木"，赵子龙就曾三易其主。一旦忠、义发生矛盾，则以公理为圭臬，宜而行之。"义释华容"，就是最好的例子。作者这么强调义，几乎将其提居于五伦之首或相并列，这本身就是对正统观念的一种反动或不恭。

其三，传统的典型的正统观念，强调"君君臣臣"，所规定的君臣关系是严格的主从关系，虽然也说"君使臣以礼，臣事君以忠"。而凡事必须面君，然后才能施行。在五伦中只有朋友关系是相对平等的。而蜀国政权则反之，荆州失守，关羽被害，刘备急于兴师复仇。赵云谏曰："汉贼之仇，公也；兄弟之仇，私也。愿以天下为重。"先主答曰："朕不为兄弟报仇，虽有万里江山，何足为贵？"如果说这是刘备登上王位后的"傲士"，毋宁说这是刘备坐上龙椅后于急难时的吐露真情。否则也就不会有他的情动三军。这种置社稷和个人安危于度外，将兄弟和朋友的关系置于君臣关系之上，正反映了《三国志通俗演义》中蜀国政权的君臣关系，是一种"朋友而兄弟，兄弟而主臣"的关系，具有相

---

① 司马光：《资治通鉴》卷60，中华书局1982年版，第1945页。

对的独立性和朴素的平等倾向，强调互信互赖，"不求同年同月同日生，但求同年同月同日死"。这实际上是对传统的"君君臣臣"的"君叫臣死，臣不得不死"的正统的君臣关系的一种反动，而却为蜀国君臣所信守，成为"桃园精神"的象征。

"三江口纵火"，孔明从东吴回来，与刘备"问候毕，孔明曰'且无暇告诉别事，前者所约军马战船，皆已办否？'玄德曰：'收拾久矣，只候军师调用'"。听口气，孔明不是在禀报和请示，而是在询问和布置任务，刘备不是在作指示，而是在听问。至于"安居平五路"，事先连个风也没有向后主"通"。这些都是传统的典型的封建正统观念所不能容忍的应有内容。

因此，在某种意义上说，蜀汉政权是封建社会里人民所理想的一种政权形式，在某些方面，在一定程度上与水泊理念相通，皆是种"朋友而兄弟，兄弟而主臣"三伦一体的人际关系，这种人际关系与封建宗法等级制是背道而驰的。所以封建文人看到这一点，不以为然了，认为《三国志通俗演义》："其最不可训者，桃园结义，甚至忘其君臣而直称兄弟。且其书似出《水浒传》后，叙昭烈、关、张、诸葛，俱以《水浒传》中崔苻啸聚行径拟之。"① 然而，我们在看到他们有相通之点的同时，也应看到他们的不同：一是把匡扶社稷的力量放在帝王将相的双肩上，希望他们能为人民着想，来拯救黎庶。一是放在觉醒了的下层人民的基点上，希望通过他们来扭转乾坤。二者又是相辅相成的，其价值亦在于此。

《三国志通俗演义》中蜀汉政权的正统观念虽然也是属于封建思想体系的范畴，但又不是封建正统观念的嫡出，在某种意义上倒是对它的一种反动。这并不是什么奇异的"谜"，而是一定时代的产物。只要分

---

① 章学诚：《丙辰札记》，《章学诚遗书》，文物出版社 1985 年版，第 396 页。

析一下《三国志通俗演义》成书的社会环境，就会明白这个道理。

四、正统观念的社会基础

在阶级社会里，统治阶级的思想是统治思想，人们受其浸染是必然的，否则统治阶级就无法维持其统治。然而，被统治阶级所特有的社会地位和生活状况，又决定了他们也有自己的思想。人们以它来观察周围的一切，理解历史。并且这两种截然不同的思想又常常对立地统一在人们的身上。特别是由于某种原因使社会阶级矛盾得到暂时的缓和，或由于外族的入侵，民族矛盾上升到首要地位的时候。

西晋建国不久，紧接着就是八王之乱、五胡乱华、南北对峙，人民被置于水深火热之中，欲做奴隶而不可得。于是渴求"真命天子"来一统山河，过点暂时相对的和平生活。因此，对曾经一统山河的"汉室"有所追恋，其内核就是要求统一。宋是中国历史上最弱小的王朝，民族矛盾一直很尖锐，特别是赵构偏安江左后。蜀汉的偏安与南宋的偏安不无相似点，异族占领的地域也正同曹魏大致相同，这就具备了把蜀汉政权作为汉人政权来理解的外在条件。兼之蜀汉的领导人出身又较贫贱，或是编履织席的贫民，或是流浪江湖的亡命，或是屠猪卖酒的商贾，或是耕种山野的村夫。人们因为他们原来的社会经济地位与自己相近，而天然地感到亲切，因此追恋他们。既把他们作为理想中的统治人物，又把他们作为自己的知心朋友和首领，以自己的思想感情和精神面貌来丰富他们。塑成个个栩栩如生的艺术典型，再从中汲取力量去与封建反动统治者进行对立，去与外族侵略者进行战斗。

如果说"丞相忠武，蜀之伊吕……庙貌犹存，风貌可睹，旁有关张，一龙二虎，安得斯人，以消外侮"（王十朋诗）与"邦命中兴汉，天心大破曹"（陆游诗），表现了南宋爱国文人从抵抗外侮的思想角度来追慕蜀汉的心情；那么，"涂巷小儿……聚坐听说古话，至说三国事，闻玄德败，频蹙眉，有出涕者，闻曹操败，即喜畅快"，则鲜明地反映出人民从另一思想角度追恋蜀汉的强烈感情。拥刘反曹的思想就是这样酿成的！因此，我认为这种思想的核心就是爱国主义和民本主义。

罗贯中接受了拥刘反曹的传统主题思想，予以去芜存菁，去伪存真，使它更突出，更鲜明。然而由于罗贯中的世界观不等于人民的世界观，因此也在潜移默化中使它走了点样：封建正统观念加浓了，正面英雄人物身上的草莽气息减淡了，特别是刘备和关羽。在《三国志平话》中，他们并不活跃。《三国志通俗演义》中的刘备和关羽这两个艺术形象，基本上是出于罗贯中的再创造，花了他较多的心血，样儿也走得特别明显：作者强调了刘备的帝室之胄，强调了关羽的志在"春秋"，删除了他们身上原有的草莽气，如落草太行山，以切合他们作为"王者"和"儒将"的身份，这确实是以损害人民的喜爱作代价的。唯有张飞，在《三国志平话》中就是一个较为成熟的艺术形象，作者花在他身上的心血也较少些，原来的面目也就相应地保留较多，因而我们能从张飞身上闻到一股刘备和关羽所没有的或者说是少有的草莽气。我想，关羽使人可敬可畏，张飞使人可爱可亲，根本原因也就在这里吧！

《三国志通俗演义》中的正统观念，所服务的对象正是社会斗争中的重大问题，而不是在阐述历史发展的渊源与动向，所致力颂扬的主要不是谁某为帝，而是像关羽等那样的英雄人物在生死存亡的关头所表现的威武不能屈的汉家气节。所致力追求的是"仁君"、"仁政"，所口诛笔伐的是乱臣贼子和"霸者"、"暴政"。因此，我认为《三国志通俗演义》中蜀汉的正统观念是以爱国主义精神和民本思想作为它的内核的。在当时确实有它的积极意义，我们必须予以应有的历史评价。

第十一章　四大古典小说忠义观念识要

——是歌颂忠义观念，还是讥刺忠义观念

一、小引

三国故事、水浒故事、取经故事，是宋元以来人民群众所喜闻乐见的三大英雄传奇故事，均有历史的影子。一是以"天行健，君子以自强不息"相要求，刘备、宋江、玄奘等主人公的艺术形象都具有崇高的目标以及为之奋斗的坚强意志。二是以"地势坤，君子以厚德载物"相要求，他们都具有忠厚长者的品性，甚至连好哭的特点都是相同的。因为哭一般都是真情的流露，况且往往都与和善的意念相连，所以人们便将好哭作为他们忠厚性格的特征，作者在总体上都是肯定的。这三部小说都是颂扬忠义观念的。《红楼梦》呢？它写的是霸道吃人，王道也在吃人，即所谓"一支王道曲，千红无子遗"是也。因此是讥刺忠义观念的。这有事实为证。

二、《三国志通俗演义》与《水浒传》忠义观念的内涵

其一，说《三国志通俗演义》和《水浒传》两部小说文化意蕴的似相异而实相类。

423

　　"宴桃园豪杰三结义"，刘备作为蜀汉英雄的代表，曾立下信誓。梁山泊英雄排座次，宋江作为梁山好汉的代表，亦曾立下信誓。兹将这两大信誓做一比较研究，以作为观察问题的一个窗口。

　　试看"宴桃园豪杰三结义"，其誓云："虽然异姓，既结为兄弟，则同心协力，救困扶危；上报国家，下安黎庶，不求同年同月同日生，只愿同年同月同日死。"所以，清人赵翼是这么评价刘备的："关、张、赵云，自少结契，终身奉以周旋，既羁旅奔逃，寄人篱下，无寸土可以立业，而数人者，患难相从，别无贰志。此固数人者之忠义，而备亦必有深结其隐微而不可解者矣！"① 那么，这"深结其隐微而不可解者"的是什么呢？显然就是那互动于彼此襟怀的"上报国家，下安黎庶"之心以及那"朋友而兄弟，兄弟而主臣"之谊。所以清人王侃是这么评说关羽文化之传播的："《三国志通俗演义》可以通之妇孺，今天下无不知有关忠义者，《演义》之功也"②。

　　再看"梁山泊英雄排座次"，其誓云："自今以后……但愿共存忠义于心，同著功勋于国，替天行道，保境安民。神天鉴察，报应昭彰。"③ 所以，李贽是这么评说梁山好汉的："今观一百单八人者，同功同过，同死同生，其忠义之心，犹之乎宋公明也。独宋公明者，身居水浒之中，心在朝廷之上：一意招安，专图报国；卒至于犯大难，成大功，服毒自缢，同死而不辞，则忠义之烈也。"④ 所以五湖老人也是这么评说《水浒传》的："兹余于《水浒》一编，而深赏其血性，总血性有忠义名，

　　① 赵翼：《廿二史札记》卷7，中国书店1990年版，第142页。
　　② 《江州笔谈》，朱一玄编：《三国演义资料汇编》，南开大学出版社2003年版，第108页。
　　③ 施耐庵：《水浒传》，人民文学出版社1997年版，第933页。
　　④ 朱一玄编：《水浒传资料汇编》，南开大学出版社2002年版，第172页。

而其传亦足不朽。"①

明眼人一看便知：那刘备的信誓实亦道出了宋江的夙愿：那宋江的信誓实亦道出了刘备的夙愿。其相类如是，它反映出这两部小说思想性质的相类乃根本性的。

由此可见，写乱世忠义之甫离草泽即奋志匡扶社稷，是为《三国志通俗演义》中的蜀汉英雄；写乱世忠义之被逼啸聚山林而犹谋"顺天护国"，是为《水浒传》中的英雄好汉。二者虽然题材不同，在蒙受江湖文化的影响上亦有轻重之分，而创作宗旨则一，即"意主忠义，而旨归劝惩"。

这就难怪明人熊飞和杨明琅要将《三国志通俗演义》与《水浒传》合刻，题曰《英雄谱》。道是："故为君者不可以不读此谱，一读此谱，则英雄在君侧矣。为相者不可以不读此谱，一读此谱，则英雄在朝廷矣。为经略掌勤王之师，马部主犁庭之役，又不可以不读此谱，一读此谱，则干城腹心尽属英雄，而沙漠鬼哭之惨，玉门冤号之声，各不复闻于耳矣。此乃余合谱英雄意也，非专以为英雄耳也。"②

需强调指出的是，这《英雄谱》其文化渊源和哲学基础是：孔孟的知难而进的入世精神，王道济民的政治主张，事父事君的纲常教义，华夷之辨的民族操守，以及由儒法互补、儒道互补、儒墨互补所形成的健全而稳定的文化心理结构。

其二，说《三国志通俗演义》和《水浒传》两部小说忠义观念的似相左而实相成。

那么，《三国志通俗演义》与《水浒传》所宣扬的忠义思想，其质

---

① 朱一玄编：《水浒传资料汇编》，南开大学出版社 2002 年版，第 188 页。

② 同上书，第 205 页。

的规定性又是什么呢？这一点，书里说得很清楚，明人余象斗亦指得很明确："忠"就是"上报国家"，即"尽心于为国"；"义"就是"下安黎庶"，就是"事宜在济民"。这两者的结合，是那个时代所能提出来的最崇高的理想。

需要注意的是，《三国志通俗演义》与《水浒传》虽同"意主忠义"，而侧重点不同。《三国志通俗演义》的侧重点是在"义"，在"下安黎庶"，即"为民"；《水浒传》的侧重点是在"忠"，在"上报国家"，即"为国"。就以刘备和宋江的都好哭来说吧，这是出了名的，而出发点却各有侧重，这是不可不注意的。试看："玄德泣曰：'先生不出，如苍生何？'言毕，泪沾袍袖，衣襟尽湿。"刘备的眼泪是为苍生而流的，乃民本主义的，所以滴滴似金。试看："宋江道：'我为人一世，只主张忠义二字，不肯半点欺心，今日朝廷赐死无辜，宁可朝廷负我，我忠心不负朝廷。'言讫，堕泪如雨。"宋江的眼泪淌自他的"宗宋情结"，乃爱国主义的，所以亦滴滴似金。

足见，论民本主义思想，《三国志通俗演义》实更充沛些；论爱国主义激情，《水浒传》实更浓烈些。其所以然？就在于：身处"外敌凭陵，国政弛废"下的乱世，民众对于帝王将相与草泽英雄的期待有所侧重。罗贯中笔端的英雄人物是逐鹿中原的群雄，乃"在朝派"，民众期待于他们的，其重中之重，当莫过于"下安黎庶"四字，即把"安民"放在第一位，故而作者的用笔是以"忠"济"义"写之。施耐庵笔端的英雄人物是绿林豪杰，乃"在野派"，民众期待于他们的，其重中之重，当莫过于"上报国家"四字，即把"报国"放在第一位，故而作者的用墨是以"义"济"忠"写之。这么说，并不是我在向壁虚构，《水浒传》在告诉我们：施耐庵曾以"神道设教"的法子，借"圣旨"以"敕封宋江为忠烈义济灵应侯"。这"忠烈义济"四字，当然也就成了施耐庵对自己心爱的主人公的盖棺论定。明乎此，这"忠烈义济"四字，就不只可以用来说宋江身上的"忠"和"义"的辩证关系。同样，还可以用"忠烈义济"来说《三国志通俗演义》所宣扬的"忠"和"义"的辩证关系。由此也就使这两部宣扬"忠义"思想的小说，在歌颂乱世忠义上成为各具特点的姊妹篇。

其三，说《三国志通俗演义》和《水浒传》两部小说结构模式的似相异而实相同。

正因为罗贯中与施耐庵创作《三国志通俗演义》和《水浒传》是以"意主忠义，而旨归劝惩"为创作宗旨的，这就决定了他们要以"忠"与"不忠"、"义"与"不义"、"仁"与"不仁"的对立，亦即二者都是以忠奸对立为其基本模式。所以这两部小说的形象体系的内部构成都是二维的。这种以忠奸对立为其特点的二维模式，乃造就天才作家的"洞天"，乃产生典范之作的"福地"。罗贯中与施耐庵就是这样的作家，《三国志通俗演义》与《水浒传》就是这样的作品。难能可贵的是：作品的形象体系，一经作者以这种忠奸对立为其基本特征的二维模式的组合，即状若"落霞与孤鹜齐飞，秋水共长天一色"。

那么，罗贯中与施耐庵又是怎样结构其作品的呢？却原来罗贯中之写"群雄逐鹿"也，是以桓灵二帝失政为总起，以晋统一天下作总结，其间以魏蜀吴三国的兴亡为"经"，以其他各路诸侯的盛衰史为"纬"，以"汉贼不两立，王业不偏安"为主脉，一以贯穿全书。经纬交错，从而形成一种扁形的网状形态。这一网状形态，虽是"扁形"的，而不是"球形"的，它在中国文学史上却属首创，所以令人感到耳目一新。其写"汉贼不两立，王业不偏安"也，则又写出："国之将兴，必有忠信；国之将亡，必有妖逆"。天子之国有它的忠臣和奸臣，诸侯之邦亦有它的忠臣和奸臣。其独到处，是能将天子之国与诸侯之邦的盛衰与忠奸斗争的成败作一体两面的描写，以示人本问题的重要，以言"民心为立国之本，人才为兴邦之本，战略为成败之本"。反映于作品的整体形象体系，便是出现了一大批"忠义之士"的形象。其中既有忠于汉献帝反对曹操的董承、吉平，又有忠于曹魏的庞德、王经；既有忠于刘璋而反对刘备的王累、张任，又有忠于刘备的关羽等辈。总之，不论他的主公是谁，只要是为其主公效死，就被作为"忠臣义士"来赞美。反之则会遭到贬斥。董卓挟天子以令诸侯，被斥为乱臣贼子的行径；曹操之所以被骂为"乱世之奸雄"，就在于"虽有远图，而志不在社稷，假忠欺世，卒为身谋"。此外，"知贤则有司马徽之哲，励操则有管宁之高，隐居则有崔州平、石广元、孟公威之逸。忤奸则有孔融之正，忤邪则有赵彦之直，斥恶则有祢衡之豪，骂贼则有吉平之壮"① 等等，则可视之为以忠义之士为主人公的短篇小说的连环。这类人物形象所具之个性特征，当来自罗贯中的善施"特犯不犯"之墨。

施耐庵呢？他一则写"忠义之士"在朝廷，是为张叔夜等贤臣良将，"忠义之士"在山林，是为宋江等梁山好汉；一则写奸佞之徒在朝廷，是为蔡京等恶佞权臣，奸佞之徒在草泽，是为方腊等乱臣贼子。两大阵营的对立何其鲜明。言宋徽宗之昏庸，遂致蔡京之流祸国有路，梁山好汉报国无门。当为英雄们唱一曲"乱世忠义"的悲歌，以寄孤愤。

《三国志通俗演义》和《水浒传》二者相映成辉，遂使这两大名著成为各具特色的姐妹篇。那宗汉情结和宗宋情结，实反映了当时华夏民众对反宋农民起义的不认可，对辽金元异族政权的不认同，要求"还我河山"。视之为宋元明三朝华夏民众的心史，是恰当的。那蜀汉英雄和

---

① 毛宗岗：《读三国志法》，《全图绣像三国演义》，内蒙古人民出版社1981年版，第3页。

梁山豪杰，不愧为我们炎黄子孙的脊梁。那忠义思想实乃那个时代的一种可贵的思想。不言而喻，在施、罗二氏看来，那李逵和张飞等辈不失为具有"常心"的"常人"。

三、《水浒传》与《西游记》忠义观念的异同

那么，这四大古典小说，最具可比性的是什么呢？答曰：还不是《三国志通俗演义》和《水浒传》，而是《水浒传》和《西游记》。这有事实可证：

《西游记》和《水浒传》其相似之点主要有四：

一是，位卑未敢忘忧国是两位作者的共同文化心理。《水浒传》作者笔端的一百零八将，几乎没有一个不是被逼上梁山的，尤其是其中的领袖人物。然而，他们虽"啸聚山林"，却念念"不忘廊庙"。宋江正式"把寨为头"时的就职演说，即"共存忠义于心，同著功勋于国，替天行道，保境安民"云云，显然程度不等地道出了众好汉的心愿，否则，他在梁山决不会拥有至高无上的威望。诚然，《西游记》的作者确"有一点爱骂人的玩世主义"；然而，胡适道出的仍只是作品的表层色彩，实际上作者是在寓庄于谐，借妖魔以写人间，而寓以"斩鬼"的豪情。论者只知宋江在梁山"替天行道"，其实孙悟空的一路荡妖灭怪，又何尝不是在"替天行道"呢？甚至是种有甚于宋江的"替天行道"，只是由于研究者为作品的表层"玩世主义"色彩所惑，没有看出来这"作者之心傲世之意"而已。假若没有这种忧国忧民的社会责任感，我想这两位作者是不会有作品长留天地间的。

二是，两位作者都赋予笔端的英雄人物以似魔而实神的先天品格。《水浒传》第一回写"洪太尉误走妖魔"时的情景："那一声响亮过处，

只见一道黑气，从穴里滚将起来，掀塌了半个殿角。那道黑气，直冲到半天里空中，散作百十道金光，望四面八方去了。"盖"黑气"者，"魔君"之象也；"金光"者，"星君"之象也。其由"黑气"而化作"金光"者，"休言啸聚山林，早愿瞻依廊庙"之谓也。盖所以"啸聚山林"而身不在"廊庙"者，"乱由上作"而非英雄们之罪也。《西游记》的作者对笔端的英雄们又何尝不是如此写的呢？那美猴王分明是个"孕天地之灵秀"而生的"天产石猴"，可灵霄宝殿上的君臣们却偏要认为他是个"地上妖仙"而鄙之贱之，致使他"欺天罔上思高位，凌圣偷丹乱大伦"。那在福陵山以吃人度日的猪八戒，却原来是个"因带酒戏了嫦娥"而被玉帝贬入下界的"天河里天蓬元帅"。那在流沙河"没奈何，饥寒难忍，三二日间，出波涛寻一个行人食用"的恶魔沙和尚，却原来是个在蟠桃会上不意"失手打碎了玻璃盏"而被玉帝谪入尘凡的"灵霄殿下侍銮舆的卷帘大将"。这与《水浒传》第一回"楔子"所示，又何其相似乃尔！假若没有一点"不过行俭德，盗贼本王臣"的观念，假若没有"暮雨潇潇江上村，绿林豪客夜知闻。他时不用相回避，世上如今半是君"的认识，假若没有"贼做官，官做贼，混贤愚"的愤懑，我想两位作者是不会赋予笔端的曾一度被逼为"盗"或"妖"的英雄人物以如此似魔而实神的精神品格的！

三是，两位作者都以"惩恶"即是"劝善"作为笔端英雄人物的公义观念和立身之道。《水浒传》中的李逵和阮氏兄弟等世俗好汉自不必说，就是作为出家人的花和尚鲁智深以及行者武松，他们对贪官污吏和乱臣贼子也不心慈手软。正因如此，所以二人皆成正果。凡此，都反映了作者对英雄们的以"惩恶"作为"劝善"的最大肯定。《西游记》中的孙悟空，其公义观念和立身之道，与花和尚鲁智深和行者武松显然如出一辙。不但如此，作者还以孙悟空的以"惩恶"作为"劝善"与唐僧的以"劝善"作为"惩恶"形成两条路线的对立，从而肯定前者而讥刺后者。假若社会不是腐败到了极点，我想两位作者是不会作如是构思的。因为，社会既已成了群魔乱舞的社会，那么，若以"劝善"去"惩恶"，则不但不能感化"恶"，倒会使劝善者去充当虎口的羔羊；而若以"惩恶"去"劝善"，则打了豺狼，羔羊也就脱了险地。以"劝善"去使吸民脂民膏以肥的贪官污吏洗心革面，更只不过是统治阶级内部官官相护的一面好看招牌而已！

最后，两位作者均以英雄无用武之地作为主人公的不平之恨。《水浒传》中的宋室是个不肖役大贤的天下，以致英雄们初受贪官污吏所役而只好云聚水泊，继受蔡京之流所役而只可魂聚蓼儿洼。与此略呈异彩，《西游记》中的灵霄宝殿是个小贤役大贤的天国，以致屡蒙仁德加恩的盖世英雄孙悟空，他初受其役固然只能当个弼马温，继受其役亦只可当个以看守蟠桃园为其实际职守的空头齐天大圣。难怪他要高喊："强者为尊该让我，英雄只此敢争先。"

《西游记》和《水浒传》其相异之点亦主要有四：

《水浒传》中的梁山好汉们的"义结金兰"，一方面使他们成为朋友加兄弟，彼此患难相扶，死生相托，众志成城；另一方面又使宋江以下的好汉们须以宋江的意志作为自己的最终意志，甚至使位居"大哥"的宋江对违令者拥有生杀大权。这种"义结金兰"，显然是封建性的。它反映了小生产者在政治上对"朋友而兄弟，兄弟而主臣"的君臣关系的憧憬之情，与《三国志通俗演义》中的"宴桃园豪杰三结义"并无质的不同。因此，无论是"三打祝家庄"、"夜打曾头市"，还是"两赢童贯"、"三败高俅"，莫不是在宋江的统一号令下，众好汉的同心作战。《西游记》也写了孙悟空在花果山自在为王时，曾与牛魔王"结为七弟兄"。那是一种别开生面的"义结金兰"。这种"结义"，不以功利目的作为思想纽带，连排行也是依个儿大小，牛魔王个儿最大，"做了大哥"，孙悟空个儿最小，"排行第七"，一切循乎天然，身份和名望之类不起任何作用，纯然是"结契同情"。这种"结义"，不为封建宗法思想所束缚，孙悟空一自称"齐天大圣"，六个魔王也自作自为，自称自号，莫不自封"大圣"，彼此完全处于平等地位，俱各保持着自己人格的独立和个人意志的自由。这种"结义"，不对个人生活道路起任何约束作用，也不以死生相托、患难相扶作要求。孙悟空大闹天宫并没有想到去求助"六弟兄"，"六弟兄"亦没有兴兵前来助战；随着各自所走的道路不同，孙悟空在西行路上对牛魔王"先礼而后兵"，也没有被看作不义之举。这种"结义"，决不会见于任何社会的成年人之间，只能见之于孩童们的游戏；然而作者却报以欣赏态度。而这种对孩童们游戏的欣赏，我以为正反映了他对人"心之初"①的求索和依恋。罗贯中与施耐庵如有在天之灵，大概不会引这位"跌弛滑稽之雄"为同调吧？此其一。

《水浒传》中的梁山好汉们其所以云聚水泊，并非出于他们的本心。他们的本心对以三纲五常为其法规的"仁政"还是充满向往之情的。所以他们才在"忠义堂"前树起"替天行道"的大旗，而他们心目中的"天道"与儒家的仁政思想并不相背。九天玄女在宋江上山后对他的训示，便是明证。梁山好汉们其所以"啸聚山林"，全然是由于"官逼民反"，一则为了"求生存"，二则为了"求温饱"，主要是蒙受外力的推动。与此相比，《西游记》中的孙悟空之所以大闹天宫，其原因要复杂得多，也深刻得多。他是为了"求生存"吗？不，花果山是个自由自在的天地。他是为了"求温饱"吗？不，花果山有四季吃不完的果品。那么，他究竟是由于什么呢？是为了"求发展"，主要是内在于他的天性使之然。这可以从两方面说：一方面，他的天性是以天不拘兮地不羁、不识等级观

---

① 李贽：《焚书》卷3《童心说》，中华书局1974年版，第274页。

念与秩序为何物为其特点的。这种天性发展下去，不可避免地会与天庭的宗法等级观念和制度本身发生冲突；另一方面，玉帝封他为弼马温和空头齐天大圣，固属玉帝"轻贤"和"不会用人"，然而玉帝所以"轻贤"若此，那又是由于天庭的祖宗成法规定对地上的"妖仙"只能如是。凡此，也就将孙悟空的大闹天宫上升到《水浒传》无法与之并驾的思想层面。它实际上反映了作者对宗法的思想和制度的本身，以及朝廷用人祖宗成法的某种不满。这就难怪斯人要对大闹天宫的美猴王报以欣赏态度了，须知他本人就是个"跅弛滑稽之雄"！此其二。

《水浒传》中的一百零八将，虽则个个都是各有擅长的英雄好汉，却没有一个形象具有狂傲美。《西游记》中的孙悟空则不然，狂傲美成了其形象的首要特征。而这种狂傲美又是其内在的天不拘兮地不羁、不识等级观念与秩序为何物的天性之外在表现。纵然已成为"行者"，其"老孙"派头依然不减当年。还是让我们具体看看诸神在他心中的位置吧！他曾"攥着铁棒，望那坟上捣了三下"，对那被他打死的两个强盗说：

> 尽你到那里去告，我老孙实是不怕：玉帝认得我，天王随得我；二十八宿惧我，九曜星官怕我；府县城隍跪我，东岳天齐怖我；十代阎君曾与我为仆从，五路猖神曾与我当后生；不论三界五司，十方诸宰，都与我情深面熟，随你那里去告！

与唐僧的"善念祝荒坟"相比，这是何等的气贯长虹、睥睨世俗！然而，这种睥睨世俗、气贯长虹，反乡愿则反矣，却又正说明他这个狂人乃是中国狂人史上的第一代。所以，不若其第二代曹雪芹笔端的狂人贾宝玉已开始对人生真谛的苦痛思索，更不若其第三代鲁迅《狂人日记》中的狂人已具对中国文明史之苦痛思索的哲人头脑。可照我看来，这三个千古不朽的狂人形象，实乃同属明中叶以来矗立于个性心灵解放思潮中的三座丰碑。此其三。

正因如此，所以孙悟空在玉帝、如来佛、太上老君面前表现的那种目无尊者的"玩世主义"，实际上已开贾宝玉诮儒毁僧谤道思想之先河。而《西游记》中的这种对儒释道三教的不恭是不见于《水浒传》的，当然也就更不见于《三国志通俗演义》，当属冬末的未萌。此其四。

李泽厚《美的历程》云："以'童心'——'真心'作为创作基础和方法，也就为本来建筑在现实世俗生活写实基础上的市民文艺，转化为建筑在个性心灵解放基础上的浪漫文艺铺平了道路。"[1] 这一论断，我认为是很精辟的；但同时也认为：这一"转化"实际已由《西游记》作者自觉或不自觉的初步完成。上述《西游记》与《水浒传》的异同点，便是明证。那孙悟空身上的狂傲美，就是"建筑在个性心灵解放基础上的"。这是个刚在历史舞台上崭露头角的"新人"。华阳洞天主人最了不起之处就在于：他认为真能荡妖灭怪，造福生灵、造福社稷者，舍斯人其谁欤？真不失为跅弛之雄！

该做结论了，结论是：在四大古典小说中，《西游记》与《水浒传》最具可比性，存在着一种"草色遥看近却无"的血缘状态。其相同点有四：位卑未敢忘忧国是两位作者的共同文化心理，一也；都赋予笔端的英雄人物以似魔而实神的先天品格，二也；都以"惩恶"即是"劝善"作为主人公的公义观念和立身之道，三也；都以英雄无用武之地作为主人公的不平之恨，四也。其中最值得注意者是第二点，盖源自北宋末年以来民众因"国政弛废"而"转思草泽"的文化心理的凝聚。其相异点

---

① 李泽厚：《美的历程》，文物出版社 1981 年版，第 195 页。

亦有四：梁山好汉们的"义结金兰"是功利性的、宗法性的，孙悟空和
牛魔王等的"义结金兰"则反之，纯然是种"结契同情"，一也；梁山
好汉们的云聚水泊是"官逼民反"，其动因主要是外在的，孙悟空的大
闹天宫，是其未为纲常观念烁于内的"童心"之自我发展与外在的天庭
宗法等级观念和制度本身所造成的冲突，其动因主要是内在的，二也；
梁山好汉们皆不具"天不拘兮地不羁"的品性，所以其形象也莫不缺少
一种狂傲美，"天不拘兮地不羁"几成孙悟空之不可塑的天性，所以狂
傲美便成为其形象的首要特征，三也；正因如此，所以《西游记》中已
孕有向儒释道三教挑战的思想萌芽，而《水浒传》则无之，四也。其中
最值得注意的是第三点，因为此种狂傲美，正是孙悟空个性心灵解放的
集中反映。两部小说的上述异同，正反映了"建筑在现实世俗生活写实
基础上的市民文艺"，与"建筑在个性解放基础上的浪漫文艺"的异同，
而且颇为典型。这是不可不注意的。

四、《红楼梦》的反忠义观念

　　与此不同的是，《红楼梦》对忠义观念的态度是似褒实贬，似颂扬
实讥刺，它写的是霸道吃人，王道也在吃人。即所谓"一支王道曲，千
红无孑遗"是也。这在四大古典小说中是唯一的。贾宝玉不是说吗："人
谁不死，只要死的好。那些个须眉浊物，只知道文死谏，武死战，这二
死是大丈夫死名死节。竟何如不死的好！必定有昏君他方谏，他只顾邀
名，猛拼一死，将来弃君于何地！必定有刀兵他方战，猛拼一死，他
只顾图汗马之名，将来弃国于何地！所以这皆非正死。"[1] 贾宝玉这种对

---

①　曹雪芹：《红楼梦》，人民文学出版社 2008 年版，第 479 页。

"文死谏，武死战"的嘲讽，实质上是对地主阶级的忠义观念的否定。是故，贾政喜爱林四娘是喜爱其"风流隽逸，忠义慷慨"，可以"汇送履历至礼部备请恩奖"。贾宝玉喜爱林四娘是喜爱其英姿飒爽，义重情深，足以生辉巾帼，羞煞须眉。贾政期望贾宝玉把《姽婳词》写成应制诗，借以接履青云之上。贾宝玉却"明修栈道，暗度陈仓"，明写林四娘的"忠义之志"，暗刺国家已到无人可用的田地，即所谓"天子惊慌恨失守，此时文武皆垂首。何事文武立朝纲，不及闺中林四娘"是也。①

---

① 这一点，我在拙作《论〈姽婳词〉在〈红楼梦〉悲剧结构中的地位——兼说〈红楼梦〉的艺术结构》一文中论述颇详，详见本书第四编第十九章。

第十二章　是规范封建道德，还是批判封建道德

——以《三国志通俗演义》为中心纵横谈

·

一、小引

道德观念，是中国封建社会中人与人之间的关系和应当遵守的行为准则。照孟子的说法，就是"父子有亲，君臣有义，夫妇有别，长幼有序，朋友有信"。用董仲舒的话说，就是"王道之三纲，可求于天"，"君臣、父子、夫妇之义皆取诸阴阳之道"。用程朱理学的话说，就是"三纲五常，礼之大体，三代相继，皆因之而不能变"。

是故，本章拟以《三国志通俗演义》为中心，就中国四大古典小说的道德观念作一比较研究，以窥其文化沿革于一斑。

二、是憧憬"仁政"，还是嘲讽"仁政"

地主阶级的道德思想中最具理想意义的是"仁"。孔子把"仁"看作是道德范畴的最高原则，道是"一日克己复礼，天下归仁焉"①。孟子以他的"性善"说作为"仁政"理论的哲学基础，"仁"被列为他所说的天赋予人的四种美德的第一德。程朱理学言天命之性，则进而以"仁"

---

① 《论语译注·颜渊》，杨伯峻译注，中华书局1980年版，第123页。

为"四德"的基本，而又包括了"四德"，道是"学者须先识仁。仁者浑然与物同体，义礼智信皆仁也"①。于是，"仁"便越来越明确地成为最完美的人格的别名。因此，对"仁"的态度如何，便成为是规范封建道德，还是批判封建道德的试金石。

"欲知三国苍生苦，请听《通俗演义》篇。"《三国志通俗演义》作为"乱世忠义"的颂歌，对解黎民百姓于倒悬之灾的圣君贤臣的憧憬之情是殷切的，而刘备的形象实际上就是作者笔端"救世主"的形象。作者妙笔生花的地方是在于：他以"仁"与"仁政"作为道德圭臬与政治圭臬，寓褒贬于逐鹿中原的群雄形象的塑造，让大家自己从中去认可谁是理想的"好皇帝"。这，只要以董卓、曹操、刘备的形象作一简略对比，便一目了然。

董卓的特点是"不仁"，他所行施于民的是典型的"霸道"，用他的自画招供来说，就是："我为天下计，岂惜小民哉！"

与董卓有所不同，曹操的特点是"假仁"，他对人民的态度是"王霸参半"，好坏取决于个人的得失喜怒。比如，"曹操仓亭破袁绍"，写曹操力主秋成之后围攻冀州，"众曰：若恤其民，必误大事"。操曰："民为邦本，本固邦宁，若废其民，纵得空城，有何用哉。"这反映了他有异于董卓。"报父仇曹操兴师"，写曹操因曹嵩被杀而迁怒于徐州黎庶，令"但得城池，将城中百姓尽行屠戮"，致"大军所到之处，杀戮人民，发掘坟墓"。这又反映了他与董卓是"一路人"。

刘备的特点是"大仁"，他对人民的态度是"仁德施恩"，直至不顾个人的安危。"携民渡江"，便是最好的证明。要之，"上报国家，下安黎庶"，这是他转战南北的首要目标；认为"举大事者必以人为本"，

① 《二程集》卷2，中华书局1981年版，第16页。

这是他立身处世的不二信条。唯其如此，所以能"远得人心，近得民望"。以至陶恭祖三让徐州，玄德仍辞不受职，徐州百姓拥挤府前哭拜曰："刘使君若不领此郡，我等皆不能安生矣！"难怪毛宗岗说："民心悦服如此，想见刘公平日德政。"足见，《三国志通俗演义》中的"拥刘"，其实质是在于：作者是把刘备作为"仁"与"仁政"的化身来彪炳的。

"煞曜罡星今已矣，谗臣贼子尚依然"。《水浒传》卷末所发出的这一深沉叹息，说明它对圣君贤臣的憧憬之情是一点也不亚于《三国志通俗演义》。《水浒传》作为"乱世忠义"的悲歌，旨在总结北宋灭亡的原因，为后来者戒。"宋公明全伙受招安"以前，写的是那些忠义之士是如何的被逼上梁山，沦为"盗寇"，而犹眷眷于"瞻依廊庙"，专图报国，使梁山成为替天行道救生民的仁义机关；"宋公明全伙受招安"以后，原著当紧接平方腊，写的是那些忠义之士又是如何的被逼上绝境，而外患依然，遂致国将不国。逼使这些"不在古今名将之下"的忠义之士蹈此境地者为谁？"谗臣贼子"！重用这些误国误家误民的谗臣贼子者为谁？"无道昏君"！这正是作者妙笔生花的地方。

作者妙笔生花的地方还在于：他以不写之写暗示了"好皇帝"的形象当如宋公明。如把梁山的忠义堂改为金銮殿，那宋江与吴用等的关系也就是昭烈与关羽等的关系，而这当是施耐庵理想中的"圣君贤臣"！不言而喻，这并不是说施耐庵认为宋江应"杀去东京，夺取鸟位"，这只是说施耐庵认为皇帝当如宋江那样的忠厚长者，君臣当如梁山好汉那样的生死相托，朝廷当如忠义堂那样的"替天行道"的仁义中枢。

明乎此，便可直白地说：宋江实际上是《水浒传》中的刘备，也是个"救世主"式的"仁者"。宋江以"替天行道"为己任。何谓"天道"？"天道以爱人为心，以劝善惩恶为公。"① 它是至大至仁的。宋江的绰号人称"及时雨"，"及时雨"的真正含义显然亦在此。宋江事父至孝，乡里人亲昵地呼之为"孝义黑三郎"。有子说得很明确："孝悌其为仁之本欤"，宋江的思想性格的主要特点，是"义胆包天，忠肝盖地"。其另一个绰号名叫"呼保义"，"呼保义"的"义"当是"忠义"二字的省称。孔子曾赞誉微子、箕子、比干为殷之"三仁"，"仁"原本就包摄了"臣事君以忠"。宋江的"忠为君王恨贼臣"，足可以与"殷之三仁"并驾；宋江的"义连兄弟且藏身"，就更可以与"桃园三结义"齐驱。因此，要是以一个字去提摄宋江的道德面貌和政治面貌，其"仁"欤！是以他把王伦把持下的强盗山寨变成"替天行道救生民"的仁义机关。

"已后儿孙承福德，至今黎庶念宁荣。"具有"形象的人权宣言"特质的《红楼梦》，它所描写的典型环境，不是那种"乱世人不如太平犬"的扰扰乾坤，而是这种为时人所称道的"昌明隆盛之邦，诗礼簪缨之族"。《三国志通俗演义》与《水浒传》所憧憬的"王道乐土"，这里已经变成现实。

这个"邦"的天子，一朝一朝皆在"仿舜"，特别是"当今"更是"仁孝过天"。恭侍太上皇，想到的是"世上至大莫如'孝'字，想来父母儿女之性，皆是一理，不是贵贱上分别的"。因此，"竟大开方便之恩，特降谕诸椒房贵戚，除二六日入宫之恩外，凡有重宇别院之家，可以驻跸关防之处，不妨启请内廷銮舆入其私第，庶可略尽骨肉私情、天伦中之至性"。这个"族"的主人，一代一代皆是以"体仁沐德"作门风，特别是其"老佛爷"贾母更是仁慈得像一尊佛，以至对被吓慌了的小道

---

① 冯梦龙编：《古今小说·闹阴司司马貌断狱》，人民文学出版社 1987 年版，第 488 页。

士，心里想到的是："小门小户的孩子，都是娇生惯养的，那里见的这个势派，倘或吓着他，倒怪可怜见的，他老子娘岂不疼的慌"。这位宗法思想和制度的代表，真可谓是"老吾老，以及人之老；幼吾幼，以及人之幼"。

但是"当今"的"以孝治天下"的国策，贾府的"体仁沐德"的门风，它们带给年青一代的又是什么呢？绝不是福祉，是"千红一窟（哭），万艳同杯（悲）"！

这不足为奇，"克己复礼为仁"，"仁"的基本精神是要巩固封建宗法等级制度，建立"天有十日，人有十等"的"王道乐土"。因此，那"一支王道曲"带给人们的只能是"千红无子遗"。而曹雪芹在《红楼梦》中所揭示的正是宗法等级制度重轭下人的痛苦、呻吟和觉醒。《三国志通俗演义》与《水浒传》是颂扬"仁"，憧憬"仁政"；《红楼梦》是嘲讽"仁"，讥刺"仁政"——这是大相径庭的。

三、是讴歌"三纲"，还是讥刺"三纲"

"三纲"是中国封建社会中三种最主要的道德关系。西汉董仲舒提出"王道之三纲，可求于天"，"君臣、父子、夫妇之义皆取诸阴阳之道"①，是不可改变的。程朱理学则又进而说它是先于天地而存在的"理"的表现形态，并以此论证封建等级制度的永恒性，道是"三纲五常，礼之大体，三代相继，皆因之而不能变"②。因此，对"三纲"的态度如何，便成为究竟是拥护封建道德关系，还是反对或怀疑封建道德关系的分

---

① 董仲舒：《春秋繁露·基义》，苏兴：《春秋繁露义证》，中华书局1992年版，第350页。

② 朱熹：《论语·为政》注，《四书章句集注》，中华书局1983年版，第59页。

水岭。

"君为臣纲"是"三纲"中最主要的一纲，它是封建主义中央集权的理论基础。《三国志通俗演义》对"君为臣纲"是采取积极宣扬的态度。其要点有四：

其一，说"天下土地，唯有德者居之"的君道观。

《三国志通俗演义》曾先后六次借五人之口侃侃而言之，可见罗贯中对这一君道观是如何倾心。它的确是中国文化传统中具有民主性的精华之一，突破了两汉以来的"君权神授"说。

那么，这里所说的"有德者"的"德"，指的又是什么呢？就是坚执"举大事者必以人为本"的理念，不忘"尊贤使能，俊杰在位"的重要，做到"以德行仁，泽布于民"。如刘备为政新野，百姓歌之曰："新野牧，刘皇叔，自到此，民丰足。"天下归心如是，则庶可与古公亶父齐芳矣。

或许由于"外敌凭陵，国政弛废"，而小说则旨在"宗宋"。《水浒传》中虽无类似"天下唯有德者居之"的提法，但寄意实有之。其中如以春秋笔法将"引首"中的宋太祖和宋仁宗与正文里的宋徽宗之形成对照，便属独具匠心。实则就是：其颂宋太祖之武功，与宋仁宗之文治，皆旨在强调宗宋的正当性，并对宋徽宗作适当褒贬，以明宋室何以会兴，又何以会衰。

故谓宋太祖"乃是上界霹雳大仙下降，英雄勇猛，智量宽洪，自古帝王都不及这朝天子"。

故谓宋仁宗在文治上是开宋室"三登之世"的"仁君"。是"文有文曲，武有武曲"，乃"穷年忧黎元，叹息肠内热"的有道之君。

故谓宋徽宗枉自称"道君"，实则道君无道，武不能一继其先祖的雄风，文不能一承其先祖的德治。是忠奸不分，致国将不国的昏君。

与此似相殊而实相类的，是混江龙李俊之入主"暹罗国"一事。这一情节，集中反映了施耐庵的只反贪官，不反王权，以及对"好皇帝"的憧憬之情。而施耐庵所憧憬的"好皇帝"，除了宋太祖和宋仁宗式的人物以外，实际上还有宋江式的"仁者"。故而，明容与堂刻本《水浒传》说梁山好汉："休言啸聚山林，真可图王伯业。"须知，那李俊一有"图王伯业"之志尚且可以"另霸海滨"，则宋江如有"图王伯业"之心，当可以代宋而"王天下"。试想，宋江"陈桥驿滴泪斩小卒"之日，他也来个"陈桥兵变"，"黄袍加身"，不是易如反掌吗？只是他一意招安，专图报国，誓死不为而已。不意他这以"顺天护国"为标识的"仁者的心路"，却演化为"忠义的悲歌"，"宗宋情结的哀歌"，则施耐庵之孤愤亦深沉焉！

这就难怪他要将宋江"滴泪斩小卒"的地点精心安排在"陈桥驿"，而且一说再说，乃至于在第八十三回的下半回《陈桥驿滴泪斩小卒》中竟不惜笔墨说了八次之多，在第九十回后半回《双林渡燕青射雁》中，又三提"陈桥驿"——该不是无意吧！

其二，说"朋友而兄弟，兄弟而主臣"三伦一体的主臣观。

《三国志通俗演义》写张辽和关羽相交甚厚。一日，张辽问关羽："兄与玄德交，比弟与兄交何如？"关羽曰："我与兄，朋友之交也；我与玄德，是朋友而兄弟，兄弟而主臣者也：岂可共论乎？"毛宗岗评曰："看他轻重较然，只二语中已备五伦之三矣。"[①] 五伦中唯居于末位的朋友关系是相对平等的，而以兄弟关系为最亲，因此，也就使这种三伦一体的主臣观不同于理学的"君君臣臣"，多少含有平等意识和情本位基因，它是顺应时代潮流的，进步的。其源头是小生产者的在家靠父母、出外靠朋友的思想的升华。

---

① 《全图绣像三国演义》，内蒙古人民出版社1981年版，第257页。

一经罗贯中的艺术加工和改造，便化腐朽为神奇，成为这一以"上报国家，下安黎庶"为宗旨的三伦一体的主臣观。嘉靖本《三国志通俗演义》虽无此提法，已有此思想。经毛氏本借关羽的口一点，遂成《三国演义》中理想的主臣观，而为蜀国英雄所信守。

《水浒传》似未道及这一主臣观，实际上是写到了的。这一点，清人章学诚倒是看到了的，他在《丙辰札记》里说《三国演义》：

> 最不可训者，《桃园结义》，甚至忘其君臣，而直称兄弟。且其书似出《水浒传》后，叙昭烈、关、张、诸葛，俱以《水浒传》中崔符啸聚行径拟之。①

章学诚以信史去要求《三国演义》，当然是不足为训的，且把《三国演义》和《水浒传》成书的先后颠倒了；但他这种对《三国演义》的不满，却正好从反面说明一个问题，即"梁山泊英雄排座次"前后的宋江与吴用等的关系，实乃"宴桃园豪杰三结义"前后的刘备与关、张等的关系的雏形，本质上都是种"朋友而兄弟，兄弟而主臣"的关系。那另霸海滨之时的混江龙李俊与其左右的关系当亦如此。只是刘备有皇叔之说，而宋江则矢志"宗宋"，不肯托胆称王而已。

其三，说"执一而终，有死不贰"的臣道观。

《三国志通俗演义》塑造了一批又一批"忠臣义士"的形象。魏、蜀、吴三国还各有各的执一而终、有死不贰的忠义之烈，反之，董卓、曹操之流，"假忠欺世，卒为身谋"之人，则被斥为乱臣贼子。

《三国志通俗演义》对"君为臣纲"的宣扬，还反映于作品的细节

---

① 章学诚：《章学诚遗书》，文物出版社 1985 年版，第 396 页。

描写。比如，第二十五回《屯土山关公约三事，救白马曹操解重围》写：

> 一日，操见关公所穿绿锦战袍已旧，即度其身品，取异锦作战袍一领相赠。关公受之，穿于衣底，上仍用旧袍罩之。操笑曰："云长何如此之俭乎？"公曰："某非俭也。旧袍乃刘皇叔所赐，某穿之如见兄面，不敢以丞相之新赐而忘兄长之旧赐，故穿于上。"操叹曰"真义士也。"然口虽称美，心实不悦。一日，关公在府，忽报："内院二夫人哭倒于地，不知为何，请将军速入。"关公乃整衣跪于内门外，问二嫂为何悲泣。[①]

这里，关羽执的乃是臣礼，虽口称"二嫂"。而当时的关羽正羁留曹营，这也就等于是他在明告曹操：我尊"皇叔"刘玄德为"主公"，是"执一而终，有死不贰"的，所以，曹操的不悦实乃内心深处一种失落感的流露。同时也衬托出了曹操之辅汉献帝，是"假忠欺世，卒为身谋"：真可谓一叩双响。

与《三国志通俗演义》相比，那"无恶不归朝廷，无美不归绿林"的《水浒传》，堪说异曲同工。"亚圣"孟夫子虽则鼓吹"君臣有义"，然而当齐宣王说"武王伐纣"是"臣弑其君也"时，孟夫子的回答却既严肃而又干脆，道是："贼仁者谓之贼，贼义者谓之残。残贼之人谓之一夫。闻诛一夫纣矣，未闻弑君也。"[②]足见，出于行施"仁义"而反对"无道之君"，也是儒家思想中所认可的事情，与"君为臣纲"观念并不是水火不相容。

---

① 《全图绣像三国演义》，内蒙古人民出版社 1981 年版，第 246 页。

② 《孟子译注·梁惠王章句下》，杨伯峻译注，中华书局 1988 年版，第 42 页。

《水浒传》中的梁山好汉是"忠义之聚于山林者也"。其所以沦为"盗寇"并不是想"犯上作乱",而是"乱由上作"。其所以啸聚山林,是出于"忠为君王恨贼臣"。所以,"造反"亦"忠义"。

诚然,梁山好汉中也有对朝廷不恭的。比如,燕顺等落草清风山时所制定的寨规,就有"便是赵官家驾过,也要三千贯买路钱";石勇也曾在光天化日之下,说过"便是赵官家,老爷也别鸟不换"一类的粗话,都没把"赵官家"放在眼里;李逵豪兴一来,便建议"杀去东京,夺取鸟位"。

然而,应看到这类思想,并不是作者所肯定的,它们只作为陪衬宋江其人是"忠义之烈"而存在。宋江被逼上梁山以及梁山发展兴旺的过程,是众好汉为宋江的忠义思想所感化的过程,也是宋江的忠义思想不断朝向纵深发展并趋于净化的过程。所以,石勇也罢,燕顺与王英等人也罢,一经接受宋江的领导,便皆成为"忠诚信义并无差"的"替天行道"的仁义英雄。

或云,"宋公明神聚蓼儿洼,徽宗帝梦游梁山泊",写李逵"抡起双斧,径奔上皇",这是作者反叛情绪的反映。其实不然,那只是在再一次衬托宋江的"为人一世,只主张'忠义'二字",虽含冤于九泉犹"不肯半点欺心"。借此以期激起封建最高统治者的反思。再退一步说,就算这里的李逵的情绪是反映了作者的情绪,要是与此书中对方腊所作的诅咒连起来看问题,那也只是孟老夫子所说的"闻诛一夫纣矣,未闻弑君也"。

一言以蔽之,不论《水浒传》是如何的歌颂"仗义疏财归水泊,报仇雪恨上梁山",就其对封建王朝的基本态度来说,它只是一部"形象的谏疏"!

"臣心一片磁针石,不指南方不肯休。"这是民族英雄文天祥的名句。倘借以说《三国志通俗演义》中蜀国英雄关羽等的"宗汉情结"，是合适的；倘借以说《水浒传》中宋江等一百零八将的"宗宋情结"，也是合适的。宋江曾说过这样一段饱含热泪的话：

> 我为人一世，只主张"忠义"二字，不肯半点欺心。今日朝廷赐死无辜，宁可朝廷负我，我忠心不负朝廷。①

这是宋江的遗言，也是施耐庵给宋江的盖棺论定，真不愧为"忠义之烈"。

不难看出，这种"执一而终，有死不贰"的臣道观是正统的臣道观，并多少接受过程朱理学的洗礼。从而也就使这种臣道观有一失，失在流向"愚忠"。然而，由于程朱理学在"外敌凭陵，国政弛废"的时势下，分外强调"华夷之辨"，从而也就使这种臣道观有一得，得在将"忠君"和"爱国"合二而一，认为"顺天"乃是为了"护国"。这有宋江接受招安时作为开路的"顺天"、"护国"两面大旗可证，具体反映为宋江的"中心愿"，就是志在"平虏保民安国"。

其四，说"良禽择木而栖，贤臣择主而事"的臣道观。

这是古已有之的，那孔子与孟子的周游列国又何尝不是在"择主"呢，只是未能如愿而已。《三国志通俗演义》所写的"良禽择木"主要有三种类型，而写此盖旨在"明道"，这是其可贵之处。

一是，赵云式的。赵云以忠义之心为纽带，只身离袁绍而投刘备。玄德曰："吾一会子龙，便有留恋不舍之意。谁想今日相遇，乃备之幸也！"云曰："奔走四方，寻主事之，未有真主。今随皇叔，大称平生。

---

① 施耐庵：《水浒传》，人民文学出版社1997年版，第1302页。

447

虽肝胆涂地，无少恨矣。"彼此可谓堂堂正正，心心相印，忠义惜忠义，英雄爱英雄。

二是，魏延式的。魏延杀故主韩玄而献长沙于刘备，不论出于何心，在客观上却陷自己和刘备于不义。所以孔明曰："食其禄而杀其主，是不忠也；居其土而献其地，是不义也。吾观魏延脑后有反骨，久后必反"，故欲斩之，"以绝祸根"。与此同时，黄忠离韩玄而献长沙投刘备，其过程恰与魏延相反，而不违忠义之道，所以孔明深敬之。

三是，蔡瑁、张允式的。二人出于私利，不惜卖主求荣，欺幼主刘琮而献荆州于曹操，不忠不义，故曹操佯用之，实忌之，复杀之。而毛宗岗则假借"后人"之口作诗叹曰："曹操奸雄不可当，一时诡计中周郎。蔡张卖主求生计，谁料今朝剑下亡！"①

这就说明一个道理：择主者与被择者应各以"忠义"二字自守，卖主求荣之事切不可为，亦不可容。那赵子龙的"良禽择木而栖"，则堪称是"贤臣择主而事"的典范，所以名扬史册而称颂于众口。

由此，也可以看出《三国志通俗演义》主臣观的文化基因是多元的汇一，其中"有德者居之"、"良禽择木而栖"是孔孟之道原教旨的，而"执一而终"是孔孟之道原教旨接受程朱理学洗礼的，"朋友而兄弟，兄弟而主臣"是孔孟之道原教旨接受墨家文化和市井文化洗礼的。

那么，《西游记》的君臣观又是如何的呢？书中有一段集中的描写，事见第十二回《玄奘秉诚建大会，观音显像化金蝉》。写唐太宗见了观音的"颂子"，问聚集于化生寺做道场的一千二百名高僧：

"谁肯领朕旨意，上西天拜佛求经？"问不了，旁边闪过法师，

---

① 《全图绣像三国演义》，内蒙古人民出版社1981年版，第457页。

帝前施礼道："贫僧不才，愿效犬马之劳，与陛下求取真经，祈保我王江山永固。"唐王大喜，上前将御手扶起道："法师果能尽此忠贤，不怕程途遥远，跋涉山川，朕情愿与你拜为兄弟。"玄奘顿首谢恩。唐王果是十分贤德，就去那寺里佛前，与玄奘拜了四拜，口称"御弟圣僧"。玄奘感谢不尽道："陛下，贫僧有何德何能，敢蒙天恩眷顾如此？我这一去，定要捐躯努力，直至西天；如不到西天，不得真经，即死也不敢回国，永堕沉沦地狱。"遂在佛前拈香，以此为誓。

显而易见，玄奘的这种对唐太宗李世民的"忠心赤胆"，实质上是种"忠君即是爱国"的宋儒思想，并含有某种"士为知己者死"的壮士情怀，全然是世俗的、伦理的。它反映了一个无可辩驳的事实：玄奘西行求法，由《三藏法师传》中的"违旨"，演化为《西游记》杂剧中的奉旨，演化为世本《西游记》中的"请旨"，乃是取经故事在三教圆融而以儒教为主导的思想轨迹上运行的必然结果。当"忠为君王"被说成是玄奘西行求法的主要目的，那么，玄奘的艺术形象也就随之而成为头戴僧帽的世俗士大夫了。那流传千古的取经故事，也就成了宗教光环下的尘俗治平求索。

凡此，也就告诉我们：刘备、赵匡胤、李世民都是开国之君，他们之所以能开国就在于他们都是有德者。此其一。他们与大臣的关系都是"朋友而兄弟，兄弟而主臣"三伦一体的主臣关系。此其二。臣僚们都是怀着"士为知己者死"的心态参政议政的，忠心赤胆，是他们的基本品格。此其三。其所以然，就在于三国故事、水浒故事、取经故事这三大故事是宋元以来同一社会思潮下的产物，所以在审美文化上也就具有如上的共同点。

《红楼梦》则不然，它对"君为臣纲"这一道德信条，是采取着一种"绵里藏针，柔中有刺"的态度。这在四大古典小说中是唯一的。书中实际是写了三个皇帝，一个是"仿舜巡"的太祖皇帝，一个是想"以孝治天下"的"当今"，一个是赞同"当今"想"以孝治天下"的"太上皇"。祖孙三代都想行"王道"于民，做个"体贴万人之心"，"仁孝过天"，赢得万民高呼的"圣君"。可他们的以"仁孝"，亦即以"王道"治理天下，又是意在以弘扬那"天有十日，人有十等"的封建等级思想和等级制度为旨归的。是故，其治理天下的结果，却是"千红一窟(哭)，万艳同杯(悲)"。这是何等深刻的揭示，它所提出的问题已不限于某某君主是否有道，而是对封建君主制度本身的合理性提出了深刻的怀疑。

书中写贾宝玉有句呆话，其意思是："那朝廷是受命于天，他不圣不仁，那天地断不把这万几重任与他了。"又哪来的"昏君"，又哪来的"战乱"；那"文死谏，武死战"，"皆非正死"，还不如死于"为丫鬟们充役"的好。这就等于说，既然有昏君，有战乱，那么就证明皇权不是"受命于天"的，这就不只雄辩地否定了"文死谏，武死战"这一封建主义最高道德信条，而且还以春秋笔法否定了"君权神授"说。

又如，《三国志通俗演义》好以赞美的笔触，炫耀刘备是"金枝玉叶"；《水浒传》喜以称誉的笔触，渲染柴进是"帝子神孙"。可《红楼梦》呢？书中有这样一个情节：当今赐给北静王一串香念珠，北静王又将其送给贾宝玉，贾宝玉又兴致勃勃地将其送给林黛玉。不意，林黛玉却怒道："什么臭男人拿过的，我不要"。诚然，林黛玉是不知道此物曾经过当今的手，可作者是知道的。

再如，《三国志通俗演义》写关羽对甘糜二夫人施以君臣之礼，"整衣跪于内门外，问二嫂为何悲泣"，令人肃然起敬；《水浒传》写宋江神聚蓼儿洼，"跪膝向前"对梦游而至的宋徽宗"恳告平日衷曲"，令人油然而生悲；《红楼梦》写"荣国府归省庆元宵"，贾政躬身立于帘外向元春问安，并启奏道："臣，草莽寒门，鸠群鸦属之中，岂意得征凤鸾之瑞。今贵人上赐天恩，下照祖德，此皆山川日月之精奇、祖宗之遗德钟于一人，幸及政夫妇。"却不禁令人哑然失笑。

书中写及"刘姥姥二进荣国府"，与几个丫鬟行至象征皇权的省亲别墅下，忽然一阵肚响，解下裤带欲方便。诚然刘姥姥是醉了，但作者没有醉。

书中写及"贾元春才选凤藻宫"，说那六宫太监夏守忠奉旨召贾政进宫，"临敬殿陛见"，吓得"贾母等合家人心中皆惶惶不定"，"不知是何兆头"。这真可谓伴君如伴虎。贾政以心伴君如此，元春以身伴君亦如此，所以日后她才有"虎兕相逢大梦归"的命运和结局。

凡此等等，《红楼梦》里的这种婉而多讽的笔墨，足以看出曹雪芹对"君为臣纲"的不恭，是似颂而实讽。

"父为子纲"是"君为臣纲"的缩影，它是封建主义族权的理论基石，实际上也就是要以家长统治维护封建社会的宗法等级制度。方法是以封建主义的孝道作纽带，把个人、家族、国家联系起来，将封建主义的政治和封建主义的伦理打成一片。这也就是《孝经》所说的"移孝为忠"："夫孝，始于事亲，中于事君，终于立身。"①

《三国志通俗演义》对这一封建教义恪守不渝，"孝"字成了它褒贬人物的重要标准。

比如，小说开卷第一回，说刘备："玄德幼孤，事母至孝。"说曹操："操有叔父，见操游荡无度，尝怒之，言于曹嵩。嵩责操。操忽心生一计：见叔父来，诈倒于地，作中风之状。叔父惊告嵩，嵩急视之，操故

---

① 《孝经译注》，胡平生译注，中华书局1996年版，第1页。

无恙。嵩曰：'叔言汝中风，今已愈乎？'操曰：'儿自来无此病，因失爱于叔父，故见罔耳。'嵩信其言。"

二人甫登场，作者为什么要如此介绍他们幼年时的行状并形成对比呢？毛氏父子于"故见罔耳"一语下有段评语："欺其父，欺其叔，他日安得不欺其君乎？玄德孝其母，曹阿瞒欺其父、叔，邪正便判。"①

"父为子纲"还被作者直接用以作为褒贬人物的"义与不义"或"仁与不仁"的基本原则。"元直走马荐诸葛"，写曹操闻听徐庶"事母至孝"，居然无视徐母的意旨，伪拟手书，想召徐庶回许昌充当自己的股肱之士，而刘备则鉴于"母子乃天性之亲"，送徐庶归许昌以全其母子之恩，借以形成鲜明对照，说明曹操是不仁不义而刘备是大仁大义。

《水浒传》呢？它对于"父为子纲"的信奉一点也不亚于《三国志通俗演义》，这集中表现在作者的理想寄托者宋江身上。宋江固然是个"义胆包天"的人物，然而他身上的"义胆"与其"孝道"相比，则又不能不说是处于次要地位。

"花荣大闹清风寨"，宋江不得不率领花荣与秦明等众好汉投奔梁山，于村店碰到捎书的石勇。宋江读罢家书：

> 叫声苦，不知高低，自把胸脯捶将起来，自骂道："不孝逆子，做下非为，老父身亡，不能尽人子之道，畜生何异！"自把头去壁上磕撞，大哭起来。②

哭昏苏醒以后，既不考虑个人的吉凶，也不考虑弟兄们的安危，

---

① 《全图绣像三国演义》，内蒙古人民出版社 1981 年版，第 8 页。
② 施耐庵：《水浒传》，人民文学出版社 1997 年版，第 460 页。

边哭边留下一封书信，"连夜自赶回家"。弄得花荣和秦明等众兄弟，"事在途中，进退两难；回又不得，散了又不成"。宋江回到家里，知父亲不曾谢世；自己却银铛入狱，并被断配江州。晁盖聚众好汉四处堵截，把宋江劫上梁山，让坐第一把交椅，宋江却正色道：

> 父亲明明训教宋江，小可不争随顺了，便是上逆天理，下违父教，做了不忠不孝的人，在世虽生何益？如不肯放宋江下山，情愿只就众位手里乞死。[1]

真是：生命诚可贵，义字价更高。为了尽孝道，两者均可抛。可作者却认为：这才是宋江品德高尚而为他人所不及的地方，让时人呼之曰"孝义黑三郎"。而孝悌乃人之本也。

那么，《西游记》呢？它对"父为子纲"这一教义也是恭奉的。

取经故事由唐演化至元，三藏法师的形象已由一代高僧演化为地道的封建士大夫。这有《西游记》杂剧写其赴西天取经，临别留言可证。道是："为臣尽忠，为子尽孝。忠孝两全，余无所报。"《西游记》中的唐僧形象更是如此，而且作者这么写是强意识的。反映为：如果说"玄奘秉诚建大会，观音显像化金蝉"是意在突出唐僧的"忠"，那么"陈光蕊赴任逢灾，江流儿复仇报本"则意在突出唐僧的"孝"。

这是清楚的。书中写唐僧一旦得知其母还在人世，便舍生忘死探母于仇人私衙。一旦得知其母尚流落他乡，便不远千里寻亲于洪州。一旦得知仇人底细，便星夜赴京求外祖父起兵征讨，以报杀父之仇。

一言以蔽之，没有玄奘的这份孝心，便没有他一家三代四口人的

---

[1] 施耐庵：《水浒传》，人民文学出版社1997年版，第472页。

团聚。谓玄奘是"忠孝双全"的圣僧,不亦宜乎?

《红楼梦》则不是如此,它对"父为子纲"是婉而多讽,似褒实贬。书中鲜明地呈现出"父与子"两代人的矛盾,焦点是人生道路问题;且"父辈"中没有作者所肯定的人物,作者所肯定的人物皆在"子辈";"子辈"中一些被批判的人物,作者也往往于批判中寄以同情,并把他们身上的污浊归罪于被"父辈"教育或影响的结果。

这种艺术构思与形象体系,不管怎么说,本质上都是反亲权的,都是在向"父为子纲"挑战。另外,书中以明褒暗贬的笔墨描写封建统治者所表现的孝道以及所行施的亲权,令人不禁失笑。

比如,写贾宝玉至贾赦处传达贾母的问话,贾赦连忙起立毕恭毕敬地回答贾宝玉,因为此时的贾宝玉代表着贾母。比如,写元宵节贾政准备了彩礼到贾母处承欢,撒娇撒痴,效老莱娱亲,让子弟们看作表率。比如,贾珍与贾蓉星夜赶往铁槛寺奔丧,到铁槛寺,"贾珍下了马,和贾蓉放声大哭,从大门外便跪爬进来,至棺前稽颡泣血,直哭到天亮喉咙都哑了方住"。

比如,写贾赦想娶鸳鸯为妾,贾母怪罪到坐在身旁的王夫人头上,"王夫人忙站起来,不敢还一言"。比如,写贾赦想买几把上等的古董扇子,贾琏访知石呆子家里有,贾赦让贾琏不惜银子去买,谁知石呆子饿死也不卖。贾雨村听见了,讹石呆子拖欠官银,把扇子折成官价送给贾赦。贾赦问贾琏:"人家怎么弄了来?"贾琏只说了一句:"为这点子小事,弄得人坑家败业,也不算什么能为。"贾赦听了就生了气,说贾琏拿话堵他,便打起来了——"也没有拉倒用板子棍子,就站着,不知拿什么混打一顿,脸上打破了两处"。比如,写贾母到清虚观去拈香,贾珍问站在阶矶上在门外侍候的小厮:"怎么不见蓉儿?"一声未了,只见贾蓉从钟楼里跑了出来。贾珍道:"你瞧瞧他!我这里也没热,他倒乘凉去了！"遂喝命家人啐贾蓉。一小厮便上来向贾蓉脸上啐了一口。贾珍又道："问着他！"那小厮便问贾蓉道："爷还不怕热，哥儿怎么先乘凉去了？"贾蓉垂着手，一声不敢说。

这前三个例子主要是描写封建统治者所表现的"孝道"，这后三个例子主要描写封建统治者所行施的"亲权"。凡此等等，用刘姥姥的话来说，就叫作"礼出大家"。《红楼梦》把这写成一幕幕喜剧，亦足以看出它对"父为子纲"的不敬。

这种作为小说情节结构之主轴的"父与子"的矛盾，说到底，是由于父辈只允许子辈在以封建等级思想和制度打造的平台上表演人生之戏，而子辈却想到那以自由平等思想打造的平台上演唱自己的人生之歌。所以，这种"父与子"的矛盾，是代表着两种人生道路、两种历史发展方向的矛盾。

凡此，可以看出《红楼梦》对"父为子纲"的不以为然。

"夫为妻纲"，不仅是封建家庭内部施行"夫权"的理论基础，实质上也是宗法等级制度以男性居于中心统治地位的理论基础。

"四书"之一的《大学》强调"治国"必先"齐家"。《诗》云："刑于寡妻，至于兄弟，以御于家邦。"孔颖达疏云："能施礼法于寡少之适妻，内正人伦以为化本。复行此至于兄弟亲族之内，言族亲亦化之。又以为法，迎治于天下之家国，亦令其先正人伦，乃和亲族。其化自内及外，遍被天下，是文王圣也。"①《礼记》云："男女有别而后夫妇有义，夫妇有义而后父子有亲，父子有亲而后君臣有正，故曰：昏礼者，礼之本也。"②朱子《白鹿洞书院揭示》列"父子有亲，君臣有义，夫妇有别，

---

① 《毛诗注疏》，商务印书馆1936年版，第1380页。

② 孙希旦撰：《礼记集解》，中华书局1989年版，第1418页。

长幼有序，朋友有信"为"五教之目"，并称："尧舜使契为司徒，敬敷五教，即此是也。"①

圣贤们此唱彼和，认为"治国"必先"齐家"，认为"齐家"的起点当是"施礼法于寡少之适妻，内正人伦以为化本"。这倒不是他们有什么天生的管教妻子的癖性，或者出于恩爱和慎重而将妻子作为"治国"的试点。这是由于"最初的阶级压迫是跟男性对女性的奴役相一致的"。说穿了，所谓"刑于寡妻"，实际上是宗法等级压迫的一种表现形式，是社会阶级压迫在两性关系上的变相反映。毋庸讳言，《三国志通俗演义》与《水浒传》里所反映出的妇女观是相当落后的，甚至落后于宋元话本与元人杂剧某些优秀作品所反映的妇女观。

《三国志通俗演义》开卷便写青蛇蟠于御椅以及雌鸡化雄等种种"不祥之兆"，以示汉祚之衰，天下将乱。所谓青蛇蟠于御椅，意即毛氏父子批语所说的"唯虺唯蛇，女子之祥，寺人正女子一类也，故有此兆"②。所谓雌鸡化雄，实即《尚书》所云"牝鸡司晨，惟家之索"③的旧调重弹。二者皆是以女子擅权喻东汉末年的十常侍误国。

要是结合书中所写的重要情节看问题，如"白门楼吕布殒命"，是由于"听妻妾言，不听将计"，刘琮的州破身亡，是由于"蔡夫人议献荆州"等便不能不认为作者实际上是在把女子看成是"祸水"。

《水浒传》更是如此。书中写宋江的触犯王法、亡命江湖，是由于杀惜；宋江之所以杀惜，就在于阎婆惜忘恩负义、反目成仇，以刘唐的下书作把柄要挟宋江。写卢俊义原是立意与梁山为敌的人，之所以会被逼上梁山，是由于吴用的"智赚"；吴用的计策之所以会实现，则又由

---

① 朱熹：《晦庵集》卷74，《四部丛刊》影印明嘉靖刻本。

② 见《全图绣像三国演义》，内蒙古人民出版社1981年版，第2页。

③ 《尚书正义》，中华书局1998年版，第285页。

于"谁料室中狮子吼，却能断送玉麒麟"。写潘金莲私通西门庆，药鸩
亲夫武大郎；武松为兄报仇杀死奸夫淫妇，由此触犯王法而被步步逼上
梁山。写杨雄之妻潘氏，私通和尚裴如海，离间杨雄与石秀的结义之
情；石秀设法使杨雄明白事情的真相，杨雄遂杀死潘氏，与石秀畏罪投
奔梁山。凡此等等，真可谓无恶不归女子，无善不归丈夫！

　　当然，《三国志通俗演义》和《水浒传》也塑造了一些正面的女性
形象。然而，皆以听从伦理观念的支配为其特点，并不见其有什么独立
的意志和人格。貂蝉是个"颜色倾城，年当十八"的女郎，王允让她表
演"连环计"以拯救汉室，她就在董卓与吕布之间弄色相风情，离间其
父子分颜；吕布杀了董卓，她又温顺地成了吕布的侍妾，始终没有半点
个人感情的波动。施耐庵把扈三娘的武艺写得超过梁山上的不少好汉，
这当是他独具胆识的地方；但是，当宋江为了实现当年给王矮虎找门亲
事的诺言，亲自保媒让被俘归顺梁山的扈三娘"当夜"与王矮虎完婚，
扈三娘接受宋江的摆布，当即嫁给其貌不扬"贪财好色"的王矮虎，而
没有激起纹丝感情的涟漪！

　　《三国志通俗演义》和《水浒传》里的正面女子形象，其思想品格
多是从班昭《女诫》的模型里倒出来的。班昭《女诫》说得明白：女子
当自甘于"卑"、"弱"，"苟不甘于卑，而欲自尊，不伏于弱，而欲自强，
则犯义而非正矣"。[1] 王允待貂蝉情同"亲女"，宋江与扈三娘是结义兄
妹，她们对亲长当然只有唯命是从：这也就是罗施二氏所要看到的女性
的道德面貌和精神境界。岂但如此，罗贯中还借刘备的口说了一段"名
言"："兄弟如手足，妻子如衣服。衣服破，尚可缝；手足断，安可续？"
这一古老思想在《水浒传》里也获得形象的写照，那杨雄杀妻一段血淋

---

　　① 班昭：《女诫》，《女四书笺注》，王相校笺，光绪三年刊本。

淋的描写不只是一般地宣扬"夫为妻纲"的神圣，简直是认为丈夫有权把妻子当作任意屠宰的牲口。

而《水浒传》则不尽然。书中所写的女子，其"自甘于卑、弱"者寡，其自许"不是鳖老婆"者众。其胆略大多不亚于男子，其胆大则往往胜过男子。令人悚然，亦令人避忌："阴人不吉"。

还须一提的是，都重男轻女，都写及英雄和美人，而《三国志通俗演义》无"阴人不吉"的观念。原因何在呢？这是由于《水浒传》所蒙受的江湖文化和市井文化的影响要比《三国志通俗演义》深。何以言之？还是孙述宇先生说得好："我们发觉强人与僧人一样避忌妇女，这两种人处处南辕北辙，然而为自己生命的焦虑则一，所不同的是强人焦虑的是肉身性命，僧人则是精神生命而已。我国过去的盗匪有劫财不劫色的规条，又有阴人不吉的观念，都反映这种心理。"①

最后，一个现象值得注意：《三国志通俗演义》中无淫妇，多节妇；《水浒传》中寡节妇，多淫妇。怎么解释呢？这是由于《三国志通俗演义》所描写的妇女皆来自绣户侯门，《水浒传》中的妇女皆属市井中人。二者蒙受的教育不同，文化素质不同，社会身份不同，心理结构不同，致道德操守不同。一个把班昭的《女诫》当作座右铭恪守之，一个把班昭的《女诫》视为废纸唾置之。这就出现了《三国志通俗演义》中多节妇无淫妇的现象，而《水浒传》则相反。是故，不应当单从妇女观的角度去评价一部作品思想水平的高低。应予回味的倒是：这两部小说中的妇女形象何以会如此相辅相成。

《西游记》呢？不妨先谈谈玄奘的"坐怀心悸"问题。

①　孙述宇：《水浒传的来历、心态与艺术》，香港明报出版部1984年版，第40页。

比如，第八十二回，写金毛白老鼠精将其摄入陷空山无底洞要与之结为夫妇。面对女妖的爱欲恣恣，玄奘狼狈不堪，知孙悟空在室，惊魂方定。晚上饮"交杯酒"，一个"娇怯怯"，满斟美酒递与郎君；一个"羞答答"，满斟一盅回与佳人。次日相与游园，一个情切切喊声"长老"，一个意绵绵回声"娘子"。诚然，玄奘是在依孙悟空之计而行，然而，也难言不是在万种风流中的真情流露。

再如，第五十四回《法性西来逢女国，心猿定计脱烟花》，写西梁女王愿以一国之富招赘玄奘为夫，生子生孙，永传帝业，玄奘竟不知如何是好，让孙悟空给拿主意：

> 行者道："依老孙说，你在这里也好。自古道'千里姻缘似线牵'哩。那里再有这般相应处？"三藏道："徒弟，我们在这里贪图富贵，谁却去西天取经？那不望坏了我大唐帝主也？"

足见，玄奘并非无意于"一国之富"，"倾国之容"，其令人钦敬之处，是在于能将之视为"鱼"，而将取回真经以报唐王视为"熊掌"。可见玄奘其禅心虽在，却已非未沾泥之絮。

还是作者自己说得好，"情欲原因总一般，有情有欲自如然"。质而言之，玄奘的这种"坐怀心悸"是以"有情有欲自如然"为其审美特征的，故可视之为宗教光环下的人之爱欲觉醒。它打着个性解放的思想烙印，这烙印虽然还处于"草色遥看近却无"的状态，而在客观上却是对传统的"阴人不吉"等观念的一种文化冲击。

与《三国志通俗演义》和《水浒传》相比，《红楼梦》所反映出的婚姻观，简直给人以冰炭难同炉之感。不必说它所称颂的女子，皆以"孤标傲世"、憧憬自由平等为其特点；不必说它借助宝黛爱情关系的描写，公然主张婚姻应以爱情作基础，爱情应以共同的叛逆思想作前提，反对男尊女卑而以互相尊重为原则；也不必说它通过尤三姐与司棋的思想性格的描绘，明确地认为自由地选择配偶，不仅是男子应有的权利，同时也是女子应有的权利。单从作品的形象体系的整体看问题：《红楼梦》形象体系内部明显地存在着两种对照，一是"父辈"形象与"子辈"形象的对照，一是男性形象与女性形象的对照。这前一对照，作者的爱憎褒贬是比较含蓄，这在前面我们已作论说。

不妨让我们再看一看《红楼梦》对"夫为妻纲"的态度。面对传统的男尊女卑，女子无独立人格的现实，贾宝玉有两句"呆话"。一曰："女儿是水做的骨肉，男人是泥做的骨肉，我见了女儿便清爽，见了男子，便觉浊臭逼人。"① 一曰："山川日月之精华独钟于女儿，须眉男子不过是些渣滓浊沫而已。"②

这种发自贾宝玉"意淫"观念的道白，这种建立在对男性贬抑上的对女性的褒扬，在对传统观念的矫枉上虽则是过正的，但其哲理层面却是正确的。那就是：认为"男尊女卑"的观念是不合理的；认为"夫为妻纲"的观念是不合理的；认为以男性居于社会中心统治地位的封建等级思想和制度是不合理的。认为合理的社会当如太虚幻境般的自由而平等的社会，认为合理的婚姻当如宝黛为神瑛侍者和绛珠仙子之时所订立的木石前盟，这是种以男女平等、性情相契、相知相爱为基础的自择婚姻。

不言而喻，这种妇女观和婚姻观具有世法变革的性质，所以是进步的，乃"东方的微光"也。这种建立在对男性贬斥上的对女性的颂扬，

---

① 曹雪芹：《红楼梦》，人民文学出版社 1982 年版，第 28—29 页。
② 同上书，第 283 页。

并不仅仅是对"男尊女卑"的封建传统观念的反叛，实际上是在通过对男权的否定进而否定"夫为妻纲"与以男性贵族居中心统治地位的封建专制主义的合理性，尽管在当时的历史条件下还远远不可能彻底。

四、是褒扬"常人"，还是颂扬"真人"

"仁"也罢，"三纲"也罢，"仁政"也罢，其哲学基础都是地主阶级人性论。程朱理学将孟子的"性善"说与荀子的"性恶"说二者予以调和，提出天命之性与气质之性。其所谓"天命之性"，以仁义礼智为四德，而以仁为基本。从而为封建道德与政治伦理的合理性与永恒性进行论证。因此，对封建道德与政治伦理的看法问题最后必然要深入到对"人性"的认识。

明代笑花主人在他的《今古奇观序》里曾要求小说将"仁义礼智"写成是"常心"，"忠孝节烈"写成是"常行"，"圣贤豪杰"写成是"常人"，"善恶果报"写成是"常理"，"以共成风化之美"。把笑花主人这种对小说创作的要求说成是《三国志通俗演义》和《水浒传》作者的创作动机，我认为是合适的。"燕青秋林渡射雁"，宋江曾对燕青说了这么一种道理：

> 此宾鸿仁义之禽，或数十，或三五十只，递相谦让，尊者在前，卑者在后，次序而飞，不越群伴，遇晚宿歇，亦有当更之报。且雄失其雌，雌失其雄，至死不配。此禽仁义礼智信，五常俱备：空中遥见死雁，尽有哀鸣之意，失伴孤雁，并无侵犯，此为仁也；一失雌雄，死而不配，此为义也；依次而飞，不越前后，此为礼也；预避鹰雕，衔芦过关，此为智也；秋南春北，不越而来，此为信也。此禽五常足备之物，岂忍害之。天上一群鸿雁相

呼而过，正如我等弟兄一般。

这里以鸿雁喻梁山好汉，以仁义礼智信作为天赋予人的美德，这种对人性的看法，与董仲舒和韩愈的看法如出一辙，与孟子的"性善"说与理学的天命之性说也一拍即合。要是社会上人与人的关系如同宋江这里喻说的那种雁与雁的关系，当然也就能"共成风化之美"！

《红楼梦》对于人性问题实际上也是很强调的，这表现在它的一句名言上："只除'明明德'外无书。"所谓"明德"，就是天赋予人的美德。"明明德"一语虽则语出《大学》的开宗明义，却成为自汉至清各派思想家常用的哲学术语，只是解说各有不同。程朱理学所说的"明德"指的是天命之性，亦即仁义礼智或仁义礼智信。反程朱理学的思想家李贽所说的"明德"指的是"童心"。

《红楼梦》所强调的"明德"，实际上是对李贽的"童心"说的继承和发展。贾宝玉所说的"女儿一生有三变"，而这三变实际上也就是"童心"由于受封建宗法的思想和制度的毒害而日渐被腐蚀的过程，反映到作品的形象体系里便出现了所谓具有"童心"的"真人"、失却"童心"的"假人"，以及介乎这二者之间的"童心"被蚀而尚未全失的人物。李贽的"童心"说是抽象的，而《红楼梦》则赋予其具体的社会内容，那就是自由观念和平等观念，即所谓"意淫"。把自由观念和平等观念看成是天赋予人的美德，是人的本性，这当然是唯心的，却由于认为人生来应该是自由的并彼此平等而使它进入近代人性论的范畴。这也就是作者所使用的批判武器。这一问题，我已在《李贽的"童心"说和曹雪芹的〈红楼梦〉》一文中作了比较详细的论述，所以我在这里只简略地说一说以服从行文与论说问题的需要。

我这么谈论问题，是不是在贬低《三国志通俗演义》与《水浒传》

的思想价值而拔高《红楼梦》呢？不是，我只是想还它们以本来的思想面貌。要知道，《红楼梦》与《三国志通俗演义》和《水浒传》这种对封建道德乃至仁政理想的态度不同，是由于它们赖以产生的时代不同。

《三国志通俗演义》和《水浒传》产生的时代，那时虽已出现了市民阶层，但这市民阶层还不能说是资本主义萌芽的代表。时代没有给罗贯中和施耐庵提供新的思想武器。罗贯中和施耐庵拿着圣贤们理想中的东西或具有欺骗性的东西来让现实统治者兑现，其主观上则是想为民请命，并不是想维护或巩固现实统治者的罪恶统治，只要看看孟夫子由于说了"民为贵，社稷次之，君为轻"一类的话，其神像竟被朱元璋逐出孔庙，就知道罗、施二氏对民本主义思想的鼓吹是多么了不起。《三国志通俗演义》和《水浒传》出现于元末明初，实在是个奇迹，罗贯中与施耐庵都不愧为那个时代文坛上的宙斯。

《红楼梦》之所以会成为世界首屈一指的文学名著，就在于曹雪芹又在另一个时代里以《三国志通俗演义》和《水浒传》等文学巨著作阶梯，"独上高楼，望断天涯路"，终于发现了新世界的曙光。

五、是讽喻文学，还是叛逆文学

《三国志通俗演义》与《水浒传》，若就作品与社会的关系而言，一颂扬帝王将相，一颂扬绿林豪杰，作品的社会效果似难以相提并论；但若就作家与作品的关系而言，则不能不认为罗、施二氏都是意在谱写"乱世忠义"的史诗。

试看"宴桃园豪杰三结义"，其誓云："虽然异姓，既结为兄弟，则同心协力，救困扶危；上报国家，下安黎庶；不求同年同月同日生，只愿同年同月同日死。"

再看"梁山泊英雄排座次",其誓云:"自今以后……但愿共存忠义于心,同著功勋于国,替天行道,保境安民。神天鉴察,报应昭彰。"

凡此,在吐露作者的创作意图皆有画龙点睛的作用。

所以,清人清溪居士说《三国志通俗演义》:"意主忠义,而旨归劝惩。"① 明人袁无涯与杨定见说《水浒传》:"《水浒》而忠义也,忠义而《水浒》也。"② 这就难怪明人熊飞和杨明琅要将《三国志通俗演义》与《水浒传》合刻,题为《英雄谱》,道是"为君者不可以不读此谱,一读此谱,则英雄在君侧矣。为相者不可以不读此谱,一读此谱,则英雄在朝廷矣"③。

由此可见,写"乱世忠义"之奋志匡扶社稷,是为《三国志通俗演义》中的蜀国英雄;写"乱世忠义"之被逼啸聚山林,是为《水浒传》中的梁山好汉。二者虽题材不同,在蒙受江湖文化的影响上亦有轻重之分,"意主忠义,而旨归劝惩"则一。

那么《三国志通俗演义》与《水浒传》所宣扬的忠义思想,其质的规定性又是什么呢?"忠"就是"上报国家",就是"尽心于为国";"义"就是"下安黎庶",就是"事宜在济民"④,以及为了实现这个"保境安民"的共同目标而异姓兄弟间彼此"死生相托",还有与人交而当"知恩报德"。这是那个时代所能提出来的最崇高的思想。正是这种思想,使《三

① 《重刊三国演义序》,朱一玄、刘毓忱编:《三国演义资料汇编》,百花文艺出版社 1983 年版,第 494 页。

② 《忠义水浒全书小引》,朱一玄、刘毓忱编:《水浒传资料汇编》,百花文艺出版社 1984 年版,第 211 页。

③ 杨明琅:《叙英雄谱》,朱一玄、刘毓忱编:《水浒传资料汇编》,百花文艺出版社 1984 年版,第 231 页。

④ 《题〈水浒传〉叙》,朱一玄、刘毓忱编:《水浒传资料汇编》,百花文艺出版社 1984 年版,第 217 页。

国志通俗演义》和《水浒传》闪烁着一种理性主义的崇高美。

但是，《三国志通俗演义》与《水浒传》主题思想又有差别，二者虽同是"意主忠义"，但《三国志通俗演义》的侧重点是在"义"，在"下安黎庶"；《水浒传》的侧重点是在"忠"，在"上报国家"。论民本主义思想，《三国志通俗演义》实更充沛些；论爱国主义激情，《水浒传》实更浓烈些。其所以然？就在于身处"外敌凭陵，国政弛废"下的乱世人民对于帝王将相与草泽英雄的期待有所侧重。所以，说《三国志通俗演义》是"拥刘反曹"意主"正统"，或是"反映三国兴亡"，说《水浒传》是农民起义的"英雄史诗"，或是"投降主义的反面教材"，都只着眼于作品的客观效果的某些片面与表面现象在看问题而深文周纳得出的结论。

正因为《三国志通俗演义》与《水浒传》是"意主忠义，而旨归劝惩"，所以反映在作者的总的艺术构思上，便形成了作品整个形象体系中的"忠"与"奸"的对立、"仁"与"不仁"的对立。而这种对立，实质上又反映了作者是在把地主阶级"一分为二"，并拥护这一派，反对那一派，拥护贤臣良将与"富而好礼"的地主，反对贪官污吏与"为富不仁"的地主。一面在揭露地主阶级的黑暗，一面又把扫除黑暗的理想之光聚集在地主阶级身上。

论其所树立的道德圭臬，则不脱眷眷于君仁臣良父慈子孝的封建伦常理想。究其对现实社会所作的褒贬，则不越以诅咒"霸道"为出发点，以憧憬"王道"作旨归。显然，这种道德圭臬与社会理想，实际上并没有超越孔孟之道以及为程朱理学所神化了的"理"的范畴。说到底，罗施二氏基本上都只是在接过圣贤们所高悬的良法美意而用以对现实的封建统治作褒贬。这就决定了《三国志通俗演义》与《水浒传》，本质上都是讽喻文学而不是叛逆文学。

《红楼梦》则不然。正如鲁迅所说，"自有《红楼梦》出来以后，传统的思想和写法都打破了。——它那文章的旖旎和缠绵倒是还在其次的事"①。侯外庐先生曾说黄宗羲的《明夷待访录》类似"人权宣言"。我觉得《红楼梦》也具有这一特点，只是以形象谱成。所以细心的读者从那"千红一窟（哭），万艳同杯（悲）"的艺术世界里会不时隐隐听到一种呼喊："救救青年"。诚然，《红楼梦》开卷第一回也说此书"虽有些指奸责佞贬恶诛邪之语，亦非伤时骂世之旨；及至君仁臣良父慈子孝，凡伦常所关之处，皆是称功颂德，眷眷无穷，实非别之可比"。然而，那只不过是作者为了"暗度陈仓"而在"明修栈道"，书中实际上所写的恰恰是"专制之组织"已足逼人为不孝不慈不友不悌之人；而礼教之维系，更是强人为假慈假孝假友假悌之人。② 具体地说，《红楼梦》与《三国志通俗演义》和《水浒传》相比，它在思想上和写法上究竟又有哪些打破呢？简而言之，主要有如下几点：

一是，它所暴露的封建统治的罪恶，不是那种"霸道"淫淫之域、"为富不仁"之第的黑暗与腐朽，而是那种"王道"荡荡之邦、"富而好礼"之族的黑暗与腐朽；不是那些奸雄的窃取国柄、权臣的祸国殃民、劣绅的欺男霸女，而是那些所谓"为人君止于仁，为人臣止于敬，为人子止于孝，为人父止于慈"的"知止"派的"以理杀人"。

二是，它所描写的地主阶级的内部矛盾，不是那种昏君良臣、忠奸斗法、贤愚不肖、妇姑勃谿，而是那种围绕着权力和财产的再分配问题，地主阶级各派势力之间在温情脉脉的礼教面纱掩饰下的鸡争鸭夺。

三是，它所描写的被压迫者与封建压迫者的矛盾，不是那种由于

①　鲁迅：《中国小说的历史的变迁》，《鲁迅全集》第 9 卷，人民文学出版社1981 年版，第 350 页。

②　季新：《红楼梦新评》，一粟编：《红楼梦卷》，中华书局 1963 年版，第 308 页。

"霸道"来了，想做奴隶而不可得，于是憧憬"王道"，要求暂时做稳了奴隶；而是那种由于王道来了，业已做稳了奴隶而仍不甘心，于是对"天有十日，人有十等"之说产生了怀疑和不满，想摆脱"猫儿狗儿"般的社会地位以争到"人"的价值。

四是，它所描写的主要社会矛盾，既不是那种忠奸角斗，也不是那种被压迫者的铤而走险，而是那种代表两种不同历史发展方向的"父与子"两代人之间的卫道与叛逆的矛盾。

要之，它不是想以"先王之道"去"经夫妇，成孝敬，厚人伦，美教化，移风俗"（《毛诗序》），不是想以圣贤们的"仁政"理想去驱除现实封建统治的血腥阴霾。恰恰相反，倒是想斩断那"把人们束缚于天然首长的形形色色的封建羁绊"[①]，并从而把人的所谓爱好自由平等的"天性"由沉重的封建伦理道德的精神枷锁中解放出来，给予年青一代以人生幸福。尽管这种思想观念在书中还处于朦胧状态，甚至还笼罩着一层中世纪的夜雾，却是那冬末的未萌。这就决定了《红楼梦》本质上是叛逆文学而不是讽喻文学。它所欲晓示于民的，是所谓"一支王道曲，千红无孑遗"是也。

六、结论和余论

问题是清楚的：认为四大古典小说中《三国志通俗演义》和《水浒传》对仁政的态度是憧憬，对"三纲"等道德观念的态度是褒扬，因此都是讽喻文学；而《红楼梦》对仁政的态度是嘲讽，对"三纲"等道德观念的态度是讥刺，因此是叛逆文学。《西游记》呢？乃介于二者之间，

---

① 《共产党宣言》，人民出版社 1971 年版，第 26 页。

是"跅弛滑稽之雄"。

这不是偶然的。盖一要生存，二要温饱，三要发展，这是人类生长于天地间的基本法则。"霸道"无视于人的"生存"和"温饱"的要求，故黎民皆欲叛离之。"王道"虽则制约人的"发展"，而能关心人的"生存"和"温饱"，故黎民皆愿追随之。《三国志通俗演义》和《水浒传》，一写志士仁人是如何的在刀光剑影下为国捐躯，一写绿林豪杰是如何的欲尽忠报国而壮志难酬。其所欲解决者，乃是如何从"三纲"中吸取圣贤们的良法美意，以在此"礼"之大体的框架中谱写王道乐章的问题。这也就是罗、施二氏褒扬"三纲"等道德观念，而对"君为臣纲"颇多瞩目的原因。其所提出的新思想，则有"朋友而兄弟，兄弟而主臣"的"三伦一体"的主臣观念。

《西游记》呢？则是宗教光环下的尘俗治平求索，它打着个性解放的思想烙印。这烙印虽然还处于"草色遥看近却无"的状态，而在客观上却是对传统的"君为臣纲"等观念的一种文化冲击。

《红楼梦》则不然，它写的是"生于王道乐土上的芸芸众生恍若无事的社会人生的悲剧"。盖作者从"三纲"等道德观念中有个破天荒的发现：却原来那"王道"只给人生存和温饱，不给人"发展"以推动历史前进，也在吃人。这就决定了曹雪芹对"三纲"等道德观念所包含的圣贤们的良法美意持此批判态度，而以"路漫漫其修远兮，吾将上下而求索"自励。这就叫作苦痛的求索未来造就了曹雪芹。

还须指出的是：不同于《红楼梦》的妇道观念是从封建叛逆者的审美心理角度写出的，《三国志通俗演义》和《水浒传》的妇道观念，一从士大夫的审美心理角度写出，所以旨归封建正统文化的风范，反映为书中有节烈之妇，如孙夫人，而无杀夫之妻；一从绿林豪杰的审美心理角度写出，所以蕴涵江湖文化的元素，反映为书中多害夫之妇，如淫妇二潘，而寡节烈之妻。《西游记》呢？由于蒙受个性解放思潮的影响，至作者笔端的女性往往具有爱欲的朦胧觉醒。凡此，我们研究作品的文化现象是不可不注意的。所以，不能专从小说所写妇道观念的进步与否去论作者思想水平的高低。

附录一　志人小说论纲

——中国小说探源

一、引言

　　"小小说"这一概念虽产生于二十世纪五十年代的中国，是由文学大师茅盾提出的，但中国小说发展史上之有"小小说"犹如诗歌发展史上之有四言诗，作为一种文学样式是源远流长的，志人和志怪小说便是它的两种主要形态，而尤以志人小说最为典型。[①] 这样谈问题，是不是有点"拉郎配"呢？茅盾是这么论"小小说"的："这些作品的素材是每时每刻发生在我们的灿烂沸腾生活中的真人真事，然而它们又不同于主要根据真人真事的特写。这是比较一下就显而易见的。其一，'小小说'的故事极简单，有的乃至竟可以没有故事，而只有人物在一定场合中的片段行动。其二，可是这样的'镜头'却勾勒出人物的风采及精神境界。从它们的故事并非全然虚构这一点说，它们和短篇小说的创作过程不一样；但是从它们的人物之并非真人真事的写照而比真人真事的写照更多些概括性这一点说，它们和一般的'特写'也不一样。"[②] 刘知几是这么谈"琐言"亦即志人小说的："街谈巷议，时有可观，小说厄言，

---

　　① 商周将鬼视为祖先神，则最先的志怪在时人心目中也就大多成了广义上的志人。干宝辈显然就是这么看的，刘知几也将杂有志怪小说的《谈薮》称作"琐言"。

　　② 《茅盾文艺评论集》（上），文化艺术出版社1981年版，第322页。

犹贤于己，故好事君子，无所弃诸，若刘义庆《世说》、裴容期《语林》、孔思尚《语录》、阳松玠《谈薮》，此之谓琐言者也。"①说茅盾所总结的"小小说"的两大特点也就是《世说新语》一类志人小说的基本特点，大概不会有人反对吧！可见为茅盾所称道的"小小说"这一"自有个性的新品种"，只不过是对中国小说史上的古样式之发展而已。

因此，我们乐意用茅盾给"小小说"下的定义作为判别志人小说的基本标准，并从而看看它究竟兴起于何时。

二、志人小说与神话传说

论及小说与史的关系，"小说为史家之支流"，几成治小说史者的共识。但是，这一成说，若用以说史传文学对后世小说的影响，则可；若用以说小说源于史传文学，则不可。因为，小说与史是同胞兄弟，都产生于神话传说。这道理是易明的。马克思说："把自然力加以形象化；因而，随着这些自然力之实际上被支配，神话也就消失了。"②这种消失，我以为最灵敏也最本质地反映在它的"神性"上，并从它"神性"的逐渐淡化开始的。这又是怎么说的呢？这就是说：神话中的神所具有的"神性"的强弱，它在发展过程中与先民的"人性"觉醒即从动物界中解放出来的程度是成反比的。当先民发出第一声问："我从何而来？"这便出现了图腾。图腾崇拜是与对自然神的崇拜密不可分的，它反映了"人"完全匍匐在神的脚下。当先民发出第二声问："我从何而来？"这便出现了人面兽身或兽面人身半人半兽的怪，它反映了"人"正开始从

---

① 刘知几著，浦起龙释：《史通通释·杂述》，上海古籍出版社 1978 年版，第274 页。

② 《马克思恩格斯全集》第 2 卷，人民出版社 1980 年版。

图腾中解放出来。世界神话中人面兽身的形象所以远远多于兽面人身的形象，又显然是由于人的面部最裸露、最富表情、最具美感、最能代表人的特征，因而也就较之躯干一般先获得解放。就拿中国神话来说吧，我们曾对《山海经》作过粗略统计，人面而兽身者出现的次数不下七十，兽面而人身者出现的次数仅六次而已。当先民发出第三声问："我从何而来?"这便出现了具有人类一切特点的神，它反映了"人"已从图腾中解放了出来，"喝令三山五岳开道，我来了"！于是，"神话"也就随之而进入了"传说"。但这时候的"神性"虽则就是"人性"，然而那是自然人的"人性"，一旦"神性"被打上了人类社会的伦理道德的烙印，神话传说也就走向消亡了。这第三阶段是很重要的，它是神话由星散而系统化阶段。一个民族若其早年是个"健康的儿童"，则其神话的发展就会经由这三个阶段。然而中华民族其早年乃是个"早熟的儿童"，当我们的先民一发出第三声问，个中正事便演进为史，逸事即演变为小说了。正因如此，所以在中国保存下来的神话资料中犹多半人半兽的形象，所以在《论语》中神话被看成"子不语怪力乱神"的"怪"。

殷人重"鬼神"，周人重"人事"；商和西周是中原神话消亡时期。社会风尚所被，志怪、志人遂成为滥觞时期小说的两大类。志怪者承神话之遗绪，志人者含史传之精神。传之于众口，得之于行路。这么看问题，是密合事理的。

有案可查吗? 有。最典型的例子就是：黄帝、颛顼、帝喾、唐尧、虞舜，本来都是神话传说中的人物；可《史记·五帝本纪》却依《世本》、《大戴礼》将他们变成人间帝王，而且还给他们排了世谱。说颛顼是黄帝之孙，帝喾是黄帝之曾孙，唐尧是黄帝的玄孙，虞舜是黄帝的八世孙。笑话也就出来了，照这说法，舜妃娥皇、女英竟是舜的姑奶奶！这是神话其正事演进为史的证明。这种演进至晚在西周就已经开始了，因为《论语》中的尧舜已俨然是个"圣人"。《五帝本纪》中还曾具体地叙述了舜在"治国平天下"之前是如何"修身齐家"的："舜年二十以孝闻。三十而帝尧问可用者，四岳咸荐虞舜，曰可。于是尧乃以二女妻舜以观其内，使九男与处以观其外。舜居妫汭，内行弥谨。尧二女不敢以贵骄事舜亲戚，甚有妇道。尧九男皆益笃。舜耕历山，历山之人皆让畔；渔雷泽，雷泽上人皆让居；陶河滨，河滨器皆不苦窳。一年而所居成聚，二年成邑，三年成都。尧乃赐舜绨衣，与琴，为筑仓廪，予牛羊。瞽叟尚复欲杀之，使舜上涂廪，瞽叟从下纵火焚廪。舜乃以两笠自杆而下，去，得不死。后瞽叟又使舜穿井，舜穿井为匿空旁出。舜既入深，瞽叟与象共下土实井，舜从匿空出，去。瞽叟、象喜，以舜为已死。象曰：'本谋者象。'象与其父母分，于是曰：'舜妻尧二女，与琴，象取之。牛羊仓廪予父母。'象乃止舜宫居，鼓其琴。舜往见之。象鄂不怿，曰：'我思舜正郁陶！'舜曰：'然，尔其庶矣！'舜复事瞽叟爱弟弥谨。于是尧乃试舜五典百官，皆治。"这故事至晚在战国时期就广为流传了，孟老夫子当年就曾着意渲染："万章问曰：'《诗》云，"娶妻如之何？必告父母"。信斯言也，宜莫如舜。舜之不告而娶，何也？'孟子曰：'告则不得娶。男女居室，人之大伦也。如告，则废人之大伦，以怼父母，是以不告也。'万章曰：'舜之不告而娶，则吾既得闻命矣；帝之妻舜而不告，何也？'曰：'帝亦知告焉则不得妻也。'万章曰：'父母使舜完廪，捐阶，瞽叟焚廪。使浚井，出，从而掩之。'象曰：'谟盖都君咸我绩。牛羊父母，仓廪父母，干戈朕，琴朕，弤朕。二嫂使治朕栖'，象入住舜宫，舜在床琴。象曰：'郁陶思君尔。'忸怩。舜曰：'惟兹臣庶，汝其于予治。不识舜不知象之将杀已与？'曰：'奚而不知也？象忧亦忧，象喜亦喜。'"《尚书·尧典》也赫然写着："帝曰：'咨！四岳，朕在位七十载，汝能庸命，巽朕位。'岳曰：'否德忝帝位。'曰：'明明扬侧陋。'师锡帝曰：'有鳏在下，曰虞舜。'帝曰：'俞，予闻，如何？'岳曰：'瞽子，父顽，母嚚，象傲，克谐以孝，烝烝乂，不格奸。'帝曰：'我其试哉，女于时，观厥刑于二女。'厘降二女于妫汭，嫔于虞。帝曰：'钦哉！'"这可能是《史记》所本的最早文字依据了。

然而，《尧典》这种"刑于寡妻，至于兄弟，以御于邦国"的思想，分明是孔门弟子的以治家观治国的血缘宗法思想，尧"降二女于妫汭"以观舜之"刑于二女"亦先秦人的白日梦而已。这又是神话其逸事之演变为小说的明证。而如果说，录于刘向《列女传》的娥皇、女英故事还多少带有神话色彩，那么，录于《史记·五帝本纪》的完廪浚井故事则是典型的志人，且至晚在战国时期就已盛传于里巷。

其实，"舜受尧禅"是神话传说之演进为史，"禹受舜禅"又何尝不是呢？因为，照太史公的说法，舜乃黄帝八世孙，禹乃黄帝五世孙，人间断无曾孙年百岁有零而禅位于正当壮年的叔曾祖之理，那是和黄帝寿高五百岁之说连在一起的。则先秦诸书所载之尧让天下于许由、舜让天下于丹朱、禹让天下于商均，实际上也都是神话传说之演变为志轶，就不言自明了。

三、志人小说与先秦历史散文

小说和史既是由神话传说演进而来的两兄弟，则二者的意匠经营也就必有"同贯共规"之处。那么，这种"泯町畦而通骑驿"之点又是什么呢？

钱锺书先生指出："史家追叙真人实事，每须遥体人情，悬想事势，设身局中，潜心腔内，忖之度之，以揣以摩，庶几入情合理。盖与小说、院本之臆造人物、虚构境地，不尽同而可相通；记言特其一端。《韩非子·解老》曰：'人希见生象也，而得死象之骨，案其图以想其生也；故诸人之所以意想者，皆谓之象也。'斯言虽未尽想象之灵奇酣放，然以喻作史者据往迹、按陈编而补阙申隐，如肉死象之白骨，俾首尾完足，则至当不可易矣。《左传》记言而实乃拟言、代言，谓是后世小说、院本中对话、宾白之椎轮草创，未遽过也。"① 这是切中肯綮的。"记言特其一端"，"记事"也有个"如肉死象之白骨，俾首尾完足"问题。前者如《左传》僖公二十四年介之推与母偕逃绵上前之问答，宣公二年鉏麑触槐而死前之所见所叹；后者如《左传》宣公十二年先轸之怒而忘形，成公二年高固之勇而有剩。当时既无窃听之具，又无录像之器，左氏之想当然罢了；然而这种适如其人、适合其事的增饰却是不可少的，否则也就没有了史传文学。这是中外皆然的。其不同之处在于：《左传》中的这类增饰，每每具有相对完整性，若将其当作志人小品，虽置诸《世说新语》也是上乘的。这现象也同样应该引起我们的充分注意，因为史家的悬想事势超过一定限度也就步入了历史小说的领地，而志人小说本质上即是种微型的历史小说。

然而，志人小说虽然是种古老的文学样式，与四言诗却是两样命运。四言诗是韵文，又有经孔老夫子编订的《诗经》为楷模，先秦典籍采摘的即便是《诗》外诗，它在散文映衬下也是万绿丛中一点红，所以谁也不否认它在先秦时已经成熟。志人小说则不然，它是散文，虽"王者欲知闾巷风俗，故立稗官使称说之"②，却没有孔子式的大人物编定的选集，不为史家者流所采则易佚，一为史籍所引则成了红杏枝头上的一朵，所以人们一般只认为先秦历史散文孕育了小说的萌芽，却极少有人

---

① 钱锺书：《管锥编》第 1 册，中华书局 1991 年版，第 166 页。
② 班固：《汉书·艺文志》如淳注，中华书局 1983 年版，第 1745 页。

真正注意这么一个问题——"诗歌是韵文，从劳动时发生的；小说是散文，从休息时发生的。"①周人的以尊天、敬德、重农、保民为其主要特点的血缘宗法意识形态，以"日出而作，日入而息"为其主要特点的小农耕作生活和生产方式，一经与中国神话传说的丰富性、零散性、早衰性相结合，不只促使了志人小说的应运而生，而且还决定了它的多彩性、简练性、早熟性。

因而，问题的根本并不在于《左传》或《国语》的哪章哪节是否可以径称之为志人小说，这尽可见仁见智；问题的根本是在于只有明了最初作为民间文学样式的志人小说这种天然早熟，下述史学史上的现象才能获得正确的解释：

其一，商周有左史记言、右史记事之说。《国语》则以记言为主，记事为辅。它其实是一部经过整理加工的史料集。全书由二百四十多个大小故事组成，既没有单纯的议论文，也没有单纯的语录。特点是长于以记言写人情物态，而方法则是："通过围绕着某一个人的许多小故事，这个人的主要表现、思想品质，乃至个性特征，便凸显在读者面前。当然，这些小故事还是各自独立的，没有融汇成有机整体。所以，只能算一组，不能算一篇。"②然而，这种集许多小故事以写人已明显地呈现出向人物传记过渡的趋势，只是还没有将以人辑事作为自己的普遍原则而已。《左传》既是杰出的历史著作，又是卓越的史传文学。它的人物描写，善于即事见人。一个人的事散见各节，每件事几乎都是一个小故事，每个故事几乎都是人物思想性格的一个横断面，凑起来是一个活生生而有发展的人物形象。《战国策》呢？更是"每

① 鲁迅：《中国小说史略》，《鲁迅全集》第9卷，人民文学出版社1981年版，第303页。

② 谭家健、郑君华：《先秦散文纲要》，山西人民出版社1987年版，第37页。

一段文章，都几乎是一篇完整的故事。情节、结构、人物的刻画，有的虽只是生活的片断，然而却是完整的片断，都有小说的风味"①。孙月峰说《燕策四》"荆轲刺秦王"："描写态状，磊落饶风神，而笔力驰骋处，更仿佛瞋目发冲冠意，卓为神品。"（《周文归》引）这绝非过誉之辞。

撰写的是以论理和求真为旨归的历史著作，可思维中却总伴随着人物形象；以至除了一个个大小故事，几乎也就没有了作品；以至一个人物的众多故事在作品中由缺乏有机联系到融汇成有机整体，成了先秦历史散文艺术上的、内在的发展规律。重视故事和人物形象的统一至于如此，这现象该怎样解释呢？

比较切合实际的解释，我以为只能是：殷代巫占卜、史记录也罢，周代左史记言、右史记事也罢，一方面固然说明了统治者的十分注重史记，另方面也反映了当时书写工具的困难，不能不如是；所以，记言也只能记个大概，记事也只能是种大事记。《孟子·离娄下》云："晋之《乘》，楚之《梼杌》，鲁之《春秋》，一也。"素以重"礼"见称的鲁国，其《春秋》尚且是个"断烂朝报"，则《乘》和《梼杌》之属也就可想而知了。相反，那春秋战国多事之秋的时代特点，"庶民之议，皆史也"的文化传统，"天下兴亡，匹夫有责"的民族心理，还有民众喜轶事传闻的精神需要，却一并造就着民间传说的活跃和兴盛。《论语》云："虽小道，必有可观者焉"。则无名氏著《国语》，左丘明著《春秋》，亦依高文典册，亦循稗官所述，博采而约取之，原则是"据行事，仍人道"②，当事在情理。西方的荷马是伟大的，他据旧编和当时流传在社会

① 北京大学 55 级编著：《中国文学史》，人民文学出版社 1959 年版，第 80 页。

② 班固：《汉书·艺文志》，中华书局 1983 年版，第 1715 页。

上的神话传说，加以再创作的工夫，形成百代不衰的著名史诗《奥德赛》和《伊利亚特》。中国的左丘明也是伟大的，他据旧编和当时流传在社会上的人物传说，加以再制作的工夫，形成"工侔造化，思涉鬼神，著述罕闻，古今卓绝"①的史册《春秋左氏传》。

其二，照《汉书·艺文志》的说法："左史记言，右史记事，事为《春秋》，言为《尚书》"。可《尚书·金縢》篇却记载着一个十分有趣而完整的故事：武王病笃，周公作策书祈求三王在天之灵，请代武王死，事毕纳书于金縢之匮，次日武王病愈，而周公亦无恙。弹指数年过去，武王死，成王年幼，周公摄政，管叔等散布流言，说周公当年曾祷告上苍想代武王为王，成王竟信流言而疑周公。其年"秋，大熟，未获，天大雷电以风，禾尽偃，大木斯拔，邦人大恐。王与大夫尽弁，以启金縢之书，乃得周公所自以为功，代武王之说。二公及王乃问诸史与百执事。对曰：'信。噫！公命，我勿敢言。'王执书以泣，曰：'其勿穆卜！昔公勤王家，惟予冲人弗及知。今天动威以彰周公之德。惟朕小子其新逆，我国家礼亦宜之。'王出郊，天乃雨，反风，禾则尽起。二公命邦人，凡大木以偃，尽起而筑之，岁则大熟"。情节曲折如斯，已有意制造悬念了。写于战国之前的《逸周书》，有人以为是解释《周书》的，大多数篇章属于议论文或记言文。可《克殷》、《世俘》、《王会》、《太子晋》，却"记述颇多夸饰，类于传说"，特别是《太子晋》，"其说颇似小说家"②。然而，最初令古人瞠目的，恐怕还是《国语·晋语一》"优施教骊姬谮申生"，即俗话所说的"枕边告状"。《孔丛子·答问》篇记陈涉读《国语》至此，谓博士曰："人之夫妇，夜处幽室之中，莫能知其私焉，虽黔首

---

① 刘知几著，浦起龙释：《史通通释·杂述上》，中华书局1961年版。

② 鲁迅：《中国古代小说史略》，《鲁迅全集》第9卷，人民文学出版社1981年版，第29页。

犹然，况国君乎？余以是知其不信，乃好事者为之词！"平心而言，论遥体人情之深切，刻画人物形象之成功，这"晋献惑乱，骊姬夜泣"都是先秦历史故事的上上品。可左丘明却视而不见，只字未纳！《国语》中还有一些故事，不只很富于幽默感，而且人物性格刻画亦颇细致。可左丘明却不是视而不见，就是腰斩而后纳之。前者如《晋语九》"董叔欲为系援"："董叔将娶于范氏，叔向曰：'范氏富，盍已乎！'曰：'欲为系援焉。'他日，董祁愬于范献子曰：'不吾敬也。'献子执而纺于庭之槐，叔向过之，曰：'子盍为我请乎？'叔向曰：'求系，既系矣；求援，既援矣。欲而得之，又何请焉？'"后者如《晋语四》"齐姜与子犯谋遣重耳"："姜与子犯谋，醉而载之以行。醒，以戈逐子犯，曰：'若无所济，吾食舅氏之肉，其知厌乎！'舅犯走，且对曰：'若无所济，余未知死所，谁能与豺狼争食？若克有成，公子无亦晋之柔嘉，是以甘食。偃之肉腥臊，将焉用之？'遂行。"《左传》只引到"以戈逐子犯"，砍去了下面的对话，也就失去了情节的滑稽性和戏剧性。

这是颇令人深思的。《尚书》是我国最早的一部历史文献，也是我国最古老的一部散文集；可《金縢》篇叙述的故事，却那样曲折、生动、完整，而且还有意制造悬念。《逸周书》文字粗鄙而淡乎寡味；可《太子晋解》写师旷和太子的对话，却问答委婉，口角亲切，思想精睿，层次清晰而余味曲包，仿佛有一个早熟的儿童跃然纸上。冯镇峦说《左传》："最喜叙怪异事，予尝以之作小说看。"（《读聊斋杂说》）陶家鹤评《左传》："左丘明即千秋谎祖也。"（《绿野仙踪序》）然而，这位"千秋谎祖"却对《国语》中的"好事者为之词"反而不那么热心似的。这现象，该怎么解释呢？

比较密合事理的解释，我以为只能是：《金縢》所记乃得自行路，所以与《尚书》记言体相左。《逸周书·太子晋解》所写，当然更是如此。

那么，当时民间志人作品之自身成熟程度也就可想而知了。小说家和史家写作时虽然都需遥体人情，悬想事势，但史家的思维方式是寻旧迹，"肉象骨"而旨在成象，小说家的思维方式是拓新蹊，"肉猫骨"而旨在成狸，从而也就决定了小说家的遐想可以是原野上的驰骋，而史家的遐想却只能是既定舞台上的跳舞，若越出雷池一步，"写史"也就成了"讲史"。左丘明作为良史，他著《左传》似乎为自己立了一项原则："前载之不可尽信，传闻之必须裁择，似史而非之'轶事'俗说应沟而外之于史，'野人'虽为常'语'，而'缙绅'未许易'言'。"① 这一原则，经司马迁又光而大之。当然，左丘明自越雷池的地方也是有的；于是，不知就里者如陶家鹤遂据以为自己的小说理论张目："古今之读左丘明文字，方且童而习之，至齿摇发秃而不已者，为其谎到家也。夫文至于谎到家，虽谎亦不可不读矣。"（《绿野仙踪序》）

其三，《汉书·艺文志》所录十五家小说，实为一千三百九十篇。其中，可肯定为汉人作品者仅六种，即《封禅方说》、《待诏臣饶心术》、《待诏臣安成未央术》、《臣寿周纪》、《虞初周说》、《百家》；其他九种，当前还很难判定，大约皆先秦人的作品，即《伊尹说》、《鬻子说》、《周考》、《青史子》、《师旷》、《务成子》、《宋子》、《天乙》、《黄帝说》。《周考》，"考周事也"② 。《虞初周说》，"其说以《周书》为本"③ 。执是以推《臣寿周纪》，则"记"的或亦周人的逸事传闻。"《百家》"者，刘向《说苑》叙录云，'《说苑杂事》……其事类众多……除去与《新序》复重者，其余者浅薄不中义理，别集以为《百家》。'《说苑》今存，所记皆古人行事之迹，足为法戒者，执是以推《百家》，则殆为故事之无当于治道者

---

① 钱锺书：《管锥编》，中华书局 1991 年版，第 252 页。
② 班固：《汉书·艺文志》，中华书局 1983 年版，第 1744 页。
③ 同上书，第 1745 页。

矣。"① 其余三篇汉人之作呢？可暂且不论。重要的，大约为先秦人的作品中说的固然是先秦人的"行事之迹"，可以肯定为汉人的作品中说的也大多是先秦人的"行事之迹"；"托人者似子而浅薄"者也罢，"记事者近史而悠缪"者也罢，除了《封禅方说》等一两种，说的大多是两汉以前的人物掌故，这便是问题的特点。

这是不可不注意的。因为，"古人行事之迹"其"足为法戒者"，如《晏子春秋》、《韩诗外传》、《列女传》、《说苑》、《新序》，班固均未将其视为小说；尽管在我们看来这些作品中的历史故事"大抵真假相半"，全然是小说家言，比如，《晏子使楚》、《李离为大理》、《鲁漆室女》、《国患社鼠》、《孙叔敖埋两头蛇》，皆可谓是中国小说史上的名篇，而这又莫不采自先秦人的作品。然则，春秋战国时的志人之作其多如是，这现象又该怎么解释呢？

正确的解释，我以为仍然只能是：中华民族童年时期的早熟，带来了中原神话传说的早衰，也带来了历史故事的早熟；汗青刻简之为力不易，带来了史册叙事以简要为主，也带来了民间传说的丰富和活跃。从而，便造就了一个与史册记载平行发展的历史故事传说系统。无名氏采之并加工之，是为《晏子春秋》；韩非采之并修饰之，是为《说林》；韩婴采之并雕润之，是为《韩诗外传》；春汉好事者采之并编纂之，是为《周考》和《伊尹说》等作品；左丘明和司马迁采之并改造之，是为笔端历史人物身上的血肉。

如果我们这些看法还有一定道理，那么，说"小说为史家之支流"，也就显见其片面和形而上学了。实际情况是：志人小说丰富了先秦史书

---

① 鲁迅：《中国古代小说史略》，《鲁迅全集》第 9 卷，人民文学出版社 1981 年版，第 29 页。

的内涵和表现方法，先秦史书也培育了志人小说的艺术品格，使之具有语短而意长的特点。

四、志人小说与先秦诸子散文

志人小说与先秦历史散文的关系如此，与诸子散文呢？也不是单一的被影响问题。

第一，散文，特别是文史哲不分的先秦诸子散文，说它含有小说因素，简直就像说海中有鱼一样的正确无误。

不说《韩非子》、《吕氏春秋》，也不说《庄子》、《孟子》。《论语》是语录体，就有不少余味曲包、点染如画的优秀小品。如《楚狂接舆歌而过孔子》，"将狂处描写如生，鸿飞冥冥，偶留鸿爪，不可得而见之也"（方存之《论文章本源》）。如《长沮桀溺耦而耕》，"记二人傲倪，孤高如画。末记孔子一叹，深情至切"。"二人一记孔子知津，一以天下滔滔莫非津也，语意极妙，其不告津者，正所以告也"（方存之《论文章本源》）。如《子路曾皙冉有公西华侍坐》写几个人的言谈举止而以孔子一人贯穿，寥寥几笔便勾勒出一幅春意盎然的郊游图。"冉有公西华二节，文法在中间相对。以子路之率尔，曾皙之铿尔，首末相对，哂子路与曾点之言相对。四段事，三样文法，变化之中，又极整齐，真妙文也。"（方存之《论文章本源》）这类小品，虽置于《世说新语》中亦称佳作。特别是，《子路曾皙冉有公西华侍坐》，其写人，其写景，其情节之有波澜，其章法结构之精于组织剪裁，比之《新亭对泣》，何如？

《论语》中记的这类故事，不一定为孔子弟子所亲见，但必为孔子弟子所亲闻。于此，亦可见当时逸事传闻之入时与自为一体于一斑。

第二，志人小说与先秦诸子散文的关系，说到底，主要是与诸子散文中的寓言的关系。而如果我们不为千百年来的成见所囿，那就应该承认：先秦寓言中的所谓"历史寓言"和"社会寓言"大多是志人小说，或小说而寓言一身而二任焉；《晏子春秋》和《韩非子·说林》实乃今存中国小说史上最早的志人小说集。

寓言本质上是人类由童年步入青少年时期的杰作，因而，一方面具有哲理性，一方面具有形象性，但二者不是相互渗透，而是让哲理披上形象的外衣，便成为它的总体特点。中华民族是世界上少有的历史意识与民本意识早熟的民族，所以，先秦的诸子寓言也就与希腊的伊索寓言有明显的不同：伊索寓言常常以动物为主人公，诸子寓言常常以人物为主人公。这样，先秦的动物寓言固然被认为是寓言，披着历史人物外衣的寓言固然被认为是寓言，诸子著作中的一般志人小说也都被认为是寓言。

确实，有些历史寓言也具有生动的形象，有些志人小说也含有某种哲理，要区别开来是困难的，不妨说它既是历史寓言也是志人小说。

比如，《晏子春秋·内篇·杂上》"金壶丹书"："景公游于纪，得金壶，乃发视之，中有丹书，曰：'食鱼无反，勿乘驽马。'公曰：'善哉，如若言！食鱼无反，则恶其鳋也；勿乘驽马，恶其取道不远也。'晏子对曰：'不然。食鱼无反，毋尽民力乎！勿乘驽马，则无置不肖于侧乎！'公曰：'纪有书，何以亡也？'晏子对曰：'有以亡也。婴闻之君子有道，悬于闾，纪有此言注之壶，不亡何待乎！'"写景公的自作聪明，晏子的智而"爱民"，口吻何其亲切，令人如见如闻，真不失为一篇优秀的志人小说！然而，同时又是一篇优秀的寓言，因为它包藏着一种哲理：虽则有很好的治国平天下之道，但束之高阁而不予身体力行，也是毫无用处的，甚至会不免于败亡。

比如，《庄子·外篇·至乐》"列子和髑髅"："列子行食于道从，见百岁髑髅，搴蓬而指之曰：'唯予与汝知而未尝死，未尝生也。若果养乎？予果欢乎？'"这当然是篇寓言，它寄寓着庄周的以为人的死生应不为忧乐所执的思想。然而，同时也是篇志人小说：主人公列子旷达如是，可入《世说新语·任诞》。

比如，《孟子·万章上》"校人烹鱼"："昔者有馈生鱼于郑子产，子产使校人畜之池。校人烹之，反命曰：'始舍之，圉圉焉，少则洋洋焉，攸然而逝。'子产曰：'得其所哉！得其所哉！'校人出曰：'孰谓子产智，予既烹而食之。'曰：'得其所哉！得其所哉！'故君子可欺以其方，难罔以非其道。"多么出色的寓言，它告诫人们：骗人的话往往以合情合理作伪装。同时，又是多么出色的志人小说。其人物语言，有禀告，有自言自语，有旁白，是那么富于喜剧性；情节又那么完整，就连最后的结语也令人想到《聊斋志异》的"异史氏曰"。

这样的例子是不胜枚举的。《墨子·鲁问》"公输子削竹木以为鹊"、《荀子·宥坐》"欹器"、《吕氏春秋·审分览·任数》"孔子穷乎陈蔡"、《韩非子·说难》"弥子瑕有宠于卫君"，还有《管子·小问篇》"桓公观于厩"、《列子·说符》"九方皋相马"等，都是这类作品。然而，这不等于说先秦诸子散文中的历史寓言和志人小说是二而一的，从总体上看，二者的区别还是明显的：前者"放词乎无方，措旨于至适"（刘禹锡《因论七篇》），意在此而言寄于彼，主要以理趣喻人；后者放词乎往迹，措旨于劝惩，意随事显，主要以情趣动人。小说故事可以是比喻性的，寓言故事必须是比喻性的；所以，优秀的历史寓言一定是志人小说，优秀的志人小说虽可以用作而却不一定是历史寓言。像下列故事，我以为就很难看作历史寓言，但却完全符合茅盾给"小小说"下的定义。

《晏子春秋·内篇·杂上》"晏子拒景公夜饮"："景公饮酒，夜移于晏子之家，前驱款门曰：'君至！'晏子被元端立于门曰：'诸侯得微有故乎？国家得微有事乎？君何为非时而夜辱？'公曰：'酒醴之味金石之声，愿与夫子乐之。'晏子对曰：'夫布荐席、陈簠簋者有人，臣不敢与焉。'公曰：'移于司马穰苴之家。'前驱款门，曰：'君至！'穰苴介胄操戟，立于门曰：'诸侯得微有兵乎？大臣得微有叛者乎？君何为非时而夜辱？'公曰：'酒醴之味、金石之声，愿与将军乐之。'穰苴对曰：'夫布荐席、陈簠簋者，有人，臣不敢与焉。'公曰：'移于梁丘据之家。'前驱款门，曰：'君至！'梁丘据左操瑟，右挈竽，行歌而出。公曰：'乐哉今夕吾饮也！微此二子者，何以治吾国？微此一臣者，何以乐吾身？'君子曰：'圣贤之君，皆有益友，无偷乐之臣。景公弗能及，故两用之，仅得不亡。'"这不能说是历史寓言，因为，它意在此而言亦在于此。这也不能说是史，因为，它缺乏信实：篇中的复沓句式分明在说明它来自民间或文人据民间故事加工而成。

《韩非子·说林上》"汤让天下于务光"："汤以伐桀，而恐天下言己为贪也，因乃让天下于务光。而恐务光之受之也，乃使人说务光曰：'汤杀君而欲传恶声于子，故让天下于子。'务光因自投于河。"这也不能说是历史寓言，因为，它只是直接写人写事，没有比喻的意义。这亦不能当作史，因为，它是根据当时的民间传说写成的。《庄子·杂篇·让王》亦云："汤遂与伊尹谋伐桀，克之，以让卞随，卞随辞。……汤又让务光，曰：'知者谋之，武者遂之，仁者居之，古之道也。吾子胡不立乎？'务光辞曰：'废上，非义也；杀民，非仁也；人犯其难，我享其利，非廉也。吾闻之曰，非其义者，不受其禄，无道之世，不践其土。况尊我乎！吾不忍久见也。'乃负石而自沈于庐水。"《尚书·汤誓》记汤伐桀，是理直气壮的。"让天下"之说显然是出于儒士者流的杜撰，目的是想将汤打扮成尧舜一样的"仁德之君"。一经道家思想的浸润，成了写洁士之不苟合于君主。再经法家思想的改造，汤成了既想当婊子，又要立牌坊，善于玩弄权术的祖师爷。与儒士们传说的形象真有天壤之别："汤出，见野张网四面，祝曰：'自天下四方皆入吾网。'汤曰：'嘻，尽之矣！'乃去其三面，祝曰：'欲左，左。欲右，右。不用命，乃入吾网。'诸侯闻之，曰：'汤德至矣，及禽兽。'"这三个故事中的汤，哪个更接近史实些，或许是可以讨论的；不容讨论的是，至少有两个故事是"虚多实少"或"真假相半"的志人小说。

《吕氏春秋·孝行览·本味》"伯牙破琴"："伯牙鼓琴，钟子期听之。方鼓琴而志在太山，钟子期曰：'善哉乎鼓琴！巍巍乎若太山！'少选之间，而志在流水，钟子期又曰：'善哉乎鼓琴！汤汤乎若流水！'钟子期死，伯牙破琴绝弦，终身不复鼓琴，以为世无足复为鼓琴者。"这故事也见于《列子·汤问》，但文字和情节有异，可见当时是个广为流传的故事。它淡淡叙来，却令人回肠九转，慨叹知音难逢，已不只是一般的志人，而具有世情小说的意味了。

这类例子也是不胜枚举的。《晏子春秋·内篇·杂上杂下》、《韩非子·说林》，就十之八九皆属这类作品，视之为先秦志人小说集完全可以。还有，且不说《庄子·杂篇》中亦颇多这类小品，就是那"内篇"和"外篇"中所叙孔子及其弟子的故事也可看作是中国小说史上最早的"故事新编"。这类作品，称之为"寓言"倒反而显得有些勉强；因为篇中的所谓"寄托"，乃其主题而已！

与此相关并相类的，是先秦诸子散文中的所谓"社会寓言"。其中，典型的寓言有之，如《吕氏春秋》"刻舟求剑"、《韩非子》"买椟还珠"；寓言而小说者有之，如《列子》"杞人忧天"、《尹文子》"田父得玉"；似寓言而实小说者亦有之，如《孟子》"墦间乞食"、《庄子》"儒以诗礼发冢"。与所谓"历史寓言"不同者，仅是以现实生活中的谁某为主人公罢了。这类作品的大量涌现，从另一个侧面反映了寓言和志人小说乃是中国文学史上一对孪生兄弟，以及志人小说在先秦时期的成熟和发达。

第三，这就奇了，先秦诸子写的是理论著作而在思维行程中浮想联翩的却偏多寓言故事和轶事传闻，原因何在呢？

这是由我们民族当时的思维方式决定的。如前所说，中国的神话一进入传说阶段之所以便迅即演进为史和小说，乃是由于中华民族其早年是个"早熟的儿童"。马克思将先民分为"早熟的儿童"、"健康的儿童"、"野蛮的儿童"，显然是对维柯的"人类的儿童"说的一大发展。照维柯的巨著《新科学》的说法：儿童的心理活动主要是想象活动，他"用一种被搅动的不安的心灵去知觉"，借以认识世界的只是根据感觉的想象或形象思维；成人的心理活动主要是理智活动，他"用清晰的理智去思索"，借以认识世界的乃是根据感觉形成的概念或抽象思维。个体发展如此，种族发展也是如此。这说法，其合理的内核是明显的。然而，"早熟的儿童"毕竟是"儿童"，再"早熟"些，其"儿童"的特征，决不是耸身一摇所可摆落的。相反，却由于未能获得充分的发展，其潜在的"儿童"特点，甚至比步入"成人"的"健康的儿童"还要保留长些。因此，当将世界放在理性的巨眼下予以审视时，思维却总伴随着忽隐忽现的形象。这种包含着认知形象的抽象思维，我们称之为意象思维。它暗中规定了先秦诸子的著作何以文史哲不分，也暗中决定了先秦诸子所以善取种种故事为意象以作论理的思维。而由中原神话故事的丰富性、零散性、早衰性带来的民间故事传说的多彩性、凝练性、早熟性，又为他们的理性思维所需要的意象提供了充足的源头活水。

这又是由春秋战国瞬息万变的时代风云决定的。也就是说，先秦诸子所以常运用寓言故事、历史故事、社会故事以论理，除了蒙受时代的思维方式的内在制约以外，还有其外在的功利方面的原因。孔子云："诵《诗》三百，授之以政，不达；使于四方，不能专对；虽多，亦奚以为？"① 这是说，诗可以用于辞令。寓言故事、历史故事、社会故事，当时又何尝不是如此呢？陈奇猷说《韩非子·说林》："此盖韩非搜集之史料备著书及游说之用。"是可备一说的。《汉书·艺文志》云："古者，诸侯卿大夫交接邻国，以微言相感"。"微言"云云，显然不只是指"当揖让之时，必称诗以喻其志"，而且还指当游说之时，常借"故事"以达其意。《战国策》中的策士们不是在援古论今以售一己之策吗？韩非编《说林》，其作用是相同的。而其结果，却制作了志人小说集萃。

正因如此，所以先秦诸子笔端的历史故事也就呈现出两大特点：

一是，因为是用来喻道或论政的，不是为赏心而作，更不是为了还历史以本来面貌，所以重义理而轻信实。如《韩非子·和氏》写和氏三次献玉，第一次献之厉王，被刖左足；第二次献之武王，被刖右足；第三次献之文王，命曰"和氏之璧"。这就颇伤信实，因为，楚国从来就没有厉王，而文王即位和武王登基相距五十二年之久！然而，这犹事小，还有公然肉猫骨而却旨在成狸的，庄周所以虚构孔子及其弟子的形象，便是最好的证明。

二是，由于蒙受民间口头文学的影响或乃据民间故事传说的加工改定，人物形象大多是类型化的，甚至是箭垛子式的。"贤相"晏婴的形象如此，"相马之圣"伯乐的形象更是如此！《晏子春秋》在漫长的岁月里虽有属儒属墨之争，但莫不认为它是一部子部。直到清人编《四库全书总目》时始移于史部传记类，并称"虽无传记之名，实传记之祖也"。

---

① 《论语译注·子路》，杨伯峻译注，中华书局 1980 年版，第 135 页。

实际上呢，二者均有道理，又都没有道理，因为，该书《谏上》和《谏下》、《问上》和《问下》"似子而浅薄"，《杂上》和《杂下》、《外篇上》、《外篇下》"近史而悠缪"，全然是好事者编定的志人小说集，晏婴也成了先秦之贤相的"共名"。战国时出现这样的志人小说萃集，一点也不奇怪，《荀子·宥坐》篇便是以七则关于孔子的故事构成的，性质可以与之相提并论。然而，更有意思的还是伯乐这个形象。《淮南子·道应训》说伯乐是秦穆公的臣子，曾荐九方堙为秦穆公相马；《吕氏春秋·观表篇》说王良是赵国人，伯乐是秦国人，二人都善于相马；《韩非子·说林》说伯乐为赵简子时人，《喻老》说王良是赵国人，伯乐是秦国人，二人都善于相马；《左传》杜注说伯乐就是王良；《通志·氏族略四》说伯乐就是春秋时期善识马的孙阳。真是人人都知道有个伯乐，谁也不知道伯乐是哪一个。其所以然？就在于他最初是由民众交口相传而产生的类型化典型，因而所有先秦善于识马、养马的御者都可能被称为伯乐。

如果我们这些看法还有一定道理，那么，说"小说者子书流也"就显得片面和形而上学了。比较切合实际的说法应该是：志人小说丰富了先秦诸子散文的内涵与表现方法，先秦诸子散文也培育了志人小说的艺术品格，使之比较崇尚情趣和理趣。

五、志人小说与早期小说理论

先秦诸子对中国小说理论直接起了奠基作用的，主要是两位：一是子夏，一是庄子。

《论语·子张篇》云："子夏曰：'虽小道，必有可观者焉；致远恐泥，是以君子不为也。'"这段话，一经《汉书·艺文志》套到孔子头上，便成了中国古代小说理论价值论的经典之言："小说家者流，盖出于稗官街谈巷语，道听涂说者之所造也。孔子曰：'虽小道，必有可观者焉；致远恐泥，是以君子弗为也。'然亦弗灭也。闾巷小知者之所及，亦便缀而不忘，如或一言可采，此亦刍荛狂夫之议也。"

实际上，《论语》中并未出现"小说"这一概念；子夏所说的"小道"亦非专指小说，是泛指"百家众技"而言的。"小说"这一概念，最早见于《庄子·外物》："饰小说以干县令，其于大达亦远矣。"然而，五四以来，一般都赞同鲁迅的看法："案其实际，乃谓琐屑之言，非道术所在，与后来所谓小说者固不同。桓谭言'小说家合残丛小语，近取譬喻，以作短书，治身理家，有可观之辞。'（李善注《文选》三十一引《新论》）始若与后之小说近似"①。

问题是，庄子所说的小说与桓谭和班固所说的小说，在本质上有无相同之点？要回答这一问题，还是让我们先温习一下原文为宜："任公子为大钩巨缁，五十犗以为饵，蹲乎会稽，投竿东海，旦旦而钓，期年不得鱼。已而大鱼食之，牵巨钩，锸没而下，鹜扬而奋鬐，白波若山，海水震荡，声侔鬼神，惮赫千里。任公子得若鱼，离而腊之，自制河以东，苍梧已北，莫不厌若鱼者。已而，后世辁才讽说之徒，皆惊而相告也。夫揭竿累，趋灌渎，守鲵鲋，其于得大鱼难矣。饰小说以干县令，其于大达亦远矣。是以未尝闻任氏之风俗，其不可与经于世亦远矣。"显然，作者旨在以任公子钓大鱼，喻经世者应矢志于大成。说这里的所谓小说，"其实际，乃谓琐屑之言，非道术所在"，无疑是可以的。然而，必须补充一句，那就是：这种"非道术所在"的"琐屑之言"，其实际，乃谓不知"任氏之风俗"为何物的"辁才讽说"。因而，"饰小说"

---

① 鲁迅：《中国古代小说史略》，《鲁迅全集》第9卷，人民文学出版社1981年版，第5页。

云云，当译为"粉饰街谈巷语式的浅识小语以求高名，那和明达大智的距离就远得很了"。这与桓谭、班固的说法，可谓不尽同而相通：通在"轾才讽说"四个字上。

还可以从另一个角度看问题，照庄子的说法，小说家当是"饰小说"的人。照桓谭的说法，小说家乃是"合丛残小语"的人。"饰"与"合"均用作动词，则"小说"犹言"丛残小语"。这难道是互不关联的巧合吗？说后者是对前者的继承和发展，岂不更切合实际些！

我们今天所能看到的秦汉小说理论虽没有几则，然而就其所涉及的问题来说，还是相当完整的。主要有如下几点：

一是，小说的来源。"盖出于稗官，街谈巷语，道听涂说者之所造也。"最初是种民间文学样式，亦即通常所说的民间故事。稗官记录下来，于是便有了书面形式的小说。

二是，小说的内容。"闾里小知者之所及，亦使缀而不忘。"既有琐闻轶事，又有寒暑灾祥。志人、志怪是其两大类，而不止于志怪、志人。皆以不符合于大道、不见于经典为其特点。

三是，小说的形式。均为"丛残小语"，"尺寸短书"。何谓"短书"？汉时本指用一尺左右简牍写成的一切非经典书籍，但桓谭在他的《新论》中却用作庄子寓言一类故事性作品的代称。何谓"丛残"？《论衡·书解》篇云："穿凿失经传之实，违圣人之质，故谓之丛残，比之玉屑。""丛残"而又"小语"，则犹言"短小"无疑了。如淳谓"细碎之言"，亦可作为旁证。

四是，小说的性质。张衡《西京赋》有云："匪惟玩好，乃有秘书，小说九百，本自虞初，从容之求，实俟实储。"薛综注云："小说，医巫厌祝之术，凡九百四十三篇，言九百，举大数也。持此秘书，储以自随，待上所求问，皆常俱也。"如果说，我们从先秦诸子作品中看到的主要是小说的实用性、说教性，那么，我们又从张衡的赋与薛综的注中看到了小说的娱乐性、知识性。

五是，小说的价值。它包含着刍荛狂夫之议，于治身治家有可观之辞；但由于恐怕它妨碍远大事业，所以君子不去从事于它。

六是，小说的作者。最值得我们注意的，是"小说家合残丛小语"的"合"。合者，会集，汇聚，可引申为编纂、编撰。韩非编《说林》是种"合"，虞初撰《周说》又何尝不是一种"合"。还可以说韩婴撰《韩诗外传》是种"合"，却不可以说荀卿著《荀子》是一种"合"。这一"合"字，它最好不过地说明：桓谭所说的"近取譬喻，以作短书"的"短书"，确实是特指"小说"，而不是指其他什么"立论不高的理论著作"。这一"合"字，还道出一个基本事实：桓谭当时所看到的小说集，主要是种对先秦和汉初小说的整理。

问题是，这一小说理论，哪种小说最易对号入座？志怪小说当然可以，更合适的显然还数志人小说。一种正确的理论，总是来源于实践。因而，这一小说理论，与其说它是在先验地为魏晋小说招魂，毋宁说它是对先秦和汉初小说的科学总结。质之高明，以为何如？

六、志人小说的发展阶段及其历史地位

一切民间文学样式，都有其天然的成熟性，先秦志人小品也是如此。当其流传于众口，是为历史故事，当其见录于稗官，是为志人小说，二者本质上是二而一的。通常所说的志人小说发展阶段，是指其在文人手里的发展状态。说魏晋南北朝是志人小说的成熟时期，就像说志人小说孕育于先秦历史散文和诸子散文，都忽略了民间历史故事和传说系统的存在及其与志人小说的血缘关系。而从今见文字材料来看，我认

为志人小说的发展大致可以分为如下五个阶段：

西周是志人小说的发轫期，标志是记言体《尚书·金縢》之有"周公见疑"，《国语》之有"骊姬夜泣"，语录体《论语》之有"楚狂接舆歌而过孔子"，史传文学《左传》以其善采民间传说而被后人"尝以之作小说看"。这说明文人已注意到民间历史故事系统的存在，并且，是将其作为信实来采用和加工的。

战国是志人小说的勃兴期。原因是，诸子好借用历史故事作为游说的辞令。特点是，一面说小说是"小道"，一面又去借重历史故事以喻道或论政，其结果是制作出大批志人小说。标志是，不仅出现了志人小说专集《晏子春秋》，就是《韩非子》中的《说林》、《内储说》、《外储说》，《庄子》中的《让王》、《列御寇》、《盗跖》，甚至于《荀子》中的《宥器》和《尧问》，也可看作是志人小说萃集。简直可以这么说：庄周和韩非不仅是卓然的思想家，也是卓然有成的小说家。但他们编撰小说，非为赏心，旨在实用。

两汉是志人小说的发达期。因受经学的影响，两汉文人对志人小说的贡献主要是在整理加工上，创作上的成就反退居到了次要地位。这种整理加工由于是在经学思想的影响下进行的，所以，一方面使志人小说趋向历史化，另一方面也提高了志人小说的艺术品位。这方面的代表作诸如《韩诗外传》和《列女传》，其优秀篇章，我想是可以作为典型的短篇历史小说来读的；那影响深远的《燕丹子》，就更不用说了。这或许就是汉代志人小说的特点吧！因而，韩婴和刘向编撰《韩诗外传》和《列女传》，其目的虽不是为了发展小说艺术，但其对发展小说艺术的实际贡献，我以为是决不在后世的冯梦龙和凌濛初之下的。

魏晋南北朝是志人小说的鼎盛期。论原因，正如鲁迅所说："汉末士流，已重品目，声名成毁，决于片言，魏晋以来，乃弥以标格语言相尚，惟吐属则流于玄虚，举止则故为疏放，与汉之惟俊伟坚卓为重者，甚不侔矣。盖其时释教广被，颇扬脱俗之风，而老庄之说亦大盛，其因佛而崇老为反动，而厌离于世间则一致，相拒而实相扇，终乃汗漫而为清谈。渡江以后，此风弥甚，有违言者，惟一二枭雄而已。世人所尚，因有撰集，或者掇拾旧闻，或者记述近事，虽不过丛残小语，而惧为人间言动，遂脱志怪之牢笼也。"①《世说新语》当然是扛鼎之作了。这里，只想补说一点：两汉人尚"德"，魏晋人尚"才"；两汉人重"理"，魏晋人重"情"；"理"和"德"是属于共性的东西，"情"和"才"是最个性的。因而《世说新语》的人物形象和先秦以来志人小说有个最大的不同，那就是：一个是个性化的，一个是类型化的。随便举个例子吧：性情都很急躁，你可以说莽张飞和盗跖是相似的，却不能说莽张飞和王述是相类的。其所以然？就在于个性化的典型令人于似曾相识中越看越感到陌生，而类型化的典型却令人于陌生中越看越感到似曾相识燕归来。这一时期，名著如林。似非一时一人所作而成书于葛洪之手的杂俎体《西京杂记》、首开志当代人当代事之风的郭颂《魏晋世语》、将志人志怪合流而以援据之博见称的殷芸《小说》，其对后世志人小说的影响均功不在禹下。

隋唐至清是志人小说的绵延期。随着唐人传奇和宋元话本小说的兴起，志人小说在小说家族内部也就退了一箭之地。但这并不意味着它的衰落，仍在平缓地发展着，犹如逶迤千里之昆仑余脉，秀色依然可餐，且一处自有一处洞天，只是不那么巍峨而已。如：唐时张鷟的《朝野佥载》、王仁裕的《开元天宝遗事》，宋时欧阳修的《归田录》、陆游

---

① 鲁迅：《中国古代小说史略》，《鲁迅全集》第9卷，人民文学出版社1981年版，第60页。

的《老学庵笔记》，元代陶宗仪的《辍耕录》，明代何良俊的《何氏语林》，清人王士禛的《池北偶谈》等，便都是卓有特色、影响深远的作品。其中，虽"杂俎"体，亦不乏志人名篇。胡应麟《少室山房笔丛·九流绪论》云："小说，唐人以前，记述多虚，而藻绘可观；宋人以后，论次多实，而彩艳殊乏。"盖"唐以前出文人才士之手，而宋以后率俚儒野老谈故也"。从隋唐以降志人小说的总体发展趋势来说，王士禛的看法还是精到的，当然他所说的"小说"主要是指魏晋以来的。

志人小说在中国小说史上的地位虽不如唐人传奇和话本小说显要，但其作用却不是唐人传奇和话本小说所能比拟的。

首先，它是史传文学的源头活水之一。《史记·管晏列传》之取资于《管子》、《晏子春秋》，"论其轶事"，是证明。《三国志》裴注之取资于《魏晋世说》、《异同杂语》、《曹瞒传》、《赵云别传》，而一到司马光笔端这类裴注却往往成了《资治通鉴》正文，也是证明。《晋书》之大量照录于《世说新语》，更是证明。难怪刘知几要摇头了："自魏、晋以降，著述多门，《语林》、《笑林》、《世说》、《俗说》，皆喜载调谑小辩，嗤鄙异闻，虽为有识所讥，颇为无知所悦。而斯风一扇，国史多同。……其事芜秽，其辞猥杂，而历代正史，持为雅言。苟使读之者为之解颐，闻之者为之抚掌，固异乎记功书过，彰善瘅恶者也。"[①] 诚然，志人小说也取资于史传文学；然而，与历史小说不同，主要是史传文学取资于志人小说。不看到这一点，就必然会弄得首足颠倒。

其次，它又是唐人传奇、宋元话本、明清拟话本、元人杂剧、明清传奇，以及历史小说等长篇小说的题材来源之一。这是清楚的。没有

---

① 刘知几著，浦起龙释：《史通通释·书事》，上海古籍出版社1978年版，第231页。

孔衍《汉魏春秋》、孙盛《异同杂语》、吴人《曹瞒传》、刘义庆《世说新语》等书中的阿瞒故事，便没有《三国演义》中的奸雄曹孟德形象。没有郑处诲《明皇杂录》，就没有白朴《梧桐雨》、洪昇《长生殿》。其他如李肇《国史补》记李汧公为侠客所救事，为冯梦龙《醒世恒言·李汧公穷邸遇侠客》正文所本；刘餗《隋唐嘉话》叙李杰断案事，为凌濛初初刻拍案惊奇《西山观设箓度亡魂，开封府备棺追活命》正文所本；范质辈《玉堂闲话》记裴度还女事，为冯梦龙演为《古今小说·裴晋公义还原配》正文；周密《齐东野语》叙严蕊为朱熹所迫害事，为凌濛初演为二刻《硬勘案大儒争闲气，甘受刑侠女著芳名》正文；王辟之《渑水燕谈录》记三苏并举事，为冯梦龙《醒世恒言·苏小妹三难新郎》正文蓝本；祝允明《野记》叙蒋霆戏言得妇事，为凌濛初初刻《陶家翁大雨留宾，蒋震卿片言得妇》正文蓝本。凡此等等，要是一一记下来，那我们这一篇文字会成为一本账簿的。

最后，前面我们已经说过，民间历史故事，到先秦史家手里是旨在肉象骨而使之成象，到先秦诸子手里是旨在肉猫骨而使之成狸。这反映了两种价值取向：史传文学之第一义是求真，第二义是求善；志人小说之第一义是求善，第二义是求真。这还包含着不同的创作方法：前者本质上是现实主义的，后者本质上是古典主义的，甚至浪漫主义的。后代小说创作，离不开这三种创作方法。中国的特点在于：不是像西方那样以一种思潮去替代另一种思潮，而是三种思潮兄弟相处。并且，后世的历史小说，都是以求善为第一义、求真为第二义的；都是以道德评价为第一义、历史评价为第二义的。这种创作方法上讲"和为贵"，这种创作思想上讲以善为美，当然由中国人的文化心态决定的。先秦诸子笔端的志人小说所包孕的创作原则的胚芽，是否也起着"遗传因子"的作用呢？我以为是可以研究的。至于如何以典型细节去勾勒人物形象，志人小说所积累起来的可贵经验，那倒成次要问题了。

"待到山花烂漫时，她在丛中笑。"我以为这是可以用来说志人小说与史传文学及戏曲和其他小说样式关系的。

附录二　关于《三国演义考论》的评论

一、一位富有创见的"理论家"①

（一）

我与锦池兄同出身于北大。他比我低两届，但在燕园，我们没有会过面。

一九八〇年，哈尔滨，中国红楼梦学会成立，这三者的交集，是我和锦池兄结识和结交的开始。

那年行前，为筹组学会，我去拜见吴组缃师，征求意见。谈话间，我问了一句，在红学界，时下有什么值得注意的杰出人士？吴师脱口而出："张锦池，有头脑！学生里面我比较欣赏他。"

如今回忆起吴师此语，心中深深佩服他老人家的识人的犀利眼光。

其后，我和锦池兄同在红学界跌爬滚打，几年下来，对他有了进一步的认识：他不愧是一位正派的、耿直的学者；他是我的诤友。

---

① 原《三国演义考论》序，作者为刘世德，人民出版社 2016 年版。

（二）

　　吴师常说，研究古代小说，要走两条路，一是研究小说史的源流和发展，不论是竖向的，还是横向的，二是研究名著，特别是四大名著，三国、水浒、西游、红楼；前者是博，后者是专。

　　锦池兄心中一直牢记着吴师的教诲。他不屑于区区"红学家"的称号，除了《红楼梦》以外，多年来，他还致力于《西游记》、《水浒传》、《三国演义》的研究。他已出版了《红楼十二论》、《红楼梦考论》、《西游记考论》、《水浒传考论》、《中国四大古典小说论稿》等专著，现在又向读者呈献了这本《三国演义考论》，完成了吴师寄望于他的遗愿。

　　清人王芑孙曾在《读易楼记》中称赞一位学者说："其好之之勤，而读之之遍，如此非专治一艺、专名一经者也。"显然，"专治一艺"与"专名一经"为昔之学者所轻。

　　锦池兄与某些"红学家"有异，恰恰与王芑孙的见解暗合。这也是他在学术上取得耀目成绩的原因之一。

（三）

　　在学界，锦池兄并不以"考据家"著称，人们更多地注意到，他其实是一位富有创见的"理论家"。

　　他努力地走在"理论"和"考据"相结合的道路上。

　　他的专著多冠以"考论"之名，这本书也不例外。有"考"又有"论"，这是他的追求；而且他把"考"字列于"论"字之前，可见他对"考"字的强调与重视。不难看出，他在论文和专著中表现出的许多真知灼见，都是精彩的、有说服力的。我认为，在他的笔下，"论"与"考"达到了和谐的组合。

我想起了一件往事。

锦池兄有一位学生，热情、浪漫，是个写诗的有前途的年轻人。锦池兄在此人大学毕业之时，推荐他到北京来报考我招收的研究生，并亲自给我打了电话。他的意思是，此生乃可塑之才，"虚"已有，缺的是"实"，希望能在我的门下多学习些"实"的功夫。我不敢辜负老友的期望，努力地去做了。

从这一点可以看出锦池兄在治学上的追求。

（四）

著作多，不难。难的是，力戒浮词滥调的堆砌；难的是，要有创见，有深度！

从治学上说，在我的心目中，锦池兄的论著就是这样，多有创见，且有深度。

读锦池兄的文章，我的脑中时时回忆起吴师所说的那三个字："有头脑"！

在这一点上，我自愧弗如。

以上肤浅的愚见，不知锦池兄以为然否？

至于这本书写得如何，读者诸君细阅之后，当信吾言非虚。

二、思路和结构皆有独创之处①

锦池先生是我十分钦佩的学者。我钦佩他作为学者的单纯。与他相识相交二十多年，相聚交谈的时间加起来并不多，但每谈必学术，他八十年代已经展现古代小说研究的才华，成果累累，而他却从不停步。一如既往地把全部精力投入学术，绝不旁骛学术之外的东西，学术是他毕生的追求，是他的生命。我钦佩他治学的超乎常人的毅力。近些年他被帕金森病魔缠困，视力大受影响，执笔艰难，他仍然不辍著述，完成了《水浒传考论》之后，又写成《三国演义考论》，终于完成了他早年构想的古典小说四大名著考论的宏伟工程。我钦佩他在学术上独立思考、求真务实的态度和精神。他从不随波逐流，一切论点皆出自本心；从不刻意求新，一切论点皆出自大量材料和深思熟虑之上。我并不完全认同他的所有见解，但不得不尊重他的一家之言，不得不佩服他的勇于探索的精神。

《三国演义考论》是锦池先生的四大名著考论的收官之作，其篇幅略逊于前三部考论，若论其识见和气势，又不亚于前三部。全书思路和结构皆有独到之处，可谓别具手眼。第一章至第四章讲"文化源流"，上承清代毛宗岗《读三国志法》而有发展，灌注着鲜明的当代意识，纵横文学与历史，意旨高远，笔力遒劲。第五章至第九章论创作方法，从题材、人物、结构入手，论理缜密。第十章至第十二章将《三国志通俗演义》与《水浒传》、《西游记》、《红楼梦》进行比较，实出人意表，视角独特，发人深思。研究《三国演义》的著述汗牛充栋，锦池先生此著以其独特性，必将立于学术之林。

---

① 原《三国演义考论》跋，作者为石昌渝，人民出版社 2016 年版。

　　锦池先生嘱我写一跋文，深愧才疏学浅，不胜其任，且老妻病故，在伤痛中未能自拔，意欲谢辞，但见到老友在病厄中完成的如此不凡的著作，亦不能不为之感动，遂勉力草成小文，以为跋。

哈尔滨师范大学校友会资助

中国四大古典名著考论 第三编

西游记

考论

张锦池 著

人民出版社

第三编

西游记考论

前　言

《西游记》是这么一部小说：浅到一般小读者均能鉴赏，深得虽专家学者亦觉其本旨难识。论其大俗大雅，堪说独秀世界文林，实为国际文库中的第一流作品。借用鲁迅评价《儒林外史》的话来说："伟大也要有人懂。"

托尔斯泰说："美的意义在不深思的人看起来好像十分明了，而各国哲学界却聚讼到一个半世纪之久还没得一个解决，这个奇怪的意义究竟是怎么回事呢？"① 这正可挪来说《西游记》的美学特征及其何以引起的聚讼已逾三百年。

正因如此，所以我便决意以亦考亦论的方法将宋元以来的取经故事和《西游记》作为一个家族予以通盘研究。历经十个寒暑，属于敝帚自珍的心得主要有如下一些：

认为《大唐三藏取经诗话》（以下简称《取经诗话》）既非成书于宋元之际，亦非成书于晚唐五代，它是北宋中后期的作品，今见《取经诗话》非初刻本。

认为近人和时贤对宋人"说话"四家数的分类皆有误；儒释道三教在"说话"四家数中皆各有各的地盘；《取经诗话》必属"讲经"而非属"灵怪"无疑。

认为《三藏法师传》是《取经诗话》故事的主要摇篮；曾助玄奘西

---

① 托尔斯泰：《艺术论》，耿济之译，台湾远东出版公司 1992 年版，第 18 页。

行的玄奘弟子胡人石槃陀是猴行者的现实原型；"胡僧"与"猢狲"的音近而讹是猴行者加入取经行列的主要契机；《取经诗话》似为无名氏"俗讲"僧人的天才创作，此前似无以"取经烦猴行者"为其特征的成型取经故事传说。

认为人物之来历的日趋神异化与精神境界的日趋世俗化这一二律背反，构成了唐僧形象演化过程相辅相成的两个主要方面。

认为孙悟空的文化原型是来自道教猿猴故事的"修炼猿"而非来自佛教猿猴故事的"听经猿"，所以是"国产猴"；孙悟空形象的演化带动了整个取经故事的演化及其主题思想和思想性质的变异；美猴王和贾宝玉都受胎于明中叶以来个性心灵解放思潮而分成为"猿"的形态和"人"的形态两个阶段。

认为猪八戒的文化原型是来自我国猪的文化传说中的"黑猪精"，所以是"国产猪"；《西游记》杂剧作者、永乐皇帝的"语禁"顾问杨景贤将《西游记平话》中的"黑猪精朱八戒"改为"金色猪猪八戒"，全然是由于"当朝天子姓朱"；《西游记》作者以对猪八戒思想性格刻画的成功而使这一形象成为阿Q的远祖。

认为沙和尚的文化原型是沙漠恶煞；元人取经故事中的沙和尚是唐僧的二弟子；沙和尚的那种显得没有任何个性的特点实际其本身就是一种鲜明的个性特点，这是文学作品中最难刻画的形象，非大手笔刻画不好；他以自己的一片丹心维系着取经群体的内部团结，成为这一取经团体的另一种精神脊梁而与横扫妖魔的孙悟空相匹。

认为作者以禅师语录"灵山就在我心头"为宗教光环而实之以尘俗的治平求索；如来所说的"有字真经"实际就是一部《西游记》，如来所说的"无字真经"实际就是《西游记》的创作本旨，而这也就是陈元之序中所说的"作者之心傲世之意"，真个是"跅弛滑稽之雄"。

　　认为《西游记》提出的核心问题是人才观问题，观音和孙悟空实际都是作者幻想中的自我，当其呼唤"千里马"则幻想中出现了孙悟空，当其呼唤"伯乐"则幻想中出现了观音，二者相辅相成，从而集中表现了作品的创作本旨，亦即期望孙悟空式的大贤能逢观音式的大慧而一尽其器能，扫荡社会邪恶势力以造福生灵造福社稷。

　　认为《三国演义》和《水浒传》形象体系的内部构成是二维模式，而《西游记》形象体系的内部构成是三维模式；《三国演义》和《水浒传》的人物形象塑造是以感情化的思想形态为其基本特点，而《西游记》的人物形象塑造是以思想化的感情形态为其基本特点；《三国演义》和《水浒传》作者对笔端人物的评判是以抽象的道德标准去评判人物行为的善恶，而《西游记》作者对笔端人物的评判是以人物行为的社会效果去评判其所秉道德观念的善恶；《三国演义》和《水浒传》对人物的性格刻画是使之成为情节的附丽，而《西游记》对人物的性格刻画是使之成为情节的动因。

　　认为要想正确把握杨本、朱本和世本的源流关系应首先从世本的蛛丝马迹中探出其祖本的遗踪以作为参照物；世本的祖本当是种与《西游记平话》同源而异流的词话本《西游记》；杨本是世本的顺次删节缩写本；朱本是世本、平话本、杨本的顺次删节三缀本（其卷一至卷三和卷五至卷七是以删节分则的法子采自世本的前十五回，其卷四是删节自当时还可看到的《永乐大典》本系统的本子，其卷八至卷十是录自杨本）；杨本、朱本和世本的源流关系无疑是世本——杨本——朱本。

　　认为世本不像成于谁某独力创作，而像成于谁某妙手改定；世本的思想性质与杨本和朱本貌似神异，而与《焚书》异曲同工；《吴承恩诗文集》的思想和风格与世本《西游记》殊不类，孙悟空断非吴氏所期望的英雄；今见外证材料不能证明世本为吴承恩作，此书的最后改定者是华阳洞天主人；华阳洞天主人最具资格拥有世本的著作权①；华氏究竟是谁乃是个有待认真作进一步考证的另一个问题，亦有可能是序的作者陈元之。

因此，我对《西游记》在中国小说史上的地位总的评价是：鲁迅说，"自有《红楼梦》出来以后，传统的思想和写法都打破了"②；而我想补说一句，即这种打破实始于《西游记》而成于《红楼梦》。

谨请方家和读者不吝赐正。

---

① 本编中所说《西游记》的"作者"、"改定者"、"定稿者"，因前后文而异，但皆指华阳洞天主人，谨向读者三致意焉。

② 《鲁迅全集》第9卷，人民文学出版社1981年版，第338页。

第一章 《大唐三藏取经诗话》成书年代考论

一、势成鼎足的三说及其由来

通常所说的"唐僧取经故事"，是以"取经烦猴行者"为其标志的。《取经诗话》作为文学巨著《西游记》的先导，考察其成书年代，事关有据可稽的"取经烦猴行者"故事究竟产生于何时，这是文学史上应予弄清而又尚未弄清的重要问题。宋元说、南宋说、晚唐五代说，当前势成鼎足，先对三说作一反思，也许有助于我们作出正确的结论。

认为《取经诗话》成书于南宋或宋元之间，这是文学史家们的普遍看法。试以当前几部有影响的文学史而论，断其成书于南宋者，有游国恩等编《中国文学史》，中国社会科学院文学研究所编《中国文学史》，六省市十一院校编《中国文学简史》等；断其成书于宋末元初者，有刘大杰《中国文学发展史》，北京大学中文系编《中国小说史》，安徽师大与其他十二所院校编《中国文学史》等。

二者虽旗鼓相当，却同出于王国维对《取经诗话》刊行年代的看法。王国维《大唐三藏取经诗话跋》云：

> 卷末有"中瓦子张家印"款一行，中瓦子为宋临安府街名，倡优剧场之所在也。吴自牧《梦粱录》卷十九云："杭之瓦舍，内外合计有十七处：如清泠桥、熙春楼下，谓之南瓦子；市南坊北、三元楼前，谓之中瓦子。"又卷十五："铺席门、保佑坊前，

张官人经史子集文籍铺，其次即为中瓦子前诸铺。"此云"中瓦子张家印"，盖即《梦粱录》所谓张官人经史子集文籍铺。南宋临安书肆，若太庙前尹家、太学前陆家、鞔鼓桥陈家，所刊书籍，世多知之；中瓦子张家，惟此一见而已。

王国维在《跋》中不仅认为《取经诗话》是"宋椠"，而且还明确认为它是"南宋人所撰话本"。《取经诗话》成书于南宋说，便是根据王国维的这一跋语及该书之最早传布者罗振玉的"宋人平话"说。但王国维后来作《两浙古刊本考》，却又认为《取经诗话》是元代刊本。看法与此相同而把话说得最明确的，是鲁迅《中国小说史略》："张家为宋时临安书铺，世因以为宋刊，然逮于元朝，张家或亦无恙，则此书或为元人撰，未可知矣。"[1]（着重号为引者所加，下同）。《取经诗话》成书于宋末元初说，便是根据王国维这前后两种不同的论断以及鲁迅的看法而作出的折中结论。

不可不注意的，是一些学者对有关文物的认识及其影响。

杭州将台山有一以弥陀大龛为主龛的摩崖龛像区。史岩先生在他的《杭州南山区雕刻史迹初步调查》[2]一文中，在考证了弥陀大龛是吴越王钱镠于后晋天福七年创凿之后，紧接着便写道：

在这大龛北方别一岩壁上，另有一个较小的同时代摩崖龛，坐北朝南，成了弥陀大龛的耳龛。龛高二·六公尺，广二·三三公尺，深〇·八公尺。在龛里正中的长方形座上，刻一僧形半跏

---

[1] 《鲁迅全集》第9卷，人民文学出版社1981年版，第120页。
[2] 《文物参考资料》1956年第1期。

式坐像，右脚向里平屈，左脚下垂踏于莲座上，圆雕，通座高二公尺。光头大耳，容相端好，惜手部已断折。僧像两旁配置供养女像各一身，作恭立相，各高一·四公尺。由龛左侧引出云头，绕向龛外上方并在云际刻人马行列的浮雕，八身人物中可以辨认的有唐僧和孙悟空、沙悟净、猪悟能等，后有马一。内容当是描写唐代高僧玄奘由印度东归时白马负经的故事，由此更可推知龛内的半跏僧像，便是玄奘三藏了。

如果史岩先生对龛外浮雕的辨认可以成为一说，那么，这当是现存最早的唐僧取经雕塑。

现存最早的唐僧取经壁画，是甘肃安西榆林窟三处《唐僧取经图》。据发现者王静如教授的考察报告《敦煌莫高窟和安西榆林窟中的西夏壁画》[1]说：

> 这三处壁画即第二九窟东壁北端观音像下、第二窟西壁北端水月观音像北下角、第三窟西壁南端普贤像南。三处《唐僧取经图》有个共同的特点，就是只画唐僧、孙行者和白马，没有猪八戒和沙和尚。第二九窟《唐僧取经图》自左而右画的是白马、唐僧弯腰拜询、孙行者在前下方，最前有一白衣人，手执鲜花，作答语状，其像较唐僧、孙行者为大。第二窟《唐僧取经图》自左而右画的是唐僧隔水向观音合十礼拜、孙行者牵马（马仅画出头部）。第三窟《唐僧取经图》自右而左画的是唐僧（头顶有灵光圈）、孙行者牵白马（马背驮宝物）。

---

① 《文物》1980 年第 9 期。

王静如发现榆林窟三处《唐僧取经图》是在六十年代初期。近年来，他"精心研究了壁画照片及窟内独特的西夏文字，认定榆林窟壁画绘于西夏鼎盛时期"①。与此看法不同，北京大学中文系编《中国小说史》认为："榆林窟所存玄奘取经的壁画，大约作于西夏初年"。西夏自李元昊于一〇三八年称帝至帝睍于一二二七年出降成吉思汗，凡享国一百九十年而亡。其初年相当于北宋中期，是元昊及其子谅祚在位时期；其鼎盛时期相当于南宋前期，是一代雄主仁宗仁孝在位时期。

不论史岩，还是王静如，他们也都赞同王国维的跋语，认为《取经诗话》是南宋人的作品。照此说来，三个作品产生的时间顺序当是：将台山唐僧取经浮雕，榆林窟唐僧取经壁画，《取经诗话》。并且，那有猪八戒和沙和尚形象的《西游记》杂剧的人物关系模式又早于那没有猪八戒和沙和尚形象的《取经诗话》的人物关系模式。

这是怎么回事呢？凡属佛教系统的雕塑和壁画一般总是以传统的"本本"作依据的，可《取经诗话》却反倒既晚于同类题材的雕塑，又晚于情节相符的壁画；故事文学的情节演化一般总是以由简而繁为其规律的，可赫然见于五代取经故事中的猪八戒和沙和尚至南宋取经故事中却反倒杳如黄鹤，而到了元代取经故事中则又成为归来之燕：问题就这么难以索解。

当前对这一问题有两种回答：

一种回答认为这是由于三者各自取资于那源远流长的民间传说。胡士莹先生在他的大著《话本小说概论》里便持这一见解。一方面他认为《取经诗话》"此书刻工字体质朴中有圆活之致，证以王氏跋语，当为南宋晚期的刊本"；另一方面他又认为"唐僧取经故事，在五代后晋

———————

① 《光明日报》1985 年 1 月 13 日。

天福七年（942）所凿杭州将台山的摩崖龛像中，已经有唐僧和孙悟空、沙悟净、猪悟能等，还有白马一匹在后跟随取经故事的浮雕。北宋时，还留存周世宗（954）以前的玄奘取经的壁画"。其结论是："由于唐僧取经故事广泛流传民间，群众口口相传，艺人日日演唱，故事内容的偶然雷同或近似，是不足为奇的。"①

另一种回答则干脆得多，那就是认为"《取经诗话》的最后写定时间不会晚于晚唐、五代"。李时人和蔡镜浩在他们的大作《〈大唐三藏取经诗话〉成书时代考辨》②中便持这一见解。其理由主要有三：一是，"《取经诗话》和敦煌变文无论在体制和表现手法上都非常相似，而和宋代话本有明显的区别"。二是，"《取经诗话》在相当程度上可看成是宗教书籍，它所表现出来的思想内容主要是对西行求法行动的赞美，对佛和佛法的崇拜，对西方极乐世界的宣扬，对正果西天的向往等。而这些，又都是唐五代流行的佛教思想观念的反映"。三是，"考察了《取经诗话》的语言现象，我们不仅可以肯定它和敦煌俗文学是属于同一时期、同一方言的作品，而且可以进一步看出，宋元刊刻者并没有对其进行大的改动，它基本上还保存着晚唐五代俗文学作品的原貌"。

实际上，认定将台山唐僧取经浮雕刻于五代后晋年间或榆林窟唐僧取经壁画绘于西夏鼎盛时期，也就是对王国维的《取经诗话》为"南宋人所撰话本"说的一种深刻怀疑，问题仅在于个人是否意识到这一点而已。难怪胡士莹在《话本小说概论》里当他以专题正面论述《取经诗话》时，从未言及此书是晚唐五代作品，可在同卷另一章里当他论及"话本与诗话"的关系时却又这么写道："诗话这一形式和名称，可能在宋

① 见该书上册第七章第三节，中华书局 1980 年版。
② 《徐州师范学院学报》1982 年第 3 期。

以前就有了，如《大唐三藏取经诗话》上中下三卷。"① 而李时人等同志的看法，实本此。

其实，学者们对有关文物的考证固然是重要的，但更为重要的还在于他们提供了被重新发现的文物资料。不管你是否承认，取经故事作为一个大的系统，不同的作品之间莫不存在着内在的联系，这是由历史发展着的时代思维方式决定的，它不以个人的意志为转移。把握住这一点，将有助于我们对《取经诗话》的成书年代作出比较符合实际的结论。

二、说《取经诗话》成书年代的上限

照我的看法，晚唐五代时未必有以"取经烦猴行者"为其特点的唐僧取经故事流传民间，当然也就无从说起"传世《取经诗话》的最后写定时间不会晚于晚唐五代"问题。

尽管史岩先生认定将台山唐僧取经浮雕作于后晋天福七年，胡士莹先生也曾引用这一看法，该浮雕却未必是五代时的作品，而有可能是雕于明代中期。何以见得呢？

谢稚柳在《敦煌艺术叙录》中谈到西夏绘画时谓"其画派远宗唐法"，实际上也道出了五代以来佛教雕塑的普遍特点与弊端。"玄奘龛"龛内的二身供养女像，从面貌的丰肥和仪态的端丽上，可以看出它保持着晚唐风格的优良传统；从塑像的形相和精神所具有的人间味和真实感上，又可以看出它为五代所缺少而属于后世佛教塑像的特点。龛上以"唐僧取经"为内容的浮雕，那种巧妙的设计，史岩先生自己也认为"在近代民间雕刻中并不足为奇，但在五代的浮雕中，却不很多见"。两两相权，

---

① 胡士莹：《话本小说概论》上册，中华书局 1980 年版，第 169 页。

与其说它们是五代时作品，不如说它们是宋元以后的作品。此其一。

摩崖主龛弥陀龛坐东朝西，开凿在削平的石灰质大岩石壁面。"玄奘龛"在龛北方别一岩壁上，坐北朝南，成了弥陀大龛的耳龛。此等构筑可能与主龛同时，也可能为后世凿配。究竟属于哪种情况，还需有其他参照。要注意的是，"玄奘龛"的左侧下端，即靠近弥陀龛的一边，还有一个观音龛。龛内观世音菩萨坐像现已不存，只空剩一个莲座；二身半肉雕的小供养像，也已失去头部。"龛外左侧，刻有题记一通，隐约可见是明代成化年间字样。"[①]察此题记，证以唐僧取经浮雕之表现方法的特点，则与其说"玄奘龛"是与弥陀龛同时代创凿，不如说"玄奘龛"是与观音龛同时代开筑。此其二。

没有任何其他资料可以证明两宋取经故事中已有猪八戒与沙和尚形象。将台山在杭州，张官人经史子集文籍铺也在杭州，如果当时杭州地区有一种如浮雕所刻的唐僧师徒四众的取经故事，张官人经史子集文籍铺弃故事复杂生动者不刻而刻故事简单乏味者如《取经诗话》以招徕顾客，似亦断无是理。此其三。

猪八戒与沙和尚形象在文学作品中最早是见于杨景贤《西游记》杂剧或《西游记平话》，这是公认的事实，今广东省博物馆藏有一个元代瓷枕，上面画着唐僧取经图。图中孙悟空手执金箍棒，英姿焕发，走在最前面，随后是猪八戒扛着九齿钉耙，身材魁伟，迈步跟随。唐僧骑马，沙僧举杖伞卫护。说唐僧取经浮雕与此是同一时代的产物，倒完全合乎逻辑。此其四。

还要知道，明人作假托古成风，"玄奘龛"即便是创凿于五代后晋年间，龛内的塑像即便真是玄奘法师而不是如地藏王菩萨之类，龛外上

---

① 详见史岩文。

部的浮雕亦可能出于好事者的附会，其表现方法上的特点亦可资佐证。

正因为如此，所以我认为：将台山唐僧取经浮雕不是五代时的作品，而是明代中期的作品，它晚于《西游记》杂剧和《西游记平话》，而早于《西游记》。

尽管据欧阳修《于役志》所载北宋时还留存有周世宗以前的玄奘取经壁画，当前的文学史家们也莫不引用这一资料，但该壁画画的却未必是以"取经烦猴行者"为特定故事内容的唐僧取经，极有可能是直接取材于《大慈恩寺三藏法师传》。这可以从两方面看问题：

敦煌学告诉我们：佛教内容的壁画最讲"本本"主义，其所画人物及情节皆可在有关的佛教书籍中找到根据。玄奘是唐代最杰出也是最有影响的高僧，《三藏法师传》记其"乘危远迈，杖策孤征"，不少场面是可歌可泣而又明晰如画的。将那"名王拜首，胜侣摩肩"的情景形诸壁画，这在方丈们看来，可以令人翘心净土，仰止佛法。正因为如此，所以便产生了扬州寿宁寺经藏院玄奘取经壁画，这是问题的一个方面。

问题还有另一个方面，"五代版图最大之国为后周，而后周世宗即位之明年（955），禁民亲无侍养而为僧尼及私自度者，废天下佛寺三千三百三十六。是时中国乏钱，乃诏悉毁天下铜像以铸钱，尝曰：'吾闻佛说以身世为妄，而以利人为急。使其真身尚在，苟利于世，犹欲割截，况此铜像，岂有所惜哉。'由是群臣皆不敢言。"[①] 足见，周世宗入扬州时以寿宁寺为行宫，并尽圬墁其画壁以抑佛，实事有必然。其所以独留"经藏院画玄奘取经一壁"，恐怕也就在于：画面上那"名王拜首，胜侣摩肩"的情景，这在一代英主周世宗看来，足以"扬我皇之盛烈，震彼后之权豪"，它是在"宣史"，而非"佞佛"。否则，岂有"一壁独存"

---

① 汤用彤：《隋唐佛教史稿》，中华书局 1982 年版，第 295 页。

之理!

要知道，中唐以后的一百五十年间，可以说是唐代小说特别兴旺的时代。志怪小说的传统，构成了唐人小说"尚不离于搜奇记逸"[①]的特色和浪漫主义情调；在志怪或宣传宗教思想的作品中间，也有许多卓越的作品，士大夫接过民间讲说的故事而改写成名篇的，亦不乏其人其事。如果在晚唐五代时果真有那么一种以"取经烦猴行者"为特点的取经故事，它既已成为佛龛浮雕的题材，又已成为僧寺壁画的题材，那就意味着它不只流行民间，且应早为整个社会所承认，是故不会不在文人学士笔端有所反映。既然如此，定然能从时人作品中发现它的踪影。实际情况又是如何呢？"过尽千帆皆不是，斜晖脉脉水悠悠"。《太平广记》卷九十二虽则也曾引《独异志》及《唐新语》说玄奘西行求法曾获得一异人的帮助，然而那异人却是"头面疮痍，身体脓血"的"一老僧"，足见当时根本不存在"取经烦猴行者"这么一种取经故事传说，当然也就谈不上有以这种取经故事为题材的佛门浮雕或壁画了。

想以《取经诗话》和敦煌变文在体制和表现手法上的某种相似来证明它的最后写定时间不会晚于晚唐、五代，那就更难令人信服。因为它自身的体制和表现形式上的独创之点，又恰恰在证明：晚唐、五代还不可能产生这样的作品。该书分十七节，第一节全佚，以下各节是：

行程遇猴行者处第二；入大梵天王宫第三；入香山寺第四；过狮子林及树人国第五；过长坑大蛇岭处第六；入九龙池处第七；（题原佚）第八；入鬼子母国处第九；经过女人国处第十；入王母池之处第十一；入沉香国处第十二；入波罗国处第十三；入优钵

[①] 《鲁迅全集》第9卷，人民文学出版社1981年版，第70页。

罗国处第十四；入竺国度海之处第十五；转至香林寺受心经本第
十六；到陕西王长者妻杀儿处第十七。[①]

我们从这个目录，可以看出这部作品的确是《西游记》神魔故事的最早
的一个雏形。如果说，猴行者的出现是玄奘取经故事神魔化的主要标
志，那么，标题大多带一个"处"字则反映了这部作品体制上的主要特
征。我们知道，叙述中在韵散交替的地方以"处"字表明故事情节的转
折和场面的变换，这是唐五代变文体制上的显著特点。如《大目乾连冥
间救母变文》便有十五个地方这样使用"处"字。前几个"处"字为："先
得阿难果，后当学道，看目连深山坐禅之处。……目连向前问其事由之
处。……门宫（官）引入见大王，问目连事文（之）处。……目连问其
事由之处。……目连问以更往前行时，向中间即至五道将军坐所，问阿
娘消息处。……目连闻语，便向诸地狱寻阿娘之处。"变文这样使用"处"
字，是起于"俗讲"僧人图文相映的讲说方式。当时"以文字显经中神
变之事，谓之变文"；"以图画显经中神变之事，谓之变相"[②]。某节变文
就是对变相中某一场面的"陈说"，某某"处"就是指给"看官"看的
变相中的某场面。图文对照，让众"看官"眼看变相，耳听变文，自得
相映成趣之乐，便是"俗讲"僧人的演出方式。"在讲唱故事时如果不
具体指明讲到何'处'，恐怕听众会不清楚，所以每一段唱时都要说明
讲到何处，以便听众按图索骥"[③]。《取经诗话》现存十五个小节标题竟
有十一个带"处"字，这无疑是受了变文的影响。然而，妙在能不用于
叙述中韵散交替处而创为标目，这是需要注意的。还需注意的是，《取

---

① 按：其初刻本疑为十八节，即此第十七节本两节，说详后。
② 周绍良：《敦煌变文汇录》叙，上海出版公司 1954 年版。
③ 程毅中：《关于变文的几点探索》，《文学遗产》（增刊）第 10 辑。

经诗话》的有诗有话，珠联璧合，诗皆由书中人物自己信口吟唱，成为
促进故事发展的一个有机部分，这当然与宋人小说话本里诗句是以说话
人立场吟唱出来微有不同，而明显地是受了以诗作人物对话或内心独白
的《伍子胥变文》等的影响。然而，妙在能跳出一段诗，一段话，联珠
间玉的程式，创为每节皆以话起，以诗结，珠玉生辉的格局。其体制与
表现形式上的特点卓然如此，不惟对变文体制是种长足发展，且已着后
世章回体小说及诸宫调之先鞭。与其将它归属于唐五代变文，毋宁说它
是某种新体制最早的一个雏形。旧体制孕育某种新体制的因素，旧体制
衰而新体制立，这是文学样式发展的规律之一。《取经诗话》的这种体
制及其表现形式，显然不太可能产生于变文尚具有生命力的晚唐五代时
期。何况即便晚唐五代已有这种体制和表现形式的萌芽，亦难据此证明
《取经诗话》决非后世的作品。

再者，河南宝丰县香山寺内，宋蔡京所书《大悲观音得道证果史
话》，记载了"妙善得道成观音"故事。该故事说妙善因违父命学佛
修行而被其父楚庄王所杀，玉帝命阎王使她复活于香山紫竹林中；妙
善转世后，专修菩萨道，行菩萨行，遂证果为观音菩萨。《取经诗话》
中的观音道场，正是"香山"其地，而非《华严经》上所说的"补怛
洛迦山"，可见该道场与"妙善得道成观音"故事有关。于此亦可以
看出《取经诗话》当非北宋以前的作品，因为"玉帝"之始封者是宋
真宗赵恒。

其实，《取经诗话》不可能成书于北宋以前，还可以从书中找到最
有力的内证。"入大梵天王宫第三"写三藏法师在猴行者导引下，同往"北
方毗沙门大梵天王水晶宫"赴斋。其中有这么一段插曲：

> 罗汉问曰："今日谢师入宫。师善讲经否？"玄奘曰："是经讲

得，无经不讲。"罗汉曰："会讲《法华经》？"玄奘："此是小事。"
当时五百尊者、大梵王，一千余人，咸集听经。玄奘一气讲说，
如瓶注水，大开玄妙。众皆称赞不可思议。

这一内证当然不是某些语言现象问题。实际上北宋的语言与晚唐五代并
无多大的变化，《取经诗话》与变文皆基本上以当时的口语写成。若鉴
于"《取经诗话》中的用词习惯和变文有很多一致的地方"，便认为"《取
经诗话》的最后写定时间不会晚于晚唐五代"，未免有失于胶柱鼓瑟。
这一内证也不是属于佛教思想观念问题。实际上北宋对晚唐五代的佛教
思想观念并无多大的发展，《取经诗话》与变文皆是当时流行的佛教思
想观念的形态之一。若鉴于二者所宣扬的佛教思想观念有相同的地方，
便认定"宋代不大可能会产生《取经诗话》这样的宗教文学作品，只有
唐五代的寺院才可能是孕育它的温床"，亦未免有失于主观武断。这一
内证实质上是个考僧制上的问题，它打着极其鲜明的时代烙印，所以足
以一锤定音。汤用彤《隋唐佛教史稿》附录二《五代宋元明佛教事略》，
曾这样记述五代以来历朝效法唐中宗师法科举制度，敕天下试经度僧以
对全国僧数寺数加以限制而谨防其滥：

后唐末帝清泰二年（935），功德使奏每年诞节诸州奏荐僧
道，其僧尼欲立讲论科、讲经科、表白科、文章科、应制科、
持念科、禅科、声赞科，以试其能否，末帝从其议。至周世宗
毁并寺院，有诏约束云：男子十五以上，念得经文一百纸或读
得五百纸，女年十三以上，念得经文七十纸或读得三百纸，经
本府陈状，乞剃头，委录事参军本判官试验。两京、大名、京
兆府、青州各起置戒坛，候受戒时，两京委祠部差官引试；其

三处祗委判官逐处闻奏。候敕下委祠部给付凭由，方得剃头受戒（上引《容斋三笔》，并注言：念经、读经之异，疑为背诵与对本）。上说二令不悉果实行否，惟二代均享国极短，即行亦不久也。

至宋太祖、太宗均以试经度僧。建隆三年，诏每岁试童行通《莲经》七轴者给牒披剃；雍熙三年，诏系帐童行并与剃度，自今后读经及三百纸、所业精熟者方许系帐；至道元年，诏度僧尼诵经百纸、读经五百纸为合格。然是项法令似少遵行，故真宗复申前禁（大中祥符六年令天下试童行经业）。其后仁宗试天下童行，诵《法华经》(见《归田录》)。盖北宋所试经，率为《法华经》也（见《统纪》引若讷《札子》）。南宋则纳钱于官，便可出家（据《容斋三笔》）。孝宗时，僧录若讷上札，请复试经事，竟不行（见《统纪》卷四十八，淳熙十年，可详参）。元代重佛，出家漫无限制。明太祖复试经之法（洪武六年、二十六年、二十八年），不久度又滥。……清朝遂不行此制。（着重号为引者所加）

这说明甚么呢？这说明：五代两宋的度僧制，其内容各不相同。惟"北宋所试经，率为《法华经》"。这还说明：《取经诗话》写三藏法师赴斋大梵天王水晶宫，斋前罗汉请这位下界法师升座讲说《法华经》，实际上是现实生活中的试经度僧制在作者头脑中的反映。从而也就有力地证明：《取经诗话》的成书年代，其上限不会早于北宋前期，甚至不会早于仁宗年间。

三、说《取经诗话》成书年代的下限

那么，《取经诗话》会不会是宋末元初的作品呢？更不会。我们有充分的理由可以证明。它的成书年代，其下限不会晚于南宋前期，甚至不会晚于高宗年间。

众所周知，杭州早在北宋以前便是花柳繁华地，五代时吴越就曾建都于此。两宋书铺一般皆世代为业，张官人经史子集文籍铺或亦如此，则《取经诗话》既有可能刊于南宋中期以后或更晚，也有可能刊于南宋中期以前或更早。其最后写定时间可能在付梓时，也可能在此以前，则《取经诗话》即便刊于宋元之际，亦未必就是时人所撰话本。足见，光凭对"中瓦子张家印"数字的考证，实难对《取经诗话》成书于何时作出科学的结论。既然如此，又怎可以王国维的断语作为不二的定论！

正如钱钟书先生所说："《西游记》事见南宋人诗中，当自后村始。"①其《释老六言十首》之四云："一笔受楞严义，三书赠大颠衣。取经烦猴行者，吟诗输鹤阿师。"刘后村生于宋孝宗淳熙十四年（1187），卒于宋度宗咸淳五年（1269），时当南宋中后期；官至工部尚书兼侍读，以龙图阁学士致仕，是个典型的封建士大夫。其诗文虽好用本朝故事，当亦不致草草征引民间传说；"取经烦猴行者"云云，似反映了当时即便没有一个"本本"，当亦必有个完整的口头故事，否则他不会引以入诗。如果此说还比较密合事理，那至晚在南宋中期以前，当有一个"取经烦猴行者"的完整故事盛传于民间。

---

① 《小说识小》，朱一玄、刘毓忱编：《〈西游记〉资料汇编》，中州书画社 1983 年版，第 38 页。

这决不是我们的主观臆测，从榆林窟三处唐僧取经壁画亦可得出同样的结论。要略加考察的，当是三个问题。

其一，"取经壁画"和《取经诗话》，二者的情节是否大致相符？三幅"取经壁画"都只有唐僧、行者和白马，没有猪八戒与沙和尚，这和《取经诗话》所述如出一辙。从三幅画的布局及人物姿势和神态看，猴行者在取经过程中具有引路和护法的双重身份和作用，这和《取经诗话》所写完全一致。其中一幅，前为悬崖，崖下江水滔滔，唐僧在前，头部有灵光圈，合十祝祷；猴行者合十在后，仰面朝天；旁为白马，背驮宝物。真可谓"似曾相识燕归来"：《取经诗话》"入竺国度海之处第十五"所写的，正是"此去佛所，山岩万里，水浪千里"；三藏法师和猴行者顶礼，隔水"面向西竺鸡足山祷祝，求请法教"。福山僧众尽来观看，"良久，渐渐开光，只见坐具上堆一藏经卷"，"一寺僧徒，尽皆合掌道：'此和尚果有德行！'"其主体情节相符如此，足见二者是一脉相承。

其二，"取经壁画"和《取经诗话》，二者在时序上孰先孰后？要想正确回答这一问题，应以《西游记》杂剧作参照物，从取经故事的历史演化中去把握。《取经诗话》中的猴行者，性情善良，不肯轻易杀生，手无兵刃，靠佛宝降魔；一路呈白衣秀士相。《西游记》杂剧中的孙行者，性情酷烈，曾以人肉果腹；手持生金棍，斗妖伏魔；一路呈猴相。"取经壁画"中的猴行者，"满脸放荡不羁的野气"[1]；"其中已经出现持棒的猴行者的形象"[2]；三幅壁画中的形态皆呈猴相。《取经诗话》中的护持神以大梵天王为主而以观音菩萨为宾。《西游记》杂剧中的护持神以观音

---

[1] 《光明日报》1985年1月13日。

[2] 北京大学中文系：《中国小说史》，人民文学出版社1978年版，第135页。

菩萨为主而以托塔天王李靖为宾，此托塔李天王又实乃大梵天王在后世的化身。三幅"取经壁画"，一幅在普贤像南，两幅在观音像下；两幅中有一幅，画的是唐僧隔水向观音合十礼拜。问题是清楚的，若就主要人物形象来说，"取经壁画"是上承《取经诗话》而下启《西游记》杂剧。王静如教授认为"取经壁画"在《取经诗话》之前，实与取经故事的历史演化之内在规律不符。

其三，"取经壁画"和《取经诗话》，二者到底创作于何时？认为三幅壁画"大约作于西夏初年（相当于北宋中期）"，这是不足信的。"榆林窟第二十九窟的供养人为西夏武官，此窟布局与壁画内容皆有较浓厚的所谓早期藏密成分，这是明显的西夏晚期洞窟"①。第二、三、二十九窟的共同特点，是画有大幅山水、水月观音，且皆是不可多得的作品，不无可能是同时期开凿的洞窟。西夏洞窟的晚期洞窟，其开凿时间相当于南宋中期。其时《取经诗话》作为一个完整的故事形态已家喻户晓，并且已经发生了变异，并且已经传入西夏，并且已经成为榆林窟画壁的题材，则它的成书年代至晚亦不会晚于南宋前期。如果真如王静如教授所说，"取经壁画"是"绘于西夏鼎盛时期"，则《取经诗话》的成书年代至晚亦不会晚于南宋初年。

王国维所以认定《取经诗话》是"南宋人所撰话本"，成书不会太早，除了他对"中瓦子张家印"有自己的看法以外，还由于他认为"此书与《五代平话》、《京本小说》及《宣和遗事》体例略同，三卷之书共分十七节，亦后世小说分章回之祖"。其实，《取经诗话》依故事内容，分节立目；平话通常亦是如此：这是体例上的相同点。《取经诗话》各节大多皆各占一个故事，并与之共起讫；平话各节一般皆各占一个主要故事，但

---

① 白滨编：《西夏史论文集》，宁夏人民出版社 1984 年版，第 396 页。

大多不与之共起讫，而好止于故事之所不当止，"且待下面分解"：这又是体例上的不同点。这种不同之点是比较内在的，它反映了《取经诗话》在体制上还没有能摆脱晚唐五代寺院"俗讲"话本的羁绊，与《五代平话》及《京本小说》等不是同一个时代的作品。现在我们所能看到的唐宋文学，与《取经诗话》的体制最为接近的是残卷诸宫调《刘知远传》。"它的创作时期，大约在南宋初年"①。全书分十二节，今缺第四节至第十节，第一、第三、第十一诸节亦残。重要的是，它每节有一个标题，如"知远走慕家庄沙佗村入舍第一，知远别三娘太原投军第二"等等，与《取经诗话》的标题方式简直如出一辙，只是已不那么好用一个"处"字。把它们看作是变文向章回小说和诸宫调演化之发轫期的产物，而《取经诗话》又早于《刘知远传》，该不是主观臆测吧！凡此，又可以说明，《取经诗话》的成书年代，其下限不会晚于南宋立国之君高宗年间。

四、说《取经诗话》的最后写定时间

《取经诗话》的成书年代，不会早于北宋仁宗年间，不会晚于南宋高宗年间；除了前面所引内证外证可以作参照之外，还有证据表明它当是北宋中后期的作品。

《取经诗话》的故事情节是简单的，也是幼稚的。好像主要取资于《大慈恩寺三藏法师传》，不像以众多的民间传说作基础写成。诸如"入沉香国处第十二"、"入波罗国处第十三"、"入优钵罗国处第十四"等等，除了借写异国情调以颂佛，简直谈不上有什么故事情节。令人奇怪的

---

① 胡士莹：《话本小说概论》上册，中华书局1980年版，第177页注。

是，保存在《太平广记》里的那则唐人写的玄奘取经故事[①]，《取经诗话》却一点也没有采用。其中就包括这么一节：

> 初奘将往西域，于灵岩寺见有松一树；奘立于庭，以手摩其枝曰："吾西去求佛教，汝可西长。若吾归，即却东回，使吾弟子知之。"及去，其枝年年西指，约长数丈。一年，忽东回。门人弟子曰："教主归矣。"乃西迎之。奘果还。至今众谓此松为摩顶松。

多么优美的神话传说！这正是《西游记》里唐僧说的"但看那山门里松枝头向东，我即回来"，并在第一百回中获得呼应的一段情节的来源了。然而，在《取经诗话》里却杳不见踪影。它反倒于唐僧回朝复旨前拼凑一个"王长者妻杀儿"故事，而落到和尚敲"木鱼"的由来，与取经故事是游离的。罗烨《醉翁谈录》中不是指出当时说话人必须"幼习《太平广记》"吗？宋元的话本、杂剧、诸宫调等不是经常采用《太平广记》中所载的故事吗？可《取经诗话》的作者却宁可使自己的作品故事情节单薄而放着现成的材料不用，这应当怎么解释呢？原因很简单，《太平广记》的印板在宋太宗太平兴国六年刻成后不久就被收藏起来，所以北宋时"得见的人很少"[②]；罗烨说的是南宋说话人的情况，那时已广为刻印，所以得见的人也就多了起来。这一事实告诉我们：《取经诗话》的作者，他不是"幼习《太平广记》"的南宋说话艺人。

实际上，题名《取经诗话》，从"诗话"二字上亦可发现它的时代

---

① 《太平广记》卷第 92，"异僧"六《玄奘》，中华书局 1961 年版。

② 汪绍楹：《太平广记》校点说明，中华书局 1961 年版。

印记。周绍良谓《敦煌变文集》里列为开卷第一篇的伍子胥故事，就其体裁和特征来看，乃是一篇早期的"诗话"①。这是有道理的。王国维说《取经诗话》："其称诗话，非唐宋士大夫所谓诗话，以其中有诗有话，故得此名；其有词者则谓之词话。"胡士莹认为："顾名思义，王氏这种说法并无错误。"照我看来，唐宋士大夫所谓"诗话"，当分为两种体制。一种如司空图《诗品》和严羽《沧浪诗话》，实际上是"诗论"。另一种如孟棨《本事诗》和欧阳修《六一诗话》，道吟咏者事，说吟咏者诗，实际上倒有几分像"小说"。《取经诗话》的体制与前者绝异，与后者却有内在的共同点。足见《取经诗话》中的以诗代话，它不只受了变文的影响，还受了《本事诗》一类"诗话"的影响。"诗话"这一名称，通常认为来自欧阳修的《六一诗话》。《取经诗话》虽自成一体，却仍没有摆脱晚唐五代"俗讲"话本的羁绊，当出于不早于仁宗年间寺院的"俗讲"僧人之手，是北宋中后期的作品。

　　说《取经诗话》是北宋中后期的作品，还可以从作品中获得内证。我们知道，佛教密宗宣称：观音菩萨因发誓要普度众生，于是长出千手千眼。"千手千眼菩萨"的形象，遂成为观音三十三相之一，获得时人的景仰。密宗又十分崇尚大梵天王，他是佛教的护法神，唐玄宗曾诏天下城楼立像，即世所谓托塔天王，影响广被民间。密宗入宋以后，日渐式微。观音菩萨至南宋已多被传说为"彼美人兮"②，大梵天王亦日趋亦儒亦道化而演化成"托塔天王李靖"。《取经诗话》中所写的护法神灵，其观音，不是"彼美人兮"，而是"香山千手千眼菩萨"；其天王，不是"托塔天王李靖"，而是"北方毗沙门大梵天王"。凡此，说明它不太可

---

①　周绍良：《谈唐代民间文学》，《新建设》1963年第1期。

②　南宋甄龙友《题观世音像》诗云："巧笑倩兮，美目盼兮，彼美人兮，西方之人兮。"于此可见南宋时人们心目中的观音形象之一斑。

能是"南宋人所撰话本"。作品中还有一段十分令人注目的话，它简直就是作者在大声疾呼，事见"转至香林寺受心经本第十六"，写定光佛授予《心经》后郑重嘱咐三藏："回到唐朝之时，委嘱皇王，令天下急造寺院，广度僧尼，兴崇佛法。"这段话是那么具有时代烙印，它告诉我们：《取经诗话》决不是什么"佛教极盛时期的寺院作品"，而是佛教蒙受压抑时期的善男信女们的思想反映。整个北宋虽未积极毁法，却一直以试经度僧制严格地限制全国僧数寺数，且崇道优于尊释，真宗与徽宗时尤甚。其善男信女们发为此言，不亦宜乎！所以，《取经诗话》极有可能来自仁宗年间寺院僧人的"俗讲"，而最后写定于"俗讲"僧人可以离开寺院到"瓦子"宣讲的宋徽宗年间，是北宋中后期的作品。

五、说世传本《取经诗话》非初刻本

综上所述，应有的结论是什么呢？应有的结论是：

认为早在晚唐五代便有"唐僧取经故事"，这无疑是可以的。但那是如同《太平广记》卷第92"异僧"中一类的"唐僧取经故事"，而不是我们通常所说的以"取经烦猴行者"为其特征的"唐僧取经故事"。这一点，不能不明辨清楚。

欧阳修《于役志》所记扬州寿宁寺玄奘取经壁画，显然是取材于《大慈恩寺三藏法师传》；而所谓创凿于五代后晋天福七年的杭州将台山摩崖龛像唐僧取经浮雕，实际是明代中期的作品。

安西榆林窟三幅唐僧取经壁画，当绘于西夏晚期或鼎盛时期，相当于南宋中期或前期，其总体情节与《取经诗话》大致相符，但晚于《取经诗话》而早于《西游记平话》和《西游记》杂剧。

《取经诗话》作为"取经烦猴行者"故事的审美标志，它的成书年代，其上限不会早于北宋仁宗年间，其下限不会晚于南宋高宗年间，极有可能是北宋中后期的作品。它是两宋取经故事的弄潮儿，而不是其总汇。纵然今见"中瓦子张家印"本刊印于南宋晚期，亦不能把刊印时间与成书年代混为一谈。

况且，照我看来，世传本《取经诗话》非初刻，其初刻本当是十八节，而不是十七节。何以知之？这有其第十七节可证。

该节从"回到河中府，有一长者姓王，平生好善，年三十一，先丧一妻，后又娶孟氏"起，至"众会共成诗曰：'法师今日好姻缘，长者痴那再出天。孟氏居那无两样，从今衣禄一般般。'"当是初刻本"到陕西王长者妻杀儿处第十七"。

该节从"法师七人，离大演之中，旬日到京"起，至"皇帝与太子诸官，游四门哭泣，代代留名；乃成诗曰：'法师今日上天宫，足衬莲花步步通。满国福田大利益，免教东土堕尘笼。'太宗后封猴行者为铜筋铁骨大圣"。当是初刻本第十八节，不妨名之曰"法师入朝复旨成大道处第十八"。

若然，则既合全书各节以话起而以诗结、一节叙一事的体例，全书节数又合"三"的倍数，而佛教是崇"三"的；再说，"到陕西王长者妻杀儿处第十七"，也不像是取经故事之末回的标目，其末回的标目当应点明法师入朝复旨成大道，于事理始为密合。

兹将今见《大唐三藏取经诗话》第十七节原文照录如下，谨请读者和方家鉴察。

　　到陕西王长者妻杀儿处第十七

　　回到河中府，有一长者姓王，平生好善，年三十一，先丧一妻，后又娶孟氏。前妻一子，名曰痴那；孟氏又生一子，名曰居那。长者一日思念考妣之恩，又忆前妻之分；广修功果，以荐亡魂。又与孟氏商议："我今欲往外国经商，汝且小心为吾看望痴那。此子幼小失母，未有可知，千万一同看惜。"遂将财帛分作二分，"一分与你母子在家荣谋生计，我将一分外国经商。回来之日，修崇无遮大会，广布梁缘，荐拔先亡，作大因果。"祝付妻了，择日而行。妻送出门，再三又祝看望痴那，无令疏失。

去经半载，逢遇相知人回，附得家书一封，系鼓一面，滑石花座，五色绣衣，怨般戏具。孟氏接得书物，拆开看读，书上只云与痴那收取。"再三说看管痴那，更不问着我居那一句！"孟氏看书了，便生嗔恨，毁剥封题，打碎戏具；生心便要陷害痴那性命。

一日，与女使春柳言说："我今欲令痴那死却，汝有何计？"春柳答云："此是小事。家中有一钻镬，可令痴那入内坐上，将三十斤铁盖盖定，下面烧起猛火烧煮，岂愁不死？"孟氏答曰："甚好！"

明日一依如此，令痴那入内坐，被佗盖定，三日三夜，猛火煮烧。第四日扛开铁盖，见痴那从钻镬中起身唱喏。孟氏曰："子何故在此？"痴那曰："母安我此。一釜变化莲花座，四伴是冷水池；此中坐卧，甚是安稳。"孟氏与春柳敬惶，相谓曰："急须作计杀却！恐长者回来，痴那报告。"春柳曰："明日可藏铁甲于手，领痴那往后园讨樱桃吃，待佗开口，铁甲钩断舌根，图得长者归来，不能说话。"

明日一依此计，领去园中，钩断舌根，血流满地。次日起来，遂唤一声"痴那"，又会言语。孟氏遂问曰："子何故如此？"痴那曰："夜半见有一人，称是甘露王如来，手执药器，来与我延接舌根。"

春柳又谓孟氏曰："外有一库，可令他守库，锁闭库中饿杀。"经一月日，孟氏开库，见痴那起身唱喏。孟氏曰："前日女使锁库，不知子在此中。子一月日间，那有饭食？"痴那曰："饥渴之时，自有鹿乳从空而来。"

春柳曰："相次前江水发，可令痴那登楼看水，推放万丈红波之中；长者回来，只云他自扑向溪中浸死。方免我等之危。"孟氏见红水泛涨，一依所言，令痴那上楼望水，被春柳背后一推，痴那落水。孟氏一见，便云："此回死了！"方始下楼，忽见门外有青衣走报，长者在路中早见人说痴那落水去了，行行啼哭；才入到门，举身自扑。遂乃至孝，择日解还无遮法会，广设大斋。

三藏法师从王舍城取经回次，僧行七人，皆赴长者斋筵。法师与猴行者全不吃食。长者问曰："师等今日既到，何不吃斋？"法师曰："今日中酒，心内只忆鱼羹；其他皆不欲食。"长者闻言，无得功果，岂可不从？便令人寻买。法师曰："小鱼不吃，须要一百斤大鱼，方可充食。"

仆夫寻到渔父舡家，果得买大鱼一头，约重百斤。当时扛回家内，启白长者，鱼已买回。长者遂问法师作何修治。法师曰："借刀，我自修事。"长者取刀度与法师。法师咨白斋众、长者："今日设无得大斋，缘此一头大鱼，作甚罪过。"长者曰："有甚罪过？"法师曰："此鱼前日吞却长子痴那，见在肚中不死。"众人闻语，起身围定。被法师将刀一劈，鱼分二段；痴那起来，依前言语。长者抱儿，惊喜倍常，合掌拜谢法师："今日不得法师到此，父子无相见面！"大众欢喜。长者谢恩，乃成诗曰：

"经商外国近三年，孟氏家中恶意偏。

遂把痴那推下水，大鱼吞入腹中全。

却因今日斋中坐，和尚沉吟醉不鲜。

索讨大鱼亲手煮，爷儿再睹信前缘。"

法师曰："此鱼归东土，置僧院，却造木鱼，常住斋时，将廊打肚。"又成诗曰：

"孟氏生心恶，推儿入水中。

只因无会得，父子再相逢。"

众会共成诗曰：

"法师今日好因缘，长者痴那再出天。

孟氏居那无两样，从今衣禄一般般。"

法师七人，离大演之中，旬日到京。京东路游奕便探闻法师取经回程，已次京界，上来奏闻迎接。明皇时当炎暑，遂排大驾，出百里之间迎接，法师七人相见谢恩。明皇共车与法师回朝。是时六月末旬也。日日朝中设斋，敕下诸州造寺，奉迎佛法。皇王收得"般若心经"，如获眼精，内外道场，香花迎请。

又值七月七日，法师奏言："臣咨陛下：臣在香林受'心经'时，空中有言，臣僧此月十五日午时为时至，必当归。"大唐帝闻奏，泪滴龙衣。天符有限，不可迟留。法师曰："取经历尽魔难，只为东土众生。所有深沙神，蒙佗恩力，且为还恩寺中追拔。"皇王白："法师委付，可塑于七身佛前护殿。"

至七月十四日午时五刻，法师受职。皇帝宣谢：三年往西天取经一藏回归；法师三度受经，封为"三藏法师"。

十五日午时五刻，天宫降下采莲舡，定光佛在云中正果。法师宣公不得迟迟，匆卒辞于皇帝。七人上舡，望正西乘空上仙去也。九龙兴雾，十凤来迎，千鹤万祥，光明闪烁。皇帝别无报答，再欲大斋一筵，满座散香，咸忆三藏。皇帝与太子诸官，游四门哭泣，代代留名，乃成诗曰：

"法师今日上天宫，足衬莲花步步通。

满国福田大利益，免教东土堕尘笼。"

太宗后封猴行者为铜筋铁骨大圣。

第二章　《大唐三藏取经诗话》"说话"家数考论

一、歧见的来由

宋人"说话"不只分"科目"，还有"四家数"的划分，"家数"就是门类。而《大唐三藏取经诗话》作为《西游记》神魔故事的先导、中国俗文学史上的名篇，它的"说话"家数问题却是个应予解答而又难于解答的问题。

其所以然，就在于：正确地解答这一问题，它不只有助于我们加深对《取经诗话》所属社会思潮的认识，还可以加深我们对宋人"说话"分类标准的理解，其意义是多方面的。然而，世传宋元有关著作却均未言及《取经诗话》的"说话"家数问题，宋人话本其可确定为"说经"者，似又百不一存，无可参照，要对问题作出密合事理的解答，谈何容易！

惟其如此，所以对《取经诗话》的"说话"家数问题，一些文学史著作审慎地予以回避，只字不提，如鲁迅《中国小说史略》，刘大杰《中国文学发展史》，中国社会科学院文学研究所《中国文学史》；一些文学史著作认为是"说经"，理由则不外是说《取经诗话》写的是三藏法师西行求法，如北京大学中文系五五级《中国文学史》，北京大学中文系《中国小说史》，陈汝衡《宋代说书史》；一些文学史著作认为是"小说"，其中理由摆得最充分的是胡士莹的《话本小说概论》之"话本与诗话"：

　　《取经诗话》所用的文体是属于"小说"范畴的"诗话"体，有人说它是一个"说经"话本是不对的。"说经"的性质是"演说佛书"，这在《都城纪胜》和《梦粱录》两书里记载得很清楚，取经不等于说经，"诗话"，无论从《取经诗话》或伍子胥故事，以及下文的《张子房慕道记》等来看，其内容都是以人物命运遭遇为中心，叙述故事，而且近乎灵怪、神仙、发迹、变泰之类，显然是"小说"一类，不过篇幅有大小，所以在内容上是和说经毫无共同之处的。但它在形式上多少受到唐代"讲经文"和"变文"的一些影响，却也无可否认。

《取经诗话》的"说话"家数是否属"小说"，当然还可以进一步商榷；但胡士莹所摆的这些理由，却无疑是对当前的"说经"论一种有分量的质疑。

　　其实，宋人"说话"四家数的划分问题，本身就是个人言言殊的问题。迩来一些研究者更认为"说话有四家"云云，乃是"耐得翁个人意见"，"并非定论"；认为宋人"真正说话之分类，实仅三家，即小说、讲史、说经"①。尽管"四家"说也罢，"三家"说也罢，都赫然标举着"小说"和"说经"，但对"小说"之内涵的理解却不尽相同，当然也就会对进一步研讨《取经诗话》的"说话"家数问题产生微妙的影响。

　　照我看来，"说话"四家数之论，是否为宋元人定论，这是一个问题；是否有其道理，这又是一个问题。最为重要的是研究一下耐得翁把宋人"说话"划分为"四家数"的标准，而这正是当前的"四家"论者

---

　　①　皮述民：《宋人"说话"分类的商榷》，《北方论丛》1987 年第 1 期。

与"三家"论者所忽略了的。如果我们把握了耐得翁的分类标准，再参照以宋元人的一些约定俗成的看法，那么，就不只可以对"说话有四家"的提法是否合适作出应有的判断，而且可以对《取经诗话》的"说话"家数问题作出应有的解答。二者既属主从，不妨一并研究，以见时代思潮的特点之侧影于一斑。

二、说"四家"说的分类标准及近人和时贤分类的失误

宋人"说话有四家"的提法，最早见于耐得翁的《都城纪胜》。他在"瓦舍众伎"条中曾这样说：

> 弄悬丝傀儡、杖头傀儡、水傀儡、肉傀儡。凡傀儡敷演烟粉灵怪故事、铁骑公案之类。其话本或如杂剧，或如崖词，大抵多虚少实，如"巨灵神"、"朱姬大仙"之类是也。影戏。凡影戏乃京师人初以素纸雕镞，后用彩色装皮为之。其话本与讲史书者颇同，大抵真假相半，公忠者雕以正貌，奸邪者与之丑貌，盖亦寓褒贬于市俗之眼戏也。说话有四家。一者小说，谓之银字儿，如烟粉、灵怪、传奇。说公案皆是搏刀赶棒及发迹变泰之事。说铁骑儿谓士马金鼓之事。说经谓演说佛书。说参请谓宾主参禅悟道等事。讲史书讲说前代书史文传、兴废争战之事。最畏小说人，盖小说者能以一朝一代故事顷刻间提破。合生与起令随令相似，各占一事。商谜旧用鼓板吹［贺圣朝］，聚人猜诗谜、字谜、戾谜、社谜，本是隐语。有道谜、正猜、下套、贴套、走智、横下、问因、调爽。

吴自牧的《梦粱录》沿袭了这一看法。他在"小说讲经史"条中是这么说的：

> 说话者，谓之舌辩。虽有四家数，各有门庭。且小说名"银字儿"，如烟粉、灵怪、传奇、公案、朴刀、杆棒，发发踪参（发迹变泰）之事，有谭淡子、翁三郎、雍燕、王保义、陈良甫、陈郎妇枣儿、余二郎等，谈论古今，如水之流。谈经者，谓演说佛书；说参请者，谓宾主参禅悟道等事；有宝庵、管庵、喜然和尚等。又有说诨经者戴忻庵。讲史书者，谓讲说通鉴、汉唐历代书史文传、兴废争战之事，有戴书生、周进士、张小娘子、宋小娘子、丘机山、徐宣教。又有王六大夫，元系御前供话，为幕士请给，讲诸史俱通，于咸淳年间，敷演《复华篇》及《中兴名将传》，听者纷纷，盖讲得字真不俗，记问渊源甚广耳。但最畏小说人，盖小说者，能讲一朝一代故事，顷刻间捏合。（合生）与起令随令相似，各占一事也。商谜者，先用鼓儿贺之，然后聚人猜诗谜、字谜、戾谜、社谜，本是隐语。

一经吴自牧这么袭而用之，充而实之，耐得翁的"说话有四家"的提法，遂成为清季以来学界的不易之论。

然而，一则由于耐得翁只说了个"一者小说"，没有说"二者"、"三者"、"四者"，吴自牧也没有明言"四家"是哪四家；二则由于当时没有如同我们今天所使用的标点，可左可右，断句很难有固定的标准，遂使近代学者们对"说话"四家的分法，人执一词，聚讼不已。要知专家们的意见分歧到什么程度，不妨让我们看看胡士莹所制下列简表[①]：

---

① 胡士莹：《话本小说概论》上册，中华书局1980年版，第106页。

家数 论者	烟粉	灵怪	传奇	公案	铁骑	说经	说参请	讲史	合生	商谜	说诨话
王国维 胡怀琛			1			2	3	4			
鲁迅甲 严敦易			1				2	3	4		
孙楷第			1				2	3	4		
鲁迅乙		3				2		1			4
赵景深			1				2	3			4
谭正璧甲			1				2	3		4	
谭正璧乙		1		2	3			4			
翟灏 张心泰 陈汝衡 李啸仓 青木正儿	1			2			3	4			
王古鲁	1			2			3	4			

那么，制表者的意见又是什么呢？他认为四家的分法应该是这样的：

1. 小说（即银字儿）——烟粉、灵怪、传奇、说公案，皆是朴刀杆棒及发迹变泰之事。

2. 说铁骑儿——士马金鼓之事。

3. 说经——演说佛书；

说参请——宾主参禅悟道等事；

说诨经。

4. 讲史书——讲说前代书史文传、兴废争战之事。

其理由是:"耐得翁的一段话,貌似混乱,其实却有其严整之处,四家数的分界,亦显然在焉。问题就在一个'事'字上。试看:'一者小说……之事;说铁骑儿……之事;说经……说参请……等事;讲史书……之事,最畏小说人……'由此可见,耐得翁的分法,是从最根本的因素——内容,亦即反映生活的范围出发的。他着重在某一家数说什么'事'。而且,因为说经、说参请形式不同,内容却大同小异,所以他合而为一,后面用的是'等事',也用得很合逻辑。"结论则是:"耐得翁从内容来看问题的方法是正确的。"①

要之,从这种种四分法的"说话"分类来看,正如皮述民所说:"它们是大同小异的,所谓大同,是它们均同意小说、讲史、说经三种各占一位,所谓小异,即是第四位应分派给谁,意见分歧。或主张合生,或主张合生、商谜,或主张合生商谜外加说诨话,或者否定这几种说法,而把说公案、说铁骑另立一门,各是其是。总之,四分法到目前为止,迄无定论。"②

现在,我们要提出讨论的是如下三个问题。如果这三个问题弄清楚了,定论是可以获得的。

其一,耐得翁认为"说话有四家",其分类的标准究竟是什么?

《都城纪胜》告诉我们:弄傀儡有话本,当然也有讲唱,但作为一种伎艺,其主要演出手段则是靠傀儡以引人。影戏亦有话本,当然也有说唱,但作为一种伎艺,其主要演出手段则是靠皮影以动人。"说话"不只有说,间或还有唱,唱时当然也会用乐器,但作为一种伎艺,其主要演出手段则是靠"舌辩"以娱人。这好像是老生常谈,实际上耐氏用

---

① 胡士莹:《话本小说概论》上册,中华书局 1980 年版,第 107—108 页。

② 皮述民:《宋人"说话"分类的商榷》,《北方论丛》1987 年第 1 期。

以区别"说话"与皮影等其他伎艺的标准亦显然在焉，那就是演出时主要靠"舌辩"以自资者谓之"说话"。

《都城纪胜》还告诉我们："凡傀儡敷演烟粉灵怪故事，铁骑公案之类。其话本或如杂剧，或如崖词，大抵多虚少实。"凡影戏乃以素纸或兽皮雕镞，"公忠者雕以正貌，奸邪者与之丑貌，盖亦寓褒贬于市俗之眼戏也"；"其话本与讲史书者颇同，大抵真假相半"。这也好像是老生常谈。实际上耐氏用以区别"小说"与"讲史"的标准却亦在焉，那就是看其虚构程度如何，"大抵多虚少实"者谓之"小说"，"大抵真假相半"者谓之"讲史"。

这两点是万万不可忽略的，否则，我们就难以论定耐得翁所说的"说话有四家"究竟是哪四家。一些研究者以为耐得翁的分法是从作品反映生活的范围出发的，由此而主张对《都城纪胜·瓦舍众伎》不取"说话有四家"一语以前的傀儡和影戏，也不取"最畏小说人"这总结以后的合生与商谜；认为只要捉住其间一段文字中的四个"事"字，便可正确地判别耐得翁所说的"说话有四家"是哪四家①，那是把问题过分地简单化了，实际情况并非如此。这里，只想指出一点，那就是：谓"说公案"，"皆是搏刀赶棒及发迹变泰之事"，那是可以的，因为符合现存及本事可考者这类作品的事实；谓"烟粉、灵怪、传奇"诸作，"皆是搏刀赶棒及发迹变泰之事"，那是不可以的，因为不符合现存及本事可考者这类作品的事实。《醉翁谈录》乙集"烟粉欢合"类之《林叔茂私挈楚娘》及壬集"奁缘奇遇"类之《崔木因妓得家室》，便足资证。二者既没有什么"搏刀赶棒"，也没有什么"发迹变泰"，一风月情而已。

其二，小说和银字儿是不是同一概念的两个不同名称，铁骑儿和

---

① 胡士莹：《话本小说概论》上册，中华书局 1980 年版，第 107 页。

小说是不是属于同等概念的一种并列关系？

　　银字儿是银字管亦即银字笙和银字觱篥的简称。这种乐器是以"银字制笙，以银作字，饰其音节"而得名。所谓"以银作字"，就是"镂字于管，钿之以银"；所谓"饰其音节"，就是"于笙之按孔处，钿之以银"[1]，具有外形的美。与此不无关系吧，诗人也就雅好以它入诗。如白居易《南园试小乐》诗云："高调管色吹银字，慢拽歌词唱'渭城'。"杜牧《寄珉笛与宇文舍人》诗云："调高银字声还侧，物比柯亭韵校奇。"如毛滂《浣溪沙·泛舟》云："银字笙箫小小童，梁州吹过柳桥风。阿谁劝我玉杯空。"蒋捷《一剪梅·舟过吴江》云："何日归家洗客袍？银字笙调，心字相烧。"而从这些词的意境来看，则又可以看出"'银字'本身腔调所代表的情绪，是哀艳的，回环复沓的"[2]，且为当时人们所喜闻乐见。

　　银字儿与"说话"的关系，当前有两种看法。叶德均认为："宋代说话的小说又名'银字儿'，是因讲唱时用银字笙、银字觱篥乐器配合歌唱而得名。"[3]孙楷第也说："说话第一类之小说，既以'银字儿'命名，必与音乐有关，大概说唱时以银字管和之。"[4]这是一种看法。李啸仓认为："银字为哀艳腔调的代称，是灼而易见的。进而，'银字'到宋朝已经孳乳引申为哀艳之义的专名词，也就成为极可能的事了。"[5]而说话人讲的烟粉、灵怪、传奇这一类小说，"大抵都是很哀艳动人的"，所以

---

①　李啸仓：《宋元伎艺杂考·释银字儿》，上杂出版社1953年版。

②　李啸仓：《宋元伎艺杂考·释银字儿》，上杂出版社1953年版。

③　叶德均：《戏曲小说丛考》下册，中华书局1979年版，第630页。

④　孙楷第：《俗讲、说话与白话小说·宋朝说话人的说话家数问题》，作家出版社1956年版。

⑤　孙楷第：《俗讲、说话与白话小说·宋朝说话人的说话家数问题》，作家出版社1956年版。

"特异的称它为'银字儿',恐怕就是这个道理"①。胡士莹也说:"我们不否认说话是有歌唱部分,但它是否用银字笙、银字觱篥来伴奏,尚难找到根据。'小说'之所以称为'银字儿',第二说似较为合理。"② 这又是一种看法。要注意的是,叶德均和胡士莹是认为银字儿乃小说的别名,而孙楷第和李啸仓则认为银字儿乃一类小说的代称。这种意见分歧,它对于研究"说话"家数之一的小说来说,反映了把银字儿当作属概念还是种概念认识上的不同。

那么,应该怎样认识这种看法上的分歧呢?我认为它们皆有合理的内核,以任何一方否定另一方均有失于全面。何以言之?

宋人"说话"可上推受于唐人"转变"之启示和影响,是种以说白为主有歌有吟的伎艺。银字笙和银字觱篥,是隋唐燕乐及唐宋教坊音乐的重要乐器,形既甚美而音又哀艳。说小说人演述哀艳故事时以银字管吹奏相和,我认为完全密合事理。此其一。

银字儿本身腔调所代表的情绪既是低回悱恻的,所和的小说故事又是哀婉复沓的,相沿成趣,久之遂使银字儿成为哀艳的代词,我想也不是绝无可能。此其二。

宋时说商谜者曾"用鼓板吹 [贺圣朝],聚人猜诗谜、字谜、戾谜、社谜",则说小说者亦会吹奏银字管以招徕他的听客,我认为这事有必然。由此而使银字儿日渐成为说某类小说甚或说小说的一种象征,亦情理中事。此其三。

不言而喻,三者当有一个共同的基础,那就是:银字儿的腔调和小说情节的格调不应相左。我们知道,《都城纪胜》在记叙傀儡戏时

---

① 李啸仓:《宋元伎艺杂考·释银字儿》,上杂出版社 1953 年版。

② 胡士莹:《话本小说概论》上册,中华书局 1980 年版,第 111 页。

以"烟粉灵怪"和"铁骑公案"对举，足证它的内容有文有武。"其话本或如杂剧，或如崖词"，崖词者，"无端崖涘之辞"[1] 也，此指"虚多实少"的小说。戏之情节既有文有武，小说的故事当亦如此。那么，与银字儿腔调所代表的哀艳情绪相和鸣的小说故事当是什么故事呢？应是或者说主要是"文"的！足见似不能说银字儿是小说的别名而只宜说它是一类小说的代称，这类小说就是烟粉、灵怪、传奇。盖烟粉多讲烟花粉黛，人鬼幽媾；灵怪多讲灵异鬼怪，人妖偷期；"唐人所谓传奇，内容本无所不包，话本则仅指爱情故事一类"[2]。凡此，皆大抵以哀艳见称。

要是我们这种看法大体不错，则有助于弄清说铁骑儿或铁骑公案与小说的关系。一些研究者认为"研究者们对于'家数'问题所以聚讼纷纷，关键在于他们忽视了'说铁骑儿'这一家数的现实性和独立性"[3]。实际情况，我认为并非如此。何以见得？

《都城纪胜》将"烟粉灵怪"与"铁骑公案"对举，已可说明它们在耐得翁心目中是并列的，皆属于以"多虚少实"为特点的小说类的子目，当然也就谈不上是一家数。这是一。

所谓说铁骑儿的"现实性和独立性"，无非就是它的内容犹如严敦易所说的"自北宋灭亡以来，民间艺人们所津津乐道，与夫广大听众所热切欢迎的，包括了农民暴动和起义以及发展为抗金义兵的一些英雄传奇的故事"[4]。然而，从南宋及后世存在的有关宋代战争的作品来看，无论是歌颂忠臣良将的狄青故事、杨家将故事、岳飞故事，还是以太行山

---

① 指《庄子·秋水》中的寓言故事。

② 谭正璧：《话本与古剧》，上海古典文学出版社 1956 年版，第 21 页。

③ 胡士莹：《话本小说概论》上册，中华书局 1980 年版，第 108 页。

④ 严敦易：《水浒传的演变》，作家出版社 1957 年版，第 69 页。

忠义八字军为剪影的龚开所称颂的宋江三十六人故事，哪一个越出了耐得翁试图为小说所下的那个定义！不认为它们是"真假相半"的讲史，而认为它们是"虚多实少"，"能以一朝一代故事顷刻间提破"的小说，时至今日，我们还可以看出耐得翁的高明。这是二。

一些专家又认为"'说铁骑儿'这一说话家数的出现，历时并不太长，后来就被统治阶级所钳制而取消了。晚出的《武林旧事》就没有四家的说法"①。此说颇新颖，但恐怕也是臆测。《梦粱录》亦属晚出，也无"说铁骑儿"，却赫然写着："说话者，谓之舌辩。虽有四家数，各有门庭。"若以此例彼，岂不正好说明说铁骑儿不是四家数之一！《梦粱录》较《都城纪胜》晚出四十余年，其所以没有"说铁骑儿"一项，我认为这是说铁骑儿故事自身发展的结果。所谓"说铁骑儿"，实际上包括两类故事。一类是农民义军发展为抗金武装的故事，其代表作当是龚开所赞颂的以"不假称王，而呼保义"为特点的宋江三十六人故事；这种故事由于出现了宋江的接受招安与征方腊有功封节度使，也就随之而演化为以演述"搏刀赶棒及发迹变泰之事"为特点的"说公案"②。一类是宋廷爱国将领精忠报国故事，其代表作当如《中兴名将传》之类；这种故事由于私家编撰的史书不断出现，由于南宋的灭亡而使"本朝"的"事"变成了"前代"的"史"，随之也就使它被具有故国之思的编纂者附于讲史。吴自牧便是这么做的。这是三。

凡此，足证说公案与说铁骑儿也是小说的子目，与银字儿鼎足而三，合起来称为小说。

其三，合生和商谜以及说诨话等这些小型伎艺，是否属于"说话"

---

① 胡士莹：《话本小说概论》上册，中华书局 1980 年版，第 108 页。

② 张锦池：《乱世"忠义"的颂歌》，《中国四大古典小说论稿》附录，华艺出版社 1993 年版。

伎艺的一种？

回答应该是肯定的，试以合生为例说明问题。理由如次：

一是，何谓"合生"？唐人的合生是种歌舞戏，宋人的合生是种有白有咏的小品。洪迈《夷坚志乙志》卷六"合生诗词"条说得非常明白：

> 江浙间，路歧伶女，有慧黠知文墨，能于席上指物题咏，应命辄成者，谓之合生。其滑稽含玩讽者，谓之乔合生。盖京都遗风也。

这一定义告诉我们：合生是种以"舌辩"自资的文艺小品，与"现代的相声有些近似，形式比较灵活"[①]。

二是，孟元老《东京梦华录》卷五"京瓦伎艺"条，将商谜、合生、说诨话毗连，置于小说与"说三分"之间。罗烨《醉翁谈录》甲集"小说引子"云："由是有说者纵横四海，驰骋百家，以上古隐奥之文章，为今日分明之议论。或名演史，或谓合生，或称舌耕，或作挑闪，皆有所据，不敢谬言。"公然把合生和讲史相提并论，认为皆是"说者"的有为之作。其他如《西湖老人繁胜录》"瓦市"条，也像《都城纪胜》与《梦粱录》一样，将合生置于小说、说经、讲史三家之后，只有周密《武林旧事》卷六"诸色伎艺人"条是个例外。凡此，足以说明：将合生看作"舌辩"伎艺之一个分支，乃渊源有自，并非耐得翁和吴自牧二人如此，实代表着当时的普遍看法。

三是，让我们看一篇合生，它见于洪迈《夷坚志乙志》卷六"合生诗词"条，是洪迈给合生下定义后的引证，具有一定的代表性：

---

① 程毅中：《宋元话本》，中华书局 1980 年版，第 12 页。

张安国守临川；王宣子解庐陵郡守印归，次抚。安国置酒郡斋，招郡士陈汉卿参会。适散乐一妓言学作诗。汉卿语之曰："太守呼为五马，今日两州使君对席，遂成十马，汝意作八句！"妓凝立良久，即高吟曰："同是天边侍从臣，江头相遇转情亲。莹如临汝无瑕玉，暖作庐陵无脚春。五马今朝成十马，两人前日压千人。便看飞诏催归去，共坐中书布化钧。"安国为之叹赏竟日，赏以万钱。

多像一篇话本的入话！其艺术表现方式，也令人想起《苏小妹三难新郎》中苏小妹与苏东坡的指物题咏，相互戏嘲。胡士莹认为："合生是一种以歌唱诗词为主的口头伎艺，内容很少故事性，实与以故事为主的'说话'殊途。'说话'中词话，形式固然以唱为主，但内容则以故事为主。划分家数，须以内容为主要标准，形式是次要的。"① 而我则以为要合生这样的文艺小品具有较强的故事性是勉为其难的，倒应该看到这篇合生它具有故事崖略而以情节为线，简直可以看作"丛残词话"！前面提到罗烨曾将合生与讲史相提并论，其《醉翁谈录》丁集"嘲戏绮语"所录，直令人疑心就是当时瓦肆演出的合生或说诨话。兹录《夫嘲妻青黑》：

有一邻家，夫妻甚相谐和。夫自外归，见妇吹火，乃赠诗焉。诗曰："吹火朱唇动，添薪玉腕斜，遥看烟里面，大似雾中花。"其妻亦候夫归，告之曰："君何不能学彼咏诗？"夫曰："君当吹火，吾亦赋诗以咏汝。"妻即效吹，夫乃作诗赠之："吹火青

---

① 胡士莹：《话本小说概论》上册，中华书局 1980 年版，第 125 页。

唇动,添薪鬼胆斜,遥看烟里面,恰似鸠盘茶。"(原注:鸠盘茶
乃鬼名)

这种对东施效颦现象的嘲讽是辛辣的。"吹火朱唇动"云云是"起令",
"吹火青唇动"云云是"随令",与《都城纪胜》和《梦粱录》所说的合
生的特点,并不相背。然而,罗烨却把它作为"说话"的材料录入自己
的作品。

四是,主张合生不是"说话"四家数之一,用力最勤的是李啸仓。
他在《宋元伎艺杂考·合生考》中曾以一节的篇幅,提出六点理由,"辨
合生非说话四家之一"。令人最感兴味的,是其最后结语:"但合生的表
演,如前所论,在说唱故事上用叙述而不用代言,其与说话颇有类似之
处却是可以断言的。《醉翁谈录》的作者把它们混同来讲,推其缘故,
当也即在此。"照我看来,罗烨是南宋人,又是那时的"说话"里手,
他所以把合生与"说话"混同来讲,就在于凭他的学识与经验,认为那
"在说唱故事上用叙述而不用代言"的合生,也是一种"舌辩",并且比
我们今天看得真切!

五是,笔者虽不敢苟同皮述民的"宋代说话宜分三类"说,但认为
他下列的看法是精辟的:"说话既独立门户表演,其演出的时间、场数,
一定不少,可想而知。为了调剂各类说话的单纯性,因此,选择了一些
演出时间较为短暂的、有趣味性的,或能与观众打成一片的小表演,作
为穿插,它们就是上述的这些小型伎艺。"然而,下面一段话就可以商
榷了:"这些小型伎艺,本身不能成为表演的主体,所以只能寄生在其
他节目之间,作为过渡性、调剂性的演出。"① 我认为它们是可以自成一

---

① 皮述民:《宋人"说话"分类的商榷》,《北方论丛》1987 年第 1 期。

家、独立演出的，一个节目接一个节目，演出给那些来来往往、忙中偷闲的人看。《东京梦华录》卷五"京瓦伎艺"云："毛祥、霍伯丑，商谜。吴八儿，合生。张山人，说诨话。"《西湖老人繁胜录》"瓦市"云："勾栏合生，双秀才。……背商谜，胡六郎。谈诨话，蛮张四郎。"《武林旧事》卷六"诸色伎艺人"云："说诨话，蛮张四郎。商谜，胡六郎等十三人。……合笙，双秀才。"这种职有专人，便是这些小型伎艺既可作为小说、讲史、说经的穿插，也可以其独特的趣味，自成一体，独立演出的明证。

问题是清楚的，耐得翁以是否是"舌辩"的伎艺，将"说话"与"弄傀儡"和"影戏"分开；以虚构的程度如何，将小说与讲史作了必要的区分；并从而结合"说话"的内容和形式，把"说话"分为四家。"最畏小说人"云云，谓其前面的三家是主要的，其后面的一家是次要的。如果用我们今天的思维形式来表达，那就是："说话有四家"，小说、说经、讲史是主要的，其他还有合生等小型伎艺。如此而已，岂有他哉！鲁迅等据《梦粱录》，凭直观，虽有犹疑，却无大错。李啸仓等在说铁骑儿或铁骑公案上求之过深，反致"失之毫厘，差之千里"。"说话有四家"云云，当然是耐得翁的个人意见，但这种概括是符合当时"说话"实际的。耐氏的高明处亦在此。

三、说《取经诗话》"说话"家数归属问题

宋人"说话"的分类及其标准问题弄清了，再去考察《取经诗话》的"说话"家数，会使问题相得益彰。

不妨让我们先以筛选法，看看《取经诗话》应该属于哪一"说话"家数。

玄奘西游天竺是历史上的一个真实事件，《取经诗话》的主要故事是写"玄奘法师"西行求法。那么，《取经诗话》的"说话"家数会不会是属于"讲史"？回答只能是否定的，理由如下：

所谓"讲史"，作为约定俗成的科目，并不同于一般所说的讲历史故事。其特定内容，是"讲说前代书史文传、兴废争战之事"。其主要意旨，是以借古讽今的法子，"言其上世之贤者可为师，排其近世之愚者可为戒"①，褒扬忠义，贬责奸佞，宣说"修身、齐家、治国、平天下"的大道理。论其主导思想的思想性质，当属于三教中儒教者流。凡此，现存宋元"讲史"话本，如《新编五代史平话》、《武王伐纣平话》、《三国志平话》等，皆可资证。而《取经诗话》呢？它的内容、意旨、思想性质，却莫不与此异趣，显然是属于三教中佛教者流的作品。

《取经诗话》的成书年代，其上限不会早于北宋仁宗年间，其下限不会晚于南宋高宗年间，当是属于北宋中后期的作品。② 北宋的"说话"，"讲史"可以与"小说"争驰。孟元老《东京梦华录》所载北宋"说话"科目，不仅有"讲史"还有"说三分"与"说五代史"两个子目，足见"讲史"在当时之盛。"讲说前代书史文传、兴废争战之事"，我以为可以是长篇，也可以是短制。研究者以为"讲史"必是长篇，恐怕是一种误解。"讲史"显然是从"俗讲"中说《列国志》与说《汉书》等发展而来，然而现存《伍子胥变》与《汉八年楚灭汉兴王陵变》等便都是短制。此种形式自会在北宋的"讲史"伎艺中获得传流。"说三分"与"说五代史"所以能成为"讲史"的子目，恐怕就在于它已由相对独立的众多短篇发展为鸿篇巨制，需要有像霍四究与尹常卖那

---

① 罗烨编：《醉翁谈录·小说引子》，古典文学出版社 1957 年版。

② 参见本编第一章《〈大唐三藏取经诗话〉成书年代考论》。

样的专家才能操纵自如，久之遂自立门庭。《取经诗话》全书分三卷，共十七节，又何尝不是鸿篇巨制呢？一般的"讲史"艺人焉能执箠如组！孟元老生于北宋而卒于南宋初年，《东京梦华录》是其晚年作品。如果《取经诗话》是属于"讲史"，孟元老总不会由于厚彼薄此而不别立子目吧！

《新编五代史平话》与《三国志平话》等"讲史"作品，所叙史事，重要者均本正史，对于个人的性情杂事以及战事场面，则加以夸张的描写与铺叙，间亦插入种种民间故事传说。所以，耐得翁说它是"大抵真假相半"。《取经诗话》呢？除了玄奘法师的形象及其西行取经而归的事迹或多或少地保留着唐代高僧玄奘的某种影子以外，其余如猴行者的形象及其一路降妖灭怪助唐僧西行的种种情节则莫不出于虚构，若借用耐得翁评"崖词"的话来说，就叫作"大抵多虚少实"。

正是基于这三点，我们认为《取经诗话》虽取材于唐代高僧玄奘西行求法，但它的"说话"家数却不是属于"讲史"。事实上，一些文学史著作以及有关专著也没有这么认为，只是它们并没有说出自己的理由而已。

《取经诗话》虽有一点史实的影子，写的却既不是"兴废争战之事"，又是"大抵多虚少实"。那么，它的"说话"家数会不会是属于"小说"呢？回答也只能是否定的。如果它是"小说"，则不可能是"说公案"，因为"说公案皆是搏刀赶棒及发迹变泰之事"；也不可能是"说铁骑儿"，因为"说铁骑儿谓士马金鼓之事"。如果它是"小说"，只可能是"银字儿"，具体地说，就是属于其中的"灵怪"。胡士莹等正是这么认为的。然而，这种看法亦颇难成立，理由如下：

吴融《和韩致光侍郎无题》诗云："管纤银字咽，梭密锦书匀。"可谓惟妙惟肖地传达了"银字管"本身腔调所代表的情绪。我们试看"银字儿"所包括的烟粉、灵怪、传奇等子目的性质，也正如胡士莹自己所认为的，"它们的故事，多数是哀艳动人的。所以把'银字儿'作为哀艳的代词，是可以说得通的"①。既然如此，若以"哀艳动人"来说《取经诗话》的故事基调，认为它是"银字儿"中的丰碑，恐怕连胡士莹自己亦不会首肯吧！

这还是次要的，更为主要的是，"灵怪"作为宋人"说话"的一个子目，它有自己的特定内涵。《醉翁谈录》所录宋人话本名目告诉我们，"这类话本的内容，大都是些普通的妖异鬼怪故事，但凡关于女鬼、神仙、妖术的都不在内，因为它们在后面都另有专类"②。论其主导思想的思想性质，莫不属于三教中道教者流。胡士莹所列今存"灵怪"类宋元话本，"如《清平山堂话本》中的《陈巡检梅岭失妻记》、《古今小说》中的《张古老种瓜娶文女》、《警世通言》中的《崔衙内白鹞招妖》、《醒世恒言》中的《郑节使立功神臂弓》等"③，亦可证明这一点。《取经诗话》与此不仅有内容、意旨、思想性质上的异趣，还有长篇与短制上的不同，硬将其纳入"小说"子目"灵怪"类，不能不令人感到有"拉郎配"之嫌。

岂但如此，还有一个十分值得注意而一直为专家学者们所忽略了的现象，那就是：《醉翁谈录·小说开辟》所录宋人"小说"话本名目，共一百零七篇，分列于"灵怪"、"烟粉"、"传奇"、"公案"、"朴刀"、"杆棒"、"妖术"、"神仙"等八个子目。其中，现在尚存的与现已不知存佚而见于他书或内容可考的，属于"烟粉"、"传奇"、"公案"、"朴刀"、"杆棒"等五个子目的作品自不必说；属于"灵怪"、"妖术"、"神仙"等三

① 胡士莹：《话本小说概论》上册，中华书局 1980 年版，第 112 页。
② 谭正璧：《话本与古剧》，上海古典文学出版社 1956 年版，第 14 页。
③ 胡士莹：《话本小说概论》上册，中华书局 1980 年版，第 111 页。

个子目的作品也几乎没有一篇是讲佛教故事的①，论其故事内容与思想性质，绝大多数皆属三教中道教者流。这使我们不能不认为宋人"说话"分类还有个约定俗成，那就是：犹如"讲史"是儒教的思想地盘，"说经"是佛教的思想地盘，"灵怪"、"妖术"、"神仙"等乃是道教的思想地盘，它们各有各的"根据地"。正因为如此，所以在罗烨的心目中那些弘扬佛法的作品，当然也就不是"小说"而是"说经"了。不言而喻，这也就是时人的认识。《醉翁谈录》既然录的是"小说"话本名目，当然也就不会去录旨在弘扬佛法的作品。

正是基于这三点，我们认为《取经诗话》中的猴行者作为曾偷过西王母仙桃的老猴精，其形象虽或有取于"小说"子目"灵怪"类中的猴妖传说的地方，但《取经诗话》的"说话"家数却不可能是属于"小说"中的"灵怪"。其根本点就在于职有分工，"小说"子目"灵怪"类也罢，"神仙"类也罢，主要皆是三教中道教者流的作品，以弘扬佛法为其首要思想特征的《取经诗话》，当然也就不可能是那一地盘上的丰碑。

《取经诗话》的"说话"家数，既不可能是"讲史"，又不可能是"小说"，更不可能是"合生"之类。那么，究竟是什么呢？比较密合事理的，只能是"说经"。

说《取经诗话》的"说话"家数是属于"说经"，这不只于事理始为密合，而且也可以从它的思想内容与艺术形式的特点上获得有力的证明。

《取经诗话》的艺术形式，与晚唐五代"讲唱经文"的"俗讲"类

---

① 《醉翁谈录》"灵怪"录话本名目 16 篇、"神仙"录话本名目 10 篇、"妖术"录话本名目 9 篇，其中只有一篇似写禅悦之思，即"神仙"中的《金光洞》，谭正璧认为此篇有可能就是《拍案惊奇》卷 28《金光洞主谈旧迹，玉虚尊者悟前身》的故事来源。

似而又有其步不动而神移式的重大发展。这里，只简要地讲三点：

一是，它的标题大部分都作什么什么"处"，如"行程遇猴行者处第二"、"过长坑大蛇岭处第六"、"入九龙池处第七"等等，这种标作某某"处"，显然是晚唐五代变文的遗踪。我们知道，"以文字显经中神变之事，谓之变文"；"以图画显经中神变之事，谓之变相"[①]。图文对照，让众"看官"眼看变相，耳听变文，好像今天让人听讲幻灯片上的图像，便是当时"俗讲"僧人的演出方式。某某"处"就是指给"看官"看的变相中的某某场面，某段变文就是对变相中某一场面的"陈说"。《取经诗话》的标题大部分也都有一个"处"字，说明它最初很可能也是与图画相配的，一段故事便有一幅图。然而，却不是在叙述中韵散交替的地方以"处"字表明故事情节的转折和场面的变换，而是创为标目，这又是它对变文体制的重大发展。这一发展，遂开后世章回小说之先河。

二是，它有诗有话，颇类"俗讲"的体制。诗虽然主要是中国七言诗歌的形式，性质却近于佛经的偈赞，话文也与佛经相近似[②]，晚唐五代"经变"的遗迹是明显的。然而，变文中的有诗有话，是一段诗，一段话，遂成联珠间玉的程式；《取经诗话》则创为每章皆以话起，以诗结，遂成珠玉生辉的格局。这一发展，又着后世章回小说回末诗之先鞭。

三是，一些变文如《伍子胥变》里的诗歌是用作人物对话或内心独白，宋人小说话本里的诗歌是以说话人的立场吟唱出来的，《取经诗话》里的诗歌则皆由书中人物自己信口吟唱。它不同于宋人小说话本而继承并发展了《伍子胥变》等的用法。这一发展，遂使诗歌成为促进故事发

---

① 周绍良：《敦煌变文汇录》叙，上海出版公司1954年版。

② 参见中国古典文学出版社1954年印本《大唐三藏取经诗话》之《出版者说明》。

展的一个有机部分而为后世的说唱文艺所效仿。

凡此，又说明了什么呢？如果《取经诗话》是晚唐五代"俗讲"的底本，则时代的风尚与寺院式的因循守旧，断不会使它在体制与表现形式上有如此重大的创新。如果《取经诗话》是宋人"小说"话本，则要求它将故事"顷刻间提破"，断不会使它在体制与表现形式上去如此向"俗讲"话本靠拢。因此，《取经诗话》的这种既"新"且"旧"，我以为正好说明了它是既非"俗讲"、又非"小说"、亦非"讲史"的"说经"话本。

要是把《取经诗话》的艺术形式与它的思想内容对照起来看，问题就更清楚，简直可以把它看成是一部弘扬佛法的宗教书籍。它膜拜佛的崇高和神秘，认为竺国佛祖远在名山，"灵异光明"，但"人所不至，鸟不能飞"，三世求法的三藏法师也只能"炉爇名香，地铺坐具"，"面向鸡足山祷祝，求请法教"。它笃信佛法无边，无处不有，认为最凶恶的白虎精在大梵天王赐给玄奘法师的三件佛宝面前也会"粉骨尘碎，绝灭除踪"，凶猛的狮子王在观音菩萨的佛法感召下也会"口衔鲜花，皆来供养"。它宣扬只有西方才是佛天净土，认为"佛天无四季，红日不沉西"，"竺国西天都是佛，孩儿周岁便通经"。它赞美西行求法的行动，认为三藏取经是"满国福田大利益，免教东土堕尘笼"。它尤其向往正果西天，认为玄奘法师师徒取得真经而归，回国不仅无上荣耀，恩泽朝野，而且于吉日吉时登上"天宫降下采莲舡"，"望正西乘空上仙去也"。《取经诗话》如此狂迷佛教，这在宋元话本中几乎是独一无二的。其所以然，显然就在于它是"说经"话本。

《取经诗话》的艺术形式如此，思想内容又如此，认为它的"说话"家数是属于"小说"之子目"灵怪"，就更令人难以信服了。

其实，说《取经诗话》的"说话"家数是属于"说经"，这不只从作品的艺术形式和思想内容可以获得证明，而且也是自古以来的一种约定俗成的看法。

据欧阳修《于役志》的记载，晚唐五代时扬州寿宁寺的经藏院曾有玄奘取经的壁画，到宋代还存在。此画多半取材于《大慈恩寺三藏法师传》，当然也有人认为取材于《取经诗话》，而如果晚唐五代有据《大慈恩寺三藏法师传》编撰的变文，则又有可能是该变文的变相之一幅。要之，不论它取材于什么作品，都无可辩驳地说明一个事实，那就是：玄奘西行取经早在晚唐五代时便作为正统的佛门故事在社会上流传。这一点不能不影响后世人们的头脑，从而左右着他们对问题的看法。

最值得注意的，是敦煌榆林窟那三幅西夏壁画《唐僧取经图》。三幅《唐僧取经图》虽然分别在第二、第三、第二十九窟，却有一个共同的特点，那就是：只画唐僧、猴行者和白马，没有猪八戒与沙和尚。这与《取经诗话》所述基本相符，应属同一故事系统。其中，第三窟《唐僧取经图》自右而左画的是唐僧（头顶有灵光圈）、猴行者（状如猿猴）、白马（马背驮经）[①]。那唐僧头顶上的灵光圈，无可争议地说明了《取经诗话》系统的故事，已作为"佛画"之一而登上了敦煌榆林窟画壁。

还应该一提的，是明代前期所凿那杭州将台山摩崖"玄奘龛"及龛上"唐僧取经"浮雕。[②]"玄奘"以半跏式坐龛内正中长方形座上，光头大耳，容相端好，两旁配置供养女像各一身，作恭立相。龛外上方的"唐僧取经"浮雕，八身人物中可以辨识的有玄奘法师和孙悟空、沙和

---

　①　详见王静如：《敦煌莫高窟和安西榆林窟中的西夏壁画》，《文物》1980年第9期。

　②　认为该浮雕为明代前期所凿，说见本编第一章《〈大唐三藏取经诗话〉成书年代考论》，第二节。

尚、猪八戒等，后有白马一匹。① 凡此，又告诉我们：那明代的善男信女们已知把发展了的《取经诗话》故事作为正宗的佛门故事表现到佛教的造型艺术之中去了，他们一点也不怀疑《西游记平话》之类是源出于"说经"。

由此也就使我们悟出了一个道理，那就是世传宋元有关著作，其所以均未言及《取经诗话》的"说话"家数，就在于它在人们的心目中了然得犹如一加一等于二。如此而已，岂有他哉！

然而，仅仅说到这里是不够的，还应回答好这么一个棘手问题："'说经'的性质是'演说佛书'，这在《都城纪胜》和《梦粱录》两书里记载得很清楚，取经不等于说经"，既然如此，又怎可把《取经诗话》看作"说经"话本？胡士莹就是这么提出诘难的。

怎么回答这一问题呢？我认为胡士莹等先生的失误就失误在误把"演说佛书"当作"演说佛经"。《阿弥陀经》、《妙法莲华经》、《维摩诘经》、《譬喻经》、《佛本行集经》等佛教经籍固然是"佛书"，《历代三宝记》、《高僧传》、《续高僧传》、《宋高僧传》、《五灯会元》，以及《大慈恩寺三藏法师传》等佛教史籍也是"佛书"。取材于佛教经籍者固然是"演说佛书"，取材于佛教史籍者也是"演说佛书"。要知道，寺院里的"俗讲"，固然有寓宗教宣传于娱乐的用意，而同时亦被用作悦俗邀布施的手段，题材随之而不断扩大化便成为不以个人意志为转移的发展趋向。因此，"俗讲"中的"经变"之发展为"说经"的过程，实际上既是由"寺院文学"发展为"瓦舍文学"的过程，也是由"经变"之不断扩而充之发展为演说佛教史籍的过程。前者是属于思想性质上的变化，后者是属于题材上的扩展。正因为如此，所以宋人的"说经"，便既包括演说佛

---

① 详见史岩：《杭州南山区雕刻史迹初步调查》，《文物参考资料》1956 年第 1 期。

教经籍，又包括演说佛教史籍，其共性特征是弘扬佛法，而这种弘扬又是被充分民间化或市民化了的。今存与现已不知存佚而见于他书或内容可考的代表作至少有三种：

一是目莲救母故事。它取材于《佛说盂兰盆经》，承唐《目莲变文》之遗绪，演化至明遂有郑之珍的一百零二折《目莲救母劝善戏文》。

二是僧伽降无支祁故事。僧伽为唐代名僧，《宋高僧传》卷十八有传。无支祁为传说中的淮河水怪，实乃唐代李公佐《古岳渎经》中所创造的淮涡水神。朱熹《楚辞辨证·天问》篇下有一条云："此间之言，特战国时俚俗相传之语，如今世俗僧伽降无之祁、许逊斩蛟蜃之类，本无稽据，而好事者遂假托撰造以实之。"据此，可见宋人有"僧伽降无之祁"的"说经"，遂使它成为家喻户晓的民间传说。

三是唐僧取经故事，而《大慈恩寺三藏法师传》及《续高僧传》卷四《玄奘传》则是其故事摇篮及其所属"说话"家数的依据。

足见，凡属"说经"家数的作品，必须具备两个基本条件：一是必须崇佛与弘扬佛法，二是其主要人物必须是佛教经籍或佛教史籍里有其行止崖略者。而《五戒禅师私红莲记》、《明悟禅师赶五戒》、《花灯轿莲女成佛记》之类呢？因其主人公既不是佛教经籍或佛教史籍里的人物，那故事内容又颇有些低级趣味，虽然也曲终奏雅地弘扬了一下佛法，亦只能是属于"说诨经"了。

诚然，"取经不等于说经"；然而，这只是对玄奘法师来说的。说话人演说东土本无大乘佛教，玄奘法师又如何历尽艰辛取回大乘，并从而借以弘扬佛法，便成为"说经"。彼玄奘者，何人也？由于《取经诗话》开卷第一章缺失，我们只知他生前曾"两回去取经，中路遭难"，我们只知他最后登上"天宫降下采莲舡"，"望正西乘空上仙去也"。如果参照敦煌榆林窟第三窟的《唐僧取经图》，则又知他在正果西天以前头顶

557

上便有灵光圈，可见其来历不凡。然而，究竟是何来历，却不得而知。好在《西游记》杂剧里讲得清楚："如今诸佛议论，看西天毗卢伽尊者托化于中国海州弘农县陈光蕊家为子，长大出家为僧，往西天取经阐教。"玄奘法师头上所以有灵光圈，与此所写其来历谅必不相背吧！说话人演说某某尊者何以要托化于陈光蕊家为子，长大出家为僧后又如何往西天取经阐教，并从而借以颂扬佛的崇高与佛法无边，就更是在"说经"。所以，我以为说话人之演说《取经诗话》故事，是双料的"说经"，典型的"说经"。质之高明，不知以为何如？

四、简短的结论

宋人"说话"分类与《取经诗话》的"说话"家数，是具有主从关系的两个问题。要弄清《取经诗话》的"说话"家数，必须首先对宋人"说话"分类有个正确认识；否则，皮之不存，毛将焉附！

宋人"说话"分类问题，既是个理论问题，也是个实践问题。它需要有一个标准，也要考虑约定俗成。耐得翁在《都城纪胜》里提出的"说话有四家"说，便是他从这两方面探索的结果。因此，不只是他个人的意见，还代表着一种比较普遍的看法。

"说话者，谓之舌辩。"主要是不是靠"舌辩"，这是耐得翁据以划分"说话"与"傀儡"及"皮影"等伎艺的标准。他之所以把"合生"与"商谜"等小型伎艺作为"说话"四家数之一，就在于它们也是一种"舌辩"伎艺。与此同时，耐得翁还曾对"说话"自身的分类问题提出了一个标准，那就是看其虚构程度如何。认为"讲史"应"大抵真假相半"，"小说"可"大抵多虚少实"，这已触及作品的生活真实与艺术真实的关系问题，也是符合当时创作实际的。面对同是演说"兴废争战之事"的宋人话本，这对我们正确区分哪是"讲史"哪是"说铁骑儿"，是有帮助的。凡此，也就是耐得翁在理论上的探索及其所作出的贡献。耐得翁的"说话四家"说，无疑是充分考虑了当时的一些约定俗成，而这些约定俗成本质上是基于"说话"自身的题材及其主导思想的思想性质。如果我们能结合《醉翁谈录》等文史家的著作以及当时的创作实践予以考察，问题就更清楚。比如，同属取材于"前代书史文传"的作品，若取材于儒家的典籍或史家的修撰，借对"兴废争战之事"的演说以宣扬孔孟之道者，谓之"讲史"；若取材于佛教的经籍或史籍，借其一点生发开去以弘扬佛法者，则谓之"说经"。又如，同属讲精怪的作品，若与佛教思想有纠葛，谓之"说经"或"说诨经"；若与道教思想有纠葛，则谓之"灵怪"或"妖术"。同属讲超凡脱俗的作品，若讲禅悦，讲涅槃，谓之"说经"或"说诨经"、"说参请"；若讲金丹，讲羽化，则谓之"神仙"。再如，"小说"是"大抵多虚少实"；一切宗教故事皆寓于想象，"说经"又何尝不是"大抵多虚少实"呢？"讲史"固然要求"大抵真假相半"，可事实上却往往做不到这一点，元刊本《武王伐纣平话》不就"大抵多虚少实"吗？然而，取尘世题材，宣扬尘俗观念者，谓之"小说"；取佛教题材，宣扬禅门教义者，谓之"说经"或"说诨经"；借"前代书史文传、兴废争战之事"的一点崖略生发开去，以褒扬忠义而鞭挞奸佞者，则仍谓之"讲史"：这就是旧时的题材决定论。正因为如此，所以"讲史"可作为"说话"伎艺儒教者流的代称，"说经"可作为"说话"伎艺佛教者流的代称，"灵怪"和"神仙"及"妖术"等三个"小说"子目可作为"说话"伎艺道教者流的代称。认识这一点是十分重要的，它不仅有助于我们正确认识耐得翁的"说话有四家"说，也不仅有助于我们正确判别某一具体作品的"说话"家数，它还有助于我们正确认识当时的社会思潮及儒释道三教的审美观念和价值观念。

正是基于这两点，我以为"说话四家"的分法应该是这样的：

其一，小说：银字儿（如烟粉、灵怪、传奇），说公案（皆是朴刀杆棒及发迹变泰之事），说铁骑儿（谓士马金鼓之事）。

其二，说经（谓演说佛书），说参请（谓宾主参禅悟道等事），说诨经。

其三，讲史书（讲说前代书史文传、兴废争战之事）。

其四，合生（与起令随令相似，各占一事），商谜（旧用鼓板吹［贺圣朝］，聚人猜诗谜、字谜、戾谜、社谜，本是隐语），说诨话。

前三家是主要的，后一家是次要的；凡属于"舌辩"伎艺之小型者，均可归入这后一家。

宋人"说话"分类问题既已水落石出，《取经诗话》的"说话"家数问题也就易于得出应有的结论，那就是："说经"，典型的"说经"！这，既有内证可以证明，又有外证可以证明。

一些研究者其所以否定《取经诗话》是"说经"话本，而认为它的"说话"家数是属于"小说"子目"灵怪"或"神仙"，主要是由于他们在两个关键问题上产生了失误：一是，误把"说经谓演说佛书"当作"说经谓演说佛经"，致把佛教的史籍排除于"佛书"之外，胶柱鼓瑟。二是，不知儒释道三教者流在"说话"领域相沿成习，各有自己的基本地盘；不知"灵怪"或"神仙"等"小说"子目，乃是道教者流的领地，《取经诗话》不可能成为这块领地上的丰碑。惟其如此，说它是属于"小说"中的"灵怪"，当然也就难免不南辕北辙了。

第三章 《大唐三藏取经诗话》故事源流考论

一、关于《取经诗话》的故事摇篮问题

玄奘求法天竺，是中国佛教史和中外文化交流史上的伟大壮举。"春秋寒暑一十七年，耳目见闻百三十国，扬我皇之盛烈，震彼后之权豪，偃异学之高辙，拔同师之巨帜。名王拜首，胜侣摩肩，万古风猷，一人而已。"①

其弟子慧立与彦悰所撰《大慈恩寺三藏法师传》，是中国传记文学中第一部大书，共十卷，前五卷主要记玄奘早年及其旅游印度的经过，后五卷主要记玄奘归国后孜孜不倦从事译著的经过。梁启超在《支那内学院精校本玄奘传书后》里赞之为"古今所有名人谱传中，价值应推第一"，并非溢美之词。其史料价值，与玄奘和辩机所撰《大唐西域记》堪称双璧。

今见《大唐三藏取经诗话》，一作《大唐三藏取经记》，是部以"三藏法师"西行求法为题材的通俗文学作品。凡三卷，共十七节。② 每节自有题目，颇类后世小说的回目。书中有诗有话，故名"诗话"。确是《西游记》神魔故事的最早的一个雏形，在中国文学史上有其一定的地位。

---

① 慧立、彦悰：《大慈恩寺三藏法师传》序，中华书局 1983 年版。

② 应为十八节，说见本编第一章《〈大唐三藏取经诗话〉成书年代考论》。

然而，可能由于《三藏法师传》是人物传记，《取经诗话》是神魔小说，二者的差别简直有甚于人和猿吧，以至于鲜有研究者用心去从《三藏法师传》中探讨《取经诗话》的故事渊源。这实在是个不小的疏忽，以致认为《取经诗话》的故事来自民间，几成学界的共识。实际上，只要略加考察，便不难发现：《三藏法师传》乃是《取经诗话》的故事摇篮，其主要故事大多源出于此。

二、说猴行者的现实原型是石槃陀

《取经诗话》写玄奘西行求法曾获得妖仙的辅佐，这妖仙就是猴行者。

猴行者是孙悟空的前身，他的出现是玄奘取经故事之神魔化的主要标志。如果说有什么现实原型，应首推《三藏法师传》里的年青胡人石槃陀。这是怎么说的呢？

我们知道，玄奘于贞观三年起程求法，时国政尚新，疆场未远，禁约百姓不许出蕃。玄奘欲结侣西行，有诏不许；乃潜抵瓜州，拟偷渡玉门。不数日，凉州访牒亦至，云"有僧字玄奘，欲入西蕃，所在州县宜严候捉"。《三藏法师传》写此时此刻的玄奘，其文云：

> 遂贸易得马一匹，但苦无人相引。即于所停寺弥勒像前启请，愿得一人相引渡关。其夜，寺有胡僧达磨梦法师坐一莲花向西而去。达磨私怪，旦而来白。法师心喜为得行之征，然语达磨云："梦为虚妄，何足涉言。"更入道场礼请，俄有一胡人来入礼佛，逐法师行二三匝。问其姓名，云姓石字槃陀。此胡即请受戒，乃为授五戒。胡甚喜，辞还。少时赍饼果更来。法师见其

明健，貌又恭肃，遂告行意。胡人许诺。言送师过五烽。法师大喜，乃更贸衣资为买马而期焉。

正当玄奘"苦无人相引"西行而凉州访牒又至之际，正当玄奘于"弥勒像前启请，愿得一人相引渡关"之时，石槃陀"来入礼佛，逐法师行二三匝"，并"即请受戒"，且"言送师过五烽"，这从宗教的经验心理看问题，石槃陀之成为玄奘弟子，岂但是玄奘的"得行之征"，简直可以看作是神灵遣来送玄奘向西而去的一座"莲花"。这与《取经诗话》所写三藏法师行程遇猴行者，这与《西游记》杂剧所写唐僧于花果山解救孙行者，这与世本《西游记》所写唐僧于五行山救度孙悟空，其思想寓意是相同的。这是不可不注意的第一点。下文云：

> 明日日欲下，遂入草间，须臾彼胡更与一胡老翁乘一瘦老赤马相逐而至，法师心不怿。少胡曰："此翁极谙西路，来去伊吾三十余返，故共俱来，望有平章耳。"胡公因说西路险恶，沙河阻远，鬼魅热风，遇无免者。徒侣众多，犹数迷失，况师单独，如何可行？愿自料量，勿轻身命。法师报曰："贫道为求大法，发趣西方，若不至婆罗门国，终不东归。纵死中途，非所悔也。"胡翁曰："师必去，可乘我马，此马往返伊吾已有十五度，健而知道。师马少，不堪远涉。"法师乃窃念在长安将发志西方日，有术人何弘达者，诵咒占观，多有所中。法师令占行事，达曰："师得去。去状似乘一老赤瘦马，漆鞍桥前有铁。"既睹胡人所乘马瘦赤，漆鞍有铁，与何言合，心以为当，遂即换马。胡翁欢喜，礼敬而别。

　　玄奘西行求法，其苦难历程是从瓜州至伊吾。如果说，从伊吾至天竺，他是位"名王拜首，胜侣摩肩"的"著名访问学者"，那么，从瓜州至伊吾，他则是个"乘危远迈，杖策孤征"①的地道苦行僧。真是否泰如天地。然而任他惊风拥沙，空外迷天，玄奘没有在八百里渺无人烟的莫贺延碛中失道，此无他，就在于所乘骑的是一匹"往返伊吾已有十五度"的瘦老赤马。"有术人何弘达者"云云固然是种不足征信的宗教迷信心理，但由此亦可以看出玄奘于多少年后在回首往事时也一直没有忘记这匹马的作用，甚至还自神其迹。因此，这么想问题显然是可以的：如果没有石槃陀的大力帮助，玄奘便不会有这匹"极谙西路"的瘦老赤马；石槃陀虽然没有相引玄奘至伊吾，可实际上却起了这种护法弟子的作用。《取经诗话》里的猴行者，一路降妖伏怪，主要是靠大梵天王所赐的三件法宝；《西游记》杂剧里的孙行者，一路降妖伏怪，主要是靠请神佛前来解厄。二者在唐僧取经过程中的实际作用，充当着向导的一面显然是更为基本的。甚至直到《西游记》里的孙悟空，其一路所起的向导作用，还远远超过猪八戒与沙和尚哩。凡此说明，可万万不能小看这一向导作用，假若中道失路，玄奘也就到不了天竺，因而昔日谁充当了法师的向导，也就成为人们所最关心的问题，翘首以待回答的问题，不论孙悟空的形象怎么演化，其向导作用一如既往，正是人们在孙悟空身上的这一心理积淀使之然。石槃陀之于玄奘求法和孙猴子之于唐僧取经，二者的基本作用是颇为一致的。这是不可不注意的第二点。下文又云：

　　　　于是装束，与少胡夜发。三更许到河，遥见玉门关。去关上

---

　　①　李世民：《大唐三藏圣教序》，《全唐文》卷 10，中华书局 1983 年版。

流十里许，两岸可阔丈余，傍有梧桐树丛。胡人乃斩木为桥，布草填沙，驱马而过。法师既渡而喜，因解驾停憩，与胡人相去可五十余步，各下褥而眠。少时胡人乃拔刀而起，徐向法师，未到十步许又回，不知何意，疑有异心。即起诵经，念观音菩萨。胡人见已，还卧遂睡。天欲明，法师唤令起取水盥漱，解斋讫欲发，胡人曰："弟子将前途险远，又无水草，惟五烽下有水，必须夜到偷水而过，但一处被觉，即是死人。不如归还，用为安稳。"法师确然不回。乃偈仰而进，露刀张弓，命法师前行。法师不肯居前，胡人自行数里而住，曰："弟子不能去。家累既大而王法不可忤也。"法师知其意，遂任还。胡人曰："师必不达。如被擒捉，相引奈何？"法师报曰："纵使切割此身如微尘者，终不相引。"为陈重誓，其意乃止。与马一匹，劳谢而别。

石槃陀相引玄奘三更天偷渡的那条河，显然是"下广上狭，洄波甚急，深不可渡"的瓠𬬻河，它曾使玄奘闻而益增忧惘。然而，重要的是，石槃陀在受戒时曾"言送师过五烽"，一到玉门关下却生了异心；其路上的行为简直令人难以捉摸，堪说是个心猿意马的人。正因如此，所以他虽则给了玄奘以诸多的切实帮助，但玄奘对他却并不怎么信任。这种师徒间的关系显得很微妙，好像对这位保驾弟子应该有所提防似的。《取经诗话》第三节写三藏法师问猴行者："汝年几岁？"行者答曰："九度见黄河清。"法师"不觉失笑"，认为是"妄语"。第四节写猴行者告诉法师："此去人烟都是邪法。"法师闻言"冷笑低头"。第十一节写法师让猴行者偷西王母的蟠桃，行者呈上由蟠桃变成的人参果，法师以为这是行者在作弄他，遂转身便走。《西游记》杂剧写唐僧行至花果山解救了孙行者，孙行者却想吃掉唐僧；多亏观音菩萨前来给孙行者戴上一个"铁戒箍",才确保了唐僧的安全。甚至直至《西游记》里唐僧对孙悟空的信任，也远不如对猪八戒和沙和尚的信任。凡此，不难看出：既收其作保驾弟子而又怀有疑心，玄奘和石槃陀与唐僧和孙猴子，就其师徒关系的微妙性来说，二者又何其相似乃尔！这是不可不注意的第三点。

还有第四点，那就是：石槃陀于礼佛时受"五戒"，是佛教中不落发的教徒。其在家修行则相当于居士，其在寺庙劳作则相当于行者。石槃陀作为玄奘西行时的相引，其实际身份也是与后来取经故事中的孙猴子相符的。直到《西游记》杂剧和世本《西游记》里，孙悟空虽已成为唐僧的大弟子，但其在释门的名分却依然是个"行者"。

最后，这个胡人既然是由玄奘亲为授戒的佛门弟子，当然也就易于被人们认为是胡僧。"胡"与"猢"同音，"僧"与"狲"音近；中国又多猿猴故事，《宣室志·杨叟》中便有猢狲变成胡僧以戏人的传说。或以讹传讹，或从中获得灵感，那位曾助玄奘偷渡玉门的"胡僧"便随之而被幻化为神通广大的"猢狲"。于是，一个神魔型的唐僧取经故事就衍化出来了，其主要特点是说：玄奘取经，猴精保驾。这也符合宗教社会的普遍心理；况且，佛教密宗"护法神猕猴的事甚多"①。玄奘求法天竺，本是个历史壮举，可人们却于幻想中让一个"老猴精"加入取经队伍使之充当法师的向导，其契机，我以为亦即在此。质之高明，以为何如？

还需注意的是，孙猴子的形象在其演化过程中总与"石"有不解之缘。《取经诗话》写猴行者在白虎精腹中"化一团大石"以杀白虎精，这一个"杀手锏"显然是其原型，亦即他当是个形状似猴的"石精"②。《西

---

① 刘荫柏编：《西游记研究资料》按语，上海古籍出版社1990年版，第299页。
② 说见本编第五章《论孙悟空形象的演化》，第三节。

游记》呢？又进而将孙悟空的来历写成"天产石猴"。"石"简直成了孙
行者之形象演化的一个"遗传基因"，论原因恐怕也与其现实原型是俗
姓"石"有关吧？

足见，猴行者之入取经故事并成为唐僧的护法弟子，是既有其外
因而又有其内因的。外因是中国具有丰富的猿猴故事，既有佛教思想系
统的"听经猿"形象，也有道教思想系统的"修炼猿"形象，可供借鉴
与提炼。① 内因是《三藏法师传》中曾浓墨重彩地描述了石槃陀这个人
物及其在玄奘西行求法过程中所起的实际作用。二者一结合便出现了取
经故事中猴行者这个形象。这么看孙悟空形象的由来，与鲁迅的来自无
支祁说以及胡适的来自哈奴曼说等相比，似乎还是较为密合事理些的。

三、说两大护持神的由来和主次易位

《取经诗话》写玄奘西行求法又曾获得神灵的暗佑。这神灵就是大
梵天王，还有观音菩萨。

书中紧接三藏法师行程遇猴行者，便写猴行者引法师至大梵天王
宫赴斋。天王及五百罗汉请法师讲《法华经》，法师"一气讲说，如瓶
注水，大开玄妙。众皆称赞不可思议"。天王因赐予"隐形帽一事，金
环锡杖一条，钵盂一只"。并嘱咐说："有难之处，遥指天宫大叫'天王'
一声，当有救用。"三藏师徒所以达到取经目的，一路主要靠这三件佛
宝显灵。所以《取经诗话》里的主要神佛是大梵天王，其对于唐僧师徒
的护法作用相当于《西游记》里的观音菩萨。《三藏法师传》里虽则没
有这类情节，但影子是有的。如写玄奘出玉门西去，孑然孤游沙漠的情

---

① 说见本编第五章《论孙悟空形象的演化》，第二节。

景，其文云：

> 惟望骨聚马粪等渐进。顷间忽见有军众数百队满沙碛间，乍行乍息，皆裘褐驼马之像及旌旗矟矟之形，易貌移质，倏忽千变，遥瞻极著，渐近而微。法师初睹，谓为贼众；渐近见灭，乃知妖鬼。又闻空中声言"勿怖，勿怖"，由此稍安。

这里，玄奘看到的，显然是沙漠上光线折射所成的幻景，旧时称之为海市蜃楼。但在宗教的心理作用下，那海市蜃楼却被当成了结队成群的妖鬼。特别是"又闻空中声言"云云，则分明是说有神灵在驱妖逐鬼而为之西行护法了。那么，这位神灵是谁呢？这是启人遐想的问题。当时最易引人附会的，实莫过于大梵天王。何以见得呢？我们知道，大梵天王本是婆罗门教、印度教的创造之神，与湿婆、毗湿奴并称为婆罗门教和印度教的三大神；佛教产生后，被吸收为护法神，成为释迦牟尼的右胁侍，持白拂，格外为"佛梵合一"的密宗所崇尚。密宗乃佛教中最接近道教的宗派，盛唐至唐末是其全盛时期，余焰及于北宋。唐明皇曾诏天下城楼立大梵天王像，以佑平安；影响广被民间，遂成人皆习知的以"惩恶"为务的扫魔巨神。《取经诗话》一再强调其所赐法宝的炼魔降妖作用，就是密宗思想的反映。时人的思维定式如此，书中以大梵天王作为三藏法师的主要护持神，也就事有必然了。

还要注意的是，书中紧接"入大梵天王宫"，便写"入香山寺"。说香山是千手千眼菩萨亦即观世音之地，古殿巍峨，芳草连绵，清风飒飒，"莫讶西路寂寥，此中别是一天"。距香山百里之遥有蛇子国，国中"人蛇头高丈六，小蛇头高八尺，怒眼如灯，张牙如剑，气吐火光"。与蛇子国相邻的是狮子林，林中"麒麟迅速，狮子峥嵘"。此等毒虫猛兽，

"虽大小差殊，且缘皆有佛性，逢人不伤，见物不害"。三藏法师一行经此，"其蛇尽皆避路，闭目低头"；狮王还"摆尾摇头，出林迎送"。作品这么写，其用意自明，那就是：旨在颂扬观音菩萨的佛法无边，乃至流泽所被虽香山四外之毒虫猛兽亦尽结"佛缘"。从而也就从另一种角度写出了观音菩萨对三藏法师的护持作用。

让大梵天王和观音菩萨为玄奘护法，实际上也就将玄奘写成"圣僧"。《取经诗话》这样为玄奘戴灵光圈，与《三藏法师传》作者的思想显然是吻合的。亦由此可以看出：如果说，大梵天王对三藏法师的护持主要是体现为对妖魔的"惩恶"（要杀生的），那么，观音菩萨对三藏法师的护持则主要体现为对精怪的"劝善"（不杀生）。这种相辅相成，它暗中规定了《西游记》杂剧等后来以取经故事为题材的作品中两类护持神的性质和作用。但一则由于《华严经》等佛经中的"勇猛丈夫观自在"入宋以后日渐变为"观音娘娘"①，除了救苦救难，还给人家送子，影响社会人心的力量与日俱增；二则由于北宋真宗年间出现了亦儒亦道的玉皇大帝，大梵天王也于交口相传中日趋亦儒亦道化，衍生为托塔天王李靖，成了玉帝属下的天将，所以到了《西游记》杂剧里，二者地位的主次被倒过来了，剧中写唐僧西行求法，"玉帝差十方保官"，第一个"保官"是观世音，第二个"保官"是李天王。这一演化深刻地反映了儒释道三教思想的交锋与融会，同时也反映了这一时期的佛教虽不能与隋唐时期比盛，但其思想却反而犹如"丝丝毛雨湿透衣"般地在湿透社会人心。

---

① 明胡应麟《少室山房笔丛》载："女像观音造像始于南北朝。"然而至唐代犹属少数。南宋甄龙友《题观世音像》诗云："巧笑倩兮，美目盼兮，彼美人兮，西方之人兮。"可见女像观音已成当时的常见造型。待元朝赵孟頫夫人管氏精心编撰的《观世音菩萨传略》，则已在从各方面证明观音是个楚楚动人的汉族女子了。

不应忽略的是，那大梵天王赐给三藏法师的三种法宝也发生了变化。钵盂一变而成《西游记》杂剧里如来佛用以收服鬼子母的法钵；再变而成《西游记》里唐太宗赐给唐僧、唐僧最后用以与阿傩和伽叶换"经"的紫金钵。金环锡杖一变而成《西游记》杂剧里孙行者用的生金棍；再变而成《西游记》里孙悟空手中的如意金箍棒，以及佛祖交由观音赐给唐僧的九环锡杖。最有意思的还是那顶隐形帽，它演化为《西游记》杂剧里观音菩萨加在孙行者头上的铁戒箍，并成了《西游记》里那见肉生根的金、紧、禁三个箍儿的由来。万变不离其宗的是，莫不直接或间接地对唐僧西行起护法作用。其意义则由严正而趋于滑稽，由教训而变为揶揄。这后一点尤值得注意，它是自宋至明社会观念发展变化的一个侧影。

四、说深沙神的文化原型是沙漠恶煞

《取经诗话》写玄奘西行求法还曾获得恶煞的帮助，这恶煞就是深沙神。

书中说玄奘前身两世取经，中途都被深沙神吃了，而今又再度重来。其文曰：

> 深沙（神）云："项下是和尚两度被我吃你，袋得枯骨在此。"和尚曰："你最无知，此回若不改过，教你一门灭绝！"深沙（神）合掌谢恩："伏蒙慈照。"深沙（神）当时哮吼，教和尚莫敬［惊］。只见红尘隐隐，白雪纷纷，良久，一时三五道火裂，深沙衮衮［滚滚］，雷声喊喊，遥望一道金桥，两边银线，尽是深沙（神），身长三丈，将两手托定；师行七人，便从金桥上过过了。

胡适认为此处"记玄奘遇深沙神的事，确是后来沙僧的根本"。其理由是：

> 《西游记》第八回说沙和尚在流沙河做妖怪时，"向来有几次取经人来，都被我吃了。凡吃的人头，抛落流沙，竟沉水底。惟有九个取经人的骷髅，浮在水面，再不能沉。我以为异物，将索儿穿在一处，闲时拿来顽耍"。这正是从深沙神一段变出来的。第二十二回木吒把沙和尚项下挂的骷髅，用索子结作九宫，化成法船，果然稳似轻舟，浪静风平，渡过流沙河。那也是从《诗话》里的金桥银线演化出来的，不过在南宋时，深沙的神还不曾变成三弟子之一。①

胡适的这一看法是有见地的。我们要予以补说的是如下几点：

一是，深沙神的故事在《取经诗话》中虽见于第八节，却前有伏线，后有呼应，是个深入全书艺术结构的人物形象。第二节写猴行者告语三藏法师："和尚生前两回去取经，中路遭难；此回若去，千死万死。"第三节写罗汉对玄奘说："师曾两回往西天取经，为佛法未全，常被深沙神作孽，损害性命。"第八节写三藏法师吟诗曰："两度曾遭汝吃来，更将枯骨问元才。而今赦汝残生去，东土专心次第排。"猴行者吟诗曰："谢汝回心意不偏，金桥银线步平安。回归东土修功德，荐拔深沙向佛前。"第十七节写三藏法师启奏唐太宗："取经历尽魔难，只为东土众生。所有深沙神，蒙佗恩力，且为还恩寺中追拔。"唐太宗允奏："法师委付，可塑于七身佛前护殿。"凡此，足资证明。这么一个在全书情节结构中

---

① 胡适：《中国章回小说考证》，上海书店1980年版，第330—331页。

起了重要作用的人物形象，自会在后来以取经故事为题材的作品中占有一席地位。那曾在流沙河里九度吃了取经人的沙和尚显然是这一形象之合乎逻辑的演化。

二是，《取经诗话》写深沙神，一则说他曾两度吃了取经人，宛然是个恶魔；一则说他"一堕深沙五百春，浑家眷属受灾殃。金桥手托从师过，乞荐幽神化却身"。"一堕深沙"云云，则又分明说他是个获罪被谪的天将。《西游记》杂剧写沙和尚，一则说他曾九度吃了"发愿要去西天取经"的僧人，俨然是个"血人为饮肝人食，不怕神明不怕天"的水怪；一则又直白无误地说他"非是妖怪，乃玉皇殿前卷帘大将军，带酒思凡，罚在此河，推沙受罪"。《西游记》写沙僧来历，实取资于此。凡此说明：《取经诗话》中的深沙神是个似魔而实神的恶煞。正是深沙神的这一实际身份暗中规定了沙和尚的出身是似魔而实神这一本质方面。

三是，写三藏法师西行求法，不只获得神灵的护佑、妖仙的辅佐，还获得凶神恶煞的帮助，借以弘扬佛法，说明主人公是位"圣僧"，此乃《取经诗话》作者之艺术构思的一大特色。《西游记》杂剧作者出于同样的目的，基本上继承了《取经诗话》这一总体艺术构思。《西游记》作者虽将主人公由唐僧易为孙悟空，但对这一艺术构思还是有所继承的。其所以然，就在于唐僧在作品中依然是个"圣僧"形象。不同的只是由对他的赞颂而变为有所讥讽。

问题是，《取经诗话》中的这一深沙神形象是根据什么塑造出来的？我认为这也可以从《三藏法师传》中找到正确的答案。书中写玄奘过关外第四烽西行，其文云：

从此已去，即莫贺延碛，长八百余里，古曰沙河，上无飞鸟，下无走兽，复无水草。是时顾影惟一，心但念观音菩萨及《般若心经》。初，法师在蜀，见一病人，身疮臭秽，衣服破污，愍将向寺施与衣服饮食之直。病者惭愧，乃授法师此《经》，因常诵习。至沙河间，逢诸恶鬼，奇状异类，绕人前后，虽念观音不得全去，即颂此《经》，发声皆散，在危获济，实所凭焉。

旧时中国是个最严封建宗法秩序的国家，也是个多神论的国家。山有山灵，水有龙王。置身于这一社会思潮下的说话艺人，甚至无须发挥他们的想象力，便可从这一记述中想出那主宰沙河的神灵定然是个恶煞。再看《三藏法师传》写玄奘"虽遇如是，心无所惧，但苦水尽，渴不能进"时，其文又云：

> 至第五夜半，忽有凉风触身，冷快如沐寒水。遂得目明，马亦能起。体既苏息，得少睡眠。即于睡中梦一大神长数丈，执戟麾曰："何不强行，而更卧也！"

其写魔、神变幻如此，则《取经诗话》中的那亦魔亦神、既喜吃取经人而又能助取经人的深沙神已呼之欲出矣！再说《取经诗话》第八节写深沙神作法架金桥度唐僧师徒过"沙河"时，一则云"红尘隐隐"，二则云"深沙衮衮（滚滚）"，这景象不正是《三藏法师传》所写玄奘过大漠的遗踪吗？论者或认为取经故事中的唐僧所以有沙和尚这个弟子，是由于历史上的玄奘法师有个弟子名叫阿里沙。照我的看法，设若没有《三藏法师传》中的这种过"沙河"的记载，纵然玄奘法师的弟子中有大小两个阿里沙，恐怕也难衍生出那不是属于三藏法师弟子的恶煞深沙神的形象来。

五、说女人国与狮子林同源而异流

《取经诗话》写玄奘西行求法还逐一写了途中所历的灾难。这些灾难虽没有"八十一难"之多,却是"八十一难"的雏形。

其中大多取自《三藏法师传》所记旅途艰险、异国风物、天方传说。这是由于它们夹着一点宗教的心理作用,最能给好事者以种种暗示,遂成小说家言。于是,沙漠上的蜃楼渐渐地成了"又无大人,都是三岁孩儿"的鬼子母国,又渐渐地成了罗刹女与红孩儿了。沙漠里的枯焦渐渐地成了"野火连天,大生烟焰"的火类坳,又渐渐地成了周围八百里的火焰山了。烈日炎风的沙河渐渐地成了深沙神兴妖作怪之地,又渐渐地成了八百里"鹅毛飘不起"的流沙河了。屡见不鲜的堆堆白骨渐渐地成了"明皇太子换骨之处",又渐渐地成了白虎岭吃人成性的白骨夫人了。异国他乡的奇花异木渐渐地成了树人国和沉香国,又渐渐地成了木仙庵会吟诗作对的诸木精了。异国的神话传说一经人民群众交口相传,也渐渐地散发着中国的泥土芳味而失去它原来的风采了。这种演化乃是一切大故事流传时的自然命运,何况这个故事最初本是一个宗教的故事呢!还是让我们以"狮子林"与"女人国"故事为例来具体看看这种演化吧:

谁能相信呢?这两个故事竟源出同一神话传说。《三藏法师传》卷四,记玄奘于西天竺时曾"闻说之":南印度有女聘邻国,路逢狮子王。狮子王负女而去,远入深山。岁月既淹,生育儿女,形虽类人,而性暴恶。子渐长大,以父非人类为耻,伺父入幽谷采果捕鹿,即担携母妹,下投人里,寄止村间。狮子王不见妻子,追恋儿女,愤恚出山,哮吼人里,暴害生灵。百姓以事启王,王以重赏简慕猛士。子乃袖小刃,出应招募:

> 狮子见已，驯伏欢喜，都无害心，子遂以利刀开喉破腹，虽加此苦，而慈爱情深，含忍不动，因即命绝。

王闻欢喜，怪而问之。认为除民之害，其功大矣；断父之命，其心逆矣。遂谕有司重赏以酬其功，远放以惩其逆。于是装二大船，多储金银粮糒，子女各从一舟，随波漂荡。男船泛海至一宝渚，见丰珍玉，乃杀采宝者而留其妇女，子孙繁息，成立了"狮子国"，亦称"僧伽罗国"：

> 僧伽罗是商人子名，以其多智，免罗刹鬼害，后得为王，至此宝渚，杀除罗刹，建立国都，因之为名，语在《西域记》。

女船泛海至波刺斯西，为神鬼所魅，产育群女，建立了"西大女国"：

> 皆是女人，无男子，多珍货。附属拂懔，拂懔王岁遣丈夫配焉。其俗产男，例皆不举。

这就是说："狮子国"的远祖与"西大女国"的远祖是同胞兄妹。其母是南印度女子，其父是深山幽谷狮子王。

玄奘所闻说的"狮子国"亦即"僧伽罗国"，国王奉佛。《三藏法师传》里说它"缁徒肃穆，戒节贞明，相勖无怠"。繁息其地的民族可能是以狮子为图腾。惟其如此，所以传说中的狮子王形象，是既有情性暴恶、令人生畏的一面，又有慈爱情深、令人可亲的一面。正像由"梵书"中"梵"的概念可以衍化出婆罗门教和印度教创造之神大梵天王，在佛教思想的作用下也可以由义同"狮子国"的"僧伽罗国"的"僧"的概念，或由"狮子国"而笃信佛教的说法衍化出具有佛性的狮子形象。这是故事文学演变的特点之一。而如果说,《取经诗话》里的狮子林中的狮子王形象,其所体现的是"佛性",是"慈爱情深"的一面,那么,《西游记平话》与《西游记》里的狮驼国中的狮驼王形象,其所体现的则是"魔性",则是"情性暴恶"的一面。二者虽然判若泾渭,可实际上却是分流于《三藏法师传》所载之狮子国与狮子王的传说在其演化过程中的一歧为二。

玄奘所闻说的"西大女国",显然已有附会,它多半是个处于母系氏族社会阶段的部落。一进入《取经诗话》,便成为那个玄妙莫测的"女人之国"。书中始则写法师一行入"女人之国",谒见女王;女王"专意设清斋",款待法师一行。继则写女王百般挽留法师,要他"作个国主,也甚好一段风流事";法师"再三不肯,遂乃辞行"。终则写女王与女众,香花送法师一行出城,并赋诗云:"此中别是一家仙,送汝前程往竺天。要识女王姓名字,便是文殊及普贤。"这首诗有画龙点睛的作用。说明这个"女人之国",只是文殊和普贤设之以试禅心的幻域而已。到了《西游记》杂剧里,一扫文殊和普贤设之以试禅心的意蕴,"女人国"成了"千年只照井泉生,平生不识男儿像,见一幅画来的也情动,见一个泥塑的也心伤"的人间国度。到了《西游记》里,则既有"三藏不忘本,四圣试禅心",又有"法性西来逢女国,心猿定计脱烟花"。《取经诗话》中的女子国故事,就这样自《三藏法师传》中"西大女国"故事来,又在辗转代易中被一分为二,最后成了唐僧所遭"八十一难"中的两难。

《三藏法师传》曾明言玄奘是"闻说之",而《取经诗话》等却变法师之耳闻其地为亲历其境,就更是小说家言了。诚然,我国古代典籍中多"女人国"之说,如《神异记》记有"东女国",《梁四公记》记有"六女国",其中在"勃律山之西"者,"方百里,山出台虺之水,女子浴之而有孕，其女举国无夫"，该水显然有类世本《西游记》第五十三回"禅主吞餐怀鬼孕，黄婆运水解邪胎"中之"子母河"，所以此等有关"女人国"的记载，亦有可能成为取经故事中"女人国"的来由之一。然而，我以为假若从《取经诗话》的整个故事系统以及作者对《三藏法师传》的熟悉情况来看，书中所写的"女子之国"当以蒙受《三藏法师传》所记"西大女国"的影响最为直接，世本《西游记》所写"西梁女国"和"子母河"故事，那只是宋元取经故事在尔后演化过程中的博采而已。

《取经诗话》写取经途中的见闻，也采用了一些明显打着道家思想印记的传说。其中最有代表性的便是第十一节"入王母池"。该节写西王母的蟠桃正熟，撷下水中能化作小孩，"面带青色，爪似鹰鹞，开口露牙，从池中出"。还写了猴行者回忆起两万七千年前曾来此偷桃以及被西王母捉下受罚的情景。这亦桃亦参的仙果，显然是由两种不同果品的传说故事融会而来的。一是《汉武故事》所载："王母种桃，三千年一作子，此儿不良，已三过偷之矣。遂失王母意，故被谪来此。"此儿指东方朔。一是《述异记》所载："大食王国在西海中。有一方石，石上多树，干赤叶青。枝上总生小儿，长六七寸，见人皆笑，动其手足。头著树枝，便摘一枝，小儿便死。"《西游记》杂剧里有孙行者偷西王母蟠桃的道白，无唐僧师徒"入王母池"的情节。到了《西游记》里，则既有"乱蟠桃大圣偷丹，反天宫诸神捉怪"，又有"万寿山大仙留故友，五庄观行者窃人参"。西王母的蟠桃是蟠桃，镇元大仙的人参果是人参果。《取经诗话》所写"入王母池"的故事被一裂为二，演化为两个完全不同的独立故事。如果一定要找出二者之间的血缘关系以证明其是亲姊妹，恐怕就只有一个它们所包含的孙悟空身上的"偷"字了。它是《取经诗话》"入王母池"故事于演化过程中留下的文化"基因"。

六、说宋元取经故事的演化方式

要是我们的上述看法还有一定的道理，那么，《取经诗话》的故事来源演化方式也就一目了然：

其一，《取经诗话》的故事来源具有博采的特点，但主要是取资于《三藏法师传》，其中也包括猴行者的形象。猴行者之成为三藏法师的弟子，中国多猿猴故事和佛教密宗护法神猕猴之事甚多是其外因，石槃陀与玄奘的关系是其内因。《取经诗话》的成书当然有这方面的民间传说可供资取，但作品中作者个人创作的故事似乎相对多一些。其主要取资于《三藏法师传》一事似应从这方面获得解释。

其二，《取经诗话》的故事演化主要有四种方式：

一是附会式。如原有玄奘渡沙河逢诸恶鬼之旧说，略加附会，演化为渡沙河逢深沙神故事，成为流沙河沙和尚故事之由来。

二是融混式。如原有以"胡僧"讹为得道之"猢狲"故事，又有佛门信徒石槃陀助玄奘西出玉门关之旧说，二者以偶然之机会，融混为一，演化为"取经烦猴行者"故事，成为孙悟空形象的来由。

三是裂变式。如由同出一源的"狮子国"与"西大女国"故事，略加剪裁，裂变为"狮子林"与"女人之国"两个绝无关涉的故事。前者演化为"狮驼国"故事，后者又裂变为"三藏不忘本，四圣试禅心"与"法性西来逢女国，心猿定计脱烟花"两种故事。

四是僵桃代李式。如以神代人遂使传说的人间国度"西大女国"成为神灵虚设的幻域"女人之国"，复以人代神又使神灵虚设的幻域"女人之国"成为西行所历人间国度"女子国"，尽管三者同是"女国"，其意蕴显然不同。

这四种方式之交错使用，互为补充，遂成为一般故事文学之发展演变的轨辙。"其意义往往由严正而趋于滑稽，由教训而变为讥讽，故观其与前此原文之相异，即知其为后来作者之改良。"[①]信哉斯言，《西游记》与《取经诗话》之貌似而神异之处便是明证。

其三，《取经诗话》以取经缘起或如来灵山说法始，以玄奘取得真经归东土结；其间写途中所逢灾异，又自成起讫；玄奘所以能逢凶化吉，全在于有神灵护佑，妖仙辅佐，恶煞帮助：这就暗中规定了后来以取经故事为题材的作品其总体的艺术构思、具体的结构形式、主要的人物关系，可谓功不在禹下。

正是基于这三点，所以我们认为《取经诗话》的思想和艺术虽然十分幼稚，远不是一部成熟的作品，但却是《西游记》的无可非议的雏形。没有这么一部通俗的《取经诗话》，就没有千古不朽的名著《西游记》。因此它的种种幼稚可笑，是属于"始生之物，其形必丑"。

七、说《取经诗话》乃"取经烦猴行者"故事发轫作

说《取经诗话》是"始生之物，其形必丑"，我的意思是说：玄奘求法天竺的历史壮举可能在其归国后便流传于众口，纷纭于里巷了，但以"取经烦猴行者"为其特征的成型的唐僧取经故事，则肇始于《取经诗话》，与化为"天鹅"的世本《西游记》比，《取经诗话》是只"丑小鸭"。

岂敢危言耸听！说以"取经烦猴行者"为其特征的成型的唐僧取经故事是肇始于《取经诗话》，自有我们的理由：

其一，迄今为止，没有一条材料可证北宋以前已有以"取经烦猴行者"为其特征的唐僧取经故事。

---

① 　陈寅恪：《金明馆丛稿二编》，上海古籍出版社1980年版，第195—196页。

　　论者或以《取经诗话》的体制类似变文而认为它成书于晚唐五代，这是不对的。因为，它还有创为每节皆以话起、以诗结、着后世章回体小说及诸宫调之先鞭的一面，与其将它归属于晚唐五代变文，毋宁以其体制与成书于南宋初年的诸宫调《刘知远传》相类而说它是种孕育于北宋年间的新体制的最早的一个雏形。

　　论者或以杭州将台山唐僧取经浮雕为据而认为至晚在五代时已有以"取经烦猴行者"为其特征的唐僧取经故事，这更是不对的。因为，不论《取经诗话》，还是榆林窟唐僧取经壁画，都在证明两宋时期的唐僧取经故事皆无沙和尚与猪八戒，而在杭州将台山唐僧取经浮雕上沙和尚与猪八戒形象却历历在目，该浮雕显然是明初作品。

　　论者或以欧阳修《于役志》所载"周世宗入扬州时，以为行宫，尽圬墁之，惟经藏院画玄奘取经一壁独在"为证，认为该壁画画的当是以"取经烦猴行者"为其特征的唐僧取经图，这同样只是种主观臆测。因为，焉知不是取材于《三藏法师传》？是故，纵然是主张"大胆假设"的胡适，在经过一番"小心求证"后，也只是说："南唐建国离开玄奘死时不过二百多年，这个故事已成为画壁的材料了。我们虽不知此画的故事是不是神话化了的，但这种记载已可以证明那个故事的流传之远。"①不言而喻，胡适这里所说的"那个故事"，是指玄奘求法天竺的历史故事。

　　凡此说明：这些为专家学者用作外证的材料，皆可用作两宋以前已有以"取经烦猴行者"为其特征的唐僧取经故事之说的否证。②

　　其二，纵观《取经诗话》，其主要故事和人物形象，皆大多取资于

---

①　胡适：《中国章回小说考证》，上海书店 1980 年版，第 324 页。
②　详见本编第一章《〈大唐三藏取经诗话〉成书年代考论》，第二节。

《三藏法师传》，间或取资于《汉武故事》和《述异记》等作品，所以人物形象和故事情节，不只粗糙，而且单薄不堪，以致"入沉香国处第十二"、"入波罗国处第十三"、"入优钵罗国处第十四"等诸节，简直无故事情节可言。

谓予不信，请看"入优钵罗国处第十四"全文：

> 行次入到优钵罗国，见藤萝绕绕，花萼纷纷，万里之间，都是花木。遂问猴行者曰："此是何处？"答曰："是优钵罗国。满国瑞气，尽是优钵罗树菩提花。自生此树，根叶自然，无春无夏，无秋无冬，花枝常旺，花色常香，亦无猛风，更无炎日，雪寒不到，不夜长春。"师曰："是何无夜？"行者曰："佛天无四季，红日不沉西。孩童颜不老，人死也无悲。寿年千二百，饭长一十围。有人到此景，百世善缘归。来时二十岁，归时岁不知。祖宗数十代，眷属不追随。桑田变作海，山岳却成溪。佛天住一日，千日有谁知。我师诣竺国，前路只些儿。"行者再吟诗曰：
>
> "优钵罗天瑞气全，谁知此景近西天。殷勤到此求经教，竺国分明只在前。"

这显然是旨在"单道那西天佛国的好处"，可整整一节哪有什么故事情节可言！

该节如此，以写唐僧异国思乡之情为指归的"入沉香国处第十二"尤甚，全节仅七十五个字，其文云：

> 师行前迈，忽见一处，有牌额云："沉香国。"只见沉香树木，列占万里，大小数围，老殊高侵云汉。"想我唐土，必无此林。"

乃留诗曰：

"国号沉香不养人，高低笋翠列千寻。前行又到波罗国，专往西天取佛经。"

诚然，《取经诗话》只是供给"说话"人讲说之用的提纲；然而，提纲应以辞简而事丰为其特点，如《三国志平话》。假若果真如胡士莹所说，在《取经诗话》成书前，以"取经烦猴行者"为其特征的唐僧取经故事，已"广泛流传民间，群众口口相传，艺人日日演唱"[①]，那么，以作者的想象才能和创作才能，他也就不会如此致力于到《三藏法师传》里去取杂碎事、可新听睹、佐谈谐者，演而畅之，作品的故事情节也就不会如此的粗糙而单薄，甚至有些章节几无故事情节可言。

这就又给我们提供了一个十分重要的内证："广泛流传民间，群众口口相传，艺人日日演唱"的以"取经烦猴行者"为其特征的成型的唐僧取经故事，不可能是在《取经诗话》问世以前。

那么，在《取经诗话》创作以前，会不会有个简单的关于"玄奘取经，猴精保驾"的传说呢？这当然有可能，但亦很难确定。我现在只能作出这么一种结论："取经故事"不是晚唐五代以来的以"取经烦猴行者"为其特征的唐僧取经故事的总汇，而是宋元以来的以"取经烦猴行者"为其特征的唐僧取经故事的弄潮儿，它是个人的天才创造，而非一般的集成之作。作者当属我国长篇小说雏形期最初草创者之一，其功不在禹下。

《取经诗话》的故事单薄如是，其时代烙印如是，书中又云"香山寺"乃观音修行之地，假若结合蔡京为河南宝丰县香山寺所书《大悲观

---

① 胡士莹：《话本小说概论》上册，中华书局1980年版，第199页。

音菩萨得道证果史话碑》看问题（该"史话"谓"妙善得道成观音"的
过程中曾修行于香山紫竹林）①，则《取经诗话》最初或来自河南宝丰县
香山寺僧人的"俗讲"，亦未可知。

---

① 详见本编第一章《〈大唐三藏取经诗话〉成书年代考论》，第二节。

第四章　论唐僧形象的演化

一、一个有趣的二律背反

玄奘形象的演化，由《三藏法师传》而宋元取经故事而世本《西游记》，是个历史发展过程。人物之来历的日趋神异化与精神境界的日趋世俗化，这一二律背反构成了这一演化过程相辅相成的两个主要方面。

概而言之，其来历是由"幼而圭璋特达"的世家子弟演变为"一体真如转落尘"；其精神境界则由超凡入圣一变而为亦凡亦圣，再变而为肉眼凡胎。

这不是偶然的，它既是宋元以来人们以唐僧取经故事弘扬佛法的结果，也是明代中叶以后个性解放思潮对这一故事洗礼的结果。

何以言之？事实胜于雄辩，请看事实。

二、超凡入圣的三藏法师

《三藏法师传》中的玄奘，是位佛学大师，中华民族在法林中的杰出代表。

玄奘，俗姓陈，缑氏人，祖籍陈留。父慧，英洁有雅操，早通经术，褒衣博带，好儒者之容；性恬简，无务荣进，加属隋政衰微，遂潜心坟典。二兄长捷，好内、外学，精《摄大乘论》、《涅槃经》、《阿毗昙》，兼通《书》、《传》，尤善《老》、《庄》。这种"三教圆融"的家风，对玄奘精神境界与学术旨趣的影响，无疑是深远的。

那么，《三藏法师传》中的玄奘，作为中国文化史上的伟人，又有哪些主要特点呢？

圭璋特达，聪悟不群，是其特点之一。

玄奘年八岁，父坐于几侧口授《孝经》，至曾子避席，忽整襟而起。问其故，对曰："曾子闻师命避席，某今奉慈训，岂宜安坐。"其早慧如此。"自后备通经典，而爱古尚贤，非雅正之籍不观，非圣哲之风不习；不交童幼之党，无涉阛阓之门；虽钟鼓嘈喤于通衢，百戏叫歌于闾巷，士女云萃，亦未尝出也"。其学而不厌如此。既出家，诵读佛典，"皆一遍而尽其旨，经目而记于心，虽宿学者年不能出也。至于钩深致远，开微发伏，众所不至，独悟于幽奥者，固非一义焉"。其博闻强记如此。——真可谓是个学贯三教而指归于释的天才。

温清淳谨，旨趣高远，是其特点之二。

玄奘年十三，时二兄长捷出家于洛阳净土寺。一日携玄奘诣道场，教诵习经业，正值大理卿郑善果奉敕于洛阳度僧若干，业优求度者数百，玄奘以幼少不预取限，立于公门之侧。郑善果有知士之鉴，见而奇之，问曰："子为谁家？"答以氏族。又问曰："求度耶？"答曰："然。但以习近业微，不蒙比预。"又问："出家意何所为？"答曰："意欲远绍如来，近光遗法。"郑善果深嘉其志，又贤其器貌，故特而取之。因谓同僚曰："诵业易成，风骨难得。若度此子，必为释门伟器。"以今观之，则郑氏之言并非溢美之词。"意欲远绍如来，近光遗法"，确是玄奘出家的宗旨和抱负，难得一个十三岁的孩童说得如此现成，并以毕生的智慧和毅力实现之。

远思缜密，节志贞坚，是其特点之三。

玄奘于弱冠之年，云游南北。时"今古大德，阐扬经、论，虽复俱依圣教，而引据不同，净论纷然，其来自久"。既遍谒众师，备餐其说，乃慨然叹曰："此地经、论，盖法门枝叶，未是根源。诸师虽各起异端，而情疑莫遣，终须括囊大本，取定于祇洹耳。"正是这种欲"讨众妙之源，究泥洹之迹"而壮志发怀，驰心遐外，使他有别于一般宗教徒而成为千秋哲人。

时国政尚新，疆场未远，禁约百姓不许出蕃。玄奘结侣陈表，未蒙恩允，有诏不许。诸侣咸退，惟斯人不屈，以贞观三年四月，冒越宪章，孑尔孤征，私往天竺，年方二十六岁。行前自试其心，以人间众苦种种调伏，堪任不退；始入塔启请，申其意志，愿乞众圣冥加，使往还无梗。

行经莫贺延碛，长八百余里，古曰沙河，是时四顾茫然，人鸟俱绝。"夜则妖魑举火，烂若繁星，昼则惊风拥沙，散如时雨。"虽遇如是，玄奘终不东移一步以负先心。

行至高昌国，夜半抵王城。门司启王，王敕开门。御驾秉烛亲迎入于后庭安息，流泪称叹不能自已。停十余日，欲辞行。王曰："自承法师名，身心欢喜，手舞足蹈，拟师至止，受弟子供养以终一身，令一国人皆为师弟子。"玄奘谢曰："此行不为供养而来，所悲本国法义未周，经教少阙，怀疑蕴惑，启访莫从，以是毕命西方，请未闻之旨，欲令方等甘露不但独洒于迦维，决择微言庶得尽沾于东国，波仑问道之志，善财求友之心，只可日日坚强，岂使中途而止。"王屡请，玄奘屡辞。王乃动色攘袂厉声曰："弟子有异途处师，师安能自去。"法师答曰："玄奘来者为乎大法，今逢为障，只可骨被王留，识神未必留也。"王知不可强，乃请玄奘共放道场礼佛约为兄弟，代代相度。"发日，王与诸僧、大臣、百姓等倾都送出城西。王抱法师恸哭，道俗皆悲，伤离之声振动郊邑。"

彼葱山可转，此意无移，真可谓"天行健，君子以自强不息"。

澄波之量，浑之不浊，是其特点之四。

玄奘自高昌国西行，不惟践雪岭巉险之途、热海波涛之路，亦且时与外道遭逢，贼匪邂面，几殉于难。

飒秣建国以事火为道，王及百姓皆不信佛法。有寺两座，迥无僧居，客僧投者，国人以火烧逐不许停住。玄奘初至，王接犹慢。经宿之后，为说人、天因果，赞佛功德，恭敬福利，王欢喜请受斋戒，遂致殷重，并令设大会，度人居寺。

那揭罗喝国多盗，圣地灯光城几成盗窟，以故去者稀疏。玄奘则不减先心，仍往礼拜。距数里，有五贼人拔刀而至，玄奘即去帽现其法服。贼云："师欲何去？"答曰："欲礼拜佛影。"贼云："师不闻此有贼耶？"答曰："贼者，人也，今为礼佛，虽猛兽盈衢，奘犹不惧，况檀越之辈是人乎！"贼遂发心随往礼拜，果见如来影皎然在壁，皆云："非法师志诚愿力之厚，无致此也。"乃毁刀杖，受戒而别。

其诱开矇俗，所到如是，亦堪称"地势坤，君子以厚德载物"。

翘心净土，情满神州，是其特点之五。

玄奘周游西宇，十有七年，所闻所履，百有二十八国。一路求师访道，礼拜圣迹；一路习诵经籍，学穷三藏。行之所至，莫不名王拜首，胜侣摩肩，资给之丰厚，自不待言。

玄奘业成思归，占相于尼乾。尼乾谓"师住时最好，五印度及道俗无不敬重，去时得达，于敬重亦好，但不如住"。玄奘还是再陟雪岭之巍巍，践流沙之浩浩，东归故土。盖其西游之意，旨在"欲令方等甘露不但独洒于迦维，决择微言庶得尽沾于东国"。往也如是，归也如是。"其人虽已没，千载有余情。"

情达变通，娴于辞令，是其特点之六。

玄奘欲东归，鸠摩罗王曰："师能住弟子处受供养者，当为师造一百寺。"这殷勤之情，是令人难却的，而且西宇诸王皆是此意。玄奘乃告以苦言曰："支那国去此遐远，晚闻佛法，虽沾梗概，不能委具，为此故来访殊异耳。今果愿者，皆由本土诸贤思渴诚深之所致也，以是不敢须臾而忘。《经言》'障人法者，当代代无眼'。若留玄奘则令彼无量行人失知法之利，无眼之报宁不惧哉！"说的是实情，却令对方"实惧于怀"，而不敢不"任师去住"。

玄奘于贞观十九年正月归长安，二月谒唐太宗于洛阳宫仪鸾殿。既而坐讫，帝曰："师去何不相报？"这劈头一问，是很难回答的。法师却从容谢曰："玄奘当去之时，已再三表奏，但诚愿微浅，不蒙允许。无任慕道之至，乃辄私行，专擅之罪，惟深惭惧。"既照顾了太宗的面子，又陈说了自己的理由，"明主可以理夺，难以情求"，看来玄奘是深谙此道的。

释彦悰曾笺述曰："法师才兼内外，临机酬答，其辩洽如是，难哉！昔道安陈谏，苻坚之驾不停，恒标奋词，姚兴之心莫止，终致败军之辱，逃遁之劳，岂如法师雅论才申，皇情允塞，清风转洁，美志逾真。以此而言，可不烦月旦而优劣见矣。"是论甚当。

玄奘作为一个"人"，是了不起的，几近完人。然而，一则由于时代的局限，二则由于宗教心理的作用，《三藏法师传》给他戴上了淡淡的灵光圈，却反而减弱了他的了不起，而正是这种灵光圈一启宋元取经故事中唐僧形象之先河。兹举三例，以资证明：

《传》云："法师初生也，母梦法师著白衣西去。母曰：'汝是我子，今欲何去？'答曰：'为求法故去。'此则游方之先兆也。"是记，盖亦后世"金蝉转世"说之由来。

《传》云：玄奘于殑伽河遇盗，"彼群贼素事突伽天神，每于秋中觅一人质状端美，杀取肉血用以祠之，以祈嘉福。"贼帅见玄奘仪容伟丽，体骨当之，遂遣人取水，于华林中治地设坛，令两人拔刀牵法师上坛。须臾之间黑风四起，折树飞沙，河流涌浪，船舫漂覆。贼徒大骇，信是天神已瞋，相率忏谢，稽首归依。其结论云："非求法殷重，何以致兹。"是记，当乃后世"妖魔想吃唐僧肉，而唐僧有天神暗佑"说之滥觞。

《传》云：玄奘亡后，乾封年中道宣律师见有神现，谓："自古诸师解行互有短长而不一准，且如奘师一人，九生已来备修福慧，生生之中多闻博洽，聪慧辩才，于赡部洲支那国常为第一，福德亦然。其所翻译，文质相兼，无违梵本。由善业力，今见生睹史多天慈氏内众，闻法悟解，更不来人间受生。"是记，当属后世"唐僧正果西天成佛作祖"说之发端。

然而，总体说来，《三藏法师传》中的玄奘，其头上的灵光圈还是淡而又淡的。如果说他是位超凡入圣的三藏法师，那只是由于他在中印法林中实在是个木秀于林的法师而已。难怪"在印度，他的名字更是家喻户晓，印度前总理尼赫鲁把他尊为历史上的四大伟人之一"[1]。确实，作为中印文化交流的伟大使者，玄奘的精神是风范千古的。

三、亦凡亦圣的三藏法师

玄奘的形象到宋元取经故事中为之一变：《三藏法师传》中的玄奘，其超凡入圣主要是精神方面的，作者虽时神其迹，但并未说他是圣僧，

---

[1]　仁德：《浅谈佛教文化在中国文学史上地位》，《佛教与中国文化》，河北科学技术出版社1993年版，第3页。

尽管他实际上乃僧之圣者。宋元取经故事中的玄奘，既有被神化的一面，也有被世俗化的一面。论原因，当由于作者的宗教观念使之冉冉升入云端，尘俗意识又使之渐渐降入人世，然而宗旨则是要将其塑造成圣僧，以弘扬佛法。

其一，玄奘前身问题的演化。

《三藏法师传》卷一虽则有云："法师初生也，母梦法师著白衣西去"，那只是旨在说明"此则游方之先兆"而已，尽管可以引起人们对玄奘前身问题的种种遐想，而其意却并不在此；卷十虽则有云法师"九生已来备修福慧"，那只是意在说明玄奘何以"聪慧辩才，于赡部洲支那国常为第一，福德亦然"罢了，况且以"和尚投胎"去解释一个人何以有"福慧"，也只是旧时常有的说法，并不算离谱。

《取经诗话》却前进了一步，其第二则，写猴行者对唐僧说："和尚生前两回去取经，中路遭难；此回若去，千死万死。"其第八则，又以照应的法子写深沙神对唐僧说："项下是和尚两度被我吃你，袋得枯骨在此。"然而"生前两回去取经"，其前身之善缘虽非一般和尚可比，还毕竟只是个矢志西行取经的和尚。《西游记》杂剧就吓人了，说唐僧的前身竟是那西天罗汉之一毗卢伽尊者！与之相比，世本《西游记》写唐僧的来历就更了不得，其前身不是别个，竟是那如来佛的二弟子金蝉子！世本《西游记》这么写可能是有所本的，其所本当是一种与元人平话本《西游记》同源而异流的词话本《西游记》。①

其二，玄奘出世问题的演化。

《三藏法师传》叙玄奘"诞于缑氏"，无甚灵异可言。说他生于三教圆融之第，父亲陈慧是位潜心坟典而无意于仕途的社会名流。说他幼

---

① 详见本编第十一章《〈西游记〉版本源流考论》，第四节。

而圭璋特达，聪悟不群；少而知色养，温清淳谨；虽居童幼，而情达变通。说他年十三，以其志向与器貌为大理寺卿郑善果破格剃度于洛阳净土寺，执卷伏膺，遂忘寝食。除前述"法师初生也，母梦法师著白衣西去"云云，略可称之为"灵异"外，一早慧孩童而已。

《取经诗话》因第一则阙佚，是如何写玄奘出世的，已不可知。好在《西游记》杂剧描写颇详，可以看出元人对这一问题的艺术处理。它一共用了四出，即"之官逢盗"、"逼母弃儿"、"江流认亲"、"擒贼雪仇"。玄奘的父亲遂由因隋政衰微而无务荣进的陈慧，演变为唐太宗贞观三年应举及第，携妻赴任洪州，江上遇盗贼刘洪被推堕水中而为南海龙王救入水晶宫殿的陈光蕊。玄奘的母亲遂由陈慧夫人无名氏演变为名将殷开山之女而曾为盗贼刘洪玷污一十八年的殷氏夫人。玄奘的遭际则由生于温柔富贵之乡，长于三教圆融之族，年十三出家于洛阳净土寺，并无家仇可言，演变为满月抛江，顺水随波，由水神奉观音法旨护送至金山，由丹霞禅师奉伽蓝法旨收养于金山寺，自幼持斋把素，年十八寻亲报仇雪恨于洪州。平话本《西游记》和祖本《西游记》已佚，世本《西游记》之"灾难簿"上所谓"金蝉遭贬第一难"，"出胎几杀第二难"，"满月抛江第三难"，"寻亲报仇第四难"，其细微处与之虽或有异，但总体情节当必不相背。

俞樾《茶香室丛钞》卷十七《漆盒盛儿浮江中》曰：

> 宋周密《齐东野语》云："有某郡倅，江行遇盗，杀之。其妻有色，盗胁之曰：'能从我乎？'妻曰：'吾事夫十年，仅有一儿，才数月，吾欲浮之江中，庶有遗种；吾然后从汝。'盗许之。乃以黑漆圆盒盛此儿，籍以文褓，且置银二片其旁，使随流去。如是十余年，盗至鄂，叙舟，挟其妻入某寺设供，至一僧房，黑盒

在焉。妻乘间问僧：'何从得此?'僧言：'某年某月日得于水滨，
有婴儿白金在焉，吾收育之，今在此，年长矣。'呼视之，酷肖
其父。乃为僧言始末；僧为报尉。一掩获之，遂取其子以归。"
按《西游演义》述玄奘事，似本此也。

是说至为允当。①

　　这种演化，不啻"狸猫换太子"，对于玄奘的父亲来说，殊不雅驯，
但其动因却是深刻的，多方面的。要之，不只是美学上的如狄德罗所
说，"假使历史事实不够惊奇，诗人应该用异常的情节来把它加强，假
使是太过火了，他就应该用普通的情节去冲淡它"②，更由于宋元取经故
事中的这一"加强"和"冲淡"，实乃文化上的印度佛学之中国化在文
艺创作领域之真切反映。何以言之? 请以《西游记》杂剧说明。其第
一出"之官逢盗"和第二出"逼母弃儿"，显然旨在表现唐僧是位罗汉
转世的圣僧，既具玄想，其第三出"江流认亲"和第四出"擒贼雪仇"，
显然旨在表现唐僧是位克尽孝道的儒僧，又颇务实。这种外释内儒的圣
僧形象，竟成了宋元以来中国人心目中的唐代高僧玄奘。

　　其三，玄奘取经由来问题的演化。

　　玄奘取经的由来，这在《三藏法师传》中是一再言及的：就其与佛
学的关系来说，玄奘以佛兴天竺，遗教东传，"胜典虽来而圆宗尚阙"，
遂思访学，无顾性命；就其与朝廷关系来说，玄奘虽再三表奏，而有诏
不许，遂冒越宪章，矢志孤征。这一点，当关外第一烽校尉王祥奉命要
将其遣还时，玄奘说得十分清楚：

---

①　周密所记详见《齐东野语》卷 8，中华书局 1983 年版。
②　《论戏剧艺术》，《文艺理论译丛》1958 年第 1 期。

奘桑梓洛阳，少而慕道。两京知法之匠，吴、蜀一艺之僧，无不负笈从之，穷其所解。对扬谈说，亦岙为时宗，欲养己修名，岂劣檀越敦煌耶？然恨佛化，经有不周，义有所阙，故无贪性命，不惮艰危，誓往西方遵求遗法。檀越不相励勉，专劝退还，岂谓同厌尘劳，共树涅槃之因也？必欲拘留，任即刑罚，玄奘终不东移一步以负先心。

这就是说，玄奘西游天竺，是其个人的志向，旨在对佛教哲理的求解，虽触天威，亦在所不辞。

那么，宋元取经故事又是怎么说的呢？《取经诗话》第一则，究竟是写唐僧出世，还是写取经缘起，因已阙佚，且不论。

《西游记》杂剧，一则写观音说："西天竺有大藏金经五千四十八卷，欲传东土，争奈无个肉身幻躯的真人阐扬。如今诸佛议论，着西天毗卢伽尊者托化于中国海州弘农县陈光蕊家为子，长大出家为僧，往西天取经阐教。"二则写洪州太守虞世南说："奉观音佛法旨，荐陈玄奘于朝，小官引见天子。京师大旱，结坛场祈雨，玄奘打坐片时，大雨三日。天子赐金襕袈裟，九环锡杖，封经一藏，法一藏，轮一藏，号曰三藏法师。奉圣旨，驰驱马赴西天，取经归东土，以保国祚安康，万民乐业。"三则写玄奘说："我想来，小僧性命，也是佛天保佑。今日报了父仇，荣显了父母，报答了祖师。我舍了性命，务要西天取得经来，平生愿足。"

《西游记》平话呢？说法也大致如是，这见于《朴通事谚解》注，其文曰：

《西游记》云："昔释迦牟尼佛，在西天灵山雷音寺，撰成经律论三藏金经，须送东土，解度群迷。问诸菩萨往东土寻取经人来。乃以西天去东土十万八千里之程，妖怪又多，诸众不敢轻诺。惟南海落迦山观世音菩萨，腾云驾雾，往东土去。遥见长安京兆府一道瑞气冲天，观世音化作老僧入城。此时唐太宗聚天下僧尼，设无遮大会，因众僧举一高僧为坛主说法，即玄奘法师也。老僧见法师曰：'西天释迦造经三藏，以待取经之人。'法师曰：'既有程途，须有到时。西天虽远，我发大愿，当往取来。'老僧言讫，腾空而去。帝知观音化身，即敕法师往西天取经。法师奉敕六年东还。"①

这样，玄奘的素志也就演化为观音的指引，冒越宪章也就演化为奉敕取经。玄奘所以不避艰险，决意西行，乃仰崇佛法，报答皇恩而已。凡此，直接影响了世本《西游记》的写法。

这一演化，反映了如下一种事实：玄奘所谓"经有不周，义有所阙"，既为其他诸宗所首肯，玄奘的"冒越宪章，私行天竺"，又为旧时人们所不敢称道，特别是在程朱理学成为钦定哲学之时，所以，虽志盘《佛祖统纪·二祖三藏玄奘法师》，也说："贞观二年上表游天竺，上允之。"以免有伤这位"忠心赤胆大阐法师"之"忠"。

其四，玄奘在取经过程中个人作用问题的演化。

李世民《大唐三藏圣教序》说玄奘："凝心内境，悲正法之陵迟，栖虑玄门，慨深文之讹谬。思欲分条析理，广被前闻，截伪续真，开兹后学。是以翘心净土，往游西域，乘危远迈，杖策孤征。积雪晨飞，

---

① 朱一玄、刘毓忱编：《〈西游记〉资料汇编》，中州书画社1983年版，第110—111页。

途间失地，惊沙夕起，空外迷天，万里山川，拨烟霞而进影，百重寒暑，蹑霜露而前踪。诚重劳轻，求深愿达。周游西宇，十有七年，穷历道邦，询求正教。"① 这一概括无疑是精辟的。玄奘西行求法所以获得成功，主要是依仗他个人的信仰执着、坚忍不拔、博学卓识，以及娴于辞令。诚然，《三藏法师传》中也曾写他每逢危难，"心但念观音菩萨及《般若心经》"，便无所惧，在危获济；然而这种所谓"志诚通神"，实不过是他的信仰执着化成的精神力量而已，虽则其神异成分已开后世取经故事神魔化之先河。

《取经诗话》呢？它写唐僧西行，一有神灵保佑，二有妖仙随驾，三有恶煞玉成。因有观音菩萨的保佑，其过"蛇子国"时，"众蛇尽皆避路，闭目低头"；其过"狮子林"时，"狮子峥嵘，摆尾摇头，出林迎接"。因有大梵天王赐得三件法宝，即"隐形帽一事，金环锡杖一条，钵盂一只"，路遇恶魔，只要"遥指天宫大叫'天王'一声"，恶魔即灭迹除踪，其过"长坑大蛇岭"消灭白虎精和入"九龙池"降伏九条馗龙，便是如此。因有猴行者随驾，一路也就无途间失道之险。因有深沙神玉成，过沙河也就无异类出没前后之惊。然而，《取经诗话》中唐僧的弟子还只有一个，到《西游记》杂剧里唐僧的弟子遂为四人，一个降妖开路，一个帮挑行李，一个擎幢护驾，一个充作坐骑。真圣僧也，玄奘！《取经诗话》中护法的神灵还只有两个，到《西游记》杂剧里就可观了。其第八出写观音云："老僧为唐僧西游，奏过玉帝，差十方保官，都聚于海外蓬莱三岛。第一个保官是老僧，第二个保官李天王，第三个保官哪吒三太子，第四个保官灌口二郎，第五个保官九曜星辰，第六个保官华光天王，第七个保官木叉行者，第八个保官韦驮天尊，第九个保官火

---

① 《全唐文》卷 10，中华书局 1983 年版。

龙太子，第十个保官迴来大权修利，都保唐僧，沿途无事，写了文书，要诸天画字。"地上既有四个弟子保驾，天空又有十个保官护法，玄奘圣则圣矣，而其固有的"宁可就西而死，岂归东而生"的自强不息精神，却也随之而消失在这层层灵光圈中了。那世本《西游记》所以能别开生面，就在于：它对这一格局，虽承袭了其肤发，却扬弃了其肌理，致步不动而神移。这一点，下节再说。

其五，玄奘归宿问题的演化。

《三藏法师传》记玄奘取经归东土后，于麟德元年二月圆寂于玉华宫玉华寺，由善业力，"更不来人间受生"，但未言其成佛作祖。

《取经诗话》和《西游记》杂剧，却皆未写唐僧的圆寂，其归宿有类于道教的"羽化"。但一谓唐僧取经东归后，明皇封之为"三藏法师"，至七月十五日午时，"天宫降下采莲舡"，登船"望正西乘空上仙去也"；一谓唐僧取经归东土，大兴妙法，"后回西天，始成正果"，当仍为罗汉无疑。世本《西游记》呢？谓唐僧西行至灵山"凌云渡"脱却凡胎，其真身取经东归后又回净土，释迦封之为旃檀功德佛，或祖本即如是写亦未可知。要之，皆写唐僧成了正果，但其在西天的品位却似芝麻开花节节高，这与玄奘前身问题的演化是对应的。

凡此，告诉了我们什么呢？它告诉我们：玄奘西行求法，是中印文化交流史上的伟大创举。由于时代的制约，它不可能不打上某些神异的印记。这些神异的印记，却成了宋元取经故事之神魔化的滥觞。然而，玄奘个人在西行过程中的作用与所谓"神"的作用，实际上是成反比的。一方面，随着玄奘头上的灵光圈在人们交口相传中被日益增强，他个人在西行求法过程中固有作用必然会被日益削弱；另一方面，玄奘既成为当时人们交口相传的人物，则其精神境界必然会被日益打上传说者的主体思想印记。其结果，是使"知"与"行"两方面都超凡入圣的玄奘，日益演化为真如佛子其表而凡夫俗子其里的玄奘。《取经诗话》写唐僧入王母池时与猴行者说："愿今日蟠桃结实，可偷三五个吃。"《西游记》杂剧写唐僧西行起程时与一个戏言"小人是个开洞的"妇人说："阴无阳不生，阳无阴不长，阴阳配合，不分霄壤。豆有豆畦，麦有麦垄，豆麦齐栽，号曰杂种。"此等意识，便是作者主体思想印记的直接反映。一心想将玄奘写成真如佛子，而实际上却使之趋于凡夫俗子，还将其作为"圣僧"来颂扬，这种奇妙的结合，便是宋元取经故事中玄奘形象的总体特点及其演化趋势。

四、肉眼凡胎的三藏法师

玄奘形象演化至世本《西游记》又为之一变。变化的原因主要有三：一是，明代中叶以后出现了资本主义萌芽，产生了个性解放思潮，激发了人们观念的变化；世本《西游记》便是这一社会思潮的弄潮儿，而作品中的唐僧形象则是封建正统派思想代表之一。二是，宋元取经故事旨在弘扬佛法，宣扬三教圆融思想，主人公是唐僧，孙悟空处于衬托的地位；世本《西游记》旨在借神魔以写人间，求索治国安邦之道，主人公是孙悟空，唐僧处于衬托地位。三是，宋元取经故事的作者其主体思想主要体现在唐僧身上，以亦僧亦儒的唐僧的是非为是非，规引孙悟空式的人物入于正途；世本《西游记》的作者其主体思想基本体现在孙悟空身上，以具有"童心"的"真人"孙悟空的是非为是非，讽喻唐僧式的人物应善辨人妖。

因此，不同于宋元取经故事的移步换形，世本《西游记》对唐僧形象的再创造是步不动而神移。所谓"步不动"，是指宋元取经故事加在唐僧头上的种种灵光圈的一面基本未动。所谓"神移"，是指取资于现实生活中的道学之士而对宋元取经故事中唐僧形象世俗化的一面作了长足的发展。所以，世本《西游记》中的唐僧形象，虽则仍是亦僧亦儒，但儒的一面是其主导方面。

第一，玄奘他是个忠心赤胆的大阐法师。

忠心赤胆，是玄奘的基本品格，且一以贯穿形象的演化过程。随之也就由文化意义上的忠心为国演化为伦理意义上的报君王知遇之恩。何以见得？这还得从取经缘起看问题。

《三藏法师传》中的玄奘，其所以"决志出一生之域，投身入万死之地"，目的只有一个，就是："请未闻之旨，欲令方等甘露不但独洒于迦维，决择微言庶得尽沾于东国。"论其"冒越宪章"而"私往天竺"，虽为佛教原教旨所称允，与李氏王朝根本利益亦不相背，却不仅不能称作什么"忠为君王"，倒属道学之士所指责的"夷狄之法，无父无君"。玄奘取经归东土，谒唐太宗于洛阳宫仪鸾殿，奏云：

> 奘闻乘疾风者，造天池而非远；御龙舟者，涉江波而不难。自陛下握乾符，清四海，德笼九域，仁被八区，淳风扇炎景之南，圣威镇葱山之外，所以戎夷君长，每见云翔之鸟自东来者，犹疑发于上国，钦躬而敬之，况玄奘圆首方足，亲承育化者也。既赖天威，故得往还无难。

可谓句句说到唐太宗的心坎上，而又不背于实情，目的则是想借助于朝廷的力量以翻译佛经，弘扬佛法：这正是玄奘的情达变通处。

太宗又是怎么说的呢？一则曰："师出家与俗殊隔，然能委命求法，惠利苍生，朕甚嘉焉。"二则谓侍臣曰："昔苻坚称释道安为神器，举朝尊之。朕今观法师词论典雅，风节贞峻，非惟不愧古人，亦乃出之更远。"岂仅宽慰之辞，嘉勉之语，盖亦撞心之言，自兹视玄奘为国宝，举朝尊之有甚于苻坚之于道安，目的则是想借助于"三教圆融"以期国泰民安，皇图永固：这正是李氏之绝顶英明处。

没有玄奘的西行求法，就不会有中国佛教法相宗的极盛一时；没有唐太宗对玄奘翻译佛经的大力支持，亦不会有中国佛教法相宗的极盛一时。一个是千古一僧，一个是千古一帝，真可谓天缘之合。

正是这种天缘之合，在时人的儒家文化心态的作用下，演化为后世取经故事中玄奘西行求法的由来，演化为《西游记》杂剧中玄奘的奉诏取经天竺，演化为世本《西游记》中玄奘为报天子的知遇之恩而乘危远迈，杖策西征。从而也就使其"与俗殊隔"的忠心赤胆，日益演变为与俗无殊的"忠为君王"，成了个头戴僧帽的封建士大夫。

这一点，在《西游记》杂剧中是有稽可查的。剧本一则以登场诗的形式，写唐僧自陈抱负云："奉敕西行别九天，袈裟犹带御炉烟。祇园请得金经至，方报皇恩万万千。"二则写奉诏饯行的卢守南"求法语儆戒"，玄奘答曰："众官，听小僧一句言语：为臣尽忠，为子尽孝。忠孝两全，余无所报。"三则以［太平令］一支作为全剧的煞尾，道是："四海内三军安静，八荒中五谷丰登，西天外诸神显圣，兆民赖一人有庆，则为老僧、取经，忠心来至诚，呀传此话人间为证。"其抱负如此，其说教如此，其取经的作用如此，说作品中的唐僧实际上是披着袈裟的道学先生，恐不为过吧！

这一点，在世本《西游记》中是洞若观火的。书中写唐僧行行重行行而念念不忘唐太宗之恩德，那是有来由的。其第十二回"玄奘秉诚建大会，观音显像化金蝉"，写唐太宗见了观音的"颂子"，问聚集于化生寺做道场的一千二百名高僧：

"谁肯领朕旨意，上西天拜佛求经？"问不了，旁边闪过法师，帝前施礼道："贫僧不才，愿效犬马之劳，与陛下求取真经，祈保我王江山永固。"唐王大喜，上前将御手扶起道："法师果能尽此忠贤，不怕程途遥远，跋涉山川，朕情愿与你拜为兄弟。"玄奘顿首谢恩。唐王果真是十分贤德，就去那寺里佛前，与玄奘拜了四拜，口称"御弟圣僧"。玄奘感谢不尽道："陛下，贫僧有何德何能，敢蒙天恩眷顾如此？我这一去，定要捐躯努力，直至西天；如不到西天，不得真经，即死也不敢回国，永堕沉沦地狱。"随在佛前拈香，以此为誓。

该回还写玄奘回到洪福寺，众僧与几个徒弟早闻取经之事，都来相见：

> 他徒弟道："师父呵，尝闻人言，西天路远，更多虎豹妖魔；只怕有去无回，难保身命。"玄奘道："我已发了弘誓大愿，不取真经，永堕沉沦地狱。大抵是受王恩宠，不得不尽忠以报国耳。我此去真是渺渺茫茫，吉凶难定。"又道："徒弟们，我去之后，或三二年，或五七年，但看那山门里松枝头向东，我即回来；不然，断不回矣。"

这就告诉我们，玄奘所以西行求法，目的是想"祈保我王江山永固"，因而博得唐王的最高嘉奖，称之为"御弟圣僧"。玄奘明知此行"吉凶难定"，却发下弘誓大愿，"定要捐躯努力"，实由于"蒙天恩眷顾如此"，所以"不得不尽忠以报国"。

显而易见，玄奘的这种对唐太宗李世民的"忠心赤胆"，实质上是种"忠君即是爱国"的宋儒思想，并含有某种"士为知己者死"的壮士观念，全然是世俗的，伦理的。它反映了一个无可辩驳的事实：玄奘西行求法，由《三藏法师传》中的"违旨"，演化为《西游记》杂剧中的"奉旨"，演化为世本《西游记》中的"请旨"，乃是取经故事在三教圆融而以儒教为主导的思想轨道上运行的必然结果。当"忠为君王"被说成是玄奘西行求法的主要目的，那么，玄奘的艺术形象也就随之而成为头戴僧帽的世俗士大夫了。

问题在于：世本《西游记》作者写玄奘对唐太宗李世民的这种"忠心赤胆"，是下意识的，还是强意识的？是抱否定的态度，还是持肯定的态度？答案似乎只能是后者。理由有四：一是，书中的大唐具有君仁臣良的特点，它与天竺国下郡玉华县都是作者理想中的王道乐土。二是，前面说过，高昌国国王麴文泰之与玄奘义结金兰已成千古佳话，今演化如是，显然非为讥刺，实乃反映了作者理想中之君臣关系的一种模式。三是，书中对孙悟空的高喊"皇帝轮流做，明年到我家"报之以揶揄，可见作者的人伦观念最终并没逾越三纲五常的思想范畴。四是，书中对玄奘的西行求法之志是肯定的，讥讽的是其缺乏孙悟空的胆识，认为西行路上的妖魔还不十分可怕，真正可怕的是这位"御弟圣僧"缺少一双法眼。

第二，玄奘他又是个识见浅陋的世俗乡愿。

世本《西游记》中的玄奘，论其"定要捐躯努力，直至西天"的精神，这在取经四众中虽可谓首屈一指，由此也就使他成为这一取经团体的领袖，但论其识见之浅陋，处事之无能，善恶之不分，却宛若是个同乎流俗的乡愿，偏怜愚弱的家长，而作者的讽喻之旨亦寓焉。

面对取经团体与妖魔的矛盾，玄奘好则一闻妖魔，便心惊胆战，"坐个雕鞍不稳，扑的跌下马来，挣挫不动"；一遇妖魔，便魂飞魄散，"打了一个倒退，遍体酥麻，两腿酸软"，哪有一点闻变不惊、指挥若定的领袖风度，难怪孙悟空要气得直骂他"脓包"！坏则认定妖魔是"女菩萨"，认为孙悟空棒打妖魔是行凶作恶，直至咒念金箍闻万遍，勒得孙悟空耳红面赤，眼胀头昏，满地打滚。或一见"雷音寺"三个大字，便慌忙滚鞍下马，直骂孙悟空撒谎，既已辨明是"小雷音"，又硬说也有佛祖在内，结果不仅自己被妖怪捉住，还害得孙悟空被合在金铙里面，差一点闷死。如此"御弟圣僧"，他人妖不辨何为"圣"！

面对取经团体的内部矛盾，玄奘也是"见事不明，好歹不分"。孙悟空虽有些"猴气"，既调皮而又促狭，既热心而又好强，却忠于取经事业，智勇兼备，胸有大局，是个"有仁有义的猴王"。猪八戒虽亦有志取经，"保圣僧在路，却又有顽心"，是个自作聪明而说话做事不知高低的人。然而，一遇二人的不睦，玄奘便以封建家长式的偏执，认为猪八戒"他两个耳朵盖着眼、愚拙之人也"，处处偏袒之而苛责孙悟空，甚至屡听其"沾言沾语"，念起"紧箍儿咒"，"尸魔三戏唐三藏，圣僧恨逐美猴王"一回，便是明证。如此"大阐法师"，他错勘贤愚怎称"师"！

玄奘如此"人妖颠倒是非淆"，不是偶然的。其人生哲学是："千日行善，善犹不足；一日行恶，恶自有余。"而视孙悟空的棒打妖魔为"秉性凶恶"，个中便含乡愿意识。这种乡愿意识，正如《孟子·尽心下》所说，"非之无举也，刺之无刺也，同乎流俗，合乎污世，居之似忠信，行之似廉洁，众皆悦之，自以为是，而不可与入尧舜之道，故曰'德之贼'也。"其危害是在于：这种人生哲学，它披着"仁义"或"慈悲"的外衣，否定"除恶"正是"行善"，而且是最大的"行善"。孙悟空与玄奘的冲突之不可避免，根本原因就在于：一个懂得这层道理，一个却不懂得这层道理！

然而，这只是问题的一个方面，问题还有另一个方面，而且更为重要，只是为专家学者们所忽略了，那就是：世本《西游记》中的玄奘其思想是发展的。书中写玄奘和孙悟空的思想冲突，是随着历难次数的增加而日渐减少的；玄奘历尽八十一难的过程，实际上也就是他日益放弃乡愿立场的过程。看到这一点是极为重要的，它说明作者之写玄奘的正果西天，并非寓言别的，寓言着这个"直迷了一片善缘，更不察皂白之苦"的人物，终于分清了皂白，认识到孙悟空的一路"除恶"正是在积"善缘"。

今见宋元取经故事中的玄奘与孙悟空不存在这一矛盾。孙悟空识得的妖魔也就是玄奘识得的妖魔，压根儿不存在一个举棒打而一个反对打的问题。是故，作者写玄奘的正果西天，其审美意蕴与世本《西游记》是不可同日而语的。

第三，玄奘他还是个坐怀心悸的正人君子。

"不邪淫"是释家五戒中重要的一戒，宋元话本中不少高僧均毁在未能坚守这一戒上，可见世事之难莫过于绝灭人之天性，难怪人们要尊坐怀不乱的柳下惠为今古之"圣人"。

宋元取经故事演化为世本《西游记》，皆写及玄奘之不为女色所诱；但其心理的演化，玄奘却明显有个由"圣"入"凡"的历程。

《三藏法师传》曾言及"西大女国"，但那是个玄奘所闻的国度，纪之而已。曾言及玄奘与戒日王说《制恶见论》，"王有妹聪慧利根，善正量部义，坐于王后。闻法师序大乘，宗途奥旷，小教局浅，夷然欢喜，称赞不能已"。但还很难说玄奘与公主是"东边日出西边雨，道是无晴却有晴"，亦纪实而已。

《三藏法师传》中的"西大女国"，演化为《取经诗话》中的"女人之国"。但该国却是文殊和普贤所设，用以试玄奘之禅心的。女王曰："和尚师兄，岂不闻古人说：'人过一生，不过两世。'便只住此中，为我作个国主，也甚好一段风流事！"玄奘"再三不肯，遂乃辞行"。留诗曰："愿王存善好修持，幻化浮生得几时？一念凡心如不悟，千生万劫落阿鼻。休喏绿鬓桃红脸，莫恋轻盈与翠眉。大限到来无处避，髑髅何处问因衣？"真可谓禅心有如沾泥絮。

《取经诗话》中的"女人之国"，演化为《西游记》杂剧中的"女人国"，已成人间国度。女王扯玄奘云："我和你成其夫妇，你则今日就做国王，如何？"玄奘的回答是无力的："善哉，我要取经哩。"面对女王的"逼配"，若非韦驮赶来护法，玄奘"几毁法体"。可见其禅心虽在却已非沾泥之絮！

世本《西游记》继承了《西游记》杂剧这一写法，并从而长足发展之，强意识地还了这位"御弟圣僧"以血肉之躯。何以言之，且看事实：

"三藏不忘本，四圣试禅心"一回，写菩萨变化为妇人，三次求"坐山招夫"。玄奘由"推聋妆哑，瞑目宁心，寂然不答"，而"如痴如蠢，默默无言"，而"好便似雷惊的孩子，雨淋的虾蟆，只是呆呆挣挣，翻白眼儿打仰"。如果说，"煮酒论英雄"，刘备的闻言失箸是由于曹操道破了他掩隐的凌云壮志，那么，玄奘的这种"怔营惶怖，靡知厝身"，当由于妇人的求配之言触动了他深藏的情田尘心。

"法性西行逢女国，心猿定计脱烟花"一回，写西梁女王愿以一国之富招赘玄奘为夫，生子生孙，永传帝业，玄奘竟不知如何是好，让孙悟空给拿主意：

　　　　行者道："依老孙说，你在这里也好。自古道'千里姻缘似线牵'哩。那里再有这般相应处？"三藏道："徒弟，我们在这里贪图富贵，谁却去西天取经？那不望坏了我大唐之帝主也？"

足见玄奘并非无意于"一国之富"、"倾国之容",其令人钦敬之处,是在于能将之视为"鱼",而将取回真经以报唐王视为"熊掌"。

面对女妖的挑逗,玄奘又是如何呢?第五十五回,写蝎子精将其摄入毒敌山琵琶洞要与之成亲。面对女妖的淫情汲汲,玄奘惊慌不已,由不言不语,不吃不喝,而强打精神,虚与周旋,而共进馍馍,言语相攀,以致孙悟空在格子眼见状,"恐怕师父乱了真性",忍不住,现了本相,掣棒喝道:"孽畜无礼!"第八十二回,写金鼻白毛老鼠精将其摄入陷空山无底洞要与之结为夫妇。面对女妖的爱欲恣恣,玄奘狼狈不堪,知孙悟空在室,惊魂方定。晚上饮"交欢酒",一个"娇怯怯",满斟美酒递与郎君;一个"羞答答",满斟一盏回与佳人。次日相与游园,一个情切切喊声"长老",一个意绵绵回声"娘子"。诚然,玄奘是在依孙悟空之计而行。然而,也难言不是在万种风流中真情的流露,亦即作者所谓"情欲原因总一般,有情有欲自如然"。

要是结合作者的艺术构思看,则玄奘的"禅心未定"就更清楚。面对女色,孙悟空是个"欲海扬尘"的人,所以我行我素;猪八戒是个"色情未泯"的人,所以"心痒难挠";玄奘呢?介乎二者之间,是"子月泉心",所以也就难免不惊慌失措,尴尬不堪。鲁迅说得好,"浊浪在拍岸,站在山冈上者和飞沫不相干,弄潮儿则于涛头且不在意,惟有衣履尚整,徘徊海滨的人,一溅水花,便觉得有所沾湿,狼狈起来"[1]。假若将"浊浪"比作"情海",那么,世本《西游记》中的孙悟空、猪八戒、玄奘,倒和这三种人相类似。

玄奘的这种坐怀心悸,具有普遍性。还是随园老人肯坦露自己的心迹:"佳句听人口上歌,有如绝色眼前过。明知与我全无分,不觉情

---

[1] 《鲁迅全集》第4卷,人民文学出版社1981年版,第149页。

深唤奈何。"① 何况西梁女国女王之类又是主动出击，玄奘焉有不现其
"银样镴枪头"之理！但当其意识到自己是个僧人，美女乃俗人之妇，
他这个"银样镴枪头"也就没有烊成一摊，这正是斯人之难能可贵的地
方，谓之有理性。

正是鉴于世本《西游记》中的玄奘，其忠心赤胆如此，其识见浅陋
如此，其坐怀心悸如此，所以，我说他名为"御弟圣僧"，实际上却是
肉眼凡胎，戴着僧帽的儒士。这个形象，似扁型而实圆型，似苍白而实
丰满，具有其内心世界的复杂性，是个现实主义的典型。一言以蔽之，
其为人也，正如孙悟空所说："我那师父是个慈悲好善之人，又有些外
好里枒槎。"

五、结论和余论

三国故事、水浒故事、取经故事，是宋元以来人民群众所喜闻乐
见的三大故事，皆属英雄传奇，均有历史的影子。

英雄传奇，照理故事应越传越奇，主人公越传越英雄。论故事之
越传越奇，取经故事实有甚于三国故事、水浒故事，可玄奘的形象却越
传越不英雄，竟由《三藏法师传》中的超凡入圣，一变而成宋元取经故
事中的亦凡亦圣，再变而成世本《西游记》中的肉眼凡胎：其原因是什
么？我认为就在于历史上的玄奘是宗教领袖，乃僧之圣。

玄奘作为僧之圣，其如何"躬窥净域，讨众妙之源，究泥洹之迹"，
其如何"扇唐风于八河之外，扬国化于五竺之间"，皆时人所无法想象的。
时人只能从宗教心理出发，以能否名标西天佛国作标准，去想象玄奘是

---

① 袁枚：《小仓山房诗文集》卷 32《佳句》，上海古籍出版社 1988 年版。

否有前身，是否有菩萨的点化和护法，是否最后又正果西天。然而神灵的护佑作用和玄奘的个人作用是成反比的，其结果，是玄奘头上的灵光圈越多，其个人在取经过程中的作用越微不足道。"取经烦猴行者"，玄奘"圣"则圣矣，然而一个"烦"字，正意味着其主人公的宝座开始丧失。

玄奘作为佛门领袖，其"多识洽闻之奥冠恒肇而逾高，详玄造微之功跨生融而更远"，也是时人所无法想象的。时人只能从世俗心理亦即儒家的文化心态出发，以理想中的世俗领袖为模式去塑造之。一是以"天行健，君子以自强不息"相要求，这就使宋元以来的玄奘艺术形象与刘备、宋江艺术形象一样，他们都具有崇高的目标以及为之奋斗的坚强意志。二是以"地势坤，君子以厚德载物"相要求，这又使宋元以来的玄奘艺术形象与刘备、宋江艺术形象相似，他们都是忠厚长者，甚至连好哭的特点都是共同的。因为"哭"一般都是真情的流露，并且往往是和善的意念相连的；所以人们便将好哭作为他们三人为人忠厚的性格特征。作者在总体上都是肯定的。

然而，由于世本《西游记》和《三国演义》、《水浒传》的成书年代不同，写定者的思想观念和审美观念不同，玄奘的好哭和刘备、宋江的好哭，既有其相同点，又有其不同点。刘备的哭，是出于"上报国家，下安黎庶"。宋江的哭，是由于"忠为君王恨贼臣，义连兄弟暂安身"。玄奘的哭呢？除忧不得真经而归以保皇图永固，还由于其有乡愿意识的一面。

记得郭沫若有诗云："人妖颠倒是非淆，对敌慈悲对友刁。咒念紧箍闻万遍，精逃白骨累三遭。千刀当剐唐僧肉，一拔何亏大圣毛。教育及时堪赞赏，猪犹智慧胜愚曹。"这是对世本《西游记》中的玄奘疾之过甚了。其实，小说的作者并不一概否定玄奘的主张积"善缘"，只是讥刺其沉迷于此，以致不懂得孙悟空的除恶正是在行善。玄奘最后懂得这一道理之日，便是其历尽八十一难成正果之时，作者寓意盖亦深焉！

第五章 论孙悟空形象的演化

一、问题的追溯与成果的反思

孙悟空形象是中国古典小说中的一个光彩夺目的艺术典型，也是世界儿童文学中难以企及的永恒典范。因此，这一典型形象的原型[①]问题，便成为《西游记》研究中的一项重要课题。

最早注意到这个问题并予以研讨的是鲁迅和胡适，时贤们又在前辈学者探索的基础上开拓了视野，产生了一批新的研究成果，大致形成了三种观点：

一是"国货"说。

鲁迅在一九二二年八月二十一日致胡适的信中认为：《纳书楹曲谱》所摘《西游记》杂剧，"两提'无支祁'（一作"巫枝祁"），盖元时盛行此故事，作《西游》者或亦受此事影响。其根本见《太平广记》卷四六七《李汤》条"[②]。《李汤》又名《古岳渎经》，唐代李公佐作。无支祁即《古岳渎经》中的淮涡水神，"形若猿猴，缩鼻高额，青躯白首，金目雪牙，颈伸百尺，力逾九象，搏击腾踔疾奔，轻利倏忽"，与孙悟空的确不无相似之点。所以，鲁迅在《中国小说史略》里论及无支祁故事之演化时又明确提出："明吴承恩演《西游记》，又移其

---

① 此指文化原型，以下未言明"现实原型"者，同此。

② 《鲁迅全集》第 11 卷，人民文学出版社 1981 年版，第 413 页。

神变奋迅之状于孙悟空。"[①] 他在《中国小说的历史的变迁》里又再一次强调："我还以为孙悟空是袭取无支祁的。"[②] 这一看法，在二三十年代虽然和者甚寡，到五六十年代却因鲁迅之崇高威望而几成为不二的观点。

时贤们近年来对此说又作了重要的补证。其中用力最勤的是刘毓忱的鸿文《孙悟空形象的演化》[③]。该文认为，在我国丰富的神话宝库中，有四种类型的神话给吴承恩以启示：一乃"石中生人"的出身，如《淮南子》所记夏启之诞生于灵石；二乃"形若猿猴"的外貌，如无支祁与《补江总白猿传》中的白猿；三乃"铜头铁额"的特征，如与黄帝争位的蚩尤兄弟；四乃"与帝争位"的战斗精神，如与帝抗争的刑天。因此，"从孙悟空的演化历史看，他的'形'既在我们民族文化传统中孕育，他的'神'又立在明代中叶现实生活之上"。"我们的美猴王是具有中国民族气质、民族风格、民族精神的神话英雄"。

但是，这四条补证虽然很重要，却反倒令人由此而对"国货"说倍生疑团。要知道，《取经诗话》里的猴行者，并不是什么"天产石猴"，而是个因偷吃了西王母的仙桃而得以永年的"老猴精"；虽具"铜头铁额"的特征，却既无与玉帝争位的野心，也无与天朝抗争的战斗精神，先是只想偷几个蟠桃尝尝，后来又成为虔诚的宗教徒。难道这个猴行者倒不是那孙悟空的前身？研讨孙悟空的原型问题又怎可无视这一点！无支祁的"形若猿猴"的外貌与"轻利倏忽"的功夫，能说明什么呢？国内外传说中的猴精，莫不如是。

二是"进口"说。

---

① 《鲁迅全集》第 9 卷，人民文学出版社 1981 年版，第 85 页。

② 《鲁迅全集》第 9 卷，人民文学出版社 1981 年版，第 317 页。

③ 《文学遗产》1984 年第 3 期。

胡适由于"总疑心这个神通广大的猴子不是国货，乃是一件从印度进口的"，而在《西游记考证》里"假定哈奴曼是猴行者的根本"[1]。哈奴曼是印度史诗《罗摩衍那》里所写的猴子国的一员大将，其神通大得惊人：能在空中飞行，一跳就可以从印度跳到锡兰，能把喜马拉雅山拔起背着走，曾被吞入一个老母怪的腹中，在里面伸缩变化后又从老魔的右耳朵里钻出来。胡适认为："中国和印度有了一千多年的文化上的密切交通，印度人来中国的不计其数。这样一桩伟大的哈奴曼故事是不会不传进中国来的。"胡适也承认孙悟空有点像无支祁，同时又认为"也许连无支祁的神话也是受了印度影响而仿造的"。

此后，郑振铎和陈寅恪也发表了与胡适相似的观点。郑振铎在《西游记的演化》中说："孙悟空的本身似便是印度猴中之强的哈奴曼。"[2] 陈寅恪在《西游记玄奘弟子故事之演变》里则认为孙悟空大闹天宫的故事是由两个故事拼凑而成的：一个是佛教经典《贤愚经》中"顶生王升仙因缘"的故事，另一个便是《罗摩衍那》里猴神哈奴曼的故事。[3] 所以在二三十年代，"进口"说实际成了公认的观点。到五六十年代，由于胡适关于孙悟空源出于哈奴曼的假说被当作典型的民族虚无主义观点受到笔伐，"进口"说亦随之而无人敢于问津。

直到1978年季羡林在他的《印度史诗〈罗摩衍那〉》中才再次提出："中国著名的长篇小说《西游记》里那个神猴孙悟空，据我看，就是哈奴曼在中国的化身。"[4] 随后顾子欣在《孙悟空与印度史诗》里也认为："根据文学史的资料来看，我们这位猴王不是先从中国去印度，倒是万里迢

---

① 胡适：《中国章回小说考证》，上海书店1980年版，第335—341页。
② 郑振铎：《中国文学研究》上册，作家出版社1957年版，第291页。
③ 陈寅恪：《金明馆丛稿二编》，上海古籍出版社1980年版，第193—194页。
④ 《世界文学》1978年第2期。

迢，从印度传到中国来的。"①

　　确实，要是从孙悟空的"神变奋迅之状"看问题，与其说他像无支祁，不如说他更像哈奴曼。这是胡适的假说较之鲁迅的看法更易令人信服之点，而"进口"说的天生破绽亦在此。要知道，"传奇""传奇"，应越"传"越"奇"；而《取经诗话》里的猴行者，却只是个略具神通的猕猴王。当年到王母池偷桃，西王母便能轻轻地将他拿下，"左肋判八百，右肋判三千铁棒"，打得他时隔两万七千年"肋下尚痛"，"至今犹怕"。《西游记》杂剧里的孙行者，功夫大有长进，"一筋斗，去十万八千里路程"。但要收猪八戒，却力不从心，还得去请二郎神帮忙。这与《西游记》里所写，又何其迥异也哉！足见，孙悟空的神通也是随着其形象的演化而演化的，有一个长期的发展过程。既然如此，怎可因孙悟空的神变奋迅之状与哈奴曼相类而认定哈奴曼是其原型！

　　三是"混血"说。

　　此说正方兴未艾，也是两说相峙必然会应运而生的。"进口"说的再次倡导者季羡林，在他的专著《罗摩衍那初探》中又认为："孙悟空这个人物形象基本上是从印度《罗摩衍那》中借来的，又与无支祁传说混合，沾染上一些无支祁的色彩。这样看恐怕比较接近于事实。"② 与胡适不同，季羡林承认无支祁是"中国猴"。蔡国梁在《孙悟空的血统》中把问题说得更明确，认为孙悟空是继承无支祁形象，又接受哈奴曼影响的"混血猴"③。论述最详尽的则是萧兵的长篇论文《无支祁哈奴曼孙悟空通考》④。该文集了"进口"说与"国货"说的材料与研究成果的大

---

①　《人民日报》1978 年 11 月 13 日。

②　季羡林：《罗摩衍那初探》，外国文学出版社 1979 年版，第 138 页。

③　《学林漫录》第 2 辑，中华书局 1981 年版。

④　《文学评论》1982 年第 5 期。

成，是篇给人以诸多启发的佳作。它一方面把哈奴曼与孙悟空作了全面比较，以说明两个形象之间的继承关系；一方面详细考察了无支祁神话故事的演化过程，以阐明它对孙悟空形象的影响；一方面征引了中国古代的众多猿猴传说并上溯到氏族社会的猿猴图腾崇拜，以证明此乃孙悟空形象"基础之基础"。凡是孙悟空与哈奴曼或无支祁等猴怪的相似之点，萧兵称之为顺向继承；凡是孙悟空与哈奴曼或无支祁等猴怪的迥异之点，萧兵称之为逆向继承。并且，还制了五个图表以清眉目。

然而，这么一"顺"一"逆"地把问题予以一一坐实，却反倒真使我有点大惑不解。好像《罗摩衍那》在中国不仅早有汉文全译本，而且哈奴曼的故事自宋以来已家喻户晓；好像唐僧取经故事不是滥觞于人民群众的口头传说，或某"俗讲"僧人的个人草创，而是源于一位专治哈奴曼与无支祁等猿猴故事的文人学士的创作。否则，不可能那么一"顺"一"逆"，锦心绣口，猴王胎成；一"逆"一"顺"，妙笔生花，猴王坠地。可文史资料又在证明：这绝不是事实。况且，"想象从释典翻译文学的夹缝里挤进来的一点点的、删改得全非本来面目的《罗摩延书》的故事的片段竟会影响到《西游记》故事的成长，也是根本不可能的事情"①。

论说孙悟空的血统问题，谁也不能再翻出一个第四说。论点正确，由于证据不足或方法论欠当，而难以证明论点之何以正确，这在学术研究中是常见的现象。"三说"的持论者，他们鸿文佳作是否也存在这种情况呢？这是值得我们反思的问题。

照我的浅陋认识，他们的鸿文佳作有一个共同的优点，那就是：力图从中国神话传说、印度史诗和佛经故事中去探寻孙悟空形象的原型，

---

① 吴晓铃：《"西游记"和"罗摩延书"》，《文学研究》1958 年第 1 期。《罗摩延书》又译《罗摩衍那》。

忌发空论；从而也就为这个课题的研究开辟了门径，并提供了材料的基础。由此亦使他们的鸿文佳作产生了一个共同的缺失，那就是：尽管也谈孙悟空形象的演化，可实际上却不是沿着孙悟空形象演化的自身轨迹，用比较文学的研究方法，致力于去作纵向的探索，并从而注意其与横向的联系；而是远离孙悟空形象演化的自身轨迹，无意中把孙悟空的整体形象变成拆碎了的七宝楼台，用经学式的考证方法，致力于去考察其某处与某形象的异同点，以致在横向的探索中流连忘返。世界上的猿猴故事是多种多样的，文学现象是极其复杂的。各取所需，再加抑扬，就难免不公说公有理，婆说婆有理。而在邻居们听来，却并非如此。

恩格斯曾经指出："主要的出场人物是一定的阶级和倾向的代表，因而也是他们时代的一定思想的代表，他们的动机不是来自琐碎的个人欲望，而正是来自他们所处的历史潮流。"① 我想，如能正确地回答孙悟空的形象是孕育于什么思潮，发展于什么思潮，定型于什么思潮，那么，不仅孙悟空的血统问题可以迎刃而解，而且还将有助于我们加深对《西游记》思想内涵的认识。

二、说孙悟空的形象孕育于道教猿猴故事的凝聚

中国不是以产猴著称的国家，可自古以来却流传许多猿猴故事。论大原因，一是起于古代的神话传说，二是起于民间的闻奇述异，三是起于道教的借以宣扬金丹妙诀，四是起于佛教的借以弘扬禅门心法。前二者可以成为后二者的来源，后二者又可以在思想上混一而有主导面的不同。孙悟空的形象，则是孕育于道教猿猴故事及神仙故事的凝聚，

---

① 《马克思恩格斯选集》第 4 卷，人民出版社 2012 年版，第 440 页。

而不是孕育于佛教猿猴故事及神佛故事的凝聚。何以见得呢？这有据可考。

其一，打着宗教思想印记的猿猴故事，这在我国，佛教的居少数，道教的居多数。[①] 若就其所述猿猴成精的由来而论，二者的基本区别是在于：佛教倡导"万物皆有佛性"，成精的猿是"听经猿"；道教崇尚"金丹妙诀"，成精的猿是"修炼猿"。孙悟空的原型究竟是"听经猿"，还是"修炼猿"，这是不可不分辨的问题。

斐铏《传奇·孙恪》，写广德年间，秀才孙恪因下第游于洛中，投宿袁氏之第，慕袁女妍丽，求为妻室。相伴十余载，袁氏生二子，治家甚严，不喜参杂。孙恪挈家赴南康，为经略判官。行至端州，袁氏请孙恪携二子诣峡山寺老僧。斋罢，命笔题僧壁曰："刚被恩情役此心，无端变化几湮沉。不如逐伴归山去，长啸一声烟雾深。"乃掷笔于地，抚二子咽泣数声，语孙恪善自珍重；遂裂衣化为老猿，扪萝追野猿数十跃树而去；将抵深山，而复返视。僧曰："此猿是贫道为沙弥时所养。……不期今日更睹其怪异耳！"《太平广记》卷第四百四十五引《宣室志·杨叟》所写之胡僧，卷第四百四十六引《潇湘录·焦封》所写之孙氏女，二者也都是得"释氏之术"的猿猴。宋耐得翁《醉翁谈录》录有宋人话本《听经猿》。这"听经猿"三字，恰可以用来作为此类猴精的"共名"。

无名氏《补江总白猿传》里的白猿，年已千岁，"所居常读木简，字若符篆，了不可识；已，则置石磴下"。《古岳渎经》的作者李公佐，把淮涡水神写成了一只猿猴，并言所以知道这个水怪叫无支祁，是由于与道者周焦君从石穴间探得"仙书"《古岳渎经》。"字若符篆"的"木

---

① 按：《太平广记》卷 444 至卷 446 共录猿猴故事凡 25 条，其中明显打着道教思想印记的有 11 条，打着佛教思想印记的仅 4 条。

简"也罢，"文字古奇"的"仙书"也罢，二者显然都是道教思想的化形，却由此亦透露了白猿或无支祁何以会成精。苏轼《杨康功有石，状如醉道士，为赋此诗》所记"化为狂道士"的猴精，就更是个被写成在茅山君掌握之中的形象。《清平山堂话本·陈巡检梅岭失妻记》里的申阳公，"此怪是白猿精，千年成器，变化难测"。其"弟兄三人，一个是通天大圣，一个是弥天大圣，一个是齐天大圣；小妹便是泗州圣母"，形象莫不打有道教的思想烙印。诚然，这类作品虽非尽皆为宣扬道教思想而作，然而，这类猴精的由来却莫不本于道教的"修炼成仙"说，恐怕是确凿无疑的。所以完全可以给它们起个"共名"，叫作"修炼猿"。这类猿精可以上溯到干宝《搜神记·猳国》里的好拦路抢劫妇女而生子皆如人形的猳国。因为作者是个"性好阴阳数术"的人物，所以这个似猴实妖的形象也就不能不渗入道教思想。这类猴精甚至还可溯源到焦延寿《易林·坤之剥》里的盗人媚妾的南山大玃。因这部作品缥缈着神仙方术思想而为后来的阴阳数术之士所推崇，所以这个宛若民间传说中的大玃实际上却是当时神仙方术之士心目中的精怪。由这个意义上说，"修炼猿"大致称得上老牌的"国货"。

《取经诗话》里猴行者，偷仙桃时是八百岁，保唐僧取经时是两万七千八百岁，曾"九度见黄河清"。《二郎神锁齐天大圣》杂剧里的齐天大圣说："我与天地同生，日月并长。""吾神三人，姊妹五个。大哥哥通天大圣，吾神乃齐天大圣，姐姐是龟山水母，妹子铁色猕猴，兄弟是耍耍三郎。"《西游记》杂剧里的孙行者，也说："一自开天辟地，两仪便有吾身。""小圣弟兄姊妹五人：大姊骊山老母，二妹巫枝祇圣母，大兄齐天大圣，小圣通天大圣，三弟耍耍三郎。"《朴通事谚解》所引《西游记平话》，把孙悟空的来历说得更直接："西域有花果山，山下有水帘洞，洞前有铁板桥，桥下有万丈洞，洞边有万个小洞，洞里多猴，有老

猴精，号齐天大圣。"问题的根本在于：佛教认为肉体是要死亡的，灵
··
魂可以成正果；只有道教才讲什么"与天同寿的真功果，不死长生的大
法门"。足见，孙悟空作为"老猴精"，并且连同他的"弟兄姊妹"，都
不是"听经猿"，而是"修炼猿"；都不是孕育于佛教思潮，而是孕育于
道教思潮。

其二，佛教是主张"佛法平等"的，万物"听经"皆可促使其自身
的"佛性"觉醒。所以佛教猿猴故事中的猴精形象，绝大多数都是正面
的。道教比较注意贵贱之伦，人兽之界，而"修炼"又离不开服食采补
之术，采补就包括获取人的"元阳"与他人修炼的灵丹等等。所以道教
猿猴故事中的猴精形象，绝大多数都是反面的。孙悟空的原型究竟是正
面形象，还是反面形象，这是不可不予考辨的问题。

论者曾引《传奇·孙恪》作为"猿猴性淫"的例证之一①，这不符合
作品的实际描写。袁氏眷眷所恋的是"青山与白云"，只因接受真心的
爱慕而与贫贱之士孙恪结为夫妇。孙恪听信表兄之言，负义谋刺袁氏而
又"终有难色"。袁氏一方面责其无义，义愤填膺；另一方面又好言抚
慰，谅解其心理。孙恪赴任南康，与袁氏同至端州；袁氏化猿归山，"将
抵深山，而复返视"。凡此，皆说明其不是"性淫"，而是深于情者也。

《焦封》里的孙氏也是个优美的女性形象。她是那么眷恋焦封，知
封无意虚老蜀城，欲以名宦荣身，遂以金玉送封入关，及临歧泣别，复
以幼时与阿母所弄玉环一枚相赠。她又那么追赶焦封，奔上阁道，遽至
封前，悲泣不已，再次道声"愿自保爱"，旋即化为猩猩投入青山白云。
感情多么丰富，又多么通情达理！把此类形象看作是"猿猴性淫"，实
在是对爱情的一种亵渎。

---

① 萧兵：《无支祁哈奴曼孙悟空通考》，《文学评论》1982 年第 5 期。

《杨叟》中的猿精则是个既幽默而又练达人情的形象。杨叟"以财产既多，其心为利所运，故心已离去其身"，卧病垂危，"非食生人之心，固不可得而愈矣"。其子宗素，以孝行称于里人，愿得生人心以疗父疾。猿精化为胡僧戏之曰："常慕歌利王割截身体，及菩提投崖以饲饿虎。"宗素劝之曰："岂若舍命于人，以惠其生乎？"并直言所求。胡僧忽跃而腾上一高树，召宗素曰："《金刚经》云：'过去心不可得，现在心不可得，未来心不可得。'檀越若要取吾心，亦不可得矣。"

要之，《太平广记》卷第四百四十四至卷第四百四十六所录猿猴故事凡二十五条；凡是打着佛教思想印记的，没有一条是写抢婚或吃人的猴精。除了《崔商》中化为尼众的猴精略有诱淫之嫌外，也没有反面形象。

然而，打着道教思想印记的猿猴故事，情况就不同了：

一是，有性喜吃人的猴精。《灵保集·薛放曾祖》里的两个猴精，一个变成长六七寸的小狝猴，一个变成游方道士，由道士进花言巧语，让小狝猴顺顺当当将薛放曾祖吃个寸骨不留。

二是，有荒淫成性的猴精。此类猴精不胜枚举，而且故事来源最早。《易林·坤之剥》里的大玃，盗人媚妾。《搜神记·猳国》中的猳国，窃人妻女为家室。其无子者，终身不得还；若有子者，辄抱送还其家而令养之。《补江总白猿传》里的白猿，遍体皆如铁，惟脐下数寸不能御兵刃；来去如闪电，半昼往返数千里；窃人妻女三十余，好化成美髯丈夫，"夜就诸床嬲戏，一夕皆周"。《陈巡检梅岭失妻记》，则是由此故事蜕变而成。里面的申阳公，别号齐天大圣，论荒淫成性与变化多端，实又青出于蓝。

三是，有偷窃仙品的猴精。苏轼《杨康功有石，状如醉道士，为赋此诗》云："楚山固多猿，青者黠而寿。化为狂道士，山谷恣腾蹂。误入华阳洞，窃饮茅君酒。君命囚岩间，岩石为械杻。松根络其足，藤蔓缚其肘。苍苔眯其目，丛棘哽其口。三年化为石，坚瘦敌琼玖。"诗中所写窃饮茅君酒的猴精形象，又显然是受了两种故事的影响。一乃《国史补》所记猩猩好酒的传说："猩猩好酒与屐，人欲取者，置二物以诱之。猩猩始见，必大詈云：'诱我也。'乃绝走而去之。去而复至，稍稍相劝，顷尽醉，其足皆绊。"一乃《汉武故事》所记东方朔窃仙桃的传说："东郡送一短人，长七八寸，衣冠具足。上疑其山精，常令在案上行。召东方朔问。朔至，呼短人曰：'巨灵，汝何忽叛来？阿母还未？'短人不对，因指朔谓上曰：'王母种桃，三千年一作子，此儿不良，已三过偷之矣。遂失王母意，故被谪来此。"扬雄曾于《法言·渊骞》中称东方朔为"滑稽之雄"，而窃饮茅君酒的猴精之神态亦颇令人感到滑稽。

如果说，这前两种猴精的形象是被否定的形象，那么，这后一种猴精的形象便是被揶揄的形象。方术之士认为：人禀阳精，妖受阴气；仙人全阳，鬼妖全阴。由此可见，在方术之士看来，猴精窃仙丹仙酒固然是采"阳精"，贪淫与吃人也是采"阳精"。不言猴精"采补"可以寿与天齐，便不足以强调"服食采补"说的重要，而观念上的注重贵贱之别与人兽之界，则又必然会把此类猴精形象大多写成反面形象。这便是问题的根本。

照我的看法，孙悟空原型当是个既汇集了这三种猴精之神通，又汇集了这三种猴精之恶行的猴王。还是让我们具体看看他皈依佛门以前的形象吧：

《取经诗话》里的猴行者，曾偷吃西王母仙桃十颗，西王母将其捉下配至花果山紫云洞，成为八万四千铜头铁额猕猴王。

《二郎神锁齐天大圣》杂剧中的齐天大圣，"神通广大，变化多般。""金精闪烁怒增加，三界神祇惧怕。"曾闯入兜率宫，化作一个看药炉的仙童，扳倒药炉，偷去太上老君九转金丹数颗；又去天厨御酒局中，盗了仙酒数十瓶，回到花果山水帘洞，大排筵会，庆赏金丹御酒。经二郎神将其锁获，遂"朝上帝礼拜三清"。

《西游记》杂剧里的孙行者，变化多端，会筋斗云。"喜时攀藤揽葛，怒时搅海翻江。金鼎国女子我为妻，玉皇殿琼浆咱得饮。""盗了太上老君炼就金丹，九转炼得铜筋铁骨，火眼金睛，输石屁眼，摆锡鸡巴。""偷得王母仙桃百颗，仙衣一套，与夫人穿着。"还性喜吃人，甚至想吃救命恩人唐僧："好个胖和尚，到前面吃得我一顿饱，依旧回花果山。"

北婴《曲海总目提要补编·北西游》云："花果山水帘洞有石猴窃食老子金丹，遂成铜筋、铁骨、火眼、金睛，又能七十二变。大闹天宫，入地府取金鼎国母为妻。又偷王母蟠桃百颗，仙衣一袭。上帝怒，命李天王、哪吒太子率天兵搜讨，不能服。菩萨以神通移花果山压其顶，书一字封记，欲使三藏收为弟子，护以西行。"[①]

《朴通事谚解》所引《西游记平话》里的孙悟空，"神通广大，入天宫仙桃园偷蟠桃，又偷老君灵丹药，又去王母宫偷王母绣仙衣一套，来设庆仙衣会"。玉帝宣李天王率天兵十万征讨，屡战屡败。孙悟空最后被二郎神擒获，合当斩首；由观音说情，镇于花果山下以待取经人。

凡此，足以说明孙悟空的原型，不仅是个典型的"修炼猿"，并且是个典型的好为非作歹而又神通广大的恶魔。

凡此，还可以看出孙悟空的原型，其劣行是不断发展的，其神通也是不断发展的。同时，二者又都可从道教系统的猿猴故事及神仙故事

---

① 按："提要"水帘洞有石猴"与"入地府取金鼎国母为妻"云云，与隋树森编《元曲选外编》第二册中的《西游记》杂剧有异。

中察见其浅深不一的来踪。

其三，孙悟空的故事是应唐僧取经故事的流传而产生的呢，还是原本是个与唐僧取经故事无涉的独立故事？这也是不可不予考察的问题。

谁能否定这么一个事实呢？与孙悟空无关的唐僧取经故事是有的。《独异志》云："沙门玄奘，俗姓陈，偃师县人也。幼聪慧，有操行。唐武德初，往西域取经。行至罽宾国，道险，虎豹不可过。奘不知为计，乃锁房门而坐。至夕开门，见一老僧，头面疮痍，身体脓血，床上独坐，莫知来由。奘乃礼拜勤求，僧口授《多心经》一卷，令奘诵之。遂得山川平易，道路开辟，虎豹藏形，魔鬼潜迹，遂至佛国，取经六百余部而归。"① 这，便是明证。与佛教思想无涉的齐天大圣故事也是有的。《二郎神锁齐天大圣》杂剧，便可资证。剧中的齐天大圣及其家族，莫不是"修炼猿"；剧中的其他人物形象，莫不是道教中的神仙；剧中的齐天大圣被二郎神锁获后的结局也是："尊上帝好生之德，再休题妄想贪嗔。从今后改恶向善，朝上帝礼拜三清。"全然是个弘扬"金丹妙诀"的作品。这两类作品都有，但与道教思想无关的孙悟空保唐僧西天取经的作品，却是不存在的。《取经诗话》写孙悟空皈依佛门是自愿的，《西游记》杂剧等写孙悟空皈依佛门是被迫的，但二者有个共同点，那就是：孙悟空的"由道入释"。这，足资证明。

问题是，怎么解释这一现象？正确的解释，恐怕只能是：最先有个独立的唐僧玄奘西天取经故事，那是一个弘扬佛法的故事；同时又有一个猕猴王为非作歹的故事，那是一个阐释"金丹妙诀"的故事。两个故

---

① 《独异志》三卷，为唐人李冗撰，此引自《太平广记》卷第92，"异僧"六《玄奘》，中华书局1961年版。

事一旦合流，便产生了孙悟空保唐僧西天取经的故事。这对于原本是属于道教人物的孙悟空来说，当然也就成了"由道入释"或"弃道从释"。

正是基于上述三个方面，我认为孙悟空的形象是孕育于道教猿猴故事及神仙故事的凝聚，其血管里最早流的是中国道教思潮的血。

如此说来，那孙猴子大概可以称得上老牌的"国货"了吧？暂且不想作这一结论。令我们感兴趣的倒是：孙悟空的"弃道从释"并成为唐僧的弟子是否有其必然性。

三、说孙悟空的形象发展于释道二教思想的争雄

中国封建社会的统治思想，主要是儒家思想。自唐以来，讲"三教混一"，也是以儒家思想为主体的，释道二家的思想只是其左右翼而已。道家当然不等于道教，但由于道教尊老子为始祖，老庄著作被奉为"经"，所以二者之间也就被方术之士系上了一条血缘纽带。三家的思想固然在维护地主阶级政权方面不无叶叶相交通的一面，但在争取君主的支持与黎民的信仰方面也有兄弟阋于墙的一面，道教与佛教之间尤其如此。这也反映到意识形态领域。孙悟空的形象虽孕育于道教猿猴故事的凝聚，却发展于释道二教思想的争雄，便是属于这种情况。

第一，中国的猿猴故事所以多"修炼猿"，不仅由于道教想借以宣扬"金丹妙诀"，而且还由于它想借以炫示自己的法力非凡。其思想影响所及，遂见之于民间传说或文人创作。所以，凡属道教系统猿猴故事的猿精，其神通广大者，不是为"天意"藉人所灭，就是为仙人道长所擒；其略具妖法者，则不劳仙人道长出马，而为方术之士所除。这是一条规律。

例如，《补江总白猿传》中的白猿，遍体皆如铁，惟脐下数寸不能

御兵刃；欻然而逝，半昼往返数千里；晴昼或舞双剑，环身电飞，光圆若月。其术若何？然而却为一介武夫欧阳纥所诛。欧阳纥何以能诛此白猿？用白猿临死前的话来说："此天杀我，岂尔之能。"瞿佑《剪灯新话·申阳洞记》里的申阳侯，能于"门窗户闼，扃镝如故"的情况下摄走钱氏女。其术又若何？然而却为凡夫俗子李德逢所杀。李德逢又何以能杀此申阳侯？用白鼠精的话来说："盖亦获咎于天，假手于君耳。不然，彼之凶邪，岂君所能制耶？"

例如，《陈巡检梅岭失妻记》里的申阳公，变化多端，能降各洞山魈，管领诸山猛兽，称齐天大圣，其神通可谓大矣。然而，紫阳真人只配了两员天将，便将他一条铁索锁着，押入酆都天牢问罪。《时真人四圣锁白猿》中的烟霞大圣，变化莫测，曾变化沈璧一般模样，到沈府骗取了沈璧之妻，其神通并不在申阳公之下。然而，到头来还不是被时真人等所锁！

例如，《宣室志·陈岩》中的侯氏，《异苑·徐寂之》中的操荷女，或性淫而悍戾，或性淫而温顺，此皆小妖猴，方士或伟丈夫即可毙之。

正因为"邪不压正，正能驱邪"，"魔高一丈，道高一尺"，这是道教系统猿猴故事的基本思想，所以一些作品便有意无意地将猴精与其制服者的神通处理成正比，来个水涨而船高。这也就是孙猴子的神通何以会日益长进的根由。《二郎神锁齐天大圣》杂剧便可以证明这一点。剧中的齐天大圣明显地是由《陈巡检梅岭失妻记》里的齐天大圣申阳公蜕变而来的，可锁此齐天大圣的却不是紫阳真人派去的两员天将，而是道教神祇中最神变善战的英雄二郎神亲自出马。作者的本意显然是要赞颂二郎神的神变善战，然则孙悟空的神通亦大得可想而知矣！难怪民间有俗语云："孙悟空七十二变，二郎神比孙悟空多半变。"

第二，道教要借猴精传说以弘扬自己的法力，并按照自己的世界观去塑造猴精形象；佛教也要借猴精传说以弘扬自己的法力，并按照自己的世界观去塑造猴精形象。因此，当某一"修炼猿"形象在产生社会影响以后，佛教思想的传播者便会不期而然地跑去问鼎，设法说明真能收此猴精者，并不是道教的神仙或方士，而是佛教的菩萨或高僧，实际则是要借以证明佛法又高于道法。无支祁故事的演化如此，孙悟空故事的演化也是如此。

《古岳渎经》里的淮涡水神无支祁，实际上是作者所创造的"形若猿猴"的雄性水怪形象；它被大禹锁在龟山脚下，以永使淮水安流入海。苏轼《濠州七绝·涂山诗》云："川锁支祁水尚浑，地理汪罔骨应存。樵苏已入黄能庙，乌鹊犹朝禹会村。"清《安徽通志·舆地志·下龟山》条引苏轼诗云："清淮浊汴争疆健，龟山下瞰支祁宫。"清冯应榴注苏诗引宋张舜民《画墁集》云："龟山寺后山脚有石穴，以砖塞其户，俗云系无支祁所宅也。"龟山足下居然出现了"无支祁宫"与"无支祁宅"，于此亦可以看出李公佐笔端的无支祁形象在民间的影响。无、巫、母，三字古时基本同音，无支祁音即母支祁。三传四传，母支祁成了龟山水母或泗州水母；七传八传，母支祁又出来兴妖作怪。朱熹《楚辞辨证·天问》云："如今世俗僧伽降无支祁，许逊斩蛟、蠵精之类，本无依据，而好事者遂假托撰造以实之。"罗泌《路史》卷九《余论》云："释氏乃以为泗州僧伽之所降水母者……而水母之事非也。方永泰初，李汤知山阳，物尝出焉。"然而不论朱熹们怎么辨证，俚俗相传却越演越烈。《二郎神锁齐天大圣》杂剧竟说：龟山水母是齐天大圣的姐姐，"因水淹了泗州，损害生灵极多，被释迦如来擒拿住，锁在碧油坛中，不能翻身"；《西游记》杂剧亦有句云："若鬼子母将如来圈定在灵山上，巫枝祁把张僧拿在龟山上。不是我魔王苦苦害真僧，如今佳人个个要寻和尚。"足见宋元明不仅有无支祁兴妖作怪的传说，而且广被民间，传说不一。

但有一个共同的特点，那就是无支祁故事的"由道入释"，打上了佛教思想的印记。降服无支祁的大禹，转变为僧伽或如来。"'彼僧伽者，何人也？'对曰：'观音菩萨化身也。'"① 这是最值得注意的一点。

孙悟空故事演化的思想轨迹，与此又何其相似乃尔！《取经诗话》里的猴行者，当年因偷吃西王母的仙桃而被西王母配在花果山，成为"八万四千铜头铁额猕猴王"。"铜头铁额"是蚩尤兄弟的特征。说明猕猴王仍是个为非作歹的妖魔，并未因偷吃了西王母的仙桃而成仙作祖。猕猴王后来之所以得成正果，是由于自身的"佛性"觉醒而愿保唐僧西天取经。《西游记》杂剧里的孙行者，本是个无恶不作的凶魔。二郎神锁孙行者，需托塔天王父子与十万天兵相助；观音菩萨制伏孙行者，只需一铁戒箍戒其凡心（孙行者在取经路上虽凡心未泯，却因头戴铁戒箍而不敢妄为）。足见，猴行者与孙行者虽然形象不同，但所传达的思想却异曲同工，那就是：道法是高的，而佛法又高于道法。

无支祁形象演化的思想轨迹是"由道入释"，孙悟空形象演化的思想轨迹也是"由道入释"：二者如出一辙。这不是偶然的巧合。照我的看法，这不仅由于无支祁形象的演化历程给予孙悟空形象的演化以强有力的影响，更主要的还是由于两个形象都发展于释道二教争雄的同一思潮，而佛教思想对民众的影响又非道教所能比。惟其如此，所以两个故事的演化也都旨在说明：道法有涯，而佛法无边；真能收伏妖魔的是佛法，而不是道法。

第三，唐宋以来释道争雄的思潮，既使一些脍炙人口的"修炼猿"的故事日趋瑜伽化，同时也使人们所喜闻乐道的玄奘取经故事日趋神魔化。"修炼猿"故事的瑜伽化固然是出于弘扬佛法，玄奘取经故事的神

① 赞宁：《宋高僧传》，中华书局1987年版，第449页。

魔化更是出于弘扬佛法。正是这种同一性，在人们交口相传中促使孙悟空去充当了唐僧的弟子。其契机是：一方面，佛教密宗护法神中有猴将，比如《大集经》三十五所说的"申神"，这既有助于激发人们对玄奘取经故事之演化趋势的遐想①，另一方面，《三藏法师传》中的曾充当玄奘弟子并助玄奘偷渡玉门的"胡僧"石槃陀，"胡"与"猢"同音、"僧"与"狲"音近，又可衍生为"玄奘取经，猢狲保驾"之说②。二者一结合，则"由道入释"的猴行者形象遂从某道教猿猴故事中脱胎而出，以"取经烦猴行者"为其特征的唐僧取经故事亦应运而生矣。还是让我们来看事实吧：

唐代玄奘于贞观三年，挺志往天竺，探求佛学，究索根源；足所亲践者，一百一十余国；历时十七载，得经论六百五十七部而归。这一历史壮举，自然令人喜闻乐道，倍萌遐想。玄奘所著《大唐西域记》及其弟子慧立与彦悰所著《大唐大慈恩寺三藏法师传》，著中已涉灵异以自神其迹，并定了将取经的成功归于菩萨暗佑的基调。比如《三藏法师传》云：法师自是孑然孤游沙漠，惟望骨聚马粪等渐进。"顷间，忽有军众数百队，满沙碛间，乍行乍止，皆裘褐驰马之像，及旌旗槊纛之形，易貌移质，倏忽千变。遥瞻极著，渐进而微。法师初睹，谓为贼众；渐近见灭，乃知妖鬼。又闻空中声言：'勿怖，勿怖！'由此稍安"。海市蜃楼，是沙漠上常见的；"空中声言"云云，则分明是有菩萨在暗佑了。

玄奘取经的成功，本来靠他坚韧不拔的意志与博涉经论的学识。把取经的成功归于菩萨的暗佑，实际上也就削弱了玄奘个人的作用。这

---

① 参见矶部彰：《元本〈西游记〉中孙行者的形成》，赵景深主编：《中国古典小说戏曲论集》，上海古籍出版社1985年版。

② 参见本编第三章《〈大唐三藏取经诗话〉故事源流考论》，第二节。

对后来取经故事产生了深远影响，甚至决定唐僧的基本形象。前面所引《独异志》所记，便是明证。

令人惊奇的历史壮举，历史记载却不够惊奇，虽然已涉灵异。于是，宋代的"俗讲"僧人或说话艺人，便在唐僧如何历尽艰难，又如何获得菩萨保佑方面，驰骋自己的想象力，并在博采民间传说的基础上，用异常的情节来展现幻想中的唐僧取经。那广被民间的神魔故事，以及举凡唐人记述神仙、鬼怪、僧道、猴虎之属的作品，特别是《三藏法师传》所叙玄奘的种种自神其迹，又为他们提供了取之不尽的素材。这样，一种"取经烦猴行者"的故事也就应运而生了。因为唐僧在取经中的实际作用早已在传说中削弱，而一些"修炼猿"的"由道入释"又于传说中势在必然。尽管"取经烦猴行者"，可猴行者却是其弟子，这本身就又肯定了唐僧作为"圣僧"的地位。有其地位而无其降妖伏怪的作用，这便是一切取经故事中的唐僧形象。谁教玄奘当初把取经的成功归之于菩萨的暗中保佑来着！

菩萨的保佑唐僧，这在《取经诗话》里，主要体现为大梵天王赐给他三件法宝：隐形帽一顶，金环锡杖一条，钵盂一只。猴行者杀白虎精主要靠这个，伏馗龙主要也靠这个。

那么，这个猴行者又来自哪路猴呢？当然不会是无支祁的分身，因为无支祁已被民间传为老母猴，不方便。照我看来，他多半来自苏轼所记因"窃饮茅君酒"而被囚"化为石"的一类猴精之还魂择世，而又曾蒙受那源远流长的白猿故事的影响。何以见得呢？猴精窃仙酒，孙行者盗御酒的情节呼之欲出；设若换以仙桃，则猴行者偷蟠桃的情节活跃眼前，而东方朔偷西王母仙桃的故事又是现成的，可供借鉴。这是一。纵览我国古代志怪故事，精怪在其死时或显最大神通时一般均现原形，猴行者灭白虎精时其杀手锏是钻入白虎精肚里"化一团大石"，可见其

文化原型当是一块似猴之石，而非"天产石猴"。况且，《朴通事谚解》
注引《西游记平话》，说悟空是"老猴精"，北婴所见之《北西游》说孙
悟空是"石猴"，二者既同来自宋元家喻户晓的取经故事，则"老猴精"
之说与"石猴"当具有同一性，亦明矣。更何况还有《二郎神锁齐天大圣》
杂剧之"石精"说可以参验。这是二。还需注意的是，此猴行者呈"白
衣秀才"相。不言而喻，"白衣"当是其幻化为"秀才"时毛色的衣装化，
如谓猪精乌将军之"着玄衣"。这是三。正是基于这三点，我认为猴行
者其文化原型，最初主要来自苏诗所记因"窃饮茅君酒"而被囚"化为
石"的楚州猴和家喻户晓的白猿一类的道教猿猴故事，以及东方朔因偷
西王母仙桃而被谪入尘寰的传说之融贯变化。而他的自愿保唐僧西天取
经，则又是受了《孙恪》等"听经猿"主动皈依佛门故事的影响。

　　菩萨的保佑唐僧，这在《西游记》杂剧里，主要体现为观音菩萨口
授以紧箍咒。孙行者凭生金棍降妖伏怪，降伏不了的便跑去请如来或观
音帮忙。唐僧虽不会降妖伏怪，却凭着会念紧箍咒而将孙行者管得服服
帖帖。

　　那么，这个孙行者又是哪路来的猴呢？当然不是焦封的妻子孙氏
之子，更不是孙恪的夫人袁氏之孙。照我看来，他是如同《西游记平
话》所说的地地道道的"老猴精"！那是由于：这个孙行者虽从猴行者
演化而来，但在形象的演化过程中，主要蒙受的是诸如《二郎神锁齐天
大圣》里的齐天大圣、《陈巡检梅岭失妻记》里的申阳公、《补江总白猿
传》里的白猿、《薛放曾祖》里的猴怪、《龙济山野猿听经》杂剧里的野
猿等等的影响，以致与《取经诗话》里的猴行者虽同宗而已不同族，成
了个恶魔。他的皈依佛门不是自觉自愿的，所以虽保唐僧在路，却劣性
依旧，甚至想吃掉唐僧、奸淫铁扇公主。要是他有本事将头上的铁戒箍
脱下，那他又会去盗仙丹、偷仙桃、窃御酒、劫女子、吃人肉的。足

见，他头上的铁戒箍，并不是什么封建宗法的思想和制度的象征，而是佛法无边的象征。

显而易见，佛法高于道法，道法高于魔法，这是当时的一种思潮。猴行者身为"修炼猿"所以"由道入释"，其"入释"前的性情所以越演化越恣肆，那是由这一社会思潮所决定的。

正是在这种思潮的作用下，也是为了使故事的情节更异常些，让人们感到更有趣味，所以孙悟空的神通在其形象的演化过程中便不断获得发展，闹乱天宫的规模也是如此，二者形影相随，且成正比：

《取经诗话》里的猴行者，偷仙桃，是小乱子；西王母便能将其拿下，配至花果山。

《二郎神锁齐天大圣》杂剧里的齐天大圣，窃金丹、盗御酒，乱子大了些；二郎神奉玉帝敕令将其锁获，并由驱邪院主亲自发配。

《西游记》杂剧里的孙行者，在下界劫妇女，吃人肉，到上界盗金丹、御酒，窃仙桃、仙衣，直接惊动了玉帝，乱子又大了些；托塔李天王奉玉帝谕旨率天兵天将征讨，并请来二郎神与眉山七圣，方能将其擒获，但观音菩萨只用一铁戒箍便能制其凡心，让其保唐僧西天取经。《西游记平话》里的孙悟空，其闹乱天宫的情景和结果，亦与此相仿佛，这有《朴通事谚解》注可证。

《西游记》祖本中的孙悟空呢？与《西游记平话》和《西游记》杂剧中的孙行者相比，其扰乱乾坤的结果虽也是被逼"由道入释"，其扰乱乾坤的规模则当是闹了龙宫闹地府、闹了地府又闹天宫。

道理是那么简单：不详写孙悟空在其"朝上帝礼拜三清"或皈依佛门前是如何神通广大与作恶多端，便不足以充分炫示道法特别是佛法之高。不详写唐僧取经的缘由及其身世，便不足以炫示取经的重要以及唐僧作为圣僧的地位。惟其如此，所以形成了以取经故事为题材的作品，

在艺术结构上有个共同的显著特点，那就是：孙悟空皈依佛门前的故事
是相对完整的；唐僧踏上征程前的故事也是相对完整的。两个故事最后
汇成取经故事，宛若一条大河的上游有两个分叉的支流。《西游记》杂
剧如此，世德堂本《西游记》也是如此。这一艺术结构上的总体特点，
正是释道二教的思想争雄在作品艺术结构上的反映。

　　我们知道，陈寅恪在《西游记玄奘弟子故事之演变》里认为：孙悟
空大闹天宫的故事是由佛教经典《贤愚经》中的"顶生王升仙因缘"与
《罗摩衍那》里的猴神哈奴曼两个故事拼凑而成的。理由是："以吾国昔
时社会心理，君臣之伦，神兽之界，分别至严。若绝无依籍，恐未必能
联想及之。"①窃以为这是由于：他一来没有看到孙悟空的大闹天宫在孙
悟空故事里是有个长期演化过程的，最初只是个小乱子；二来没有注意
在世德堂本《西游记》问世以前，孙悟空闹的乱子不论大小，都是被否
定的，作者肯定的是镇压者，直到世德堂本的作者才以点石成金的法子
作了修正；三来没有留神中国封建社会的一切动乱皆可以使作者于幻想
中"必能联想及之"。因此，这不仅与吾国昔时的"君臣之伦，神兽之界，
分别至严"的"心理"不相背，而且正好反映了吾国昔时的这种"心理"。
正是在这一根本点上，三教思想得以混一，而这也就是作品的微有鉴戒
之处吧！

　　然而，三教所宣扬的"邪不胜正，正能压邪"，"正"是定性的，那
就是符合三教混一思想的地主阶级代表人物；"邪"是不定性的，那就
是既包括贼臣污吏等一切社会邪恶势力，同时也包括一切反封建的社会
进步力量。这也就是这类作品所宣扬的"魔高一丈，道高一尺"的两重
性。这种两重性，既深层地反映了宗教有"精神鸦片"的一面，又深层

---

　　①　陈寅恪：《金明馆丛稿二编》，上海古籍出版社 1980 年版，第 194 页。

地反映了宗教有"生灵叹息"的一面。否则，在当时也就不会获得人民群众的喜闻乐见。其合理的内核是不应忽略的。

正是基于上述三个方面，我认为孙悟空的形象发展于释道二教思想的争雄，其血管里又注入了中国的民间的佛教思潮的血；不言而喻，一种共同的文化心态，也使他血管里融入了我国儒家思想的血。

那么，究竟是不是印度的"进口猴"与中国的"国产猴"之"混血猴"呢？暂且还不想作什么定论。最令我们感兴趣的乃是：孙悟空的形象在宋元两代并未定型，到明代中叶以后是怎样定型的，是否有其必然性？

四、说孙悟空的形象定型于个性解放思潮的崛起

孙悟空的形象虽发展于释道二教思想的争雄，而这种争雄又是建筑在人们传统的儒家文化心理结构基础上的，所以随着取经故事像滚雪球似的越来越壮观，明代中叶以前的孙悟空，其血型实际上也就成为三教混一而以释道二教思想圆融为其主要特质的血型。然而又由于这种血型并非直接取自三教的经典，而是来自民众按照自己的认识对三教思想的理解，不符合三教思想的观念掺入是不可避免的，其中便含有对三教思想的天生的不敬之处，所以它本身就是一种非正统的三教混一思想的血型。到了明代万历年间，各种取经故事百川归海既为世德堂本《西游记》的成书提供了情节基础，新崛起的个性解放思潮又为孙悟空的形象准备了新鲜血液，于是孙悟空的形象的定型也就势在必然了。而据我看来，这个世德堂本并非成于谁某独力创作，乃是成于谁某妙手改定。①

---

① 详见本编第十二章《论〈西游记〉的著作权问题》，第二节。

成于谁某独力创作也罢，成于谁某对某一祖本的妙手改定也罢，孙悟空的形象发生了惊人的变化并由此而定型却是不容置疑的事实，尽管其带自母体的胎记尚存。

《西游记》里的孙悟空一出场便是神话传说中的英雄，这是众所公认的。那么，作为猴王的孙悟空又是怎样由元代宗教传说中的恶魔，脱胎为神话传说中的英雄的呢？还是让我们就如下几个问题看看世德堂本它是如何点石成金的吧！

其一，孙悟空的出身问题。

因《取经诗话》里的猴行者形象，其文化原型既来自道教猿猴故事的积淀，而对其影响最深者，当一是苏诗所记"猴精化石"的故事，一是关于白猿的传说，其现实原型又来自《三藏法师传》所记曾一度充当玄奘弟子的胡僧石槃陀①，所以这个形象便与"石"有千丝万缕的联系，"化一团大石"成了他炼魔降怪的"杀手锏"，便是明证。是故，《朴通事谚解》注引《西游记平话》称孙悟空为"老猴精"，北婴所见之《北西游》称孙悟空为"石猴"，二者当同出一门。因为，不言而喻，这里所说的"石猴"，是指成精的似猴之石，而"石"亦可以成"精"，这又有《二郎神锁齐天大圣》杂剧中的"石精"可证。足见，《取经诗话》中的猴行者，是个既具宗教色彩的形象，又具神话色彩的形象，虽以前者为其主导方面。

元人取经故事着力发展了猴行者这一形象的宗教方面，甚至集古来道教"修炼猿"的种种劣行于其一身，从而将孙悟空写成一个假若头无铁戒箍，便好为非作歹的恶魔。不说《西游记》杂剧，就说《西游记》祖本吧！《西游记》第二十七回曾写到孙悟空与唐僧说起当年在水

---

① 详见本编第三章《〈大唐三藏取经诗话〉故事源流考论》，第二节。

帘洞里做妖怪是如何吃人肉的情景，便是对其祖本删削未尽而留下的残踪之一。

与元人取经故事大相径庭，《西游记》作者则着力发展了猴行者这一形象的神话方面，集种种美好品格于其一身，从而将孙悟空写成个"欲海扬尘"的盖世英雄，甚至借用"启生于石"的神话传说，直接将孙悟空的来历写成"天产石猴"，亦即谓其母是"灵石"，其身是"神猴"，并以"灵根育孕源流出"标其目，再三强调这位美猴王既与传说中"老猴精"判然有别，亦与传说中"石猴精"有质的不同。这实际上也就把孙悟空写成大自然的儿子，一个活脱脱的自然人的形象。与此相应，把孙悟空的"心性修持大道生"，写成不是由于"修炼采补"，而是由于"历学求知"。这实际上也就又在神话或宗教的外衣下，把人的聪明才智强调到无所不能的境地，而这也正是中世纪末个性解放思潮的显著特点之一。所以，孙悟空的那种不满足于花果山乐极一时的"自由自在"生活，一心想摆脱暗中的"阎王老子管"而不惜远涉重洋，求师访道，便一定程度上曲折地概括了新兴市民社会势力渴望突破封建势力束缚，探索新的天地，获得自由发展的进步要求。

其二，孙悟空闹龙宫的起因问题。

《取经诗话》里的猴行者手无寸铁，靠大梵天王赐给唐僧的金环锡杖拿妖捉怪。金环锡杖一演而成为《西游记平话》里的铁棒或《西游记》杂剧里的生金棍，再演而成为世德堂本《西游记》里的金箍棒。

孙悟空因强借兵器而闹龙宫，当是其祖本中固有的情节。但祖本中的孙悟空作为水帘洞吃人的魔王，到龙宫强取金箍棒显然是要在花果山称王称霸，以实现其"九天难捕我，十万总魔君"的心愿。而世本中的孙悟空作为花果山的美猴王，到龙宫借取金箍棒则是为了保卫花果山这个"自由自在"的天地，怕一旦或有人王或有兽王"兴师来相杀"，没有一件合手的兵器。

足见，同是写孙悟空闹龙宫，前者把孙悟空的动机写成恶，而后者则把孙悟空的动机改成善。

其三，孙悟空闹地府的原因问题。

《西游记》杂剧虽有孙行者摄金鼎国女子作压寨夫人的情节，但无闹地府的故事。北婴《曲海总目提要补编·北西游》谓：孙悟空"入地府取金鼎国母为妻"。信非虚语，当有见而云。则孙悟空闹地府的起因，亦明矣。《西游记》里的孙悟空并无"猿猴性淫"的特点。正如钱钟书先生所说："《西游记》小说之石猴始革胡孙习性，情田鞠草，欲海扬尘，以视马化、申阳，不啻异类变种矣。"[1]但是，要注意，第二十七回，孙悟空自供不讳，说他在花果山为妖时，曾"变女色"迷人而尽意食其肉。第四十二回，观音菩萨说孙悟空："你见这龙女貌美，净瓶又是个宝物，你假若骗了去，却那有工夫来寻你？"可见在其祖本里，孙悟空也具有"猿猴性淫"的特点；否则，不会干那以色诱人而食其肉的勾当，观音菩萨亦决不会有此等话语。由此又可见，孙悟空闹地府也是世本的祖本里固有的情节，起因当类《北西游》里所写"入地府取金鼎国母为妻"。

不同于其祖本，世德堂本《西游记》则写成：孙悟空梦见两个勾司人"领批"来勾，只管扯扯拉拉而不容解释；孙悟空恼起性来，"大闹森罗，强销名号"，又"一路棒，打出幽冥界"。看来，孙悟空当年远涉重洋，访师求道，并未使他真能"常躲过阎王之难"。勾司人还是"领批"找上门来。孙悟空所以获得"与天同寿的真功果，不死常生的大法门"，最终还得仗他自己"弄神通，打绝九幽鬼使；恃势力，惊伤十代慈王"。

这是应该注意的。杜丽娘为了爱情，"生而可以死，死而可以生"；

---

[1] 钱钟书：《管锥编》第2册，中华书局1979年版，第547页。

孙悟空为了能"自由自在"地"久注天人之内",可以"大闹森罗"而"强销名号"。他们的个人意志与精神力量之所以是不可战胜的,就在于二者同是建筑在个人心灵解放基础上的典型形象。

其四,孙悟空大闹天宫的缘由问题。

《西游记》杂剧等写孙悟空大闹天宫的起因,或由于他盗仙桃、金丹、御酒,以期益寿永年,或由于他兼窃西王母仙衣,以博金鼎国女子一笑,莫不是为物欲或求长生所蔽,尽皆属"修炼猿"干的勾当,演的当然也都是反面角色。世德堂本《西游记》则一反传统的思想和写法。它写孙悟空大闹天宫的根由,不是由于孙悟空的窃仙桃、金丹、御酒,而是由于天宫等级秩序森严,玉帝又"轻贤"和"不会用人",而是由于孙悟空"心高气傲",不愿低人一等。一言以蔽之,是由于孙悟空的自由平等观念不为天宫森严的等级秩序所容,而自由平等观念又是孙悟空难移的本性。何以见得呢?还是让我们略观事实:

玉帝打着"仁义"的旗号,不仅没有对孙悟空的"闹龙宫"与"闹地府"施以惩罚,而且将其召往上界,官封"弼马温"。孙悟空还以为这是玉帝对自己的器重,"昼夜不睡,滋养马匹",直到他知道弼马温"乃下贱之役",深感玉帝对自己轻蔑太甚,才"一路解数,直打出御马监",径回花果山。

孙悟空打败奉玉帝敕令前来征讨的李天王,玉帝又在"仁义"的旗号下降招安旨,封孙悟空为"齐天大圣",却让他去看守蟠桃园。美猴王还以为得其所哉,可以摘几个蟠桃尝尝鲜,工作是克尽职守的,直到他知道西王母无意请他这位齐天大圣,深感天朝对自己轻蔑太甚,总把自己看作"后生小辈",才定计先尝蟠桃宴,醉后又信手把李老君的九转金丹当作蚕豆嚼个光,然后又使个隐身法回到花果山。这分明是玉帝"轻贤"与"不会用人"的结果,可玉帝却不知悔过,反而敕令天兵天将围剿花果山，并将那阶下囚塞进李老君的八卦炉中以文武火锻炼。孙悟空一旦跳出八卦炉，当然要愤怒得一直打上灵霄殿，并高喊"强者为尊该让我"了。幸亏如来佛跑来保驾，设计将孙悟空压于五行山下，并书一字封记："唵、嘛、呢、叭、咪、吽。"这六个字是梵语莲花珠的译音，而我国明代民间却把这句话说成"俺把你哄了"①。

论者认为孙悟空大闹天宫，是我国古代农民起义的曲折反映。这不仅不符合孙悟空大闹天宫故事的演化过程，也不符合世德堂本《西游记》里孙悟空的形象。如果把孙悟空看作农民起义的领袖人物，那他两次接受招安，实在无可称道；况且，自从秦末以来，也从未见过独来独往杀向帝阙的农民英雄。孙悟空大闹天宫的真正意义，是在于它写出孙悟空的自由平等观念与天宫的等级秩序情同水火，并欣赏前者而讽刺后者；是在于它一定程度地曲折地概括了新兴市民社会势力反对传统的封建等级的观念和制度，提出了具有早期启蒙色彩的价值取向；是在于它突出地概括了新兴市民社会势力机智聪明、奋发进取、积极乐观以及个人奋斗的阶级特征。

如来佛是佛教教主，李老君是道教教主，玉皇是儒道混合而为道教所尊奉的天帝，阎王是佛道混合而为佛道二教所尊奉的冥府君王，龙王是儒道混合而为道教所尊奉的水府君王。凡此，也是昔时黎民百姓与封建士大夫等所共同敬畏的神明。孙悟空呢？只是个名不登仙籍的美猴王而已。可世德堂本《西游记》的作者，却对孙悟空的大闹三界抱欣赏态度，而对此等独具权威的神明抱以揶揄之情，这就着实打破了昔时"君臣之伦，神兽之界，分别至严"的"社会心理"。

然而，问题的关键还在于：皈依佛门以后的孙悟空，他这种要求自

---

① 《西游记》，人民文学出版社 1980 年版，第 86 页注。

由平等的天性失去了没有？失去是可能的，杨致和的《西游记传》与朱鼎臣《唐三藏西游释厄传》，便作了如此艺术处理。但是，在世德堂本《西游记》里却不是这样的。孙悟空身上的要求自由平等的天性显得更内在了，这一直深化到取经路上人际关系的各个方面。何以见得呢？还是让我们就取经路上的人际关系问题再次看看世本它是如何点石成金的吧！

其一，唐僧师徒四众西天取经的目的问题。

要谈取经路上的人际关系，必须先谈一谈唐僧师徒四众西天取经的目的；否则，便失去考察人际关系与是非标准的立足点。两宋以来的取经故事作为佛教系统的故事，说及唐僧取经的目的，当然是为了"超度众生，脱离苦海"；但由儒家文化所形成的社会心理，却又使人们喜把"保国祚安康，万民乐业"作为唐僧取经的目的之一。《西游记》杂剧便是如此，尽管作品中所实际宣扬的是佛法无边，却亦因此而使唐僧作为亦僧亦儒的形象而成为作品的当然主人公。

世德堂本《西游记》不仅将要使"皇图永固"作为唐僧西天取经的主要目的，并且还使这"皇图永固"四字具有象征意义，即象征着某种宏伟事业。这就把原来的宗教性题材改造成寓言般的社会性题材。

不止于此，作品还通过唐僧出发前的惶恐心理与僧众们的议论纷纷，提出一个十分严肃的问题：要完成这一事业，谁能承此千斤重担？唐僧行不行呢？不行。书中曾一语破的："那长老得性命全亏孙大圣，取真经只靠美猴精。"这就使孙悟空由原来的取经辅佐人物一跃而成为作品的当然主人公。那小说的取经缘起部分亦随之而类于孙悟空再次出场的登台锣鼓。

凡此，也就是我们考察取经路上的人际关系与是非标准的立足点。

其二，孙悟空与神佛的关系。

《取经诗话》里的猴行者，在神佛面前无自己的意志可言，敬惧西王母，敬服大梵天王。

《二郎神锁齐天大圣》杂剧里的齐天大圣，一旦被二郎神锁获便摇尾乞怜："上圣可怜见！小圣误犯天条，望上圣宽恕小圣这一遭者"；"从今后改恶向善，朝上帝礼拜三清"，成了他的归宿。

《西游记》杂剧里的孙行者，虽有自己的意志，但那是一种恶；只因头戴铁戒箍，便在神佛面前唯唯诺诺。

凡此，也就以相反的形式弘扬了佛法或道法，宣扬了宗教思想。

世德堂本《西游记》里的孙悟空，虽然也头戴紧箍儿，却具有自己独立的意志和人格，而且莫不呈现为一种善。面责观音菩萨不该受了人间香火而又让熊罴怪作"邻居"，观音菩萨就得帮助他去缚妖；怪罪弥勒佛与李老君不该纵门下到下界行凶作恶，弥勒佛与李老君也得赔笑谢罪或陈说原委；嘲笑释迦如来是恶魔大鹏金翅鸟的"亲外甥"，释迦如来倒须应请去替他降妖伏怪；朝见玉帝而仍傲不为礼，玉帝还得有求必应。凡此，这与其说孙悟空在顺从神佛的意志，倒不如说神佛在顺从孙悟空的意志。

足见，孙悟空还是当年的"老孙派头"，只是不再高喊"皇帝轮流做，明年到我家"而已！

其三，孙悟空与妖魔的关系。

《取经诗话》里的猴行者，一路降妖伏怪，是属于皈依了佛门的妖魔在打不愿皈依佛门的妖魔；又由于猴行者已成为虔诚的佛教徒，所以从不轻易杀生，即便对凶恶的白虎精也先以慈悲为怀；曾三次问白虎精"甘伏未伏"，白虎精皆答"未伏"，方不得已而令其"七孔流血"。

《西游记》杂剧里的孙行者，一路降妖伏怪，是属于因头戴铁戒箍而不得不屈从佛门的妖魔在打头上无铁戒箍的妖魔；又由于孙行者所遇的对手远比猴行者所遇的厉害，所以跑去请观音或如来佛降妖，便成了他的主要"功德"。而从《朴通事谚解》所引孙悟空车迟国斗法，则又可以看出《西游记平话》里的妖魔又比《西游记》杂剧里的厉害。凡此，都是在以不同的方法显示孙悟空的思想与神通，而殊途同归于弘扬佛法。

世德堂本《西游记》把孙悟空由神佛的附庸变成具有独立的意志和人格的战斗英雄。妖魔要吃唐僧肉，孙悟空要保唐僧西天取经；妖魔要祸害人间，孙悟空"专救人间灾害"。孙悟空与妖魔的斗争，便寓言般地反映了人民群众进步势力与邪恶势力的斗争。孙悟空的智勇善战体现于此，孙悟空的疾恶如仇精神亦体现于此。

要特别注意的是，小说第三回和第四回曾以浓墨重彩写了孙悟空在花果山"会了个七弟兄，乃牛魔王、蛟魔王、鹏魔王、狮驼王、猕猴王、猳狨，连自家美猴王七个"。第四十一回与第五十九回等都有笔墨与此照应，特别是第四十一回所列魔王名号与此一丝不差。可西天取经路上虽然这些魔王的形象一一出现，却只有一个牛魔王与孙悟空存结义之亲；其余五个则无一与孙悟空有旧，而大多与神佛有亲。这与作品的自身艺术结构相戾，也与中国小说传统写法不符。正确的解释恐怕只能是：其祖本写孙悟空一路荡妖灭怪，保唐僧西行，主要灭的是他当年的六位结拜兄弟，旨在表现孙悟空的皈依佛门之虔诚，或由于头戴紧箍而行不由己。一经这么改动，既讽刺揶揄了神佛，又赞颂了孙悟空的战斗精神；且既免孙悟空遭无情无义之讥，又大致不伤作品艺术结构的严密性：真可谓是神来之笔。①

其四，神佛与妖魔的关系。

---

① 详见本编第十二章《论〈西游记〉的著作权问题》，第二节。

　　《取经诗话》里的精怪，一来由于地近佛国，大多精怪"皆有佛性，逢人不伤，见物不害"。二来由于个别不呈"佛性"的妖怪，又为猴行者在大梵天王所赐三个法宝相助下降伏，所以无神佛亲自出马降妖伏怪的情节。

　　《西游记》杂剧里虽有观音菩萨和如来佛帮助孙行者降伏鬼子母的情节，但仍无神佛的亲属或部曲思凡私自下界为非作歹的故事。

　　《销释真空宝卷》云："牛魔王，蜘蛛精，设（摄）入洞去；南海里，观世音，救出唐僧。"[①]分明是说降伏牛魔王与蜘蛛精的是观音菩萨。《宝卷》里提到的取经情节还有：火焰山、黑松林、罗刹女、流沙河、红孩儿、地涌夫人、僧道斗圣、戏世洞、女儿国。

　　《朴通事谚解》里提到而《宝卷》中未提及的取经情节有：黑熊精、黄风怪、狮子怪、多目怪、棘钩洞、薄屎洞。

　　由此可以看出：在元末明初的取经故事里，"天上来的精"即便有，也为数极少；绝大多数妖怪都是在孙行者的报告下，由神佛亲自出马收伏的；由于孙行者只是神佛的附庸，正义属于神佛一方，所以人们对神佛将妖魔度回上界，莫不持颂扬态度。

　　由此又可以看出：世德堂本《西游记》里，"天上来的精"那么多，生于地上而和神佛有瓜葛的精也不少，这大多是出于作者别具匠心的"嫁接"，比如狮驼王等就是如此；直接为孙悟空所降伏的妖怪，其中有不少是出于作者生花妙笔的"移植"，比如蜘蛛精等便是这样；神佛要将"天上来的精"或一些土生土长的凶魔恶怪"收回上界"，孙悟空要将"天上来的精"或一些土生土长的凶魔恶怪"一棒打死"，二者之间

---

　　① 按：《销释真空宝卷》当产生于《西游记》成书以前，在其流传过程中又接受了《西游记》的影响，这两个故事显然早于《西游记》所写的相应故事。

这一矛盾，显然是出于作者的匠心独运，说明孙悟空已成为一种独立的力量，而且正义是属于孙悟空一方。

惟其如此，所以取经故事里那种原本用来弘扬佛法或道法的神佛与妖魔的关系，也就随之而成为地主阶级正统派与贪官污吏和土豪劣绅之间的那种"兄弟阋于墙而外御其侮"的社会关系的寓言般缩影。

其五，孙悟空与唐僧的关系。

现存的取经故事里，唐僧的形象已不是历史上的玄奘，是个有其尊而无其能的亦僧亦儒的"圣僧"形象。

《取经诗话》里的猴行者，由于是自愿保唐僧"同往西天鸡足山"，所以用不着给他戴什么铁戒箍，一路与唐僧有说有笑，与唐僧的关系是不错的。

《西游记》杂剧里的孙行者，居然想吃救命恩人唐僧的肉，那就非给他戴个铁戒箍不可了；孙行者尝到了这个箍儿的厉害，一路上对唐僧服服帖帖，当然也就用不着唐僧念什么紧箍儿咒，二人的关系也是和谐的。

世德堂本《西游记》里的唐僧，却既是个佛门长老，又俨然是个封建家长。作为师徒四众的封建家长，他偏怜自己子女中呆头呆脑的猪八戒，而猪八戒实际上却是个好进"诂言诂语"的说话不知轻重的人，且又与孙悟空"有点不睦"。作为师徒四众的佛门师父，他要求弟子们慈悲为怀，不可以杀生。

妖魔要吃唐僧肉，孙悟空要保唐僧西天取经，这就形成了孙悟空与妖魔的矛盾，并一以贯穿整个西天取经故事。孙悟空要荡魔灭怪以保唐僧，唐僧却认为这是孙悟空的"秉性凶恶"，于是便咒念紧箍闻万遍，这就形成了孙悟空与唐僧的矛盾，并一以贯穿整个西天取经故事。两条矛盾线索也都在展示那死抱儒释教义的"圣僧"唐僧其头脑又是如何地冬烘得可笑。

孙猴子头上的紧箍儿原本是佛法的象征，而一经唐僧的咒念紧箍闻万遍，却使它处处成为对释门佛法和教义的绝妙揶揄。

要是从宏观上再鸟瞰一下取经故事里取经路上之人际关系的演化，则又不难发现：《西游记》杂剧等形象体系的内部构成是二维的，即以神佛为一方，以妖魔为一方，孙悟空的形象则是属于前者的附庸角色。世德堂本《西游记》形象体系的内部构成却是三维的，即以孙悟空为一方，以妖魔为一方，以神佛为一方。孙悟空与妖魔的关系是正邪不两立；妖魔与神佛的关系，是既有矛盾的一面，又有调和的一面；孙悟空与神佛的关系，是既有合作的一面，又有矛盾的一面。但处于众星拱月般艺术结构中心地位的，却不是神佛，而是孙悟空。

要是从宏观上对世德堂本《西游记》里的孙悟空思想性格的发展以及作者对他的态度作一鸟瞰，那又不难看出：花果山上的美猴王对神佛的态度是斗争中有妥协；西行路上的孙行者对神佛的态度是妥协中有斗争。作者是欣赏前者，而歌颂后者；欣赏不等于完全肯定，而歌颂则是最大肯定。足见，孙悟空对天庭神佛的这种两面摇摆的政治思想态度，实际上又寓言般地反映作者自身对地主阶级及其代表人物的态度，而这一态度又正好反映了新兴市民阶层反封建的阶级本性特征。

正是基于上述这些方面，我认为孙悟空的形象是定型于个性解放思潮的崛起，其血管里又最后注入了明代中叶以后由于资本主义萌芽的出现而产生的个性解放思潮的血；这种血在孙悟空血管里则是作为儒释道思想的血液的对立物而新生的，却未能将它们噬之殆尽，所以朝气蓬勃的个性解放思潮与斜晖夕照的儒释道三教思潮在那个时代的对立统一，便成了我们的美猴王的最后血型。

写到这，话又该说回来：那么，孙悟空究竟是"进口猴"，"国产猴"，还是"混血猴"呢？

他既孕育于道教猿猴故事的凝聚，又发展于释道二教思想的争雄，且定型于个性解放思潮的崛起，当然是典型的"国产猴"。

如果他是"进口猴"或"混血猴"，那就意味着哈奴曼故事不仅早已传入中国，而且在当时社会上已产生了非同寻常的影响：这与史实不符。

如果说，哈奴曼故事最初曾在中国某乡某镇盛传，而孙悟空的原型则是从该乡该镇一个筋斗云跳出来的，那么，这个猴子的姓名和雅号中至少会含有"哈奴曼"三字的一音之转：这又与事实不符。

如果说，孙悟空的形象在其演化过程中曾受到中国的民间的佛教思潮影响，而归根结底佛教是舶来品，所以孙悟空也是"进口猴"或"混血猴"，那么，因目睹人生苦难而最后遁入空门的贾宝玉，岂不成了释迦牟尼本人在中国的化身！

质之高明，不知以为何如？

还是让我们重温陈元之序中的一段话吧！这段话我认为颇得世德堂本《西游记》之三昧："彼以为浊世不可以庄语也，故委蛇以浮世。委蛇不可以为教也，故微言以中道理。道之言不可以入俗也，故浪谑笑虐以恣肆。笑谑不可以见世也，故流连比类以明意。于是其言始参差而俶诡可观，谬悠荒唐，无端崖涘，而谭言微中，有作者之心傲世之意。"正是这种"作者之心傲世之意"，把孙悟空形象塑成了如同后来李贽所说的具有"童心"的"真人"，但这在当时还只能表现为"猿"的形态，直到贾宝玉才表现为"人"的形态。

五、孙悟空和贾宝玉比较研究识小

将孙悟空和贾宝玉作比较研究，似乎有点不伦不类。实际上并非如此，只不过是在把"猿"和"人"放在一起作一比较研究而已！这又是怎么说的呢？

我们知道，文学作为一定社会生活在作家头脑中审美反映的产物，莫不受一定社会思潮的影响和制约。明清文学所反映的社会思潮是形形色色的，而《红楼梦》与《西游记》虽则题材不同，创作方法不同，艺术风格不同，却是同一社会思潮中的两座丰碑。这一思潮就是伴随着资本主义萌芽的出现而产生的要求个性解放的思潮。如果说，这种思潮在《西游记》里是体现为"猿的形态"，那么，到《红楼梦》里则体现为"人的形态"。这集中反映在两部作品都把主人公的形象写成具有"童心"的"真人"并从而寄寓了作者对人性问题的认识上。

其一，孙悟空和贾宝玉的个性觉醒，都被作者写成是一种天赋，这种天赋实际上也就是李贽所说的"童心"。

《西游记》开卷即写"灵根育孕源流出"，与以往取经故事的写法大不相同，作者更动了传统的结构方式，把"大闹天宫"提到全书的开头，而且用了整整七回的篇幅；变更了传统故事的孙悟空的出身，把"老猴精"改成了破灵石而出的天产石猴，并把"灵根育孕源流出"放在开宗明义的地位。这是别具匠心的。首先，显然是想突出孙悟空在形象体系中的地位，把作品写成孙悟空的英雄传奇。其次，显然是要涤荡取经故事中的孙行者身上的宗教色彩，努力把孙悟空写成神话中的英雄。最后，如前所述，也是更为重要的，是要把孙悟空写成大自然的儿子，活脱脱的"自然人"的形象。这后一点其所以尤为重要，就在于：它把孙悟空身上的处于萌芽状态的自由、平等观念，写成是与生俱有的东西。

《红楼梦》呢？说主人公贾宝玉是神瑛侍者转世，其所佩之"通灵玉"是青埂峰下一块"灵性已通"的顽石下凡。瑛是假玉真石。"神瑛"与"灵性已通"的顽石，也就无质的区别。这类笔墨是否是受《西游记》

写"灵根育孕源流出"的影响，尽可仁者见仁，智者见智。不过，公然宣称"只除'明明德'外无书"的《红楼梦》，把贾宝玉的"意淫"，亦即萌芽状态的自由、平等观念，说成是"天分中生成"，是天赋予人的美德，这却是不容置疑的事实。

程朱理学强调"天命之性"，陆王心学强调"良知"，都是把三纲五常看作是人的本性。《西游记》、《红楼梦》把自由、平等观念写成主人公的天赋，这种对人的天性的看法，是当时要求个性解放的时代精神在作者笔端的反映，它与李贽的"童心"说显然是同出一源。李贽的"童心"说是他的抽象人性论在道德观方面的运用，虽然未能作出系统的、正面的、具体的论述，然而它所抨击的目标却是具体的，那就是否定三纲五常是人的本性，而认为人的本性是一种未受官方御用思想侵蚀过的天真纯朴的"童心"，实际上已含有个性的自觉，是把自由、平等观念作为"童心"，作为人的与生俱有的本性来宣扬的。在文学史上，这种思想和写法，滥觞于《西游记》作者对孙悟空形象的刻画，而成于《红楼梦》作者对贾宝玉形象的塑造。这就是说，贾宝玉也罢，孙悟空也罢，都是他们所处的时代的具有"童心"的"真人"形象。

其二，孙悟空和贾宝玉作为具有"童心"的"真人"，实际上是当时新兴市民社会势力的思想代表；他们身上的斗争性和妥协性，实际上是反映了当时新兴市民社会势力在反对封建主义人身关系过程中的两面摇摆的政治态度。

孙悟空与天庭神权统治者的关系及其个人命运虽有前后期的不同，但要求自由和平等的天性却始终如一。孙悟空作为"天产石猴"，以他独有的探险精神发现了水帘洞，被群猴推为"美猴王"，在那"仙山福地，古洞神洲"过着"不伏麒麟辖，不伏凤凰管，又不伏人间王位所拘束，自由自在"的生活；然而，他却不以此为满足，一想到那暗中还

"有阎王老子管着"，"不得久注天人之内"，于是便决心云游海角，远涉天涯，访师求道，"学一个不老长生，常躲过阎君之难"。孙悟空在学得与天同寿的真功果和七十二变的大神通之后又回到花果山。作为"美猴王"，与群猴的关系仍是"合契同情"，而不是"君君臣臣"；作为"地上妖仙"，并不以为身份卑贱，自称是龙王的"邻居"；太白金星引他参见玉帝，竟口称"老孙"而傲不为礼，以至吓得那两旁仙卿面如土色；官拜"齐天大圣"，亦不以为地位高贵，他与诸天神交游，"不论高低，俱称朋友"。凡此等等，足以说明孙悟空身上的自由、平等观念是出于天性。正是这种天性，促使他闹了龙宫闹地府，闹过地府又闹天宫。西行路上的孙悟空，尽管被如来佛套上了那个拘束"反性"的紧箍，但他的身上依然保持着当年的"异端"风采。他腹谤观音，奚落如来，笑骂龙王，到灵霄宝殿查问妖怪的来历，高兴时，对玉帝"唱个大喏"，着恼时，"问他个钤束不严"。凡此等等，足以说明孙悟空对天上神权统治者始终保持着一种桀骜不驯的天性，并不以为自己比他们卑贱些。

　　与孙悟空相比，自由、平等观念在贾宝玉身上是发展了，也深化了。如果说，这种观念在孙悟空身上基本上还只是一种自在的意识，比较浅显地焕发为一种朴素的个人奋斗的精神，尚未形成一种独具风貌的社会伦理观念，那么，到贾宝玉身上已发展为一种自为意识，比较深刻地转化为一种对人生哲理的思索，已经形成一种新的社会伦理观念的雏形。从人生哲学上说，集中地反映为贾宝玉的"懒与士大夫诸男人接谈"而却"每每甘心为诸丫鬟充役"的处世态度，把封建主义的尊卑贵贱观念作了颠倒，这种颠倒包含着近代平等观念的萌芽。从政治思想上说，集中地反映为贾宝玉的坚持叛逆本阶级给青年一代所指定的人生道路，公然抨击作为三纲之首的"文死谏，武死战"的教义，乐于成为一个"于国于家无望"的人。从婚姻观上说，集中地反映为贾宝玉的坚持婚姻必须以爱情为前提，而爱情又必须以共同的叛逆思想作基础。

　　恩格斯在谈到德国十六世纪资本主义萌芽阶段市民阶级的代表人物马丁·路德时，曾深刻指出："路德动摇不定，当运动日益严重时反而害怕，终至投效诸侯。这一切和市民阶级两面摇摆的政治态度完全符合。"①孙悟空和贾宝玉作为当时新兴市民社会势力的思想代表，也不同程度地具有这种两面摇摆的政治态度。

　　孙悟空的政治态度始终具有二重性。敢于"大闹三界"，这是他的斗争性；两次接受玉帝的"招安"，这是他的妥协性。"情愿修行"，摩顶受戒，保护唐僧西天取经，这是他的妥协性；一路上扫魔除怪，在唐僧面前我行我素，而所扫荡的魔怪又大多是以三界的神佛为后台的，对此勇于奋起千钧棒，视唐僧的说教如云烟，这又是他的斗争性。假如说，"大闹天宫"写出了他斗争中有妥协，那么，"西天取经"则写出了他妥协中有斗争。既有斗争的一面，又有妥协的一面，其主导面，前期是斗争而后期是妥协，这便是孙悟空与天庭神权统治者的基本关系。这种关系，反映了孙悟空前后思想性格的内在统一性，也反映了"大闹天宫"与"西天取经"两个故事的主题思想的内在一致性。

　　贾宝玉的政治态度也同样具有这种二重性。一方面，他十分憎恶封建礼法；另一方面，在人前却礼数周全。一方面，他坚持婚姻自主，与林黛玉结成了死生不渝的爱情，把家世利益置于脑后；另一方面，却把与林黛玉的亲事寄希望于封建家长身上，并且最后还是与薛宝钗成亲。一方面，他想解放怡红院的奴婢；另一方面，却寄希望于与虎谋皮，幻想贾母能额外开恩。一方面，他以《芙蓉女儿诔》的写作，作为对封建主义的亲权和孝道的一种强烈挑战，其措辞之激烈，实堪称是一

---

　　①　《马克思恩格斯全集》第 7 卷，人民出版社 1959 年版，第 419 页。

篇讨伐封建正统势力的檄文；另一方面，在作了一番一字一血的认真声讨之后，却又深藏余愤而一丝不苟地去做晨昏叩省去了。凡此等等，这种斗争性与妥协性，明显地反映了贾宝玉在与封建势力斗争中两面摇摆的政治态度。

孙悟空与贾宝玉的两面摇摆的政治态度，历史地、真实地、典型地概括了当时的新兴市民社会势力的阶级特征：他们的自由、平等观念既是作为封建主义人身关系的否定物而出现的，同时又因其还十分稚嫩而在政治上不能不绕封建统治阶级之膝以行。

其三，尽管孙悟空与贾宝玉都具有两面摇摆的政治态度，然而随着其思想性格的发展，封建主义思想观念在他们身上的消长却呈现出一种相向而行的状态。正是在这里，我们可以清晰地看出两位天才作家由于时代不同，对于"童心"的态度是同中有异。

孙悟空在"大闹天宫"时只知率性而行，要求自由、平等，直到想与玉皇大帝轮流坐庄，并不存在什么君君臣臣、尊卑有序之类的思想。可一到取经路上，随着行行重行行，尽管对自由、平等的内在要求依然存在并时有表现，但是，儒家的仁政思想以及忠孝节义观念，却在他的身上从无到有并日见增浓。比如，他曾这样责备那横遭黄袍老怪蹂躏的百花羞公主："你正是个不孝之人。盖'父兮生我，母兮鞠我。哀哀父母，生我劬劳！'故孝者，百行之原，万善之本，却怎么将身陪伴妖精，更不思念父母？非得不孝之罪，如何？"又如，他曾这样以火眼金睛察识那乌鸡国侵占龙位的妖魔："若是真王登宝座，自有祥光五色云；只因妖怪侵龙位，腾腾黑气锁金门。"再如，他还曾给车迟国国王开过这样的治国药方："望你把三教归一：也敬僧，也敬道，也养育人才。我保你江山永固。"这些观念，都是"大闹天宫"时的孙悟空身上所没有的东西。

贾宝玉的思想性格的发展大致可以分为三个阶段。第一个阶段，其标志是由金钏儿的跳井和蒋玉菡的逃出忠顺王府而导致他的挨打。这使他从严父的道貌上看出了狰狞，从奴隶们的反抗中发现了曙色，那封建家庭传染给他的贵族公子的纨绔习性和暴戾脾气也由此而为之一扫。第二个阶段，其标志是由抄检大观园及其所造成的晴雯之死而激发出他的《芙蓉女儿诔》的撰写。这使他又从慈母的笑脸上发现了血污，认识到同是"巾帼"却有"鸠鸩"和"鹰鸷"之别，在他的心灵深处实质上已经撕掉了那封建宗法关系的温情脉脉的面纱。第三个阶段，在曹雪芹的笔端其标志当是贾府的被抄和林黛玉之死而使他陷于"贫穷难耐凄凉"的悲苦境地。这使他又从佛面常笑的老祖母的牙缝中发现了人肉的肉丝，从锦衣卫的刀光剑影里看清了地主阶级的那种"乱哄哄你方唱罢我登场"的丑态，并从而促成了他割断了自己对封建主义的社会人生的系恋。与孙悟空相反，贾宝玉是随着其思想性格的发展，于两面摇摆的政治态度中越来越坚定地要求摆脱封建宗法的思想和制度对自己的影响和束缚。

贾宝玉来自太虚幻境，最后又回到太虚幻境；孙悟空来自花果山，最后却未回到花果山。西行路上的孙悟空不是曾嫌花果山有"妖气"吗？足见《西游记》的作者实无意于把花果山写成孙悟空的落伽山。他心目中的真正理想世界是玉华国这个体仁沐德的王道世界。《红楼梦》的作者心目中的真正理想世界是太虚幻境这个"天不拘兮地不羁"的自由天地。由此可见，孙悟空的来自自然而最后走出了自然，贾宝玉的来自自然而最后又返归自然，这二者的不同集中地反映了两位天才作家的社会理想的不同。

虽则两位作家都把"童心"看作人的天赋，认为人们对自由、平等的要求是种合理的要求。然而，《西游记》作者同时又认为：人的"童心"应该接受封建宗法的思想和制度的某种制约，否则便会发展成无"法"

无"天"。这是折中主义的态度。所以他对自称"齐天大圣"的孙悟空是欣赏，而对成为"斗战胜佛"的孙悟空是颂扬。欣赏并不等于完全肯定，而颂扬则是最大的肯定。《红楼梦》作者不仅不主张把人的"童心"强行纳入封建宗法的思想和制度的某种框框，倒主张打破这个框框让它获得自由发展。这是一种社会改革者的态度。正因为如此，所以他对作为"富贵闲人"的贾宝玉不乏批判，而对作为"混世魔王"的贾宝玉却诸多肯定。但是，究竟怎样才能打破那个封建宗法的思想和制度的框框而使人的"童心"获得自由发展呢？时代又使他交了白卷。

一言以蔽之，孙悟空和贾宝玉都是孕育于个性解放思潮的具有"童心"的"真人"。但，如果说孙悟空尚处于胎儿时期的"猿"的形态，那么贾宝玉则已属胎儿时期的"人"的形态。这就是我的总的结论。

第六章　论猪八戒形象的演化

一、难点所在与解决途径

《西游记》中的猪八戒，是个家喻户晓、妇孺皆知的人物。

研究这一人物形象的演化，其难点是：与孙悟空相比，猪八戒的血统问题要复杂得多。论其形象由来，《取经诗话》中没有。最早见于《朴通事谚解》注引《西游记平话》，道是"黑猪精朱八戒"。《西游记》杂剧改"朱八戒"为"猪八戒"，易"黑猪精"为"金色猪"，说他是"搭琅地盗了金铃，支楞地顿开金锁"，走入下界为妖的"摩利支天部下御车将军"。《西游记》承袭了杂剧猪八戒的姓氏而变更了其来由，说他是因带酒戏弄嫦娥而被玉帝贬下尘凡，不期错投猪胎的"天河里天蓬元帅"。

这就产生两个问题：猪八戒形象的原型[①]，究竟是"国产猪"，还是"进口猪"，或者是"混血猪"？平话中的孙悟空、沙和尚、朱八戒三人的姓氏皆见于《百家姓》，显然是出于作者的统一艺术构思，可杂剧却只将八戒改姓猪，并没有相应地将悟空改姓狲，其原因究竟是什么？只有把握住这两个问题的内在联系，方能正确地回答猪八戒的血统问题。

---

① 此指文化原型，下同。

二、说猪八戒形象演化的文化基因

要想正确认定猪八戒形象的血统，最好的办法莫过于把它放到我国有关猪的文化传说中去考察，从而验定其文化基础的异同。

其一，主沟渎，是我国有关猪的文化传说中猪神的最高职能。

早在《易经·说卦》中就说："坎为豕。"宋人陆佃《埤雅》解释道："坎性趋下，豕能俯其首，又喜卑秽，亦水畜也。"陆氏的这一解释，虽不免有点穿凿附会，但认为猪亦"水畜"却由来已久。《史记·天官书》就曾认为封豕上应天象，是天上主沟洫的奎星，道是"奎曰封豕，为沟渎"。所以，奎宿又称天豕。王嘉《拾遗记》卷二则将豕说成是禹凿黄河龙门的两大功臣之一，能变为人形，道是"禹凿龙关之山，亦谓之龙门，至一空岩，幽暗不可复行，禹乃负火而进，有兽状如豕，衔夜明之珠，其光如烛；又有青犬，行吠于前。禹计可十里，迷于昼夜，既觉渐明，乃向来豕犬，变为人形，皆著玄衣"。

后世民间传说又如何？旧时眉州青神县有一小佛堂，俗称猪母佛。元无名氏《重刊湖海新闻夷坚续志后集》卷二述其由来云："百年前有牝猪伏于此，化为泉，有二鲤鱼在泉中，盖猪龙也。人请牝猪为母，而立佛堂其上，故以名之。"旧时民间有一谚语，道是"朝为懒妇，暮为奔鲟"。清屈大钧《广东新语》卷二十一叙其来由曰："山猪，雄大而多力，口旁出两牙，长六七寸，甚猛利，肉味美多脂，以多食禾稻故也。一名懒妇，以机轴纴织之器置田间，则不敢近。齿长辄入海化为巨鱼，状如蛟螭而双乳垂腹，名曰奔鲟。"这类故事可谓不一而足，其共同特点都是于无意中把豕看成为水中的精灵。

这是怎么回事呢？那两个耳朵盖着眼睛的猪，它一与水打交道便成为了不起的神兽——其在上界固然是个职主沟渎的天豕，其在下界亦能化作清泉以育猪龙！此无他，乃上古河洛一带先民图腾崇拜的遗踪，文化所被，以致后世形成一种个人无意识而集体有意识的相关造神活动。

说到水神，人们自然会想起河伯。最信实又较集中谈河伯的，是《楚辞·天问》：

> 帝降夷羿革孽夏民，
>
> 胡射夫河伯而妻彼雒嫔？
>
> 冯珧利决封狶是射，
>
> 何献蒸肉之膏而后帝不若？
>
> 浞娶纯狐眩妻爰谋，
>
> 何羿之射革而交吞揆之？

吾师林庚教授认为：河伯乃"河洛一带的土著部族"，"封狶、封狐或即为传说中一事之讹"，与浞合谋的"后羿的妻室，也就是洛嫔"①。则《天问》这六句当隐含着一个完整的神话传说，说的当是，东夷的后羿率部西征，征服了河伯并霸占其妻室洛嫔，后来后羿的宰相寒浞又与洛嫔合谋，杀害了后羿。则这里所说的"封狶是射"，当也就是"射夫河伯"，盖封狶乃河伯族的图腾，而封狶即封豕，俗谓大野猪。

说封豕在上古时曾作为图腾受到河洛一带先民的崇拜，还可从汉字"家"的字形演变上获得有力的旁证。"豸"字在卜辞中习见，金文《颂鼎》中的"家"，一作"豸"。唐兰说它"当为家之本字"②，朱骏声说它"当

----

① 林庚：《天问论笺》，人民文学出版社1983年版，第36—38页。

② 转引自李孝定编述：《甲骨文字集解》第67卷第2432页，编写者认定"其说极允"。

为豭之古文"。刘赜将"豭"和"家"作了通考，认为："家从豭省声得义，《豕部》：'豭，牡豕也。'古以之喻男喻夫。"[1] 可见"豭"与"家"的初文当同是牡猪的象形文字"豕"。既然如此，那么，豕图腾崇拜在"家"字的字形演变中的遗踪，岂不洞若观火！

　　这不足为怪。野猪在上古时是遍布大江南北的。《淮南子·本经训》谓"封豨、修蛇，皆为民害"，说的便是这种情况。惟其如此，所以先民对它们也就分外恐惧，于是产生了龙图腾，于是也产生了豕图腾。河伯这个以封豨作为图腾的土著部族，既久居河洛一带，当然对治水也就有某些经验。"豕"助禹凿龙门的传说，便是这么产生的。《古典录略》引《孝经纬》云："黄河者，水之伯，上应天河。"[2] 这也是华夏民族的传统看法。因而，河伯之演化为黄河水神与封豨之演化为天上职主沟渎的天豕，不妨用一佛家语来形容，曰"理一分殊"。文化所被，后世遂产生了牡豕入海为奔鲟之类猪为水畜的民间传说。

　　问题是，说河伯是个土著部族，则"妻彼雒嫔"又当作何解释？盖"雒嫔"亦非个体，乃河伯族妇女的泛称。"胡射夫河伯而妻彼雒嫔"云云，从上古时部落战争来说，是以后羿为首的东夷人西征，射死了河洛一带的河伯族勇士而掳掠了河伯族妇女作妻室。"雒"同"洛"，洛水是黄河的支流，在父系社会观念的作用下，随着河伯演化为黄河水神，雒嫔亦随之而演化为洛水神女，并结成伉俪，实事有必然。

　　其二，耽女色，是我国有关猪的文化传说中猪神的心性癖好。

　　奎星封豕与水神河伯既属"理一分殊"，则河伯当然也就具有封豕的心性特点，其中尤以耽女色为最。《史记·滑稽列传》云："长老曰：

---

[1]　刘赜：《刘赜小学著作二种》，上海古籍出版社1983年版，第1092页。
[2]　陶宗仪：《说郛》卷2，中国书店1986年版。

'苦为河伯娶妇，以故贫。'"《正义》云："河伯，华阴潼乡人，姓冯氏，名夷。浴于河中而溺死，遂为河伯也。"《庄子·大宗师》释文引司马彪云："《清泠传》曰：(冯夷)华阴潼乡堤首人也，服八石，得水仙，是为河伯。"冯夷显然是封豕的一音之转，"溺死为神"或"服药得仙"虽属后起之说，但河伯娶妇的恶俗却由来已久。卜辞中有"河妾"，可见当时已有河伯娶妻纳妾的传说。《史记·六国表·秦灵公八年》云："初以君主妻河。"可见战国时有河伯娶妇恶俗者不只是一个魏国。《楚辞·九歌·河伯》云："与女游兮九河，冲风起兮横波；乘水车兮荷盖，驾两龙兮骖螭。"旧读"女"为"汝"，谓河伯；闻一多《楚辞校补》独具只眼，谓"女"当为河伯所从游的"少女"。足见，战国时期的河伯是以其淫逸而闻名于天下的。其所以然，就在于这位河神冯夷上应奎星封豕，而豕在人们心目中为"淫畜"。《左传》定公十四年，卫夫人南子与宋公子朝淫乱，"野人歌之曰：'既定尔娄猪，盍归吾艾豭？'"便是明证。

正因如此，所以后世不少故事中的猪精也是以性淫为其主要特点的。牛僧孺《玄怪录·郭元振》写：猪精乌将军能祸福人，"岁配以女，才无他虞。此礼少迟，即风雨雷雹为虐"。干宝《搜神记》卷十八《猪臂金铃》写："晋有一士人，姓王，家在吴郡。还至曲阿，日暮，引船上当大埭。见埭上有一女子，年十七八，便呼之留宿。至晓，解金铃系其臂。使人随至家，都无女人，因逼猪栏中，见母猪臂有金铃。"凡此，皆可作为猪性淫的例证。

然而，《周易正义》释"姤"，其所以以豕之象喻淫欲，谓"阴质而淫躁，牝豕特甚焉"。张鷟《朝野佥载·张璟藏》占卜，其所以以豕象不贞，谓"准相书：猪视者淫"。寒山诗甚至说："世有一等愚，茫茫恰似驴。还解人言语，贪淫状若猪。"此等文化观念的形成，恐怕不只由于封豨曾是河洛一带先民的图腾，还由于猪不幸而成为我国古来的六畜之一。作为图腾，豕之生殖能力强，先民曾借以祈多子；作为家畜，牝豕之孚务蹢躅，后人却借以说淫丑，遂有与古罗马哲人仅"取豕象食欲"之异。[1]

其三，身玄黑，是我国有关猪的文化传说中猪神的肤色特征。

河伯之状，《尸子》道是"白面长人鱼身"。这当属后起之说，是从河伯作为水神其应有的体貌浮想出来的，并没有注意到他上应奎星封豕的问题。王逸《楚辞章句》谓"河伯化为白龙，游于水旁，羿见，射之，眇其左目"之说，当亦如是。皆不足以用来说明我国猪文化中猪神的肤色特征问题。

河伯冯夷与封豕既音同而字假，则《诗经·小雅·渐渐之石》有句云："有豕白蹢，烝涉波矣"，或可察其肤色特征于一二。闻一多《尔雅新义》云："案豕涉波与月离毕并举，似涉波之豕亦属天象。《述异记》曰：'夜半天汉中有黑气相连，俗谓之黑猪渡河，雨候也。'"这毛黑而蹄白之豕，当是河伯的原始体貌特征。[2]

还要注意的，是眩妻的体色特征。顾颉刚、童书业《夏史三论》认为眩妻即《左传》中玄妻，林庚先生《天问论笺》也是这么认为，可见这一看法已几成学界公论。《左传·昭公二十八年》云："昔有仍氏生女，黰黑而甚美，光可以鉴，名曰玄妻。乐正后夔娶之，生伯封。实有豕心，贪婪无厌，忿颣无期，谓之封豕。有穷后羿灭之，夔是以不祀。"谨案："黰"在《十三经注疏》中仅此一见。杜预据《诗经·君子偕老》"鬒发如云"借为"鬒"，注云："美发为黰。"陆德明释文："黰，《说文》

---

[1] 古罗马哲人仅"取豕象食欲"之异古罗马哲人"分别取驴象色欲，取豕象食欲"。见钱钟书：《管锥编》第 1 册，中华书局 1979 年版，第 28 页。

[2] 《西游记》第 67 回写天蓬元帅猪八戒"变做一个大猪"时，犹言其"黑面"而"白蹄"，可证。

作参，又作鬈，云稠发也。"一言以蔽之，杜注认为"名曰玄妻"是"以发黑故"。照我看来，《左传》是将神话传说史化了。实际上，封豕即河伯族的图腾封豨。作为河伯族的天姿国色，玄妻的玄当来自图腾封豨的体色玄，并成为这位传说中仙子的肤发之总体特征，所以称之为玄妻。换言之，那神话传说中的眩妻，当不只鬈发如云，光可照人，而且肤亦黑黝黝的，光可以鉴，是以称之为眩妻。盖后人以鬈发如丝而肤如凝脂为女子之美，左氏遂将玄妻的"玄"说成"顑黑"而美甚，其情景当犹如孔子之将"夔一足"解释为"夔一，足矣"。皆由于不知神话传说之为神话传说。上引王嘉《拾遗记》所云助禹凿龙门的豕，当其化为人形，是"著玄衣"，玄衣显然是其肤色的衣妆化。这也可以用作说玄妻所以成为以封豨为图腾的河伯族的天仙，其特点当是"肤玄而美，光可以鉴"的旁证。

不论怎么说，后世有关猪怪的传说，莫不是以肤玄黑或著玄衣为其特点之一。干宝《搜神记》卷十八《安阳亭三怪》，说其中"着皂单衣"的，是"北舍母猪"。《太平广记》卷第四百三十九引《广异记》，说崔日用为汝州刺史，其夕堂中明烛独坐，夜半"有乌衣数十人自门入"。这数十个"乌衣人"，都是前来请转世投胎为人身的散放在各处寺庙里的"长生猪"。同卷引《集异记》，说张叟有一牝豕化为美女游于李汾庭下，"汾启户视之，乃人间之极色也，惟觉其口有黑色"。前引《玄怪录》中的猪精，地方上称之为"乌将军"，则其尊容亦可想而知矣。

这不足为怪。明人叶子奇《草木子》卷二云："梦之大端二：想也，因也。想以目见，因以类感。"创作时的想象活动亦是如此。猪为我国的六畜之一，中国古来的猪种曰民猪，其色黑，则传说中的猪精，其肤色又焉能摆脱这一特点。

其四，亦人亦兽，是我国神话故事中常见形象，与猪的形态有相类之处的神怪也是如此。

其猪身人首者，多见于《山海经》。如《北山经》云：“自太行之山以至于无逢之山……其十四神状皆彘身而载玉。”《东山经》云：“剡山，多金玉。有兽焉，其状如彘而人面。”《中山经》云：“凡荆山之首，自翼望之山至于几山，凡四十八山，三千七百三十二里。其神状皆彘身人首。”

其猪首人身者，则见于多种典籍。如：《山海经·海内经》说颛顼的父亲韩流是“人面豕喙”。《神异经·西荒经》说颛顼的儿子梼杌是“人面，虎足，猪口牙”。《淮南子·坠形训》记有“豕喙民”，说是“海外三十六国”之一。高诱注云：“豕喙民，其喙如豕。”人头上长着个猪嘴巴，与猪首人身也就相差无几。《楚辞·大招》云：“魂乎无西，西方流沙，漭洋洋只。豕首纵目，被发鬤只。长爪踞牙，诶笑狂只。”王逸注云：“此盖蓐收神之状也。”后人或以为《大招》是秦汉间作品，洛阳西汉卜千秋的墓壁画中绘有“猪头神”，诗人以“豕首纵目”，说上古神话中的刑戮之神蓐收，可见俗传猪首人身怪由来已久，致蓐收形象的演化亦蒙受这一影响；因为在先秦其他作品中蓐收不是这种形象，如《国语·晋语二》便说他是“人面、白毛、虎爪，执钺”。然而，《大招》中的蓐收，还只是“豕首纵目”，《太平广记》卷第二百八十五引《通幽记·东岩寺僧》中的圣者，已明明白白是个“猪头人身”的怪物。

这种亦豕亦人的形象，或是猪神，或不是猪神，其形象的由来，共同蒙受我国有关猪的文化传说影响则一。

要特别指出的是，我国神话传说中多这类亦人亦兽的形象，这不是偶然的。盖神话传说中的神的形态，是先民在征服自然过程中人性觉醒程度的投影。一个民族若其早年是个“健康的儿童”，则其神话传说的发展一般皆经由三个阶段，即图腾崇拜，半人半兽神怪的称雄，具有人类一切自然本性的神主宰乾坤。然而中华民族其早年乃是个"早熟的儿童"，当其神话传说一发展至第三个阶段，个中正事便迅即演进为史，逸事便演变为志怪或志人故事，所以无《荷马史诗》式的民族史诗而有千古名著《春秋左氏传》，所以在保存下来的神话传说中尤多《论语》所说的"子不语怪力乱神"的半人半兽的怪并为后世民间故事传说所不断重复着。

不难看出，同时具有这四种文化基因的是《西游记》中的猪八戒。其前身是"天河里天蓬元帅"，一也。其"色胆如天叫似雷"，二也。其"黑脸短毛"，三也。其"长喙大耳"，四也。然而，却不能据此而认定他是个"国产猪"。因为，《西游记平话》虽说他是中国土生土长的"黑猪精"，可《西游记》杂剧却说他是从印度佛经中舶来的"金色猪"。那么，《西游记》中的猪八戒会不会是个"混血猪"呢？这就需对有关问题作一通考，再下结论。

三、说猪八戒形象演化的原型问题

其实，《西游记平话》虽佚，但我们对元代的猪八戒形象至少可以作出四点结论：一是，他是个"黑猪精"，这有《朴通事谚解》的注可证。二是，他是个"猪首人身"的彪形大汉，这有元代取经瓷枕上的体态可证。三是，色胆如天，《西游记》杂剧不只说他强抢民女装海棠作压寨夫人，还说他过女人国时偷偷与宫女鸾颠凤倒，这与平话的写法必不相背。四是，《朴通事谚解》作"朱八戒"，正德己巳年刊本罗祖《巍巍不动太山深根结果经》亦作"朱八界"，可见其本姓"朱"，与悟空姓"孙"是统一的。凡此，已可以论定其原型是"国产猪"。

然而，一些专家学者却好从印度佛经故事中找猪八戒的原型。比如，黄永武先生据《西游记》杂剧中的猪八戒登场白，认为猪八戒的原型是摩里支菩萨的坐骑金色猪。[①] 又如，陈寅恪先生据义净译《佛制苾刍发不应长缘》，认为猪八戒高老庄招亲故事的原型是从天神化猪以救苾刍的故事演化而来的，并用以作为猪八戒形象是舶来品的例证。[②] 更有甚者，季羡林先生竟然认为："连猪八戒这个人物形象都可以在佛典里找到它的副本。"[③]

因此，有必要就如下六大问题进行一番认真研讨。

第一，《西游记》杂剧中的猪八戒与《西游记平话》中的朱八戒，会不会是来自异地而起的两种传说？答案只能是否定的。杂剧中的猪八戒是由平话中的朱八戒直接演化而来的。

向来的研究者都忽略了一个十分重要的问题，那就是《西游记》杂剧写唐僧收徒弟的顺序，不是先收孙悟空，再收猪八戒，最后收沙和尚，而是先收孙悟空，再收沙和尚，最后收猪八戒。述其正果西天时，次序亦是如此。这说明什么？说明猪八戒是唐僧的三弟子。莫以为这是偶然的，请看《朴通事谚解》注引《西游记平话》时的提法：

> （玄奘法师收大圣）以为徒弟，赐法名吾空，改号为孙行者，与沙和尚及黑猪精朱八戒偕往，在路降妖去怪，救师脱难，皆是孙行者神通之力也。

[①] 黄永武：《猪八戒的由来》，《西游记研究》所录刘耿大《近几年的〈西游记〉研究综述》，江苏古籍出版社1984年版。

[②] 陈寅恪：《西游记玄奘弟子故事之演变》，《金明馆丛稿二编》，上海古籍出版社1980年版，第194—196页。

[③] 季羡林：《罗摩衍那初探》，外国文学出版社1979年版，第138页。

这又说明什么？说明猪八戒是排在唐僧三个弟子的末位。这种取经人的内部关系，可以作为《西游记》杂剧中的猪八戒是《西游记平话》中的朱八戒之嫡子嫡孙的硬证。此其一。

《西游记》杂剧共六本二十四出，第一本以四出的篇幅写唐僧出世，第二本以四出的篇幅写唐僧起程，第三本以两出篇幅写孙悟空由来，以一出篇幅写沙和尚由来，第四本以四出篇幅写猪八戒的由来。猪八戒作为唐僧的第三个徒弟，写其由来所占的篇幅远在他两个师兄之上，这一布局显然是极不合理的。它似乎反映了这么一种事实：元代流行着一个民间故事，说裴太公有女许朱太公子为妻，朱太公家道中落，裴太公欲悔婚约，裴女夜夜祷告上苍，愿与朱公子结为连理，黑风山黑猪精假冒朱公子将其摄去作为压寨夫人，二郎神降伏了黑猪精救出裴女，裴女遂在二郎神的撮合下与朱公子成为夫妇。《西游记平话》或其祖本作者采纳了这一故事，杨景贤又因其生动性而将它作为杂剧的题材，致剪裁失当而形成了作品的这一格局。正因如此，所以剧中的猪八戒和裴海棠故事仍有其相对的独立性和完整性。此其二。

这么解释是密合取经故事之演化事理的。盖孙悟空形象是由《取经诗话》中的猴行者演化而来的，其主要职守是充当开路先锋，所以形象具有丰富性。盖沙和尚形象是由《取经诗话》中的深沙神蜕变而来的，其主要职守是充当唐僧的贴身侍卫，所以形象显得单薄些。盖猪八戒形象是来自与《取经诗话》无关的民间黑猪精故事传说，其职守也就变成在孙悟空和沙和尚所操之间两头奔忙，所以形象虽具有固有的生动性，而"排排坐，吃果果"的事物起始惯例，则又决定了他在元代取经故事的唐僧三弟子中只能坐于末位。此其三。

第二，《西游记》杂剧为什么要易其姓氏"朱八戒"为"猪八戒"，易其来历"黑猪精"为"金色猪"？答案恐怕只能是：因为明代"当朝天子姓朱"，而杨景贤又是明成祖的"语禁"顾问。

还是让我们来看一条材料吧！明人李厚德《戒庵老人漫笔》云：

> 余家藏旧通报中有正德十四年十二月十九日辰时牌面，其略
> 云：养豕之家，易卖宰杀，固系寻常，但当爵本命，既而又姓，
> 虽然字异，实乃音同，况兼食之随生疮疾。宜当禁革，如若故
> 违，本犯并连当房家小发遣极边卫，永远充军。①

《戒庵老人漫笔》，在明人笔记中是史料价值较高的。这条史料尤为可
信，是述其家藏通报牌面，决不敢杜撰如此。猪"当爵本命，既而又姓，
虽然字异，实乃音同"，羊亦如是。马、牛呢？岂但"当爵本命，既而
又姓"，且音同而字亦同！可正德却不下旨禁宰马、牛、羊，而下诏通
令天下严禁宰猪。个中奥妙何在呢？显然就在于"朕姓朱"。

《西游记》杂剧虽是明初杨景贤的作品，弥伽弟子校订时却在万历
四十二年。其间，无论是作者，还是扮演者，或整理者，又怎能不顾及
"黑猪精朱八戒"，与"当朝天子姓朱"问题！可这个"黑猪精朱八戒"，
却是《西游记平话》中原来就有的，而且已成取经队伍中不可或缺的人
物。要想上演此剧而又不致招引祸灾，最简便的处理，当莫过于将其姓
氏由"朱八戒"改为"猪八戒"，将其来历由令人贱视的"黑猪精"改
为受人尊崇的摩利支天陛下御车将军"金色猪"，将其造型由滑稽可笑
的"猪首人身"，改为平头正脸的"黑汉子"。

这一改动者颇有可能是曾当过明成祖"语禁"顾问的杨景贤自己，
也有可能是后来搬演此剧的某公。这就出现了《西游记》问世以前，"朱

---

① 李诩：《戒庵老人漫笔》，中华书局 1982 年版，第 143 页。

八戒"，与"猪八戒"的并见状态。比如，不同于《西游记》杂剧，《中华戏曲》第三辑刊载的1985年秋发现于山西省的《迎神赛社礼节传簿四十曲宫调》中的明初取经故事，便作"朱悟能"。要之，朱厚照诏谕天下严禁宰猪是在正德十四年己卯，此前十年即刊于正德四年己巳的罗祖《巍巍不动太山深根结果经》犹作"朱八界"，此后四十三年即刊于嘉靖四十一年壬戌的无名氏《清源妙道显圣真君一了真人护国祐民忠孝二郎宝卷》已作"猪八戒"，而《太山深根结果经》比世德堂本《西游记》早八十三年，《护国祐民忠孝二郎宝卷》比世德堂本《西游记》早三十年，这可是个铁案如山难动摇的事实。

最为重要的是，假若与《西游记》杂剧连起来看，那么，这一事实还说明：当八戒在文人学士笔端已姓"猪"时，在民间口头流传上犹姓"朱"，迨《西游记》出而始获统一于众口。

第三，说猪八戒的原型是"黑猪精"，这在《西游记》杂剧中是否仍有案可查？答案是肯定的。"摩利支天部下"云云，标签而已，是冒牌的。

剧中写"黑风山"时期的猪八戒，"潜藏在黑风洞里"，"自号黑风大王"，"光纱帽，黑布衫"，"嘴脸似黑炭团，部从似火肉然"，是个地地道道的"黑汉子"。这哪有一点"金色猪"的特征，无处不在说明他是个幻变为人形的"黑猪精"。此其一。

剧中的猪八戒是个十分好色的妖魔，不只曾强占民女裴海棠作压寨夫人，甚至当了和尚后还偷偷与女人国的宫女寻欢作乐。正如陈寅恪所说："印度又无猪豕招亲之故事。"① 猪八戒其性淫如此，这不可能是印

---

① 陈寅恪：《西游记玄奘弟子故事之演变》，《金明馆丛稿二编》，上海古籍出版社1980年版，第195页。

度佛教文化中"金色猪"的特点，只能是中国猪文化中"黑猪精"的特点。此其二。

剧中写猪八戒自云："诸佛不怕，只怕二郎细犬。"这也分明是将猪八戒作为地上"黑猪精"在写。因为，二郎神是道教文化系统的神灵，他所擒妖魔一般都是道教文化系统的；举凡佛教文化系统的妖魔，都是由"菩萨收回诸天界"。谓释门佛祖收伏道教文化系统的恶魔则有之，谓道教教主收伏佛教文化系统的恶魔则鲜见。这是宋元以来取经故事的一大特点，也是中国神魔故事的特点之一。这一特点，它不只反映了释道二教思想的争雄与圆融，而且反映了在意识形态领域中佛教思想较道教思想占据上风。假若这位"黑风大王"真是什么"金色猪"，又怎能自谓"诸佛不怕，只怕二郎细犬"？难道对其主人摩利支天菩萨亦不惧怕？显然，只有道教文化系统的"黑猪精"才会如是说，并终为二郎神所擒。此其三。

该剧写猪八戒被二郎细犬降伏后成了唐僧的三弟子，最后因是畜类遂以圆寂的方式正果西天。这又分明说他是地上的"黑猪精"。因为，他如果真是什么"金色猪"，当属天上下来的魔头，其结局照例只能是"虽是妖怪将人害，菩萨收回诸天界"，还是去当他的摩利支天陛下御车将军，压根儿就不会成为唐僧的三弟子，更不存在什么圆寂不圆寂的问题。此其四。

该剧是部弘扬佛法的作品。孙悟空是道教文化系统的"老猴精"，其皈依佛门，是"由道入释"。沙和尚是道教文化系统的玉皇殿前卷帘大将军，其皈依佛法，是"由道入释"。猪八戒是道教文化系统的"黑猪精"，其秉持瑜伽，是"由道入释"。这才符合作品创作本旨的逻辑，这才符合元人取经故事演化为《西游记》之人物原型演化的逻辑。此其五。

第四，就算猪八戒形象最初是从《大摩利支菩萨图》中的"金色猪"衍变而来，能否说它就是"进口猪"呢？答案恐怕只能是否定的。因为这一"金色猪"的形象，它本身就是个"国产猪"。

我们知道，不空译《摩里支天菩萨陀罗尼经》，说菩萨的坐骑是只金色猪，还有猪车。天息灾译《大摩利支菩萨经》，说菩萨坐在金色猪上，有群猪围绕。现藏英国大英博物馆的敦煌唐人绘图像中，有《大摩利支菩萨图》，图中金色猪为猪首人身，两臂架开奔走如飞状。"进口"论者所说的猪八戒的原型"金色猪"，当指唐人绘的《大摩利支菩萨图》中的这个猪首人身的金色猪。然而，如上所说，多亦人亦兽的怪，是中国神话文化的特点之一，而且在后世的民间故事传说中不断重复着。印度佛经故事中的四蹄着地的豕形金色猪，演化为唐代画家笔端的猪首人身的金色猪。这是蒙受中国神话文化影响的结果，已成为中国佛画的画家创作。因而观其与前此原说之相异，即知其为后来作者之创造。既然如此，又怎能将唐代画家创作的这个猪首人身的金色猪形象说成"舶来品"？纵然它是猪八戒的原型，又怎能说猪八戒是个"进口猪"？

然而，最为重要的还是，敦煌藏经洞自北宋初封闭，直至公元1900年才被重新发现，其中《大摩利支菩萨图》，方得重见天日。假若结合元代取经瓷枕看问题，则知《西游记平话》中的朱八戒是猪首人身。然而《朴通事谚解》注说得一清二楚：这个猪首人身的朱八戒是个"黑猪精"。今见以取经故事为题材的作品以及有关资料，谓猪八戒的来历为"金色猪"者，惟《西游记》杂剧中一见而已。然而杂剧中的猪八戒，虽曾自云"生得喙长项阔，蹄硬鬣刚"，乃摩利支天御车将军，但于人前却从未呈现过猪首人身的形状，而是幻变为"嘴脸似黑炭团"的"黑汉子"。可见给"黑猪精"贴上"金色猪"标签者，当只知有《大摩利支菩萨经》，而不知有《大摩利支菩萨图》，所以将猪八戒的猪首人身也改了。季羡林先生认为："连猪八戒这个人物形象都可以在佛典里找到它的副本。"这实在令人难以索解！

第五，"进口"论者的"金色猪"说难以成立，"苾刍修行"说又如何呢？更是如此。

该佛经故事略云：沙门牛卧苾刍在憍闪毗国修行，住水林山出光王园内猪坎窟中。须发皆长，上衣破碎，下裙垢恶。一日于窟外树下趺坐，宫人遥见，惊呼有鬼。苾刍慌忙躲入猪窟，出光王赶到欲加伤害。天神化为一只大猪从窟中奔出，苾刍乘出光王跃马持弓追猪之时急持衣钵疾行而去。

陈寅恪先生认为："可知此故事中之出光王，即以牛卧苾刍为猪。此故事复经后来之讲说，憍闪毗国之憍以音相同之故，变为高家庄之高。惊犯宫女，以事相类似之故，变为招亲。辗转代易，宾主淆混，指牛卧为猪精……此西游记猪八戒高家庄招亲故事之起原也。"[①] 显然，这说的不只是"高家庄招亲故事之起原"，实际上还涉及猪八戒形象之原型问题，所以不可以不一辨。

出光王"以牛卧苾刍为猪"，又能说明什么呢？至多只能说明他以为牛卧苾刍是幻化为人的猪精。那会幻化为人的猪精故事在我国民间传说和文学作品中有的是，又怎能说猪八戒形象是由该佛经故事蜕变而来？再以此说"高家庄招亲故事之起原"，就更类郢书燕说。况且，研讨《西游记》猪八戒的由来和"高家庄招亲故事之起原"，又怎可不沿波讨源上溯宋元以来以取经故事为题材的作品之所写！

照我看来，元人取经瓷枕上的长嘴大耳朱八戒，当来自《西游记平

---

① 　陈寅恪：《西游记玄奘弟子故事之演变》，《金明馆丛稿二编》，上海古籍出版社1980年版，第195—196页。

话》。平话中出现这一形象，不是偶然的。我国神话传说中多亦猪亦人的怪，并一直以其文化基因作用于后人的潜意识：一也。宋元多激发人们有关想象的民间故事传说，比如，宋人方勺《泊宅编》卷三云："婺州有僧嗜猪头，俗号猪头和尚，而莫测其人。……因阅师《辞世颂》，知是定光佛也。"又如，宋人王明清《投辖录·猪嘴道人》云："宣和初，西京有道人来，行吟跌宕，或负担卖查桃梨杏之属，不常厥居，往往能道人未来事，而无所希求。以其喙长，号曰猪嘴道人。"再如，元释觉岸《释氏稽古略》卷三云："寿州毛罕妻，兴元元年产一子，名毛债，猪头象牙，骡足鱼鳃，人身。"凡此，辗转代易，皆可成为猪八戒体貌之由来的主要源头活水之一：二也。猴行者的形象已由《取经诗话》中的"白衣秀士"，演化为"嘴儿尖，舌儿快"的"猢狲怪"孙悟空，假若有个"嘴儿长，舌儿笨"的"黑猪精"与之配对，这在人物安排上是最相宜不过的：三也。于是，长嘴大耳的朱八戒形象也就在取经故事中应运而生了。

照我看来，《西游记》杂剧的猪八戒抢亲裴家庄故事，当也是来自《西游记平话》。平话中出现这一故事，也不是偶然的。我国既有河伯娶妇的传说，而河伯冯夷与封豕乃一声之转，又有"乌将军"娶妻的故事，而乌将军乃唐人传奇中有名的猪精，这类故事传说皆可作为猪八戒抢亲故事之文化渊源：一也。宋元"说公案"等故事中多山大王强娶民女故事，占山为王时期的猪八戒亦山大王，试看杂剧中孙悟空之欲擒猪八戒而装作裴海棠与《水浒》中鲁智深装作刘太公女而拳打周通，又何其相似乃尔！足见这类故事与猪八戒抢亲故事是来自同一生活基础和文艺思潮：二也。"黑猪精朱八戒"显然是作为"老猴精孙悟空"的配对形象而出现的，平话中已有"庆仙衣会"，说的当是孙悟空摄走金鼎国女子作压寨夫人，又去王母宫偷王母绣仙衣一套，与夫人穿着并设会以示庆贺，则书里以朱八戒抢亲裴家庄与孙悟空抢亲金鼎国相映成趣，亦固其宜矣：三也。因而，平话中出现朱八戒抢亲裴氏女故事，实情之所当有，理之所不可无。盖"朱八戒"与"朱公子"同姓，"裴"与"赔"同音，则朱八戒之盗走裴海棠，亦讥刺裴太公因嫌贫爱富而赔了个女儿给黑猪精也。而这，也是我国民间故事中常见的惩劝模式。所以，明人孟称舜在节选出《西游记》杂剧第四本第十三至十六出并从"正目"中添上剧名曰《二郎收猪八戒》时，评点云："裴女不想朱郎，也未必，遇怪一语，便为世人说法。"[①]说什么法？当然是教人切莫嫌贫爱富。

正如郑振铎先生所形容的，1930 年前后，由于《西游记》新资料的大量发现，这才使《西游记》研究走出了"黑暗时代"。陈寅恪先生这篇鸿文《西游记玄奘弟子故事之演变》，是发表在 1930 年历史语言研究所集刊第贰本第贰分。1928 年在日本宫内省图书馆发现的《西游记》杂剧，他可能没有看到。《西游记平话》的残文《魏征梦斩泾河龙》和元代取经瓷枕等的发现又都是在 1930 年以后，他当然更不能看到。如果当时他能看到这些资料，那么，关于猪八戒形象的由来和高家庄招亲故事之起源问题，也许就不会作出上述结论。

第六，从猪八戒的形象演化史看，他的"形"既在我们民族文化传统中孕育，他的"神"又立在我国农村现实生活之上，是个地地道道的"国产猪"。兹略举数端，以资说明。

其一，就其来历的演化看问题。

《西游记》中的猪八戒，他在福陵山云栈洞做妖怪时，曾这么向观音菩萨诉说其可悲来历：

---

① 《新镌古今名剧柳枝集·二郎收猪八戒》，刘荫柏编：《西游记研究资料》，上海古籍出版社 1990 年版，第 192 页。

　　　　我不是野豕，亦不是老彘，我本是天河里天蓬元帅。只因带
　　酒戏弄嫦娥，玉帝把我打了二千锤，贬下尘凡。一灵真性，竟来
　　夺舍投胎，不期错了道路，投在个母猪胎里，变得这般模样。是
　　我咬杀母猪，可死群彘，在此占了山场，吃人度日。不期撞着菩
　　萨，万望拔救，拔救。

唐人杜光庭《道教灵验记》说："太帝是北斗之中紫微上官玄卿太帝君
也。上理斗极，下统酆都阴境。帝君乃太帝之所部，天蓬上将即太帝之
元帅也。"①太帝或称北帝，亦即玄武大帝。《后汉书·王梁传》说："玄武，
水神之名。"既然如此，则其辖下的天蓬元帅当是水中的神灵。元人吴
自牧《梦粱录》卷八《四圣延祥观》条说："四圣延祥观，在孤山，旧
名四圣堂。《通经》云：'四圣者，紫微北极大帝之四将，号曰天蓬、天
猷、翊圣、真武大元帅真君。'"凡此也就说明：水神天蓬元帅是从道藏
衍化出来的，而且从宋元以来就广为人知。

　　然而，最值得我们注意的，还是猪八戒对其前生的自我炫耀："玉
皇设宴会群仙，各分品级排班列。敕封元帅管天河，总督水兵称宪节。"
前面我们已经说过，旧谓黄河上应天河，河伯冯夷和奎星封豕乃"理一
分殊"，俗传为二。则道藏中的天蓬元帅乃道士们据河伯冯夷所造亦未
可知。

　　重要的是，《西游记》杂剧中的"金色猪"云云，是游离于作品情
节之外的，所以只是贴在猪八戒身上的标签；《西游记》中的"天蓬元
帅"云云，是深入作品情节底里的，所以已成为猪八戒思想性格的组合
因素，而这一因素又的确反映了河伯冯夷的诸多特点。

────────────

　　①　转引自刘荫柏编：《西游记研究资料》，上海古籍出版社 1990 年版，第 330 页。

那么，能否由此而认为"猪八戒这个艺术形象，祖于古代神话里的神祇——黄河之神河伯冯夷"①呢？答案应该是否定的。寻找猪八戒的原型应从猪八戒形象自身的流变史中去考察。《西游记》杂剧和《西游记平话》是跳越不得的；而杂剧中的猪八戒的来历"金色猪"固然是"黑猪精"的伪冒，《朴通事谚解》注又明言平话中的朱八戒是个"黑猪精"，二者实际上是统一的。这是一。孙悟空与猪八戒是两个配对的形象，猪八戒的形象是随着孙悟空的形象演化而演化的；《朴通事谚解》注引平话说孙悟空是个"老猴精"，则"黑猪精朱八戒"当亦属地上的妖怪，一个由"老猴精"演化为"天产石猴"，一个由"黑猪精"演化为"天蓬元帅"转世，于事理始为密合。这是二。《西游记》中的猪八戒一显其"天蓬元帅"的神威，是过流沙河战沙和尚与过通天河战灵感大王；平话中过流沙河是在收朱八戒之前，无过通天河而已有过"薄屎洞"的情节，则知朱八戒曾以猪拱嘴拱开薄屎洞一显其法力高，而这正是"黑猪精"的特长，那《西游记》中的猪八戒之变成大猪拱开稀柿衕，便显然是对昔日之朱八戒的旧业重操。这是三。因而，我认为这种"祖于河伯冯夷"说，是错把文化渊源当作了猪八戒的原型了。

"嘴长毛短半指膘，自幼山中食药苗。黑面环睛如日月，圆头大耳似芭蕉。"这分明是"黑猪精"的遗踪，亦符合天蓬元帅转世猪胎说，可作者却偏让猪八戒说自己："我不是野豕，亦不是老彘，我本是天河里天蓬元帅。"这又是为什么呢？我认为原因有五：一是，既要将猪八戒写成猪首人身的喜剧人物，而又有碍于"当朝天子姓朱"，遂故施此狡狯。二是，讥讽猪八戒其人好言当年的"阔"而讳言今日的"贱"，并从而为世人写"心"，以适俗导愚。三是，以"心猿"对"意马"、以"天

---

① 龚维英：《猪八戒艺术形象的渊源》，《文学遗产》（增刊）第 15 辑。

蓬元帅"对"卷帘大将"作为唐僧的四个弟子，从而在人物的安排和命名上使之具有对称美。四是，让深谙水性的天蓬元帅与不习水性的齐天大圣搭档，从而演出过流沙河与通天河等精彩场面。五是，旨在讥刺灵霄殿上只知侈谈仁义和恪守礼法，却无一个具有观音的胆识①；谓那或为玉帝问斩或为玉帝放逐的人物，一旦为观音录用，"由道入释"，莫不在取经过程中立下不世之功，加升大职正果，愚顽如猪八戒亦是如此。

其二，就其体貌的演化看问题。

《西游记》中的猪八戒，他认为唐僧"人才虽俊"，却没有他"耐看"。这当然是弱者的自我吹嘘，可他那模样也的确"耐看"得令人忍俊不禁。

他在福陵山为妖时："卷脏莲蓬吊搭嘴，耳如蒲扇显金睛。獠牙锋利如钢锉，长嘴张开似火盆。金盔紧系腮边带，勒甲丝绦蟒退鳞。手执钉钯（旧同"耙"）龙探爪，腰挎弯弓月半轮。纠纠威风欺太岁，昂昂志气压天神。"

他打扮起来去高老庄探望浑家时："黑脸短毛，长喙大耳；穿一领青不青、蓝不蓝的梭布直裰，系一条花布手巾。"

他在西梁女国大街上抖擞威风时："把头摇上两摇，竖起一双蒲扇耳，扭动莲蓬吊搭唇，发一声喊，把那些妇女们唬得跌跌爬爬。"

他在施主家为宾斯斯文文时："把嘴揣了，把耳贴了，拱着头，立于左右。"

说来真可怜，老高家所以要赶走他这个"倒插门"的女婿，主要是由于他"初来时，是一条黑胖汉，后来就变做一个长嘴大耳朵的呆子，脑后又有一溜鬃毛，身体粗糙怕人，头脸就像个猪的模样。"不言而喻，

---

① 详见张锦池：《论〈西游记〉中的观音形象》，《文学评论》1992 年第 1 期。

这也就是他平素的尊容了。

这就最清楚不过地说明：我们这位猪刚鬣①，的确是猪首人身之彪形大汉黑猪精朱八戒的嫡子嫡孙，所以体貌酷肖，相异之点仅在是否大腹便便而已。

其三，就其座次的演化看问题。

如上所述，元人取经故事中的朱八戒是唐僧的三弟子。这不是偶然的。北宋年间的《取经诗话》中虽出现了一个充当向导的老猴精猴行者，可一路充当唐僧给侍的却是从长安跟去的五个肉眼凡胎的小沙弥，这反映了玄奘取经故事的神魔化还处于初始阶段。随着玄奘取经故事的进一步神魔化，由从《取经诗话》中的深沙神演化而来的沙和尚充当了唐僧的给侍僧，从而形成了取经队伍的基本构架：一个圣僧，一个向导，一个侍卫。黑猪精朱八戒是由其他民间传说汇入取经故事的，其个人的座次当然只能排在沙和尚的后面，其个人的职责当然只能是一会儿去帮孙悟空降妖探路，一会儿又去帮沙和尚侍候唐僧。这不是我们的推测，请看元人取经瓷枕上唐僧三个弟子的作用：枕上依次绘着手执生金棍的孙悟空、肩扛九齿钉耙的朱八戒、策马扬鞭的唐三藏、高擎伞杖的沙和尚，正励志西行。显然，孙悟空是开路先锋，沙和尚是唐僧的侍从，皆不可或缺；其虽忙而却可或缺者，惟老朱而已，盖其乃"临时工"也。

众所周知，《西游记》中的猪八戒乃唐僧的二弟子。这一演化也不是偶然的。一者，虽然一个圣僧唐僧、一个向导孙悟空、一个侍从沙和尚，三人组成的取经队伍已标志着玄奘取经故事神魔化的基本完成，然而一种根深蒂固的五行观念，却又暗中决定了这一三人组成的取经队伍

---

① 《西游记》第十九回，猪八戒自云："我因有罪错投胎，俗名唤做猪刚鬣。"《礼·曲礼》："豕曰刚鬣。"《疏》："豕肥则鬣刚大也。"于此亦可看出猪八戒的文化渊源于一斑。

最后必然会演化为一个由五人组成的取经小家族，并从而从这个小家族内部成员间时而和睦、时而又不睦中去显现他们各自的思想性格特点，以免使整个取经故事流于枯燥。二者，猪八戒和沙和尚，一个是从其他关于黑猪精的传说引进取经故事的，所以形象本来就比较鲜活，又有丰富的猪的文化传说可供再创作时的借鉴；一个是从取经故事自身孕育出来的，所以形象也就比较苍白，又无关于深沙神一类的思想资料和生活资料作为再创作的源泉。三者，猪八戒和孙悟空，一个黑猪精，一个是老猴精，其形态，其性情，都完全相反，一个粗胖、笨拙，一个瘦小、机敏，用不着怎么驰骋想象，便可将他们处理为天造地设的搭档；因而，随着取经故事之日益演化为孙悟空的个人英雄传奇，猪八戒作为孙悟空扫妖灭怪的主要助手和搭档，其表演机会也就越来越多，其在取经人中的地位和作用也就越来越重要，而充当唐僧之给侍僧的沙和尚则反是。

然而，原型总是比较稳定的，一个故事的原型也是如此。昔日猪八戒作为唐僧三弟子的诸多特点，这在《西游记》中已成为唐僧二弟子的猪八戒身上依然如故，只是向来不为专家学者注意而已。比如，俗话说："三人出外，小的儿苦。"俗话又说："远路没轻担。"照理，行李应"小的儿"去挑，可一路摩肩压担的却是猪八戒，沙和尚只是帮换一肩而已。比如，孙悟空是有固定职守的，主要是充当开路先锋，其他事高兴做就做，不高兴做就不做；沙和尚也是有固定职守的，主要是充当唐僧的贴身侍卫，其他事则看情况如何，做不做也由他自己决定；猪八戒则不然了，没有妖怪时得挑行李，妖怪挡路时得帮孙悟空荡妖灭怪，投宿下来时得帮沙和尚服侍唐僧——还是个未能转正的"临时工"。比如，正果西天时，唐僧加封为旃檀功德佛，孙悟空加封为斗战胜佛，猪八戒加封为净坛使者，沙和尚加封为金身罗汉；罗汉乃上座部佛教（小乘）所理想的最高果位，其品位之尊，净坛使者又焉能与之并驾！这就难怪他老猪要闹情绪了，因为他获封的依然是《西游记平话》中他充当唐僧三弟子时的果位。①

其四，就其性情的演化看问题。

元代与明初的猪八戒，其性情既具黑猪精的自然属性，又具山野农民的社会属性，从而也就暗中规定了《西游记》中的猪八戒之性情的总体特点。何以知之？

他是个"食肠如壑，色胆如天"的人。这前一点有平话写他职封"净坛使者"可证，后一点有杂剧写他将裴氏女摄入洞中作压寨夫人可证。《西游记》中的猪八戒则一身而二任焉，而这一身二任当也就是平话中朱八戒的特点之一。

然而，不同于一般妖魔的贪色"采补"，迷恋"房中术"，这摄走裴氏女作压寨夫人的猪八戒，还有秉性憨直和笃于恩情的一面为其另一特点。杂剧说他怕裴海棠在洞中感到孤独，便日日遣几个"邻家女子相陪"；说他见裴海棠想念父母，便"置着衣服首饰，办着礼物"，想与裴海棠一起去裴家庄探亲；说他不知裴海棠已为孙悟空救走，还以为裴海棠先回娘家了，便冒充正经女婿赶到裴家庄去认亲。则《西游记》中的猪八戒之对高翠兰的情切切，亦于此隐约可见矣！

还有，那元人取经瓷枕上的九齿钉钯，标志着朱八戒的又一特点，就是善于耕田耙地。《朴通事谚解》注谓平话中有过棘钩洞，这当是朱八戒的九齿钉钯大显神威的地方。与此相对应的，则是《西游记》中的过荆棘岭——"荆棘蓬攀八百里，古来有路少人行。自今八戒能开破，

---

① 《朴通事谚解》注引《西游记平话》，谓"朱八戒正果香华会上净坛使者"，故云。

直透西方路尽平！"

写到这，不禁使我想到唐僧的形象演化。盖猪八戒的来历由"黑猪精"而"金色猪"而"天蓬元帅"，亦犹如唐僧的来历由"和尚"而"罗汉"而"金蝉子"。"金色猪"是佛经里面的，"罗汉"和"金蝉子"也是舶来品。论者以"金色猪"为据，说猪八戒是"进口猪"或"混血猪"，那么，若以"罗汉"和"金蝉子"为据，不知将如何说唐僧的血统问题！

四、说猪八戒形象是阿 Q 的远祖

想将这一问题写出来由来已久，因为有三个问题一直在牵动着我的思绪。

一是涉及文学史上的一个问题。鲁迅说："自有《红楼梦》出来以后，传统的思想和写法都打破了。"这无疑是正确的。我想补充一句：这种打破，实始于《西游记》而成于《红楼梦》。从人物塑造来说，最为鲜明的，是体现在猪八戒这一形象上。

二是涉及创作方法上的一个问题。文艺理论家们一谈浪漫主义，言必称《西游记》，例必举孙悟空和猪八戒的形象塑造。惟钱钟书《管锥编》云："古罗马哲人言，人具五欲，尤耽食色，不廉不节，最与驴若豕相同；分别取驴象色欲，取豕象食欲。是故《西游记》中猪八戒，'食肠如壑'，'色胆如天'，乃古来两说之综合，一身而二任者。"以"人具五欲，尤耽食色"去说猪八戒，我认为是最贴切不过的。可见，作者塑造这一形象是旨在为芸芸众生写"心"。既然如此，又怎可无视人物的精神状态而把这一典型形象简单地称之为浪漫主义的一个"这个"呢？

三是涉及猪八戒的文化意蕴问题。中国是个礼仪之邦，可一个既耽于"食"而又耽于"色"的"一身而二任者"却博得了人们的喜爱！

对此，我想补说一下原因。那就是：《西游记》中的猪八戒不同于《西游记》杂剧中的猪八戒只以"耽于食色"的自然属性为其基本特点，社会属性表现甚微。作者不只写出他从"母猪胎里"带来的自然属性，更写出了他作为人的社会属性；不只写出了他思想性格显性的一面，更写出了他思想性格隐性的一面；其思想性格显性的一面既反映了一般世人的弱点，其思想性格隐性的一面又反映了一般农民的优点；写其思想性格隐性的一面又是通过写其思想性格显性的一面来实现的，并从而使人物形象成为一个"这个"，所以，也就使人感到猪八戒这个人物诚可笑亦诚可爱，这实在是种很高超的现实主义写法。从中也就包孕着猪八戒形象的深厚文化意蕴，甚至使他成为阿 Q 的远祖。

其一，从猪八戒的胎记长喙大耳说起。

堂堂天蓬元帅落下这么一种胎记，怎不叫人难堪！好在长喙大耳，不像獐头鼠目，一个令人感到呆头呆脑，一个令人感到心术不正。呆头呆脑有憨的一面，而憨在我国民俗中则被认为是种不错的品格。它成了作者笔端猪八戒性格的基本点，而这也是人们喜爱这个人物的根本原因。

然而，这一胎记给猪八戒带来的后果又是那么严重！高家明知他"耕田耙地，不用牛具，收割田禾，不用刀杖。昏去明来，其实也好。"还是定要悔婚，不就因他"后来就变做一个长嘴大耳朵的呆子，脑后又有一溜鬃毛，身体粗糙怕人，头脸就像个猪的模样"吗？西梁女国的太师所以谢绝他的自荐而不肯替他和女王做红媒，不就因为他"卷脏莲蓬吊搭嘴，耳如蒲扇显金睛"吗？孙悟空从来不拿沙和尚取乐，而总拿他老猪开心，开口"呆子"，闭口"馕糠的夯货"，不就因他"嘴长毛短半指膘，圆头大耳似芭蕉"吗？最偏怜他老猪的，莫过于唐僧，而唐僧也是认为"他两个耳朵盖着眼，愚拙之人也"。正因为那"碓挺嘴，蒲扇耳朵"给他老猪带来的是一次又一次的难堪，而他老猪又曾经是个阔得可以的天蓬元帅，所以"呆子"二字虽非恶谥，在我国民俗中且有几分是昵称，然而其内心深处却对此忌讳不已。于是，便总想一显自己的聪明，有用，不呆，喜剧也就由此开演了。

面对孙悟空的使促狭，猪八戒求得心理平衡的办法有三。一是咒骂。如第四十六回，孙悟空与羊力大仙赌下油锅洗澡，想作成猪八戒捆一捆，看他害怕不害怕，便淬在油锅底上，变作个枣核钉儿。国王以为孙悟空死了，便拿猪八戒下油锅。呆子捆在地上，气呼呼地说："闯祸的泼猴子，无知的弼马温！该死的泼猴子，油烹的弼马温！猴儿了账，马温断根！"骂弼马温"无知"，当然也就意味着他自己的高明，认为压根儿就不该打这个赌，油锅是下得的么！二是编谎。如第三十二回，孙悟空明知前面有魔头，却撺弄猪八戒去巡山。猪八戒编了个谎，并朝着一块大青石演习道：

> 我这回去，见了师父，若问有妖怪，就说有妖怪。他问甚么山——我若说是泥捏的，土做的，锡打的，铜铸的，面蒸的，纸糊的，笔画的，他们见说我呆哩，若讲这话，一发说呆了；我只说是石头山。他问甚么洞，也只说是石头洞。他问甚么门，却说是钉钉的铁叶门。他问里边有多远，只说入内有三层。——十分再搜寻，问门上钉子多少，只说老猪心忙记不真。此间编造停当，哄那弼马温去。

呆子自谓编得万无一失，却不期孙悟空变做个蟭蟟虫，钉在他耳朵后面，听得一清二楚。三是撺掇唐僧念紧箍儿咒。如第三十八回，孙悟空说井底有宝贝，哄猪八戒下井驮乌鸡国王的尸首。呆子驮出尸首后，便撺掇唐僧念紧箍儿咒，说孙悟空能医得活，而且不用去阴间，"你只念念那话儿，管他还你一个活人"。唐僧信邪风，果然念起紧箍儿咒。呆子笑得打跌道："哥耶！哥耶！你只晓得捉弄我，不晓得我也捉弄你捉弄！"猪八戒在孙悟空面前编谎虽次次输，而在唐僧面前编谎却把把赢。其所以会次次输，就在于他自以为聪明，而所编的谎却浅露得只能瞒过他自己。其所以会把把赢，就在于他两个耳朵盖着眼，至蠢笨得令人不相信他会编什么谎。二者是相辅相成的，因而他越要狡黠编谎，越想证明自己不呆，就越见其呆得可笑，越见其憨得可爱。

面对唐僧的仪表，猪八戒自叹不如。于是便和他比干活，以获得心理的平衡。比如第二十三回，他就曾这么和变成妇人的菩萨说：

> 娘，你上复令爱，不要这等拣汉。想我那唐僧，人才虽俊，其实不中用。……我虽然人物丑，勤紧有些功。若言千顷地，不用使牛耕。只消一顿钯，布种及时生。没雨能求雨，无风会唤风。房舍若嫌矮，起上二三层。地下不扫扫一扫，阴沟不通通一通。家长里短诸般事，踢天弄井我皆能。

这一点不假，他在高老庄当姑爷时便是如此，好劳动是可以引为骄傲和自豪的。但是，他却忘了人家是在选女婿，不是在招长工。其自作聪明如此，则憨态亦可掬矣！

面对妖魔，猪八戒也总好卖弄小聪明，其表现形式大致有三：一是自以为机敏善应变，而把妖魔当作呆子。如过狮驼岭时，鹏魔王将他捉入洞去。狮驼王说："这厮没用。"他以为脱身的机会来了，接口便道："大王，没用的放出去，寻那有用的捉来罢。"结果还是被四马攒蹄捆住，扛扛抬抬，抛入池塘里浸着。二是一遇劲敌便丢下他人溜之大吉，还沾沾自喜以为是个识时务的人。如过宝象国时，国王问："那一位善于降妖？"此时孙悟空已被逐回花果山，想必一升为唐僧的大弟子而就忘了姓猪吧，他竟端出那老孙派头吹牛说："自从东土来此，第一会降妖的是我。"可当他与黄袍怪战经八九个回合，钉耙难举，气力不加时，却自作聪明地说："沙僧，你且上前来与他斗着，让老猪出恭来。"一头钻进蒿草薜萝里，再也不敢露面，结果使沙和尚被黄袍怪捉进了碗子山波月洞。三是一见被孙悟空打败的妖怪便抖擞神威，恍若天下英雄舍我其谁欤！最典型的例子是过朱紫国时，孙悟空按落云头，将一个没有头的妖精摔在金銮宝殿前，他跑上去，就筑了一耙道："此是老猪之功！"凡此，也就告诉我们：自作聪明和笨拙过甚，这在猪八戒身上是形影相随的，而一以贯穿其间的则是弱者的求生手段和虚荣心理。因而人们在笑中也发现了自己的弱点，从而理解了他，不把他的耍小心眼看作是心术不正，相反地倒觉得他是个憨厚得做事不知好歹的人。

然而，猪八戒的见识也有为孙悟空和唐僧与沙和尚所不及的地方，那就是他从生活中积累的经验。第三十九回，文殊菩萨的坐骑青毛狮子变化唐僧一般模样，两个手揽手立在金銮殿前，弄得孙悟空的火眼金睛也难分真假。猪八戒笑道："哥啊，说我呆，你比我又呆哩！师父既不认得，何劳费力？你且忍些头疼，叫我师父念念那话儿，我与沙僧各揽一个听着。若不会念的，必是妖怪，有何难也？"这主意虽馊，却最管用。第四十七回，路阻通天河，不知河水深浅，又是猪八戒出了个好主意，说是"寻一个鹅卵石，抛在当中。若是溅起水泡来，是浅；若是骨都都沉下有声，是深"。第四十八回，灵感大王使妖法一夜之间把通天河冻结成冰，唐僧想趁冰过河，不知冰的厚薄，还是猪八戒的主意正，道是"等我举钉耙筑他一下。假若筑破，就是冰薄，且不敢行；若筑不动，便是冰厚，如何不行？"旧时农民主要是靠经验认识世界。猪八戒特别善于认死理，咬定经验不放，最足以说明他是个农民典型。所以，卵二姐将一洞的家当留给他都被他吃光，因为他不懂经营，而老高家的土地到他手里却成了生财之道，因为他会耕田耙地，种麦插秧。所以，他的武器九齿钉耙也是古代十八般兵器中见所未见的，难怪孙悟空要问："你这钯可是与高老家做园工筑地种菜的？"难怪沙和尚要说："看你那个锈钉钯，只好锄田与筑菜！"确实，那柄九齿钉耙简直像魁星手中的笔，令人一看便知道人物的职业。正因如此，所以猪八戒的狡黠是农夫的狡黠。其为人也，是小黠而大痴，黠之所显正是他痴的反映。因而"呆子"也就成了孙悟空对他的谑称和昵称。

要而言之，好耍小心眼，或阿Q式地掩盖自己的缺失，自尊自大，自欺自慰；或在尊者面前进些诂言诂语，让自己的对手吃点苦头；或阿Q式地投机取巧，量对手强弱行事，面对强者退缩，面对弱者逞能。凡此，无非想占点小便宜，满足点虚荣心，这是芸芸众生的弱点，也是猪八戒的特点之一。但芸芸众生中具有这一弱点者却未必都像猪八戒那样憨直，而这也就是这个人物虽云狡黠却颇令人喜爱的基本原因。

其二，从猪八戒的胎记贪吃贪睡说起。

贪吃贪睡的猪，是让农民喜欢的，因为它长膘。这会通过"通感"作用，作用于人们的审美心理。

其所以说贪吃是猪八戒的胎记，一则由于他吃相之蠢，不论食物的好坏和软硬，都一个劲儿地吞，从来不嚼一嚼，品一品，诮言"猪八戒吃人参果"便是由此而来的。二则由于他食肠如壑，饭量大得惊人，堪称古今无双，高太公要悔婚的原因之一，就是嫌他"一顿要吃三五斗米饭；早间点心，也得百十个烧饼才够"。当了和尚，就更能吃了。将他的馋相描绘得最淋漓尽致的，是第九十六回"寇员外喜待高僧"那场戏。迎宾宴上，"你看那上汤的上汤，添饭的添饭。一往一来，真如流星赶月。这猪八戒一口一碗，就是风卷残云"。送行席上，只见那"长老在上举箸，念《揭斋经》。八戒慌了，拿过添饭来，一口一碗，又丢够有五六碗，把那馒头、卷儿、饼子、烧果，没好没歹的，满满笼了两袖，才跟师父起身"。这种贪吃，与他的尊容联系起来，只能教人忍俊不禁，而不会令人厌恶。最值得注意的倒是，能填饱肚子，简直成了猪八戒的人生目标，哪里能吃饱饭，那里就是他的西天佛国。将他的这一心理描绘得最活龙活现的，是第八十八回他与孙悟空斗嘴那场戏。老猪是这么埋怨老孙的："也够了！也够了！常照顾我捆，照顾我吊，照顾我煮，照顾我蒸！今在凤仙郡施了恩惠与万万之人，就该住上半年，带挈我吃几顿自在饱饭，却只管催趱行路！"这后一点分明也在怨唐僧"没正经"。因而唐僧反倒偏袒了孙悟空，喝道："这个呆子，怎么只思量掳嘴！"猪八戒一路上"怎么只思量掳嘴"呢？道理很简单：他当了和尚后"长忍半肚饥"，"且到人家化些斋吃，有力气，好挑行李"。这不正是生活中忍饥挨饿的劳动者的固有心态吗？几曾见他们吃饭不是狼吞虎咽而讲"割不正不食"的？只要能填饱肚子，什么脏活累活都愿干，甚至可以去拱开千年稀柿衕，这是在笑老猪他贪嘴吗？不，这是作者在以喜剧的形式满怀同情地为勤劳而忍饥挨饿的农民写心！正因为猪八戒一路挑着行李而又长忍半肚饥，所以偶尔吃顿饱饭也就成了他的最大人生享受了，哪里还去品什么滋味！

其所以说贪睡是猪八戒的胎记，是由于他睡觉不择地方。大青石上他睡得香，荆葛丛中也成眠，假若能在乱草堆里拱个猪浑塘，那简直就是他的"席梦思"。这种贪睡，与他的尊容联系起来，不会令人生嗔，只会引人发笑，不可不注意的还是，猪要吃饱了才睡，猪八戒却不然。睡对他来说，比吃还重要。平素他从不承认自己的丑，好以"耐看"自诩，只有息于树下，孙悟空让去化斋时，他才不只承认而且渲染自己如何丑得吓人，长喙大耳不宜于去抛头露面。甚至说什么"他这西方路上，不识我是取经的和尚，只道是那山里走出来的一个半壮不壮的健猪，伙上许多人，又钯扫帚，把老猪围倒，拿家去宰了，腌着过年，这个却不就遭瘟了"，其目的无非是想多打个瞌睡而已。因而，当他夜间睡觉的时候，纵然唐僧叫他，他也是要光火的。如第三十七回"鬼王夜谒唐三藏"，三藏惊醒慌得忙叫："徒弟！徒弟！"老猪他醒来道："什么'土地土地'？——当时我做好汉，专一吃人度日，受用腥膻，其实快活；偏你出家，教我们保护你跑路！原说只做和尚，如今拿做奴才，日间挑包袱牵马，夜间提尿瓶务脚！这早晚不睡，又叫徒弟作甚？"猪八戒的贪睡是由于他的天生懒惰吗？不，高老庄的表现证明，他是个十分勤谨的人，曾替老丈人家"扫地通沟，搬砖运瓦，筑土打墙，耕田耙地，种麦插秧，创家立业"。世间哪一种人感到能睡一会儿比吃饭还重要，以致腹中虽饥而倒下便入梦乡呢？恰恰不是"四体不勤，五谷不分"的人，而是终日劳作、得不到应有休息的人！取经四众中谁最辛劳？是猪八戒，他除了挑行李以外，还是孙悟空荡妖灭怪的主要帮手。一位海外学者说："唐僧的简单行李，这挑在他那宽阔的肩膀上简直就感觉不到什么！"[1] 那是由于这位学者缺乏"远路没轻担"的生活体验，而小说作者却显然是根据这一生活体验来写猪八戒对唐僧的上述抱怨情绪的。由此可见，书中写猪八戒的贪睡，实际上也是作者在以喜剧的形式满怀同情地为终日劳作致缺睡少眠的农民写心！正因为猪八戒一路干的是累活重活，却得不到应有的休息，所以躲懒睡一会儿也就成了他的莫大人生享受了，哪还顾得上是躺在什么地方！

　　问题很清楚，吃了睡，睡了吃，贪吃贪睡是猪的特点。"狼吞虎咽"

---

　　① 　夏志清：《中国古典小说导论》，安徽文艺出版社 1988 年版，第 161 页。

和"倒头便睡",是终日劳作而忍饥挨饿和缺睡少眠者的特点。二者虽有相似之点,却有本质的不同。作者欲状猪八戒的一路勤谨辛劳而渲染其歇息时的贪吃贪睡,从而塑造了这一喜剧形象,这实在是种很高明的现实主义写法。把生活况味都和盘托出来了,没有对生活的经心观察和真切体验,是不能有此神来构思的。好逸恶劳,图饱口福,是芸芸众生的弱点。这就使人们在笑猪八戒的贪吃贪睡时,也在笑自己。而猪八戒的贪吃贪睡是植根于他的勤谨辛劳,并反映了他的天真憨直;芸芸众生中的好逸恶劳、图饱口福者,却未必皆是如此。这又使人们在笑他的这一缺点时,越发感到他的可爱可亲而不可厌。

其三,从猪八戒的胎记色胆如天说起。

"色胆如天叫似雷",是猪八戒的自供状。作为从母猪胎里带来的自然属性,集中体现为他的择偶不论妍媸,不问年龄,卵二姐亦可,三女待字闺中的妇人也行。作为投错了胎的人的社会属性,集中体现为他已当和尚,却魂梦以牵高老庄,并不时付诸言辞,而且动辄想散伙。说来也真令人可怜,他实际上是被老高家撵出来的而却不自知,想到的只是那儿有他心爱的妻子,那儿有他耕种过的土地,因而高老庄也就成为他心中驱之不去的失乐园。这就最清楚不过地说明他理想中的乐园,只不过是"两坰地一头牛,老婆孩子热炕头"而已。乐园是失去了,可这种小农价值观念,一路上却常使他通过两种欲念表现出来,即所谓"色欲"和"财欲"。

说猪八戒"色情未泯",一点也不冤枉他。"四圣试禅心",他想娶人家的小姐,小姐嫌他丑,他就对"岳母"说:"娘啊!……你招了我罢。"尸魔化为芳龄妙女,他一见"就动了凡心",前去搭讪,知道对方是来斋僧的,"满心欢喜,急抽身,就跑了个猪颠风,报与三藏"。面对西梁国女王的"宫妆巧样非凡类,诚然王母降瑶池",他"忍不住口嘴流涎，心头撞鹿，一时间骨软筋麻，好便似雪狮子向火，不觉的都化去也"。最恶作剧的，还是当他知道盘丝洞的七个蜘蛛精在洗澡，便非要去"打杀了妖精，再去解放师父"；可一到那里，却脱了皂锦直裰，扑的跳下水去，变做一个鲇鱼精，"只在那腿裆里乱钻"。

说猪八戒"财货心重"，一点也不是对他的栽赃。夜宿乌鸡国，他一听孙悟空说妖魔有件宝贝藏在御花园，便觉也不睡，愿意和孙悟空去偷，提出的条件是：降了妖魔，功劳归孙悟空，宝贝归他。路过金岘山，他不分好歹潜入妖魔点化的院落，窃得纳锦背心穿着焐背，结果被纳锦背心化成的绳索捆住，落入了独角兕大王手里。观灯金平府，他听孙悟空说摄走唐僧的像是犀牛精，便道："若是犀牛，且拿住他，锯下角来，倒值好几两银子哩！"行至布金禅寺，他听唐僧说当年舍卫城太子曾以黄金作砖块铺地，请如来到此说法，竟想"也去摸他块砖儿送人"。离开天竺国，他听孙悟空说国王要为他们送行，便道："送行必是有千百两黄金白银，我们也好买些人事回去，到我那丈人家，也再会亲娶子儿去耶。"最可笑的是，他化缘化到点银子，攒在一起，悄悄求了个银匠煎成一块，呈马鞍型，塞在耳朵眼儿里藏着作私房，足有四钱五六分重。

正是这两种欲念，它使猪八戒一有机会便想能第三次"倒插门"。"四圣试禅心"，便是明证。当画饼难以充饥时，便分外想念高老庄。记得他当和尚那天，便与高太公说："丈人啊，你还好生待我浑家：只怕我们取不成经时，好来还俗，照旧与你做女婿过活。"西行取经与回高老庄，两种思想这在他心里是常交战的。他最怕的不是别的，是"和尚误了做，老婆误了娶，两下里都耽搁"。因而，一遇重大困难便嚷嚷着"各自散伙"也就事有必然了。

然而，光看到这一面还是不够的。这只是猪八戒思想性格的显性性格因素；深藏在这显性性格因素中的，还有与之反差很大的其思想性格的隐性性格因素，假若看不到这一点，也就失去了猪八戒形象。

诚然，猪八戒是有寡人之疾的。然而，它始终只表现为一种本能，一种意念，又由于他秉性的质朴和憨直，所以成了篱边的红杏，实际上他对两性问题倒是比较严肃的，负责的。这可以从两方面看问题：

一者，与杂剧中的猪八戒乘人之危盗人妻女不同，《西游记》中的猪八戒在福陵山做妖怪时在这方面从未为非作歹。他的第一任妻子是卵二姐，这是他第一次"倒插门"。卵二姐其色如何，从作者的命名可知，可卵二姐死了，他与观音谈起时还是满怀感情的。他的第二任妻子是高翠兰，这是他第二次"倒插门"。高翠兰年二十犹待字闺中，高家愿将此女嫁给一个无根无绊的黑汉，则其体貌如何，亦可想而知矣，而老猪他却以自己的勤谨让高翠兰"身上穿的锦，戴的金，四时有花果享用，八节有蔬菜烹煎"：这已不失为模范丈夫。可高太公却一次又一次请和尚道士"要祛退他"，最后又请来了孙悟空，而老猪他却不只临别依依，还思念不已：这就越见其情真意笃了。

二者，与杂剧中的猪八戒在女儿国犹偷偷和宫女作爱不同，小说中的猪八戒虽一路"色情未泯"，却始终没有破过"色戒"。他的向菩萨幻化的妇人求婚，只是种阿Q式的向吴妈下跪；他的变为鲇鱼精在蜘蛛精"那腿裆里乱钻"，只是种阿Q式的占小便宜掐小尼姑一把；他对尸魔化为的妙龄女子"动了凡心"，亦只是常见于芸芸众生中的献殷勤而已。况且，假如他识出对方是妖怪，也就不会这么怜香惜玉了，且看他上岸后如何举耙赶杀蜘蛛精，便是明证。

正是基于这两点，所以我认为：正像将阿Q的破毡帽换为瓜皮帽便失去了阿Q，假若将猪八戒的九齿钉耙换成匕首或水火棍也就失去了猪八戒。他的寡人之疾，是农民的寡人之疾。那道貌岸然而淫心与放浪则皆过之的道学先生，其品格是不足以与猪八戒比严肃和率真的。

诚然，每遇到重大的困难，猪八戒就嚷嚷，叫沙和尚回流沙河，照旧吃人度日，他仍回高老庄，回炉做女婿。然而，那也始终只表现为一种意念，一种无可奈何的情绪，或出于以为唐僧必死，或出于以为孙悟空已亡，或出于以为唐僧已和妖精成亲，取经之事已成泡影，又由于秉性的质朴和憨直，以及思维方法的极度务实，便脱口而出罢了，实际上他的取经意志是颇为坚定的。这可以从三方面看问题：

一是，他是个贪吃的人，而自从观音菩萨让他"领命归真，持斋把素，断绝了五荤三厌，专候那取经人"，纵然在高老庄"倒插门"时亦从未开斋，可见他的皈依佛门和西行取经还是比较诚心诚意的，只是某些积习一时难改而已，似乎不能称"猪八戒"为"诸不戒"。

二是，他本人被妖魔捉去，吊他也好，浸他也好，要蒸他也好，要煮他也好，从不倒旗，只要唐僧和孙悟空二人无恙，他就不会有散伙的念头。一次，孙悟空因唐僧总不听人说，又被圣婴大王劫去，不禁说了句意懒心灰的话："兄弟们，我等自此就该散了。"他接口便说："正是，趁早散了，各寻头路，多少是好。那西天路无穷无尽，几时能得到！"可沙和尚却认为不该"各寻头路"，那会"坏了自己的德行，惹人耻笑"的。孙悟空问："八戒，你端的要怎的处？"他说："我才自失口乱说了几句，其实也不该散。哥哥，没及奈何，还信沙弟之言，去寻那妖怪救师父去。"可见到了真正紧要关头还是能坚定立场的，则其本心亦由此可见矣！

三是，实际上书中对他的取经立场曾作过集中描写，那就是第三十回和第三十一回，这两回以浓墨重彩写出他六不易。孙悟空因三打白骨精而被逐回花果山，沙和尚被黄袍老怪捉入碗子山波月洞，唐僧被黄袍老怪点化为猛虎锁在朝房铁笼里面，白龙马为救唐僧被黄袍老怪打伤了后腿，他虽因自知不是黄袍老怪的对手而动过回高老庄的念头，但还是听从了白龙马的劝说，"撑起两个耳朵，好便似风篷一般"地踏着云急匆匆去花果山请孙悟空：一不易。平素他与孙悟空就"有些不睦"，孙悟空此次被逐回花果山又正是他在唐僧面前三进"诂言诂语"的结果，因而是冒着挨几下"哭丧棒"的危险战战兢兢去请孙悟空的：二不易。孙悟空识出了他说的"师父想你，着我来请你"是谎言，定要与他游一游花果山，游完山又邀他进水帘洞用膳，他一则说："哥啊，这个所在路远，恐师父盼望去迟，我不要子了。"二则说："哥哥，师父在那里盼望我和你哩。望你和我早早儿去罢。"三则说："多感老兄盛意，奈何师父久等，不劳进洞罢。"他恐怕误了救唐僧而心急火燎如此：三不易。孙悟空见他还不吐真情，便让他上复唐僧："既赶退了，再莫想我。"他下了山，边走边骂道："这个猴子，不做和尚，倒做妖怪。"这就骂出了他自己的本心，是不想再做妖怪，而想当个和尚：四不易。孙悟空知道他骂人，命猴子猴孙捉他上山，他一面告以实情，并苦苦哀求："万望哥哥念'一日为师，终身为父'之情，千万救他一救！"一面又耍了个小聪明："请将不如激将，等我激他一激。"他为了救唐僧而几乎施出了全身的解数：五不易。他还非得和孙悟空"携手驾云"同去救师父，唯恐孙悟空言不由衷，直过了东洋大海才放心：六不易。这六不易，充分反映了他取经的意志和立场。

正是基于这三点，所以我认为：他的动辄想散伙只是他看不到取经前景时的一种意念，又由于他秉性的质朴憨直而信口乱说，论其取经的意志和立场，倒是颇为坚定。要知道，作者赋予唐僧取经的目的，是要使"法轮回转，皇图永固"。那平素信誓旦旦要"上报国家，下济苍生"而一到真正紧要关头却倒了旗鼓的贰臣贼子，其思想品格是不足以与猪八戒同日而语的。

"色胆如天"，乃猪八戒的胎记。寡人之疾，芸芸众生人皆有之，却未必人人能像猪八戒那样可以成为好丈夫。理智上想"正果西天"而感情上却依恋家室，亦芸芸众生之常情，但未必个个能像猪八戒那样始终没有离开"取经队伍"。其人可笑处在斯，其人可贵处亦在斯。不同时看到这两个方面，也就失去了猪八戒形象的审美价值。

写到这，不妨把话说开去：《三国演义》中的诸葛亮和关羽等蜀国英雄人物是"半神半人"，《西游记》中的猪八戒也是如此；但前者仪表是"人"，精神状态是"神"，而后者却反是。这是个别开生面的人物形象，我这么说，有四层含义：

既狡黠而又憨厚，既懒惰而又勤谨，既好色而又情真，既畏难而又坚定，既自私贪小而又不忘大义，其狡黠是农民的小黠而大憨，其贪吃贪睡是累极了的长工放下担子后的口壮身慵，其好色是旷夫的寡人之疾，其畏难是太过务实的求止，其自私贪小是小生产者的惜财活口心理，其人生目标是勤谨一生而忍饥挨饿的山野村夫的人生目标。这就是我所看到的《西游记》中的猪八戒，这一形象是前不见于中国小说史的。此其一。

缺点是其显性性格因素，优点是其隐性性格因素，或者说，他外在的种种缺点掩映着他内在的种种优点，而且这种掩映几乎是对应的，二者反差虽大，却相辅相成。这就是我所看到的《西游记》中对猪八戒这一人物形象的塑造，这种一反"写好的人，简直一点坏处都没有；而写不好的人，又是一点好处都没有"的写法是前不见于中国小说史的。此其二。

其缺点既反映了芸芸众生的弱点，其优点也是芸芸众生虽非人皆有之而却可以企及的，因而当人们笑猪八戒的缺点时，心里却在笑自己灵魂深处的隐私，却在笑世人的劣根性，却在笑一个时代的人性的弱点，这就是我所看到的《西游记》中猪八戒这一形象的审美价值和作者的苦心孤诣，这种源出于作者苦心孤诣的人物形象的审美精神是前不见于中国小说史的。此其三。

然而，更需注意的还是：《西游记》中的猪八戒的思想性格，主要是通过孙悟空对他作弄以及他对孙悟空的反作弄来显示的。他俩的性格完全相反，而又是天造地设的最佳搭档。一个身材瘦小，一个体态粗胖；一个怀抱理想，一个沉于世俗；一个见事凭胆识，一个做事靠经验；一个勇往直前，一个瞻前顾后；一个爱战劲敌，一个好扫小妖；一个尚名不图利，一个图利不尚名；一个情田鞠草，一个欲海扬波；一个喝风呵烟，一个食肠如壑；一个机敏诙谐，一个质朴憨直；一个好使促狭，一个好弄狡黠；一个伶牙俐齿，一个笨嘴笨舌；一个以不干脏活累活为尊，认作清高；一个以长于耕田耙地为荣，视为能耐；一个处处流露出市民气质，一个在在反映着小农心理。《云麓漫钞》云："杂扮或曰杂班，又名经兀子，又谓之拔和，即杂剧之后散段也。顷在汴京时，村落野夫，罕得入城，遂撰此端，多是装为山东河北叟以资笑端。"可见这种市民对农民的捉弄以及农民对市民的反捉弄之结对子形式，在艺术表现中是由来已久的。《西游记》只是对它作了长足发展而已。然而，这一发展却给这取经小家族带来时而和睦、时而不睦的氛围，却使整个作品的情节洋溢着忍俊不禁的喜剧情趣，从中也就举重若轻地刻画了人物性格。其性格的丰富性和幽默性是塞万提斯笔端的堂·吉诃德和桑丘形象所难以比拟的。堪谓迨《西游记》出，中国小说史上始有真正的喜剧作品。其中的种种谑而不虐的喜剧场面，如"八戒巡山"与"孙悟空赌下油锅"，虽非皆为揭示作品主题思想之所需，却乃刻画人物性格所不可缺。不是把构思作品的情节放在第一位，让人物性格作为情节的附丽，而是把刻画人物性格放在第一位，让人物性格去支配作品情节的发展，这又是《西游记》对我国长篇小说叙事结构模式的一大突破。此其四。

纵观猪八戒形象，从某种意义上说，可以把它看作是阿 Q 的远祖。

五、简短的结论

要想正确认定猪八戒的血统，应该首先考察一下我国猪的文化传说特点，从而以此作为验定猪八戒血统问题的标准之一。我国古来猪的文化传说中的猪神和猪怪，其总体特点有四：一是主沟渎，二是主性淫，三是肤玄黑，四是多亦人亦兽形象。《西游记》中的猪八戒，同时具有这四种文化基因。说明他的血管里的确流有我国猪的文化传说的"血"，不能认为这一形象是个"舶来品"。然而若由此认定猪八戒是个"国产猪"，亦同样难以成立；因为文化渊源并不等于原型，要排除猪八戒是"混血猪"，还需对其原型问题作番认真的考证。

《西游记平话》中的八戒，其姓氏是姓"朱"，其来历是"黑猪精"，其形体是"猪首人身"的彪形大汉，其武器是"九齿钉耙"，其座次是唐僧的二弟子。这有《朴通事谚解》注和元人取经瓷枕可证。足见，其"魔"的原型是"黑猪精"，其"人"的原型是"村落野夫"，真可谓是地道的"国货"。如果结合《云麓漫钞》所云："杂扮"多以"村落野夫"作"笑端"，则知"朱八戒"这个人物一进入取经故事便是个喜剧形象，并逐渐和孙悟空形成最佳搭档。凡此，皆暗中规定了《西游记》中猪八戒的基本特点及其与孙悟空的关系。

《西游记》杂剧中的八戒与《西游记平话》中的八戒，既有其不同点，又有其相同点。其不同点，主要有三：一是姓氏，由姓"朱"变为姓"猪"；二是来历，由"黑猪精"变为"金色猪"；三是形体，由"猪首人身"的彪形大汉变为"嘴脸似黑炭团"的"黑汉子"。其相同点主要有四：其肤玄，其性淫，其以"九齿钉耙"作武器，其为唐僧的二弟子。其所以有这三点不同，显然是由于"当朝天子姓朱"，而作者又是明成祖的"语禁"顾问，"朱八戒"其人既已见之于平话并已流传于众口，于是在写作剧本时便更易其姓氏为"猪"，神化其来历为"金色猪"，改变其造型为"黑汉子"，以求不触犯禁忌。其所以有这四点相同，显然是由于杨氏的这三点改易莫不是外在的，标签而已，所以平话中的"黑猪精朱八戒"的种种内在特点，也就在剧本中的猪八戒身上莫不依旧。然而杨氏的苦心亦有一得，即易朱八戒的姓氏为"猪"，使人物形象更具有戏剧性，这可能是他始料所不及的。

《西游记》中的八戒，是个集我国猪的文化传说之大成的形象。其姓"猪"，并以此而统一于众口，结束了明初取经故事中"朱"姓和"猪"姓的并存状态。其来历，是"天河里天蓬元帅"，而"天蓬元帅"当来自道藏中道士们对河伯冯夷或奎星封豕的改头换面，而冯夷即封豕的一音之转则几已成为学界的共识。其体态，恢复为元人取经故事中的猪首人身，但不是个令人肃然的威武的彪形大汉，而是个令人发笑的腆着肚子走路的黑胖子。其座次，是唐僧的二弟子，但一路所尽的却依然是充当三弟子时的职守。其所使用的武器呢？仍然是那柄"村落野夫"用以"耙田种菜"的"九齿钉耙"，而从其因娶不起媳妇而两次"倒插门"的经历来看，则似乎已从以往的"村落野夫"沦为"山野长工"了。

原型总是比较稳定的。不难看出：《西游记》中猪八戒的原型有其"魔"的所自，亦有其"人"的所自。其"魔"的所自一面仍然是"黑猪精"，其"人"的所自一面依然是"村落野夫"。然而，不同的时代，不同的作家，又往往赋予同一原型以不同的思想意蕴和审美意蕴。那么，世本《西游记》作者其独具匠心和妙笔生花之处又何在呢？就在于：以往的取经故事皆借猪八戒的这一"魔"的属性和"人"的属性而以写"魔"的属性为主以弘扬佛法，迨《西游记》出始借猪八戒这一"魔"的属性和"人"的属性而以写"人"的属性为主以为芸芸众生写"心"。

　　由此可见，猪八戒不是个"舶来品"，而是个货真价实的"国产猪"。其"形"如是，其"神"亦如是。

第七章　论沙和尚形象的演化

一、一种最难刻画的个性

《西游记》中的沙和尚，专家们一般都认为形象苍白，不怎么值得研究。因而，当前几部有影响的文学史都没有给他一点篇幅，专题论文就更属凤毛麟角了。

实际上，这一形象虽不及孙悟空和猪八戒形象那么鲜活，却是个颇为成功的艺术典型。只要认真作番考察，便知他的那种显得没有任何个性特点，其本身就是一种鲜明的个性特点。这在文学作品中是最难刻画的形象，非大手笔是刻画不好的。所以，也就比较难以研究，而不是不怎么值得研究。

谨从形象演化的角度来对沙和尚其人以及其他有关问题作一番探讨，以就正于方家。

二、从沙漠恶煞到沙河水怪

沙和尚这一人物形象虽孕育于《大唐三藏取经诗话》，实萌生于玄奘弟子慧立与彦悰所撰《大慈恩寺三藏法师传》。

该书卷一"起载诞于缑氏，终西届于高昌"，写玄奘过玉门关外第四烽，乘危远迈，杖策孤征，其文云：

从此已去，即莫贺延碛，长八百余里，古曰沙河，上无飞
鸟，下无走兽，复无水草。是时顾影惟一，心但念观音菩萨及
《般若心经》。初，法师在蜀，见一病人，身疮臭秽，衣服破污，
愍将向寺施与衣服饮食之直。病者惭愧，乃授法师此《经》，因
常诵习。至沙河间，逢诸恶鬼，奇状异类，绕人前后，虽念观音
不得全去，即诵此《经》，发声皆散，在危获济，实所凭焉。

今日观之，玄奘"至沙河间，逢诸恶鬼"云云，乃沙漠上的海市蜃楼现
象在一个宗教徒心理上的反映，又经其弟子慧立和彦悰着力渲染而已。

然而，旧时的中国是个最严守封建宗法秩序的国家，也是个多神
论的国家，认为山有山灵，水有水神。置身于这一文化心态下而又怀有
宗教心理的人，当更易想象出那主宰沙河的神灵定然是个恶煞。不言而
喻，这里所说的"沙河"，乃"长八百余里"的"莫贺延碛"，亦即今戈
壁沙漠是也。而这，也就是《取经诗话》中那深沙神形象的由来。

《取经诗话》，照我的考证，当是北宋年间的作品。[①] 深沙神形象见
之于第八则。该则原题缺，正文亦残。其文曰：

深沙（神）云："项下是和尚两度被我吃你，袋得枯骨在此。"
和尚曰："你最无知。此回若不改过，教你一门灭绝！"深沙（神）
合掌谢恩，伏蒙慈照。深沙（神）当时哮吼，教和尚莫敬［惊］。
只见红尘隐隐，白雪纷纷，良久，一时三五道火裂，深沙衮衮
［滚滚］，雷声喊喊，遥望一道金桥，两边银线，尽是深沙（神），
身长三丈，将两手托定；师行七人，便从金桥上过过了。

---

① 详见本编第一章《〈大唐三藏取经诗话〉成书年代考论》，第四节。

深沙（神）合掌相送。法师曰："谢汝心力。我回东土，奉
答前恩。从今去更莫作罪。"两岸骨肉，合掌顶礼，唱喏连声。

这是一段奇文！"金桥"、"两边"云云，似乎说那"深沙"是条无边无
际的弱水，深沙神乃"深沙河"水怪；而"红尘隐隐"、"深沙衮衮"云
云，又分明说那"深沙"是片极目千里的沙漠，深沙神乃"深沙河"恶
煞。然而说奇也不奇，因为任何奇特的想象都离不开主体的生活经验。
这种架桥而过"深沙"的奇想，实反映了作者虽知玄奘昔日所过的"沙
河"并非茫茫弱水，而是渺渺沙漠，却由于他未见过沙漠，而只见过河
流，所以想象不出那"惊风拥沙，散如时雨"的情景，遂方之以江河，
让深沙神作法架起金桥以渡唐僧。而这，无意中也就为后来以取经故事
为题材的作品将沙河写成弱水、把沙和尚写成水怪着了先鞭。

今见这类作品，当以元末明初人杨景贤的《西游记》杂剧为最早。
其第三本第十一出"行者除妖"，写：

[和尚挂骷髅上云] 恒河沙上不通船，独霸篙师八万年；血
人为饮肝人食，不怕神明不怕天。小圣生为水怪，长作河神，不
奉玉皇诏旨，不依释老禅规；怒则风生，愁则雨到，喜则驾雾腾
云，闲则搬沙弄水；人骨若高山，人血如河水，人命若流沙，人
魂若饿鬼。有一僧人，发愿要去西天取经，你怎么能够过得我这
沙河去？那厮九世为僧，被我吃他九遭，九个骷髅尚在我的脖项
上。我的愿心，只求得道的人；我吃一百个，诸神不能及；恰吃
得九个，少我的多哩。看甚人来者？[行者上云] 渡船！渡船！
[沙和尚云]又是个合死的来者。[行者云]你姓什么？[沙和尚云]
我姓沙。[行者云] 我认得你，你是回回人河里沙。[沙和尚云]

694

你怎么知道？［行者云］你嘴脸有些相似。［沙拿行者咬科］……

"河里沙"云云，虽然是孙悟空的插科打诨，既在说沙和尚像水中的妖怪，又在说沙和尚秃头秃脑像河里的王八，所以沙和尚一醒悟过来，便扑上去咬孙悟空。论者既认为"河里沙"有可能是"阿里沙"之误，而"阿里沙"又有可能是实有其人的回族僧人，沙和尚形象便是以他为原型的，我以为这实在求之过深。

要注意的是，《西游记》杂剧这种将沙和尚写成沙河水怪，当与元人取经故事的说法必不相背。世德堂本《西游记》遂从而继承之，其第八回"我佛造经传极乐，观音奉旨上长安"，写在"流沙河"为妖的沙和尚对观音说：

> 菩萨，我在此间吃人无数，向来有几次取经人来，都被我吃了。凡吃的人头，抛落流沙，竟沉水底。这个水，鹅毛也不能浮。惟有九个取经人的骷髅，浮在水面再不能沉。我以为异物，将索儿穿在一处，闲时拿来顽耍。这去，但恐取经人不得到此，却不是反误了我的前程也？

这"九个取经人的骷髅"果然是个"异物"，第二十二回"八戒大战流沙河，木叉奉法收悟净"，写沙和尚拜见了唐僧，即依木叉的吩咐"将颈项下挂的骷髅取下，用索子结作九宫，把菩萨葫芦安在当中，请师父下岸。那长老遂登法船，坐于上面，果然稳似轻舟"，飘然渡过流沙河。

写到这，应有的结论是什么呢？主要的结论有四：

《取经诗话》中的深沙神故事，是由《三藏法师传》中的玄奘过沙河故事演化出来的，那深沙河不是弱水，而是沙漠，深沙神不是弱水水怪，而是沙漠恶煞，便是明证。然而，深沙神以金桥渡唐僧过深沙河一事，却为后来以取经故事为题材的作品提供了基因，其凶神亦随之而演化为水怪。此其一。

《取经诗话》中的深沙神是沙和尚的雏形，尽管他还不是唐僧的弟子。世本《西游记》中流沙河时期的沙和尚，他项下的九个取经人的骷髅是由深沙神项下的两个取经人的骷髅演化出来的，他用以渡唐僧过流沙河的由九个取经人的骷髅结成的法船是从深沙神用以渡唐僧过深沙河的金桥银线演化出来的。随着深沙河由沙漠一变而为《西游记》杂剧中的弱水沙河，再变而为世本《西游记》中的弱水流沙河，沙漠恶煞深沙神也就随之而演化为弱水水怪沙和尚，其共同特点都是头顶一个"沙"字和曾吃取经人，而这正是种血缘上的和秉性上的文化遗传基因。深沙神两度吃取经人也罢，沙和尚九度吃取经人也罢，这对妖怪来说，是服食采补，它属于道教文化系统。唐僧前生取经曾两度遭难也罢，曾九度遭难也罢，这对和尚来说，是累世修行，它属于佛教文化系统。所以，沙和尚的由好吃取经人而皈依佛门，实际上也是种"由道入释"；而这种"由道入释"，正是当时社会上的佛道二教思想的争雄在人物塑造上的深层反映。然而，沙和尚一入释门，便成为品位高于"行者"的"和尚"，显然是由于他在沙河为妖时曾九度吃过取经人。吃了取经人，便获得被吃者的"善缘"，这又是道教的服食采补说在人们头脑中的深层反映。由此可见，取经故事中的沙和尚形象，它不只深层地反映了当时释道二教思想的争雄，而且还深层地反映了当时释道二教思想的圆融，其文化内涵是复杂的。此其二。

《取经诗话》中降伏深沙神的是唐僧，《西游记》杂剧中降伏沙和尚的是孙悟空，世本《西游记》中降伏沙和尚的是观音菩萨。凡此，说明取经故事的发展和演化过程，就是唐僧在取经中的作用日益减弱、孙悟空在取经中的作用日益增强、观音由一般护法者而日益成为取经队伍的直接组织者和真正领导者的过程。所以，孙悟空和观音也就成为世本《西游记》中两个最为重要的人物。没有孙悟空，唐僧到不了西天；没有观音菩萨，孙悟空尽不了其器能：二者是相辅相成的。[①] 这一点，我以为早晚会成为学界的共识。此其三。

《取经诗话》以金桥银线渡唐僧过深沙河，《西游记》杂剧和世本《西游记》则干脆将沙河和流沙河写成弱水。假若再结合作品的形式和语言艺术来考察问题，则知取经故事的起源地和最初盛传地区，当不在缺水多沙的大西北，当在河洛一带及其以南。而我们知道，玄奘取经事迹的神魔化是以猴行者的加入取经队伍为标志的。假若印度史诗《罗摩衍那》中的猴子国大将哈奴曼早在北宋以前就由丝绸之路来到中国，并成为猴行者的原型，因而孙悟空是个"进口"猴，则此以"取经烦猴行者"为其特点的取经故事，其起源地和最初盛传地区，当不在河洛一带及其以南，当在多沙缺水的大西北。足证我在《论孙悟空的形象演化》中说孙悟空的形象不是由哈奴曼演化而来的，它孕育于道教猿猴故事的凝聚、发展于佛道二教思想的争雄、定型于个性解放思潮的崛起，是个标准的"国产猴"，此说并不是没有道理。此其四。

质之方家，以为何如？

三、从无名天将到卷帘大将

无论深沙神，还是沙和尚，都不是一般的妖魔，都是被玉帝贬入下界的天将。

---

① 详见本编第九章《论〈西游记〉的创作本旨及其对传统思想的打破》，第四节。

《取经诗话》写深沙神，一则说他曾两度吃了取经人，宛然是个十足的恶魔，一则说他"一堕深沙五百春，浑家眷属受灾殃。金桥手托从师过，乞荐幽神化却身"。"一堕"云云则又分明说他是个获罪被谪的天将。正是深沙神的这一实际身份暗中规定了沙和尚的出身是似魔而实神这一本质方面。

然而，深沙神在堕入下界前究竟是哪员天将呢？或说书人在畅而演之时曾作交代亦未可知，但作品中却没有写。《西游记》杂剧呢？它对沙和尚的为妖为神交代得一清二楚：一则说他曾九度吃了一"发愿要去西天取经"的僧人，是个"血人为饮肝人食，不怕神明不怕天"的"水怪"，一则又明白无误地说他"非是妖怪，乃玉皇殿前卷帘大将军，带酒思凡，罚在此河，推沙受罪"。正因为这位卷帘大将被玉帝贬入下界为妖是由于他的"带酒思凡"，所以在成为唐僧的弟子以后犹"色情未泯"，以至路经"女人国"时还曾偷偷与宫女鸾颠凤倒。凡此，与元人取经故事中的说法当必不相背。

那么，世本《西游记》又是怎么交代沙和尚的来历的呢？

> 我不是妖邪，我是灵霄殿下侍銮舆的卷帘大将。只因在蟠桃会上，失手打碎了玻璃盏，玉帝把我打了八百，贬下界来，变得这般模样。又教七日一次，将飞剑来穿我胸胁百余下方回，故此这般苦恼。没奈何，饥寒难忍，三二日间，出波涛寻一个行人食用；不期今日无知，冲撞了大慈菩萨。

俞樾《茶香室三钞》卷十九云："国朝段松苓《益都金石记》，唐东岳庙《尊胜经幢》载诸神名，有南门卷帘将军。然则《西游记》衍义，有卷帘大将之名，亦非无本也。"需要予以补说的是：随着深沙神之演化为沙和尚，其前身亦由无名天将演化为卷帘大将，实事有必然。何以见得？还需从《三藏法师传》中的人物配备说起。

《三藏法师传》写玄奘西行，从玉门到伊吾，他是个杖策孤征的苦行僧。从伊吾向西，他是名闻遐迩的访问学者，再不是孑身一人了，仅高昌王麴文泰就曾为他"度沙弥以充给侍"。

《取经诗话》写唐僧西行，"行程遇猴行者处第二"云："僧行六人，当日起行。法师语曰：'今往西天，程途百万，各人谨慎。'小师应诺。"又云："僧行七人，次日同行，左右伏事。猴行者乃留诗曰：'百万程途向那边，今日佐助大师前。一心祝愿逢真教，同往西天鸡足山。'""僧行六人"，是始离长安时的人数；"僧行七人"，是猴行者加入取经队伍后的人数。所以，其后各则，皆云"僧行七人"，可谓完全合辙。比如，第三则，云："良久之间，才始开眼，僧行七人都在北方大梵天王宫了。"第四则，云："大小蛇儿见法师七人前来，其蛇尽皆避路，闭目低头。"第五则，云："早起，七人约行十里。"第六则，云："当下火灭，七人便过此坳。"第八则，云："师行七人，便从金桥上过过了。"第九则，云："僧行七人，深谢国王恩念，多感再三。"第十五则，云："法师七人，焚香望鸡足山祷告，齐声恸哭。"第十六则，云："僧行七人，密记于心。"最后一则，云："七人上舡，望正西乘空上仙去也。"我们知道，猴行者的职守主要是充当向导，其次才是降妖伏怪。那么，长安随来的五个"小师"，其主要职守又是什么？"过狮子林及树人国第五"说得明明白白："买菜做饭"，亦"给侍"僧而已。

这里，"僧行七人"只有一个充当向导的猴行者是神魔，说明玄奘取经历史故事的神魔化还处于初始阶段。随着这种神魔化的日益加深，当首先会演化出一个神魔来充当唐僧的给侍以替代五个"小师"。这个神魔，就是被贬入尘间的卷帘大将沙和尚，而不是天蓬元帅猪八戒。何以知之？

从人物的主要职守来说，卷帘大将既以灵霄殿下侍銮舆为其主要职守，不言而喻，当是玉帝的侍臣。那么，作为取经队伍中的一员，沙和尚的主要职守又是什么呢？《西游记》杂剧没有说，体现得一清二楚的是元人取经瓷枕。枕上依次绘着手执生金棍的孙悟空、肩扛九齿钉耙的朱八戒、骑马扬鞭的唐三藏、高擎伞杖的沙和尚，正励志西行。由此可见，孙悟空是开路先锋，朱八戒是唐僧的前卫、孙悟空的主要助手，沙和尚是唐僧的后卫，并照顾唐僧的起居。再看世本《西游记》是怎么写的：孙悟空因一路"炼魔降怪有功"，正果"斗战胜佛"；猪八戒因"口壮身慵"而一路"挑担有功"，正果"净坛使者"；沙和尚因一路"保护圣僧，登山牵马有功"，正果"金身罗汉"。问题很清楚，玉帝的侍臣卷帘大将之成为唐僧的贴身侍卫沙和尚，是有原因的，其契合点是"侍銮舆"和"擎伞牵马"职守上的相若，因而人们于联想中也就将他们挂上了钩。

从形象的实际由来来说。那深沙神的故事在《取经诗话》中虽见于第八节，却前有伏线，后有关照。比如，第二则写猴行者对三藏法师说："和尚生前两回去取经，中途遭难；此回若去，千死万死。"第八则写三藏法师吟诗曰："两度曾遭汝吃来，更将枯骨问元才。而今赦汝残生去，东土专心次第排。"便是如此。比如，第八则写猴行者吟诗曰："谢汝回心意不偏，金桥银线步平安。回归东土修功德，荐拔深沙向佛前。"第十七则写三藏法师启奏唐太宗云："取经历尽魔难，只为东土众生。所有深沙神，蒙佗恩力，且为还恩寺中追拔。"唐太宗允奏曰："法师委付，可塑于七身佛前护殿。"也是如此。这么一个在全书情节结构中起了重要作用的人物形象，自会在后来以取经故事为题材的作品中占有一席地位，而三藏法师的给侍又有待于神魔化，于是那曾在流沙河九度吃了取经人、剃度后又成为三藏法师贴身侍卫的沙和尚也就呼之欲出了。假若发现一部宋元取经作品，里面三藏法师的弟子，只有充当向导的猴行者和充当给侍的沙和尚，那我将一点也不感到奇怪，因为这种取经人形象体系的内部构成，正是《取经诗话》中取经人形象体系的内部构成之合乎逻辑的发展。

要注意的倒是堂堂卷帘大将何以被玉帝贬入下界为妖吃人。《西游记》杂剧说他是由于"带酒思凡"，所以玉帝罚他在沙河"推沙受罪"，他的吃人是出于还"愿心"。世本《西游记》说他是由于"在蟠桃会上，失手打碎了玻璃盏"，所以玉帝将他贬至流沙河，又教七日一次用飞剑去穿他胸胁百余下，他的吃人是出于"没奈何，饥寒难忍"。这一变易虽则很微小，但，一个是在歌颂玉帝的圣明，批判卷帘大将的魔性发作；一个是在讥刺玉帝的不仁，同情卷帘大将的遭际，其思想内涵上的差别真是不啻霄壤！

四、从唐僧二弟子到唐僧三弟子

宋元取经故事的沙和尚本是唐僧的二弟子，演化为唐僧的三弟子已是明代人的作品。这是个历来不为专家学者注意的问题。

其实，道理很简单：一个圣僧，一个充当向导的猴行者，一个充当给侍的沙和尚，标志着取经队伍的神魔化的完成，形成了取经队伍的基本构架。所以，紧接猴行者加入取经队伍的，当是沙和尚，而绝不会是猪八戒。纵然猪八戒与沙和尚是同时加入取经队伍的，一个是由其他故事演化来的，一个是从取经故事演变出的，也由于中国人的"疏不间亲"而在位份上使沙和尚成为唐僧的二弟子。

这不是我的好推论，是有史料可证的。《朴通事谚解》云：

其后唐太宗敕玄奘法师往西天取经，路经此山，见此猴精压在石缝，去其佛押出之，以为徒弟，赐法名吾空，改号为孙行者，与沙和尚及黑猪精朱八戒偕往，在路降妖去怪，救师脱难，皆是孙行者神通之力也。

"与沙和尚及黑猪精朱八戒偕往"：座次排得多清楚！那么，这会不会是一时的疏忽呢？不会。因为《西游记》杂剧中的唐僧二弟子也是沙和尚。这可以从两方面看问题。一方面，该剧凡六本二十四出，写唐僧收孙悟空为弟子在第十出，写唐僧收沙和尚为弟子是在第十一出，写唐僧收猪八戒为弟子是在第十六出：这已足以说明沙和尚是唐僧的二弟子。另一方面，写唐僧取得真经，将返东土时云："咦！绝怜孙悟空，神通真个有，东土中脱却轮回，西天路翻个筋斗。念沙和尚，有像作无像，喉中三寸元阳，胸中一点灵光。好个猪八戒，神通世间大，已得除新害，既有成必有败，阴阳剥始消除快，有心我你不能安，无念大家得自在。"——这又足以说明唐僧的二弟子是沙和尚。还有一证，就是：北婴在《曲海总目提要补编》中定为"元无名氏作"的《北西游》一剧，与《西游记》杂剧的故事情节相比，虽既有孙悟空占"花果山水帘洞"与"花果山紫云罗洞"之异，又有孙悟空于秋夜摄走"金鼎国王之女"做压寨夫人与"入地府取金鼎国母为妻"的不同，但叙唐僧先收孙悟空，再收沙和尚，最后收猪八戒则一。既然如此，难道还不能定谳吗？

不过，有一点需要注意，就是《西游记》杂剧第十七出"女王逼配"，其中的一处宾白作"诸女做捉翻孙猪沙发科"。第二十二出"参佛取经"，其中也有一处宾白作"孙猪沙弟子三个，乃非人类，不可再回东土，先着三个正果"。该剧虽成书于元末明初，比世本《西游记》早一百多年，却刻印于万历甲寅岁，比世本《西游记》晚十二年。刻印时经弥伽弟子"苦心雠校"。因而究竟是由于元末明初乃沙和尚由唐僧的二弟子演化为三弟子的转变期而出现了此差异呢，还是弥伽弟子在"苦心雠校"时由于蒙受当时的沙和尚已演化为唐僧的三弟子的影响而出现了此差错？因无足够材料可作旁证，目前还难作出科学的论断，我个人以为前者的可能性比较大些。

但是，可以肯定，把沙和尚写成唐僧的三弟子，这决不是始于世本《西游记》，早在无名氏《清源妙道显圣真君一了真人护国祐民忠孝二郎宝卷》中就是如此了。该宝卷写的虽是二郎神的故事，却经常说及唐三藏西天取经。特别是"行者翻身品第十四"，其《乐道歌》云：

> 老唐僧，去取经，丹墀领旨拜主公。谢圣主，出朝门，前行来到一山中。收行者，做先行，逢山开路无人阻，遇水叠桥鬼怪惊。老祖一见心欢喜，高叫徒弟孙悟空。望前走，有妖精，师徒俩，各用心，又收八戒猪悟能，两家山，遇白龙，流沙河里收沙僧。望前走，奔雷音，连人带马五众僧。唐僧随着意马走，心猿就是孙悟空。猪八戒，精气神，沙僧血脉遍身通。师徒们，不消停，竟奔雷音取真经。见活佛，拜世尊，开宝藏，悟心空，三华聚顶五气生……
>
> 老唐僧，为譬语，不离身体。
>
> 孙行者，他就是，七孔之心。
>
> 猪八戒，精气神，养住不动。
>
> 白龙马，意不走，锁住无能。
>
> 沙僧譬，血脉转，浑身运动。
>
> 人人有，五个人，遍体通行。

这里，辗转相陈，孙悟空、猪八戒、沙和尚次第不变。足见，沙和尚已成为唐僧的三弟子。《清源妙道显圣真君一了真人护国祐民忠孝二郎宝卷》刊于嘉靖四十一年壬戌，比世本《西游记》早三十年。

然而，同样可以肯定的是，沙和尚作为唐僧二弟子的诸多特点，这在世本《西游记》中已成为唐僧三弟子的沙和尚身上依然存在，只是专家学者谁也没有去注意而已。比如，孙悟空的主要职守是充当开路先锋，沙和尚的主要职守是充当唐僧的贴身侍卫，而猪八戒的职守则介乎二者之间，假若必须辞退一个，该是谁呢？当是猪八戒！比如，正如猪八戒自己所说："三人出外，小的儿苦。"远路没轻担，照理，行李应由唐僧的三弟子去挑，可一路摩肩压担的却是猪八戒，沙和尚只是帮换一肩而已。比如，四人正果西天时，唐僧加封为旃檀功德佛，孙悟空加封为斗战胜佛，猪八戒加封为净坛使者，沙和尚加封为金身罗汉。罗汉乃上座部佛教（小乘）所理想的最高果位，其义有三，一曰断除贪、嗔、痴等烦恼，二曰应受人天供奉，三曰不受生死轮回。其品位之尊，净坛使者焉能与之并驾！这就难怪他老猪要闹情绪了。

问题是，沙和尚又为什么会由唐僧的二弟子演化为唐僧的三弟子呢？我认为主要有三个原因：

一是，一种根深蒂固的五行观念，决定了人们不只将取经故事中的深沙神演化为沙和尚，而且还将一个黑猪精引入取经故事演化为猪八戒。一个是从其他黑猪精故事引进的，所以形象本来就比较鲜活。一个是从取经故事自身孕育出的，所以形象也就比较苍白。[1]

二是，孙悟空作为猴精，猪八戒作为猪精，其形态，其性情，都完全相反，一个瘦小、机敏，一个粗胖、笨拙，用不着怎么驰骋想象，

---

[1]　详见本编第六章《论猪八戒形象的演化》，第三节。

便可将他们处理为天造地设的搭档。《云麓漫钞》云：“杂扮或曰杂班，又名经兀子，又谓之拔和，即杂剧之后散段也。顷在汴京时，村落野夫，罕得入城，遂撰此端，多是装为山东河北叟以资笑端。”孙悟空和猪八戒之间关系的演化，一旦蒙受这种市民对农民的捉弄以及农民对市民的反捉弄之结对子形式的影响，那么，岂但作为唐僧给侍的沙和尚，就是唐僧本人也只好俯首低吟“芙蓉生在秋江上，不向东风怨未开”了。

三是，随着取经故事之日益演化为孙悟空的个人英雄传奇，猪八戒作为孙悟空扫妖灭怪的主要助手，其表演机会也就越来越多，其在取经人中的地位也就越来越上升，而沙和尚作为唐僧的给侍，其表演机会则越来越少，其在取经人中的地位则越来越低。

由此可见，随着取经故事的演化，沙和尚日益由唐僧的二弟子演化为唐僧的三弟子，这是必然的，不是以任何人的个人意志为转移的。世本《西游记》的作者着重从这个取经小家族的人际关系中去描写沙和尚，实在是别开生面；而这一别开生面，在我国长篇小说发展史上，却开了《金瓶梅》和《红楼梦》从日常人际关系中去塑造人物形象的先河，其功是不在禹下的。

请不要以为考察元人取经故事中的沙和尚究竟是唐僧的几弟子，是件没有意义的工作。研讨一些以取经故事为题材的作品之成书年代，便不可不注意这一问题。比如，陈新《重评朱鼎臣〈唐三藏西游释厄传〉的地位和价值》①，认为杨致和《西游记》“成书于明代前”。可在这部作品中，沙和尚却是唐僧的三弟子，其写唐僧收弟子的经过，也依次是孙悟空、猪八戒、沙和尚。而这，便是它不可能早于《西游记》杂剧，只能是明人作品的硬证。更何况，该书的故事梗概、情节次第及妖精名

---

① 载《江海学刊》1983 年第 1 期。

目，几全同于世本《西游记》，元人决不可能有取经作品如此。

五、一个品位不高的循吏的典型

世本《西游记》中的沙和尚，昔日玉帝的侍臣，成了唐僧的贴身侍卫。这一职守是心高气傲的孙悟空所不屑干，憨直愚笨的猪八戒所干不了的，只有沙和尚其人堪称材得其用。

首先，他是个惟法是求的苦行僧。

请不要忘记，世本《西游记》写唐僧西行求法，事关"法轮回转，皇图永固"：象征着一项了不起的事业。

一遇重大的困难，猪八戒就嚷嚷，叫沙和尚回流沙河，照旧吃人度日，他仍回高老庄，"回炉做女婿"。孙悟空实际上也不是没有回花果山的念头，用他自己的话来说，就是：只因头上戴着紧箍，"恐本洞小妖见笑，笑我出乎尔反乎尔，不是个大丈夫之器"，所以才没有回水帘洞，"称王道寡，耍子儿去"。唐僧虽无半途而废之念，但亦常作乡关之思，且行程日益远，感伤情绪日益甚。这种心为法缘所绾，实乃六根未净的反映。既无散伙之念，又无乡关之思，心不旁骛，笃而行之，宁静淡泊，矢志西行求法者，惟沙僧一人而已。

孙悟空一路炼魔降怪，图名不图利。猪八戒一路所作所为，图利不图名。纵然是圣僧唐三藏，其所以矢志西行，用他自己的话来说：亦"大抵是受王恩宠，不得不尽忠以报国耳"。这种心为名利所牵，亦乃六根未除的反映。既不为名，又不为利，心无二念，忠于厥职，淡泊宁静，但求正果西天者，亦沙僧一人而已。

孙悟空是由于大闹天宫而被如来压在五行山下的，但西行路上的他却依然保持着昔日的那种"老孙派头"，甚至只要谈起当年的大闹天宫，便总是那么神采飞扬，骄傲自得不已，猪八戒本堂堂天蓬元帅，只因蟠桃会上酗酒戏了嫦娥被玉帝贬下凡尘托生猪腹，可他虽入沙门，"保圣僧在路，却又有顽心，色情未泯"，甚至一见嫦娥，便情不自禁地抱住道："姐姐，我与你是旧相识，我和你耍子儿去也。"圣僧唐三藏呢？"灵通本讳号金禅：只为无心听佛讲，转托尘凡苦受磨，降生世俗遭罗网。"然而，他的乡关之思和感伤情调，恍若他的矢志西行全然是在为造福生灵、造福社稷而作出努力和自我牺牲似的。凡此，说明他们的西行求法，其行动的本身虽有自我"赎罪"的一面，可思想上的自我赎罪感却微乎其微。沙和尚则不然：

> 师兄，你都说的是那里话！我等因为前生有罪，感蒙观世音菩萨劝化，与我们摩顶受戒，改换法名，皈依佛果，情愿保护唐僧上西方拜佛求经，将功折罪，今日到此，一旦俱休，说出这等各寻头路的话来，可不违了菩萨的善果，坏了自己的德行，惹人耻笑，说我们有始无终也！

只有虔诚至极的宗教徒，才会有如此浓烈的赎罪意识，而正是这种赎罪意识（实即道德上的自我完善）使他泰然自若地直面九九八十一难。

其次，他是个惟师是尊的苦行僧。

孙悟空好以除恶作为行善，所以遇妖怪就打，见草寇也杀，而把唐僧的教诲"千日行善，善犹不足；一日行恶，恶自有余"当作耳边风。猪八戒好卖弄威风，显显能耐，所以一见小妖举耙就筑，也不讲什么慈悲不慈悲。沙和尚却不然，他自秉沙门，从不肯轻易杀生。书中只正面写他杀死过一个妖魔，那就是花果山变成他模样的猴精。甚至还曾写他为如意真仙求情，望着孙悟空喊道："饶他罢！饶他罢！"足见，他在思想上虽不反对孙悟空的以除恶作为行善，但在行为上却不敢有忘佛门教义以及唐僧的教诲，因而不到怒火中烧时决不去一开"杀戒"，"打退群妖"也就算了，尽管他的武艺乃猪八戒之亚匹。

正因为孙悟空好以除恶作为行善，乃至成为他的立身之道，而唐僧却"直迷了一片善缘，更不察皂白之苦！"所以唐僧曾以"凶恶太甚"为由而两次怒逐孙悟空。沙和尚都一旁站着，缄口不言。论原因，显然有三：

一是，认为"尸魔"纵然是妖怪，驱之即可矣！草寇虽是不良，"到底是个人身"，更不该打死。孙悟空又心高气傲过甚，说话口气欠当，因而"亦有嫉妒之意"。

二是，只知"兄若不得唐僧去，那个佛祖肯传经与你！"还认识不到"那长老得性命全亏孙大圣，取真经只靠美猴精"。

三是，深知唐僧不只好刚愎自用，而且"耳根罢软"，正在盛怒之下，猪八戒又在一旁煽风点火，审时度势，说亦无用，也轮不到自己多嘴插舌，不如装愚守拙，明哲保身。因而，甚至唐僧叫他从包袱内取出纸笔写"贬书"，他亦默默地照办不误。

凡此，不只反映了他的平凡而"面弱"，也反映了他的明智而沉稳；不只反映了他的思虑虽周而对孙悟空还缺乏真正认识，也反映了他的"惟师是尊"乃他的"惟法是求"之另一种表现形式。

然而，"嫉妒"作为一种意识，是人性的弱点，灵魂的蠹虫，芸芸众生几人能免之？面对孙悟空的天马行空，沙和尚虽曾"亦有嫉妒之意"，却能迅即自我克服，因而不仅始终没有去干扰孙悟空的建功立业，反倒处处全力助成，这就使他不失为是个正派的人、高尚的人、有益于取经群体的人。

再次，他是个惟和是贵的人。

　　取经人中最了解也最能体贴唐僧的，是沙和尚。他知唐僧好刚愎自用，拗是拗他不过的，便来个顺其自然，恭敬不如从命。这一点，第七十二回有集中描写。正值春光明媚，前面是小桥、流水、人家。唐僧道："平日间一望无边无际，你们没远没近地去化斋，今日人家逼近，可以叫应，也让我去化一个来。"不言而喻，这是唐僧的豪兴，且情出于一种父辈对子辈的慈爱和慰抚。可孙悟空却不同意，说："你要吃斋，我自去化。俗语云：'一日为师，终身为父。'岂有为弟子者高坐，教师父去化斋之理！"猪八戒也不赞成，说："古书云：'有事弟子服其劳。'等我老猪去。"惟沙和尚在旁笑道："师兄，不必多讲。师父的心性如此，不必违拗。若恼了他，就化将斋来，他也不吃。"一个是"有心栽花花不发"，一个是"无意插柳柳成荫"。三人跟随唐僧十四年，行程十万八千里，好我行我素的孙悟空固然常被咒念紧箍，喜卖乖弄巧的猪八戒也常遭厉颜斥责，惟默而侍之的沙和尚却始终未落一訾辞，其深层原因恐怕亦在于此吧！

　　取经人中最尊重也最爱护孙悟空的，也是沙和尚。他对孙悟空和唐僧之间的矛盾是一清二楚的。尽管他的立身之道不同于孙悟空，并不完全赞成孙悟空的除恶务尽，但他知道孙悟空的横扫妖魔是为了保护唐僧与取得真经。所以，他不仅没有向唐僧进过半句诐言诐语以博得宠信，相反地，只要知其可为，便总是苦谏唐僧不要咒念紧箍。比如，路过号山，红孩儿两次变作红云，想捉唐僧。孙悟空一会将唐僧推下马，说是妖怪来了，一会又扶唐僧上马，说是过路妖怪。唐僧大怒，认为孙悟空在捉弄人，"恨恨的，要念《紧箍儿咒》"，就是多亏"沙僧苦劝"方罢。他对孙悟空和猪八戒之间的纠葛，从不介入，只在必要时调解调解。也和孙悟空、猪八戒开点玩笑，但从未伤和气。不像孙悟空那样动辄使促狭叫"呆子"出洋相，也不像猪八戒那样把"撺掇师父念《紧箍儿咒》"当作"耍子"，以致弄得彼此"有些不睦"。他对孙悟空的智慧和神勇膺服不已，但对孙悟空的"暴躁"也常施之以柔克刚。比如，"镇海寺心猿知怪"，孙悟空中了地涌夫人的分身计，回来不见了唐僧，竟将一腔怒火发到猪八戒与沙和尚身上：

> 也不管好歹，捞起棍来一片打，连声叫道："打死你们！打死你们！"那呆子慌得走也没路；沙僧却是个灵山大将，见得事多，就软款温柔，近前跪下道："兄长，我知道了。想你要打杀我两个，也不去救师父，径自回家去哩。"行者道："我打杀你两个，我自去救他！"沙僧笑道："兄长说那里话！无我两个，真是'单丝不线，孤掌难鸣。'兄啊，这行囊、马匹，谁与看顾？宁学管鲍分金，休仿孙庞斗智。自古道：'打虎还得亲兄弟，上阵须教父子兵。'望兄长且饶打，待天明和你同心戮力，寻师去也。"

一席话说得孙悟空心悦诚服。这哪里是"情求"，分明是"理喻"！句句说在点子上，而且又是那么有理、有利、有节。好一个柔中有刚、言必中的的沙和尚！

取经人中最理解也最能体谅猪八戒的，还是沙和尚。他知道："远路没轻担"，挑担是很辛苦的。因而唐僧教他挑一肩，他固然挑一肩；猪八戒让他挑一肩，他也愉快地接过担子。这就从行动上团结了好耍小心眼的猪八戒。他对猪八戒的动辄闹"散伙"压根儿是不赞成的，却不像孙悟空那样一听就恼火，开口便骂，举棒想打，以致加深兄弟间的不睦。他总是抓住猪八戒愚笨呆直而又自尊心很强这一特点，把自己也摆进去，予以软款温存地劝说：

　　二哥，你和我一般，拙口钝腮，不要惹大哥热擦。且自换肩
磨担，终须有日成功也。

孙悟空听了固然感到舒服，猪八戒听了也比较容易接受，从而消弭了可能引起的纠葛。

世界上的事最复杂的当莫过于人际关系，凡有人群的地方就有矛盾，所谓"团结就是力量"者，盖亦极言实现团结之难也。要想到达西天取回真经，没有一个取经人的内部团结是不行的，这一团结工作，猪八戒没有去做，孙悟空没有去做，唐僧也没有去做，沙和尚在默默侍候唐僧的同时却默默地做了，真是功莫大焉！

"一人有福，带挈一屋"，这是沙和尚在朱紫国合药时所说的一句话。真乃甘居人下而胸有全局之人也！

最后，他还是惟正是尚的苦行僧。

"正"，是具体的，不是抽象的。世本《西游记》中，其具体标准是：行止是否有益于取经事业，以及是否符合公理和传统美德。

诚然，面对唐僧和孙悟空的冲突，沙和尚一般都是惟尊是从。然而，其所以如此，那是由于他认为："兄若不得唐僧去，那个佛祖肯传经与你！却不是空劳一场神思也？"更何况，只要知其可为，他必竭力苦谏唐僧不要咒念紧箍。所以，他的这种惟尊是从，不可谓之不正，而正见其胸有大局。

诚然，面对孙悟空和猪八戒的纠葛，沙和尚一般也是惟尊是从。然而，其所以如此，那是由于他认为：要到西天，"只管跟大哥走，只把功夫捱他，终须有个到之日"，更何况，猪八戒与孙悟空的有些不睦，理又往往都在孙悟空这一边。所以，他的这种惟尊是从，也不可谓之不正，而正见其绝不平庸。

论者都认为世本《西游记》两次写唐僧逐走孙悟空，是在写唐僧，是在写孙悟空，是在写猪八戒，结合后面的情节看问题，是在写没有孙悟空，取经人寸步难行。这无疑是正确的，然而只是浅层次上的问题。实际上这是种神来之笔，其真正用意，是腾出笔来集中写沙和尚与猪八戒的品格。一是以写猪八戒为主，一是以写沙和尚为主。何以言之？还是让我们来看事实吧：

"圣僧恨逐美猴王"，引出的是"黑松林三藏逢魔"以及捎书宝象国；引出的是沙和尚降妖被捉以及"猪八戒义激猴王"。黄袍老妖将沙和尚擒入波月洞，咄的一声道："沙和尚！你俩个辄敢擅打上我们门来，可是这女子有书到他那国，国王教你们来的？"捆在地上的沙和尚，见妖精凶恶之甚，把公主掼倒在地，持刀要杀。心想：

> 分明是他有书去。——救了我师父。此是莫大之恩。我若一口说出，他就把公主杀了，此却不是恩将仇报？罢！罢！罢！想老沙跟我师父一场，也没寸功报效；今日已此被缚，就将此性命与师父报了恩罢。

遂编了一套谎，并喝道："此情是实，何尝有甚书信？你要杀就杀了我老沙，不可枉害平人，大亏天理！"直到孙悟空打到洞口，百花羞来给他解绑时，他还说："公主，你莫解我：恐你那怪来家，问你要人，带累你受气。"没想到吧？平素"囊突突"的沙和尚，如此壮怀激烈，真有一种侠义精神！

"道昧放心猿"，引出的是假孙悟空将唐僧打昏在地，抢去两个青毡包袱；引出的是沙和尚去花果山讨行李，打死变成自己模样的猴精，冲出重围去南海告请观音菩萨：

拜罢，抬头正欲告诉前事，忽见孙行者站在旁边，等不得说话，就掣降妖杖望行者劈脸便打。这行者更不回手，彻身躲过。沙僧口里乱骂道："我把你个犯十恶造反的泼猴！你又来影瞒菩萨哩！"

观音让孙悟空跟沙和尚同去水帘洞辨个真假，二人纵起两道祥光，离了南海：

原来行者筋斗云快，沙和尚仙云觉迟，行者就要先行。沙僧扯住道："大哥不必这等藏头露尾，先去安根。待小弟与你一同走。"大圣本是良心，沙僧却有疑意。真个二人同驾云而去。

想到吗？平素"面弱"和"惟尊是从"的沙和尚其义愤填膺和铁面无私如此，真有一种大义灭亲精神。

由此可见，以唐僧的固执、孙悟空的好胜、猪八戒的愚拙，其所以皆能听进沙和尚的劝告，当不只由于他说话公道，更由于他立身极正，实在是唐僧的好"副官"。

假若把神学问题化为世俗问题，那么，则不难看出，沙和尚当是个品位不高的循吏的典型。这就难怪作者要将其写成被贬入尘寰而却未经转胎的卷帘大将了，盖亦有以讥刺玉帝即人间最高统治者常因小过而黜人才也。

实际上，世本《西游记》乃是部借神魔以写人间的作品。"三年清知府，十万雪花银"，还算是清官呢！没有一点苦行僧精神是当不了循吏的，更当不了品位不高的循吏！

作"清官"尚易，为"廉吏"尤难。

六、简短的结论

写到这，该刹住了，我的总结论是：

宋元以来取经故事中的沙和尚，其出身是由沙漠恶煞演化为弱水水怪，其前身是由无名天将演化为卷帘大将，其地位是由唐僧的二弟子演化为唐僧的三弟子。但不论怎么演化，都依然可以看出他作为唐僧的给侍和二弟子的原型。

世本《西游记》中的沙和尚，其立身也，惟法是求，惟师是尊，惟和是贵，惟正是尚；其为人也，罕言寡语而思虑周密，处事审慎而外圆内方，宁静淡泊而坚韧不拔，无贪无嗔无烦恼而有爱有憎有原则，甘居卑位而胸怀大局。盖因其在书中五行属土，作者便有意以土喻之，不只谓其是个"晦气色脸的和尚"，还将其性情写成像土一样的中和，像地气一样的吐温，而执着于默默中作出奉献，使之不只以自己的智慧和才干全力地卫护着唐僧西行求法，还以自己的一片丹心维系着取经群体的内部团结，成为这一取经群体的另一种精神脊梁而与横扫妖魔的孙悟空相匹。但就其思想性格的总体特点来说，当属品位不高的循吏的典型，故作者不只爱之，亦且敬之，通书几未下一谴辞者惟对斯人一人而已。

第八章　论《西游记》思想和写法上的
总体特点与文化特征

一、宗教光环下的尘俗治平求索

一个问题值得研究，那就是：宋元取经故事是弘扬佛法的作品，它有无非宗教意识？世本《西游记》由宋元取经故事演化而来，它又是怎么成为借神魔以写人间的千古名著的？

我的粗略看法是：宋元取经故事演化为世本《西游记》的过程，就是其潜在的非宗教意识不断发展为世俗的情感哲学和济世之道、显性的弘扬佛法的思想不断蜕变为一抹宗教光环的过程。正是这一二律背反，形成了世本《西游记》思想和写法上的总体特点与文化特征。即：宗教光环下的尘俗治平求索。

兹不揣谫陋，就朝圣宗旨、负债意识、公义观念等问题，将世本《西游记》与宋元取经故事以及《大慈恩寺三藏法师传》作一比较研究，聊予论证，以就正于方家。

二、朝圣宗旨与价值观念的蜕化

朝圣乃天主教术语，佛教术语叫朝山，都指教徒们到圣地朝拜。或为求福、赎罪，或为感恩还愿，或为死后灵魂进入天国。因为基督教和伊斯兰教属一神教，承认有至高无上的神，所以其教徒们分别把传说中的耶稣被钉死地耶路撒冷和穆罕默德的诞生地麦加奉为圣地。因为佛教属多神教，否认有至高无上的神，而在中国佛教又属于"舶来品"，所以旧时中国人心目中的佛教圣地，其可望而不可即者是西天佛国，其可望而可即者是名山古刹。这种民俗性的宗教心理和朝山活动，对宋元以来取经故事的影响是不容忽视的。

首先，就西游性质说，它使玄奘的访学佛国演化为唐僧的朝圣灵山。

《大慈恩寺三藏法师传》叙玄奘西行求法，一路只要遇到有修养的高僧，不论其所宗是大乘还是小乘，甚至婆罗门外道，莫不虚心请益；一路只要听说有圣迹，纵然路荒道险，又多盗贼，去者稀疏，亦莫不前往朝拜，甚至"自誓若不见世尊影，终不移此地"。要之，访学中有朝圣，朝圣中有访学，而主要是访学天竺，这便是玄奘在印度度过的十四五个寒暑。

宋元取经故事却删去了玄奘访学天竺的情节，将"取经烦猴行者"写成"百万程途向那边，今天佐助大师前。一心祝愿逢真教，同往西天鸡足山"。这就把唐僧取得真经而归说成朝圣雷音的结果。论原因，一则当由于佛教徒欲渲染玄奘西行求法的神圣，二则当由于民众普遍认为佛教的至高圣地是如来真身所在的灵山。凡此，也就暗中规定了世本《西游记》中唐僧西行的性质以及作品情节的基本构架。

其次，就朝圣宗旨说，它使玄奘的为探求瑜伽之教真义，统一异说，演化为唐僧的欲使"法轮回转，皇图永固"。

诚然，玄奘西游天竺，也可称之为朝圣佛国。问题的关键在于此行的宗旨是什么？这一点，《大慈恩寺三藏法师传》回答得一清二楚：

> 法师既遍谒众师，备餐其说，详考其义，各擅宗途，验之圣

典，亦隐显有异，莫知适从，乃誓游西方以问所惑，并取《十七
地论》以释众疑，即今之《瑜伽师地论》也。

这就是说，玄奘所以"决志出一生之域，投身入万死之地"，一路礼拜
圣迹，一路访师求道，目的只有一个，就是要到《瑜伽师地论》的策
源地天竺去探求其真义；"归还翻译，使有缘之徒同得闻见"，以统一异
说。这后一点尤为重要。惟其如此，所以返归东土后，唐太宗以其学业
赅赡，仪韵淹深，曾两次逼劝归俗，共谋朝政，而他皆辞以"玄宗是习，
孔教未闻"，最后以他对佛经的翻译成为划时代的佛学大师。

　　然而，到了宋元取经故事与世本《西游记》里，三藏法师西行求法
的目的，再也不是为统一异说而探求瑜伽之教真义了，是什么呢？

　　《取经诗话》说是为了普度众生，脱却苦海："法师今日上天宫，足
衬莲花步步通。满国福田大利益，免教东土堕尘笼。"

　　《西游记》杂剧说是为了国祚久永，人寿年丰："祝皇图永固宁，拜
如来愿长生，保护得万里江山常太平，普天下田畴倍增，民乐业息刀
兵。"

　　说得最明确的，还是世本《西游记》中的唐僧自己："这一去，定
要到西天，见佛求经，使我们法轮回转，愿圣主皇图永固。"难怪，"众
僧闻得此言，人人称羡，个个宣扬，都叫一声'忠心赤胆大阐法师！'"

　　然而，这种将玄奘求法天竺的哲学的宗教目的论演化为唐僧朝圣
灵山的民俗的宗教目的论，却正反映了这位圣僧是如何身不由己地日益
步出禅关而错把孔陵作灵山朝拜。因为，"愿圣主皇图永固"一旦成为
他朝圣灵山拜佛求经的主要宗旨，也就使他的价值观念由释门的出世而
蜕化为儒门的入世。

　　最后，就君父观念说，它使"抗旨"私往天竺求法的玄奘，演化为

一变而成"奉旨"、再变而成"请旨"朝圣雷音求取真经的唐僧。

《大慈恩寺三藏法师传》记玄奘西行时，因"国政尚新，疆场未远，禁约百姓不许出蕃"。玄奘"结侣陈表，有诏不许"，遂"冒越宪章，私往天竺"。

宋元取经故事将玄奘的这种"抗旨"改为"奉旨"。《取经诗话》第一则虽缺，但第二则云："僧行六人，当日起行。法师语曰：'今往西天，程途百万，各人谨慎。'小师应诺。"假若不是"奉旨"西行，其起程时又怎能有五个给侍僧作随从！《西游记》杂剧呢？一则说洪州太守虞世南奉观音法旨荐唐僧于朝；二则说唐僧"奉敕西行别九天，袈裟犹带御炉烟"；三则说唐太宗下旨，着百官有司都至霸桥为唐僧饯行，城乡黎民也都赶来相送。这就使一个私往天竺的苦行僧演化为堂堂大唐朝圣使。

世本《西游记》则又将唐僧的这种"奉旨"改为"请旨"。其第十二回"玄奘秉诚建大会，观音显像化金蝉"，写唐太宗见了观音的"颂子"，当即问聚集在生化寺做道场的一千二百名高僧：

> "谁肯领朕旨意，上西天拜佛求经？"问不了，旁边闪过法师，帝前施礼道："贫僧不才，愿效犬马之劳，与陛下求取真经，祈保我王江山永固。"

其安身立命之处不脱君臣之纲如此，难怪唐太宗情愿与之拜为兄弟，并亲自为之择定起程吉日，亲自为之选定两个长行的从者，亲自赐以紫金钵盂、银骢马，亲自率文武百官送至关外，亲口赐以法号"三藏"，还将御指拾一撮尘土，弹入酒中道："日久年深，山遥路远，御弟可进此酒：宁恋本乡一捻土，莫爱他乡万两金。"真是"举手长劳劳，二情同依依"。由此可见，唐僧已不是一般的"上西天拜佛求经"的使节，几成唐太宗赴"天竺国大雷音寺"朝圣的替身了，可谓一人之下，万人之上！

要指出的是，这三种演化都不是以作者的个人意志为转移的。中国民间的宗教信仰以及伴之而来的朝山活动等等，并非由于笃信宗教哲理，而是旨在能逢凶化吉或得到一张进入天国的签证，这不能不影响唐僧西游佛国的性质，一也。忠君爱国是当时人们的基本思想，上报国家而下安黎庶被认为是品格的崇高，这不能不影响唐僧西行求法的宗旨，二也。君父观念是当时人们的基本观念，无君无父被认为是大逆不道，这不能不影响唐僧安身立命的哲学，三也。正是这种儒释道三教圆融而以儒学为主的文化心态和价值观念，暗中规定了取经故事演化的思想轨道而致有这三种嬗变。因而，玄奘的"冒越宪章，私往天竺"，虽符合佛教的原教旨，亦为时人所不敢称道！

然而，只看到这一点是不够的，需相应地看到作品的"曲终奏雅"，否则就不能算知道世本《西游记》的作者何以是位"跅弛滑稽之雄"。《取经诗话》写唐僧拜佛求经的场面，如来是那么神圣，竟至不对取经人一露"金身"，唐僧只能"炉蓺名香，地铺坐具，面向西竺鸡足山祷祝，求请法教"。《西游记》杂剧写唐僧拜佛求经的场面，如来虽"金身"一露，却又那么庄严，不只令唐僧唯唯，亦令孙悟空诺诺。世本《西游记》写唐僧拜佛求经的场面，如来不只默认阿傩、伽叶向取经人撮勒"人事"，还说什么"经不可轻传，亦不可以空取"，以至唐僧无奈只好以紫金钵盂换取"真经"。

这一朝圣场面的演化是值得注意的，其意义由严正而趋于滑稽，由教训而变为讥讽。这不是一般的玩世不恭。盖"你不可给我进贡，我可以给你作主"，这是"清官"；"你给我烧香，我给你保佑"，这是"神灵"。清官的形象更接近人们喻义而不喻利的理念，神灵的形象更贴近人们喻义而亦喻利的心灵。只因如来头上有灵光圈，所以使朝山进香者不感到他也在默默"索人事"。而今如来既被作者请下了神坛，当然也就使人看出他远不如清官那么崇高。这一曲终奏雅是别具匠心的，它使作品摆脱了弘扬佛法的故套，并动摇着人们对如来的崇敬。

既然如来亦有私，品格还不如清官崇高，则"我佛造经传极乐"，当然也就化为寓言。那么，能使"法轮回转，皇图永固"的真经究竟在何处呢？这才是读者所应认真思考的问题。

三、负债意识与感恩情结的易位

宗教普遍认为：此岸世界是苦海，彼岸世界是乐园，肉体是罪恶的渊薮，要想灵魂获得拯救，就需行善人间。但佛教与天主教等不同，它不执"原罪"说，而持"轮回"说，认为要看个体其前世与今世的"业"，即所作所为；因而不执"救赎"说，而持"救度"说。世本《西游记》在这一问题上呈现出自己鲜明的特点。

其一，它一面将唐僧由宋元取经故事中的生而多"善缘"演化为有罪孽，一面又将其弟子们由宋元取经故事中皈依佛门前的罪孽深重演化为其过甚微，二者相辅相成，从而使如来和玉帝头上的灵光圈失去了光泽。

《取经诗话》里的唐僧，是两次西行求法而中途遇难的高僧转世。《西游记》杂剧中的唐僧，是奉如来法旨托化于中国，"长大后出家为僧，往西天取经阐教"的金身罗汉毗卢伽尊者。可见这位三藏法师不只是个生而有"善缘"的人，并且这种"善缘"是随着形象的演化而似芝麻开花节节高的。世本《西游记》里的唐僧，其前身在西天佛国的品位则又"更上一层楼"，然而却成了个生而有罪的人——说他本是如来的二弟子金蝉子，"只为无心听佛讲"而"转托尘凡苦受磨"，罚以历尽九九八十一难，"自东土拜到灵山"见佛求经以赎前愆。但最后换取如来有字真经的，却是他的一只钦赐紫金钵盂！真可谓僧爱"经"，佛爱"金"。

《取经诗话》中的猴行者是个老猴精，为了长生不老而偷吃西王母十颗蟠桃犯下大罪。《西游记》杂剧又对这一写法作了长足发展，说这个老猴精不只曾"入天宫仙桃园偷蟠桃，又偷老君灵丹药"，还又贪女色，又好吃人肉，其罪孽之深重真是罄竹难书。可到了世本《西游记》里，孙悟空却成了孕天地之灵秀而生的天产石猴。其唯一的罪孽，就是如来说的"大闹天宫"。然而作品又是怎么写的呢？它写出玉帝不识贤才，让一个神通广大的盖世英雄去充当弼马温。它写出玉帝不会用人，让一个自幼在花果山吃桃子长大的美猴王去看守蟠桃园。它写出玉帝欺人太甚，既封我们的美猴王为齐天大圣，却又不请他去赴蟠桃会。既然作品已如此这般地把"大闹天宫"的根由归过于玉帝，那么，孙悟空又有几多罪责可言呢？而如来却以欺骗法子和甚深法力将他压在五行山下，并且一压就是五百多年，何其不公乃尔！

《西游记》杂剧说沙和尚本是"玉皇殿前卷帘大将军"，世本《西游记》继承了这一说法。不同之点在于写他何以被贬，又何以在流沙河为妖吃人的原因。《西游记》杂剧说他是因"带酒思凡"而被罚在沙河"推沙受罪"；其在沙河为妖时"血人为饮肝人食，不怕神明不怕天"，曾自云："我的愿心，只求得道的人，我吃一百个，诸神不能及。恰吃得九个，少我的多哩。"世本《西游记》说他"只因在蟠桃会上，失手打碎了玻璃盏"而被"玉帝打了八百，贬下界来"；其沦落流沙河时，玉帝又教七日一次，将飞剑来穿他胸胁百余下，"没奈何，饥寒难忍，三二日间，出波涛寻一个行人食用"。这一演化是根本性的演化，一个是在歌颂玉帝的严明，一个是在讥讽玉帝的不仁。既然如此，那么，沙和尚的这种"逼上梁山"，其自身又有几多罪责应负呢？说它是"乱由上作"，恐非曲辩之辞吧！

实际上猪八戒形象的演化又何尝不是如此呢？由《西游记》杂剧中的趁火打劫，强霸淑女裴海棠做押寨夫人的山大王，演化为世本《西游记》中的招赘高老庄，成为能吃苦耐劳而又情深义重的好丈夫，便可见其一斑。而将一个在蟠桃会上"带酒戏了嫦娥"的天蓬元帅贬入下界转胎成"身如畜类"，玉帝亦忍心人也！

玉帝既是个严礼法重等级假仁义而弃置人才的玉帝，与之同侪的如来又是个造"经"为换"金"的如来，则他们头上的灵光圈还有几多神圣可言呢？

其二，它一面说"此经回上国，能超鬼出群，若有肯去者，求正果金身"，并将取经人自身亦写成如来认为的有罪待赎之人；一面又以世俗性的感恩情结替代了宗教性的负债意识，从而作为取经人维护团结的精神纽带和矢志西行的主要内驱力，这是不见于宋元取经故事的，由此也就使他们的朝圣灵山拜佛求法成为时人的情感哲学和入世思想的深层反映。

照如来的看法，唐僧的前身金蝉子是作了孽的："因为汝不听说法，轻慢我之大教，故贬汝之真灵，转生东土。"按理，应写他的负债意识，特别当其为妖魔捉入洞中之时，可作者却不。"大抵是受王恩宠，不得不尽忠以报国耳"，几成了他的全部思想。他所以"发了弘誓大愿，不取真经，永堕沉沦地狱"，其深层原因亦在于此，以致形成了他一路乡关之思的情结。与其说他是因过被谪而求法自赎的如来真子，毋宁说他是勇于捐躯报国恩的唐室忠臣。

照如来的看法，孙悟空的大闹天宫，是罪不容诛的，将其压在五行山下乃"我佛慈悲"。该随笔点染他的负债心理了吧？可作者却不，反倒一再点染他所以历尽千魔万劫保唐僧在路，一则由于头戴紧箍："再回花果山水帘洞，恐本洞小妖见笑，笑我出乎尔反乎尔，不是个大丈夫之器"；二则由于念念不忘："师父啊！忆昔当年出大唐，岩前救我脱灾殃"。这后一点尤为内在。它使孙悟空纵然被唐僧写下一纸贬书，也是"身回水帘洞，心逐取经僧"。直至如沙和尚所说："哥啊，你生为师父，死也还在口里。"真是个"有仁有义的猴王"。

照如来的看法，猪八戒的前身天蓬元帅罪亦非轻："为汝蟠桃会上酗酒戏了嫦娥，贬汝下界投胎，身如畜类。"该写他知悔之心了吧？可作者却不，反倒百般写他虽"保圣僧在路"而"又有顽心，色情未泯"，总想去高老庄当回炉女婿。然而他所以始终没有离开取经队伍，也是由于他一到紧要关头便想到是唐僧把他从高老庄亦妖亦人的生活引上了造福生灵造福社稷的道路。其"义激猴王"，便令我们看到了这一点。①

照如来的看法，皈依佛门前的沙和尚其罪有二：一是"蟠桃会上打碎玻璃盏"，二是"落于流沙河，伤生吃人"。诚然，与唐僧等相比，沙和尚不失为有负债意识的一个。然而，其更为浓烈而内在的还是对唐僧的感恩思想，甚至不惜愿以杀身相报："罢！罢！罢！想老沙跟我师父一场，也没寸功报效；今日已此被缚，就将此性命与师父报了恩罢。"

具有负债心理的，倒是一代明主唐太宗。作者写他地府还魂后，知"枉死城中，有无数的冤魂，尽都是六十四处烟尘的草寇，七十二

---

① 详见本编第六章《论猪八戒形象的演化》，第四节。

处叛贼的魂灵"，便"敕建相国寺"以彰善男信女，一也；谕"但有毁僧谤道者，断其臂"，二也；"聚集多官，出榜招僧，修建'水陆大会'，超度冥府孤魂"，三也；情愿与唐僧拜为兄弟，遣之朝圣灵山拜佛求取真经，以"解百冤之结"，以"消无妄之灾"，四也。然而，崔判官说得好："若是阴司里无抱怨之声，阳世间方得享太平之庆。"可见唐太宗的这种负债心理，实际上包孕着一种深层次的社会责任感："其尔万方有罪，在予一人；予一人有罪，无以尔万方"①；"天视自我民视，天听自我民听。百姓有过，在予一人"②。盖作者对人主有以期焉！

显而易见，如果说，唐僧对李世民的感恩情结，是种"士为知己者死"，属士大夫的文化心态，那么，孙悟空等对唐僧的感恩情结，则是种"滴水之恩当涌泉相报"，属江湖豪侠的文化心态。如果说，这种作为取经人内部团结的精神纽带和矢志西行的主要内驱力的感恩情结，反映了儒家文化与江湖文化在作者笔端的碰撞与融汇；那么，这种碰撞与融汇在当时的意识形态领域与宗教观念是背道而驰的。

其三，它一面把"正果金身"作为取经人矢志西行求法的自身奋斗目标，一面又将世俗性的将功折罪替代了宗教性的道德自我完善，作为取经人进入天堂佛国的必由之路，从而也就将取经人的正果西天加封受职变为别一种名标凌烟阁。

释门以贪、嗔、痴等烦恼为贼，认为它们能贼害善法，可唐僧身为取经人的领袖，其易嗔却是天字第一号的。要么"夯货"连声骂猪八戒，要么咒念紧箍整孙悟空。而作为圣僧却连《心经》亦不能领会：一不懂什么叫"般若波罗蜜多故，心无挂碍"，以致乡思难息，感伤不已。

---

① 《尚书·商书·汤诰》，《十三经注疏》上册，中华书局 1980 年版，第 162 页。
② 《尚书·周书·泰誓中》，《十三经注疏》上册，中华书局 1980 年版，第 181 页。

二不懂什么叫"无挂碍故，无有恐怖"，以致一听长庚传报魔头狠，便"坐个雕鞍不稳，扑的跌下马来，挣挫不动，睡在草里哼"。三不懂什么叫"无眼耳鼻舌身意"。难怪孙悟空要来个子教三娘："你如今为求经，念念在意；怕妖魔，不肯舍身；要斋吃，动舌；喜香甜，嗅鼻；闻声音，惊耳；睹事物，凝眸；招来这六贼纷纷，怎生得西天见佛？"哪还谈得上什么道德自我完善！如来所以封他为旃檀功德佛，全在于他能率弟子坚持到底，取去真经，功在不泯。

孙悟空作为作品的一号主人公，其由道入释前的主要罪孽是大闹天宫，可他保唐僧在路却当年的老孙派头依旧，甚至只要提起昔日的大闹天宫，便总是那么神采飞扬，骄傲自得不已。一点也无负罪心理，又哪谈得上什么道德自我完善！如来所以封他为斗战胜佛，全在于他"在途中炼魔降怪有功"。

昔日的堂堂天蓬元帅就是因带酒调戏嫦娥而弄得身如畜类的，可猪八戒却寡人之疾依旧。他一见菩萨化成的妇人便想第三次"倒插门"，他一见白骨精变成的美女便"跑了个猪颠风"，他一见西梁国女王便"一时间骨软筋麻"，甚至变做一个鲇鱼精只在那正在池中洗澡的蜘蛛精"腿裆里乱钻"，甚至偶见嫦娥，仍情不自禁地上前抱住道："姐姐，我与你是旧相识，我和你耍子儿去也。"而且"口壮身慵"，财货欲又重，还好"诙言诙语"，投机取巧，几成"诸不戒"。如来所以封他为净坛使者，全在于他一路"挑担有功"。

如果取经四众中还有注意道德自我完善的，那当是沙和尚。他惟法是求，他惟师是尊，他惟和是贵，他惟正是尚，称得起是个苦行僧[1]。然而，如来所以封他为金身罗汉，却不是由于这一点，而是由

---

[1]　详见本编第七章《论沙和尚形象的演化》，第五节。

于他一路"登山牵马有功"。

这是不足为怪的。宗教性的道德自我完善和负债意识往往是相与偕行的，一般皆来自宗教的人生观；而世俗性的将功折罪思想则每每与感恩情结结下不解之缘，一般皆来自儒家的社会责任感和情感哲学。作者笔端的取经人既无负债意识，当然也就不会有宗教性的道德自我完善观念，因而世俗性的将功折罪便成为他们正果西天的必由之路。这种将功折罪也是宋元取经故事对唐僧的弟子们正果西天的写法，反映的当是这么一种文化心态：宗教信仰是时人的浅层意识，"子不语怪力乱神"观念是时人的深层意识；求来世因果是时人的浅层意识，讲今生果报是时人的深层意识；认为立德即立功是时人的理念，认为立功即立德是时人的心灵。凡此，已包孕着对宗教观念的"内在批判"。世本《西游记》的作者又给取经人注入了感恩情结，并使之成为维护取经人内部团结的精神纽带与使其矢志西行的主要内驱力，从而也就对宋元取经故事中的这种"内在批判"作了长足发展，进一步将取经人的正果西天儒化为宗教光环下的名标凌烟阁。能这么说吗？能。孙悟空由《西游记平话》中的正果"大力王菩萨"演化为正果"斗战胜佛"，从而不只进一步提高了这位喜笑悲歌气傲然者的果位，还进一步肯定了他的勇开杀戒以横扫妖魔的战斗精神，便是明证。

诚然，世本《西游记》也曾以第八回和第十二回的篇幅集中张扬了佛教的"救度"说，把"我佛造经传极乐，观音奉旨上长安"说成是为普度我东土众生脱离苦海。然而，随后情节实际展示的又是什么呢？是妖魔云集之地不是如来说的"贪淫乐祸，多杀多争"的东土南赡部洲，而是如来说的"不贪不杀，养气潜灵"的西牛贺洲；是西天路上的妖魔大多与神佛有亲，而与神佛有亲的妖魔也最凶恶；是神佛虽则也不满于妖魔的为害人间，因而对孙悟空的降妖灭怪也愿助以一臂之力，但当孙悟空要打杀妖魔时，他们不只将天上下来的妖魔收回上界，还将一些土生土长的恶魔收登仙箓；是神佛对妖虽十分慈悲，而对人却异常严厉，一罚就可以是三年不下雨。

这与宋元取经故事所写真是不啻天壤。《取经诗话》写：与观音所在地香山寺相邻的蛇子国，国中"大蛇头高丈六，小蛇头高八尺，怒眼如灯，张牙如剑……虽大小差殊，且缘皆有佛性，逢人不伤，见物不害"。与如来所在地西天竺国鸡足山相邻的优钵罗国，国中"佛天无四季，红日不沉西。孩童颜不老，人死也无悲。寿年千二百，饭长一十围。有人到此景，百世善缘归"。这类弘扬佛法而以"救度"说为标帜的情节在世本《西游记》中百不一见，而与佛祖们有亲的恶魔，却在作者笔端成伙出现。《西游记平话》明明是说："法师往西天时，初到师陀国界，遇猛虎毒蛇之害，次遇黑熊精、黄风怪、地涌夫人、蜘蛛精、狮子怪、多目怪、红孩儿怪，几死仅免。"可世本《西游记》却别具匠心地不只将师陀国的地理位置大大往西移，让其更靠近灵山些，而且还将师陀国的猛虎毒蛇演化为狮驼山成批成批吃人的三个恶魔：一个是文殊菩萨的坐骑狮魔王，一个是普贤菩萨的坐骑象魔王，还有一个鹏魔王却是如来的小舅。他们占据了狮驼国狮驼城，"不知在那厢伤了多少生灵"。这类旨在唐突佛祖们的情节，却是宋元取经故事中闻所未闻的。这种天壤之别是不难理解的。一个是旨在借神魔以弘扬佛法而把"救度"说作为标帜，一个是旨在借神魔以写人间而将"救度"说当作标签，相形之下，泾渭分明，故势必有此。

取经人无负债意识而有感恩情结如是，一路荡妖灭怪而有名标凌烟阁之意如是，可见作者认为他们矢志西行到达灵山之道，就是他们最后取得的真经之道。

四、公义观念与立身之道的嬗变

"明德止善，敬我佛门"，这是世本《西游记》中观音对唐太宗的称许，也是观音对世人的期望。其宗教光环是令人仰止行止的。可书中所写的"止善"，却不脱"为人君，止于仁；为人臣，止于敬；为人子，止于孝；为人父，止于慈；与国人交，止于信"①。——变成了"敬我儒门"。孙悟空剃度时不是对观音说"我已知悔了"吗？实际上他所说的"知悔"就是不该喊"皇帝轮流做，明年到我家"。所以，虽云做了和尚，却往儒门迈了根本性的一步。

与此相应的是，在如何对待社会善恶问题上，作者写了两种明德止善路线的对照：一种是唐僧的，认为"劝善"就是"惩恶"，而且是最大的"惩恶"；一种是孙悟空的，认为"惩恶"就是"劝善"，而且是最大的"劝善"。这不是一般的思想方法的对照，它反映了两种公义观念、两种立身之道的不同。而假若放眼于《大慈恩寺三藏法师传》和宋元取经故事，则不难看出这一不同是有个演化过程的，其文化意蕴并不一般。

《大慈恩寺三藏法师传》中的玄奘，的确是以"劝善"就是"惩恶"作为自己的公义观念和立身之道的。比如，他至灯光城外瞿波罗龙王窟礼拜佛影时，有五个强盗拔刀而至。"贼云：'师不闻此有贼耶？'答云：'贼者，人也，今为礼佛，虽猛兽盈衢，奘犹不惧，况檀越之辈是人乎！'贼遂发心随往礼拜。"比如，他在那烂陀寺时，有个顺世外道来求闻难，居然贴四十个见解于寺门，说："若有难破一条者，我则斩首相谢。"经反复辩论，他驳倒了这个婆罗门。"婆罗门默无所说，起而谢

---

① 朱熹：《四书章句集注·大学章句》，中华书局 1983 年版，第 5 页。

曰：'今负矣，任侬先约。'法师曰：'我曹释子终不害人，今役汝为奴，随我教命。'婆罗门欢喜敬从。"凡此，他莫不是以惊人的镇定自若和厚德载物的精神征服了对方，化险为夷。

宋元取经故事中的唐僧和孙悟空，一个以"劝善"作为"惩恶"，一个以"惩恶"作为"劝善"，职有分工。这在《取经诗话》里就是如此。其第八则，写深沙神想吃唐僧，唐僧曰："你最无知。此回若不改过，教你一门灭绝！"于是，深沙神遂"合掌谢恩，伏蒙慈照"。这便是唐僧以"劝善"作为"惩恶"之一证。其第六则，写白虎精兴妖作怪，猴行者在其肚内化一团大石，"教虎精吐出，开口吐之不得；只见肚皮裂破，七孔流血"，这便是猴行者以"惩恶"作为"劝善"之一证。面对妖魔，二人各司其职，各尽其能，或降而服之，或荡而诛之，同往西天拜佛求法，这便是《取经诗话》写法上的特点，也是《西游记平话》和《西游记》杂剧等写法上的特点。

这不是偶然的。因为唐僧是"圣僧"，"不杀生"是释门戒律之一，所以他只能以"劝善"作为"惩恶"；而猴行者的皈依佛门是"由道入释"，还保留着一些道教的特点。道教虽则也讲悲悯，却主张可以献身亦可以杀身，所以他可以以"惩恶"作为"劝善"。如果说，写猴行者的"由道入释"，正果释门，是反映了释道二教思想的争雄，而佛教势力在社会上占了上风，那么，写唐僧的以"劝善"作为"惩恶"和猴行者的以"惩恶"作为"劝善"，彼此相辅相成，"同往西天鸡足山"，则反映了释道二教劝惩观念的碰撞与融汇，而道教的劝惩观念在人们心灵中占有优势，致有"取经烦猴行者"之说。正因如此，所以，但凡以取经故事为题材的作品，其形象体系的内部构成有个总体特点，那就是：举凡属于佛教系统的神灵莫不以"劝善"作为"惩恶"为本，举凡属于道教系统的神灵莫不以"惩恶"作为"劝善"为务，共保唐僧西行求法。

世本《西游记》实际上继承了宋元取经故事这一写法，其不同之点在于：它强调了唐僧的以"劝善"作为"惩恶"和孙悟空的以"惩恶"作为"劝善"的对立性，并赋予以新的思想内涵，从而发展为两种相反的公义观念和立身之道，以作为唐僧和孙悟空不时引起冲突的根由，并予褒贬。

书中写孙悟空和唐僧的最大冲突有三次，现在就让我们看看他们各自摆出的理由，以及取经队伍的实际组织者和领导者观音的态度。

一在第十三回"心猿归正，六贼无踪"。孙悟空打死了六个"剪径的大王"，唐僧认为这是"十分撞祸"，"全无一点慈悲好善之心"；好在是"山野中无人查考"，要是在城市里，"我可做得白客，怎能脱身？"孙悟空分辩说："我若不打死他，他却要打死你哩。"可唐僧还是说他"忒恶"，"做不得和尚！"这次冲突的结果，是孙悟空一气之下离开了唐僧，想回花果山重温其美猴王的旧梦；当他听了东海龙王的劝告回到唐僧身边时，观音借唐僧的手给他戴了个"紧箍儿"，以禁其天马行空狂放不羁，使之一其心志保唐僧西行求法。

一在第二十七回"尸魔三戏唐三藏，圣僧恨逐美猴王"。孙悟空三打白骨精，而唐僧由于听信了猪八戒的诂言诂语，不只一遍遍咒念紧箍，还一次次赶逐猴王："猴头！还有甚说话！出家人行善，如春园之草，不见其长，日有所增；行恶之人，如磨刀之石，不见其损，日有所亏。你在这荒郊野外，一连打死三人，还是无人检举，没有对头；倘到城市之中，人烟凑集之所，你拿了那哭丧棒，一时不知好歹，乱打起人来，撞出大祸，教我怎的脱身？你回去罢！"孙悟空申辩说："师父错怪了我也。这厮分明是个妖魔，他实有心害你。我倒打死他，替你除了害，你却不认得，反信了那呆子谗言冷语，屡次逐我。"可唐僧还是认为他"是个无心向善之辈，有意作恶之人"。这次冲突的结果，是孙悟空噙泪叩头辞长老，回到花果山，复整水帘洞，却心逐取经僧，思念不已，感叹不已。

一在第五十六回"神狂诛草寇，道昧放心猿"。策马走在前面的唐僧几为一群草寇所杀，孙悟空挥棒打死了两个领头的。唐僧祷告说："你到森罗殿下兴词，倒树寻根，他姓孙，我姓陈，各居异姓。冤有头，债有主，切莫告我取经僧人。"孙悟空忍不住笑道："你老人家忒没情义。为你取经，我费了多少殷勤劳苦，如今打死这两个毛贼，你倒教他去告老孙。虽是我动手打，却也只是为你。"次日孙悟空又一顿打死了随后追来报仇的二三十个草寇，并割下曾投宿其家的杨姓之子的头颅，认为"似这等不良不肖、奸盗邪淫之子，连累父母，要他何用！"唐僧更恼怒了，念罢紧箍十余遍，骂道："昨日在山坡下，打死那两个贼头，我已怪你不仁。及晚了到老者之家，蒙他赐斋借宿；又蒙他开后门放我等逃了性命；虽然他的儿子不肖，与我无干，也不该就枭他首；况又杀死多人，坏了多少生命，伤了天地多少和气。屡次劝你，更无一毫善念，要你何为！"这次冲突的结果，是唐僧再一次逐走了孙悟空；孙悟空欲回花果山而又怕本洞小妖笑他"出乎尔反乎尔"，便赴落伽山状告唐僧，说他"背义忘恩，直迷了一片善缘，更不察皂白之苦！"

那么，这说明了什么呢？

这说明：不对妖魔心慈，也不对恶人手软，以铲除奸邪作为自己行善人间的准则，一切为了保全唐僧性命，一切为了西行求法：这便是孙悟空的公义观念和立身之道的真谛。这一公义观念和立身之道，虽有对儒道二教思想的汲取，但本质上是属于江湖豪士的思想范畴。假若我们抹去孙悟空身上的宗教光环并将他手中的金箍棒换成三尺龙泉，那么，我想是可以称之为江湖一剑客的。因而他也就难免疾恶如仇过甚。

这还说明：将人妖不辨当作勤行善事，宁愿听信猪八戒的诂言诂语，亦不去一察孙悟空的苦口婆心，意在免受冥报；把姑息奸邪当作止息诸恶，宁肯摇尾乞怜于屠刀，亦反对他人起而锄暴，旨在不遭连累：这便是唐僧的公义观念和立身之道的根本。这一公义观念和立身之道，虽未脱"我佛慈悲"的思想范畴，却还包孕着一种浓烈的乡愿观念。假若我们剔去唐僧思想中的"我佛慈悲"，那么，我想是可以把他看作"德之贼也"一乡愿的。因而他也就不会去察孙悟空的皂白之苦。

正因如此，所以孙悟空赴落伽山状告唐僧是告赢了，虽然没有全赢。观音总的态度是：一方面她款款地对孙悟空说："似你有无量神通，何苦打死许多草寇！草寇虽是不良，到底是个人身，不该打死。比那妖禽怪兽、鬼魅精魔不同。那个打死，是你的功绩；这人身打死，还是你的不仁。但祛退散，自然救了你师父。"另一方面她又谆谆告诫唐僧："你今须是收留悟空。一路上魔障未消，必得他保护你，才得到灵山，见佛取经。再休嗔怪。"这就既反映出了孙悟空有疾恶过甚之失，又从总体上充分肯定了孙悟空。这种对孙悟空一路打死妖魔的赞赏，与"我佛慈悲"实际是相左的，显然是作者在借观音的权威表述自己的观点。

然而，仅看到这一点还是不够的，还应看到唐僧是如何在一次次生死抉择的事实教育下，最后对孙悟空的以"惩恶"作为"劝善"全面认可，否则也就失去了世本《西游记》。

实际上，不论儒家英雄，还是江湖豪侠，或者道教剑客，他们的以"惩恶"作为"劝善"，亦常辅之以"劝善"作为"惩恶"。孙悟空也是如此。他的"凤仙郡求雨"，便是种以"劝善"作为"惩恶"。他在比丘国救了小儿、灭了妖怪后，还曾这么"当朝正主"："陛下，从此色欲少贪，阴功多积，凡百事将长补短，自足以祛病延年。"其实，他的两次诛草寇也与三打白骨精不同，莫不是让草寇先动手，直打得他一时性起而又不见草寇怯退，才抡起棒来送他们归阴的。足见，他反对的只是唐僧的人妖莫辨而又"直迷了一片善缘，更不察皂白之苦"。

　　实际上，唐僧作为亦僧亦儒的"圣僧"，骨子里亦并不排斥儒道二教的与以"劝善"作为"惩恶"相辅相成的以"惩恶"作为"劝善"的主张。其所以对孙悟空的棒打妖魔，"直迷了一片善缘，更不察皂白之苦"，一遍遍咒念紧箍，不只由于作为"圣僧"，释门教义使他只可主张以"劝善"作为"惩恶"，还由于他肉眼凡胎，不具"火眼金睛"，识辨不了幻化为人身的妖魔，误以为孙悟空的奋起千钧棒是在行凶作恶。因而，一旦妖魔露出本相，他对孙悟空的棒打也就一变而成孟子的"君子远庖厨"的态度。纵然打得满洞妖怪"汤着的，头如粉碎；刮着的，血似水流"，他也不仅不怪孙悟空的无心向善，还称赞不已道："贤徒，亏了你也！亏了你也！这一去，早诣西方，径回东土，奏唐王，你的功劳第一。"然而正像直迷了一片孝道的杜少卿无法不一次次挨骗子的骗，直迷了一片善缘的唐僧亦无法不一次次上妖魔的当，否则就像对不起自己良心似的，所以他们的悲剧是生活中一类人的悲剧。要之，一次次上当受骗，一次次咒念紧箍，一次次感激孙悟空的棒打妖魔，这就是西行路上的唐僧。唐僧的最后获得"火眼金睛"，认同孙悟空的以"惩恶"作为"劝善"，并与之心心相印之日，正是他正果西天，加封旃檀功德佛之时。作者寓意盖亦深焉！

　　由此可见，世本《西游记》写取经人西行诸难的度过，没有一个是由于唐僧的"劝善"，皆是由于孙悟空的"惩恶"。这是作者对孙悟空的以"惩恶"作为"劝善"而以"专救人间灾害"为己任的公义观念和立身之道的强意识的肯定，也是作者对唐僧的以"劝善"作为"惩恶"而"直迷了一片善缘"的强意识的嘲讽。论原因，就在于：明代中叶，政治腐败，社会黑暗，道德教条已失去对人伦关系的调节作用；若以"劝善"去"惩恶"，则不仅不能打击"恶"，还会驱善者成为虎口的羔羊，而若以"惩恶"去"劝善"，则打了豺狼，羔羊也就脱了险地。

一言以蔽之，时人所以欢呼孙大圣，只因当时的社会是妖雾笼罩下的社会。这一欢呼，与"我佛慈悲"的思潮显然是两股道上跑的车。作者写如来加封孙悟空为斗战胜佛，这不见于宋元取经故事，只不过是在借这位佛祖的权威肯定孙悟空的战斗精神而已。

五、灵山就在孙悟空的金箍棒上

写到这，不禁又让我想起陈元之的序，因为它向我们暗示着《西游记》的个中三昧：

> 彼以为浊世不可以庄语也，故委蛇以浮世。委蛇不可以为教也，故微言以中道理。道之言不可以入俗也，故浪谑笑虐以恣肆。笑谑不可以见世也，故流连比类以明意。于是其言始参差而俶诡可观，谬悠荒唐，无端崖涘，而谭言微中，有作者之心傲世之意。

那么，这"作者之心傲世之意"，究竟是什么呢？

真是"众里寻他千百度。蓦然回首，那人却在，灯火阑珊处"。却原来陈元之所说的"作者之心傲世之意"，就是禅师所说的"灵山只在我心头"！却原来作者所说的"灵山"，就在他笔端的孙悟空一路棒打妖魔以救治人间灾害的金箍棒上。却原来他所说的"有字真经"，就是他的《西游记》。却原来他所说的"无字真经"，就是他的创作本旨。难怪陈元之要说他是个"跅弛滑稽之雄"！需补说一点的是：戚蓼生说《红楼梦》的作者运笔善于"一声而二歌"，我谓《西游记》的作者挥毫亦如是。否则，何来如此天衣无缝的宗教光环下的尘俗治平求索的《西游记》！

宋元取经故事演化为《西游记》的过程，就是其主导思想由弘扬佛法演化为求索尘俗治平之道的过程，这不是偶然的。除了《西游记》作者个人的世界观作用外，还由于取经故事、水浒故事、三国故事，是宋元以来于民众交口相传中影响民众心灵最深、蒙受民众心灵影响亦最深的三大故事。旧时民众的文化心态基本上是儒家的文化心态，憧憬的是孟子原教旨仁政思想照耀下的国泰民安。从而，也就暗中规定了《三国演义》作为乱世英雄的颂歌，蜀国英豪莫不具有"上报国家，下安黎庶"的思想品格；《水浒传》作为乱世忠义的悲歌，梁山好汉莫不怀有"同存忠义于心，共著功勋于国"的"衷心愿"；《西游记》作为孙悟空的英雄传奇，孙悟空亦以"法轮回转，皇图永固"即造福生灵、造福社稷作为自己的天职。其不同之点是在于：蒙受个性心灵解放思潮的有无、作者是否为"跌弛滑稽之雄"，遂使英雄有集体英雄中的一员和个人英雄中的闯将之别。孙悟空的神通和力量既主要而集中地体现在他个人的金箍棒上，则其金箍棒之奋起当然也就成了作者心头的"灵山"。此即《西游记》的市民思想和江湖文化成分之尤烈于《水浒传》者也。《三国演义》当然也就不必说。"解颐之言"，语言风格而已，窃以为不可遽视为"玩世不恭之意寓焉"①。由此可见，《西游记》的文化特征是：以释道文化为肤，江湖文化为肌，儒家文化为骨。而体现于其中的儒家文化，如果说《水浒传》主要是程朱理学，那么《西游记》则主要是陆王心学，是以个性自觉意识亦寓焉。

---

① 鲁迅《中国小说史略》云："作者禀性，'复善谐剧'，故虽述变幻恍忽之事，亦每杂解颐之言，使神魔皆有人情，精魅亦通世故，而玩世不恭之意寓焉。"

第九章 论《西游记》的创作本旨及其对传统思想的打破

一、明清以来的几种主要说法

《红楼梦》的命意问题，是个聚讼不休的问题。《西游记》又何尝不是如此呢？不妨让我们具体看看明清以来几种具有代表性的看法。

明人袁于令《西游记题词》，道是："说者以为寓五行生克之理，玄门修炼之道。余谓三教已括于一部，能读是书者于其变化横生之处引而伸之，何境不通？何道不洽？而必问玄机于玉匮，探禅蕴于龙藏，乃始有得于心也哉？"谢肇淛《五杂俎》卷十五，则云："《西游记》曼衍虚诞，而其纵横变化，以猿为心之神，以猪为意之驰，其始之放纵，上天下地，莫能禁制，而归于紧箍一咒，能使心猿驯伏，至死靡他，盖亦求放心之喻，非浪作也。"笑花主人《今古奇观序》亦推测说："《西游》、《西洋》，逞臆于画鬼。无关风化，奚取连篇？"

清人尤侗《西游真诠序》认为："《西游记》者，殆《华严》之外篇也。……盖天下无治妖之法，惟有治心之法，心治则妖治。记西游者，传《华严》之心法也。"可刘廷玑《在园杂志》却认为："《西游》为证道之书。……借说金丹奥旨，以心猿意马为根本，而五众以配五行，平空结构，是一蜃楼海市耳。"张书绅《新说西游记总批》则从而反驳说："今《西游记》，是把《大学》诚意正心、克己明德之要，竭力备细，写了一尽，明显易见，确然可据，不过借取经一事，以寓其意耳。亦何有于仙佛之事哉？"张含章《西游正旨后跋》遂调和之，倡言："《西游》之大义，乃明示三教一源，故以《周易》作骨，以金丹作脉络，以瑜伽之教作无为妙相。"一语惊四座的还数黄人，其《小说小话》云："房中术差近。"理由是："请问金箍棒为何物？"

要之，明清两代诸家，皆各执一说，或看作求放心之喻，或看作瑜伽心法，或看作金丹采炼，或看作《大学》诠释，或以为阐三教一家之理，传性命双修之道。真是标奇立异，五花八门，仿佛妖怪肚子里都满藏三教哲理。

一反此等成说的是胡适，其《〈西游记〉考证》云："《西游记》至多不过是一部很有趣味的滑稽小说、神话小说；他并没有什么微妙的意思，他至多不过有一点爱骂人的玩世主义。"① 鲁迅则一则汲取了胡适的看法，一则又汲取了谢肇淛的看法，其《中国小说史略》云："作者虽儒生，此书则实出于游戏"；"假欲勉求大旨……盖亦求放心之喻"②。

时贤们又另辟蹊径，用"阶级斗争的观点"，或从书中看到"农民革命战争的投影"，或从书中看到"新兴市民阶级的反封建要求"，或统称之为"反映并歌颂了劳动人民对统治者坚决反抗的精神"。其鸿文佳制，亦可谓"删繁就简三秋树，领异标新二月花"。

确实，在中国古典小说中，论创作本旨之难求，莫过于《红楼梦》和《西游记》。其所以然，就在于它们文境恣邃，变幻纵横，意蕴富赡，都是复制了一个时代的世情小说。想用几句话去揭示他们的创作本旨，实在是难，难，难！

---

① 《胡适古典文学研究论集》，上海古籍出版社 1988 年版，第 923 页。
② 《鲁迅全集》第 9 卷，人民文学出版社 1981 年版，第 166 页。

因此，我想下点笨功夫，就是：从不同的方面去齐头求索，以期能发现其聚光点，而这一聚光点，窃以为当然也就是作品的创作本旨，则其对传统的思想是否有所打破，亦明矣！

二、从孙悟空形象的演化史来考察

要认识《西游记》的主题思想，最好把它与其他同类题材作品作些比较研究。我们知道，情节大致相同的题材，可以表现不同的思想和主题，这是常见于文学史的。《西游记》与其他同类作品相比，情况是否也是如此呢？

让我们先以宋元以来孙悟空形象的历史演变为线索作一考察，再作出应有的结论。因为《西游记》的思想光辉，主要闪烁在孙悟空这个神话英雄形象上面，它寄托着作者的价值观念、审美观念与社会理想。

要考察的第一个问题，是孙悟空的来历问题。

说经话本《大唐三藏取经诗话》"行程遇猴行者处第二"，写一白衣秀士揖见唐僧："我是花果山紫云洞八万四千铜头铁额猕猴王。我今来助和尚取经。"唐僧称善，"当便改呼为猴行者"。

无名氏《二郎神锁齐天大圣》杂剧第一折，写齐天大圣自报家门："吾神三人，姊妹五个，大哥哥是通天大圣，吾神乃齐天大圣，姐姐是龟山水母，妹子铁色猕猴，兄弟是耍耍三郎。"

杨景贤《西游记》杂剧第九出，写孙行者自报家门："小圣弟兄姊妹五人：大姊骊山老母，二妹巫枝祇圣母，大兄齐天大圣，小圣通天大圣，三弟耍耍三郎，喜时攀藤揽葛，怒时搅海翻江。金鼎国女子为我妻，玉皇殿琼浆咱得饮。"第十出，写唐僧救出被观音压在花果山下的孙行者，孙行者一面拜谢，一面却暗想："好个胖和尚，到前面吃得我一顿饱，依旧回花果山。"直到观音赶来给他套上紧箍儿，才禁锢住其吃人与贪色的邪念。

无名氏《西游记平话》已佚，据《朴通事谚解》注云："西域有花果山，山下有水帘洞，洞前有铁板桥，桥下有万丈涧，涧边有万个小洞，洞里多猴，有老猴精，号齐天大圣。"

显然，这"老猴精"三字实道出了传统取经故事中的孙悟空的来历，并说明他在被神佛惩戒以前本是个神通广大而又好为非作歹的魔头。

《西游记》呢？它开卷即赫然标目曰："灵根育孕源流出，心性修持大道生。"写东胜神洲傲来国有座花果山，山正当顶上有一块仙石，"盖自开辟以来，每受天真地秀，日精月华，感之既久，遂有灵通之意。内育仙胞，一日迸裂，产一石卵，似圆球样大。因见风，化作一个石猴"。写石猴一日赶闲无事，与群猴唤弟呼兄，顺涧爬山，寻看源流耍子，直至源流之处，乃是一股瀑布飞泉；复想探个究竟，径跳入瀑布泉中，不意探得的竟是"花果山福地，水帘洞洞天"。写石猴虽被群猴拥为美猴王，却并不以眼下的"自由自在"的生活为满足，又一心想"学一个不老长生，常躲过阎君之难"而只身"云游海角，远涉天涯"。这哪有半点"妖气"，分明是个天真烂漫而又勇敢机敏的"自然人"形象！

照我看来，把孙悟空的来历写成"老猴精"，还是写成"天产石猴"，这绝不是无关紧要的问题，这是塑造宗教故事中的妖魔与神话故事中的英雄两种形象的发轫点，因而也就于落墨之初各自暗中规定了形象的思想内涵与审美性质。

要考察的第二个问题，是孙悟空闹乱天宫的原因问题。

《大唐三藏取经诗话》"入王母池之处第十一"，写猴行者于八百岁时，因来此偷吃蟠桃十颗，被王母捉下，左肋判八百，右肋判三千铁棒，配至花果山紫云洞。

《二郎神锁齐天大圣》杂剧，写齐天大圣闹乱天宫时的心理："吾神想来，我摇身一变，化作一个看药炉的仙童，扳倒药炉，先偷去金丹数颗，后去天厨御酒局中，再盗了仙酒数十余瓶，回到了花果山水帘洞中，大排筵会，庆赏金丹御酒，岂不乐哉！"写齐天大圣被二郎神擒获，跪求驱魔院主宽恕。驱魔院主判云："犯天条齐天大圣，盗仙酒罪犯非轻。盗灵丹合当斩首，罚阴司不得超升。尊上帝好生之德，再休题妄想贪嗔。从今后改恶向善，朝上帝礼拜三清。"

《西游记》杂剧，写孙行者曾因"盗了太上老君炼就金丹，九转炼得铜筋铁骨，火眼金睛，锎石屁眼，摆锡鸡巴"；今又"偷得王母仙桃百颗，仙衣一套，与夫人穿着，作庆仙衣会"。写孙行者被二郎神与哪吒协力擒获，本当问斩，承观音赶来"抄化"而被压在花果山下，以待取经人。

《朴通事谚解》注引《西游记平话》，情节大致与《西游记》杂剧相同，惟写孙悟空的偷盗过程略异："入天宫仙桃园偷蟠桃，又偷老君灵丹药，又去王母宫偷王母绣仙衣一套，来设庆仙衣会。"

凡此，不难看出：随着取经故事的流传，孙悟空的神通也有增无已。孙悟空偷蟠桃、盗灵丹，显然是想益寿延年；窃王母仙衣，设庆仙衣会，显然是想博金鼎国女子一笑：二者皆由于欲壑难填，闹乱天宫，反映了孙悟空与神佛的对立，而这类作品的作者所肯定的是神佛，否定的是孙悟空。

与此判然有别，《西游记》写孙悟空大闹天宫的原因则是复杂的。这可以从两方面看问题：一是，灵霄宝殿，等级森严；玉帝昏聩，仙卿庸碌。他们只知君君臣臣，打躬作揖，只会侈谈仁义，玩弄骗术；却不识贤能，不会用人。诏召孙悟空而官封弼马温，已属大材小用；旨谕自幼以桃果腹的齐天大圣而让其去看守蟠桃园，更属天下奇闻。信手摘些尝尝鲜，又何足为怪？自是与入园偷盗不同。二是，孙悟空作为地上妖仙，从不以为自己比谁低贱，四海龙王也只是他的"邻居"；作为齐天大圣，从不以为自己比谁高贵，河汉群神也都是他的"朋友"。天不拘兮地不羁的自由自在生活，成了他的人生追求。正是这种恍若与生俱来的自由平等观念，决定了他在等级秩序面前目无尊卑而又不我知，显得格外心高气傲而又任情任性。因此，当他一旦感到身受屈辱或压迫，"强者为尊该让我，英雄只此敢争先"，便成为他对付天宫等级秩序的总办法。这种狂傲美，本质上是属于新世纪的曙晗。而作为孙悟空的自由平等观念发展的结果，却是使他被如来佛设计压在五行山下，完全失去了自由。这就是说，孙悟空的大闹天宫，并不是由于他对物质的贪求，而是玉帝"不会用人"的结果，也是他那恍若与生俱来的自由平等观念的发展与天庭等级秩序碰撞的必然，要注意的是，作者对神佛的态度是揶揄，而对孙悟空的态度则是欣赏。

照我看来，把孙悟空闹乱天宫的原因是写成由于恋物盗物而触犯了天条，还是写成由于对天条抱不平之恨而任性驱物，实际上这是对人物灵魂善恶的真写照，也是区分宗教故事中的恶魔与神话故事中的反叛英雄两种性灵的试金石。这是不可不作辨析的重要问题。

要考察的第三个问题，是孙悟空在西行途中对神佛的态度问题。

《大唐三藏取经诗话》写孙行者一随唐僧踏上征程，便作诗以明志："百万程途向那边，今来佐助大师前。一心祝愿逢真教，同往西天鸡足山。"行近王母池，唐僧要猴行者去偷三五个蟠桃。猴行者说："我因八百岁时，偷吃十颗，被王母捉下，左肋判八百，右肋判三千铁棒，配在花果山紫云洞。至今肋下尚痛。我今定是不敢偷吃也。"正行间，举头遥望万丈石壁之中有数株桃树。唐僧问："此莫是蟠桃树？"猴行者竟吓得答非所问："轻轻小话，不要高声？此是西王母池。我小年曾此作贼了，至今犹怕。"当年曾偷过仙桃的猕猴王，而今已成了虔诚悔过的宗教徒。

《西游记》杂剧写孙行者正打算吃救命恩人唐僧的肉，观音降落云端训诫道："与你个铁戒箍、皂直裰、戒刀。铁戒箍戒你凡性，皂直裰遮你兽身，戒刀豁你之恩爱。"自此，孙行者可以在妖魔面前逞强能，可以在铁扇公主面前说下流话，可以在女人国里几不自持，而一见神佛，却毕恭毕敬。第十二出"鬼母皈依"，写唐僧为爱奴儿所捉，孙行者去拜求如来佛。佛云："孙悟空，你回原处去，你师父已出在那里了也。"行者云："谢佛天，可怜弟子，寻师父去也。"岂但如此，甚至在韦驮面前亦只知作小服低。第十七出"女王逼配"，写韦驮自宫中救出唐僧，问道："唵，孙行者安在？"行者赶忙答曰："唵，乃佛敕，诸神拱听。"当年自称"四方神道怕，五岳鬼兵嗔"的"老猴精"，而今成了无可奈何的屈服者，竟致在神佛面前俯首帖耳如斯！

《朴通事谚解》注引《西游记平话》，虽缺孙悟空对神佛之态度方面的情节，但从正文是意在劝善可以推知，平话所写孙悟空于西行途中在神佛面前的表现当亦如此。

《西游记》呢？与此不同。孙悟空虽则也曾摩顶受戒，并对观音说："我知悔了。"但是，脑门上的箍只箍住了他高喊"皇帝轮流做，明年到我家"的"反性"，却未能箍住他要求自由平等的"天性"，所以依然保持着当年的"异端"风采。何以见得？一"行者"而已，却敢于讥刺"圣僧"玄奘，笑他是"脓包"；腹谤观音，说"该她一世无夫"；奚落如来，称他是"妖精的外甥"；嘲弄龙王，叫他是"带角的蚯蚓，有鳞的泥鳅"；无视玉帝的威严，到灵霄宝殿查问妖怪的来历，高兴时，对玉帝"唱个大喏道：'老官儿，累你！累你！'"，着恼时，"问他个铃束不严"；至于太上老君一类的道祖，那就更是他常开玩笑的对象。凡此，说明"老孙"还是当年的派头，并不认为谁比谁高贵些。面对着封建等级秩序，孙悟空这种性格上的狂傲美，实集中反映了他的精神美与人格美。

照我看来，如何写西行途中的孙悟空与神佛的关系，是把他写成唯唯诺诺，还是把他写成喜笑悲歌气傲然，实际上这不仅是皈依者与离经者两种孙悟空形象，而且是借取经故事以弘扬佛法与以表人间世态两类性质作品的分水岭。这是不可不作辨析的原则问题。

要考察的第四个问题，是孙悟空在取经过程中的作用问题。说得更明确一点：西行取经的成功，主要是靠孙悟空的金箍棒，还是靠神佛赐给唐僧的什么法宝，这是我们所要考察的目标。

《大唐三藏取经诗话》中的猴行者，实际上是个颇有儒士之风的形象。没有金箍棒，也没有其他武器，而主要是以见多识广著称，作者赋予他的实际使命是充当唐僧的向导。玄奘在猴行者的导引下谒见了大梵天王，"天王赐得隐形帽一事，金环锡杖一条，钵盂一只"。自此凡遇危难，法师只须把金环锡杖遥指天宫或将钵盂一照，叫声"天王救难"，法宝便显灵异，化险为夷。路经蛇子国和狮子林，一则由于唐僧有此法宝护身，二则由于此地虫兽皆有"佛性"，所以群蛇尽皆避路，狮王举头出林送迎。猴行者也曾降妖伏怪，主要是两次，一次是于火类坳杀白虎精，一次是于九龙池降九条馗龙；而这两次降妖伏怪，也主要是依仗大梵天王所赐法宝相助。猴行者之杀白虎精，更是由于白虎精一再不肯降伏，万不得已而杀生。作者要弘扬的是什么，不是昭然若揭吗？

《西游记》杂剧里的孙行者，虽手执"凶器"生金棍，却战不胜猪八戒，只好去请二郎神；斗不过爱奴儿，只好去请如来佛；敌不住铁扇公主，只好去请观世音。其实际作用亦只是请求神佛前来拿妖擒怪以释唐僧之厄而已。

降魔有术的孙悟空形象，是始于《西游记平话》。《朴通事谚解》注引车迟国斗法一节，足可资证。但是，如果一个曾闹乱天宫的老猴精，一经观音的剃度便失去对天上神权统治者桀骜不驯的品性；那么，他的一路降妖伏怪，也只是一个皈依了佛门的妖魔去扫荡不愿皈依佛门的妖魔而已——作品还是在弘扬佛法，或宣扬儒家所倡导的"弃暗投明，改邪归正"。

"金猴奋起千钧棒，玉宇澄清万里埃"。这倒可以借来说明《西游记》里的孙悟空在取经过程中的实际作用。尽管孙悟空的一路降妖伏怪，保唐僧西天取经，其目的是要使"法轮回转，皇图永固"，并不是象征着什么农民阶级的反封建要求，然而这在当时的历史条件下，却仍不失为一种宏伟的事业与崇高的目标。诚然，小说也曾写孙悟空常到天宫去查找妖魔的来历，然而，那正是为了说明某些恶魔不是仙佛的部下，就是他们的亲属。诚然，小说也曾写孙悟空常去请仙佛助己降妖，然而，与之相随的却往往是孙悟空对仙佛的揶揄，以显其固有的"老孙派头"。凡此，实可谓辞浅而旨深。

照我看来，一路降妖伏怪，获得取经事业的成功，主要是靠仙佛的法宝，还是靠孙悟空的金箍棒，实际上这不仅是个借取经故事以弘扬佛法，还是借神魔以写人间的问题，而且也是个象征性地把扫荡社会邪恶势力的希望寄托在谁身上的问题，是种作为社会观之综合而集中反映的人才观问题。它直接触及作品的创作本旨，所以是个不可不作辨析的根本问题，而却一直为研究者所忽略。

显而易见，孙悟空形象的这种历史演变，它不仅从根本上改变了孙悟空形象的思想意义，而且从根本上改变了作品的思想性质。

《西游记》杂剧等是旨在借取经故事以弘扬佛法，或阐三教一家之理，传性命双修之道。它们颂扬的是神佛，否定的是妖魔，肯定的是孙悟空的"改邪归正"。

《西游记》小说是旨在借取经故事以写群魔乱舞的世态，并从而探求着横扫社会妖氛的主人。它否定的是妖魔，揶揄的是神佛，颂扬的是孙悟空的"异端"思想与战斗精神。

两相对照，鲜明地反映着《西游记》所提出的核心问题，是人才观问题。面对群魔乱舞的世态，认为能使海清河晏者，并不是好以仁义相标榜的太白金星式的理学之士，而是不为传统思想所羁的孙悟空式的英雄人物。因此，一方面期望孙悟空式的英雄人物，要检束自己的身心，不可有"皇帝轮流做，明年到我家"之思，应为"法轮回转，皇图永固"而竭尽自己的智勇胆识；另一方面，期望封建统治者不要弃置这等有才有胆有识的英雄人物而不录，又从而弥缝禁锢之，以为必乱天下，而应给予他们以效力"法轮回转，皇图永固"的用武之地。凡此，便是作者为疗救时弊所开的一贴"补天"药方。足见，此书既非证道之作，又非瑜伽心法，亦非"出于游戏"，它是一部寓庄于谐的文学巨著。其所着意宣示者，是"天下治乱，系于用人"。

三、从世德堂本的怪异署名来考察

《西游记》写唐僧西行求法，事关"法轮回转，皇图永固"：象征着一项了不起的事业。既然如此，那世德堂本的怪异署名就应引起我们充分的注意，它有可能藏着"天机"。

我们知道，今见明刻本《西游记》皆未署作者谁某，只标"华阳洞天主人校"。世德堂本陈元之序，且云"不知其何人所为"。俞平伯和孙楷第皆认为世德堂本乃"原刊"，即"最初的刻本"[1]。明清时期校饰小说

---

① 俞之看法见 1933 年《文学》创刊号《驳〈跋销释真空宝卷〉》；孙之看法见《日本东京所见小说书目》，人民文学出版社 1981 年版，第 74 页。

是可以捉刀斧之的，金圣叹腰斩《水浒》并篡改宋江形象就是如此。与《吴承恩诗文集》的思想性质和艺术风格相比，世德堂本《西游记》与其说成于吴承恩的独力创作，毋宁说成于华阳洞天主人的妙手改定。不被序者的烟云模糊法瞒蔽了去，与其说华阳洞天主人是陈元之的知交，毋宁说是陈元之自己。凡此，拙作《论〈西游记〉的著作权问题》已作了比较详细的考证①。这一问题当前尽可见仁见智，重要的是弄明世德堂本这位校者为何自署"华阳洞天主人"，它将加深我们对作品本旨的认识。

旧时认为茅山是金陵洞穴，周围百五十里，名曰"华阳洞天"。《梁书·陶弘景传》云："昔汉有咸阳三茅君，得道来掌此山"。"三茅君"当然也就成为"华阳洞天主人"。千百年来茅山香火不绝，"茅君"成了江浙妇孺皆知的神祇。陈乃乾编、丁宁等补编的《室名别号索引》共收"华"字条九十有三，称"华阳洞天"者有之：明江阴人季科；称"华阳洞叟"者有之：明金坛人张祥鸢。却不见有称"华阳洞天主人"或"华阳洞主"者，这显然反映了一般文人学士唯恐以茅君自比。

然而，别号"华阳洞主"者还是有的，一般都是道教中人，只是《室名别号索引》未曾收录而已。东方朔别号华阳洞主，见胡应麟《少室山房笔丛》卷四十三《玉壶遐览》。这不见于《史记》和《汉书》本传，当出于后世方士幻惑之说或唐宋小说家言。明天启崇祯年间的张矞所以题自己的诗集为《华阳洞主唯心集》，乃由于他是执掌茅山的道士，并以其寿高望重而被认为是茅君第九十七代化世。这张矞别号华阳洞主尤值得注意，它说明茅君是世所公认的"华阳洞天主人"。

那么，世德堂本《西游记》校者华阳洞天主人是否也是道教中人呢？回答应该是否定的。书中的反道教情绪，特别是竟借猪八戒之手将三清

---

① 详见本编第十二章《论〈西游记〉的著作权问题》。

圣像扔入"五谷轮回之所"，便是明证。

　　既然如此，当是个什么样的人呢？苏轼《杨康功有石，状如醉道士，为赋此诗》云："楚山固多猿，青者黠而寿。化为狂道士，山谷恣腾蹂。误入华阳洞，窃饮茅君酒。君命囚岩间，岩山为械杻。松根络其足，藤蔓缚其肘。苍苔眯其目，丛棘哽其口。三年化为石，坚瘦敌琼玖……"这一茅君惩治猴精的传说是令人玩味的，它与后来的《西游记》的故事显然不无瓜葛。太田辰夫先生认为世德堂本《西游记》校者自号华阳洞天主人具有游戏性质，是自比茅君，意味着猴王在其掌握之中。[①] 章培恒先生赞同这一看法，并进而认为"《西游记》的校者以华阳洞天主人的别号来表示其具有跟茅君同样的降伏猿猴的神通"[②]。这见解是非常精到的。想与茅君试比高，其人颇如陈元之序中所说，"意近跅弛滑稽之雄"，是个中人。

　　由此可见，谓如果我是茅君将如何对待猴王，这是世德堂本《西游记》校者自号华阳洞天主人的用意，也是作品所要展示的中心问题。因为，不论《西游记》为何人所作，有一点是不容置疑的：没有华阳洞天主人的精心校饰，"秩其卷目梓之"，就没有今见世德堂本。惟华氏最得世德堂本之三昧，世德堂本更多体现的当是华氏的审美理想。"其书直寓言者哉！"陈元之此言具有点睛意义，它说明这部著作是旨在借神魔以写人间。[③]

---

　　① 　章培恒：《再谈百回本〈西游记〉是否吴承恩所作》，《复旦学报》1986 年第 1 期。太田辰夫的看法，转引自此文。

　　② 　章培恒：《再谈百回本〈西游记〉是否吴承恩所作》，《复旦学报》1986 年第 1 期。太田辰夫的看法，转引自此文。

　　③ 　《西游记》是否为吴承恩所作，现有的材料既不足以证明，就有据可稽来说，与其以"吴氏"，不如以"华氏"作为"作者"的代称。

《西游记》实际上是孙悟空的英雄传奇。这位美猴王，天性洁如白玉，胆气压乎群类，又炼就与天同寿真功果，成日天不拘兮地不羁而不知礼仪法度为何物，一直发展到"因在凡间嫌地窄，立心端要住瑶天"。如何对待这一"妖猴"？那华阳洞天主人虽则故意以猴王在其掌握之中的茅君自比，然而对在其掌握之中的猴王的态度和方略，却与众不同。正是在这一问题上，集中地反映了他的傲世之心匡世之意。

书中描写了玉皇大帝对美猴王的态度，那就是假仁义之名而实欲弥缝禁锢之。孙悟空"强坐水宅，索兵器"，又"大闹森罗，强销名号"；东海龙王敖广和地藏王菩萨表奏玉帝，玉帝依太白金星所奏："念生化之慈恩，降一道招安圣旨，把他宣来上界，授他一个大小官职，与他籍名在箓，拘束此间；若受天命，后再升赏；若违天命，就此擒拿。"孙悟空当上弼马温，将天马养得肉肥膘满，但当他知道弼马温不入品，便打出南天门，回到花果山，竖起"齐天大圣"旗；托塔天王并哪吒奉旨率天兵天将征剿，不期大败而归。玉帝又依太白金星所奏："那妖猴只知出言，不知大小。欲加兵与他争斗，想一时不能收伏，反又劳师。不若万岁大舍恩慈，还降招安旨意，就教他做个齐天大圣；只是加他个空衔，有官无禄便了。"孙悟空当了齐天大圣，成日"无事闲游，结交天上众星宿，不论高低，俱称朋友"。玉帝恐其闲中生事，遂令这个自幼吃桃子长大的美猴王去管那蟠桃园。简直就像让黄鼠狼看鸡，焉有不吃之理！正是玉帝的这种欺骗、轻贤、不会用人，将孙悟空推上了大闹天宫的道路。

书中又描写了太上老君对美猴王的态度，那就是想以八卦炉中的文武火焚而化之。孙悟空搅乱了"蟠桃大会"，偷吃了玉液琼浆；误入兜率宫，又"如吃炒豆相似"偷吃了李老君五壶"九转金丹"。二郎神在李老君的协助下，擒捉了孙悟空；玉帝命押至斩妖台，"将这厮碎剁其尸"。众天兵刀砍斧剁，雷打火烧，莫想伤及其身。李老君奏道："不若与老道领去，入在八卦炉中，以文武火煅炼。炼出我的丹来，他身自为灰烬矣。"结果如何呢？炼了七七四十九天，一日开炉取丹，那钻在"巽宫"位下的美猴王看见光明，忍不住将身一纵，蹬倒八卦炉，往外就走；老君赶上抓一把，被他一摔，摔了个倒栽葱，脱身走了。这次不是回到花果山，是打上灵霄殿去夺玉皇大帝的龙位。那掉到西方路上的几块八卦炉上的砖，化为周围寸草不生的八百里火焰山。真是不仅没能降伏美猴王，反给黎元带来无穷灾难。

书中还描写了西天佛祖对美猴王的态度，那就是用"俺把你哄了"的办法将其压在五行山下。孙悟空打到灵霄殿外，玉帝忙请如来救驾。如来以打赌为名，激孙悟空跳入掌心，却将他一把抓住，指化五行山，轻轻地把他压住，山顶贴上"压帖"，书有"唵、嘛、呢、叭、咪、吽"六字"真言"。并召一尊土地神祇，会同五方揭谛，居住此山监押，"但他饥时，与他铁丸子吃；渴时，与他溶化的铜汁饮"。要特别注意的是，这情节，这六字"真言"，是《西游记》杂剧里所没有的。《西游记》杂剧里是写观音从托塔天王与二郎神刀下救出，压在花果山下以待取经人。"唵、嘛、呢、叭、咪、吽"，是梵语莲花珠的译音。"我国明代民间把这句话说成'俺把你哄了'，是当时对迷信佛教的讽刺"[①]。显然，这一情节的演化，最鲜明地反映了华阳洞天主人的创作个性。其意义则由严正而趋于滑稽，由教训而变为讽刺，明显地表露出一种对如来的不恭。

世德堂本《西游记》如此将"五行山下定心猿"与"八卦炉中逃大圣"对举，作为孙悟空由"齐天大圣"步入"斗战胜佛"的转折点来写，

---

① 《西游记》人民文学本第七回注。

这在两宋以来的取经故事中是别开生面的。它似乎还有另一层含意，那就是孟子说的："天将降大任于斯人也，必先苦其心志，劳其筋骨，饿其体肤，空乏其身，行拂乱其所为，所以动心忍性，曾益其所不能。"①因为，它写孙悟空被推入八卦炉中，"将身钻在'巽宫'位下。巽乃风也，有风则无火。只是风搅得烟来，把一双眼炒红了，弄做个老害病眼，故唤作'火眼金睛'"。可这双"火眼金睛"，却使妖魔难逃其形。它写孙悟空被压于五行山下，饥餐铁丸，渴饮铜汁，鬓边少发多青草，额下无须有绿莎，度过寒暑五百年，终于"知悔了"，愿为"法轮回转，皇图永固"而一路荡妖灭怪保唐僧西天取经。凡此，这在时人看来，就叫历尽磨难，增加了本领，增长了见识。任何人都无法超越他的时代，华阳洞天主人的思想也是如此，能将玉帝、老君、如来视为"罪恶滔天，不可名状"的"妖猴"，看成"天将降大任于斯人"的英豪，已使他不失为"跅弛滑稽之雄"，说明他赏识的是孕育于个性心灵解放思潮的所谓具有"童心"的"真人"。

论者认为《西游记》歌颂了孙悟空大闹天宫，甚至认为是把它作为农民起义来歌颂的，这恐怕为华氏始料所不及。实际上，华氏歌颂的是取经路上的孙悟空，而对大闹天宫的孙悟空只是欣赏；欣赏不等于完全肯定，而歌颂乃是最大的肯定。陈元之谓"旧序"有云："魔以心生，亦以心摄。是故摄心以摄魔，摄魔以还理。还理以归之太初，即心无可摄。"看来，是符合华阳洞天主人思想的。所谓"摄心以摄魔"，就是：一方面要承认美猴王的"天不拘兮地不羁"的天性，另一方面又不可任其自然而发展为反性。所谓"摄魔以还理"，就是：一方面应该检束美猴王的身心而以免其产生不轨行为，另一方面又应该录之用之而使之能

①《孟子·告子章句下》，《十三经注疏》下册，中华书局 1980 年版，第 2762 页。

充分发挥其应发挥的作用，造福生灵，造福社稷。足见，提出的仍然是怎样对待孙悟空，方可确保西行求法的成功，从而使"法轮回转，皇图永固"的问题。那观音与孙悟空的关系，便是华氏对这一问题的回答；可却向来为研究者所忽略，而不知个中"有作者之心傲世之意"。

四、从观音和孙悟空的关系来考察

两宋以来，随着取经故事的发展，孙悟空和观音在故事中的地位也越来越重要，观音也越来越人格化，她与唐僧师徒特别是孙悟空的关系也越来越亲密。《取经诗话》写唐僧西游，其护法神有两位，主要是大梵天王，其次是观音菩萨。唐僧与猴行者行经"千手千眼菩萨之地"香山，"只见古殿巍峨，芳草连绵，清风飒飒"，虽有心朝礼，却无缘一识菩萨真身。《西游记》杂剧写唐僧西游，其护法神有十位，观音不但位居其首，而且成了取经队伍的组织者。唐僧师徒已可一睹观音真容，但莫不顶礼膜拜，唯恐亵渎了菩萨。特别是孙悟空，因想吃唐僧肉而被戴上了"铁戒箍"，一见观音，便战战兢兢，如履薄冰。世德堂本《西游记》写唐僧西游，观音不但是各方护法神的主持者，取经队伍的组织者，唐僧师徒的释厄者，而且完全被人化了，与孙悟空谈笑自若，成了孙悟空的知音，没有她简直就没有孙悟空的由"齐天大圣"转变成"斗战胜佛"。那么，观音又是怎样对待孙悟空的呢？

一曰：惜之用之。

《西游记》写"我佛造经传极乐，观音奉旨上长安"。路经流沙河，"指沙为姓"剃度了沙和尚，留作唐僧三弟子。沙和尚自云："我不是妖邪，我是灵霄殿下侍銮舆的卷帘大将。只因在蟠桃会上，失手打碎了玻璃盏，玉帝把我打了八百，贬下界来，变得这般模样，又教七日一次，将飞剑来穿我胸胁百余下方回，故此这般苦恼。没奈何，饥寒难忍，三二日间，出波涛寻个行人食用。"路经福陵山，"指身为姓"剃度了猪八戒，留作唐僧二弟子。猪八戒自云："我不是野豕，亦不是老彘，我本是天河里天蓬元帅，只因带酒戏弄嫦娥，玉帝把我打了二千锤，贬下尘凡。一灵真性，竟来夺舍投胎，不期错了道路，投在个母猪胎里，变得这般模样。是我咬杀母猪，打死群彘，在此处占了山场，吃人度日。"路经鹰愁涧，营救了小白龙，留与唐僧做个脚力。小白龙自云："我是西海龙王敖闰之子。因纵火烧了殿上明珠，我父王表奏天庭，告了忤逆。玉帝把我吊在空中，打了三百，不日遭诛。"路经五行山，观看帖子"唵、嘛、呢、叭、咪、吽"六字真言，"叹惜不已"，特留残步看望孙悟空。孙悟空道："如来哄了我，把我压在此山，五百余年了，不能展挣。"并说："我已知悔了。但愿大慈悲指条门路，情愿修行。"菩萨"闻得此言，满心欢喜"，遂为摩顶受戒，留作唐僧大弟子。

我们知道，《西游记》杂剧里的孙悟空并不是"灵根育孕源流出"的天产石猴，乃是吃人成性而又好色的"老猴精"。杂剧里的小白龙所以法当斩罪，并不是由于他"火烧了殿上明珠"而被其父表奏天庭"告了忤逆"，乃是由于他"行雨差迟"。杂剧里的猪八戒并不是由于"带酒戏弄嫦娥"而被"玉帝贬下尘凡"的"天蓬元帅"，乃自称是私自下凡的"摩利支天部下御车将军"。杂剧中的沙和尚所以被玉帝"贬下界来"，并不是由于他"在蟠桃会上失手打碎了玻璃盏"，而是由于他"带酒思凡"。并且，猪八戒与沙和尚成为唐僧弟子也与观音不相干。凡此，也大致反映了元代取经故事中唐僧四位弟子的来历，只除猪八戒是个伪冒的金色猪。①

---

① 详见本编第六章《论猪八戒形象的演化》，第三节。

两相对照，杂剧《西游记》既歌颂了玉帝，又歌颂了观音；而小说《西游记》却无美不归观音，无恶不归玉帝。

那么，华阳洞天主人又为什么要如此独出机杼呢？孔孟讲"仁义"，如来讲"慈悲"；二者似乎同出一辙，其实不然。"仁义"是建筑在"天有十日，人有十等"基础上的。"慈悲"是建筑在"佛法平等，普度众生"基础上的。诗圣杜甫有句云："不过行俭德，盗贼本王臣。"无疑是道出了一个客观真理。不妨活剥一下："不过施佛法，妖魔本天神。""俭德"者何？仁义是也，反映了诗人对苛政的憎恶，对仁政的憧憬。"佛法"者何？平等是也，反映了华氏对森严的礼法乃至对封建宗法的思想和制度的不满。正因如此，所以《西游记》实际是"童心者自文"，是部建筑在个性心灵解放基础上的作品。

管仲从狱官手里被释放而提举出来，鲍叔由此而千百年来为人们传颂不已。[①] 观音起用孙悟空于囚中，其胆识足可与鲍叔并驾。她对猪八戒、沙和尚、小白龙的起用，也做到了惟才是宜。凡此，莫不与玉帝"轻贤"和"不会用人"形成鲜明对照。华氏这么写，不是一般地抒发怀才不遇，其中包孕着一种朦胧的自由平等观念与封建礼法和等级秩序的对立。

二曰：束之诲之。

《西游记》里最具匠心的描写，莫过于孙悟空头上的"紧箍"。它也是作品中最难理解的问题之一，一般都认为作者对它是否定的。

饶有意味的是：《取经诗话》里的"隐形帽"，一变而为《西游记》杂剧里的"铁戒箍"，再变而为世德堂本《西游记》里的"紧箍"。"隐形帽"是猴行者用来帮助唐僧降伏妖魔的，而"铁戒箍"或"紧箍"却是观音

---

① 《左传》"庄公九年"，《十三经注疏》下册，中华书局 1980 年版，第 1766 页。

用来帮助唐僧束缚孙悟空的。

《西游记》杂剧中写唐僧救了孙悟空，孙悟空却想吃唐僧："好个胖和尚，到前面吃得我一顿饱，依旧回花果山，那里来寻我？"观音见孙悟空"凡心不退"，便降落云端，说："通天大圣，你本是毁形灭性的；老僧救了你，今次休起凡心。我与你一个法名，是孙悟空。与你个铁戒箍、皂直裰、戒刀。铁戒箍戒你凡性，皂直裰遮你兽身，戒刀豁你之恩爱。好生跟师父去，便唤作孙行者，疾便取经，着你也求正果。玄奘，你近前来。这畜生凡心不退，但欲伤你，你念紧箍儿咒，他头上便紧，若不告饶，须臾之间，便刺死这厮。"显然，一戒其吃人，二戒其好色，这是观音给孙悟空戴上铁戒箍的目的，作者是颂扬的。

世德堂本《西游记》里的孙悟空一不吃人，二不好色，是个"有仁有义的猴王"，那救苦救难的观世音菩萨又为什么要给他戴上个紧箍儿呢？

难道是由于他"秉性凶恶"，"全无一点慈悲好善之心"，一顿打死六个"剪径的大王"，还不受唐僧的教诲？恐怕不能这么说。孙悟空被戴上"紧箍"那天，确曾因此事与唐僧红过脸。三藏道："你纵有手段，只可退他去便了，怎么就都打死？"悟空道："我若不打死他，他却要打死你哩。"三藏道："我就死，也只是一身，你却杀了他六人，如何理说？"行者道："我老孙五百年前，据花果山称王为怪的时节，也不知打死多少人。"三藏道："今既入了沙门，若是还像当时行凶，一味伤生，去不得西天，做不得和尚！"你想老孙可是受得闷气的？当下"按不下心头火发"道："你既是这等，说我做不得和尚，上不得西天，不必恁般绪咶恶我，我回去便了！"撇下唐僧，一筋斗云，欲回花果山。这场争执，孙悟空固然有孙悟空的理，唐僧也是占了理的，观音曾这么说孙悟空：

> 唐三藏奉旨投西，一心要秉善为僧，决不轻伤性命。似你有无量神通，何苦打死许多草寇！草寇虽是不良，到底是个人身，不该打死。比那妖禽怪兽、鬼魅精魔不同。那个打死，是你的功绩；这人身打死，还是你的不仁。但祛退散，自然救了你师父。据我公论，还是你的不善。

但，这只可以看作观音对孙悟空的除恶务尽思想的一种善意批评；如果把它看作观音给孙悟空戴上紧箍的原因，那就过犹不及了。观音还曾明确地告诫唐僧：

> 你今须是留悟空。一路上魔障未消，必得他保护你，才得到灵山，见佛取经。

如何"保护"？"炼魔降怪"！无论观音，还是如来，对孙悟空勇于斗争的特点，都是肯定的。最后"功成正果"，封之为"斗战胜佛"，便是明证。只有肉眼凡胎不辨人妖的唐僧，才认为"这泼猴，凶恶太甚，不是个取经之人"。

观音所以给孙悟空戴上紧箍，并不是由于他"凶恶太甚"，千钧棒无情，乃是由于他虽能任劳却不能任怨，动辄想"重整仙山，复归古洞"。这一点，书中说得一清二楚。"蛇盘山诸神暗佑，鹰愁涧意马收缰"，写孙悟空不意戴上紧箍后气得七窍生烟，闻说"菩萨来也"，便"急纵云跳到空中"对观音大叫道：

> "你这个七佛之师，慈悲的教主！你怎么生方法儿害我！"菩萨道："我把你这个大胆的马流，村愚的赤尻！我倒再三尽意，

度得个取经人来，叮咛教他救你性命，你怎么不来谢我活命之恩，反来与我嚷闹？"行者道："你弄得我好哩！你既放我出来，让我逍遥自在耍子便了；你前日在海上迎着我，伤了我几句，教我来尽心竭力，伏侍唐僧便罢了；你怎么送他一顶花帽，哄我戴在头上受苦？把这个箍子长在老孙头上，又教他念一卷甚么'紧箍儿咒'，着那老和尚念了又念，教我这头上疼了又疼，这不是你害我也？"菩萨笑道："你这猴子！你不遵教令，不受正果，若不如此拘系你，你又诳上欺天，知甚好歹！再似从前撞出祸来，有谁收管？——须是得这个魔头，你才肯入我瑜伽之门路哩！"

彼此说得如此坦诚，哪像是"妖仙"在和菩萨说话，倒好像是两个朋友在争辩。从而也就告诉我们：束其好"逍遥自在耍子"的天性，一其心志去扫魔灭怪保唐僧求法西天，这是观音给孙悟空戴紧箍儿的主要目的。与《西游记》杂剧所写，那是不可同日而语的。

然而，令人难解的是，昔日观音奉旨上长安时，如来除了取出"锦襕袈裟"一领，"九环锡杖"一根，嘱咐菩萨"与那取经人亲用"以外，又取出"三个箍儿"递与菩萨道：

> 此宝唤做"紧箍儿"，虽是一样三个，但只是用各不同。我有"金紧禁"的咒语三篇。假若路上撞见神通广大的妖魔，你须是劝他学好，跟那取经人做个徒弟。他若不伏使唤，可将此箍儿与他戴在头上，自然见肉生根。各依所用的咒语念一念，眼胀头痛，脑门皆裂，管教他入我门来。

观音后来将"锦襕袈裟"和"九环锡杖"给了唐僧，"紧箍儿"给了孙悟空，"禁箍儿"给了熊罴怪，"金箍儿"给了红孩儿；而熊罴怪和红孩儿却不是唐僧的徒弟，猪八戒与沙和尚是唐僧的徒弟反倒没给，二人又皆曾"血人为饮肝人食"。这是怎么回事呢？至少可作三种解释：

一是，世德堂本祖本作者的疏忽，华阳洞天主人改定时又没有注意。

二是，世德堂本祖本的作者为了突出三藏作为"圣僧"的地位，写观音按如来法旨与孙悟空、猪八戒、沙和尚三人各戴一戒箍，三藏由于会念"金紧禁"三咒而使他们不敢不伏使唤。华阳洞天主人为了突出孙悟空的地位，并为了增强唐僧师徒四众之间的喜剧性，改写了有关人物形象与人物关系，将禁箍儿与了熊罴怪，金箍儿与了红孩儿，却由于疏忽而没有对如来的法旨作相应的修改。其情况，犹如删净了花果山自在为王时期孙悟空好吃人肉的情节，却由于疏忽而没有对第二十七回"尸魔三戏唐三藏，圣僧恨逐美猴王"中的一段话，即孙悟空对唐僧所说"老孙在水帘洞里做妖魔时，若想人肉吃"云云作相应的改变。①

三是，世德堂本这种将猪八戒、沙和尚之戒箍戴到熊罴怪、红孩儿头上，却又未对观音奉旨上长安时所领如来法旨作相应的修改，不是由于华阳洞天主人的疏忽，他是自知的，强意识的。其情况，犹如割断了西行路上的蛟魔王、鹏魔王、狮驼王、猕猴王、犭禺狨王等与孙悟空的结义关系，让他们大多和神佛结上了亲以写世态，却未对第三回"四海千山皆拱伏，九幽十类尽除名"等所写孙悟空在花果山"会了个七弟兄"，即"牛魔王、蛟魔王、鹏魔王、狮驼王、猕猴王、犭禺狨王"等作相应的修改，但又留下牛魔王和孙悟空的结义关系与此相呼应。② 其用意，显

---

① 详见本编第十二章《论〈西游记〉的著作权问题》，第二节。
② 详见本编第十二章《论〈西游记〉的著作权问题》，第二节。

然是要写出观音上长安虽则是奉佛旨，但寻谁作取经人，用谁作弟子一路保驾，与谁戴上戒箍，却并非惟如来法旨是从，乃是凭慧眼与按实际需要。从而也就既突出了孙悟空的地位，又突出了观音菩萨的作用。

哪种解释为是呢？一则今见材料太少，二则未见高明论说，三则问题似小实大，笔者不敢强作解人。如果一定要我交份试卷，那我认为这三种解释的可能性是递增的。因为，后者最符合陈元之序中所说的"有作者之心傲世之意"。质之高明，不知以为何如？

一来由于唐僧不念"紧箍咒"则已，一念"紧箍咒"便变得对敌慈悲对友刃，致使孙悟空曾噙泪跪求观音："万望菩萨，含大慈悲，将《松箍儿咒》念念，褪下金箍，交还与你，放我仍往水帘洞逃生去罢！"二来由于孙悟空是华氏讴歌的英雄、心爱的主人公，他与华氏的是非观念总体是一致的，所以研究者一般都认为华氏对观音给孙悟空戴紧箍儿，是否定的。我以为这是把复杂问题简单化了。要知道，熊罴怪戴上禁箍儿成了落伽山守山大神，红孩儿戴上金箍儿成了紫竹林善财童子；孙悟空对他们俱成正果是肯定的，而这一肯定显然反映了华氏对观音如何用"箍"的肯定。诚然，作品结尾，写孙悟空已封为"斗战胜佛"，其最后一句话是向唐僧说的："师父，此时我已成佛，与你一般，莫成还戴金箍儿，你还念甚么《紧箍咒儿》措勒我？趁早儿念个《松箍儿咒》，脱下来，打得粉碎，切莫叫那甚么菩萨再去捉弄他人。"想到头上的紧箍儿，还是那么愤愤不平。然而，此时已封为"旃檀功德佛"的唐僧又是怎么回答的呢？"当时只为你难管，故以此法制之。今已成佛，自然去矣。岂有还在你头上之理！你试摸摸看"。孙悟空"举手去摸一摸，果然无之"。三藏这一段话显然也是华氏的结论。由此可见，华阳洞天主人对观音与孙悟空戴紧箍儿是肯定的，否定的只是肉眼凡胎的唐僧乱念《紧箍儿咒》。

三曰：勉之助之。

具有大无畏精神的孙悟空，当他头戴紧箍认真踏上征程时也曾临事而惧，扯住菩萨不放道：

> "我不去了！我不去了！西方路这等崎岖，保这个凡僧，几时得到？似这等多磨多折，老孙的性命也难全，如何成得甚么功果！我不去了！我不去了！"菩萨道："你当年未成人道，且肯尽心修悟；你今日脱了天灾，怎么倒生懒惰？我门中以寂灭成真，须是要信心正果；假若到了那伤身苦磨之处，我许你叫天天应，叫地地灵。十分再到那难脱之际，我也亲来救你。你过来，我再赠你一般本事。"菩萨将杨柳叶儿，摘下三个，放在行者的脑后，喝声"变"！即变做三根救命的毫毛，教他："若到那无济无主的时节，可以随机应变，救得你急苦之灾。"

真是惠诲谆谆，是开导，也是承诺。行者"闻了这许多好言，才谢了大慈大悲的菩萨"。

作为取经人精神上的领袖和事实上的组织者，观音菩萨对孙悟空的这种开导和承诺，是非常必要的，也是非常及时的。它使孙悟空一路炼魔降怪增加了信心，也为唐僧西游的成功提供了必要的保证。孙悟空是聪明的，他接受了观音的教诲，并相信观音不会失信于人。唐僧的《紧箍儿咒》是观音传授的，但你几曾见过观音对孙悟空念过那玩意？华阳洞天主人令我们看到的是什么呢？黑风山、五庄观、枯松涧、通天河，若非观音亲临，唐僧师徒不能释厄；狮驼洞，若非那"三根救命毫毛"，孙悟空逃不出鹏魔王的"阴阳二气瓶"。如此劳心劳力护法取经者，甚至"未及梳妆"便纵上祥云赶去救难，这样的菩萨又怎能不使"有仁有义的猴王"感服而"至心朝礼"呢！

四曰：谅之容之。

有容德乃大，无欲志则刚。一用以说观音，一用以说孙悟空，我以为是合适的。无孙悟空，唐僧到不了西天；无观音菩萨，孙悟空不能尽其器能。"那猴头，专倚自强，那肯称赞别人？"反映为平生喜笑悲歌气傲然。这也见之于他对唐僧顶礼膜拜的观音菩萨的态度，尽管观音是他心目中最为可敬可亲的人。明明是他大胆，将"锦襕袈裟"卖弄，拿与小人看见，却又行凶，唤风纵火，烧了观音的留云下院，反而到落伽山紫竹林放刁，说："我师父路遇你的禅院，你受了人间香火，容一个黑熊精在那里邻住，着他偷了我师父袈裟，屡次取讨不与，今特来问你要的。"甚至还诅咒观音："该她一世无夫"；奚落如来，说他是"妖精的外甥"。这实在有点不恭，罪当入阿鼻地狱。可观音却谅之容之，纵然骂他"泼猴"，也充满着爱心。

孙悟空还好与观音菩萨说嘴，观音菩萨亦喜与猴王说笑。试看第四十二回的一段插曲：

菩萨坐定道："悟空，我这瓶中甘露水浆，比那龙王的私雨不同：能灭那妖精的三昧火。待要与你拿了去，你却拿不动；待要着善财龙女与你同去，你却又不是好心，专一只会骗人。你见我这龙女貌美，净瓶又是个宝物，你假若骗了去，却那有工夫又来寻你？你须是留些甚么东西作当。"行者道："可怜！菩萨这等多心。我弟子自秉沙门，一向不干那样事了。你教我留些当头，却将何物？我身上这件绵布直裰，还是你老人家赐的。这条虎皮裙子，能值几个铜铁？这根铁棒，早晚却要护身。但只是头上这个箍儿，是个金的，却又被你弄了个方法儿长在我头上，取不下来。你今要当头，情愿将此为当。你念个《松箍儿咒》，将此除去罢；不然，将何物为当？"

这是观音起程降伏红孩儿时与孙悟空的言笑。它是灵霄殿上玉帝和仙卿间所不可能有的。写出了观音和孙悟空关系的融洽，也反映了华氏的人伦理想。

正如恩格斯所说："主要的出场人物是一定的阶级和倾向的代表，因而也是他们时代的一定思想的代表，他们的动机不是来自琐碎的个人欲望，而正是来自他们所处的历史潮流。"[1]世德堂本《西游记》的主要特点，是寓庄于谐，借神魔以写人间，在幻想中求索治国安邦之道。如果说，观音是笑花主人所欲看到的具有"常心"的"常人"的典型[2]，即地主阶级开明派的代表人物；那么，孙悟空则是李贽所欲看到的具有"童心"的"真人"的典型[3]，即新兴市民阶层的代表人物。二者代表着不同的历史发展方向，反映着华氏世界观矛盾着的两个侧面。这就是说：《西游记》中的孙悟空和观音实际都是"华阳洞天主人"幻想中的自我——当他呼唤"伯乐"，则幻想中出现了观音；当他寻找"千里马"，则幻想中出现了孙悟空。二者相辅相成，从中表现了他的价值观念和政治理想——期望孙悟空式的人才能遇观音式的人物获得起用，并通力合作，扫灭社会一切邪恶势力以造福生灵、造福社稷。把孙悟空说成"农民起义的英雄"，甚至将观音也推到孙悟空的对立面，以此去探求作品的创作本旨，窃以为只能是南辕北辙，因为这不符合作品的实际。

---

① 《马克思恩格斯选集》第4卷，人民出版社2012年版，第440页。
② 笑花主人：《今古奇观》序，朱一玄编：《明清小说资料选编》上册，齐鲁书社1990年版。
③ 李贽：《焚书》卷3《童心说》，中华书局1975年版，第98页。

五、从与《水浒》的思想异同来考察

宗教光环下的尘俗治平求索，是《西游记》思想和写法上的总体特点与文化特征①。作者以"法轮回转，皇图永固"作为取经人的价值观念和奋斗目标，亦犹如《三国演义》中刘备所说的"上报国家，下安黎庶"，《水浒传》中宋江所说的"同存忠义于心，共著功勋于国"，都可以看作造福生灵、造福社稷的同义语。因而，这是中国文学主题学中的一大传统主题，也是中华民族民族精神的一大呈现。

然而，正像情节大致相同的题材可以表现不同的主题思想，主题思想大致相类的作品其思想性质也可以不同，这也是常见于文学史的。《西游记》与其他主要思想相类的作品相比，情况是否也是如此呢？这是应该研究而却鲜见有人用力研究的问题。

不说上下千年，就以明代小说、传奇来说，其主题思想属于"造福生灵，造福社稷"范畴的作品，便可以分为两大类。一类是"忠孝"类，以传奇为多见；一类是"忠义"类，以小说为多见。

"忠孝"类的传奇可以《鸣凤记》和《清忠谱》为代表。一个写的是："前后同心八谏臣，朝阳丹凤一齐鸣，除奸反正扶明主，留得功勋耀古今。"一个写的是："珰焰烧天，正亘古忠良灰劫……一点忠魂天日惨，五人义气风雷掣。"这类指奸责佞而意主忠孝，以宣扬"忠孝自根心，君亲魂梦钦"为指归的作品，在明代文学中形成了一大艺术家族，代表着开明士大夫的审美理想、文艺思潮和政治要求，是典型的儒家文化的反映。《西游记》中的灵霄宝殿，是人间最高封建统治集团在天上的投影。作者在作品中百般揶揄的玉帝并不是个昏君，倒是个惟"理学"是

---

① 详见本编第八章《论〈西游记〉思想和写法上的总体特点与文化特征》。

守的"好皇帝"，假若《鸣凤记》和《清忠谱》中的皇帝进入这位"踔厉滑稽之雄"的笔端，那就只有"喝马尿"的份儿，可见《西游记》的思想性质并不属于这"意主忠孝，指归劝惩"的文化圈。

"忠义"类的小说可以《三国演义》和《水浒传》为代表。一个写"宴桃园豪杰三结义"，实意味着共推"当今皇叔"刘玄德为尊，关羽和张飞自愿"拱听号令"，彼此生死与共，协力同心，"上报国家，下安黎庶"。一个写"梁山泊英雄排座次"，实意味着共推"全忠全义"宋公明"把寨为头"，众好汉则自愿"拱听号令"，彼此死生相托，患难相扶，"共存忠义于心，同著功勋于国，替天行道，保境安民"。这类指奸责佞而"意主忠义，指归劝惩"的作品，实植根于民族矛盾和阶级矛盾犬牙交错的历史时代，融汇着汉民族的民族情绪和民本主义的思想潮流，具有广大而深厚的群众基础，并以其源远流长而在明代文学中蔚为大观，虽主要是反映了"在家靠父母，出外靠朋友"的广大小生产者的审美情趣、文艺思想和政治要求，而本质上却属于江湖文化和儒家文化相碰撞和相圆融的产物，其中尤以以"忠义人"的襟怀写"忠义人"的《水浒传》为最。那作品中的当"大哥"者固皆"仁德之主"、"忠义之士"，而"义结金兰"的功利目的又都十分明确。所以，"结义"者们一方面是各自人格独立的英雄豪杰，一方面又尽皆甘把自己的意志交由"大哥"去统一的集体中无个性自觉的一员。凡此，正说明他们的心理结构，从根本上来说，依然是儒家文化的心理结构。作为同是乱世英雄的颂歌，同是英雄传奇，同是江湖文化和儒家文化相碰撞和相圆融的产物，从总体方面来说，《西游记》虽则未能超越这一文化圈，但已有诸多打破，这主要表现在主人公是否已具个性自觉上。

兹将《西游记》和《水浒传》略作比较，以资说明。因为我认为在"忠义"类的小说里，《水浒传》和《西游记》最具可比性。

《西游记》和《水浒传》其相似之点主要有四：

一是，位卑未敢忘忧国是两位作者的共同文化心理。《水浒传》作者笔端的一百零八将，几乎没有一个不是被逼上梁山的，尤其是其中的领袖人物。然而，他们虽"啸聚山林"，却念念"不忘廊庙"。宋江正式"把寨为头"时的就职演说，即"共存忠义于心，同著功勋于国，替天行道，保境安民"云云，显然程度不等地道出了众好汉的心愿，否则，他在梁山决不会拥有至高无上的威望。诚然，《西游记》的作者确"有一点爱骂人的玩世主义"；然而，胡适道出的仍只是作品的表层色彩，实际上作者是在寓庄于谐，借妖魔以写人间而寓以"斩鬼"的豪情。论者只知宋江在梁山"替天行道"，其实孙悟空的一路荡妖灭怪又何尝不是在"替天行道"呢？甚至是种有甚于宋江的"替天行道"，只是由于研究者为作品的表层"玩世主义"色彩所惑，没有看出这"作者之心傲世之意"而已。假若没有这种忧国忧民的社会责任感，我想这两位作者是不会有作品长留天地间的。

二是，两位作者都赋予笔端的英雄人物以似魔而实神的先天品格。《水浒传》第一回写"洪太尉误走妖魔"时的情景："那一声响亮过处，只见一道黑气，从穴里滚将起来，掀塌了半个殿角。那道黑气，直冲到半天里空中，散作百十道金光，望四面八方去了。"盖"黑气"者，"魔君"之象也；"金光"者，"星君"之象也，其由"黑气"而化作"金光"者，"休言啸聚山林，早愿瞻依廊庙"之谓也。盖所以"啸聚山林"而身不在"廊庙"者，"乱由上作"而非英雄们之罪也。《西游记》的作者对笔端的英雄们又何尝不是如此写的呢？那美猴王分明是个"孕天地之灵秀"而生的"天产石猴"，可灵霄宝殿上的君臣们却偏要认为他是个"地上妖仙"而鄙之贱之，致使他"欺天罔上思高位，凌圣偷丹乱大伦"。那在福陵山以吃人度日的猪八戒，却原来是个"因带酒戏了嫦娥"而被玉帝贬入下界的"天河里天蓬元帅"。那在流沙河"没奈何，饥寒难忍，三二日间，出波涛寻一个行人食用"的恶魔沙和尚，却原来是个在蟠桃会上不意"失手打碎了玻璃盏"而被玉帝谪入尘凡的"灵霄殿下侍銮舆的卷帘大将"。这与《水浒传》第一回"楔子"所示，又何其相似乃尔！假若没有一点"不过行俭德，盗贼本王臣"的观念；假若没有"暮雨潇潇江上村，绿林豪客夜知闻。他时不用相回避，世上如今半是君"的认识；假若没有"贼做官，官做贼，混贤愚"的愤懑，我想两位作者是不会赋予笔端的曾一度被逼为"盗"或"妖"的英雄人物以如此似魔而实神的精神品格的！

三是，两位作者都以"惩恶"即是"劝善"作为笔端英雄人物的公义观念和立身之道。《水浒传》中的李逵和阮氏兄弟等世俗好汉自不必说，就是作为出家人的花和尚鲁智深以及行者武松，他们对贪官污吏和乱臣贼子也不心慈手软。正因如此，所以二人皆成正果。凡此，都反映了作者对英雄们的以"惩恶"作为"劝善"的最大肯定。《西游记》中的孙悟空，其公义观念和立身之道，与花和尚鲁智深和行者武松显然如出一辙。不但如此，作者还以孙悟空的以"惩恶"作为"劝善"与唐僧的以"劝善"作为"惩恶"形成两条路线的对立，从而肯定前者而讥刺后者。假若社会不是腐败到了极点，我想两位作者是不会作如是构思的。因为，社会既已成了群魔乱舞的社会，那么，若以"劝善"去"惩恶"，则不但不能感化"恶"，倒会驱善者去充当虎口的羔羊；而若以"惩恶"去"劝善"，则打了豺狼，羔羊也就脱了险地。以"劝善"去使吸民脂民膏以肥的贪官污吏洗心革面，更只不过是统治阶级内部官官相护的一面好看招牌而已！

最后，两位作者均以英雄无用武之地作为主人公的不平之恨。《水浒传》中的宋室是个不肖役大贤的天下，以致英雄们初受贪官污吏所役而只好云聚水泊，继受蔡京之流所役而只可魂聚蓼儿洼。与此略呈异彩,《西游记》中的灵霄宝殿是个小贤役大贤的天国,以致屡蒙仁德加恩的盖世英雄孙悟空,他初受其役固然只能当个弼马温,继受其役亦只可当个以看守蟠桃园为其实际职守的空头齐天大圣。难怪他要高喊:"强者为尊该让我,英雄只此敢争先。"

《西游记》和《水浒传》其相异之点亦主要有四:

《水浒传》中的梁山好汉们的"义结金兰",一方面使他们成为朋友加兄弟,彼此患难相扶,死生相托,众志成城;另一方面又使宋江以下的好汉们须以宋江的意志作为自己的最终意志,甚至使位居"大哥"的宋江对违令者拥有生杀大权。这种"义结金兰",显然是封建性的。它反映了小生产者在政治上对朋友而又兄弟而又君臣的君臣关系的憧憬之情,与《三国演义》中的"宴桃园豪杰三结义"并无质的不同。因此,无论是"三打祝家庄","夜打曾头市",还是"两赢童贯","三败高俅",莫不是在宋江的统一号令下,众好汉的同心作战。《西游记》也写了孙悟空在花果山自在为王时曾与牛魔王等"结为七弟兄",那是一种别开生面的"义结金兰"。这种"结义",不以功利目的作为思想纽带,连排行也是依个儿大小,牛魔王个儿最大,"做了大哥",孙悟空个儿最小,"排行第七",一切循乎天然,身份和名望之类不起任何作用,纯然是"结契同情"。这种"结义",不为封建宗法思想所束缚,孙悟空一自称"齐天大圣",六个魔王也自作自为,自称自号,莫不自封"大圣",彼此完全处于平等地位,俱各保持着自己人格的独立和个人意志的自由。这种"结义",不对个人生活道路起任何约束作用,也不以死生相托、患难相扶作要求。孙悟空大闹天宫并没有想到去求助"六弟兄","六弟兄"亦没有兴兵前来助战;随着各自所走的道路不同,孙悟空在西行路上对牛魔王"先礼而后兵"也没有被看作不义之举。这种"结义",决不会见之于任何社会的成年人之间,只能见之于孩童们的游戏;然而作者却报以欣赏态度，而这种对孩童们游戏的欣赏，我以为正反映了他对人"心之初"①的求索和依恋。罗贯中与施耐庵如有在天之灵，大概不会引这位"跅弛滑稽之雄"为同调吧？此其一。

《水浒传》中的梁山好汉们其所以云聚水泊，并非出于他们的本心，他们的本心对以三纲五常为其法规的"仁政"还是充满向往之情的，所以他们才在"忠义堂"前竖起"替天行道"的大旗，而他们心目中的"天道"与儒家的仁政思想并不相背，九天玄女在宋江上山后对他的训示，便是明证。梁山好汉们其所以"啸聚山林"，全然是由于"官逼民反"，一则为了求"生存"，二则为了求"温饱"，主要是蒙受外力的推动。与此相比，《西游记》中的孙悟空之所以大闹天宫，其原因要复杂得多，也深刻得多。他是为了求"生存"吗？不，花果山是个自由自在的天地。他是为了求"温饱"吗？不，花果山有四季吃不完的果品。那么，他究竟是由于什么呢？是为了求"发展"，主要是内在于他的天性使之然！这可以从两方面说：一方面，他的天性是以天不拘兮地不羁、不识等级观念与秩序为何物为其特点的，这种天性发展下去，不可避免地会与天庭的宗法等级观念和制度本身发生冲突；另一方面，玉帝封他为弼马温和空头齐天大圣，固属玉帝"轻贤"和"不会用人"，然而玉帝所以"轻贤"若此，那又是由于天庭的祖宗成法规定对地上的"妖仙"只能如是。凡此，也就将孙悟空的大闹天宫上升到《水浒传》无法与之并驾的思想层面，它实际上反映了作者对宗法的思想和制度的本身以及朝廷用人祖宗成法的某种不满，这就难怪斯人要对大闹天宫的美猴王报以欣赏态度了，须知他本人就是个"跅弛滑稽之雄"！此其二。

《水浒传》中的一百零八将，虽则个个都是各有擅长的英雄好汉，

---

① 李贽：《焚书》卷 3《童心说》，中华书局 1975 年版，第 98 页。

却没有一个形象具有狂傲美。《西游记》中的孙悟空则不然，狂傲美成了其形象的首要特征，而这种狂傲美又是其内在的天不拘兮地不羁、不识等级观念与秩序为何物的天性之外在表现，纵然已成为"行者"，其"老孙"派头依然不减当年。还是让我们具体看看诸神在他心中的位置吧！他曾"攥着铁棒，望那坟上捣了三下"，对那被他打死的两个强盗说：

> 尽你到那里去告，我老孙实是不怕：玉帝认得我，天王随得我；二十八宿惧我，九曜星官怕我；府县城隍跪我，东岳天齐怖我；十代阎君曾与我为仆从，五路猖神曾与我当后生；不论三界五司，十方诸宰，都与我情深面熟，随你那里去告！

与唐僧的"善念祝荒坟"相比，这是何等的气贯长虹、睥睨世俗！然而，这种气贯长虹、睥睨世俗，反乡愿则反矣，却又正说明他这个狂人乃是中国狂人史上的第一代，所以，不若其第二代曹雪芹笔端的狂人贾宝玉已开始对人生真谛的苦痛思索，更不若其第三代鲁迅《狂人日记》中的狂人已具对中国文明史之苦痛思索的哲人头脑。可照我看来，这三个千古不朽的狂人形象，实乃同属明中叶以来矗立于个性心灵解放思潮中的三座丰碑。此其三。

正因如此，所以孙悟空在玉帝、如来佛、太上老君面前表现的那种目无尊者的"玩世主义"，实际上已开贾宝玉诮儒毁僧谤道思想之先河。而《西游记》中的这种对儒释道三教的不恭是不见于《水浒传》的，当然也就更不见于《三国演义》，当属冬末的萌芽。此其四。

李泽厚《美的历程》云："以'童心'——'真心'作为创作基础和方法，也就为本来建筑在现实世俗生活写实基础上的市民文艺，转化为建筑在个性心灵解放基础上的浪漫文艺铺平了道路。"① 这一论断，我认为是很精辟的；但同时也认为：这一"转化"实际已由《西游记》作者自觉或不自觉地初步完成。上述《西游记》与《水浒传》的异同点，便是明证。那孙悟空身上的狂傲美，就是"建筑在个性心灵解放基础上的！"这是个刚在历史舞台上崭露头角的"新人"。华阳洞天主人最了不起之处就在于：他认为真能荡妖灭怪，造福生灵、造福社稷者，舍斯人其谁欤？真不失为跅弛之雄！

六、从与《焚书》的思想联系来考察

世德堂本《西游记》当略早于《焚书》，因而最值得我们刮目以待的，正在于它所渲染的人才观和人性观与李贽《焚书》中的有关观念竟如出一辙。

比如，《焚书·童心说》认为："夫童心者，绝假纯真，最初一念之本心也。若失却童心，便失却真心；失却真心，便失却真人。"这种"童心"说，作为一种人性观念，李贽用以反对程朱理学的天命之性说和气质之性说，称颂人的一种未受官方御用思想侵蚀过的天真纯朴的先天存在的精神状态，也就是所谓要求自由平等的天性。作为一种道德观念，李贽用以反对一切虚伪、矫饰，反对一切外在教条、道德做作，反对一切传统的观念束缚，甚至包括无上权威的孔孟在内。作为一种文艺观念，李贽用以作为创作基础和方法，提倡将文艺建筑在个性心灵解放基础上。试看《西游记》中的孙悟空身上的那种恍若与生俱来的要求自由平等的天性，特别是其花果山时期那种作为"大自然的儿子"的形象，

---

① 李泽厚：《美的历程》，文物出版社 1981 年版，第 195 页。

不正体现了这三者的完美统一吗？

比如，《焚书·因记往事》，一则讥刺假道学，道是："平居无事，只解打躬作揖，终日匡坐，同于泥塑，以为杂念不起，便是真实大圣大贤人矣。其稍学奸诈者，又搀入'良知'讲席，以阴博高官，一旦有警，则面面相觑，绝无人色，甚至互相推委，以为能明哲。盖因国家专用此等辈，故临时无人可用。"一则竟然首肯海盗林道乾，道是："称王称霸，众领归之，不肯背离。其才识过人，胆气压乎群类，不言可知也。……设国家能用之为郡守令尹，又何止足当胜兵三十万人已耶？又设用之为虎臣武将，则阃外之事可得专之，朝廷自然无四顾之忧矣。惟举世颠倒，故使豪杰抱不平之恨，英雄怀罔措之戚，直驱之使为盗也。"《西游记》揶揄玉帝两旁的"仙卿"而对大闹天宫的"齐天大圣"却报以赏识之情，这种人才观与此又何其相似乃尔！

比如，《焚书·忠义水浒传序》认为："《水浒传》者，发愤之所作也。盖自宋室不竞，冠履倒施，大贤处下，不肖处上。……今夫小德役大德，小贤役大贤，理也。若以小贤役人，而以大贤役于人，其肯甘心服役而不耻乎？"其实，施耐庵之"愤"并不是愤在"小贤役大贤"，而是愤在"奸佞害忠良"。李贽在这里显然是借题发挥，指责理学之士误国而已。但若以此去说孙悟空"官封弼马心何足，名注齐天意未宁"，不是很合适么？

诚然，《西游记》的作者所真正肯定的是作为"斗战胜佛"的孙悟空，而不是作为"齐天大圣"的孙悟空。然而，李贽岂意在歌颂林道乾之为盗哉！李贽亦仅意在期望国家能重用林道乾之辈也。崭新的人性观和人才观，最后屈从了传统的仁政观；这种在人性观和人才观上虽则离"经"而在政治观上却并不背"道"，又是他们的共同局限，是阶级的局限，也是时代的局限。《西游记》的作者何以要给孙悟空戴上个紧箍，于此我们当能获得更深刻的领会。

　　然而，重要的却是，明代笑花主人要求作家把"仁义礼智"写成是"常心"，"圣贤豪杰"写成是"常人"，以"共成风化之美"。笑花主人的这种文艺观点，可以看作是对《三国演义》和《水浒传》等一类指奸责佞而意主忠义的作品之创作总结。与此大相径庭，提倡"童心"说的李贽，则大声疾呼，反对"代圣人立言"，要求文章必须"童心自出"，要求作家刻画出具有"童心"的"真人"形象。《西游记》在塑造并歌颂具有"童心"的"真人"之同时，却百般揶揄了太白金星之类具有"常心"的"常人"。这足以说明它的思想是居于当时的时代之巅的。由此可见，鲁迅赞同谢肇淛的看法，认为假欲勉求此书大旨，"盖亦求放心之喻"，未必得当。我们知道，所谓"放心"，是指放失的"善心"；语出《孟子·告子上》："学问之道无他，求其放心而已矣。"孟子所说的"善心"，是指仁义礼智，也就是所谓"常心"。诚然，与花果山时期的"美猴王"相比，西天取经时候的孙悟空身上是被蒙上了一层封建道德色彩，然而，作为孙悟空这一典型形象之内在特质的，却仍是那种恍若与生俱有的狂傲美。而这种美，正是一种天赋"童心"的反映。它最本质地表现了新兴市民阶层的思想意识及其对人性的崭新看法；而孙悟空在与玉帝关系上所反映出的那种两面摇摆的政治态度，也正植根于新兴市民阶层的反封建的阶级本性。不认识到这一点，就失去了孙悟空形象，也就失去了《西游记》。

　　写到这，倒需一提的，是朱鼎臣的《唐三藏西游释厄传》与杨致和的《西游记传》。二者与今见《西游记》的最早刻本世德堂本，皆产生于明代万历年间。三者的版本渊源问题，学界有争议，笔者当作专文考证。① 这里，要指出的只是一点：朱本和杨本写孙悟空的来历及其大闹

---

　　① 详见本编第十一章《〈西游记〉版本源流考论》。

天宫的原因与世本基本雷同，写西行诸难的前后节次以及精怪名称也与
世本几无不同；然而，要特加注意的正是，在取经故事里，凡属对佛祖
道祖和玉帝等主要神佛表露不恭的笔墨，在朱本和杨本中皆不见踪影，
凡属描写孙悟空智勇降妖的精彩情节，在朱本和杨本里不是写得极为简
略，就是把功绩标到唐僧的头上。① 朱本和杨本这种与世本的不同，显
然是根本性的不同；因为它不仅大大降低了孙悟空在取经故事中的地位
和作用，而且使孙悟空身上的狂傲美消失殆尽，变成了一个虔诚地皈依
佛门的猴王去擒拿不愿意皈依佛门的妖魔。从而也就使朱本和杨本在思
想倾向上与世本貌似神异，而却与《西游记》杂剧等异曲同工。

七、以个性心灵解放为基础的文艺开山作

然而，最后的结论应该是什么呢？

让我们先对如上五个方面的探讨作一归纳，以清眉目，然后再以
其"聚光点"作为我们的结论，以避免武断性。

其一，元人取经故事演化为《西游记》，其最主要的不同是：孙悟
空由花果山无恶不作的"老猴精"、西行路上无可奈何的屈服者，演化
为素性最喜荡魔灭怪、专治人间灾害的"天产石猴"，胆气压乎群类的
具有"童心"的"真人"。正是这一演化，牵动了整个取经故事及其思
想性质的演化。

其二，世德堂本的"校者"华阳洞天主人，实际上才是《西游记》
的真正作者。谓如果我为茅君将如何对待猴王，是其自号华阳洞天主人
的真正用意。照他看来，玉帝、老君、如来的办法皆不足取。正确的方

---

① 详见本编第十二章《论〈西游记〉的著作权问题》，第三节。

略应该是：一方面要承认美猴王的"天不拘兮地不羁"的天性，另一方面又不可任其自然而发展为反性；一方面应录之用之以一尽其器能，另一方面又应检束其身心以一其心志去造福生灵、造福社稷。

其三，观音和孙悟空实际都是华阳洞天主人幻想中的自我。当他呼唤"千里马"，则眼前出现了孙悟空；当他呼唤"伯乐"，则眼前出现了观音。没有孙悟空，唐僧到不了西天；没有观音，孙悟空不能尽其器能。观音对待孙悟空的态度是：惜之用之，束之诲之，勉之助之，谅之容之，从而使之为"法轮回转，皇图永固"而奋力降妖伏怪。认为孙悟空和神佛有"阶级矛盾"而将观音也推到孙悟空的对立面，也就失去了作品的创作本旨。

其四，在明代"四大奇书"中，《西游记》与《水浒传》最具可比性，存在着一种"草色遥看近却无"的血缘状态。其相同点有四：位卑未敢忘忧国是两位作者的共同文化心理，一也；都赋予笔端的英雄人物以似魔而实神的先天品格，二也；都以"惩恶"即是"劝善"作为主人公的公义观念和立身之道，三也；都以英雄无用武之地作为主人公的不平之恨，四也。其中最值得注意者是第二点，盖源自北宋末年以来民众因"国政弛废"而"转思草泽"的文化心理的凝聚。其相异点亦有四：梁山好汉们的"义结金兰"是功利性的、宗法性的，孙悟空和牛魔王等的"义结金兰"则反之，纯然是种"结契同情"，一也；梁山好汉们的云聚水泊是"官逼民反"，其动因主要是外在的，孙悟空的大闹天宫是其未为纲常观念铄于内的"童心"之自我发展与外在的天庭宗法等级观念和制度本身所造成的冲突，其动因主要是内在的，二也；梁山好汉们皆不具"天不拘兮地不羁"的品性，所以其形象也莫不缺少一种狂傲美，"天不拘兮地不羁"几成孙悟空之不可铄的天性，所以狂傲美便成为其形象的首要特征，三也；正因如此，所以《西游记》中已孕有向儒释道三教挑战的思想萌芽，而《水浒传》则无之，四也。其中最值得注意的是第三点，因为此种狂傲美，正是孙悟空个性心灵解放的集中反映。两部小说的上述异同，正反映了"建筑在现实世俗生活写实基础上的市民文艺"与"建筑在个性解放基础上的浪漫文艺"的异同，而且颇为典型。

其五，《西游记》当略早于李贽《焚书》，而在思想意蕴和思想性质上却彼此异曲同工。在人性论上，都以"童心"作为人的天赋美德，而反对程朱的天命之性说和气质之性说，一也；在人才观上，都讥刺道学之士，赞颂具有"童心"的"真人"，甚至认为胆气压乎群类的反叛者可以成为治国平天下的"大贤"，二也；在政治观上，都揶揄以帝王的心术能否灭人欲而存天理为基本标准的程朱仁政观念，而憧憬以帝王的治理能否使劳动人民有比较安定的经济生活为基本标准的孟子仁政思想，三也；都自觉不自觉地使自己的崭新的人性观和人才观最后屈从并服务于传统的孟子仁政学说，遂致他们在人性观和人才观上虽则离"经"而在政治观上却并不背"道"，四也。

综上所述，则不难看出：《西游记》是部寓庄于谐、借神魔以写人间百态的文学巨著。它所提出的核心问题，是究竟什么样的人才才是真正的治平人才以及如何对待这类人才的问题。认为道学之中已几无治平之人，期望能有观音式的人物去发现并起用孙悟空式的人物，以扫荡社会邪恶势力，共建玉华国式的王道乐土，这便是作者的创作本旨。

那么，对作者的这一创作本旨，又该作何历史评价呢？

如果说，孙悟空是具有"童心"的"真人"中的英雄，亦即新兴市民阶层的智慧和力量的集中体现者和代表，那么，观音则是具有"常心"的"常人"中的哲人，亦即地主阶级正统派中有思想头脑和政治头脑的开明人士。一方面把"法轮回转，皇图永固"的希望，不是寄托在如唐僧式的具有"常心"的"常人"身上，而是寄托在如孙悟空式的具有"童心"的"真人"身上；另一方面，却又对具有"常心"的"常人"中的某些代表人物抱着幻想，并要求具有"童心"的"真人"须检束自己的身心以服从大局。一方面，在时代精神的召唤下，情不自禁地去为新兴市民阶层要求自由平等的思想意识作辩护，去为新兴市民阶层的社会力量争地盘；另一方面，又在历史惰力的牵制下，不能自已地想把新兴市民阶层的思想意识和社会力量在总体上纳入封建宗法的思想和制度的轨道，甚至给孙悟空戴上紧箍以使其个性心灵的解放不越孟子仁政思想的雷池。凡此，也就反映了当时新兴市民阶层反封建的斗争性和妥协性。因此，也就形成了作品创作主旨的历史进步性和时代局限性。

然而，"诗家清景在新春，绿柳才黄半未匀。若待上林花似锦，出门俱是看花人"。最为重要的是，假若没有"建筑在个性心灵解放基础上"的第一代狂人孙悟空形象，便不会有建筑在个性心灵进一步解放基础上的第二代狂人贾宝玉形象；假若没有《西游记》中的对儒释道三教的种种不恭，便不会有《红楼梦》中对儒释道三教的全面怀疑。所以，鲁迅说："自有《红楼梦》出来以后，传统的思想和写法都打破了。"[①]这无疑是正确的，但我认为需补充一句：这种打破，实始于《西游记》而成于《红楼梦》。其写法上的打破，将于下章论说。其思想上的打破，于此可见一斑。

假若以一句话来对《西游记》的思想价值作结，那我以为最恰当不过的，当是：在中国文学史上，《西游记》是以个性心灵解放为基础的文艺开山作。

---

① 《鲁迅全集》第9卷，人民文学出版社1981年版，第338页。

第十章　论《西游记》的艺术构思
及其对传统写法的打破

一、"附辞会义，务总纲领"

《西游记》是部词浅而旨深的文学巨著。浅到一般小读者均能鉴赏，深得虽专家学者亦觉其大旨难识。论其大俗大雅，堪称独秀世界文林。托尔斯泰说："美的意义在不深思的人看起来好像十分明了，而各国哲学界却聚讼到一个半世纪之久还没得一个解决，这个奇怪的意义究竟是怎么回事呢？"[①] 这正好借来说《西游记》。

古人看《西游记》，好像在那些神魔的肚皮里，都藏满了深奥的哲学义理。或谓其旨在劝学，或云其旨在谈禅，或言其旨在证道，或曰其旨在阐三教一家之理。曰岭曰峰，令人莫衷一是。

近人看《西游记》，不是认为有点"玩世主义"，就是认为"盖亦求放心之喻"[②]。

时贤看《西游记》，好像在孙悟空的通身毫毛上，都闪烁着"劳动人民对统治者坚决反抗的精神"。尽管当论及其思想性质时有"市民"说与"农民"说的争雄，而竞相讴歌那金猴的直欲南面而坐灵霄宝殿的反叛思想则一。

---

① 托尔斯泰：《艺术论》，耿济之译，台湾远东出版公司 1992 年版，第 18 页。
② 以上诸家看法详见本编第九章《论〈西游记〉的创作本旨及其对传统思想的打破》，第一节。

笔者看《西游记》，则感到该书的主要笔墨是用在写孙悟空如何为"法轮回转，皇图永固"而奋力降妖伏怪。作品所真正歌颂的并不是作为齐天大圣的孙悟空，而是作为斗战胜佛的孙行者。作者思想的光辉点与黯淡点，时代精神与历史惰力，交映在他对人性与人才问题的看法上。也就是，一方面，他把自由平等观念看作是天赋于人的"童心"，讴歌具有"童心"的"真人"，揶揄儒释道三教混一思想的种种弊端①；另一方面，他又承认封建宗法的思想和制度的自身的合理性，认为"童心"应接受"常心"的一定制约②，期望具有"童心"的"真人"去效力于"法轮回转，皇图永固"。这种在人性和人才观念上离经而在政治观念上并不叛道的思想一以贯穿着全书，由此也就决定了作者要给他心爱的主人公孙悟空头上戴个紧箍。

说了这么多，似乎皆属题外话，又是前一章多已说过的，实在没有什么必要。其实不然！"附辞会义，务总纲领"，乃《文心雕龙·附会篇》对作家艺术构思的总结，也是刘勰对作家艺术构思的要求。正如王元化《文心雕龙创作论》所诠释的："作为整体统一性的内容主旨是艺术作品的内在方面。刘勰按照他一贯主张的'因内而符外'的观点，把'义脉'作为主导力量，要求艺术作品的所有部分、所有细节全都体现内容主旨，毫无例外地渗透着目的一致性"。"因此，他以为艺术构思的任务就在于'驱万涂于同归，贞百虑于一致'"，其"附辞会义，务总纲领"云云，"亦皆阐发此旨"。③

由此可见，如果对作品的内容主旨没有比较正确而深入的把握，

---

①　详见张锦池：《究竟是主张制约"童心"，还是鼓吹放纵"童心"？——〈红楼梦〉与〈西游记〉人性观的比较研究》，《北方论丛》1985年第4期。

②　详见同上。

③　王元化：《文心雕龙创作论》，上海古籍出版社1979年版，第205—207页。

去谈作者的艺术构思，去谈作品的艺术结构、情节安排、形象塑造，只能是隔靴搔痒，甚至郢书燕说。

二、横云断岭式的三层构架

我们知道，《大唐三藏取经诗话》第一回虽缺，但可以看出是写"取经缘起"。《西游记》杂剧开卷便以一本四出的篇幅写"陈光蕊江流和尚"。《西游记平话》虽然失传，但据《朴通事谚解》可知是先写佛祖"在西天灵山雷音寺"说法。这是由于三者本质上都是为佛门信徒所喜闻乐见的宗教故事，旨在弘扬佛法，劝善惩恶，所以要突出圣僧玄奘在作品中的地位。《西游记》的作者更动了传统的结构方式，把"大闹天宫"提到全书的开端，次写"取经缘起"，次写"西天取经"。这显然是要突出孙悟空在形象体系中的地位，把作品写成孙悟空的英雄传奇。问题是，《西游记》的这种总体结构形式是否是个有机的整体呢？

回答是肯定的。《西游记》的主体部分是"西天取经"，它是孙悟空成年时期的建功碑。"大闹天宫"是全书的序幕，它是孙悟空青少年时期的英雄传记。二者同属孙悟空的英雄传奇，而却犹如一座峻岭为横云所断，那横云便是"取经缘起"。这是一种独具匠心的艺术结构形式，它完美地传达了作品的内容主旨。

"取经缘起"作为断岭的横云，它不只交代了取经的目的，还有更深一层的含义。

唐僧为什么要去"西天取经"呢？用他自己的话来说，就是：要使"法轮回转，皇图永固"。也就是：想造福生灵，造福社稷。这在当时无疑是种崇高而宏伟的目标与事业。

然而，到灵山雷音寺，不仅水远山高，峻岭陡崖难度，而且路多虎豹，毒魔恶怪难降。所以，唐僧自己亦知"此去真是渺渺茫茫，吉凶难定"。因此，更为重要的还是：谁保唐僧西去，一路炼魔降怪，逢凶化吉，遇难呈祥，取得真经而归？问题就是提得这么严肃。

足胜此任者，竟不是别人，是那屡反天宫而在仙佛的联合围剿中被压在五行山下，却为观音菩萨慧眼所识而起用的具有"童心"的"真人"孙悟空。

把"法轮回转，皇图永固"的希望，实际不是寄托在"忠心赤胆大阐法师"唐僧身上，而是寄托在具有"异端"思想的英雄孙悟空身上：作者的这种人才观，在当时实在是不同凡响！它与后来李贽《焚书·因记往事》等表露出的崇"异端"而抑"道学"的思想，堪称是异曲而同工。

"取经缘起"却于无字处写出了这一问题，以此上承"大闹天宫"而下启"西天取经"，真是种绝妙的艺术构思。

惟其如此，所以"大闹天宫"作为小说的序幕，它与主体故事"西天取经"虽为"取经缘起"所隔，却不仅似断实连，经衔络接，而且在表露作者的思想上，还具有掩映生辉、摇曳见态的作用。

比如，它借"灵根育孕源流出，心性修持大道生"，把孙悟空写成一个活脱脱自然人的形象，借以说明要求自由平等是人的天然本性，是合情合理的；但任其发展而不予以适当的制约，也会导致"因在凡间嫌地窄，立心端要住瑶天"的那种无法无天的田地。这与"西天取经"写孙悟空被头戴紧箍，不再高喊"皇帝轮流做，明年到我家"，却又并未泯灭当年的"老孙"派头，是遥相映照的。

又如，它写出"凡有大才者，其可以小知处必寡，其瑕疵处必多，非真具眼者与之言必不信"①。玉帝却不明此理，"弃置此等辈有才有胆

----

① 李贽：《寄答京友》，《焚书 续焚书》，中华书局 1975 年版，第 51 页。

有识之者而不录，又从而弥缝禁锢之，以为必乱天下，则虽欲不作贼，其势自不可尔"①。这与"西天取经"写观世音"剃度"孙悟空，让其一路荡妖灭怪，保唐僧取得真经而归，是遥相对照的。

再如，它写出太白金星等一班"仙卿"只解打躬作揖，以"仁义"二字自欺欺人，不若"妖仙"孙悟空才识过人，胆气压乎群类；暗示真正能"致麟凤"者实不是玉帝两旁的"仙卿"，倒是抱有不平之恨的"妖仙"孙悟空。这就为"西天取经"将圣僧玄奘形象与孙悟空形象相映衬作了"隔年下种"。

还如，它写出孙悟空对天庭的态度是斗争中有妥协，其思想性格是机智而更勇敢。这又与"西天取经"写孙悟空对天庭的态度是妥协中有斗争，其思想性格是勇敢而更机智相关联。

最后，它还暗示，孙悟空被压在五行山下五百年，饥食铁丸，渴饮铜汁，鬓边少发多青草，颔下无须有绿莎，这正如同孟子所说的，"天将降大任于斯人也，必先苦其心志，劳其筋骨，饿其体肤，空乏其身，行拂乱其所为，所以动心忍性，曾益其所不能"②。

凡此，既显出青少年时期的孙悟空与成年时期的孙悟空之思想性格发展的内在逻辑，又省却了许多笔墨，还在掩映处有力地鞭挞了玉帝的"轻贤"与"不会用人"。

由此可见，"大闹天宫"、"取经缘起"、"西天取经"三者是个有机的整体，而一以贯穿这一整体的，则是作者对人性与人才的看法问题。既期望封建统治者能重用孙悟空式的人物，又期望孙悟空式的人物能检束身心去效力于"法轮回转，皇图永固"，这便是作者为疗治百孔千疮

① 李贽：《因记往事》，《焚书 续焚书》，中华书局1975年版，第156页。
② 《孟子·告子章句下》，《十三经注疏》下册，中华书局1980年版，第2762页。

的现实社会而开的一贴"补天"药方。

正因如此，所以作者对作为"齐天大圣"的孙悟空是欣赏，欣赏并不等于完全肯定；而对作为"斗战胜佛"的孙悟空是歌颂，歌颂是最大的肯定。孙悟空对仙佛的态度既有斗争的一面，也有妥协的一面，而且始终如此。这种两面摇摆的思想性格，正典型地概括了当时新兴市民阶层的阶级本性及其反封建的政治特点。

一些研究者认为："大闹天宫"的情节是"以现实中的农民起义、农民战争作为基础"，孙悟空是个"叛逆的英雄"；"西天取经"说的是"要完成一种伟大的事业，一定会遭遇到许许多多的困难"，孙悟空是个"善于战胜困难的豪杰"。两个故事具有"不同的主题"，孙悟空形象具有"不同的意义"。[①] 其实，如果从农民战争的角度去考察"大闹天宫"，那么，孙悟空就算不上是什么英雄，因为他不仅在闹乱天宫的过程中患得患失，两次接受玉帝的"招安"，而且还在取经路上出卖了自己的"结义兄弟"牛魔王。这些研究者所以作出上述结论，显然是由于既不愿放弃"农民起义"说，又不好说毛泽东所称颂过的"金猴"是可耻的叛徒或"革命性不强"。其结果，却把《西游记》的整体有机结构，错当成拆碎了的七宝楼台去鉴赏，去论说其创作本旨和艺术构思。

三、金线贯珠式的结构形态

《西游记》在情节的安排和展开的方式上也有其自己的特点，并形

---

① 中国科学院文学研究所中国文学史编写组：《中国文学史》第 3 册，第五章第二节，人民文学出版社 1963 年版。

成了它在艺术结构上的另一独创性，亦即由取经人贯穿的短篇结成的有机长篇。

《西游记》的三大组成部分，即"大闹天宫"、"取经缘起"、"西天取经"，连起来是一个有机的整体，但又都具有相对的独立性。三大部分本身又由若干小故事所组成，其中每一个小故事也都有相对的独立性。"西天取经"作为全书的主干，它所包括的四十一个小故事更是如此。不论"白虎岭"、"火焰山"、"盘丝洞"，还是"黄风岭"、"平顶山"、"金峴洞"，或者"枯松涧"、"黑松林"、"狮驼山"，凡此等等，正如前人所说，"一洞魔王，有一洞魔王的名号；一处山林，有一处山林的事件；则必一回，有一回的旨趣"①。这类故事完全可以当作优秀的短篇小说来鉴赏。但是由于结构上经过作者的精心安排，百回大文仍然是一个有机的整体。

《西游记》的这种艺术结构，与《儒林外史》不同。《儒林外史》是"连环短篇"式的，而《西游记》则是金线贯珠型的。"珠"就是相对独立的众多的短篇，"金线"就是孙悟空以及唐僧等取经人的形象。还是以"西天取经"部分来说吧，其中的每一个小故事，长则三四回，短则一二回，或写人间国度，或写黑山白水，或云国有妖孽，或曰山有恶魔，尽皆有起有讫，自成格局。它们所写的妖魔或人主虽各有自己的名号和性情，却莫不露珠映旭般地显现着孙悟空以及唐僧等取经人的思想性格。因此，犹如能工巧匠用金线把彩珠穿成了钗头凤，作者则以孙悟空的形象将四十一个相对独立的小故事连缀成一座小说主人公的建功碑。

《西游记》其所以能将众多相对独立的小故事连缀成一个有机的整

①　张书绅：《新说西游记总批》，《新说西游记》卷首，中国书店 1985 年版。

体，还由于作者善于前后关照。比如，作为孙悟空的英雄传奇，小说以"灵根育孕源流出"开篇而以主人公被封"斗战胜佛"作结；作为借取经故事以写世态人情的巨著，小说以"我佛造经传极乐"引出正文而以唐僧取得真经归东土作结。又如，写如来佛赐予观音三个箍儿，往东土去寻取经人，事在第八回；写观音将"紧箍儿"交给唐僧，制服了孙悟空，事在第十四回；写观音以"金箍儿"收了黑风山的熊罴怪，事在第十七回；写观音以"禁箍儿"收了枯松涧的红孩儿，事在第四十二回。再如，写孙悟空以不同的方法降伏四个具有亲属关系的妖魔，缚红孩儿事在第四十二回，胜如意真仙事在第五十三回，收牛魔王和铁扇公主事在第六十一回。还如，第四十九回写癞头鼋驮唐僧师徒过通天河，第九十九回写唐僧师徒再次由癞头鼋驮渡通天河时构成八十一难中的最后一难。此外，写唐僧师徒自我介绍身世，就更屡见于各种适当场合。凡此等等，这种使前后情节有应接而无矛盾的做法，便愈显出百回巨著作为整体是不可分割的。

　　《西游记》作为孙悟空的英雄传奇，是部借神魔以写人间的文学巨著。理应浓墨以写的，当莫过于孙悟空在保唐僧取经过程中是如何战胜种种困难的。正因如此，所以愈是将取经路上所遭遇的每一"难"写得有头有尾，自成格局，就愈能开拓与深化作品的主旨，愈能使读者于幻想中感到真实，愈能满足读者的审美需求。显然，这也就是作者的匠心之所在及其采用这一艺术结构形式的根由。

　　《西游记》的这种艺术结构形式，显然受了宋元话本一类短篇与《三国演义》、《水浒传》一类长篇的影响；同时亦有些像《史记》的"列传"或"五宗"、"外戚"诸篇形式的扩展。它是综汇了短篇与长篇的特点，创造而成的一种特殊的崭新形式。这种形式运用起来十分灵活自由，可以举重若轻而又挥洒自如地展现社会生活画面，颇类绘画上的《清明上河图》、《千里江山图》或《长江万里图》等"长卷"，也对后来的《儒林外史》的结构形式不无启迪作用。如果要给它取个名目，不妨称为"短篇组成的有机长篇"。

四、彩线亦金线的美学效应

《西游记》的真正主人公，无疑是孙悟空。这一形象，是一以贯穿作品故事情节的"金线"。但是，作为主线贯穿取经故事的，却也可以看作由唐僧师徒四众形成的彩线。这是由于：作者以孙悟空为核心，环绕这一形象在人物安排上具有多层次性；而唐僧与猪八戒及沙和尚则是距孙悟空最近一个层次上的形象，与孙悟空的形象具有星月交辉、寓庄于谐的美学效用。这一点，是不见于《三国演义》和《水浒传》的。

要注意的，是唐僧师徒四众之间的关系。与其说他们是佛门师徒，毋宁说他们像成员间时而不睦时而和谐的小家族。

唐僧虽一心为"法轮回转，皇图永固"而矢志取经，却由于被"仁慈"二字僵化了头脑，弄得"见事不明，好歹不分"。平素既刚愎自用而又耳根子"罢软"。经常爱听猪八戒的"诂言诂语"，冤枉孙悟空。与其说他是位学识渊博的"高僧"，倒不如说他是个偏狭而迂腐的封建家长。

孙悟空忠于取经事业，智勇兼备，胸有大局，是个"有仁有义的猴王"；却也由于多少有点"猴气"，既调皮而又促狭，既热心而又好强，爱调理猪八戒，让"呆子"出出洋相。

猪八戒亦有志取经，"保圣僧在路，却又有顽心，色情未泯"。其为人也，既狡黠而又憨直，既懒惰而又能吃苦，虽则贪图小利可也不忘大义，虽则有时怯懦得好临阵脱逃可被捉之后又从未"倒了旗鼓"，虽则平素动辄想"散伙"可到了关键时刻却不动摇，是个说话做事不知高低的好人。与孙悟空"有些不睦"，便"撺掇师父念紧箍儿咒"，他还"只当耍子"哩。

沙和尚的思想性格，其内在特点是眼明心亮，是非分明；其外在特点是罕言寡语，老实随和。平素从不卷入这个小家族的内部矛盾，只在十分必要时说几句公道话。别看唐僧固执，孙悟空好胜，猪八戒蠢拙，却都能听得进他的劝告。论者一般都认为沙和尚在师徒四众中个性很不突出。实际上沙和尚的那种显得没有任何个性特点，其本身就是一种鲜明的个性特点。这是个在生活中比比皆是而若非大手笔则绝难形诸笔墨的人物。

要而言之，孙悟空在哪方面都比猪八戒与沙和尚强，其中尤以神通之广大最为人所公认。唐僧却偏疼猪八戒与沙和尚而苛求孙悟空，这在师徒关系是理之所必无，而在父子关系却情之所实有。其所以然？就在于：一般做父母的，往往偏疼他们所认为的子女中的弱小者或老实人。唐僧总是冤枉孙悟空，不仅是由于他被"慈悲"二字冬烘了头脑，错把孙悟空棒打变化为人形的妖魔看作是行凶作恶，还由于他具有宗法式的迂腐和固执，认为猪八戒"他两个耳朵盖着眼，愚拙之人也"，而好听其"诂言诂语"。

更应看到，作者将唐僧师徒间的关系作如此艺术处理，并使其居于作品艺术结构的中心地位，用意显然是多方面的。

首先，前面已经说过，《西游记》的总体艺术结构形式是由短篇组成的有机长篇。其所以能形成有机，就在于有以孙悟空为中流砥柱的取经四众的贯穿。这种艺术结构形式，若稍欠匠心，便不仅会使作品结构失于松散，而且会使情节流于单调。作者以这么一个成员间时而不睦时而和谐的小家族作为取经故事的主干，一则可以作为一种以喜剧性的方法塑造唐僧师徒四众形象的手段，二则可以给作品造成一种令人忍俊不禁的美学意境而不致使读者对情节发展产生单调感，三则还可以由此而加强作品总体艺术结构的整体性与紧凑性。

其次，不难看出，这一小家族作为取经故事的主干，其成员间存在着内在的对照与对比；它烘云托月式地写出了孙悟空是这个家族的中枢人物，其他成员如果没有他，便会遭难受苦，一事无成。妖魔一心想吃唐僧肉，唐僧总把孙悟空棒打妖魔看作是行凶作恶。作者让取经人和妖魔之间的矛盾与取经人内部的矛盾平行发展，摇曳见态，不仅能使作品更好地反映出人间关系的丰富内容与现实人生的优美情致，而且能使读者更深切地感到孙悟空的一路降妖伏怪是在什么状况下进行的，又是多么不易。从而更好地突出孙悟空的战斗的精神力量与崇高的人格力量。

最后，狄德罗说得好："假使历史事实不够惊奇，诗人应该用异常的情节来把它加强；假使是太过火了，他就应该用普通的情节去冲淡它。"[①] 如果说，《西游记》写孙悟空的一路荡魔灭怪，是对玄奘取经历史事实不够惊奇的一种极度加强，那么，作者把人与精魅之奇妙组合的唐僧师徒四众的关系予以小家族化，则是对孙悟空一路降妖伏怪等极度惊奇的情节一种十分必要的冲淡。《西游记》所以能"使神魔皆有人情，精魅亦通世故"[②]，其主要原因恐怕亦在此吧！

---

① 狄德罗：《论戏剧艺术》，《文艺理论译丛》1958 年第 1 期。
② 《鲁迅全集》第 9 卷，人民文学出版社 1981 年版，第 165 页。

五、形象体系构成的立新场

《西游记》形象体系的内部构成，不同于《三国演义》和《水浒传》。

《三国演义》作为说给有志王天下者听的英雄史诗，其形象体系的内部构成是二维的，亦即以忠奸对立为其模式。一边是各为其主的忠臣义士，一边是背主忘恩的乱臣贼子；然后再一一根据人物对封建道德规范的依违程度，分别给予不同的合乎分寸的褒贬。《水浒传》作为"乱世忠义"的悲歌，其形象体系的内部构成，实际上也是如此。忠义之士在朝廷则为张叔夜等贤臣良将，在山林则为宋江等仁义英雄；奸佞之徒在朝廷则为高俅等贪官污吏，在草泽则为方腊等"反贼乱民"。这种二维模式，形成中国叙事文学作品形象体系内部构成的一大传统形式，传奇名著如《清忠谱》亦不脱这一范畴。

《西游记》在中国长篇小说发展史上，首次突破了这种忠奸对立的二维模式。它的形象体系的内部构成是三维的，明显地包含着两种社会矛盾，三大社会势力。这就比较真实地展示了人际间的复杂的社会关系，以及作为社会关系之总和的人其思想性格的复杂性。由于作者对笔端人物的褒贬，并不尺尺寸寸于抽象的道德标准，而比较注意人物行为的社会效果，所以写好的人，并不是全无缺点，写不好的人，并非处处都坏。这与《三国演义》和《水浒传》相比，实在是一种长足的进步。《桃花扇》与《红楼梦》等莫不蒙受这一三维模式的影响，发展而形成中国叙事文学作品形象体系内部构成另一传统形式。

还是让我们具体看一看《西游记》形象体系的三维构成的特点吧。

一维是以孙悟空为代表的社会中下层人民的进步势力。其中包括猪八戒、沙和尚、白马，还有唐僧。尽管他们的识见不同，而怀抱取经之志则一。皆在追求真谛，皆想造福生灵和社稷。

一维是以神祇为代表的封建正统派势力。其中包括以玉帝为首的"神"，以三清为首的"仙"，以如来为首的"佛"。灵霄宝殿实际是金銮殿在天国的折光。玉帝两旁的"仙卿"实际是礼法之士在天国的投影。他们在玉帝面前，曲而踞，俯而趋，规规焉，嚅嚅焉，睊睊意相媚，莫不竞相以理自守，以仁者自诩。但在作者看来，其佼佼者如太白金星，只解打躬作揖，或玩弄点骗局，实是个头脑冬烘的"脓包"。其庸劣者如奎木狼，一到人间，便一变嘴脸而成为凶妖恶魔。论有才有胆有识，谁也不如孙悟空。天庭其所以那样腐败脆弱，就在于"玉帝轻贤"，"不会用人"。孙悟空一怒而树起反旗，三教的统治者便立刻结成神圣同盟，不仅李老君慌忙前来帮助玉帝"拿妖"，而且如来佛亦闻讯赶来帮助玉帝"降魔"。天宫的玉帝与三清和如来所结成的这种勾打连环，正是人间的世俗地主头子与宗教统治者的关系在云汉的真实投影。

一维是以妖魔为代表的贪官劣绅等反动势力。那些妖魔又可以分为三类。一类是"天上来的精"，其中又有私自下凡与奉命下凡的分别，前者如平顶山金角大王、银角大王，后者如篡位乌鸡国的那个全真道士。一类是土生土长的精，如黑风山黑大王和白虎山白骨夫人。一类是虽则生于地上而与神佛有这样那样瓜葛的精，如狮驼山鹏魔王和陷空山地涌夫人。这种借妖魔以写世态，也就足以看出当时贪官当道，劣绅横行，民不聊生于一斑。

再让我们具体看一看作者笔端这三种社会势力之间的关系吧。

孙悟空与神佛的关系。二者既有矛盾的一面，也有合作的一面。孙悟空反对玉帝"不会用人"，反对神佛对部下或亲属钳制不严以致祸害人间，反对神佛"官官相护"或在仁慈幌子下不加惩罚地把凶妖恶魔度回上界：这是矛盾的一面。孙悟空一路降妖伏怪，或到天宫查询妖怪来历，或要求神佛予以协助擒拿，尽皆有求必应：这是合作的一面。如果说，前者反映了作者对地主阶级正统派的揶揄，那么，后者则又反映了作者对地主阶级正统派的期望。论者把孙悟空与神佛的形象看作是截然对立的形象，显然是既不符合作者的本怀，也不符合作品的实际描写。

神佛与妖魔的关系。二者既有矛盾的一面又有相互依存的一面。具体反映为：神佛既不赞成妖魔加害人间，因而愿意协助孙悟空擒妖捉怪；同时又不惜为加害人间的妖魔充当保护伞，因而总是反对孙悟空将凶妖恶魔一棒打杀。神佛与妖魔的关系实际是地主阶级内部的派别或尊卑关系在幻想中的投影。《西游记》将二者的关系作如此处理，显然要比那种写成"忠奸不并朝"或"贤佞不两立"，更典型、更深刻、更具生活色彩，因而就更带普遍性。论者因鉴于神佛和妖魔有相互勾结的关系而把他们看成是一丘之貉，这不仅不符合作者的本怀和作品的实际描写，也贬低了小说的深刻的现实主义精神。

孙悟空与妖魔的关系。二者的矛盾是对抗性的矛盾，不存在妥协的余地。妖魔要想方设法吃唐僧的肉，孙悟空要排除种种困难保护有救命之恩的唐僧去西天取经：这便是斗争的焦点。因此，它直接关系到唐僧的生命安危与取经事业的成败问题。孙悟空的精神力量体现于此，孙悟空的人格力量亦体现于此。然而，孙悟空虽"隐恶扬善，在途中炼魔降怪有功，全终全始"，最后成为"斗战胜佛"，可实际上他所能除掉的却只是少数几个土生土长的妖怪。"天上来的精"与虽则生于地上而和神佛有这样那样瓜葛的精，固然为神佛一一度回上界，就是那土生土长的凶魔恶怪，也大多被神佛从孙悟空的棒下救出收作部下。恐怕这也就是作者的失望与"孤愤"之所在吧！鲁迅《中国小说史略》说作者："虽述变幻恍忽之事，亦每杂解颐之言，使神魔皆有人情，精魅亦通世故，而玩世不恭之意寓焉。"这当然是对的。但要补充一点的是：这种玩世不恭包含着作者对现实的清醒认识和严峻态度。如果说作者是位善谐剧的人，那他的笑是苦笑，是寓戚于谐。惟其如此，所以孙悟空的最后结局虽则分明是属于喜剧，可作品给人的实际审美感受却是喜剧中带有悲剧。

显而易见，《西游记》这种形象体系的内部构成，它所突出的已不是封建道德规范，而是当时人们的基本社会关系。颂扬以孙悟空为代表的社会进步势力，但并不忘挪揄其缺失；批判以神佛为代表的地主阶级的正统派势力，但并不忘肯定其优长；否定以妖魔为代表的社会邪恶势力，但对有失子之痛的牛魔王和铁扇公主等亦间寓有某种同情。这便是作者的基本态度，这是一种"明镜照物，妍媸毕露"的现实主义态度。由此也就使作品打破了传统的形象体系内部构成的以忠奸斗争为其主要特点的二维模式。

六、人物刻画方法的开生面

《西游记》不只打破了《三国演义》和《水浒传》的形象体系内部构成的以忠奸斗争为其主要特点的二维模式，创立了比较适宜展示真实复杂的人们之间的社会关系的三维模式，与此相适应并互为影响的是，它还初步创立了塑造人物形象的新原则。这可以从如下三个方面看问题：

其一，典型形象的基本形态，不是类型化的典型，而是性格化的典型。

《三国演义》和《水浒传》中的主要人物，其精神面貌大多是感情化的思想形态，以某种道德品质作为基本特征。《西游记》和《红楼梦》中的主要人物，其精神面貌大多是思想化的感情形态，以独特的个性作为基本特点。试以这四部小说中最爱哭的人物的"哭"来作比较："刘备的天下——哭出来的。"斯人流的竟然是"政治眼泪"。"我为人一世，只主张'忠义'二字，不肯半点欺心"。宋江的哭，与其说是反映了他的"悲剧性格"，毋宁说是反映了他的"悲剧思想"。"莫哭！莫哭！一哭便脓包了！"唐僧的常"战战兢兢，滴泪难言"，既反映了他慨叹取经事业的多艰，更反映了他性格上的懦弱一面。林黛玉的"抛珠滚玉只偷潜"，则令人莫可名状，那是由于斑斑点点皆滴自那惨淡的人生在她心灵上的投影。足见，刘备和宋江的眼泪主要涌自思想，感情是思想到达极致时所产生的附丽；唐僧和林黛玉的眼泪则主要涌自性情，思想是感情到达饱和时所形成的晶粒。

正因为《三国演义》和《水浒传》的主要人物形象，往往是以某种道德品质为其基本特征的，形象内部的其他构成因素莫不受此支配，所以人物的思想性格也就显得比较纯净，保持着古典式的整一，以致"写好的人，简直一点坏处都没有；而写不好的人，又是一点好处都没有"①。那号称"奸绝"的曹操，"全忠秉义"的宋江，便是属于这类形象。《西游记》和《红楼梦》的主要人物形象，因其是以独特的个性作为基本特征的，形象内部的其他构成因素的组合莫不以此为枢纽，所以人物的思想性格也就反映出其所处诸社会关系的五光十色，从而"明镜照物，妍媸毕露"般地写出了"带着自己心理的整个复杂性的人"。孙悟空是个见了玉帝亦傲不为礼的盖世英雄，却也存在着内在的妥协性；固然很勇敢，却也有失于浮躁；固然很机智，却也多少有点幼稚，容易上当。具有喜剧色彩的猪八戒，好偷懒图睡，而反见其辛劳；好玩乖使巧，而反见其憨拙；好缅怀高老庄，动辄嚷嚷要"散伙"，而反见其对

①《鲁迅全集》第9卷，人民文学出版社1981年版，第323页。

生活的热爱和天真。既"囊突突"而又"面软"的沙和尚，可其立身也，惟法是求、惟师是尊、惟和是贵、惟正是尚；其为人也，罕言寡语而思虑周密，处事审慎而外圆内方，宁静淡泊而坚韧不拔，无贪无嗔无烦恼而有爱有憎有原则，甘居卑位而胸怀大局，似是无任何个性而实有其鲜明的个性。贾宝玉作为曹雪芹的理想寄托者，在思想上虽是个敢于造反的"混世魔王"，而在行动上却是个十分怯懦的"富贵闲人"。林黛玉作为曹雪芹心中的"绝对女性"，既尊重自我，又尊重别人；既敏感，又笃实；既尖刻，又宽厚；既孤傲，又谦和；既脆弱，又坚强；既任性，又多情。这种叙人物之优长而不忘其缺失，叙人物之缺失而不忘其优长，甚至写人物的优点之所在亦即其缺点之所在，缺点之所在亦即其优点之所在，实在是一种十分严肃的现实主义创作精神。

正由于《三国演义》和《水浒传》往往以某种思想品格作为人物形象的基本特征，思想是属于共性的东西，而共性是稳定的，所以人物的思想性格也就比较稳定，保持着古典式的静穆，情节虽千变万化，却往往被用作对人物思想性格的重复显示。《三国演义》自不必说，《水浒传》虽则已注意到人物的阶级出身、经历、生活环境对其思想性格的影响，开始从发展中刻画某些人物的思想性格，但是，就主人公宋江的形象来说，"忠义"二字却始终是他的思想性格的基本特征，而"忠"字观念则越来越由隐而显地居于矛盾的主导面。[1]《西游记》和《红楼梦》对人物形象的刻画，因其比较注重于传达人物从各种思想发酵出来的感情，感情是属于个性的范畴，而个性虽在一定程度上是稳定的，但由于主客观因素的交互作用，也会发生变化，所以人物的思想性格也就往往

---

[1] 详见张锦池：《中国四大古典小说论稿》第四章《论宋江的艺术形象及其演化》，华艺出版社 1993 年版。

具有纵的和横的发展变化，情节的千变万化，成为对性格的多侧面的展示，或典型的成长和构成的历史。"大闹天宫"时的孙悟空实际上是青少年时期的孙悟空，"西天取经"时的孙悟空实际上是成年时期的孙悟空。其前期，显得更具"异端"风采，更具积极乐观进取精神，也更勇敢。其后期，固然仍具有"异端"风采，但封建道德观念却日渐增浓；固然仍具有积极乐观进取精神，却不时流露出一种抑郁的情感；固然勇敢依旧，却显得更为机警。两相对照，便明显地反映出孙悟空思想性格的发展变化，然而，孙悟空以摩顶受戒为前后期，其思想性格的发展变化还多少令人感到有点突然。贾宝玉的思想性格由"情不情"发展为"情极之毒"，就不只令人感到可以"追踪蹑迹"，而且还令人感到是"步不动而神移"，一切都那么水到渠成。①

其二，作者对笔端人物的评判，不是以抽象的道德标准去评判人物行为的善恶，而是以人物行为的社会效果去评判其所秉道德观念的善恶。

《三国演义》作为历史小说，作者却并不以如实地再现历史人物的精神面貌或历史功绩作为现实人生的借鉴为目的，而只以摄取其某些方面作为艺术再创造的基础以便对现实人生的道德面貌或政治伦理直接作褒贬为指归。因此，那头脑中固有的抽象的道德标准一倾注笔端，便使人物形象成为某种道德的标本，以致把曹操写成恶绝千古的"奸雄"，将刘备写成善绝人寰的"仁主"。

《水浒传》的作者对笔端人物的评判又何尝不是如此呢？宋江饮鸩后不仅自己虽死无辞，还怕李逵造反而将其鸩死。这简直是作孽造罪，

① 详见张锦池：《红楼十二论》第五篇《论贾宝玉叛逆性格的形成和发展》，百花文艺出版社 1982 年版。

为虎作伥！然而作者却付以颂扬之笔，认为这才是宋江"全忠仗义为臣"之处；否则，李逵一起而"造反"，那不仅使他自己会成为方腊式的"羞宗辱祖"的"反贼"，而且也"坏了梁山泊替天行道之名"。

《西游记》中的唐僧形象，既具有圣僧的特点："以慈悲为怀"；又具有名儒的特点："以仁义为本"。这种思想品格，不正是施罗二氏所褒扬的吗！但作者却没有把他写成理想人物。唐僧对妖魔讲"慈悲"和"仁义"，弄得迂而无当，是非颠倒，这是作者所批判的。唐僧对比丘国关在鹅笼里等国王取心用的儿童讲"慈悲"和"仁义"，破口大骂"昏君"，急令孙悟空火速设法"救生灭怪"，这又是作者所称颂的。论猪八戒缺点之多，真是实在可以！不仅偷懒、嘴馋、贪利、好色、撒谎、忌贤，而且居然让乌鸡国国王挑重担，自己拣轻的挑。真是"忠"、"义"、"信"、"廉"、"诚"，样样皆缺。这种种"人欲"之私，不正是施罗二氏所贬抑的吗！但作者对猪八戒的这些缺点的揶揄却是一种善意的揶揄，反而令人在笑声中逐渐接近并喜爱这个人物，感到他的一路摩肩压背追随到西天的不易。凡此，说明了什么呢？说明作者对笔端人物的褒贬，并不尺尺寸寸于抽象的道德标准，而比较注意人物行为的社会效果。

《西游记》这种褒贬人物的角度，到《红楼梦》里又获得了新发展。《红楼梦》写反面人物，好用似褒实贬的笔法。这种"褒"，反映了作者对世俗之人好用抽象的道德标准去品评人物的嘲讽。写正面人物，好用似贬实褒的笔法，这种"贬"，反映了作者对世俗之人好用传统的道德观念去品评人物的揶揄。照世俗之人的看法，贾母是个仁慈得不能再仁慈的老佛爷，对清虚观的小道士的态度，便堪一赞。然而，那个苦命的小道士为什么会被吓成那样呢？还不是由于这位"享福人福深还祷福"时的那种炙手可热的气派！足见，贾母作为贾府"体仁沐德"之门风的主要体现者，她的仁慈可能是出于真心，而作者却从人与人的社会关系的角度看出并如实地揭露了她的伪善。书中写林黛玉，一则说她"尖刻"，二则说她"小性儿"，三则说她"目无下尘"。凡此等等，要是离开她所处的社会环境，抽象地看问题，那不能不认为这是她的缺点。然而，如果结合她所处的社会关系，具体地看问题，却又正反映了她的强烈的反封建精神以及出淤泥而不染的高贵品格，则又不能不认为这是她的优点。到底是优点还是缺点，那就要看你究竟是想从她所处诸社会关系的哪一个角度去看问题。

其三，以种种富于生活情趣的情节强意识地刻画取经人的性格，甚或使人在开口一笑中不知不觉地发现那出现在自己面前的佛祖道祖和凶魔恶煞却原来都是"人"，而这类情节又并非皆为表现作品内容主旨之所需。

我们知道，既愚拙而又自作聪明是猪八戒的性格特点之一，处处好凭经验办事就更是他为人处世的基本特点，而他的这些特点便大多是作者通过与表现作品主旨无关紧要而却颇具生活情趣的情节来塑造的。比如，那第三十二回"巡山"一场，就是如此。猪八戒一路走，一路嘀咕：

> 大家取经，都要望成正果，偏是教我来巡甚么山！哈！哈！哈！晓得有妖怪，躲着些儿走。还不够一半，却教我去寻他，这等晦气哩！我往那里睡觉去，睡一觉回去，含含糊糊的答应他，只说是巡了山，就了其帐也。

呆子正在凹里一弯红草坡中睡得香，孙悟空变做了啄木鸟照他嘴唇上扢揸一下。呆子慌得爬将起来，口里乱嚷道："有妖怪！有妖怪！把我戳了一枪去了！嘴上好不疼呀！"忽抬头往上看时，原来是个啄木鸟，在半空中飞哩。呆子咬牙骂道：

> "这个亡人！弼马温欺负我罢了，你也来欺负我！——我晓
> 得了。他一定不认我是个人，只把我嘴当一段黑朽枯烂的树，内
> 中生了虫，寻虫儿吃的，将我啄了这一下也。等我把嘴揣在怀
> 里睡罢"。那呆子毂辘的依然睡倒。孙悟空又飞来，着耳根后又
> 啄了一下。呆子慌得爬起来道："这个亡人，却打搅得我狠！想
> 必这里是他的窠巢，生蛋布雏，怕我占了，故此这般打搅。罢！
> 罢！罢！不睡他了！"

于是，他便塞着把，径出红草坡，去找地方编谎——"编造停当，哄那
弼马温去！"

真是绝妙的小品。可这与表现作品内容主旨又有什么关系呢？但
却和盘托出了孙悟空的好使"促狭"，猪八戒的小黠而大痴、看啥都凭
经验、好偷懒睡觉、好背后骂人、好编谎哄人以及他与孙悟空的为什么
常常"不睦"。

我们知道，民众心目中的观音形象是既慈祥而又端庄，慈祥端庄
得令人一想到她就不敢心存邪念。那么，作者笔端的观音形象又是如何
呢？第十五回，写孙悟空与观音争辩时观音指孙悟空骂道："我把你这
个大胆的马流，村愚的赤尻！我倒再三尽意，度得个取经人来，叮咛教
他救你性命，你怎么不来谢我活命之恩，反来与我嚷闹？"第四十二回，
写观音让孙悟空拿净水瓶而孙悟空拿不动时观音笑道："待要与你拿了
去，你却拿不动；待要着善财龙女与你同去，你却又不是好心，专一会
骗人。你见我这龙女貌美，净瓶又是个宝物，你假若骗了去，却那有工
夫又来寻你？你须留些甚么东西作当。"这么写观音的一"骂"、一"笑"，

不由得令人发觉观音却原来并不是个"情田鞠草，欲海扬尘"而只知"救苦救难"的菩萨！

我们知道，唐僧要往西天取经以求"法轮回转，皇图永固"，妖魔要吃唐僧肉以获延年益寿，不老长生，这是作者总体艺术构思的一个极其重要的方面，似应着意于这方面情节的曲折惊险并以此而取胜，然而作者却又匠心独具。其写金鼻白毛老鼠精地涌夫人也，地涌夫人是那么重"义"，以致为报托塔天王李靖和哪吒三百年前的不杀之恩而在洞中供设天王父子生祠牌位，日日不断香火；地涌夫人又是那么多"情"，以致唐僧亦为其情切切意绵绵所动而情不能自已地叫出一声"娘子"，甚至写其自谓必死时还一把抱住唐僧道："长老啊！我只道：夙世前缘系赤绳，鱼水相和两意浓。不料鸳鸯今拆散，何期鸾凤又西东！蓝桥水涨难成事，佛庙烟沉嘉会空。着意一场今又别，何年与你再相逢！"其写好以人肉下酒的黄袍老怪也，黄袍老怪对自己的妻子百花羞是那么恩爱和体贴，百花羞一开口，便不只放走了欲蒸了下酒的唐僧，还宽恕了洞外可以手到擒来的猪八戒与沙和尚，让他们自行求法西天，然而当黄袍老怪察觉到妻子却原来在对自己玩弄骗局时，又是那么怒火中烧，竟致亮出钢刀要百花羞死个明白。这哪是吃人魔头，分明是人间既重夫妻恩爱而又性烈的山大王！其写牛魔王夫妇也，牛魔王和铁扇分主的失子之痛以及由此而引起的对孙悟空的恼怒，玉面公主对牛魔王的情真意切以及铁扇公主对牛魔王的闺怨之情，就更莫不尽呈读者眼底。这哪是个魔怪洞窟，分明是个充满感情纠葛的人间家族，令人戚戚焉！难怪鲁迅先生说《西游记》"神魔皆有人情，精魅亦通世故"。

然而，最为重要的还是，此等情节中的人间烟火味，不仅为《三国演义》所无，而且为《水浒传》所鲜见，而在《西游记》中却是大量的，放到中国小说史整个"英雄传奇"类作品中去看问题，亦属独树一帜。

因此，与其说作者是旨在表现作品的内容主旨，醉心于铺陈故事情节的曲折离奇，毋宁说作者是旨在着意塑造人物的思想性格。因为，假若以表现作品内容主旨为直接目标去安排故事情节而将人物形象的塑造作为表现作品内容主旨之故事情节的附丽来要求作者的艺术构思，那么，《西游记》中的这类充满人间烟火味的故事情节，则并非皆属《文心雕龙·附会篇》所说的"驱万涂于同归，贞百虑于一致"，不少是"杂而且越"的；假若以塑造人物形象为直接目标去安排故事情节而使作品内容主旨作为刻画人物思想性格之所需的故事情节之终极归属来要求作者的艺术构思，那么，《西游记》中的这类充满人间烟火味的故事情节，则莫不属《文心雕龙·附会篇》所比喻的"驷牡异力，而六辔如琴；并驾齐驱，而一毂统辐"，皆是"杂而不越"的。认识不到这一点，也就失去了《西游记》中的情节安排、人物刻画、内容主旨三者之间的内在关系。

七、蜡梅之美其所以为美

中国古代文明社会，向来是个重"人"的社会。因此，不论哪朝哪代的统治者，莫不以"任人惟贤"自相标榜。然而，究竟什么样的"人才"，才是真正的"贤才"，这在致治世者和致乱世者心目中的不同，简直不啻天壤！

《西游记》作为孙悟空的英雄传奇，是部寓庄于谐、借神魔写人间以求治国安邦之道的文学巨著。它所提出的核心问题，便是人才观问题。这是个极为尖锐的问题，切莫等闲视之。

《西游记》的作者作为"跅弛滑稽之雄"，其所以以人才观问题作为自己作品的核心问题并以曾大闹天宫的孙悟空为证，就在于：一则由于人是社会关系的总和，人才观是社会观综合而集中的反映（尽管当时他未必能意识到这一点）；二则由于明代中叶有一次"人"的发现，具有"童心"的"真人"开始在历史舞台上崭露头角（其哲学代表就是"异端之尤"李贽）；三则也由于自北宋以来民众因"国政弛废"而"转思草泽"的情绪已形成某种文化心理积淀，并借助于《水浒传》一类的作品而在社会思潮中推波助澜。凡此，也就是《西游记》内容主旨形成的时代原因和历史原因。

"附辞会义，务总纲领"，这是中国传统美学思想，它道出了作者艺术构思的总体规律，所以，其合理内核向来为有社会责任感的作家所遵循。那个性心灵解放思潮的春风又在不断地拂苏《西游记》作者的主体意识，以致使他成为几可与"异端之尤"李贽并驾的文坛"跅弛滑稽之雄"，因而，当其观察人和社会时也就自觉或不自觉地比较注意人的社会关系和个性特征。一旦反映入其艺术构思，便出现了伴随着思想的打破而来的，与之相适应的写法的打破。《西游记》的"横云断岭式的三层构架"、"金线贯珠式的结构形态"、"彩线亦金线的美学效应"，说明了这一点；其"形象体系构成的新立场"、"人物刻画方法的开生面"，更说明了这一点。正是有鉴于此，所以我想对鲁迅的一个论断作点补说。鲁迅认为："自有《红楼梦》出来以后，传统的思想和写法都打破了。"[①]这无疑是正确的，但我认为需补充一句：这种打破，实始于《西游记》而成于《红楼梦》。其思想上的打破，已于上章论说。其写法上的打破，于此可见一斑。

梅花的美很纯朴，四瓣而已。其美在疏影和暗香的统一，其美在"俏也不争春，只把春来报"。请以此说《西游记》的思想成就和艺术成就及其在中国小说发展史上的地位。

---

① 《鲁迅全集》第9卷，人民文学出版社1981年版，第338页。

第十一章 《西游记》版本源流考论

一、五四以来的几种说法

《西游记》版本源流问题，五四以来众说纷纭而又最值得作进一步研讨的，是世德堂本《西游记》、杨致和《西游记传》、朱鼎臣《唐三藏西游释厄传》三个版本之间的关系问题。主要有如下几种说法：

"杨本——世本"说。最早将《西游记》的版本源流问题作为一项课题来研究的是鲁迅，他在《中国小说史略》中说："一百回本《西游记》，盖出于四十一回本《西游记传》之后。"理由是："《西游记》全书次第，与杨致和作四十一回本殆相等。……惟杨致和本虽大体已立，而文词荒率，仅能成书；吴则通才，敏慧淹雅。其所取材，颇极广泛。"[1] 三十年过去，张天翼在他的《"西游记"札记》[2] 中以及霍松林在他的《略谈"西游记"》[3] 里也这么认为。可见鲁迅的这一看法，其影响是颇为深远的。

"世本——杨本"说。这是胡适针对鲁迅的看法提出来的。他在一九三一年写的《跋〈四游记〉本的〈西游记传〉》中说："《四游记》中的《西游记传》是一个妄人删割吴承恩的《西游记》，勉强缩小篇幅，凑足《四游记》之数的。《西游》小说篇幅太大，决不能和其他三种并列，故不能不硬加删割。但《西游》行世已久，删书者不敢变动书中故事，

---

① 《鲁迅全集》第 9 卷，人民文学出版社 1981 年版，第 162 页。

② 作家出版社编辑部编：《西游记研究论文集》，作家出版社 1957 年版。

③ 同上。

故其次第全依《西游记》足本。"并举一例作为"铁证"，即指出杨本第十八则唐僧接受心经一段，该段只云"行者闻言冷笑，那禅师化作金光，径上乌窠而去"，可前面却没有提及什么禅师不禅师。其结论是："这里最可看出此本乃是删节吴承恩的详本，而误把前面会见乌窠禅师的一段全删去了，所以有尾无头，不成文理。"①

不论鲁迅，还是胡适，当时他们都没有看到朱鼎臣的《唐三藏西游释厄传》，以及保存在《永乐大典》中的《西游记平话》残文《魏征梦斩泾河龙》；并且，当时他们看到的一百回本《西游记》，不过是属于世本系统的"真诠"、"新说"一类的清刊本，而不是刊于明万历二十年的世德堂本。一九三〇年前后，这些新资料的发现，正如郑振铎所形容的，使《西游记》研究走出了"黑暗时代"；其版本源流的研究也由对清刊百回本和杨本的关系的研究转为对世本和杨本、朱本的关系的研究，从而步入了《西游记》版本源流问题研究的新阶段。

"世本——朱本——杨本"说。一九三一年，孙楷第东渡访书，一九三二年，撰写了《日本东京所见小说书目》。该书认为：朱本"与明诸百回本比，除陈光蕊事此有彼无外，余仅繁简之异，西行诸难，前后节次，以及精怪名称，故事关目，无一不同。倘是祖本，焉能若是！""夫惟删繁就简可无变更；由简入繁乃欲丝毫不变原本，在理为不必要，在事为不可能。故余疑此朱鼎臣本为简本，且自吴承恩之百回本出"。"如余所疑不误，则后之《四游传》中之《西游记》亦此系统之书，同为节本，且其渊源甚旧，远在万历之时矣"②。是年，北平图书馆购得了世本和朱本，郑振铎即对世本、杨本、朱本的回目和文字作了

---

① 《胡适古典文学研究论集》，上海古籍出版社 1988 年版，第 934—936 页。
② 孙楷第：《日本东京所见小说书目》，人民文学出版社 1958 年版，第 83—84 页。

对勘。一九三三年，撰写了《西游记的演化》①，其结论是："我意，朱、杨二本，当皆出于吴氏西游记。而朱本的出现，则似在杨本之前。"因为在他看来，"朱鼎臣之删节吴氏书为西游释厄传，当无可疑。其书章次凌杂，到处显出朱氏之草草斧削的痕迹。"其中"最可注意的是，第五卷的袁守诚妙算无私曲一则。其内容及诗词，殆与吴氏书面目无大异：……此文假如不是从吴氏书删节而来的，则世间而果有此'声音笑貌'全同的二人的作品，实可谓为奇迹！""至于杨致和本，则较朱本略为整齐；所叙事实更近于吴氏书：吴氏书之所有，杨本皆应有尽有。但其大部分，则皆有抄朱氏本的删节之文的痕迹。"特别是，"唐三藏逐去孙行者"一则，"便是全抄朱本的——其中只有几个字的差异。其他第三、四卷中，文字雷同者也几在十之九以上，连标目也是全袭之于朱本"。一九三五年，鲁迅在《〈中国小说史略〉日本译本序》中赞同郑氏的论点，说："郑振铎教授又证明了《四游记》中的《西游记》是吴承恩《西游记》的摘录。而并非祖本，这是可以订正拙著第十六篇所说的，那精确的论文，就收录在《佝偻集》里。"② 自此，郑氏的这一看法几成了文学史上的定论。

"朱本——杨本——世本"说。一九四九年以来，在长达四分之一的世纪以内，由于版本研究被视为"烦琐考证"，致一般大陆学者望而却步，仍孜孜以习并卓然有成者多属港台与海外学人。澳籍华人学者柳存仁便是其中的一位，论对世本、杨本、朱本互勘之精，堪与郑振铎并驾，而结论则相左。他在一九六二年写的《四游记的明刊本》中说：世本和杨本，"两书的次第虽然差不多相同，但这只限于吴著所有而西游

---

① 该文见郑振铎：《中国文学研究》上册，作家出版社 1957 年版。以下引文均出自此。

② 《鲁迅全集》第 6 卷，人民文学出版社 1981 年版，第 347 页。

记传也有的情节材料而言，至于吴著里有更多的情节原为西游记传所无，有更多若干倍的文字更是释厄传或西游记传的作者或编纂者所不曾梦想到的，那无可怀疑地正是吴承恩个人的创作及加工。简单的东西产生于前，复杂的、承袭而修饰的庞大的作品出现在后，这原是文学史流变的一般原则"①。此后又在《跋唐三藏西游释厄传》中说："从文字对勘的结果，我相信我的结论大约是不错的，即不只是西游记传删割释厄传而袭取其大部分的文字，百回本西游记对释厄传及西游记传实际上也都有所承袭……而且它也有删削释厄传、扬弃释厄传的材料的地方。"如"虽然百回本西游记汲取了释厄传无数的诗句和词话"，却删削了其卷六的一首回末诗："善人看见善人亲，果酒相邀接善人。你害别人人害你，轮回祸福不饶人。"结论是："说释厄传是它的略本之说，到这里就只好碰壁了。"②认为朱本是世本的祖本虽始于三十年代的日本学者长泽规矩也，但予以系统论证并使这一看法产生影响的却是柳存仁。

"世本——杨本——朱本"说。一九六四年，杜德桥（G.Dubridge）发表了《西游记祖本考的再商榷》③，商榷的对象是柳存仁。该文开宗明义说："笔者虽同意孙、郑等的观点，但觉得他们缺乏具体和可靠的例证。柳氏提出的例证虽较具体，其所提的若干证据的本身，尚有商榷的余地。"然而在对所摆的一个例证进行剖析时却说："比较近于情理的解释好像是——朱本开始沿袭吴本，到了后来，就专靠杨本的文字，偶然删掉某些情节。"一九六六年，他又发表了《百回本西游记及其早期版

---

① 柳存仁:《伦敦所见中国小说书目提要》，书目文献出版社 1982 年版，第 20 页。

② 同上书，第 37—39 页。

③ 该文见香港《新亚学报》第 6 卷第 2 期，收入天一出版社《西游记的版本》(上)。

本》①，这才作了如下的结论："阳朱本俱有删节某一百回本的痕迹，这些部分朱本并不依靠阳本；朱氏写到卷八就抛开百回本，而以阳本为底。"这两篇文章在考证方法上有个特点，就是在将杨本和朱本的文字与世本对勘时，其论证的重点是放在胡适所说的"有头无尾，不成文理"上，因而摆出的例证虽大致没有超出郑振铎和柳存仁曾列举的范围，却别开了生面。论点与此一致而用力颇勤的是李时人。一九八六年以来，他发表了《明刊朱鼎臣〈西游释厄传〉考》和《吴本、杨本、朱本〈西游记〉关系考辨》等专题论文，以郑振铎的对回目和文字的比勘方法，作出了杨本和朱本皆属世本节本而杨本又早于朱本的结论。这些有分量的论文，就收在他的集子《西游记考论》里。

"杨本（古本）——朱本（吴本初稿本和杨本的捏合本）——世本（吴本定本）"说。党的十一届三中全会以来，最早对《西游记》版本源流问题进行研究并在看法上独树一帜的，是人民文学出版社本《唐三藏西游释厄传》和《西游记传》的整理者陈新。一九八二年，他写了《重评朱鼎臣〈唐三藏西游释厄传〉的地位和价值》。该文认为："杨本刊刻的时代，无疑早于吴本。"理由是：一、"余象斗把杨本编入《四游记》，约在万历二十年左右，在此之前，杨本应早已以单行本流传"。二、"杨本中没有涉及明代的典章制度，可知它成书于明代前"。三、"杨本文词虽荒率，但全书体例基本一致。按诸文学发展的轨迹，它和元或元以前的《大唐三藏取经诗话》等的拙涩情况基本相符"。该文还认为："今天，对吴承恩究于何时创作《西游记》的问题，虽仍须继续探索，但据朱本可知，吴承恩至少于嘉靖年间据杨本改写完成了前十五回，不完整的抄

---

① 该文见台北《中外文学》第 5 卷第 9 期、第 10 期，收入天一出版社《西游记的版本》（下），杨致和的"杨"，一作"阳"。

本当时即传了出去。由于《西游》故事受读者欢迎，书商发现后诧为奇货，立即请朱鼎臣编辑并刊刻，而把尚未改写完成的部分，仍用当时通行的杨本补足，于是出现了这个出版史上罕见的朱本。"因此，"朱本前七卷回目、内容、文字上和世本的差异，我们无妨看作吴承恩初稿本和定本的差异"①。此后，他在《西游记版本源流的一个估计》与人文本《西游释厄传》和《西游记传》的《整理后记》中又反复申述了这一观点。"估计"虽不属于严肃的考证，但对打开我们的思路还是有好处的。况且，某些猜想还有可能一朝获得材料证实。

问题就这么复杂！都愿或确在"跟着材料走"，可一方以"文词荒率，仅能成书"，说杨本是世本的祖本，另一方却以同样的理由，说杨本是一妄人硬删世本缩成的节本；一方以回目和文字雷同，说朱本先于杨本，另一方却以同样的例证作反证，说杨本先于朱本。其所以如此，就在于他们在方法论上存在共同的失误：一是没有就世本中的遗踪对其祖本进行探迹，因而也就失去了参照物；二是没有看到唐僧三个弟子在宋元以来取经故事演化过程中的位置的变易，因而也就失去了人物安排上的硬证；三是没有切实注意小说创作的特点以及宋元以来取经故事演化的轨迹，在比较情节和语言的异同时以经学考据替代了小说考证，因而，没有看出世本的祖本当是个词话本，没有看出朱本乃是个三缀本，问题仅在于究竟是哪三缀。正因如此，所以也就难免不公说公有理而婆说婆有理了。

---

① 该文载《江海月刊》1983 年第 1 期。

二、世本祖本探迹

要想对世本、杨本、朱本三个本子的孰先孰后问题作出令人心折的正确判断，首先必须探寻世本祖本的残迹，然后以它为圭臬，结合取经故事的演化史，考察三个文本的异同情况，再行定夺。否则，单凭回目和文字或情节的雷同，不找出个参照物，说得再圆和些，亦只是个"科学假设"而已，还是未能得到证实。

世本祖本的残迹到哪去找？真迹当在世本的文本里。能找到吗？能。因为，一、陈元之作于明万历二十年的《西游记序》说得清楚："唐光禄既购是书，奇之，益俾好事者为之订校，秩其卷目梓之。"既然这世本乃经"好事者"对其祖本的"订校，秩其卷目"而成的，则书中必有其变迁之迹。二、汤用彤说得好："历史变迁，常具持续性，文化学术虽异代不同，然其因革推移，悉由渐进。"[①] 西游记的演化当亦如是。若将世本放在宋元以来这一演化史上去考察，相映之下，则其与祖本的变迁之迹，在书中是不难探寻的。倘再据往迹而补阙申隐，"如肉死象之白骨，俾首尾完足"[②]，以史家修史的方法处理之，则其祖本的大致形状也就轮廓分明。

我在拙作《论〈西游记〉的著作权问题》和《论〈西游记〉中的观音形象》里曾致力于斯。兹不揣谫陋，归纳如下，并予补说：

其一，世本曾一再写到孙悟空与牛魔王等结拜为七兄弟。第三回云："此时又会了个七弟兄，乃牛魔王、蛟魔王、鹏魔王、狮驼王、猕猴王、猢狲王，连自家美猴王七个。"第四回云："他却对六弟兄说：'小

---

① 转引自汤一介：《昌明国粹，融化新知——纪念汤用彤先生诞生 100 周年》，《中国文化》1994 年第 1 期。

② 钱钟书：《管锥编》第 1 册，中华书局 1979 年版，第 166 页。

弟既称齐天大圣，你们亦可以大圣称之。'内有牛魔王忽然高叫道：'贤弟言之有理，我即称做个平天大圣。'蛟魔王道：'我称做复海大圣。'鹏魔王道：'我称混天大圣。'狮驼王道：'我称移山大圣。'猕猴王道：'我称通风大圣。'猖狱王道：'我称驱神大圣。'"第四十回，写孙悟空对八戒、沙僧说："想我老孙五百年前大闹天宫时，遍游天下名山，寻访大地豪杰，那牛魔王曾与老孙结七弟兄。一般五六个魔王，止有老孙生得小巧，故此把牛魔王称大哥。"第四十一回，写孙悟空对红孩儿说："我当初未闹天宫时，遍游海角天涯，四大部洲，无方不到。那时节，专慕豪杰。你令尊叫做牛魔王，称为平天大圣，与我老孙结为七弟兄，让他做了大哥；还有个蛟魔王，称为复海大圣，做了二哥；又有个大鹏魔王，称为混天大圣，做了三哥；又有个狮驼王，称为移山大圣，做了四哥；又有个猕猴王，称为通风大圣，做了五哥；又有个猖狱王，称为驱神大圣，做了六哥；惟有老孙身小，称为齐天大圣，排行第七。"第五十九回，写孙悟空一见罗刹，便躬身施礼道："嫂嫂，老孙在此奉揖！"罗刹咄的一声道："谁是你的嫂嫂！那个要你奉揖！"行者道："尊府牛魔王，当初曾与老孙结义，乃七兄弟之亲。今闻公主是牛大哥令正，安得不以嫂嫂称之！"第六十回，写牛魔王咬响钢牙，骂孙悟空道："常言道：'朋友妻，不可欺；朋友妾，不可灭。'你既欺我妻，又灭我妾，多大无礼？上来吃我一棍！"第六十一回，写孙悟空搬来众神将，恶战牛魔王，道是："你看齐天大圣因功绩，不讲当年老故人。"凡此，施墨不可谓不浓，照应不可谓不周。

令人奇怪的是，第三回和第四回两次提到的与孙悟空结为"七弟兄"的牛魔王、蛟魔王、鹏魔王、狮驼王、猕猴王、猖狱王，后来虽一一出现于取经路上成为唐僧的灾星，并且孙悟空斗六耳猕猴与过狮驼岭和狮驼国战狮驼王和鹏魔王等还与"三调芭蕉扇"一样同属作品泼墨以写的精彩情节，然而在人物关系上却只有牛魔王与孙悟空有旧而其余五个魔王则多半与神佛有亲，"大闹天宫"部分的"七弟兄"说，在"西天取经"部分中实际上并没有获得照应。这种前有伏脉后不呈正文的怪现象，该如何解释呢？

正确的解释，我以为只能是：祖本"西天取经"部分写孙悟空一路荡妖灭怪，保唐僧西行，主要灭的是他当年的六位结拜兄弟；旨在"阐三教一家之理，传性命双修之道"，情系孙悟空之勇于改邪归正，"不讲老故人"。世本中的这种人物关系是出于改定者的妙手改定，他一面毅然割断了孙悟空与鹏魔王等原来的结义关系，一面以神来之笔使他们大多与神佛沾亲带故；旨在讽刺揶揄世态，赞颂孙悟空勇于战斗的精神力量和人格力量。鹏魔王等五个魔头及其故事情节俱在，是世本对其祖本的事之承袭；与孙悟空和神佛等人物关系的变化，是世本对其祖本的义之变迁。

其二，世本写孙悟空之于女色，可谓"情田鞠草，欲海扬尘"。可书中却偏有这么一个情节：第四十二回，写孙悟空为红孩儿的三昧火所败，不得不去殷勤拜南海。菩萨道："悟空，我这瓶中甘露水浆，比那龙王的私雨不同：能灭那妖精的三昧火。待要与你拿了去，你却拿不动；待要着善财龙女与你同去，你却又不是好心，专一只会骗人。你见我这龙女貌美，净瓶又是个宝物，你假若骗了去，却那有工夫又来寻你？你须是留些甚么东西作当。"行者道："可怜！菩萨这等多心。我弟子自秉沙门，一向不干那样事了。你教我留些当头，却将何物？"

这就奇了！诚然，书中的美猴王的确善偷，然而，几曾见他偷过非饱口福的宝物？诚然，书中的观音是个充分人性化了的菩萨，"须是留些什么东西作当"云云显然是个玩笑而已。然而，"龙女貌美，净瓶又是个宝物，你若骗了去"云云却似是在讥美猴王曾有此恶习，所以孙悟空才以"菩萨这等多心。我弟子自秉沙门，一向不干那样事了"作答，实际上也就等于承认自己在未秉沙门以前曾好干"那样事"。这在花果山时期的美猴王身上是连影儿也没有的！该怎么解释呢？

正确的答案当从取经故事的演化上找。却原来杨景贤《西游记》杂剧中的孙行者，不仅曾抢金鼎国女子为妻，还曾偷得王母仙衣一套"与夫人穿着"。《朴通事谚解》所引《西游记平话》里的孙悟空，也是如此。盖"猿猴好人间女色，窃妇以逃，此吾国古来流传俗说，屡见之稗史者也"①。世本祖本中孙悟空亦尚未脱故套，致改定者虽将一个好人间女色的孙悟空修改为欲海扬尘的孙悟空，而对相关之文字未能汰尽，所以在世本中便出现了这种虽则妙趣横生而却没来由的笔墨。

其三，世本中的孙悟空是位棒打天下吃人妖魔、具天地钟灵毓秀之德的大英雄。然而，第十四回却写他对唐僧道："不瞒师父说，我老孙五百年前，据花果山称王为怪的时节，也不知打死多少人。"更有甚者，第二十七回还写他对三藏道："老孙在水帘洞里做妖魔时，若想人肉吃，便是这等：或变金银，或变庄台，或变醉人，或变女色。有那等痴心的，爱上我，我就迷他到洞里，尽意随心，或蒸或煮受用；吃不了，还要晒干了防天阴哩！"

谁能查出花果山时期的美猴王曾打死人？谁能以片言为证说花果山时期的美猴王曾吃人肉？这真叫人"丈二和尚，摸不着头脑！"说孙悟空喜揶揄唐僧，则可；说孙悟空好在唐僧面前拉泡，则又不可。这种没来由的笔墨到底是怎么回事呢？

还得靠取经故事的演化来解答。却原来杨景贤《西游记》杂剧中的孙悟空并非是个善类。当唐僧将他从花果山下救出来时，他第一个念

---

① 钱钟书：《管锥编》第2册，中华书局1979年版，第546页。

头竟是想吃掉他的恩人："好个胖和尚，到前面吃得我一顿饱，依旧回花果山。"《西游记平话》里的孙悟空呢？也不是个天产地育的"石猴"，也是个好为非作歹的"老猴精"。这有《朴通事谚解》可证。将世本与之一对照，则知其祖本中的孙悟空在水帘洞做妖魔时当是个吃人的魔王；世本净化了花果山时期美猴王的形象，将一个宗教故事里的吃人妖魔改变为神话故事中的英雄，而对有关之点又未能剔尽，"若想人肉吃"云云遂被作为孙悟空的"拉泡"而在作品中残存下来，其实孙悟空是从来不说没影子的话的。

其四，世本无玄奘小传，是颇令人奇怪的。所谓"西游"，当然是指玄奘西行取经，书中玄奘的四个弟子皆有小传，惟玄奘独无，这既不合体例，又不合情理。此其一。早在元代就有院本《陈光蕊江流和尚》，杨景贤《西游记》杂剧更以一本四出的篇幅写了"之官逢盗"、"逼母弃儿"、"江流认亲"、"擒贼雪仇"，可见这一故事在当时是家喻户晓的；世本作为一部集宋元以来取经故事之大成的作品，在玄奘开坛主讲以前，正文中却不见有此等情节，用"缺少题材"或"一时疏忽"是解释不通的。此其二。世本中的词话其作用之一，是对前面的情节作些提示，帮助读者记住故事梗概。第十一回有篇词话，道是：

> 灵通本讳号金蝉：只为无心听佛讲，转托尘凡苦受磨，降生世俗遭罗网。投胎落地就逢凶，未出之前临恶党。父是海州陈状元，外公总管当朝长。出身命犯落江星，顺水随波逐浪泱。海岛金山有大缘，迁安和尚将他养。年方十八认亲娘，特赴京都求外长。总管开山调大军，洪州剿寇诛凶党。状元光蕊脱天罗，子父相逢堪贺奖。复谒当今受主恩，凌烟阁上贤名响。恩官不受愿为僧，洪福沙门将道访。小字江流古佛儿，法名唤做陈玄奘。

没有读过清人汪澹漪《西游证道书》"陈光蕊赴任逢灾，江流僧复仇报本"
的人，就不知道"状元光蕊脱天罗"说的究竟是什么。纵然读过清人汪
澹漪《西游证道书》"陈光蕊赴任逢灾，江流僧复仇报本"的人，也难
知道"恩官不受愿为僧"指的到底是什么。真可谓有尾无头，不成文理，
此其三。第十四回写三藏："我俗家也姓陈，乃是唐朝海州弘农郡聚贤
庄人氏。我的法名叫做陈玄奘。"第三十七回写唐僧说："你的灾屯，想
应天付，却与我相类。当时我父曾被水贼伤生，我母被水贼侵占，经三
个月，分娩了我。我在水中逃了性命，幸金山寺恩师，教养成人。"第
四十九回写玄奘叹道："自恨江流命有愆，生时多少水灾缠。出娘胎腹
淘波流，拜佛西天堕渺渊。"第六十四回写唐僧答曰："四十年前出母胎，
未产之时命已灾。逃生落水随波滚，幸遇金山脱本骸。"第九十三回写
三藏说："我想着我俗家先母也是打绣球遇旧姻缘，结了夫妇。此处亦
有此等风俗。"第九十四回写行者道："师父说：'先母也是抛打绣球，遇
旧缘，成其夫妇'，似有慕古之意，老孙才引你去。"第九十九回之灾难
簿上有云："金蝉遭贬第一难，出胎几杀第二难。满月抛江第三难，寻
亲报冤第四难。"还有第四十八回写猪八戒说："师父姓'陈'，名'到底'
了。"凡此，皆属照应之笔。其中，"满月抛江"云云虽则可以看作对词
话所述的关照，然而"抛打绣球"呢？那是词话中连影子也没有的。其
"后"有"应"而"前"无"呼"至于如此，又成何章法！此其四。这
四点足以说明一个事实，那就是世本祖本中当有"陈光蕊江流儿"一回。

　　问题是，世本无此回，是祖本阙如，还是世本脱落，或者是校者
华阳洞天主人砍掉的？如果是祖本阙如，纵然无处抄配，将一个家喻户
晓的故事敷衍成文当亦非难。如果是世本脱落，它又是经"辑其卷目"
而梓的，焉能若是。所以，答案只能是为华氏所删。

　　问题还在于：世本为何要删去这一回？孙楷第认为是"刻书人嫌其

亵渎圣僧"①。这是令人怀疑的。因为，这一故事交口相传已久，可见时人并不认为它对圣僧不恭。照我看来，华氏所以要删去这一回，是由于要突出孙悟空在作品中的地位，将原来以唐僧为主人公的取经故事变为孙悟空的英雄传奇。留下这一故事，与"灵根育孕源流出"相比显系喧宾夺主。想压缩篇幅，故事那么曲折，又非一回文字不可。于是，便不惜矫枉过正，以一篇词话述其崖略。那玄奘所说的"抛打绣球"，便既是华氏删削这一回故事的最有力证明，又是这一回故事留在世本里的不容置辩的踪迹。

其五，世本中的唐僧三弟子，只有孙悟空是头戴"紧箍儿"的；还有两个魔头，一个是熊黑怪，戴的是"禁箍儿"，一个是红孩儿，戴的是"金箍儿"。然而，第八回"观音奉旨上长安"，如来却是这么与观音说的：

> 此宝唤做"紧箍儿"；虽是一样三个，但只是用处不同。我有"金紧禁"的咒语三篇。假若路上撞见神通广大的妖魔，你须是劝他学好，跟那取经人做个徒弟。他若不伏使唤，可将此箍儿与他戴在头上，自见肉生根。各依所用的咒语念一念，眼胀头痛，脑门皆裂，管教他入我门来。

以理而论，观音不能有违如来的法旨，这三个箍只能给此去长安路上撞见的"神通广大的妖魔"戴，让他们"跟那取经人做个徒弟"。以事而论，观音在东去长安路上撞见的猪八戒与沙和尚，都是"血人为饮肝人食"的神通广大的魔头。所以，我怀疑在世本祖本中，不只孙悟

---

① 孙楷第：《日本东京所见小说书目》，人民文学出版社 1958 年版，第 81 页。

空头上有箍，猪八戒与沙和尚头上也有箍；玄奘作为圣僧就是以念"各依所用的咒语"来让他们保自己取经西天的，这也符合一般宗教心理。世本没让观音惟如来法旨是从，而凭慧眼和实际需要分别将禁箍和金箍戴在熊罴怪和红孩儿头上，正反映了如同陈元之序中所说的"有作者之心傲世之意"。

其六，《朴通事谚解》注引《西游记平话》，说唐僧的三个弟子依次是"孙悟空、沙和尚、朱八戒"。《西游记》杂剧也是写唐僧先收孙悟空，再收沙和尚，然后收猪八戒，则知在宋元取经故事中沙和尚是唐僧的二弟子，猪八戒名列第三。

世本《西游记》中依然残存着这一痕迹。何以言之？"远路没轻担"，"三人出外，小的儿苦"，一路摩肩挑担的是猪八戒，而不是沙和尚，有违旧时师兄弟间的职能，一也；孙悟空是开路先锋，沙和尚是唐僧的贴身侍卫，猪八戒是两头帮忙，要是硬辞退一个，只能是猪八戒，二也；正果西天时，猪八戒封净坛使者，沙和尚封金身罗汉，罗汉属小乘佛教的最高果位，位在净坛使者之上，三也。则知世本《西游记》祖本中的唐僧，其弟子当亦依次为孙悟空、沙和尚、猪八戒，于事理始为密合。

当我们从上述几个方面对世本其事之承袭及义之变迁作了番粗略考证之后，其祖本的大致轮廓也就显现出来了：一是花果山时期的孙悟空当是个既好色而又吃人的魔王；二是有"陈光蕊江流儿"的故事，而且可能至少占了一回篇幅，其特点是有"抛打绣球"招亲情节；三是西行路上的孙悟空一路荡妖灭怪而主要灭的当是他当年的六位结拜兄弟，猪八戒与沙和尚的头上可能也戴着箍，作为圣僧的玄奘就是靠咒语来使他们不敢怀有二心的；四是唐僧的二弟子为沙和尚，三弟子是猪八戒。如果我们的这些看法还有一定的道理，那它将可用作判断世本、杨本、朱本三个本子孰先孰后问题的参照物。

三、说杨本是世本的删节改写本

既然《西游记》版本源流的研究是从鲁迅和胡适论争世本和杨本孰先孰后开始的，研讨世本、杨本、朱本之间的承传关系就不妨仍以此为起点。学人的考据一如公安人员的破案，究竟是杨本为世本的祖本，还是杨本为世本的节本，理应从蛛丝马迹的证据中去找答案。

需考察的第一个问题，是上述在世本中其祖本留下的残迹，杨本里是否大多存在并有其来龙去脉。答案当是否定的，原因亦不容置疑。

世本第三回"四海千山皆拱伏，九幽十类尽除名"，"闹龙宫"与"闹地府"之间有个插曲，写美猴王设坛封将，操练猴子猴孙，又遨游四海，行乐千山，遍访英豪。"会了个七弟兄"云云，便见于这段笔墨。杨本卷一"猴王勒宝勾簿"虽是其对应的一则，却无此段文字，紧承"闹龙宫"的是"闹地府"，当然也就无孙悟空曾与牛魔王等六魔头义结金兰一说，其后各则亦然。因而，杨本写孙悟空的西行灭怪，打的竟没有一个是他当年的"把兄弟"。

世本第四十二回"大圣殷勤拜南海，观音慈善缚红孩"，写观音起程收伏红孩儿前，曾以孙悟空之往迹调侃孙悟空。"你见我这龙女貌美"云云，便见于这种令人忍俊不禁的调侃。杨本卷四"唐三藏收妖过黑河"是其对应的一则，却只作：行者"他自己径至落伽山，拜见菩萨，细陈前事，菩萨问言，唤木吒到李达天王库内，借取三十六把天罡刀，呼行者拿着净瓶，一同来魔王洞口"。于是，"猿猴好人间女色"这一世俗传说于世本孙悟空形象中的留痕，在杨本孙悟空身上便荡然无存。

世本第二十七回"尸魔三戏唐三藏，圣僧恨逐美猴王"，写孙悟空摘了几个桃子回来，一眼便识出那斋僧的女子是个妖精，可唐僧却认为她是位"女菩萨"；孙悟空便以身说法，说"老孙在水帘洞里做妖魔时，若想人肉吃，便是这等"做圈套的；说罢望妖精劈头脸一棒打下，那妖精使个"解尸法"预先走了，把一个假尸首留在地上。杨本卷三"唐三藏逐去孙行者"中其对应的文字，却只作："忽然行者到了，睁开火眼金睛一看，见是妖怪，掣起如意棒一打，那妖真身去了，只打死一个假尸在那里。"于是，那残存在世本美猴王臀部的一点元人笔端的"老猴精"之曾好吃人肉的历史胎记，于杨本孙悟空的身上也消失得无影无踪。不只此也，世本写孙悟空曾自云当年"也不知打死多少人"，在杨本对应的文字中亦不见其踪影，以视元末明初杨景贤《西游记》杂剧之孙猴子，不啻异类变种矣。

世本第九十三回"给孤园问古谈因，天竺国朝王遇偶"，写三藏对行者说"俗家先母也是抛打绣球遇旧姻缘"云云；其前面的情节是写三藏只见街坊上人群潮涌，齐咳咳都道"看抛绣球去也！"其后面的情节是写三藏想起给孤布金寺老僧之言，便随行者一则去看彩楼，二则去辨识公主的真假。承接这三个情节的是作书人的一段交代："话表那个天竺国王，因爱山水花卉，前年带后妃公主在御花园，月夜赏玩，惹动一个妖邪，把真公主摄去，他却变做一个假公主。知得唐僧今年、今月、今日、今时到此，他假借国家之富，搭起彩楼。欲招唐僧为偶，采取元阳真气，以成太乙上仙。"杨本卷四"三藏历尽诸难"，其中与此对应的文字，却没有前三个情节，只有类似于上引的作书人交代，其文云："天明行到天竺国中，原来那国王旧年与皇后同公主在御园赏花，被一怪把公主摄去，变做一假公主，在朝一年。今知得唐僧到国，欲求元精，故屡奏国王，立彩楼于十字街头，抛鞭招婿。"因而，见于世本中的其祖本用以与"陈光蕊，江流儿"故事相照应的玄奘所谓"抛打绣球"云云这一残迹，在杨本中也就杳如黄鹤。

最后，杨本的情节崖略既与世本基本相同，唐僧三个弟子的次序又与世本无二。

然而，残存于世本里的其祖本的踪迹亦见于杨本中者还是有的，那就是世本第八回"我佛造经传极乐，观音奉旨上长安"写的如来与观音说的三个箍儿的事。只是，杨本卷一"观音路降众妖"其对应的文字却作："还有三个紧箍儿，三篇紧箍儿咒，假如路上降伏妖怪，可叫他跟取经人，收心向善，若不伏，可赚他戴箍在头，自然见肉生根，再念动咒语，紧得他眼胀头裂，自然降伏。"至于三个箍儿的去脉，则与世本并无二致，另两个也是分别戴到了熊黑怪和红孩儿的头上。

问题是一目了然的，如果说杨本是世本的祖本，则难以解释上述见之于世本的其祖本的六个残迹何以有五个在杨本中均不翼而飞，仅存一个残迹还与世本相同。而如果说杨本是世本的节本，则上述见之于世本的其祖本的六个残迹便都可以用作杨本删节改写世本的例证。还能有第二种答案吗？

需考察的第二个问题，是杨本中的罅漏究竟有哪几种类型，又是什么原因造成的。因为但凡版本或故事渊源有自的作品，其罅漏之处往往留有其祖的足印，深浅而已。世本如此，杨本呢？亦不例外。其罅漏之处，类型有四，兹各采一例，以窥究竟。

一曰有头无尾。

杨本卷四"唐三藏收妖过黑河"，写土地公公回报孙悟空："此处叫做枯松涧，涧边有一洞，叫做火云洞，洞中有一魔王，是牛魔王的儿子，叫做红孩儿。他有三昧真火，甚是利害。"同卷"昴日星官收蝎精"，写如意真人怒斥孙悟空："你这厮无理！我乃牛魔王哥子，你前日赶逐我侄儿红孩儿，正要寻你报仇，还要讨甚么泉水！"令人不解的是，如意真人想为侄儿报仇，可书中的牛魔王却不思为儿子报仇。何以言之？同卷"显圣郎弥勒佛收妖"，写三藏过火焰山，只作："却说四众又行，忽至火焰山，师徒不能过去。幸有土神发语，指教大圣去翠云山，与牛魔王借芭蕉扇来一搧，可以熄得此火。大圣道：'他被我逐去孩儿，怕他不肯。'土神说：'魔王今不在家，你变做魔王去拐。'行者叱退土神，变做魔王，径至翠云洞，拐那芭蕉扇。不觉牛魔王抵家，闻得行者拐去扇子，星忙赶到中途，多得天神地祇助功，得了扇子，搧开火焰山，径至祭赛国金光寺安下。"

要知道，世本第四十回"婴儿戏化禅心乱，猿马刀圭木母空"，写出山神土地告诉孙悟空：红孩儿"他是牛魔王的儿子，罗刹女养的。……牛魔王使他来镇守号山"；第五十三回"禅主吞餐怀鬼孕，黄婆运水解邪胎"，写如意真仙一见孙悟空，怒道：红孩儿"是我之舍侄。我乃牛魔王的兄弟。前者家兄处有信来报我，称说唐三藏的大徒弟孙悟空慝懒，将他害了。——我这里正没处寻你报仇，你倒来寻我，还要甚么水哩！"这么写，其目的是为五十九回至六十一回写火焰山之战作"隔年下种"，说明铁扇公主和牛魔王何以一见孙悟空便怒火中烧，任他怎么赔小心也不借给芭蕉扇。

杨本一则说红孩儿是牛魔王的儿子，二则说如意真人想为侄儿报仇，真可谓山雨欲来风满楼，却仅以一百四十余字便写了火焰山之战，致一不提铁扇公主其人，二不提牛魔王欲为儿子雪恨。这种有头无尾，不近情理，若解释为惟其祖本方有此疏漏，我以为是难以令人心折的。

二曰无头有尾。

杨本卷二"观音收伏黑妖"，写：三藏夜宿观音院，一领锦襕袈裟被盗；孙悟空屡战窃贼黑风山怪不下，便径投南海拜观音，菩萨问曰："你来何干？"孙悟空道："师父投院借宿，却被熊精偷了袈裟，屡取不还，因此来恳菩萨大发慈悲，助我拿妖，取衣西进。"

真是眼睛一眨，老母鸡变鸭：直至孙悟空投紫竹林时，书中一会儿称此妖为"黑大王"，一会儿称此妖为"一个黑汉"，他纵有火眼金睛又何以知其是个"熊精"？而这在世本中是早有交代的，其第十七回"孙行者大闹黑风山，观世音收伏熊罴怪"，写：孙悟空打死送请帖的小妖，打开请帖，帖上赫然写着："侍生熊罴顿首拜，启上大阐金池老上人丹房。"因而孙悟空告诉唐僧说："你看那帖儿上写着'侍生熊罴'，此物必定是个黑熊成精。"

杨本这种无头有尾，不成文理，若用以作为它删节改写世本的"铁证"，我以为未必属过甚之辞。

三曰首尾不一。

杨本卷一"观音路降众妖"，写菩萨行到流沙河，叫河妖收心向善，保取经人西行取经。"妖道：'我愿归正，只恐取经人不来，即来亦恐难过此水。'菩萨道：'怎么难过？'妖云：'此水毫芥不负。只有前日几个取经人被我吃了，骷髅浮在水面不沉，我视为异物，将索儿穿在一处戏耍。'菩萨道：'你可将骷髅穿挂在此，等取经人到，自有用处。我今替你取过法名，以沙为姓，叫做沙悟净。'"卷三"唐僧收伏沙悟净"，写：三藏被困流沙河，孙悟空求救南海。"菩萨闻言，在袖中取出一个红葫芦，叫惠岸领受，同孙悟空到流沙河边，叫悟净归顺唐僧后，叫他取向日骷髅，按九宫布列，把葫芦放在当中，就是法船一只，渡唐僧过河"。惠岸谨遵法旨，三藏师徒渡过流沙河，"骷髅化作九股英风，寂然不见"。然而，这么一前后关照，问题也就来了：那"向日骷髅"分明就是"前日几个取经人"的，"几个取经人"的"骷髅"又怎么"按九宫布列"，并且最后还"化作九股英风"而去呢？

一对照世本，谜团也就解了。其第八回"我佛造经传极乐，观音奉旨上长安"，谓沙妖云："菩萨，我在此间吃人无数，向来有几次取经人来，都被我吃了。凡吃的人头，抛落流沙，竟沉水底。这个水，鹅毛也不能浮。惟有九个取经人的骷髅，浮在水面，再不能沉。我以为异物，将索儿穿在一处，闲时拿来顽耍。这去，但恐取经人不得到此，却不是反误了我的前程也？"

要特别注意的，是"惟有九个取经人的骷髅"这句话。究竟是杨本在以世本为祖本节改"向来有几次取经人来"云云时未察其重要而信笔略去的，还是世本在以杨本为祖本鉴于后文有"按九宫布列"之说时知其必不可无而着意增补的？符合逻辑的，显然是前一说。

四曰张冠李戴。

杨本卷四"唐三藏收妖过黑河"，写：水妖变作艄子渡人，"八戒见船小，就设一计，保他师父先过，叫行者、沙僧踏云。三藏果与八戒先过。船至中间，水怪呼起狂风，把小船沉了。行者望见妖气腾腾，知是水怪害师父，急令沙僧去寻。沙僧寻至水怪门边，见上写着'洛水神府'，细听里面吩咐小妖，蒸熟唐僧，去请二舅爷来上寿。行者忍不住心头火起，掣起金棒进水，命沙僧打去，那妖拿起铜鞭相迎，二人战到二十余合。沙僧寻个破绽，引他上岸。水怪不赶，只叫：'快去请舅爷来。'沙僧听得，急上岸说与行者知道"。这真叫人莫名其妙！首先，听到"洛水神府"妖怪说话的当是沙僧，何以会云中的"行者忍不住心头火起？"其次，既然孙悟空怒冲冲"掣起金棒进水"，又怎会不棒打妖魔而"命沙僧打去？"再次，既然孙悟空也在水府，为何沙僧又"急上岸说与行者知道？"

一对照世本第四十三回"黑河妖孽擒僧去，西洋龙子捉鼍回"，这三个问题也就迎刃而解了。原来是，"行者道：'不是翻船；若翻船，八戒会水，他必然保师父负水而出。我才见那个棹船的有些不正气，想必就是这厮弄风，把师父拖下水去了。'沙僧闻言道：'哥哥何不早说！你看着马与行李，等我下水找寻去来。'"原来是，"沙僧闻言，按不住心头火起，掣宝杖，将门乱打"。原来是，"沙僧暗想道：'这怪物是我的对手，枉自不能取胜，且引他出去，教师兄打他。'这沙僧虚丢了个架子，拖着宝杖就走。那妖精更不赶来，道：'你去罢，我不与你斗了。我且具束帖儿去请客哩。'"要之，孙悟空压根儿就没有下水。"闻言，按不住心头火起"的是沙和尚。

其中最要紧的，是"按不住心头火起"这句话，杨本作："忍不住心头火起。"七个字中倒有六个字一字不差。究竟是世本在以杨本为祖本扩写此节时当作法言留下来的，还是杨本在以世本为祖本节改此回时笔之所削剩下来的？符合逻辑的，显然是后一说。

问题是清清楚楚的，中国小说最讲故事的有头有尾，来自民间的作品尤其如此。粗糙如《三国志平话》和《武王伐纣平话》，便是明证。假若是部鸿篇巨制，由于增删多次，留下种种罅漏，是不难理解的。可《西游记传》，七万四千余字而已，其故事情节，却有头无尾者有之，无头有尾者有之，首尾不一者有之，张冠李戴者亦有之。说它是杨致和硬删世本缩成的节本，似乎还是比较符合事实的。

需考察的第三个问题，是世本和杨本文字的雷同，其情况究竟如何；从创作论的角度看问题，当作何解释。因为文艺创作和论文写作是异径的；论文写作之常规，乃文艺创作之大忌，而世本《西游记》是创作。此虽常识，但学者们由于写论文写惯了，在从文字之雷同去看世本和杨本版本之先后时，却往往忘了这一点。兹将世本和杨本的文字雷同情况归类如下，以便从创作论的角度考察其成因。

一是世本和杨本成段或成句的文字基本相同。

这种情况在杨本前两卷中尤多，世本与之对应的情节是第一回至第二十回。比如，杨本卷一"悟空得仙传道"，云："祖师闻言，咄的一声，跳下高台，手持戒尺，指定悟空道：'你这猢狲，这般不学，那般不学，却待怎么？'走上前，将悟空头上打了三下，倒背着手，走入里面，将中门关了，撇下大众而去。"世本第二回"悟彻菩提真妙理，断魔归本合元神"，与此对应的文字便一字不差。世本第二十一回"护法设庄留大圣，须弥灵吉定风魔"，云："把前门的小妖道：'大王，虎先锋被那毛脸和尚打杀了，拖在门口骂战哩。'那老妖闻言，愈加烦恼道：'这厮却也无知！我倒不曾吃他师父，他转打杀我家先锋，可恨！可恨！"杨本卷三"孙悟空收妖救师"，与此对应的文字便和加重点号的基本相同，差异仅在"小妖道"作"小妖报道"，"打杀了"作"打死"，"转打杀"作"反打死"。

写学术著作，引一段，论说一段，挥洒自如，虽论说文字与引文的风格殊异亦不以为弊，终成鸿篇巨制，是可能的。可世本《西游记》是部神魔小说，作者是位"跅弛滑稽之雄"，杨本又非"史家之绝唱，无韵之《离骚》"，引一段，铺叙一段，洋洋洒洒，却保持了铺叙文字的风格与引文高度一致，终成千古名著，我以为在事似无必要，在理似无可能，不知高明的读者以为如何？

二是杨本的文字就包含在世本的文字内。

这种情况在杨本前三卷中是习见的，世本与之对应的情节是第一回至第三十八回，兹举两例以资证明：

> 菩萨道："不遵佛法，不敬三宝，强买袈裟、锡杖，定要卖他七千两，这便是要钱；若敬重三宝，见善随喜，皈依我佛，承受得起，我将袈裟、锡杖，情愿送他，与我结个善缘，这便是不要钱。"萧瑀闻言，倍添春色，知他是个好人。即便下马，与菩萨以礼相见。（世本第十二回"玄奘秉诚建大会，观音显像化金蝉"）

菩萨道："不尊佛法，不敬三宝，定要卖他七千两；若敬重三宝，见善随喜，我将袈裟、锡杖，情愿送他，结个善缘。"萧瑀知他是个好人，即下马以礼相见。（杨本卷二"唐三藏起程往西天"）

说我们欺邦灭国，问一款大逆之罪，困陷城中，却不是画虎刻鹄也？（世本第三十七回"鬼王夜谒唐三藏，悟空神化引婴儿"）

反说我等欺邦灭国，却不是画虎刻鹄？（杨本卷三"唐三藏梦鬼诉冤"）

在前一例子中杨本的文字与我们加重点号的世本的文字是完全相同的，在后一个例子中杨本的文字与我们加重点号的世本的文字是基本相同的，差异仅在"说我们"作"反说我等"。此等例子是不胜枚举的，尤以杨本卷一和世本与之对应的回目中为甚。

世本《西游记》与宋元以来的"西游"作品的关系，实际上是种肉猫骨而使之成虎；文学是语言的艺术，所以在文字上虽与《西游记平话》亦无雷同之点。这有"魏征梦斩泾河龙"可证。假若杨本篇幅与世本大致相当，还可以说世本是成于对杨本的增饰，如《三国演义》之于《三国志通俗演义》。今杨本的篇幅不到世本的十分之一，其文字雷同如此，若杨本果是世本的祖本，岂不等于说世本的重要创作经验之一是答对了杨本中的填空题！

三是杨本的一些词语也见于世本对应的文字中，虽荒率不可卒读的卷四亦不例外。

比如，世本第一百回"径回东土，五圣成真"云："慌得那太宗与多官望空下拜。"杨本卷四"唐三藏取经团圆"亦作："太宗与多官望空拜谢。"然而，最值得研究的，还是杨本卷二"刘全进瓜还魂"中交代玄奘来历的一段文字：

> 此人是谁：讳号金蝉，只为无心听佛讲法，押归阴山，后得观音保救，送归东土。当朝总管殷开山小姐，投胎未生之前，先遭恶党刘洪，惊散父亲陈光蕊，欲犯小姐。正值金蝉降生，洪欲除根，急令淹死。小姐再三哀告，将儿入匣抛江，流至金山寺，大石挡住，僧人听见匣内有声，收来开匣，抱入寺去，迁安和尚养成。自幼持斋把素，因此号为江流儿，法名唤做陈玄奘，幸得常供母食，脱身修行不题。

要注意的是，这段半通不通的文字，是在世本第十一回概括交代唐僧出身的那篇词话的相应部位。更要注意的是，"讳号金蝉，只为无心听佛讲法"与"通灵本讳号金蝉，只为无心听佛讲"；"抱入寺去，迁安和尚养成"与"海岛金山有大缘，迁安和尚将他养"；"因此号为江流儿，法名唤做陈玄奘"与"小字江流古佛儿，法名唤做陈玄奘"：又何其相似乃尔！

那么，二者孰先孰后呢？一般地说，说一个"跅弛滑稽之雄"，头戴杨本文字的紧箍，以杨本的词语为手铃跳舞，跳出了一部卓绝人寰的神魔小说，似属大胆之论；反之，说杨致和按世本的节次删节改写之，因而在杨本里相应地处处留下世本的文字痕迹，倒事在情理。特殊地说，说一位"讽刺揶揄则取当时世态"的严肃作家，因见杨本这段文字中有几句韵文，遂造出一篇词话并将它嵌入其中，是难以令人心折的；反之，说杨致和将世本这篇词话改写成唐僧小传，聊以与孙悟空等皆有小传相统一并服从于杨本之平话体形式，倒比较易于令人置信。

四是一些韵文互见于世本和杨本，虽有个别诗句的不同。

然而，若以某些诗的有无或诗句的变易去判断杨本和世本的孰先孰后，则要十分小心。因为，中国是个诗歌大国，旧时粗通笔墨的文人，都好哼几句以示高雅，又好师心自用改别人的诗以显高明。那小说中的诗乃人皆可以改之的，翻刻一次便有所变易是常见的。两种版本只要有一种付梓的时间难以确定，执此以判断其先后，不仅会见仁见智，弄不好还会歧路亡羊。倘欲免蹈此辙，我以为最好是从宏观和微观两个方面去考察杨本和世本韵文的异同，从而以定其孰先孰后。

从宏观方面考察，就是考察文本自身韵文和散文的关系。一个明显的事实，那就是：杨本基本上是平话体小说，第二卷至第四卷尤其如此，韵文在全书中占的比重是很小的。世本则不然，基本上是词话体小说。它不可能来自己成学界共识的《西游记平话》，它当来自江浙一带佛陀讲经用的《西游记词话》。所以不仅书中韵文比重之大为中国几大古典小说所仅有，而且在用韵上吴语和下江官话杂呈以致宽而又宽，甚至不押韵处亦屡见不鲜，"筑倒泰山老虎怕，掀翻大海老龙惊。饶你这妖有手段，一钯九个血窟窿"之类便是明证。凡此，皆可看出乃祖的侧影。其中不少韵文可能就是乃祖的衣冠。

从微观方面考察，就是专考察世本和杨本的回末诗。因为，世本付梓时是经过"辑其卷目"的，回中的韵文或不及一一润饰，回末诗当是经过斟酌的，不少回无回目诗便是定稿者不轻易落墨的明证；而杨本的回末诗也自有其特点，最能反映出作者的才力，且不论与朱本相同者是出于谁氏之手，有三回无回末诗亦可看出杨氏的不苟作。世本的回末诗有三种形式：律诗、绝句、对子，而以对子占绝大多数，且最工整。杨本的回末诗有两种形式：律诗、绝句，而以绝句占绝大多数，且最具特点。杨本的回末诗在世本中见其踪影的，不下十首，可以分为三种情况：一种是，在杨本为回末诗，在世本则见于回中。如：杨本卷一"观音路降众妖"、卷二"刘全进瓜还魂"、卷三"唐三藏逐去孙行者"、"猪八戒请行者救师"的回末诗，便见于世本第八回、第十一回、第二十七回、第三十回的回中。另一种是，在杨本为回末诗，在世本亦然。如：杨本卷四"孙行者被弥猴紊乱"、"三藏历尽诸难已满"、"唐三藏取经团圆"的回末诗，即见于世本第五十八回、第九十七回、第一百回的回末。还有一种是，在世本为对子型回末诗，在杨本为绝句型回末诗中的一联或见其一句，这就出现了杨本这类回末诗一联工整、一联平仄不调的怪现象。如杨本卷四"孙行者收伏青狮精"，其回末诗云："狮转玉台山上去，宝莲座下听经文。总是妖怪将人害，你是国王他是怪。"前一联是调平仄的，后一联却令人喷饭；而前一联则见于世本第三十九回回末，原诗是："径转五台山上去，宝莲座下听谈经。"又如：杨本卷四"唐三藏收妖过黑河"，其回末诗云："鼍龙英雄今朝毕，水神自此镇黑波。禅僧有救朝西域，彻地无波过此河。"前一联不调平仄，后一联则比较工整；而后一联却见于世本第四十三回回末，原诗是："禅僧有救来西域，彻地无波过黑河。"杨诗已将"黑"字用于"黑波"，遂将"黑河"易为"此河"，鄙俚多了，改的迹象是明显的。再如：杨本卷一"猴王勒宝勾簿"，其回末诗云："修仙得道孙悟空，勒取宝贝闹龙宫；手持铁棒打幽府，名列仙班宝篆中。"前三句是打油诗，惟结句却颇为工稳；而这结句却又见于世本第三回回末诗，原文云："高迁上品天仙位，名列云班宝篆中。"易"云班"为"仙班"，显系杨氏师心自用，遂顿失其典雅。这种佳句皆见于世本而鄙语则为杨本所独有，最足以看出是杨本作者在狗尾续貂而不是世本作者在海底探宝。因而，这里所举十个例子，就只能作为杨本采世本诗作为回末诗的例证，而不能作为世本采杨本回末诗作为回中诗和回末诗的反证。①

问题又是显而易见的，文学是语言的艺术。史家追叙真人实事尚"每须遥体人情，悬想事势，设身局中，潜心腔内，付之度之，以揣以摩，庶几入情入理"②。小说家从事创作当然就更是如此，诚然，写历史小说，按陈编而补阙申隐遂成名著者，或有之；然而，写神魔小说，据往迹而亦步亦趋终成巨制者，却未之见。世本《西游记》与宋元以来以取经故事为题材的作品的关系，实际上是种肉猫骨而使之化为虎跃；一个总在杨本荒率文词中翻筋斗的人，靠腾挪补阙其文字是写不出这么一部文境恣肆、机锋百出的千古名著来的。反以文词荒率且多雷同去说杨本乃世本的祖本，恐怕只能是种一厢情愿的想象而已！

最后，还需考察杨本和世本的情节和文字之异，看看这些情节和文字之异又说明了什么问题。

不言而喻，说杨本和世本比，西行诸难，前后节次，精怪名称，故事关目，无一不同，那是从全书大的方面说的，至于细节还是间有出入的。比如，世本第二十三回"三藏不忘本，四圣试禅心"，说四圣让八戒穿的是一件"珍珠嵌锦汗衫儿"；可杨本卷三"猪八戒思淫被难"，却说四圣拿出的是"汗巾子"亦即裤带。世本第七十二回"盘丝洞七情迷本，濯垢泉八戒忘形"，说八戒到水里变作"鲇鱼精"，"只在那腿裆里乱钻"；而杨本卷四"三藏过朱紫狮驼二国"，却说成是八戒"变一泥鳅下水，在那女怪阴户口左冲右撞"。这两例可以看出杨氏趣味的低下。比如，世本第六十四回"荆棘岭悟能努力，木仙庵三藏谈诗"，说"杏仙"是女妖，作诗"清雅脱尘，句内包含春意"，曾对唐僧"有见爱之

① 参见黄永年：《重论〈西游记〉的简本》，收入 1987 年复旦大学《中国古典文学丛考》第 2 期。

② 钱钟书：《管锥编》第 1 册，中华书局 1979 年版，第 166 页。

情，直想结为伉俪"；但杨本卷四"显圣郎弥勒佛收妖"，却作"杏仙郎"，乃"六个老者"之一。世本第八十三回"心猿识得丹头，姹女还归本性"，说孙悟空见女妖的供桌上面"供养着一个大金字牌，牌上写着'尊父李天王之位'；略次些儿，写着'尊兄哪吒三太子位'"；而杨本卷四"三藏历尽诸难已满"，则说"那女怪忽跌下一个腰牌，被行者拾起，见上写'李达天王幼女'"。"杏仙郎"和"李达天王"云云，当从流俗之说。这两例可以看出杨氏虽则文化水平低下，却是个颇谙俗文学而又好师心自用的人。再如，西行路上的孙悟空，在世本里对玉帝最表客气也只是"朝上唱个大喏"，说声"老官儿，累你！累你！"自称仍然是"我老孙"，而在杨本里却从未再见他有唐突玉帝的地方；在世本里对三清开口闭口"老官儿"，除了责备，便是调侃，而在杨本里却言必称"老仙"，昔日的傲气为之一扫；在世本里纵然对如来亦敢腹谤与奚落，而在杨本里却只知克恭克顺求正果，于西方佛教教主们面前再也不见他当年的喜笑悲歌气傲然。[1] 孙悟空身上"异端"思想的消失，正反映了杨氏是个对儒释道顶礼膜拜的人，从而也就着清人以"阐三教一家之理，传性命双修之道"说去解释《西游记》之先鞭。由此也可以看出：这种花果山时期具有"童心"而西行路上却渐次失去"异端"思想的杨本孙悟空，决不会产生在人们以弘扬佛法的单纯宗教眼光去看取经故事而将其写成"吃人猴精"的元代。

然而，杨本最醒目的特异之处，还在于它平话式的古拙不偶的单句回目，纵然在文字上，与世本的回目也毫无雷同之点，难怪陈新要以为"它和元或元以前的《大唐三藏取经诗话》等拙涩情况基本相符"，当"成书于明代前"了。但在我看来，正是这种古拙不偶的单句回目，

---

[1] 说详见本编第十二章《论〈西游记〉的著作权问题》，第三节。

别有奥秘存焉。何以言之？中国文学史告诉我们：一般地说，平话或类似平话的宋元诗话的体制，其一则中有写一个故事的，也有写两个故事的；假若是写两个故事，则一个乃是"分解"上回的，一个乃是留待下回"分解"的，二者的关系或属主宾或存对照或为因果，互不相关的情况是罕见的；回目便是对中心故事的点睛，回后诗乃是对该回内容的概括或说书人的感慨。章回小说是由平话发展而来，当然也就继承了它的基本体制。一回相当于平话两则的合而为一，回目所标亦即该回的基本故事；一联可以各指一个主要故事，也可以合示一个中心故事，其他一些故事只是一种穿插铺垫而已。特殊地说，《大唐三藏取经诗话》今存十六则，除今见第十七则以外①，皆一则写一个首尾自讫的故事。《西游记平话》已佚，但从《魏征梦斩泾河龙》看，当亦如是。世本一百回，以一回写一个首尾自讫的故事者有之，以二至三回写一个首尾自讫的故事者亦有之，可见其祖本的体例必不相背，定亦如是。那么，杨本呢？前后不一，体例怪甚。其前三卷，基本上是一则写一个首尾自讫的故事，而且比较齐整，可以说是比较成熟的平话。那后一卷呢？除一两则以外，其他八九则，只可以称之为是种"前不见古人"的"自度体"。还是让我们看看事实吧！一则中既有观音慈善缚红孩故事，又有西洋龙子捉鼍回故事，两个故事了不相干，前一个故事占主要篇幅，可回目却是"唐三藏收妖过黑河"。一则中既有车迟国猴王显法故事，又有圣僧夜阻通天水故事，两个故事互不相涉，前一个故事较生动些，可回目却是"唐三藏收妖过通天河"。一则中既有观音救难现鱼篮故事，又有老君收伏兕牛怪故事，两个故事平分秋色，前一个故事是上一则后一个故

①　该则实为两则，说见本编第一章《〈大唐三藏取经诗话〉成书年代考论》，第五节。

事的下回"分解",可回目却是"观音老君收伏妖魔",分明是种章回小说回目的压缩。一则中既有禅主吞餐怀鬼孕故事,又有心猿定计脱烟花故事,还有蝎精淫戏唐三藏故事,前两个故事虽稍有瓜葛,与后一个故事却风马牛,可回目则对后一个故事情有独钟,曰"昴日星官收蝎精"。一则中既有神狂诛草寇故事,又有真假两猴王故事,两个故事人间天上,可回目却是"孙行者被弥猴紊乱"。一则中既有火焰山故事,又有九头鸟故事,也有荆棘岭故事,还有木仙庵故事,复有小雷音故事,五个故事,了无关系,可回目却对前四个故事弃置若敝屣,而曰"显圣郎弥勒佛收妖"。一则中既有稀屎洞故事,又有朱紫国故事,还有盘丝洞故事,复有狮驼国故事,四个故事河水不犯井水,可回目却是"三藏过朱紫狮驼二国",又分明是种章回小说回目的压缩。然而最奇的还是"三藏历尽诸难已满"一则,它至少装了七个各不相关的故事,即:"比尼国"、"陷空洞"、"钦法国"、"九头狮"、"青龙山"、"玉兔精"、"洞台府"。这八则中除了"鲤鱼精"故事以外,其他所有故事皆在该回中自成起讫。这种以一则写两个了不相干的自成起讫故事成常例,多至五个、七个,不只平话绝无仅有,就是章回小说也是罕见的!除了说杨致和在想以古拙不偶的平话回目掩盖其对世本的删节改写,并从而将杨本冒充为古本以欺世人以外,我实在想不出还有什么其他合理的解释。至于陈新又以"杨本中没有涉及明代的典章制度"为证,说"它成书于明代前",那就更是深文周纳了。因为,杨致和乃轻才讽说之徒而已,当他删节改写节本时是不会留意这些典章制度是来于何时的,其硬删世本情节如此,当然也就不会把它们当作宝贝;反之,如果他知道翰林院之类皆属明制,那倒是要一一剔尽的,否则又怎能编出一个元人"古本"来以欺世人呢!

综合上述四个方面的情况,我以为说杨本乃硬删世本缩写而成的节本,是可以定谳的,不必且慢!

四、说朱本是晚于杨本的三缀本

考定世本和杨本的关系已够复杂的了，论定朱本的由来就更难，特别是它和杨本的关系。然而，弄清了世本和杨本的关系，也就有助于考定朱本的由来。一言以蔽之，它是个晚于杨本的三缀本，乃据世本、杨本以及早于世本的一种平话本删节编写的。何以见得？

第一，从朱鼎臣的活动年代看问题。

杨致和活动于何时，目前尚无定据。张默生为重申鲁迅早年的看法，五十年代他在《谈"西游记"》中说："吴承恩开始写'西游记'，是在七十一岁（见郑振铎的《西游记演化》和赵景深的《吴承恩年谱》），吴的生卒，为一五〇〇至一五八二年，杨则仅可知其于一五六六年前后在世，当吴开始写'西游记'时，而杨必早已死去了，他怎能及见吴著'西游记'而从事节录呢？"[1]且不说世本《西游记》是否为吴承恩所作，情实可疑。最令人遗憾的是，张氏说吴承恩七十一岁开始写《西游记》，所以特意注明是采自郑振铎和赵景深的论著；谓"杨则仅可知其于一五六六年前后在世"，这么一个鲜为人晓的重要问题，又如此言之凿凿，却不着一字以说明何所见而云焉！一些研究者引来引去作为杨致和活动年代的证据，殊不知它本身还是有待于可靠材料来证实的一个论断。

朱鼎臣则不然，其活动年代已大致有个眉目。贡献最大的是孙楷第、刘修业、柳存仁。孙楷第在《日本东京所见小说书目》中说：

按尊经阁藏《鼎镌徽池雅调南北官腔乐府点板曲响大明春》

---

[1] 作家出版社编辑部编：《西游记研究论文集》，作家出版社 1957 年版。

一书，摘选戏曲，亦间录小说俚语。题"教坊掌教司扶摇程万里选，后学庠生冲怀朱鼎臣集，闽建书林拱塘金魁绣"。以二书互证，则朱鼎臣字冲怀，广州人，且为庠生。《大明春》确是万历刊本（日本文求堂主人田中氏精于赏鉴，亦云定是万历本），则朱鼎臣者当为万历间人。又《大明春》为闽刊本，则此《西游记》或亦闽刊，亦未可知。

万历是明神宗朱翊钧的年号，共四十八年。朱鼎臣的活动时间是万历前期呢，还是万历后期？刘修业和柳存仁先后于伦敦博物院图书馆访书所见又为我们解答这一问题提供了线索，著录就在《古典小说戏曲丛考》（以下简称《丛考》）和《伦敦所见中国小说书目提要》两部书里。两部著作都著录了《新刻音释旁训评林演义三国志史传》，谓其卷十四题"羊城冲怀朱鼎臣编辑"，《丛考》还云其末页图旁有"次泉刻像"一行。两部著作都著录了《全像华光天王南游志传》，谓其题"三台馆山人仰止余象斗编"，卷末有牌子为"辛未岁孟冬月书林昌远堂梓"，末页的图又有"刘次泉刻像"五字，《丛考》还云此"末图记'刘次泉刻像'，与朱鼎臣本《三国志》题'次泉刻像'，当是同一刻工"。问题豁然开朗了，关键是：万历没有辛未，这"辛未岁"是指隆庆五年辛未（1571），还是指崇祯四年辛未（1631），弄清了这一问题，便可大致确定朱本《三国志传》刊于何时，从而推断朱鼎臣的活动岁月也就有据可定了。我在当前对峙的两种意见中是赞同崇祯四年辛未说的，谨略陈敝见如下：

余象斗曾在《新刊八仙出处东游记》卷首小引中叹道："不俗斗自刊华光等传，皆出予心胸编集，其劳鞅掌矣！其费弘钜矣！乃多为射利者刊，其诸传照本堂样式，践人辙迹则逐人尘后也。"《南游志传》乃余象斗编，不言而喻，首刻当在本堂，"昌远堂"本当是翻刻之一。《文学遗产》增刊第十五辑曾有文考证①，余象斗约生于嘉靖二十九年。若此说可信，隆庆五年年方二十一。该年距万历元年，两载而已！且不说余象斗万历二十年刊《新刻按鉴全像批评三国志传》，万历三十四年刻《京本春秋五霸七雄全像列国志传》，等等，其有据可查的主要活动多在万历中期以后；就算他不到二十岁便编撰《南游志传》，当年便在本堂首刻，不几年便有"昌远堂"本，则已进入万历年间矣。此其一。

《四游记》中的《南游记》，公认出于明刊单行本《南游志传》，该书开卷"玉帝起赛宝通明会"即写"孙行者献上如意铁棒一根，奏曰：'臣此棒要长便长万丈，要短便如花针，降妖捉鬼，变化无穷。更兼臣一身都是宝'"。还写仰止余先生观到此处有诗一首，单美孙行者，诗曰："堪羡猴祖孙悟空，从师西域建奇功；前扫妖魔无踪迹，今又殿里显神通。"或据以说此书在世本之后，或据以说此书在世本之前，谁也说服不了谁。其实，《取经诗话》中的"金环锡杖"，一变而成《西游记》杂剧中的"生金棍"，再变而成世本《西游记》中的"如意铁棒"；是故，能"献上如意铁棒"的，实乃世本中的美猴王！其实，明人意识中人兽之界还是很严的，只除个别深于情的女妖以外；是故，余象斗作诗单美的，非旧编在宗教心理作用下塑造的心想人肉吃、无奈"铁戒箍"的"猴精"，是世本在"个性解放"思潮影响下塑造的奋起千钧棒、澄清万里埃的"金猴"。世本《西游记》刻于万历二十年，余象斗编撰《南游志传》又怎么可能是在隆庆年间呢？此其二。

刘氏《丛考》和柳氏《提要》，还都记录了《全像观音出身南游记传》，言其卷内题"南海西大午辰走人订著"，"羊城冲怀朱鼎臣编辑"，"浑城泰斋杨春荣绣梓"。今知朱鼎臣编书已不下三部，可见他是个马二

---

①　官桂铃：《明小说家余象斗及余氏刻小说戏曲》。

先生式的以编书为生的人物。以理而论，朱氏辑书的次第当是由《大明春》而《西游释厄传》而《三国志传》，假若刘次泉为"昌远堂"本《南游志传》刻像是在隆庆五年，则《西游释厄传》又成书于何时？则此《三国志传》与"昌远堂"本《南游志传》孰先孰后？此其三。

正是基于这三点，特别是前两点，所以我以为刘次泉为"昌远堂"本《南游志传》刻像的"辛未岁"当是崇祯四年。假若上溯三十年是其为朱本《三国志传》刻像的一年，则朱鼎臣也是活动在万历后期，甚至于末年。

然而，说朱鼎臣是活动于万历后期，甚至于末年，那是可以的，因为有据可查，符合事实；以此去认定《西游释厄传》必晚于世本《西游记》，那就过犹不及，因为旧本改提撰人，亦稗史常例，焉知朱鼎臣非牛浦郎之先驱！旁证只能作为旁证，要论定二者孰先孰后，还应看文本自身的特点。

第二，从诗"黄河摧两岸"看问题。

郑振铎在《西游记的演化》中，一则说："朱本虽未写明刻于何时，但观其版式确为隆、万间物。——其出现也许还在世德堂本《西游记》以前。"一则又以朱本卷五"袁守诚妙算无私曲"为例说："这里的张梢、李定，一为渔夫，一为樵子，正和吴氏书同，而与永乐大典本的作'两个渔翁'者有异。其所咏蝶恋花词以下诸词，也都是吴氏书所有，而永乐大典本所无者。此文假如不是从吴氏书删节而来的，则世间而果有此'声音笑貌'全同的二人的作品，实可谓为奇迹！这当是朱鼎臣本释厄传非永乐大典本和吴氏本西游记的中间物的一个'铁证'吧。"既说朱本出现也许还在世本以前，又说朱本非永乐大典本和吴氏本的中间物，这似乎矛盾，其实并不矛盾，因为他认为世本亦非吴氏本的"元刻"。郑氏所说的吴氏本，是指与世本同一系统而刻印又早于世本的"吴承恩"

《西游记》。

然而，平心而论，郑振铎拿出的这个"铁证"，用作反证也是很"铁"的。其结果只能是各执一端而莫不言之成理。假若一定要抬扛，我还可以拿出个"铁证"来。"铁证"何在？我们知道，今见《西游记平话》残文"魏征梦斩泾河龙"，"回目"或为原文所有，或为永乐大典编者所拟，已不可知；其情节内容，则相当于世本第九回"袁守诚妙算无私曲，老龙王拙计犯天条"，则相当于朱本卷五"袁守诚妙算无私曲"、"老龙王拙计犯天条"两则。要特别注意的，是平话残文"魏征梦斩泾河龙"中有首诗：

> 黄河摧两岸，华岳振三峰。
>
> 威雄惊万里，风雨喷长空。

诗在"老龙当时大怒，对先生变出真相"之后，"那时走尽众人，惟有袁守诚巍然不动"之前。真可谓诗是好诗，情节是好情节，一下就把龙的威势托出来了，令人心怵不已！可这首诗，杨本固然没有，世本也没有，却惟独朱本有，只是移作了回末诗，失却了其在情节中的精彩而已。杨本是世本的节本，没有这首诗是可以理解的。世本则不然，它是以诗赞和词话之多见著于中国古典小说，其中工整者有之，俚俗者亦有之，改定时增入者有之，祖本留存者当亦有之，真可谓兼收并蓄，却惟独没有这首为情节添色的好诗，岂不令人惊诧！该怎么解释呢？研究者几乎一致认为《西游记平话》是世本的祖本，主要理由是写袁守诚算定的雨量皆为"三尺三寸四十八点"，但我认为这只能说明世本祖本与《西游记平话》确实有些瓜葛，并不足以证明世本和《西游记平话》有直接的渊源关系。我也不认为朱本是世本和《西游记平话》的中间物，只想说情况是复杂的，朱鼎臣在编辑《西游释厄传》时，他的案头可能摆有《西游记平话》或属于这一系统的作品。诗"黄河摧两岸"，便是"铁证"。

如果我的这一看法大体不差，那么，朱本卷四各则故事之由来问题，就比较易于获得合理的解释。郑振铎《西游记的演化》云：

> 其第四卷，凡八则，皆写陈光蕊事，则为吴氏书所未有，而由朱氏自行加入者。其所本，当为吴昌龄的西游记杂剧。盖二者之间，同点极多。因此卷为朱氏所自写，遂通体无一诗词，与前后文竟若二书，不同一格。

郑氏的这一论断，基本上成了文学史上的定论，六十年过去，没有人提出问难。"与前后文竟若二书，不同一格"。这一见解，的确是十分精到的。那么，"与前后文竟若二书，不同一格"的原因又是什么呢？"因此卷为朱氏所自写，遂通体无一诗词"；"其所本，当为吴昌龄的西游记杂剧"。这就值得商榷了。

首先，前面已经说过，旧时墨客以及书会场中人，一般都会诌几句打油诗。朱鼎臣是个职业编书人，工整的诗做不出来，诌几首打油诗还是可以的，世本和杨本皆无而为朱本所独有的一些诗可能就是他诌的。比如，"一种灵苗秀，天生体性空。枝枝抽片纸，叶叶卷芳丛"。比如，"善人看见善人亲，果酒相邀接善人。你害别人人害你，轮回祸福不饶人"。还如，"三乘妙法请展开，诸佛菩萨降临来。积善之人宣一卷，三灾八难免熬煎"。世本中的诗也雅俗不一，与俗者比，这些诗并不十分寒碜，倒在伯仲间。足见，朱本卷四"通体无一诗词"，并非由于"此卷为朱氏所自写"，朱氏若想在文中插入点诗词，拼拼凑凑，还是有这个水平的。

其次，该卷文词虽远不如卷一、卷二、卷三、卷五、卷六、卷七，却明显胜过卷八、卷九、卷十；其叙述语言是比较成熟的白话文学语言，放到一般平话小说中去并不逊色，喜用几个"之、乎、者、也"，亦是元人平话小说习气：

> 正值暮春之际，暑气逼人，众人就在松阴之下，打坐片时，讲经论法，运气参禅，说其奥妙，泄出玄机，那酒肉和尚却被三藏难倒。和尚大怒，就骂道："没爷的杂种，没娘的业畜。常言道：我是个前辈，吃盐多似饭，何为不晓，你姓也不知，天地也不识，岂可为人在世乎。"

假若"此卷为朱氏所自写"，其运用白话文学语言熟练如此，且又是个以编辑为业的人，写作时当不会不考虑如何取得与前后文形式上的大体一致吧？今却不仅"与前后文竟若二书"，而且与最后三卷也"不同一格"！可见这种不"归杨"不"归墨"，是不能以"此卷为朱氏所自写"作解释的。

再次，"陈光蕊江流儿"故事是由来已久的，该卷所写与《西游记》杂剧只是轮廓上的相同，说明不了什么；能说明问题的，倒是其情节上的相异。二者的相异之点是明显的：陈光蕊上任的地点，一写洪州，一写江州；玄奘流落金山，一写满月抛江，一写南极星君变做和尚送往；抚养玄奘的僧人，一写法明和尚，一写丹霞禅师；陈氏擒贼雪仇，一写殷丞相率师六万讨伐江州，一写洪州太守虞世南令衙役擒捉早已成为庶民的刘洪。其情节相异如此，说明二者的关系是同源异流，朱本卷四不可能是据杂剧《西游记》改定。

最后，该卷虽仅八则，却漏洞百出，信手拈个例子："殷小姐思夫生子"一则，说殷小姐将婴儿付与变做和尚的南极星君时，"写下血书一纸，书内父母姓氏，跟脚缘由，备细载在书上"。到"江流和尚思报本"一则，却裂变为二，成了"血书一纸，汗衫儿一件"。到"小姐嘱儿寻殷相"一则，竟又再变而成三，说殷小姐当年托孤时，还曾"咬下脚趾为记"。这种无头有尾，不成文理，名手固然不当尔尔，庸手同样也不当尔尔，是"此卷为朱氏所自写"，"其所本，当为吴昌龄的西游记杂剧"说所万难解释的。唯一合理的解释恐怕只能是：乃朱氏对其所本的一种平话《西游记》"手忙脚乱"地删改造成的。

正是基于这四点，我的看法是：此卷非为朱氏所自写，是节改旧编而成的；其所本，当为与世本同源异流的一种平话《西游记》。

如果我们这种按迹寻踪并没有将鹿踪误认为是虎迹，那么，下面一个令人头疼的问题也就迎刃而解了。这个问题就是：世本第十一回"还受生唐王遵善果，度孤魂萧瑀正空门"，有一篇叙玄奘出身的词话；朱本卷六"度孤魂萧瑀正空门"一则，也有一篇叙玄奘出身的词话。其中文字雷同者几在十分之九以上；最关紧要的一异，是叙陈玄奘怎么到金山的，抚养他的和尚又是谁。一作"海岛金山有大缘，迁安和尚将他养"；一作"托孤金山有大缘，法明和尚将他养"。究竟谁修改谁，已进入世本和朱本关系的研究，且听下回分解。这里，只想说一个问题：世本无"抛江"故事，却有"满月抛江"一说；"江流儿"一名，其含义显然是指顺江漂流来的；抚养他长大成人的，是迁安和尚。朱本也无"抛江"故事，却有"江州托孤"一说；"江流儿"一名，其含义显然是指江州流落来的；抚养他长大成人的，是法明和尚。二者乃各本其所本，谓谁某妄人皆属冤枉。但一汇拢到这篇词话中矛盾便不可解决，因为，一个要强调"海岛"、"迁安"以与后文"出娘胎腹淘波浪"等等相照应，一个要强调"托孤"、"法明"以与前文"托孤于金山寺法明长老"

云云相关照，就势在必然了。究竟谁修改谁当不言而喻了，但尤为重要的是，应看到朱本卷四所以"与前后文竟若二书"，实植根于各本其所本的两种同源异流的《西游记》的不同。

正是鉴于如上几方面原因，我认为：朱本卷四非朱氏所自写，是据旧编节改而成的。其所本，并不是世本的祖本，乃是种与世本祖本同源而异流的平话本。该平话本虽不一定是永乐大典本《西游记》，但与它当是一个系统的，诗"黄河摧两岸"便是铁证。

第三，从世本和朱本的关系看问题。

朱本的篇幅虽然只有世本的五分之一，但除了卷四以外，其他各卷的情节次第以及妖怪名称等与世本是基本相同的，而且，文句完全相同的地方也不一而足，二者的因袭关系是极为明显的，问题仅在于孰先孰后。要注意五点：

前面我们已经说过，从世本中的残迹可以推知其祖本当有如下的一些特点：一是，写玄奘，当有"陈光蕊江流儿"一回，以叙其"满月抛江"、"寻亲报冤"；二是，写孙悟空，当是个"老猴精"，在花果山做妖怪时既好色而又爱吃人肉，西行路上一路打的主要是他当年结拜的六个兄弟，是个黄天霸式的人物；三是，写如来佛给观音的"三个箍儿"，当是用以管束玄奘的三个徒弟孙悟空、猪八戒、沙和尚的，玄奘作为"圣僧"，其主要特点亦体现于此；四是，唐僧的三个弟子当依次为孙悟空、沙和尚、猪八戒。杨本不具备这些特点，所以它不可能是世本的祖本。朱本呢？它只比杨本多个"陈光蕊江流儿"故事，可这个故事却又与世本祖本所写同源而异流。这种同源而异流，不只使朱本卷四"与前后文竟若二书"，而且还使朱本卷六中的上述"词话"竟同时兼具"二书"的情节。这后一点又何以言之？"托孤金山有大缘，法明和尚将他养"：这分明是指该书卷四中的"江州托孤"故事。"出身命犯落江星，顺水顺波逐浪泱"：这又分明是指世本祖本中的"满月抛江"故事。这是一个的证，它证明了朱氏虽将世本第十一回"词话"中的"海岛金山有大缘，迁安和尚将他养"改了，却没有相应地删去"出身命犯落江星，顺水顺波逐浪泱"，致使"江州托孤"和"满月抛江"两个故事在这篇"词语"中各异其趣。此其一。

正如列宁所说："如果从事实的全部总和、从事实的联系去掌握事实，那么，事实不仅是'胜于雄辩的东西'，而且是证据确凿的东西。如果不是从全部总和、不是从联系中去掌握事实，而是片断的和随便挑出来的，那么，事实就只能是一种儿戏，或者甚至连儿戏也不如"①。作考证时对例证的运用也是如此。不算回末诗，朱本卷一中十七首、卷二中八首、卷三中十二首、卷五中十六首、卷六中十五首、卷七中五首诗词，与世本第一回至十五回对应情节中的诗词，二者大多是雷同的，纵有差异亦只是个别字句的有无或改动而已。假若孤立地看问题，那么，既可解释为世本抄朱本，也可解释为朱本抄世本，以致各执一词，了无结果。如果从与朱本卷四"通体无一诗词"相联系中去掌握这一事实，那么，结论就只能是：世本来自词话本《西游记》，所以书中诗词格外地多；朱本卷一至卷三、卷五至卷七虽以世本为祖本，而其卷四却是以删节某平话本《西游记》补配的，所以与前三卷和后三卷均"不同一格"。此其二。

再看世本和朱本的回末诗以及回目，其中有三种情况是不容忽视的：

一是，朱本中不少以四句收场的回末诗，如"妖转玉台山上去，宝莲座下听谈经。虽是妖怪将人害，老君收回诸天界"。两句工整，两句

---

① 《列宁全集》第 23 卷，人民出版社 1958 年版，第 279 页。

打油，工整的两句皆见于世本的回末，打油的两句不见于世本的字里行间。

二是，朱本的不少回目，其两则正好是世本一回的回目。如卷三"观音赴会问原因"和"小圣施威降大圣"即世本第六回的回目，"八卦炉中逃大圣"和"五行山下定心猿"即世本第七回的回目，"我佛造经传极乐"和"观音奉旨往长安"与世本第八回回目仅"上"作"往"而已；如卷五"袁守诚妙算无私曲"和"老龙王拙计犯天条"即世本第九回的回目，"二将军宫门镇鬼"和"唐太宗地府还魂"即世本第十回的回目；如卷六"还受生唐王遵善果"和"度孤魂萧瑀正空门"即世本第十一回的回目。"玄奘秉诚建大会"和"观音显像化金蝉"即世本第十二回的回目。然而，最令人不解的还是其卷二中有一则回目竟破例是个对偶句，而这个对偶句又恰好是世本第五回的回目："乱蟠桃大圣偷丹，反天宫诸神捉怪。"此等回目不仅与卷四中古拙不偶的单句回目"竟若二书"，而且与其他各卷中参差不齐的单句回目亦"不同一格"。一个精心写回末诗只能哼哼出"善人看见善人亲，果酒相邀接善人"之类的人，却居然在体例为古拙不偶的单句回目中对起对子来，而且对得如此工整，岂不令人惊诧！

三是，朱本中还有一种绝句式的回末诗，其后一联与前一联虽则既失黏而又不押韵，但一联中的两句却对得颇为工整；可一查世本，却原来前一联是世本中对句型的回末诗，后一联是世本中紧承该回的下一回的回目。比如，卷一"石猴投师参众仙"，回末诗云："鸿蒙初辟原无姓，打破顽空须悟空。悟破菩提真妙理，断魔归本合元神。"其前一联乃世本第一回的回末诗，其后一联乃世本第二回的回目。又如，"祖师秘传悟空道"，回末诗云："贯通一姓身归本，只待荣迁仙箓名。四海千山皆拱伏，九幽十类尽除名。"其前一联即世本第二回的回末诗，其后一联即世本第三回的回目。再如，卷二"仙奏石猴扰乱三界"，回末诗云："高迁上品天仙位，名列云班宝箓中。官封弼马心何足，名注齐天意未宁。"其前一联系世本第三回的回末诗，其后一联系世本第四回的回目①。还有，弄得陈新在整理朱本时毫无办法只好加注说明的那"乱蟠桃大圣偷丹，反天宫诸神捉怪"，该联实际上不可能是该则的回目，该则的回目当是"反天宫诸神捉怪"或"乱蟠桃大圣偷丹"，这有卷六"双叉岭伯钦留僧"和卷七"蛇盘山诸神暗佑"等回目实乃世本第十三回和第十五回回目中的一句可证；该联实际上是上一则"孙悟空封齐天大圣"回末诗中的后一联，其前一联是仍为陈新留在原处的那"仙名永注长生箓，不堕轮回万古传"；一联是世本第四回的回末诗，一联是世本第五回的回目，一目了然。

显而易见，这前一种情况，与上述杨本的情况是一模一样的，且不说狗尾续貂者究系何人，反正解释为是世本的作者在沙里淘金，那是令人昏昏如坐雾的。这后两种情况，则为朱本所独有，足以证明它是删节改写世本而成的。诚然，合两则为一回也是有的，如毛本《三国演义》之于罗本《三国志通俗演义》；然而，那是由于二者的篇幅大体相当。今朱本的篇幅仅世本五分之一，却一则要世本的定稿者按它规定的题目去写，二则要世本的定稿者将其各则的情节和文句依次大体包容于其各回中，三则要世本的定稿者将自己补入的情节和文句与朱本原来的情节和文句在风格上做到水乳交融：不望而却步者大概只有那"造经传极乐"的如来吧！此其三。

说来令人怅然不已，我无缘看到世本和朱本的刻本。好在陈新在他的《重评朱鼎臣〈唐三藏西游释厄传〉的地位和价值》中为我们提供

①　参见陈澉：《〈西游记〉版本源流探幽》，《北方论丛》1988 年第 6 期。

了一条极为重要的材料，曰：

> 如果进一步仔细比勘，还能就某些用字和错误上，发现朱本和世本应同出一源。如"一科松树"，朱本和世本均作"科"，今人民文学出版社的排印本作"棵"，系编者所改；再如世本第二回"我才见你去连扯方才跳上"，朱本亦作"去连扯"，据下文"捻着诀，丢个连扯，纵起觔斗云，径回东胜"（朱本同），"去"当作"丢"。今通行本因错字点作"我才见你去，连扯方才跳上"，并不见妥当。

这实在太重要了！它说明：只有一种本子是对另一种本子的删节，才会出现这种情况；如果一种本子是对另一种本子的恣意铺陈，这种情况是不会出现的，更何况作者又是个旷世高才。它还说明：朱本的的确确是删节世本刻本缩成的节本，尽管其卷四乃补配自与世本同源而异流的平话本《西游记》，可见陈新判断朱本为"吴承恩未完成稿本和杨本的捏合"，恐怕是难以令人信从的。此其四。

最后，论文词之荒率，朱本与杨本亦在鲁卫之间。卷四"殷丞相为婿报仇"写擒捉刘洪的地方明明是江州，可卷六"度孤魂萧瑀正空门"的"词话"却说"洪州剿寇除凶党"！还有一个不为研究者注意的大问题，那就是：书中的主人公分明是孙悟空，可卷七至卷十写西行诸难占二十八则，其中唐僧的名字在回目中凡十四见，而孙悟空的名字在回目中却仅十一见。两相对照，成何文理！前者当然不可能是世本将"江州"改为"洪州"，因为书中并无"陈光蕊江流儿"情节，没有作此修改的必要；后者就更是朱氏想将唐僧作为书中的主人公而又无法变更世本的既定情节，于是在将其节改为朱本时便在回目上耍点小心眼的铁证。

正是鉴于如上五个方面的原因，所以我又认为：没有世本便没有朱本，朱本决不可能是世本的祖本，更不可能是种先于世本的"吴承恩未完成稿本和杨本的捏合"。

四是，从杨本和朱本的关系看问题。

郑振铎在他的《西游记的演化》中说："通体观来，朱氏书之删节吴氏西游记是愈后愈删得多，愈后愈删得大胆的……至于杨致和本，则较朱本略为整齐；所叙事实更近于吴氏书。"郑氏这一看法虽则几成为文学史上的定论，但认真比勘一下三个本子，事实却并非如此。何以言之？

杨氏删世本，特点是删节改写。开始是以一则去删节改写世本的一回，这就形成卷一"猴王得仙赐姓"至卷二"唐三藏收伏龙马"十五则的特点，情节相当于世本第一回至第十五回；随后便加快了速度，以一则删节改写世本一个故事，即：世本以一回写一个故事者，以一则删节改写之，世本以二至三回写一个故事者，亦以一则删节改写之，这就形成卷二"观音收伏黑妖"至卷四"孙行者收伏青狮精"十五则的特点，情节相当于世本第十六回至第三十九回；随后又加快了速度，以一则删节改写世本几个故事，其中两个故事是常例，三至七个故事亦有之，这就形成卷四"唐三藏收妖过黑河"至篇末"唐三藏取经团圆"十则的特点，情节相当于世本第四十回至第一百回。论者认为杨本删节改写世本是"匀速度"，错了；是"加速度"！

与杨氏不同，朱氏删世本，特点是删节分则，即：将世本的一回略删其文字，然后将其分为两则或三则，甚至四则，这就形成卷一至卷三和卷五至卷七共三十九则的特点，情节相当于世本第一回至第十五回。卷八至卷十各则，与杨本卷二"观音收伏黑妖"至卷末"唐三藏取经团圆"各则比，除"唐三藏梦鬼诉冤"、"孙行者收伏青狮精"、"唐三藏收妖过通天河"、"昴日星官收蝎精"、"显圣郎弥勒佛收妖"等五则为朱本所无外,其他二十则从回目到回中文字全都雷同。孤立地看问题,这二十则既可以用作杨本抄袭朱本的例证,又可以用作朱本抄袭杨本的例证。然而,假若联系杨氏和朱氏在删节世本前十五回时各自的特点看问题,即一个是删节改写,一个是删节分则,二者泾渭分明,并且杨氏还有其逻辑发展线索,那么,这二十则也就随之而成为朱本抄袭杨本的铁证,而不是朱本删节世本"愈后愈删得多,愈后愈删得大胆"的问题。

　　这么归纳杨氏和朱氏的删节特点是否符合事实呢?兹亦仿照方家郑振铎和李时人列表为证:

世本	杨本	朱本
·灵根育孕源流出 心性修持大道生	·猴王得仙赐姓	·大道育生源流出 ·石猴投师参众仙
·悟彻菩提真妙理 断魔归本合元神	·悟空得仙传道	·石猴修道听讲经法 ·祖师秘传悟空道
·四海千山皆拱伏 九幽十类尽除名	·猴王勒宝勾簿	·悟空炼兵偷器械 ·仙奏石猴扰乱三界
·官封弼马心何足 名注齐天意未宁	·玉帝降旨招安	·孙悟空拜授仙箓 ·玉皇遣将征悟空 ·孙悟空封齐天大圣
·乱蟠桃大圣偷丹 反天宫诸神捉怪	·大圣扰乱胜会	(原书标题不明,非一)
·观音赴会问原因 小圣施威降大圣	·真君收捉猴王	·观音赴会问原因 ·小圣施威降大圣 ·大仙助法收大圣
·八卦炉中逃大圣 五行山下定心猿	·佛祖压倒大圣	·八卦炉中逃大圣 ·如来收压齐天大圣 ·五行山下定心猿

续表

·我佛造经传极乐 观音奉旨上长安	·观音路降众妖	·我佛造经传极乐 ·观音奉旨往长安
·袁守诚妙算无私曲 老龙王拙计犯天条	·魏征梦斩老龙	·袁守诚妙算无私曲 ·老龙王拙计犯天条
·二将军官门镇鬼 唐太宗地府还魂	·唐太宗阴司脱罪	·太宗诏魏征救蛟龙 ·魏征弈棋斩蛟龙 ·二将军宫门镇鬼 ·唐太宗地府还魂
·还受生唐王遵善果 度孤魂萧瑀正空门	·刘全进瓜还魂	·还受生唐王遵善果 ·刘全舍死进瓜果 ·刘全夫妇回阳世 ·度孤魂萧瑀正空门
·玄奘秉诚建大会 观音显像化金蝉	·唐三藏起程往西天	·玄奘秉诚建大会 ·观音显像化金蝉 ·唐太宗描写观音像
·陷虎穴金星解厄 双叉岭伯钦留僧	·唐三藏被难得救	·三藏起程陷虎穴 ·双叉岭伯钦留僧
·心猿归正 六贼无踪	·唐三藏收伏孙行者	·五行山心猿归正 ·孙悟空除灭六贼 ·观音显圣赐紧箍 ·三藏授法降行者
·蛇盘山诸神暗佑 鹰愁涧意马收缰	·唐三藏收伏龙马	·蛇盘山诸神暗佑 ·孙行者降伏火龙

正如一位哲人所说的："有比较，才有鉴别。"我们从表上可以清楚地看出：杨本和朱本在删节世本前十五回时是各异其趣的，其特点和规律是：一个是以一则去节改世本的一回，一个是将世本的一回节改成几则，二者是两股道上跑的车。既然如此，那上述朱本卷八至卷十与杨本卷二至卷末中雷同的二十则，是以将世本的一回或好几回节改为一则见著的，当然只能用作杨本抄袭朱本的否证。

假若认为表上所反映的只是个梗概，还不足以说明问题，那就让我们再引几段文字，具体看看朱、杨二人在节改世本前十五回时所使用的方法有何不同：

> 众猴拍手称扬道："好水，好水！原来此水远通山脚之下，直接大海之波。"又道："那一个有本事的钻进去，寻个源头出来，不伤身体者，我等即拜他为王。"连呼了三声，忽见丛杂中跳出一个石猴，应声高叫道："我进去，我进去！"

> 众猿拍手称道："好水！原来此水远通山脚，直接海波。那一个有本事的钻进去，寻个源头出来，我等拜他为王！"忽见丛杂中跳出一个石猴，应声高叫道："我去，我去！"

这前一段见之于朱本卷一"大道育生源流出"，它一字不易地抄自世本第一回；这种成段成段地照抄不误，鲜见于杨本，而在朱本中却比比皆是。这后一段见之于杨本卷一"猴王得仙赐姓"，它明显地是从世本第一回同段文字中节出，却又师心自用地将"众猴"易为"众猿"，将"此处"易为"此水"，并删去一"扬字"，余皆同于我们加上重点号的文字；这种精心的逐字逐句删节，鲜见于朱本，而在杨本中却比比皆是。

> 如来又取出三个箍儿，递与菩萨道："此宝唤做'紧箍儿'；虽是一样三个，但只用各不同。我有'金紧禁'的咒语三篇，假若是路上撞遇神通广大的妖魔，你须是劝他学好，跟那取经人做个徒弟。他若不伏使唤，可将此箍儿与他戴住头上，自然见肉生

根，各依所用的咒语念一念，眼胀头疼，脑闷（门）皆裂，管教
他入我门来。"

　　如来道："……还有三个紧箍儿，三篇紧箍儿咒，假如路上
降伏妖怪，可叫他跟取经人，收心向善，若不伏，可赚他戴箍在
头，自然见肉生根。再念动咒语，紧得他眼胀头裂，自然降伏。"

　　这前一段是朱本卷三"我佛造经传极乐"中的，它与我们前面所引的世
本中的一段文字仅四字之差；这种成段地照抄世本而略改几字，在朱本
中是司空见惯的。这后一段是杨本卷一"观音路降众妖"中的，要注意
的是杨本的这种依虎画猫，它是杨致和节改世本的基本方法，而胸挂庠
生牌子的朱鼎臣似乎连这点本领都没有。正因如此，所以朱本卷一至卷
三和卷五至卷七才多少有点世本的遗风，不仅与卷四"竟若二书"，而
且与卷八至卷十也"不同一格"。

　　正因为依虎画猫是杨致和节改世本的基本方法，所以文简事繁便
成为杨本的主要特点。文简简到短短四十则而已，可世本之情节，它皆
应有尽有。事繁繁到竟以一则去写七个彼此了不相干的故事，致前不
见古人，后不见来者。然而，世本无"陈光蕊江流儿"故事，今人尚且
认为是件憾事，人文本乃以清人汪澹漪《西游证道书》本第九回"陈光
蕊赴任逢灾，江流僧复仇报本"作为附录补配之，又何况明人！可杨本
呢？也同样阙如！正确的解释，恐怕只能是杨氏在节改世本时没有看到
朱本；否则，他是会山不厌高的，不可能不有所反映。

　　论者认为朱本的特点，是"头太大，脚太细小"。殊不知，朱本用
以打人的家伙，正是其卷四，脚不小不行。况且，该书以三卷写"大闹
天宫"，以三卷写"取经缘起"，以四卷写"西行取经"。这在一个只知

以"编辑"混饭吃而不知艺术为何物的人看来，脚也就不算小了，是匀称的。明了这一点，十分重要。否则，就不会理解朱氏何以要用删节分则的法子去处理世本前十五回而不一开始便抄袭杨本，就不会理解朱本的卷八至卷十何以会抄杨本而节去其"唐三藏梦鬼诉冤"等上述五则。这一"节去"说，可不是推论，是有的证的。的证就是杨本"孙行者收伏青狮精"的回末诗被修改和移置。其诗云："狮转玉台山上去，宝莲座下听经文。总是妖怪将人害，你是国王他是怪。"朱氏既一板斧砍去了杨本的"唐三藏梦鬼诉冤"和"孙行者收伏青狮精"两则，又对这首打油诗颇为欣赏，然而"皮之不存，毛将焉附"，遂将它改为"妖转玉台山上去，宝莲座下听谈经。虽是妖怪将人害，老君收回诸天界"；并移作上一则"孙行者收伏妖魔"的收场诗之又一首，"妖"也就由原来的青狮精一变而成为太上老君的金银二童子的代指，从而对前一首收场诗作了补说。看来，朱鼎臣作为职业"编辑"，对业务还是熟悉的。

正因为朱鼎臣编书好时而抢板斧，时而又作文抄公，并不那么事事经心，不禁使我想起朱本"三藏收伏猪八戒"中的一段文字错得实在太蹊跷。该文写玄奘"师徒上山顶而去"，紧接着是"话分两头，又听下回分解"，紧接着是诗"道路已难行"云云，紧接着是"行者闻言冷笑"云云。蹊跷就蹊跷在中间插入了个"话分两头，又听下回分解"，庸手亦不当尔尔；蹊跷还蹊跷在杨本的情况与此完全相同。这决不只是个删节不慎问题，陈新认为是由于脱漏和错简，当不无道理。前面说过，世本刻本"一棵松树"的"棵"误作"科"，朱本的刻本亦然。则杨本的上述文字不可读，当由于脱漏和错简；朱本的上述文字不可读，当由于朱氏编辑时靠的是剪刀、糨糊、尺。若然，则此乃朱本抄袭杨本的又一证。

正是鉴于如上几个方面的原因，我还认为：朱本卷八至卷十共二十则，其所以与杨本对应各则雷同，不是杨本抄的朱本，而是朱本抄的杨本。

综上所述，我的总体看法是：朱鼎臣乃万历后期人，朱本当成书于万历末期。当时，世本已风靡于世，与世本祖本同源而异流的平话本已鲜为人知，杨本以其捷足先登节改世本并与世本有虎猫之肖而在里巷细民间获一席之地。朱氏有鉴于三者各异其态，而传于众口的唐僧出身故事亦此有彼无，遂采其所欲采合三者以成朱本。其卷一至卷三和卷五至卷七取自世本前十五回，方法是节之分则；其卷八至卷十来自杨本，方法是成则采录；其卷四选自平话本，方法是成则采录或节之分则。正因是个三缀本，所以全书内容，"前后精粗不一、繁简不一、风格不一"。题名《唐三藏西游释厄传》，盖因世本和杨本正传前皆有一首诗，其结句，一云："欲知造化会元功，须看《西游释厄传》"，一云："欲知造化会元功，须看《三藏释厄传》"，遂兼采而用之拟充古本以欺世人，即所谓"此地无银三百两"之故技也。

五、结论和余论

写到这，该作结论了。结论是什么呢？通过这种对版本的考察又获得些什么启示呢？前一点固然应该回答，后一点也同样不可不谈。

首先，关于世本、杨本、朱本三者的关系问题，我在写于一九八六年的《论〈西游记〉的著作权问题》中说："照笔者看法，三者的次序应是：世本（其祖本当是词话本《西游记》）——杨本——朱本（编辑时参阅了世德堂本祖本或《西游记平话》残本）。"当时因种种原因未能看到柳存仁、杜德桥、李时人等时贤们的鸿文，仅凭对世本、杨本、朱本的比勘以及读郑振铎和陈新等先生的大作，便作此论断，实欠精当。谨修正为：世本（其祖本当是词话本《西游记》）——杨本（以删节改写的法子节自世本）——朱本（其卷一至卷三和卷五至卷七节自世本、卷四节自永乐大典本系统的平话本、卷八至卷十录自杨本的三缀本）一说，以就教于高明。

其次，世本中诗赞和词话之多所以居中国六大古典小说之首，盖由于它来自词话本《西游记》；朱本卷四与前后几卷所以竟若二书，盖由于一来自平话本《西游记》，一节自世本《西游记》；词话本《西游记》和平话本《西游记》当属同源而异流，但不一定皆源于永乐大典本《西游记》；朱本的真正价值实在于其卷四保存了平话本《西游记》的又一残文，从而与前后几卷的风格对比中令人知道世本的祖本实为词话本《西游记》，其风貌尚存于世本，致朱本卷四与前后几卷不同一格。

最后，将杨本和世本互勘，已可以看出杨本是世本的节本；再以一个朱本互勘之，就更可以证实世本乃杨本的祖本，而朱本则又是晚于杨本的三缀本。杨致和变世本为杨本的法子主要是删节改写，朱鼎臣变世本前十五回为朱本卷一至卷三和卷五至卷七的法子主要是删节分则，以致朱本简于世本而又繁于杨本。可见世界上的事情是复杂的，文学史上的繁本和简本的关系也是如此。简本虽常是繁本的祖本，但亦有可能是繁本的节本，具体问题需具体分析，不可削足适履，一概言之。

谨以此鄙见，就正于方家。

第十二章　论《西游记》的著作权问题

——兼论世本与杨本、朱本和《吴承恩诗文集》思想性质的不同

一、说五四以来定吴承恩为《西游记》作者，是据鲁迅先生的一家之言

《西游记》的作者问题，实际上是个没有真正解决的问题。

明本《西游记》，皆不言撰人，只题"华阳洞天主人校"；如世德堂本陈元之序，且以为不知何人所作。世人多归之于元初道士邱长春名下，如《辍耕录》便持这一看法；盖由于邱长春尝西行，弟子李志常记其事为《长春真人西游记》二卷，世鲜传本，人们便郢书燕说，相传若真。

清初刻《西游记》者，又假元人虞集所作《长春真人西游记序》冠其首；世人遂更以为《西游记》为邱长春所撰。然至乾隆末年，钱大昕《潜研堂文集·跋长春真人西游记》，已谓《长春真人西游记》二卷别自为书，《西游演义》乃明人所作。纪昀《阅微草堂笔记·如是我闻》，更因"其中祭赛国之锦衣卫，朱紫国之司礼监，灭法国之东城兵马司，唐太宗之大学士、翰林院、中书科，皆同明制"，断定"《西游记》为明人依托无疑"。吴玉搢《山阳志遗》卷四，以及丁晏《石亭记事续编·淮阴脞录自序》和阮葵生《茶余客话》卷二十一《吴承恩西游记》，则据天启《淮安府志》进一步认为《西游记》之作者为吴承恩，但终清之世，

851

却未能成为定论。

建国以来所出之通行本皆署"吴承恩著"，实依据鲁迅《中国小说史略》；而鲁迅认定《西游记》为吴承恩所作，也是根据天启《淮安府志》的两处记载。其一，《艺文志·淮贤文目》云："吴承恩《射阳集》四册□卷，《春秋列传序》，《西游记》。"其二，《人物志·近代文苑》云："吴承恩性敏而多慧，博极群书，为诗文下笔立成，清雅流丽，有秦少游之风。复善谐剧，所著杂记几种，名震一时。"其中尤以《淮贤文目》所载最为主要。然而，《西游记》名同实异者多多，又怎知《淮贤文目》所说之此《西游记》就是彼百回本之《西游记》呢？所以早在 1933 年，俞平伯先生便在他的《驳〈跋销释真空宝卷〉》一文中提出过不同看法。虽云真理是时间的女儿，不是权威的孩子；但以鲁迅的崇高威望和渊博学识，却使近三十多年来的国内大陆学者几无异议地肯定吴承恩是百回本《西游记》的作者。

直到《社会科学战线》1983 年第 4 期发表了章培恒先生的鸿文《百回本〈西游记〉是否吴承恩所作》，1985 年第 1 期发表了苏兴先生的大作《也谈百回本〈西游记〉是否吴承恩所作》，一言"非"，一言"是"，旗鼓相当，这才又引起人们对《西游记》著作权问题的重新思考。

两位先生的论争也打开了我的思路，但我以为《西游记》的作者既不是几成学界定论的吴承恩，也不是章先生认为值得研究的许白云；在种种可用作外证与内证的材料面前，却总感他们与《西游记》的作者似失之交臂。所以不揣谫陋，谨撰此文，一来想以此为这场论争敲敲边鼓，二来愿以此就教于章培恒和苏兴二位先生。

二、说世德堂本不像成于谁某独力创作，而像成于谁某妙手改定

世德堂本《西游记》刻于明代万历二十年，是今天所见到的许多《西游记》刻本中最早的刻本。崇祯年间刊"李卓吾批评《西游记》"，是接近世德堂本的较早刊本。清代的各种刻本，皆属世德堂本系统；其中除了"书业公记"本《新说西游记》虽有刊漏和改动而未删节以外，其他各刻本实际上是世德堂本的删节本。新中国成立以后的人文本，则是以世德堂本作底本参照其他各刻本的整理本。所以，今天文学史上所说的《西游记》，实际上是世德堂本系统的《西游记》，也就是通常所说的"吴本《西游记》"或"百回本《西游记》"。

世德堂本《西游记》，在艺术结构上是个完整的有机整体。其总体结构形式虽属"短篇组成的长篇"，却十分注意情节间的前后关照，使之有应接而无矛盾。正因如此，所以有一个现象便分外值得我们注意，那就是：它有好多处粗看不见罅漏而细察却是重大的罅漏。

其一，"大闹天宫"部分，曾两次写到孙悟空与牛魔王等结拜为七弟兄。一次是在第三回，道是："此时又会了个七弟兄，乃牛魔王、蛟魔王、鹏魔王、狮驼王、猕猴王、猵狨王，连自家美猴王七个。"一次是第四回，道是："他却对六弟兄说：'小弟既称齐天大圣，你们亦可以大圣称之。'内有牛魔王忽然高叫道：'贤弟言之有理，我即称做个平天大圣。'蛟魔王道：'我称做复海大圣。'鹏魔王道：'我称混天大圣。'狮驼王道：'我称移山大圣。'猕猴王道：'我称通风大圣。'猵狨王道：'我称驱神大圣。'此时七大圣自作自为，自称自号，耍乐一日，各散讫。"用墨是如此之浓，显然不可作等闲看。"西天取经"部分，亦曾通过孙悟空的忆往事而屡屡提及这一点。比如第四十一回，就曾写孙悟空这么

对红孩儿说："我当初大闹天宫时，遍游海角天涯，四大部洲，无方不到。那时节，专慕豪杰。你令尊叫做牛魔王，称为平天大圣，与我老孙结为七弟兄，让他做了大哥；还有个蛟魔王，称为复海大圣，做了二哥；又有个大鹏魔王，称为混天大圣，做了三哥；又有个狮驼王，称为移山大圣，做了四哥；又有个猕猴王，称为通风大圣，做了五哥；又有个獝狨王，称为驱神大圣，做了六哥；惟有老孙身小，称为齐天大圣，排行第七。我老弟兄们那时节要子时，还不曾生你哩！"这当然是种前后关照；并且，魔王们的名号与结义时的排行都应接得一丝不差，还可看出艺术构思之缜密。然而，要特别注意的是："西天取经"部分的正文中所实际出现的，却只有一个牛魔王形象，其余的与孙悟空有结义之情的五个魔王皆不见踪影。更应注意的是，这一部分的正文中明明也有蛟魔王、鹏魔王、狮驼王、猕猴王、獝狨王一类的妖魔；并且，孙悟空斗六耳猕猴与过狮驼岭和狮驼国战狮驼王和鹏魔王等，还是作品不惜泼墨以写的精彩情节。但是，这类魔王却又多半与神佛有亲而竟无一个与孙悟空有旧。这种前有伏脉后不呈正文的怪现象，当怎么解释呢？

其二，"取经缘起"部分，无"陈光蕊赴任逢灾，江流僧复仇报本"，这更是个明显的反常现象。早在元代就有院本《陈光蕊江流和尚》。杨景贤《西游记》杂剧，更以一本四出的篇幅写了"之官逢盗"、"逼母弃儿"、"江流认亲"、"擒贼雪仇"。足见，这一故事在当时是家喻户晓的。《西游记》虽然实际上是孙悟空的英雄传奇，但在明面上写的却是唐僧西天取经，以理论之，应详以交代其身世。《西游记》记孙悟空的出身固然洞若观火，记猪八戒与沙和尚以及龙马的出身亦皆详其原委，唐僧在书中是仅次于孙悟空的主人公，以例论之，也不得独略其来历。世德堂本则不然，于玄奘开坛主讲以前事，仅在第十一回所附词话中述其崖略，正文却无片言只语提及。可"西天取经"部分之末，历难簿子上，劈头却又赫然载着遭贬、出胎、抛江、报冤四难。与词话所述之崖略，二者虽有照应，问题是，这么重要的四难却不见于"取经缘起"部分之正文，又当怎么解释呢？

其三，"西天取经"部分，写孙悟空曾对错把白骨精当女菩萨的唐僧说："老孙在水帘洞里做妖魔时，若想人肉吃，便是这等：或变金银，或变庄台，或变醉人，或变女色。有那等痴心的，爱上我，我就迷他到洞里，尽意随心，或蒸或煮受用；吃不了，还要晒干了防天阴哩！"这真叫人"丈二和尚，摸不着头脑！"难道是在吹牛，拉泡，撒谎，哄骗唐僧？不，孙悟空从来没有这么做过，也没有这种必要。难道孙悟空不曾吃过人吗？吃过，那是《西游记》杂剧里写的孙悟空。可查遍《西游记》之"大闹天宫"部分的字里行间，却绝不见孙悟空曾有过吃人肉的恶行。这种没来由的笔墨，究竟是怎么回事呢？

清人张书绅在《新说西游记总批》中曾不无感叹地说："《西游记》每写一题，源脉必伏于前二章。此乃隔年下种之法，非冒冒而来也。"世德堂本《西游记》的艺术结构的确像一件天衣，却不是一件无缝的天衣。而上述这类出现在天衣上的缝，显然既有悖于它自身的艺术构思特点，也有违于中国古典小说严于前后关照的传统艺术特点。问题是，应怎么解释？正确的解释，恐怕只能是：世德堂本或其旧本，是个据某一祖本的改定本，而非出自某位作家的独立创作。改定者在将某一祖本修改成世德堂本或其旧本时留下了浅浅痕迹，而这类痕迹形成了作品的重大隐罅。

这又是怎么说的呢？这就是说：

祖本"大闹天宫"部分所描写的孙悟空，在水帘洞里做妖魔时，是个吃人的魔王。改定者在修改这一部分时，潜心净化了孙悟空的形象，把一个宗教故事里的吃人妖魔改变成神话故事中的英雄人物。但是，在修改"西天取经"部分时，可能由于有鉴于孙悟空这种叙述当年如何弄人肉吃的勾当是旨在劝说唐僧切莫人妖不辨，所以便没有作相应的艺术处理。

祖本"取经缘起"部分曾有类似"陈光蕊赴任逢灾，江流僧复仇报本"的正文。改定者在修改这一部分时，可能由于一来嫌其是封建说教性的文字，与自己的审美观念相抵牾，二来要降低唐僧在书中的地位，使作品成为孙悟空的英雄传奇，所以便予以一笔勾销。保留那首述其崖略的词话，以便与"西天取经"部分之末所写历难簿子上前四难相关照，凑成八十一难，免损作品艺术结构的有机性。

祖本"西天取经"部分写孙悟空一路荡妖灭怪，保唐僧西行，主要灭的是他当年的六位结拜兄弟，旨在"阐三教一家之理，传性命双修之道"。改定者在修改这一部分时，一面毅然割断了孙悟空与鹏魔王等原来的结义关系，一面以神来之笔使他们大多与神佛沾亲带故，旨在讽刺揶揄世态，赞颂孙悟空的精神力量与人格力量。其中将牛魔王与孙悟空的关系另作艺术处理，以与"大闹天宫"部分所写义结金兰一事相照应，免伤作品艺术结构的严密性，而令人以为其他五个魔王是另有其人似的。

显而易见，这类改定，是种匠心独运，是种妙手剪裁，是种点石成金，它从根本上改变了孙悟空的形象，改变了孙悟空与神佛和妖魔三者之间的关系网络，改变了作品的主题思想与思想性质。惟其如此，所以世德堂本开卷有回前诗云："欲知造化会元功，须看《西游释厄传》。"其实，在世德堂本问世以前，哪来什么《西游释厄传》！只是改定者在耍弄花招，要使人相信他拿出的这个别开生面的本子，是个珍贵的古本而已。

如果我们的这种看法于事理还是比较密合的，那么，所谓《西游记》的作者问题，实际上也就是世德堂本或其旧本《西游记》的这一最后改定者究竟是谁的问题。因为，是他把一种早在元末明初就开始流传而其后又不知经过几多好事者加工过的词话本《西游记》[①]，别具匠心地最后改定为千古不朽的名著《西游记》。

那么，这位最后改定者有没有可能是吴承恩呢？这应从两方面看问题。如果这种最后改定是在世德堂本付梓时，其时吴承恩已经谢世十来年，则最后改定者不可能是吴承恩。如果这种最后改定是在世德堂本其旧本付梓时，其时吴承恩多半尚健在，则最后改定者也许有可能是吴承恩。问题就这么难以判断。

因此，最好的办法，莫过于再看看世德堂本《西游记》所反映的究竟是哪种社会思潮，吴承恩是不是这一社会思潮的弄潮者。如果是，当然也就增加了问题的可能性。

三、说世德堂本的思想性质与杨本和朱本貌似神异，而与《焚书》异曲同工

明代嘉靖与万历时期，由于出现了资本主义萌芽，是酝酿着观念变化的历史时期。世德堂本《西游记》，是时代思潮的天骄，同类题材作品的翘楚。不仅《西游记》杂剧一类作品无以与它比高下，就是同时代的杨致和《西游记传》与朱鼎臣《唐三藏西游释厄传》，在它的面前亦只是泰山脚下的一小土丘。

世德堂本与杨致和本及朱鼎臣本，三个本子皆是明代万历年间的

---

① 该词话本《西游记》与《西游记平话》当属同源而异流，详见本编第十一章《〈西游记〉版本源流考论》，第四节。

刊本。因此，三者的版本源流嬗递关系如何，研究者们历来看法不一，五四以来不下六种。照我的考定，三者的关系是："世本（其祖本当是词话本《西游记》）——杨本（世本的删节改写本）——朱本（其卷一至卷三和卷五至卷七删节分则自世本前十五回，其卷四删节自平话本《西游记》，其卷七至卷十采录自杨本，所以是个三缀本）。"① 这里略而不论，只想对一个很少为研究者注意的问题，也就是三者思想内容方面的异同问题，作一考察，以服从讨论问题的需要。

要考察的第一个问题，是三个本子的作者各自想要在自己的作品中突出谁的形象问题。

三个本子的总体艺术结构形式是基本相同的。那就是：皆由三大部分所构成。顺序是："大闹天宫"，"取经缘起"，"西天取经"。但，这只是躯体上的相同，灵魂却是两样的。何以见得呢？可以从作者想要在作品中突出谁的形象问题上看出来。

世德堂本，共一百回。"大闹天宫"，占七回。"取经缘起"，只占五回。"西天取经"，占八十八回。其中，孙悟空的名字在回目里凡四十六见，唐僧的名字在回目里只有二十一见。足见，作者在作品中一心想突出的是孙悟空形象。惟其如此，所以只要孙悟空一出场，作者便不惜笔墨。写"三调芭蕉扇"用了三回的篇幅，便是明证。

杨致和本，共四十回。"大闹天宫"，占七回。"取经缘起"，与世德堂本一样，也占五回。"西天取经"，占二十八回。其中，唐僧的名字在回目里凡十七见，孙悟空的名字在回目里只有九见。足见，作者在作品中一心想要突出的是唐僧形象。惟其如此，所以凡写孙悟空擒妖拿怪的情节，莫不惜墨如金。写"三调芭蕉扇"总共只用了一百四十五个字，

①　详见本编第十一章《〈西游记〉版本源流考论》。

便是证明。

朱鼎臣本，共六十七回。"大闹天宫"，占十六回。"取经缘起"，占达二十三回。其中，以一卷八回的篇幅，详写了"陈光蕊江流和尚"。"西天取经"，占二十八回。其中，唐僧的名字在回目中凡十四见，孙悟空的名字在回目中只十一见。凡此，作者在作品中一心想突出的形象究竟是谁，不是也洞若观火吗？惟其如此，所以凡写孙悟空降妖伏怪的情节，在惜墨如金上与杨致和堪称难兄难弟。写"三调芭蕉扇"竟然只用了一百三十八个字，便足资佐证。

由此可见，世德堂本的作者认为：小说的真正主人公应该是孙悟空，而不是唐僧。杨致和与朱鼎臣认为：小说的真正主人公应该是唐僧，而不是孙悟空。孙悟空是具有叛逆思想的英雄，唐僧是亦僧亦儒的虔诚宗教徒，所以这种应以谁为作品主人公的分歧，实际上是反映了作者创作思想的不同。

要考察的第二个问题，是三个本子各如何写唐僧起程往西天时的心理问题。

世德堂本于"取经缘起"之末和"西天取经"之始，曾两次描写唐僧起程时的心理。一次是，写唐僧自化生寺回洪福寺，众僧早闻取经之事，都来相见。"徒弟道：'师父呵，尝闻人言，西天路远，更多虎豹妖魔；只怕有去无回，难保身命。'玄奘道：'我已发了弘誓大愿，不取真经，永堕沉沦地狱。大抵是受王恩宠，不得不尽忠以报国耳。我此去真是渺渺茫茫，吉凶难定。'"一次是，写唐僧离长安行至法门寺，寺内众僧于灯下议论上西天取经缘由，皆云峻岭陡崖难渡，毒魔恶怪难降。唐僧"以手指自心"答曰："我弟子曾在化生寺对佛设下弘誓大愿，不由我不尽此心。这一去，定要到西天，见佛求经，使我们法轮回转，愿圣主皇图永固。"这种带有悲壮色彩的描写，是用意良深的。它一方面写出唐僧是为使"法轮回转，皇图永固"而矢志西天取经，另一方面又写出唐僧因"西天路远，更多虎豹妖魔"而自感"渺渺茫茫，吉凶难定"。这就提出了一个决定取经事业成败的头等重要问题：谁保唐僧西去，一路炼魔降怪，取得真经而归？"那长老得性命全亏孙大圣，取真经只靠美猴精"。这就是对问题的回答。把"法轮回转，皇图永固"的希望，实际不是寄托在"忠心赤胆大阐法师"唐僧身上，而是寄托在具有"异端"思想的英雄孙悟空身上，作者的这种人才观在当时实在是不同凡响的，它像一条红线贯穿着全书并从而形成了作品的主题思想。正因如此，也就决定了作者要把孙悟空作为作品的主人公。

　　杨致和本与朱鼎臣本写唐僧起程往西天时都没有这类心理描写。好像取经就是一切，目的是没有的。果真没有目的吗？有。"此经回上国，能超鬼出群。若有肯去者，求正果金身"。这就是！诚然，"此经回上国"云云，也见于世德堂本。然而，那是作为观音的"颂子"而写的，并不等于作者的思想，作者的思想是体现在对唐僧起程西行时的两次心理描写上。杨致和本与朱鼎臣本却只字不写唐僧起程西行时的心理，显然是旨在把观音的这一"颂子"作为唐僧西天取经的目的，借以弘扬佛法或宣扬三教混一思想，而这也正是取经故事的传统主题。惟其如此，也就决定了作者要千方百计奉唐僧为作品的主人公。

　　由此可见，写不写唐僧起程往西天时的这种二重心理，是与作者创作意图紧密相关的大问题。世德堂本一写再写，显然不仅由于要写出唐僧此时此刻的人之常情，而且由于要借以衬出孙悟空是西天取经的中枢人物。杨致和本与朱鼎臣本都只字不写，显然不仅由于唯恐有损唐僧作为"圣僧"的形象，而且由于只想把孙悟空写成唐僧取经的佐助人物。这便是问题的实质之所在。

　　要考察的第三个问题，是三个本子写西天取经时的孙悟空是否依然保存着当年的"老孙派头"问题。

不同于《西游记》杂剧一类作品把孙悟空的出身写成修炼成真的"老猴精"，把花果山时期的猕猴王写成既贪色而又好吃人的魔王，把孙悟空闹乱天宫的原因写成由于欲壑难填而恋物盗物触犯了天条。世德堂本与杨致和本及朱鼎臣本都把孙悟空的出身写成天地之灵秀所钟的"天产石猴"，都把花果山时期的美猴王写成活脱脱的自然人形象，都把孙悟空大闹天宫的原因写成由一种爱好自由平等的天性发展成与天庭封建等级秩序的冲突。无疑，这是孙悟空形象演变史上的一种长足进展。然而，却不能由此而认为三个本子的主题思想或思想倾向是一致的。三个本子的主题思想或思想倾向是否一致，关键是看它们所描写的西天取经时的孙悟空是否依然保存着当年的"老孙派头"，只是不再去喊"皇帝轮流做，明年到我家"而已。正是在这个根本性问题上，世德堂本与杨致和本及朱鼎臣本呈现出明显的不同。何以见得呢？还是让我们具体看一看三者所写孙悟空对主要神佛以及唐僧的态度吧！

孙悟空对玉皇大帝与太白金星的态度。世德堂本第三十三回，写孙悟空与金角大王、银角大王大战平顶山，叫五方揭谛神速去奏上玉帝："妖魔那宝，吾欲诱他换之，万千拜上，将天借与老孙装闭半个时辰，以助成功。若道半声不肯，即上灵霄殿，动起刀兵！"杨致和本与朱鼎臣本均作："行者却低头念咒，叫游神奏过玉帝，借天一装，助我收妖。"世德堂本第五十一回，写孙悟空直至灵霄殿外，与四天师等说金峣山有个独角兕大王："那厮的神通广大，把老孙的金箍棒抢去了，因此难缚魔王。疑是上界那个凶星思凡下界，又不知是那里降来的魔头，老孙因此来寻寻玉帝，问他个钤束不严。"杨致和本与朱鼎臣本皆作："行者空手，只得走回，思忖无计，走上天庭借天兵来战，俱非魔王对手。"世德堂本第七十四回，写孙悟空怪太白金星不露本相而变作山林野老，报说前面狮驼山"满山满谷都是妖魔"，便"走到身边，用手扯住，口口声声只叫他的小名道：'李长庚！李长庚！你好意懒！'"杨致和本与朱鼎臣本，都没有这一情节。

要之，西天取经时的孙悟空，在杨致和本与朱鼎臣本里从未一见他有唐突玉帝的神态；在世德堂本里却看到他对玉帝还是当年的那种傲不为礼，最表客气也只是"朝上唱个大喏"，说声"老官儿，累你！累你！"自称呢？当然是："我老孙。"

孙悟空对太上老君等道教教主们的态度。世德堂本第二十六回，写孙悟空为医活镇元大仙的人参果树而遍游三岛十洲，求一个起死回生之法。到蓬莱仙境，见福星和禄星在白云洞外下棋，寿星观局，便上前叫道："老弟们，作揖了。"到方丈仙山，迎面遇见东华大帝君，叫声"帝君，起手了"。到瀛洲海岛，见那丹崖珠树之下，"九老"在着棋饮酒，谈笑讴歌，笑道："老兄弟们自在哩！"孙悟空这么称呼"九老"和"三星"，显然还是沿用了当年"名注齐天"时的称谓；但目下已成为一个"行者"，就未免有些"老大不知高低"了。杨致和本与朱鼎臣本，都没有写这一情节，只写了孙悟空径去落伽山求观音行医。世德堂本第三十五回，写孙悟空获宝伏邪魔，太上老君前来索宝。道是："那两个怪：一个是我看金炉的童子，一个是我看银炉的童子。只因他偷了我的宝贝，走下界来，正无觅处，却是你今拿住，得了功绩。"悟空道："你这老官儿，着实无礼。纵放家属为邪，该问个钤束不严的罪名。"老君再三解释，悟空方道："既是你这等说，拿去罢。"杨致和本与朱鼎臣本皆作：老君道："今皆被你除去，可将宝贝还我。"行者道："既是你老仙的，就付还你。"孙悟空不仅没有责备老君，而且对老君显得那么恭顺。世德堂本第五十二回，写孙悟空获悉兕怪来踪，径至兜率宫查勘，勘得太上老君走了青牛，便再次责备老君道："似你这老官，纵放怪物，抢夺伤人，该当何罪？"杨致和本与朱鼎臣本，皆有孙悟空获悉兕怪的来迹而"星忙奔入老君宫中诉其事"的情节，却没有孙悟空责备老君"纵放怪物，抢夺伤人"的字眼。世德堂本第四十四回，写唐僧师徒路经车迟国，国王"兴道灭僧"，孙悟空令猪八戒把三清观里的三清塑像一一扔入毛坑，让他们"今日里不免享些秽物，也做个受臭气的天尊！"杨致和本与朱鼎臣本，虽然也写了车迟国王"宠爱道士，废灭僧人"，却无孙悟空令猪八戒将三清圣像送入"五谷轮回之所"的情节。

要之，西天取经时的孙悟空对三清的态度，在杨致和本与朱鼎臣本里言必称"老仙"，除了作小，便是恭顺；在世德堂本里却开口闭口"老官儿"，除了责备，便是亵渎。倒是对寿星们似乎比较尊重些，亲热地称之为"老兄弟"！

孙悟空对如来佛等佛教教主们的态度。西天取经时的孙悟空，用寿星老儿的话来说，叫作"弃道从释"。孙悟空在如来佛等佛教教主们的面前，其态度神情总该驯顺些了吧？实际上，世德堂本写孙悟空对如来和观音等的傲不为礼之处较之对玉帝和三清等用墨更多，也更醒目，时而表现为责备，时而表现为腹谤，时而表现为揶揄，时而又表现为奚落。这在书中是屡见不鲜的。

第十四回，写唐僧告诉孙悟空，紧箍儿咒是适间一个老母传授的。"行者大怒道：'不消讲了！这个老母，坐定是那个观世音！他怎么那等害我！等我上南海打他去！'"第十五回，写孙悟空正在涧边叫骂小白龙，忽闻揭谛报道"菩萨来也"，便急纵身入云，说观音："你这个七佛之师，慈悲的教主！你怎么生方法儿害我！""你怎么又把那有罪的孽龙，送在此处成精，教他吃了我师父的马匹？此又是纵放歹人为恶，太不善也！"第十七回，写黑风山熊罴怪窃去唐僧袈裟。孙悟空认为："这桩事都是观音菩萨没理，他有这个禅院在此，受了这里人家香火，又容那妖精邻住。"遂径至落伽山，与观音"讲三讲"："我师父路遇你的禅院，你受了人间香火，容一个黑熊精在那里邻住，着他偷了我师父袈裟，屡次取讨不与，今特来问你要的！"第三十五回，写太上老君说他让两个看炉童子在平顶山为妖，实由于观音向他三次相借而故意在此设难。孙悟空闻知，心中作念道："这菩萨也老大惫懒！当时解脱老孙，教保唐僧西去取经，我说路途艰涩难行，他曾许我到急难处亲来相救；如今反使精邪捐害，语言不的，该他一世无夫！"第三十六回，写唐僧师徒行经乌鸡国宝林寺，僧官不肯留宿。孙悟空径到大雄宝殿上，指着那三尊佛像道："我老孙保领大唐圣僧往西天拜佛求取真经，今晚特来此处投宿，趁早与我报名！假若不留我等，就一顿棍打碎金身！"第三十九回，写乌鸡国王当年曾将文殊菩萨抛入御水池浸了三日，如来便令文殊菩萨的坐骑金毛狮子下凡将乌鸡国王推入琉璃井泡了三年。行者对文殊道："你虽报了什么'一饮一啄'的私仇，但那怪物不知害了多少人也。"第六十六回，写弥勒佛告诉孙悟空，黄眉老佛是他的黄眉童儿。悟空"高叫一声道：'好个笑和尚！你走了这童儿，教他诳称佛祖，隐害老孙，未免有个家法不谨之过！'"第七十一回，写赛太岁正被孙悟空烧得走投无路，观音菩萨急急赶来救火降魔，说："他是我跨的个金毛犼。因牧童盹睡，失于防守，这孽畜咬断铁索走来，却与朱紫国王消灾也。"悟空道："菩萨反说了。他在这里欺君骗后，败俗伤风，与那国王生灾，却说是消灾，何也？""菩萨既收他回海，再不可令他私降人间，贻害不浅！"第七十七回，写孙悟空屡遭鹏魔王等毒手，"自思自忖，以心问心道：'这都是我佛如来坐在那极乐之境，没得事干，弄了那三藏之经！若果有心劝善，理当送上东土，却不是个万古流传？只是舍不得送去，却教我等来取，怎知道苦历千山，今朝到此丧命！——罢！罢！罢！老孙且驾个筋斗云，去见如来，备言前事。若肯把经与我送上东土，一则传扬善果，二则了我等心愿；若不肯与我，教他把《松箍儿咒》念念，退下这个箍子，交还与他，老孙归本洞，称王道寡，耍子儿去罢。'"孙悟空径至灵山，如来闻言道："你且休恨。那妖精我认得他。"悟空猛然失声道："如来！我听见人讲说，那妖精与你有亲哩"。紧接着又问："亲是父党？母党？"并且笑道："如来，若这般比论，你还是妖精的外甥哩。"第九十八回，写唐僧师徒历尽艰难，到达灵山，拜过如来，"阿傩、伽叶引唐僧看遍经名，对唐僧道：'圣僧东土到此，有些甚么人事送我们？快拿出来，好传经与你去。'三藏闻言道：'弟子玄奘，来路迢遥，不曾备得。'二尊者笑道：'好，好，好！白手传经继世，后人当饿死矣！'行者见他讲口扭捏，不肯传经，他忍不住叫噪道：'师父，我们去告如来，教他自家来把经与老孙也。'"直到第一百回，还写孙悟空对唐僧道："师父，此时我已成佛，与你一般，莫成还戴金箍儿，你还念甚么《紧箍咒儿》揢勒我？趁早儿念个《松箍儿咒》，脱下来，打得粉碎，切莫叫那什么菩萨再去捉弄他人。"其"异端"风采，犹不减当年！

杨致和本与朱鼎臣本呢？一言以蔽之，除了那"降伏小白龙"一节有孙悟空对观世音表露不满的言辞以外，其余皆渺不见踪影。这就使孙悟空在如来和观音等佛教教主们面前，消失了他当年的"老孙派头"，变得唯唯诺诺、毕恭毕敬。比如，它们写孙悟空请观音收伏熊罴怪，皆作："须臾到了南海，径投竹林拜了。菩萨问曰：'你来何干？'行者道：'我师投院借宿，却被熊精偷了袈裟，屡取不还，因此来恳菩萨大发慈悲，助我拿妖，取衣西进。'"再如，它们写观音救金毛犼回南海，皆作："行者把他金铃摇动，烟火沙齐出，老妖无处躲逃。忽见观音菩萨来救，高叫：'悟空住手。'行者慌忙跪接，菩萨道：'此妖是我座下金毛犼，因看守神失职，走出为妖。我今喝转他原形，你将金铃挂在他项下。'言毕，妖现真形，菩萨带回南海。"还如，它们写孙悟空请如来收服鹏魔王，皆作："行者使一个缩身法子走脱，去西方拜见佛祖，详说师父被难。如来闻言，领文殊、普贤同至狮驼国收妖。"这里，孙悟空对观音的责任与告诫没有了，对如来的腹谤与奚落没有了，就连如来与鹏魔王的亲戚关系也不见了。与世德堂本相应情节所含之思想意蕴，又岂可同日而语哉！

孙悟空对唐僧的态度。唐僧是"圣僧"，也是"高儒"；既是孙悟空等四众的佛门"师父"，又俨然是孙悟空等四众的宗法式"家长"。因此，孙悟空对唐僧的态度，实际上也从一个侧面反映了他对神佛的态度，反映了他对佛门教义与宗法式教条的态度。

世德堂本所写的唐僧，既具取经西天的笃志，又怀"扫地恐伤蝼蚁命"的诚心，也有封建家长式的偏执。前者固然使他与孙悟空有共同的目标，而后二者却又使他成为孙悟空扫魔灭怪的严重阻力。唐僧作为孙悟空的师父和救命恩人，孙悟空对他是忠心耿耿的，而且感情是那么深沉，以致"遭魔遇苦怀三藏，着难临危虑圣僧"。然而，唐僧作为被"慈悲"二字冬烘了头脑的"忠心赤胆大阐法师"与偏执而迂腐的宗法式家长，孙悟空在他面前却始终我行我素，一点也不买账，甚至因怒其不争而恨得牙痒痒的，对众神道："我那师父，不听我劝解，就弄死他也不亏！"唐僧矢志西天取经，而妖魔却莫不想吃唐僧肉；孙悟空一心要荡魔灭妖，可唐僧却把孙悟空的棒打妖魔认作秉性凶恶。正是这种取经人和妖魔的矛盾与取经人的内部矛盾，二者平行发展与交汇，映衬出"那长老得性命全亏孙大圣，取真经只靠美猴精"，映衬出孙悟空的崇高的人格力量和战斗的精神力量，映衬出孙悟空的一如既往的"异端"风采的狂傲美。凡此，也就是世德堂本对孙悟空与唐僧的关系及其思想蕴含的实际描写。

杨致和本与朱鼎臣本则不然。二者虽然也写了唐僧两次"放逐美猴王"，一次是由于孙悟空"三打白骨精"，一次是由于孙悟空"神狂诛草寇"，却没有把取经人的内部矛盾作为一条线索而使其贯穿西天取经过程。唐僧是变得不那么脓包形和愚氓样了，可孙悟空的"异端"风采却也随此而越来越黯然失色，人们看到的只是皈依佛门的美猴王在打不愿皈依佛门的妖魔或思凡下界的凶星而已！

由此可见，西天取经时的孙悟空，他对神佛和唐僧的态度，在杨致和本与朱鼎臣本里，是克恭克顺求正果；在世德堂本里，是喜笑悲歌气傲然。

问题是清楚的，杨致和本与朱鼎臣本，旨在"阐三教一家之理，传性命双修之道"，所以作者总想提高亦僧亦儒的唐僧在作品中的地位和作用，尽力磨灭孙悟空身上的"异端"思想。世德堂本虽然还不可能摆脱题材所固有的三教混一思想的影响，然而在其母体内部却已孕育着一种诮儒谤僧毁道的新的思想倾向，所以作者要把孙悟空作为决定西天取经成败的理想人才和当然主人公来歌颂，并使其始终保持着一种万变不离其宗的要求自由平等的天性。

问题同样是清楚的，如果杨致和本与朱鼎臣本在前，那么，它们是继承了《西游记》杂剧与《西游记平话》一类作品所反映的社会思潮；世德堂本所具有的思想新质，实乃作者所增。如果世德堂本在前，那么，杨致和本与朱鼎臣本之缺乏思想新质，实由于作者所删，他们下启谢肇淛与刘一明等辈以三教混一观念去研究《西游记》的社会思潮。不管哪种情况，世德堂本与杨致和本及朱鼎臣本，它们所代表的社会思潮，都是两股道上跑的车。不言而喻，这是就其质的规定性来说的，两种思潮之间当然不可能有什么缓冲地带，也不可能像泾渭那么分明。

要特别指出的是，世德堂本这种把葆有要求自由平等之天性的孙悟空作为干大事成大业的理想人才来歌颂，而对太白金星和唐僧等封建正统派抱以揶揄多于肯定的态度，这在中国文学史上是应该大书而特书的。因为，它打破了宋元以来人们把取经故事用作弘扬佛学或宣扬三教一理的传统文化心理与写法；它也打破了要求小说把"仁义礼智"写成"常心"，把圣贤豪杰写成"常人"，作为作品主人公以共成"风化之美"的传统审美观念与写法；它还打破了那种以自觉雌伏于宗法等级观念为贤能的东方式的传统文化心理结构与写法。尽管还仅仅只是一种开端，却是个了不起的开端。这当然由于作者不愧为当时文坛的闯将。然而作者其所以能做到这一点，显然又是由于蒙受两种社会思潮推动的结果。一是由于佛教禅宗的兴起和盛传，可以"呵佛骂祖"；二是由于资本主义萌芽的出现，要求个性解放已成为时代新音。这后一种思潮又尤为主要而富有生命力。李泽厚先生在他的《美的历程》里，把《西游记》与《牡丹亭》并列，认为是"建筑在个性心灵解放基础上"的，以李贽为代表的"浪漫思潮"的"文学的典范代表"。这见解是很精辟的。世德堂本实际上是"童心者之自文"。它把美猴王写成"自然人"形象，直到成为斗战胜佛亦不失其天性，这在人性观上与《焚书·童心说》的思想是吻合的。它欣赏叛逆英雄齐天大圣，而对灵霄宝殿上的理学之士抱以揶揄的态度，这在人才观上与《焚书·因记往事》的思想如出一辙。它真正歌颂的是成为斗战胜佛的孙悟空，而不是作为齐天大圣的孙悟空，那种崭新的人性观和人才观最后又屈服于传统的仁政观与《焚书·忠义水浒传序》等的思想也是相通的。① 要之，甚至可以这么说，世德堂本《西游记》的思想所达到的时代高度，可以和李卓吾的《焚书》相颉颃，是建筑在个性心灵解放基础上的两座丰碑，而前一座丰碑又较后一座早三十年以上。

---

① 详见本编第九章《论〈西游记〉的创作本旨及其对传统思想的打破》，第五节。

要是笔者的这一看法还有些道理，那么，章培恒先生提出的桂馥《晚学集》卷五《书圣教序后》的附记说"许白云《西游记》由此而作"一语"值得研究"的问题，便可迎刃而解。疑"把称呼邱处机的什么'白云'误成许白云"也罢[1]，说许白云是元代的卒谥文懿的大学者许谦也罢[2]，邱处机和许谦都不可能写出世德堂本这样的《西游记》来。道理很简单，任何人都不可能摆脱时代对他的制约，元代还没有出现要求个性解放的社会思潮，出现要求个性解放的社会思潮是明代中叶以后的事情。

那么，世德堂本之旧本会不会是反映这一社会思潮的代表作呢？如果说有可能会是，那么，当时吴承恩多半尚健在，虽然已属风烛残年。旧本有没有可能为吴承恩所作，或有没有可能吴承恩是旧本的最后改定者呢？实事求是地回答，恐怕只能是：这种可能性微乎其微。何以见得？这有《吴承恩诗文集》可证。

四、说《吴承恩诗文集》的思想和风格与世德堂本殊不类，孙悟空断非吴氏所期望的英雄

吴承恩的诗文集《射阳先生存稿》四卷，经刘修业先生于1957年加以校订，改题为《吴承恩诗文集》。设若把《吴承恩诗文集》与世德堂本《西游记》作一比较研究，便不难发现二者的思想和风格存在着明显的不同。这不能不说是个发人深省的大问题。

《吴承恩诗文集》里没有一篇正面描写民生疾苦的作品，但一些篇

---

[1]　苏兴：《也谈百回本〈西游记〉是否吴承恩所作》，《社会科学战线》1985年第1期，下文引苏先生观点均出此。

[2]　按：鲁迅认为此系桂馥之误，见《小说旧闻钞·西游记》引桂馥语之按语。

章还是表露了作者对现实的清醒认识。一见于《贺学博未斋陶师膺将序》，道是："匍匐拜下，仰而陈词，心悸貌严，瞬息万虑，吾见臣子之于太上也；而今施之长官矣。曲而跽，俯而趋，应声如霆，一语一偻，吾见士卒之于军帅也；而今行之缙绅矣。笑语相媚，妒异党同，避忌逢迎，恩爱尔汝，吾见婢妾之于闺门也；而今闻之丈夫矣。手谈眼语，诸张万端，蝇营鼠窥，射利如蜮，吾见驵侩之于市井也；而今布之学校矣。夫以一时所尚，今之君子皆以为宜。"一见于《二郎搜山图歌》，道是："我闻古圣开鸿濛，命官绝地天之通。轩辕铸镜禹铸鼎，四方民物俱昭融。后来群魔出孔窍，白昼搏人繁聚啸。终南进士老钟馗，空向宫闱啖虚耗。民灾翻出衣冠中，不为猿鹤为沙虫。坐观宋室用五鬼，不见虞廷诛四凶。"一见于《赠卫侯章君履任序》，道是："况乎行伍日凋，科役日增，机械日繁，奸诈之风日兢，其何以为之哉？"

面对这种现实，吴承恩所提出的补救时弊的办法主要是三条。一见于《郡公松山孙公遗爱录画像赞》等篇，道是："士曰我师，民曰我父。清风穆如，尚友千古。"也就是要实行清官政治。一见于《春秋列传序》等篇，道是："天下之势犹水，礼教犹坊；坊诚设焉，虽奔流怒川莫之害也，坊决而滔天矣。"也就是要加强礼教统治。一见于《秦玺》等篇，道是："夫秦也，德耶，范耶，守耶？蔑仁义而重威刑，四海离矣；坏王制而焚诗书，黔首疑矣；礼乐不闻，而律令是训，二世不保矣。"也就是应实施以仁义治天下的方略。要之，照吴承恩看来，"精一执中，二帝传国之宝也；建中建极，三王传国之宝也"。只要当政者能以此二帝三王之宝为宝，"其守之也恒，其用之也信"，便可以"复三代之治"。

我们知道，孟子主张王道政治的仁政，基本的措施是"制民之产"，使劳动人民有比较安定的经济生活。朱熹所谓的王道政治，以帝王的心术是否符合抽象的天理为标准；认为历史的演变表明，人们的道德品质愈来愈低，原因在于尧舜相传的十六字心诀没有为后来的帝王所接受，不能使人心服从道心。吴承恩却把"精一执中"等十六字心诀看作能否使"三代之盛"可复的关键，说明他的仁政观念是属于当时的钦定哲学程朱理学的思想范畴。如果这种仁政观念以幻想的形式表现出来，恐怕只能是《西游记》里所揶揄的以仁义相标榜的灵霄宝殿上的王道政治，而不能是《西游记》里所赞许的以"五谷丰登"为其主要特征的玉华国式的王道政治。此其一。

吴承恩所憧憬的政治既是被理想化了的唐虞三代的政治，吴承恩所景仰的政治家也同样是被理想化了的文、武、周公，以及"韬启神机，书传圣学"的姜子牙。吴承恩在他的诗文里还曾一再强调人才问题的重要。比如《二郎搜山图歌》云："野夫有怀多感激，抚事临风三叹息。胸中磨损斩邪刀，欲起平之恨无力。救月有矢救日弓，世间岂谓无英雄？谁能为我致麟凤，长令万年保合清宁功。"又如，《秦玺》云："故为天下者，不使秦斩然不见于世，不足以复三代；欲复三代之治者，必使秦斩然不见于世。呜呼！其必在豪杰之士也乎？"再如，《寿师相存斋徐公六十序》云："辅相之道，自唐虞三代之盛，其讲明授受大要，不过曰用人；而用人岂易言哉？"那么，吴承恩所赞许的人才，是什么样的人才呢？其立世也，"世变而趋，以圆为妙，我守吾方，众嘻其笑"①。其立德也，"事严君则孝而笃，教家庭则端而肃，御群下则慈而庄，处姻亲则和而穆，设享会则勤而有礼，交神明则敬而不渎，待宾客则韦布等于簪绅，乐山林则轩裳寄于樵牧"②。其立功也，"保合灵长，上以寿国；氤氲熙嗥，下以寿民。溯道脉，振儒风，鼓元气于域中，又以寿乎天下

---

① 吴承恩原著，刘修业辑校：《吴承恩诗文集》，古典文学出版社1958年版，第100页。

② 同上书，第93页。

万世，以翊我圣天子久道化成之运，唐虞三代之盛，复见于今日矣"①。吴承恩的这种人才观，显然是属于程朱理学的思想体系，不带任何"异端"色彩。如果这种人才观念以幻想的形式表现出来，恐怕只能去颂扬《西游记》里所揶揄的具有"常心"的"常人"太白金星之流，而决不会去赞许《西游记》里所歌颂的具有"童心"的"真人"孙悟空。此其二。

吴承恩不满世态，期望"三代之盛复见于今日"，并屡屡提出人才问题的重要，说明他是一位具有济世匡时之雄心的文人学士。吴承恩的一些诗文还可看作他的胸襟与品格的自我写照："平生不肯受人怜，喜笑悲歌气傲然。小院朝扃烧药坐，高楼春醉戴花眠。黄金散尽轻浮海，白发无成巧算天。孤鹤野云浑不住，始知尘世有颠仙"（《赠沙星士》）。"风尘客里暗青袍，笔研微闲弄小舠。只用文章供一笑，不知山水是何曹。身贫原宪初非病，政拙阳城自有劳。会结吾庐沧海上，钓竿轻掣紫金鳌"（《长兴作》）。"碧月入帘深，红尘闭门远；独对一壶吟，因之识嵇阮"（《移竹寺中得诗十首》其六）。这种玩物傲世的态度，自然会使他"不谐于长官"。吴承恩写的序或障词之类，虽大多属于歌功颂德的作品，却鲜有献媚长官之态，而是洋溢着一种期望之情，期望其能"心为乎小民，而力抗夫强家"。《赠邑侯念吾高公擢南曹序》、《送郡伯古愚邵公擢山东宪副序》等便是如此。这不只反映了他文思的高尚，而且也反映了他理想的寄寓。然而，期望之情可以暗含对达官贵客们的讽喻，却不等于对封建统治者的批判；玩物傲世可以暗含对世态炎凉的蔑视，却不等于对世态人情的讽刺揶揄。一部《吴承恩诗文集》，除了那《二郎搜山图歌》与《秦玺》等三两篇以外，不见有正面反映民生疾苦

---

① 吴承恩原著，刘修业辑校：《吴承恩诗文集》，古典文学出版社 1958 年版，第 75 页。

的作品，不见有正面讥刺达官贵客的作品，不见有正面揶揄世态人情的作品，不见有正面抨击时政得失的作品，要是把作者为在淮阴当过这样那样官的人士写的这样那样的序连起来读，那倒会令人感到淮阴其地是个王道乐土，这不能不发人深省。嘉靖皇帝迷恋女色而笃信道教，筑明堂以耽享乐而终年不朝，其幻影如入《西游记》，当是个被孙悟空罚吃马尿之类的皇帝，可吴承恩却持歌颂态度，作《明堂赋》，说什么"维此明堂，帝始搆兮，维帝之衷，天所授兮。维帝维天，一德咸妪兮，崇功伟烈，天子万寿兮"。赵文华是严嵩的义子与帮凶，官通政使，嘉靖三十四年，南下处理防倭事宜，与倭寇作战失败，反诈称大捷，祸国殃民，其形象如入《西游记》，只能是被孙悟空奋力棒打的恶魔，可吴承恩却甘愿为人捉刀作《平南颂》，赞之曰："赫赫□公，公心为国，岂敢遑宁，主忧臣辱。"颂之曰："并苞三德，式济孤忠，玄鉴无私，天孚赤诚。"誉之曰："惟唐有度，宋则范韩，心也攸同，劳焉是班。"这更不能不发人深省。论其大原因，不外两条：一是，吴承恩虽生于买卖"采缕文縠"的小商人家庭，但其父廷器，却"性一无所好，独爱玩群籍，不问寒暑雨旸，日把一编坐户内。……自六经诸子百家，莫不流览。独《尚书》、左丘明《春秋》未尝一日置也"①。吴承恩自幼所受的熏陶和教育，是正统的封建教育；其步入成年以后，又谈笑有鸿儒，往来无白丁，这就使他成为一名地道的儒学之士。一是，吴承恩虽因"屡困场屋"而"笑骂沓至"，但在郡守等达官贵客面前，却以其文名而常"承色笑之教，蒙国士之遇"②，因而也就培植了他对当政者的幻想，并软化了他玩物傲世的傲骨。二者集中到一点，就是使他对现实虽有不满，却

---

①　吴承恩原著，刘修业辑校：《吴承恩诗文集》，古典文学出版社1958年版，第107、113页。

②　同上。

把"复三代之治"的希望完全寄托在地主阶级的正统派身上，完全寄托在大大小小的当政者身上。事实也是如此，《吴承恩诗文集》所浮现出的作者形象，便是个不带半点"异端"色彩的地道儒士形象。《二郎搜山图歌》是篇抒发诗人济世匡时之壮志与除暴安良之雄心的杰作，但诗人所呼喊的英雄人物，却是那打得"猴老难延欲断魂，狐娘空洒娇啼血"的正统神祇清源公。这与《西游记》的诮儒谤僧毁道，颂赞具有叛逆风采的英雄孙悟空相比，又岂可同日而语哉！郭沫若先生曾经说过："蔡文姬就是我。"这当然是就人物的精神状态的本质方面而言的。凡是作者所讴歌的主人公，莫不如是。然而，我们虽然把世德堂本《西游记》里的孙悟空形象与《吴承恩诗文集》的作者自我形象反复作了对比，却怎么也看不出来"孙悟空就是吴承恩"。其所以然，就在于实在查勘不出吴承恩身上有孙悟空的叛逆精神。此其三。

吴承恩虽是个地地道道的儒士，却与其老前辈韩愈不尽相同。韩愈排斥佛教，吴承恩却信佛。这当是受宋元以降三教混一思想影响的结果。吴承恩不仅信佛，还曾像个虔诚的佛教徒一样作《钵池山劝缘偈》，帮助钵池山惠晓和秋月二比丘僧化缘修复景会禅寺。此偈长达七十二句，其结末十六句云：

> 昔有童子戏，垒瓦成浮屠，善根之所成，后得无上果。何况舍钱帛，真实修佛庙，犹如种五谷，照种而收成。自佛行中国，于今数千年，若有半米错，一刻行不去。吾今告大众，愿汝信不疑，因信生喜欢，千界皆欢喜。

于此可见吴承恩信佛教之笃。如果吴承恩与《西游记》确实有什么瓜葛，那他所喜爱的孙悟空，恐怕也只能是如同"取经诗话"等作品里所写的那个一入佛门，便虔诚悔过自新的孙悟空，而决不会是世德堂本里所写的这个虽经剃度，却依然在我佛如来与观音面前保持着当年"异端"风采的孙悟空。此其四。

吴承恩由市民的儿子，成为地地道道的儒士，还由于蒙受时代的制约。吴承恩早于李贽近三十年，当时的文坛正处于以李攀龙和王世贞为首的"后七子"复古运动的新高潮。"后七子"之一的徐中行，便是吴承恩的好朋友。二人情趣相投，往还唱和，酒酣论文论诗不倦。陈文烛《吴射阳先生存稿序》云："汝忠谓文自《六经》后，惟汉魏为近古；诗自三百篇后，惟唐人为近古。近时学者，徒谢朝华而不知畜多识，去陈言而不知漱芳润，即欲敷文陈诗，溢缥囊于无穷也难矣！徐先生与余深韪其言。"这里所说的"徐先生"，就是那徐中行。要把握吴承恩这段文论的精神实质，最好与另三段文论结合起来看。一见于《花草新编序》："诗盛于唐，衰于晚叶。至夫词调，独妙绝无伦，宋虽名家，间犹未逮也。宋而下，亦未有过宋人者也。然近代流传，《草堂》大行，而《花间》不显，岂非宣情易感，而含思难谐者乎？"一见于《申鉴序》："其辞雅，其论核，其情志不诡于圣人，而放乎道德性命。"一见于《明堂赋序》："歌颂德业，儒臣事也。臣斋心述赋，以模写天地万一。"显然，吴承恩的文艺观虽较"前后七子"通达，但本质方面却如出一辙，而与李贽存在着根本性的不同。李贽认为文学是进化的，"诗何必古选，文何必先秦……古今至文，不可得而时势先后论也"[1]。吴承恩认为文学是退化的，文是汉魏的好，诗是盛唐的好，两宋的词不如晚唐的词。李贽认为"天下之至文，未有不出于童心焉者也"[2]。这是要把文艺创作方法

---

[1]　李贽：《焚书　续焚书》，中华书局 1975 年版，第 99、109 页。

[2]　同上。

建筑在个性心灵解放基础上。吴承恩认为天下之至文，"其情志不诡于圣人，而放乎道德性命"。这是要把文艺创作方法建筑在"代圣人立言"基础上。李贽认为"古之贤圣，不愤则不作矣。不愤而作，譬如不寒而颤，不病而呻吟也"①。实际上是要作者去揭露封建统治阶级的黑暗，对现实采取严峻的批判态度。吴承恩认为"歌颂德业，儒臣事也"。实际上是要作者去歌颂封建统治阶级的"光明"，对现实采取劝百讽一的态度；而事实上也是他在《留思录序》里把《诗经》里的"国风"都曲解为"歌颂德业"的作品。要之，李贽是反对"前后七子"的复古运动的，而吴承恩的文艺思想却与"前后七子"没有什么本质的不同。惟其如此，所以他的诗文创作虽无"前后七子"那种生模硬仿之病，却既不见有什么思想上的引异，又不见有什么形式上的标新，只是能得心应手地运用诗文诸体表述自己的儒士襟怀而已。前面已经说过，世德堂本《西游记》是形形色色名同而实异的《西游记》中别开生面之作，它打破了传统的思想和写法，成为"建筑在个性心灵解放基础上"的"浪漫思潮"的"文学的典范代表"。这样一部堪与李贽《焚书》比思想光辉的文学巨著，它又怎会产生于复古运动席卷文坛的岁月，它又怎能出于一位受复古思潮严重影响的儒学之士笔端？实在令人难以索解。此其五。

　　说吴承恩诗文的思想和形式，都缺乏引异标新，并不等于否定其成就。吴承恩的文学主张虽倾向于"前后七子"，但诗文创作却比较接近于以归有光为代表的唐宋派。明人李维桢说他的诗文："独不类七子友，率自胸臆出之，而不染于色泽，舒徐不迫，而亦不至促弦而窘幅。人情物理，即之在耳目之前，而不必尽究其变"②。这是有眼光的。由于

---

　　① 李贽：《焚书　续焚书》，中华书局 1975 年版，第 99、109 页。

　　② 李维桢：《吴射阳先生选集叙》，吴承恩原著，刘修业辑校：《吴承恩诗文集·附录》，古典文学出版社 1958 年版。

吴承恩能使"去陈言"与"漱芳润"并驾，所以前人说他的诗文："缘情而绮丽，体物而浏亮，其词微而显，其旨博而深。"①这并非过誉。由于吴承恩能将"谢朝华"与"畜多识"齐驱，所以前人说他的创作："盖诗在唐与钱、刘、元、白相上下，而文在宋与庐陵、南丰相出入。至于扭织四六若苏端明，小令新声若《花间》、《草堂》，调宫徵而理经纬，可讽可歌，是偏至之长技也。大要汝忠师心匠意，不傍人门户篱落，以钓一时声誉，故所就如此。"②或云："《明堂》一赋，锵然金石。至于书记碑叙之文，虽不拟古何人，班孟坚、柳子厚之遗也；诗词虽不拟古何人，李太白、辛幼安之遗也。"③这虽然有失过誉，"师心匠意"或"不拟古何人"云云，亦未必正确，却也道出了吴承恩的诗文创作，实际高过"前后七子"的地方是在于：上自汉魏盛唐，下至宋元诸家，靡不出入其间，师兼众长而不拘一格。惟其如此，所以在艺术风格上，有汉魏的古朴，有盛唐的豪放，有晚唐的清丽，也有元、白的平易。尽管未能熔铸变化，自为一家，但还是可以看出，幽默诙谐豪纵奔放的风格比较显著些。冒广生云："汝忠文未脱明人习气，然在当时已称巨擘。"④实可称之为定评。然而，吴承恩的幽默诙谐豪纵奔放的艺术风格，却又与世德堂本《西游记》的"跅弛滑稽"殊不类。吴承恩的幽默诙谐，主要表现为一种婉而多讽，这可以为儒家温柔敦厚的诗教所容纳。《西游记》的"跅

---

① 陈文烛：《吴射阳先生存稿序》，吴承恩原著，刘修业辑校：《吴承恩诗文集·附录》，古典文学出版社 1958 年版。

② 李维桢：《吴射阳先生选集叙》，吴承恩原著，刘修业辑校：《吴承恩诗文集·附录》，古典文学出版社 1958 年版。

③ 陈文烛：《吴射阳先生存稿序》，吴承恩原著，刘修业辑校：《吴承恩诗文集·附录》，古典文学出版社 1958 年版。

④ 冒广生：《射阳先生文存跋》，吴承恩原著，刘修业辑校：《吴承恩诗文集·附录》，古典文学出版社 1958 年版。

弛滑稽", 主要表现为一种浪谑笑虐, 这与儒家温柔敦厚的诗教却情同冰炭。如果说"风格"即人的话, 那么, 前一位是虽性喜谐谑, 而合矩自然, 不破其觚; 后一位是既性喜谐谑, 而又不循规矩, 不遵礼度。这在当时, 恐怕只能作如是解。此其六。

再退一万步说, 世德堂本《西游记》就算为吴承恩所撰, 那么, 吴承恩又作于何时呢? 阮葵生认为: "射阳才士, 此或其少年狡狯, 游戏三昧, 亦未可知。"① 然而, 青少年时期的吴承恩正孜孜不倦于举业, 吴廷器老先生也在望子成龙以改变他这个"卖采缕文縠"者的门楣。苏兴先生等认为书成于吴承恩壮年时期。然而, 壮年时期的吴承恩著《禹鼎志》, 尚且是"日与懒战, 幸而胜焉, 于是吾书始成"。怎么又突然心血来潮, 奋而勤于撰写起百回大文来了呢? 更何况此时此刻的吴承恩, 又念念不忘背水一战于场屋。刘大杰先生等文学史家认为书是吴承恩晚年时期所著, 这倒有点像。吴国荣《射阳先生存稿跋》云: 汝忠辞官"归田来, 益以诗文自娱。十余年, 以寿终"。吴承恩辞官归田, 已六十多岁, 世事看得多了, 必有感于怀, 满可以写一部小说, 且小说在当时又属于吴国荣所说的"益以诗文自娱"的"文"的范畴。然而, 一位白发苍苍的儒士能写出这么一部浪谑笑虐以恣肆, 堪称中国甚至世界儿童文学的永恒典范之作来吗? 那么, 有没有可能书成于吴承恩某一时期据某一祖本点石成金式的最后改定呢? 一部《吴承恩诗文集》又在证明: 他虽然具备这种文学天才, 却不具备那种思想高度。此其七。

要是我们所列举的这七点, 并不是臆测, 还是比较符合实际, 那

---

① 阮葵生:《茶余客话》卷21, 吴承恩原著, 刘修业辑校:《吴承恩诗文集·附录》, 古典文学出版社1958年版。

么，世德堂本或思想与之相同的旧本《西游记》，若果真为吴承恩所撰，当属天上人间奇迹中的奇迹了！

五、说今见外证材料不能证明世德堂本为吴承恩作，此书最后改定者是华阳洞天主人

《吴承恩诗文集》与世德堂本《西游记》，二者的思想与风格相异若此，要证明世德堂本《西游记》确为吴承恩所作，就得有分外过硬的外证和旁证材料。然而，令人失望的是，鲁迅和胡适当年考证世德堂本《西游记》为吴承恩所著，却主要是根据一条两说皆可的孤证，那就是本文开端所征引的天启《淮安府志》的记载。苏兴先生认为章培恒先生提出"百回本《西游记》是否吴承恩所作"是"旧事重提"，并系统地论说了自己对这一问题的看法。双方所用的材料大体相同，也就是今天所能见到的那些，但对材料的认识却不相同。照笔者看来，双方都不是在一般性的"旧事重提"，都是在对百回本《西游记》的著作权问题予以重新论证。在是否为吴承恩所作这一点上，笔者基本赞同章先生一些有关的看法。但是，笔者还认为：华阳洞天主人不仅是世德堂本的校者，而且极有可能是世德堂本的最后改定者。如果此说能成立，那么，百回本《西游记》的著作权就应归华阳洞天主人。因为要不是他的点石成金式的最后改定，便没有作为明代四大奇书之一的《西游记》。兹略申鄙见，以就教于方家。

其一，天启《淮安府志》，证明不了百回本《西游记》为吴承恩所作。

天启《淮安府志》纂修于 1626 年，距吴承恩谢世约四十四年，距《射阳先生存稿》四卷刊刻三十七年，距世德堂本《西游记》问世三十四年。三十四年间，先后有清白堂本与李卓吾先生批评本等陆续梓行。阮葵生

所谓"是书明季始大行，里巷细人乐道之"①，显然就是这种世德堂本系统的百回本《西游记》。

天启《淮安府志》著录《射阳先生存稿》四卷刻本作"《射阳集》四册□卷"，显然这是由于刻本流传极少，淮安也很少有人收藏，纂修者没有看到原刻本；由此可以看出其工作是一丝不苟的。倘以此例彼，则对吴承恩《西游记》的著录，便不能不发人深思。

凡明本《西游记》，皆只署"华阳洞天主人校"。如果天启《淮安府志》著录于吴承恩名下的《西游记》是那百回本《西游记》，当据淮安家喻户晓此书为吴承恩所作。既然如此，纂修者于著录时纵然不略陈原委，也会说明是多少卷或多少回。可见，天启《淮安府志》的未作说明，这本身就是一种说明：与百回本《西游记》不是同一作品。看来黄虞稷《千顷堂书目》载吴承恩《西游记》于史部舆地类，未必出于是因见书名而想当然的误载。

问题还可以从反面看，如果百回本《西游记》确为吴承恩所作，则淮安必交口相传，历久不衰。其情景当如兴化人向来众口一词，谓作《水浒传》的"钱塘施耐庵"，就是他们兴化施氏宗祖施耐庵。可清代淮安学者吴玉搢，却"及阅《淮贤文目》，载《西游记》为先生著"，方结合"书中多吾乡方言"与吴承恩性"善谐剧"予以推论，认为百回本《西游记》乃吴承恩所作。但其主要理由则是："《郡志》谓出先生手，天启时去先生未远，其言必有所本。"足见，在此以前，淮安并无吴承恩作百回本《西游记》的传闻。看来，因见书名而想当然的，倒是吴承恩作百回本《西游记》说的首倡者吴玉搢。

---

① 阮葵生：《茶余客话》卷21，吴承恩原著，刘修业辑校：《吴承恩诗文集·附录》，古典文学出版社1958年版。

其二，不要把百回本《西游记》的语言风格当作拆碎了的七宝楼台；否则，不仅无助于考证其作者为谁，而且会导致歧路亡羊。

凡是文学巨著，其语言现象大多是丰富多彩的，来源也是多渠道的。《金瓶梅》里有山东方言，有温州方言，也有广东方言；《红楼梦》里有北方方言，有下江官话，还有吴语方言，便是明证。不同色彩的方言交错于天才作家的笔端，犹如高低不同的音符交织成和谐的乐曲，汇而形成语言风格诸元素中的一种元素。因此，说风格即作者其人，那是有道理的；说方言即作者原籍，却未必正确。《暴风骤雨》中多东北方言，可作者却是湖南人，便是最好的证明。当然，倘用筛选法考证作者为谁，认为作《暴雨骤雨》者当是懂东北方言的；否则，便鲜有可能是此书的作者，那无疑是可以的。我们对百回本《西游记》的语言风格与方言等的关系，也应作如是观。那么，具体说来，百回本《西游记》的语言风格，究竟有什么特点呢？它又昭示出作者究竟是位什么样的人物呢？这可以从如下几个方面看问题。

一是，从语言现象看，主要是下江官话与吴语的融汇；反映为散文部分既有两种方言的运用，韵文部分也有以两种方言押韵的情况。这说明作者虽不一定是这两种方言区域的人，但对这两种方言都比较熟悉。苏兴先生认为：“《西游记》中的方言不可能专属之淮安，清初的黄太鸿说《西游记》‘篇中多金陵方言’（《西游记证道书跋》），证明书中的方言亦通于南京。……阮葵生讲得相当具体，书中的方言俚语，是淮安‘巷弄市井孺妇皆解’的，可见淮安的方言俚语，与金陵方言有共同之处，或许与吴语区方言也如此的吧。”这看法是有问题的。淮安方言与金陵方言是同属下江官话，而吴语区方言则自成另一语言系统。吴承恩生活于交通比较闭塞的淮安，虽曾游过杭州，并曾做过一年长兴县丞，实鲜有可能熟悉吴语方言，并运之于自己的笔端。

二是，从叙述者语言和人物语言来看，好在似是插科打诨的语言形式里融入下层人民的生活情致和爱憎感情，形成一种"跅弛滑稽"的讽刺喜剧性情调与令人忍俊不禁的艺术境界，借以百般讽刺揶揄世态，让人们在笑声中憎恨丑恶、净化灵魂。这说明作者不是一般的"善谐剧"，而且是"跅弛滑稽之雄"。"跅者，跅落无检局也。弛者，放废不遵礼度也"①。天启《淮安府志》却既没有说吴承恩是位"跅弛之士"，《吴承恩诗文集》里也没有一篇具有"跅弛"意味的作品。令人瞠目结舌的，倒是他在主张以尧舜相传的十六字心传作"传国玉玺"！

三是，从散文部分与韵文部分的关系来看，韵文占的比例很大，一点也不亚于《大唐三藏取经诗话》。除了用以写景状物与描写战斗场面以外，还或用以叙述人物的身世崖略，或用以归纳前面的情节，或用以提挈引出下文，或用以宣讲似是而非的佛理。凡此等等，真是不一而足，甚至在人物对话中亦间杂有顺口溜；并且大多写得极为风趣，用韵宽而又宽，明显地具有说说唱唱的特点。这说明作者不是一般地旁通通俗文艺的文人学士，简直是一位学识广博的通俗文艺工作者。《吴承恩诗文集》里也有一篇通俗文艺作品，就是那首《钵池山劝缘偈》，却写得那么乏味，以至于感到是一位老和尚在敲着木鱼化缘。两相对照，风格完全不同。

四是，从全书风格与局部风格的关系来看，全书的风格基本是一致的，组成全书的三大部分的各自风格也是大体相同的。但是，即便同属西天取经故事的四十一个小故事，这一自成格局的小故事与那一自成格局的小故事却间然显出风格上的差别。这显然是由于世德堂本不是成

---

① 语出《汉书·武帝纪》元封五年诏。转引自章培恒：《再谈百回本〈西游记〉是否吴承恩所作》，《复旦学报》1986 年第 1 期。下文引章先生观点均见此。

于一人的独力创作，而是成于一人的点石成金式的最后改定。这一最后改定者也不可能是吴承恩。道理很简单，如果此书是成于这位多少带有道学气的儒生之手，那么，书中不可能没有"陈光蕊赴任逢灾，江流僧复仇报本"一类的故事情节。只有"跅弛之士"，才会将它废置而不予采用。

　　照我看来，明代的文人，不论其学识的深浅或地位的高低，皆曾自幼读过子曰诗云，并曾学过八股制艺。时代思潮虽有可能使某某成为"跅弛之士"，却鲜有可能使某某成为"滑稽之雄"。因此，世德堂本《西游记》语言风格中的滑稽性是其祖本所固有的，而这种祖本可能是民间"佛陀"讲经时据以说惩恶劝善故事用的一种底本。这种民间"佛陀"讲经，直到新中国成立前夕，在我的故乡江苏还很盛行。"佛陀"是世传的，也带弟子，实际上是种民间艺人。到人家作佛事，白天讲佛经故事，说说唱唱，还比较严肃些；夜晚讲惩恶劝善故事，说说唱唱，则令人笑口常开。因此，虽说是通常人家在作佛事，实际上是一种民间娱乐形式。祖本《西游记》语言风格的滑稽性，便是这种民间艺人师徒辗转相传讲说取经故事的结果。这倒不是我在瞎猜，《朴通事谚解》所载之《西游记》中的孙悟空形象，便显得比《大唐三藏取经诗话》中的猴行者形象滑稽，可资旁证。世德堂本的最后改定者，既承继了这一语言风格而同时又赋予它以"跅弛"的精神。这种改定，就叫作衔山抱水建来精，当然是儒学之士吴承恩所万难做到的。苏兴先生认为：吴玉搢以吴承恩"善谐剧"与"书中多吾乡方言"作旁证，证明百回本《西游记》为吴承恩所作，是"严密而唯物的""逻辑思维"。这显然是把问题说反了，吴玉搢由于思想的片面性，是在以现象代替本质，以局部代替整体，是种不可取的方法。

　　其三，想以《禹鼎志序》和《二郎搜山图歌》作旁证，证明百回本《西游记》为吴承恩所作，那更是南辕北辙。

《禹鼎志序》说："余幼年即好奇闻。……比长好益甚，闻益奇。迨于既壮，旁求曲致，几贮满胸中矣。"并说："虽然吾书名为志怪，盖不专明鬼，时纪人间变异，亦微有鉴戒寓焉。"于是，时贤们更常常引来作为吴承恩著百回本《西游记》的旁证。其实，旧时文人学士"好奇闻"者多多，苏东坡便雅爱听人说"鬼"；借"志怪"以寓"鉴戒"，也早就成为唐前志怪小说的特点。值得我们注意的应是，吴承恩撰《禹鼎志》作《禹鼎志序》，可见《禹鼎志》的刻本必署其名并冠以此序。如果百回本《西游记》为吴承恩所作，那么《禹鼎志》与之相比，则又显然不足称道。既然如此，刻本焉有不署其名与不冠以自序之理！然而，陈元之序说得明白：世德堂主人唐光禄购得的本子，却是无名氏作品。

不论是无名氏的《二郎神锁齐天大圣》杂剧，还是杨景贤的《西游记》杂剧，都是把大闹天宫的孙悟空作为"老猴精"来否定的，与此同时却以赞颂的笔触描写了二郎神的剿灭花果山。世德堂本《西游记》则不然，它对孙悟空因不满天庭等级秩序而大闹天宫抱以欣赏态度，并对花果山之被二郎神剿毁感到不胜惋惜。李在的《二郎搜山图》，便是取材于取经故事的这一情节。问题是，吴承恩对这一情节抱什么态度？最使他感到快意的却是："猴老难延欲断魂，狐娘空洒娇啼血。"

由此可见，天启《淮安府志》著录的吴承恩《西游记》，即便是一种小说，也不可能是世德堂本式的《西游记》。

其四，要研讨世德堂本《西游记》的成书问题，应高度重视陈元之的序言，此序写得扑朔迷离，大开大阖，似是含有个中人的夫子自道。兹略陈数端，以见一斑。

一是，序云："《西游》一书，不知其何人所为。或曰：'出天潢何侯王之国'；或曰：'出八公之徒'；或曰：'出王自制'。余览其意近跅弛滑稽之雄，卮言漫衍之为也。"

这段话不宜看得太实，似有两种可能性。一是当时确有这类传闻，说的是事实。一是故作烟云模糊法，旨在要人们对世德堂本这部"意近踦弛滑稽之雄"的《西游记》，莫作等闲看，是有来历的。

苏兴先生与章培恒先生理解为前者，但在具体落实三个"或曰"时，则看法不同。

苏先生的着眼点，是在"出八公之徒"上。认为吴承恩曾"有荆府纪善之补"，纪善实际是封建国家安排的闲员，和王府门客没有实质区别，所以"八公之徒"云云，能"为《西游记》作者是吴承恩添一重要佐证"。

章先生的着眼点，是在"出天潢何侯王之国"上。认为纪善虽是闲职，但到底是官员；吴承恩虽曾被任命为荆府纪善，却并无任何资料足以证明其当过某一藩王的门客。认为根据现在所掌握的资料，仅有鲁王府与《西游记》有关；周弘祖的《古今书刻》曾著录过鲁府本《西游记》，陈元之所谓"出天潢何侯王之国"，实是指鲁王府；而吴承恩为鲁王朱颐坦门客的事，到现在为止还是一无资料。所以陈元之序中的这三个"或曰"，"反而对于把百回本《西游记》视为吴承恩的作品颇为不利"。

章先生这一看法，作为驳论，显然是有道理的。笔者还认为：世德堂本《西游记》梓行，距吴承恩去世时不过十来年；世德堂又在离淮安路不甚远的南京，南京又是吴承恩的常游之地；吴承恩虽"屡困场屋"，却非罪臣之属；百回本《西游记》又非《金瓶梅》一类作品，也不像《水浒传》易于引起误会而犯禁。如果吴承恩所著"杂记数种"，其中果真有百回本《西游记》，且因而"名震一时"，陈元之明知作者是这位"淮上名士"，却始则曰"不知其何人所为"，继则又设三个"或曰"并以不那么切合作者身份的典故而"隐约言之"，在理似为不必要，在事似为不可能，在智似属大笨伯。

然而，章先生认为"陈元之所谓'出天潢河侯王之国'，实是指鲁王府"，却不免失之太落实。要知道，鲁府本《西游记》颇有可能是新刻平话本《西游记》。助成我瞎猜的是，朱鼎臣《唐三藏西游释厄传》卷五，"老龙王拙计犯天条"一回有首回末诗，道是："黄河催（摧）两岸，华岳镇三峰。威雄惊万里，风雨振长空。"这首诗，世德堂本里没有，却见于《永乐大典》所载《西游记平话》残文《魏征梦斩泾河龙》，只是改变了其在文中的位置。足见，《西游记平话》在明代万历年间仍在流行，当然不太可能是《永乐大典》纂修时据以引用的刻本。鲁府本《西游记》还有可能是另一种同名的小说《西游记》，助成我这一瞎猜的是，明刻世德堂本系统的《西游记》，皆无"陈光蕊赴任逢灾，江流僧复仇报本"，但在书中提到抚养唐僧的是"迁安和尚"。清代汪澹漪本《西游记》始补上这一回，但抚养唐僧的"迁安和尚"却变成了"法明和尚"，足见其是别有所本。鲁府本《西游记》即便是世德堂本的某一祖本甚或旧本，陈元之如此隐约而言之，恐怕亦醉翁之意不在酒，在着力托出他所珍重的世德堂本而已。所以，也就不能排除这是在故作烟云模糊法。当然，说这有可能是在暗示与世德堂本有关的个中人，曾作过鲁王朱颐坦的门客，那我认为决不是没有道理，它也有助于我们去按图索骥。

二是，序云："旧有叙，余读一过。亦不著其姓氏作者之名，岂嫌其丘里之言与？其叙以为……魔以心生，亦以心摄。是故摄心以摄魔，摄魔以还理。还理以归之太初，即心无可摄。"

如果世德堂主人唐光禄购得的旧本，确是"出天潢何侯王之国"，那照理应有旧序。旧序虽未必"出王自制"，但亦"出八公之徒"；照明人为小说作序之惯例，虽未必用真名真姓，但亦会署个化名或起一别号。可陈元之序却云："旧有叙，余读一过。亦不著其姓氏作者之名。"

这就令人感到有点蹊跷。所以也不宜看得太实，似亦有两种情况。一是，说的是事实。一是，故摆迷魂阵，旨在一来借以从哲学的角度，说些老生常谈，让人们感到一种似有若无的满足，一来想要人们以为"旧序"谅必"出王自制"，只因虽然宝爱此书而终"嫌其丘里之言"，唯恐有失体统而"不著其姓氏作者之名"。要而言之，如果是属于前者，陈元之等辈却弃置如此值得一阅的旧叙而不用，显然是由于旧叙对旧本的评价，与"意近跅弛滑稽之雄"的世德堂本，并不相符。如果是属于后者，显然还是旨在要人们对世德堂本这部"意近跅弛滑稽之雄"的《西游记》，莫作等闲看，是有来历的。这种殊途同归，难道还不值得我们深思吗？

三是，序云："书奇之，益俾好事者为之订校，校其卷目梓之，凡二十卷数千（十）万言有余，而充叙于余。"

若讲求文义之明确，似应紧接"卮言漫衍之为也"之后而于"旧有叙"之前这么落墨："唐光禄既购是书，凡二十卷数千（十）万言有余。"一目了然，这卷数和字数是旧本的篇幅。此处只作："书奇之，益俾好事者为之订校，校其卷目梓之，而充叙于余。"多明确！然而陈元之却不，定要行文如上引。"凡二十卷数千（十）万言有余"，这是旧本原来的卷数和字数呢，还是好事者订校以后所得的卷数和字数？那为之订校而又充叙于陈元之的好事者，他又姓甚名谁，与陈元之是什么关系？凡此，令人粗看似不是问题，细按却囫囵不得其解。与上述行文之烟云模糊处连起来看问题，这种令人囫囵不解之语，难道不值得我们仔细玩味吗？

四是，序云"或曰：'此东野野语，非君子所志。以为史则非信，以为子则非伦，以言道则近诬。吾为吾子之辱。'余曰：'否！否！不然！子以为子之史皆信邪？子之子皆伦邪？……此其书直寓言者哉！彼以为大丹丹数也，东生西成，故西以为纪。彼以为浊世不可以庄语也，故委

887

蛇以浮世。委蛇不可以为教也，故微言以中道理。道之言不可以入俗
也，故浪谑笑虐以恣肆。笑谑不可以见世也，故流连比类以明意。于是
其言始参差而俶诡可观，谬悠荒唐，无端崖涘，而谭言微中，有作者之
心傲世之意。夫不可没也。'"

等到申述自己何以要为世德堂本作序的根由，陈元之对假想"或曰"
的这种驳斥，态度是如此坚决，观点是如此鲜明，言辞是如此犀利，行
文是如此一气呵成，哪有半点烟云模糊处！不惜贬低"史"与"子"而
独尊世德堂本，如此为小说争社会地位，是前人所没有过的，与李贽和
公安三袁如出一辙。论对世德堂本的思想和艺术的认识，亦可谓深得其
中三昧，它使明清两代的数不胜数的评论者均不敢望其项背，直到今天
对我们评论百回本《西游记》仍不失其参考价值。这决不是当时熟读此
书者所能做到的。既然如此，陈元之与世德堂本《西游记》成书的关系，
岂不发人深省！

五是，序还云："史皆中道邪？（子皆中道邪？）一有非信非伦，则
子史之诬均。诬均则去此书非远。余何从而定之？故以大道观，皆非所
宜有矣。以天地之大观，何所不有哉？故以彼见非者，非也；以我见非
者，非也。人非人之非者，非非人之非；人之非者，又与非者也。是故
必兼存之后可。于是兼存焉。"

真是力贬"史"与"子"而独尊世德堂本《西游记》之意未足，故
一咏而三叹之；三叹之而意犹未足，复借庄子的是非观以见贬"经"于
言外！说陈元之也是个"跅弛滑稽之士"，恐怕不算过誉吧！此序显然
不是草草而成，它包含着作者的苦心孤诣。说它对世德堂本的成书，似
是含有个中人的夫子自道，恐怕未必是笔者的向壁虚构吧！

"奇文共欣赏，疑义相与析"。笔者并不是有什么喜成段引用原文的
癖好，实乃唯恐断章取义不得不如此而已。

其五，订校世德堂本的"好事者"，是华阳洞天主人；华阳洞天主人可能是陈元之的知交，更可能是陈元之自己；他不仅是世德堂本的订校者，也是世德堂本的最后改定者。

孙楷第先生认为："世德堂本乃此华阳洞天主人校本，元本也。"[1]这是对的。不言而喻，这里所说的"元本"是初刻本的意思，不是指元代刻本而言。而如果我们对陈元之序的这种论析还有一些道理，那就不难看出：这位订校世德堂本的"好事者"华阳洞天主人，实际上也就是世德堂本的最后改定者。要作进一步探讨的是，华阳洞天主人究竟是谁？

苏兴先生认为："华阳洞天主人是吴承恩好友、有明一代宰辅李春芳的别号。"其证据是：（1）号华阳洞天主人者应是句容人，李春芳的祖籍是句容。（2）吴承恩《赠李石麓太史》诗曾以"移家旧记华阳洞"，点出李春芳与华阳洞的联系；罗洪先《赠李石麓殿撰》诗曾以别号华阳洞主的东方朔比李春芳，道是"曼倩金门身是隐"。（3）李春芳与通俗小说有关一事，明末熟被人知。"《西游记》刻本所以要特意标上校者华阳洞天主人，不过以李春芳的名头为号召以增重书籍的声价而已"。要得出的结论是："所谓明刻本《西游记》的不署作者名而只有校者一节，实不足以否定吴承恩的撰著权，倒反而替吴承恩做了撰著权的印证。"这种看法恐怕难以成立。

旧时认为茅山是金陵洞穴，周回百五十里，名曰"华阳洞天"。茅山君俗称茅山菩萨，是苏南人最崇敬的神祇之一，方圆数百里妇孺皆知，以致千百年来茅山香火不绝。这有《句容县志》可证。一般士子谁也不会自号"华阳洞天主人"，那意味着以茅山君自比。天启崇祯年间的张鳙所以题自己的诗集为《华阳洞主唯心集》，乃是由于他是执掌茅

---

[1]　孙楷第：《日本东京所见小说书目》，人民文学出版社1981年版，第76页。

山的道士，并以其寿高望重而被认为是茅山君第九十七代化世。吴承恩的诗句"移家旧记华阳洞"，不过说李春芳的老家原在风水胜地华阳洞所在的句容县。罗洪先的诗句"曼倩金门身是隐"，也只是誉李春芳若"避世金马门"的东方朔而已。二者用作李春芳状元及第后的赠诗，无非是谓其钟天地之灵秀与具有高洁的人品；压根儿就不能作为"李春芳别号为华阳洞天主人"的证明，因为诗人本无意于别号不别号的问题。反过来说，李春芳是有明一代宰辅，吴承恩是"名震一时"的"淮上名士"，二人又是好朋友，世德堂本《西游记》，既署上"射阳山人撰"，又署上"华阳洞天主人校"，来个双星合璧，相得益彰，传为文坛佳话，岂不更能"增重书籍的声价"！足见，苏兴先生认为："所谓明刻本《西游记》的不署作者名而只有校者一节，实不足以否定吴承恩的撰著权，倒反而替吴承恩做了撰著权的印证。"这就又把问题说反了。

"说起根由虽近荒唐，细按则深有趣味"的，是太田辰夫先生与章培恒先生对"华阳洞天主人"问题的看法。苏轼《杨康功有石，状如醉道士，为赋此诗》云："楚山固多猿，青者黠而寿。化为狂道士，山谷恣腾蹂。误入华阳洞，窃饮茆君酒。君命囚岩间，岩山为械杻。松根络其足，藤蔓缚其肘。苍苔眯其目，丛棘哽其口。三年化为石，坚瘦敌琼玖……"太田辰夫先生认为诗中猴精因偷仙酒而被监禁，很容易使人想起孙悟空在蟠桃宴上偷仙酒而被监禁的事，猴子化为石，也容易使人想起《西游记》中的孙悟空乃是石猴这一点；因此诗中述及的这种传说，当与后来的《西游记》的故事有关。认为诗中的"华阳洞"及"茆君"，实本于《梁书·陶弘景传》："……于是止于句容之句曲山，恒曰：此山下是第八洞宫，名金坛华阳之天，周围一百五十里，昔汉有咸阳三茅君，得道来掌此山"；因此"华阳洞天主人"之号具有游戏性质，"乃是自比茅山君，意味着猴王在其掌握之中"。章先生赞同这一看法，并进而认为:"由于茅君是'来掌此山(华阳洞天所在的句曲山)'的,当然也就是'华阳洞天主人',从而《西游记》的校者以华阳洞天主人的别号来表示其具有跟茅君同样的降伏猿猴的神通,也很有可能。因为,这与《西游记》旧序的'孙,狲也,以为心中之神','魔以心生'、'摄心以摄魔'(见陈元之序引)正相呼应。"① 这里,除了把华阳洞天主人仅看作是世德堂本的订校者,笔者不敢苟同以外,其余皆认为不无道理。需略申浅见的,是如下几点:

一是,世德堂本的订校者以华阳洞天主人自称,这不同于东方朔的自号华阳洞主,东方朔是取胜地以明志;也与张嵲的以华阳洞主作为自己诗集的标题不同,张嵲是依身份以委意。世德堂本的订校者以华阳洞天主人作为自己的别号,"乃是自比茅山君,意味着猴王在其掌握之中","表示其具有跟茅君同样的降伏猿猴的神通"。这种自称自号,显然是由于"彼以为浊世不可以庄语也,故委蛇以浮世。委蛇不可以为教也,故微言以中道理"。足见,它不仅具有"游戏性质",而且具有"跅弛滑稽之雄"的格调。其所以然,就在于"直寓言者哉!"明显地反映出一种匡世之心傲世之意。

二是,世德堂本的订校者之自号华阳洞天主人,虽然是故意以猴王在其掌握之中的茅山君自比,然而对在其掌握之中的猴王的态度和方略却是一反传统的。他既反对茅山君对猴王囚之三年以令"化为石",又反对玉帝对猴王假仁义之名而实欲弥缝禁锢之,也反对唐僧对猴王乱念紧箍儿咒而弄得对敌慈悲对友刁。他认为对猴王应"摄心以摄魔,摄魔以还理"。所谓"摄心以摄魔",就是:一方面不可灭掉猴王的"天不

---

① 章培恒:《再谈百回本〈西游记〉是否吴承恩所作》,《复旦学报》1986年第1期。太田辰夫的看法,转引自此文。

拘兮地不羁"的天性，另一方面又不可任其自然而发展为反性。所谓"摄魔以还理"，就是：一方面应该检束猴王的身心以免其产生不轨行为，另一方面又应该录之用之而使其能充分发挥应发挥的作用。凡此，也就是他在作品中对待孙悟空的态度和方略，而这种对待孙悟空的态度和方略，实际也寓言般地反映了他认为当政者对那些胆气压乎群类的人才所理应采取的态度和方略。凡此，也就是陈元之序所说的"道之言不可以入俗也，故浪谑笑虐以恣肆。笑谑不可以见世也，故流连比类以明意"，并使其"意近迹弛滑稽之雄"。这不是把作者与校订者作等量齐观了吗？要知道，明清时期校订小说与校订诗文不同。校订诗文要求有版本上的根据，而校订小说则可以捉刀斧正。毛本《三国演义》与罗本《三国志通俗演义》之异同，便是证明。

三是，既然世德堂本的校订者是要"以华阳洞天主人的别号来表示其具有跟茅君同样的降伏猿猴的神通"，抱负如此，那么，由他校订出来的本子，在思想倾向与性质上，便既有可能与旧本是一致的，也有可能已产生了点石成金式的演化。能否推知是哪一种呢？从前面我们已经指出的世德堂本所存在的罅漏及其成因来看，从前面我们已经指出的世德堂本与其他以取经故事为题材的作品相比与众所不同来看，结论当是后者。也正因此，笔者认为华阳洞天主人是世德堂本《西游记》的最后改定者，亦可称之为作者，其拥有著作权是不应怀疑的。陈元之序云："于是其言始参差而俶诡可观，谬悠荒唐，无端崖涘，而谭言微中，有作者之心傲世之意。"这也完全可以用来说华阳洞天主人对旧本的最后改定。

应回过头来再看看陈元之的序，时而写得扑朔迷离，时而写得旗帜鲜明，思想可谓深得世德堂本之三昧，并可以用来说华阳洞天主人。惟其如此，所以笔者认为：与其说华阳洞天主人是他的熟人，毋宁说是他的知交；与其说是他的知交，毋宁说是他自己。序署真名，校署别号，摇曳见态，也是旧时文士所惯用的一种方法。

陈元之，秣陵（即今南京）人。南京是明代旧都，江南政治、经济、文化中心，各地人员混杂，虽属下江官话区，却距吴语区近在咫尺，然则百回本《西游记》中下江官话与吴语交汇的现象，亦可获得合理的解释。

六、结语

文章够长的了，该赶快刹住。说句打趸的话：与其无视百回本《西游记》的思想和风格与《吴承恩诗文集》皆大相径庭，仅根据天启《淮安府志》上的一条语焉不详的记载，便把其著作权归于吴承恩，毋宁根据明刻本《西游记》皆只署华阳洞天主人校，而将其著作权归于华阳洞天主人。要弄明白的是：华阳洞天主人究竟是谁？因陈元之序深得作品之三昧，故疑校者序者为同一人。这就是我的结论。当然，在问题最后弄清之前，把吴承恩暂且作为百回本《西游记》作者的"代号"，那还是可以的。

第十三章 论《水浒传》和《西游记》的神学问题

想将《水浒传》和《西游记》作一比较研究，已非一朝一夕。因为我认为《水浒传》和《西游记》虽一为亚历史小说①，一为神魔小说，但二者的可比性并不亚于同为世情小说的《金瓶梅》和《红楼梦》。

何以言之？两部作品都是英雄传奇，一也；其英雄人物皆具亦"神"（"正"）亦"魔"（"邪"）的社会属性，二也；其思想性质和情节组成皆反映了宋元以来江湖文化和儒释道三教文化的碰撞与融汇，三也；其创作本旨皆属治平求索而益之以不同程度的宗教光环，四也。

正因如此，所以笔者拟以《水浒传》和《西游记》的神学问题作切入点，比较这两部作品的思想意蕴和审美意蕴的异同，论证书中所肯定的"神道"实际上是别一种"人道"：究其实，是作者接过了《易·观·彖》的观点而运之于笔端，即所谓"大观在上，顺而巽，中正以观天下。……观天之神道，而四时不忒，圣人以神道设教而天下服矣。"

一、说英雄人物的神性与魔性问题

《水浒传》和《西游记》中的英雄人物，既具"神性"的特点，又具"魔

---

① 鲁迅《中国小说史略》将《水浒传》列为"元明传来之讲史"。龚开《宋江三十六赞》中的宋江三十六人故事当属"说铁骑儿"，故以"亚历史小说"称《水浒传》似较为贴切。

性"的特点，明显地呈现出一种"神"──外"魔"内"神"──"神"否定之否定三段式生命历程。其"魔性"的一面是君主外铄于彼的，驱之使然的，因而是浅层面的。其"神性"的一面是上苍内铄于彼的，天性使然的，因而是深层面的。二者流动不居而一以定之于他们的际遇，这就是我所看到的作者笔端的英雄人物的事功。执柄者用之则社稷从今化为礼乐笙镛治，弃之则乾坤由此变作兵戈剑戟丛，这就是作者通过他笔端英雄人物的上述三段式生命历程所欲晓谕的哲理，而其深沉的感叹亦寓焉！

打开容本和袁本《水浒传》，其第一回赫然写着："张天师祈禳瘟疫，洪太尉误走妖魔。"该回与开卷的"引首"实际上是二而一的，都是小说的"楔子"，具有"敷陈大义"、"隐括全文"的作用。金圣叹将其合二而一，作为金本的"楔子"置于全书的开端，可谓深得施耐庵创作意旨之个中三昧。现在就让我们通过对这一"楔子"的解剖，以略窥《水浒传》的思想意蕴与"神道描写"的关系。

其一，该"楔子"写二龙山主持真人对"伏魔之殿"的解释，道是："此乃是前代老祖天师锁镇魔王之殿。"写洪太尉令火工道人打开地穴时之初所见，道是："那一声响亮过处，只见一道黑气，从穴里滚将起来，掀塌了半个殿角。"不言而喻，"黑气"乃"魔君"之象。写洪太尉"误走妖魔"的后果，道是："直使宛子城中藏猛虎，蓼儿洼内聚飞龙。"凡此，皆言梁山好汉是杀人越货的绿林豪杰，"闹遍赵家社稷"的草莽英雄。证之于整个作品：他们不只曾三打祝家庄，两打曾头市，攻克大名府，还曾公然与朝廷发来的兵马对垒，两赢童贯，三败高俅，将朝廷精兵消灭殆尽。凡此等等，这从正统立场看问题，他们当然是"魔君"无疑，而施耐庵却认为他们好就好在是"与之盗名而不辞，躬履盗迹而无讳者也。岂若世之乱臣贼子，畏影而自走，所为近在一身，而其祸未尝不流四海！"①所以处处以欣赏的笔触将他们写成与腐败的官府相对立的绿林豪客。那"海盗"说即由是而滋。

其二，该"楔子"写及殿内石碑上凿着"遇洪而开"时有段作者评述，其文云："却不是一来天罡星合当出世，二来宋朝必显忠良，三来凑巧遇着洪信，岂不是天数？"写及洪太尉令火工道人打开地穴之终所见时有段描述，其文云："那道黑气直冲上半天里，空中散作百十道金光，望四面八方去了。"不言而喻，"金光"乃"星君"之象。写及"教三十六员天罡下临凡世，七十二座地煞降在人间"时曾以诗为证，其颈联云："水浒寨中屯节侠，梁山泊内聚英雄。"凡此，皆言一百零八人是"忠为君王恨贼臣"的志士，"替天行道"的草泽仁人。证之于整个作品：他们身居水浒，心系社稷，把一座时人心目中的强盗山寨变作"替天行道"的仁义机关；他们虽然也冲州撞府，但想的是"酷吏赃官都杀尽，忠心报答赵官家"。他们"同存忠义于心"，将"平虏、保境、安国"作为自己的人生目标，于两赢童贯、三败高俅之日，不仅没有乘胜"杀去东京，夺取鸟位"，反倒将它用作谋求招安之时；他们同功同过同死同生，卒至于犯大难，英魂亦同聚蓼儿洼，卫护一方百姓。其忠于君仁于民义于友如是，"则谓水浒之众，皆大力大贤有忠有义之人可也"②。难怪施耐庵要颂之曰："天罡尽已归天界，地煞还应入地中。千古为神皆庙食，万年青史播英雄。"那"弭盗"说亦由是而兴。

其三，该"楔子"所以一再点明洪太尉误走的"妖魔"乃"三十六天罡，七十二地煞"，显然是有深意的。我们知道，道教谓北斗丛星中有三十六个天罡星，每个天罡星各有一个神将，合称"三十六天罡"；

---

① 此系周密对龚开《宋江三十六赞》中梁山好汉的看法，见《癸辛杂识续集》，窃以为可以借来说施耐庵对梁山好汉的评价。

② 李贽：《焚书 续焚书》，中华书局1975年版，第109页。

道教又谓北斗丛星中有七十二个地煞星，每个地煞星也各有一个神将，合称"七十二地煞"。道士斋醮作法时，常召请三十六天罡与七十二地煞神将下凡驱魔，事见《道藏》三一三册《上清天枢院回车毕道正法》等。天罡又是丛辰名，为月内凶神，说见《海琼白真人语录》卷二《鹤林法语》等。这是由于"道教源于各种各样的民间信仰，而这些民间信仰的中心，是从古至今在中国人中有广泛影响的万物有灵论"①。其中的星辰崇拜古来虽一，但各地星神传说有殊，且互为影响，交错衍绎，实事有必然。因此，《水浒传》于"楔子"中将三十六天罡和七十二地煞写成浑身"魔气"的"神煞"，当是"驱魔神煞"说与"月内凶神"说在民间传说中的混一。然而，施耐庵实际强调的，则是三十六天罡和七十二地煞作为驱魔之"神煞"的一面，认为这是他们的本质属性，所以纵然在"楔子"中亦有"黑气散作百十道金光"之说，虽标目为"洪太尉误走妖魔"。因此，《水浒传》以三十六天罡和七十二地煞附会梁山一百零八将，不只真切地反映了宋代外敌凭陵，国政弛废，民众转思草泽的心理，且创作本旨亦寓焉，那就是要告诉人们：梁山一百零八将乃天罡地煞临凡殄灭奸邪的英豪，却反为奸邪逼上梁山沦为盗寇；谋求招安后满以为可以"统豺虎，御边幅"，不料又惨遭奸邪暗算，以致"煞曜罡星今已矣，谗臣贼子尚依然"，宋室国将不国。从而总结了北宋何以亡于金的历史教训，谱写了一曲令人热耳酸心的乱世忠义的悲歌。论者把这种"无恶不归朝廷，无美不归绿林"，说成是作者旨在"诲盗"或"弭盗"，皆只不过是据作品的两个不同方面的客观效果所作的臆断而已！

与《水浒传》这种对英雄人物生命历程的写法异曲而同工的，是《西游记》。

---

① ［日］窪德忠：《道教诸神》，萧坤华译，四川人民出版社1989年版，第28页。

《西游记》似乎没有"敷陈大义"、"隐括全文"的"楔子",实际上是有的;而且与《水浒传》的写法如出一辙,只是专家学者没有注意而已。《西游记》的"楔子",是第八回"我佛造经传极乐,观音奉旨上长安"。其所以被置于第八回,原因是:宋元取经故事是以弘扬佛法为指归的宗教文学,所以据《朴通事谚解》可知,已佚《西游记平话》开卷第一回是写佛祖说法灵山,最后一回是写唐僧诸人正果西天宝莲座下听经文,《西游记》的祖本当亦如是,则"我佛造经传极乐,观音奉旨上长安"原本就是《西游记》祖本的第一回,具有"敷陈大义"、"隐括全文"的"楔子"作用,明矣!《西游记》实际是孙悟空的个人英雄传奇,所以作者更动了传统的结构方式,把孙悟空"大闹天宫"提到全书的开端,并用了七回的篇幅将一个宗教故事改写为神话故事,又因元人杂剧有将"楔子"置于第一折之后并使之起过渡性作用的写法,所以《西游记》作者便仿之以施墨,亦明矣!

要之,《西游记》第八回与《水浒传》开卷"楔子"在思想和写法上"心有灵犀一点通",乃是不容置疑的事实。这集中反映在对英雄人物三段式生命历程的敷陈上。

该回写观音于途中剃度的第一个魔王,是个"獠牙撑剑刃,红发乱蓬松"的怪物。他就是后来正果西天成为金身罗汉的沙和尚。当时他正栖身流沙河,"在此间吃人无数",其中便有"几次取经人"。不意撞着观音,他陈情道:"我不是妖邪,我是灵霄殿下侍銮舆的卷帘大将。只因在蟠桃会上,失手打碎了玻璃盏,玉帝把我打了八百,贬下界来,变得这模样。又教七日一次,将飞剑来穿我胸胁百余下方回,故此这般苦恼。没奈何,饥寒难忍,三二日间,出波涛寻一个行人食用。"却原来他是个名列云班的天将为妖是迫于无奈!

该回写观音途中剃度的第二个魔王,是个"卷脏莲蓬吊搭嘴,耳如蒲扇显金睛"的丑八怪。他就是后来正果西天当了净坛使者的猪八戒。当时他正占了福陵山,想"捉个行人,肥腻腻的吃他家娘!"不意撞上观音,他诉苦道:"我不是野豕,亦不是老彘,我本是天河里天蓬元帅。只因带酒戏弄嫦娥,玉帝把我打了二千锤,贬下尘凡。一灵真性,竟来夺舍投胎,不期错了道路,投在个母猪胎里,变得这般模样。是我咬杀母猪,可(嗑)死群彘,在此处占了山场,吃人度日。不期撞着菩萨,万望拔救,拔救。"却原来他是个品位甚高的神灵,虽被惩已身如畜类,而求善之心未泯!

该回写观音途经五行山曾特留残步看望了一个压在山下的猴王,就是那搅乱蟠桃会大闹天宫的齐天大圣。猴王不胜感激道:"我已知悔了。但愿大慈悲指条门路,情愿修行。"观音闻得此言,满心欢喜,与他摩顶受戒,并委之以重任,令保唐僧取经,以求"法轮回转,皇图永固",最后他果然正果西天成为斗战胜佛。那么,这猴王他最初是不是个妖怪呢?书中说得一清二楚:他是"仙山"花果山顶上的一块"仙石"孕"天真地秀,日精月华"而生的一个"天产石猴"。既然所秉皆"正",又怎能是"魔"!然而,他有个天生不幸,那就是:形体是"猴",而不是"人"。道教因受儒家封建等级观念的影响又僵死地最讲究"人兽之界",而灵霄殿又实乃尘间金銮殿在天国的投影,所以纵然他已炼就"七十二般真功果,长生不老大法门",可在灵霄殿上的君臣心目中,却依然是个不入品位的"地上妖仙"。玉帝始则封他为弼马温,继则又给他一个齐天大圣的空衔,这在满殿文武看来,已是"大慈大仁",可他却"官封弼马心何足,名注齐天意未宁",一心想凭自己的本事争得个与名列云班的仙卿们平起平坐的平等地位,而这一契合点在天庭既定宗法等级秩序中又压根儿不存在,于是他便愤而想取玉帝而代之,自己面南而坐。其结果当然是只能引起天上神佛共怒,以致为"我佛慈悲"的如来罪判"无期徒刑"压于五行山下。因此，他的所谓"知悔"，实际上是"知悔"不该高喊"皇帝轮流做，明年到我家"，而并非他那身上的"老孙派头"，只不过观音在起用他之后能束之戒之勉之助之谅之容之而已！无孙悟空，唐僧到不了西天；无观音，孙悟空不能尽其器能。管仲从狱官手里被释放而提举出来，鲍叔由此而千百年来为人们传颂不已。观音未经如来许可而起用孙悟空于囚中，其胆识足可与鲍叔并驾！可见这第八回之体现作者创作本旨的重要。

该回写观音在途中还曾救过一条孽龙，这就是后来正果西天封为"八部天龙"的玉龙。他本是西海龙王敖闰之子，因纵火烧了殿上明珠，其父表奏天庭，告了忤逆；玉帝把他吊在空中，打了三百，不日遭诛。观音将他救下，留待与取经人做个脚力。作为取经队伍的实际组织者和领导者，其周密如是，又怎能叫人不三呼"菩萨"！

要而言之，该回写观音于途中剃度的三个魔王和一条孽龙；玉龙固然本是条"神龙"，猪八戒与沙和尚本来也是个名登仙谱的"天将"，纵然是被认为罪大恶极的"妖猴"孙悟空，亦是个孕"天真地秀"而生的"天产石猴"。孙悟空、猪八戒、沙和尚所以成为妖魔，或占山为王或据水为霸，或自封"齐天大圣"或以"吃人度日"，皆由于玉帝或恪守成法而"不会用人"，或过于严刻而滥施刑宪，以致如是。玉龙所以会被"告了忤逆"，"不日遭诛"，盖亦由于乃父西海龙王敖闰之不慈，玉帝之喜"以理杀人"。他们一旦为观音量才录用，莫不各尽其能，各操其守，皆在以造福生灵造福社稷为宗旨的取经事业中以自己的功德正果西天。一言以蔽之，玉帝将"神"变成"魔"，观音将"魔"变成"神"，成了作者笔端英雄人物的三段式生命历程。

还应知道，平话《西游记》和杂剧《西游记》皆言孙悟空是"老猴精"，既好色而又吃人成性。平话说猪八戒是土生土长的"黑猪精"，杂剧说猪八戒是私自下凡的"摩利支天部下御车将军"。平话如何定沙和尚被谪流沙河，又如何写玉龙问罪当斩，已无从知晓；杂剧说沙和尚被谪流沙河是由于他"带酒思凡"，说玉龙法当斩罪是由于他"行雨差迟"。还有，平话和杂剧写猪八戒与沙和尚的皈依佛门，亦并非观音与之剃度。凡此，也大致反映了元代取经故事中唐僧四位弟子的来历。

两相对照，问题就分外清楚：平话和杂剧是既歌颂了玉帝，又歌颂了观音；小说却无美不归观音，无恶不归玉帝，而此乃作者的匠心独运。

显而易见，《西游记》的这种"无美不归观音，无恶不归玉帝"与《水浒传》的"无美不归绿林，无恶不归朝廷"在思想上是一脉相承的，皆旨在说明：面对梁山好汉和孙悟空式的英雄人物，设若"弃置此等辈有才有胆有识者而不录，又从而弥缝禁锢之，以为必乱天下，则虽欲不作贼，其势自不可尔"。设若"用之为虎臣武将，则阃外之事可得专之，朝廷自然无四顾之忧矣"[①]。因此，就"出世"与"入世"来说，两位作者都是儒家的用世；就思想组成来说，都深层地反映了一种江湖文化与儒家文化的碰撞和融汇，而释道二教思想对作者价值观念的影响则是浅层次的，就思想性质来说，《水浒传》既非叛逆文学，《西游记》亦非宗教文学，两部作品皆依然是属于讽喻文学的范畴，不妨称之为"形象的谏疏"。因而，它们施于点示英雄人物三段式生命历程的笔墨："神"——外"魔"内"神"——"神"，显然是种借神道以设教的讽喻方式，个中包蕴著作者的愤懑和憧憬，切不可被瞒蔽了去，以为是在宣扬释道二教的宗教思想。当然，假若说没有"三世生命观"，恐怕就不会有《水浒传》和《西游记》的这种神道设教，这一宗教思维对创作艺术表现方法拓展

---

① 李贽：《焚书 续焚书》，中华书局1975年版，第157页。

之功不可没，那是完全正确的。

二、说"神谕"和"圣谕"亦即作者的自谕

《水浒传》和《西游记》写英雄人物三段式生命历程，主要是写他们的"今世"生命历程，其"前世"和"来世"生命历程在作者笔端只是个点到为止的"序曲"和"尾声"。书中英雄人物的内"神"而外"魔"的性情，正是对现实生活中草泽忠良立身处世的写真。那以宋江为首的梁山好汉固然是绿林豪客，以孙悟空为首的唐僧弟子实际上又何尝不是江湖节侠！因此，他们的价值观念使他们的行止，不只常有悖于儒家的世俗伦理道德，而且常有违于释道的宗教伦理道德，是为江湖文化与儒释道三教文化的碰撞。于是，小说作者作为创作的主体，便借助于神佛的名义和意志，并直接以"神谕"的方式，一则以匡范英雄人物的人生道路，一则以为英雄人物的公义观念作辩护，一则以褒扬英雄人物的立功立德众志成城，从而喻示自己的创作本旨。这种神道设教的方式和作用，在明清长篇小说创作中具有普遍性，其中"忠义"类的作品尤其如此，甚至可以说是明清长篇小说创作中具有规律性的特点，而长期以来却被专家学者们视为宣扬宗教迷信的糟粕，所以不可不略予陈说。"予岂好辩哉？予不得已也。"

其一，借"神谕"以匡范英雄人物的人生道路：这实际上反映了作者期望绿林豪杰出来匡扶社稷而统治者亦能尽其器能。

《水浒传》作者对梁山好汉人生道路的匡正，主要有三次。一是，隐喻式的，亦即前面提到的"楔子"中所谓"一道黑气"，"散作百十道金光"，实际上这是作者在为梁山好汉们未来的人生道路铺设总的轨道。二是，面谕式的，亦即第四十二回"还道村受三卷天书，宋公明遇九

天玄女"，写九天玄女面谕宋江："宋星主，传汝三卷天书，汝可替天行道：为主全忠仗义，为臣辅国安民。去邪归正。他日功成果满，作为上卿。"何谓"还道村"？显然它是与宋江上山前酒后曾题"反诗"于浔阳楼相对而言的，其诗有云："他时若遂凌云志，敢笑黄巢不丈夫。"足见，实际上这是作者在为初上山的宋江设计今后的人生道路。三是，天示式的，亦即第七十一回"忠义堂石碣受天文，梁山泊英雄排座次"，写天降镌有天文的石碣："侧首一边是'替天行道'四字，一边是'忠义双全'四字。顶上皆有星辰南北二斗……前面有天书三十六行，皆是天罡星。背后也有天书七十二行，皆是地煞星。下面注着众义士的姓名。"那金圣叹说这是宋江和吴用合谋搞的鬼，哄骗众好汉的。实际上这是作者在梁山兵强马壮之时，借"天"的名义和意志晓谕梁山好汉的他们应走的人生道路。

　　要指出的是，这种以神道设教匡范梁山好汉的人生道路，并非始于施耐庵，早在《宣和遗事》中就是如此，而且在不足四千字的短短篇幅里两见，一曰宋江上山前得九天玄女天书，书末有一行字写道："天书付天罡院三十六员猛将，使'呼保义'宋江为帅，广行忠义，殄灭奸邪。"一曰宋江上山后，吴加亮向宋江说："是哥哥晁盖临终时分道与我：'从政和年间朝东岳烧香，得一梦，见寨上会中合得三十六数。若果应数，须是助行忠义，卫护国家。'"把"聚义厅"改为"忠义堂"，将"替天行道"杏黄旗插上梁山，其始作俑者也不是施耐庵，元人水浒故事早就如此，例如无名氏《争报恩三虎下山》杂剧便明确无误地写道："忠义堂高搠杏黄旗一面，上写道：'替天行道宋公明。'"骂施耐庵"搞修正主义，宣扬投降"，实在冤枉了这位天才作家。他的《水浒传》只不过是继承并发展了南宋以来水浒故事的忠义思想而已，而这一忠义思想又正反映了北宋末年以来，民族矛盾和阶级矛盾犬牙交错下的华夏民族的民众心理，正可把它看作是特定历史时期的华夏民族的民众心史。

《西游记》作者对孙悟空人生道路的匡正，也主要是三次。一次见于第二回"悟彻菩提真妙理，断魔归本合元神"，写菩提祖师逐走孙悟空时叮嘱道："你这去，定生不良。凭你怎么惹祸行凶，却不许说是我的徒弟。""定生不良"云云，当指孙悟空后来的以为"强者为尊该让我"，竟然"要夺玉皇上帝尊位"。盖作者对花果山时期的孙悟空是欣赏的，而欣赏并不等于完全肯定。欣赏他天不拘兮地不羁的秉性，压乎群类的胆气，励学求知炼就的"七十二般真功果，长生不老大法门"，以及不甘雌伏于天庭宗法等级秩序的傲骨；但一见他"因在凡间嫌地窄，立心端要住瑶天"，想面南而坐灵霄殿却连连摇头，忙说不可如此，不可如此。因此，菩提祖师对其入室弟子孙悟空的这一严厉告诫，实反映了作者从否定性的一面在谈孙悟空的人生道路问题。还有两次是从肯定性的一面谈的。一次见于第八回"我佛造经传极乐，观音奉旨上长安"，写观音见孙悟空说："但愿大慈悲指条门路，情愿修行"，便满心欢喜道："你既有此心，待我到了东土大唐国寻一个取经的人来，教他救你。你可跟他做个徒弟，秉教伽持，入我佛门，再修正果。"一次见于第十五回"蛇盘山诸神暗佑，鹰愁涧意马收缰"，写具有大无畏精神的孙悟空，当他头戴紧箍认真踏上征程时却临事而惧，观音道："你当年未成人道，且肯尽心修悟；你今日脱了天灾，怎么倒生懒惰？我门中以寂灭成真，须是要信心正果；假若到了那伤身苦磨之处，我许你叫天天应，叫地地灵。十分再到那难脱之际，我也亲来救你。"说罢，又将三个杨柳叶变作三根救命的毫毛赠予孙悟空，教他："若到那无济无主的时节，可以随机应变，救得你急苦之灾。"真是惠诲谆谆，有逾骨肉，是开导，也有承诺。自此，孙悟空一心为"法轮回转，皇图永固"而一路荡妖灭怪保唐僧取经。事实上作者真正歌颂的也是作为斗战胜佛的孙行者，并非作为齐天大圣的美猴王！

其二，借"神谕"以充当英雄人物的公义观念的辩护士：这实际上反映了江湖文化和儒释道三教文化的碰撞和融会，以及儒家的世俗伦理道德和释道的宗教伦理道德在作者笔端的江湖化。

中国封建社会精神领域中充当至高主宰的，基本上是儒家思想。一方面是"三纲五常"借助于政权实力而成为国人不二的教义，一方面是释道二教又借助于神权的威力从而使之神圣化，这就是唐宋以来所谓"三教合一"的基本特征。

然而，释道二教还有自己的戒律，亦即行为规范和善行标准。佛教的基本戒律是"五戒"，内容是：不杀生，不偷盗，不邪淫，不妄语，不饮酒。道教"老君一百八十戒"吸取了佛教"五戒"的内容，定为：不得杀生，不得荤酒，不得口是心非，不得偷盗，不得邪淫。佛教戒律的这一"五不"，实际是从否定方面说"五善"，若从肯定方面谈问题当是"五要"：要放生，要布施，要恭敬，要实语，要和合。① 显然，佛教的这类教义在培养人性向善方面，有其不容否认的积极性的作用，特别是被称为佛教宗教道德之精髓的众生平等、皆可成佛，大慈大悲，忍辱无诤。但是，当恶魔已张开血盆大口而犹鼓吹以劝"善"去息"恶"，要人导之以"天堂"，诫之以"地狱"，其结果只能是令"恶"成为恶者的"通行证"，令"善"成为善者的"墓志铭"！

《水浒传》和《西游记》的作者，其可贵之处是：尽管仍被儒释道三教思想噩梦般地缠住头脑，但清醒间已能看出一些问题，于是便以神道设教为护身符，去对它们进行某种"内部批判"。

---

① 参见吕大吉：《人道与神道：宗教伦理学导论》，上海人民出版社 1991 年版，第 201 页。

施耐庵写梁山好汉落草为寇的原因是:"仗义疏财归水泊,报仇雪恨上梁山。"因而,梁山好汉从不讲"恕道"。其积极的一面是:他们认为除恶即是行善,而且是最大的行善,与乡愿思想了无共同之点。因此,他们的"替天行道",亦并不以劫富济贫为己任,而是以"打尽不平见大平"为己务。其消极的一面是:他们的强烈复仇心理,成了滋生"斩草除根"思想与盲动行为的温床。因此,他们不只好以灭绝仇家一门老幼为快,甚至杀得兴起时对无辜者"排头砍去"亦不以为是恶。这两个方面,都使他们迥然有违于儒家的"仁者爱人"和释道二教的"慈悲为怀",亦使他们有异于太史公笔端所歌颂的游侠。这是一。施耐庵写宋江接受招安以前的思想和品性是:"忠为君王恨贼臣,义连兄弟暂安身。"他不只以肯定的笔墨描写了宋江为营救身陷缧绁的"兄弟"而"三打祝家庄"和"攻克大名府"等一系列军事行动,认为这是宋江的"仗义",而且以同样肯定的笔墨描写了宋江作为谋求招安的一种手段而"两赢童贯"和"三败高俅"等击溃朝廷发来的兵马的举动,认为这是宋江的"全忠"。这种将居于五伦之首的君臣关系的"忠"几与居于五伦之末的朋友关系的"义"相提并论,实际上也就削弱了"君臣之义"在五伦关系中凌驾于一切之上的神圣地位。这是二。施耐庵在写梁山好汉"八方共域,异姓一家"时,还曾以浓墨重彩描写了三个出家人,那就是道士公孙胜、和尚鲁智深、行者武松。可他们的思想和行为与梁山其他好汉却彼此彼此,也"饮酒",也"偷盗",也"杀生";而且,论酒兴之浓,杀兴之高,在梁山好汉中堪与李逵相伯仲者,亦惟武松和鲁智深而已。但施氏却对他们赏爱有加,让他们皆位列三十六天罡。这是三。凡此说明:梁山好汉们的公义观念和立身之道,莫不深深打着绿林哲学的思想印记。

那么,施耐庵又是怎样为自己笔端的英雄人物辩护的呢?是借"神谕"和"圣谕",而且是屡屡的。如上所述,施氏曾以"神谕"和"圣谕"的方式匡范梁山好汉的人生道路,实际上这一匡范已把梁山人马定性为忠义之士啸聚山林:一也。其中九天玄女的"面谕"特别重要,因为它要宋江上山后"为主全忠仗义",实际上也就又给了宋江一张"三打祝家庄"等和"两赢童贯"等一为"仗义"而一为"全忠"两类用兵的护身符:二也。施氏意犹未足,又借宋徽宗御笔亲书的"圣谕"为梁山好汉的啸聚作结:"切念宋江、卢俊义等,素怀忠义,不施暴虐。归顺之心已久,报效之志凛然。虽犯罪恶,各有所由"①:三也。施氏意仍未足,复让五台山高僧鲁智深之师智真长老与宋江道:"常有高僧到此,亦曾闲论世事循环。久闻将军替天行道,忠义于心,深知众将义气为重。吾弟子智深跟着将军,岂有差错":四也。凡此,则梁山好汉的公义观念和立身之道,可谓"上合天心,下合地理,中合人和"也矣!而这,正反映了施耐庵是以"忠义人"的襟怀在说两宋之际的"忠义人"之事。这一点,我在拙著《中国四大古典小说论稿》中已有专节论说,兹不赘。

孙悟空虽是齐天大圣和斗战胜佛,可就其公义观念和立身之道来说,却简直可以认之为是梁山好汉中的一员。何以见得?首先,孙悟空保唐僧取经虽以"法轮回转,皇图永固"为宗旨,但在对"君臣之义"的态度上,却不同于唐僧。唐僧的君臣观念是颇为浓厚的,反映为他不仅叩拜过唐太宗,而且对沿途诸国的国王亦极恭敬。孙悟空的君臣观念却比较淡薄,反映为他不仅对沿途诸国的国王傲不为礼,甚至还请朱紫国国王吃"马尿",而且从来没有拜过玉皇大帝,甚至屡萌回花果山之

---

① 中国古代小说戏曲中但凡作者以肯定性笔墨写的"圣谕",皆与"神谕"无异,因有"君权神授"之说,皇帝称为"天子"。

念。由此可见，如果说，唐僧的君臣观念类似宋江，那么，孙悟空的君臣观念则类似鲁智深。其次，唐僧奉旨西行，一则要一心秉善为僧，二则想沿途劝善，这就决定了他认为"劝善"即是"惩恶"，并使之成为自己的公义观念和立身之道，因而只要他以为孙悟空打死的是人，便一次次咒念紧箍。孙悟空保唐僧在路，一则为保唐僧性命以报答"救命之恩"，二则要荡妖灭怪以"专治人间灾害"，这就决定了他认为"惩恶"即是"劝善"，因而见到妖怪就打，一任唐僧咒念紧箍而依然我行我素。这一矛盾冲突的结果，是唐僧成为旃檀功德佛之日，就是他对孙悟空的公义观念和立身之道认同之时。显而易见，孙悟空与鲁智深这两个释门弟子，他们在公义观念和立身之道上堪称是难兄难弟。再次，无庸为贤者讳，孙悟空也的确有恃强斗胜、引祸招灾，以及疾恶过甚、轻易伤生的地方，并非过错全在唐僧。比如，论"偷技"之高和自得之甚，恐地贼星时迁亦难与之并驾，他在五庄观就曾对当方土地自我炫耀说："老孙是盖天下有名的贼头。"结果呢？不只窃了人家的人参果，还蛮不讲理地推倒了人家的人参树，招致了唐僧八十一难中的两难！比如，他"神狂"时，不止两次横扫草寇、一次打死无数猎人，还曾令猪八戒与沙和尚将百花羞公主与黄袍老怪生的两个孩子从云头上摔下，这种残杀孩童的行径，恐只有天杀星李逵敢与之同驱！切莫无视书中这类细节，它最能反映出孙悟空身上的某种流氓无产者的烙印。凡此说明：与其说孙悟空是个释门弟子，毋宁说孙悟空是个江湖节侠。

不同于《水浒传》之以绿林豪客作题材，《西游记》是部以取经故事为题材的作品，孙悟空又是圣僧唐僧的掌门弟子。那么，作者又是怎么为孙悟空这种与释氏教义大相径庭的公义观念和立身之道作辩解的呢？答曰：借观音和如来的"佛谕"，真所谓解铃还须系铃人。其先也，则有观音对孙悟空肯定前提下的劝说："似你有无量神通，何苦打杀许多草寇！草寇虽是不良，到底是个人身，不该打死。比那妖禽怪兽、鬼魅精魔不同。那个打死，是你的功绩；这人身打死，还是你的不仁。"其后也，则有如来对孙悟空一路所作所为的总体性定评："喜汝隐恶扬善，在途中炼魔降怪有功，全终全始，加升大职正果，封汝为斗战胜佛。"这就难怪陈元之《序》说作者"意近跅弛滑稽之雄"。因为孙悟空的"途中炼魔降怪"，并非与释门核心教义相依的将妖魔押入地狱，而是与释门核心教义相违的一见妖魔举棒就打，是故作者所称颂的这位斗战胜佛，实乃释门之异端！

其三，借"神谕"以暗示作品的创作本旨，而这蕴有作者的难言之隐。

《水浒传》神秘色彩最浓的，莫过于开卷"楔子"和煞尾一回。"楔子"主要叙"天罡星合当出世"，"宋朝必显忠良"。煞尾一回主要写"败国奸臣"跋扈朝纲，以药酒鸩死宋江；宋江与众已亡兄弟以忠义相守于泉下，显灵士庶；天帝哀怜宋江等忠义，封之为"梁山泊都土地"。两相对照，则施耐庵的创作本旨不言自明：谓北宋所以亡于金，南宋所以亡于元，并非由于我中原无人，而由于败国奸臣为非有路，忠义之士报国无门。假若删去明人所加的"征辽"、"征田虎"、"征王庆"，则施耐庵这一创作本旨就更显豁。李贽《忠义水浒传序》云："《水浒传》者，发愤之所作也。……施、罗二公身在元，心在宋；虽生元日，实愤宋事。"[①]真可谓目光如炬，一语中的。是故，小说于尾声中写徽宗"亲书圣旨，敕封宋江为忠烈义济灵应侯"，这"忠烈义济"四字，可以看作施耐庵对其主人公的盖棺论定。

《西游记》呢？要特别注意最后两回反复谈"有字真经"与"无字

---

① 李贽：《焚书　续焚书》，中华书局 1975 年版，第 109 页。

真经"问题。如来说"有字的"是"真经","无字的"也是"真经"，这当然有可能是解嘲。可燃灯古佛也如是说，这究竟是怎么回事呢？却原来孙悟空保唐僧西行取经的过程，就是他一路炼魔降怪，"专治人间灾害"的过程，就是他扫荡妖尘，澄清玉宇的过程。既然如此，那么，他们取经的过程，当然也就是他们获得"真经"的过程。这就是说，所谓"有字真经"就是一部《西游记》；所谓"无字真经"就是要读者于无字处识得的作品创作本旨，亦即灵山不在西天，"灵山就在我心头"，灵山就在孙悟空的金箍棒上。可孙悟空在灵霄宝殿辖下时，玉帝却驱之使为魔！是故《西游记》者，亦发愤之所作也。盖作者所愤者，山林有孙悟空而朝廷无观音也。

一言以蔽之，西方古代长篇小说作者，他们感到有重要话需说时，好中断情节发议论；中国古代长篇小说作者，他们感到有重要话需要说时，喜附会神灵演双簧。假若我们一见"神谕"，便或认为作者在宣扬宗教思想，或不从一部大书全局去把握而在浅层面上谈一些显而易见的问题，岂不辜负了作者的匠心？

三、说神道设教在叙事结构中的作用

一部作品中的神道描写，是否在宣扬宗教思想，不决定于它是否满纸神鬼出没，而决定于作者的以其人生观、价值观、认识观为内驱力的审美情感、审美理想、审美心理定式如何。《水浒传》作者和《西游记》作者的人生观、价值观、认识观，是种以释道二教思想为肤、以江湖文化为肌、以儒家治平之志为骨的奇妙融会，因而他们的审美情感、审美理想、审美心理定式也就决定了他们对神道采取"拿来主义"的变通态度，从而使之在作品的叙事结构中起其应起的作用。假若不知道这一点，或不善于从作品的总体格局和作者的创作本旨去把握它，那么，势必导致郢书燕说。

其一，与《水浒传》和《西游记》的英雄人物三段式生命历程相对应的是，两部作品有一共同的三段式情境结构格局，即"神境"——"人境"——"神境"，并以神灵之出没于"人境"而作为"神境"在"人境"中的隐形显现。但因作者审美情感、审美理想、审美心理定式的同中有异，融贯于二书这三段式情境结构格局中的思想意蕴却不尽相同。

论及《水浒传》开卷"楔子"中的"神境"，不可不一说"洪太尉误走妖魔"的"误"。天罡地煞说来真教人为之不平，人们平居无事时都把他们当作少惹为妙的凶神而使之蒙受冷落，一旦家宅不宁时又请道士作法把他们召来为之除祟降魔。所以，他们不显灵于人们家门之"盛"，只显灵于人们家门之"衰"。这一特点反映入《水浒传》的"楔子"，就是：当宋室处于蒸蒸日上时，他们被张天师当作恶煞困禁于地穴；当宋室由盛转衰时，他们又被洪太尉误释出来殄灭奸邪于人间。然而洪太尉打开地穴的本意却不在此，而在一显自己的权威，所以作者将他放走三十六天罡、七十二地煞让他们下凡历劫称之为"误"。一则由于殄灭邪祟乃天罡地煞的本性，二则由于九天玄女和天帝的屡屡垂示，所以其后身宋江等一百零八人虽反为宋室之"四凶"高俅等逼成盗寇，却犹念念不忘"替天行道"于梁山，并且一意招安，专图报国。君不见，宋江军马浩浩荡荡朝京在路，"前面打着两面红旗，一面上书'顺天'二字，一面上书'护国'二字"。这何其威风！"顺天"乃为了"护国"，又何其堂堂！然而，如此忠义之士，如此千古良将，却未能实现其素志"统豺虎，御边幅"，"平虏，保民，安国"；只落个"神聚蓼儿洼"，蒙"天帝"哀怜彼等忠义，"封为梁山泊都土地"！这种果报，这种"千古蓼洼埋玉地，落花啼鸟总关愁"的"神境"描写，与其说是施耐庵用以麻醉他人精神的鸦片烟，毋宁说是施耐庵于痛定思痛时自我服下的一粒镇痛丸。

明人袁于令《西游记题词》云："文不幻不文，幻不极不幻。是知天下极幻之事，乃极真之事；极幻之理，乃极真之理。"此真可谓深得《西游记》叙事艺术个中三昧之言。书中第一回至第七回，以及具有全书"楔子"作用的第八回，写的是"神境"。这是儒释道三教的统治层在天国的投影。它写出玉帝是宗法等级秩序的化身和最高执法者，其两旁的仙卿尽皆是些只解打躬作揖的道学之士，其属下的天兵天将亦只知以奉旨征讨为能，俱无个人的独立人格可言，以致见孙悟空"不知朝礼"，莫不"大惊失色"，连呼"该死"。它写出兜率宫里的太上老君，只知与炼丹服食相依为命，全不以普济苍生为念，是个拔一毛以利天下而不为的人，却与玉帝联络有亲，不是跑去"帮闲"，就是跑去"帮忙"，甚至将孙悟空关进他的八卦炉，想以文武火使之化为灰烬。它写出平素主张佛法平等、慈悲为怀的如来，却也与玉帝联络有亲，一见玉帝有难便赶忙跑去救驾，以欺骗的法子将打上灵霄殿的孙悟空镇压于五行山下。书中第九回至九十七回，主要写"人境"。这是尘世所以成为"苦海"的写真。它写出这里有土生土长的妖魔，他们或以人肉为餐，或蛊惑国王祸国殃民，其中的神通广大者还会博得神佛的赏识而被收作部下。它写出这里还有比土生土长的妖魔凶恶十倍的天上下来的妖魔，他们可以成千成万地吃人，却不会受到任何果报，一旦被主人知道收上天去，依然可在宝莲座下听经文。它还写出这里又经常蒙受神佛的严惩，天上下来的妖魔可以随意吃人和淫人妻女，佛祖只对他们讲慈悲，道祖只对他们讲仁慈，玉帝只对他们讲恕道，因为他们莫不与神佛有亲；要是凡夫俗子触犯了神灵，那是要遭受果报的，而且是"现世"，甚至对他们一罚就是让全郡三年不下雨！凡此，皆是为了写出孙悟空一路荡妖灭怪之不易，"专治人间灾害"之难能，以"惩恶"作为"劝善"的路线之可嘉。书中的最后三回，又回复到以写"神境"为主。它一则借佛祖如来之口，肯定了孙悟空一路棒打妖魔的正义性；因为孙悟空的以"惩恶"作为"劝善"的思想路线与释门"五戒"第一戒"不杀生"是背道而驰的，乃为了打鬼而借助钟馗。二则通过如来纵容阿傩和伽叶向取经人勒索"人事"，讥弹了所谓"我佛造经传极乐"却原来也是想以"经"换"金"，从而表露了作者对世态的揶揄对佛教的不恭。三则与开卷之"神境"描写相对照，从而肯定了佛教关于众生平等、皆可成佛的教义，再次表露了作者对玉帝坚守等级秩序的不满。四则如上所说，亦旨在借孙悟空的加升为斗战胜佛，暗示"真经"即是孙悟空保唐僧取经的过程，"灵山"就在孙悟空的金箍棒上，作者所列唐僧取得经目何以甚为荒唐，我以为答案亦即在此。

不难看出，《水浒传》和《西游记》虽则同以"神境"——"人境"——"神境"作为自己叙事结构的三段式构架，但其中所包蕴的思想却同中有异，其最大的相异点在于：《水浒传》的批判矛头只指向朝廷的黑暗和腐败，而《西游记》的批判矛头已指向封建宗法的思想和制度的弊端。论原因，是在于：《西游记》是部建筑在个性心灵解放基础上的文学作品，而《水浒传》却不是，这从作者借宋江之口说"雁德"可知。

其二，《水浒传》和《西游记》对英雄人物三段式生命历程的写法，这当然是属于佛教三世生命观的范畴，但在安置英雄人物的内部关系时，却一个借助于属于儒家思想范畴的天命论，一个借助于属于道教思想范畴的五行说。

《水浒传》写梁山好汉，是"八方共域，异姓一家"，彼此"交情浑似股肱，义气如同骨肉"。然而，一人有一人的性情，一人有一人的志趣爱好，一人有一人的生活习惯，会不会某些人与某些人之间产生计较呢？这在同胞之间似亦在所难免。况且，上山有先后，武功有高低，技艺有专攻。况且，有的原是朝廷命官，有的本是江湖亡命，有的出身龙子龙孙，有的出身极为微贱。况且，有的是随晁盖上山的，有的是随宋江上山的，有的是从其他山寨率领健儿上山的。梁山一百单八条汉子最后座次如何排法，这不能不是个大问题，它关系到彼此能否死生同守岁寒心！比如，卢俊义在宋元水浒故事中是先于宋江上山的，他在龚圣与《宋江三十六赞》和《宣和遗事》中都是三号人物；施耐庵为了突出宋江在梁山好汉中拥有无上威望和他的忠义双全的思想品格，不只让卢俊义最后上山，而且让他坐第二把交椅，论对梁山的贡献，他不如林冲，论出身的高贵，他不如柴进，论武艺之高强，虽堪与关胜并驾，论神机之运算，却不可与吴用比肩，仅凭晁盖之临终遗言和宋江之一再推让，众英雄能心悦诚服吗？谅施耐庵心亦知此，所以来个"忠义堂石碣受天文，梁山泊英雄排座次！"真是："堂堂一卷天文字，付与诸公仔细看。"

　　与梁山好汉总是那么唇齿相依而齿又从未擦唇不同，唐僧师徒间却是个时而和睦、时而不睦的取经小家族。算上白马，唐僧师徒正好五人，其内部关系又如此，假若以五行相生相克说之，真可谓是既形象而又符合实际。况且，不说别的，仅回目中便以"金"或"金公"三次指孙悟空；以"木"或"木母"十次指猪八戒；以"土"或"刀圭"三次指沙和尚。还有，书中写唐僧屡言其自出娘胎遭水难，显然是以"水"附会唐僧；书中又谓小白龙之为玉帝问罪当诛是由于"纵火烧了殿上明珠"，亦显然是以"火"附会白龙马。凡此，皆可用作作者是有意以五行说比附唐僧师徒关系之明证。然而，亦只是种外在的比附而已。假若以为是旨在"寓五行生克之理，玄门修炼之道"，那就过犹不及。何以言之？盖道教的五行说，以五行、五方、天干相配，谓东方甲乙木，南方丙丁火，西方戊己金，北方庚辛水，中央壬癸土，五方以"中"为尊，五行以"土"为尚，因此就师徒关系论之，当以"土"附会唐僧；就人

物在作品中地位之重要论之，当以"土"附会孙悟空。然而，作者皆不，
却以"土"附会沙和尚。原因何在呢？就在于"土"性"和"。假若以"土"
附会唐僧或孙悟空，也就没有了孙悟空、猪八戒、唐僧三人之间的矛盾
纠葛，也就没有了作品情节中令人忍俊不禁的喜剧效应。所以，作者便
以"土"去附会沙和尚，将他塑造成一个惟法是求、惟师是尊、惟和是
贵、惟正是尚的人物，让他不只为自己的智慧和才干全力地卫护着唐僧
西行求法，而且以自己的一片丹心和处事不温不火维系着取经群体的内
部团结，成为这一取经群体的另一种精神脊梁而与横扫妖魔的孙悟空相
匹。足见，作者对所谓五行说的运用，是变通的。不知道这一点，也就
失去了唐僧师徒间的关系，又怎可不慎！

其三，《水浒传》和《西游记》还或以"偈子"作为情节发展的伏脉，
或以菩萨出没沟通"人境"和"神境"，从而严密作品叙事结构的针线。

《水浒传》的"偈子"有两类，它对我们了解施耐庵原作的大致面
貌很重要。一类是九天玄女赠给宋江的。事见容本第四十二回，道是：
"遇宿重重喜，逢高不是凶，北幽南至睦，两处见奇功。""遇宿"，伏
宋江闹西岳华山遇宿太尉。"逢高"，伏宋江三败高俅并将其捉上梁山。
"幽"，伏宋江破辽于幽州。"睦"，伏宋江擒方腊于睦州。袁本增加了"征
田虎"和"征王庆"，所以将后两句改为"外夷及内寇，几处见奇功"。
金本腰斩《水浒传》，所以一斧砍去了这首"偈子"，并于此处对前引九
天玄女的"法旨"加了一条批语，道是："只因此等语，遂为后人续貂
之地。殊不知此等悉是宋江权术，不是一部提纲也。"该书又不是宋江
的自传，怎么施耐庵笔端的九天玄女的"法旨"，成了宋江玩弄的"权
术"，而且"悉是"！所以，倒令人从这条批语的反面看出九天玄女的这
一"法旨"和"偈子"，的确是《水浒传》"一部提纲"。那么，容本的
"北幽南至睦，两处见奇功"，会不会是对施耐庵原著的改易呢？另一

类"偈子"似可为我们提供一个比较正确的答案。这就是伏鲁智深一生命运的先后两个"偈子"，而这两个"偈子"皆是他的师父"活佛"智真长老所占。一见于第五回，写鲁智深告别师父时，智真长老赠偈云："遇林而起，遇山而富，遇水而兴，遇江而止。"一见于第九十回写鲁智深重见师父时，智真长老赠偈云："逢夏而擒，遇腊而执。听潮而圆，见信而寂。"前一个"偈子"，说的是鲁智深由京都遇林冲而落草二龙山，而同归水泊，而止于宋江旗下。后一个"偈子"，说的是鲁智深由活捉夏侯成而生擒方腊，而闻潮信坐化于六和寺。两个"偈子"，容本如是云，杨本亦如是云。则鲁智深一生无征辽事，明矣！还有，容本第九十回"五台山宋江参禅，双林渡燕青射雁"，具有承上启下作用，承宋江征辽，启宋江征方腊。然而，当宋江等人参见智真长老时，这位关心国祚民瘼的高僧，劈头一句却是："徒弟一去数年，杀人放火不易。"宋江赶忙为鲁智深解释："智深和尚与宋江做兄弟时，虽是杀人放火，忠心不害良善，善心常在。"智真长老答的也是："久闻将军替天行道，忠义于心，深知众将义气为重。吾弟子智深跟着将军，岂有差错。"要之，说来说去，都是啸聚梁山的事情。其间，宋江虽有"今因奉诏破辽在此，得以拜见堂头和尚"一语，但智真长老却始终无一言涉及宋江的平辽之捷。则"今因奉诏破辽在此"之言显系容本所后加，该回原属招安与征方腊之间的过渡回①，亦明矣！凡此，似皆可为施氏原著无征辽作

---

① 龚开《宋江三十六赞》与《宣和遗事》皆谓梁山泊在太行山。《水浒传》写宋江自郓城发配至江州经过梁山，则梁山当在开封以北；写戴宗自江州赴京都送信路经梁山，则梁山当在开封以南；写宋江神聚楚州蓼儿洼封梁山泊都土地，楚州即今江苏连云港，则梁山当在开封以东；写梁山有宛子城，宛子城在太行山，为北宋末年"忠义八字军"抗金根据地之一，则梁山当在开封以西。梁山泊如此忽南忽北忽东忽西，亦增加了施耐庵于宋江受招安和征方腊之间插入宋江五台山参禅的可能性。

一证①。于此，亦可看出施氏之好以"偈子"作情节发展的伏脉确是其一长，因为他能使之起到提纲挈领的作用而一切又显得那么水到渠成。

不同于《水浒传》的"群山万壑赴荆门"的总体艺术结构形态，《西游记》的总体艺术结构形态是短篇结成的长篇。这一总体艺术构思，决定了作者精心考虑的不是如何设置伏脉，而是如何设置贯穿线。其匠心独运之一，就落在观音这一形象上。观音和孙悟空的关系，是《西游记》思想与艺术精髓之所在，而向来为研究者所忽略的，却正是这一点。从思想意义上说，观音和孙悟空都是作者幻想中的自我：当他呼唤"千里马"，则幻想中出现了孙悟空；当他呼唤"伯乐"，则幻想中出现了观音。从叙事结构上说，观音和孙悟空一虚一实相辅相成，形成了作品的情节贯穿线，这在取经部分尤其如此。孙悟空作为取经队伍中的一员，他的主要活动是在"人境"，但又经常到天上查找妖怪的来历，这就使他成为勾连"人境"和"神境"的银梭。观音作为取经队伍的实际组织者和领导者，这已使她成为架于"神境"和"人境"的金桥；作为修行于落伽山的救苦救难菩萨，哪儿有孙悟空克服不了的困难，哪儿就出现了观音，这就又使她成为勾连"神境"和"人境"的金针。一个从"人境"勾连"神境"，一个从"神境"勾连"人境"，这就是作者对孙悟空和观音这两个形象在作品艺术结构中的相对分工。因此，二者有个契合点，那就是观音赠予孙悟空的"三根救命毫毛"，说明观音虽身在落伽山，但取经队伍中却有她的身影。那金圣叹却不明此理，说什么"《水浒传》不说鬼神怪异之事，是他气力过人处。《西游记》每到弄不来时，便是南海观音救了"②。这不只反映了他对《水浒传》过于偏爱，也反映

① 鲁迅《中国小说史略》云：施耐庵原著当"以平方腊接招安之后，如《宣和遗事》所记者，于事理始为密合，然而证信尚缺，未能定也"。

② 《金圣叹全集》（一），江苏古籍出版社1985年版，第18页。

了他对《西游记》缺乏认真研究，但却从反面道出了观音形象在作品叙事结构中的情节贯穿线作用。

要指出的应是：《水浒传》借"偈子"或神灵穿插以严密作品的叙事结构，这种严密是表层的，有之则眉目更为清楚，删之亦无损作品筋骨。《西游记》作者借观音出没以严密作品的叙事结构，这种严密是深层的，不可更易的，易之则作品形损神销矣。

四、结论和余论

《水浒传》和《西游记》中都有不同程度的"神道描写"，但反映出作者对"神道"并非"至心朝礼"，而是持一种"拿来主义"的变通态度。究其实，是在穿着释道二教的服装，演出他们自己的治平思想的历史新场面，从而表露了对现实的强烈不满，将批判矛头直指朝廷。然而，从作品总体思想性质来说，虽包蕴着江湖文化小传统与儒释道三教文化大传统的碰撞与融会，可形成的形态却是以释道思想为肤、以绿林思想为肌、以儒家思想为骨，依然是属于讽喻文学范畴，仍然是在为封建王朝开疗救药方。所以，我称作者笔端的这类"神道描写"为"神道设教"。这种"神道设教"，虽可能与作者的某种宗教意识有关，但决不意味着他对宗教神学的笃信。荀子是个著名的唯物主义无神论者，可他就主张借"神道设教"以教化士庶，事见《荀子·礼论》。其文云："祭者，志意思慕之情也，忠信爱敬之至矣，礼节文貌之盛矣。苟非圣人，莫之能知矣。圣人明知之，士君子安行之，官人以为守，百姓以成俗。其在君子，以为人道也；其在百姓，以为鬼事也。"王充也是如此，他在《论衡·祭意篇》中就认为："凡祭祀之义有二：一曰报功，二曰修先。报功以勉力，修先以崇恩。……推人事鬼神，缘生事死，人有赏功供养之道，故有报恩祀祖之义。"莫不主张通过宗教崇拜来维护并加强封建宗法制度的伦理关系，而首倡者则是荀子。《水浒传》和《西游记》作者，只不过是发展了荀子的这一"神道设教"思想并用之于自己的文学创作而已。

《水浒传》和《西游记》的作者，他们所以写英雄人物的"神性"和"魔性"，显然旨在说明：宋江和孙悟空这类胆气压乎群类而又葆有天赋美德的英豪，假若用之为虎臣武将，则天下可立致太平；假若驱之使为盗，则亦会由此四海无宁日。他们所以赋予笔端英雄人物以"神"──外"魔"内"神"──"神"三段式生命历程，并相应地以"神境"──"人境"──"神境"三段式情境线索作为全书结构框架，显然是旨在以"假象见义"的方法，或谓宋室所以不兢，并非由于我中原无人，是由于"败国奸臣"作歹有路，"忠义之烈"报国无门，遂致国将不国；或言玉帝所以会求如来救驾，是由于他驱"天产石猴"使之成为横扫天兵的无敌"妖猴"，观音所以能使玉宇无尘，是由于她起用了这无敌"妖猴"而使之成为炼魔伏怪的斗战胜佛。何以致麟凤呢？《水浒传》是从反面，《西游记》是从正面，可两位作者交的却是同一答卷！

正因为《水浒传》和《西游记》所歌颂的英雄人物，就其思想和性情来说，本质上都是江湖节侠，一则由于江湖节侠与官府甚或朝廷有对立的一面，二则由于江湖节侠的以"惩恶"作为"劝善"的公义观念和立身处世原则，既为佛教的讲慈悲不相容，又与道教的讲仁慈有忤逆，也与儒家的讲恕道相抵牾，而统治者的"三教合一"思想正是统治的思想，这就决定了作者要以"解铃还须系铃人"之说为借鉴，借助"神"的威力，以"神谕"的方式，一则以匡范英雄们的人生道路，让他们"去邪归正"，一则以为英雄人物的公义观念和立身之道作辩护，以期统治者能用之为虎臣武将。凡此，皆真切地反映了国政弛废下的民众转思草泽的心理。但并未发展为期望绿林豪杰出来改朝换代，再造太平盛世；其所期望者，是草泽英雄出来殄灭奸邪，卫护国家，巩固皇图。这一点，《水浒传》和《西游记》的思想，又可谓异曲同工。

然而，《水浒传》和《西游记》毕竟不是同一历史时期的作品。因此，二者对"神性"亦即"天赋美德"的认识上有一明显不同，那就是：《西游记》作者认为天赋予人的美德，实际上就是后来李贽所说的"童心"，还可打个胚胎学上的比方，如果说，孙悟空是具有"童心"的"真人"的"猿"的形态，那么，贾宝玉便是具有"童心"的"真人"的"人"的形态，因此在孙悟空身上具有一种鄙视天庭等级秩序的狂傲美。这当然是个人性论上的问题，可施耐庵对"神性"亦即"人性"的认识却并非如此。何以知之？且看宋江说"雁"："此禽仁、义、礼、智、信五常俱备：空中遥见死雁，尽有哀鸣之意，失伴孤雁，并无侵犯，此为仁也；一失雌雄，死而不配，此为义也；依次而飞，不越前后，此为礼也；预避鹰雕，衔芦过关，此为智也；秋南冬北，不越而来，此为信也。此禽五常足备之物，岂忍害之！"这显然是作者在借宋江之口，以"雁"喻"人"，以"五常"说人性。这种人性论，是属于程朱"天命之性"的范畴。所以，施氏笔端的梁山好汉本质上是具有"常心"的"常人"。因此，在他们身上无一人具有鄙视宗法等级秩序的狂傲美，而且那把寨为头的宋公明还总带三分道学气。并且，施耐庵对释道二教的代表人物都是恭敬有加，而不像《西游记》作者那样对佛祖道祖总笔带几分揶揄。其个性心灵解放也未，于此亦可窥一斑。

写至此，我仿佛听到那笔端狐鬼满纸的蒲松龄一声长叹："浮白载笔，仅成孤愤之书。寄托如此，亦足悲矣！"若以此数语说《水浒传》和《西游记》中的神道描写，不知可否？愿就教于方家。

一九九六年十一月二十三日午写毕于香港浸会大学中文系

　　附记：香港浸会大学中文系以研究"文学与宗教"见称于学界。承该系系主任陈永明教授不弃，邀我参加了由该系举办的第一届"文学与宗教"国际学术研讨会，议题为"中国小说与宗教"，日期是一九九六年二月五日至七日。会后又承陈永明教授见重，邀我于一九九六年十月一日至十二月三十一日到该系访问三个月，就"中国小说与中国宗教"问题作进一步研究。其间，在陈永明教授，以及邝健行、张洪年、刘楚华、曾锦漳、吴淑钿、黄子平诸先生的热情接待和多方关照下，我集中心力写了两篇文章，一为《论〈水浒传〉和〈西游记〉的神学问题》，一为《论〈红楼梦〉的三世生命说与两种声音》，并蒙浸会大学学报《人文中国》不嫌鄙陋，愿予年内分两期发表。我返校后，恰好见本书的二校稿。兹谨将《论〈水浒传〉和〈西游记〉的神学问题》作本书的附录以志谊，并对本书第九章第五节作一比较翔实的补充论证。

　　　　　　　一九九七年一月二十二日傍晚于哈尔滨师范大学庐寓

附录　关于《西游记考论》的评论

一、使人耳目一新的力作①

在四大奇书中，《西游记》的研究论著似乎是最少的。锦池兄的这部《西游记考论》则是一本使人耳目一新的力作。承他厚爱，把初稿寄给我，让我先读为快，还要我写一点文字作为纪念。我们先后就学于北京大学中文系，而在古典小说研究上又有同好，同声同气，不能不勉力应命，发一点嘤鸣之音，以表欣赏之意。

这部《西游记考论》，考和论相结合，的确是考证和义理兼长，属于"论从史出"的写法。我知道，锦池兄最初是教文艺理论课的，后来才改教中国古典文学，因而他具备了独特的有利条件，善用所长，以理论结合中国古典小说的实际，进行了具体深入的研究。今天能取得这样的成绩，决不是偶然的。他在文艺理论方面有比较扎实的基础，而在文献资料的考订上又有深厚的功力。尤其在《西游记》的研究上，十年磨一剑，其锋利可知。正如先师吴组缃先生所曾赞许的，说他有关《西游记》方面的文章比他的红学论文更好，鼓励他坚持下去。吴小如先生给他的信中也说："足下于《取经诗话》用力甚勤，有朴学之功底，而益

---

① 原《西游记考论》序言，作者为程毅中，黑龙江教育出版社 1996 年版和2003 年第 2 版。

以历史唯物主义的方法，虽略嫌辞费，而实迈前人。"我陆续读过他的好几篇文章，得到不少启发，深感他在考证和义理上双翼齐飞，有许多独创的见解。由于职业性的偏好，我更注意于文献资料的运用。他就职于哈尔滨师范大学，虽然资料信息的条件不如北京有利，然而他所作出的成果却如此丰硕，使我惊叹歆羡而又自愧疏懒不学。

结合《西游记》故事的演化，《西游记考论》一书对唐僧师徒四众的形象作了非常精细的分析。这四个"人物"中三个是魔身而具有人情的特殊形象，作者对四个形象的历史渊源及其社会意义，分析得十分细致深刻，这正是考和论相结合的成果。以往的研究者或则集中讨论孙猴子的血统问题，或则只重视齐天大圣的叛逆精神，都没有像本书这样作过全面的讨论。尤其是唐玄奘和猪、沙二徒的形象，还很少人作过这样详尽的诠释。作者眼明如炬，心细如发，提出了独具卓见的一家之言，无疑是古典小说研究中的新贡献。

限于我的知识结构和思维习惯，只能对书中有关史实考证部分谈一些体会，因为我对这方面更感兴趣。

第一，《大唐三藏取经诗话》成书年代的考证，极为精审。《取经诗话》最早的传布者罗振玉说它是"宋人平话"，王国维的跋根据"中瓦子张家印"的牌记定为宋刻本，但后来在《两浙古刊本考》中又认为是元刻本，因而在成书年代上发生了疑问。历来论者甚多，看法不一。锦池兄归纳了各家的说法，加以评析，着重从内证上确定了它成书的上限和下限，也参考了所有旁证，提出了比较确切的时段，认为当成书于北宋中后期。虽然并不能考定它的绝对年代，但是根据目前所见的资料，可以说是比较周密圆满的说法了。

第二，《西游记》成书年代和版本源流，是一个老大难问题。锦池兄分析了目前已有的各种说法，着重从内证着手，揭示了世德堂本内在的一些前后脱节的现象，据以探索其祖本的残迹，如美猴王和六弟兄形象的改变、玄奘小传的缺失等，从而证明现存世本是一个经过修订的改本。既说明最后改定者是个大手笔，又说明世德堂本并不是首尾一贯的个人作品。作者致力于杨本、朱本和世本的比较，提出了不少新的论据，使这个问题的探讨又前进了一步。特别是他还提出了世本的祖本可能是词话，与鄙见不谋而合。我很赞成他首先提出了这个论点，这说明我们的共识不是主观想象，而是建立在客观材料的基础之上的。

第三，《西游记》的著作权问题，也是当前研究中的争论热点。双方根据同样的文献资料，却可以得出不同的结论。这除了缺乏确证，文献不足征信之外，也说明历史科学的是非真伪，往往需要反复验证，才能得出接近史实的结论。然而唯物辩证法指导我们要从普遍联系中抓住主要矛盾和矛盾的主要方面，因此作者更着重于从本书的内证立论，应该说是可取的。中国传统的史学家法，又要求我们"信以传信，疑以传疑"（《穀梁传》桓公五年所说的《春秋》之义）。《西游记》可信的部分是现存的各种刻本及各家书目的著录；可疑的部分是《淮安府志》的记载及后人的推论，却是外证。锦池兄以吴承恩诗文作为旁证来与《西游记》的思想作对比，只能得出不是一个作者的结论。这也是充分利用内证的做法。《西游记》可以据以探讨的只有陈元之的序与"华阳洞天主人校"的署名，至于华阳洞天主人的真实姓名和确切年代，则还是"疑以传疑"为好。我觉得锦池兄考论结合、注重内证的治学方法，是最值得提倡的。

我对《西游记》很有兴趣，对它的版本源流也有一些看法，不久前在我儿子有庆的合作下，已写成一文，正待刊布。在这里先撮其要点，略加补充，仿诗人次韵唱和之例，借题发言，以就教于锦池兄和本书的读者。

1. 从《大唐三藏取经诗话》到百回本《西游记》，中间有过多种西游故事的叙事文学。《永乐大典》所引的《西游记》，可能就是《朴通事谚解》所引的《西游记平话》，但也不能完全肯定。世德堂本《西游记》里的许多唱词，可能出自某一个词话本的《西游记》，也可能在《西游记平话》里就有的，还可能出自一本宝卷之类的说佛唱本。因为朱鼎臣本卷六《玄奘秉诚建大会》的结尾诗说："积善之人宣一卷，三灾八难免熬煎。"显然就是从宝卷里搬来的。无论如何，这些唱词当出自说唱艺人的话本，不会出自文人的创作。

2. 从《永乐大典》本到百回本的《西游记》，经过了不止一次的增订，也经过了不止一次的删改，出现过不少版本。我们没有见到的，至少还有《古今书刻》所著录的鲁府本、登州府本和明末人盛于斯所见末回作"九九数完归大道，三三行满见真如"的版本①，可能还有一种"周邸"本（见盛于斯《休庵影语》）和朱鼎臣据以删节的《释厄传》本，大致都在世德堂本之前。所以百回本不一定初刻于万历二十年，世本只能作为一个坐标，借以探索它前后的演化，正如华阳洞天主人那样只能作为校订者的一个代号。

3. 世德堂本《西游记》是现存最完整、可能也是最早的百回本，它还保存着一些旧本《西游记》的痕迹。从它删改未尽的某些残文看，似乎还传承自永乐五年以前的古本。例如第二十回中黄风岭下的虎先锋对着猪八戒喊道："慢来！慢来！吾当不是别人，乃是黄风大王部下的前路先锋。"这里的"吾当"，意即"我"。这个词早见于敦煌本《伍子胥变文》（从《敦煌变文集》的拟题），又常见于元人杂剧（参看《元曲释词》）。李卓吾评本把"吾当"改成了"吾党"，就把单数改成了复数，

---

① 今所见各本都作"九九数完魔划（或作灭）尽，三三行满道归根"。

说明当时人已经不懂"吾当"的语义了。① 人民文学出版社校注本竟照李评本改作"吾党"，实是改不误为误。从李评本到近年所出的多种新版本，已把这些旧本的痕迹逐步删改得泯灭殆尽了。这在古籍整理工作中是一大损失！

我自己多年从事于古籍整理出版工作，常有类似的教训，因此不能自已于言，赘附于此，愿供读《西游记》者参考，也希望有以佐成锦池兄之说。但愿这些话不至于成为画蛇添足才好。

二、考证和义理兼长②

几年前，锦池兄的大著《中国四大古典小说论稿》问世时，吴小如师为之作序，当时锦池曾要我写一篇跋文，作为纪念。可是我觉得自己并非恰当人选，所以虽然答应了，却迟迟不敢动笔，终于没赶上出版期限。现在，锦池的新著《西游记考论》即将出版，他又特意先把书稿复印一份寄给我，仍命我写跋。盛情难却，姑且借此机会谈谈我对锦池为人和治学的一些印象吧。

我与锦池先后于一九五七年和一九五八年入北大中文系学习，我们可能在一起听过不少课，但那时却互不相识，直到七十年代，锦池借调到北京来搞《红楼梦》的新校注本，那时我也偶尔写一点有关《红楼梦》的文章，于是才有缘订交。此后，我们虽然不在一地，但见面的次数倒也不算太少，主要是锦池的学术活动比较多，常常有机会到北

① 第十九回中猪八戒自报家门的唱词"那日吾当命运拙"，又一段咏叹九齿钉耙的唱词"惟有吾当钯最切"，仍作"吾当"不误。

② 原《西游记考论》跋，作者为陈曦钟，黑龙江教育出版社 1996 年版和 2003 年第 2 版。

京或路过北京，而他每次来京，几乎必到北大看望师友。锦池为人直爽，重感情，讲义气而又是非分明。不过，给我印象最深的还是他那一股钻研学术问题的执着劲儿。我们每次见面，他的话题只有一个，就是他刚写了什么文章和正在写或计划写什么文章，他总是详细地把文章的主要观点和论据说给我听，然后问我："你觉得怎么样？这论点能成立吗？"可以说，从他的第一部著作《红楼十二论》(已经出了三版)到《中国四大古典小说论稿》(已经出了两版)到这部《西游记考论》，其中大部分内容我都"先闻为快"过。《西游记考论》中的一些主要观点，一九八五年左右就曾和我谈过，而该书的写作竟费了锦池的十年时间。

锦池毕业后教过很长时间的现代文学和文艺理论等课程，但其实他的古典小说研究早在大学时期就开始了。他三年级写的学年论文《论薛宝钗的性格及其时代烙印》(见《红楼十二论》)是在恩师吴组缃教授(1908—1994)的指导下完成的，这是他的第一篇学术论文，从此组缃师的治学方法和学术风格深深影响了他。组缃先生和锦池的师生之谊，我是亲眼目睹的，锦池本人也多次在文章中表达了他对组缃师的感激和缅怀之情。组缃师在北大中文系主讲宋元明清文学史和古代小说研究，对于当年的青年教师和学生们影响极大，培养和造就了一批研究中国古代小说的人才，锦池便是其中的佼佼者之一。

锦池研究古典小说，采用的是攻坚战术，用他自己的话来说，即"一部名著一部名著地进行，迹类'皓首穷经'"(《中国四大古典小说论稿·后记》)。他认为"宏观研究可以发现规律，微观研究也可以发现规律，微观研究应放眼宏观，宏观研究也应放眼微观"，他自己是"从宏观着眼、从微观着手去研究些问题"(《中国四大古典小说论稿·后记》)。他对《三国演义》、《水浒传》、《西游记》和《红楼梦》的研究，能够如此深入，与他的研究方法是分不开的(参见拙作《宏观下的微观研究——

读〈中国四大古典小说论稿〉》,《明清小说研究》1995 年第 1 期)。这使我想起组缃师研究和讲授古典小说,主要也着重在一部一部地深入剖析,同时又不忘从整体上总结和把握中国古代小说的历史发展及其规律。在这方面,锦池也无疑是继承了组缃师的治学路子。

我在《风范长存——忆念吴组缃先生》一文中曾记述了这样一件事:"一次我去看先生,恰好吴小如先生也在。谈话间,吴组缃先生说:'小如,你擅长考证,在这方面我不如你。这不是我谦虚,是实话,我在考据方面不行。'……吴先生研究和讲授中国古代小说,向以独特精到的分析鉴赏著称。可是先生能不以己之长掩己之短,更不以己之长轻人之长,这种博大的胸怀,值得我们学习。"有意思的是,锦池也曾不止一次地跟我说过,他觉得研究古代小说,某些问题离不开必要的考证,而总感到这是自己的弱项,想有意识地提高这方面的水平。他这样说,也这样做了。细心的读者,也许会发现,《红楼十二论》中只有一篇《〈红楼梦〉的作者是谁》是属于考证性的文章(此文曾受到不少前辈学者的称赞)。在《中国四大古典小说论稿》中,则是论中有考,考的分量已经增多。如今这部《西游记考论》,诚如程毅中学长文中所说:"考和论相结合,的确是考证和义理兼长,属于'论从史出'的写法"。其中如关于《取经诗话》的几章,可说是纯粹的考证,"考"是为了"论"。锦池的这三部论著的发展轨迹,既显示了他学术上精益求精的努力,对于目下"束书不观,游谈无根"几乎蔚然成风的学术界来说,也有着某种示范的意义。

至于锦池这本书在学术上的成就和价值,比我们高好几个年级的毅中学长已有具体的评述。毅中学长在古代小说研究上造诣之深,为世所共知,读者读了本书,必将感到他所说,决非溢美之词或泛泛之言。这是我敢肯定的,所以也就用不着我多说了。

三、材料为根 思辨为翼①

在古代文学的学术圈子里，重材料还是重理论的问题，时不时就会变个花样引起一番争论（例如考据与议论谁优，微观与宏观孰先之类）。其实，基本道理谁都明白：当然应该二者并重。只是做起来并不容易。偏好考据者或不免流于琐屑饾饤，漫无止泊；偏好宏观者或不免于师心横口，游谈无根。而欲得一材料为根、思辨为翼的兼美之作，则并非易事。故此读到张锦池先生的《〈西游记〉考论》（以下简称《考论》），颇有几分振奋。

《考论》分上、中、下三编。上编集中讨论《大唐三藏取经诗话》的有关问题；中编集中分析《西游记》的人物形象演化问题；下编涉及问题较杂，包括作品的思想文化分析、艺术特征分析，以及《西游记》的版本问题与作者问题等。另外，还有附录一篇：《论〈西游记〉和〈水浒传〉的神学问题》。这几乎可以说包括了《西游记》研究的所有重要问题。而若从方法论的角度看，也可将《考论》分为两大部分，即以"考"为主的《取经诗话》研究、版本源流研究与作者研究，和以"论"为主的人物形象、思想文化与艺术特色研究。

《考论》所"考"重点不在发掘新材料，而在旧材料的梳理与辨析。作者的梳理工作相当细致，前辈及今人的成果多在视野之内，从而为辨析打下了较为坚实的基础；而其辨析工作则思路清晰，充分显示出逻辑的力量，使旧曲翻出了新调。如关于《取经诗话》成书年代的研究。作者遍举王国维、鲁迅、胡士莹、史岩、王静如、李时人等十余家之说，对他们所依据的主要材料一一加以辨析，然后指出旧说或事理或逻辑的

---

① 原载《文学遗产》1998 年第 6 期，作者为陈洪。

缺欠。过去，支持"《取经诗话》成于晚唐五代"说的一条重要材料是将台山唐僧取经浮雕（见《考论》一章一、二的分析），通常看法为浮雕刻于五代。《考论》从四端力辨其非：艺术风格之不类，相邻"观音龛"之明代题记，杭州宋代尚无"四众"之传说，现存文学作品中"四众"形象最早见于元代。若止据其一端，尚不足以动摇旧说，而四端并列，便相当有说服力了。作者在此基础上，又进一步以"观音道场"和"试经《法华》"的两项论证，来确定"《取经诗话》不可能成书于北宋以前"。这两项论证充分显示出作者辨析材料的功力。前一项，他先指出《取经诗话》之观音道场为"香山"而非普陀，再列举宋代"玉帝命妙善修行于香山而证果为观音"的材料，继而揭橥"'玉帝'之始封者是宋真宗"，然后得出结论"《取经诗话》当非北宋以前作品"。材料运用十分得当，而逻辑演进相当清晰，几乎可成定谳。但作者尚不满足，又以后一项再加确证。他先举出《取经诗话》中，三藏人大梵天王水晶宫时接受"会讲《法华经》否"考验的情节，然后举《五代宋元明佛教事略》的"试经度僧制"材料，据"惟北宋所试经率为《法华经》"为由，断定"《取经诗话》的成书年代，其上限不会早于北宋前期"。两项相佐，结论无可置疑。作者推演至此，宣称"足以一锤定音"。我们审其材料，循其逻辑，虽不欲认可而岂可得乎？

关于《西游记》的版本，作者的看法是"杨本乃硬删世本缩写而成的节本"，"朱本是晚于杨本的三缀本"。这虽非新创，但其论证方法却有另辟蹊径之处，如通过世本祖本探迹来设定考察文本异同的参照物，中间便颇多胜见。

《考论》所"论"，可借韩文公一言以蔽之："惟陈言之务去。"如论《西游记》的文化特征为"以释道文化为肤，江湖文化为肌，儒家文化为骨"，论《西游记》的文体特性是"孙悟空的英雄传奇"，揭示《西游记》与王学的血脉联系，以及与《红楼梦》的思想递嬗，等等，皆显示出作者开阔的视野与犀利的思想锋芒。作者在对《西游记》与《水浒传》进行比较研究的时候，认为二者之间的血缘关系是一种"草色遥看近却无"的状态。作者分析这种"草色"道："《水浒传》和《西游记》的可比性并不亚于同为世情小说的《金瓶梅》和《红楼梦》。何以言之？两部作品都是英雄传奇，一也；其英雄人物皆具亦'神'亦'魔'的社会属性，二也；其思想性质和情节组成皆反映了宋元以来江湖文化和儒释道三教文化的碰撞与融会，三也；其创作本旨皆属治平求索而益之以不同程度的宗教光环，四也。"真可谓要言不烦（当然，问题还可有其他分析角度，如经典性的通俗文学普遍具有双重文化属性，《水浒传》与《西游记》同具"武侠"之血缘等）。实际上，本书很多论断、思辨，都可借用此诗句来形容。即是说，当你陷入作品的细枝末叶，或囿于旧的研究、思维模式的时候，根本无法有如此深刻的发现；只有站在理论的制高点上，才会有"一泓海水杯中泻"的眼界和"燃犀下照"般的思辨穿透力。

特别应该指出的是，《考论》虽新见迭出，但绝非刻意标新立异。那些看似大胆的立论，都是合乎逻辑地由材料中生发而出，又经过立足于坚实的材料基础之上的论证，所以观点出人意表而不出学术之规范。这便不是那些为哗众而求"新"，似"新"而实妄者（如指《红楼梦》为"血泪情仇史"，证《西游记》作"气功教科书"之类）所能望其项背的了。

快读《考论》，如与锦池先生晤谈，领教其滚滚滔滔的辩才。兴奋之余，自生对话与请教的愿望：1.《西游记》的成书过程可能比我们想象的还要复杂些。《考论》虽提出世本之祖本问题，但仍似未尽搔到痒处。程毅中先生认为："世德堂本《西游记》里的许多唱词，可能出自某一词话本的《西游记》，也可能在《西游记平话》里就有的，还可能出自一本宝卷之类的说佛唱本。"（见《西游记考论·序言》）这便较为圆通了。但问题还有探讨的余地：若经"说佛"宝卷阶段，恐难以解释世本中大量全真道诗词歌赞的问题，以及这些道教文字与全书扬佛抑道的思想倾向相矛盾的死结。笔者曾见一材料，表明元明两代的全真教是通过说唱艺术来传播教义的。既然世本中存留大量全真道文字，那就完全有理由设想："（世本）还可能出自一本道情之类的'说全真'唱本。"①何况，邱祖西游的壮举及其传说也会促成其弟子们对"西游"故事的讲唱热情。也许，邱处机作《西游记》之说真的事出有因呢。2.《西游记》的思想内涵亦相当复杂，原因大致有二：缠绕始终而又立场不清的宗教文字，介乎象征与寓言之间的表现手法。因此，说"《西游记》提出的核心问题是人才观问题"，认为《西游记》的"形象体系构成"属于完全不同于《三国》与《水浒》的"三维体系"等，虽足备一说，但稍有绝对化之嫌。锦池先生平易近人，故私下里自认为谊兼师友，今放肆妄言，先生其谅之！

四、"考论"小议——从张锦池《西游记考论》说开去②

前年秋天赴新疆参加世纪之交古典文学学术会议，与锦池兄不期而遇。有一晚，他到我住处闲叙，照例只讲学问。他一口气讲了两个来钟头，话题集中在他的《西游记》研究，不容我插嘴，我也插不上嘴。

日前，他来北大母校参加纪念活动，带着三十多万字的大著《西

---

① 参见张锦池：《〈西游记〉成书过程的假说》，郭长久主编：《博导晚谈录》，天津人民出版社1998年版。

② 原载《文汇读书周报》1998年12月24日，作者为林东海。

游记考论》到寒舍来，并告诉我这是他平生最得意之作。与锦池相交有
年，深知其禀性，只要三杯老酒下肚，他的嘴就是他的脑，想什么说什
么，"得意之作"，是他心里话。

《西游记考论》由黑龙江教育出版社出版，分上中下三编，上编考
论《大唐三藏取经诗话》成书年代、"说话"家数和故事源流；中编考
论唐僧、悟空、八戒、沙僧四个形象的演化；下编考论世德堂本《西游
记》的作者、版本、思想和艺术。全书分十二章，各自独立成文，虽是
论文的结集，却能自成体系，是一部比较完整的研究专著。前后费了十
年工夫，才完成这项工程，甘苦备尝，所以当他把书送给我时，含着泪
花露出微笑。

小时候爱读《西游记》，长大后兴趣转向古典诗文，便很少留心于
说部。九十年代初读过林庚先生的《西游记漫话》，很佩服林先生能以
童心读"西游"，并能发现"西游"的童话。他是作家兼学者，自动从
文学的角度去研究文学，而非以经学方法去研究文学，所以能有新的发
现。及读了锦池的"考论"，其考与论结合的方法也深得我心。他正是
用这种方法，论证《取经诗话》成书于北宋中后期，胡人石槃陀是猴行
者的现实原型，小说的核心问题是人才观，世本《西游记》作者非吴承
恩，而是华阳洞天主人等等。这些结论，虽未必一锤定音，但却能自圆
其说，考据与义理相辅，外证与内证结合，左右逢源，头头是道，端的
有独到之处。正如程毅中先生在本书《序言》中所说的："他在考证和
义理上双翼齐飞，有许多独到的见解。"

对于锦池所作的结论，我不敢置一辞，因为素无研究，不能妄议。
但其所用考论结合的研究方法，我却略有所感，想借此小发议论。宋程
子（颐）曰：古之学者一，今之学者三：一曰词章之学，二曰训诂之学，
三曰儒者（或作"义理"）之学（见《濂洛关闽书》）。词章、考据、义

理之分为三，实归于一，是做学问的三个基本功，所以清姚鼐云："天下学问之事，有义理、文章、考证三者之分，异趋而同为不可废"(《复秦小岘书》)。这本来是每一位学者都能体验到的道理，但在治学过程中，却各有所好，各有所偏，亦各有所长，所以往往长其所偏，偏其所好。长于考证者，认为搞理论，率皆如响尾蛇导弹，"空对空"，没什么学问；长于理论者，则认为搞考证，只在材料堆里转，雕虫小技，没有什么创见。各以其所长去轻人之所短，互不相能，乃有所谓"京派""海派"之分，实有损于团结，而无益于学术。

考证，或曰考据，或曰训诂，清代乾嘉学者承汉人治经，注重名物训诂，并用于经史古籍整理与语言文字研究，称朴学或汉学。当代古典文学研究者，亦侧重于经与史，其考出典与史实，固然于研究古典文学不无帮助，但与文学终有一间之隔，因为研究的对象毕竟是文学而非经史。有的"考据"家恰恰忘却或者无视这一点，不把文学当作语文学来研究。汉人将"诗"当作"经"来诠释，有所谓"后妃之德"的妄说，今则有人将小说当作历史来考证，"红学"成了"曹学"，倘有一天胡适对于《红楼梦》作者的考订给推翻了，海市蜃楼也就消失了。私意以为文学的考证不能背离文学，除了考订时代背景与社会环境，还应研讨文学发展规律（包括形式与内容），即所谓外证与内证。锦池之"考论"，即得益于内证。他从文学体制与思想内容的角度考证《西游记》的成书过程，颇具说服力。

"义理"一词，在汉为经义名理，在宋明为理学别称，在今则为理论。治文学者，义理即文艺理论。专攻理论者，往往短于考证，而又轻于考证，所以其失在于未曾深解便侈谈真谛，自不免断章取义，穿凿附会。宜其为考据家所讥。五六十年代，文学界只有一种理论，即从苏联引进的典型说，以这种理论研究古典诗文，在抒情的古代诗文中去求

"典型环境中的典型性格"，实在是圆凿而方枘，龃龉而难入。所以不能不借助于"诗话"中的某些见解。古人多以鉴赏论指导创作，而外来理论则多以创作论指导鉴赏，东西理论之相左如此，所以当典型说失去独尊地位，理论界便有些茫然，一时找不到权威体系，至今仍在摸索中。私意以为中国文学的理论，还得从中国古今的文学实践中去总结，所以治理论不可轻视考据，须知得其真才能得其理。锦池有感于此，所以说"从事古代文学教学和研究不学点考证功夫是不行的"（《后记》）。考以求其实，实以求其是，即所谓"实事求是"，这是学习的方法，也是治学的方法。

考者论者，各有所长，亦各有所短，考论结合，取长补短，是为得之。"双翼齐飞"，当能如凤之翥于文林也。

五、颇有新意的《西游记考论》①

张锦池先生的《西游记考论》，不但是《西游记》研究的最新成果，而且是能让学术界耳目一新的最新著作。

张先生 1963 年毕业于北京大学，于"红学"多所创见。然其先师吴组缃认为他的《西游记》论文比"红学"论文更好，鼓励他坚持下去。他在教学之余，以十年心血写成此书，从宏观着眼，微观着手，将"考"与"论"结合，使考证与义理兼长，属于"论从史出"的写法。作者首先全面地考论了《大唐三藏取经诗话》的成书年代、"说话"家数和故事源流，着重从内证上确定了它成书的上限和下限，佐以旁证，认为该书当成书于北宋中后期。第二，作者系统地考论了唐僧、孙悟空、猪八

---

① 原载《人民日报》（海外版）1998 年 4 月 30 日，作者为余音。

戒和沙和尚的形象演化，以及孙悟空和猪八戒的血统问题。作者认为，孙悟空的文化原型是来自道教猿猴故事的"修炼猿"，而非来自佛教猿猴故事的"听经猿"；猪八戒的原型是来自我国猪文化传说中的"黑猪精"。第三，本书还同时深入地探讨了《西游记》的文化特征、创作本旨、艺术构思、版本源流，以及有关作者的问题。吴小如评价此书"于《取经诗话》用力甚勤，有朴学之功底而益之以历史唯物主义之方法，虽略嫌辞费，而实迈前人"。

中国四大古典名著考论

第四编

红楼梦 考论

张锦池 著

人民出版社

第四编

红楼梦考论

前　言

本编名为《红楼梦考论》，而在写法上却与《西游记考论》不同。《西游记考论》是名副其实的考论，书中各篇几乎皆属亦考亦论的写法。这是由于《西游记》是部集宋元取经故事之大成的文学巨著，它的创作是有所依傍的，而我则又旨在将宋元以来的取经故事和《西游记》作为一个家族予以通盘研究。《红楼梦考论》的写法却不然，书中除了前三篇是属于考证性文字以外，其他各篇只是论中含考，且考亦是为了有助于论。这是由于《红楼梦》虽则也有它的文学渊源，但谁也无法否定它是一位天才作家的戛戛独造，而我的兴趣又始终是在对《红楼梦》的文本作还原批评上。因想不到一个能吸引读者的书名，便干脆题为《红楼梦考论》，聊充《西游记考论》的姊妹篇。文中属于敝帚自珍而予反复论说的心得，概而言之，主要有如下一些：

认为如果考证作品的版本源流或成书过程，则应注重内证，外证只能作为参照；如果考证作品的作者，则应注重外证，内证只能作为参照。这是个不可不注意的思想方法问题。据今见外证材料，《红楼梦》的作者只能是曹雪芹；更何况所谓书中的"矛盾现象"，又可作出合乎逻辑的解释。

认为曹雪芹是生于康熙五十七年戊戌（1718）；而胡适在曹雪芹的生年问题上虽曾先后提出过三种说法，却从未提出过"康熙戊戌"说；将"康熙戊戌"说按在胡适头上并从而商榷之，是始于周汝昌先生的《红楼梦新证》，遂以讹传讹。

认为从巧姐和大姐的关系问题知曹雪芹在增删五次过程中曾减头绪；从巧姐和英莲的关系问题知巧姐被卖时的年龄即为大观园花柳繁华的时间跨度；从巧姐和二丫头的关系问题知后四十回决非曹雪芹的原作。

认为曹雪芹继承并发展了李贽的"童心"说。他将"童心"看作是天赋予人的美德，而实之以自由观念和平等观念；他将具有"童心"的"真人"、"童心"虽障而未全失的人物、失去"童心"的"假人"作为笔端形象体系内部构成的三大要素，而以"父与子"的矛盾亦即失去"童心"的"假人"和具有"童心"的"真人"的矛盾作为作品的基本矛盾。从而也就使他的人性论进入近代人性论的范畴，从而也就使他的主人公成为新世纪的传令官，从而也就使他的作品成为启蒙主义的晨曲。

认为贾府的特点是"富而好礼"，它是当时令人亦羡亦畏的诗礼簪缨之族，它是当时令人可赞可叹的忠臣孝子之门，它是当时令人可敬可亲的慈善宽厚之第；可这个"富而好礼"之族又是以封建宗法统治为其法宝的，它虽则给大观园里的人们以锦衣玉食，无使饥馑，却不准他们"各得其情，各遂其欲"，而只准他们"各安其位，各操其职"，是以那贾母们按纲常名教精心筑就的王道乐土，同时也就成为一座禁锢青年们的肉体和灵魂的黑暗王国，而觉醒者要求自由的呐喊则声声可闻。

认为大观园既是以"天不拘兮地不羁"为其特点的太虚幻境在人间的投影，同时又是以"体仁沐德"为其特点的贾府正府在世外的投影。正因为大观园交织着如此两种投影，所以它也就成为贾宝玉的"意淫"观念和孔孟的"仁政"思想之间不见刀光剑影、不闻战马嘶鸣的无声战场，而结果是一支王道曲，千红无子遗。从中也就以"救救青年"和"四海之内皆姊妹也"的呼喊，宣告了中国中世纪的终结和新世纪的开端。

认为对《红楼梦》的主题应从其哲学层面和文学层面两个方面去把

握。其哲学层面，层次有三：一是情爱的颂歌；二是童心的赞歌；三是青春的悲歌。其文学层面，构架亦有三：一是作者要为一位"怡红公子"作传，那似贬实褒的两首《西江月》是小说的第一首主题歌；二是作者要为一群青年女子作传，那饱含着赞赏和痛悼之情的《红楼十二支曲》是小说的第二组主题歌；三是作者要为一个"诗礼簪缨之族"作传，那半含讥弹、半是挽歌的《好了歌》、《好了歌解》是小说的第三组主题歌。而不论从哪个层面看问题，最主要也是处于中心地位的则是贾宝玉的精神悲剧。因此，从某种意义上说，一部《红楼梦》可以称之为"怡红公子传"。

认为《红楼梦》的结构线索是多元的，而通部主线则是贾宝玉的人生道路问题。道理很简单："顽石"与"神瑛侍者"具有同一性，其下凡历劫时又形影相随。"顽石"祖居"青埂"——历劫"花柳繁华地，温柔富贵乡"——返回"青埂"，记其"身前身后事"，是为《石头记》。"神瑛侍者"家住"赤瑕"——历劫"花柳繁华地，温柔富贵乡"——返回"赤瑕"，录其"身前身后事"，是为《情僧录》。"顽石"下凡历劫之始末，即贾宝玉人生道路之历程，二者是一而二、二而一的。

认为《红楼梦》艺术结构上的对称美，从数理文化来说，具有三种形态。一是"玉盒子底，玉盒子盖"式的，即中国诗学上的对称，其数理文化为"二"。二是"一主双宾"式的，即中国建筑学的对称，其数理文化为"三"。三是"一主三从"或"三正一闰"式的，形成对称中有不对称、不对称中有对称的均衡美，其数理文化为"四"。这后二者是《红楼梦》的结构学所特有的，而向来却为研究者所忽视。

认为《三国演义》和《水浒传》是想规范封建道德，而《红楼梦》是在批判封建道德；《西游记》是主张制约"童心"，而《红楼梦》是鼓吹放纵"童心"；《金瓶梅》是人间喜剧，而《红楼梦》是时代悲剧；悲怆地缅怀三代造就了吴敬梓，苦痛地求索未来造就了曹雪芹。

要之，一些专家学者所注目以视的是《红楼梦》中的秋风落叶，而我所注目以视的是《红楼梦》中的冬末未萌。本编的不足在于斯，特点亦在于斯。

谨请方家和读者不吝赐正。

第一章 《红楼梦》作者考

一、小引

《红楼梦》的作者是谁？是曹雪芹；可又不时有人提出质疑。《北方论丛》一九七九年第一期发表的戴不凡同志的《揭开〈红楼梦〉作者之谜》，就是一篇具有代表性的质疑文章。"谜"底是："曹雪芹是在石兄《风月宝鉴》旧稿基础上巧手新裁改作成书的。"

认为曹雪芹只是《红楼梦》的改写者而不是原作者，这说法虽则并非始于戴不凡同志，乃是历史上的一种意见；然而戴不凡同志从多方面作了考证、论述，提出了有关的新见，这对于我们进一步研究《红楼梦》的作者问题是有启发的。这一问题又是个没有真正解决而又值得探讨的问题。因为从胡适于一九二一年发表了《〈红楼梦〉考证》，认定《红楼梦》的作者是曹雪芹以后，很少再有异议，也就没有人再去作过专题研究予以进一步证实；但胡适的这一论断却是避开历史上的不同意见而仅凭所需的一条材料作出的。所以，戴不凡同志重新提出《红楼梦》的作者问题来进行讨论，我认为是有意义的。不待说，这类学术上的问题，通过各抒己见，互相争鸣，更容易得出比较正确的结论。因此，我不揣谫陋，也把自己的看法写出来，以就正于戴不凡同志和广大的《红楼梦》爱好者。

二、乾隆年间的看法

戴不凡同志说："认为《红楼梦》是曹雪芹一手创作的祖师爷，就是'新红学'的祖师爷胡适。"可是，我所接触的材料却不是这样；早在乾隆年间，就有不少人认为《红楼梦》的作者是曹雪芹。袁枚的《随园诗话》卷二中有一条材料说：

> 康熙间，曹练亭（练当作楝）为江宁织造，每出拥八骑，必携书一本，观玩不辍。人问："公何好学？"曰："非也。我非地方官而百姓见我必起立，我心不安，故藉此遮目耳。"素与江宁太守陈鹏年不相中，及陈获罪，乃密疏荐陈。人以此重之。其子雪芹撰《红楼梦》一书，备记风月繁华之盛。中有所谓大观园者，即余之随园也。

袁枚是乾隆进士，曾任江宁等地知县，与曹雪芹同时代人，他说"雪芹撰《红楼梦》一书"，总不会是无中生有。倘说袁枚把曹楝亭（曹寅）与曹雪芹的祖孙关系说成父子关系，显见两家并不是世交，因此他说"雪芹撰《红楼梦》一书"，可靠性有值得怀疑之处，那就不妨再看一首永忠的诗。此诗见于他的《延芬室稿》稿本第十五册，题目就是：《因墨香得观红楼梦小说吊雪芹三绝句（姓曹）》。诗上有弘旿眉批曰："此三章诗极妙。第《红楼梦》非传世小说，余闻之久矣，而终不欲一见，恐其中有碍语也。"诗云：

> 传神文笔足千秋，不是情人不泪流。
> 可恨同时不相识，几回掩卷哭曹侯。

颦颦宝玉两情痴，儿女闺房语笑私。

三寸柔毫能写尽，欲呼才鬼一中之。

都来眼底复心头，辛苦才人用意搜。

混沌一时七窍凿，争教天不赋穷愁。

倘若曹雪芹不是《红楼梦》的作者，永忠读《红楼梦》后何以作诗吊曹雪芹？诗里说曹雪芹是"传神文笔"、"用意搜"、"能写尽"、"争教天不赋穷愁"，口气也都不是指改写而是指创作。墨香是曹雪芹的好友敦诚的幼叔，弘旿是乾隆的堂兄弟、永忠的堂叔父，永忠就是那被雍正谋夺了储位权的胤禵之孙，曹府又是在康熙诸王子的夺嫡斗争中因受牵连而被抄家的。墨香借给永忠《红楼梦》，弘旿在永忠的诗上加眉批；因此永忠认为《红楼梦》的作者是曹雪芹，实际上也就反映了墨香、弘旿的共同看法。此诗写于乾隆三十三年，曹雪芹死后第四五年，谅来他们总不是串通起来造谣生事吧！倘说这仍只是一种分析和推测，诗里并没有《红楼梦》的作者是曹雪芹的字样，因而不足为据，只能作为旁证，那就不妨再看明义的《题红楼梦》小序：

> 曹子雪芹出所撰《红楼梦》一部，备记风月繁华之盛。盖其先人为江宁织府；其所谓大观园者，即今随园故址。惜其书未传，世鲜知者，余见其钞本焉（见《绿烟琐窗集》钞本）。

明义是永忠的从兄永珊的外甥，与永忠、墨香、敦诚、敦敏均有交往；墨香是明义的堂姐夫，与曹雪芹关系较密的明琳可能是明义的堂兄弟。因此，明义说"曹子雪芹出所撰《红楼梦》一部"该不是向壁虚构吧！

而我以为假若把明义的这篇序和上面引的永忠的诗相并观，就更可以看出永忠心目中的《红楼梦》作者确实是曹雪芹。

此外，沈赤然在他的《五砚斋诗钞》卷十三中有四篇题《红》七律，诗作于乾隆六十年（1795），此时高鹗辈续书才刊行三年，而诗题也是"曹雪芹《红楼梦》题词四首"。许兆桂在给女作家吴兰征的《绛蘅秋》所作的序言里也确言：《红楼梦》"作者曹雪芹为故尚衣（按指曹寅为织造）后"。西清在《桦叶述闻》中说得就更明确："《红楼梦》始出，家置一编，皆曰此曹雪芹书，而雪芹何许人，不尽知也。雪芹名霑，汉军也。"这些材料，都可说明曹雪芹是《红楼梦》的作者。因此，还不能说这是胡适的发明。

那么，乾隆年间有没有人认为曹雪芹只是《红楼梦》的改作者呢？有。这就是戴不凡同志所引用的裕瑞的看法。裕瑞在这个问题上，看法是自相矛盾的。他一会儿说：

> 闻旧有《风月宝鉴》一书，又名《石头记》，不知何人之笔。曹雪芹得之，乃以近时之人情谚语夹写而润色之，借以抒其寄托。以是书所传述者，与其家之事迹略同，因借题发挥，将此部改至五次，愈出愈奇。……闻其所谓宝玉者，尚系指其叔辈某人，非自己写照也（《枣窗闲笔》）。

这显然是说曹雪芹只是这部小说的改作者。可在同一部书里，一会儿又说：

> 《红楼梦》一书，曹雪芹虽有志于作百二十回，书未告成即逝矣。诸家所藏抄本八十回书，及八十回书后之目录，率大同小

异者，盖因雪芹改《风月宝鉴》数次，始成此书，抄家各于其所改前后第几次者，分得不同，故今所藏诸稿未能划一耳。

殊不知雪芹原因托写其家事，感慨不胜，呕心始成此书，原非局外旁观人也。若局外人徒以他人甘苦浇己块垒，泛泛之言，必不恳切逼真如其书者。

这又显然是说《红楼梦》的作者是曹雪芹，而且只能是曹雪芹。《红楼梦》的作者究竟是谁，裕瑞自己也不甚了了，因而戴不凡同志说《枣窗闲笔》里的"记载可征"，足资证明曹雪芹只是《红楼梦》"这部小说的改作者"，还是有值得推敲的地方。或许戴不凡同志会说：要充分重视裕瑞的"闻"，因为此人"去雪芹生平未远，很可能和曹家有点亲戚关系"；焉知这不是"小道消息"！在此，我们只想指出一个事实：裕瑞和曹家的关系较之明义和曹家的关系是隔了一层。明义约生于乾隆五年左右，曹雪芹死时他已二十三岁上下；而裕瑞生于乾隆三十六年，曹雪芹死后八九年他才出生。明义姓富察，是承恩公富文之侄、都统富清之子；而根据《玉牒宗室谱》稿本，得知裕瑞之母是"富察氏承恩公富文之女"、都统富清之侄女，二人是舅甥关系。《枣窗闲笔》里说："雪芹二字，想系其字与号耳，其名不得知。……闻前辈姻戚有与之交好者。"裕瑞这里所说的与曹雪芹"交好"的"前辈姻戚"，显然是指明义家族。顺带说一句，这就又增加了明义所说的"曹子雪芹出所撰《红楼梦》一部"云云的可靠性。总之，倘若明义等人从曹家得来的材料是第一手材料，那么传到裕瑞那里已成为第二手材料。哪一个材料可靠些，是很清楚的。

实际上只要对裕瑞的"闻旧有《风月宝鉴》一书"云云略加研究，便知他所标榜的这种"闻"与程伟元的《红楼梦序》中一段话差别不大：

此书"作者相传不一，究未知出自何人，惟书内记雪芹曹先生删改数过"。因此，关键问题还在于如何理解《红楼梦》第一回里的下面一段话：

> （空空道人）方从头至尾抄录回来，问世传奇。从此空空道人因空见色，由色生情，传情入色，自色悟空，遂易名为情僧，改《石头记》为《情僧录》。至吴玉峰题曰《红楼梦》。东鲁孔梅溪则题曰《风月宝鉴》。后因曹雪芹于悼红轩中披阅十载，增删五次，纂成目录，分出章回，则题曰《金陵十二钗》。并题一绝云：满纸荒唐言，一把辛酸泪！都云作者痴，谁解其中味？至脂砚斋甲戌抄阅再评，仍用《石头记》。

怎样正确理解这段话呢？这就有必要先看一看甲戌本的两条重要眉批。一条是批在"东鲁孔梅溪则题曰《风月宝鉴》"上：

> 雪芹旧有《风月宝鉴》之书，乃其弟棠村序也。今棠村已逝，余睹新怀旧，故仍因之。

另一条是批在"至脂砚斋甲戌抄阅再评"上：

> 若云雪芹披阅增删，然后（则）开卷至此这一篇楔子又系谁撰，足见作者之笔狡猾之甚。后文如此处者不少。这正是作者用画家烟云模糊处，观者万不可被作者瞒弊（蔽）了去，方是巨眼。

照戴不凡同志的看法，书里"方从头至尾抄录回来"云云，乃是"棠村为旧稿《风月宝鉴》写的序"。脂批"故仍因之"是"故仍用之"之误，

"用之"就是"把已故的棠溪（应为棠村）"写的这段旧序"用"在这里。而从这段旧序，可以看出"小说的写作过程原来明分两个阶段：先是那个被称为'石兄'、自称为'石头'的作者业已'编集在此'的一部'自叙'性质的小说，由后来易名为'情僧'的空空道人抄录回来问世传奇，他'改《石头记》为《情僧录》'；同时又被人题以《红楼梦》、《风月宝鉴》等等不同书名。到了第二阶段才是曹雪芹在石兄旧稿基础上'披阅十载，增删五次'，改写成为《金陵十二钗》，即今天我们所说的《红楼梦》。"这看法，我难以理解。若说这段话是"棠村写的《风月宝鉴》旧序"，"序"上岂能道出此书以后的修改情况？假若果真如此，那么，这篇"棠村写的《风月宝鉴》旧序"究竟是"序言"呢，还是个预卜此书未来命运的"预言"？

照戴不凡同志的看法，脂批"雪芹旧有《风月宝鉴》之书"云云，这里的"有"，指"藏有"，不是"著有"；雪芹"藏"的这部"石兄"的"旧稿《风月宝鉴》原为一部黄色小说"。雪芹的功绩是在一个"改"字上。这看法，我也难以理解。假若果真如此，那么，棠村是弟，雪芹是兄且是此书的收藏者，何以让棠村作序而雪芹自己不作？"石兄"的"旧稿《风月宝鉴》"和空空道人"改《石头记》为《情僧录》"的那"旧稿"《石头记》是什么关系？"第一阶段"，那"作者群"把"旧稿"《石头记》一改而为《情僧录》，再改而为《红楼梦》，三改而为《风月宝鉴》（新稿?），这样改来改去，是否也改动了内容；而雪芹是此书的收藏者，何以倒不参加这个"作者群"？"第二阶段"，雪芹一动手，又何以要把那个"作者群"统统拒之于"悼红轩"之外，独自一人"披阅十载，增删五次"？《金陵十二钗》与"旧稿"《石头记》在思想倾向上有无不同，倘若没有，雪芹的手"巧"在哪里；倘若有，脂砚斋把《金陵十二钗》又改题为《石头记》，"石兄"、"作者群"、曹雪芹何以皆大欢喜；脂砚斋又何以如此地薄曹雪芹而厚"石兄"？

照戴不凡同志的看法，脂批"若云雪芹披阅增删"云云，所谓"后文如此处者不少"，"那是说后面还有不少章节是雪芹自撰；但是其它部分则是根据他人旧稿增删改写的"。因为"如果书前所列的'作者群'全是雪芹自布的'疑阵'，小说是由雪芹一手创作而成，那么，脂砚斋在这里就毋须说什么'然则这一篇楔子又系谁撰'；他还要特地点明'后文如此处者不少'，就变成完全多余的废话了"。这看法，我又难以理解。假若果然如此，那么，曹雪芹在"披阅十载，增删五次"中的"增"，这"增"可以不可以称为"自撰"？"根据他人旧稿增删改写"部分中的"增"，这"增"可不可以称为"自撰"？"增"和"自撰"的界说是什么？倘说"披阅十载，增删五次"中的"大增"可以称为"自撰"，那雪芹是直言不讳的，脂砚斋还要加这条批岂不是饶舌？倘说以不动"石兄旧稿"的筋骨为前提的"小增"笔墨谓之"增"，这种"据石兄旧稿增删改写的"部分能改变其"黄色小说"性质吗？倘说上述的"自撰"部分与"增删改写"部分的合璧，便产生了如此伟大的古典小说，这实在叫人无法置信。

照我的浅见，上引"方从头至尾抄录回来"云云，乃是小说家言。这在我国的小说中尤其屡见不鲜。《儿女英雄传评话》首回就曾自叙该书有过几个不同的书名，而鲁迅先生评云："多立异名，摇曳见态，亦仍为《红楼梦》家数也"（《中国小说史略》）。凡读过鲁迅先生《狂人日记》的人，都知道这篇小说有篇小序。假若谁依据那序中所述便以为这篇"日记"真系某君昆仲于病中所写，鲁迅只是这篇"日记"的修改者，我想，和者一定甚寡。

照我的浅见，上引"雪芹旧有《风月宝鉴》之书"云云，乃是说雪芹曾著有《风月宝鉴》一书，这部书的序言是他的弟弟棠村作的。现在棠村已死，由于"睹新怀旧"，所以仍用《风月宝鉴》这个书名。甲戌本"凡例"说：

> 是书题名极多：《红楼梦》，是总其全部之名也；又曰《风月宝鉴》，是戒妄动风月之情；又曰《石头记》，是自譬石头所记之事也。此三名皆书中曾已点睛矣。如宝玉作梦，梦中有曲，名曰《红楼梦十二支》，此则《红楼梦》之点睛。又如贾瑞病，跛道人持一镜来，上面即錾"风月宝鉴"四字，此则《风月宝鉴》之点睛。又如道人亲眼见石上大书一篇故事，则系石头所记之往来，此则《石头记》之点睛处。然此书又名曰《金陵十二钗》，审其名则必系金陵十二女子也。

这就告诉我们：四个题名是从不同角度起的，指的是同一部书；并不反映什么"小说的写作过程原来明分两个阶段"。无疑，"凡例"里所说的《风月宝鉴》，指的就是《红楼梦》，并不是棠村序本《风月宝鉴》。然而，我们却由此可以看出棠村本《风月宝鉴》与《红楼梦》的关系：二者只有规模的不同，艺术性高低的差别，思想倾向是一致的；后者的创作可能曾以前者作基础，但前者的原有情节入后者当是融入而不是杂陈。

照我的浅见，上引"若云雪芹披阅增删"云云，"又系谁撰"是针对"披阅增删"而言的。意思是说：假若说你曹雪芹只是个修改者，那么，这么长的一篇"楔子"又是谁写的呀？弦外之音自明：你曹雪芹不只是此书的修改者，而且是此书的撰写者。"后文如此处者不少"，绝不是指什么"后面还有不少章节是雪芹自撰"，而是说后面像这里的"画家烟云模糊"笔墨还有很多。何以见得，后面凡遇此等笔墨，脂批便不是写着"欲瞒看官"，就是写着"几被瞒过"，或者写着"亦作者欲瞒看官，又被批书人看去（出），呵呵"，足可证明。

写到这，我想补充说一点：胡适的《〈红楼梦〉考证》仅凭我们前面所引的袁枚的一段话，便断言《红楼梦》的作者是曹雪芹，理由确实不充分。然而，就他的这一论断本身来说，还是对的。判断某个观点是否正确，不应依据它是出自谁口，而应看它有没有道理，符合不符合客观事实。似不应把胡适说的话一概斥之为"胡说"，似不应把"胡适"派说成"胡（适）说"派。

三、脂砚斋们的说法

乾隆年间文人们的看法虽则已可证明《红楼梦》的作者是曹雪芹，但最具权威性的意见还是脂批，戴不凡同志说：《红楼梦》的作者不是曹雪芹，"这可以从朱墨灿然的一系列脂批中得到有力证明"。而我感到脂批中反映出的情况，并不是这样。

列宁说："如果从事实的全部总和、从事实的联系去掌握事实，那么，事实不仅是'胜于雄辩的东西'，而且是证据确凿的东西。如果不是从全部总和、不是从联系中去掌握事实，而是片断的和随便挑出来的，那么，事实就只能是一种儿戏，或者甚至连儿戏也不如"（《统计学和社会学》）。我很同意戴不凡同志的意见：从大量的脂批材料里去考察《红楼梦》的作者究竟是谁时，我们也应记取列宁的这一教导。

（一）"石兄"与作者的关系

戴不凡同志认为："《风月宝鉴》旧稿作者石兄非曹雪芹自己。"而我觉得脂批中的"石兄"这一称谓，经常是被用于或指青埂峰下的那块顽石，或指通灵玉，或指贾宝玉，或指作者；但有时又明指它不是贾宝玉，不是作者。而脂批里所说的作者，指的就是曹雪芹，则确凿无疑。

（甲）"石兄"用指顽石：

第一回，"满纸荒唐言，一把辛酸泪"诗上，甲戌本有眉批云：

> 能解者方有辛酸之泪，哭成此书。壬午除夕书未成，芹为泪尽而逝。余尝哭芹，泪亦待尽。每意觅青埂峰再问石兄，奈余不遇獭（癞）头和尚何？怅怅！

第十七回，"此时自己回想当初在大荒山中，青埂峰下，那等凄凉寂寞"一段，庚辰本有眉批说：

> 如此繁华盛极花团锦簇之文，忽用石兄自语截住，是何笔力，令人安得不拍案叫绝。是阅历来诸小说中有如此章法乎？

同一回，"诸公不知，待蠢物将原委说明，大家方知"。"待蠢物"三字下，庚辰本及有正本，均有双行夹批云：

> 石兄自谦，妙！可代答云，岂敢！

又第六回，"诸公若嫌琐碎粗鄙呢，则快掷下此书，另觅好书去醒目；若谓聊可破闷时，待蠢物细细言来"。"待蠢物"三字下，甲戌本有双行夹批云：

> 妙谦，是石头口角。

（乙）"石兄"又用指通灵玉：

第三回，"宝玉听了，登时发作起痴狂病来，摘下那玉就狠命摔去"。甲戌本有夹批云：

试问石兄，此一摔比在青埂峰萧然坦卧何如？

第八回，写宝玉从项上摘下通灵玉，递与宝钗手内，"宝钗托于掌上"。甲戌本有双行夹批云：

试问石兄此一托，比在青埂峰下猿啼虎啸之声何如？

同一回，"袭人伸手从他项上摘下那通灵玉来，用自己的手帕包好，塞在褥下，次日带时便冰不着脖子"。甲戌本有双行夹批云：

试问石兄此一渥，比青埂峰下松风明月如何？

（丙）"石兄"也用指贾宝玉：

第七回，写到宝玉听见焦大骂贾府时，"那里承望到如今生下这些畜生来"句上，甲戌本有眉批说：

"不如意事常八九，可与人言无二三"，以上二句批是假聊慰石兄。

第八回，写"宝玉在心甜意洽之时，和宝黛姊妹说说笑笑的"。甲戌本有双行夹批说：

试问石兄，比当日青埂峰猿啼虎啸之声何如？

第二十回，写贾宝玉给麝月篦头，"二人在镜内相视"。庚辰本有夹批说：

此系石兄得意处。

第二十一回，袭人不理宝玉，反说宝玉在生她气。宝玉说："这会子你又说我恼了。"庚辰本有夹批说：

这是委屈了石兄。

第二十二回，贾宝玉赌咒。"湘云道：'大正月里，少信嘴胡说'。"庚辰本有夹批说：

回护石兄。

（丁）"石兄"还用指作者：
第二十七回，黛玉葬花一段。庚辰本眉批说：

开生面，立新场，是书不止《红楼梦》一回，惟是回更生更新。且读去非阿颦无是佳吟，非石兄断无是章法行文，愧杀古今小说家也。畸笏。

第二十回，写到黛玉抽抽噎噎地哭个不住，宝玉欲以温言劝慰时，

"不料自己未开口"句，庚辰本有夹批云：

> 石头惯用如此笔仗。
> ··

同一回，写到贾宝玉天明醒来，"翻身看时，只见袭人和衣睡在衾上"。庚辰本有双行夹批说：

> 神极之笔。试思袭人不来同卧亦不成文字，来同卧更不成文字，却云和衣衾上，正是来同卧不来同卧之间，何神奇文妙绝矣。好袭人，真好。石头记得真真好。述者错（述）不错真好。
> ··
> 批者批得出。

又第三回，写王夫人当着贾母要王熙凤拿匹缎子给林黛玉做衣裳，王熙凤接口说："知道妹妹不过这两日到的，我已预备下了。"甲戌本有眉批说：

> 余知此缎，阿凤并未拿出，此借王夫人之语机变欺人处耳。
> 若信彼果拿出预备，不独被阿凤瞒过，亦且被石头瞒过了。
> ··

正因为"石兄"这一称谓既被用以指顽石，也被用以指通灵玉，又被用以指贾宝玉，也被用以指作者，在这四者之间无定指，所以在一定情况下用它指这四者之中的其一时，就有可能与其他几者显出区别。下列几条脂批便是如此。这类脂批就我所见，虽则只有三条，但对于我们正确理解"石兄"与作者关系问题，实有它不容忽视的价值。

第五回，"谁为情种"句，甲戌本有夹批云：

非作者为谁？余又曰，亦非作者，乃石头耳。

又同一回，警幻仙姑说《红楼梦十二支曲》，"若非个中人，不知其中之妙"。对"若非个中人"一语，甲戌本有夹批说：

三字要紧，不知谁是个中人。宝玉即个中人乎？然则石头亦个中人乎？作者亦系个中人乎？观者亦个中人乎？

又第二十回，宝玉道："我也是为的是你的心，难道你就知你的心，不知我的心不成！"句下，庚辰本有双行夹批说：

此二语不独观者不解，料作者亦未必解；不但作者未必解，想石头亦不解，不过述宝林二人之语耳。石头既未必解，宝林此刻更自己亦不解，皆随口说出耳。若观者必欲要解，须自揣自身是宝林之流，则洞然可解；若自料不是宝林之流，则不必求解矣。万不可记此二句不解，错谤宝林及石头、作者等人。

显而易见，这三条脂批中的"石头"，均指青埂峰下的那块"顽石"。前一条批中它与作者并称，后二条批中它与作者、贾宝玉并称。贾宝玉、石头、作者，三者区分得很清楚。

"石兄"问题在脂批中出现了如此复杂的现象，这有没有可能是由于出自不同的批者之手造成的呢？我觉得与这关系不大。因为这些批，都比较早，即便不是出于同一人之手，也是出于那些"个中人"之手。

那么，怎样解释这一复杂现象呢？我觉得这里面还是有迹可循的。"石兄"既可以用它指顽石，又可以用它指通灵玉，也可以用它指贾宝玉，还可以用它指作者，这说明他们彼此在本质上并无区别，具有相同的共性。然而，"石兄"一作为四者中的某者代称，便不可与其他三者混为一谈，这又说明他们具有个体上的差别，是不同的个体。我觉得这符合《红楼梦》的有关情况。

首先，书里写贾宝玉是神瑛侍者转世，通灵玉是顽石下凡。瑛，是假玉真石。神瑛与灵性已通的顽石，也就无质的区别。"失去幽灵真境界，幻来亲就臭皮囊。"贾宝玉与通灵玉的关系，不仅是形影难离，而且后者还是前者的命根子。这里，四者有形体的不同，然无本质上的差异。头脑冬烘的高鹗之流把神瑛侍者改为警幻仙姑授予顽石之"名"，从而使神瑛侍者和顽石合二为一，从而使贾宝玉和通灵玉成为顽石下凡后的分身，实在是画蛇添足。

其次，书里赋予顽石或通灵玉的作用有二，一是作贾府衰败过程的见证者，二是作贾府衰败过程的实录者；顽石记的是"身前身后事"，作者写的也是"身前身后事"：这是一致的。作者何以能写出自己出生以前的事？前面我们所引的一条脂批说得很清楚。作者创作《红楼梦》时，不仅有"批者"，而且有"述者"。注意："述者"二字！它说明作者创作《红楼梦》是根据"身前身后事"，不是根据他人的什么"旧稿"。"石头"上"字迹分明，编述历历"云云，全是假托。然而唯其有这么个假托，作者和"顽石"也就显出了区别，不能等同起来。

最后，贾宝玉是作者的理想人物，在他身上寄托了作者的理想。从这个意义上说，他们是具有相同的思想感情，在贾宝玉身上有作者的影子。然而，这个人物又是个成功的典型形象；并且这个典型形象，又不是根据某一模特儿，而是根据好几个模特儿加工塑造的，其中有作者自己，也有他的亲友等等同时代人，所以又不能在作者和贾宝玉之间加等号。这有脂批可证。第十八回，庚辰本有条夹批说："不肖子弟来看形容。余初见之，不觉怒焉，谓作者形容余幼年往事；因思彼亦自写其照，何独余哉。"而第十九回，庚辰本有条双行夹批说得就更为真切："按此书中写一宝玉，其宝玉之为人，是我辈于书中见而知有此人，实未目曾亲睹者。……合目思之，却如真见一宝玉，真闻此言者，移之第二人万不可，亦不成文字矣。"作者的"个中人"都认为贾宝玉这个形象是个"熟悉的陌生人"，可见其不是按照某一个模特儿塑造出来的。但一则由于胡适"自传"说的影响，二则由于脂砚斋之辈常好在书中当个角色，时至今天仍有人醉心于研究贾宝玉究竟是当时现实生活中的谁某，岂不谬哉！

问题是清楚的，胡适认为石头＝贾宝玉＝曹雪芹，固然不对；而戴不凡同志认为石头是《风月宝鉴》的撰写者，与脂批中所说的"作者"无涉，也未免失之于片面和武断。倘若一定要我以简单的公式来表示贾宝玉、石头、作者的关系，那我将写成："贾宝玉≈石头≈作者"。而这里所说的作者，是指脂批里提到无数次的"作者"，亦即曹雪芹。前面我们引的一条脂批，即"若云雪芹披阅增删"那条，便把"作者"和曹雪芹视为同一人，这类脂批并不少，兹不赘举。尽管曹雪芹在开卷的《楔子》里那么说，但脂砚斋们仍一口一声称他是作者，就在于《红楼梦》这部书是谁作的，他们"心里有数"！然而，只因戚本第二十三回的总评里有句云："以撞心之言与石头讲道，悲夫！"戴不凡同志便据以反问道："如果小说确是雪芹一手创作而成，难道他自己竟会写下'撞心之言'与他自己'石头'讲道?!"结论是："如果不是《风月宝鉴》旧稿作者另有其人，那是非常难以解释的。"假若有人这样反问戴不凡同志："倘若《红楼梦》的原作者是'石兄'，难道他自己竟会写下'撞心之言'与他自己——'石头'讲道?!"那将怎么回答呢？再说，一面强调"石头是石头"、"作者是作者"，脂批中所一再提到的这"作者"二字是指曹雪芹而不是指石头;一面又强调《红楼梦》的作者不是曹雪芹,曹雪芹只是《红楼梦》的改写者,这也实在自相矛盾。倘说脂批中所说的"作者"二字意即"改写者",那么,打开字典又有哪一部是作这么解释?由此可见,弄清"石兄"这一称谓在脂批中的应用范围,这对研究《红楼梦》的作者问题是重要的。比如,只要把"以撞心之言与石头讲道"一语中的"石头",理解为是指贾宝玉说的,那这一条脂批还有什么"非常难以解释的"呢?

（二）作者著书时的年龄

凡是否认或怀疑《红楼梦》的作者是曹雪芹的同志,心里总有一个疑问:倘若曹雪芹真是《红楼梦》的作者,推算起来他开始著此书的时候只有三十岁左右;年纪那么轻,能写出这么一部百科全书式的作品吗?我们考察了一下脂批,而得出的结论则是:不论此书的作者为谁,他写作此书时的年龄均应是青壮年时期。

戴不凡同志否认《红楼梦》的作者是曹雪芹,实际上也是从这个年龄问题上开始落笔的。文章一开头,他就摆出了一个"小例子"。凡是研究过脂批的同志都知道,实际上这是打出了一发重型炮弹。因为它是脂批中最难解释的脂批之一,而这一条脂批对于判断《红楼梦》是否真是曹雪芹所作又至关重要。这就是第十三回,写王熙凤协理宁国府,寻思府里存在"五弊"时,庚辰本有一条眉批:

> 读五件事未完,余不禁失声大哭!三十年前作书人在何处耶?

此批难解处有三点:一是缘何引起批者"大哭";二是"三十年前",作状语还是作定语；三是批于何年。若是就此批论此批，至少可以有三种解释：(1)"三十年前"的作书人，现在已经死了！(2)"三十年前"，作书人还没有出世呢！(3)"三十年前"，作书人生活在什么地方！戴不凡同志坚持第一种解释，并说"至少可以举出五条理由证明这是畸笏乾隆壬午（1762）所批"。三种解释，哪种正确？我觉得倘若把这一条脂批放进相关脂批里去考察，问题就比较容易看清楚；否则，我说三种解释都可以。

又此回之始，写秦可卿托梦于凤姐，说到"若应了那句'树倒猢狲散'的俗语"，庚辰本有眉批云：

> 树倒猢狲散之语，余犹在耳，屈指三十五年矣，哀哉伤哉，宁不痛杀！

又此回之末，王熙凤寻思宁国府中五大弊病，甲戌本也有一条眉批云：

> 旧族后辈受此五病者颇多。余家更甚。三十年前事，见书于三十年后，今（令）余想（悲）恸，血泪盈（腮）。（"腮"字原本缺，俞平伯先生补作"腮"。）

第二十四回，醉金刚一段后，庚辰本有眉批云：

> 余卅年来得遇金刚之样人不少，不及金刚者亦不少，惜书上不便历历注上芳讳，是余不是心事也。壬午孟夏。

961

第四十一回，妙玉泡茶一段，脂靖本有批语云：

> 尚记丁巳春日，谢园送茶乎？展眼二十年矣，丁丑仲春畸笏。

上引五条批语，前三条没记年份和署名，但在同一回，内在联系又紧密，显然是同一年批的，并且是出于同一批者之手。施瑮《随村先生遗集》卷六《病中杂赋》有"廿年树倒西堂（曹寅的斋名）闭"的诗句，注云："曹楝亭公（寅）时拈佛语，对坐客云：'树倒猢狲散'。今忆斯言，车轮腹转。"可知"树倒猢狲散"之语，是曹寅生前常说的话。但由于曹府的政治经济状况是江河日下，所以曹寅死后他的继业者也可能常说这句话。第二条批语说："屈指三十五年矣"，可知这"三十五年"不是约数。"三十年"也不大可能是约数。"屈指"计年一般都是从发生某件大事之年算起，而曹府末世的大事共有三件，一是曹寅之死，二是政敌雍正上台，三是曹府被抄。因此，这三条批语的年份问题也就出现了三种情况：

"树倒猢狲散"之语本是曹寅生前常说的话，曹寅死于康熙五十一年壬辰（1712）。从这一年往后推三十五年，是乾隆十二年丁卯（1747）。倘若前三条脂批是批于这一年，往前推三十年为康熙五十六年丁酉（1717）；而落地算一岁，则康熙五十七年戊戌（1718）即是曹雪芹的生年。[1] 雍正五年（1727）年底，曹頫在京受审，阴历十二月二十四日，雍正下令抄曹府，曹府实际被抄时当在雍正六年（1728）初，此年曹雪

---

[1] 详见本编第二章《曹雪芹生年考》。按：本章以《〈红楼梦〉的作者究竟是谁》为题发表于《北方论丛》1979年第3期及而后收入拙著《红楼十二论》时，未"落地算一岁"，定曹雪芹生于康熙五十六年丁酉（1717），虽亦可，但不甚确。

芹是虚岁十一。死年若按"壬午"（1762）说为虚岁四十五，若按"癸未"（1763）说为虚岁四十六，与张宜泉所说"年未五旬而卒"大致不差。第五条脂批批于丁丑年（1757），上推二十年为丁巳年（1737），曹雪芹此年是二十岁。曹頫于雍正十三年乙卯（1735）起用为内务府员外郎。所以，丁巳年正当曹府所谓的"中兴"之际，有"谢园送茶"事是不无可能，这倒说明曹雪芹把他到北京后的生活也写进了《红楼梦》。问题是，丁卯年有无写出脂批的可能？回答应该是肯定的。理由有三：（一）丁卯年曹雪芹是三十岁，距甲戌年为七年；甲戌年已出《脂砚斋重评石头记》，丁卯年已可能草成初稿或初稿的一部分。（二）从第二和第三条脂批的感情和语气来看，酷似初读《红楼梦》。（三）从这两条批语的内容来说，着眼点是在"五弊"上；此回回末总批又记有批者当年因感服秦可卿"魂托凤姐贾家后事二件"而命曹雪芹删去天香楼一节，因此前三条批语写在批者命雪芹删去天香楼事那年的可能性也就很大。倘若此说能成立，那么"三十年前作书人在何处耶"，言外之意当是没有出生；书中写王熙凤协理宁国府时所寻思的"五弊"，是取材于"述者"之口，那么，第四条脂批中所说的"三十年"与第二、三条脂批中所说的"三十年"就只是巧合。"三十年来"云云，就是属于批者在说个人的事。

康熙卒年是癸卯年（1723），雍正上台会使曹府忧心忡忡，时有"树倒猢狲散"之虞。从此年往后推三十五年为乾隆二十二年丁丑（1757）。由第五条脂批知这一年畸笏叟曾批过《红楼梦》，而若从此年往前推三十年为雍正五年丁未（1727）。这一年，三月李煦获罪下狱，十二月雍正下令抄曹府。所以前三条脂批批于丁丑年的可能性也很大。倘若此说能成立，那么，所谓"三十年前作书人在何处耶"，言外之意当理解为不在"满径蓬蒿老不华"的北京西郊，而在南京的"温柔富贵乡"里。那么，第四条脂批中所说的"三十年"与第二、三条批中所说的"三十年"也只是巧合。"三十年来"云云，也只是批者在说个人的事。

雍正五年丁未（1727）十二月二十四日，雍正下令抄曹府。此时李煦已下狱，"树倒猢狲散"之感当油然而生。从这一年往后推三十五年为乾隆二十七年壬午（1762），与第四条脂批的年份相同。所以，前三条脂批批于这一年，也不是没有可能。倘若此说能成立，第二、三、四这三条脂批中的"三十年"，似当理解为曹雪芹与畸笏叟到北京后所度的岁月，亦即他们有可能是雍正十年壬子（1732）从南京到北京来的，那时曹雪芹是十五岁。因此，所谓"三十年前作书人在何处耶"当理解为仍在南京而不在北京。

倘不发现新的材料，我们认为上述三种可能性都有。然而以第一种可能性为最大，第二种次之，第三种又次之。因为第三条脂批分明是属第一次读此书时所写的批语。倘若说畸笏叟于丁丑年那次读《红楼梦》是出甲戌本后第一次读，当时写下了这三条批，这还可以说得过去；而说他壬午年读《红楼梦》是第一次读，就说不过去了。再说，曹府实际被抄时当在雍正六年，往后推三十五年已入癸未年。因此，从雍正五年算起，这本身似有点勉强。

戴不凡同志既认为第一条脂批是写于壬午年而又理解为"作书人已死"，这难以令人信服。首先，如上所说，此批写于壬午年，可能性不大。其次，与书里情节连起来看，引起批者"失声大哭"的是"五件"弊病，不是什么与作者有关的掌故；哭的是家政腐败，不可收拾，并由此而想到自己的身世遭际，不是哭什么作者已死。脂戚本此段有双行夹批云："五件事若能如法整理得当，岂独家庭，国家天下治之不难。"便是明证。最后，戴不凡同志把第一条脂批定于壬午年所写，把"三十年前"理解为"作书人"的定语，从而上推三十年为壬子年，结论是："按雪芹生于乙未（1715）说，壬子他才十七岁"；"若按雪芹生于甲辰

（1724）说，壬子这年他才八岁；说他"撰此《石头记》一书，岂非神话"！戴不凡同志又坚信此书第一回里的"方从头至尾抄录回来"云云，是"由脂砚斋特地为之保留下来的雪芹弟弟棠村写的《风月宝鉴》旧序"，并认为"雪芹只有一个早死的弟弟棠村"。诚然，说十七岁或八岁时的曹雪芹写出了《红楼梦》，固然是神话；假定棠村比雪芹小三岁，说十四岁或五岁的棠村给《风月宝鉴》旧稿写了篇能预卜此书未来的序，也未免有点像海外奇谈。倘言石兄《风月宝鉴》写在先，棠村序言写在后，所以棠村写序可能是在死前几年。然而，戴不凡同志不是说此序是为石兄"旧稿《风月宝鉴》"写的"旧序"吗？"旧稿"上的"旧序"当是写在空空道人"改《石头记》为《情僧录》以前"的那一"稿"上的"序"，其年代之久远自可知矣！

然则，说曹雪芹撰写《红楼梦》是始于三十岁左右，还能不能从脂批中找出旁证呢？能。第二十二回，写只因贾政在座，"虽是家常取乐，反见拘束不乐"，庚辰本有双行夹批说：

> 非世家公子断写不及此。想近时之家，纵其儿女哭笑索饮，长者反以为乐，其无礼不法何如是耶！

此处称作者为"世家公子"，可见他没作过官，可见他岁数不会超过青壮年时期。又第二十六回，写贾宝玉在潇湘馆正向林黛玉赔礼，忽见袭人进来说贾政叫。"宝玉听了，不觉打了个雷一般。"庚辰本有夹批云：

> 不止玉兄一惊，即阿颦也不免一吓。作者只顾写来收拾二玉之文，忘却颦儿也。想作者亦似宝玉《西厢》之句，忘情而出也，呵呵！

这里所谓"《西厢》之句"，是指宝玉去看黛玉，于窗外忽听得黛玉"细细的长叹了一声，道：'每日家，情思睡昏昏！'宝玉听了，不觉心内痒将起来"，进室后忘情而出说紫娟："好丫头！'若共你多情小姐同鸳帐，怎舍得叠被铺床？'"批者用此来与作者开玩笑，可见是以为这是雅趣；而倘若作者已逾青壮年时期，行将半百，那赫然写下这种批语，就不是什么雅趣，叫人肉麻了；而于两性关系上令人肉麻的庸俗批语在脂批里是十分罕见的。

（三）作诗的人就是作书的人

前几年就有一种说法，认为《红楼梦》的作者不是曹雪芹，但书里的诗是他作的。戴不凡同志发展了这一见解，认为书中的诗有的是曹雪芹作的，有的是"石兄"作的；至于"何者为石兄旧作，何者为雪芹新作"，脂砚斋"心里有数"。而我们从脂批中得出的结论却又相反：在《红楼梦》的创作过程中，作诗的人也就是作书的人；戴不凡同志所举为"石兄"的诗，脂批指明是曹雪芹的诗。

《红楼梦》里的诗，在曹雪芹生前无他人所作，这于脂批中有明示。第七十五回，庚辰本回前总批说：

> 乾隆二十一年五月初七日对清。缺《中秋诗》，俟雪芹。

乾隆二十一年是丙子年（1756），距曹雪芹之死，按"壬午"说是六年，按"癸未"说是七年。缺几首《中秋诗》，等曹雪芹补写，等了六七年，一直等到死，不知出于什么原因，曹雪芹没有去补写，当时的文人们也没有代劳，时至今日还仍付阙如。又第二十二回，庚辰本回末总批说：

此回未（补）成而芹逝矣，叹叹。丁亥夏，畸笏叟。（"补"字据脂靖本添。）

丁亥年（1767）去壬午年为五年，去癸未年为四年。脂砚斋和畸笏叟都比曹雪芹死得晚，第二十二回后半回由于"破失"而缺黛玉的灯谜诗，雪芹生前没有补成，死后脂砚斋和畸笏叟谁也没有代拟一首，所以目前的甲戌本、庚辰本、脂戚本等均付阙如，直到梦觉本才有人给补上。由此可见，庚辰本等正文里的诗均是曹雪芹所作。

然而，戴不凡同志却认为《红楼梦》里的诗有"石兄旧作"。其理由是："第一回'惯养娇生笑你痴'一绝是整部小说中出现的第一首诗"；可是脂砚斋却到"雨村中秋诗'未卜三生愿'这首五律旁才下批云：'这是第一首诗。后文香奁、闺情皆不落空。'"《顽石偈》是"整部小说中最先出现的、第一首标出作书'本旨'的韵文"；可是脂砚斋到"'满纸荒唐言'诗下才批注云：此是第一首标题诗"。其结论是："问题至为清楚：盖'无材可去补苍天'、'惯养娇生笑你痴'者，石兄旧稿《风月宝鉴》中的诗也；'未卜三生愿'、'满纸荒唐言'，这才是雪芹新稿中的第一首（标题）诗。"

然而，事实又是怎样呢？盖《红楼梦》里的诗，有广义上的诗和狭义上的诗。从广义上说，书里的所有韵文都可以称之为诗；从狭义上说，其中只有具有抒情状物作用的篇章才可称之为诗。脂砚斋论诗不是从广义上而是从狭义上论的，他没有把《金陵十二钗判词》看作为诗便是明证。"惯养娇生笑你痴"是绝句，更是"隐语"。而贾雨村所"口占"的是"五言一律"，具有状物抒情作用，能使"后文香奁、闺情皆不落空"。正因为如此，所以脂砚斋不是说前者，而是说后者："这是第一首诗。"此其一。《红楼梦》第一回开卷至"又题曰《金陵十二钗》"，实际上是一篇"楔子"，正文应从"出则既明，且看石上是何故事"开始。若论在全书中的作用，"无材可去补苍天"一首，可能要比"满纸荒唐言"一首更为重要。然而，前者是在"楔子"中间，后者是在"楔子"与正文的转承处。假若把"楔子"拿掉，"满纸荒唐言"一首便紧接于第一回的标题之后。因此，脂砚斋说："此是第一首标题诗。"正像我们也可以说"一局输赢料不真"诗："此是第二首标题诗。"这有什么可奇怪的？此其二。"无材可去补苍天"这首"偈"，是紧接"空空道人乃从头一看，原来就是无材补天，幻形入世"云云数语而出。"无材补天，幻形入世"句，甲戌本有夹批说："八字便是作者一生惭恨。"《顽石偈》第二句："枉入红尘若许年"，甲戌本也有夹批说："惭愧之言，呜咽如闻。"可见写这首《顽石偈》的人，就是"八字便是作者一生惭恨"这条批语中所说的"作者"。脂批里所说的"作者"，都是指曹雪芹：这一点，戴不凡同志是承认的。"八字便是作者一生惭恨"：著有《脂批考》的戴不凡同志是知道这条批语的。然而却偏要把这首《顽石偈》说成不是曹雪芹的，这不是太忍心了吗？此其三。前面说过，戴不凡同志认为第一回中的"方从头至尾抄录回来"云云，是棠村为"石兄旧稿《风月宝鉴》所作的旧序"；而从他的引文中又知道他是把"满纸荒唐言"一诗，视为这篇"旧序"的有机组成部分。既然如此，那么，"满纸荒唐言"这首诗，毫无疑义地当是出于棠村之手了。可现在戴不凡同志又认为它是那位"石兄旧作"，而且"问题至为清楚"！这叫我相信哪一个结论好呢？倘说："石兄就是棠村！"那么，如前所说，小小年纪的棠村，岂不成了空前绝后的神童！而就在这首诗上，甲戌本明明有眉批说："能解者方有辛酸之泪，哭成此书。壬午除夕书未成，芹为泪尽而逝。"戴不凡同志居然给忽略了，这岂不令人奇怪！此其四。问题至为清楚：戴不凡同志认为《红楼梦》里的诗，既有"石兄旧作"，又有"雪芹新作"。这，我感到缺乏根据。

那么，能不能说《红楼梦》里的"诗"是曹雪芹一手写的，而"文"是曹雪芹据他人旧稿改的？我认为不能这么说。诚然，第二回之"一局输赢料不真"诗，"诗云"下，甲戌本有批云：

> 只此一诗便妙极。此等才情自是雪芹平生所长。余自谓评书，非关评诗也。

然而，难道能说这条脂批是言曹雪芹的"才情"是在写"诗"上，不在写"书"上吗？难道能由此得出结论，说作诗者是一人，作书者是另一人吗？否！批者只是说：曹雪芹善于写诗，《红楼梦》里的诗写得很好，但我的目的是要评这部书，而不是要为里面的诗写"诗论"。因为批者是就"一局输赢料不真"诗所下的批语，所以说是"此等才情"。盛赞曹雪芹有作"诗"的"才情"，绝不意味着否定曹雪芹有作"书"的"才情"，而恰恰相反，脂批里是认为这两种"才情"在曹雪芹身上是统一的。谓予不信，就让我们先看一看前面已涉及的第一回中的那条脂批吧，现全录于此：

> 这是第一首诗。后文香奁、闺情皆不落空。余谓雪芹撰此书，中亦为（有）传诗之意。（"为"疑是原抄"有"字草书之形误。）

问题是清楚的，批者认为曹雪芹撰写《红楼梦》，当中也有"传诗"的意思。然而，戴不凡同志为了否定曹雪芹是《红楼梦》的撰写者，对这条脂批作了如下的校订：

这是第一首诗。后文香奁、闺情皆不落空。余谓雪芹撰此书中 [当漏：诗词] 亦为传诗之意。

这么一校订，我觉得甚为不辞。"当漏：诗词"吗？未必。写"诗词"当然是要"传"，倘不是与"撰书"相对而言，又何必要加个"亦"字。况且，当时诗词在文坛上的地位，要比小说高得多。曹雪芹完全可以使自己的诗词直接"传"，又何必写入他人著的小说中去"传"？倘说这条脂批，原来就有点不辞，谁都可以校订，"仁者见仁，智者见智"。那就让我们再看一条语义极明的脂批。这就是第二十二回，贾宝玉词《寄生草》下，庚辰本的双行夹批：

看此一曲，试思作者当日发愿不作此书，却立意要作传奇，则又不知有如何词曲矣。

"看此一曲，试思作者当日发愿不作此书，却立意要作传奇"，就是"看此一曲，试思作者当日发愿不作《红楼梦》，却立意要作传奇"！难道这还需申说吗？然则作"此一曲"（诗）的人，当然也就是作"此书"的人了。谁呢？曹雪芹！质之戴不凡同志，以为如何？

四、如何理解书中的"矛盾现象"

戴不凡同志在他的文章"内证"部分列举了《红楼梦》里的种种"矛盾现象"。我觉得这些"矛盾现象"是存在的，不少同志也曾经指出过这一点。然而，如何理解这些"矛盾现象"，以往的研究则不够。戴不凡同志现今作了一番探讨，是有意义的。其意义已超出《红楼梦》作者问题的研究范围，涉及到如何看待《红楼梦》的艺术成就以及我国古代文学的艺术传统问题。全面地谈论这一问题，非我水平所能及，也不是本文的任务。现在仅就戴不凡同志如下的结论提一点自己的想法。戴不凡同志说：《红楼梦》中"某些显而易见的矛盾，非常清楚地向我们显示：雪芹确是根据他人（石兄）旧稿重新改写成这部伟大小说的。"他这里所说的"某些显而易见的矛盾"，就是文章中列举的四个"内证"。

"内证之一：大量吴语词汇"。《红楼梦》里的京语词汇，是人们所易见的，也曾有人作过专门研究。《红楼梦》里的吴语词汇，则比较难察，尽管也有人指出过，但对它研究不够。戴不凡同志列举了种种事实（虽则某些词汇还可商榷），说明《红楼梦》里除了"纯粹京语"以外，还存在着大量"吴语词汇"，这对研究《红楼梦》的语言特点是有裨益的。问题是：怎样解释《红楼梦》中这种"纯粹京语和道地吴语"并存的现象？戴不凡同志的回答是："看来只能是这样理解：它的旧稿原是个难改吴侬口音的人写的（他还能说南京话和扬州话）；而改（新）稿则是一位精通北京方言的人的作品。后者是在别人旧稿基础上改写的。在改写过程中，由于创作中可以理解的种种原因，故书中语言未能统一，致出现南腔北调的情况。"我不敢苟同这种看法。我认为《红楼梦》熔"纯粹京语和道地吴语"于一炉，这说明它在语言运用上堪称是"北京话和南方话"的合璧。对于这一点，脂砚斋曾反复说过三次："此书中若干人说话语气及动用前照（按：疑误）饮食诸赖（类），皆东西南北（按：指方言）互相兼用"（第三十九回）。戴不凡同志说：书里"同一家子的父子、兄弟、夫妻甚至于同一个人在同一场合对同一个人的称呼，都是南腔北调毫无定准的"。我认为这便是属于脂砚斋所说的"东西南北（方言）互相兼用"，但脂砚斋从未说过这是由于出自不同的人之笔所造成。而戴不凡同志却对脂砚斋就书中用语的复杂问题"三次为之声明"很反感，说"不过是多余的饶舌"，真不知是出于什么原因。再说，一部书中，甚至一篇短篇小说里，出现南北语兼用的情况，也是屡见不鲜的；而且越出自语言巨匠之手，越是如此。我们知道，鲁迅的短篇小说是以北京话为基础的普通话写的，但里面就有不少绍兴的方言土语。假若据此而认为《呐喊》和《彷徨》是鲁迅根据一个难改越地乡音的人写的旧稿改的，我们总不会同意吧！实际上戴不凡同志例举的"吴语词汇"多为"下江官话"，而南京话和扬州话则属此语言系统。曹雪芹在南京度过了他的童年，随其家族北上时，已留有"秦淮风月忆繁华"的记忆；到北京以后，由于其家族操惯了南方话，所以他在家里操"下江官话"，到外面操京语，因而既通下江官话又通京语，写作时付之于笔端，便出现了"东西南北互相兼用"的情况：这样解释，我想，总不是一无道理吧。

"内证之二：雪芹将贾府从南京'搬家'到北京"。从地名上说，《红楼梦》里的地名除了曹府在被抄前所生活和活动的地方，如南京、苏州、扬州、镇江等用其真名以外，其他地名都用假名，如雨村的本贯"胡州"犹言"胡诌也"，封肃的本贯"大如州"犹言"大概如此之风俗也"。这一点，明了作者创作情况的脂砚斋辈说得很清楚。而即便是实有其地的"长安"，甲戌本《凡例》也说："书中凡写'长安'，在文人笔墨之间则从古之称；凡愚夫妇、儿女子家常口角则曰'中京'，是不欲着迹于方向也。盖天子之邦，亦当以'中'为尊，特避其'东、南、西、北'四字样也。"从取材上说，《红楼梦》里既写了曹府在南方时的生活，如前面所说的宁府"五弊"；也写了曹府到北京后一度"中兴"时的生活，如前面所说"谢园送茶"。从艺术手法上说，把贾府的地址写得似南似北，除了作者是在搞"烟云模糊法"以外，写雪、写竹、写桂、写菊也是出于融诗情画意于故事情节的艺术需要。况且地名在我国古代小说家们的笔下，历来不是随手拉来，就是出于虚设，总是真真假假的；取材于历史故事的《水浒》中的"梁山泊"今尚难考，又何况是那提炼于现实生活的贾府。况且从现在的颐和园与圆明园残址来考察，均有南景北移的情况；说明自明清以后，在园林建筑艺术上，熔南北景色于一炉，成了审美观上的一大特点。因此，《红楼梦》里南方景物和北方景物并存的现象，我认为是出于作者"天上人间诸景备，芳园应锡大观名"这一总的艺术构思，不是由于"旧稿作者心目中的贾府原在南京"而"曹雪芹将贾府从南京'搬家'到北京"所致。假若一定要说"贾府究竟位于何处"，这在作者心目里"总是有个'底'的"；那么，我看这个"底"是在于南京曹家门前的槐和北京曹家门前的柳——"枝枝相覆盖，叶叶相交通"。

"内证之三：时序倒流"。从考证方面来看，我承认《红楼梦》里有"时序倒流"的现象。从艺术欣赏方面来看，除了个别的细节以外，我不承认《红楼梦》里有"时序倒流"的现象。这可以从两方面说：一方面，在我国古代小说中，比较注重的是"遗形取神"，"神似"重于"形似"，对于时空观念方面的东西往往比较漠视，只要做到达意就行；另一方面，在情和景的关系上，景为情用，情外一般无独立存在价值的景。与此相联，我国古代其他文艺样式中"情"和"景"的关系，也是"景"因"情"设，"情"由"景"生，情景交融。所以王维的《雪里芭蕉》能成为名画，尽管雪和芭蕉在自然界是不能交映生辉；所以柳宗元的《江雪》："千山鸟飞绝，万径人踪灭。孤舟蓑笠翁，独钓寒江雪"，能成为名诗，尽管在"江雪"上不会出现孤舟垂钓的"蓑笠翁"；所以谢榛说"景乃诗之媒，情乃诗之胚，合而为诗"（《四溟诗话》）。雪芹"其人工诗善画"（张宜泉《题芹溪居士》），在写作《红楼梦》时又经常好以诗的意境和画的意境融入于故事情节，遂成为此书的一大艺术特色。后世的一些红学家们以书中的景的交换来判断岁月的流逝，并用以算月计年，盖为曹雪芹始料所不及。而用这种方法去评述《红楼梦》，一不小心，我以为会如鲁迅所说，堕入"挑剔破绽的泥塘"。而若果如戴不凡同志所说，造成《红楼梦》里"时序倒流"的一重要原因，是由于曹雪芹在修改石兄的《风月宝鉴》时"成'片'剪裁挪移旧稿"，那么，这"层见叠出"、"成'片'剪裁挪移"的"旧稿"并且是"剪裁"于"一部黄色小说"中的"成片旧稿"，能与曹雪芹所新添的情节相谐吗？能"化腐朽为神奇，把那部名为警世实则宣淫的旧稿《风月宝鉴》……使它起了质的变化，成为不朽的《红楼梦》"吗？我真怀疑。

"内证之四：'大宝玉'和'小宝玉'"。从年龄上说，我不同意戴不凡同志的看法，不认为书中存在什么一个"大宝玉"和一个"小宝玉"。然而，从神态和某些行动上来说，我觉得《红楼梦》里有一个"小宝玉"；从思想和某些言论来说，我觉得《红楼梦》里有一个"大宝玉"。"小宝玉"和"大宝玉"的对立统一，就是那位地主阶级的叛逆者贾宝玉。当我说"小宝玉"，我指的是贾宝玉他只十多岁，又生活在温柔富贵乡里，衣服都要别人穿，"不通世务"，在神态和行动上常带几分稚气。当我说"大宝玉"，我指的是贾宝玉他思想上早熟，能想到大人想不到的问题，能说出大人说不出来的话，比他爸爸看问题要深刻几十倍。这样一个成功的艺术形象，看来也只有"世家公子"曹雪芹能塑造出来。它使我想起了有点像郭沫若同志的《少年时代》中的那个早熟的少年"我"。总不能说，这部作品里存在着一个"大我"和一个"小我"，并由此而认为这部作品是他人旧作，经郭老改写的吧！电影《哈姆雷特》的主人公要为父王报仇了，在情场上也有所爱者了，可也曾像贾宝玉那样倚在母亲怀里，让"母亲摩娑托弄他"。总不能说，由于出自两个编导者之手，因而银幕上出了一个"大哈姆雷特"，一个"小哈姆雷特"吧！再如，《安娜·卡列尼娜》中安娜的岁数，由于作者一时疏忽，曾出现过矛盾处，也总不能由此而得出结论说托尔斯泰不是《安娜·卡列尼娜》的原作者吧！再说，曹雪芹把石兄旧稿里的"大宝玉"改为"小宝玉"又有什么意义呢？难道只要改小其岁数就能把一个"情操不是那么高尚、性格相当顽劣"的纨绔子弟改成地主阶级的叛逆者吗？而曹雪芹在动笔修改石兄旧稿之时居然连书中人物年龄都没有"作些个通盘考虑"，"披阅十载，增删五次"弄得贾宝玉"时大时小"，与其他人物的岁数"接不上茬"；说他是"巧手新裁"，这实在是太客气了，应该叫"乱抡板斧"。

《红楼梦》第一回说："石头"上所记的"一段故事"，"其中家庭闺阁琐事，以及闲情诗词倒还全备，或可适趣解闷；然朝代年纪、地舆邦国却反失落无考。"这是脂砚斋曾明确指出的曹雪芹所撰的"楔子"中的几句话。书里京语和下江官话互相兼用，南方景物和北方景物交相辉映，地址写得似南似北，与这里所说的"地舆邦国"无考完全相符。书里的人物衣着汉官威仪和清朝服饰时此时彼，至于官制，更是列朝杂陈（倘说"时序倒流"，这该是最大的"时序倒流"；倘说年龄"时大时小"，这该是最惊人的"时大时小"），也与这里所说的"朝代年纪"无考吻合。这就更可以说明《红楼梦》的作者是曹雪芹；因为这符合他根据当时的历史条件和自己的文艺观所作的艺术构思。

第二章　曹雪芹生年考

一、引言

周汝昌说得好："生卒年在一个作者事迹中是首先要考查清楚的。而曹雪芹的生卒，却始终并未清楚。"[①] 其生年尤其如此。吴恩裕就曾不无慨叹地说："由于缺乏直接材料，确定他的生年更不容易。我们只有先决定他的卒年，然后再利用间接材料推定他的生年。"[②]

然而，其卒年既有壬午、癸未、甲申三说，其享年又在敦诚所说的"四十年华"和张宜泉所说的"年未五旬"之间；从一个难以论定的卒年，用一个无法证实的享年，推算出来的生年，最后至多只是一个假设而已。

英国哲学家卡尔·波普尔有句名言："科学并不想证明什么，它只重视发现。"其实，可供考查曹雪芹生年的直接材料还是有的；只是一研讨曹雪芹的生年问题，便先推断其卒年，再推度其享年，然后推算之，已成为专家们的思维定式，致失之交臂而已。

兹不揣谫陋，先对五四以来的研究成果作一考察和反思，然后将自己的一点发现公诸同仁。

---

① 《红楼梦新证》，人民文学出版社 1976 年版，第 173 页。
② 《曹雪芹丛考》，上海古籍出版社 1980 年版，第 155 页。

二、评胡适的前后三种说法

将曹雪芹的生卒年作为一项课题来研究，始作俑者是胡适。但胡适的结论是不定的，曾先后提出三说：

一见于《〈红楼梦〉考证》。该文改定于一九二二年，它先据《八旗人诗钞》中敦敏的《赠曹雪芹》、《访曹雪芹不值》，敦诚的《佩刀质酒歌》、《寄怀曹雪芹》，认定敦诚兄弟与曹雪芹往来，"大概都在他们兄弟中年以前"，"猜想"雪芹至多不过比他们大十来岁。又据《八旗文经》里几篇敦诚的有年月可考的文字，"猜定"敦诚大约生于雍正初年，死于乾隆五十余年。再据敦诚的大约生卒年，断定：（1）"曹雪芹死于乾隆三十年左右"；（2）"当他死时，约五十岁左右"；（3）"曹寅死于康熙五十一年，曹雪芹大概即生于此时，或稍后"。康熙五十一年是壬辰年，不妨称这一说为"壬辰"说。

二见于《跋〈红楼梦考证〉》。该文作于一九二三年，胡适于是年购得《四松堂集》的写本。他据敦诚《挽曹雪芹》，作出四点结论，最主要的两点是："（1）曹雪芹死在乾隆二十九年甲申。""（2）曹雪芹死时只有'四十年华'。这自然是个整数，不限定整四十岁。但我们可以断定他的年纪不能在四十五岁以上。假定他死时年四十五岁，他的生时当康熙五十八年。"康熙五十八年是己亥年，不妨称这一说为"己亥"说。

三见于《考证〈红楼梦〉的新材料》。该文写于一九三〇年，胡适于去年购得甲戌本。第一回有条眉批："能解者方有辛酸之泪，哭成此书。壬午除夕，书未成，芹为泪尽而逝。"据此，胡适下结论说："现在应依脂本，定雪芹死于壬午除夕。再依敦诚挽诗'四十年华付杳冥'的话，假定他死时年四十五，他生时大概在康熙五十六年。"康熙五十六年是丁酉年，不妨称这一说为"丁酉"说。

　　四见于周汝昌的《红楼梦新证》。该书第五章《雪芹生卒》云："胡适的说法，中经修改；过去的就不用赘叙，单说最后的'定论'，是曹雪芹生于康熙五十七年（1718）而卒于乾隆二十七年（1762），得年四十五岁。"康熙五十七年是戊戌年，不妨称这一说为"戊戌"说。

　　要特别指出的是，考胡适一生，实从未将曹雪芹生于康熙五十七年戊戌和卒于乾隆二十七年壬午并提，更未说过曹雪芹生于康熙五十七年戊戌，也无片言只语表示认可。这系于胡适名下，随着《红楼梦新证》的流传而于被批驳中广为人知的"最后的'定论'"，实际上乃"子虚乌有"；"戊戌"说更来自周汝昌的"越俎代庖"，事见一九四八年三月十八日周氏《答胡适之先生》："依先生说法，雪芹生于康熙五十六年（1717），但那是根据'雪芹死于壬午除夕'而推定的；今先生已经接受我的说法雪芹实死于癸未除夕，晚一年，则应重推其生年为康熙五十七年（1718）。"①《红楼梦新证》又将"癸未"年易为"壬午"年，遂成为红学不该有的趣事之一。

　　还要指出的是，因《春柳堂诗稿》的发现，胡适晚年的观点是有变化的。其最为自得的，是"己亥"说；而与之并提的卒年则已由乾隆甲申易为癸未或壬午。这有写于一九六〇年的《答高阳书》为证，信中强调的是雪芹"他的生时当康熙五十八年（1719）"②。要知道，作于他谢世前一年的长文《跋乾隆甲戌〈脂砚斋重评石头记〉影印本》，在曹雪芹的卒年问题上曾郑重宣告回到"壬午"说，但对曹雪芹的生年问题却未置一词。因而，考察其晚年对雪芹生年问题的看法，这封《答高阳书》也就显得格外重要了。

---

① 附见《胡适红楼梦研究论述全编》，上海古籍出版社 1988 年版，第 211 页。
② 《胡适红楼梦研究论述全编》，上海古籍出版社 1988 年版，第 275 页。

　　平心而论，在卒年问题上，胡适提出的两说，还可以说是有证据的；在生年问题上，胡适提出的三说，却至多只能算个假设。问题的症结，是好取"四十五岁"。研究者多以为这是胡适在"四十年华"和"年未五旬"问题上搞"折中"，那实在是个天大的误会，因为当时《春柳堂诗稿》还没发现。然而，胡适又确实是在"叩其两端而执其中"。只是一端是敦诚的诗："四十年华付杳冥"；另一端却是他自己的文："当他死时，约五十岁左右。"从而，证明"《考证》里的猜测还不算大错"。这种"折中"，当然不能说是有学术意义的。胡适晚年，面对新发现的《春柳堂诗稿》，在卒年问题上举棋于"壬午"说和"癸未"说之间，在生年问题上自得于"己亥"说；果依此说，则曹雪芹卒于壬午或癸未，年四十三或四十四：这才是对"四十年华"和"年未五旬"的"折中"。盖"年未五旬"，既不同于"年近五旬"，更不同于"四十出头"，是介于二者之间的灵活说法。这种"折中"，当然不失为一种圆通的办法。但要人们相信这等未经证明的结论，在考证的立场上，乃是不可能的。还有，胡适向来主张对"四十年华"的"四十"不必看得太认真，是有其深层原因的，用他《与周汝昌书》里的话来说，就是："最要紧的是雪芹若生的太晚，就赶不上亲见曹家繁华的时代了。"亦即唯恐有伤其"自传"说。结合自己对作品的认识来作考据，无疑是可以而且应该的；但若强调到制约考据的地步，也就会使自己的考证失之于客观。难怪冯其庸在《红楼梦》新版前言中谈及曹雪芹的生年时，只说："现在主要的有两种看法，一种认为他生于公元一七一五年，即康熙五十四年乙未；另一种说法认为他生于公元一七二四年，即雍正二年甲辰。"不过，胡适先生作为新红学的创始人之一，他那种不固执己见、凭材料说话、不断求索的精神，还是令人感佩的，不失为大家风度。

三、评周汝昌的"雍正甲辰"说

"甲辰"说的提出者，是周汝昌。时在一九四七年，见于天津《民国日报》"图书"副刊第七十一期《红楼梦作者曹雪芹生卒年之新推定》。弹指四十六年过去，周先生始终坚持自己的看法，用他《红楼梦新证》里的话来说，就是："综合我的证据，我坚持我的意见：曹雪芹是生于雍正二年（1724，甲辰）左右，卒于乾隆二十八年（癸未）的除夕，合公历一七六四年二月一日，实际的年龄约是三十九年半。"

周先生的论据主要有三个方面，这三个方面构成了他的"甲辰"说的三块基石：

一是曹雪芹卒年问题上的"癸未"说。即主要根据脂批"壬午除夕"的"除夕"、敦敏《懋斋诗钞》里的《小诗代简寄曹雪芹》的系年、敦诚《四松堂集》里的署年为甲申的《挽曹雪芹》等三条材料，论定曹雪芹实卒于乾隆癸未除夕，"壬午"二字乃出于批书人记忆上的错误。

二是曹雪芹享年问题上的"四十"说。即反对胡适硬"把'四十年华'放长五年，特意叫他'赶'到康熙末年，经一经所谓当年的'繁华'"；认为"应该相信敦诚的话，在别无旁证可求的条件下，只能暂按四十岁的年寿，把雪芹生年推为雍正二年"。

三是曹雪芹创作问题上的"自传"说。即"以雪芹生年和书中宝玉生年相配"作"出发点"，并仿效俞平伯"排列年表"以示之；目的在于说明"曹雪芹小说之为写真自传……丝毫再没有疑辩的余地"，但写的不是曹頫革职前江南的曹府，而是乾隆初年曹頫"中兴"时期的北京曹府①。

---

① 周氏这一看法，始见于《答胡适之先生》而贯穿于《红楼梦新证》。

　　周汝昌对曹雪芹生卒年的看法，一面世便以其体系性引起新红学创始者们的注意。胡适在《与周汝昌书》中赞成其卒年上的"癸未"说，而不同意其生年上的"甲辰"说。俞平伯呢？《红楼梦新证·雪芹生卒》的"附记"中似乎说俞平伯实际上均不赞同。我以为事实并非如此。这有《关于"曹雪芹的生年"致本刊编者书》①可证。它对于研究俞平伯的治学道路和红学史是篇有文献价值的重要作品。

　　该文写于一九四八年，是就周汝昌和胡适关于曹雪芹生年问题的论争答天津《民国日报》副刊"图书"编者问。一是说，周氏于《答胡适之先生》一文中，"提起我《红楼梦辨》里的附表，那是毫无价值的东西，非常惭愧。我现在这样想，把曹雪芹的事实和书中人贾宝玉相对照，恐怕没有什么意思。"这的确是对周先生把《红楼梦》作为作者的"自传"来考证迎头泼了一瓢冷水；同时也是在以身说法对五四以来的新红学作认真的反思。二是说，周君的最先一文《曹雪芹生卒年之新推定》，"他据敦敏的《懋斋诗钞》，推定雪芹卒于乾隆癸未，而非壬申（午），甚为的确"；"若再照敦诚挽诗'四十年华付杳冥'往上推算，则假定雪芹生于雍正二年甲辰，很觉得自然。我想没有必要，说四十年华不是整数而曹雪芹活了四十五岁，因为这并非四十年与五十年的折中数"。这对周先生的"癸未"说和"甲辰"说，评价是够高的；同时对胡适的猜定"曹雪芹活了四十五岁"，批评也是够严厉的。三是说，"《红楼梦》直到今天，还不失为中国顶好的一本小说，任何新著怕无法超过，其价值始终未经估定。这和'索隐'和'考证'俱无关，而属于批评欣赏的范围，王静安先生早年曾有论述，却还不够，更有何人发此弘愿乎？"这种对"索隐"的和"考证"的红学之局限性的指出，同时也就使他成

---

　　①　《俞平伯论红楼梦》，上海古籍出版社 1988 年版，第 365—366 页。

为考证派红学大家中主张将对作品的思想和艺术的研究作为红学之主流的第一人。

诚然，俞平伯五年之后又否定了曹雪芹生年问题上的"甲辰"说；然而，那是由于在曹雪芹卒年问题上他又回到"壬午"说。所以，《〈红楼梦〉简说》也罢，《读〈红楼梦〉随笔》也罢，《〈红楼梦〉简论》也罢，莫不赫然写着："他生于一七二三年（雍正元年癸卯），死于一七六三年（乾隆二十七年壬午除夕），得年四十。"这有什么办法呢？除非个人不同意周先生对"四十年华"的理解，否则，当前所有的"壬午"派既会赞同俞平伯的看法，而所有的"甲申"派又会推定曹雪芹是生于雍正三年乙巳（1725）。纵然最后会证明周先生的结论是正确的，可目前他只能三分天下有其一。周先生不是说"曹雪芹是生于雍正二年左右"吗？好在生于雍正元年或生于雍正三年还不越这一左一右的范围。属于这一范围的，还有严冬阳先生在其《曹雪芹生平新考》中推定的"壬寅"说，即认为曹雪芹生于康熙六十一年。

实际上，真正向"甲辰"说挑战并构成威胁的，并不是《红楼梦》研究者中的"壬午"派和"甲申"派，乃是那历历在目的材料。

比如，敦诚《寄怀曹雪芹》，其注云："雪芹曾随其先祖寅织造之任"。只要我们将"随其先祖寅"云云与"四十年华"连起来考察，便足以看出敦诚对曹雪芹的年龄只是知个大致而已。因为曹寅卒于康熙五十一年，下距乾隆癸未凡五十年，则雪芹谢世时已五旬以上，与"四十年华"至少差一轮生肖。诚然，雪芹必不及见曹寅，敦诚晚年编集，添此小注，去曹寅下世已七十多年了，所以有此小误；然而，也为我们提供了一个思路，即由于曹寅之卒下距雪芹之生不几年，雪芹去世时虽年未五旬而亦已四十好几，所以，敦诚晚年编集加注时致有此误，果真雪芹生于雍正二年，则上距曹寅去世已十有二年，谢世时又只有三十九岁半，注云如此的可能性反倒微乎其微了。

比如，还有张宜泉的"年未五旬"在和敦诚的"四十年华"唱对台。周先生在《曹雪芹小传》附录"补注"中解释说："康熙间陆陇其《三鱼堂日记》卷下说：'十月廿三日，读经野集第一卷，始知五十称不夭，七十称古稀，此为衰世言之，非通论也'。……所以如果雪芹是四十岁左右而亡，张宜泉完全可以说他是'年未五旬而卒'。"周先生把话说反了，这不是张宜泉在以"五十称不夭"自释。"年未五旬而卒"也罢，"四十年华付杳冥"也罢，莫不是在叹曹雪芹之英年早逝！颂人之高寿，语气则往大里说；叹人之寿夭，语气则往小里说：这是中国人的民俗。张宜泉一不说"年方四旬而卒"，二不说"方逾四旬而卒"，却偏说"年未五旬而卒"，又岂可将"四十年华"看成是曹雪芹实际享年！

再如，《红楼梦》写的是否只是曹頫"中兴"时的北京曹府，且不去说它，单说敦诚兄弟的《寄怀曹雪芹》等诗，一则说"扬州旧梦久已觉，且著临邛犊鼻裈"，二则说"衡门僻巷愁今雨，废馆颓楼梦旧家"，三则说"秦淮旧梦人犹在，燕市悲歌酒易醨"，四则说"燕市哭歌悲遇合，秦淮风月忆繁华"，如果真如周先生所说，雪芹"生于雍正二年，到六年北归，刚刚五岁，其记不清南京，便不足怪"，难道敦诚兄弟这些诗说的是另一个曹雪芹不成！

要之，在曹雪芹的生年问题上，胡适一生先后有过三说，三说都是"猜想"，皆没能够得到证明。周汝昌一生仅设一说，却不是凭空臆想，是有材料可供资证的，所以，其影响也就胜过胡适的三说。然而，由于赖以资证的主要材料，即享年问题上的"四十"说和卒年问题上的"癸未"说，其自身尚没有法子获得最后的证实或否证，所以这一生年问题上的"甲辰"说，也还只是一个假设，尽管其不乏学术价值。

四、评李玄伯的"康熙乙未"说

当前可以与"甲辰"说分庭抗礼的是"乙未"说，即认为曹雪芹生于康熙五十四年乙未，公元一七一五年。这一说的提出虽远早于"甲辰"说，而"成气候"却晚于"甲辰"说。

"乙未"说的最初提出者当是李玄伯先生，说法见于一九三一年《故宫周刊》第八十四、八十五期《曹雪芹家世新考》。该文第四节《曾頫之妻及其遗腹子》中写道："康熙五十四年三月初七曹頫折：'奴才之嫂马氏，现因怀妊孕已及七月，恐长途劳顿，未得北上奔丧，将来倘幸而生男，则奴才之兄嗣有在矣。'观此则曹頫死于北方，而不在江宁。或当时适召入京耶。其妻马氏，怀孕已七月，则其遗腹当生于五六月间。康熙五十四年下去乾隆二十七年，凡四十七年，若其遗腹系男子，证以敦诚诗'四十年华付杳冥'句，或即雪芹耶？且《红楼梦》中人物：贾兰系遗腹子，而宝玉出家，亦有遗腹子，则此种推测，虽近于武断，然不为无理矣。"简言之，李先生认为曹雪芹乃曹頫之子，生于康熙五十四年乙未，卒于乾隆二十七年壬午，得年四十七岁。

然而，李玄伯这一看法，当时却和者甚寡。直到五十年代发现了《春柳堂诗稿》，一九五五年七月三日《光明日报》发表了王利器先生的《重新考虑曹雪芹的生平》，"乙未"说才"春回地气舒"。

该文摆了四条证据，说明曹雪芹生于康熙乙未年，卒于乾隆壬午年，享年实为四十八岁。证据一，张宜泉分明说曹雪芹"年未五旬而卒"。证据二，正确理解"年未五旬而卒"之说，"第一"当考虑马氏的遗腹子，可能就是曹雪芹。证据三，"雍正六年（1728），曹頫家被抄，曹頫随即同'其家属回京'，曹雪芹亦当于是年来到北京，即从一七一五年至一七二八年，曹雪芹是在江宁生活了十三年才离开的。"

如此，则读敦敏兄弟的诗"秦淮风月忆繁华"、"扬州旧梦人犹在"等也"都有了着落"。证据四，"更重要的是曹雪芹在这十三年中……具体地接触到资本主义萌芽的思想"，这对他"创造出这部伟大的划时代的现实主义作品……是起了一定的决定性的作用的。"

"乙未"说的另一位代表是高阳。高阳先生在其《红楼一家言·曹雪芹年龄与生父新考》中也摆了四条理由，说明"曹雪芹生于康熙五十四年四月中旬，实际年龄四十七岁半；他是曹颙的遗腹子，行二，但却是曹寅唯一的嫡亲的孙子"。"证据一：生日正在初夏。"贾宝玉的生日是在四月里，马氏生产也是在四月里。"证据二：恰好十三岁。""十三"这一岁数，既是贾宝玉的"大关"，也是雍正五年曹家抄家时曹雪芹的年龄。"证据三：贾政似周公旦。"贾政字存周，乃在用周公"假政"成王以"存周"的典故，暗示曹颙与雪芹也是叔侄。"证据四：第三十三回大有文章。"由于雪芹是李氏唯一的嫡亲孙儿，曹颙为李氏的嗣子，所以曹颙（贾政）一管教雪芹（宝玉），李氏（贾母）便对曹颙（贾政）产生深深的误会。

在卒年问题上信"癸未除夕"说的吴恩裕，在生年问题上也主"乙未"说。吴先生在《有关曹雪芹八种·考稗小记》中虽未作过具体论证，却断言："曰'年未五旬而卒'，雪芹似应为曹颙妻马氏所生之遗腹子。若然，则雪芹卒年四十八岁，对于说明《红楼梦》之写作，较为合理。"

然而，另树一帜的，还是《红楼梦探源》的作者吴世昌。吴先生是既主"乙未"说而又反对"遗腹子"说者的代表，认为雪芹乃曹颙于康熙五十四年承祧袭职之际所生。其主要理由是，雪芹名霑，"霑"乃上天恩泽之义，义本《诗经·小雅·信南山》："既霑既足，生我百谷"；亦可引申为皇上的天恩，如扬雄《长杨赋》："盖闻圣主之养民也，仁霑而恩洽。"因雪芹之生，正是康熙圣谕来到的前后，曹颙为了表示感谢皇上的恩泽，遂把新生的儿子命名为霑。

一时众说纷呈，前提都是认为曹雪芹生于康熙五十四年，对"甲辰"说直有压倒之势。"甲辰"说只是一个假设，这"乙未"说又如何呢？也是漏洞甚多，难以自圆其说。

正如俞平伯在《〈红楼梦〉的著作年代》中所说："书中贾家的事虽偶有些跟曹家相合或相关，却决不能处处比附。"高阳在文章中曾以相当的笔墨批评了周汝昌"据'红楼'人物以订曹氏世系"的做法，而在立论时却不意又重蹈其覆辙。胡适在《答高阳书》中说他对曹雪芹生年问题的结论，"至多只是一个假设"，当是中肯的。此其一。

《红楼梦》中是否反映了资本主义萌芽，当前是个有争议的问题。纵然反映了，也是属一种时代特征。用一种时代特征为据去论证作者的具体生年，在考证的立场上，即便能言之成理，亦属持之无据。此其二。

认为"霑"字的本义是上天的恩泽，可引申为皇上的天恩，这无疑是对的，然而，又怎可用以断定谁氏之子，生于何年？曹寅一支沐天恩以曹頫承祧袭职，是年马氏又生一遗腹子，可以不可以命名为霑？是年或次年頫妻有孕而头胎得子，可以不可以命名为霑？可见证据之薄弱。此其三。

若曹雪芹果真生于康熙五十四年而卒于乾隆壬午除夕，照旧法计算，则他实为四十八岁，已属"年近五旬"了。其卒年倘依"癸未"说或"甲申"说呢？则已是四十九或五十岁的人了。"年未五旬"，特别是"四十年华"，那又该作何解释？此其四。

"乙未"说赖以产生的基础，当是"遗腹子"说。然而，马氏遗腹孩子是男是女，长大了没有，如果是男孩而且长大了，又是不是名霑号雪芹的那位，当"乙未"说者挥毫立论时都还只是一种善良的想象。现在，由于《五庆堂重修辽东曹氏宗谱》的发现，已经获得否证。该宗谱说得明明白白："十三世，颙，寅长子，内务部郎中，督理江南织造，诰封中宪大夫，生子天佑。十四世，天佑，颙子，官州同。"假若再说天佑后来又改为霑或雪芹系行二，那就未免太过强辞了，除非能拿出确凿的证据来。

五、说曹雪芹生于康熙戊戌年

要而言之，考证曹雪芹的生年，若先推断其卒年，再推度其享年，然后往上推算，仅上面提到的，除"壬辰"说太过超龄外，其适龄者若按年序排列，便有"乙未"说、"丁酉"说、"己亥"说、"壬寅"说、"癸卯"说、"甲辰"说。真是："不识庐山真面目，只缘身在此山中。"

照我看来，不论曹雪芹卒于何年，享寿多少，他都生于公元1718年，康熙五十七年戊戌。亦即周汝昌强按在胡适头上的那个说法。①
....

这是我在十四年前与戴不凡先生商榷《红楼梦》的著作权问题时于无意中得之的，文见《北方论丛》一九七九年第三期。② 当时，因为本意不在考证曹雪芹的生年，所以没有注意前辈和时贤们的有关考论，也就不曾堕入那"四十年华"和"年未五旬"的迷人圈子。当时，由于只想潜心考察考察脂批，探讨探讨"作者著书时的年龄"，以回答戴先生对《红楼梦》著作权问题的质疑，所以也就从脂本第十三回的几条批语

---

① 大某山民（姚燮）曾从高鹗辈的续书中所附会出的干支推算出贾宝玉当生在康熙五十七年戊戌，林语堂支持这种推算，认为是年即曹雪芹的生年；而周汝昌则认为大某山民的"红楼纪历"很少价值。

② 拙文当时在推算曹雪芹生年时，"落地"未算一岁，遂定为康熙五十六年丁酉（1717）。

中直接获得上述结论，并付诸笔端。

我们知道，该回回后，甲戌本有总批云：

> "秦可卿淫丧天香楼"，作者用史笔也，老朽因有魂托凤姐贾
> 家后事二件，嫡（的）是安富尊荣坐享人能想得到处，其事虽未
> 漏，其言其意则令人悲切感服，姑赦之，因命芹溪删去。

批语中的"老朽"，显然是畸笏叟的自称。"秦可卿淫丧天香楼"，颇类
回目的一句。倘与"王熙凤协理宁国府"对举，则比今见"秦可卿死封
龙禁尉"还工。然而，这条批语的价值，还不在于它揭示了秦可卿的原
来结局，还在于它透露了该回含有"隐去"的曹府的一些"真事"。而
作者的序诗说得明白："无材可去补苍天，枉入红尘若许年。此系身前
身后事，倩谁记去作奇传？"说"石头＝贾宝玉＝曹雪芹"，那当然是
不对的，因为不符合事实；说"石头≈贾宝玉≈曹雪芹"，我以为是可以
的，因为符合事实。① 则该回所"隐去"的曹府的那些"真事"，便既有
可能是作者"身后"的、目击的，也有可能是作者"身前"的、耳闻的。
明了这一点，是十分重要的；否则，假若处处以贾宝玉比附曹雪芹，便
会对如下三条极有价值的脂批，郢书燕说。

其一，该回写王熙凤协理宁国府，寻思府里存在五大弊病时，庚
辰本有眉批云：

> 读五件事未完，余不禁失声大哭；三十年前作书人在何
> 处耶？

---

① 详见本编第一章《〈红楼梦〉作者考》，第三节。

这一条批语在脂批中是很特异的，明显地关合着作者的家世和作品的取材，应引起我们的充分注意，尤以"三十年前作书人在何处耶"为最。如果就这条批语论这条批语，那么，对这句话似乎至少可以作出两种截然不同的解释：

一种解释是："三十年前"的作书人，现在已经死了，批书人因读到书中的"五件事"而想起作书人，所以"不禁失声大哭"。

另一种解释是："三十年前"，作书人还没有出世呢！书中所写的"五件事"是取材于"述者"之口，却写得情理如真；批书人"读五件事未完"而引起自己对往事的缅怀，感慨系之，所以"不禁失声大哭"，且对作书人的"神极之笔"惊叹不已。

如果前一种解释是正确的，那么，《红楼梦》的作者就不可能是曹雪芹。当年戴不凡就是以这条批语作为主要根据，否定《红楼梦》作者是曹雪芹的。[①]

如果后一种解释是正确的，那么，《红楼梦》的作书人不论是不是曹雪芹，当批书人写这条批语时，他都不超过三十岁或正当"而立"之年。我当年就是这么认为，并与戴不凡进行商榷，展开那场关于《红楼梦》著作权问题论争的。

哪种解释比较正确呢？乍一看去，前者容易接受，仔细想来，还是后者有理。因为，批书人哭的分明是"五件事"而不是"作书人"，这有批语所指的作品内容可证；如果批书人哭的是作书人已死，当写成"三十年前作书人而今在何处耶"，这又有批语的自身语法结构可证。外证内证如此，可谓"铁案如山"了。

其二，无独有偶：该回之末，写"此五件实是宁国府中风俗，不知

---

① 参见《揭开〈红楼梦〉作者之谜》，《北方论丛》1979 年第 1 期。

凤姐如何处治"。甲戌本也有一条眉批：

> 旧族后辈受此五病者颇多，余家更甚，三十年前事见书于三十年后，今（令）余想（悲）恸，血泪盈（腮）。("腮"字原本缺，今从俞平伯《脂砚斋红楼梦辑评》添。)

这条批语和前条批语，显然具有二而一的特点。因为，二者都是针对宁国府与当年曹府相似的"五弊"而发的，而且如见于一个本子当在同一页同一部位，而且后者对前者还有略作申说的意思。"旧族后辈受此五病者颇多，余家更甚"。这实际上是说，当年曹府的"五病"，在父辈手里就有了，后辈承其害而已。这就再一次说明：批书人哭的不是作书人已经作古，而是当年曹府的家政腐败，无力回天。而如果结合"三十年前作书人在何处耶"看问题，如果结合"此系身前身后事，倩谁记去作奇传"看问题，便又不难看出，"三十年前事见书于三十年后"，这实际上是说，当年曹府类似凤姐想整治宁国府风俗的事，本在作书人出生以前而却于作书人笔端今日又得一见之。凡此，又可以看出，这条批语中为批书人所连用的两个"三十年"，都是在以作书人的年龄作约数在说时间，而不论批书人在将两个"三十年"连用时曾否"屈指"。

最令人遗憾的是，这两条批语都没有系年，否则，就可据以推算出作书人的生年了。假若从别回脂批中找他个"壬午"、"丁亥"之类来按上，纵然可以摆出几条理由，终究也还只是个假设而已。

其三，真是天从人愿：该回有条"屈指"计年的批语，与这两条批语显然是一组，位置则在是回的开端，既见于甲戌本，也见于庚辰本，只是文字稍异。那就是写秦可卿托梦于凤姐，说到"若应了那句'树倒猢狲散'的俗语"，庚辰本有眉批云：

　　　树倒猢狲散之语，余犹在耳，屈指三十五年矣，哀哉伤哉，
　　宁不痛杀！（甲戌本眉批无"哀哉"，"余"作"全"，"屈"作"曲"，
　　"痛"作"恸"，余同。）

弄清这条批语系何人所批，又批于何时，可能有助于作书人生年问题的解决。

　　我们知道，《脂砚斋重评石头记》中有"诸公之批"。畸笏叟的批，一般都系年署名，脂砚斋的批则反是。那是由于脂砚斋是主要的批书人，畸笏叟的批所以一般都系年署名乃是为了与之相区别而已。这一条批语和前两条批语都没有系年署名。但，三条批语在同一回，关注的又是同一个问题，内在联系十分紧密，显然是出于同一批者之手，而且是批在同一个时候，甚至是写在同一天。批语情绪激楚，令人热耳酸心，简直是哭成的；称"余家"，谓"树倒猢狲散之语，余犹在耳"，更可以看出他必是曹寅家的一个亲人。其人是谁呢？当然只能是"恨几多"的脂砚先生。

　　那么，这三条批语又批于何年呢？好在后一条批语赫然写着"屈指三十五年矣"，这就使我们有稽可考。"屈指"计年，一般都是从发生某件大事之年算起，而曹府末世构成对它衰替的大事共有三件，一是曹寅之死，二是政敌雍正上台，三是曹府被抄。此指前者。何以见得？施瑮《随村先生遗集》卷六《病中杂赋》云："楝子花开满院香，幽魂夜夜楝亭旁。廿年树倒西堂闭，不待西州泪万行。"其注云："曹楝亭公时拈佛语对坐客云：'树倒猢狲散'，今忆斯言，车轮腹转！以瑮受公知最深也。楝亭、西堂皆署中斋名。"不言而喻，曹寅晚年所以"时拈佛语对坐客云：'树倒猢狲散'"，盖亦出于对曹氏家世江河日下的感喟。脂砚斋以"树倒猢狲散之语，余犹在耳，屈指三十五年矣"的话语来缅怀

曹寅，与施瑮以"廿年树倒西堂闭"的诗句去悼念曹寅，二者的意思是一样的。既云"屈指"，这"三十五年"当然不是约数。曹寅死于康熙五十一年壬辰；照旧法，忌辰算周年，下推三十五年为乾隆十二年丁卯，便是这三条批语的写作之年。曹雪芹时年三十岁。

问题是，乾隆十二年丁卯下距甲戌本问世七年，脂砚斋于是年能写出批语吗？能。甲戌本已属"重评"，一也。甲戌本开卷已有"曹雪芹于悼红轩中披阅十载"云云，则这个"十载"至晚也应从乾隆甲戌年上溯，二也。这三条批语从感情到语气都酷似初读《红楼梦》时写下的，当批于该书雏形初具之年，三也。还有一个颇有意思的旁证，那就是"此开卷第一回也"云云中的"半生潦倒"。照"六十年一个花甲子"的说法，"半生"就是三十岁。①"开卷"言此，显然不是随便说说的。我以为这个"而立"之年，就是《红楼梦》的雏形初具之年。"此开卷第一回也"云云是第一回的回前总批，也是写于乾隆十二年丁卯。后来才误入甲戌本凡例或庚辰本正文的，遂致凡例、正文两不类。

如果以上说法不无道理，那么，结论当是：

"树倒猢狲散"乃曹寅晚年"时拈佛语"，故脂砚斋用以哀悼曹寅的谢世有年。

曹寅死于康熙五十一年壬辰（1712）。照旧法，忌辰算周年，下推三十五年为乾隆十二年丁卯（1747）。该年即这三条批语的写作之年，曹雪芹时年三十岁。照旧法，落地为一岁，上溯三十个干支是为曹雪芹的生年，即康熙五十七年戊戌，公元一七一八年。

曹家正式被抄，当在雍正六年（1728）初，雪芹时年虚岁十一，则

---

① 周汝昌先生亦谓"半生潦倒"，半生即是 30 岁，而非"年方半百"之半生；但认为"其语疑即甲戌重评再录定本时所加者"。见《红楼梦新证》，人民文学出版社 1976 年版，第 706 页。

"秦淮风月忆繁华"、"扬州旧梦久已觉"云云，皆可得到落实。

死时按"壬午"（1726）说为虚岁四十五，这与张宜泉的"年未五旬而卒"之说既合，与举成数而言的敦诚"四十年华"之说亦无不合。

重要的是，我的这一"康熙戊戌"（1718）说，是有具体数字作依据的，是从同一回的三条脂批中直接推算出来的。它不受时下卒于何年、享年几何等诸说的影响，反倒可以用作证据之一去考察它们的正确与否。

六、说曹雪芹的卒年问题

然而，我在曹雪芹卒年问题上主"壬午"说，却并不是由于我在曹雪芹生年问题上主"戊戌"说；实由于我感到"壬午"说所秉的基本材料自身并无矛盾，"癸未"说和"甲申"说所秉的基本材料却自身存在着矛盾。谨就此略陈浅见，以作为本文的余论。

"甲申"说的提出者虽是胡适，但作为一说引起红学家们刮目以待，却缘自《红楼梦学刊》发表梅挺秀先生大作《曹雪芹卒年新考》于先，又发表徐恭时先生大作《文星陨落是何年》于后。其结论则一是"雪芹卒于甲申一、二两个月"；一是雪芹之卒，"岁次甲申，仲春二月十八日春分节间"。

两篇文章都认为："壬午除夕"非雪芹卒年"明文"，乃畸笏叟加批所署之日期。若果真如此，则"壬午"说当然也就失去了存在的依据。梅先生认为："'泪笔'是一条'复合批'，如果我们将它看成是各自独立而又互相关联的三条批语，则层次分明，意义清楚。"是极，我也这样认为。然而，如细审这条"复合批"，便知"壬午"二字是后添的。在后添"壬午"字样之前，按原来的样子，"泪笔"批语乃是这样的：

能解者方有辛酸之泪，哭成此书。

除夕书未成，芹为泪尽而逝。余尝哭芹，泪亦待尽。每意觅青埂峰再问石兄，余（奈）不遇獭（癫）头和尚何！怅怅！

今而后，惟愿造化主再出一芹一脂，是书何本（幸），余二人亦大快遂心于九泉矣！

甲午八月泪笔。

这么分段，是极清楚的。因为，"哭成此书"下空一字余地位，"除夕书未成"属另起一行；"怅怅"下空二字余地位，"今而后"属另起一行。只因在"哭成此书"下空一字余地位处添填了"壬午"两个字，所以，一方面造成了前两条批语的合二而一，另方面也造成了"关键的'壬午'二字，字迹较小而不贯行"[1]。因而，说"壬午"二字是妄人所加，则可；说"壬午除夕"四字应是上属，则不可。纵然"壬午"二字乃妄人所加，则曹雪芹卒于某年"除夕"，亦明矣！

两篇文章都以敦敏兄弟的挽诗作为立论的基石，而尤以敦诚的《挽曹雪芹（甲申）》为主。该诗刻本《四松堂集》未收，见抄本《四松堂集》与《四松堂诗抄》：

四十年华付杳冥，哀旌一片阿谁铭？孤儿渺漠魂应逐（前数月，伊子殇，因感伤成疾），新妇飘零目岂瞑。牛鬼遗文悲李贺，鹿车荷锸葬刘伶。故人唯有青衫泪，絮酒生刍上旧坰。

---

① 郭沫若 1963 年 7 月 25 日致吴世昌函，见吴世昌：《郭沫若院长谈曹雪芹卒年问题》，《社会科学战线》1978 年第 3 期。

此外，在敦诚《鹪鹩庵杂记》抄本里，还有同一题目的两首诗（无系年）。论者一般都认为是挽诗初稿。兹录其一，以资比较：

> 四十萧然太瘦生，晓风昨日拂铭旌。肠回故垅孤儿泣（前数月，伊子殇，因感伤成疾），泪迸荒天寡妇声。牛鬼遗文悲李贺，鹿车荷锸葬刘伶。故人欲有生刍吊，何处招魂赋楚蘅？

要特别注意的是，诗由初稿而定稿，始终不放弃者三：一是"四十"，可见在考察曹雪芹的生卒年时，不可以不充分注意这一点。二是"牛鬼遗文悲李贺，鹿车荷锸葬刘伶"，对这一联，挺秀学长的解释是精到的："雪芹除'素性放达，好饮'似刘伶外，'死便埋'是敦诚挽诗用典的真意所在，与'悲李贺'句之兼喻雪芹早卒相同。"三是"前数月，伊子殇，因感伤成疾"，我的疑惑也就产生在这里。因为，照旧时中国人约定俗成的说法，一过正月初一，便称不日前为"年前"。若雪芹卒于甲申一二月间或春分之际，则对"前数月"将何以解？若雪芹死于某年"除夕"，则如此写，倒"正合榫"。

那么，曹雪芹当卒于"癸未除夕"了？确实，我并不认为《懋斋诗钞》是经人"剪接"、"挖改"、"粘补"过的，那构成"癸未"说之基石的《小诗代简寄曹雪芹》的系年也必然有误，"必须存疑"。正因如此，所以，我对以周汝昌为代表的"癸未"说，才产生了三不可解而只能存疑：

打开《懋斋诗钞》，与《小诗代简寄曹雪芹》仅相隔两首，便是《饮集敬亭松堂同墨香叔、汝猷、贻谋二弟暨朱大川、汪易堂即席以杜句"蓬门今始为君开"分韵得"蓬"字》一诗，记其"阿弟开家宴，樽喜北海融；分盏量酒户，即席传诗筒"的盛况。可历举座客七人，却唯独没有那"工诗善画"的曹雪芹。余英时先生的论断是精辟的："敦敏的

《小诗代简》是邀请雪芹到京城西南角的'槐园'去赏春，而敦诚'家宴'则举行在城西的四松堂。"① 这是两次雅会，并不是敦敏在代为乃弟做寿。问题是，这癸未上巳前的两次雅会，雪芹均未应邀赴会。莫非出了非常事？此不可解者一。

试看敦诚兄弟近几年与曹雪芹的交往。乾隆二十五年庚辰，敦敏在明琳养石轩与"别来已一载余矣"的曹雪芹相遇，"惊喜意外，因呼酒话旧事，感成长句"，是日或稍后又有《题芹圃画石》。乾隆二十六年辛巳秋月，敦诚兄弟曾去西郊访雪芹，敦敏有诗《赠芹圃》，敦诚有诗《赠曹雪芹》。是年初冬，敦敏又再次到西郊去访雪芹，作《访曹雪芹不值》。乾隆二十七年壬午秋晓，敦诚遇雪芹于槐园，风雨淋涔，朝寒袭袂。主人敦敏尚未起床，而雪芹酒渴如狂。敦诚解佩刀沽酒而饮之，雪芹乘兴作长歌以谢，敦诚亦作《佩刀质酒歌》以答。然而，一进入乾隆二十八年癸未，除了敦敏那首写于二月下旬而却未见斯人应约的《小诗代简寄曹雪芹》以外，却再也不见有敦敏兄弟与曹雪芹有一纸过从的诗。雪芹何以杳如黄鹤？此不可解者二。

再从总体上看看敦诚兄弟的挽诗。敦敏的《河干集饮题壁兼吊雪芹》，说它写于乾隆二十九年甲申也罢，说它写于乾隆三十年乙酉也罢，总之既不是送葬的诗，又不是扫墓的诗，而是首感怀凭吊之作，一个"兼"字说明了问题。敦诚的《挽曹雪芹》呢？"昨日"、"旧坰"，是说明不了问题的②。最足以说明问题的是，诗之初稿是写于癸未还是甲申已不得而知；得而知者，是诗由初稿而定稿，既有前面所说的"三不

① 《〈懋斋诗钞〉中有关曹雪芹生平的两首诗考释》，载台湾天一出版社《曹雪芹研究资料》（七）。

② 俞平伯先生《曹雪芹的卒年》一文，曾用"旧坰"来驳"癸未除夕"之说；吴恩裕先生《曹雪芹的卒年问题》一文，又曾以"昨日"来证"癸未除夕"之说。

变"，还有如下所说的"三大变"：由"晓风昨日拂铭旌"变为"哀旌一片阿谁铭"，由"泪迸荒天寡妇声"变为"新妇飘零目岂瞑"，由"何处招魂赋楚蘅"变为"絮酒生刍上旧坰"。凭直观，便可以断定，既不是送葬的诗，又不是扫墓的诗；形象乃从想象中出，也是首感怀凭吊之作。盖触其思绪者，"开箧犹存冰雪文，故交零落散如云"也。曾两度赴西郊访晤曹雪芹的敦诚兄弟，如果不是在"鹿车荷锸葬刘伶"之后才知道斯人逝矣，又怎能只引典"作驴鸣"而不去抚棺一恸挥毫铭旌呢？此不可解者三。

足见，《小诗代简寄曹雪芹》，只能证明敦敏当时以为雪芹尚健在，一点也不能证明雪芹还活着。雪芹于癸未年尚健在与否，当由敦敏兄弟与之是否仍有过从来证明。更何况，该诗的写作时间与"壬午除夕"只相隔 50 天左右，而雪芹又是"死便埋"！

至于"壬午"说，我只有一个疑惑，那就是"壬午除夕"之"壬午"二字，是否妄人所加？徐恭时为我释了疑："笔者分析：传抄者据底本抄录时，遵拟抄者的指示，凡属于系年署名之处，均须删去不抄人。他抄好第一则后，留空格（仅存一个字地位），'壬午除夕'四字原应删去不抄，结果把'除夕'二字当作评语本文，从另一行开始写起，发现句子不通，因此在前段空格一字之处，偏右补填了'壬午'二个小字。"这就是说，"壬午"二字是底本上原有的。至于对传抄时种种情况的推论，那是可以见仁见智的。既可以如徐先生所说，也可以认为传抄者开始把"壬午"当作系年，所以删去不抄，再一辨认却原来是正文，所以又小心翼翼地在仅有一个字的空格里添上了"壬午"两个字。不意这么一添，由于"字迹较小而不贯行"，倒成了今天"壬午"说的硬证。

与诸家相比，如果本书大体不谬，那么，真太有趣了。因为，笔者从脂批中直接考证出的曹雪芹的生卒年，即生于康熙五十七年戊戌

（1718）而卒于乾隆二十七年壬午（1762）这一完整说法，与借《红楼梦新证》的误记而于蒙受批驳中获得广泛流传的所谓胡适"最后的'定论'"正符。它倒成了我的"最后的定论"。

第三章　巧姐的人生历程及大观园的时间跨度考

一、小引

着意描写一群青年女子的人生悲剧是《红楼梦》的"本旨"之一，所以曹雪芹曾把这部用自己血泪培植起来的作品"题曰《金陵十二钗》"。

巧姐名列"金陵十二钗正册"，而且位居李纨和秦可卿之前，可八十回过去，她却还是个不几岁的娃娃。

这就产生一个问题：作者为什么要安排这个人物？又是怎么使这个娃娃成为一个"这个"而展示其人生悲剧的？佚稿中会不会正面描写其成年及而后的人生道路？还有，这个人物在程高本中怎么会忽大忽小？

这涉及《红楼梦》的思想和写法及创作过程，也涉及后四十回与前八十回思想倾向是否一致等问题，不妨让我们从一滴水来看看这个大千世界。

二、巧姐与大姐：说《红楼梦》创作过程中的一些问题

打开《红楼梦》庚辰本，"巧姐"这个名字凡四见，"大姐"这个名字凡十一见。① 二者究竟是什么关系？有没有一个演化过程？这是个很有意思的问题。

---

① 参见潘铭燊：《红楼梦人物索引》，香港龙门书店 1983 年版，第 58、65 页。案该《索引》之"贾大姐"条"62.7*"系"大姐姐"之误。

巧姐是王熙凤的独生女，"大姐"是巧姐的乳名：这已成为读"红"常识。那是由于第四十二回曾明确交代了再次前来打抽丰的刘姥姥，与王熙凤道别时给大姐起名"巧姐"的缘由：

> 凤姐儿笑道："到底是你们有年纪的人经历的多。我这大姐儿时常肯病，也不知是个什么原故。"刘姥姥道："这也有的事。富贵人家养的孩子多太娇嫩，自然禁不得一些儿委曲；再他小人儿家，过于尊贵了，也禁不起。以后姑奶奶少疼他些就好了。"凤姐儿道："这也有理。我想起来，他还没个名，你就给他起个名字。一则借借你的寿；二则你们是庄家人，不怕你恼，到底贫苦些，你贫苦人起个名字，只怕压的住他。"刘姥姥听说，便想了一想，笑道："不知他几时生的?"凤姐儿道："正是生日的日子不好呢，可巧是七月初七日。"刘姥姥忙笑道："这个正好，就叫他是巧哥儿。这叫作'以毒攻毒，以火攻火'的法子。姑奶奶定要依我这名字，他必长命百岁。日后大了，各人成家立业，或一时有不遂心的事，必然是遇难成祥，逢凶化吉，却从这'巧'字上来。"

这分明是说："巧姐"与"大姐"是同一个人。庚辰本如此，各本皆然。

然而，要注意的是第二十七回写芒种节那天，闺阁尚祭饯花神之风，满园里绣带飘飘：

> 宝钗、迎春、探春、惜春、李纨、凤姐等并巧姐、大姐、香菱与众丫鬟们在园内玩耍，独不见林黛玉。

除蒙府本无"巧姐"二字，戚序、戚宁本将"巧姐"二字改为"同了"以外，其他各抄本皆同庚辰本。程高本则将"凤姐等并巧姐、大姐"改为"凤姐等并大姐儿"。

还需注意的是第二十九回写贾元春作好事，贾母前往清虚观拈香，车辆纷纷，人马簇簇：

> 贾母坐一乘八人大轿，李氏、凤姐儿、薛姨妈每人一乘四人轿，宝钗、黛玉二人共坐一辆翠盖珠缨八宝车，迎春、探春、惜春三人共坐一辆朱轮华盖车。……奶子抱着大姐儿带着巧姐儿另在一车，还有两个丫头。

除戚序、戚宁本改"巧姐儿"为"丫头们"以外，其他手抄本亦皆同庚辰本，其中梦稿本有"带着巧姐儿"一语而又以墨笔勾去。程高本则删去"带着巧姐儿"。

不言而喻，庚辰本这么写，又分明是说"巧姐"和"大姐"乃两个人，而且巧姐要比大姐略大些；否则，不会写成"抱着大姐儿带着巧姐儿"，也不会于并出时写成"巧姐、大姐"。

这是怎么回事呢？

诚然，蒙府本与戚序、戚宁本前后所写是一致的，那"巧姐儿"就是"大姐儿"；然而，这却不能用作版本上的根据去证明庚辰本第二十七与第二十九回将"巧姐"和"大姐"写成两人是出于作者的笔误！因为蒙府本和戚序、戚宁本的祖本来源既是共同的，它们又都经过了他人大规模的改动，失真的情况要比庚辰等一般的脂本更为严重一些。程高本当然就更是如此。

诚然，现在我们看到的庚辰本也是一种过录本，传抄过程中难免不产生这样那样的差错。然而，这却又不可据以推测它第二十七与第二十九回将"巧姐"和"大姐"写成两人是抄手的问题，因为这两回书中所写之"巧姐"和"大姐"还显出一种内在的逻辑，那就是"大姐"要比"巧姐"小一点。况且，甲戌等多数抄本又尽皆如此。

正确的回答，恐怕只能是："巧姐"和"大姐"在曹雪芹的初稿中本是两个人；变成一个人是出于作者的"披阅"；那第四十二回写刘姥姥为"大姐"起名"巧姐"的情节是后增的；庚辰本第二十七和第二十九回两度出场的"巧姐"实来自初稿的幽灵，是作者未曾改妥留下的痕迹。这是不足为怪的。试以"兰墅阅过"的梦稿本来说，第二十九回的"带着巧姐儿"五字虽被勾去，可第二十七回的"巧姐"二字却赫然故我，成为"漏网之鱼"。更何况书未成而芹逝矣，如此天衣又岂能无缝！

"巧姐"和"大姐"在初稿中既然是两个人，"巧姐"分明略大于"大姐"而小者的乳名中却含一"大"字，她俩当然也就不太可能是同胞姊妹。兴儿曾这样对尤二姐说王熙凤："我们家的规矩，凡爷们大了，未娶亲之先都先放两个人伏侍的。二爷原有两个，谁知他来了没半年，都寻出不是来，都打发出去了。"因此，如果说"大姐儿"是王熙凤的女儿，这是书中一再强调了的，那么，"巧姐儿"则有可能是庶出，与"大姐儿"同父而异母。

由此可以看出：曹雪芹于"悼红轩中披阅十载，增删五次"，其宗旨之一是减头绪。作品在人物关系方面所存在的一些难以解答的现象，我以为应以此作为寻找答案的思路之一，而以此作为思路之一还可以帮助我们发现版本源流方面的某些问题。比如，第三回写得清楚：林黛玉抛父进京都，随身只带了两个人，"一个是自幼奶娘王嬷嬷，一个是十岁的小丫头，亦是自幼随身的，名唤作雪雁。贾母见雪雁甚小，一团孩气，王嬷嬷又极老，料黛玉皆不遂心省力的，便将自己身边的一个二等丫头，名唤鹦哥者与了黛玉"。袭人亦是"贾母之婢，本名珍珠。贾母因溺爱宝玉，生恐宝玉之婢无竭力尽忠之人，素喜袭人心地纯良，克尽职任，遂与了宝玉。宝玉因知他本姓花，又曾见旧人诗句上有'花气袭人'之句，遂回明贾母，更名袭人"。此后，袭人一直是怡红院的首席大丫鬟，而林黛玉的贴身大丫鬟却一直是紫鹃。袭人、珍珠是一个人，紫鹃、鹦哥应当也是一个人。然而，第二十九回清虚观打醮，点了一大批丫鬟的名字，其中却又同样清楚地写道："贾母的丫头鸳鸯、鹦鹉、琥珀、珍珠，林黛玉的丫头紫鹃、雪雁、春纤。"怎么回事呢？怡红院的丫鬟袭人等没有去清虚观，"鹦哥"是"鹦鹉"的俗称。这里，"珍珠"和"袭人"又分明是两个人，"鹦哥"和"紫鹃"更是如此。比较密合事理的解释，恐怕只能是：在初稿中袭人是贾宝玉的丫鬟；紫鹃是林黛玉的丫鬟；鹦哥和珍珠是贾母的丫鬟，一位在鸳鸯之后，一位在琥珀之后。作者在修改过程中感到这两个人物有失于"跑龙套"，于是便如此这般将其分别与紫鹃和袭人合二而一。这样，既减少了头绪，又增浓了贾母对宝黛的溺爱之情。巧姐、大姐是两个人，紫鹃、鹦哥是两个人，袭人、珍珠是两个人，凡此都清晰地反映在这第二十九回；而且庚辰本如此，其他手抄本亦大多如此，这是应该引起重视的。与其他写成一人者各回相比，我以为倒像是源出某个早期稿本的文字。程高本第九十七、一百、一百一十二回出现了鹦哥，第一百一十二回还出现了鹦鹉，那只是高鹗辈一种不知底里的形式上的应接而已。

三、巧姐与香菱：说巧姐被卖时的年龄与大观园的时间跨度

"惯养娇生笑你痴，菱花空对雪澌澌。好防佳节元宵后，便是烟消

火灭时。"这是癞头和尚的《嘲甄士隐》，具有"预言"性质。它表面看来只是说甄家，实际上主要的还在于说贾府。它表面看来只是说甄英莲即香菱乃"有命无运、累及爹娘之物"，实际上主要的还在于对大观园里众多女儿不幸命运作一象征性的写照，特别是对贾巧姐——虽然一个出身于"本地推为望族"，一个出身于"天下推为望族"，彼此了不相干，然而香菱孩提时的遭际却兆示着巧姐孩提时的遭际，二者均可呼以"真应怜"。因为正如脂砚所说，"不出荣国大族，先写乡宦小家，从小至大，是此书章法"。

首先，甄英莲于甄家"烟消火灭"前夕为拐子所拐，年方四五岁；贾巧姐于贾府"家亡人散"过程中为"狠舅奸兄"所卖，年龄当与此相若。

这不是我们的向壁虚构。只要略加注意，便不难看出庚辰等多数抄本中巧姐的年龄具有如下两个特点：

一是未脱孩提时期。巧姐第一次出场是在第七回。该回写：周瑞家的送宫花，正值贾琏戏熙凤，"忙蹑手蹑足往东边房里来，只见奶子正拍着大姐儿睡觉呢。周瑞家的悄问奶子道：'姐儿睡中觉呢？也该请醒了。'奶子摇头儿"。最后一次出场是第六十二回。该回写：贾宝玉生日那天，"只听外面咭咭呱呱，一群丫头笑进来，原来是翠墨、小螺、翠缕、入画，邢岫烟的丫头篆儿，并奶子抱巧姐儿，彩鸾、绣鸾八九个人，都抱着红毡笑着走来，说：'拜寿的挤破了门了，快拿面来我们吃。'"这里，一个"拍"字，一个"抱"字，鲜明打着巧姐年龄的印记。五十五回大书过去，而巧姐却未脱孩提，这并不是曹雪芹的疏忽，它与作品的整个艺术构思是一致的。要知道，"一声震得人方恐，回首相看已化灰"。那一响而散的爆竹，不仅是贾元春由"榴花开处照宫闱"而"虎兔相逢大梦归"的悲剧命运的写照，也是贾府由"一时鲜花着锦、烈火烹油之盛"而"家亡人散各奔腾"的时间跨度的写照。还要知道，那大观园"女儿国"的存在是以"男未及冠、女未及笄"为前提的，否则，便会随男婚女嫁而自行消失，也就无从写"闺友闺情"了，这亦限定了作品主要情节的时间跨度。巧姐在前八十回中总处于孩提时期，正反映了这一点。

二是岁数偶见参差。具体说来，就是：第二十七回在园内与丫鬟们"玩耍"的"巧姐、大姐"，第二十九回由奶子"领着"乘车的"巧姐"，与第六十二回由奶子"抱"去给贾宝玉拜寿的"巧姐"相比，要显得大些。这是由于如前所说，"巧姐"和"大姐"在初稿中当是同父异母姊妹，而"巧姐"略大于"大姐"，第二十七和第二十九回的文字可能过录自某一早期底本。此外，作品写大姐即巧姐的出场，第七回是由奶子"拍着"睡中觉，第二十九、四十一、四十二、六十二回是由奶子"抱着"，第二十一回是"见喜"，而旧时小儿出天花也大多是在孩提时期。凡此，反映出的年龄显然是一致的，三岁左右光景。这就又不难看出：曹雪芹修改过程中这么小化巧姐的年龄，是自知的，清醒的，强意识的。

让巧姐骤大骤小的，那是后四十回。第八十四回，写巧姐患惊风，"贾母因同邢王二夫人进房来看，只见奶子抱着，用桃红绫子小绵被儿裹着，脸皮趣青，眉梢鼻翅微有动意"。顶多四岁。第九十二回，写巧姐"跟着李妈认了几年字"，识字"三千多"，"念了一本《女孝经》，半个月头里又上了《列女传》"。还跟着刘妈妈学女工，"什么扎花儿咧、拉锁子，我虽弄不好，却也学着会做几针儿"。至少也有八岁。第一百〇一回，写巧姐总哭不睡，奶子"口里嘟嘟哝哝的骂道：'真真的小短命鬼儿，放着尸不挺，三更半夜嚎你娘的丧！'一面说，一面咬牙便向那孩子身上拧了一把。那孩子哇的一声大哭起来了"。突然又缩回到两三岁。第一百十七回，写贾蔷对两个陪酒的说巧姐："模样儿是好的很的，年纪也有十三四岁了。"骤然便长成个大姑娘。怪不？巧姐的年龄在高鹗辈手里简直成了可大可小的气球。

那么，又怎知巧姐为"狠舅奸兄"所卖时，不可能"有十三四岁"，只可能是三五岁呢？从前八十回可以看出：奶子抱巧姐给贾宝玉拜寿的次年秋天贾府即被查抄。

其次，甄英莲为拐子所拐是在元宵之夜，贾府被抄虽然是在秋天，但"子孙流散"却在次年的灯节前后，而巧姐即于此"食尽鸟散"过程中为"狠舅奸兄"卖入烟花巷。

脂砚斋指明：一部《石头记》，"用中秋诗起，用中秋诗收，又用起诗社于秋日，所叹者三春也，却用三秋作关键"。对此，周汝昌先生的解释是精到的："三春者，既指贾氏三姊妹，也指三个'春的标志'上元佳节。所谓始以'三春'，终以'三秋'，则是指以中秋佳节为'秋'的标志，这又是书中一层'极定大章法'。质言之，一部《石头记》，一共写了三次过元宵节、三次过中秋节的正面特写的场面。这六节，构成全书的重大关目，也构成了一个奇特的大对称法。"① 这对我们考证巧姐为"狠舅奸兄"所卖时的年龄及时间无疑是有帮助的。

书中以正面特写的场面写贾府第一次过元宵节是第十八回"荣国府归省庆元宵"。它使贾府在政治上处于"一时烈火烹油、鲜花着锦之盛"，而在经济上却耗尽了内囊。灯节刚过，正月二十一日贾母为薛宝钗做"将笄之年"的生日，也是薛宝钗到贾府后"过第一个生辰"。假设该年为"鼠年"，则知薛宝钗入京当在"猪年"二月以后，刘姥姥一进荣国府是在"猪年"冬天，则知巧姐的生辰当是"猪年"或"犬年"的七月初七。

---

① 周汝昌：《曹雪芹独特的结构学》，《红楼梦大观》，香港《百姓》半月刊丛书部 1987 年版。

贾宝玉和姊妹们住进大观园，是在"鼠年"二月二十二日；"登时园内花招绣带，柳拂香风，不似前番那等寂寞了。"直到次年春风拂柳，是宁荣二府最平安的一年。那常为专家们所非议的贾宝玉的《四时即事诗》，实际上可以看作贾府这"鼠年"的《四季歌》，它记载着大观园的花柳繁华，也记载着大观园的温柔富贵。

尽管作者没有写"牛年"元宵节，却以近三十回的篇幅井然有序地描写了"牛年"一年四季，那就是从"西厢记妙词通戏语"到"勇晴雯病补雀金裘"。这一年，贾府的内外矛盾虽然已露端倪，但仍处于鼎盛时期。

书中以正面特写的场面写贾府第二次过元宵节是第五十三回"荣国府元宵开夜宴"。它标志着贾府由盛转衰。王熙凤"效戏彩斑衣"有言："咱们也该'聋子放炮仗——散了'罢。"不料戏语成谶，贾府从此欢庆元宵不再。作者又以有条不紊的笔触描写了这"虎年"一年四季。第七十五和第七十六回，作品以正面特写的场面第一次写中秋之夜的贾府，那于惨淡的月光下发自贾氏宗祠的"异兆悲音"，正兆示着贾府的衰颓已近在眉睫。第七十四回"惑奸谗抄检大观园"，第七十七回"俏丫鬟抱屈夭风流"，更成为锦衣卫查抄荣国府与大观园女儿们风流云散的预演。

因此，如果说"鼠年"元宵，贾府是在朝廷赐予的"红喜"中度过的，所以人人喜气盈腮；那么，"兔年"元宵，贾府当是在朝廷降予的"白喜"中度过的，所以个个如履薄冰。那特写场面之哀戚，是不待言的。这又是怎么说的呢？《元春判词》有云："虎兔相逢大梦归。"《恨无常》有云："故向爹娘梦里相寻告：儿命已入黄泉，天伦呵，须要退步抽身早！"则知"虎兔相逢"云云，其深层意思虽然是说元春死于宗室内部的"虎兕"相争犹如兔死虎穴，其表层意思却是指元春死于"虎年"与"兔年"之交，即"兔年"的入春，元宵节期间。贾氏焉能"退步抽身"！探春于清明前后远适，贾薛于端午节间提亲。林黛玉以"冷月葬花魂"成谶，这是作品以正面特写的场面第二次写中秋之夜的贾府，时贾宝玉和王熙凤由于贾府的被抄而身陷"狱神庙"。"雪夜围破毡，寒冬咽酸齑"，便在这年冬天。

尽管贾宝玉出家是在书中以正面特写场面写的"龙年"中秋节之后，然而贾氏子孙流散却在这年元宵之前。何以见得？甲戌本于"好防佳节元宵后"句下有夹批云："前后一样，不直云前而云后，是讳知者。"这分明是在透露：曹府"树倒猢狲散"是在元宵节前夕。正因如此，所以《巧姐判词》"势败休云贵，家亡莫论亲"句下，甲戌本又有夹批云："非经历过者，此二句则云纸上谈兵。过来人那得不哭。"明显地寄寓着作者自己的身世遭逢之叹。这种曹府的幽灵经常出没，倒可以为"假作真时真亦假"进一解。当然，这绝不意味着曹府必实有巧姐其人。然而，认为曹雪芹写巧姐于"家亡人散各奔腾"时为"狠舅奸兄"所卖是在元宵前夕，寄寓着作者的秦淮旧梦，那是密合事理的。

凡此又说明了什么呢？说明：巧姐被"狠舅奸兄"卖入烟花巷，还不到六岁。而这一岁数是如此重要，因为它反映了作品主要故事情节亦即大观园由修建至变为一座"大花冢"的时间跨度，甚至是唯一的。这是我要特别指出的。一位探佚专家认为到八十回末，巧姐"大概也不过八九岁吧"！真不知何所据而云然。而周汝昌认为"八十回《红楼梦》原书，实共写了十五年事情"[①]，就更属天方夜谭了。

最后，拐子将甄英莲拐去，"这一种拐子单管偷拐五六岁的儿女，养在一个僻静之处，到十一二岁，度其容貌，带至他乡转卖"。"狠舅奸

---

① 《红楼梦新证》上册，人民文学出版社 1976 年版，第 183 页。

兄"将贾巧姐卖入烟花巷，那种买巧姐的鸨儿单好买模样好的幼女，当作养女，教歌习舞，养到十五六岁，度其姿容、舞袖、歌裙、琴艺，作为可居奇货令其接客。此等妓女虽较一般妓女有身份些，然而侥幸如玉堂春遇王景隆者有几，薄命如花魁女逢吴八公子者何多！足见，曹雪芹在修改《石头记》的过程中所以要小化巧姐的年龄，其最根本的原因，就是既要谴责那"狠舅奸兄"的"爱银钱忘骨肉"，而又唯恐给一位清净洁白的女子造成难堪。这与他对女性的同情和崇尚是一致的。甚至可以说是他"女清男浊"思想的凝聚，而这里所说的"男浊"已成为男性贵族社会的代称。

这是显而易见的。"狠舅"为谁？王熙凤之兄王仁也。"奸兄"为谁？不是后四十回中所写的贾芸。作者喜欢用对照法。王熙凤素来无德于贾芸，而贾芸却有探庵的义举，这是脂批说得明明白白的；则"奸兄"当为王熙凤素所青睐的人。其人为谁？密合事理的答案，只能是那个作为贾府长房长孙的贾蓉！因此，王仁和贾蓉之流的这种"爱银钱忘骨肉"，实际上只不过是四大家族内部固有的环绕着权力和财产再分配问题上的矛盾，弄得"一个个不像乌眼鸡，恨不得你吃了我，我吃了你"，发展到极致而已。还是"傻大舅"邢德全说得通俗而直接："多少世宦大家出身的，若提起'钱势'二字，连骨肉都不认了。……钱这件混帐东西，利害，利害！"如果说邢大舅也参与其事，如后四十回所写，那么，这倒叫有言在先的！

显而易见，年幼时期的香菱与巧姐彼此存在着一种"影子"关系。这种"影子"关系的实质，是在于曹雪芹善于以"特犯不犯"的笔法写出人物遭际的同中有异与异中有同。两相映照，不只层层加深着读者对人物的印象，还对作品的情节起着某种关合作用。

四、巧姐与二丫头：说巧姐的最后归宿与贾府的"琼兰齐荣"

二丫头在《红楼梦》中是个昙花一现的人物，却兆示着另一个人物的未来，这个人物就是巧姐儿。还可以说得准确一点：如果说霍起怀中的甄英莲就是孩提时期的贾巧姐，那么，以纺绩为生的二丫头就是青年时期的贾巧姐。

巧姐不是被"狠舅奸兄"卖入烟花巷吗？怎么又过起二丫头式的生活来了呢？"偶因济刘氏，巧得遇恩人。"王熙凤当年一时高兴接济了刘姥姥，刘姥姥后来成了全力救助巧姐出火坑的人。这一点，脂批说得一清二楚。第六回"贾宝玉初试云雨情，刘姥姥一进荣国府"，甲戌本有回后批云："此回借刘妪，却是写阿凤正传，并非泛文，且伏二进三进及巧姐之归着。"该回写刘姥姥面对凤姐"只得忍耻说道"，甲戌本有眉批云："老妪有忍耻之心，故后有招大姐之事，作者并非泛写。"这两条脂批是那么重要，特别是后一条，它指明巧姐跳出烟花巷以后，带着为时俗观念所不齿的"烟花女子"印记，成年后当了刘姥姥的外孙媳妇，成为以纺绩为生的荒村妇女。

说得明确一点，就是巧姐后来嫁给了板儿，这在前八十回里作者曾一再暗示，特别是第四十一回"栊翠庵茶品梅花雪，怡红院劫遇母蝗虫"，写丫鬟们送上点心，别人不过拣各人爱吃的一两点就罢了，刘姥姥和板儿每样吃了些就去了半盘子。此时——

> 忽见奶子抱了大姐儿来，大家哄他玩了一会。那大姐因抱着一个大柚子玩的，忽见板儿抱着一个佛手，便也要佛手。丫鬟哄他取去，大姐儿等不得，便哭了。众人忙把柚子与了板儿，将板

儿的佛手哄过来与他才罢。那板儿因玩了半日佛手，此刻又两手抓着些果子吃，又忽见这柚子又香又圆，更觉好玩，且当球踢着玩去，也就不要佛手了。

这里，作者用了象征法，只是无迹可求而已。正如脂砚所说："小儿常情，遂成千里伏线。"盖"柚子即今香圆之属也，与缘通。佛手者，正指迷津者也。以小儿之戏，暗透前后通部脉络，隐隐约约，毫无一丝漏泄，岂独为刘姥姥之俚言博笑而有此一大回文字哉"。第四十二回，写贾府送了刘姥姥很多东西，平儿对刘姥姥说："这两包每包里头五十两，共是一百两，是太太给的，叫你拿去或者作个小本买卖，或者置几亩地，以后再别求亲靠友的。""或者作个小本买卖，或者置几亩地"云云，亦非泛泛之写，正与第五回暗示巧姐归宿的画面相应接："一座荒村野店，有一美人在那里纺绩。"

《红楼梦》这么描写巧姐的遭际是独具匠心的，至少有如下五方面的意义：

其一，刘姥姥二进荣国府，王夫人赠银一百两，要她"以后再别求亲靠友的"，则知刘姥姥三进荣国府当是出于"惊变"。与刘姥姥见面的当主要是王夫人，地点当是赐栖的荣府部分旧宅。① 刘姥姥看过王夫人，当又去"狱神庙"探望王熙凤和贾宝玉。前引第四十二回刘姥姥给大姐儿取名巧姐，靖藏本有脂批云："应了这话固好，批书人焉能不心伤！狱庙相逢之日，始知'遇难成祥，逢凶化吉'实伏线于千里。哀哉伤哉！此后文字，不忍卒读。"当是王熙凤于狱神庙哭求刘姥姥寻找巧姐而刘姥姥亦以此自任，因为如果"狱庙相逢"的是巧姐，怎有"此后文字，

---

① 详见本编第十一章《论〈红楼梦〉的结构学》，第三节。

不忍卒读"问题。第六回，己卯、梦稿、蒙府、戚序、舒序本有回前诗："题曰：朝叩富儿门，富儿犹未足。虽无千金酬，嗟彼胜骨肉。"如果说，前两句是指刘姥姥一进荣国府，那么，后两句则指刘姥姥三进荣国府。一进荣国府，刘姥姥是王熙凤面前的告贷者，三进荣国府，刘姥姥成了王熙凤希望之所托，真是人世沧桑！

其二，甄士隐也曾接济过贾雨村，贾雨村任应天府知府时也曾命番役寻访甄英莲的下落。然而，面对一纸"护官符"，这位以殚心竭力图报当今隆恩自许的堂堂应天府知府却徇情枉法，明知薛蟠其人是个视人命官司如草芥而又淫佚无度的呆霸王，与冯家争夺的女子就是自己要寻访的甄士隐的女儿，还是将甄英莲"作个整人情"判予薛府。刘姥姥一村妪而已，王熙凤面前的告贷者，贾母座前的女篾片，贾府上下皆可嘲弄的"母蝗虫"，却守信执义，一诺千金，于贾府"树倒猢狲散"时不惜倾家赍求人情，成了真正能出大力救助巧姐出火坑的人。这是一种深刻的对照，是卑贱者和尊贵者灵魂的对照，可谓"仗义半从屠狗辈，负心多是读书人"。这倒不是旨在否定贾雨村其人，真正要揭示的，是官场无公道，"护官符"即"升官录"。

其三，书中与贾府"略有些瓜葛"而成了正派亲戚的凡两家。一是王狗儿家，"祖上曾作过小小的一个京官，昔年与凤姐之祖王夫人之父认识。因贪王家的势利，便连了宗认作侄儿"。一是孙绍祖家，"祖上系军官出身，乃当日宁荣府中之门生，算来亦系世交"。实际上，"虽是世交，当年不过是彼祖希慕荣宁之势，有不能了结之事才拜在门下的"。王板儿忍耻将"烟花女子"巧姐作妻子，从《留余庆》可以看出，巧姐对婚后的生活是很满意的，洋溢着新生的喜悦之情。贾赦见孙绍祖是"世交之孙，且人品家当都相称合，遂青目择为东床娇婿"。然而，孙绍祖与迎春婚后却"觑着那，侯门艳质同蒲柳；作践的，公府千金似下流"。这是一种深刻的对照，也是卑贱者与尊贵者灵魂的对照。这倒不是旨在写出孙绍祖乃天生的"中山狼"，真正要揭示的，是仕宦之交无情义，即便联姻也是以"财势"二字为基点的，同时也就决定了当事者的价格。

其四，照脂批的说法，贾氏子孙最后耀身仕途者是兰琮二人。贾兰乃贾政之孙贾珠之子巧姐堂兄。其人后来"气昂昂头戴簪缨；光灿灿胸悬金印；威赫赫爵禄高登"，这是人所共知的。贾琮者何人？第二十四回，写贾宝玉去向贾赦请安，"邢夫人拉他上炕坐了，方问别人好，又命人倒茶来。一钟茶未吃完，只见那贾琮来问宝玉好。邢夫人道：'那里找活猴儿去！你那奶妈子死绝了，也不收拾收拾你，弄的黑眉乌嘴的，那里像大家子念书的孩子！'"说明与贾赦的关系不一般。第五十三回，写"宁国府除夕祭宗祠"，"贾府人分昭穆排班立定：贾敬主祭，贾赦陪祭，贾珍献爵，贾琏贾琮献帛，宝玉捧香，贾菖贾菱展拜毯，守焚池"。足以看出贾琮在"玉"字辈中位置的重要。第七十五回，则明确地将贾琮归入贾赦一房，道是贾赦、贾政"两处遂也命贾环、贾琮、宝玉、贾兰等四人于饭后过来，跟着贾珍习射一回，方许回去。"冷子兴演说荣国府，不是说"那赦公，也有二子，长名贾琏"吗？足证贾琮乃贾赦次子贾琏之弟巧姐之叔。贾琮、贾兰为高官，巧姐却纺绩于荒村野店，这又是一种深刻的对照，是骨肉殊途贵者自贵而贱者自贱的对照。这倒不一定旨在谴责贾琮、贾兰六亲不认，真正要揭示的，是"礼"者"等"也，虽骨肉至亲亦因"财势"的不同而分尊卑上下的，更何况巧姐又曾籍入烟花。如果巧姐他日回娘家，当不啻刘姥姥之一进荣国府！

其五，书中所写二丫头生活的山村是牧歌式的，实质上它是作者为日后巧姐安排的生活环境。这种生活环境与宁荣二府以及日后琮兰二府那温柔富贵乡，还是一种深刻的对照，其内涵可以用探春的话来表述："我说倒不如小人家人少，虽然寒素些，倒是欢天喜地，大家快乐。我们这样人家人多，外头看着我们不知千金万金小姐，何等快乐，殊不知我们这里说不出来的烦难，更利害。"盖"诗礼之家，其面子之礼数弥周，其骨肉之情意弥薄，反不如田家茅舍食菽饮水者，真有天伦之乐也"①。

既然如此，那么，曹雪芹又为什么要将巧姐归入"薄命司"呢？主要原因显然有二：一是由于幼年被"狠舅奸兄"卖入烟花巷，虽然未失童贞，却终生打着烟花女子的耻辱印记，只能在世俗的冷眼和喊喊喳喳中生活，这使她的命薄比二丫头尤甚。二是刘姥姥的道路就是巧姐的最后道路，正像甄士隐的道路就是贾宝玉的最后道路，贾雨村的道路就是贾琮和贾兰的最后道路。这种写法，不禁使我想起曹禺的《雷雨》和老舍的《月牙儿》：人们可以从周朴园身上看到周萍的老年，从周萍身上看到周朴园的青年；从月牙儿身上看到她母亲的少年，从她母亲的结局看到月牙儿的归宿。这种以特犯不犯的笔法描写人物的思想性格和人生道路，从而使人物之间形成某种"影子"关系，我以为这在中国文学史上是曹雪芹开其端的。巧姐在佚稿中之所以无需费多少笔墨便成为一个"这个"，就在于：作者在前八十回中已通过写甄英莲的被拐、二丫头的纺绩、刘姥姥的打抽丰等等作了诸多投影，于无字处兆示着巧姐的人生历程。这种不写之写是令人惊叹的，天才而伟大的作家总爱以自己笔端的游丝去引发读者的神思。

高鹗辈笔端的巧姐形象似乎莫不与第五回《巧姐判词》及《留余庆》

---

① 季新：《红楼梦新评》，一粟编：《红楼梦卷》第 1 册，中华书局 1963 年版，第 310 页。

相应接，实际上在审美意蕴及艺术构思方面却貌似神离：它虽然也写了"狠舅奸兄"谋卖巧姐，却不是将五六岁的幼女卖作烟花女子，而是将十三四岁的少女谋卖于藩王为妃；并且，那"奸兄"也不是宁国公堂堂嫡孙贾蓉，而是庶支的贾芸。它虽然也写了刘姥姥救巧姐，却不是倾家赀求人情救于烟花巷，而是雇车一辆悄悄从贾府接到村上躲起来。它虽然也写了巧姐嫁到乡下，却不是嫁给板儿为妻，成为自食其力的劳动妇女，而是由刘姥姥作伐嫁给一个"家财巨万，良田千顷"的财主之子，且这个财主之子，"生得文雅清秀，年纪十四岁"，"新近科试，中了秀才"，是个"前程似锦"的人物，一旦爵禄高登，当然也就"六宫宣有你朝拜，五花诰封你非分外"了。它虽然环绕着巧姐被谋卖也写了贾府主子间的勾心斗角，却又是作为邢夫人悔过的必由之路来写的，从而使之与王夫人"心下相安"，勠力齐家，成为贾府"否极泰来"的一个重要方面。

与此同时，高鹗辈欲现王熙凤力诎失人心，便将巧姐的年龄往小里写，让奶子半夜三更拧得她哇哇直哭；要使巧姐可以充当藩王妃或成为诰命夫人在望的秀才娘子，便将她的年龄往大里写，骤然成了十三四岁的大姑娘。这与前八十回中巧姐的年龄偶有参差也具有实质性的不同。

高鹗辈如此描写巧姐的人生道路，显然是在为他们所宣扬的"福善祸淫，古今定理。现今荣宁两府，善者修缘，恶者悔祸，将来兰桂齐芳，家道复初，也是自然的道理"① 张目。论者均认为这种"结尾又稍振"与原著的精神是相背的。其实，原著写"琼兰齐荣"何尝不是"结尾又稍振"呢？足见，问题的关键在于以什么态度去写这种"荣辱自古

---

① 详见本编第十八章《论〈红楼梦〉后四十回》。

周而复始"！高鹗辈笔端的"兰桂齐芳"，是以景慕赞颂的态度作为贾府"善者修缘，恶者悔祸"的"定理"来写的。曹雪芹笔端的"琼兰齐荣"，是以冷嘲热讽的态度作为"国贼禄鬼"们"乱烘烘你方唱罢我登场"的闹剧来写的。这才是二者的根本不同点。它反映了两种人生价值观念和历史观念的分道扬镳，所以是原则上的不同。不把握住这一点，那只是形式主义看问题。

第四章 论《红楼梦》与启蒙主义人性思潮

一、引言

欧洲封建社会的统治思想主要是天主教，天主教用以吓人的家伙是"上帝"。中国封建社会的统治思想主要是儒家思想，儒家用以吓人的家伙是"天"，程朱理学尤其如此。照朱熹的说法："帝是理是主"。天帝是"理"，也是世界的主宰。神压制了人，这是中世纪的普遍现象。

随着资本主义萌芽的出现，反映到意识形态的领域，认为宇宙的主宰不是神而是人，提倡关怀人、尊重人、以人为中心的世界观，这便成为中外一切人文主义者的主要特点。其目的则是要把人们的思想从神学的枷锁和封建的桎梏中解放出来。

这里，拟就《红楼梦》与启蒙主义人性思潮，论述该书人文主义思想的核心——"人"的发现问题。

二、美——人的仪表

《红楼梦》里有个似乎微不足道、却颇值得发人深省的现象，那就是它所描写的人物，不论是正面形象，还是反面形象，几乎毫无例外地都具有仪表美。甚至可以这么说，作者是在以艺术的眼光发现并欣赏人体的美。

《红楼梦》里的女子，简直是人皆天姿国色。林黛玉"两弯似蹙非蹙胃烟眉，一双似喜非喜含情目"；"风流袅娜"，"病如西子胜三分"。薛宝钗"肌骨莹润，举止娴雅"；"鲜艳妩媚"，"艳冠群芳"。秦可卿"形容袅娜，性格风流"；既有宝钗的"鲜艳妩媚"，又具黛玉的"风流袅娜"。王熙凤"身量苗条，体格风骚，粉面含春威不露，丹唇未启笑先闻"；给人以"恍若神妃仙子"之感。史湘云"打扮成个小子的样儿"，"越显的蜂腰猿背，鹤势螂形"。尤二姐比"恍若神妃仙子"的王熙凤还"标致"。尤三姐更是"绰约风流"，"果然是个古今绝色"。晴雯与平儿的特点是"俏"，芳官等是以"美优伶"见称。用不着一一列举，就是那位"体肥面阔，两只大脚"的傻大姐，也不是属于令人生嫌的长相。

《红楼梦》里的男子，也大多是美男子。贾宝玉"面若中秋之月，色如春晓之花"；"虽怒时而若笑，即瞋视而有情"。秦钟"眉清目秀，粉面朱唇，身材俊俏，举止风流，似在宝玉之上"。北静王"风流潇洒"，"面如美玉，目似明星，真好秀丽人物"。贾蓉"面目清秀，身材俊俏"。贾蔷比贾蓉又更为"俊俏"些。蒋玉菡与柳湘莲则简直是潘安再世。用不着屈指细数，就是那位令人生嫌的"国贼禄鬼"贾雨村，也是"腰圆背厚，面阔口方，更兼剑眉星眼，直鼻权腮"，"好个仪表人材"。

要而言之，《红楼梦》里写了四百多个人物，地位有高低，出身有贵贱，职别有不同，人品有善恶，性情有刚柔，而在这个像生活本身一样丰富的艺术世界里，却没有一个容貌是丑陋的，这现象不能不引起我们注意。

难道这是出于"写实"吗？恐怕不能这么说。现实生活告诉我们：人的体态有妍媸，人的思想有善恶。心灵美者体态未必美，体态美者心灵未必美；心灵丑者体态未必丑，体态丑者心灵未必丑。体态的妍媸与思想的善恶，二者在一个人身上可以是统一的，也可以是不统一的。但就仪表论仪表，则堂堂者少，平平者多，媸媸者亦不乏其人。显然，

《红楼梦》里的这一现象虽然可以用"正因写实，转成新鲜"来解释，但很难令人信服。

难道这是文学上的固有现象吗？恐怕也不能这么说。中国文学史又告诉我们：正面人物的确往往具有仪表美，《三国演义》里的诸葛亮和马超，《西厢记》里的张生和崔莺莺，就是如此。但，也不尽然。《庄子》里的哀骀它，《包公案》里的包拯，《聊斋志异》里的乔女，便是明证。《水浒传》里的一百零八将，仪表堂堂者也不多，把寨为头的宋江就是矮而且黑的胖子。与此相反，反面人物的仪表则大多令人生嫌，就连《三国演义》里的一代奸雄曹操也未能幸免，《水浒传》里的高衙内和陆虞候之类就更不用说。当然，也有例外，《金瓶梅》里的潘金莲和陈经济，就是如此。显然，《红楼梦》里的这一现象虽则也能用传统的思想和写法来解释，但终觉勉强。

要是《红楼梦》单把女子写成天姿国色，这是比较容易解释的。因为作者曾借贾宝玉的口说过："女儿是水做的骨肉，男人是泥做的骨肉。我见了女儿，我便清爽；见了男子，便觉浊臭逼人。"作者还曾自云："闺阁中本自历历有人，万不可因我之不肖，自护己短，一并使其泯灭"，故此乃"编述一集，以告天下人"。所以，便可以作这么解释：作者对闺阁由于知之甚深，越开掘越深，由于爱之甚切，越写越想把她们写得美些再美些，终于摆脱真人真事的拘束而写成几乎人皆天姿国色。显然这至少可以备一说。然而，难题也就来矣：作者不是也把他所认为的"泥做的骨肉的男子"大多写成"好个仪表人材"吗？并且，其中就包括他所最憎恶的"国贼禄鬼"贾雨村其人。由此也就使用作者的"女清男浊"思想来解释《红楼梦》里的这一现象显得难以自圆其说。

足见，《红楼梦》里的这一现象是个值得研究的问题。或许有人会说：这还值得研究？那是由作者的审美理想决定的。这后一点诚然是对的。然而，这又是一种什么样的审美理想呢？它又反映了一种什么样的世界观呢？那应该作出回答，而问题的症结也就在这里。

照我的粗浅看法：《红楼梦》里的这一现象，实际上反映了作者对孟子的人性论的一个光辉观点的批判和继承，同时也反映了它所宣扬的"明明德"思想与孟子的人性论有本质的不同。

孟子的人性论包括这么一个观点："形色，天性也；惟圣人然后可以践形。"① 我不同意一些同志把"形色"理解成"物质生活"，而赞成杨伯峻同志对这段话的译法："人的身体容貌是天生的，［这种外表的美要靠内在的美来充实它，］只有圣人才能做到，［不愧于这一天赋。］"孟子认为人的身体容貌是一种美，这种思想在当时是光辉的，在今天也是正确的。孟子认为"仁义礼智根于心"，"求则得之，舍则失之"②，这说明他所宣扬的人性论虽则是属于先天道德观念论，但毕竟没有忽视个人的后天社会实践对于道德形成的重要性；同时也说明他所"发现"的"人性"，实际上就是处于新兴时期的地主阶级的人性。因此，作为新兴地主阶级思想家的孟子，谓"形色，天性也；惟圣人然后可以践形"，正反映了他是以热情的目光在观察人，并期待着那符合地主阶级道德要求的新人之不断涌现。到程朱理学，把"仁义礼智"归入"天命之性"，把"形色"和"人欲"归入"气质之性"，言"天命之性"善，言"气质之性"恶，甚至公然和宗教徒一样把人的身体看作是自私和罪恶的根源，道是"大抵人有身，便有自私之理，宜其与道难一"③，从而也就使孟子的"形色，天性也"所含的思想光辉归于湮灭。

程朱理学这种把天理与人欲对立，认为人身是人欲罪恶自私的渊

---

① 《孟子·尽心章句上》。
② 《孟子·尽心章句上》。
③ 《二程遗书》卷3。

薮，最集中地体现了它的僧侣主义实质；因此，遭到了清代具有启蒙思想的思想家们的严厉批驳。王夫之打着孟子的旗号，明白地肯定了"形色"，并主张天理与人欲同行，道是"形之所成斯有性，情之所显惟其形。故曰：'形色，天性也；惟圣人然后可以践形。'"① 颜元把问题说得更直截了当，道是"明言气质浊恶，污吾性，坏吾性。不知耳目、口鼻、手足、五脏、六腑、筋骨、血肉、毛发俱秀且备者，人之质也；虽蠢，犹异于物也。呼吸充周荣润，运用乎五官百骸，粹且灵者，人之气也；虽蠢，犹异于物也。故曰'人为万物之灵'，故曰'人皆可以为尧舜'。"②

显而易见，《红楼梦》不仅赋予正面人物以形体美，而且赋予反面人物以形体美，这与王夫之等打着孟子的旗号明确地肯定"形色"是属于同一社会思潮，其斗争的锋芒是针对程朱理学的"天命之性与气质之性"说。照曹雪芹的这种审美理想，人的身体容貌是天赋予人的仪表美，具有离经叛道思想与蔑视世俗道理的人是无愧于这一天赋，囿于圣贤之辞与迷恋世俗利益的人则有负于这一天赋。因此，这种审美理想，从对人的"形色"的看法上来说，它与孟子的"形色，天性也"的观点是一致的，同程朱理学的"气质之性"说是对立的；从对人的内在美的看法上来说，它既是对程朱理学的"天命之性"说的否定，同时也是对孟子的"惟圣人然后可以践形"的思想的否定，因为不论程朱，还是孟子，都是把自觉地恪守封建伦理道德规范看作是人的内在美。

真是"身无彩凤双飞翼，心有灵犀一点通"。欧洲天主教把人的身体看作是罪恶的渊薮，其结果是出现了文艺复兴时期人们穿着古希腊和古罗马的服饰以肯定人体美的社会思潮。中国程朱理学把人的身体看作

---

① 《周易外传》卷1。

② 《存性编》卷1。

是罪恶的根源，其结果是出现了明清之际人们披着先秦儒学大师孟子等的服装以肯定人体美的社会思潮。这思潮虽然分别发生在不同的国度，也不是在同一世纪，但它们的根源却共同地深藏在资本主义萌芽这一经济的事实之中。那些人文主义者出入于古代哲人门前，固然是由于企图摆脱现实统治阶级的迫害，不得不召唤历史的亡灵来作为自己的护身符，更主要的还是为了寻找适合现实需要的思想方法的胚胎形态，并为自己开拓道路。于是，一直被宗教视为魔窟而加以封禁的人体美的发现，便成为他们的重要收获之一。道理很简单，既然他们认为宇宙的主宰不是神而是人，那么，当然首先就要从人的自身寻找美。因此，发现人的体态美，便成为他们发现人的内心世界美，并从而发现新人的必由之路。唯其如此，所以文艺复兴时期人文主义的理想主义者的作品，特别是绘画和雕塑，几乎莫不以显现人的体态美见称：波提切利的维纳斯，乔治昂的睡着的维纳斯，米开朗琪罗的被缚的奴隶等等，都是这方面的代表作。知道这一点，便不难理解《红楼梦》中所描写的人物，特别是青年男女，何以不论是正面形象，还是反面形象，女子大多皆天姿国色，男子大多皆仪表堂堂，并且还不时流露出作者的欣赏甚至赞美的态度。人文主义的理想主义者还有一个显著的特点，就是把人的自身的一切美好的东西归结为人的天赋，把一切丑恶的现象归罪于宗教或封建统治。这在《红楼梦》里尤为明显。试以薛宝钗来说，她的思想品质显然是有负于她的天赋的仪表美的。其所以会如此，作者就曾借贾宝玉的口明确地作了解释，说："这总是前人无故生事，立言竖辞，原为导后世的须眉浊物。不想……琼闺绣阁中亦染此风，真正有负天地钟灵毓秀之德！"

凡此，说明曹雪芹的审美理想是属于人文主义的思想范畴。《红楼梦》其所以既赋予正面人物又赋予反面人物以体态美，就在于在这位具有人文主义思想的文学巨匠的眼中他们都是人；一些人的内在品质有负于这一天赋，那是现实社会所使然。

三、美——人的才智

《红楼梦》里还有一个令人注目的现象，就是女子才高而男子才低。因此引起了研究者的瞩目，并且结论也趋于一致，那就是认为这是反对男尊女卑，主张男女平等。这结论诚然是对的。然而倘论作者的本意，恐怕还在于宣扬聪明才智是天赋予人的美德，而孔孟之道与程朱理学则是禁锢并窒息人的这一美好天赋的精神枷锁。

《红楼梦》里的青少年大多是有才的。女子如此，男子也是如此。某些正面人物固然是才高八斗，某些反面人物也是学富五车。由此可知，认为男女同样有才智，此乃人的美好天赋，这是作者的基本思想。

《红楼梦》里的人物，他们的才智又是有高下的，也有一些人是庸才。应该研究的是：高者何以高，低者何以低，有无一定的规律？这不妨让我们看一看作者笔端的社会上层人物的才智状况。

试以贾政祖孙三代来说。贾府强迫子弟就范的祖传法宝是乞灵于打。贾政则"自幼酷喜读书"，所以"祖父最疼"。其"起初天性也是个诗酒放诞之人，因在子侄辈中，少不得规以正路"，所以照他后来的学习体会："什么《诗经》古文，一概不用虚应故事，只是先把《四书》一气讲明背熟，是最要紧的。"其一心想当子侄辈的表率，规规于孔孟之道的结果，是终于使他"只解打恭作揖，终日匡坐，同于泥塑"，成为既不能"治国"，又不能"齐家"的"国贼禄鬼"；尽管他也雅好出入于达官贵客之家的诗坛文会，那也只是于"案牍劳累"之余的附庸风雅，想口占几句应制诗亦属才尽而不得不向儿孙们征求。要想了解青少年时期贾政的才思，或许在贾兰以及贾环身上会看到一点影子。贾兰和贾环以其小小年纪便随贾政出入于达官贵客之家的诗坛文会，可见他两个也不是蠢材；只是"每作诗亦如八股之法，未免拘板庸涩"，"远不能及"贾宝玉所作"虽无稽考，却都说得四座春风"。贾宝玉其所以能如此，就在于"他自为古人中也有杜撰的，也有误失之处，拘较不得许多；若只管怕前怕后起来，纵堆砌成一篇，也觉得甚无趣味"。这就告诉我们：倘拘较于孔孟之道或前人成规，其才思必日益枯竭；反之，则犹如澹澹东流。

试再以贾雨村和贾赦兄弟作一对比。贾雨村固然精通八股制艺，诗亦写得不错；论"治才"，则不失为当时官场的风云人物。贾政与之相比，哪方面都相形见绌。贾赦与贾政相比，则又等而下之。三人同是"国贼禄鬼"，才情呈此高下，这是偶然的呢，还是必然的呢？书里写得明白，这是必然的。贾府作为诗礼簪缨之族，正如兴儿所说，"从祖宗直到二爷，谁不是寒窗十载"。此处所说的"二爷"，指的就是贾赦和贾政。那么，贾赦又何以如此不学无术呢？难道是天赋如此？书里从来没有这么说，却明白无误地交代了他有一种思想："想来咱们这样人家，原不比那起寒酸，定要'雪窗萤火'，一日蟾宫折桂，方得扬眉吐气。咱们的子弟都原该读些书，不过比别人略明白些，可以做得官时就跑不了一个官的。何必多费了工夫，反弄出书呆子来。"这是一种典型的封建特权思想，而悲剧也就在于：这种思想又正好符合实际。照当时封建世袭制的规定，贾赦作为荣国公的长孙，岂但"可以做得官时就跑不了一个官"，并且还可以稳稳地官居"一等将军"！因此，难怪他有如此浓厚的封建特权思想；同时也就决定了他纵然身在寒窗，也是心存红袖绿酒。其结果是虽则没有变成"书呆"，却成为地道的"色魔"。贾政作为荣国公的次孙，当然没有贾赦那么好的福分，要想位列朝班，应从科甲出身；但又毕竟是荣国公的次孙，要想位列朝班，并不一定非得从科甲出身，也有封建"恩荫制"可作阶梯。事实上，贾政官居工部员外郎，也是其父"代善临终时遗本一上，皇上因恤先臣，即时令长子袭官外，问还有几子，立刻引见，遂额外赐了这政老爹一个主事之衔，令其入部习学"，自然升迁的结果。正因为如此，所以也就比贾赦腹内多些经纶，并较之乃兄能"朝乾夕惕，忠于厥职"些。贾雨村虽则"也是诗书仕宦之族，因他生于末世，父母祖宗根基已尽，人口衰丧，只剩得他一身一口"，实际上已沦为贾赦所鄙夷的"寒酸"，要想"求取功名，再整基业"，就必须靠他自己钻营。钻营之道，就是要求精通那"时尚之学"，亦即科举考试用的"八股文"和"试帖诗"等等；同时也要求他必须学会"钻门子"一类的全挂本领。正因为如此，所以同属"留意于孔孟之间，委身于经济之道"，倘就才干论才干，贾雨村与贾赦兄弟相比则显得是鹤立鸡群。这就又告诉我：倚仗特权与沉迷酒色，会使人不学无术，平庸昏聩；反之，会使人才干优长，精明练达。

试还以"金陵十二钗"来说。具有"咏絮才"的林黛玉，"才华馥比仙"的妙玉，二人都是地主阶级的叛逆者。[①]诗才堪与林黛玉比肩的史湘云，"都知爱慕此生才"的王熙凤，一个是自幼父母双亡，无人管束；一个是从小就跟男孩子们一起玩，无拘无束；二人都没有受过正规的封建教育。那以"才自精明"见秀于贾氏姊妹辈的探春，也是个不甘雌伏于男尊女卑地位的女子。与此相对照，封为贤德妃的元春与曾饱读《女四书》的李纨，其才思却十分滞钝。这说明了什么呢？这说明她们才智的高下取决于她们对孔孟之道的依违程度。与此结论似相抵牾，会引起人

---

① 妙玉是地主阶级叛逆者，说见张锦池：《红楼十二论·妙玉论》，百花文艺出版社 1982 年版。

们疑议的，我想，当首推薛宝钗其人的形象吧？此人既具有"停机德"而又具有"咏絮才"，该怎么解释？照我的看法，薛宝钗自幼所受的文化熏陶与李纨相比，存在明显的不同。这在书里写得一清二楚。李纨所受的熏陶是比较单一的，她幼年只读了些"《女四书》、《列女传》、《贤媛集》等三四种书"。这些书都是属于以记载古代妇女言行的方式来宣扬封建"妇德"规范的东西。薛宝钗则不然，她所受的文化熏陶是比较复杂的。诚然，正如书中所写："当日有他父亲在日，酷爱此女，令其读书识字。"这说明她童年时期确曾受过正规的封建教育。这种封建教育对于形成她的"停机德"当然是不无直接的影响。然而，这只是问题的一个方面，问题还有另一个方面。正如她自己对林黛玉所说："你当我是谁，我也是个淘气的。从小七八岁上也够个人缠的。我们家也算是个读书人家，祖父手里也爱藏书。先时人口多，姊妹弟兄都在一处，都怕看正经书。弟兄们也有爱诗的，也有爱词的，诸如这些'西厢'、'琵琶'以及'元人百种'，无所不有。他们是偷背着我们看，我们却也偷背着他们看。"这又说明她"从小七八岁上"就爱偷看各种"邪书"。这些"邪书"对于形成她的"咏絮才"自然又不无直接的作用。要之，正因为她从来就不是个规规于孔孟之道的"女夫子"，实际上是个兼收并蓄的"大杂家"，所以才使她在才学上得以成为足可与林黛玉并驾而为李纨所不能齐驱的才女。由此，倒又从反面说明：聪明才智是人的美好天赋，要使这一天赋不致被湮灭而获得应有的发展，就不可囿于圣贤们所设置的成规旧矩。

凡此等等，足以说明一个问题：《红楼梦》里的人物虽则也有不少是庸才，然而其所以是庸才，作者并不是归结为个人的天赋如此，而是归结为封建的文化思想与政治制度的罪恶统治使之如此。

要是把握住作者的这一思想脉络，那么，《红楼梦》何以要把女子的才智描写得比男子高的问题也就迎刃而解。我们知道，在封建社会男性是居于中心统治地位。孔孟之道要求于男子的是"修身，齐家，治国，平天下"；要求于女子的是"三从四德"。因此，要是从所受的封建压迫来说，女子除了受政权、族权、神权压迫以外，还较男子多受一层夫权的压迫。要是从所受的封建文化思想的毒害来说，男子所受的毒害则又较女子更直接，且有甚于女子；所以女子反倒"清爽"些，而男子则显得"浊臭逼人"。既然作者认为聪明才智是人的美好天赋，而封建文化思想则是禁锢并窒息人们这一天赋的精神枷锁，人们的才智的优劣是取决于对封建文化思想的依违程度，那么，这种思想一旦注入笔端，就必然要把女子的才智描写得比男子高。借此以显示封建文化思想的罪恶，借此以反对男尊女卑，借此以否定以男性居于中心统治地位的封建统治的合理性。这就是问题的实质。

正因为作者是把聪明才智当作人的美好天赋来描写的，所以不论是对贾宝玉、林黛玉、妙玉的才智，还是对史湘云、薛宝琴、贾探春的才智，或者对薛宝钗、王熙凤、贾雨村的才智，凡此等等，无不抱有某种欣赏甚或赞美态度。只是，在对薛宝钗和王熙凤等人的才智报以欣赏甚或赞美中含有惋惜，惋惜其思想品德有负于这一美好天赋。倘若认为作者的这种欣赏、赞美、惋惜之情是他地主阶级思想立场的反映，那恐怕是作者始料所不及的。

《红楼梦》这种把聪明才智当作人的美好天赋来欣赏与赞美，是作者人文主义思想的又一反映，在当时对于人们的思想解放具有重大的积极作用。这是怎么说的呢？要知道，聪明才智虽则是人的肉体和精神的本质力量之一，可是在整个中世纪却一直处于受压抑的状态。在欧洲，封建教会为了愚弄人民，宣扬蒙昧主义，并垄断教育大权，不仅要农民"不识不知，顺帝之则"，妄图使他们没有理性，不致有阶级觉醒，就连对僧侣和贵族的经院教育，也实行蒙昧主义，不讲理性，让他们成天只钻烦琐哲学的牛角尖。在中国，早在春秋战国时期，老庄就主张"弃智"，妄图使人回到远古的愚昧状态。孔子虽则并不一般地否定"智"，甚至还似乎比较看重，但究其实，只是主张将"学文"作为"学礼"的附丽，认为"不学礼，无以立"，"行有余力，则以学文"。孔子还认为"唯上智与下愚不移"，并且由此而主张"民可使由之，不可使知之"。这就为历代的反动统治者制定愚民政策奠定了理论基础。到了程朱理学，则公然把才智归入气质之性，看作是人性中的恶。道学家们甚至还提出这么一个反动说教，道是"男子有德便是才，女子无才便是德"①。兼之，明初以降的封建统治者所推行的八股取士制又以"代圣立言"作为士子的天职，时风所向，这就迫使人的聪明才智只能在封建纲常名教的重轭下匍行。正因为如此，所以用理性反对蒙昧主义便成为中外一切人文主义者的特点。欧洲文艺复兴时期的人文主义者，他们认为人之所以高贵在于理性的力量，宣称理性是"人的天性"，"知识是快乐的源泉"，"知识就是力量"。比如莎士比亚就曾通过哈姆雷特的口这样的赞美"人"："人类是一件多么了不得的杰作！多么高贵的理性！多么伟大的力量！多么优美的仪表！多么文雅的举动！在行动上多么像一个天使！在智慧上多么像一个天神！宇宙的精华！万物的灵长！"中国明清期间的一批具有启蒙思想的思想家也是如此。他们反对孔子的"上智下愚"说，认为"天下无一人不生知"，"不待取给予孔子而后足"②。他们反对程朱把才智看作是人性中的恶，认为"性、情、才皆善"③，才乃

---

① 《女范捷录》。

② 李贽：《焚书》卷1《答周西岩》、《答耿中丞》。

③ 颜元：《存性编》。

"性之所呈"①，是性的发展形态，美如桃李。他们一方面痛斥当时醉心"代圣立言"的学风，说："八股之害，等于焚书，而败坏人才，有甚于咸阳之郊所坑者但四百六十余人也。"另一方面大力提倡学贵独立创造，谓著书立说，"其必古人之所未及就，后世之所不可无，而后为之"②。他们还甚至发出如下的呼声："九州生气恃风雷，万马齐喑究可哀。我劝天公重抖擞，不拘一格降人才。"因此，要是把《红楼梦》放到这一中外人文主义社会思潮里去考察，则又不难发现：它把聪明才智当作人的美好天赋来赞美，而把庸才的形成归罪于封建文化思想与政治制度的罪恶统治，正反映了作者是高踞山巅，面对被封建社会埋葬着的人类的这一肉体和精神的本质力量，在高唱着"魂兮归来"。试看贾宝玉和林黛玉这一对作者理想中的少年形象，他们"在智慧上多么像一个天神"！

四、美——人的情欲

然而，《红楼梦》的最显著的特点，恐怕还在于它所描写的"闺友闺情"。书中称这种"闺友闺情"为"古今之情"，由此可见它在作者心目中的地位是何等的重要。并且，它所引起的作者的悲愤又是如此的深沉，道是"厚地高天，堪叹古今情不尽；痴男怨女，可怜风月债难偿"。因此，要研究曹雪芹的世界观就必须认真地探索他对这种"古今之情"的看法以及何以会产生如此深沉的悲愤；否则，便有可能会把形象的客观意义误以为是作者的主观思想。

《红楼梦》开卷第一回曾一再表露了它对那些"佳人才子等书"的

---

① 戴震：《孟子字义疏证》卷中《性》。
② 顾炎武：《日知录》卷16"拟题"条、卷19"著书之难"条。

不满，说是"大半风月故事，不过偷香窃玉、暗约私奔而已，并不曾将儿女之真情发泄一二"。由此也就告诉我们：它所以描写"闺友闺情"是旨在探索人的灵魂，并不是要表现"淫邀艳约，私订偷盟"。

那么，具体地说，《红楼梦》对于"儿女之真情"的描写，它又具有哪些主要的特点呢？

其一，它是把男女间的异性相悦当作人的天然本性来描写的，认为这不是什么邪恶，而是人的正常感情。我们知道，"警幻情榜"说"宝玉情不情"，他对女孩子是"昵而敬之，恐拂其意"。要是认为贾宝玉这种对待女孩子的态度是"泛爱"，那不符合书中的描写；要是认为这里面含有某种对异性的爱慕成分，那是符合书中描写的。然而，同时应该看到，书中也描写了许多女孩子各以一颗纯真的心围绕着贾宝玉，倾注着贾宝玉，并自觉或不自觉地流露出一种异样的感情。黛玉对宝玉："抛珠滚玉只偷潸，镇日无心镇日闲。"宝钗对宝玉："莫言绮縠无风韵，试看金娃对玉郎。"妙玉对宝玉："坐破蒲团终彻悟，红梅折罢暗销魂。"① 凡此，可谓"春色满园关不住，一枝红杏出墙来"。史湘云是"从未将儿女私情略萦心上"的女子，李纨是虽"青春丧偶"而"竟如槁木死灰一般"的寡妇，她们对宝玉的态度又是如何呢？是"子月泉心动，阳爻地气舒"。比如"芦雪庵争联即景诗"，她们的不肯"饶过宝玉"，一会儿罚他去栊翠庵折取红梅，一会儿对他以箸击炉"击鼓催诗"，其中便含有一种难以言传的微妙感情。然而，不论是前者还是后者，她们虽则与贾宝玉朝夕相处，却莫不洁若冰霜，而与杜丽娘和柳梦梅一见即私绝然不同。由此观之，《红楼梦》所揭示的"儿女之真情"首先是精神上的纯洁的爱慕。照作者看来，这是出自人的美好的天然本性，所以凡属

---

① 茅盾：《赠梅》，《社会科学战线》1978 年第 4 期。

此类情节大多赋以诗情画意。

其二，它是把爱情当作人的最高贵的感情来描写的，认为爱情不仅不应该受到谴责，而且应该使之成为婚姻的基础。诚然，贾宝玉的早期爱情生活，曾钟摆于钗黛之间；并且还曾染上贵族公子的纨绔习气，乃至与花袭人云雨偷试。然而，随着他思想性格的发展，他对女孩子的用心也越来越纯洁，他对爱情婚姻问题也越来越严肃，"任凭弱水三千，我只取一瓢饮"。并且，他与林黛玉的爱情生活不是以追求单纯的性欲为目的，而是以共同的思想意识和生活理想为基础，同时把彼此的社会地位和财产占有情况以及体质条件等等一概置之度外，具有反封建的民主主义的理想性质。难怪清人涂瀛说："宝玉圣之情者也。""天地古今男女所不能尽之情，而适宝玉为林黛玉心中目中、意中念中、谈笑中、哭泣中、幽思梦魂中、生生死死中悱恻缠绵固结莫解之情，此为天地古今男女之至情。惟圣人为能尽性，惟宝玉为能尽情。"[1]岂但贾宝玉如此，其他人物在"恋爱"上也都表现出某种可贵的品德。尤三姐在脂本中是有"淫奔"之嫌的，但一旦"思嫁柳二郎"便坚贞不二，直至饮剑归地府。贾蔷是个典型的浮浪子弟，但对龄官却意柔柔而斐亹，情款款而纤萦。贾雨村是个十足的忘恩负义的"国贼禄鬼"，要是说他于百恶中还有一善，那么，善就善在他不仅没弃贫贱中结识的娇杏，而且后来还"将他扶侧作正室夫人"。贾琏是个于世路上好机转的纨绔子弟，可他对曾有秽行的尤二姐也未始乱终弃。要而言之，在《红楼梦》里，凡是够得上称之为爱情的，既无见异思迁的女子，也无见利忘义的薄情郎，纵然是品行不端的男女，他们在"恋爱"上也常常表现出最真诚和忠实的德性；与此相反的是，凡是属于由父母包办的婚姻，却大多是同

---

[1] 一粟编：《红楼梦卷》第 1 册，中华书局 1963 年版，第 127 页。

床异梦的夫妇，这是此书的一大特点。诚然，把《红楼梦》的主题思想简单地归结为"爱情的颂歌"，是不甚妥当的，脂砚斋辈就曾明确指出，作者"托言寓意之旨，谁谓独寄兴于一情字耶。"然而，绝不能由此而否定如下的事实：《红楼梦》的确是在以它的灿若群星的爱情故事，特别是通过其中的宝黛爱情故事的描写，庄严地向世界宣告：男女之间的爱情并不是什么丑事，需要加以谴责，而是人生最高尚的感情，应该加以歌颂，并使之成为婚姻的基础。

其三，它是把自由平等观念作为男女爱情关系的一项原则来描写的，认为自由地选择配偶，不仅应该是男子的权利，而且应该是女子的权利。我们知道，自《诗经》以来关于男女爱情的描写有个共同的规律，就是"有女怀春，吉士诱之"。实际上这是把拈花摘草看作是男子的权利，女子只是处于被动的承受地位，它反映了男女之间即便在单纯的两情相悦上也不平等。不朽的文学名著如《西厢记》，也没有脱出这一窠臼。描写女子处于主动地位的作品，那在明代以前的文学史上只是属于个别的例外。明中叶以降，随着资本主义萌芽的出现，社会风气亦随之发生越来越大的变化。男女之间的爱情生活作为年轻人的敏感神经，当然更是如此。正如当时一首民歌所说："当初只道郎偷姐，如今新泛世界姐偷郎。"《红楼梦》里所描写的爱情关系，正是这种"新泛世界"里的爱情关系。不论是林黛玉，还是尤三姐，或者司棋，她们在爱情问题上都不是被动的承受，而是主动的追求。凡此，反映了女子与男子同样具有争取婚姻自主、恋爱自由、个性解放的强烈要求，并且不仅是一种内在的愿望，它已转化为行动。而妇女的解放，正是衡量社会解放的一把天然尺度。唯其如此，所以林黛玉与贾宝玉所结成的爱情关系又具有如下的特点：既不容许男尊女卑，也不容许任何外来条件的干预，富于自主性和平等原则；并且，既猛烈而又持久，以致如果不能结合，那在双方看来，就是最大的痛苦和不幸，即使为此而献出生命或与家庭诀别，亦在所不惜，富于家庭世法革命的性质。照恩格斯在《家庭、私有制和国家的起源》里的观点，这是属于近代社会的性爱，是在新兴的资本主义生产关系的影响下要求婚姻制度变革的一种反映。林黛玉对爱情的追求是"不自由，毋宁死"，司棋和尤三姐等也是如此。特别是尤三姐，曾当众宣告："终身大事，一生至一死，非同儿戏。我如今改过守分，只要我拣一个素日可心如意的人方跟他去。若凭你们拣择，虽是富比石崇，才过子建，貌比潘安的，我心里进不去，也白过了一世。"要注意，这是一个少女的当众宣告！这种对"儿女之真情"的揭示，显然反映了作者是把选择配偶的自由看成是人的权利——不仅是男子的权利，也是女子的权利。

《红楼梦》如此描写"儿女之真情"，已使文学史上的一切以爱情为题材的作品相形见绌，然而其最有思想价值之处还在于具体而微地写出了如下的两点。

其一，它指出封建道德规范与佛门教义，是禁锢"儿女之真情"的精神枷锁；并且，它们对"儿女之真情"的压迫不仅是外在的，而且是内在的。比如，如果说，李纨在贾宝玉面前所流露出的那种异性相悦主要是下意识的，那么，薛宝钗在贾宝玉面前所显露的那种异性相悦则往往是出于忘情。李纨对贾宝玉的微妙感情其所以主要是出自下意识的活动，是由于她所不得不遵循的封建贞节观念已窒息了她关于"绣帐鸳衾"的遐想。因此使她的性情欲望变得犹如一潭死水，只有当春风拂过才会激起片片涟漪，并且随后也就寂然。薛宝钗对贾宝玉的微妙心理其所以往往是出于忘情，就在于她既要把贾宝玉当作自己理想中的"青云"而又要保持住自己"三从四德"的假面。因此使她的为人处世便显得十分的虚伪，而她的这种虚伪正体现了封建道德规范本身的虚伪。又如，如果说，林黛玉在贾宝玉面前所披露的"儿女之真情"往往表现为她的"任性"；那么，妙玉在贾宝玉面前所泄露的"儿女之真情"则主要反映为她的"矫情"。林黛玉作为地主阶级的叛逆者，她对贾宝玉是一往情深的，并且要求贾宝玉对她有专一的爱情；可寄人篱下的生活与名义上的小姐身份又使她不敢断然越出封建礼教的樊篱，因而不得不以或哭或恼的方式来对贾宝玉进行爱情上的试探，以致在领略爱情的幸福时刻也是痛苦多于欢乐。妙玉虽羁留佛门，却不是个"四大皆空"的出世者，她对爱情生活的向往是强烈的，并对贾宝玉怀有热切的爱慕之情，然而似幽尼又似小姐的社会身份，致使她的身心蒙受着佛门教义与封建礼教的双重束缚，因而不得不强行把自己的"五行六欲"捆起，遂致即便情不自禁地在向贾宝玉泄露自己"儿女之真情"的时刻也不能不欲露还掩。凡此，便从不同的侧面集中地说明了一个道理："儿女之真情"是出自人的天然本性，而封建道德规范与佛门教义等则是阻碍人的这一天然本性获得合理的发展或满足的精神枷锁！

其二，它指出封建宗法制度是窒息"儿女之真情"的深渊，并从而从不同的侧面控诉了这一制度的罪恶。比如，它写出贾宝玉与林黛玉的爱情所以成为"水中月，镜中花"，就在于这种爱情与贾府的家世利益相对立。又如，它写出元春所以被幽闭深宫，坐看青春的消逝，就在于封建君主把"离散天下之子女，以奉我一人之淫乐，视为当然"[①]。再如，它写出冯渊所以难偿心愿，香菱所以落入火坑，就在于四大家族拥有政治和经济上的特权以及封建官僚制度的黑暗与腐朽。还如，它写出鸳鸯所以立誓终身独处，芳官等所以斩情归水月，就在于她们既不愿屈从封建统治者的淫威而又无力冲破封建世仆制与封建等级制的罗网。凡此，

---

① 黄宗羲：《明夷待访录·原君》。

皆从不同的角度共同地说明了一个问题："儿女之真情"源出人的天然本性，而封建宗法制度则是造成"厚地高天，堪叹古今情不尽；痴男怨女，可怜风月债难偿"的根本原因。

《红楼梦》把"儿女之真情"作为人的天然本性来描写与赞美，并使之与封建宗法的思想和制度相对立，借以否定封建宗法的思想和制度的合理性，这在当时是一种十分进步的思想。历史告诉我们：整个中世纪，人的天生的情欲都被认为是邪恶而给予压抑的。在欧洲，早在希腊、罗马文化衰颓时期，便出现了禁欲主义，反对人的情欲，其后的基督教教义更认为"人一生下来就有罪"，情欲也就随之而被看作是万恶的渊薮。在中国，早在春秋、战国时期，随着"人性"问题被提上哲学日程，就出现了以"理"制"欲"的主张。孟子的"性善"说与荀子的"性恶"说虽则在道德是先天的还是后天的问题上存在着根本对立，然而在对人的天然本性的看法问题上它们却是殊途同归的。孟子也说"食色，性也。"承认"食色"是人的"天性"；同时认为人的这一天性只有在接受"礼"的制约下才是善的，否则就会成为恶的出发点。荀子所说的人性恶，实际上也是就人的天然本性而言的。荀子认为：人性就是"饥而欲食，寒而欲暖，劳而欲息，好利而恶害"[1]；"目好色，耳好声，口好味，心好利，骨体肤理好愉佚"[2]。因此，若不用礼义对它进行改造和节制，就必然会引起社会秩序的混乱。足见，一方面承认人的这种天然本性具有一定的合理性，应予适当满足；另一方面又认为人的这种天然本性包含着"恶端"，应明礼义以化之，这是孟子的结论，也是荀子的结论。孟子和荀子所说的人的这种天然本性亦即后来《礼记·礼运》所讲的"饮食男

---

[1] 《荀子·荣辱》。

[2] 《荀子·性恶》。

女人之大欲"。《礼记·乐记》还对天理和人欲的关系作了如下的论说："君子乐得其道，小人乐得其欲。以道制欲，则乐而不乱；以欲忘道，则惑而不乐。……好恶无节于内，知诱于外，不能反躬，天理无矣。"这就明确地主张以天理节制人欲。到了程朱理学，又把人的这种天然本性称为"气质之性"，并使之与"天命之性"相对立。照程朱理学的看法，人性就它的本源来说，只能是善，其所以有恶，是由于"情"的活动发生偏向的结果，也是气禀影响的结果。因此，它提出了"存天理，灭人欲"的反动说教。而这一反动说教，也最集中地表现了程朱理学的僧侣主义实质。我们知道，认为人的自然欲望不是什么罪恶需要加以抑制，而是正当的要求，应该给予满足，这是欧洲文艺复兴时期的人文主义者针对天主教的禁欲主义所提出的观点。比如，薄伽丘在他的《十日谈》的第四日和第五日的两组故事内，就曾指出："恋爱"并不是像一般口头上"禁欲"的僧侣们所诋斥的卑俗的性欲，普通人在"恋爱"上往往表现出最真诚和最忠实的道德情操。而拉伯雷则在他的《巨人传》里借助巨人们寻找到手的神壶上的铭文明确地说道："请你们畅饮知识，畅饮真理，畅饮爱情。"历史是有它的规律的，中国明清之际一些具有启蒙思想的思想家也针对程朱理学所主张的天理人欲之辨而纷纷地提出了反命题。王夫之认为："圣人有欲，其欲即天之理。天无欲，其理即人之欲。"①"天理充周，原不与人欲相为对垒"②。黄宗羲认为："圣人之心无异常人之心，常人之所欲亦即圣人之所欲也。人心本无所谓天理，天理正从人欲中见，人欲恰好处即天理也，向无人欲，则亦并无天理之可言矣。"③顾炎武认为："天下之人各怀其家，各私其子，其常情也。为天子

---

① 《读四书大全说》卷4。
② 《读四书大全说》卷6。
③ 《陈乾初先生墓志铭》，见《南雷文定》后集卷3。

为百姓之心，必不如其自为。"① 这种认自私心为常情，本质上也是企图说明个性的解放，以反对中世纪的灭欲说。戴震则进一步指出："理也者，情之不爽失也，未有情不得而理得者也。"认为"圣人治天下，体民之情，遂民之欲，而王道备"②。凡此，都是针对着《礼记》的"制人欲"与理学的"灭人欲"等旧命题而矫以反命题。这类反命题所强调了的地方，实则代表其时代的思维发展。因此，它本质上是近代市民阶级人文主义的自觉。《红楼梦》里所描写的"闺友闺情"，实际上便是这一社会思潮中的一股激流。所以，涂瀛的《贾宝玉赞》还是有见地的："宝玉之情，人情也，为天地古今男女共有之情，为天地古今男女所不能尽之情。……此为天地古今男女之至情。惟圣人为能尽性，惟宝玉为能尽情。"由此观之，《红楼梦》的"大旨谈情"，实际上是种以形象思维的方式针对着程朱理学的"存天理，灭人欲"的旧命题矫以自己的反命题！它所谈的"情"，不只是狭义的儿女"私情"的"情"，也是广义的"人情"的"情"。正因为如此，所以它即便在写"儿女之真情"时也渗透着一种自由平等思想，而这也正是薄伽丘的《十日谈》里第四日的故事与卢梭的《新哀绿绮思情书》的第一部等所具有的特点，都是属于人文主义思想的表现形式。

恩格斯说："人与人之间的，特别是两性之间的感情关系，是自从有人类以来就存在的。"③ 马克思曾批评资产阶级经济学家，"把劳动者变成没有七情六欲的和没有需要的存在物"，认为这是从劳动者那里剥夺了"一部分生命和人性"④。不论是欧洲中世纪的天主教，还是中国的

---

① 《亭林文集》卷1《郡县论》5。

② 《孟子字义疏证·理》。

③ 《马克思恩格斯选集》第4卷，人民出版社1977年版，第229页。

④ 《1844年经济学哲学手稿》，人民出版社1979年版，第88页。

程朱理学，它们其所以鼓吹禁欲主义，正是妄图把人"变成没有七情六欲的和没有需要的存在物"；而人文主义者在解放人性方面的一大功绩，就是打破了禁欲主义的束缚。《红楼梦》在这方面的历史意义，我们过去是认识不足的，其中当然包括笔者。

五、美——人的本性

《红楼梦》不只把"儿女之真情"作为人的天然本性来赞美，并以此否定程朱理学所谓的气质之性恶，同时还把自由平等观念当作人的社会本性来颂扬，并以此否定程朱理学所谓的天命之性善。

程朱理学区分天命之性和气质之性，是要在理论上解决中国哲学史上性善与性恶的论争。照程朱的看法：孟子主张性善，是指天命之性而言的，荀子主张性恶，是指气质之性而言的；只讲天命之性，理论上不完备，只讲气质之性，不能阐明性之善，所以都不能说是完整的人性论。[①] 实际上，孟子的性善说与荀子的性恶说，不仅在对人的天然本性的看法上是异曲同工的，而且在对人的社会本性的看法上也是相反相成的。孟子认为人其所以不同于禽兽，就在于人有恻隐、羞恶、辞让、是非之心，而这四种心是仁、义、礼、智四德之端。"人之有是四端也，犹其有四体也。"是故，"人性之善也，犹水之就下也"[②]。荀子反对孟子的这种先天道德论，认为人区别于动物的地方是在于"人能群"；"群"是指人的社会组织。人之所以能"群"，是由于能"分"；"分"是指人的不同的社会地位与职分。"分"的标准是"义"；"义"是指社会伦理

---

① 参见《二程遗书》卷6。
② 《孟子·公孙丑章句上》、《孟子·告子章句上》。

道德。① 所以荀子认为：美好完善的人性是在礼义道德的教化下"积善而不息"的结果。由此可见，孟子的性善说与荀子的性恶说虽则存在着先天道德论的观点与后天道德论的观点的尖锐对立，然而用以评论人性善恶的标准却是共同的，那就是封建伦理道德规范。实际上，它们都认为只有符合封建伦理道德规范的人性才是美好完善的人性。岂止于此，它们的现实作用也是相反相成的：孟子是力图通过他的"性善"说，说明封建压迫的合理性，从而论证人们接受地主阶级的道德规范的可能性；荀子是力图通过他的"性恶"说，说明封建压迫的必然性，从而论证强迫人们接受地主阶级教育的必要性。正因为如此，所以程朱理学把孟子的性善说与荀子的性恶说作为自己的人性论的两大来源；同时也就使这种人性论具有如下的特点：一方面将统治阶级所要求于广大人民的天命之性使之具有本体论的意义，说成像宇宙规律那样不容置疑，完满无缺；另一方面则宣扬人人生来具有原始的罪恶，命定的气质之性，它决定了人人都必须从理论上彻底接受封建道德的灌输与封建主义的教化。

《红楼梦》所宣扬的人性论，恰恰与此针锋相对。它把程朱理学所视为恶的气质之性描写成善，并将程朱理学所视为善的天命之性描写成恶。与此同时，它否定仁义礼智是天赋予人的美德，代之以李贽所说的"童心"，并把自由平等观念当作"童心"的显现来赞美。② 因此，这种人性论与孟子的性善说和荀子的性恶说等等有本质的不同，它是东方的微光，冬末的未萌——已进入近代人性论的范畴。这一点，我在《李贽的"童心"说和曹雪芹的〈红楼梦〉》一文中已作了较为详细的论说，

---

① 参见《荀子·王制》。

② 详见本编第十三章《李贽的"童心"说和曹雪芹的〈红楼梦〉》。

兹不赘述。现在仅就如下几个问题略谈一点粗浅的看法，聊资佐证。

其一，理学言天命之性，以仁义礼智为四德，而以仁为基本。程颢曾明确地说："学者须先识仁。仁者浑然与物同体，义礼智信皆仁也。"① 这就是说：仁是四德的基本，而又包括了四德，是最完美的人格的别名。《红楼梦》所描写的贾府，其主要特点是"体仁沐德"。要是用一个字眼概括贾府的主要代表人物贾母、贾政、王夫人的特点，最精当的恐怕也莫过于一个"仁"字。《三国演义》里的刘备是"仁人"，《水浒传》里的宋江是"仁人"，《红楼梦》里的贾母、贾政、王夫人也是"仁人"。诚然，他们都使人感到虚伪；然而，情况不同。刘备与宋江的使人感到虚伪，那是形象的客观效果，是作者始料所不及的；论作者的主观意图，倒是真心诚意地把他们作为理想中的仁者来描写与颂扬的。贾母、贾政、王夫人的使人感到虚伪，则不是来自作者始料所不及的形象的客观效果；论作者的主观意图，原本就是把他们作为理学所推许的仁者来描写与讽刺的。所以，前者在作品中是正面人物，后者在作品中是反面人物。一反映了作者在社会人伦理想上并没有冲破理学所神化的天命之性的樊篱，一反映了作者在社会人伦理想上所表现出的对理学所神化的天命之性的蔑视：二者存在着思想性质的不同。因为，揭露"仁"的虚伪性，这在当时是对封建道德规范的最深刻批判，也是对程朱理学所鼓吹的天命之性说的致命打击。

其二，《红楼梦》所描写的贾府是诗礼簪缨之族，忠臣孝子之门，体仁沐德之第，可在长一辈中反倒没有一个正面人物形象，正面人物形象皆出髫龄少年，明显地呈现着两代人的矛盾，怎么解释呢？我们认为这是受李贽"童心"说的影响。李贽的"童心"说认为："童心"是"绝

---

① 《二程遗书》卷2上。

假纯真，最初一念之本心"，虽则是人之所本有，却不是人皆所能永葆的，会随着接受孔孟之书的义理与社会世俗的道理日多而日益失却。"若失却童心，便失却真心，便失却真人"；"其人既假，则无所不假"；"所以者何？以童心既障，而以从外人者闻见道理为之心也"。①贾宝玉尝云女孩儿一生有三变，由"无价之宝珠"而"没有光彩宝色之死珠"而"鱼眼睛"。这实际上是反映了作者所认为的人们在封建思想和社会习气的毒害下"失却童心"的历程。因此，要是从《红楼梦》所描写的人物的思想面貌看问题，可以看作主要是写了三类人：一是，贾宝玉和林黛玉等地主阶级的叛逆者，晴雯与龄官等富于反抗精神的奴隶，他们是葆有"童心"的"真人"，作者认为这是人中的"无价之宝珠"；二是，李纨和宝钗等奶奶姑娘，平儿和袭人等婢妾丫鬟，她们对封建礼教是遵奉的，甚至还好说"混帐话"，但又并不那么虔诚，甚至还对夜宴怡红那种自由空气感到畅快，皆属于"童心"已被腐蚀而尚未全失的人物，作者认为这是人中的"没有光彩宝色之死珠"，所以仍有可爱之处；三是，贾母和贾政等地主阶级的卫道者，贾赦和贾珍等地主阶级的浮浪子弟，王善保家的和周瑞家的地主阶级的鹰犬，他们是失却"童心"的"假人"，作者认为这是人中的"鱼眼睛"，是"以理杀人"的魔王或帮凶。②凡此，既反映了封建宗法的思想和制度对社会人心毒害之酷，同时也反映了作者对这种罪恶的思想和制度的愤恨以及对统治阶级所要求于人的人格的轻蔑。

其三，《红楼梦》所描写的葆有"童心"的"真人"，他们都各有自己鲜明的个性，都如同黑格尔老人所说的，是一个"这个"；同时他们

---

① 李贽：《焚书》卷3《童心说》，中华书局1975年版。

② 详见本编第六章《略论〈红楼梦〉形象体系内部构成的特点及其代表人物》。

也存在着共性，那就是都具有自由平等观念，认为人生来应该是自由的，并且彼此平等。何以见得呢？我们知道，贾府是"体仁沐德"之第，其主要代表人物是属于恩格斯所说的"慈悲的领主"①。晴雯和龄官等"幸而卖到这个地方，吃穿和主子一样，又不朝打暮骂"，"平常寒薄人家的小姐，也不能那样尊重的"。要是从物质生活上看问题，真可谓一切皆如愿以偿，《水浒传》里被压迫者的理想，已经成为她们的现实。但是，要是从人身关系上看问题，晴雯和龄官等均处于受奴役的地位，并无独立的人格可言，只是些会说话的牛马，只能在封建等级制的重轭下匍行，这是世代相因的习俗，也是历史的法；可她们虽则身为下贱，却不以为"谁比谁高贵些"，要求"不论尊卑，唯我是主"，绝不容许他人宰割自己的意志。因此，贾母等人再"慈悲"也不能解除她们精神上的悲苦，物质生活再优厚也不能使她们不作反。她们的作反，不是在向古来仁人志士所诅咒的"霸道"宣战，而是在向古来志士仁人所憧憬的"王道"宣战。她们的作反，不是由于欲做奴隶而不得，想争取暂时做稳奴隶，恰恰是由于做稳了奴隶而仍不甘心，想争到"人"的价格。贾宝玉称之为"物不平则鸣"，这种"不平"是人的社会地位的不平。要注意的是，林黛玉是贾宝玉的知音，警幻仙子是贾宝玉的知音，典型的"国贼禄鬼"贾雨村也是贾宝玉的知音，怎么解释呢？林黛玉成为贾宝玉的知音，是由于在现实斗争中叛逆思想上的默契。警幻仙子成为贾宝玉的知音，这是由于作者在借她的口说明贾宝玉的"意淫"是"天分中生成"。罢官为民时期的贾雨村，"心中虽十分惭恨，却面上全无一点怨色"，与冷子兴大谈"阴阳两赋"说，纵论古今风流人物，又何尝不是自作风雅，倾泻内心的不平，借此以说明"成则王侯败则贼"。巧妙的是，作者却

---

① 《反杜林论》，人民出版社 1971 年版，第 96 页。

借了他的口，以"阴阳两赋"说否定了朱熹的"性主于理"的思想，并借此为贾宝玉"天分中生成"的"意淫"从人性论上提供了理论基础。"意淫"者何？我赞同吴组缃先生的诠释，"用我们今日的话说，就是要求'个性解放'，要求'人性自由'，就是'人道观念'和'人权思想'，就是民主主义精神"①。《红楼梦》把它看作是天赋予人的美德，是"天分中生成"，这是对李贽的"童心"说的重大发展，无异于是说人生而自由，并且彼此平等。尽管作者的这一思想还处于比较朦胧的状态，但其质的规定性却是如此。唯其如此，所以贾宝玉作为作者理想的寄托者，他所憧憬的就不是什么以"天有十日，人有十等"为指导思想的"王道"或"仁政"，而是一种人与人之间的关系比较自由的、平等的、和谐的、美妙的社会。

最后，正因为《红楼梦》把自由平等观念看作是与生俱有的人性，看作是应该"明"之于天下的"明德"，而把封建宗法的思想和制度看作是禁锢这种人性的精神枷锁，看作是窒息这种人性的罪恶深渊，所以它对封建社会的批判就不是囿于对个别具体制度的批判，而是从整体上给予封建宗法的思想和制度以大胆否定。正因为在作者看来，林黛玉和晴雯等具有"童心"的"真人"之被毁灭固然是封建宗法的思想和制度的罪恶，薛宝钗和袭人等"童心"之遭到腐蚀也是封建宗法的思想和制度的罪恶，所以在他的笔下，主子奶奶姑娘和奴才丫鬟之间无须划清阶级界限，善良者和邪恶者之间无须划清道德界限，一起列进了"薄命司"。这当然反映了作者的人性论的局限，然而倘论其本意，恐怕还在于想从正反两个方面借以说明：封建社会是如何地在代复一代摧残青少年，是如何地在代复一代戕残"人"。

---

① 《论贾宝玉典型形象》，《北京大学学报》1956 年第 4 期。

　　《红楼梦》在人性论问题上，把批判的矛头直接指向程朱理学的天命之性说，并赋予它所宣扬的"童心"说以自由平等观念新内容，这不是偶然的现象，这是当时启蒙主义思潮在人性论上的深刻反映。明清之际具有启蒙思想的思想家，他们对人性问题的看法虽则是纷纭不一，但呈现出一个共同的特点，那就是：一方面肯定理学所贬斥的气质之性是善，另一方面否定理学所褒扬的天命之性是人的本性。这种在人性论问题上对程朱理学的左右开弓，实际上是代表着时代思维的发展。因此，他们自己所倡导的人性论，都含有个性的自觉。比如，王夫之提出"性日生日成"的命题，认为社会在不断发展，人性也随之改变，是"未成可成，既成可革"，不是"一受成型，不受损益"①，借此以驳斥程朱学派的天命之性说荒谬不经。又如，黄宗羲认为"有生之初，人各自私"，自私自利是人类的本性，也是兆人万姓的权利，人人能遂其自利自私，即天下之大公；认为"使天下之人不敢自私，不敢自利，以我之大私为天下之公"，正是"后之为人君者"的罪恶。②黄宗羲的这种观点，不仅是对朱熹主张的天理人欲之辨的致命打击，而且符合于资本主义初期的思维方法，具有人权平等、"自由放任"的思想萌芽。唐甄也是如此。他认为"天地之道故平，平则万物各得其所。及其不平也，此厚则彼薄，此乐则彼忧。……人之生也，无不同也，今若此，不平甚矣"③。正是基于这一人类天赋平等之说，他痛斥了君主专制，主张人与人之间应该平等。再如，戴震别具匠心地把孟子所说的性善归结为人所特有的理性，讽刺程朱理学的区分天命之性和气质之性是"凑泊附著以为性"，不知人有别于动物的地方是在于"智通礼义，以遂天下之情"，并尖锐地斥

---

① 《尚书引义·太甲二》。
② 《明夷待访录·原君》。
③ 《潜书上篇·大命》。

责程朱理学是"以理杀人",比"以法杀人"更残酷。① 我们知道,程朱理学的人性论是过去一切唯心主义人性论的综合,又从唯心主义本体论中进行了论证,从而把人性问题最后从理论上确立起来。这种人性论,从理论上给封建社会的道德、秩序以合理的解释,所以一直是禁锢社会人心的精神枷锁。因此,明清之际的具有启蒙思想的思想家,他们对这种人性论所进行的认真挑战及其对人性问题所进行的新探索,这在中国思想史上实在是一次大的披荆斩棘,它引导着人们对封建社会的道德和秩序的永恒性和合理性进行怀疑,同时也为人们的思想解放从人性论上提供着理论根据,其功堪谓不在禹下。而《红楼梦》所宣扬的"明明德"思想,便是这一社会思潮的光辉反映。

要之,《红楼梦》里所描写的两大社会力量的对立,是贾政等"失却童心"而"以从外入者闻见道理为之心"的"假人"与贾宝玉等具有"童心"的"真人"的对立,一方要求于人的是仁义礼智,认为这是天赋予人的美德,一方认为天赋予人的美德是自由平等,遂孜孜以求之而不舍昼夜。足见,《红楼梦》所宣称的"只除'明明德'外无书",这种对"明德"亦即所谓天赋予人的美德的强调,虽则是用儒家思孟学派的语言和中古神学的方式来表现的,然而实际上却反映了作者已经跳出中古的思维樊篱而符合于资本主义萌芽时期的思维方法。

六、简短的结语

宋元以降的钦定哲学是程朱理学。程朱理学所宣扬的人性论是对孟子的性善说与荀子的性恶说等人性论的综汇与发展。理学之士划分天

---

① 参见《孟子字义疏证》。

命之性与气质之性，既是他们的客观唯心主义的世界观在人性论问题上的运用，同时也是在为他们的封建伦理观念与社会政治观点的永恒性进行论证。

《红楼梦》所宣扬的人性论或称之为"明明德"思想，就是在对程朱理学的人性论矫以反命题。程朱理学认为气质之性恶，《红楼梦》却将其作为天赋予人的美来赞颂。程朱理学认为天命之性善，《红楼梦》却将其作为窒息人性的精神枷锁来诅咒。要而言之，无善不归人的自身，无恶不归现实社会，认为人们身上的邪恶，实乃现实社会所使然，认为人应该是自由的并且彼此平等，而封建宗法的思想和制度却是灭绝这一天赋予人的美好本性的罪恶深渊，凡此便是《红楼梦》所宣扬的人性论思想的特点，而这一特点也是中外启蒙主义人性思潮的普遍特点。这种把人当作"宇宙的精华，万物的灵长"来歌颂，实际上也就是认为宇宙的主宰是人而不是神，人的聪明才能应该从神学的枷锁和封建的桎梏中获得解放。唯其如此，所以中外的人文主义者，特别是人文主义的理想主义者，他们即便描写的是"神"，也抹去其灵光圈而写成生活中的"人"。波提切利的名画《春》中的三位女神与《红楼梦》所描写的太虚幻境中的众位仙子，便是明证。难怪贾宝玉要称警幻仙姑为"姐姐"。

瑞士的著名历史学家布克哈特在他的名著《意大利文艺复兴时期的文化》一书中曾以称颂的笔触写道："文艺复兴于发现外部世界之外，由于它首先认识和揭示了丰满的完整的人性而取得了一项尤为伟大的成就。"[①] 布克哈特认为意大利文艺复兴运动的最为重要的成就是对"人性"的"发现"，这既有唯心主义的一面，也含有合理的内核。马克思说：

---

① ［瑞士］雅各布·布克哈特：《意大利文艺复兴时期的文化》，商务印书馆1979 年版，第 302 页。

"人不是抽象地栖息在世界以外的东西,人就是人的世界,就是国家,社会。"① "人的本质不是单个人所固有的抽象物,在其现实性上,它是一切社会关系的总和。"② 既然如此,随着社会发展,人性和对人性的要求与看法当然也就在发展。所以马克思又说:"整个历史也无非是人类本性的不断改变而已。"③ 探讨人性"就首先要研究人的一般本性,然后要研究在每个时代历史地产生了变化的人的本性"④。然而"人的一般本性"又总是显示在"每个时代历史地产生了变化的本性"之中的,因此所谓"人的发现"便成为人类自身发展的一项永恒的课题。文艺复兴时期的人文主义者针对以神为中心的经院哲学和禁欲主义而抬出来的"人"的概念,是以"自由"、"平等"、"博爱"思想的萌芽为其内涵。这种随着资本主义新纪元的开始到来而"历史地产生了变化的人的本性",实质上是处于萌芽状态的资产阶级的人性。布克哈特把它说成是唯一的人性,超阶级的人性,并给戴上"丰满的完整的人性"的桂冠,这显然是出于他作为资产阶级的历史学家的阶级偏见。然而他把"人的发现"看作是意大利文艺复兴运动的最为重要的成就却包含着真理的微粒,因为当时人文主义者所发现的"人"的确是属于新世纪的传令官。《红楼梦》里所描写并赞颂的那些具有"童心"的"真人",实际上就是他们的出生于文明古国的东方兄弟!难怪脂砚斋辈老实承认对贾宝玉这个新的性格不理解,说他是"今古未有之一人",或"今古未见之人"。这倒于无意中道出了《红楼梦》所宣扬的"明明德"思想在中国文学史上和哲学史上的光辉地位。

---

① 《马克思恩格斯全集》第 1 卷,人民出版社 1956 年版,第 452 页。

② 《马克思恩格斯选集》第 1 卷,人民出版社 2012 年版,第 139 页。

③ 同上书,第 252 页。

④ 《马克思恩格斯全集》第 23 卷,人民出版社 1972 年版,第 669 页脚注 [63]。

第五章　略论《红楼梦》对传统的
思想和写法的打破

一、小引

《红楼梦》是这么一部书：它通过对贾府盛衰的描写，全面地再现了封建社会的"事体情理"并予以伟大否定；幻想有个人与人的关系比较合理的社会。或者这就是它的主题思想之所在吧。因此，"至于说到《红楼梦》的价值，可是在中国的小说中实在是不可多得的。其要点在敢于如实描写，并无讳饰，和从前的小说叙好人完全是好，坏人完全是坏的，大不相同，所以其中所叙的人物，都是真的人物。总之自有《红楼梦》出来以后，传统的思想和写法都打破了。——它那文章的旖旎和缠绵，倒是还在其次的事"①。

那么，具体地说，《红楼梦》对传统的思想和写法究竟有哪些打破呢？这是个值得研究的课题。本书就如下几个问题谈一点我的粗浅认识，以就教于方家。

二、旨在揭示地主阶级必然衰败之内因

把地主阶级的代表人物形成"忠"与"奸"或"清官"与"污吏"的对立以颂扬前者而批判后者，这是描写地主阶级内部矛盾的传统写

---

① 《鲁迅全集》第8卷，人民文学出版社1958年版，第350页。

法。这类作品，一面在暴露地主阶级的黑暗，一面又把扫除黑暗的理想之光聚集在地主阶级身上。因此，往往是以"指奸责佞"为出发点，以颂扬"君仁臣良父慈子孝"的伦常关系作指归。《红楼梦》则不然。它所描写的地主阶级的内部矛盾，不属于昏君贤臣、忠奸斗法，是在财产和权力的再分配问题上的鸡争鸭夺。它也"指奸责佞"，也写伦常所关的"君仁臣良父慈子孝"，却一概是持否定态度。

《红楼梦》里写到的当朝皇帝有两位，应该说，都是"圣君"的形象。何以见得？照传说，故宫一对华表上的兽头，一个头朝外，一个头朝里，这是有说道的。头朝里者叫"望君出"；头朝外者叫"望君归"。"望君出"，是说黎民百姓希望皇帝不要总深居宫中，要外出巡视以体察民情。"望君归"，是说黎民百姓又希望皇帝不要在外乐而忘返，要勤理朝政以体恤民心。《红楼梦》里所描写的"太祖皇帝"和"当今"，不是一个曾"仿舜巡"，到江南视察，一个在"太上皇"的支持下想"以孝治天下"，恩允嫔妃们可以归省吗？这些举动就叫作体察民情和体恤民心。足见，这两位皇帝均想"仿舜"，都愿当个"圣君"。那么，他们"仿舜"的结果又如何呢？劳民伤财——"别讲银子成了土泥，凭是世上所有的，没有不是堆山塞海的。'罪过可惜'四个字竟顾不得了。"原因又在哪里呢？"礼仪如此，不为过也"，否则也就失去了天子之尊！这种描写是十分深刻的。它把对皇帝的讥弹变为对皇权的批判，而不是在写某某君王是否有道的问题。

《红楼梦》里既不存在《水浒传》中的高太尉式的人物，也不存在《鸣凤记》中的严嵩父子式的人物，无论是道学先生贾政，还是好武兼好色的恒王，都是"忠臣良将"的形象。贾政其人，"大有祖风"，"风声清肃"，"朝乾夕惕，忠于厥职"。恒王贵为外藩，犹不忘列阵挽戈练习骑射。"明年流寇走山东，强吞虎豹势如蜂；王率天兵思剿灭，一战再战不成功；

腥风吹折陇中麦,日照旌旗虎帐空。"这一文一武,均堪说是"忠肝一片"。在以忠奸斗法为题材的作品中,他们应属于被歌颂的人物。可曹雪芹却用四个字来表明了自己对他们的态度:"国贼禄鬼"!否定严嵩和高太尉那样式的人物,这是一般的封建士大夫文人所容易做到的,因为这类"奸臣"在维护封建统治的同时也在戕害地主阶级的仁义道德,乃是蛀蚀封建宗法的思想和制度的蛀虫。否定贾政和恒王这样式的人物,这是一般的封建士大夫文人所难于做到的,因为这类"忠臣"以体现地主阶级的仁义道德来维护封建统治,乃是维护封建宗法的思想和制度的中流砥柱。唯其如此,所以对贾政和恒王等的批判也就击中了地主阶级的脊梁。

《红楼梦》里的贾政又是一位"慈父"。或问:贾政对贾宝玉历来冷若冰霜,比如"大观园试才题对额",一会儿喝命"出去",一会儿喝命"回来","慈"在什么地方?答曰:那是由于当时的封建上流家庭,照封建礼法规定,父辈对子弟是不可假以辞色的。试看熟悉这种情况的小厮们,一见贾宝玉从园中出来,便蜂拥上去拦腰抱住要"赏",说"今儿亏我们,老爷才喜欢,老太太打发人出来问了几遍,都亏我们回说喜欢;不然,若老太太叫你进去,就不得展才了"。可见照他们看来,那天贾政对贾宝玉的态度是不失为一位"慈父"。诚然,这种"慈"是会令子弟们毛骨悚然的。然而,那恰恰是封建礼法的要求。正是它从根本上扭曲了地主阶级的"人性",致使贾政与贾宝玉父子之间的天伦关系变成宛若猫鼠同游。

《红楼梦》里的贾府,可说是"孝子"辈出,无论是贾赦、贾政,还是贾珍、贾蓉,他们对长辈莫不彬彬有礼,极尽"孝道"。贾赦虽已须发半白,可当宝玉来转达贾母的问话时,犹不忘站起来作答,因为此时的宝玉是长者的代表。贾政也是年近半百的人,然元宵之夜仍不忘携带彩礼去与贾母猜谜承欢以效老莱娱亲。贾珍和贾蓉正"因国丧随驾"，忽闻贾敬"吞金服砂，烧胀而殁"，遂具本请旨告假，星夜驰回，四更天气到达暂停灵柩的铁槛寺，"放声大哭，从大门外便跪爬进来，至棺前稽颡泣血"，直哭到天亮喉咙哑了方匆匆回府去行聚庸之消！这一幕幕"孝"的喜剧说明了什么呢？说明了封建礼法所规定的地主阶级的"孝道"，它是何等的虚伪，又是多么的可笑！

"君仁臣良父慈子孝"是"三纲五常"的要求，也是地主阶级的伦常理想。因此《红楼梦》对这种伦常关系的明褒暗贬，就不仅反映了作者对地主阶级的伦常理想的嘲弄，亦且反映了作者对封建主义的君权和亲权的不恭。

与此同时，《红楼梦》也"指奸责佞"。但《红楼梦》里的"奸佞之徒"如贾雨村者流与贾政等"忠良之士"的关系，却不是互相排斥，而是相互为用。《红楼梦》是以地主阶级内部的派系斗争替代了传统写法上的"忠"与"奸"或"清官"与"污吏"的对立，并从政治上对各派系之间又斗争又勾结的局面作了剖析，最后得出一个结论，那就是：这个阶级必然要完蛋。

贾母、贾政、王夫人是封建正统思想的代表，是程朱理学的化身，是孔孟之道的虔诚信徒。这派人物有两个特点，一是在"仁爱"的旗号下面，用以三纲五常为核心的儒家道德准则杀人；二是在思想上他们是地主阶级的精神领袖，而当他们行动起来的时候却已成为对本阶级失去了控制能力的僵尸。这后一点，是个历史的讽刺。它告诉我们：尽管封建统治者把程朱理学奉为正统思想，然而代表着这种思想的封建正统派，却既不能"治"地主阶级之"国"，又不能"齐"封建贵族之"家"。原因何在呢？就在于此时由于商品经济的发展，刺激着封建统治者对金钱和权势的追求，促使着大地主、大官僚与封建大商人或高利贷者日趋三位一体，导致整个地主阶级的日趋市侩化，这就加速了统治阶级内部权力和财产再分配的过程，以致使封建道德教条对本阶级内部人与人之间的矛盾几乎失去了调整作用。在这种局面下，头脑冬烘的道学先生贾政之流当然也就只能尸居余气。

王熙凤、薛宝钗、贾雨村是当时的风云人物。他们是我国封建社会末期出现的大地主、大官僚、大商人或高利贷者三位一体化这一社会势力在政治思想上的代表。这派人物也有两个特点：一是一手抓钱一手抓权而对封建道德教条阳奉阴违，直接以金钱和权势杀人；二是在封建礼教的面纱后面跳动着一颗市侩主义的野心，不是以孔孟之道来律己，而是以孔孟之道来为我所用，因此都是些"身后有余忘缩手"的东西。"好风频借力，送我上青云"，这是薛宝钗的诗句；"天上一轮才捧出，人间万姓仰头看"，这是贾雨村的诗句；王熙凤在刚当上管家奶奶的时候，也是踌躇满志。在这些釜底游鱼身上，何以有这样的格调呢？因为封建大地主、大官僚、大商人或高利贷者的三位一体化，当时正处于发展状态。这种历史状况反映到其代表人物身上便出现了思想上的盲目乐观和行动上的野心勃勃。他们对即将咽气的封建制度的精心护理，表面上是在尽孝子之道，骨子里只不过是想窃取其头上的金银首饰以肥私而已。

贾赦、贾琏、贾珍、贾蓉是地主阶级的"垮掉的一代"。这派人物，集中地反映了封建统治阶级的寄生性和腐朽性。他们在政治上醉生梦死；在经济上挥霍无度；在生活上偷鸡摸狗。这不是偶然的，因为豪富和权势是封建上层统治集团剥削、压迫和奴役人民群众的结果，又是他们剥削、压迫和奴役人民群众的凭借；是他们罪恶的渊薮，也是他们堕落的根源。但贾雨村要获得这两样，须靠自己去钻营；贾政要获得这两样，也不是唾手可得。唯独贾赦、贾琏、贾珍、贾蓉这帮人却无须费心，仅凭其"长子"地位便可坐享其成。封建世袭制十分慷慨地给他们送来了这两样，同时也就使他们优先地成为地主阶级"垮掉的一代"。其主要特点是：人前知书识礼，奉公守法，人后云雨无厌，调笑无时；真是十足的"金玉其外，败絮其中"。

这三派，都是地主阶级的顽固派。其中，正统派是后两派名义上的精神领袖和行动上的保护伞。但三派之间的实际关系却是又勾结又争夺。在镇压奴隶们的反抗和围剿封建叛逆思想上，他们是串通一气的；而在地主阶级内部的财产和权力的再分配问题上则又一个个像乌眼鸡似的。

"精细处不让凤姐"的贾探春，是地主阶级内部改良主义思潮的代表。不错，她曾表露过自己对"男尊女卑"观念的不满；然而，那是由于这一观念阻止了她到社会上去做番"事业"。诚然，她还曾说过理学的重要创始人朱熹的某些言论是"虚比浮词"；但是，她对理学的核心内容即儒家的三纲五常观念却始终是奉若神明。她在协助王夫人"理家"期间，不是曾大张旗鼓地"兴利除弊"吗？结果又如何呢？省下四百两银子，却使内部矛盾更加激化，以致一发不可收拾。原因又在什么地方呢？就在于她是生活在封建社会的"末世"，却想以加强封建宗法思想的统治为前提去从事一些经济上的"兴利除弊"，当然只能是获得失败的记录。

"乱烘烘你方唱罢我登场！"那么，这四派哪一派能挽地主阶级之狂澜于既倒呢？显然一派也不能。由此可见，《红楼梦》描写地主阶级的内部矛盾，其命意并不是想讴歌地主阶级的这一派，诅咒地主阶级的那一派；它是把地主阶级作为一个整体来批判的，目的是要揭示地主阶级之必然衰败的内因。

三、旨在传达"王道乐土"上的呼号

正如鲁迅所说:"在中国的王道,看去虽然好像是和霸道对立的东西,其实却是兄弟,这之前和之后,一定要有霸道跑来的。"[①]然而,"王道"和"霸道"虽则是"兄弟",可文学史上那些描写被统治者与封建统治者的矛盾的作品却讴歌"王道"而诅咒"霸道",并形成了一种传统的思想和写法,这原因又在哪里呢?就在于:"霸道"来了,便出现黎民百姓"想做奴隶而不得的时代";"王道"来了,便出现黎民百姓"暂时做稳了奴隶的时代"[②]。因此,这类作品,其佼佼者在当时仍不失具有"为民请命"的作用,它们对人民的态度是好的,我们倒不可以去苛求于作者。那么,《红楼梦》又如何呢?是"更上一层楼"。它所描写的被统治阶级的反封建要求,并不是由于"想做奴隶而不得",恰恰是由于"做稳了奴隶"而仍然不甘心——想争到"人"的价格。

《红楼梦》所描写的被统治者与封建统治者的矛盾,其矛头所指,是"昌明隆盛之邦,诗礼簪缨之族"。这个"邦"的天子是"仁孝过天"的天子。面对太上皇,想到的是:"世上至大莫如'孝'字,想来父母儿女之性,皆是一理,不是贵贱上分别的。"因此,"竟大开方便之恩,特降谕诸椒房贵戚,除二六日入宫之恩外,凡有重宇别院之家,可以驻跸关防之处,不妨启请内廷銮舆入其私第,庶可略尽骨肉私情、天伦中之至性"。这个"族"的"老佛爷"也仁慈得像一尊佛。面对小道士,想到的是:"小门小户的孩子,都是娇生惯养的,那里见的这个势派。倘或唬着他,倒怪可怜见的,他老子娘岂不疼的慌?"因此,遂向贾珍

---

① 《鲁迅全集》第 6 卷,人民文学出版社 1958 年版,第 10 页。

② 《鲁迅全集》第 1 卷,人民文学出版社 1958 年版,第 312 页。

道："给他些钱买果子吃，别叫人难为了他。"这两位封建宗法的思想和制度的代表，真可谓是"老吾老，以及人之老；幼吾幼，以及人之幼"①。诚然，这个"昌明隆盛之邦，诗礼簪缨之族"，人与人的关系是不平等的——尊卑上下，秩然整肃，最严主仆之分，存在着多级的等级阶梯。然而，那正是"王道"的要求，圣贤的良法美意，所谓"天有十日，人有十等，下所以事上，上所以共神也"②。谁知这个"昌明隆盛之邦，诗礼簪缨之族"的奴婢们却居然"作起反来了"，而且"一处不了又一处"！原因又在哪里呢？就在于她们反对"天有十日，人有十等"。

照"人有十等"的规定，奴婢们的社会地位属于哪一等？这就很难说了。"王臣公，公臣大夫，大夫臣士，士臣皂，皂臣舆，舆臣隶，隶臣僚，僚臣仆，仆臣台。"③此谓"人有十等"。"台"没有臣，是最卑弱的了，不，还有比他更卑弱的妻在。"皂"以下是奴隶或差役的内部等级的称谓；奴婢们在这些等级的阶梯上又必须自甘于"卑、弱"——"苟不甘于卑，而欲自尊，不伏于弱，而欲自强，则犯义而非正矣。"④难怪她们在贾府统治者们的心目中只是些"猫儿狗儿"。

既然贾府的统治者们把奴婢们看成"猫儿狗儿"，又怎么能说这个诗礼簪缨之族是"王道荡荡"呢？实际上，把奴婢们看成"猫儿狗儿"，"霸道"如此，"王道"也是如此，这正好说明它们是兄弟。"王道"看去好像是和"霸道"对立，对立在它们对这些"猫儿狗儿"的具体态度有所不同。恩格斯在《反杜林论》里写道："甘受奴役的现象在整个中世纪都存在，在德国直到三十年战争后还可以看到。普鲁士在 1806 年

---

① 《孟子·梁惠王》上。
② 《左传》昭公七年。
③ 《左传》昭公七年。
④ 班昭：《女诫》。

和 1807 年战败之后，废除了依附农制，同时还取消了慈悲的领主照顾贫病老弱的依附农的义务，当时农民曾向国王请愿，请求让他们继续处于受奴役的地位——否则在他们遭到不幸的时候谁来照顾他们呢？"恩格斯又写道："无论自愿的形式是受到维护，还是遭到践踏，奴役依旧是奴役。"①这说明什么呢？这正好说明：被统治者因免成饿殍而去向封建统治者请求处于受奴役的地位，这叫"自愿的形式"；封建统治者役使之而予以保护，这叫"王道"；封建统治者役使之而加以践踏，这叫"霸道"。从而也就说明："奴役"，这是"王道"与"霸道"的共同本质；对被奴役者究竟是"保护"还是"践踏"，这是"王道"与"霸道"的具体区别。昭梿《啸亭续录》卷三云：明太傅珠"广置田产，市贾奴仆，厚加赏赍。按口赐以银米，冬季赐以绵布诸物，使其家给充足，无事外求。立主家长，司理家务，奴隶有不法者，许主家者立毙杖下。所逐出之奴皆无容之者，曰：'伊于明府尚不能存，何况他处也？'故其下爱戴，罔敢不法"。明府这种驾驭奴隶的办法，可以说是以"霸道"济"王道"。贾府则不然，它对待奴隶有明府的"厚加赏赍"，无明府"立毙杖下"的情况，是典型的"王道"。它对触犯家法的奴隶最重的处罚是撵出府门，不言而喻，那被逐出之奴在社会上也就难以安身立命。因此，"含耻辱情烈死金钏"这类暴殄轻生也就事在必然。毙于明府的杖下犹有人怜；死于贾府的所逐其谁怜之！这又是以"霸道"杀人和以"王道"杀人之不同的地方。贾府的逐出金钏竟成了金钏的"耻辱"印记，而这印记竟又深得使她感到在社会上已无地自容；王夫人离那口井远远的，却嘴里吃得着金钏的肉，心里还保持着不忍人之心，因而又有了仁义道德的名目——这种描写，真是对"王道"的匕

---

① 《马克思恩格斯选集》第 3 卷，人民出版社 2012 年版，第 476 页。

首投枪。

然而，贾府毕竟是个"体仁沐德"之家，"自祖宗以来，皆是宽柔以待下人"。它没有刑堂，没有镣铐，更没有水牢。它给奴隶们锦衣玉食，还按月发给"月钱"。要是奴隶们死了或其父母亡故，它还按例赏赐埋葬费，多至白银数十两。因此，别说"想做奴隶而不可得"的人，就是那些"暂时做稳了奴隶"的人，也会把它看作王道乐土。"已后儿孙承福德，至今黎庶念荣宁"，说的便是这种情况。可贾府一些开始觉醒的奴隶却不这么想，他们朦胧地意识到自己是"人"，不是会说话的牛马。是"人"，就应该能够自由地支配自身和行动，并且彼此处于平等的地位。这种思想当然是合理的。可却与封建主义的人身关系与贾府所代表的封建宗法的思想和制度产生了对抗性的矛盾。晴雯、鸳鸯、龄官等等便是如此。所谓"已后儿孙承福德，至今黎庶念荣宁"也就成了人间喜剧，人生悲剧。

晴雯自幼卖给贾府的总管赖大家，是"奴才的奴才"，社会地位最低贱。十岁时经常跟随赖嬷嬷进贾府，赖嬷嬷见贾母喜欢便作为礼物"孝敬了贾母"。贾母让她服侍宝玉，遂成了怡红院的四个"有体面的"丫鬟之一。袭人与宝玉云雨偷试时自我吃了粒安心丸："素知贾母已将自己与了宝玉的，今便如此，亦不为越礼。"实际上，晴雯也是贾母"与了宝玉的"，她与袭人均有希望成为"宝二姨娘"，只要宝玉愿意就行。然而，晴雯却与袭人不同，不仅不赞赏这种美妙的奴隶生活并对慈善的主人感激不尽，反倒由于意识到自己的奴隶地位而开始与之作斗争。因此视听言动也就都和袭人截然相反："袭人之事宝玉也用柔，而晴雯则用刚；袭人之事宝玉也以顺，而晴雯则以逆；袭人之事宝玉也纯于浓，而晴雯则全于淡；袭人之事宝玉也竭力争先，而晴雯则偷安居后；袭人之事宝玉也或箴或劝，终日无不用心，而晴雯则一喜一怒，我身似不介意。"① 显然，没有奴颜和媚骨，这是晴雯性格的外在特征。这种外在特征源于她一个内在的思想，就是不以为"谁又比谁高贵些"。这是一种朴素的平等观念。这种观念是对"天有十日，人有十等"之论的严重挑战。这种观念也使她自己自尊自重，自矜自傲。"于是众人皆热而我独冷，众人皆浊而我独清。耻碧痕之侍浴，何以水溢兰汤也；笑秋纹之得衣，不过光沾桂萼也。薰笼斜倚，任麝月之铺床也；云雨偷尝，羞袭人之加银也。鸡群鹤立，大有公等碌碌、哙伍不屑之心矣。傲与矜并起，亦妒与谗俱来，而适遇昏庸残忍之王夫人，既以娇儿委任于群婢，而又虑群婢之引惑乎娇儿，且独虑婢中之如美人者引惑乎娇儿。"② 因此，这轮难逢的"霁月"，当然也就必然要为那"乌云浊雾"所吞。

照当时世仆制规定，仆家子女的社会地位低于平民出身的奴隶。鸳鸯就是所谓"家生女儿"，而由于获得贾母的倚重，成了贾府最有脸面的奴婢。还有一件"天大的喜事"在等着她——贾赦想封她当姨娘。照邢夫人说，这叫"金子终得金子换"，真是"又体面又尊贵"。鸳鸯总该津津乐道地赞赏这种美妙的奴隶生活了吧？谁知她竟公然宣称："别说大老爷要我做小老婆，就是太太这会子死了，他三媒六聘的娶我去作大老婆，我也不能去。"难怪贾赦要动怒，说：想必恋着宝玉，或者想往外聘，"叫他细想，凭他嫁到谁家去，也难出我的手心"！鸳鸯的回答也斩钉截铁，说："我这一辈子莫说是'宝玉'，便是'宝金''宝银''宝天王''宝皇帝'，竖横不嫁人就完了！"前人冥飞论述清朝"有世仆之制，主仆之分极严"，曾引《阅微草堂笔记》说："有世家子纳其仆女为妾，

① 西园主人：《红楼梦论辨》，一粟编：《红楼梦卷》第 1 册，中华书局 1963 年版，第 199—200 页。

② 西园主人：《红楼梦论辨》，一粟编：《红楼梦卷》第 1 册，中华书局 1963 年版，第 200 页。

仆不愿，无如何也。其后妾生女而美，其主闻之，亦纳为妾，世家子不愿，亦无如何也。此可见……世仆之制之一斑。"① 由此可知，贾赦想收鸳鸯作妾，这是"世仆之制"赋予他的权利；况且又曾获得鸳鸯的兄嫂的赞同，所以这在当时是既合法又合理。相反地，鸳鸯的抗婚倒直接违反着当时社会的"事体情理"！因此，这位"家生女儿"既要想活下去而又不致落入贾赦的手心，唯一的办法就只有用贾母来作挡箭牌。公开说的，是竖横不嫁人，誓以此生伏侍老太太；实际想的，是"老太太归西去了，他横竖还有三年的孝呢，没个娘才死了他先放小老婆的！等过三年，知道又是怎么个光景，那时再说"。鸳鸯的这种抗婚不是偶然的。她在"三宣牙牌令"时曾说："酒令大如军令，不论尊卑，惟我是主。"这后八个字实质上是对她思想性格的自我写照。她的抗婚便是这种思想性格的一种表现形式。把选择配偶的自由看成是人的权利，并且不仅是男子的权利，也是妇女的权利，这是一种近代思想。从鸳鸯的抗婚中，我们在她身上看到的正是这种思想的萌芽。

龄官作为优伶，其社会地位尤为低贱。用赵姨娘骂芳官的话来说，就是："你是我银子钱买来学戏的，不过娼妇粉头之流！我家里下三等奴才也比你高贵些的。"可贾府的正经主子们对龄官却恩宠有加。元妃归省，龄官等照戏单演了四出戏。元妃令太监传谕，说"龄官极好，再作两出戏"。贾蔷忙答应了，命龄官作《游园》、《惊梦》。龄官却执意不作，定要作《相约》、《相骂》。贾蔷扭她不过，只得依她。演毕，"贾妃甚喜，命'不可难为了这女孩子，好生教习'，额外赏了两匹宫缎、两个荷包并金银锞子、食物之类"。获得贵妃嘉奖，这对于一个优伶来说，当是最高的荣耀，龄官总该感恩戴德了吧？她不，仍那么郁郁寡欢。龄

---

① 　一粟编：《红楼梦卷》第 2 册，中华书局 1963 年版，第 639 页。

官是爱贾蔷的，而且是一往情深。贾蔷也善于在她面前作小服低，温存体贴，甚至不惜化一两八钱银子买了只"会衔旗串戏台"的玉顶金豆来给她解闷儿。这总该使龄官解颐了吧？谁知她一见这小雀儿却悲愤满膺。那么，这位优伶她所渴望的到底是什么呢？是自由，是能自由地支配自己的人身。这就难怪她要责备自己的情人："你们家把好好的人弄了来，关在这牢坑里学这个劳什子还不算，你这会子又弄个雀儿来，也偏生干这个。你分明是弄了他来打趣形容我们，还问我好不好。"

是的，雪天里觅食的小雀，踌躇再四，还是跳进了滚笼。尽管遇到的主人是极仁慈的，不是在其腿上拴以棉线，纵牵取乐，而是将其养在精致的笼内，喂之以上等饲料，可它们的心却在那万里长空。明乎此，也就认识了贾府，也就认识了龄官、鸳鸯、晴雯等奴婢的思想。

恩格斯曾明确指出：资本主义生产，"它用买卖、'自由'契约代替了世代相因的习俗，历史的法"。"然而，只有能够自由地支配自己的人身、行动和财产并且彼此权力平等的人们才能缔结契约。创造这种'自由'和'平等'的人们，正是资本主义生产的主要工作之一。"① 出现于曹雪芹笔端的这些做稳了奴隶尚不甘心而争取达到"人"的应有价格，亦即具有自由、平等思想幼芽的人物，便是当时处于萌芽状态的资本主义生产的产物。所以，尽管很弱小，却代表着历史的潮流和时代的方向。出身于贵族家庭的曹雪芹把这样的人物形象写得光彩夺目，并一倾自己的热情，完全突破了"主恩仆义"的传统思想和写法，这正反映了他政治视线的转移和对社会希望的寄托。

此外，《红楼梦》对农民起义的描写虽着墨不多，也有其不同于《水浒传》等书的特点。《水浒传》写的是"官逼民反"。这"官"是与不法

---

① 《马克思恩格斯选集》第4卷，人民出版社2012年版，第90—91页。

劣绅相勾结对农民进行经济剥削和超政治压迫的"赃官";不是以"富而好礼"之士为其主要社会基础的"奉公守法"的"清官"。此其一。并没有触及封建土地制度的问题,并没有写出农民对土地的要求。此其二。论者好援引乌进孝交租来论证《红楼梦》所描写的贾府对农民们进行地租剥削残酷性,这是对的。然而对这一重要的细节描写应全面看。既要看到贾珍说:"不和你们要,找谁去!"也要看到贾珍说:"我受些委屈就省些。"这前一点固然是重要的,它说明贾府的经济来源主要是靠地租剥削。这后一点也不可忽略,它说明贾府的统治者不失为仁慈的地主。二者又集中地说明一个问题:贾府对佃户们的剥削和压迫尽管是残酷的,却不属于超经济剥削和超政治压迫,具有名正言顺的合法性。要是说不合理,那是封建土地制度本身的不合理。此其一。正由于这种地租剥削是属于正常的封建剥削,而恰恰是这种正常的封建剥削弄得农民们衣食无着,"成日家和树林子作街坊……荒年间饿了还吃他",所以在"水旱不收"之年饥民们也就纷纷起而"抢田夺地",这就透露了农民对土地所有制的要求和不满。此其二。从中也就不难看出作者对地主阶级的地租剥削的合理性所持的否定态度。

因此,《红楼梦》里所描写的奴隶作反和农民起义,其矛头所指不是贪官污吏和土豪劣绅,而是整个地主阶级。反抗者们所向往的不是什么"清官政治",而是想摆脱封建主义的人身隶属关系。这在文学史和思想史上,应该说是平地一声雷。

四、旨在塑造"千古未有之一人"

《红楼梦》对地主阶级的叛逆者与正统派之间的矛盾的描写,也是不同凡响的。叛逆文学当然不是从《红楼梦》始,而是古已有之的。但曹雪芹笔下的叛逆者的形象却不仅是对封建正统思想的直接否定，也是对传统叛逆思想的否定之否定。

我们知道，地主阶级的统治思想是个庞杂的思想体系，它的内部是充满着矛盾的。人们经常说儒佛道三教合流，实际上三教之归于合流不仅有个漫长的历史过程，而且合流后儒家思想与佛家和道家的思想也是种对立的统一。儒家鼓吹"入世"，其真正目的是要人们推行"三纲五常"以巩固"天有十日，人有十等"的宗法等级制度。佛家鼓吹"出世"、道家鼓吹"无为"，其实际作用是引导人们极力寻求内心的调和与自我麻醉以躲避现实斗争的惊涛骇浪。因此，它们在为地主阶级服务时可以互相补充、相互为用。这是问题的一个方面。问题还有另一个方面，道家主张"绝圣弃智"、"殚残圣法"①，佛家"不知君臣之义，父子之情"②，这与儒家的"三纲五常"等观念又正相抵触。甚至可以这么说：如果说，我国地主阶级是以孔孟之道为正统，那么，一部《庄子》便首开叛逆文学之先河。而佛教禅宗的哲学思想与处世态度则与它颇有相似的地方，也就在思想体系上与它结成了反儒同盟。因此，这三教虽则同属地主阶级的统治思想，可却又在"兄弟阋于墙"。

正因为地主阶级的统治思想基本上是以儒家思想为主体的，佛家与道家的思想作为其左右翼又与之处于对立统一的状态，也由于历代昏庸暴虐的统治者往往好挂儒学的招牌，实际上却如庄周所说"为其服者未必知其道"，这就出现了这么一种叛逆者：他们愤激于那自称礼法之士的当政者在靠食"名教"以自肥，便以释老思想作武器索性来一个非汤武而薄周孔，实则内心深处倒是在呼唤着儒家的"仁政"。嵇康和李

---

① 《庄子》卷 4《胠箧》。

② 《韩昌黎全集》卷 39《论佛骨表》。

赘就是其中的代表。嵇康接过《庄子》愤世嫉俗的叛逆精神与不求富贵闻达的思想，与阮籍一样"见礼俗之士，以白眼对之"，甚至公开表示"不学未必为长夜，六经未必为太阳"，以致"为礼法之士所绳，疾之如仇"。这不是在毁灭"名教"的理论基础吗？可他在《声无哀乐论》中又主张"君静于上，臣顺于下"；他在《太师箴》中还苦口婆心要君主以历朝的兴亡作鉴，施儒家的"仁政"于民。足见，这位"表面上毁坏礼教者，实则倒是承认礼教"[①]的。李贽吸取佛教禅宗的破除传统权威的某些观点，猛烈抨击头脑冬烘的道学之士，嘲笑他们是"名实具利的两头马"，"能文不能武的妇人儒"，甚至还公开反对以孔子的是非观念作为衡量真理的标准，认为"六经语孟""不可为万世之至论"，难怪当时的统治者称之为"异端之尤"。可他在《忠义水浒传序》中又宣称"有国者不可以不读，一读此传，则忠义不在水浒而皆在于君侧矣。"这又分明是在劝说"有国者"应实施儒家的"仁政"。他还在《藏书》中把张角、张鲁列入《妖贼传》，黄巢列入《盗贼传》，这又可见他对于封建社会的君臣大义并没有敢触动。要之，这类叛逆者基本上是以外释老而内儒学为其特点的，他们的思想大体取舍于儒佛道三教之间；他们之所以反对礼俗之士，不仅由于看到了封建礼法的一些弊端，还由于察觉到这些人平日只知"打躬作揖"，"同于泥塑"，而当国家"一旦有警，则面面相觑，绝无人色"，以致"临时无人可用"；他们之所以公然非汤武而薄周孔，是由于礼俗之士好以"六经语孟"为口实，所以不得不掘发其祖坟，实则对于儒家的"仁政"是十分向往的，并且对礼教本身并不或不完全否定。因此，他们拒绝仕途，与当政者不合作，只是表面态度，实际上他们对于地主阶级政权本身的历史命运倒是十分关注的。

---

① 《鲁迅全集》第 3 卷，人民文学出版社 1956 年版，第 391 页。

孔孟之道发展为程朱理学，提倡"天理"、"人欲"之辨，鼓吹"存天理，灭人欲"。顾炎武指出："所谓理学，禅学也。"这实质上是道出了理学与释老的禁欲主义思想的本质联系。这就又出现了这么一种叛逆者，他们在政治道路上与本阶级是合作的，但在年青一代的两性问题上却用抽象的人性论作武器以反封建的"情"去向封建的"理"挑战。汤显祖笔下的杜丽娘和柳梦梅就是如此。照作者的说法："如丽娘者，乃可谓之有情人耳。情不知所起，一往而深。生者可以死，死可以生。生而不可与死，死而不可复生者，皆非情之至也。……自非通人，恒以理相格耳。第云理之所必无，安知情之所必有邪！"① 确实，杜丽娘对爱情的追求，不仅是对儒家所提倡的"妇德"的严重反叛，也是对释老所提倡的禁欲主义的大胆挑战，应该说是一种为理学所歪曲了的人性的复归。之所以从爱情问题上打缺口，是因为这一问题对于年青一代来说是最敏感、也最易于掀起人们思想感情上的波澜。历史上的历次思想解放运动，反映到文学史上对爱情生活的描写简直成了其晴雨表，甚至婚姻观上的解放成了政治观上的解放的先行，原因恐怕也就在于此吧！

不言而喻，《红楼梦》里的叛逆者的形象，"都具有由它的先驱者传给它而它便由以出发的特定的思想资料作为前提"②。研究这些思想资料有助于我们认识宝黛等叛逆思想的继承性，这是必要的。然而，宝黛等叛逆者的形象又是特定的时代的产物，他们的叛逆思想又不是对历史所提供的思想资料的简单的继承，更应该看到其发展。

比如，研究者曾探讨"红楼佛影"的问题，这是有价值的。然而，应该看到不论是佛教禅宗还是《庄子》，它们对于一些不满现实的封建

---

① 《牡丹亭》作者题词。
② 《马克思恩格斯全集》第 37 卷，人民出版社 1971 年版，第 490 页。

士大夫的思想影响均有两重性。《庄子》的愤世嫉俗、不求富贵闻达的思想，佛教禅宗的呵佛骂祖、破除传统权威的观点，这对他们会起积极作用。《庄子》的"知其不可奈何而安之若命"的遁世哲学，佛教禅宗的"佛向性中作，莫向身外求"的奴化思想，这对他们又会起消极作用。贾宝玉就曾如此。假若说，他的叛逆思想的形成曾受到前一种作用的影响，那么，他的《续〈庄子·胠箧〉文》和《参禅偈》的写作便是后一种作用在他身上的反映。要注意的是：不论是《续〈庄子·胠箧〉文》，还是《参禅偈》，均遭到林黛玉的嘲讽，直弄得贾宝玉无言以对，讪讪笑道："谁又参禅，不过一时玩话罢了。"其实，林黛玉也曾对袭人说："作的是玩意儿，无甚关系。"因此，还是脂批批得妙："余正恐颦玉从此一悟则无妙文可看矣。不想颦儿视之为漠然，更曰'无关系'，可知宝玉不能悟也。余心稍慰。盖宝玉一生行为，颦知最确，故余闻颦语则信而又信，不必定玉而后证之方信也。"可见作者写"宝玉悟禅机"乃是作为他思想性格发展的一个过程来写的。事实上，从此书前八十回来看，贾宝玉也没有再到释老门前求解脱，尽管现实带给他的苦恼是与日俱增的。况且，林黛玉作为贾宝玉的知音，其特点始终是把人生追求建筑在现实生活的土壤上，从来就没有想留意于释老门前。再说，另一位叛逆者妙玉，她的"云空未必空"，正补足着人们对"悬崖撒手"后的贾宝玉的想象。凡此，说明了一个问题：贾宝玉和林黛玉的叛逆思想并不是以释老为师，尽管他们特别是贾宝玉也曾吸取释老的某些反儒思想作武器。一个以诮儒毁僧谤道为其秉性、不能一"悟"的人却不得不"撒手悬崖"，这才是人生的痛苦，这痛苦也是时代的痛苦。

又如，《西厢记》和《牡丹亭》对宝黛爱情的发展曾起过推动作用。"西厢记妙词通戏语，牡丹亭艳曲警芳心"，足资佐证。林黛玉路过梨香院墙角边听墙内演习戏文的优伶们唱道："则为你如花美眷，似水流年……"，不觉心动神摇。又听道："你在幽闺自怜"等句，越发如醉如痴，站立不住，便一蹲身坐在一块山子石上，细嚼"如花美眷，似水流年"八个字的滋味。这可见杜丽娘的伤春之情对她影响之深。然而，要是把杜丽娘的婚姻观、薛宝钗的婚姻观、林黛玉的婚姻观三者作一对比，那我们将会发现一个颇有意思的问题。杜丽娘的婚姻观有两个特点。她对柳梦梅"情不知所起，一往而深"，具有爱情生活上的自主性。此其一。第十四出"写真"，她题诗有句云："他年得傍蟾宫客，不在梅边在柳边。"第三十二出"冥誓"，柳梦梅问她："喜个甚样人家？"她回答是："但得个秀才郎情倾意惬。"第三十九出"如杭"，柳梦梅将赴选场，她举杯对柳梦梅说："盼今朝得傍你蟾宫客，你和俺倍精神金阶对策。"并说："这酒便是状元红了。"凡此，说明她理想中的伴侣是"蟾宫客"，具有浓重的夫贵妻荣的思想。此其二。薛宝钗的婚姻观也有两个特点。一是，"古鼎新烹凤髓香，那堪翠斝贮琼浆。莫言绮毂无风韵，试看金娃对玉郎"。薛宝钗对贾宝玉的感情一开始便具有自主性。其感情之强烈虽不如杜丽娘，其主动性却甚于杜丽娘。二是，鉴于贾宝玉不肯委身于经济之道便屡屡伺机规箴，期望其能改弦易辙成为蟾宫之客，具有浓重的夫贵妻荣的观念。林黛玉的婚姻观也是两个特点。其一，"眼空蓄泪泪空垂，暗洒闲抛更向谁？尺幅鲛绡劳惠赠，为君那得不伤悲！"她对贾宝玉的爱情始终具有自主性。其感情之强烈不亚于杜丽娘，其主动性则甚于杜丽娘。其二，要求爱情以共同的叛逆思想作基础，并且彼此互相尊重，摒弃了传统的夫贵妻荣的思想。由此可见，薛宝钗的婚姻观和杜丽娘的婚姻观倒是一致的，而林黛玉的婚姻观和杜丽娘的婚姻观却大相径庭。贾宝玉否定前者而肯定后者，这正反映了他的叛逆不仅是婚姻问题上的叛逆，更主要的是人生道路和价值观念问题上的叛逆。

再如，嵇康在政治上与统治者不合作，贾宝玉在政治上与统治者也不合作，他们对礼俗之士均持"白眼对鸡虫"的态度。然而，这只是共性上的相同，还有个性上的不同。嵇康肯定"君静于上，臣顺于下"，说明他最终并不敢触动封建主义的君臣大义。贾宝玉公然否定"文死谏，武死战"，并进而嘲讽了"君权神授"说，则正是对封建主义的君臣大义的一种大胆挑战。嵇康蔑视礼俗之士，但对儒家的"仁政"是抱有向往之情的。这种向往之情就规定了他在政治上与统治者不合作的性质——只是与衣儒服而不施"仁政"的当政者不合作，并非是与本阶级不合作。贾宝玉则不然。正如脂批所说："除闺阁外，并无一事是宝玉立意作出来的，大则天地阴阳，小则功名荣枯，以及吟篇琢句，皆是随分触怀，偶得之不喜，失之不悲。"确实，贾宝玉所向往的不是儒家的"仁政"，他所日夜悬挂于心的是"女儿"们的命运，他所上下求索的是人与人之间的关系应该怎样才是合理的关系。这反映了他对儒家的"仁政"理想已失去信仰。结合书中对"君仁臣良父慈子孝"这一封建道德理想的似褒实贬的描写，那就更可以看出贾宝玉在政治上与统治者不合作的性质——不仅是与峨冠博带的当政者不合作，也是与本阶级不合作。

还如，研究者认为贾宝玉的叛逆思想与李贽的叛逆思想颇多共同处。这论断无疑是正确的。然而也应看到其发展，对"明明德"的解释就是如此。"四书"之一《大学》开宗明义说："大学之道，在明明德，在亲民，在止于至善。"何谓"明德"？朱熹说："《大学》所谓明明德……只是教人存天理、灭人欲。"[①]也就是把"明德"解释为"天命之性"，亦即仁、义、忠、孝等等。李贽说："明德本也，亲民末也。"[②]李

---

① 《语类》卷12。
② 《焚书》卷1《答周若庄》。

贽所说的"明德"，就是所谓"童心"。"童心者，真心也。……若失却童心，便失却真心；失却真心，便失却真人。"①李贽的这种童心说，实际上是他的抽象人性论在道德观方面的运用。这种天赋的"童心"，不仅仅是一种天赋道德观念，已含有个性的自觉。用天赋的"童心"替代朱熹的"天命之性"去解释"明德"，这就否定了仁、义、忠、孝等等是人与生俱有的品性，这是李贽的童心说的进步意义；却又未能提出系统的、正面的、有具体内容的主张，这是李贽的童心说的历史局限。贾宝玉与李贽一样，也特别强调"明明德"。说："只除'明明德'外无书，都是前人自己不能解圣人之书，便另出己意，混编纂出来的。"借经籍上的词句来表述自己的思想，这是清人惯用的办法。戴震撰《孟子字义疏证》就是如此。因此，值得探讨的是贾宝玉对"明德"的实际解释。宝玉说："女孩儿未出嫁，是颗无价之宝珠；出了嫁，不知怎么就变出许多的不好的毛病来，虽是颗珠子，却没有光彩宝色，是颗死珠了；再老了，更变的不是珠子，竟是鱼眼睛了。"这显然是受了李贽《童心说》思想的影响："童子者，人之初也；童心者，心之初也。夫心之初曷可失也！然童心胡然而遽失也？盖方其始也，有闻见从耳目而入，而以为主于其内而童心失。其长也，有道理从闻见而入，而以为主于其内而童心失。"也就是说，一个女子自幼至老其所以会"变出三样来"，乃由于随着年龄渐长，闻见益广，知道好名好利，而日渐丧失了其"童心"②。《童心说》还认为读书明理，目的在于保持"童心"；假若读了书，明了理，反而丧失了"童心"，那就不如不读书。"夫《六经》、《语》、《孟》，非其史官过为褒崇之词，则其臣子极为赞美之语。又不然，则其迂阔门

---

① 李贽：《焚书》卷3《童心说》，中华书局1975年版。
② 详见本编第六章《略论〈红楼梦〉形象体系内部构成的特点及其代表人物》。

徒，懵懂弟子，记忆师说，有头无尾，得后遗前，随其所见，笔之于书。后学不察，便谓出自圣人之口也，决定目之为经矣，孰知其大半非圣人之言乎？纵出自圣人，要亦有为而发，不过因病发药，随时处方，以救此一等懵懂弟子，迂阔门徒云耳。药医假病，方难定执，是岂可遽以为万世之至论乎？然则《六经》、《语》、《孟》，乃道学之口实，假人之渊薮也，断断乎其不可以语于童心之言明矣。"显而易见，贾宝玉谓"只除'明明德'外无书"云云，以及骂"读书上进的人"为"禄蠹"，与《童心说》的思想也是一脉相承。然而，考其言行，贾宝玉对于"明德"的理解较之李贽的《童心说》又是有所发展的。贾宝玉认为"女儿是水做的骨肉，男人是泥做的骨肉"，反映他主张男女平等；把贾环当作"一般兄弟"，并予以一再容让，反映他主张嫡庶平等；要秦钟与自己"不必论叔侄，只论弟兄朋友"，平素也不想当子侄们表率，让子侄们畏惧自己，反映他主张长幼平等；把"富贵"二字看作是阻碍自己与柳湘莲和秦钟等寒素之士交往的障碍，对此常恨恨不已，反映他主张贫富平等；惯于在丫鬟们面前"作小服低，赔身下气"，在男仆们面前"也没个刚气儿"，反映他主张主奴平等。与此相辉映，"都道是金玉良缘，俺只念木石前盟"，反映他主张婚姻自由；把怡红院的丫鬟，"无论家里外头的"，"要回太太全放了去，与本人父母自便"，反映他主张人身自由；认为"你爱这样，我爱那样，各有性情。比如那扇子，原是扇的，你要撕着玩儿，也可以使得"，反映他主张个人意志自由；杜绝仕途经济而甘愿为诸丫鬟充役，纵被打得寸骨寸伤而仍我行我素，反映他主张个人应有选择生活道路的自由。与此相关联，"宝玉有生以来，此身此心为诸女儿应酬不暇"，以至爱博而心劳，而忧患亦日甚；并且这种"爱博"又不是一种居高临下式的同情，而是以尊重对方的人格尊严为基础的关心与体贴。凡此，都反映了他对"明明德"的理解。或者说，作者认为贾宝玉这么做就是在"明明德"。因此，贾宝玉对"明德"的解释，也就含有了自由、平等、博爱思想的萌芽，而不像李贽的《童心说》那样缺乏具体的内容。这种对"明德"的理解，亦即把自由、平等、博爱思想看作人的天赋品性，尽管还很朦胧，却属于近代人性论的范畴。它是当时资本主义萌芽在意识形态上的反映。倘从思想发展史上说，这是初步民主主义思想的萌芽。这也就是贾宝玉对封建社会"事体情理"之诛伐所用的基本武器，其所求索的是一种人与人的关系比较合理的社会。惜哉，却未能描绘出其蓝图，这又是他的时代局限。而一部《红楼梦》就是环绕着贾宝玉走什么路、做什么人，环绕着贾宝玉对人生真谛的求索这一核心问题而展开其整个故事情节的[①]，这又是作者写法上的特点之一。

---

① 详见本编第十章《论〈红楼梦〉主线与明清小说传奇结构形态》。

第六章 略论《红楼梦》形象体系内部构成的特点及其代表人物

一、释贾宝玉的一句"呆话"

贾宝玉有句"呆话",就是:"女孩儿未出嫁,是颗无价之宝珠;出了嫁,不知怎么就变出许多不好的毛病来,虽是颗珠子,却没有光彩宝色,是颗死珠了;再老了,更变的不是珠子,竟是鱼眼睛了。分明一个人,怎么变出三样来?"这当然指的不是形体,而是思想与为人。

那么,"分明一个人,怎么变出三样了"的呢?以李贽的"童心"说作解答,我以为是切合作者之意的:"童子者,人之初也;童心者,心之初也。夫心之初曷可失也!然童心胡然而遽失也?盖方其始也,有闻见从耳目而入,而以为主于其内而童心失。其长也,有道理从闻见而入,而以为主于其内而童心失。其久也,道理闻见日以益多,则所知所觉日以益广,于是焉又知美名之可好也,而务以扬之而童心失;知不美之名之可丑也,而务以掩之而童心失。"① 这就是说:"童心"是种天赋予人的美德,它与外铄于人的"道理"如纲常名教之言和世俗利弊之识是不相容的,因而不是人人皆能葆之的;但个体的失却"童心"又有个"其始"、"其长"、"其久"的过程,因而他也就出现了"宝珠"、"死珠"、"鱼眼睛"三样的变化,即今日之所谓从"量变"到"质变"是也。如果说,

---

① 李贽:《焚书》卷 3《童心说》,中华书局 1975 年版,第 98 页。

李贽的"童心"说是贾宝玉这一"呆话"的哲学基础，那么，无善不归人的天赋，无恶不归宗法的思想和制度及其所形成的价值观念和社会风尚，则是贾宝玉这一"呆话"的思想指归。如果说，李贽的"童心"说已含有个性的觉醒，那么，《红楼梦》则是建筑在个性心灵解放基础上的文学巨著。①

正因如此，所以具有"童心"的"真人"（人中的"宝珠"）、"童心"既障而尚未全失的人物（人中的"死珠"）、失却"童心"的"假人"（人中的"鱼眼睛"）三者之间的有机组合，便成为《红楼梦》形象体系内部构成的一大特点，从而打破了传统的忠奸斗争的模式，代之以"父"与"子"的矛盾。

二、说作者笔端的人中"宝珠"

贾宝玉、林黛玉、妙玉，可以称之为"红楼三玉"；与之同一营垒里的人物，有晴雯、鸳鸯、龄官、尤三姐等。他们是作者所颂扬的人中"宝珠"，亦即具有"童心"的"真人"。朦胧地意识到人应该是生而自由的，并且在人格上应该彼此平等，要求"各得其情，各遂其欲"，是他们思想性格的基本特点。因而他们虽莫不以悲剧作为自己的结局，可却拥有历史的未来。

贾宝玉思想性格的核心和总体特征是"情不情"。②所谓"情不情"，其含义有二：一是，他对世间识其情者如黛玉或不察其情者如龄官，固

---

① 详见本编第四章《论〈红楼梦〉与启蒙主义人性思潮》及第十三章《李贽的"童心"说和曹雪芹的〈红楼梦〉》。

② 庚辰本第十九回有脂批云："后观《情榜》评曰：'宝玉情不情，黛玉情情。'此二评自在评痴之上。"

然有一痴情去体贴，他对世间无知无识之物如宁国府小书房挂的一轴美人和女孩子们斗草用的夫妻蕙，也有一痴情去体贴，甚至以"护法群钗"作为自己的"一生事业"，恍若只要大观园中还有一个女孩子陷于苦海，他就不能获得解脱似的。二是，他对"女儿"们虽则"昵而敬之，恐拂其意"，然而谁劝他"立身扬名"，他就和谁"生分"；他之所以爱林黛玉，而不爱薛宝钗，就在于薛宝钗总好"见机导劝"，而林黛玉却从不说这"混帐话"，甚至婚后"空对着，山中高士晶莹雪；终不忘，世外仙姝寂寞林"，由"情极之毒"[1] 而遁入空门。那么，这两个层面的含义，其精神实质又是什么呢？我们知道，封建社会是以男性居于中心统治地位，女性只是男性传宗接代的工具；可贾宝玉却认为"天生人为万物之灵，凡山川日月之精秀只钟于女儿，须眉男子，不过是些渣滓浊沫而已。"矢志以"护法群钗"作为自己的"一生事业"。这就否定了封建统治的合理性，从而也就使他成为万目睚眦、离经叛道的"天下古今第一淫人"。我们知道，名列"十三经"之一的儒家要典《孝经》云："夫孝，始于事亲，中于事君，终于立身。"邢昺注曰："言行孝以事亲为始，事君为中。忠孝道著，乃能扬名荣亲，故曰终于立身也。"盖"孝"，就其"事亲"层面而言，属亲缘伦理，乃全人类共同的道德要求；就其"立身"层面而言，属政治伦理，乃封建统治者的最高道德要求。贾宝玉对前者是遵循的，而却视后者为"混帐话"，这就否定了封建主义忠孝观念的合理性，从而使他成为百口嘲谤、不忠不孝的"天下无能第一，古今不肖无双"。由此可见，贾宝玉的这种"情不情"，实际上就是警幻仙子所说的"意淫"。它既与"皮肤淫滥"相对立，又与"衷情守理"相背驰。

---

① 庚辰本第二十一回有脂批云："宝玉之情今古无人可比，固矣；然宝玉有情极之毒，亦世人莫忍为者……若他人得宝钗之妻、麝月之婢，岂能弃而（为）僧哉！"

这种"意淫","用我们今日的话说，就是要求个性解放，要求人性自由，就是人道观念和人权思想，就是民主主义精神"①。尽管这一民主主义精神在这位"富贵闲人"身上还只是"小荷才露尖尖角"，然而却使他成为我国启蒙主义者的先驱。

与贾宝玉的"情不情"似相反而实相成，林黛玉思想性格的核心和总体特征是"情情"。这是由于二人社会地位的不同：贾宝玉是贾府的"金凤凰"，所以他的"情不情"可以表现为多种形式；林黛玉实际上是寄人篱下的孤女，所以她的"情情"只能反映为一种心灵的咏叹："满纸自怜题素怨，片言谁解诉秋心？"于飒飒金风中"忆旧还寻陶令盟"。因而这位少女的思想性格，既有尊重自我、敏感、尖刻、孤高、脆弱的一面，又有尊重别人、笃实、宽厚、谦和、坚强的一面。前者是外在的，后者是内在的，二者在她身上是辩证的统一。前者使她给人们以性情孤僻的感觉，后者又使人们感到她的孤僻渗透着热情。何以言之？黛玉与人交往的原则，是"投我以木桃，报之以琼瑶"，谁尊重她，她就尊重谁，而不论对方的社会地位高低，平素既不认为四大家族的主要成员高自己一等而挑人爱听的说，更不认为香菱低自己一等而不尽心教之学诗，便是明证。黛玉的敏感有时的确近于多疑，那是由于她因获得贾母的一时疼爱而被人视为阳春中的花朵时已感受到环境里有一种"风刀霜剑"，这使她的灵魂又怎能不紧张，不惊愕，不疑惧，不战栗？实际上她乃是个十分笃实的人，如果说她在"心眼儿"上有所失的话，倒不是失之于太"小"，而是失之于太"实"，只要她以为你是真心地尊重她、关心她，她就会毫不犹豫向你和盘捧出自己一颗赤诚的心。黛玉的言谈的确是尖刻的，尖刻就尖刻在她好说实话，好推开人们的心扉，好道破

---

① 　吴组缃：《论贾宝玉典型形象》，《北京大学学报》1956 年第 4 期。

生活的真相，以致令人心悸不已；实际上她倒是个襟怀宽厚的人，与人从不心存芥蒂，从不抓住别人落在自己手里的把柄去使之折服，便足资佐证。黛玉的孤傲是属于"孤标傲世"，尤其鄙夷策马仕途者的奴颜媚骨以及礼教帏幕后的鸡争鸭夺，所以从不劝贾宝玉去"立身扬名"；面对"诗友"等人，却是很谦和的，所以在大观园中的历次诗会上，她虽则屡屡屈居第二，却总是笑得最好，甚至还曾推许"僧不僧，俗不俗"的妙玉为"诗仙"。黛玉的感情是脆弱的，主要是由于"醒时幽怨同谁诉，衰草寒烟无限情。"但意志却是坚强的，面对惨淡的人生，始终执着于从现实中去追求光明，直至"质本洁来还洁去"。确实，只有"冷月"才配葬她洁白的灵魂！

黛玉为人心性高洁，妙玉又何尝不是如此呢？那么，这一形象的主要特点又是什么呢？是"云空未必空"。书中以"金玉质"喻指妙玉的身世，这在我国封建社会中是一种极尊贵的称谓，一般多用于皇族子孙或宗室成员，假若结合妙玉所拥有的古玩奇珍看问题，则知其出身门第断不在贾府之下。妙玉所以入了空门，不是由于她看破红尘，而是由于她"自小多病"，为父母舍入的，这就决定了她虽身在"槛外"，而心却在"槛内"，成年后尤其如此。首先，她并不是个苦行主义者，她对世俗物质生活是依恋的；平素她对瓟瓟斝、点犀盉、绿玉斗等古玩奇珍的玩赏，本身就是一种睹物增情梦旧家的表现。其次，她并不是个禁欲主义者，她对爱情生活是向往的，这集中反映在她对贾宝玉的态度上，比如当着薛宝钗和林黛玉的面，居然用"自己素日吃茶的那只绿玉斗"让贾宝玉喝茶，这一举动不仅违反佛门教规，而且违反封建礼法，一般世俗小姐都不允许，更别说是个尼姑了。最后，因家庭败落，她虽不得不依附于贾府，却没有丝毫的奴颜和媚骨，甚至敢于怠慢贾母，而作为幽尼并没有"知其不可奈何而安之若命"，倒愤指现实是"石奇神鬼搏，木怪虎狼蹲"，慨叹"芳情只自遣，雅趣向谁言"，足见她认为"文是《庄子》的好"，是在盛赞《庄子》的主张"殚残圣法"。一言以蔽之：如果说，潇湘馆旁那凤尾森森、龙吟细细的绿竹是林黛玉的品格的象征；那么，栊翠庵前那傲霜斗雪、绽苞怒放的红梅当是妙玉品性的写照。可见，这位幽尼所以遭世俗所"妒"，就在于她是大观园中第三个叛逆者。

照封建礼法的规定，女子必须自甘于"卑、弱"："苟不甘于卑，而欲自尊，不伏于弱，而欲自强，则犯义而非正矣"①。因此，"孤标傲世"便成为大观园"女儿"中个性觉醒者的共同特点。黛玉、妙玉如此，晴雯、鸳鸯、龄官等也是如此。晴雯其人，聪明似冰雪而性情如爆炭，口角锋利而坦直为怀，无私无畏而有情有义，于风流灵巧中略带几分憨。然而，这位"俏丫鬟"思想性格的主脑，却是"心比天高"，即从不承认在人格上"谁又比谁高贵些"。这就决定了她时常忘记自己"身为下贱"，而只知心里有话就该爽爽朗朗地说，以致"自蓄辛酸，谁怜夭折"！鸳鸯其人，思虑周密而处事公道，性情刚烈而外圆内方，口不言臧否而心有所褒贬，身处权势富贵之中而怜贫惜弱之心倍热。然而，这位贾母的贴心人，其思想性格的核心却不是莫成式的"义"，而是她自己所曾直白的"不论尊卑，唯我是主"，所以作者又借邢夫人之口说她"素日志大心高"。这种"自主"思想，反映为她对贾母的服侍只是尽职，而对刘姥姥的怜惜却是尽心，其所以让刘姥姥充当女篾片去哄贾母发笑，目的则是想让刘姥姥能多获得一点贾府的赏赐；还反映为她在抗婚中成竹在胸，以贾母为钟馗去打贾赦那色中厉鬼。但是，鸳鸯作为"家生子"，其最后的归宿，除了削发为尼，却无所逃于或"作房里人"或"配个小子"之间，所以我认为曹雪芹笔端的鸳鸯结局，当是似殉"主"实

---

① 班昭：《女诫》。

殉"情"，而由于自己一直生活在贾府的围墙里却不知意中人在何方！与晴雯和鸳鸯相比，龄官是幸运的。作为优伶，她博得了贵妃娘娘元春的青睐；作为少女，她获得了意中人贾蔷的真情。然而这位优伶却忧思焦劳、抑郁愤懑不已，原因何在呢？就在于：她认识到贾府这片王道乐土却原来是个"牢坑"，而自己则被关在这个"牢坑"里供人取乐！不同于晴雯、鸳鸯与龄官，尤三姐是城市平民，作者以短制的形式在书中插入了其婚恋的"三部曲"。其始也，她心中有个意中人柳湘莲，却无法向他一吐自己的真情。其继也，想获得别的男人对自己的爱，而得到的却是为贾珍父子所玩弄。其终也，公然宣称非自己的意中人柳湘莲不嫁，乃至以自刎了却自己的芳情。凡此说明：晴雯等这些下层女子的反抗，不是由于想做奴隶而不得，要求做稳奴隶以获个体的生存和温饱；而是由于已经做稳了奴隶而仍不甘心，想争到"人"的价格以获人之天性的合理发展。其个性的自觉体现于此，其不为封建宗法的思想和制度所容的原因亦体现于此。因为她们是在向封建宗法的思想和制度要平等，要自由，要人权，而这一要求在她们的思想上虽则还很朦胧，却属于新世纪的微光。

三、说作者笔端的人中"死珠"

王熙凤和薛宝钗一干人，都是作者所叹惋的人中"死珠"，亦即"童心"既障而又未全失的人。所谓"童心"既障而又未全失的人，就是与生俱有的自由、平等观念，虽受到外入的封建道德规范和世俗利弊意识的腐蚀，却并未完全泯灭的人。这就在他们身上显出双重人格：一方面，他们是封建宗法的思想和制度的维护者，这是由于被外入的纲常名教之类主于其心的结果；另一方面，他们又多少具有某种反抗纲常名教对人身束缚的内在要求，这是发轫于"童心"的人之真性情的反映。贾府的大多年青女子都属于这类人物，且谈几个有管理才能的。

王熙凤是"治世之能臣，乱世之奸雄"，于"粉面含春"中一手抓权、一手抓钱，而将族权、夫权、神权置于一旁，乃她的拿手好戏，亦由此而使她"登高必跌重"。还是让我们看一看曹雪芹笔端的回目所呈吧！"贾琏戏熙凤"，写其白日肆淫；"协理宁国府"，写其才智过人；"毒设相思局"，写其心狠手辣；"弄权铁槛寺"，写其心计胆量；"正言弹妒意"，写其忌刻；"软语救贾琏"，写其骄横；"偶攒金庆寿"，写其恃宠耍泼；"效戏彩斑衣"，写其巧言令色；"凤姐讯家童"，写其淫威凌人，人不敢欺；"计赚尤二姐"，写其口甜心苦，两面三刀；"大闹宁国府"，写其飞扬跋扈，泼辣无赖；"用借剑杀人"，写其玩弄权术，长袖善舞；"恃强羞说病"，写其因淫致疾①，权势日衰；今知佚稿中还有"知命逗英雄"，当写其于贾母死后在族权和夫权的双重反击下的最后挣扎，而结局则是"身微命蹇"，"哭向金陵事更哀"。当然，王熙凤身上也有"善"，就是对妯娌和姑嫂是不错的。然而，要想在她身上找出符合封建"妇德"的地方恐怕得用放大镜，不能不认为在她的思想中也有个性的觉醒。盖个性的觉醒在当时虽有历史进步性，但其本身并没有道德意义上的善恶，关键是看它和什么思想结合。假若和人文思想相结合，则是善；假若和极端利己主义相结合，则是恶。尽管在动摇封建宗法的思想和制度方面二者可以殊途同归，但一是主观上的斗争，一是客观上的挖墙脚。这倒可拿来说明贾宝玉和王熙凤对贾府的盛衰所起的实际作用。

与王熙凤的思想性格形相异而质相同的，是薛宝钗的思想性格。所谓形相异，是异在薛宝钗的思想性格以温柔敦厚为表上，而王熙凤则

---

　　①　凤姐之疾，当因小产后失于检点所致，俗谓"血崩"。

是南省俗谓"辣子"。所谓质相同，是同在薛宝钗的思想性格以市侩主义为里上，当然也就与王熙凤的利己主义彼此彼此。这就使薛宝钗服用的"冷香丸"成为她思想性格的总体特征以及作者对其为人的戏谑。这么说有根据吗？有。宝钗教别人以封建礼教的道德规范和社会规范自律，屡屡以"仕途经济"规劝宝玉，甚至还曾以"女子无才便是德"教导黛玉、以"主仆之义"劝说平儿，可她自己却对封建礼教的道德规范和社会规范采用实用主义的态度，举凡符合自己利益的就执而行之，举凡不符合自己利益的就阳奉阴违，该在宝玉面前炫耀自己的才学就在宝玉面前炫耀自己的才学，该坐在宝玉的炕沿上为宝玉绣兜肚就坐在宝玉的炕沿上绣兜肚，一点也不"贞静"。此其一。宝钗于人前律己甚严，言谈和顺，举止端庄，雍容大方，令人望之如春，可却对谁都不说真话，纵然对自己的妹妹宝琴也是如此，而水亭拍蝶之日甚至还曾嫁祸黛玉，真是个春行秋令的人。此其二。宝钗是个"不关己事不开口，一问摇头三不知"的女子，而对宝玉能否"立身扬名"却沉不住气，竟屡尝闭门羹屡见机劝导，可见她已将宝玉作为意中人，所以对其前程无法不关心；而"东边日出西边雨，道是无晴却有晴"，则是她平素向宝玉表露感情的方式，个性的觉醒是依稀可见的。此其三。宝钗好挑贾母爱听的话说，好选贾母爱见的事做，好择贾母可口的菜点，在"金陵十二钗"中只有王熙凤是这么的；王熙凤这样做是另有目的的，宝钗她当亦如是，分别仅在一个是要让贾母成为自己抓权抓钱的靠山，一个是想让贾母成为将自己送上"青云"的"好风"而已！此其四。最后，宝钗的拿手好戏是"小惠全大体"，她懂得"若欲取之，必先予之"这一道理，而凤姐则贪婪过甚；反映在与人打交道上，就是宝钗离不开金钱，而又能做到一钱不落虚空地。比如，螃蟹代东，不只获得了史湘云的感激之情，而且博得了贾母的赞赏："我说这个孩子细致，凡事想的妥当。"然而，面对尤三姐的自刎，柳湘莲的一冷入空门，呆霸王因柳湘莲曾救过自己的命而泪流满面，薛姨妈也因柳湘莲曾救过自己儿子的命而心甚叹息地要儿子再派人各处找找，可宝钗却说："俗语说的好，'天有不测风云，人有旦夕福祸'。这也是他们前生命定。前日妈妈为他救了哥哥，商量着替他料理，如今已经死的死了，走的走了，依我说，也只好由他罢了。妈妈也不必为他们伤感了。倒是自从哥哥打江南回来了一二十日，贩了来的货物，想来也该发完了。那同伙去的伙计们辛辛苦苦的，回来几个月了，妈妈和哥哥商议商议，也该请一请，酬谢酬谢才是。"只有心冷似铁的人才会对恩人的失踪如此"不在意"，而将心全盘放在"贩了来的货物"问题上。说宝钗这番话是种市侩哲学，恐怕不算太离谱吧！由此可见，价值观念上的正统思想、婚恋观念上的个性解放因素、道德观念上的市侩哲学这三者的整一，构成了薛宝钗思想性格的主要特点；而这种思想性格当属当时大官僚、大地主和封建大商人三位一体这一社会力量的产物，薛宝钗便是这一社会阶层的早期代表人物。正因为如此，所以作者对薛宝钗有两种谑称，即一曰"贤宝钗"，一曰"时宝钗"。"贤宝钗"当谓其似是"四德"俱备的封建淑女；"时宝钗"当谓其心灵入"时"而不为孔孟之道所拘的封建市侩。二者相辅相成，这就是薛宝钗的全人。

如果说，王熙凤是贾府的实际当家人，那么，薛宝钗则是薛府的实际当家人，她们都是有管理才能的。"金陵十二钗"中还有两个有管理才能的女子，一个是秦可卿，一个是贾探春。

说秦可卿是个有管理才能的女子，可以从两个方面看问题。一是她有惊人的手腕，反映在与荣宁两府上下的关系上。她以育婴堂的女婴、寒儒薄宦的养女，坐上宁国府蓉大奶奶的宝座，当然是靠她的貌美，然而这么一个出身微贱的女子，却能博得荣宁两府主子们的器重和奴仆们的爱戴，假若她没有一点手腕，恐怕是不行的。二是她有过人的胆识，这反映在临终时给王熙凤的托梦上。其"所嘱二事"，说明她并不是个"身后有余忘缩手，眼前无路想回头"的人。研究者一般都认为秦可卿是个淫妇，这是不对的。诚然，秦可卿房中的摆设是具有象征意义的；然而，那是象征着宁国府的淫滥。而秦可卿之死，正死在她对贾珍父子的"聚麀"之辱，顺从又不愿，反抗又不敢，以致郁闷于心，"郁结伤脾"。论其为人，还是尤氏说得好："虽则见了人有说有笑，会行事儿，他可心细，心又重，不拘听见个什么话儿，都要度量个三日五夜才罢。这病就是打这个秉性上头思虑出来的。"要指出的倒是：这一形象的谴责意义和象征意义要大于它的社会意义，它谴责着封建统治者的淫滥，它象征着一部《红楼梦》是"用秦氏（情字）引梦，又用秦氏（情字）出梦"①，而"宝玉圣之情者也"②。

贾探春不只有管理才能，而且有政治风度，想在大观园中做一番事业，敢教雄才"让余脂粉"。这位"俊眼修眉，顾盼神飞"的三小姐，胸襟高旷而精细处不让凤姐，言语谨慎而心里却事事明白，平和恬淡而内里却刚毅严正，敢作敢为而不肯专权。这位"文彩精华，见之忘俗"的三姑娘，有个"天生的不幸"，即一是只应雌伏于"卑、弱"地位的"女子"，二是乃不可与"嫡出"并驾的"庶出"，而生母又是个"阴微下贱"不堪的人。然而，其可贵之处正在于：没有因此而自轻自贱，反倒因此而自重自强。"孰谓莲社之雄才，独许须眉？直以东山之雅会，让余脂粉"是证明；"谁和我好，我就和谁好。什么偏的、庶的我也不知道"更是证明。而如果说，海棠结社反映了探春的组织才能，那么，"摄理

① 甲戌本第五回脂批。

② 涂瀛：《红楼梦论赞》，一粟编：《红楼梦卷》，中华书局1963年版，第127页。

家政"则反映了探春的治理才能。要强调指出的是：作者写"探春理家"，是从两个层面来刻画人物的。一是将探春作为"女儿"中的一员，写她是如何以"庶出"的"女儿"身自重自强，战胜了大观园里"心术利害"的老婆子们的世俗偏见，将自己的经济改革设想使之初见成效，博得了人们的尊重，从而补足了作品的"闺中本自历历有人"之说。一是将探春作为封建正统贤明派中的一员，写她是如何在进行大观园内经济改革的同时恪守家族全盛日的家政成法，这就使主人公的思想打上"补天"的烙印，从而以其经济改革事业的夭折，说明贾府已"运终数尽，不可挽回"。当作者将探春作为"女儿"中的一员来刻画时，他对探春是热情赞扬的，赞扬她的眼明如炬，心细如发，勇于从自己的奴隶赖大对赖家花园的管理中吸取成功经验，一扫世家大族的摆阔思想，决意变单供消费的大观园为某种生财之道；赞扬她魄力过人，刚毅勇为，只要有益于以"开源节流"为核心的"兴利除弊"事业，不只敢于把朱子的文章看作"虚比浮词"，甚至敢于"背孔孟之道"；赞扬她公忠严正，有谋有略，有为有守，既敢于先"找几处利害与有体面的人来开例"，又"一步不肯多走"。而当作者将探春作为封建正统贤明派中的一员来刻画时，他对探春则是于肯定中有微词。其所以肯定探春，这与将她作为"女儿"中的一员来写，具有同一性。其所以对探春有微词，是因为她"想往高枝儿上飞"，只认礼法上的母亲王夫人，而对自己的生母赵姨娘太绝情，以及对自己的舅舅赵国基过分严刻，赏银比最低的标准还少四两；更因为她一面进行大观园内的经济改革，一面又以祖宗的成法来规范大观园内的封建等级秩序；还因为她自己蒙受着封建等级压迫的苦痛，却不只不对处于社会最底层的奴隶怀有同情，倒反而在心里视他们为"猫儿狗儿"。一些研究者却把注意力集中到后一个层面上，甚至把"补天"看作探春这一形象之思想内涵的全部，认为探春当是个"反面形象"，我以为这不符合曹雪芹的本怀，是不妥当的，因为这有失探春的全人。而假若我们同时看到了上述两个层面，也就读到了这位三姑娘的、如同托尔斯泰所说的"灵魂辩证法"。

平儿是王熙凤的"一把总钥匙"，袭人是王夫人在怡红院里的"耳目"。平儿其人，处心仁恕而眼明如炬，虑事周全而不温不火，八面玲珑而外圆内方，谨以事上而不卑不亢，和以待下而含恩含惠，虽囿于"主仆之义"而处处维护凤姐的个人利益，亦常劝凤姐"得饶人处且饶人"。这就使她一切是那么平凡，又那么不平凡，乃至"出其才识，以施于事，直驾凤姐而上之，与探春、宝钗几抗旗鼓"[①]。不同于平儿的以诚待人，花袭人则是个藏其奸于"温柔和顺"中的女子。袭人原是贾母的丫鬟，书中说"袭人亦有些痴处：伏侍贾母时，心中眼中只有一个贾母；如今服侍宝玉，心中眼中又只有一个宝玉"。这似是在夸她的"心地纯良，克尽职任"，实际上是在讥其是个不要人格的"奴才坯子"。然而这个"奴才坯子"却有个"实在难得"的特点，就是薛姨妈所夸赞的："他的那一种行事大方，说话见人和气里头带着刚硬要强。"这反映为她虽不喜爱宝玉的性情，却慕其才貌艳其门第而想当上"宝二姨奶奶"，以期脱去"奴才"的服饰换上"半个主子"的衣装。这又反映为她见宝玉"性情乖僻"，不只"心中着实忧郁"，而且还曾利用自己与宝玉的云情雨意以娇嗔相箴。这还反映为宝玉偶于黛玉、湘云处清晨梳洗，她即娇嗔累日，不只在宝钗面前说长道短以邀宠，而且还必待宝玉敲断玉簪以立誓。这更反映为与宝玉云雨偷尝者明明是她自己，可宝玉挨打后，她却先以无罪潜黛玉，复以无罪潜晴雯、芳官、四儿，而晴雯见逐，她

---

①　冯家昇：《红楼梦小品》，一粟编：《红楼梦卷》，中华书局 1963 年版，第233 页。

又暗中派人把晴雯的所有东西捎给她，以掩盖自己脸上的血污。盖"花袭人"者，于"似桂如兰"的"花"气中偷"袭"无辜之"人"，奸而近人情者也。是故，不愧为"冷香丸"薛宝钗之副！

然而，谁要以为这类"女儿"生来就是"死珠"，那就错了。不，作者是将之归结为她们的"童心"受到外入的封建道德规范和世俗利弊不同方面和不同程度的腐蚀。比如，薛宝钗和花袭人所以"入了国贼禄鬼之流"，作者便将之归罪于前人的"无故生事，立言竖辞"，以致"琼闺绣阁中亦染此风"。因而，只要一进入不受礼教拘检的场合，她们便会犹如困鸟出笼，多少一显其天性①，"寿怡红群芳开夜宴"就是如此。足见，她们身上的那种双重人格的对立，作者实际上是将其写成人为的纲常名教与人生而自由的秉性的对立，以及后者正在被前者蚕食的反映。因而，薛宝钗等人的悲剧性格与林黛玉等人的悲剧性格，在作者笔端实际上是殊途同归的，二者旨在说明封建宗法的思想和制度是一种淹没人性的罪恶思想和制度。

四、说作者笔端的人中"鱼眼睛"

贾母和王夫人一干人是作者所贬斥的人中"鱼眼睛"，亦即失却"童心"的"假人"。所谓失却"童心"的"假人"，就是日益丧失了与生俱有的自由、平等观念，全然"以从外入者闻见道理为之心"的人。贾府的父辈和祖辈主子便属于这类人物，这里只想谈谈贾赦夫妇和贾府的"三仁"。

贾赦位居"一等将军"，是"世袭"，乃"闲官"。因而，能深居简

---

① 详见本编第十三章《李贽的"童心"说和曹雪芹的〈红楼梦〉》，第四节。

出，"事亲"以"孝"，不鱼肉乡民，不结交"外官"，即算"忠"。因而，附庸风雅和红灯绿酒，便成为其两大生活内容。论其性情，则"似刚非刚，乃刚愎之刚"①，似庸非庸，乃庸俗之庸；而所作所为虽推波贾府江河日下之势，却并未逾越他所享有的封建特权范围。这反映在如下三件事上：一是，想娶鸳鸯为妾，结果是使鸳鸯成为"单凤孤鸾"；然而要注意，鸳鸯作为"家生子"，贾赦的欲望和言行是符合封建"世仆制"的，而鸳鸯的抗婚却相反。二是，想以高价买石呆子的古扇子，结果是"弄得人坑家败业"；然而要知道，贾赦的动机是想"买"，"要多少银子给他多少"，他对贾雨村如何讹石呆子"拖欠了官银"，又如何罚石呆子"变卖家产赔补"，既未参与，又并不知情，无视法纪的实际上是贾雨村那个"饿不死的野杂种"。三是，教子无方，认为子不孝时就"混打一顿"，认为子尚孝时就赏以自己的小妾；然而要晓得，以侍妾赐子，这在当时的贵族世家是见怪不怪的，因为侍妾在主人们的心中只是"猫儿、狗儿"而已，并不将他们当作"人"。正因为贾赦的所作所为皆在其所享有的封建特权范围以内，所以程高本借冷子兴的口谓其"为人却也中平"。由此可见，曹雪芹所以将贾赦处理为十足的反面人物，是旨在对封建特权本身作匕首投枪。

　　贾赦想纳鸳鸯为妾，是有损于邢夫人的，可邢夫人却跑前跑后，积极得了不得，总想促成，甚至使出自己的全部聪明才智：这又是为什么呢？是由其思想性格和在贾府的实际地位决定的。邢夫人的为人，王熙凤对她的看法，堪称定论："禀性愚强，只知承顺贾赦以自保，次则婪取财货为自得，家下一应大小事务，俱由贾赦摆布。凡出入银钱事务，一经他手，便克啬异常，以贾赦浪费为名，'须得我就中俭省，方

---

① 　涂瀛：《红楼梦论赞》，一粟编：《红楼梦卷》，中华书局 1963 年版，第 140 页。

可偿补'，儿女奴仆，一人不靠，一言不听的。"可见邢夫人所以不听王
熙凤的劝告，而亲自跑去为鸳鸯做红媒，其原因有三：一是，贾赦是个
炕头英雄，又姬妾成群，邢夫人既争宠无门，便以"承顺"作为自己对
贾赦的邀宠。二是，贾母箱子里藏着金银珠宝，平素只听鸳鸯"一个人
的话"，假若能将鸳鸯收作自己的"心腹"，则邢夫人生财有道矣。三是，
鸳鸯脸上有"雀斑"，并不像邢夫人所说的美，贾赦所以独"看重"鸳鸯，
显然与邢夫人有"英雄所见略同"的一面，二人一拍即合，邢夫人也就
不敢不加倍尽心。其愚强如是，柔邪如是，恋财如是，可见她的灵魂是
何等阴微鄙贱！

然而，曹雪芹如此写贾赦夫妇，则又是为了衬托贾府的"三仁"，
即贾政、王夫人、贾母，他们才是封建正统和贾府家世利益的真正代表
人物。

贾政其人，"礼贤下士，济弱扶危，大有祖风"；"留意于孔孟之间，
委身于经济之道"，是其人生哲学和价值观念的核心。其修身也，"端方
正直"得像一块冷冰冰的石砚，乃至素喜高谈阔论的史湘云一见他在座，
也会感到拘束而"钳口禁语"顿失滔滔。其齐家也，以"宽柔待下"作
为贾府不可或缺的门风之一，乃至将井中死了一个丫鬟视为"有辱祖宗
颜面"。其从政也，居官江西粮道唯清名是博，乃至宁愿从家中往任所
倒贴银子，也不去与随从和衙下胥吏同流合污。① 然而这位政老爷的心
灵却令人感到有点古怪：他崇尚孔孟之道，却不准儿子诵读孔圣所弦歌
的《诗经》；他热衷"仕途经济"，却从未见他以至圣亚圣的治平思想教
导子弟；他说"稻香村"引起了自己的"归田之思"，可他眼中心中最

---

① 此情节虽见于后四十回，但我认为是符合曹雪芹原意的，详见本编第十八
章《论〈红楼梦〉后四十回》。

美妙的东西却始终只有一个金印紫绶；他感情枯竭得似泥塑，可在贾母面前却偏又善于忸怩作态效老莱娱亲；他思想僵滞得如槁木，可对贾宝玉叛逆思想的性质却偏又敏感得能以一言中的；他素慕儒雅而"最喜读书人"，可堂上的上宾却是"狗杂种"贾雨村，门下的食客却尽是些"斗方名士"，室内的爱妾却是个"心术不正"得谁见谁厌的赵姨娘。这该怎么解释呢？答案恐怕只能是：因"以理杀人"的程朱理学和"荣身之路"的八股科举使他完全迷失了本真，成为一个无胆无识无才无学、单会死背封建教条而内不能齐家外不能治国、形同泥塑而只解打躬作揖的道学之士！

　　王夫人在"宽柔待下"、"济弱扶危"而"以理杀人"方面，堪称贾政的"贤内助"。她上场后的第一句话，就是问王熙凤："月钱放过了不曾？"可见她平素对奴婢们的生活是多么关心。她还有桩德政，就是在释放优伶回原籍时，让愿去者去，愿留者留；对愿回原籍者不只帮助她们解决路费问题，还帮助她们解决路上安全问题。她对刘姥姥的关照也是很令人感佩的，不只曾吩咐王熙凤"不可简慢了他"，还曾以私房白银一百两相赠，要这位村姬"拿去或者作个小本买卖，或者置几亩地，以后再别求亲靠友的"。其待卑贱者慈善如此，难怪探春说她"是那么佛爷似的"。然而，明明是袭人与宝玉有垢，金钏、晴雯和宝玉无染，可她却一怒而死金钏，再怒而死晴雯，出芳官等于水月庵为尼，而独引袭人为自己的"心腹"。其情偏性执如此，难怪涂瀛要不无感叹地说："人尤不可以无才，无才而妄用其才，则杀人愈多，王夫人是也。"[①]其实，她所以如此清理怡红院的奴婢队伍，不只由于她"无才而妄用其才"，还由于她政治嗅觉的灵敏，即谁在"成精鼓捣"使宝玉不"好

_____

① 　涂瀛：《红楼梦赞》，一粟编：《红楼梦卷》，中华书局 1963 年版，第 133 页。

生念书"，谁有心将宝玉"规引入正"委身仕途，她心里是一清二楚的。正因如此，所以这位慈善得佛爷似的王夫人，也就成为贾府主子们中"以理杀人"的榜首。

然而，贾府的主宰却是贾母。贾母乃金陵世家史侯之女，荣国公长子贾代善之妻。她嫁到贾府作"重孙媳妇"之日，正当宁荣二公勋名鼎盛之时。她曾躬逢过几次金陵接驾的盛典，她曾体验过"伴君如伴虎"的惊心，她曾目睹过封建上层统治集团内部的风云变幻。其个人的才智既足以与凤姐相匹，其闻多见广又远胜凤姐。这就形成了这位年龄高、世故深、威望重的"老祖宗"立身行事的特征：强烈而自觉地要享乐——以享乐来获得自己精神上的慰藉，以享乐来显示贾府"体仁沐德"的门风，以享乐来维持贾府的封建宗法统治秩序，以享乐来回护贾府的最高家世利益。因此，贾母的那种放开今日之享乐的要求，就不只是种福寿双全的老年人心态，实际上还是她当年当家管事才能的继续，既反映了她的精通世故人情，又反映了她的长于统治权术。这又是怎么说的呢？要知道，贾母的怜惜小戏子，怜悯小道士，体恤刘姥姥，赏赐丫鬟们，莫不伴随她的安富尊荣、享福取乐以行，离开了她的享乐也就失去了她的仁者之风。则她的平素享福取乐亦旨在显示贾府"体仁沐德"的门风，明矣！要知道，"不聋不痴，不作阿家翁"，乃"家长统治学"的神髓。贾府支族繁多，礼教帏幕后又充满鸡争鸭夺，贾母将家政大权下放给王夫人和凤姐，平素只以与孙儿孙女们相聚为欢而从不过问家政庶务，正是为了保持她在这个封建大家族中最后发言的无上威信。贾赦想纳鸳鸯为妾，她竟责备了王夫人："你们原来都是哄我的！外头孝敬，暗地里盘算我。"切莫以为她真的气糊涂了，她这是在"敲山镇虎"！一言掷出，全府上下，谁不悚惧？则她的平素享福取乐实亦旨在保持自己发言的权威性，从而维护贾府的封建宗法统治秩序，明矣！要知道，贾府的特点是："外面的架子虽未甚倒，内囊却也尽上来了。"要使"外面的架子"不倒，当然只有充实"内囊"，可贾赦品劣，贾政才庸，又皆不能"振兴祖业"，而假若府内的日用排场一显出寒伧相，则势必加速"外面的架子"的倒塌，从而失去它在贵族社会中的固有地位。贾母不仅自己安富尊荣依旧，还嘱咐王夫人和凤姐莫使贾氏姊妹的所住所用比不上别的贵族世勋之家，其深层用意盖亦在此。正因如此，所以她明知府内银根紧迫，却不一动房中成箱成箱金银，这好像是她的吝啬和自私，实际是在防他日后手之不接。正因为如此，所以他也就分外爱宝玉，视作自己的"命根子"，这是由于她见宝玉相貌像乃祖而聪明灵秀则过之，生时口内又含一块玉，认为是得瑞之征，从而将贾府中兴的希望，全部寄托在宝玉身上。可见她平素对宝玉的管教从宽与贾政对宝玉的管教从严，实际上是相辅相成的，都着眼于贾府的最高家世利益，都期望着宝玉有朝一日能"光宗耀祖"。正因如此，所以当"木石前盟"和"金玉良缘"的对立发展到极限时，贾母便毅然决然地割却心头肉林黛玉。盖"金玉良缘"者，乃薛府之"金钱"与贾府之"权势"之结成神圣同盟也。则贾母的享福取乐实亦旨在支撑贾府"外面的架子"，虽属饮鸩止渴，但出发点却是为了回护贾府的最高家世利益，亦明矣！书中说贾、史、王、薛，"这四家皆连络有亲，一损皆损，一荣皆荣，扶持遮饰，俱有照应的"。史府与贾府结亲，时当贾府"盛"；王府与贾府结亲，时当贾府"衰"；薛府与贾府结亲，时当贾府"败"。这似是"神"的法则，实乃"人"的法则。目睹贾府这百年盛衰者，贾母一人而已，则其享乐时的内心酸甜苦辣亦可知矣！所以，贾母的欢笑中是有眼泪的，悲凉的眼泪，鳄鱼的眼泪。

五、结语

须知，正是以贾母等为代表的失去"童心"而以外入的纲常名教及世俗利弊为之心的"假人"（人中"鱼眼睛"），他们一面以纲常名教扼杀以黛玉等为代表的具有"童心"的"真人"（人中"宝珠"），一面又将以宝钗等为代表的"童心"既障而未全失的人（人中"死珠"）成为纲常名教祭坛上的牺牲，遂致出现了"千红一窟（哭），万艳同杯（悲）"的世道。《红楼梦》中的"父"与"子"矛盾其实质如是，则"救救青年"的呼喊亦寓焉！

第七章　论《红楼梦》的三世生命说与两种声音

一、我对书中神道问题的基本看法

《易·观·彖》云:"大观在上,顺而巽,中正以观天下。……观天之神道,而四时不忒,圣人以神道设教而天下服矣。"这"大观"二字显然是《红楼梦》中之"大观园"得名的由来。诚然,曹雪芹并非圣人,然而那误入开卷第一回正文的回前批,却明明写着:"更于篇中间用'梦''幻'等字,却是此书本旨,兼寓提醒阅者之意。"这显然是个中人之言。可若据此认为雪芹创作《红楼梦》是旨在宣扬色空观念,那就又被批者瞒蔽了去。斯言的真意当是,更于篇中间用"神道设教"之处,却是此书本旨之所在。问题在于:作者在以什么样的"神道"设怎样的"教"?这才是不可不予认真探讨的深层面问题。否则,又何来"字字看来皆是血",一梵音圣曲而已!

《红楼梦》中有个类似于佛教三世生命观的三世生命说,即大观园中的"风流冤孽"们,他们来自"太虚幻境",历劫"诗礼簪缨之族",最后又复归"太虚幻境",而不论他们在"现世"其"业"如何。与此相应的是,作品也以三段式情境结构线索作为它的基本构架,即以"幻境"起,以"幻境"结,其间以主要篇幅写发生在"王道乐土"上的一切。于是,书中也就发出了两种声音:一是令人热耳酸心的,那就是"救救青年",这是在整个大观园变作一座"花冢"时发出的;一是令人如饮清泉的,那就是"四海之内皆姊妹也",这有别于"四海之内皆兄弟也"

的声音是从太虚幻境发出的。一个反映了作者对现实的认识，一个反映了作者对"坟地"那边的遐想。一部作品同时发出了这两种声音，又怎能说它是在宣扬"色空观念"？因此，如果说，这三世生命说是把握作品创作本旨的通幽曲径，那么，这两种声音则是回荡在曲径尽头的深沉而机越的旋律。

岂敢故作惊人之语，还是让我们具体看看《红楼梦》的"神道设教"与小说的情节之逻辑推衍方式的关系吧！

二、非因神设事，是以事设神

要想把握《红楼梦》三世生命说的实质，首先应弄清《红楼梦》的神道描写特点及其在作品中的总体作用。

金圣叹尝云："其实《史记》是以文运事，《水浒》是因文生事。以文运事，是先有事生成如此如此，却要算计出一篇文字来，虽是史公高才，也毕竟是吃苦事。因文生事即不然，只是顺着笔性去，削高补低都由我。"① 金氏是意在指出真正的小说创作之不同于史传文学撰写；我们不妨活剥一下，以说明文学作品中的以神道设教之不同于以文学宣传宗教思想，即前者是以"事"设"神"，而后者则是因"神"设"事"，"事"就是情节逻辑推衍方式，"神"就是所谓"神道"。因"神"设"事"，是心念"神道"教义如此如此，以此作为笔端情节逻辑推衍方式的圭臬构撰作品。以"事"设"神"，则是对"神道"采取"拿来主义"，纳之入笔端情节逻辑推衍方式时纵横变通都由我，只服从于如何完美地构撰作品以表现创作本旨的需要，以至"上薄苍天，下彻黄泉，不尽不快，

_____

① 《金圣叹全集（一）》，江苏古籍出版社 1985 年版，第 18 页。

不书不止"①。《红楼梦》就是如此，曹雪芹笔端的调佛遣道，其在创作学、结构学、主题学诸方面所蕴含的意义和作用，真令人叹为观止。

《红楼梦》前八十回神道描写最多的，莫过于第一回和第五回。这是由于：第一回是具有"隐括全文"作用的"楔子"，第五回是一部大书的总纲，前五回是作品的"序幕"，它包蕴着小说的一些主要思想，是故作者便先来个让人雾中看花。现在，就让我们结合作品前八十回情节逻辑推衍方式来识庐山真面目。

其一，说"通灵玉"。"至贵者是'宝'，至坚者是'玉'"，以珍宝美玉作为幼儿饰物以示吉祥，便成为珍贵无比的具有民俗观念的"人工物"。这种"人工物"一经曹雪芹点石成金予以神话化，遂使它在《红楼梦》中具有多方面的意义和作用。

一是，它点明了《红楼梦》的文本性质。"通灵玉"本是青埂峰下"无才补天、幻形入世"的一块顽石，《红楼梦》本名《石头记》，正如甲戌本凡例所言，"曰《石头记》，是自譬石头所记之事也"。书中又曾写"通灵玉"返归青埂峰下后自怨自艾，道是："无材可去补苍天，枉入红尘若许年。此系身前身后事，倩谁记去作奇传？"可见这"石头"，它既是这部小说的实际叙述人，又是书中所述"离合悲欢炎凉世态"的过来人。作者却以之自譬，则《红楼梦》是部带有自传性的小说，明矣。

二是，它既是主人公的福星，又是主人公的灾星。由于它与神瑛侍者转世的贾宝玉一同落胞胎，所以不只使它自己曾风光一时，以致贾府上下莫不视之为贾宝玉的"命根子"，而且还使贾宝玉成为贾母的"命根子"，贾府祸福之所系的"金凤凰"，群钗众星拱之的"绛洞花主"。由于它已幻形为"五彩晶莹的玉"，又不意为贾府统治者视作与"木石

---

① 《金圣叹全集（一）》，江苏古籍出版社1985年版，第3页。

前盟"相对立的"金玉良缘"的象征，成了贾宝玉无法摆脱的"金箍"。其实，"金"者"富"也，"玉"者"贵"也，所谓"金玉良缘"只不过是薛府的金钱和贾府的权势需结成神圣同盟而已！

三是，它不只是小说情节结构的主线，还是完成小说环形结构的总关锁。《红楼梦》艺术结构的最大特点是：它不只有两条二而一的主线，而且这两条二而一的主线又形成两个二而一的情节环。其神话故事以顽石于青埂峰下自嗟自叹，恳请茫茫大士、渺渺真人携入红尘"受享受享"起，以顽石"历尽离合悲欢炎凉世态"返归青埂峰下，求托空空道人将其所记之事"记去作奇传"止。这是一条主线，也是一个情节环：顽石祖居"青埂"——历劫"怡红"——返回"青埂"（记其事为《石头记》）。其现实故事以神瑛侍者"凡心偶炽"，意欲下凡"造历幻缘"起，以贾宝玉"悬崖大撒手"，返归太虚幻境赤瑕宫止。这是一条主线，也是一个情节环：神瑛侍者家住"赤瑕"——造凡"怡红"——返回"赤瑕"（于云游时录顽石所记为《情僧录》）。[1] 因为"通灵玉"之与贾宝玉，是"失去幽灵真境界，幻来亲就臭皮囊"，所以这两条主线、两个情节环实际上又是二而一的。这对于表达作者的创作旨义来说，真可谓曲终人杳，江上峰青，留有余不尽之意于烟波缥缈间。盖顽石所求托之空空道人，实际就是遁入太虚幻境后的贾宝玉，所以《石头记》又名《情僧录》，空空道人亦由此而易名为"情僧"。凡此，皆开卷即见于第一回，真堪谓"如藕于未切之时，先长暗丝以待，丝于络成之后，才知作茧之精"[2]。于此，亦可证明我所说的："贾宝玉≈石头≈作者"[3]。

其二，说甄（真）贾（假）归空。《红楼梦》前五回曾两提"假作

---

① 详见本编第十一章《论〈红楼梦〉的结构学》，第四节。

② 李渔：《闲情偶寄》卷1"词曲部·词采"，浙江古籍出版社1985年版。

③ 详见本编第一章《〈红楼梦〉作者考》，第三节。

真时真亦假，无为有处有还无。"其第一回回目又赫然写着："甄士隐梦幻识通灵，贾雨村风尘怀闺秀。"该回误入正文的回前批又说："此回中凡用'梦'用'幻'等字，是提醒阅者眼目，亦是此书立意本旨。"书中又确有一甄府与贾府隐隐相对，而且最后又同归于"抄没"。那么，作者是否真是旨在借此一书宣扬"万境归空"呢？答案恐怕当是否定的。这有"甄士隐梦幻识通灵，贾雨村风尘怀闺秀"甄贾二人的故事本身可证。

从人物命名的含义来说。其所以叫"甄士隐"，作者自云："因曾历过一番梦幻之后，故将真事隐去，而借'通灵'之说，撰此《石头记》一书也。故曰'甄士隐'云云。"其所以叫"贾雨村"，作者又云："虽我未学，下笔无文，又何妨作假语村言，敷演出一段故事来，亦可使闺阁昭传，复可悦世之目，破人愁闷，不亦宜乎？故曰'贾雨村'云云。"这分明是在以人物命名的方式作郑重宣告：作者所历的生活真实已在书中"隐去"，呈现于阅者面前的是以"假语村言"敷演而就的艺术真实；本书虽带有作者的自传性，却非自传体小说。正因如此，所以该回出现于太虚幻境石坊上的对联，庚辰本原作"假作真时真作假，无为有处有为无。"盖旨在向阅者三致意焉！

从人物的人生道路来说。甄士隐和贾雨村最初也算是君子之交，但二人思想品性径庭。一个淡泊功名，无意于仕途策马；一个热衷于富贵，孜孜于仕程扬鞭。一个日益沦沉，以致依栖于岳丈家，成为"多余的人"；一个青云接履，"威赫赫，爵禄高登"。一个于"贫病交攻，露出那下世光景"之际遁入太虚幻境，一个则"身后有余忘缩手，眼前无路想回头"。这种分道扬镳，无异于一开卷便从人生道路上为主人公立极，而贾宝玉和甄宝玉则各趋一途。

从人物在艺术结构中的作用来说。甄士隐一方面连系着彼岸世界的茫茫大士、渺渺真人，一方面连系着此岸世界的甄英莲、贾雨村、葫芦僧，其总的走向是步入太虚幻境。贾雨村则一方面连系着平民甄士隐、甄英莲、葫芦僧，一方面连系着贾、林、薛各豪门，其总的走向是投靠豪门望族。淡淡写来，却不只自然而然地引出了三位主人公，而且暗中还在为贾宝玉和甄宝玉的未来人生道路作引，其运思之神妙，真令人叹为观止。高鹗辈续书以"甄士隐详说太虚情，贾雨村归结红楼梦"作结与开卷照应，仅从曹雪芹的结构学说，谅未必有悖于曹雪芹的本怀。

其三，说"用'梦'用'幻'"背后。中国古代小说有个特点，就是：逢到大过节，作者好搬个神道出来演双簧。因此，用"梦"用"幻"的地方，往往是寓有深意的地方，以致所谓"神谕"实际是作者的"自谕"，艺术表现需要而已。《红楼梦》呢？也是如此。它的创作本旨是三种悲剧构架，三种悲剧构架各有一组主题歌，三组主题歌便皆出现在或用"梦"或用"幻"的地方。

一是，作者要为一位"怡红公子"作传，即描写贾宝玉的精神悲剧，把他的以"意淫"为内涵的人生价值观念和人生足迹描摹给世人看。那似贬实褒的两首《西江月》，是《红楼梦》的第一组主题歌。它凝聚着贾宝玉型精神悲剧的主要内涵并界定了其质的规定性。这两首《西江月》就出现在贾宝玉与林黛玉初次见面之时，一个心下想道："好生奇怪，倒像在那里见过一般，何等眼熟到如此！"一个笑道："这个妹妹我曾见过的。"见于何处？当然是"西方灵河岸上三生石畔"！从而也就在神学的氛围里谱写了这组主题歌。

二是，作者要为一群青年女子作传，即描写以"金陵十二钗"为主体的"异样女子"的人生悲剧，将她们的真善美和才学识被毁灭，殊途同归于"薄命司"的苦难历程展示给世人看。那饱含着赞赏和痛悼之情的《红楼十二支曲》，是《红楼梦》的第二组主题歌。这《红楼十二支曲》，便是警幻仙子令歌姬唱给贾宝玉听的。它让人听到了"千红一窟（哭），万艳同杯（悲）"。

三是，作者要为一个"诗礼簪缨之族"作传，即描写赫赫扬扬已历百世的贾府由于坐吃山空、儿孙不肖而日益衰颓的历史悲剧，将这个百年望族的人生价值观念及藏于礼法帷幕后面的"自相戕戮自张罗"情景描绘给世人看。那半含讥弹、半是挽歌的《好了歌》、《好了歌解》，是《红楼梦》的第三组主题歌。这《好了歌》、《好了歌解》，便是甄士隐同了疯道人飘飘而去时二人留下的。它全面地否定了诗礼簪缨之族的人生价值观念，揭示了地主阶级人伦理想和人生追求的虚妄，勾画了封建统治阶级内部各政治集团、家族及其成员之间为"冠带家私"鸡争鸭夺，兴衰荣辱迅速转递的历史图景。

问题是，曹雪芹以如此浓墨重彩写青埂峰下顽石，写甄士隐梦幻识通灵，写贾宝玉神游太虚境，写一僧一道屡屡出没，那么，他对宗教神学的态度究竟如何呢？贾宝玉在"不了情暂撮土为香"时有句"呆话"，可看作是曹雪芹对宗教神学的态度："我素日因恨俗人不知原故，混供神混盖庙……今儿却合我的心事，故借他一用。"正因如此，所以《红楼梦》中的神道描写，不是因"神"设"事"，而是以"事"设"神"。

三、一支王道曲，千红无子遗

谁若问我《红楼梦》中的贾府是个什么地方？我的回答将是：它是个古今鲜见的一块王道乐土。谁若问我《红楼梦》写的是个什么故事？我的回答将是：它写的是个大幸者不幸、大善者不善的故事。正因为如此，所以从作者的笔端传出了声声呼喊，那就是："救救青年！"这声声呼喊在当时虽未足以震聋，却激发了五四时期鲁迅笔端"狂人"的呐喊："救救孩子！"

其一，青埂峰下的顽石是幸运的，因为它"造凡"的地方是"昌明隆盛之邦，诗礼簪缨之族，花柳繁华地，温柔富贵乡"，并被作为国公嫡孙之"命根子"获得合府上下的珍惜。与之偕行的太虚幻境的一干"风流冤孽"当然也是幸运的，因为他们"历劫"的地方是"贾不假，白玉为堂金作马"的贾府，这不只是个令人亦羡亦畏的诗礼簪缨之族，而且是个令人可赞可叹的忠臣孝子之门，可敬可亲的体仁沐德之第。其中，直接关系到一干"风流冤孽"命运的是后一点，因为中国封建社会不是"法治"社会，而是"人治"社会，统治者能否治人以"德"，几成"王道"和"霸道"的分水岭。

其二，贾府是否真是个体仁沐德之第，作者首先是从社会口碑来写的。因为贾府赫赫扬扬已历百世，其门风如何，士庶自有公论。

试看：贾雨村与冷子兴巧遇于村肆，闲谈慢饮间，因问："近日都中可有新闻没有？"子兴道："倒没有什么新闻，倒是老先生你贵同宗家，出了一件小小的异事。"雨村笑道："弟族中无人在都，何谈及此？"子兴一提起"荣国府贾府"，雨村忙改口，笑道："若论荣国一支，却是同谱。"需知贾雨村虽是虎狼之属，却是个"好沽清正之名"的人，况且，此时又正"担风袖月，游览天下胜迹"，"清正之名"几成他苟能东山再起的阶梯。假若贾府的门风不是有口皆碑，一则子兴不会于村肆中说雨村是贾府的"同宗"，因为那等于在辱彼门楣，一则雨村也不会于大庭广众中自认与贾府"同谱"，因为那等于在自辱门楣。

再看：林如海与贾雨村说贾府："若论舍亲，与尊兄犹系同谱，乃荣公之孙：大内兄现袭将军，名赦，字恩侯；二内兄名政，字存周，现任工部员外郎，其为人谦恭厚道，大有祖父遗风，非膏粱轻薄仕宦之流，故弟方致书烦托。否则不但有污尊兄之清操，即弟亦不屑为矣。"林如海乃黛玉之父，是作者所肯定的人物。他的这番肺腑之言，显然反映了一般仕宦之人对贾府"门风"的看法。所以，不只是在以岳丈家的"门风"自荣，"与尊兄犹系同谱"云云，也是在对贾雨村的抬举，可与贾雨村在村肆中自认与贾府"同谱"时的心理合看。

再看：刘姥姥与王狗儿说王夫人："他们家的二小姐着实响快，会待人，倒不拿大。如今现是荣国府贾二老爷的夫人。听得说，如今上了年纪，越发怜贫恤老，最爱斋僧敬道，舍米舍钱的。"刘姥姥这番话，当反映了那些牵耳不及唇的远房贫亲贱戚对贾府"门风"的看法，"听得说"云云，就更是道路口碑。刘姥姥一进荣国府，证明了这道路口碑不虚，二进荣国府，更证明了这道路口碑的正确。

再看：花袭人一家对贾府"门风"的看法：花自芳母子想赎回袭人，袭人"说至死也不回去的"。"他母兄见他这般坚执，自然必不出来的了。况且原是卖倒的死契，明仗着贾宅是慈善宽厚之家，不过求一求，只怕身价银一并赏了这是有的事呢。二则，贾府中从不曾作践下人，只有恩多威少的。且凡老少房中所有亲侍的女孩子们，更比待家下众人不同，平常寒薄人家的小姐，也不能那样尊重的。因此，他母子两个也就死心不赎了。"花袭人说她"至死也不回去"，当然有想当宝二姨奶奶一层原因；但花自芳母子的想法，显然是反映了贾府一般奴仆亲人对贾府"门风"的共识。柳嫂想方设法想让自己亲生女儿进府当差，亦可作为一证，因为四海皆秋色而燕子总往暖处飞。

最后，冷子兴演说荣国府，可谓揭尽贾府的短，而这又反映了作者对贾府历史命运的看法。然而，要知道，贾府的子孙是否有为，能否振兴祖业，这是一个问题；贾府的子孙是否守礼，能否保持祖德，这是另一个问题。雪芹兆示于人的，实际上是：贾府的主要统治者们个个都在恪守祖宗成法，又个个都躺在封建特权上，所以难逃"君子之泽五世而斩"的历史法则！

要之，贾雨村与冷子兴说甄府："谁知他家那等显贵，却是个富而好礼之家。""假作真时真亦假"，因此这里所说的甄（真）府，实际也就是贾（假）府，只是作者在故弄狡狯以昭示其笔端的贵族世家之质的规定性而已。

贾府是否真是个体仁沐德之第，作者又以随笔点染的方法从奴婢们的日常生活方面作了独具匠心的描写，这类描写显然是旨在说明贾政所述"我家……自祖宗以来，皆是宽柔以待下人"之言不虚。

说衣着，她们是衣锦衣。平儿作为通房大丫鬟，是个被贾宝玉视为比黛玉命薄尤甚的人物，可却使见多识广的村姬刘姥姥闹了个笑话："刘姥姥见平儿遍身绫罗，插金带银，花容玉貌的，便当是凤姐儿了。才要称姑奶奶，忽见周瑞家的称他是平姑娘，又见平儿赶着周瑞家的称周大娘，方知不过是个有些体面的丫头。"则贾府奴婢们平素衣着如何，亦可想而知矣。

说饮食，她们是食玉食。《水浒传》中的阮氏兄弟他们的美好理想之一，便是能"大块吃肉"。这在贾府的奴婢们早已成真。不但如此，已每日肥鸡大鸭子吃腻了膈，而转思清淡的："鸡蛋、豆腐，又是什么面筋，酱萝卜炸儿，敢自倒换口味。"一会儿小燕找柳嫂："晴雯姐姐要吃芦蒿……叫你炒个面筋的，少搁油才好。"一会儿莲花又来厨房："司棋姐姐说了，要碗鸡蛋，炖的嫩嫩的。"真难怪柳嫂要称她们为"二层主子"！

说住行，那可真个是花柳繁华地，温柔富贵乡。刘姥姥曾念佛说道："我们乡下人到了年下，都上城来买画儿贴。时常闲了，大家都说，怎么得也到画儿上去逛逛。想着那个画儿也不过是假的，那里有这个真地方呢。谁知我今儿进这园里一瞧，竟比那画儿还强十倍。"园中那些人，便多半是丫鬟，正在混沌世界，天真烂漫之时，坐卧不避，嬉笑无心，或描鸾刺凤，或斗草簪花。手巧的，折条嫩柳编柳篮；淘气的，掰着糕儿一块一块掷着打雀儿玩。真好个得自然之理、自然之趣的所在。

说钱财，每个人贾府都按分例给她们发月钱，不少人都成了"万元户"，晴雯便是其中之一。这位"俏丫鬟抱屈夭风流"之时，"剩的衣履簪环"，便"约有三四百金之数"！而当时二十来两银子，就够刘姥姥五口之家过一年！若家逢丧事，贾府还按例另有赐予。

还有，除了在人前需还出个"礼数"以外，平时在主子们面前都比较随便。且看个特写镜头："王夫人在里间凉榻上睡着，金钏儿坐在旁边捶腿，也乜斜着眼乱恍。"假若金钏儿是在给高太尉夫人捶腿，敢"也乜斜着眼乱恍"？那不教皮肉受苦才怪！

花袭人曾与母亲和哥哥说："如今幸而卖到这个地方，吃穿和主子一样，又不朝打暮骂。"可见说的是实话，贾府对奴婢们确实如是。所以，晴雯被撵，贾宝玉也说："他自幼上来娇生惯养，何尝受过一日委屈。连我知道他的性格，还时常冲撞了他。他这一下去，就如同一盆才抽出嫩箭来的兰花送到猪窝里去一般。"

其三，贾府是否真是个体仁沐德之第，作者还以浓墨重彩写了三件事，以示执柄家政大权的贾母和王夫人平素的为人。

一是，贾母对小道士的疼惜。贾母拈香清虚观，可巧有个十二三岁的小道士，拿着剪筒，照管剪各处蜡花，正欲得便且藏出去，不想一头撞在凤姐怀里，凤姐顺手一巴掌，把小道士打了一个筋斗。贾母闻知，忙说："快带了那孩子来，别唬着他。小门小户的孩子，都是娇生惯养的，那里见的这个势派。倘或唬着他，倒怪可怜见的，他老子娘岂不疼的慌？"说着，便叫贾珍去好生带了来。问长问短之后，又向贾珍道："珍哥儿，带他去罢。给他些钱买果子吃，别叫人难为了他。"真可谓是"幼吾幼，以及人之幼"。

二是，王夫人对刘姥姥的济贫。刘姥姥一进荣国府，王夫人令周瑞家的传话王熙凤："当时他们来一遭，却也没空了他们。今儿既来了瞧瞧我们，是他的好意思，也不可简慢了他。"结果是，王熙凤赠银二十两，外加一吊钱雇车坐。二进荣国府，王夫人又以私房白银一百两相赠，要刘姥姥"拿去或者作个小本买卖，或者置几亩地，以后再别求亲靠友的。"亦堪称是"老吾老，以及人之老"。

三是，王夫人对十二个优伶的处理。因老太妃薨，官宦人家一年不能演戏。贾府的十二个优伶是从苏州买来的。照理，可以卖掉，亦可以留作丫鬟使用。王夫人一概不，思前想后，决定：愿留者留作丫鬟，愿去者照发盘缠；又怕她们路上遇到坏人，便让她们的亲人来领回去，来回路费照给不误。其时贾府已卯年银子寅年用，王夫人对十二个优伶如此，真可谓是仁至义尽。难怪竟有六七个优伶情愿留下，其中就包括芳官，我说过燕子总往暖处飞，可见这些南来的燕子已把大观园当作永驻的春天。

正因为贾府其怜老惜贫如此，其待下人如此，其道路口碑如此，所以，其对奴仆们的最高刑罚不是别的，是"撵出去"。谁一旦被撵出贾府，谁就等于被打上耻辱的印记，谁就会在社会舆论中无容身之地。论者认为"含耻辱情烈死金钏"，金钏之耻是耻于挨了王夫人一巴掌，这实在是种皮相的看法。金钏自己说得清楚："太太要打骂，只管发落，别叫我出去就是天恩了。我跟了太太十来年，这会子撵出去，我还见人不见人呢！"哪是什么王夫人一个巴掌将金钏儿打进井里去的，分明是有口皆碑的贾府体仁沐德的门风将金钏儿逼进井里去的！贾府的丫鬟所以莫不怕挨"撵"，情越烈者越如是，其根本原因就在此。俏丫鬟所以即刻夭风流，美优伶所以斩情归水月，刚司棋所以决然入黄泉，其根本原因全在于："这会子撵出去，我还见人不见人呢！"满腔悲愤而又无可言说。何谓"以理杀人"？这就是！何谓"王道如直"？这就是！

这不足为奇。正如鲁迅所说："在中国的王道，看去虽然好像是和霸道相对立的东西，其实却是兄弟。"[①]二者不同之点仅在于："霸道"来了，便出现使人"想做奴隶而不得的时代"；"王道"来了，便出现使人"暂时做稳奴隶的时代"[②]。我们知道，一要生存，二要温饱，三要发展，乃人类之天性。"霸道"不给人以生存和温饱，而"王道"则反是，其合理性是真实的，这也是千百年来志士仁人孜孜以求之的原因。然而"王道"虽给人以生存和温饱，却不给人以发展，其合理性又是虚假的，可由于国人好满足于温饱，当然也就难以认识这一点。曹雪芹在时代的召唤下则不然，他不只看到了"王道"的这一真实性，而且看到了"王道"的这一虚假性，从而也就使他的思想高踞于时代之巅，含有冬末的未萌，这就决定了他笔端悲剧的质的规定性，即年青一代的青春之花是如何在王道乐土上惨然凋零的人生悲剧。因此，无美不归个人心灵觉醒，无恶不归宗法思想和制度，便成为《红楼梦》思想倾向的总体特点。这在中国小说史和思想史上是种"哲学的突破"，"超越的突破"。

雪芹所痛心疾首的问题之一，是贾府的统治者要求人们以圣贤们的思想作为自己的思想，恪守不渝；而在他看来，这简直是在戕残人的天性，把好端端的"真人"变成"假人"。借用贾宝玉一句不胜愤懑的"呆话"来说，就是："女孩儿未出嫁，是颗无价之宝珠；出了嫁，不知怎么就变出许多不好的毛病来，虽是颗珠子，却没有光彩宝色，是颗死

---

① 《鲁迅全集》第6卷，人民文学出版社1958年版，第10页。
② 《鲁迅全集》第1卷，人民文学出版社1958年版，第312页。

珠了；再老了，更变的不是珠子，竟是鱼眼睛了。分明一个人，怎么变出三样了？"这当然指的不是形体，而是思想与为人。假若将贾宝玉这句"呆话"与李贽的"童心"说相对照，便知李贽的"童心"说乃贾宝玉这一"呆话"的哲学基础。贾宝玉所说的"分明一个人"自幼而老却出现了"宝珠"、"死珠"、"鱼眼睛"三样变化，实际上就是李贽所说的在外铄于人的纲常名教之言和世俗利弊之识的侵蚀下，个体的失却"童心"又有个"其始"、"其长"、"其久"的过程，而"童心"则是天赋予人的美德。假若将贾宝玉这句"呆话"和他另一句"呆话"相参看，则问题就更为显豁："好好的一个清净洁白女儿，也学的钓名沽誉，入了国贼禄鬼之流。这总是前人无故生事，立言竖辞，原为导后世的须眉浊物。不想我生不幸，亦且琼闺绣阁中亦染此风，真真有负天地钟灵毓秀之德！"说的也是纲常名教之言和世俗利弊之识是如何侵蚀并外铄人的心灵，以致使人逐渐迷失"本真"。正因如此，所以在曹雪芹的笔端，总是向着下一代，对年青人有好感，以致上一代中无正面形象。这一写法是前不见古人的，可却直接开启了五四时期巴金《家》的写法。

雪芹所痛心疾首的问题之二，是贾府的统治者以圣贤们的"天有十日，人有十等"的说法制定自己的家法家规，维持统治秩序；而在他看来，这不只是在灭绝人的人格，而且是在戕残人的聪明才智。他愤懑于贾府统治者要求奴隶们唯主子之命是从，甘心雌伏于"猫儿狗儿"般的地位；愤懑于贾府统治者只知将丫鬟们"撵出去"，以致使她们或"含耻辱跳井"，或"抱屈夭风流"，或"斩情归水月"，却不知将丫鬟们"放出去"，还她们一个自由人，而贾宝玉虽有此心却又"能说不能行"。因此，他笔端的奴隶们的反抗，并不是由于想做奴隶不可得，而想做稳奴隶，是由于已做稳奴隶而不甘心，犹想争取"人"的价格，还我一个人格平等、意志自由。他更愤懑于贾府统治者要求女儿们以三从四德作为自己的价值观念，不允许妇女在自己的夫婿面前有独立的人格，不容许女子到社会上去立一番事业，愤懑于贾府统治者崇奉的"礼"所赋予女子们的天职，或充当发泄性欲的工具，或充当七情六欲被禁锢的展品。因此，他笔端的女"清"男"浊"观念，就不只是反对男尊女卑，而且还是种对以男性居于中心统治地位的封建宗法的思想和制度的匕首投枪。从这种女"清"男"浊"的观念中，从贾宝玉对女儿们的"昵而敬之，恐拂其意"的态度中，似乎有种主张已隐约可闻，这就是一位当代女诗人所抒写的：你是橡树，我是木棉，我和你一般高。

雪芹所痛心疾首的问题之三，是贾府的统治者要求子弟们以"读书是福，立品为高"作为自己的价值观念，以光宗耀祖作为自己的人生道路，更不容许他们成为本阶级的逆子贰臣；而在他看来，年青人应有选择人生道路的自由，可"各得其情，各遂其欲"。贾蓉是宁国府长房长孙，贾琏是荣国府长房长孙。"长房长孙"所享有的封建特权，虽使他们优先成为地主阶级的"垮掉的一代"，但凭借他们的这一来自娘胎里的条件，便可优哉游哉地登上世袭高位。贾宝玉则不然，是荣国府的二房嫡孙，不具袭爵的资格。因此，贾政夫妇虽然也安富尊荣，但有一根神经却是朝乾夕惕的，那就是：贾宝玉是否"留意于孔孟之间，委身于经济之道"。一个以严颜厉色，甚至乞灵于板子，逼使宝玉就范，一个则以慈爱深情，甚至乞灵于"清子侧"，规箴宝玉"好生念那书"。诚然，晴雯与宝玉无染而遭逐，袭人和宝玉有垢而获宠，这的确反映了王夫人的昏蒙。然而，王夫人的"心耳神意"实不在此，而在怡红院里的女儿们谁在"成精鼓捣"，谁有心将宝玉"规引入正"，这才是问题的根本，是否与宝玉冰清玉洁倒还在其次。因此，一部《红楼梦》是以贾宝玉走什么路、做什么人的问题为核心而展开其故事情节的。贾宝玉的最后遁入太虚幻境，实际上已着巴金《家》中高觉慧"出走"之先鞭，只不过曹雪芹当时还不知道有个令年青人神往的十里洋场上海而已。

雪芹所痛心疾首的问题之四，是贾府的统治者以家世利益作为儿女婚事联姻的圭臬，毫不顾及儿女们的心事；而在他看来，婚姻应该以互爱为基础，互爱应该以心灵相契为前提，否则就不是种美满婚姻。令其悲怆不已的是：元春封为凤藻宫尚书，加封贤德妃，标志着贾府与"当今"的联姻，其结果是："虎兕相逢大梦归"。迎春嫁与孙绍祖，标志着贾府与新贵的联姻，其结果是："金闺花柳质，一载赴黄粱。"探春远嫁海隅，标志着贾府与藩王的联姻，其结果是："游丝一断浑无力，莫向东风怨别离。"惜春呢？"勘破三春景不长，缁衣顿改昔年妆。可怜绣户侯门女，独卧青灯古佛旁。"然而，最令其扼腕长叹的，还是贾宝玉的爱情悲剧和婚姻悲剧："都道是金玉良姻，俺只念木石前盟。空对着，山中高士晶莹雪；终不忘，世外仙姝寂寞林。"要注意的是：作者写贾宝玉遁入太虚幻境，此前曾有二人作引，一为甄士隐，一为柳湘莲，照作者运笔喜用对称法，则写林黛玉的魂归离恨天，此前似亦当有二人作引，一者显系晴雯，一者应是金钏。金钏之死，晴雯之死，黛玉之死，标志着贾宝玉叛逆思想发展的三个阶段，这在作品的叙事布局上也最为整饬。金钏死于跳井，宝玉有水月庵之祭；黛玉凹晶馆联诗有"冷月葬花魂"之谶；晴雯死后有"做了芙蓉之神"的说法；宝玉《芙蓉女儿诔》虽诔晴雯而亦诔黛玉，黛玉于宝玉祭毕出现时谓"却是个人影从芙蓉花中走出来"，则黛玉之死有可能是自沉于凹晶馆，与后四十回所写相比，故事当更为凄婉动人。要之，无论怎么说，雪芹所提出的：婚姻应以互爱为基础，互爱应以心灵相契为前提，这一原则不只是属于未来的，而且将是永恒的。

雪芹所痛心疾首的问题之五，是贾府的族内和族外于礼帏后面的鸡争鸭夺，令女儿们遭殃。王夫人下令抄检大观园，它造成了大观园中的女儿们第一批风流云散。这次抄检，便是王夫人和邢夫人在家政大权问题上的矛盾所引起的，用敏探春的话来说，就叫作"先从家里自杀自灭起来"。按雪芹笔端情节推衍方式和前八十回伏脉，则知佚稿中"当今"降旨查抄荣国府之日，便是大观园中的女儿们红消香断之时。这次查抄，当是由贾府和忠顺王府等矛盾引起的，用敏探春的话来说，就叫作"从外头杀来"。可不要忘记："当今"是个"以仁孝治天下"的皇帝！

真是：一支王道曲，千红无孑遗！这就写出了那贾母们精心筑就的王道乐土，却原来同时也是一座禁锢青年们的肉体和灵魂的黑暗王国，埋葬千红万艳的花冢！

贾府作为最仁慈的地主，其罪恶如此，其给年青一代带来的苦难如此，则其他为富不仁之家呢？从而也就否定了整个地主阶级。

贾宝玉和林黛玉等作为最有造化的青年，其不幸也如此，且各有各的苦难，则其他不幸的青年将何以堪！从而也就谱写了一曲青春的悲歌，否定了封建宗法的思想和制度。

因此，我从那"千红一窟（哭），万艳同杯（悲）"中听到一种声音："救救青年！"它声声泪，声声血。这是对整个地主阶级的控诉，同时也是对封建宗法的思想和制度的控诉。

四、"四大皆幻设，唯情不虚假"

一干"风流冤孽"，他们来自太虚幻境，历劫诗礼簪缨之族，最后又回到太虚幻境，正好完成了一个生命循环。那么，曹雪芹写这一生命循环又旨在说明什么呢？是"到头一梦，万境归空"？那就未免太浅层面看问题。让我们就如下几个主要问题作番认真探讨，并逐一作出回答。

其一，假若删去太虚幻境以及出没于作品情节的一僧一道，《红楼梦》是否还有虚无思想？

答案似应该肯定的。因为虚无思想并不是释迦和老庄门下的专利品，还往往是时代的觉醒者感到无路可走时的某种苦闷的象征。鲁迅是伟大的文学家，伟大的思想家，伟大的革命家，可他的《野草》就不无虚无色彩，便是明证。问题是在于否了什么以后产生的虚无感，这才是问题的真正价值之所在。贾宝玉认为以建功立业光宗耀祖为核心的人生价值观念应予摒弃，可在摒弃这一价值观念后却不知自己的恰当人生位置在何方；认为以戕残人之天性为务的三纲五常等封建法典不应遵从，可在亵渎了这类封建法典后却不知自己的真正立足之境在何方；认为以维护封建等级制为前提的儒家仁政思想应予弃置，可在弃置了这种仁政思想后却不知"天不拘兮地不羁"的人间乐园在何方；认为那"体仁沐德"的匾额下畅饮"群芳髓"的场面必须扫荡，可却又不知扫荡这些食人者的得力武器在何方。于是，他呐喊，他苦闷，他彷徨，他求索。个中便有孤独感和虚无感不时向他袭来，以致两次向释老门前求解脱，而两次皆被林黛玉嘲弄得面红耳赤。这正反映了曹雪芹的大悲苦。但就其主导思想来说，对色空一类观念却持扬弃态度，欣赏妙玉的"坐破蒲团终彻悟，红梅折罢暗销魂"，而对惜春的为当"自了汉"而甘作"狠心人"不顾入画的死活则报以贬抑，便是明证。正因如此，所以他赋予自己两个心爱主人公贾宝玉和林黛玉思想性格的核心和总体特征，一个是"情不情"，一个是"情情"，一个是情之圣，一个是情之哲。一言以蔽之，曹雪芹的虚无感和孤独感，是来自"醒时幽怨同谁诉，衰草寒烟无限情"。这正是早期启蒙主义者的心理特征。

其二，大观园和太虚幻境的关系问题。

曹雪芹在《红楼梦》里究竟创造了几个世界？这是个既新颖而又颇

有意义的问题，弄清这个问题，将有助于我们对《红楼梦》的思想和结构框架作总体把握。这一《红楼梦》的"世界"说，是余英时先生首先提出来的。他在大作《〈红楼梦〉的两个世界》中写道："曹雪芹在《红楼梦》里创造了两个鲜明而对比的世界。这两个世界，我想分别叫它们作乌托邦的世界和现实的世界。这两个世界，落实到《红楼梦》这部书中，便是大观园的世界和大观园以外的世界。"① 余先生是认为大观园即人间的太虚幻境。

照我看来，大观园既是以"不拘不束"为其特点的太虚幻境在人间的投影，同时又是以"体仁沐德"为其特点的贾府正府在世外的投影。大观园确有太虚幻境之投影的一面，是清楚的，而且作者是以强意识的笔触来写的。比如，写宝玉初游游至正殿，"见了这个所在，心中忽有所动，寻思起来，倒像那里见过的一般，却一时想不起那年月日的事了"。这分明是在点幻境。比如，写宝玉与姊妹们初搬入园时，"每日只和姊妹丫头们一处，或读书，或写字，或弹琴下棋，作画吟诗，以至描鸾刺凤，斗草簪花，低吟悄唱，拆字猜枚，无所不至，倒也十分快乐"。此乐便料应人间无。比如，写宝黛读曲，黛玉葬花，龄官划蔷，香菱斗草，湘云醉卧，此事亦只应园中有。然而，大观园同时又确有贾府正府之投影的一面，也是清楚的，而且作者也是以强意识的笔触来写的。比如，林黛玉所感受到的"一年三百六十日，风刀霜剑严相逼"。假若身处太虚幻境，黛玉又何来此种心情？比如，晴雯的"心比天高"，只不过是认为"谁也不比谁高贵些"而已，可却因此而"风流灵巧招人怨"；鸳鸯的"心比天高"，只不过是认为"不论尊卑，唯我是主"，想有个意志自由而已，然而于抗婚过程中除了想以一死或当尼姑作为反抗的手段

---

① 胡文彬、周雷编：《海外红学论集》，上海古籍出版社1982年版。

之外，又何曾敢想过将来能自择夫婿；龄官的"心比天高"，只不过是不愿像"那个雀儿在戏台上乱串，衔鬼脸旗帜"供人取乐而已，然而尽管她"天天闷闷的无个开心"，还不是被剥夺人格有路，想获取自由无门！假若身处太虚幻境，彼等又何来此种苦闷？比如，宝玉证成多所爱者，又"天分中生成一段痴情"，立志以"护法群钗"作为自己的"一生事业"，却不仅招来严父的笞挞，园内婆子们的腹诽，还为香菱们所不理解。假若身处太虚幻境，宝玉又何来此等悲苦？正因为大观园交织着如此两种投影，所以它也就成为贾宝玉的"意淫"观念和孔孟的"仁政"思想之间不见刀光剑影、不闻战马悲鸣的无声战场。其结果，是"曲终人不见，江上数峰青"。"曲终人不见"者，是纲常教义与贾府家世利益的结为神圣同盟，将花柳繁华的大观园变为白杨萧萧的大"花冢"。"江上数峰青"者，是在白杨萧萧的大"花冢"那边，依然隐显着发人遐想的太虚幻境。由此可见，如果说，大观园是贾府正府的世外桃源，那么，太虚幻境便是大观园的世外桃源，三者相映成辉而又是各有其特点的三个世界。并且，这三个世界又以大观园为中轴而以贾府正府和太虚幻境为对峙双峰，形成一种时空结构上的对称美，而作者的审美情感亦寓焉。

照我看来，太虚幻境固然是个乌托邦，这一点是不言自明的。大观园也是个乌托邦，因为它明显地有太虚幻境的倩影。其实贾府正府又何尝不是个乌托邦呢？其体仁沐德如此，显然是作者以古来"积善之家"为原型而最大限度地益之以儒家仁义道德创造出来的。其目的，是要在还它以真善美的同时，更深层地还它以假丑恶。这才是对当时王道思潮的一种真正严肃的态度。《红楼梦》中的真正现实世界，是贾府大围墙外面的那个天地。这世界虽逢"治世"而非"乱世"，可风俗浇薄，又水旱连年，卖儿卖女者有之，为盗为寇者亦有之。我们于前八十回中已见其侧影，佚稿中当有某种正面描写，因为它将是贾府被查抄后其子孙飘零之地。写这一世界的存在，当然是为了衬托贾府体仁沐德之难能，借以再一次说明：厚地高天，天何苍苍，地何茫茫，却无青春之花可以吐艳之域！正因如此，所以那太虚幻境才成为夜行"过客"面对无边坟场时隐约有见的天际微光。

照我看来，具有对称美是《红楼梦》结构学的一大特点，但并不是它的总体特点。它的总体特点是对称中有不对称、不对称中有对称，从而形成的均衡美。这种均衡美表现于人物安排、章回布局、重大关目、情节线索、通部格局，形态是多种多样的；就数理文化来说，"一主三从"、"三正一闰"，"四"、"三"其数，则是其基本构架。① 其情境结构也是如此。贾府正府、大观园、太虚幻境，是谓"三正"；贾府大围墙外面的外部世界，是谓"一闰"。"三正"构成了对称美，加上"一闰"又变成了均衡美。这种对社会生活的处理，是在打碎庐山而又重新塑了座更为巍峨秀丽的庐山，令人感到一处有一处的情境，一处情境又有一处情境的审美意蕴，而合起来又是个巧夺天工的完美整体。因此，余先生的"两个世界"说，并不符合作品的实际，亦不符合作者的本怀。事涉太虚幻境在《红楼梦》的思想和情节组成中的作用和地位问题，故不可不认真一辩。

其三，太虚幻境的哲学精神究竟是以什么为本体？亦即《红楼梦》的以神道设教究竟想设什么"教"？

一则由于八十回以后的原著已佚，二则由于这一问题自身的复杂性，所以只有先对有关问题逐一作番考察，方能作出令人信服的论断。

一曰：后四十回中的"得通灵幻境悟仙缘"是否是曹雪芹的原稿？

---

① 详见本编第十二章《〈红楼梦〉的均衡美及其数理文化论纲》。

答案只能是否定的。因为与第五回"贾宝玉神游太虚境"相比，二者不只在艺术性上相差远甚，而且在思想性上亦貌似神离。一个写贾宝玉的"神游"是以秦氏相引入梦，又以秦氏相引出梦，"秦氏"暗喻"性本情（姓本秦）"，以一"情"字贯彻梦的始终；一个写贾宝玉的"神游"是以和尚相引入梦，又以和尚相引出梦，"和尚"暗喻"身等空界"，以"色空"二字贯彻梦的始终：这是一。一个描写贾宝玉的"神游"，借以说明直接决定"金陵十二钗"等命运的东西，是贾府的"运终数尽，不可挽回"，是社会法则在起作用；一个描写贾宝玉的"神游"，借以说明直接决定"金陵十二钗"等命运的东西，是"福善祸淫，古今定理"，是神的法则在起作用：这是二。一个写贾宝玉"神游"的结果，是坠入了"迷津"，成了"于国于家无望"的"痴顽"；一个写贾宝玉"神游"的结果，是"乃忽改行，发愤欲振家声"[①]，终于"入圣超凡"：这是三。这三大差异已足以说明二者有甚于人和猿的不同，况且，照脂批所示，佚稿中有"警幻情榜"谓"宝玉情不情，黛玉情情"，则事当在最后一回，而"得通灵幻境悟仙缘"却见于第一百十六回，可见它不能是曹雪芹的原作。

二曰：警幻仙姑何许人也？书中说她是"司人间之风情月债，掌尘世之女怨男痴"的仙子。其思想品性如何？这一点，个中人脂砚斋说得清楚："警幻自是个多情种子。"具体反映为：她不只向宝玉指点了两性之道，还让宝玉品尝了性的禁果。还是让我们看看她向宝玉指点的两性之道吧！一方面，她反对"淫滥"，说："如世之好淫者，不过悦容貌，喜歌舞，调笑无厌，云雨无时，恨不能尽天下之美女供我片时之趣兴，此皆皮肤淫滥之蠢物耳。"另一方面，她褒扬"意淫"，说："如尔则天分中生成一段痴情，吾辈推之为'意淫'。'意淫'二字，惟心会而

---

① 《鲁迅全集》第 9 卷，人民文学出版社 1981 年版，第 233 页。

不可口传，可神通而不可语达。汝今独得此二字，在闺阁中，固可为良友，然于世道中未免迂阔怪诡，百口嘲谤，万目睚眦。"甚至令人吃惊地称赞宝玉："吾所爱汝者，乃天下古今第一淫人也。"甚至当宝玉在仙子们面前"果觉自形污秽不堪"时，还"忙携住宝玉的手"，让其莫尴尬。此等女儿意女儿情，说明她已引宝玉作为自己的知音。诚然，她也曾劝宝玉"留意于孔孟之间，置身于经济之道"。然而，戚序本有条批语说得好："说出此二句，警幻亦腐矣，然亦不得不然耳。"何谓"亦不得不然"？这有三层意思。一是，"遂功名，又遂恩情"，是当时士子们的价值观念和人生理想，警幻仙姑作为"司人间之风情月债，掌尘世之女怨男痴"女神，其身份和地位不能不作如是言。二是，既然已引宝玉为知音，其女儿心理，当然也就不忍宝玉"见弃于世道"，因而亦不能不作如是言，犹如黛玉之劝宝玉："你从此可都改了罢！"三是，结合这两点，作者又匠心独运，说警幻仙姑所以去劝宝玉入正，是由于受宁荣二公之灵剖腹深嘱，实际上是在借助警幻仙姑之口道出了贾府"运终数尽，不可挽回"，从而将宝玉置于贾府盛衰之所系的历史地位。凡此，真可谓一石三鸟，而以弹射后者最为紧要。要之，一个"意淫"说，一个"贾府运终"说，乃警幻仙姑之所言，混世魔王贾宝玉之所行，通部《红楼梦》之所写，难怪脂砚斋说贾宝玉和警幻仙姑："盖此二人乃通部大纲。"这位警幻仙姑是作者的创造，那是不言而喻的。则曹雪芹欲借警幻仙姑之口所设之"教"，其教义为"意淫"，其作用是加速贾府这个诗礼簪缨之族的"运终数尽"，明矣！正因如此，所以贾宝玉一领警幻仙姑"意淫"之言，"从此倍偏，倍痴，倍聪明，倍潇洒"[1]。

三曰：太虚幻境究竟是何去处？还是让我们以个中人脂砚斋的话来

---

[1] 《红楼梦》第五回戚序本回后批语。

回答，那就是："女儿之心，女儿之境。"这"女儿之境"，显然是作者的"凡山川日月之精秀，只钟于女儿，须眉男子不过是些渣滓浊沫而已"思想在天国的投影，它本质上是对尘世以三纲五常为法典、以男性居于中心统治地位的封建社会的一种否定。因为，它不同于玉帝面南而坐的灵霄，灵霄是君君、臣臣，等级秩序森严；它也不同于如来宝莲座上谈经文的灵山，灵山虽主张佛法平等，那只是承认众生皆可成佛，而成佛后的果位则相差甚殊，且皆需绝对服从如来法旨。这"女儿之境"，境内的仙子和仙子之间固然是平等的，自由的，相互尊重的，相亲相爱的，仙子们与总裁警幻仙姑之间也是如此。"缠绵于此处"的"风流冤孽"，以及以引渡有缘者为职守的一僧一道，亦皆来也自由，去也自由，出境入境只需登个记，用不着什么"护照"不"护照"，而境内却太平无比。论原因，就在于：这"女儿之境"是由"女儿之心"结成的国度，而"女儿之心"在五伦关系中又向来不同于"须眉之心"，一个未入五伦，一个却在五伦中有其严格的定位。因为，旧时所谓的五伦或五常，是指君臣、父子、夫妇、兄弟、朋友。其法定关系是："父子有亲，君臣有义，夫妇有别，长幼有叙，朋友有信。"一个"长幼有叙"，就决定了兄弟之间关系的不平等。姊妹关系不入五伦，其社会地位的分野是婚后的"嫁鸡随鸡，嫁狗随狗"，未出嫁前彼此之间是平等的，自由的，且相亲相爱的程度一般都胜于兄弟之间的感情。你知道这一朴素道理，就知道贾府何以有个规矩："凡作兄弟的，都怕哥哥。"可在贾氏姊妹之间，却不存在这个规矩。千万别以为这是小事一桩，须知这正是贾府的守"礼"处之一。正因为太虚幻境是个由"女儿之心"结成的"女儿之境"，而"女儿之心"又不为五伦关系所羁，它只遵守一个原则，就是姊妹间的彼此体贴，所以也就使这一天国成为一个平等的、自由的、和睦的、美妙的社会。你听到了吗？雪芹的笔端又传出了一种声音："四海之内皆姊妹也。"那一声声，一声声，饱含渴望之情！

四曰："顽石"与"神瑛"、"一僧一道"与"空空道人"，究竟是什么关系？简言之，"顽石"非"神瑛"，"空空道人"非"一僧一道"中的一员。其中作为贾宝玉之前身和后身者，是"神瑛"和"空空道人"，"空空道人"亦即易《石头记》为《情僧录》的"情僧"。何以知之？雪芹又为何运笔如是？

说"神瑛"非"顽石"，这有版本上的根据。在甲戌和庚辰等脂本中，"顽石"是属于开卷之神话女娲补天故事，"神瑛"是属于开卷之仙话太虚幻境故事。"顽石"是块只会自怨自叹的粗蠢大石，它被弃置在大荒山无稽崖青埂峰下；"神瑛"则以"侍者"身份出现的，他居住于西方灵河岸上的赤瑕宫。雪芹艺术构思之巧就在于："瑛"乃"似玉之美石"，"顽石"是"灵性已通"的石头，则"神瑛"实亦如是，这是二者的内在关系，即其个体虽二，但性灵则一。还有其外在关系：由一僧一道携"顽石"到太虚幻境警幻仙姑宫中交割清楚，让"夹带"于一干"风流冤孽"中随"神瑛侍者"一同造凡历劫，"神瑛侍者"转世即为贾宝玉，"顽石"形变即为"通灵玉"，这就将神话中的"顽石"与仙话中的"神瑛"两个故事作了天衣无缝的关锁。程本谓"只因当年这个石头，娲皇未用，自己却也落得逍遥自在，各处去游玩，一日来到警幻仙子处，那仙子知他有些来历，因留他在赤瑕宫中，名他为赤瑕宫神瑛侍者。"这种将"顽石"和"神瑛侍者"合而为一，显然是出于高鹗辈自作聪明的妄改。"顽石"自遇一僧一道已为一僧一道袖携，又何得独自逍遥，"各处去游玩，一日来到警幻仙子处"？亦信口雌黄耳！

说"空空道人"非一僧一道之一，这一点，书中写得一清二楚，而且脂本和程本莫不如是，只是研究者未予详察而已。且看："后来，又不知过了几世几劫，因有个空空道人访道求仙，忽从这大荒山无稽崖青埂峰下经过,忽见一大块石上字迹分明,编述历历。空空道人乃从头一看,原来就是无材补天,幻形入世,蒙茫茫大士、渺渺真人携入红尘,历尽离合悲欢炎凉世态的一段故事。"书中又写:空空道人抄下石上所记,从此"因空见色,由色生情,传情入色,自色悟空,遂易名为情僧,改《石头记》为《情僧录》。"假若我们不被作者瞒蔽了去,则不难看出:"访道求仙"的空空道人,与"骨格不凡,丰神迥异"的神仙茫茫大士、渺渺真人,亦即出没于正文情节中的一僧一道,显然是不同的三个人物,而空空道人是"云空未必空":一也。空空道人来"青埂峰下"访道求仙,一见石上所记,便知"石头"为谁,假若此前与"石头"没有一段因缘,焉能如是:二也。《石头记》记者"石头",《情僧录》录者"情僧"(即空空道人),显然皆是作者的自譬或含有他的影子,三者的关系当是:"石头≈情僧≈作者":三也。则"情僧"者,乃遁入太虚幻境之贾宝玉也。

然而,最为重要的,还是:雪芹为何如此将神话女娲补天故事中的"顽石"与仙话太虚幻境中的"神瑛",双管齐下写?我认为这是为了强调"情生太虚",从而将"情"上升到本体论的高度。何以言之?书中说通灵玉本是大荒山青埂峰下的一块顽石,此顽石是女娲炼石补天时自经煅炼而灵性已通的三万六千五百零一块中剩余的一块。这里,作者化用了谐音法和象征法。盖"青埂"者,"情根"也,女娲炼石补天以拯救生灵之所因,顽石自经煅炼而灵性已通之所由也。是故宝玉之"含玉而生"亦即含"情根"而生,是故警幻仙姑说他的"意淫"是"天分中生成"。书中又说贾宝玉本是太虚幻境赤瑕宫神瑛侍者,灵河岸上的绛珠草一株承神瑛侍者日以甘露灌溉而始得久延岁月化为仙子。这里,作者又化用了隐喻法和象征法。盖"神瑛侍者"者,灵性已通似玉之石化为人形也;"赤瑕"者,"玉有赤疵"也,怜红也,惜花也,日以甘露灌溉之为务，而尤惜绛珠草一株也。宝玉在怡红院以"护法群钗"作为自己的"一生事业"，只不过是神瑛侍者在赤瑕宫日以甘露灌溉花木为务之观念和行为的重演而已。一言以蔽之，顽石的三段式生命历程是："始自'青埂'→造世'怡红'→返归'青埂'"；神瑛侍者的三段式生命历程是："始自'赤瑕'→历劫'怡红'→返归'赤瑕'"。神瑛侍者和顽石最后又相会于"青埂峰下"，共话"怡红"以"作奇传"。这一思想和情节的脊梁说明了什么？说明：天地间生生不灭者，"情"而已。是故《石头记》而《情僧录》者，"四大皆幻设，惟情不虚假"之谓也！正因如此，所以，不是"情僧"录下《石头记》易名为"空空道人"，而是"空空道人"录下《石头记》易名为"情僧"。慢言在下钻牛角，说与诸君仔细斟。

五曰：究竟应该如何理解幻境对联"假作真时真亦假，无为有处有还无"？假若就对联说对联，我至少可以作出两种解释。一是解释为作者是在宣扬色空观念，"究竟是到头一梦，万境归空"，要人们莫"认他乡是故乡"。二是解释为作者是在明告阅者"太虚幻境"乃他的"荒唐言"，犹如牛僧儒要读者对他的《玄怪录》所叙切莫信以为真。我不想调和这两种解释。我只想结合书中实际所写来说作者的悲苦。"到头一梦"，贾宝玉之最大的"一梦"是什么？是"梦"见警幻仙姑推崇他"天分中生成"的"意淫"，可他的"意淫"却终于未能使他醉心营事的大观园女儿国不变为一座衰草凄凄的"花冢"，但同时却又在平等、自由、和谐、美妙的太虚幻境之女儿国获得涅槃。贾宝玉的"故乡"在哪儿？不在经声朗朗的灵山，不在炉烟缭缭的三清，而在太虚幻境的赤瑕宫，返归"故乡"后竟又与通灵玉幸会于青埂峰下，却原来青埂峰乃通灵玉的"故乡"。真可谓：相逢若问名何氏，家住太虚姓本秦（性本情）。寄托如此，亦可悲矣！岂可将这副对联，说成是作者色空观念或虚无思想的写照！知此，则"茫茫大士、渺渺真人"者，亦子虚、乌有先生之谓也，借以穿插"神境"和"尘境"，密缝针线而已。

假若我对这几个有关问题的看法不无道理，那么，雪芹借太虚幻境所设之"教"当是"情教"，其最高"教义"是"意淫"。何谓"意淫"？照脂砚斋的解释，就是"体贴"。这大致是正确的，因为人和人之间最难做到的是"体贴"，纵然亲人之间亦如是，但贾宝玉对女儿们却做到了。然而，既然"意淫"二字是警幻仙姑对贾宝玉的评定，那么，若以"警幻情榜"对贾宝玉的评定"情不情"三字来释其"意淫"，当更为贴切。具体反映为：凡女儿前，不论贵贱亲疏，皆"昵而敬之，恐拂其意"[1]；"利女子乎即为，不利女子乎即止"[2]，从不把自己的意志强加于人。因此，贾宝玉的这种"意淫"，实非出于"情爱"，个中已含有自由、平等、博爱观念的萌芽，是他的"人道观念"和"人权思想"的显著体现形式。正因如此，所以才于世路上，百口嘲谤，万目睚眦。

这就说明：曹雪芹的"情教"说是对冯梦龙的"情教"说创造性的发展。冯梦龙于《情史序》中作"情偈"曰："四大皆幻设，惟情不虚假。……佛亦何慈悲，圣亦何仁义。倒却情种子，天地亦混沌。无奈我情多，无奈人情少。愿得有情人，一齐来演法。"这思想无疑是光辉的，因为它是针对程朱理学"灭人欲"思想而发的；但却未能摆脱程朱理学"存天理"思想的樊篱，所以经过他加工并编入《三言》的话本小说，其主要作品大多是在歌颂具有"常心"的"常人"，而不是具有"童心"的"真人"。与程朱理学"存天理"思想针锋相对的，是异端之尤李贽的"童心"说。曹雪芹则在时代的召唤下，一面直接继承并发展了冯梦

---

① 《鲁迅全集》第 9 卷，人民文学出版社 1981 年版，第 229 页。

② 二知道人：《〈红楼梦〉说梦》，一粟编：《红楼梦卷》第 1 册，中华书局 1963 年版，第 90 页。

龙的"情教"说，一面直接继承并发展了李贽的"童心"说，将其融而为一，从而建构了他的以情性为本体的"意淫"说[①]，并一则通过大观园的变为"花冢"发出了着鲁迅"救救孩子"之先鞭的"救救青年"的呼喊，一则通过太虚幻境的创设发出了有异于"四海之内皆兄弟也"的"四海之内皆姊妹也"的呼喊，宣告了中国中世纪的终结和新世纪的开端，完成了他对中国古来文化的"哲学的突破"，成为中国文化史上继往开来的巨人。因此，将太虚幻境视为梵音圣曲，不察贾宝玉的遁入太虚幻境乃其"意淫"思想的涅槃，实际上也就失去了《红楼梦》。

---

① 详见本编第十七章《究竟是悲怆地缅怀三代，还是苦痛地求索未来》。

第八章 论《红楼梦》的悲剧底蕴

一、书中交织着两种审美视点

《红楼梦》写人写事与《三国演义》和《水浒传》等不同，它往往一笔交织两种审美视点：一是作者的审美视点，一是时人的审美视点；二者既有重合的一面，又有背离的一面，形成"一声而二歌"。不了解这一点，就不能正确认识作品的审美意蕴，以及作者的世界观所到达的时代高度。

那么，《红楼梦》写的究竟是什么故事呢？说它写的是"四大家族"的衰亡及其衰亡过程，当然没有错。说它是以"四大家族"的盛衰为背景写贾宝玉的爱情悲剧和婚姻悲剧，当然也没有错。然而，这都是从作品的题材看问题。如果从作者的审美视点看问题，则我以为它写的是大幸者的不幸，大善者的不善。

我在拙著《红楼十二论》中虽曾一再申述这一鄙见，但总觉失之于零星，颇感言犹未尽，特作此专论以就正于方家。

二、世上鲜见的大善人

《红楼梦》里所反映的时人的审美视点，实际上最本质地代表着一种传统的观念。那么，从这一审美视点看问题，贾府又是一种什么样的家族呢？

其一，它是令人亦羡亦畏的诗礼簪缨之族。

贾府令人可羡者多多。它"贾不假，白玉为堂金作马"，位在一人之下，万人之上；并且，不是一朝权臣，而是开国元勋，名居京都八公之首，儿孙承德，功名无间：一可羡。它虽生齿日繁，事务日盛，主仆上下，安富尊荣者尽多，运筹谋划者无一，以致内囊日空，但翁蔚细缊之气也还未消，特别是元春之晋封为凤藻宫尚书，加封贤德妃，又给它带来烈火烹油、鲜花着锦之盛，成了皇亲国戚：二可羡。它与"阿房宫，三百里，住不下金陵一个史"的史府，"东海缺少白玉床，龙王来请金陵王"的王府，"丰年好大雪，珍珠如土金如铁"的薛府，"连络有亲，一损皆损，一荣皆荣，扶持遮饰，俱有照应"，是"四大家族"的代表，而这种官僚与资本结成的神圣同盟，就更使它位望通显，无与伦比：三可羡。伴随着这三可羡而来的当是什么呢？只能是令人不禁而生敬畏之情。

这是清楚的。冷子兴演说荣国府时所以信口雌黄，说荣国府是贾雨村的"同宗"，贾雨村所以攀藤附葛，证以自家与贾府"却是同谱"；葫芦僧所以乱判葫芦案，不令贾雨村发签拿人，贾雨村所以徇私枉法，作个整人情，将此案了结；刘姥姥一走进贾府所以就像走入佛殿，简直不敢想象自己还有什么尊严；还有那清虚观照管剪各处蜡花的小道士所以一见贾府的女眷便魂飞魄散，正欲得便且藏出去，却不想一头撞在王熙凤怀里：我以为都是这种对贾府亦羡亦畏之复杂心态的深刻反映。

其二，它是令人可赞可叹的忠臣孝子之门。

冷子兴演说荣国府，曾对贾府的主子们作过品评，说：贾敬"如今一味好道，只爱烧丹炼汞，余者一概不在心上"；其子贾珍"那里肯读书，只一味高乐不了"。贾赦"为人平静中和，也不管家务"；其子贾琏"也是不肯读书，于世路上好机变，言谈去的"。贾政"自幼酷喜读书，为人端方正直，祖父最疼"；其嫡子宝玉却性情乖张，贬男褒女，"将来色鬼无疑了"。这是在谈贾府的"兴衰兆"，慨叹"谁知这样钟鸣鼎食之家，翰墨诗书之族，如今的儿孙，竟一代不如一代了！"然而，就是从这种慨叹中，我们仍可以看出：贾府无犯法之男。

贾雨村夤缘复旧职，林如海曾这么对他吐过肺腑之言："若论舍亲，与尊兄犹系同谱，乃荣公之孙：大内兄现袭一等将军，名赦，字恩侯；二内兄名政，字存周，现任工部员外郎，其为人谦恭厚道，大有祖父遗风，非膏粱轻薄仕宦之流，故弟方致书烦托，否则不但有污尊兄之清操，即弟亦不屑为矣。"这是在谈贾氏兄弟的清望，称许贾府的家政执掌者贾政是位大有祖风的正人君子。

要知道，贾府的子孙是否有为，能否振兴祖业，这是一个问题；贾府的子孙是否守礼，能否保持祖德，这是另一个问题。正因如此，所以贾雨村与冷子兴说甄府："谁知他家那等显贵，却是个富而好礼之家。""假作真时真亦假"，这里所说的甄（真）府，显然也就是贾（假）府，只是作者在故弄狡狯而已。它体现了作者对贾府的质的规定性，也符合贾府主要统治者思想性格的基本特征。

正如俞平伯所说：一方面羡慕白日飞升，一方面又羡慕金章紫绶，这是封建时代士大夫的代表心理。不仅高鹗与王雪香辈有同样的羡慕，就是那以谢安石自比而以不见用为恨的伟大诗人李白，不是也炼过大丹，受过符箓，同道士们来往非常密切，曾一心想当神仙吗？足见，贾敬于久戴簪缨之后又去参箕礼斗，那是时俗观念所允许的，说不得贤愚。冷子兴所以对贾敬一心想作神仙有微词，是鉴于他只爱烧丹炼汞，余者一概不在心上，会使箕裘颓堕；其实，还是脂批说得好，此"亦是大族末世常有之事"。但与"破家只为貌如花"不同，是三教混一思想所认可的，说不得善恶。况且信仰老君亦是贾府的门风，张道士便是荣国公当年的替身。贾敬礼拜三清，虽不肯回家染了红尘，却犹不忘祖德，对宗祠祭之以礼，对贾母礼数周全，说不得不肖。再说，其子贾珍虽则由于没有人敢来管他而一味高乐不了，以致绿窗风月，绣阁烟霞，悉皆被淫污玷辱，却从未干过欺男霸女的勾当，只在封建特权范围内寻欢，礼教帷幕后作乐，说不得恶赖。要之，说箕裘颓堕皆从敬，是可以的；若将宁国府与高太尉府等量齐观，把贾敬父子与高俅父子相提并论，我以为也就失去了曹雪芹的本怀。

实际上，贾敬父子也罢，贾赦也罢，他们的爵位来自世袭制，属闲职。这类官员，养尊处优而无所事事，是当然的；不结党营私，不鱼肉乡民，就是佼佼者，不失为地主阶级的正派人物。宁国府的子弟做到了这一点，荣国府的子弟呢？又贤于宁国府。

贾赦深居简出，与世无争，唯以风雅自赏，这正是朝廷对他这类官员所实际要求的。于此可以看出他对朝廷的忠心不二。贾赦作为长子理应执掌荣国府家政，贾母因偏爱贾政而将家政大权交给次房。贾赦虽不能做到像伯夷那样心无所怨，还是能对贾母克尽孝道；不仅晨昏叩省恪守不渝，亦不敢对贾母的意旨阳奉阴违，和《家》中的高府子孙不同。与贾政虽则在权力和财产再分配问题上存在矛盾，又何曾出现过通常人家那种兄弟阋于墙的局面。贾宝玉中马道婆的魇魔法，贾政作为道学先生，学"子不语怪力乱神"，认为"儿女之数，皆由天命"；贾赦却"不理此话，仍是百般忙乱"，"各处去寻僧觅道"。于此又可以看出他对兄弟的爱以及对子侄的慈。不言而喻，贾赦最为读者诟病的是两件事：一是已是姬妾成群而犹想娶鸳鸯为妾，致使鸳鸯当众铰发；一是已是白玉为堂而犹想获得石呆子的几把古扇子，致使石呆子死于非命。其实，鸳鸯作为家生子，照封建世仆制的规定，主子有权不告而纳。贾赦命邢夫人出面作媒，那是给予脸面的，它与黄世仁想占有喜儿性质不同，可谓合情合理又合法，鸳鸯兄嫂的倾向实代表着时俗的看法。说到与姬妾们饮酒作乐，这在封建时代向来被认为是种风流韵事，晚年的白乐天就曾隐于此。因此，说贾赦自命风流则有之，说贾赦欺男霸女则无有。诚然，贾赦是一心想获得石呆子的几把古扇子，然而，其用心是"买"，并非是"夺"，"要多少银子给他多少"！其子贾琏虽云"于世路上好机变"，烦了多少情，也只是想买，从未想夺。贾雨村讹石呆子拖欠了官银，抄出扇子作了官价送给贾赦，全然是他个人梳妆打扮送上门去，并非出于贾府的谁某授意。因此，说贾赦附庸风雅则有之，说贾赦巧取豪夺则无有。要之，深居简出以尽臣守，昏定晨省以操子职，虽无所事事而不作奸犯科，把红灯绿酒作风流自赏，这样的世袭一等将军，难怪冷子兴谓其"为人平静中和"。

毋庸置疑，贾氏子孙中最能代表其门风的是贾政，贾政为官清正，朝乾夕惕，忠于厥职。元春归省，贾政于帘外含泪启道："臣，草莽寒门，鸠群鸦属之中，岂意得征凤鸾之瑞。"说得如此谦卑，正反映了他简直不敢想象自己与元妃除了有君臣之义以外，尚有父女之义。三年清知府，十万雪花银，已成为官场俗谚。贾政外任江西粮道，不仅不捞钱，反而往外补贴，不仅州县馈送自己一概不受，而且出示晓谕随从与胥吏不得折收粮米勒索乡愚，弄得左右怨声载道，商议着"齐打伙儿告假"。这事虽见于后四十回，我以为符合曹雪芹的本意。贾政事母至孝，惯曲尽子职，体贴母怀。如灯节期间，贾母与孙辈们猜灯谜取乐，设了各色玩物为猜着之贺；贾政见贾母高兴，晚上也备了彩礼来承欢膝前，那种忸怩作态，便不禁令人想起老莱娱亲。如宝玉挨打，贾母生嗔，贾政一见贾母"扶着丫头，喘呼呼的走来"，便始则"上前躬身陪笑道"，继之以"忙跪下含泪说道"，继之以"又陪笑道"，继之以"忙叩头哭道"，继之以"苦苦叩求认罪"，其克尽孝道如此，简直是以为天下无不是的父母！实际上，贾政所以痛打宝玉，亦并非由于他缺乏舐犊深情；当他"看看宝玉，果然打重了"，也"自悔不该下毒手打到如此地步"，"那泪珠更似滚瓜一般滚了下来"。贾政所以痛打宝玉，一则以为他"在外流荡优伶，表赠私物"，一则以为他"在家荒疏学业，淫辱母婢"，做下"不肖种种"，与其"明日酿到他弑君杀父"，"不如趁今日一发勒死了，以绝将来之患！"忠孝之心如此，则可以为地主阶级子弟之表率矣！难怪冷子兴与林如海都异口同声地说他"风声清肃，大有祖风"。

其三，它是令人可敬可亲的慈善宽厚之家。

贾政听说井里淹死了一个丫头，不胜惊疑，问道："好端端的，谁去跳井？我家从无这样事情，自祖宗以来，皆是宽柔以待下人。——大约我近年于家务疏懒，自然执事人操克夺之权，致使生出这暴殄轻生的祸患。若外人知道，祖宗颜面何在！"喝令快叫贾琏、赖大、来兴，想查个明白。

论者认为这是贾政在装腔作势，其实不然。误以为贾宝玉"淫辱母婢"成为他毒打贾宝玉的原因之一，足证"自祖宗以来，皆是宽柔以待下人"云云，此言不虚。它体现了作者对贾府的又一质的规定性，也符合贾府主要统治者思想性格的另一基本特征。

贾母是个典型的仁慈地主，我在拙著中曾反复地强调这一点。这里不打算就她对小道士和小戏子的怜悯之情，以及对前来问安的刘姥姥"亦欠身问好"的亲善态度，说明她是如何地怜老惜贫，仁慈得像个佛。这里只打算环绕着花自芳想为花袭人赎身，说明当时的一种社会舆论。

花袭人回家看望母亲，其兄花自芳由于已"整理的家成业就，复了元气"，想给她赎身，她"说至死也不回去的"，理由是："当日原是你们没饭吃，就剩我还值几两银子，若不叫你们卖，没有个看着老子娘饿死的理。如今幸而卖到这个地方，吃穿和主子一样，又不朝打暮骂。……这会子又赎我作什么？"

花袭人"说至死也不回去的"，当然还有种说不出口的原因，那就是此时她正恋着贾宝玉，所以回到贾府，便以言试探，说自己是"去定了"，理由有三：一是，花自芳来赎人，"安心要强留下我，他也不敢不依。但只是咱们家从没干过这倚势仗贵霸道的事"。二是，"无故平空留下我，于你又无益，反叫我们骨肉分离，这件事，老太太、太太断不肯行的"。三是，"自我从小儿来了，跟着老太太，先服侍了史大姑娘几年，如今又服侍了你几年。如今我们家来赎，正是该叫去的，只怕连身价也不要，就开恩叫我去呢"。宝玉听了，思忖半晌，认为袭人说得有理，怅然不已。

花袭人与花自芳说了那番话回贾府以后，"他母兄见他这般坚执，自然必不出来的了。况且原是卖倒的死契，明仗着贾宅是慈善宽厚之家，不过求一求，只怕身价银一并赏了这是有的事呢。二则，贾府中从不曾作践下人，只有恩多威少的。且凡老少房中所有亲侍的女孩子们，更比待家下众人不同，平常寒薄人家的小姐，也不能那样尊重的。因此，他母子两个也就死心不赎了"。

花自芳和他的母亲一旦"整理的家成业就，复了元气"，便商议着设法赎出卖了死契的花袭人；骨肉如此情深，足以说明他们是个正正派派、安分守己的市民。他们所以又"死心不赎了"，除了花袭人个人的坚执以外，还基于他们对贾府待下人的认识。那么，这种认识是否出于主观臆测呢？回答只能是否定的。柳家的就曾称那些"老少房中所有亲侍的女孩子们"为"二层主子"。花袭人与晴雯不同，她是个津津乐道地赞赏美妙的奴隶生活并对和善的好心的主人感激不尽的女奴。问题是，她对贾府的这种歌功颂德是否出于杜撰？回答恐怕也只能是否定的。贾宝玉听了她的赎身之论所以以为她是"去定了"，显然就在于她所说的三条理由在贾宝玉看来是站得住的。凡此，足以说明"贾府中从不曾作践下人，只有恩多威少的"云云，实代表着社会对贾府的一种看法。不言而喻，这一德政，在贾府的现有主子中当首先归德于贾母。

如果说贾母是个仁慈的地主，还比较令人容易接受些；如果说王夫人也是个仁慈的地主，恐怕就和者甚寡吧？实际上，刘姥姥与狗儿说到金陵王府时，下面一番话并非无根游言："他们家的二小姐着实响快，会待人，倒不拿大。如今现是荣国府贾二老爷的夫人。听得说，如今上了年纪，越发怜贫恤老，最爱斋僧敬道，舍米舍钱的。"王夫人做事，的确"着实响快"，从不拖泥带水；而且下列三件事是一般地主所做不到的，正反映了她的仁慈过人。

一是，对村妪刘姥姥的怜恤。王狗儿家与金陵王府原不是一家子，不过因出一姓，当年偶然连了宗，已二十多年没有来往。王狗儿的岳母刘姥姥与金陵王府的关系，当然又隔了一层。然而，刘姥姥凭这点关系到贾府去打抽丰却并没有"没的去打嘴现世"。一进荣国府，王熙凤便赠银二十两，外加一吊钱给她雇车坐。这当然由于此时的王熙凤正踌躇满志，"得意浓时易接济"；也由于有王夫人命周瑞家的传话："当时他们来一遭，却也没空了他们。今儿既来了瞧瞧我们，是他的好意思，也不可简慢了他。"二进荣国府，王夫人又以私房白银一百两相赠，要她"拿去或者作个小本买卖，或者置几亩地，以后再别求亲靠友的"。这可能由于转思刘姥姥两宴大观园时的种种作态，于自己颜面上不雅，所以有此厚赠与嘱咐；纵然如此，亦不能不认为这是种对刘姥姥切实有益的着想。

二是，对奴婢们月钱问题的关心。贾府的主子们按月按期发月钱供作零用，其奴仆们也是如此。这是贾府的德政之一，或白银一两，或一吊钱，或钱五百，全以其在奴婢中的地位而定。王熙凤以早支晚发的法子，私下放给人赚利息，却哄得大家呆呆地等着，这又是贾府的一个弊端。要注意的是，书中写王夫人出场后的第一句话，就是问王熙凤："月钱放过了不曾？"第三十六回又写王夫人问："前儿我恍惚听见有人抱怨，说短了一吊钱，是什么原故？"直到王熙凤说明了所以然，方才作罢。王夫人除了与贾宝玉的命运问题有关之外，是个于"事情上不留心"的人；却对奴婢们的月钱问题关心若此，难怪探春说她"是那么佛爷似的"。

三是，将优伶交由本人父母亲人领回。宫里薨了位老太妃，敕谕天下："凡有爵之家，一年内不得筵宴音乐。"贾府见各官宦家，凡养优伶男女者，一概蠲免遣发，也欲遣发十二个女孩子。尤氏等认为："这些人原是买的，如今虽不学唱，尽可留着使唤，令其教习们自去也罢了。"王夫人不同意，认为："这学戏的倒比不得使唤的，他们也是好人家的儿女，因无能卖了做这事，装丑弄鬼的几年。如今有这机会，不如给他们几两银子盘费，各自去罢。当日祖宗手里都是有这例的。咱们如今损阴坏德，而且还小器。如今虽有几个老的还在，那是他们各有原故，不肯回去的，所以才留下使唤，大了配了咱们家的小厮们了。"尤氏遂进而出了个主意："如今我们也去问他十二个，有愿意回去的，就带了信儿，叫上父母来亲自来领回去，给他们几两银子盘缠方妥当。若不叫上他父母亲人来，只怕有混帐人顶名冒领去又转卖了，岂不辜负了这恩典。若有不愿意回去的，就留下。"王夫人笑道："这话妥当。"谁知"将十二个女孩子叫来面问，倒有一多半不愿意回家的"。燕子总是往暖处飞，那"一多半不愿意回家的"，是把大观园当作她们的春天了。王夫人为优伶们想得如此周到，说她保持了贾府"体仁沐德"的门风，恐不为过吧！

王夫人最为读者怨怒的事，莫过于"含耻辱情烈死金钏"。这也是王夫人抱憾终生的事，事后不仅赏了金钏儿娘五十两银子，又吩咐请几众僧人念经超度，而且吩咐王熙凤：把金钏儿的月钱只管关了来，"不用补人，就把这一两银子给他妹妹玉钏儿罢。他姐姐伏侍了我一场，没个好结果，剩下他妹妹跟着我，吃个双分子也不为过逾了"。其实，那是个主子对奴隶有生杀予夺大权的时代，况且王夫人又亲耳听到金钏儿对贾宝玉说："金簪子掉在井里头，有你的只是有你的。"还要他"往东小院子里拿环哥儿同彩云去"。怒极"照金钏儿脸上就打了个嘴巴子"，这又算得了什么呢？让金钏儿娘来"带出去"，惩罚亦仅此而已！昭梿《啸亭续录》卷三载：明太傅珠"广置田产，市贾奴仆，厚加赏赉。按口赒以银米，冬季赐以绵布诸物，使其家给充足，无事外求。立主家长，司理家务，奴隶有不法者，许主家者立毙杖下。所逐出之奴皆无容之者，曰：'伊于明府尚不能存，何况他处也？'故其下爱戴，罔敢不法"。贾府待下人，有明府的"厚加赏赉"之宽，无明府的"立毙杖下"之严。足见，金钏儿一旦被撵其所以感到无面目见人，就在于贾府作为"体仁沐德"之家为世人有口皆碑。贾府的奴隶们其所以没有不怕被撵者，最根本的原因也就在于此。

不少研究者常以乌进孝交租为例说明贾府对农民剥削的残酷，道是"一部《红楼梦》，千家血泪史"。其实，不剥削农民便不成其为地主。贾珍其所以是以"体仁沐德"为之门风的贾府的子孙，就在于他虽嫌交来的租子太少，可皱了皱眉之后，没有命乌进孝回去逼租，而作如是想："我受些委屈就省些。再者年例送人请人，我把脸皮厚些，可省些·······也就完了。"这与黄世仁的心理又岂可同日而语哉！

问题是清楚的，《红楼梦》写贾府所以写了个荣国府又写了个宁国府，是要以宁国府映衬荣国府而宁国府又非高太尉府；写荣国府所以写了贾政一房又写了贾赦一房，是要以贾赦夫妇映衬贾政夫妇而贾赦夫妇又非秦桧夫妇。一言以蔽之，如果说，《红楼梦》里的贾府是个时人称颂的"富而好礼之家"，那么，贾母、贾政、王夫人则是这个诗礼簪缨之族中的三仁。不把握住这一点，也就失去了曹雪芹笔端的贾府及其代表人物。

三、天下少有的幸运儿

实际上，如果从时俗的审美视点看问题，贾府的主要统治者固然是仁者，那生活在大观园里的青年男女也是人世间少有的幸运儿，当然尤以贾宝玉为最。这不是没有道理，作者所审视的青年男女主要也确实是那同类社会关系中的大幸者，与时俗的审美视点不无共同点。

我们知道，贾府的总管赖大家里也有奴隶。赖家的奴隶作为奴才的奴才，社会地位又低于贾府的下三等奴隶。其中最有造化的，无疑当数晴雯了。十岁那年，只因贾母见了喜欢，她由赖大家的奴隶，一跃而成贾府的奴隶，再跃而成怡红院有体面的四个大丫鬟之一。每日肥鸡大鸭子，吃腻了膈，想吃芦蒿："炒个面筋的，少搁油才好"。叫小燕到厨房一说，柳家的"赶着洗手炒了，狗颠儿似的亲捧了去"。性格是那么火爆，又那么任情任性，可怡红公子反倒与她越来越情投意惬。无怪乎宝玉说"他自幼上来娇生惯养，何尝受过一日委屈"。还有一个美好的未来在等着她，那就是：贾母以为袭人等"这些丫头的模样爽利言谈针线多不及他，将来只他还可以给宝玉使唤得"。晴雯的这种"芝麻开花节节高"，该有多少奴隶的奴隶心往而神之啊！更何况怡红公子又越来越与她结成知己。

然而，怡红院的丫鬟，最有体面，最有造化的，似乎还不是晴雯，而是花袭人。袭人本是贾母之婢，地位自然高于晴雯。"贾母因溺爱宝玉，生恐宝玉之婢无竭力尽忠之人，素喜袭人心地纯良，克尽职任，遂与了宝玉。"袭人"如今服侍宝玉"，果然"心目眼中又只有一个宝玉"。正因如此，所以宝玉喜其"柔媚娇俏"，薛姨妈喜其"说话见人和气里头带着刚硬要强"；上上下下莫不称其"贤"，王夫人则认为那孩子"比我的宝玉强十倍"！并吩咐王熙凤："把我每月的月例二十两银子里，拿出二两银子一吊钱来给袭人。以后凡事有赵姨娘、周姨娘的，也有袭人的，只是袭人的这一分都从我的分例上匀出来，不必动官中的就是了。"王夫人又得便禀明了贾母，贾母听了，笑道："原来这样，如此更好了。"看来，将袭人"开了脸，明放他在屋里"，已成了随时可办的时间问题。要知道，花袭人的此生心思，花自芳母子的"意外之想"，实亦仅此而已，真可谓天从人愿了。

晴雯和袭人都是破了产的平民子女，贾府还有一种家生子，因其父母是府中的奴隶，社会地位又低于平民出身的奴隶。其中最有造化的，当首数鸳鸯了。不妨让我们看看书中的人物对她的看法。李纨曾对宝钗说："大小都有个天理。比如老太太屋里，要没那个鸳鸯如何使得。从太太起，那一个敢驳老太太的回，现在他敢驳回。偏老太太只听他一个人的话。老太太那些穿戴的，别人不记得，他都记得，要不是他经管着，不知叫人诓骗了多少去呢。那孩子心也公道，虽然这样，倒常替人说好话儿，还倒不依势欺人的。"贾母也曾对邢夫人说："这几年一应事情，他说什么，从你小婶和你媳妇起，以至家下大大小小，没有不信的。所以不单我得靠，连你小婶媳妇也都省心。"正因为"偏老太太只听他一个人的话"，并且为人"心也公道"，所以使她成为贾府奴婢中最有体面的奴隶，虽平儿亦不如她的尊贵。王夫人亦信她的话；凤辣子也常以谈笑的形式讨她的好；贾琏不敢稍动其邪念；一等将军贾赦欲娶她为妾，并特意令邢夫人出面，"又许他怎么体面，又怎么当家作姨娘"。

可她"只咬定牙不愿意",遂以贾母作挡箭牌,致使贾赦夫妇只落得竹篮打水一场空,面上无光。

司棋虽不及鸳鸯有体面,也是个有造化的家生女。迎春是个懦小姐,一关上缀锦楼的门实际上就是她司棋说了算。只因每日肥鸡大鸭子吃腻了膈,想倒换倒换口味,令小丫头莲花儿到厨房"要碗鸡蛋,炖的嫩嫩的",柳家的不知好歹,略怠慢了些,她便喝命小丫头子动手,"凡箱柜所有的菜蔬,只管丢出来喂狗",直"被众人一顿好言,方将气劝的渐平"。那个目击者说得真切:"柳嫂子有八个头,也不敢得罪姑娘。"真不失为"二层主子"了。

旧时优伶与娼妓同列,社会地位最为卑下。贾府对于十二个小戏子可谓优厚有加,其中最有造化的,又莫过于龄官和芳官。龄官在物质生活上固然是锦衣玉食,插金带银,在时誉上还曾获得元妃的恩赏,具有殊荣。最为难得的是,伴随着这种优厚的物质生活和人皆羡之的殊荣而来的,不是男性主子的色眼乜斜,而是与贾蔷的倾心相爱,情意绵绵。这对于一个优伶来说,还要求什么呢?

贾府因国丧期间不得筵宴音乐而遣放十二个小戏子时,芳官是"一多半不愿意回家的"之一。贾母将其指与宝玉,成为怡红院里的一个特殊人物。成天不学针黹纺绩女工诸务,优哉游哉,到处淘气。不是与赵姨娘泼哭泼闹,就是与干娘回嘴答舌;时或与蕊官等草地斗草,时或与葵官等池边观鱼;着恼时,"将手内的糕一块一块的掰了,掷着打雀儿玩";高兴时,仰在炕上,两脚乱蹬,与晴雯等抓胳肢。行动又有宝玉护着,谁也不敢与她分争。这对于一个小奴隶来说,还有比这更自由自在的日子吗?

姬妾成群,是封建士大夫们的风流,多妻制的产物。姬妾与夫主的关系,实际却不是夫妇关系,而是主奴关系,所谓"通房大丫头"就更是如此。其中最有造化的，当莫过于平儿了。刘姥姥初进荣国府，"见平儿遍身绫罗，插金带银，花容玉貌的，便当是凤姐儿了"。于此亦可看出其平素的生活和气度于一斑。李纨曾这么揽着她笑道："什么钥匙？要紧梯己东西怕人偷了去，却带在身上。我成日家和人说笑，有个唐僧取经，就有个白马来驮他；刘智远打天下，就有个瓜精来送盔甲；有个凤丫头，就有个你。你就是你奶奶的一把总钥匙，还要这钥匙作什么。"这充分说明了她和王熙凤的关系，以及王熙凤对她是如何的信任。她作为王熙凤的"一把总钥匙"，以其作事平和与公道，不只在婆子奴隶中威重令行，就是贾琏夫妇亦常畏她三分，上上下下莫不认为她好。诚然，"变生不测凤姐泼醋"，两口子不好对打，都拿着平儿煞性子，曾使平儿"委曲的什么似的"；然而，事后贾琏便当着贾母的面赔罪道："姑娘昨日受了屈了，都是我的不是。"凤辣子呢？一想到"为听了旁人的话，无故给平儿没脸"，便"又是惭愧，又是心酸"，人前、私下，认错赔情至于再三。这就更使"平儿自觉面上有了光辉"。

平儿作为贾琏的妾，是王府陪的。香菱作为薛蟠的妾，是薛府买的。香菱作为被拐子拐去收养的破落望族之女，那是很不幸的；然而，没有被卖进勾栏而是被卖入薛府，则又不能不认为是她不幸中的大幸。诚然，薛蟠是个"温柔门外汉，风流假斯文"的呆霸王，这是事实，作为呆霸王的妾，不能认为是有造化的；然而薛蟠"呆霸虽造极，行止见天真"，又与高衙内有别，这也同样是事实，况且她又深得薛姨妈母女的爱怜，作为薛府的"半个主子"，则又不能不认为是有造化的。要知道，香菱成为薛蟠的妾，薛府办得是很郑重的："也因姨妈看着香菱模样儿好还是末则，其为人行事，却又比别的女孩子不同，温柔安静，差不多的主子姑娘也跟他不上呢，故此摆酒请客的费事，明堂正道的与他作了妾。"世家大族买来的姬妾多多，获此体面者有几？薛蟠一出门经商，香菱又随宝钗住进了大观园，从黛玉学会了作诗，还应探春之邀加入了诗社。世间被拐子拐去的女子多多，获此殊遇者有几？正因如此，说香菱是尘间被拐卖者中的最有造化者，恐不为过吧！

凡此，也就再次告诉我们：贾府的确是奴隶们的"王道乐土"；不能简单地认为袭人母女对贾府的称颂是无耻的奴才语言，它确实反映了世俗对贾府的看法。那么，生活在大观园里的年轻主子们呢？在他们的心目中当然就更是有造化的人了。这也的确看出了我们今天所易于忽略的问题。

元春"因贤孝才德"，由"选入宫中作女史"，掌管王后的礼职，而"晋封凤藻宫尚书，加封贤德妃"，真是幸及门楣；所以信息传至，"宁荣两处上下里外，莫不欣然踊跃，个个面上皆有得意之状，言笑鼎沸不绝"。诚然，"长乐宫连上苑春，玉楼金殿艳歌新。君门一入无由出，唯有宫莺得见人"。幽居于那"不得见人的去处"，的确是历朝嫔妃们的苦闷。然而，正是在这个问题上，元春算是有造化的，那就是："当今"以"仁孝"治天下，"竟大开方便之恩，特降谕诸椒房贵戚，除二六日入宫之恩外，凡有重宇别院之家，可以驻跸关防之处，不防启请内廷銮舆入其私第，庶可略尽骨肉私情、天伦中之至性"。那"天上人间诸景备"的大观园，便是为元妃"归省庆元宵"而筑，前朝嫔妃如地下有知，当投以羡慕的目光吧！

李纨青春丧偶，当然是不幸的。我们知道，"夫为妻纲"往往是在恩恩爱爱下付诸现实的，那压迫者不是被压迫者经济生活上的负荷，而是被压迫者经济生活上的靠山，乃至荣辱之所托，精神之所藉，不可或失的。李纨作为寡妇，她既无祥林嫂式的被逼再醮的愁苦，也无金寡妇式的仰人鼻息的恓惶，获得的是亲长们的百般怜惜，获得的是姑嫂们的处处尊重，一切福利有她的一份，一切倾轧落不到她身上。这在寡妇中是够有造化的了，而更为有造化的则是：其子贾兰"气昂昂头戴簪缨；光灿灿胸悬金印；威赫赫爵禄高登"；母由子贵，她也"戴珠冠，披凤袄"，钦定诰命夫人，这又是多么令人可敬可钦。

然而，作为贾府的孙媳，王熙凤则又比李纨更有造化些。一是，天下四世同堂之诗礼簪缨之族多多，与王熙凤同辈者谁能像她那样家政大权在握而在族中威重令行，夫婿"倒退了一射之地"！二是，无需伴夫夜读克尽坤仪，一旦贾琏顺理成章地爵袭一等将军，那就"六宫宣有你朝拜，五花诰封你非分外"，珠冠自会落到她这位琏二奶奶的头上。

迎春和探春是贾氏四姐妹中的庶出，一为贾赦之妾所生，一为贾政之妾所生，却与惜春一样玉盘佳肴，奴婢成群，尊贵无比。"他撒个娇儿，太太也得让他一二分，二奶奶也不敢怎样。"诚然，正如王熙凤所说，"虽然庶出一样，女儿却比不得男人，将来攀亲时，如今有一种轻狂人，先要打听姑娘是正出庶出，多有为庶出不要的"。然而，迎春和探春的"没托生在太太肚里"，却似乎并没有影响到她们二人的"攀亲"。迎春嫁与的夫婿，"现袭指挥之职，此人名唤孙绍祖，生得相貌魁梧，体格健壮，弓马娴熟，应酬权变，年纪未满三十，且又家资饶富，现在兵部候缺提升"。探春呢？在择第上又比迎春更有造化些，是"必得贵婿"，位当不下藩王。

贾宝玉固然不必说，是贾府的"金凤凰"。"金陵十二钗"里还有五个孤女，她们也都各有各的造化。天下养生堂中的孤女何止千万，谁能像秦可卿那样一跃而成为轻儒薄宦之女，再跃而成为堂堂宁国府之媳。天下带发修行的幽尼何止百千，谁能像妙玉那样被贾府邀入栊翠庵，既有婆子丫鬟可供使役，又有奇珍异宝可供赏玩。史湘云未失侯府千金地位，最后又嫁得"才貌仙郎"。薛宝钗握有家财万贯，最后在婚姻问题上平步青云。一身之外无长物者，唯林黛玉而已。然而，林黛玉却既没有像秦可卿那样住过养生堂，也没有像妙玉那样成为羁身佛门的幽尼，更没有像香菱那样掉入使女队而成为亦婢亦妾，却一如贾宝玉那样成为贾母的两个心肝宝贝之一，其尊贵处一点也不亚于迎春姐妹；还有，龄官所面对的意中人并非知音，而林黛玉所面对的意中人则"果然是知己"，其中幸与不幸真有天渊之别。足见，林黛玉实为众多各有自己不幸的女子中最最有造化的人。

问题同样是清楚的，《红楼梦》所写的贾府，它不是个霸道世界，而是块王道乐土。那生活在"花柳繁华地，温柔富贵乡"里的青年男女，莫不是当时同类社会关系中最有造化的人。不把握住这一点，也就失去了曹雪芹笔端的贾府以及年青一代的形象。

四、大幸者的不幸，大善者的不善

《红楼梦》所以能完成对中国封建社会的总解剖，成为这一社会形态的百科全书式的作品，直接对封建宗法的思想和制度的本身作出深刻的否定，我认为就在于：作者能站在时代的最高点，不只写出了时人所称颂的大善者所以善，还从而写出了他们的所以不善；不只写出了时人所羡慕的大幸者所以幸，还从而写出了他们的所以不幸——贾府之"富而好礼"，它虽则给大观园里的人们以锦衣玉食，无使饥馑，却不准他们"各得其情，各遂其欲"，而只准他们各安其位，各操其职。这种既看到"礼"给人以生存和温饱的王道性，又看到"礼"不给人以自由发展的霸道性，并能用历史的发展眼光去评判是非，就使曹雪芹成为继历史之已往而开历史之未来的时代巨人；从而也就使他真切地写出了那贾母们精心筑就的王道乐土，却原来同时也是一座禁锢青年们的肉体和灵魂的黑暗王国。

贾府作为诗礼簪缨之族，它要求子弟们以"读书是福，立品为高"作为自己的价值观念，不容许他们有选择人生道路的自由，更不容许他们成为本阶级的逆子贰臣。所以，贾政夫妇虽然也安富尊荣，有一根神经却是朝乾夕惕的，那就是：贾宝玉是否"留意于孔孟之间，委身于经济之道"。贾政虽勤于案牍而疏于家事，虽以宽柔待下著称于时，对此也会事事经心，也会对李贵声色俱厉："你们成日家跟他上学，他到底念了些什么书！倒念了些流言混语在肚子里，学了些精致的淘气。等我闲一闲，先揭了你的皮，再和那不长进的算账！"如果说，"不肖种种大承笞挞"，反映了他想乞灵于板子逼使宝玉就范；那么，"老学士闲征姽婳词"，则反映了他想借助于终南捷径将宝玉引登仕途：真可谓宽猛并济而万变不离其宗。王夫人虽然"是那么佛爷似的，事情上不留心"，可对怡红院里的女孩子们谁在"成精鼓捣"，谁有心将贾宝玉"规引入正"，却好像长了顺风耳似的。这一点，她到怡红院"查人"那天说得是很清楚的："可知道我身子虽不大来，我的心耳神意时时都在这里。难道我通共一个宝玉，就白放心凭你们勾引坏了不成！"难怪她可以以不忍之心送"美优伶斩情归水月"，然而决不会收回自己的成命！贾母作为贾府的"老佛爷"，溺爱那"生的得人意儿"的孙孙乃老年人的常情；然而她对贾宝玉的溺爱也是有前提的，那就是：要求"见人礼数竟比大人行出来的不错"，否则，"凭他生的怎样，也是该打死的"。显而易见，贾政夫妇的望子成龙是直接从贾府的家世利益出发的，而贾母所要求的那种礼数则又在为它的家规确认一项基本原则。我们知道，贾宝玉的价值观念是以做自己愿意做的事情为特色的。因此，那家世利益，那基本原则，便成为套在他头上的"紧箍儿"；只是贾母以为还没有到该念"紧箍儿咒"的时候而已，这就算作是种溺爱了。

贾府作为诗礼簪缨之族，它又要求女儿们以三从四德作为自己的价值观念，不容许妇女在自己的夫婿面前有独立的人格，更不容许女子到社会上去立一番事业。如此蹂躏妇女身心，摧残妇女才能，致使"千红一窟（哭），万艳同杯（悲）"：率性以犯礼者固然魂归"薄命司"，抑情以循礼或矫情以适礼者也同样魂归"薄命司"。元春虽贵为皇妃，可与之形影相随的却是那令人窒息的专制主义淫威。探春虽幸得贵婿，可到头来亦成了那"不向东风怨未开"的"秋江芙蓉"。李纨虽"戴珠冠，披凤袄"，可这"梦里功名"又怎能偿还那"镜里恩情"。秦可卿虽凭自己的才貌跃上蓉二奶奶的宝座，可一颗要强的心却怎么也担负不了那聚麀之消。迎春虽懦弱得像根木头，可还是无法承受那狼一样男人的蹂躏。虽云"妻不如妾"，可平儿和香菱又几曾领尝过那来自夫主的体贴。其实，纵然那"女强人"王熙凤，最后又何曾摆脱"夫者天也"的播弄，还不是"哭向金陵事更哀"！什么"七情六欲"！什么"人格尊严"！这在两性关系中从不属于女子。礼所赋予她们的天职，就是或充当发泄性欲的工具，或充当情欲被禁锢的展品，如此而已！

贾府作为诗礼簪缨之族，它更要求奴隶们甘心雌伏于"猫儿狗儿"般的社会地位，不容许他们梦想争取"人"的价格，更不容许他们冲撞主子。曾记否？王夫人有个恼火的问题，反映于她到怡红院"查人"时说芳官："唱戏的女孩子，自然是狐狸精了！上次放你们，你们又懒待出去，可就该安分守己才是。你就成精鼓捣起来，调唆着宝玉无所不为。"放她们，又"懒待出去"，留下后，又不"安分守己"，王夫人说她们是"狐狸精"，当然是错误的，那么，应怎么解释这一现象呢？这是由于：霸道来了，使人想做奴隶而不可得；王道来了，使人可以暂时做稳了奴隶。放她们，她们所以又"懒待出去"，就在于：四海皆秋色，唯贾府是片王道乐土，"吃穿和主子一样，又不朝打暮骂"。这一点，和无觉醒意识的奴隶花袭人等的语言是共同的。不同之点仅在于：袭人等以能暂时做稳了奴隶为满足，甘心雌伏于"猫儿狗儿"般的社会地位；而晴雯和芳官等具有觉醒意识的奴隶却想进而争取到"人"的价格，认为"谁也不比谁高贵些"，彼此的人格应该是平等的，主张"不论尊卑，唯我是主"，彼此的意志应该是独立的。凡此，也就与"天有十日，人有十等"的等级观念和等级制度相抵牾，当然也就会被王夫人之流的卫道士视为"成精鼓捣"而予以镇压。晴雯和芳官们的青春与生命，竟不是断送在有人怜的霸道，而是断送在无人怜的王道，这又是何等惨淡的人生！贾府那些老婆子们对晴雯等的被撵莫不感到快意，它正代表着一种社会舆论。

贾府作为诗礼簪缨之族，还将男婚女嫁作为一种借新的联姻来扩大自己势力的机会；它不考虑当事者个人的意愿，而让家世的利益从中起决定作用。随着贾府的日趋衰落，迎春和探春的婚姻如此，贾宝玉的婚姻更是如此。林黛玉和贾宝玉的心事，贾府上上下下几乎都是知道的。贾母最后其所以娶薛宝钗而不娶林黛玉，并不是她不爱林黛玉，也不是她不知贾宝玉的心事，而是"中原得鹿不由人"。其一，正如葫芦僧所说，贾、史、王、薛"四家皆连络有亲，一损皆损，一荣皆荣，扶持遮饰，俱有照应的"。贾府当时的形势是"贵"而不"富"，"贵"难持久，薛府当时的形势是"富"而不"贵"，"富"必难保，两家结成权势与金钱的神圣同盟以维护自己在统治阶级内部权力和财产再分配过程中的地位和作用就势在必行，而林黛玉却一身之外无长物。其二，正如宁荣二公之灵所关切的，"吾家自国朝定鼎以来，功名奕世，富贵传流，虽历百年，奈运终数尽，不可挽回者。故遗之子孙虽多，竟无可以继业。其中惟嫡孙宝玉一人，禀性乖张，生情怪谲，虽聪明灵慧，略可望成，无奈吾家运数合终，恐无人规引入正"。贾宝玉是否"留意于孔孟之间，委身于经济之道"，直接关系到贾府的盛衰。薛宝钗的思想性格符合贾府的统治者想将贾宝玉"规引入正"的需求，而林黛玉思想性格却反之。其三，正如冷子兴所指出的，贾府"如今生齿日繁，事务日盛，主仆上下，安富尊荣者尽多，运筹谋划者无一"，以致出现"牝鸡司晨"的局面。荣国府的家政虽由贾政这一房执掌，可王夫人和李纨却均无这种才干；帮着料理家务的王熙凤虽是王夫人的内侄女，但毕竟是贾赦那一房的人。"时宝钗小惠全大体"，说明荣国府，尤其贾政这一房，是多么需要薛宝钗这种"治才"，而这种"治才"却又是林黛玉所不具备的。正因如此，所以贾府最后娶谁，那是不以个人意志为转移的，贾母只不过充当了家世利益的执法者。这是多么深刻的悲剧啊！贾母所最心爱的却是她最后所要扼杀的；贾宝玉和林黛玉所仰仗的却是他俩最后所要反对的。

实际上，贾宝玉和薛宝钗的婚姻也是时俗中最美好的婚姻。门当户对，一也；亲上加亲，二也；郎才女貌，三也；婚前有一定感情基础，洞房花烛之夜还曾"叙旧情"，四也。然而，贾宝玉不久即"空对着，山中高士晶莹雪；终不忘，世外仙姝寂寞林。……纵然是齐眉举案，到底意难平"。此无他，只缘薛宝钗固执地要其"留意于孔孟之间，委身于经济之道"，以重振祖宗基业，成为"守理衷情"之人。可贾宝玉与林黛玉的爱情关系却是以共同的叛逆思想作基础的，不只是婚姻观上的叛逆，而且是整个人生观上的叛逆，所以是坚贞不渝的，而且失去了，也就更令人缅怀。这又是多么深刻的悲剧啊！那薛宝钗孜孜以求的理想中的"青云"，却原来是贾母们为她安排的（也是自找的）埋葬青春的坟墓。袭人的心事亦由此而化为泡影。

正因如此，所以贾宝玉的爱情悲剧和婚姻悲剧，它最真切地说明：贾母们为了维护自个诗礼簪缨之族的家世利益，不只将自己的叛逆者抛入苦痛的深渊，同时也将自己的顺从者变成祭坛上的牺牲。显然，那林黛玉的命运加上薛宝钗的命运，也就成为"千红一窟（哭），万艳同杯（悲）"的缩影。或许这也就是脂砚先生所说的"钗黛合一"？它的确反映了作者的艺术构思。

说来也实在是种历史的讽刺，贾府的主要统治者把"齐之以礼"与维护自己的家世利益合二而一，其"守礼"的结果，却加速了这个诗礼簪缨之族的没落。这又是怎么说的呢？

首先，贾府的"守礼"加速了它的坐吃山空。我们知道，中国封建社会的生活方式也是一种文化模式。人们对消费品的享用必须接受身份品级的制约，甚至以立法的形式划定各社会阶层的消费标准，由此形成"贵贱不相逾"，使尊卑贵贱的等差得到稳定和巩固，这是实施礼制的通则。诚然，孔孟之道也提倡禁奢和崇俭；然而，那只是要求人们在本等级上采取低规格，以防逾制或僭越。贾府不对庄民们作超经济的压榨，这体现了它的仁。当然，田租的收入还是可观的；但由于生齿日繁，其日用排场费用，却使它入不敷出。不能将就省俭些吗？已够省俭的了，王夫人就曾慨叹今不如昔；再省俭下去会有伤体统。元妃省亲，盖座省亲别墅，光置办花烛彩灯并各色帘栊帐幔就耗银二万两。"然今日之尊，礼仪如此，不为过也。"正是这种照规格办，导致它卯年的银子寅年用！

其次，贾府的"守礼"加速了它的后继无人。我们知道，礼作为封建等级制的社会规范和道德规范，强调亲亲、尊尊，培养人的等级观念、依附心理，要人从三纲五常的社会关系中去认识自己的价值，使情感和个性的压抑达到最大强度，成为事上无人格而御下有威严的两面人。这样造就出来的人物，其蹈规循礼者成为头脑冬烘的道学先生，其矫情委礼者成为于世路上好机变的观颜君子。头脑冬烘者欲"齐家"而无能，于世路上好机变者则借"齐家"之机以挖本家族的墙脚。最令人啼笑皆非的还是那些拥有宗法特权的嫡长子，当他们呱呱坠地时世袭制已为之准备好爵位，同时也就使他们以不学无术的行尸态姿而作为子侄们的表率。"谁知这样钟鸣鼎食之家，翰墨诗书之族，如今的儿孙，竟一代不如一代了！"这不亦宜乎？只是所谓"君子之泽，五世而斩"，贾府似乎尚未历五世而已！

再次，贾府的"守礼"还促使有志者的兴利除弊归于虎头蛇尾。我们知道，礼制对生活方式的控制，既是一种规范道德信仰和价值观念的物质手段，它以消费品的等级分配来体现人对人的统治意志，当然也就不可避免地会在温情脉脉的礼教帷幕后面出现不同场景的鸡争鸭夺，其实质则是个财产和权力的再分配问题。敏探春不只看到了贾府的财政赤字，也感受到了骨肉之间的虎视眈眈。于是，便利用王熙凤生病、王夫人让她代理家政的机会，在大观园里进行了一番改革。一方面想以开源节流的法子缓和贾府入不敷出的局面，另一方面想以加强礼治的法子来强化贾府的宗法等级秩序。实际上，抱定礼治就既不可能像赖大家那样，放手将园子承包给婆子们种植以开源，更不可能像通常人家那样，无视体统而量入为出以节流。其结果，虽则也节省出了二三百两银子，但对贾府的庞大开销来说，只是杯水车薪；反倒由于利的刺激，加剧了人际关系的危机，就是探春本人亦因终是庶出而远嫁海隅，落得个"游丝一断浑无力，莫向东风怨别离"的凄清结局。

最后，贾府企图以"守礼"来实现其尊卑贵贱各安其位的等级秩序，以新的联姻来巩固其社会地位，结果却不只加速了它的槐老树心空，还给它带来了高树多悲风的局面。特别是，与以仁孝治天下的宫廷经络相衔，固然能给它带来鲜花着锦之盛，也会使元春的命运寓言般变成它的命运："虎兕相逢大梦归"。而贾府的败亡，这对那生活在大观园里的人物来说，无疑又是一种劫难。妙玉所以流落瓜洲渡口，惜春所以缁衣乞食，巧姐所以泪滴烟花，宝玉所以雪夜围破毡，迎春所以一载赴黄粱，凡此等等，显然又由于贾府的"树倒猢狲散"。然而，那散去了的"猢狲"，会比生活在大观园里更有趣吗？这也是作者所最感叹惜的问题。

正因如此，所以贾府的衰亡就不只是种登高必跌重的人间喜剧，也是地主阶级贤明派的进步性已经消亡，封建宗法的思想和制度的肌体已经衰朽的历史悲剧。它令人诅咒，也令人悲悯。

贾府作为最仁慈的地主，其罪恶如此，其给年青一代带来的苦难如此，则其他为富不仁之家呢？从而也就否定了整个地主阶级。

贾宝玉和林黛玉等作为最有造化的青年，其不幸也如此，且各有各的苦难，则其他不幸的青年将何以堪！从而也就谱写了一曲青春的悲歌。

因此，我以为那"千红一窟（哭），万艳同杯（悲）"中包含着作者的"救救青年"的呼喊，而这一呼喊同时也是对封建宗法的思想和制度本身的一种控诉，它声声泪，声声血。

第九章　论《红楼梦》悲剧主题的多层次性

一、引言

《红楼梦》是一部盖世无双的文学巨著，它以闺阁题材再现了中国封建社会末期的人世诸相，它所描写的闺友闺情实际上寄寓了作者对当时的社会人生问题上下而求索的精神。

《红楼梦》的悲剧不是生于霸道世界的圣贤豪杰壮志难酬的悲剧，而是生于王道乐土的芸芸众生恍若无事的社会人生的悲剧。书中写的不是志士仁人是如何地在刀光剑影下为国捐躯，而是年青一代的青春之花是如何地在风刀霜剑中惨然凋零。

《红楼梦》的成就是写实艺术的成就，而这种写实又是为作者的理想之光从内部照彻了的，这就使它不只成为当时社会生活的一面镜子，而且含有没有成为过去而是属于未来的东西。

"红楼小天地，天地大红楼。"面对着这样一部中国封建社会之百科全书式的伟大作品，要把握它的主题思想，当然不是一蹴即就的。唯其如此，所以《红楼梦》的主题思想问题便成为红学发展史上一直聚讼不休的问题。姑且不说五四以前的旧红学是如何"你方唱罢我登场"，经学家谓其看见《易》，道学家谓其看见淫，才子谓其看见缠绵，革命家谓其看见排满，流言家谓其看见宫闱秘事；就拿五四以降的红坛来说吧，便先有新红学家们的"坐吃山空"说与"色空观念"说的斗艳，继有时贤们的"爱情的颂歌"说与"四大家族衰亡史"说的争芳，至于树帜其间，聊备一说者，那就更数不胜数。真是曰岭曰峰，令人莫衷一是。

诚然，《红楼梦》所写的四大家族的确是每况愈下，主仆上下安富尊荣者尽多也的确是导致贾府五世而斩的原因之一，宝黛爱情故事的确是书中最生动的爱情故事，贾宝玉最后也的确是遁入了空门，说作者是旨在叙写"四大家族的衰亡史"或表述"贾府坐吃山空"的自然趋势，说作者意在谱写"爱情的颂歌"或宣扬"色空观念"，显然与附会的索隐派旧红学不同，都是于作品的情节中有所见而云然的，因而也就不同程度地包含着某种合理的内核。然而，毋庸讳言，尽管时贤们论述问题的方法在总体上与新红学家们有种种的原则区别，因而在对作品主题思想的认识上呈现出长江后浪逐前浪的历史发展趋势，却也有其惊人相似的地方，那就是：皆宛若注目于某一山势在谈论庐山。因此，言峰言岭，已有损庐山的真面目；再加抑扬，也就失却了真庐山。

道理很简单，凡属天才的作家，都是善于把由生活暗示给他的某种思想让它在自己的作品里从场面和情节中自然而然地流露出来的作家；凡属伟大的作品，都是善于通过对场面和情节的描写从而多侧面多层次地展示社会生活画面的作品。唯其如此，所以那蕴藏在作品形象体系里的主题思想便不只随之而呈现出方位性，令人感到"横看成岭侧成峰，远近高低各不同"，同时还随之而呈现出层次性，令人觉得"山重水复疑无路，柳暗花明又一村"。而《红楼梦》实乃这类巨著的典型。唯其如此，所以要想真正把握《红楼梦》的悲剧主题，就不仅应力求从那峰岭相若式的形象体系的内部构成上去认识它的形态，而且应力求从那山重水复式的各种形象因素的相互联系中去发现它自身的底蕴。否则，就难免有损甚或失却它的真面目。要做到这一点，尚有待高明，这里只想侧重作品的哲学层面作番探讨以作引玉之砖。

二、情爱的颂歌

《红楼梦》形象体系的内部构成的显著特点之一，是以描写那生活于昌明隆盛之邦的一干风流冤家之不幸遭际为主体，从而将贾宝玉的爱情悲剧与婚姻悲剧置于众星拱月般的中心地位。贾宝玉与林黛玉的爱情闪烁着东方的微光，它不是那种旧时所固有的一般恋人之间的性爱，而是一种时代所赋予的升华于性爱的情爱。设若着眼于宝黛的爱情关系去窥探《红楼梦》的悲剧主题，那无疑是可以的。但认为《红楼梦》是"爱情的颂歌"，却没有道出宝黛爱情的本质特点。正确的看法，窃以为应称之为"情爱的颂歌"。这是怎么说的呢？

道学家不是从《红楼梦》中看到"淫"吗？不错，贾宝玉的确是"天下古今第一淫人"！但是，"淫虽一理，意则有别"。当知《红楼梦》里描写了两种截然不同的"淫"。一是作者所鄙夷的"色淫"。用警幻仙姑斥责纨绔子弟的话来说，就是："自古来多少轻薄浪子，皆以'好色不淫'为饰，又以'情而不淫'作案，此皆饰非掩丑之语也。好色即淫，知情更淫。是以巫山之会，云雨之欢，皆由既悦其色、复恋其情所致也。"二是作者所歌颂的"意淫"。用警幻仙姑夸赞贾宝玉的话来说，就是："尔则天分中生成一段痴情，吾辈推之为'意淫'。'意淫'二字，惟心会而不可口传，可神通而不可语达。汝今独得此二字，在闺阁中，固可为良友，然于世道中未免迂阔怪诡，百口嘲谤，万目睚眦。"显然，道学家所真正反对的，并不是贾珍之流的"色淫"，而是贾宝玉身上的"意淫"。这里可以清楚地看出作者把被世俗颠倒了的"美"与"丑"作了重新的颠倒，这里还可以清楚地看出作者所颂扬的那与"色淫"相对立的"意淫"是种先验的纯精神性的东西。凡此，正是当时的社会的观念的变革在《红楼梦》中崭露头角式的深刻反映。唯其如此，所以我们的男主人公贾宝玉在其护法群钗过程中所反映出的"儿女之真情"也就呈现出各种形态。让我们先单从两性关系上去考察问题吧！

子月泉心式的异性相怡，这是《红楼梦》中所描写的"儿女之真情"的第一种形态。

两性关系是"人和人之间的直接的、自然的、必然的关系"①。两性特别是青年男女之间的异性相怡的现象，实际上是种伴随着审美活动的潜在的性心理的反映，它既是种自然现象、生理现象，又是种社会现象、精神现象。贾宝玉之护法群钗，群钗之簇拥贾宝玉，毋庸讳言，两性之间的异性相怡的心理实于其中起着磁线般的作用。试看贾宝玉与史湘云和香菱的关系便可略见其一斑。我们知道，宝玉与湘云的感情是很微妙的。"心里有妹妹；可见了姐姐，就把妹妹忘了。"正和宝钗玩笑，忽见人说"史大姑娘来了"，又"抬身就走"。晚上与湘云闲谈到"二更多时，袭人来催了几次，方回自己房中来睡。次日天明时，便披衣靸鞋往黛玉房中来"找湘云。湘云也特别爱与宝玉"一处玩"，"'爱'哥哥'爱'哥哥的"，愿与宝玉"没个黑家白日厮闹"，采烈时令宝玉如坐春风，含嗔处令宝玉若坠云雾。二人的关系是如此微妙，难怪黛玉要把宝玉对湘云"使个眼色"认作是有深意的表现而露嗔于面，难怪袭人要把湘云替宝玉篦发梳头看作是失"分寸礼节"的行为而含忿于怀。其实，尽管此时"金玉"之论已充塞人耳，但宝玉却只注意宝钗戴有金锁而从没理会湘云佩有金麒麟；与胸有城府的宝钗不同，湘云乃是个"生来英豪阔大宽宏量，从未将儿女私情略萦心上"的少女，当然也就更没想过自己自幼佩戴的那只金麒麟亦可应"金玉"之论的问题。黛玉与袭人猜忌，显然是由于"性爱本性乃是排他的"，致使她们错把青春的一抹晨曦当作

---

① 《马克思恩格斯全集》第42卷，人民出版社1979年版，第119页。

出墙的一枝红杏了。宝玉与湘云之间那种微妙感情，只是在潜在的性心理的作用下彼此把对方当作了自己的审美对象，纵然蕴育着爱情，那也只是阳爻地气舒而已。这种"儿女之真情"也同样见于宝玉和众多的年轻女奴之间。谁能否认宝玉和香菱之间不存在任何暧昧关系呢？可书里就有这样的回目："呆香菱情解石榴裙"。回末又有这么一段描写："二人已走远了数步，香菱复转身回来叫住宝玉。宝玉不知有何话，扎着两只泥手，笑嘻嘻的转来问：'什么？'香菱只顾笑。"此情此景，真可谓"此中有真意，欲辨已忘言"。

正因为男女之间的异性相怡，是发轫于精神上与生理上对异性美的朦胧感知，是肇源于生机勃勃的人的本性的召唤，是种常见于两性之间的社会现象与自然现象，所以中世纪的禁欲主义者也就莫不把它看作是种"丑"与"恶"。这在欧洲便有东正教神圣教规鼓吹者的"箴言"："你要避开可能扰乱你肉体平静的一切事物，特别是同异性交往。"因为这种交往中"几乎总是掺和着后患无穷的激情，它不知不觉地渗透到灵魂深处，而使理性变得暗淡无光"①。这在中国便有封建礼教规范者喋喋不休的说教："男女不杂坐，不同椸枷，不同巾栉，不亲授。"② 设若"男女混杂，缁素不分，秽行因此而生，盗贼由斯而起"③。《红楼梦》翻了这个大案，它以诗情画意的笔触大量地描写了贾宝玉与妙龄女子之间的异性相怡，并从而显示了人的体态美、才智美、情欲美、本性美。这在中国文学史上，恐怕还是第一次吧！比如作品写贾宝玉所察见的史湘云的睡态："一把青丝拖于枕畔，被只齐胸，一弯雪白的膀子撂于被外，又带着两个金镯子。"多美！简直可以称之为东方的"睡着的维纳斯"。

---

① 瓦西列夫：《情爱论》，三联书店1985年版，第2—3页。

② 《礼记·曲礼上》。

③ 《北史·柳彧传》。

这种美，固然反映了作为审美客体的史湘云的青春美，同时也反映了作为审美主体的贾宝玉的心灵美。一些研究者认为贾宝玉是个"泛爱主义者"，这种眼光实际上倒落入了道学家的思想樊篱。

蕴含着欲念激情的性爱，这是《红楼梦》中所描写的"儿女之真情"的第二种形态。

两性之间的异性相怡虽则不等于性爱，但随着彼此性的吸引力和精神的吸引力之渐渐由隐而显，却可以一跃而发展为性爱。贾宝玉与薛宝钗和花袭人的关系就是如此。论者否认薛宝钗于婚前曾钟情贾宝玉，理由是她所信奉的封建道德并不允许她自择男子。这种观点虽则为红学界广为接受，却并不符合书中的实际描写。其兄呆霸王薛蟠曾当面揭过她的底："我早知道你的心了。从先妈和我说你有金，要拣有玉的才可正配，你留了心，见宝玉有那劳什子，你自然如今行动护着他。"话石主人也曾一语破的：宝钗"自奇缘识锁，宫赏两同，遂有儿女之私。虽务为持重，而送丸药显露情言，绣鸳鸯难云无意"[1]。要特加指出的倒是：贾宝玉和薛宝钗之间不仅曾产生过爱情，而且这种爱情关系常现出一种性的欲求。比如，第二十八回，写宝玉在旁看着宝钗"雪白一段酥臂，不觉动了羡慕之心"；正恨"没福得摸"，忽然想起"金玉"一事来，再看看宝钗形容，"比林黛玉另具一种妩媚风流"，不禁怔若"呆雁"。再如，第三十六回，写宝玉"穿着银红纱衫子，随便睡着在床上"；宝钗"坐在身旁做针线，旁边放着蝇帚子"，忘情而绣的是宝玉的"白绫红里的兜肚，上面扎着鸳鸯戏莲的花样"。此种情景，却见所未见于贾宝玉和林黛玉或史湘云之间的亲密交往。只因贾宝玉初试云雨情是与花袭人，而花袭人最后又嫁给了蒋玉菡，所以论者大多把贾宝玉与花袭

---

[1] 一粟编：《红楼梦卷》第 1 册，中华书局 1963 年版，第 181 页。

人的暧昧关系看成是单纯的性关系。这种看法也同样不符合书中的实际
描写。"情切切良宵花解语"，便足资证明。袭人的母亲接袭人家去吃年
茶，晚间才得回来。宝玉竟觉度日如年，戏又不想看，城外也不想逛。
硬哄茗烟领他从后门溜出去找袭人，才笑逐颜开：设若胸无恋情，怎会
有此意绪？花自芳一心要给袭人赎身，袭人却断然不从。这与其说她是
由于在思想上难忘贾府的恩德，不如说她是由于在感情上与宝玉难舍难
离。可见贾宝玉和花袭人的暧昧关系，与贾琏和贾赦的姬妾们私相调笑
不同，不单是由于性的吸引，也由于精神的吸引。凡此，还是脂砚斋说
得好："宝钗袭人等行为，并非一味蠢拙古板，以女夫子自居。当绣幕
灯前，绿窗月下，亦颇有或调或妒，轻俏艳丽等说。……不然，宝玉何
甘心受屈于二女夫子哉！"

若是我们的这些看法基本符合作品的实际描写，那就不难看出贾
宝玉与薛宝钗的爱情和婚姻关系具有如下的一些主要特点。其一，薛宝
钗虽则不是个女夫子，却雅好以道学家的面目掩饰自己的性心理而取悦
于世人。越是受到压抑的东西就越是拐弯抹角地寻找出路。因而不仅使
这位冷美人与贾宝玉的爱情关系表现为"东边日出西边雨，道是无晴却
有晴"，同时也使性的吸引力在这种关系中胜于精神的吸引力而占据主
导地位。作者通过这种描写，一方面肯定了薛宝钗追求爱情的正当性，
另一方面也嘲讽了她作为假道学的市侩性。其二，薛宝钗随着青春的觉
醒而产生了爱情自主的要求，但伴随着这种要求而产生的却仍是那夫荣
妻贵的思想。这种婚姻观与杜丽娘的婚姻观本质上是一致的。要求爱情
自主的意识虽则与贾宝玉的观念是合拍的，而夫荣妻贵的思想却与贾宝
玉的厌恶仕途经济道路大相径庭。这种大相径庭，随着贾宝玉叛逆思想
的不断发展与薛宝钗固执地屡下规箴，不仅在婚前抑制着贾宝玉对薛宝
钗的感情，而且在婚后最终摧毁了贾宝玉对薛宝钗的感情。作者通过这

种描写，一方面赞颂并勾画了贾宝玉叛逆思想的发展历程，另一方面也对汤显祖等先哲所宣扬的杜丽娘式的婚姻观作了历史性的深刻扬弃。其三，贾宝玉和薛宝钗的婚姻与一般的封建包办婚姻相比，既有其相同点而又有其不同点。一般的封建包办婚姻，当事者婚前并无爱情可言，"仿佛两个牲口听着主人的命令：'咄，你们好好的住在一块儿罢！'"①贾宝玉和薛宝钗的结婚虽则也具有这种本质属性，但毕竟是以一定的爱情作基础的，照脂批的说法，二人于花烛之夕还曾"叙旧情"。显然较之前者要合理些，简直可以目之为封建包办婚姻中的上上品。唯其如此，所以作者对这种婚姻的否定，同时也就否定了一切封建包办婚姻，含有家庭世法变革的要求。试看书中所写的父母包办婚姻，形形色色，却没有一对是幸福的，莫不同床异梦，便足资佐证。三点归结为一点，那就是：作者通过对贾宝玉与薛宝钗的爱情和婚姻关系的描写，庄严宣告：婚姻必须以爱情为前提，爱情必须以共同的叛逆思想作基础；否则，爱情便会失去其真挚性与崇高性，曾经一度有互爱之情的双方亦不能组成幸福的家庭，甚至会由燕燕于飞而劳燕分飞。袭为钗之副，花袭人与贾宝玉爱情关系的消长及其最后嫁给蒋玉菡，也从另一个侧面说明或兆示着这一问题。

高度审美化了的情爱，这是《红楼梦》中所描写的"儿女之真情"的第三种形态，也是最高形态。

没有性欲就不可能有爱情，即使在最崇高的爱情中也有性欲的基础；把爱情看作与性欲水火不相容的灵魂的融合，那是虚构的柏拉图式的爱情。但是，不能把爱情的性欲基础绝对化；否则，便会落入弗洛伊德精神分析法的思想樊篱。爱情中性的吸引力与精神的吸引力之间的关

---

① 《鲁迅全集》第 1 卷，人民文学出版社 1981 年版，第 321 页。

系有它自身内在的辩证法。真正崇高的爱情，是高度审美化了的爱情；具有高尚情操并陶醉于理想化中的情侣，由于彼此把对方看作审美的对象，会将性欲和精神渴求的神奇融合当成恍若不可亵渎的仙境。其所以然？就在于在这种爱情中性的吸引力成分在精神的吸引力成分面前已如阳光下的烛光。贾宝玉与林黛玉和晴雯的爱情关系就是如此。这种爱情关系不仅一扫市民文学中常见的色情成分，而且改变了市民文学把"性"与"情"混为一谈的观念与写法。《红楼梦》问世以前，最优美的言情文学莫过于《西厢记》和《牡丹亭》。《西厢记》以它正面的提出"愿普天下有情的都成了眷属"的主张，表达了"醒过来的人的真声音"。但促使主人公冲破礼教樊篱而私约偷期的激情却是："只为这燕侣莺俦，锁不住心猿意马。"正是这种"心猿意马"导致崔莺莺："寄语高唐休咏赋，今宵端的雨云来。"《牡丹亭》虽作者自云杜丽娘"情不知所起，一往而深"，实际上还是写出了杜丽娘的"情"是起于因诵《关雎》而有感于"洲渚之兴"。正是这种"洲渚之兴"致使杜丽娘："行来春色三分雨，睡去巫山一片云。"审美化作为这种爱情的成分及其具有的征服力量，主要表现为："是看上你年少多情，搤逗俺睡魂难贴。""可喜娘的脸儿百媚生，兀的不引了人魂灵！"意中人的才貌美引起生理的追求，生理的追求又倍感意中人的才貌美。反映在对人物形象刻画上，就是十分注重描绘主人公的体态美与才智美，并诗化其对性欲的渴求以唐突封建礼法，而对主人公的社会心理与人生观念的描写，却往往显得既简略而又世俗不堪。"她有德言工貌，小生有温良恭俭。""六宫宣有你朝拜，五花诰封你非分外。"好像不垫上一块"夫荣妻贵"的基石，便算不得是理想的婚姻，结果还是投入了封建思想规范的网罗。《红楼梦》作者的伟大之处，就在于敢于以前人的成果作阶梯独上高楼。还从宝黛钗的爱情纠葛说起吧！要特别注意三个问题。其一，晴为黛之影，袭为钗之副。书中正式描写贾宝玉的爱情生活时，正像花袭人的青春觉醒及其与贾宝玉产生恋情先于晴雯，薛宝钗的青春觉醒及其与贾宝玉产生恋情也先于林黛玉。宝玉与袭人的恋情在第二十一回已发展到顶巅，而与晴雯的情谊直到第七十七回才由平素肝胆相照的友谊一跃而结成"共穴之盟"。宝钗于第八回"细细的赏鉴"通灵玉的忘情神态，反映了她已"移了性情"，因而金莺的"微露意"实道出了她的求偶之心。可黛玉直到第二十三回"牡丹亭艳曲警芳心"，方标志着她的青春的真正觉醒。在这以前，黛玉的青春觉醒一直处于朦胧状态，所以关于"金玉"一事等与宝玉的"或调或妒"，"半含酸"也罢，"玉生香"也罢，"谑娇音"也罢，尽管实际上反映了她已进入初恋阶段，但爱情的嫩芽也只是从青梅竹马的深厚情谊中犹如小荷从天光云影共徘徊的半亩方塘里才露尖尖角而已。认清这一点是极其重要的，可惜却历来为研究者们所忽略。它告诉我们：黛玉对宝玉的"情"，的的确确是"情不知所起，一往而深"。而宝钗对宝玉的"情"，一开始便明明白白地起于一颗想求一佳偶的尘心。其二，贾宝玉与薛宝钗的爱情关系，在体态美上既有相互眷恋的一面，在对人生道路问题的看法上又有旨趣难投的一面。贾宝玉与林黛玉的爱情关系，在对人生道路问题的看法上既有旨趣相同的一面，在情感交融上又曾有心曲难通的一面。那主要是由于：黛玉清楚地意识到自己实际上是个寄人篱下的孤女而宝玉则是贾府的"金凤凰"，唯恐宝玉对自己的种种试探含有轻薄的成分而有损自己的人格尊严。因此，宝玉与黛玉由心曲难通而实现灵魂契合的过程，实际上也就是黛玉对宝玉由既一往情深又怀有戒心而最后认之为"果然是个知己"的过程。与此相反，宝玉对宝钗的体态美与才智美虽曾屡屡忘情，却由于人生旨趣上的殊同而一再抑制着他与宝钗爱情关系的发展。两相映照，足以看出：作者固然承认爱情的生理心理基础的合理性，但更为强调的却是那坚实而正确的社会心理基础。正因为如此，所以随着主人公贾宝玉叛逆思想的发展，彼此人生旨趣是否相同的问题，也就在他对意中人的形象的比较与选择上具有审美化的定向作用。其三，论门第，宝钗可与黛玉相垺，却远比黛玉富有；论容貌，宝钗"艳冠群芳"，比黛玉"另具一种妩媚风流"；论才学，宝钗之诗才堪与黛玉并驾，却比黛玉博学；论体格，宝钗丰腴，黛玉羸弱；论性情，宝钗平和，黛玉孤僻。凡此等等，宝钗真可谓哪方面都比黛玉强。因此，"都道是金玉良姻"这个"都"字，就不只是指世之功利主义者与道学先生，恐怕还包括时之张生与柳梦梅式的风流才子吧！可宝玉他却偏偏宣告："俺只念木石前盟！"原因何在呢？就在于：贾宝玉和林黛玉同是新的人生道路的探索者，二人徒步跋涉在雾茫茫的幽谷，自会格外领略对方的心灵召唤。正是这种惊人的精神深度，形成了一种道德净化的深刻力量，设若不到洞房花烛之夕，当然也就不会心生"寄语高唐"之念。岂止于此，"空对着，山中高士晶莹雪；终不忘，世外仙姝寂寞林。……纵然是齐眉举案，到底意难平"。凡此又说明林黛玉的形象在贾宝玉的心灵上具有不可替代性；甚至酿成一股独特的精神力量，最后成为推动宝玉以"悬崖撒手"的特殊形式来与宝钗和自己所隶属的阶级决裂的动力之一。正是基于这三点，所以我们应如实地把宝黛爱情看作升华于性爱的情爱，它是作者心目中完美的人性体现。正如马克思所说，男女之间的关系是衡量社会文化修养水平的天然尺度。因为这种关系表明："自然界在何种程度上成了人具有的人的本性。"① 贾宝玉和林黛玉这种"凤尾森森，龙吟细细"的爱情，只能出现在中国这个具有五千年文明史的东方诗的国度里；并且，只能出现在曹雪芹这位既具有高尚文化素养和道德情操而又具有高度审美能力和时代敏感性的伟

---

① 《马克思恩格斯全集》第 42 卷，人民出版社 1979 年版，第 119 页。

大作家的笔端。然而，论者居然认为：贾宝玉和林黛玉的反封建精神，
还不如张生和崔莺莺、柳梦梅和杜丽娘强烈；张生和崔莺莺、柳梦梅和
杜丽娘都敢于冲破封建樊篱而私下结合，可贾宝玉和林黛玉朝夕在一起
却不敢逾雷池一步。这种审美眼光，显然还停留在一般的描写性爱的作
品上，自然也就不可能识得庐山真面目。

　　林黛玉爱贾宝玉，薛宝钗也爱贾宝玉，二人都有悖于封建礼法。可
宝钗则为贾府所迎娶，而黛玉却只能魂归离恨天。难道真是由于贾母"以
黛玉赢弱，乃迎宝钗"？否。这全然是由贾府的家世利益决定的；当从
两个方面看问题。一是，贾府的特点是威名远震而内囊空虚，薛府的特
点是门庭冷落而家资殷实。此时，随着商品经济的发展，地主阶级内部
权力和财产再分配问题上的矛盾也日益加剧。金钱是巩固权势的后盾，
"贵"而不"富"，"贵"必难保；权势是保卫金钱的戈矛，"富"而不"贵"，
"富"难持久。本来就连络有亲的贾薛二府，需要以联姻的方式结成新的
权势和金钱的神圣同盟，便势在必行。因此，所谓"金玉良姻"实际上
就是"富"与"贵"的结合，是金钱与权势的结合。二是，贾府子孙虽多，
"略可望成者，唯宝玉一人"。贾宝玉走什么路、做什么人的问题，直接
关系到贾府是中兴还是败落的问题。薛宝钗对贾宝玉的爱，伴之而来的，
是想将贾宝玉改造成仕途经济中人，当然也就从根本上符合于贾府的家
世利益。林黛玉对贾宝玉的爱，与之形影相随的，是加速着贾宝玉叛逆
思想的发展，使他成为"于国于家无望"的人，自然也就从根本上与贾
府的家世利益背道而驰。这两个方面的原因，哪一个更主要呢？显然是
后者。这就出现了"中原得鹿不由人"的悲剧性局面：贾母为了维护贾
府的家世利益，她平素所最疼爱的，竟成了她最后不可不戕残的；宝黛
为了维护自己的爱情生活，他俩平素所仰仗的，竟成了他俩最后不能不
反对的。这是多么深刻又多么令人惊心动魄的时代悲剧啊！

要之，《红楼梦》所描写的"儿女之真情"是千姿百态的。若仅从两性关系上看问题，则大致可以相对地归结为上述子月泉心式的异性相怡、蕴含着欲念激情的性爱、高度审美化了的情爱三种基本形态。作者以对第一种形态的肯定，否定了世俗一切皮肤滥淫之蠢物；以对第二种形态的扬弃，否定了世俗一切封建包办婚姻；以对第三种形态的颂扬，树立了男女爱情生活的最高典范，却也由此而集中地暴露了他的婚姻观的时代和阶级的局限性：并不反对一夫多妻制。认为假若贾宝玉能以林黛玉为妻晴雯为妾，那这种婚姻便是最美满而理想的婚姻！

贾宝玉和林黛玉的情爱是爱情，张生和崔莺莺等才子佳人式的性爱也是爱情。二者之所以会出现如此的不同，不仅由于在爱情中性的吸引力成分与精神的吸引力成分在其自身内在的辩证法里哪个占主导地位，更主要的还由于精神的吸引力成分自身在思想性质上具有质的差别。张生和崔莺莺等才子佳人式的性爱是青春的觉醒之合乎逻辑的反映；青春的觉醒虽则可以成为吹苏个性觉醒的第一度春风，但本身并不等于就是个性觉醒。贾宝玉与林黛玉的情爱则是个性觉醒在青春觉醒上的必然反映，也是贾宝玉身上的"童心"或"意淫"在婚姻观上所呈现出的最高形态。唯其如此，所以我们可以把《红楼梦》的悲剧主题称之为"情爱的颂歌"。但由此也就不难看出：《红楼梦》还有比这深一层次的悲剧主题，那就是和贾宝玉与生俱来的"童心"或"意淫"本身问题。

三、童心的赞歌

《红楼梦》形象体系的内部构成的显著特点之二，是女子的聪明才智高出于男子之上；而在展开社会生活画面时锋芒所向几乎触及整个封建社会的上层建筑，却又没有执着于对某些个别制度的批判或解剖。它将整个封建社会的上层建筑和整个封建统治阶级的罪恶毕集于一点，那就是：腐蚀和扼杀以"童心"或"意淫"为核心的一切天赋于人的美好的本质力量，把一代青年推向了苦难的深渊。正是有鉴于此，还应把《红楼梦》的悲剧主题称之为"童心的赞歌"。

《红楼梦》不是哲学讲义，但书中的确含有两个重要的哲学命题，它们是针对着理学的天命之性和气质之性提出的。一是借贾雨村的口提出的"正邪两赋"说，一是借警幻仙子的口提出的"意淫"说。作者让冷子兴演说荣国府时借贾雨村的口提出"正邪两赋"说，无异于是开宗明义式地庄严宣告：我笔端的"一千风流冤孽"，都是些只秉"气质之性"而不秉"天命之性"的人物；并且，他们所秉的"气"，不是"天地之正气"，而是与"天地之正气"相遇时搏击掀发出来的"天地之邪气"。作者在贾宝玉神游太虚境时借警幻仙子的口称颂贾宝玉"乃天下古今第一淫人"，说"如尔则天分中生成一段痴情，吾辈推之为'意淫'"。实际上是又一次画龙点睛式地庄严宣告：天赋于人的美德和本性，并不是"天命之性"，甚至不是"清气"所赋的"气质之性"，而是与"天地之正气"相搏击的"天地之邪气"其气赋人时所蕴有的"意淫"！凡此，不仅是种对理学的天命之性说和气质之性说的嬉笑怒骂，而且是以极其严肃的态度在针对着理学所谓的天命之性善、气质之性恶矫以天命之性恶、气质之性善的反命题。由此，也就从人性论上给贾宝玉和林黛玉等人物的叛逆性格和稚嫩的人权平等观念垫上一块理论基石。

那么，贾宝玉身上的这种与生俱有的"意淫"，其后天的表现形态又是什么呢？主要有三：一是，贾宝玉虽则是贾府的"金凤凰"，却不想把自己的意志强加于人，相反地倒主张听任各人按照自己的意志与心愿去自由活动，在他的护法群钗的过程中鲜明地体现着一种自由观念。二是，贾宝玉虽则由于贾母的溺爱而在贾府拥有种种特权，却从不以为自己高人一等，相反地倒在女孩子们面前处处"作小服低"，甚至自惭形秽，在他的护法群钗的过程中又鲜明地体现着一种平等观念。三是，贾宝玉虽则是众星拱月般地生活在女儿群里，却不仅没有在红香绿玉中陶醉，在他的护法群钗的过程中还鲜明地体现着一种"昵而敬之，恐拂其意"的思想感情，甚至由于"爱博而心劳，而忧患亦日甚"；"敬"就是尊重对方的人格尊严，所以贾宝玉的"多所爱"与发自"恻隐之心"的"仁"有本质的不同，正确的解释只能说是一种以自由平等观念为基础的博爱观念的反映。凡此，不难看出：《红楼梦》所提出的"意淫"说，本质上是对李贽的"童心"说的继承和发展，它给李贽所说的"童心"充实了具体的社会内容。由此，又可以看出：《红楼梦》作为以闺阁题材描写社会人生问题的小说，贾宝玉在主持巾帼过程中所表现出的这三种新观念，实际上反映了作者对人与人的关系的憧憬。质而言之，如果说，孔孟所提出的最高伦理原则是"仁"，那么，曹雪芹所提出的最高伦理原则便是"意淫"，实质上这是一种天赋人权平等原则。

既然《红楼梦》把自由平等观念作为"童心"，作为人的与生俱来的本性和美德来歌颂，那就无异于说：人是生而自由并且彼此平等的。这一思想虽则在书中尚处于萌芽状态，但其性质却属于近代资产阶级"人权思想"的范畴。作者对封建社会种种叛逆的看法在这种思想的照耀下焕发出新的光彩。曹雪芹结合自己的身世经历以这种世界观去观察社会人生，自然会使他无往而不深深感到现实社会是个不合理的社会，现存的封建宗法的思想和制度是个不合理的思想和制度。从而激发着他以如椽之笔完成了对中国封建社会的总解剖和总批判，而一以贯穿这种总解剖和总批判的主脉则是那发自"童心"的"救救青年"的悲凉呼喊，由此也就打破了传统的思想和写法。这主要经络交错地体现在如下几个重大社会问题上。

其一，《红楼梦》针对着男尊女卑的封建传统观念，令人耳目一新地矫以女"清"男"浊"的思想，并进而揭示了在社会结构上以男子居于中心统治地位的封建社会的不合理。

男女之间的不平等像阶级压迫一样的古老，也是人类整个中世纪的特点。与宗教统治下的西方中世纪相比，中国封建社会由于自孟子起便把人的存在提高到本体论的高度，纲常名教多少包容了一些原始人道主义和人性观念，所以把夫妇关系比作君臣关系，不像西方教会人士把女性的存在看成是魔鬼的手指。诚然，礼教要求妇女"三从四德"、"夫唱妇随"；但是，也与《圣经》要求妇女"你必恋慕你丈夫，你丈夫必管辖你"有别。它不是要求妻子消极地承受丈夫的管辖，而是要求妻子积极地当好丈夫的内助。这种承认妇女的某种社会地位和作用，正反映了中国封建社会比西方中世纪开放和文明。唯其如此，所以在中国文学史上正像有不少作品把忠臣的形象写得比帝王的形象高大一样，也有不少作品把女子的形象写得比男子的形象光辉。于是，一些研究者便以为这类作品反对男尊女卑，并引来与《红楼梦》把女子的聪明才智写得高于男子之上相提并论，借以证明贾宝玉的女"清"男"浊"思想不具新质，那是很不妥当的。思想烙印表明：这类作品的大多数女性形象，其本身就在"正人伦"。《杀狗记》女主角杨月真和《望江亭》女主角谭记儿的形象，便是明证。真可谓事物总有它的两面性了，中国的儒家思想包括程朱理学对妇女的歧视不像西方宗教神学那么荒唐绝伦，"夫唱妇随"，夫恩妻爱，白首偕老，仿佛已很平等了，这种鱼目混珠的状况，近代的男女平权思想反倒不容易从它的内部找到生长点。《警世通言》中的《赵春儿重旺曹家庄》是篇市民小说。卷前诗云："不是妇人偏可近，从来世上少男儿。"真颇有点反对男尊女卑的火气。可紧接着就说："自古道：'有志妇人，胜如男子。'"篇末又有诗云："破家只为貌如花，又仗红颜再起家。"女主人公赵春儿的行止见识的确远远超过男主人公曹可成。但这还不能说它是在主张男女平权，至多只能视之为《红楼梦》男女平权思想的前驱形态。因为它所讴歌的仅是作为个体的有为女子，并非作为"半边天"的女性。

其所以说《红楼梦》把女子的聪明才智写得出于男子之上是明彻的近代的男女平权思想的反映，那是基于如下的三个血脉相关的问题：一是，作者笔端的女子才高而男子才低，不是某一个体女子对某一个体男子，而是"群钗"对"群男"；既然女性的聪明才智普遍高于男性，当然也就不应该让女性在社会上只雌伏于男性的"内助"地位。二是，如果说，回末诗"金紫万千谁治国，裙钗一二可齐家"也反映了作者认为"在齐家，治国，平天下"问题上女子的才干亦优于世俗男子，那么，探春的心声"可以出得去，我必早走了"则反映了作者对现存制度不允许女子到社会上去"立一番事业"的愤懑。三是，贾宝玉有一个惹世人讥笑的思想："山川日月之精秀只钟于女儿，须眉男子不过是些渣滓浊沫。"可这种矫枉男尊女卑观念的思维方式，却也令人似曾相识：西方宗教改革时代的"上帝即人"、法兰西唯物论者的"人即机器"、正统派经济学者的"恶德即善德"，不都是这种思维方式吗？足见这种对旧思想的矫枉过正，实乃早期启蒙主义者的共同思维特征。凡此，就不仅直接反对了封建社会的男尊女卑的传统思想，而且直接揭露了以男性居于中心统治地位的封建制度是埋没了多少聪明的有才能的人，并给她们带来了种种苦难，同时也就在对这种旧思想旧制度的批判中深深寄寓了男女平权的憧憬。

其二，《红楼梦》提出了青年男女的婚姻必须自主的要求，提出了以互相了解、思想一致、互尊互爱为基础的爱情的原则，揭露了以封建家世利益为转移的父母包办婚姻以及由联姻所结成的社会关系网给青年男女造成了各种各样的灾难。

《红楼梦》于开卷第一回便对写"窃玉偷香"之作一再予以笔伐，是用意良深的。这不能单从文艺观的角度去看问题，更应看到作者是意在提醒人们留神于他笔端的爱情与婚姻问题的特点，不要把珍珠和鱼目相混。

明代中期以后思想解放的社会思潮对理学禁欲主义的冲击，曾引出两类风靡一时的言情文学。一类是，以借助对斑驳的色情描写而寄寓严肃的社会主题，以透过对人的子夜般的自然兽性的描绘而现人的萤火般的社会本性的文学巨著《金瓶梅》；其末流则有那名为"借淫说法"，实则"借法宣淫"的《肉蒲团》、《杏花天》、《灯草和尚》之类的黄色作品。另一类，便是那蛇行于反礼法与卫道之间的才子佳人小说。这类小说有个三部曲，那就是：私订终身后花园；才子及第中状元；奉旨完婚大团圆。它反映作者既感到了封建包办婚姻的缺陷，又不敢睁开眼睛看父母之命媒妁之言的"铁门槛"，于是便乞灵于"鲤鱼跳龙门"，可跃过之后却正好落入封建家世利益的污池。

另辟蹊径的，是蒲松龄。《聊斋志异》中的一些言情作品，不只抒发了作者的"孤愤"，而且激发了人们的反礼教激情。特别是《封三娘》、《青梅》、《连城》等篇，将父母包办婚姻的悲惨结局与青年男女依照自己意愿成婚后的美满幸福相对照，实际上也就暴露了父母包办婚姻的不合理。但是，蒲松龄真正反对的实乃婚姻问题上的重豪富而轻寒素的社会现象，并非在主张婚姻必须自主，所以同是包办婚姻，设若父母要将女儿嫁给成龙在望的寒素子弟，则给予大加褒美。《姊妹易嫁》便是最好的证明。凡此，说明蒲松龄虽则朦胧地感到封建家世利益对自由婚姻的阻碍作用，却最终未能跳出这一"铁门槛"，并没有真正认识到封建婚姻制本身就是种过了时的罪恶制度。

清醒地认识到富贵之家父母包办婚姻的实质是个家世利益问题，并从而正视人生暴露其罪恶的，是始于曹雪芹。在中国文学甚至世界文学史上，时至今日，还没有一位作家像他那样按照审美规律在一部作品中反映了爱情或不幸婚姻的感受的多样性，反映了爱情或不幸婚姻的感受的各种“方式”和“变体”及其与社会环境的特点和人物心理的个性特点的联系。贾宝玉和林黛玉的爱情便是这种审美奇迹的最高成就。作者通过这种理想化了的爱情提出了上述带有永恒意义的爱情原则，但这却没有使这种理想化了的爱情失去血肉和生活的完整性。这是一个奇迹。还有一个更大的奇迹，那就是：作者虽则以他笔端爱情婚姻故事的绚丽多彩和思想深度，证明人的感情表现具有无穷的可能性，恍若世界上没有两片相同的树叶，但对这些爱情婚姻故事的描写却又无不惜墨如金，以致在全书的总文字中只居于次要地位，直如群龙之隐现于云海。难怪红学界要有“四大家族衰亡史”说与“爱情的颂歌”说的争雄。其实，这里面有个奥秘，那就是书中通过对贾府的“一饮一食”和“琐琐碎碎”的描写同时出现了两个由隐而显：一是父辈的思想性格及其所代表的贾府的社会关系网、运终数尽的命运、家世利益的需求；一是子辈的思想性格、“儿女之真情”、希望的火花与失望的苦痛。说前者是后者的背景，显然不科学；说二者是一明一暗两个方面，显然不符合逻辑；若对二者予以抑扬，显然也就失之片面；若认为二者是并驾齐驱，而作者一味褒扬子辈而贬抑父辈，显然亦难云公允：真可谓是莫衷一是了。理论家们不是常引马克思的名言，说人是社会关系的总和吗？曹雪芹用这种法子写出来的人，即此之谓也！用美学语言来说，就是他在安排作品的形象体系时，找到了人与人关系的最恰当不过的分寸。唯其如此，所以子辈中的叛逆者和屈从者都从不同的意义上成了贾府家世利益祭案上的牺牲，而这又是“上国卧龙空晤主，中原得鹿不由人”。照脂批的提示，知只有一对彼此不存在家世利益的有情人最后成了眷属，那就是贾芸和小红在贾府衰败之后结了婚。曹雪芹之所以要用此神来之笔，显然是为了要对贾府的家世利益的罪恶在曲终前作一笔反衬。高鹗之辈把有"仗义探庵"之义举的贾芸在后四十回中写成那么不堪，真不知是何居心！

《红楼梦》对爱情关系的描写还有一个显著的特点，那就是：都不是"有女怀春，吉士诱之"型，都是"当初只道郎偷姐，如今新泛世界姐偷郎"型。皆是女子居于主动地位，并且她们大多具有"不自由，毋宁死"的精神。这显然是由于作者在以"童心"观念思索爱情婚姻这一重要问题，所以认为自由地选择配偶，不仅是男子的权利，而且是女子的权利。

卖淫与婢妾制是对不合理的封建包办婚姻制的补充。《红楼梦》里对平儿与香菱的遭际的同情，的确也暴露了婢妾制的不人道。但是，令人奇怪的是：书中写了那么多爱情关系，却没有一种是属于婢妾由于得不到丈夫主子应有的爱怜而与别的男子产生了爱情，反倒把贾赦身边的那些"不守本分"的姬妾都写得不堪，这就不能不说是作者的一种士大夫思想的反映。是的，旧时代的作家其世界观总是复杂的，更何况曹雪芹又是出身于那个阶级并且是生活在那个时代的伟大作家。

其三，《红楼梦》反对封建主义的人身束缚，暴露了封建蓄奴制的罪恶，颂扬了年青女奴们对人的价值的追求。

"哪里有压迫，哪里就有反抗。"这话诚然是不错的。但按照恩格斯的观点，压迫者与被压迫者的关系具体表现为两种形式：一种是，奴役加践踏，这在中国就叫做霸道；另一种是，奴役加保护，这在中国就叫做王道。中国封建社会的黎民百姓，诅咒"贪官"和"为富不仁"的地主，称颂"清官"和"富而好礼"的地主，实际上是认为霸道不好而王道好。原因何在呢？就在于：霸道把被压迫者推入饥寒交迫的境地，而王道却比较注意给被压迫者以温饱。霸道是以苛政杀人，而王道是以天理杀人。如果说，《水浒传》所写的鲜廉寡耻的高太尉府是个十足的霸道世界；那么，《红楼梦》所写的"体仁沐德"的荣国公府则是个典型的王道乐土。如果说，梁山好汉们的反抗，是出于求生存，求温饱，反映了作者幻想把霸道世界变为王道世界；那么，晴雯等奴婢们的反抗，则是出于求发展，求人权，反映了作者幻想把封建等级秩序井然的王道世界变为"天不拘兮地不羁"的天地。如果说，促使梁山好汉们反抗的机制，是逼于那外在的刀光剑影；那么，促使晴雯等奴婢们作反的机制，则是源于那内在的天性要求。凡此，反映了曹雪芹的世界观与施耐庵的世界观具有本质的不同。一个是以人类天赋平等观念在看社会上的压迫者与被压迫者的关系，一个是以"不过行俭德，盗贼本王臣"思想在看社会上的压迫者与被压迫者的关系，当然也就会在人生的目标上大相径庭。

问题不是很清楚吗？设若林冲不投奔梁山，便会人头落地。设若晴雯能略为驯顺些，等待她的是宝二姨奶奶的位置；鸳鸯只要肯遵从封建世仆制去立身，便可一跃而上升到"半个主子"的社会地位。那么，她们为什么不这么去做呢？就在于：晴雯的处世哲学，是认为"谁也不比谁高贵些"；鸳鸯的立身准则，是认为"不论尊卑，唯我是主"。王道荡荡的贾府是舍得给奴婢们以锦衣玉食的，而唯一不肯施舍给她们的东西正好是人皆应有的独立人格。

要注意的是，《红楼梦》写醒了的奴婢们要求人身自由与婚姻自主，二者是紧密相连的，而以前者为第一义的要求。龄官的形象就是如此。龄官作为优伶，其固有的社会地位比贾府的下三等奴隶还要低劣；可她在物质生活上获得的是锦衣玉食，在社会声誉上获得的是贵妃娘娘的一再赏赐和称誉，在爱情生活上获得的是意中人贾蔷的百般爱怜。这对于一个优伶来说，又夫复何求！总该其乐陶陶了吧！却从未见其解颐。原因何在呢？就在于：她认为自己好比那笼中"会衔旗串戏台"的玉顶金豆，一切的一切都补偿不了那展翅长空的自由。因此，当王夫人鉴于国丧期间不能演戏作乐而额外开恩让十二个优伶去留自便时，芳官等留了下来，而龄官却毅然离开了贾蔷而跳出了贾府这个"牢坑"。可四海皆秋色，又何处觅春光：那大观园的围墙外面的人世间能有一块自由的天地吗？这便是作者满怀孤愤地提出以令人深省的问题。

其四，《红楼梦》否定了地主阶级的仕途经济道路，鼓吹年青人应有选择自己人生道路的权利。

明清之际一些启蒙主义思想家大都对八股制艺持否定态度，顾炎武就曾痛斥当时这股醉心富贵功名的学风，道是"八股之害，等于焚书，而败坏人才，有甚于咸阳之郊所坑者但四百六十余人也"[①]。而清朝封建统治者却全盘继承了明代的八股取士制度，以牢笼士子和禁锢社会人心，乾隆曾令学士方苞选批八股时文，定名为《钦定四书文》，"颁行天下，以为举业指南"。于是时风所尚，便使一般读书人都"以四书文义相为矜尚"，认为"不工四书文不得为通"。文豪如蒲松龄在《聊斋志异》中虽曾给予八股取士制的种种弊端以冷嘲热讽，却对科举制度的本身报以肯定态度。认真向这一罪恶制度本身开第一枪的是吴敬梓。《儒林外史》于开卷第一回就明确指出：八股取士制度"这个法却定的不好"，"一代文人有厄"。并且，正如闲斋老人的序所说："其书以功名富贵为一篇之骨。有心艳功名富贵而媚人下者；有倚仗功名富贵而骄人傲人者；有假托无意功名富贵，自以为高，被人看破耻笑者；终乃以辞却功名富贵品地最上一层为中流砥柱。"但是，吴敬梓作为一代文人的"中流砥柱"予以称颂的杜少卿和虞育德等正面人物，他们所秉持的"文行出处"的

---

① 《日知录》卷16《拟题》条。

道德规范与"礼乐兵农"的政治信念，却并没有越出孔孟之道的思想范畴。

贾宝玉几曾讲过"礼乐兵农"？他有自己的"一生事业"，那就是"护法群钗"。设若吴敬梓有在天之灵，恐怕也不会激赏这种"文行出处"吧！可曹雪芹却正是大胆地将仕途经济作为它的对照面来褒贬的。因此，虽则用墨不多，只是间笔写出，但凡点到之处，莫不是对八股取士制的匕首投枪。无非是一次"戏儿"：宝玉周岁时，贾政"便要试他将来的志向"。宝玉"伸手只把些脂粉钗环抓来"，贾政"因此便大不喜悦"。无非是一句"混话"：背前背后，"凡读书上进的人"，宝玉"就起个名字叫作'禄蠹'"。无非是一顿"笞挞"：宝玉"愚顽怕读文章"，好在"内帏厮混"，懒与士大夫接谈，喜和优伶们交游；贾政认为发展下去，会"弑父弑君"，把宝玉好一顿饱打。无非是一次"焚书"：宝玉"每每甘心为诸丫鬟充役"，宝钗之辈有时见机导劝以仕途经济，宝玉却"反生起气来"，认为是前人"立言竖辞"的结果，因此"祸延古人，除四书外，竟将别的书焚了"。无非是一个"对比"：宝玉在爱情生活上曾一度钟摆于宝钗和黛玉之间；只因宝钗对他说"混帐话"，所以便和宝钗"生分了"，"独有林黛玉自幼不曾劝他去立身扬名等语，所以深敬黛玉"。真是"点水蜻蜓款款飞"。可正是这种淡淡写来，却酿出了一场震撼人心的大悲剧：先是王夫人为了让宝玉"好生念那书"，撵逐了一批婢女，导致"俏丫鬟抱屈夭风流"与"美优伶斩情归水月"；接着是贾母等人鉴于家世利益的需求，决定娶宝钗而不娶黛玉，导致"苦绛珠魂归离恨天"与"情神瑛泪洒相思地"；最后是宝钗于婚后复见机规箴宝玉去重振"祖宗基业"，夫妇日渐反目，又导致"不肖子悬崖大撒手"与"贤良女拥衾梦夜阑"。凡此，足以说明：护法群钗，幻想给她们提供一个自由自在的天地，成了贾宝玉唯一的精神支柱与生活目标。因此，贾宝玉的"悬崖大撒手"，与其说反映了他对人生的"解悟"，不如说反映了他的"意淫"的涅槃。贾宝玉不仅是温柔富贵乡里的"凤凰"，也是熊熊烈火中的"凤凰"。

最后，《红楼梦》既然鼓吹应以"意淫"作为人伦关系的原则，就必然会揭露封建伦理道德观的虚伪性与残酷性，并渴望人的天然本性能从这具僵尸般的精神枷锁中解放出来。

中国的封建伦理道德在调节人际关系上好讲中庸之道，在调节阶级矛盾上比较注意"合力"，其目的是为了稳固并保持整个社会机体的动态平衡，以期地主阶级的封建统治能长治久安。由此也就派生出如下两个特点：一是强调应给被统治者以温饱，不要对他们进行超经济和超政治的剥削与压迫；一是把个人的存在意义安放在特定的人际关系中的规定位置上，不可越出特定的规矩和范围。前者在客观上有助于被统治者在物质生活上获得最低限度的要求，而后者却直接压制了人的个性的独立发展。加之，中国封建社会的文化心理结构是通过阴阳五行把天地人融为一体的庞大的系统论思想，它显得特别有自信力与消化力，甚至可以包容或同化某些异己的思想，使之在维护地主阶级的封建统治上与自己相协同，唐宋以降以儒学为主体的三教混一，便是明证。面对着这样的庞大的系统论思想，人的个性要求独立发展，就简直比孙悟空从五行山下探出头来还难。

正因为如此，所以即便以爱情为题材的传奇和小说，也大多是属于"以情宣理"的作品；《荆钗记》和《好逑传》便是如此。即便是具有高度人民性的文学巨著，也是在以规范封建道德的名义而为民请命；《三国演义》和《水浒传》的出现便是明证。即便是从不同角度认真向封建道德规范开第一枪的杰作《西游记》和《牡丹亭》，也只是批判其弊端，并且最后又以调和封建道德规范与个性解放的矛盾而宣告万事大吉。要而言之，这类作品纵然有违反封建道德规范的因素和成分，那也只是在"跪着造反"。

诚然，《红楼梦》开卷第一回也说此书"虽有些指奸责佞贬恶诛邪之语，亦非伤时骂世之旨；及至君仁臣良父慈子孝，凡伦常所关之处，皆是称功颂德，眷眷无穷，实非别书之可比"。然而，那只不过是作者为了"暗度陈仓"而在真真假假的"明修栈道"。它实际所写的恰恰是"专制之组织，已足逼人为不孝不慈不友不悌之人；而礼教之维系，更是强人为假慈假孝假友假悌之人"①。它实际所认为的恰恰是主人公的"童心"观念与封建道德规范难以两立，王道亦非具有"童心"的"真人"的乐土。因此，它不是想以"先王之道"去"经夫妇，成孝敬，厚人伦，美教化，移风俗"②，倒是想斩断那"把人们束缚于天然尊长的形形色色的封建羁绊"③，并从而把人的所谓爱好自由平等的"天性"由沉重的封建伦理道德的精神桎梏中解放出来，还给年青一代以应有的人生幸福。尽管这种思想观念在书中还处于朦胧状态，甚至还笼罩着一层中世纪的夜雾，却是那冬末的未萌，林中的响箭，东方的微光。

《红楼梦》中的这一切，都是通过贾宝玉的所见所闻所感写出来的，当然也就反映了这位主人公的爱憎向背。难怪清人涂瀛说："宝玉圣之情者也。""惟圣人为能尽性，惟宝玉为能尽情。"④ 显然，宝玉的"情"不是狭义的"情"，而是作者用以具体体现其那与生俱有的"意淫"的广义的"情"。设若用我们今天的话来说，就是要求"个性解放"，要求"人性自由"，就是"人道观念"与"人权思想"，就是民主主义精神。《红

---

① 一粟编：《红楼梦卷》第 1 册，中华书局 1963 年版，第 308 页。
② 《毛诗序》。
③ 《马克思恩格斯选集》第 1 卷，人民出版社 2012 年版，第 403 页。
④ 一粟编：《红楼梦卷》第 1 册，中华书局 1963 年版，第 127 页。

楼梦》悲剧主题的震撼人心的真正力量也就在于：作者用这种时代精神去洞察现实社会人生问题，通过对中国封建社会有口皆碑的"富而好礼"之家的面面描绘，真切地暴露了封建宗法的思想和制度的罪恶及其日薄西山的历史必然性，通过对人皆称羡的生活在"温柔富贵乡"的青年男女的笑与泪的面面描写，真切地反映了"千红一窟(哭)，万艳同杯(悲)"的人生悲剧以及产生这种悲剧的社会必然性；而这两种必然性在作者的笔端又是"一声而二歌"，而这种"一声而二歌"又有一个共同的主旋律，那便是对具有"童心"的"真人"追求人权的赞美。因此，较之"情爱的颂歌"，"童心的赞歌"是《红楼梦》深一层次的悲剧主题。

但是，一部真正具有划时代意义的伟大作品，它不仅反映出作者对现实社会认识的广度，而且反映出作者对社会历史思索的深度；它不仅是现实社会的横断面，而且是社会历史的纵剖面。《红楼梦》便是这类作品的典范。因此，要想把握它最深层次的悲剧主题，还需从作者对现实的认识与对历史的反思二者相互关联中去作进一步求索。

四、青春的悲歌

《红楼梦》形象体系内部构成的第三个显著特点是："女子"形象与"男子"形象的对照只具相对性，而"父辈"形象与"子辈"形象的对立却具绝对性。① 具体反映为：贾府作为"诗礼簪缨之族"的典范，"父辈"里却没有作者所肯定与歌颂的人物，作者所歌颂与肯定的人物皆在"子辈"中；"子辈"里也有作者所批判或否定的人物，但作者对他们的批判或否定中往往饱含着同情，并把他们身上的弊病或劣迹归罪于蒙受

---

① 　详见本编第六章《略论〈红楼梦〉形象体系内部构成的特点及其代表人物》。

"父辈"的教育、影响或唆使的结果。这是怎么回事呢？如果能从作者对现实社会人生的看法与对历史的回顾和思索二者的相互关联中去考察问题，那就不难发现：这是由于作者旨在谱写一曲令人热耳酸心的"青春的悲歌"。

贾宝玉有句"呆话"："女孩儿未出嫁，是颗无价之宝珠；出了嫁，不知怎么就变出许多的不好的毛病来，虽是颗珠子，却没有光彩宝色，是颗死珠了；再老了，更变的不是珠子，竟是鱼眼睛了。分明一个人，怎么变出三样来？"这指的不是形体，而是思想。"怎么变出三样来"的呢？作者的答案显然是现成的："其长也，有道理从闻见而入，而以为主于其内而童心失。其久也，道理闻见日以益多，则所知所觉日以益广，于是焉又知美名之可好也，而务欲以扬之而童心失；知不美之名之可丑也，而务欲以掩之而童心失。"①也就是随着年龄的增加，日益接受了孔孟之道的熏陶与世俗利弊的影响的结果。

因此，从作品与社会的关系来说，虽然可以把《红楼梦》里的人物冲突归结为三组矛盾，即：封建叛逆者和卫道者的矛盾，封建统治者和被统治者的矛盾，封建统治集团内部的矛盾；但是，从作家与作品的关系来说，《红楼梦》中这种"父辈"形象与"子辈"形象对立的特殊性，表明了作者笔端的人物不是按照通常的阶级论来划分和塑造的，而是按照"童心"观念，把人物分为三类：葆有"童心"的"真人"，"童心"既障而又未全失的人物，失却"童心"的"假人"。②这种人物关系安排具有史的投影。

所谓葆有"童心"的"真人"，就是不失天赋予人的自由平等观念，

---

① 李贽：《焚书》卷3《童心说》，中华书局1975年版，第98页。
② 详见本编第六章《略论〈红楼梦〉形象体系内部构成的特点及其代表人物》。

孜孜以求自己掌握自己命运的人。他们所憧憬的不是以"天有十日，人有十等"为前提的儒家的"仁政"，而是种人与人的关系比较自由的、平等的、和谐的、美妙的社会。贾宝玉、林黛玉、妙玉、尤三姐、晴雯、龄官、鸳鸯、司棋、柳湘莲、蒋玉菡等便是属于这类人物。他们的悲剧性格，形象地说明了封建宗法的思想和制度是摧残人之天性的风刀霜剑。

所谓"童心"既障而又未全失的人，就是与生俱有自由平等观念，虽受到外入的封建道德规范和世俗利弊意识的腐蚀，却并未完全泯灭的人。这就在他们身上显出双重人格：一方面，他们是封建宗法的思想和制度的维护者，这是由于被外入的纲常名教之类主于其心的结果；另一方面，他们又多少具有某种反抗纲常名教对人身束缚的内在要求，这是发轫于"童心"的人之真性情的反映。因此，这种双重人格的对立，实际上是人为的纲常名教与人生而自由的秉性的对立，以及后者正在被前者蚕食的反映。李纨、探春、宝钗、湘云、袭人、麝月等便是这类人物的代表。平素她们的行止见识，或虽青春丧偶而竟如槁木死灰一般，或企图以整顿封建等级秩序作为造就贾府中兴的必要措施，或屡屡以仕途规箴宝玉，莫不符合封建道德规范。但只要一进入不受礼教拘检的场合，便会犹如困鸟出笼，多少一显其天性，"寿怡红群芳开夜宴"就是如此。足见，薛宝钗等人的悲剧性格与林黛玉等人的悲剧性格，在作者的笔端实际上是殊途同归的，二者都旨在说明封建宗法的思想和制度是一种淹没人性的思想和制度。

所谓失却"童心"的"假人"，就是日益丧失了与生俱有的自由平等观念，全然"以从外入者闻见道理为之心"的人。一切"闻见道理"中最受推崇的，莫过于"君仁臣良父慈子孝"。"至孝纯仁"的当今、"体仁沐德"的贾母、"风声清肃"的贾政、"宽仁慈厚"的王夫人，便是以这种"闻见道理为之心"的人物。故而他们的基本特点是"知止"，即所谓"为人君止于仁，为人臣止于敬，为人子止于孝，为人父止于慈"①。这些"知止"派，他们"以仁孝治天下"也罢，"宽柔以待下人"也罢，十分有可能是出于诚心诚意；但作者却从封建主义的人与人的社会关系的角度，看出并如实地揭露了他们无一不是"以理杀人"的巧伪人。其所以会"伪"而不自知，就在于："夫既以闻见道理为心矣，则所言者皆闻见道理之言，非童心自出之言也。……盖其人既假，则无所不假矣。"②地主阶级的道德思想中最高圭臬是"仁"，政治思想中最高圭臬是"仁政"。曹雪芹却公然把"仁"和"仁政"思想写成"道学之口实，假人之渊薮"，真可谓是"射人先射马，擒贼先擒王"。

不言而喻，这只是指的《红楼梦》人物冲突的主体情节构思。个别例外总是有的，比如刘姥姥，我们就很难明确地将她归入上述三类人物中的哪一类。这可能是由于她是村妪，又是穿插人物，作者主要是想写出她的善良和贫寒以与贾母的享乐主义相对照，从而由另一个侧面揭露了贾母"怜老惜贫"的伪善性与"朱门酒肉臭"的非人道性。凡此，只能说明作者在刻画人物形象时具有灵活性，决不尺尺寸寸地硬纳入模式；不能说明作者不是按照"童心"观念在构思笔底的人物画廊，倒可引作反证。

因此，只要我们不胶柱鼓瑟地去理解贾宝玉的"女儿一生三变"说，那么，作者的主观命意就显得格外清楚："宝珠"者是指具有"童心"的"真人"，"死珠"者是指"童心"虽障但未全失的人物，"鱼眼睛"者是指"童心"已失而以封建宗法思想等世俗观念"为之心"的"假人"。

---

① 《礼记·大学》。

② 李贽：《焚书》卷 3《童心说》，中华书局 1975 年版，第 99 页。

这种对人物冲突与情节的构思，就不是一般的指奸责佞，而是抹去地主阶级和封建制度的灵光圈以显露其灭绝人性的真面目。

正因为如此，所以上述三类人物形象的审美特征，都不是单一的，都像是出自天国的硕大橄榄。比如，林黛玉这个人物，会使你感到像金子一样值得赞美，也会使你感到并非足赤而深觉惋惜。两种情感交织的结果，则又使你感到不是足赤，胜似足赤。再如，薛宝钗这个人物，会使你感到多可厌亦多可钦。两种情感交织的结果，则又使你感到诚可恨亦良可悯。还如，贾母这个人物，会使你由感到可亲可敬而渐觉可憎可畏。两种情感交织的结果，则又使你感到甚可恶，并不那么可恶，实可恶。这是由于作者认为：具有"童心"的"真人"，也会或多或少地蒙受现实社会的不良影响，自有日渐摆脱这种不良影响的过程。"童心"虽障但未全失的少女，也有蒙受着封建礼教压迫的一面，身上未必没有不足称道的地方。失却"童心"的"假人"，不是这些人本身不可救药，而是他们的思想性格里体现了政治与社会的罪恶。这就叫做：从人物思想性格的描写中，自然而然地浮现出一定的社会思潮；从对于人物的颂扬或批判中，有力地攻击了统治者与社会制度。凡此，又无不打上作者自己的思想烙印。

如果我们的这些看法，还比较符合作品的实际，那么，脂砚斋所说的"钗黛合一"就不是什么信口胡诌，它的确道出了作者的主观命意。这是怎么说的呢？可从如下几个方面看问题。林黛玉和薛宝钗都是秉"正邪两赋"所生，生时都具有先天赋予的"童心"。此其一。林黛玉作为葆有"童心"的少女，固然涵蕴着"儿女之真情"，薛宝钗作为"童心"既障但未全失的少女，也蕴有"儿女之真情"，二人在人生道路上虽然存在着严重的分歧，但都憧憬爱情婚姻的幸福则一。此其二。贾宝玉和林黛玉是贾母心肝上的两块肉，贾母曾一度对贾宝玉和林黛玉的爱情关系采取默认态度。代理王夫人执掌家政大权的王熙凤，心里当然决不会赞成贾府娶具有"治才"的薛宝钗，而会倾向于娶不知齐家为何物的林黛玉。与此相反，元春的端午赐礼独薛宝钗与贾宝玉相同，王夫人因晴雯的眉眼有些像林黛玉而格外生嗔，则说明她们心里是倾向于娶薛宝钗。这就使贾府在宝玉的婚姻问题上曾一度出现过僵局。最后打破这一僵局的，既不是贾母或王夫人的个人意志，更不是薛宝钗或林黛玉的个人心愿，而是贾府自身的家世利益。此其三。林黛玉虽然获得贾宝玉的"情"，却没有能与贾宝玉成婚。薛宝钗虽然能和贾宝玉结为夫妇，却没有获得贾宝玉的"情"。二者同归于"薄命司"，都没有获得人生应有的幸福。此其四。总观大观园的女子，主要是两大类型，一是林黛玉型的思想与爱情悲剧，一是薛宝钗型的思想与婚姻悲剧。二者合一，正好代表着大观园的女子们的悲剧命运。此其五。凡此等等，足以说明："钗黛合一"，实乃"千红一窟（哭），万艳同杯（悲）"的缩影。难怪作者要把自己用血泪哭成的作品称之为"怀金悼玉的《红楼梦》"！并且，这不只是对一代青年的怀悼，而且包含着作者对历史的回顾和思索，是对整个封建社会世世代代青年的怀悼。何以见得呢？《红楼梦引子》云："开辟鸿蒙，谁为情种？都只为风月情浓。"这，便是明证。

　　如果我们这么解释脂砚斋所点示的"钗黛合一"，还可以备一说，那么，就应该看到旧红学所提出的"影子"说确有其合理的内核，尽管在解释上是极为皮相的。自然界固然没有两片相同的树叶，却有无数形状相似的树叶；人世间固然没有两个容貌、个性、命运相同的人，却有无数容貌、个性、命运相似的人。天才的文艺家会把这种自然的或社会的现象升华为艺术辩证法，在刻画人物形象时做到"特犯不犯"，摇曳多姿，既显出个体美，又显出整体美，以收到艺术构思上的"一加一，大于二"的审美效果。这便是《红楼梦》中的"影子"现象的实质。它在书中形成两大类，一类是横向的，见于同辈人之间，多反映在女子身上，作者投影的主要对象是林黛玉；一类是纵向的，见于不同辈分人之间，多反映在男子身上，作者投影的主要对象是贾兰。让我先谈横向的"影子"关系及其作用。王熙凤谓演小旦的优伶打扮起来像林黛玉，指的是仪态相似。王熙凤以优伶比林黛玉，说明她对林黛玉实并不那么尊重；林黛玉闻此而生嗔，说明她是个处处注意维护自己人格尊严的少女。周瑞家的说香菱的"模样儿"有点像秦可卿，秦可卿又像仙子可卿，仙子可卿其风流袅娜处则又如林黛玉。写此显然是欲唤起人们的联想：林黛玉、秦可卿、香菱，三人在身世的孤苦上，特别是林黛玉和香菱在家世的遭际上，实乃"相邻"的。香菱没有外祖母的关照，直掉进了使女队；林黛玉幸有外祖母的关照，被一根纤弱的血缘纽带挂在小姐的地位上。贾宝玉眼中的龄官，"眉蹙春山，眼颦秋水，面薄腰纤，袅袅婷婷，大有林黛玉之态"。写此又显然是在为后文写龄官的"痴情"与林黛玉相似作引。都是最纯洁的诗篇，都是感情的神圣作用，都是奇妙的心灵音乐，可龄官所面对的意中人却非知音，而林黛玉所面对的意中人则"果然是个知己"。其中幸与不幸真有天渊之别。王夫人眼中的晴雯，"水蛇腰、削肩膀、眉眼又有些像"林黛玉，致使这位"最仁慈不过"的人"真怒攻心"。写此又显然是意在唤起读者对林黛玉的思想性格与晴雯有相似之处的回味，并从而暗示出王夫人在思想感情上与林黛玉是如何难以相立。这种"影子"关系说明：林黛玉身上汇集着众多各有自己不幸的女孩子们的苦难，同时又是众多各有自己不幸的女孩子们中最为有幸的人；最为有幸的人尚且魂归离恨天，则其他各有自己不幸的女孩子们将何以堪！与此相映成趣，花袭人的思想性格和未来命运，与薛宝钗也有"影子"关系。二人都很阴柔，宝钗尤甚；二人都有城府，宝钗尤深；二人都会做人，宝钗更老练；二人都屡屡以仕途经济规箴宝玉，宝钗更执着；二人都获得封建统治者的青睐，宝钗地位更稳固；二人也都曾一度达到自己的目的，宝钗结局更难堪。这种"影子"关系又说明：薛宝钗是所有女孩子们中哪方面都得天独厚的人；得天独厚的人尚且魂归"薄命司"，则其他女孩子们将何以堪！足见，这种横向的"影子"关系是在说明一个问题："钗黛合一"是"千红一窟（哭），万艳同杯（悲）"的缩影。书中还有一个比横向的"影子"关系寓意更深而却一直被研究者所忽略了的"影子"关系，那就是纵向的"影子"关系。现在，让我们再谈这种"影子"关系及其作用。书中写贾政"自幼酷喜读书，祖父最疼"。无独有偶，贾兰也是"自幼酷喜读书，祖父最疼"。足见，要知头脑冬烘的道学先生贾政童年时期的景状，那么，只需看看"好云香护采芹人"贾兰的形象。还是让我们选一个镜头吧！宝玉"顺着沁芳溪看了一回金鱼。只见那边山坡上两只小鹿箭也似的跑来，宝玉不解其意。正自纳闷，只见贾兰在后面拿着一张小弓追了下来，一见宝玉在前面，便站住了，笑道：'二叔叔在家里呢，我只当出门去了。'宝玉道：'你又淘气了。好好的射他作什么？'贾兰笑道：'这会子不念书，闲着作什么？所以演习演习骑射。'宝玉道：'把牙栽了，那时才不演呢。'"尽管小小年纪已瞩目仕途，但毕竟涉世犹浅——一个多么天真烂漫的小子啊！书中写"贾雨村原系湖州人氏，也是诗书仕宦之族，因他生于末世，父母祖宗根基已尽，人口衰丧，只剩得他一身一口，在家乡无益，因进京求取功名，再整基业"。果然一跃龙门，由大如州知府，官至大司马，协理军机参赞朝政。又是无独有偶，贾府也是"诗书仕宦之族"，贾兰也是"生于末世"；贾府一被查抄，贾兰也是"父母祖宗根基已尽，人口衰丧"，"因进京求取功名，再整基业"，果然禹门三尺浪，"气昂昂头戴簪缨，光灿烂胸悬金印；威赫赫爵禄高登"。因此，要知贾兰的最后结局，也只需看看那个"因嫌纱帽小，致使锁枷扛"的贾雨村。贾环其人，虽然不教人喜欢，但与贾赦和贾敬相比，却还不那么令人讨厌。"开夜宴异兆发悲音，赏中秋新词得佳谶。"此回有脂批云："乾隆二十一年五月初七日对清。缺《中秋诗》俟雪芹。"曹雪芹终于没有补，谁也不知贾环的"新词"是什么。好在贾政和贾赦对这首"佳谶"性的诗有评论。贾政讽刺贾宝玉和贾环说："哥哥是公然以温飞卿自居，如今兄弟又自为曹唐再世了。"贾赦却"拍着贾环的头，笑道：'以后就这么做去，方是咱们的口气，将来这世袭的前程定跑不了你袭呢。'"这不只是"乌龟相绿豆"，而且是"谶语"！可见，贾环其人不只是未来的贾赦，而且还是未来的贾敬，因为贾政讥之为"曹唐"也是"谶语"，而唐代诗人曹唐曾为道士。贾宝玉的未来有没有"影子"人物呢？当然有，那便是人皆习知的甄士隐。贾兰的道路是贾政和贾雨村的道路，"国贼禄鬼"道路，是悲剧；贾环的道路是贾赦和贾敬的道路，不肖子弟道路，也是悲剧；贾宝玉的道路是叛逆的道路，初步民主主义道路，更是悲剧。足见，这种纵向的"影子"关系是在说明一个问题：圣贤们立言竖辞给年青一代所规定的人生道路，是如何在代复一代戕残着各种青年！

如果我们这么谈"钗黛合一"与"影子"问题，还是有一定道理，那么，就不应对书中所说"无朝代年纪可考"云云作皮相的认识。作者于开卷第一回便不厌其烦地反复宣称，道是石上所记"亲自经历的一段陈迹故事，其中家庭闺阁琐事，以及闲情诗词倒还全备，或可适趣解闷；然朝代年纪，地舆邦国却反失落无考"。甲戌本凡例也特予强调说："书中凡写长安，在文人笔墨之间，则从古之称；凡愚夫妇儿女子家常口角，则曰'中京'，是不欲着迹于方向也。盖天子之邦亦当以中为尊，特避其东南西北四字样也。"这是怎么回事呢？论者认为：这是为了躲避文字狱，所以不能不用此狡猾之笔。这种解释当然是说得过去的，还可以援引清代文字狱之酷的材料来证明。不过无意中也就把曹雪芹当成了笨伯。首先，要是仅仅为了躲避文字狱，最好的办法当莫过于明言故事发生在从前某朝某代某州某县，说得越明确越具体就越令人置信，《儒林外史》借托故事发生在明代"某某年间"，便是明证；反之，越是强调"朝代年纪，地舆邦国"无考，就越会引人生疑招来祸灾。其次，书中有回目"牡丹亭艳曲警芳心"，等于告诉人家故事只能是发生在明代万历以后。设若采用明代官制，尚可炫人眼目。可作者却不，偏偏兼用历代官制，上自先秦，下讫明清，而且好多官制在明清已废。这岂不是在自露破绽！最后，作者于开卷第一回，一再说石上所记故事无"朝代年纪，地舆邦国"可考；而甲戌本凡例却又说作者"是不欲着迹于方向也"，"特避其东南西北四字样也"；可书中所写之重要女子，作者却又赫然标明是"金陵十二钗"。如此漏洞百出，文字狱的警犬们不生疑也生疑。照我的粗浅看法，《红楼梦》里的时空观念，令人感到忽古忽今，忽南忽北，缥缈不定，与其说反映了作者用笔之狡猾，是为了躲避文字狱，不如说反映了作者艺术构思之深刻，是为了赋予作品以蕴古涵今的历史深度。这又是怎么说的呢？"不过只取其事体情理罢了，又何必拘拘于朝代年纪哉！"作者以这种历史眼光去指导他的艺术构思，就无异于公然宣告：书中所写的贾府，明清有，汉唐有，历朝历代都有；书中所写的"乱烘烘你方唱罢我登场"的局面给青年一代所造成的苦难，明清如此，汉唐如此，历朝历代莫不如此。反映到《好了歌》和《好了歌解》里，于是便出现了那画龙点睛式地表达了作者对整个中国封建社会的否定性认识而又使这种认识被一层虚无主义的悲凉之雾所包裹的思想形态。

凡此，这就令人感到：作者对人生道路的眺望，恍若看到的只是"松柏冢累累"。这就令人看到：作者于反思现实与回味历史时吟罢低眉的，是一曲令人热耳酸心的"青春的悲歌"——"厚地高天兮，堪叹古今情不尽；痴男怨女兮，可怜风月债难偿……"

但是，作者的追求是执着的，无愧为不为封建宗法的思想和制度所动容的"顽石"。这在《红楼梦》第五回有明确的暗示，它反映为：贾宝玉神游太虚幻境时，虽熟玩"彼家上中下三等女子之终身册籍"而不能一"悟"，虽聆听仙姬们演奏《红楼梦曲》而又不能一"悟"，虽与仙子"乳名兼美字可卿者"百年好合而仍不能一"悟"；不仅不能"改悟前情"，反倒堕入"迷津"而为"木居士"和"灰侍者"所渡。"木居士"者何？"俺只念木石前盟"之"木"林黛玉也。"灰侍者"何？"石椁成灾，愧迨同灰之诮"之"灰"晴雯也。由此可见，贾宝玉的最后"悬崖大撒手"，本质上不是反映了他的"色空观念"，而是反映了他的"童心"观念的涅槃；本质上不是反映了作者的什么"情场忏悔"，而是反映了作者的想"返归自然"。这种"返归自然"的思想，一方面反映了作者与现实社会不两立，另一方面也反映了作者未能从现实社会发展中看清历史的归宿。这种思维方式，它是早期人文主义者所特有的一种对现存社会制度的否定性的思维方式。正因为如此，所以我们从《红楼梦》中总隐隐地听到一声声"救救青年"的呼喊。

五、结论和余论

要是从作品形象体系内部构成的特点看问题，《红楼梦》的悲剧主题是多层次的。从作者的婚姻观上说，它谱写的是"情爱的颂歌"；从作者的社会观上说，它谱写的是"童心的赞歌"；从作者的历史观上说，它谱写的是"青春的悲歌"。这三支歌又有一个共同的旋律，那就是作者称之为"意淫"或"童心"的人性论。这种人性论是属于近代人性论的思想范畴，也就是曹雪芹的世界观。

《红楼梦》作为以闺阁题材反映社会人生问题的巨著，作者的基本思维逻辑是：人是生而自由并且彼此平等的，因而在爱情婚姻和人生道路这两大问题上应有自主权；但是，封建宗法的思想和制度以及统治阶级内部围绕着权力和财产再分配问题上所显现出的家世利益，却剥夺了人的这种权力，给年青一代造成了不幸和苦难，而且自古以来历朝历代莫不如此。

然而，只因贾宝玉焚书时没有焚"四书"，而他又曾宣称"只除'明明德'外无书"，而"明明德"又语出"四书"之一的《大学》，所以一些研究者便认为曹雪芹的世界观没有逾越儒家的思想范畴。我感到有必要就这一问题谈些浅见以作为本文的余论，或许会有助于加深对《红楼梦》的思想性质和悲剧主题的认识。

"明明德"问题，这在中国哲学史上是属于人性论的范畴。何谓"明德"？不同时代、不同阶级的思想家对它的内涵有不同的理解。这种不同的理解，它不仅反映了人们对"人的一般本性"的探求精神及其社会功利目的，同时也多少道出了"在每个时代历史地发生了变化的人的本性"①。由此也就使"明明德"问题成为中国哲学史上历久不衰的课题，并曾在两次具有划时代意义的"人"的发现上作出了重要的理论贡献。

中国哲学史上第一次具有划时代意义的"人"的发现，是在战国时期。这次发现的"人"，是披着霞光的地主阶级的人。在春秋战国以前，由于人们几乎完全匍匐在神的脚下，还谈不上去探索人类自己的特点。尽管"明德"这一概念早在《尚书》和《诗经》中就屡见不鲜，诸如"黍稷非馨，明德惟馨"，"帝迁明德，串夷载路"，那只不过是指以对至上神和宗祖神的崇拜作为自己的内心修养。随着春秋时期的"礼崩

---

① 《马克思恩格斯全集》第23卷，人民出版社1972年版，第669页注 [63]。

乐坏","神"的思想动摇，孔子开始鼓吹"克己复礼谓之仁"，不啻是把外在的种族奴隶制度归结为人的心理的自觉需要，并由此而触及人性问题，认为"性相近也，习相远也"。到了战国时期，随着封建主义生产关系的成熟与封建主义等级制度的建立，地主阶级的思想家们深感有必要从人性论上给予那如旭初升的封建主义的道德和制度的合理性以理论上的论证，因而便使人性问题在战国时期的百家争鸣局面中居有重要地位。其中影响最大的是孟子的性善说与荀子的性恶说。二者虽则存在着先天道德论的观点与后天道德论的观点的尖锐对立，却是相辅相成的两种地主阶级人性论。何以见得呢？孟子认为人所以不同于禽兽，在于人有恻隐、羞恶、辞让、是非之心，而这四种心乃是仁、义、礼、智四德之端，实质上这是在把那外铄于人的封建伦理观念说成"非外铄我也，我固有之也"。荀子认为人所以有别于动物，在于人能"群"，"群"是指人的社会组织，而人所以能"群"，又是由于能"分"，"分"是指人的不同的社会地位与职分，实质上这是在进一步把那外铄于人的封建等级制度说成"非外铄我也，我固有之也"。孟子在鼓吹性善说的同时，认为"情"中包藏着"恶"；荀子于《性恶》篇中所描述的"性"，却正好相同于孟子所说的"情"：二者也莫不认为应"以天理制人欲"。孟子是力图通过他的性善说，说明封建压迫的合理性，从而论证人们接受地主阶级的道德规范的可能性；荀子是力图通过他的性恶说，说明封建压迫的必然性，从而论证强迫人们接受地主阶级教育的必要性：二者又都认为只有符合封建伦理道德规范的人性才是美好完善的人性。凡此，足见它们是异曲同工。但是，孟子或荀子不是直接从神身上，是从人身上去寻找封建道德规范与"仁政"思想或封建等级秩序与制度的理论基础，则其功又实不在禹下。这说明：他们发现了人，而他们所发现的人实际上就是当时正代表着时代潮流归宿的地主阶级。这还说明：他们把人的存在提高到本体论的高度，并试图把人性从至上神和宗祖神的精神枷锁中解放出来而代之以封建道德规范的精神枷锁。随着地主阶级日过中天，两宋理学出于论证封建宗法的思想和制度的合理性和永恒性，也是要在理论上解决自先秦以来性善与性恶的论争，将天命之性与气质之性作了严格区分，并将性善中具有道德意义的善使之具有本体论的意义，从而形成一种更为精致的地主阶级人性论。这种人性论虽则在抑制封建统治者的纵欲上曾起过一定的积极作用，却随着中国封建社会的江河日下而日益成为禁锢人的心灵的精神桎梏。因此，那语出《礼记·大学》开宗明义并和孟子的仁政思想联翩提出的"明明德"，却被朱熹断然地解释为"只是教人存天理、灭人欲"。

中国哲学史上第二次具有划时代意义的"人"的发现，是在明代中期以后。这次发现的"人"，是处于胎儿状态的资产阶级的人。这种发现固然由于当时虽属封建社会但已有资本主义萌芽的必然，也是几代哲人坚持不懈地批判理学的结果。设若就人性论的范畴看问题，则他们的主要历史功绩有二。一是，从方法论上，他们驳斥了理学的天命之性善和气质之性恶的二元论的荒谬论调。比如，王夫之认为："廓然见万物之公欲，而即为万物之公理"；"随处见人欲，即随处见天理"；"天理充周，原不与人欲相为对垒"①。再如，陈确认为："圣人之心，无异常人之心，常人之所欲，亦即圣人之所欲也。人心本无所谓天理，天理正从人欲中见，人欲恰好处即天理也。向无人欲，则亦并无天理之可言矣。"②还如，戴震甚至认为："后儒不知情之至于纤微无憾，是谓理；而其所谓理者，同于酷吏之所谓法。酷吏以法杀人，后儒以理杀人，浸浸乎舍法

---

① 《读四书大全说》卷 8，卷 6。
② 黄宗羲：《南雷文案》卷 8《陈乾初先生墓志铭》。

而论理，死矣！"①明眼人一看便知：这种"理欲合性"说，谓"理寓于欲中"也罢，谓"有欲斯有理"也罢，谓"理欲相变"也罢，不仅是宋儒以来"存天理、灭人欲"的反命题，而且是汉儒以来"存天理、制人欲"的反命题，本质上是要使"人欲"从"天理"的精神桎梏中获得解放，因而是近代市民阶级人文主义的自觉。二是，从认识论上，直接或间接地针对着理学所谓的天命之性善、气质之性恶矫以天命之性恶、气质之性善的反命题，并从而把自由平等观念当作人的本性来赞颂。比如，李贽认为"明德"是与孔孟之道和社会利弊观念不两立的"童心"；"若失却童心，便失却真心；失却真心，便失却真人"。龚自珍的诗文也常常重复着对于"童心"的歌颂，既有出自"真心"的"我劝天公重抖擞，不拘一格降人材"的呐喊，也有发自肺腑的"道焰十丈，不敌童心一车"的庄严宣言。如果说，李贽的"童心"说虽然比较抽象，却为个人的自觉从人性论上提供了理论基础，那么，龚自珍对于"童心"的反复歌颂，则反映了他明确地把要求摆脱病态的思想和制度的束缚而自由发展个性的观念看作是人的天赋。再如，黄宗羲和顾炎武，或认为人人能遂其自利自私，即天下之大公，或认为圣人因用天下之私，以成一人之公，都把自私心看作人的常情。这种对天命之性的公然亵渎，实包含着对人权平等的憧憬。唐甄则进一步把自己的社会平等的思想朦胧地建立在他的人类天赋平等的理论基石上，道是"天地之道故'平'，'平'则万物各得其所。……人之生也无不同也，今若此，'不平'甚矣！"②还如，王夫之认为："形之所成斯有性，情之所显惟其形。"③唐甄认为："人有

---

① 《戴东原集》卷9《与某书》。

② 《潜书·大命》。

③ 《周易外传》卷1。

性，性有才，如火有明，明有光。"① 颜元认为："人为万物之灵，而独无情乎？故男女者人之大欲也，亦人之真情至性也。"② 这种或称颂人的形态美，或称颂人的才智美，或称颂人的情欲美，也莫不代表其时代的思维发展。凡此等等，都是当时的新兴市民意识形态的反映。因此，它不是中世纪的夕照，而是新世纪的曙晗。

但是，要使这种新世纪的曙晗形成显明的民主主义纲目，却比西方同一历史时期困难得多。这主要是由于中国中世纪的文化结构与社会心理不同于西方。西方中世纪的文化是以信仰天主创造并管理世界开其端的，人们把"神"的存在提高到本体论的高度，人性因袭着古罗马帝国的宗教的精神枷锁。中国中世纪的文化是以儒家对"人"的发现而掀开其新的历史一页的，孟子把"人"的存在提高到本体论的高度，打开祖传的"神"的精神桎梏而给人性换上封建伦理纲常的精神枷锁。尽管中国儒教教条与西方宗教教义都是人性的异化，但二者社会功能却具有明显的不同。西方的宗教教义以灵与肉的截然分裂为其特征，它只承认彼岸世界的极乐性，要灵魂获得超度必须以肉体和心理的痛苦和折磨作代价，因而这种教义呈"火性"，火性刚烈，反倒会促使个性的惊警。中国的儒教教条以灵与肉的对立统一为其特征，它肯定人间现世生活的实在性，且悬有王道乐土的社会理想供人们于此岸世界中去追求，因而这种教条呈"水性"，水性柔和，反倒会导致个性的沉溺。正因为如此，所以在大致相同的时代条件下，西方的早期启蒙思想令人感到犹如划破阴霾的闪电，而中国的早期启蒙思想却令人感到是"草色遥看近却无"。这是清楚的，当莎士比亚通过哈姆雷特的口赞美人类，称人类是"宇宙

---

① 《潜书·性才》。
② 《存人编》卷 1《第一唤》。

的精华！万物的灵长！"这对宗教的"原罪"说来说，简直是报春的惊雷，具有振聋发聩的作用；可"物华天宝，人杰地灵"的观念很早就在中国深入人心，不知从什么时候开始，早就成了中国黎民百姓的楹联；要想给人类以新的赞美，令人振聋发聩，若闻春雷，则较之莎翁又其难何如！面对着这么一种超稳定的文化结构与社会心理，明清之际的启蒙思想家们所肩负的正是这一艰巨的历史使命。

伟大的文豪曹雪芹，真不愧为当时人文主义者的翘楚。他对人类的赞美之情的确是平地一声雷，而且响彻作品形象体系的各方面。书中所描写的青年男女，女子固然简直是人皆天姿国色，男子也大多貌若潘安；即使是那位令人讨嫌的"国贼禄鬼"贾雨村，也是"腰圆背厚，面阔口方，更兼剑眉星眼，直鼻权腮"，"好个仪表人材"！书中所描写的韶华少年，几乎莫不有才有智，女子固然如此，男子也是如此，即便是小小年纪的贾兰，也不仅会见机行事，而且能出口成章。书中举凡对"儿女之真情"的描写，无不洋溢着诗情画意，即便是作者所憎恶的"国贼禄鬼"贾雨村与所生嫌的"皮肤淫滥之蠢物"贾琏，如果在他们身上还存在着一善，那也是分别表现在他们对待娇杏和尤二姐态度上。凡此等等，正反映了作者是高踞当时人文主义的峰顶，面对被封建社会埋葬着的人类的这些肉体和精神的本质力量，在高唱着"魂兮归来"。作者赞颂人的仪表、才智、情欲美，更赞颂人的本性亦即"意淫"或"童心"美。这是作者心目中的最高美，直接决定着他对人物的褒贬态度。《红楼梦》所说的"明明德"，指的就是不断发扬光大这种与生俱有的"童心"或"意淫"，以克服后天所蒙受的封建伦理道德等等的不良影响。贾宝玉叛逆思想的形成和发展过程，便是明证。

恩格斯曾明确指出：资本主义生产，"它用买卖、'自由'契约代替了世代相因的习俗，历史的法"。"然而，只有能够自由地支配自己的人身、行动和财产并且彼此权利平等的人们才能缔结契约。创造这种'自由'和'平等'的人们，正是资本主义生产的主要工作之一。"①曹雪芹将当时伴随着资本主义萌芽而出现的个性心灵解放，说成是"非外铄我也，我固有之也"，这便是他的人性论的实质，也是他的人性论唯心主义的实质。

该煞住了，还是让我们用曹雪芹自己的慨叹来作结吧！"满纸荒唐言，一把辛酸泪！都云作者痴，谁解其中味？"

---

① 《马克思恩格斯选集》第 4 卷，人民出版社 1977 年版，第 90—91 页。

第十章　论《红楼梦》主线与明清小说传奇结构形态

一、引言

《红楼梦》的主线是什么？这是个聚讼不休的问题。或云是宝黛爱情①；或云是四大家族的衰败过程②；或云一明一暗，有两条线，明线是宝黛的恋爱，暗线是贾府的盛衰③。时至今日，亦大体如是。

还是在六十年代初，我在写作《封建末世的必然产物——论贾宝玉叛逆性格的形成和发展》一文时，便发现这部小说是环绕着贾宝玉走什么路、做什么人这么一个核心问题而展开其整个故事情节的。主题、主线、主人公三者高度一致，这是《红楼梦》在艺术结构上的一大特点。到七十年代末，一经申述，便形成了《也谈〈红楼梦〉的主线》那篇文字。而为简明地区别于"宝黛爱情故事"说、"四大家族衰亡过程"说，我把自己的观点概而言之称为"贾宝玉叛逆道路"说，以期就教于方家。

一些研究者不同意我的看法。其理由是："所谓'主线'，第一，它应该是由具体事件构成的；第二，既云'线'，它应该具有使读者清晰地感到的情节发展连续性的特点；第三，既称'主线'，它应该是以书中主人公为描写对象的，贯穿全书的。这样，所谓'主线'，就应指描

---

① 参见中国科学院文学研究所编：《中国文学史》，人民文学出版社 1963 年版。

② 参见广思：《阶级斗争的形象史》，人民文学出版社 1974 年版。

③ 参见北京大学中文系 55 级编：《中国文学史》，人民文学出版社 1959 年版。

写主人公具体活动的具有连续性的、贯穿全书的一个中心事件。"并据此而认为我所提出的"贾宝玉叛逆道路"说"失之于普泛",且不符合作品的实际。黄立新同志的鸿文《宝黛爱情故事应是〈红楼梦〉的主线》这么认为①,邓遂夫同志的大作《〈红楼梦〉主线管窥》也这么认为②。

一些研究者则赞成我的观点,并作了某种补正。丁淦同志在他的《〈红楼梦〉的三线结构和三重旨意》里便明确认为:"贾宝玉的故事发展的全过程,构成《红楼梦》全书情节发展的第三条——也是最中心的一条大线索。"③刘敬圻同志在她的《〈红楼梦〉主题多义性论纲》中也对我的如下论断持首肯态度,那就是:从某种意义上说,《红楼梦》无异于一部"怡红公子传"。并进而认为:"就一般情况而论,在这一类大作品中,男主人公的人生道路和个人命运问题,往往构成那条潜在的、深层次的、与作品主题有着更密切关联的'暗线'。《红楼梦》似乎也正是这样。"④凡此,与鄙见实可谓异曲而同工。

照我看来,所谓"线索",就是情节的因果线;所谓"主线",就是情节的主要因果线。它与作者立言之本意血脉相连,却并不相等;功能在于如梭织锦,似经络作用于肢体和脏腑,把形形色色的矛盾冲突顺理成章地勾连起来,将作者的创作意旨自然而然地注入到情节和结构中去,以增强作品的整一性、紧凑性、有机性、天然性。它可以体现为某一事件,也可以体现为某一事物;可以体现于主人公的人生道路和个人命运,也可以体现于作为第一人称之"我"或类似"我"的见闻和经历,形态是多种多样的。上引"所谓'主线',就应指描写主人公具体活动

---

① 参见《红楼梦学刊》1980 年第 4 期。

② 参见《红楼梦学刊》1982 年第 1 期。

③ 《红楼梦学刊》1983 年第 2 期。

④ 《红楼梦学刊》1986 年第 4 期。

的具有连续性的、贯穿全书的一个中心事件"云云，我以为用之说部分才子佳人小说，那还差强人意，若用以作为界定主线的标准，则太失之于以偏概全。要从《三国演义》和《金瓶梅》中找出此等中心事件已觉难如上青天，就更不用说《儒林外史》和《老残游记》一类作品了。

倒是前人的说法比较深刻些："长篇小说，所写者非一人，所记者非一事，欲其不枝枝节节，除《西游记》只写唐三藏、孙行者、猪八戒、沙和尚遇妖逢怪之事而外，未有不枝自为枝、节自为节者也。其能一气呵成者，则虽所写者人各一事，事各一人，而自有其线索可寻，挈其纲领，则全体皆举耳。故小说有以人为干、以事为支者，若《红楼》之写宝玉、黛玉是也；亦有以事为干、以人为支者，若《水浒》之一百八人，尽入梁山是也。以人为干者，线索明而易寻，盖无时无地，不有其人之出现也；以事为干者，线索伏而难寻，盖人人虽以此事为归宿，而所以至于归宿之地者，途径各别也。然在作者布局，则干又有干，支又有支，或因人而写其事，或因事而写其人，颠倒参错，自极其行文之致，而非可以一格拘者也。"① 实际上，薛宝钗在《红楼梦》艺术结构中的地位和作用，一点也不亚于林黛玉，王熙凤则更有甚于林黛玉。将宝黛并提而片言不及钗凤，不能不说是种失误。然而，谓"小说有以人为干、以事为支者"，毕竟还是只眼独具的。其实，"《水浒》之一百八人，尽入梁山"，可以用一句诗来道出其艺术结构上的特点，曰"群山万壑赴荆门"。主脉是宋江，其余各岭莫不与此相衔。因此，谓"亦有以事为干、以人为支者，若《水浒》之一百八人，尽入梁山是也"，固然没有错，即通常所说的"逼上梁山"；然而，说一部《水浒传》是以宋江的人生

---

① 冥飞：《古今小说评林》，朱一玄、刘毓忱编：《〈西游记〉资料汇编》，中州书画社 1983 年版，第 286 页。

追求及其毁灭为其情节主要结构线索，即便是鲁智深、林冲、杨志、武松等虽各有各传，亦莫不与宋江传挂钩，恐怕还更符合作者的艺术构思些。《西游记》呢？如果说孙悟空是作品的主人公，那么，从"取经缘起"部分看不到描写其具体活动的中心事件的连续；如果说唐僧是作品的主人公，那么，从"大闹天宫"部分看不到描写其具体活动的中心事件的萌发。足见，倘以"描写主人公具体活动的具有连续性的、贯穿全书的一个中心事件"相要求，虽《西游记》这样头绪并不繁多的作品亦不具备这种主线。设若着眼于"以人为干、以事为支"看问题，那么，上述现象也就不难获得令人信服的解释：却原来所谓"取经故事"，实包含着两个故事，一是唐僧为保"法轮回转，皇图永固"而矢志西天取经故事，一是孙猴子为"改恶从善，证成正果"而保唐僧西天取经故事。这种因子同样也见之于《西游记》。既然如此，在孙悟空和唐僧结成师徒关系踏上征程以前各自早期传记的情节里，当然也就不会出现什么以描写对方具体活动为特点的中心事件的贯穿。凡此，实足以证明"以人为干、以事为支"，这是常见于文学史的具有规律性的现象。这种现象的出现，我以为不只由于我国是个史传文学十分发达的国度，"以人为干、以事为支"是史传文学固有的特点，曾哺育过一代又一代的文人学士，更主要的还在于文学描写的中心是人，小说戏剧尤其如此，而人是一切社会关系的总和，所谓矛盾冲突是发生在人际之间，固而"以人为干、以事为支"也就事有必然了。只是，《红楼梦》以人为干，干自为干，干又有干，摇曳见态，挈其纲领，宛若天成；以事为支，支自为支，支又有支，纵横参错，现其情志，分外缤纷。

戏剧是通过登场人物自身的行动和对话来展示人物性格、表现社会生活的，所以"以人为干、以事为支"的作品在明清传奇中就屡见不鲜，写悲欢离合之情者尤其如此。两条主线平行发展，一以男主人公为干，以事为支，一以女主人公为干，以事为支，相互映照，而以某事为其关锁者如《拜月记》，而以某物为其关锁者如《琵琶记》，而以某物作为主人公精神品质与命运遭际的象征予以勾连并从而亦起主线作用者如《桃花扇》。要之，其写"离"也，让男女主人公自成一干，并各以其事为支，形成两条线索平行发展；其写"合"也，则以某一事或某一物为桥梁，而事固然是集中体现主人公精神品格的事，物也是主人公精神品格化了的物，几成为这类传奇的共同特点。这种艺术结构形式，虽易使情节失诸芜蔓，却具有舒卷自如的优点。

《红楼梦》是部真正的"文备众体"的杰作，举凡"众体"之所长，莫不融汇于作者的笔端并被赋予了新的艺术生命。把握住这一点也就会对《红楼梦》的艺术结构及主线问题取得一个比较明通的认识。

二、说"通灵玉"在情节结构中的作用

《红楼梦》本名《石头记》。正像"桃花扇"是《桃花扇》不容置疑的主线一样，《石头记》不容置疑的主线当是"通灵玉"，也就是青埂峰下那块幻形入世的顽石。以某一事物作主线或关目结构情节，这是传奇惯用的手法，却成为《红楼梦》结构情节的一大艺术特色。那信手可拈的内证，足以说明这一点。

内证之一："通灵玉"是书中所写"离合悲欢炎凉世态"的历史见证人。作者于开卷第一回便以神话的形式交代了此书本名《石头记》的由来，说它本是青埂峰下那块无材补天、性灵已通、幻形入世的顽石所记"坠落之乡，投胎之处，亲自经历的一段陈迹故事"。甲戌本凡例也作了解释，道是"曰《石头记》，是自譬石头所记之事也"。书中"道人亲眼见石上大书一篇故事，则系石头所记之往来，此则《石头记》之点

睛处。"这就把问题点得很清楚：既然石上编述历历的是它"亲自经历的一段陈迹故事"，当然它也就是这段"陈迹故事"的历史见证者。这种历史见证者的形象是曹雪芹的匠心独运，它类似《老残游记》中的"老残"，《二十年目睹之怪现状》中的"九死一生"，又接近西方和现代小说中作为第一人称的"我"，不仅有其自身的审美意蕴，而且还被用作勾连情节的线索。这是为文学史所证明了的。"作者自云：在曾历过一番梦幻之后，故将真事隐去，而借'通灵'之说，撰此《石头记》一书也。"书中的"通灵玉"当然就更是如此。不言而喻，"通灵玉"所记的"身前身后事"，就是贾府的盛衰及其"树倒猢狲散"。

内证之二："通灵玉"使贾宝玉成为贾府的"金凤凰"，万人漫与评说的"新闻人物"。"新涨绿添浣葛处，好云香护采芹人。"贾府的子孙中真有祖宗遗风者，恐怕要数那"草"字辈里幼年丧父、酷喜学文习武的贾兰。无论从人之常情来说，还是从维护家世利益来说，贾母作为曾祖母，王夫人作为祖母，都应更疼爱贾兰，都应该更寄厚望于贾兰，事实上也是，贾府诸子孙中最后"威赫赫爵禄高登"者当以贾兰为第一。然而，令人奇怪的是，贾母和王夫人不仅无视这种先兆，也没有将爱贾珠之心移到爱贾兰上，竟然是"玉"字辈里的"孽根祸胎，混世魔王"贾宝玉成了她们心肝尖尖上的肉。这原因何在呢？显然就在于：这个"孽障、冤家"，"一落胎胞，嘴里便衔下一块五彩晶莹的玉来，上面还有许多字迹"，万人皆说"只怕这人来历不小"，因而"乃祖母便先爱如珍宝"，恍若"命根一样"。诚然，贾政时有"嫌恶处分宝玉之心"，然而，那涵有让宝玉"抓周"的余波，倒足以说明这种"嫌恶处分之心"，实出于一种疼爱至深与期望至殷的心理变态。我们知道，"至贵者是'宝'，至坚者是'玉'"，用珍宝美玉作为饰物以示吉祥，也就成为珍贵无比的具有民俗观念的人工物。这种人工物，一经曹雪芹点石成金予以神话化，便顺理成章地不只使"通灵玉"成为贾宝玉的"命根子"，而且使贾宝玉成为贾母的"命根子"，贾府祸福之所系的"金凤凰"。从而也就为对这"今古未有之一人"作面面观提供了基础。

内证之三："通灵玉"是"木石前盟"与"金玉良缘"的灾星，勾连着贾宝玉、林黛玉、薛宝钗三位主人公的悲剧命运。程高本写贾宝玉是神瑛侍者转世，神瑛侍者是顽石化身，贾宝玉是"通灵玉"的"形"，"通灵玉"是贾宝玉的"神"，这是一种妄改。脂评本写"通灵玉"是顽石幻形，贾宝玉是神瑛侍者下凡，"通灵玉"之与贾宝玉，是"失去幽灵真境界，幻来亲就臭皮囊"，这是作者原意。"木石前盟"，"石"指"神瑛"，"瑛"乃似玉之美石；"木"指"世外仙姝寂寞林"，且隐喻其前身是绛珠仙草，而"细思'绛珠'二字，岂非血泪乎"。所以，"木石前盟"象征着不为物欲所蔽的纯洁而坚贞的苦难爱情。"金玉良缘"，"玉"指"通灵"，"通灵玉"虽也是石，可作为幻形，却成了"贵"即权势的象征；"金"指薛宝钗的金锁，象征着"富"即金钱。所以，"金玉良缘"实反映了薛府的金钱与贾府的权势结成神圣同盟。要之，贾宝玉有胎里带来的人工物"通灵玉"，薛宝钗有和尚道士给的人工物金锁，史湘云亦有祖上传下来的人工物金麒麟，唯独林黛玉却一身之外无长物。性爱是排他的，所以"通灵玉"也就成为"金玉良缘"之说投在她心灵上的阴影。欢愉时与宝玉以"金玉"作雅谑，而更多的情况下则以"金玉"自苦，以致弄得一身是病。贾宝玉也一心想砸碎这个"劳什子"，甚至在睡梦里也大声疾呼："和尚道士的话如何信得？什么'金玉姻缘'，我偏说'木石姻缘'！"尽管贾宝玉并没有"重这邪说不重人"，尽管林黛玉也获得了贾宝玉一颗纯洁的心，可他俩还是未能共践前盟，林黛玉还是魂归了离恨天。"古鼎新烹凤髓香，那堪翠斝贮玉浆。莫言绮縠无风韵，试看金娃对玉郎。"不言而喻，薛宝钗对贾宝玉有"通灵玉"，自己有金锁，而且上面錾的两句吉谶又"是一对儿",是浮想联翩,喜藏于心的。"金玉良缘"之说最后也的确变成了现实。然而,薛宝钗虽获得了贾宝玉的身却未能获得贾宝玉的心,那"金簪雪里埋"的凄冷结局,说明她的命运并不比林黛玉为佳。当然,人们对"木石前盟"与"金玉良缘"及其当事者的看法尽可以见仁见智;然而,"通灵玉"对贾宝玉爱情悲剧和婚姻悲剧的贯穿作用却是谁也无法否定的客观事实,问题在于是否注意而已。

内证之四:"通灵玉"也是绾系甄贾二氏的纽带。我们似乎不应把误入第一回正文的那条甲戌本回前批看作是个中人在故弄狡狯,想掩盖这部文学巨著的政治历史小说面目;应看到它的确点示了作者的创作意图,暗示着这是一部多少带有自传性质的小说,但又不可简单地把它看作是作者的自传,情节是真真假假,假假真真,真中有假,假中有真的,读者当用巨眼。这一总体艺术构思之体现于人物形象安排,便是那以甄贾二氏起结,以甄贾二氏贯穿全书。这甄贾二氏就是两对配成对的人物,即甄士隐与贾雨村,甄宝玉与贾宝玉。甄士隐与贾雨村的作用有二:一是,二人最初也算是君子之交,但一淡泊功名一热衷仕途,一沉一升,一出世一入世,一好一坏,好者于"贫病交攻,露出那下世光景"之际遁入太虚幻境,坏者"身后有余忘缩手,眼前无路想回头"。这种分道扬镳,无异于一开卷便从人生道路上在为主人公立极。二是,甄士隐一方面连系着神话世界的癞头和尚与跛足道人,一方面连系着现实世界的甄英莲、贾雨村、葫芦僧,其总的走向是入那太虚幻境,这也就为贾宝玉未来出路和下场作了引线。贾雨村一方面连系着平民甄士隐、甄英莲、葫芦僧,一方面连系着贾、林、薛各豪门,其总的走向是投那豪门望族,从而也就引出了三位主人公。作品以此作开端,是令人击节赞叹的。高鹗辈续书以"甄士隐详说太虚情,贾雨村归结红楼梦"作结,谅未必有悖于曹雪芹的本怀。与这两个配对人物两相映衬并配对的，是另两个更为重要的配对人物甄宝玉和贾宝玉。《红楼梦》写配对人物有个特点，就是让他们在思想性格和人生道路上相辅相成，以共同揭示现存社会制度的不合理。比如，写妙玉和惜春同是"缁衣顿改昔年妆"，妙玉则由身在佛门而心在红尘，最后走出佛门而步入红尘；惜春却由身在红尘，心在佛门，最后走出红尘而步入佛门，二人终了又同归"薄命司"。据此则知甄贾二宝玉最初虽宛若一体，但发展道路不同：一热中仕途一淡泊功名，一升一沉，一入世一出世，一成为家世利益的孝子贤孙，于"眼前无路想回头"，一成为"于国于家无望"的人，因"情极之毒"而遁入太虚幻境。显然，作者写甄贾二宝玉的目的，除了想环绕他们的人生道路和个人命运以揭示人世诸相以外，还旨在说明"贾"中有他所否定的，"甄"中亦有他所否定的，合"甄贾"有他所肯定的人生道路，合"甄贾"亦有他所否定的人生道路，"甄"中有他的影子，"贾"中亦有他的影子，这就极大地提高了作品的审美意蕴，增添了作品的朦胧美，而不致被人认出作品所写谁某是某，甚至包括个中人脂砚斋亦难以认定。[①] 而连系这甄贾二氏以密作品针线的却是那"通灵玉"，这已见之于开卷第一回甄士隐梦中见"玉"，还见之于脂批所示佚稿中之"甄宝玉送玉"。

内证之五："通灵玉"又是连接不同情境的桥梁。《红楼梦》里主要有三个世界：一是贾府正府，这是个"体仁沐德"的王道乐土。唯其如此，所以礼法森严，要求各安其位，各操其守，做到尊卑上下，秩然整肃，同时也就成为年青一代的牢笼，具有"童心"的"真人"的黑暗王

---

① 庚辰本第十九回有脂批，谓"宝玉之为人，是我辈于书中见而知有此人，实未目曾亲睹者"。

国。二是大观园，这是贾府正府的世外桃源，女儿们的乐园，也体现了作者的部分社会理想。尽管在它的上空笼罩着贾府正府的阴影，但毕竟还是得自然之理，自然之气，不失为一块相对自由的天地。这里有宝黛读曲、宝钗拍蝶、湘云拾麟、妙玉送柬、龄官划蔷，还有蛾眉结社、脂粉联吟、众艳唼膻、群芳夜宴，凡此都发泄着"儿女之真情"。它的毁灭，反映了作者清醒认识到现存社会制度只能容假、丑、恶，容不下真、善、美。黛玉葬花固然是黛玉自葬，又何尝不是作者在葬落红成阵的大观园！三是太虚幻境，这是个神话世界，也是作者历过一番梦幻之后所产生的乌托邦。这种乌托邦是过客面对无边坟地眺望天际的遐想，半出求索者的凝思，半出疲惫者的虚无；只有时代的拓荒者才有这种凝思，只有生活的挚爱者才有这种虚无。这种乌托邦不是老子的"小国寡民"，不是陶潜的"秋熟靡王税"；它以"天不拘兮地不羁"为特征，反映了作者对一种人与人的关系比较平等的、自由的、和谐的、美妙的社会的追求。三个世界相互映衬，共同展示了作品的审美意蕴；而一以贯穿这三个世界的，则是那"石头之往来"。

内证之六："通灵玉"还是完成小说环形结构的总关锁。《红楼梦》里的神话故事以顽石于青埂峰下自嗟自叹，恳请癞僧跛道携入红尘"受享受享"起，以顽石"历尽离合悲欢炎凉世态"返回青埂峰下，拜托空空道人将其所记之事"记去作奇传"止，形成了一个"情节环"；现实故事以神瑛侍者"凡心偶炽"，意欲下凡"造历幻缘"起，以贾宝玉"悬崖大撒手"，返回太虚幻境赤瑕宫止，形成了另一个"情节环"。一个祖居"青埂"——历劫"怡红"——返回"青埂"。一个家住"赤瑕"[①]——

---

① 甲戌眉批云："按瑕字，本注玉小赤也，又玉有病也，以此命名恰极。"隐喻"怡红"。

造凡"怡红"——反回"赤瑕"。顽石记其"身前身后事",是谓《石头记》;情僧录顽石之所记,是谓《情僧录》。盖情僧实即遁入太虚幻境后的怡红公子,是以上述两个"情节环"实乃二而一的。这对于表达作者的创作旨义来说,真可谓曲终人杳,江上峰青,留有余不尽之意于烟波缥缈间。凡此也就提醒我们:不能简单地以甄士隐作《好了歌注》的思想去套作者的思想。盖"青埂"者,"情根"也,不是"情僧"录了《石头记》遂易名为"空空道人",而是"空空道人"录了《石头记》遂易名为"情僧",这种以石头作关锁所形成的结构环,则"四大皆幻设,唯情不虚假"之义亦寓焉。①

前三例是就作品的审美意蕴而言的,后三例是就作品的艺术构思而言的。那么,结论当是什么呢?《桃花扇》之《凡例》有云:"桃花扇譬则珠也,作《桃花扇》之笔譬则龙也。穿云入雾,或正或侧,而龙睛龙爪,总不离乎珠,观者当用巨眼。"不妨活剥一下:"石头譬则珠也,作《石头记》之笔譬则龙也。穿云入雾,或正或侧,而龙睛龙爪,总不离乎珠",此非龙戏珠,乃神珠戏神龙者也;盖石头者通灵之物也,《石头记》者石头所记之往来也,与非通灵之物桃花扇异同如是,"观者当用巨眼"。质之于高明,不知以为何如?

三、说贾宝玉在情节结构中的作用

《红楼梦》以"通灵玉"为主线,实际上也就是以贾宝玉为主线。一部《石头记》,从某种意义上说,可以看作是神瑛侍者传。这又是怎

---

① 详见本编第十七章《究竟是悲怆地缅怀三代,还是苦痛地求索未来》,第四节。

么说的呢？

"通灵玉"作为青埂峰下"性灵已通"的顽石幻形，贾宝玉作为赤瑕宫神瑛侍者转世，而"神瑛"者"性灵已通"似玉之石也，二者实乃同一共性之不同个体。"青埂"谐音"情根"，"赤瑕"隐喻"爱红的毛病"，二者又具有内在的一致性。这是一。

"通灵玉"与贾宝玉一同落胎胞，一同回太虚幻境，平素又状若形影。诚然，原著佚稿中有"玉被误窃"、"王熙凤扫雪拾玉"、"甄宝玉送玉"等情节，说明"通灵玉"曾一度离开过贾宝玉；然而，"玉"是"通灵"的，即便一时地处南北，亦会神随贾宝玉。二者的实际关系是既定了的，那就是："失去本来真面目，幻来亲就臭皮囊。"所以，人们一提起贾宝玉就想到"通灵玉"，一提起"通灵玉"就想到贾宝玉。这是二。

"石兄"二字，脂砚斋时而用来称"通灵玉"，时而用来称贾宝玉，时而又用来称作者。当年我在与戴不凡先生争论时，对这一问题作了详尽的辨析之后，曾这么写道："胡适认为石头＝贾宝玉＝曹雪芹，固然不对，而戴不凡同志认为石头是《风月宝鉴》的撰写者，与脂批中所说的'作者'无涉，也未免失之于片面和武断。倘若一定要我以简单的公式来表示贾宝玉、石头、作者的关系，那我将写成：'贾宝玉≈石头≈作者'。而这里所说的作者，是指脂批里提到无数次的'作者'，亦即曹雪芹。"[①] 这一看法获得不少研究者的赞同。现在我要补充一点，那就是：只要不被作者瞒蔽了去，便知那"改《石头记》为《情僧录》"的"情僧"，如前所说，实际就是遁入太虚幻境后的"怡红公子"。这是三。

正因为如此，所以形成小说总体结构的上述两个"情节环"，实际上是"幻""实"相映，合二而一的。这是四。

---

① 详见本编第一章《〈红楼梦〉作者考》，第三节。

然而，这四点理由还是浅层次的，更应看到如下几点：

其一，正如李渔所说："古人作文一篇，定有一篇之主脑。主脑非他，即作者立言之本意也。传奇亦然。一本戏中，有无数人名，究竟俱属陪宾，原其初心，止为一人而设。即此一人之身，自始至终，离合悲欢，中具无限情由，无穷关目，究竟俱属衍文，原其初心，又止为一事而设。此一人一事，即作传奇之主脑也。"[①]《红楼梦》作为带有自传性质的小说，我以为也是如此。此"一人"，就是贾宝玉；此"一事"，就是贾宝玉"天分中生成"的"意淫"问题。正因如此，一方面使他成为闺阁之良友，一方面使他成为世道之贰臣。作为闺阁之良友，则有厮混内帏，甘为女儿们充役种种，以致"爱博而心劳，而忧患亦日甚"，这就形成一种社会关系。作为世道之贰臣，则有背父兄教育之恩，负师友规导之德种种，以致"可怜辜负好韶光，于国于家无望"，这就又形成一种社会关系。两种社会关系，干又有干，枝又有枝，枝自为枝，节自为节，彼此枝枝相覆盖，叶叶相交通，构成了一种立体的人物关系网，这就是我们所看到的此书横看成岭侧成峰的艺术结构形态。而这么看问题，与那条误作开卷正文的脂批所示作者创作动机也是合拍的。

其二，《石头记》又名《金陵十二钗》，是就作品的主体艺术构思而言的，亦即书中重点所写金陵十二个贵族女子的悲剧命运。题曰《红楼梦》，是就作品的总体艺术构思而言的，亦即书中所写发生在王道乐土上的"千红一窟（哭），万艳同杯（悲）"。不论从哪个角度看问题，贾宝玉均属"诸艳之冠"，处于"主持巾帼，护法群钗"的地位。这一点，书中写得很明白："恰近日这神瑛侍者凡心偶炽，乘此昌明太平朝世，

---

① 李渔：《闲情偶寄》卷1"词曲部·结构"，浙江古籍出版社1985年版，第7—8页。

意欲下凡造历幻缘，已在警幻仙子案前挂了号。警幻亦曾问及，灌溉之情未偿，趁此倒可了结的。那绛珠仙子道：'他是甘露之惠，我并无此水可还。他既下世为人，我也去下世为人，但把我一生所有的眼泪还他，也偿还得过他了。'因此一事，就勾出多少风流冤家来，陪他们去了结此案。"所以，书中风流冤家们之命运悲剧，莫不从贾宝玉之阅历中写出；"看册籍"与"观情榜"，便是其集中而具有象征意义的鲜明写照。庚辰本第四十六回有条脂批说得更直截了当："通部情案，皆必从石兄挂号，然各有各稿，穿插神妙。"这里的"石兄"，显然是指贾宝玉。岂止于此，甚至还让怡红院总一园之水，以象征怡红院"总一园之首"，作为"书中大立意"①。这又反映了作者的主体意识是何等鲜明。问题是清楚的，正如天空中的行星环绕着恒星，行星又有卫星，《红楼梦》中的贾宝玉与其他众多人物的关系也是如此，即便林黛玉和薛宝钗亦只是距这颗恒星最近的两颗行星而已。而这，也就是《红楼梦》人物安排及其相互关系的基本特点。

其三，《石头记》又名"《风月宝鉴》，是戒妄动风月之情。……贾瑞病，跛道人持一镜来，上面即錾'风月宝鉴'四字，此则《风月宝鉴》之点睛"。② 凡此也就告诉人们：此书所写的"闺友闺情"，是以讴歌"意淫"而鄙薄"色淫"为其内涵的。何谓"意淫"？《红楼梦》所宣扬的"意淫"，是对李贽"童心"说的一种长足发展，用我们今天的话来说，就是处于萌芽状态的自由、平等、博爱观念，就是朦胧的人权意识，就是初步民主主义思想。③ 唯其如此，所以贾宝玉与女儿们的关系，是"昵而敬

---

① 宋琪：《论怡红院总一园之首》，胡文彬、周雷编：《香港红学论文选》，百花文艺出版社1982年版。

② 见甲戌本凡例。

③ 详见本编第十三章《李贽的"童心"说和曹雪芹的〈红楼梦〉》。

之，恐拂其意"。毋庸讳言，"昵"者带有少男少女异性相悦的心理，而一个"敬"字则又说明贾宝玉与女儿们的交往，是以尊重对方的独立人格为前提的。以"意淫"作为人伦理想，与贾府正府所信奉的三纲五常相对立；以大观园的各遂其欲、各得其情，去否定贾府正府所要求的各安其位、各操其守，这正是作品最高思想价值之所在，因为它旨在否定封建宗法的思想和制度本身，向往一种人与人的关系比较平等、自由、和谐、美妙的社会。贾宝玉和林黛玉的情爱之所以不同于一般性爱，就在于它是这种"意淫"在两性关系问题上的深刻反映。正因如此，所以书中的不少关目，虽各有多方面的意义，然而说到底，只是为了更好地表现这种以"意淫"为准则的闺友闺情。比如，作者为什么要把贾宝玉写成衔玉而诞？还不是为了借以使"乃祖母便先爱如珍宝"，一直养于内帏，还不是为了写其闺友闺情！又如，作者为什么要将元春与贾宝玉的关系写成名虽姊弟而情同母子？还不是为了借以再给这个混世魔王增加一个保护伞，使之得获恩允与姊妹们一起住进大观园，还不是为了写其闺友闺情！再如，作者为什么要把修盖省亲别墅写成元春可以驻跸的前提？还不是如脂批所说，"大观园原系十二钗栖止之所，然工程浩大，故借元春之名而起，再用元春之命以安诸艳"，还不是要为贾宝玉与女儿们提供一个比较自由的天地，从而写其闺友闺情。还如，姚雪垠先生有个疑问："《红楼梦》中被着力描写的几个人物，贾宝玉、林黛玉、薛宝钗、史湘云等，他们的学问修养同他们的年龄、学历都不相称。一个伟大的现实主义小说作家，为什么在笔下会出现这种现象？"[①] 言外之意是，这是《红楼梦》刻画人物的失真。然而，我却认为：男子一及冠，女子一及笄，就得各奔前程；男婚女嫁了，想绘红袖添香易，欲写其闺

---

① 姚雪垠：《致全国〈红楼梦〉学术讨论会的贺信》，《北方论丛》1980年第5期。

友闺情难！唯其如此，所以大观园中的人物大多是才华洋溢的少年。天才的少年被一个一个毁灭，又怎不令为之昭传的作者"哭成此书"！作品主体意识鲜明如此，恰足以证明主人公的"意淫"问题是本书的"胆"；恰足以证明书中所写的闺友闺情，并非只是儿女之情，实反映了作者的人伦理想。

其四，《红楼梦》所写贾府的盛衰，其巨大的审美价值，可以用清人二知道人的一句话来表达，那就是："太史公纪三十世家，曹雪芹只纪一世家。……然雪芹纪一世家，能包括百千世家。"① 因而贾府它对于中国封建社会来说，堪称是露珠映日，一叶知秋。我从来没有认为把《红楼梦》的主线定为贾府的衰亡过程是完全错的，只认为它有失于普泛，没有触及问题的枢纽。② 问题的枢纽是什么呢？书中写得清清楚楚：贾府由盛而衰的原因是多方面的，但一切原因中最主要的原因却是"儿孙一代不如一代"。其所"遗之子孙虽多，竟无一可以继业"。其中"略可望成"者，"唯嫡孙宝玉一人"。因此贾宝玉走什么路、做什么人的问题，也就直接决定着贾府的盛衰。要是结合开卷《石上偈》看问题，则更可以看出在作者的艺术构思中，是将贾宝玉放在这么一种地位：他不只是贾府由盛而衰的历史见证人，而且是身系贾府祸福荣辱的直接当事人。如果我们把《红楼梦》看作是以贾府为代表的四大家族衰亡史，那么，这便是一以贯穿作品情节的主要因果线。而作为球形结构，与这条经线相交织，还有一条重要线索，那就是贾府的实际当家人王熙凤的事业悲剧。所以，他俩同是贾氏家族中最获贾母宠爱的两个人物，而当贾府处于一时烈火烹油之盛日，他俩"叔嫂逢五鬼"；当贾府面临"树倒

---

① 一粟编：《红楼梦卷》第 1 册，中华书局 1963 年版，第 102 页。

② 参见张锦池：《红楼十二论》之《也谈〈红楼梦〉的主线》，百花文艺出版社1982 年版。

猕狲散"之灾时，他俩叔嫂又同被关入"狱神庙"。"叔嫂逢五鬼"，这是由于贾府内部权力和财产再分配问题上的矛盾，是贾府内部的"自杀自灭"；叔嫂缧绁"狱神庙"，这是由于上层统治集团内部权力和财产再分配问题上的矛盾，是贾府被"从外头杀来"。"自杀自灭"也罢，"从外头杀来"也罢，灾难都首先而且同时落到他俩头上。①

其五，《红楼梦》里最生动、最美丽、最完整的故事，无疑是贾宝玉的爱情、婚姻故事。它贯彻作品的首尾，最鲜明、最集中、最完整地展示了贾宝玉的人生道路与个人命运问题，具有其他故事无法比拟的审美价值，而且在同类故事中独步古今。开卷第一回就借一个神话故事作为"木石前盟"的伏脉，紧接着于第二回又借"国贼禄鬼"贾雨村的口复高吟一联云："玉在椟中求善价，钗于奁内待时飞。"甲戌本此处有夹批，道是"表过黛玉则紧接上宝钗。前用二玉合传，今用二宝合传，自是书中正眼。"显然"二玉"合传，喻其圣洁，故而以神话故事出之，"二宝"合传，喻其世俗，故而以禄鬼之口出之。这种一褒一贬，也正好反映了"木石前盟"和"金玉良缘"是出于作者呕心沥血的构撰。因此，我的看法是："认为它是此书的主线，这当然也不无一定道理。然而，终失之于流于片面和表面。"或者换一种说法："说宝黛爱情故事是《红楼梦》的一条重要线索则可，说它是此书的主线则不确切。"② 我之所以认为贾宝玉的爱情、婚姻故事是《红楼梦》情节结构的一条重要线索，是由于它比较鲜明而集中地展示了贾宝玉叛逆性格的形成和发展，同时也反映了贾府的盛衰对贾宝玉爱情婚姻等问题的影响，这是书中任

---

① 详见张锦池：《红楼十二论》之《论〈姽婳词〉在〈红楼梦〉悲剧结构中的作用》，百花文艺出版社 1982 年版。

② 详见张锦池：《红楼十二论》之《也谈〈红楼梦〉的主线》，百花文艺出版社1982 年版。

何一个故事所无法替代的。我之所以认为如果把它看作《红楼梦》的主线则失之于流于片面，那是有鉴于它既不能勾连诸如"秦可卿死封龙禁尉"、"魇魔法叔嫂逢五鬼"、"惑奸谗抄检大观园"等重大情节，又不能勾连诸如司棋、尤三姐的爱情悲剧和贾迎春、贾探春的婚姻悲剧等重要故事，而这类情节和故事又占据着作品的主要篇幅。我之所以认为如果把它看作《红楼梦》的主线又失之于流于片面，那是鉴于作者对贾、林、薛这三个中心人物不是平列地安排的，贾宝玉是三个中心人物里面的主要人物，林和薛都是以他做中心的；更鉴于无论出身门第，还是个人才貌，林黛玉和薛宝钗均堪称"若两峰对峙双水分流，各极其妙莫能相下"，二人的优劣在于思想品格的不同，在于对人生问题的看法大相径庭。如果贾宝玉"留意于孔孟之间，委身于经济之道"，则必钟情于薛宝钗；反之，则必钟情于林黛玉。足见，"木石前盟"与"金玉良缘"二者本身又为一条因果线所贯穿，那就是贾宝玉走什么路、做什么人这么一种人生道路问题，尽管二者对此也存在着反作用，但终究是第二义的。贾宝玉爱情、婚姻悲剧的质的规定性，正在于此。作为一般作品欣赏，尽可取其大略；作为对问题的研究，却应攫取其深层。

要之，《红楼梦》是部带有自传性的以家庭题材反映人世诸相的文学作品，其核心是写以贾宝玉的"意淫"为内涵的闺友闺情及其被毁灭。其所以能成为我国封建社会的百科全书，主要在于作者在他的艺术构思中巧妙地赋予三个问题以统一性，即贾宝玉走什么路、做什么人的问题，贾宝玉爱情悲剧和婚姻悲剧的问题，贾府由一时鲜花着锦之盛而一败涂地的问题。统一当然不等于同一，但统一性却意味着具有同一性。贾宝玉的爱情悲剧和婚姻悲剧既是他悲剧性格在爱情和婚姻问题上的特殊反映，又植根于贾府家世利益的需求。贾府由一时鲜花着锦而终至一败涂地既是它内外矛盾交错作用的反映，又是贾宝玉杜绝委身于经济之道的结果。于是，贾宝玉走什么路、做什么人的问题，便成为既是贯穿其爱情悲剧和婚姻悲剧发展过程的主要因果线，又是贯穿贾府由盛而衰发展过程的主要因果线，其他情案亦或经或纬地汇集到这一点上。处处为"闺阁昭传"，处处写"闺友闺情"，处处与"石兄挂号"，处处褒扬"意淫"，这就使作品尽管情节复杂，人物众多，场面阔大，却结构紧凑，舒卷自如，放而不散，繁而不乱，浑然天成，格外具有凝聚力。

正是基于这些理由，我认为《石头记》以"石头之往来"为主线，实际上也就是以贾宝玉的人生道路为主线。这与《桃花扇》有所不同。一则由于侯方域、李香君在作品人物安排中是平列的，而贾宝玉、林黛玉、薛宝钗却不是；二则由于"桃花扇"者"妓女之扇也，荡子之题也"，是男女主人公的定情物，而"通灵玉"却不是，只是男主人公的人工物，从未起过信物作用。所以，说《桃花扇》以"桃花扇"为主线，实际上就是以侯、李的爱情悲剧为主线，那是可以的，也符合作品情节结构事实；说《石头记》以"通灵玉"为主线，实际上就是以贾、林爱情悲剧和贾、薛婚姻悲剧为主线，那是不确切的，也不符合作品情节结构事实。

四、"借得山川秀，添来景物新"

《红楼梦》这种"以人为干，以事为支"的艺术结构形态，是对明清长篇小说艺术结构形态的超越，也是对它有意识的扬弃与反思性的继承，其共同模式则是对史传文学的借鉴。

《水浒传》的艺术结构形态是"群山万壑赴荆门"，《红楼梦》的艺术结构形态是"横看成岭侧成峰"，一是条状的，扁形的，一是网状的，球形的，乍一看来，真有天壤之别；然而，细审却有惊人相似的地方，这主要是在人物安排上：一部《水浒传》，以宋江为"主"，其余好汉是"宾"，状若绿叶红花；写好汉们之上梁山，各有各的道路，一些主要英雄还有相对独立的传记，却时早时晚，莫不与宋江挂钩。一部《红楼梦》，以贾宝玉为"主"，其他风流冤家是"宾"，情同众星拱月；写"通部情案"，"各有各稿"，"皆必从石兄挂号"。这惊人的相似之处，又有其不同之点：宋江于杀惜前出场甚寡，其他好汉与宋江汇合之日就是性格完成之时，施耐庵一般只以"宾"托"主"，不以"主"衬"宾"。贾宝玉则贯穿各回，其他风流冤家环绕贾宝玉活动之时就是性格展现之日，曹雪芹既以"宾"托"主"，也时而以"主"衬"宾"，"撕扇子作千金一笑"，便是如此。

《三国演义》和《红楼梦》的艺术结构都是网状的，一是平面的，一是立体的。这种异同点是研究者们早就注意到了的，没有注意到的似乎是如下几点：一是，《三国演义》写三国人物，一国有一国的中心人物，魏国先是曹操，继之是曹丕，继之是司马懿；蜀国是诸葛亮，亮出山前是刘备，归天后是姜维；吴国先是孙策，继之是孙权，继之是孙皓。《红楼梦》写三个世界，一个世界有一个世界的中心人物，太虚幻境是警幻仙姑，大观园是贾宝玉，贾府正府是王熙凤；写大观园，一处有一处的中心人物，怡红院是怡红公子，潇湘馆是潇湘妃子，蘅芜苑是蘅芜君，秋爽斋是蕉下客，缀锦楼是菱洲，蓼风轩是藕榭，稻香村是稻香老农。二是，《三国演义》写三国的君臣关系，一国有一国的特点，蜀不同于吴，吴不同于魏。《红楼梦》写三个世界及大观园的人际关系，一处有一处的特点，贾府正府不同于大观园，大观园不同于太虚幻境，潇湘馆不同于蘅芜苑，缀锦楼也不同于秋爽斋。三是，《三国演义》写三国之间的关系，以蜀国为中心点，以东联孙吴、北伐曹操为情节发展框架，以蜀国有诸葛亮则兴、无诸葛亮则衰为作品主要因果线，诸葛亮既是蜀国中心人物，也是作品当然主人公；尽管他未能也不可能贯穿作品首尾情节。《红楼梦》写三个世界以大观园为中心，写大观园以怡红院总一园之首，写贾府的盛衰以贾宝玉走什么路、做什么人问题为作品主要因果线，贾宝玉既是大观园中心人物，也是作品当然主人公，并一以贯穿作品首尾情节。两相对照，二者神似之处，似乎还是依稀可见的。当然，《红楼梦》写大观园，一处有一处景致，一处有一处意境，凤尾森森蕴含着主人情愫，翠蔓紫石寄寓着作者褒贬，还熔铸着绘画艺术长卷的营构特点，那是不言而喻的。

　　《西游记》是"短篇组成的长篇"①，与《红楼梦》的艺术结构形态似乎毫无共同之处。其实不然。鲁迅先生说："自有《红楼梦》出来以后，传统的思想和写法都打破了。"这无疑是正确的。然而，这种打破，实始于《西游记》而成于《红楼梦》。这里只想谈三点：一是，不论孙悟空，还是贾宝玉，都是具有"童心"的"真人"，只是由于时代发展阶段不同，一体现为"猿的形态"，一体现为"人的形态"。②如果说《红楼梦》是"怡红公子传"，那么，《西游记》就是孙悟空的英雄传奇。两位主人公都具有勾连作品情节的主线作用，也都是"带着自己心理的整个复杂性的人"。二是，《三国演义》的形象体系的内部构成是二维的，亦即以忠奸对立为其模式。一边是各为其主的忠臣义士，一边是背主忘恩的乱臣贼子；然后再一一根据人物的对封建道德的规范的依违程度，分别给予不同的合乎分寸的褒贬。《水浒传》作为"乱世忠义"的颂歌，其形象体系的内部构成，实际上也是如此。《西游记》作为孙悟空的英雄传奇，是部借神魔以写人间的文学巨著。它在中国长篇小说发展史上，首

---

　　①　详见张锦池：《论〈西游记〉艺术结构的独创性与完整性》，《文学遗产》1987年第5期。

　　②　详见本编第十五章《究竟是主张制约"童心"，还是鼓吹放纵"童心"》。

次突破了这种忠奸对立的二维模式。它的形象体系的内部构成是三维的，一维是以孙悟空为代表的社会中下层人民的进步势力，一维是以神祇为代表的封建正统派的保守势力，一维是以妖魔为代表的贪官劣绅等的反动势力；孙悟空与神佛有斗争，也有妥协，神佛与妖魔有争斗，也有勾结，妖魔与孙悟空的矛盾，则是你死我活的，这就比较符合当时人们的基本社会关系，而未被纳入抽象的道德观念的框架。《桃花扇》与《红楼梦》等莫不蒙受这一三维模式的影响，发展而形成中国叙事文学作品形象体系内部构成另一传统形式。①《红楼梦》的形象体系的内部构成："忠奸斗法"的模式在这里已荡然无存。作为以家庭题材反映人世诸相的文学巨著，作者在进行艺术构思时，在父辈与子辈之间划条线，对同一辈分的人在男性与女性之间划条线，这就使作品的形象体系主要是由两大组对立的形象所构成：一乃父辈与子辈形象的对立，父辈莫不因循守旧，子辈中却激荡着要求改革的思潮；一乃男子形象与女子形象的对立，男子是"泥做的骨肉"，却处于社会中心统治地位，女子是"水做的骨肉"，却被社会剥夺了独立的人格。具有初步民主主义思想的主人公贾宝玉地位最为特殊，他对于保守的父辈来说，是"混世魔王"，而对于薄命的"女儿"来说，又是"怡红公子"。正是在这个意义上，我认为一部《红楼梦》可以称之为"怡红公子传"。要是对贾宝玉所连系的这两大组对立的形象再略加考察，则又不难看出它包容着多种社会势力，三组主要社会矛盾。那就是：地主阶级叛逆者的社会势力及其与封建卫道者社会势力的矛盾；地主阶级内部各派系的社会势力及其在环绕权力和财产再分配问题上的矛盾；被压迫阶级的社会势力与封建统治阶

---

① 详见张锦池：《论〈西游记〉艺术结构的独创性与完整性》，《文学遗产》1987 年第 5 期。

级的矛盾及其在被压迫阶级内部的反映。三组矛盾交错演进，而焦点是汇集在贾宝玉身上。三是，《西游记》的艺术结构形态是彩线贯珠。"珠"就是相对独立的众多的短篇，"彩线"就是那时而不睦时而和谐的取经小家族，而孙悟空则是组成这一彩线的一条金线。这是由于：作者以孙悟空为核心，环绕这一形象在人物安排上具有多层次性；而唐僧与猪八戒及沙和尚则是距孙悟空最近一个层次上的形象，与孙悟空的形象具有星月交辉、寓庄于谐的美学效用。[①] 这似乎也给曹雪芹以启迪。贾宝玉作为"诸艳之冠"，距他最近一个层次上的形象是林黛玉和薛宝钗。这三个情窦初开而又皆不能主宰自己命运的小儿女，时而心照不宣时而口齿含讽，以这种感情上的纠葛为线索去与其他"情案"星月成辉，就更能起到一种戚而能谐的美学效用。尽管王熙凤作为"通部情案"之一，也得"从石兄挂号"，但毕竟同时又是贾府正府的中心人物，其在艺术结构中的地位和作用，实有甚于林黛玉和薛宝钗。距她最近一个层次上的形象，实际不是贾琏和平儿，而是贾母和王夫人。这祖孙三代所组成的小家族，成日笑语如珠，令人似坐春风，实际却各有各的算盘，令人若履薄冰。以此为线索去勾连世务，具体反映这个诗礼簪缨之族的悲剧命运，也就更易于收到婉而多讽的美学效果。所以，我曾说《红楼梦》在艺术结构上有个显著特点，那就是球形的，亦即"在情节安排上是'千经万纬'，'千经'中最绚烂的一条是贾宝玉的爱情悲剧和婚姻悲剧故事，'万纬'中最斑驳的一条是王熙凤的'半世'事业悲剧故事，其他风流冤家或人物的悲剧故事或经或纬地纵横穿插于其间，而以贾宝玉走什么路、做什么人的问题作为贯穿三者发展过程的主要脉络所形成的'横看

---

① 详见张锦池：《论〈西游记〉艺术结构的独创性与完整性》，《文学遗产》1987 年第 5 期。

成岭侧成峰’式的立体多层次网状结构”①。

《红楼梦》"深得《金瓶梅》之壶奥"，这是脂砚斋早就指出了的。《金瓶梅》的最大特点，是以一个恶霸家庭的盛衰展示了中国封建社会末期富有时代特征和地方色彩的画面，而却无一个一以贯穿全书的相对完整故事。恶霸西门庆既是作品中心人物，也是作品主要线索。作品情节的展开是环绕着西门庆对于色欲兽性的追逐和放纵，对于金钱和权势不择手段的谋取，时分时合地形成三条线索：一是情色交易，这使他由一妻二妾而一妻五妾，"以下歌儿舞女，得宠侍妾，不下数十。端的朝朝寒食，夜夜元宵"。直至成为招宣夫人林太太的奸夫。二是商业交易，这使他由开一个生药店、家中放官吏债而开四五处铺面，"田连阡陌，米烂成仓，赤的是金，白的是银，圆的是珠，光的是宝"，直至一手垄断了清河县的经济。三是政治交易，这使他由勾结县吏、包揽词讼而成为提刑院掌刑千户，"东京蔡太师是他干爷，朱太尉是他卫主，翟管家是他亲家，巡抚、巡按都与他相交，知府、知县是不消说"，直至一手把持了清河县官府。这样，就以西门庆的淫心和贪欲为描写中心，以西门庆的发迹暴亡和家业兴替为主干，上到最高统治政权，下至各级文武官员、基层吏治机构、市井无赖、帮闲媒婆、医生妓女、和尚道士等等，构成了一个腐朽不堪、暗无天日的鬼蜮世界。② 显然，这种艺术结构形态，是种辐射型的立体网状球形结构形态，它给予《红楼梦》的影响显然是深刻的。然而也有不同之点，那就是：作者为写西门庆家业兴替，

---

①　详见张锦池：《红楼十二论》之《论〈姽婳词〉在〈红楼梦〉悲剧结构中的地位》，百花文艺出版社 1982 年版。按王熙凤故事实亦作品的经线，说见本编第十一章《论〈红楼梦〉的结构学》，第四节。

②　参见北京大学中文系 55 级编：《中国文学史》，人民文学出版社 1959 年版，第 294 页。

安排了一个西门庆的影子人物陈经济，第七十九回西门庆一死，陈经济就代之而成为作品的中心人物，从而也就影响了作品情节结构的紧凑性，艺术魅力亦大不如前。不若《红楼梦》贯之以"宝玉居群艳之冠"，直至曲终人散，江上峰青，这又是它胜蓝之处。

《红楼梦》开卷便对才子佳人小说作了严肃的批判，那么，它对明末清初盛极一时的才子佳人小说，是否也存在有意识的扬弃或反思性的继承呢？答案似乎是肯定的。于植元同志在他的《〈林兰香〉校后记》里写道："在个人看来，本书作为以反映妇女问题为主的古代小说，是有着进步意义的，何况它提出了不少要求婚姻、爱情、友谊都敢于突破当时封建礼教桎梏的主张，其中蕴藏着可贵的民主思想的闪光。而在场面、规模的设计和描写上，有超越《三国演义》、《水浒传》、《西游记》和《金瓶梅》之处，且又遥为后起的长篇巨著《红楼梦》开了先河。"[①] 我以为这符合事实。比如，书中"作为书名的三位女主人公林云屏、燕梦卿和任香儿，林、香的姓名皆见于字面，而燕梦卿却标以'兰'字居于林、香二者之间，作者是有深意的。这一面是取《左传》中所载郑文公妾燕姞梦见天帝赐兰的故事，故以'兰'字作'燕'字的代称；而另一面，也是作者主要的用意所在，是取赐兰故事中'兰为国香，人服媚之'语意，标明本书中的主要角色燕梦卿的品格之高"[②]。《红楼梦》里薛宝钗的名字含贾宝玉的"宝"，林黛玉的名字含贾宝玉的"玉"。"二宝合传"，喻世俗之贵富，"二玉合传"，喻品格之坚贞，也还是才子佳小说之故伎。男女主人公贯彻作品始终，更是才子佳人小说的普遍特点。

明清传奇的艺术结构形态有失于千人一面，《桃花扇》集其大成而

---

① 　于植元：《〈林兰香〉校后记》，春风文艺出版社 1985 年版。

② 　同上。

又有所创新。《三国演义》、《水浒传》、《西游记》、《金瓶梅》作为说部四大奇书，在艺术结构上各有自己的面目。"以人为干，以事为支"，则是其共同特点与发展趋势。"借得山川秀，添来景物新。"这是黛玉的咏大观园诗，我愿引来为《红楼梦》的艺术结构形态及主线问题作结。一部《红楼梦》正是以描写贾宝玉的"意淫"为中心，以贾宝玉走什么路、做什么人的问题为主线，谱写了一曲令人热耳酸心的青春的悲歌，从而完成了对封建宗法的思想和制度的总解剖和总批判，在中国思想史上第一次发出了"救救青年"的呼喊。

第十一章 论《红楼梦》的结构学

一、引言

英国哲学家卡尔·波普尔有句名言："科学并不想证明什么，它只重视发现。"如果不是错觉，而是事实如此，那我愿意将自己的一点发现公诸同仁——《红楼梦》艺术结构的主要特点，其数理文化，好像多"四"，实则多"三"；其中的"四"也不是由"二二"组成，而是种"三正一闰"或"一主三从"关系；不但富于奇数型的对称美，而且还呈现出一种奇、偶相若的审美效应，最后则形成一个美丽的"情节环"。

二、本旨：三种悲剧构架

《红楼梦》的思想和艺术是说不完的。如果从作品的审美意蕴去探寻它的主题思想，由于眼光和立足点不同，见仁见智，江山代有才人出，是正常的。然而，如果从带有某种"自序"性质的前五回去考察作者的创作意图，那我将毫不犹豫地赞同"三种悲剧构架"说[1]。

---

[1] 丁淦《〈红楼梦〉的三线结构和三重旨意》(《红楼梦学刊》1983年第2期)最早提出此说，而以刘敬圻《〈红楼梦〉主题多义性论纲》(《红楼梦学刊》1986年第4期)给笔者启发尤多，第二部分的某些提法鉴此。笔者所论主要是曹雪芹笔端的《红楼梦》，佚稿部分以脂批及前八十回中伏线为据。

其一，作者要为一位"怡红公子"作传，即描写贾宝玉的精神悲剧，把他的以"意淫"为内涵的人生价值观念和人生足迹描摹给世人看。那似贬实褒的两首《西江月》，是《红楼梦》的第一组主题歌。它凝聚着贾宝玉型精神悲剧的主要内涵并界定了其质的规定性。

其二，作者要为一群青年女子作传，即描写以"金陵十二钗"为主体的"异样女子"的人生悲剧，将她们的真善美和才学识被毁灭，殊途同归于"薄命司"的苦难历程展示给世人看。那饱含着赞赏和痛悼之情的《红楼十二支曲》，是《红楼梦》的第二组主题歌。它不失为"千红一窟（哭），万艳同杯（悲）"的缩影。

其三，作者要为一个"诗礼簪缨之族"作传，即描写赫赫扬扬已历百世的贾府由于坐吃山空、儿孙不肖而日益衰微的历史悲剧，将这个百年望族的人生价值观念及藏于礼法帷幕后面的"自相戕戮自张罗"情景描绘给世人看。那半含讥弹、半是挽歌的《好了歌》、《好了歌解》，是《红楼梦》的第三组主题歌。它揭示了地主阶级人伦理想和人生追求的虚妄，勾画了封建统治阶级内部各政治集团、家族及其成员之间为"冠带家私"鸡争鸭夺，兴衰荣辱迅速传递的历史图景。

《红楼梦》中的这三种悲剧，各有自己独特的审美价值，是不能相互包孕，彼此取代的。

不少研究者曾对贾宝玉的精神悲剧作出了精辟论析，指出："贾宝玉型的精神悲剧是很新鲜的。在这一人物的思想历程中，已不存在传统的怀才不遇、壮志难酬的忧愤，也不会出现什么身在山野、心在魏阙式的矛盾，它满溢着新的烦恼。一是摒弃了传统的以建功立业为内核的人生价值观念之后，却找不到比较恰当的人生位置而产生的苦闷；一是亵渎了现存的以三纲五常为法典的人与人关系准则之后，却找不到真正和谐的立足之境而产生的苦闷。"① 这里必须着重补充两点：一是鄙弃了以维护封建等级制为前提的儒家仁政理想之后，却找不到"天不拘兮地不羁"的人间乐园而产生的苦闷；一是发现了人们于"体仁沐德"的匾额下畅饮"群芳髓"，却无力扫除那些食人者而产生的苦闷。那游弋于他心田的"大无可如何"的失落感和幻灭情绪由此四种苦闷而生，那萦绕于他脑际的深厚的怀疑论和悲观论亦由此四种苦闷而滋。这种精神悲剧，是古已有之的某些民主主义精神和时代造就的某种人文主义情绪的融汇，是地主阶级贤明派的进步性已经消亡而处于萌芽状态的资本主义生产关系尚未胎动的那个时代的产物和反映，它表明儒家的王道思想既已在贾宝玉心中破产，而贾宝玉理想中的社会形态又极其朦胧。"路漫漫其修远兮，吾将上下而求索。"举凡新时代的拓荒者面对无际坟地，举凡守身如玉者面对扑天浊流，都可能产生贾宝玉型这种莫可名状的苦闷。难怪鲁迅早年会对贾宝玉的精神悲剧感到"格外同情"。

其实，那以"金陵十二钗"为主体的青年女子的人生悲剧也是很新鲜的。它以注重"发泄儿女之真情"而具有难以企及的独特审美价值。特别是，作者放眼于"厚地高天，堪叹古今情不尽；痴男怨女，可怜风月债难偿"这一今古同悲的青春命运史，以他笔端爱情婚姻故事的绚丽多彩和思想深度，证明人的感情表现具有无穷的可能性，恍若世界上没有两片相同的树叶似的；从而讴歌了青年女子的体态美、才智美、情欲美、性灵美，痛悼了她们在各自不同的遭际中被摧残、被扭曲、被蹂躏、被毁灭，这就使作品中的青年女子的悲剧美不只具有时代的高度，而且具有历史的深度。"女儿是水做的骨肉，男人是泥做的骨肉。我见了女儿，我便清爽；见了男子，便觉浊臭逼人。"这种建立在对男性贬

---

① 刘敬圻：《〈红楼梦〉主题多义性论纲》，《红楼梦学刊》1986 年第 4 期。

斥上的对青年女子的价值和尊严的崇尚，简直像平地一声雷，具有振聋发聩的作用，不只是对"男尊女卑"的传统观念的严峻挑战，不只是对"重男轻女"的社会习俗的过正矫枉，更主要的，它是要通过对男权的否定进而否定以男性贵族居中心统治地位的封建专制主义的合理性。所以，尽管《红楼十二支曲》中也有宿命论的说教，但书中实际所写那决定青年女子命运的，却不是"神"的法则，而是"人"的法则。① 时至今日，在中外文库中还没有一部作品能像《红楼梦》那样按照审美规律反映了爱情或不幸婚姻的感受的多样性；反映了爱情或不幸婚姻的感受的各种方式和变体及其与社会环境的特点和人物心理的个性特点的联系！作者在表现以"金陵十二钗"为主体的青年女子的价值、尊严和悲剧美方面所作出的贡献，是卓尔不群、超尘脱俗，不可企及的。

然而，贾府的历史悲剧又何尝不是很新鲜的呢？说到它的独特的审美价值，清人二知道人有一见解是非常精辟的："太史公纪三十世家，曹雪芹只纪一世家。……然雪芹纪一世家，能包括百千世家。"②"其称文小而其指极大，举类迩而见义远"③，恐怕也是罕见于世界文库的。"君子之泽，五世而斩"，自古皆然。贾府自"水"字辈至"草"字辈正好五世，难云作者无意。贾府历史悲剧之独特审美价值还在于它绘声绘色地写出："君子之泽"所以"五世而斩"，实由于封建统治阶级内部财产和权力再分配的斗争在不断进行；而对于贾府"这样大族人家，若从外头杀来，一时是杀不死的，这是古人曾说的'百足之虫，死而不僵'，必须先从家里自杀自灭起来，才能一败涂地！"这种对封建宗法家族盛衰原因的总结，闪耀着哲理的光辉，不失为科学的判断，具有一语破的

---

① 详见张锦池：《红楼十二论》，百花文艺出版社 1982 年版，第 52—54 页。
② 一粟编：《红楼梦卷》第 1 册，中华书局 1963 年版，第 102 页。
③ 《史记·屈原贾生列传》第 8 册，中华书局 1982 年版，第 2482 页。

之特点。贾府不是《水浒传》一流作品所贬斥的"为富不仁"之第，恰恰是《水浒传》一流作品所褒扬的"富而好礼"之族。贾府历史悲剧之独特审美价值更在于它惟妙惟肖地写出：贾府所"好"的"礼"，它作为封建社会贵族等级制的社会规范和道德规范，不只是禁锢年轻人个性发展的枷锁，不只是扼杀青年一代幸福的魔爪，不只是吞噬具有"童心"的"真人"的怪兽，同时也是培育不肖子孙的温床——它使凭借封建特权而袭爵者成为行尸走肉，它使恩荫获禄者头脑冬烘，它使"克己复礼"者思想空虚，它使"礼"为我用者成为于世路上好机转的巧伪人。于是，作者对封建宗法家族的批判就变成对封建宗法的思想和制度的批判。诚然，当作者企图从宏观上对名门望族兴亡盛衰现象作论理的解释时，曾陷入了诸如"千里搭长篷没有不散的筵席"、"乱烘烘你方唱罢我登场"之类虚无主义和历史循环论的泥淖，这反映在《好了歌》和《好了歌解》上尤为鲜明；然而，只要人类社会还存在着人剥削人的现象，那种为金钱和权势鸡争鸭夺、兴衰荣辱迅速转递的历史图景，就会如影随形跟随着剥削阶级内部各政治集团、家族及其成员。所以，曹雪芹笔端的虚无主义和历史循环论虽则也是荒谬的，却十分深刻，因为它点明了一种包含着某种客观真理的实在。

《红楼梦》中的这三种悲剧虽然各有自身的审美价值，不能相互包孕，互相取代，但却相互依存，互相渗透，共同构成一种天然浑成的三棱镜形态，以映射生活的光谱。

青年女子人生悲剧既是百年望族"齐家"以"礼"的必然结果，也是催发贾宝玉叛逆思想的重要诱因；"护法群钗"既是贾宝玉叛逆思想的主要表现形态，也是百年望族之中兴希望化为泡影的鲜明征兆和标志；贾府运终数尽既加速着青年女子趋于毁灭的苦难历程，也激化着贾宝玉的逆反心理并推动着其叛逆思想的不断发展。一切皆那么"追踪蹑迹"，一切都那么水到渠成，而人们从中看到的生活光谱，却是"红楼小天地，天地大红楼"。

然而，光认识到这一点还是不够的，还必须看到这三种悲剧在《红楼梦》中不是平列的，无主次的，最主要也是处于中心地位的，是贾宝玉的精神悲剧。

这又是怎么说的呢？道理很清楚，贾府的历史悲剧可以看作青年女子人生悲剧和贾宝玉精神悲剧的典型环境；贾府的历史悲剧和青年女子的人生悲剧又可共同看作贾宝玉精神悲剧的典型环境。还可以从另一个角度看问题：就贾府的历史悲剧而言，贾宝玉是"混世魔王"；就青年女子的人生悲剧来说，贾宝玉是"怡红公子"。"怡红公子"与"混世魔王"，只不过是贾宝玉同一精神世界的两个侧面而已。正因为如此，所以我认为从某种意义上说，《红楼梦》无异于一部"怡红公子传"。脂砚曾以"石兄"戏称贾宝玉。该书本名《石头记》，其寓意恐怕与此不无关系吧！

问题是，贾宝玉的爱情悲剧和婚姻悲剧是《红楼梦》中的重要情节，我们可不可以据此将它与上述三种悲剧相提并论而认为《红楼梦》具有"三种以上"基本悲剧构架呢？正确的回答当是"三正一闰"，那"一闰"就是贾宝玉的爱情悲剧和婚姻悲剧。这是由于：如果从作品形象体系内部构成的特点及作者的创作意图看问题，就宝黛钗爱情婚姻悲剧的主人公来说，则理应将它融汇到贾宝玉精神悲剧、青年女子人生悲剧两大悲剧之内；就宝黛钗爱情婚姻悲剧是植根于当事者的思想性格与贾府家世利益的依违来说，则又理应将它视作贾宝玉精神悲剧、青年女子人生悲剧、百年望族历史悲剧三大悲剧交错感应的结果与必然，称之为"一闰"是合适的。

《红楼梦学刊》曾刊登了一篇题名为《关于〈红楼梦〉主题的争鸣

现状》的报道①，将三中全会以来"集中探讨《红楼梦》主题的专论性文章"归纳为八种说法；认为这八种说法有一个"大前提"是一致的，即《红楼梦》是一部反封建小说"，"言人人殊，众说纷呈"的，是"围绕着"什么问题来表现"这个高度概括了的大前提"的？这一估量，是相当平实而中肯。如果我们的这种"三种悲剧构架"说是有道理的，再结合对作品形象体系的内部构成的特点及其所涵审美意蕴作番考察，那么，似应对《红楼梦》的主题思想作如下归纳：小说围绕着贾宝玉的精神悲剧，并通过青年女子的人生悲剧和贾府的历史悲剧之层层展示，深刻地批判了封建统治阶级"以理杀人"的罪恶，揭露了封建宗法的思想和制度的不人道，谱写了一曲情爱的颂歌、"童心"的赞歌、青春的悲歌，从而发出了"救救青年"的呼喊。②这在中国文学史和哲学史上是第一次，一声声令人热耳酸心。

三、情节："三波九折"相激成澜

"淡淡写来"而"一波三折"，折自成波而波又生折，是《红楼梦》情节描写的一大特点。如果我们把贾宝玉精神悲剧、青年女子人生悲剧、贾府历史悲剧看成作品中的"三波"，那么，"三波九折"相激成澜，浪峰交错而波纹回互，便成为《红楼梦》的主体结构与情节开展形态。

《红楼梦》写贾宝玉精神悲剧的历程，一波三折法是显而易见的。举其荦荦大者，则有贾宝玉叛逆性格的三个重要的发展阶段；若至其间委曲小变，则不可胜道。

---

① 载《红楼梦学刊》1985年第1期。
② 详见本编第九章《论〈红楼梦〉悲剧主题的多层次性》。

第一个阶段，其标志是"不肖种种大承笞挞"。这是他与贾政之间的一次正面冲突。其酝酿过程是：贾宝玉"愚顽怕读文章"，在家喜"内帏厮混"，在外爱"游荡优伶"。"愚顽怕读文章"已使贾政积忿于膺；"游荡优伶"则有"蒋玉菡情赠茜香罗"，则有同情并支持蒋玉菡逃离忠顺王府，则又有王府长史官登门索人给贾政以难堪；"内帏厮混"则有与金钏儿笑谑生祸灾，则有"含耻辱情烈死金钏"，则又有"手足耽耽小动唇舌"。这次大承笞挞使他从严父的道貌上看出了狰狞，从卑贱者的反抗中发现了曙色，故而宣称自己"便为这些人死了，也是情愿的"，从而在人生道路上坚定地迈出了叛逆性的一步。具体表现在他于鞭痕痛楚时所作的三件事上：一是"情中情因情感妹妹"，毅然唾弃了家长们所散布的"金玉良缘"之论，与在叛逆道路上往往较他先行一步的知音林黛玉赠帕定情。二是求莺儿打两根络"汗巾子"的络子，而在指定的配色上，则知一根是留给自己用，络蒋玉菡送给他的大红色汗巾子，一根是送给蒋玉菡，络他送给蒋玉菡的松花色汗巾子。三是曲意要金钏的妹妹玉钏"亲尝"他所爱吃的"莲叶羹"，以表露他对金钏的死"又是伤心，又是惭愧"之情。从此，也一扫以往那种与袭人云雨偷试、与秦钟疯言疯语之类王孙公子的纨绔习气，那种撵茜雪、骂晴雯、踢袭人之类富贵公子的暴戾脾气；与女孩子们的关系更严肃、更纯洁了，也更敬重、更体贴她们了，精神境界获得一次升华，"喜出望外平儿理妆"、"呆香菱情解石榴裙"，他的心理活动，便足资佐证，显然是作者的着意赋彩。

第二个阶段，其标志是"痴公子杜撰芙蓉诔"。这是他与王夫人之间的一次正面冲突。其酝酿过程是：贾府的奴婢们自觉不自觉地想摆脱封建礼法的束缚，直发展到"各屋里大小人等都作起反来了，一处不了又一处"，而怡红院里的"作反"则直接获得了贾宝玉的同情或支持；

邢夫人作为贾府的长房长媳以不能染指家政心怀不满，想利用绣春囊事件打王熙凤一个下马威，同时也给王夫人以一点难堪；王夫人以为贾宝玉所以"愚顽怕读文章"，是被丫鬟们"勾引坏"的，当她知道绣春囊并非王熙凤之物，便决意在奴婢们中间查个"谁青谁白"，其结果是导致"惑奸谗抄检大观园"，导致"俏丫鬟抱屈夭风流，美优伶斩情归水月"，导致大观园中的青年女子首批风流云散。这次奴婢们的风流云散使他又从慈母的笑脸上发现了血污，从"华林"中呼吸到"悲凉之雾"，从卑贱者的血泪上看到了火爆的反抗，也使他认识到同是"巾帼"却有"鸠鸩"和"鹰鸷"之分，而同是"闺闱"又有"蒺藜"和"苣兰"之别。就在王夫人一口咬定晴雯是"狐狸精"的时候，他却一字一血地写下了《芙蓉女儿诔》，一面用金玉、冰雪、星辰、花月等来赞美晴雯的高洁，一面宣称"钳诐奴之口，讨岂从宽；剖悍妇之心，忿犹未释"。明显地表露了他对诐奴及其主子的愤怒情绪。这表明了他的民主主义思想的深化，不再认为自己对晴雯的死犹如对金钏的死有什么责任；也说明了在他的内心深处实质上已经撕掉了他和王夫人之间那层封建宗法关系的温情脉脉的面纱，不再将自己的幸福寄托在这位"大善人"身上。

第三个阶段，其标志当是脂批所示佚稿中的"宝玉砸玉，黛玉泪枯"，以及接踵而来的宝玉被关入"狱神庙"，黛玉"魂归离恨天"。"宝玉砸玉，黛玉泪枯"，显然是由于贾府为维护家世利益而决定与薛府结成新的联姻。这是他和贾母之间的一次正面冲突。贾府被查抄当然是这个百年望族的内部矛盾以及与忠顺王府等外部矛盾交错作用的结果，然而导火线则有可能是贾宝玉所作的《姽婳词》[1]；这位"怡红公子"所以

---

① 详见张锦池：《红楼十二论》之《论〈姽婳词〉在〈红楼梦〉悲剧结构中的地位》，百花文艺出版社 1982 年版。

与放高利贷和包揽词讼的王熙凤同入囹圄，其大原因恐怕也就在此。这次灾难使他又从老祖母佛面常笑的牙缝里发现了被食者的鲜血，从锦衣卫寒光闪闪的刀尖上看到了本阶级的真相，从而促使他登上那人生"迷津"中由"木居士（指"草木之人"林黛玉）掌舵，灰侍者（指死后焚化成灰的晴雯）撑篙"的"木筏"成为"于国于家无望"之人；"空对着，山中高士晶莹雪；终不忘，世外仙姝寂寞林"，致因"情极之毒"而遁入空门成为"情僧"。

还记得吗？贾宝玉曾和林黛玉说："我心里的事也难对你说，日后自然明白。除了老太太、老爷、太太这三个人，第四个就是妹妹了。要有第五个人，我也说个誓。"哪知"老太太、老爷、太太这三个人"，亦即贾府的三位仁者，竟是贾宝玉人生历程中要过的三座关卡！这三座关卡，实际上又形成了贾宝玉叛逆思想发展的三个层面。这三个层面，实际上又莫不由封建统治者和被统治者、封建统治集团内部、封建正统势力和叛逆者三组矛盾交织组成；其中，前两组矛盾是基础，后一组矛盾是主导，而焦点则汇集在贾宝玉身上。庚辰本第十五回有脂批云："《石头记》总于没要紧处闲（用？）三二笔写正文筋骨，看官当用巨眼，不为彼瞒过方好。"贾宝玉的那段话除了它向林黛玉有表露感情的意义之外，倒可作为这条脂批的有趣例证。于此可以看出，作者写贾宝玉叛逆性格发展的三个阶段，是自知的，强意识的。

与此形虽小变而神则无二，《红楼梦》写贾府的历史悲剧，是通过刘姥姥三进荣国府、贾府三次红白喜事，以及所谓始以"三春"、终以"三秋"等横云断岭而又遥相掩映的横断面来展现其盛衰、荣辱、聚散历程的。这种对一波三折法的化用，尤令人叹为观止。

须知，雪芹笔端的"刘姥姥三进荣国府"，其主要审美价值不只在于它一般地呈现了贾府外强中干的豪华生活及其最后"好一似食尽鸟投林"的悲凉景象，还在于它拿刘姥姥"这个乡里人和国公府的人作对照，把社会两极端的人物风貌和内心精神作了无比鲜明深刻的描绘"①，从而展示了贾府历史悲剧发展过程中的三个不同色调的横断面。我们知道，在贾府的女性主子中居于特殊重要地位的有三个人：一是贾母，一是王夫人，一是王熙凤。贾母是国公府的最高权威，王夫人是家政大权的执柄者，王熙凤是总揽事务的实际掌权人。"一进荣国府"，刘姥姥是替揭不开锅的女婿家打抽丰而"舍着我这副老脸去碰碰"运气的，在周瑞家的大力帮助下见到了王熙凤。二人形成了一种施舍和告贷关系，两种不同的性格和心态在我们面前对比着：一个那么"人大面大"，骄矜珍贵，举止舒徐，乖滑伶俐，言不由衷而谈吐大方；一个那么"人小面窄"，谦恭卑微，举止局促，诚厚拙朴，心口如一而言语粗鄙。正是在这种以性格和心态对比为中心的描写里，再现了贾府虽已进入"末世"，其日用排场还是不能将就省俭的势派。难怪刘姥姥当凤姐说贾府"外头看着虽是烈烈轰轰的，殊不知大有大的艰难去处"时，凭观感会说出如下一段话来："嗳，我也是知道艰难的。但俗语说的：'瘦死的骆驼比马大'，凭他怎样，你老拔根寒毛比我们的腰还粗呢！"这也的确道出了当时的贾府与"村野人"的贫富悬殊仍不啻天壤。"二进荣国府"，刘姥姥是由于"好容易今年多打了两石粮食，瓜果菜蔬也丰盛"而摘了些"留的尖儿"去"孝敬姑奶奶姑娘们"的，让她们"吃个野意儿，也算是我们的穷心"。没有想到来自一种"福缘"的牵引却使她自己成了贾母为闲取乐而正欲寻找的"野意儿"，与这位老佛爷见了面而且还陪伴了几天。两个老太太形成了一种"享福人"和"女篾片"关系，两种不同的性格和心态又在我们面前对比着：一个带着仁者的笑容，不失时机地把别人当作自己

---

① 吴组缃：《谈〈红楼梦〉里几个陪衬人物》，《人民文学》1959 年 8 月号。

享乐装门面的资料，"尽量卖富、卖贵、卖福气、卖能干、卖聪明"，借以"满足自己的优越感，取得异乎寻常的享受和快乐"①，填补精神的空虚；一个明了对方的意图，怀着十分严肃的心情，恍若在做一件最正经不过的事，认认真真扮演着丑角，"在凤姐和鸳鸯的导演之下，以似乎笨拙其实有创造性的方式，卖弄着自己的机灵，作了各种不那么高贵的即兴表演"②，制造出大观园里见所未见的狂欢，虽则内心深处也不时泛起一种"绊倒了不痛，爬起来痛"的痛楚，然而只要能达到"哄着老太太开个心"的要求，便"也算是我们的穷心"了！正是从这种以性格和心态对比为中心的描绘里，显示了贾府那由于元春的封为凤藻宫尚书并加封贤德妃而带来的一时"烈火烹油、鲜花着锦之盛"，以及那"金樽美酒千人血，玉盘佳肴万民膏"的日用排场和生活势派。"三进荣国府"，照续书所写，时在"锦衣军查抄宁国府"之后，贾府败局已成，王熙凤于困顿中托孤，刘姥姥最后把巧姐儿从"狠舅奸兄"手里搭救了出来。这大致是揣摩着甲戌本第六回回目后批，即"此回借刘妪，却是写阿凤正传，并非泛文，且伏二进三进及巧姐之归着"，以及第五回《巧姐判词》，即"势败休云贵，家亡莫论亲。偶因济刘氏，巧得遇恩人"等一类的意思安排的。只是，与刘姥姥见面的当主要是王夫人，救巧姐的地方当是烟花巷③，巧姐后来当是嫁给板儿为妻。不论怎么说，贾府本是刘姥姥的恩人，最后刘姥姥却成为贾府的恩人，真可谓人世沧桑！

---

① 吴组缃：《谈〈红楼梦〉里几个陪衬人物》，《人民文学》1959 年 8 月号。

② 王朝闻：《论凤姐》，百花文艺出版社 1980 年版，第 348 页。

③ 按巧姐年幼为"狠舅奸兄"所卖，当如英莲为拐子所拐；拐子是将英莲养大再卖，勾栏是意在将巧姐养大再让她接客。曹雪芹不会使巧姐不堪的，当于被卖后不久即为刘姥姥所救；续作所写，不符合曹雪芹原意。巧姐忽然长大，尤属笑话。详见本编第三章《巧姐的人生历程及大观园的时间跨度考》。

　　书中所写贾府的三次丧事，其审美意蕴可谓既丰富而又深刻。一是要写出世家子弟的放荡无耻，写法是由近及远；一是要写出宗法家族内部的骨肉相残，写法是由远及近；一是要写出贾府的渐次势尽财空，写法是借助于三次丧事势派的层面对比。这是清楚的。第一次葬事是秦可卿的死，它写出秦可卿实死于宁国府"除了那两个石头狮子干净，只怕连猫儿狗儿都不干净"。它写出秦可卿的樯木棺材，"原系义忠亲王老千岁要的，因他坏了事，就不曾拿去"。它写出贾珍又倾其所有开丧七七四十九日，"只这四十九日，宁国府街上一条白漫漫人来人往，花簇簇官去官来"。发丧那天，就更势派，"一时只见宁府大殡浩浩荡荡、压地银山一般从北而至"，路旁彩棚高搭，俱是各家路祭，便是北静王水溶亦亲临送殡。第二次丧事是贾敬的死，它写出贾珍父子于停灵期间仍乘空寻尤二姐和尤三姐厮混，于国丧家丧守制期间作局家邀集众世袭公子聚赌，还比吃比喝，"好似临潼斗宝一般"；它写出邢德全三杯下肚，便"酒勾往事，醉露真情"，拍案叹道："多少世宦大家出身的，若提出'钱势'二字，连骨肉都不认了。"并告诉贾珍：邢夫人于出阁时把"一分家私"都带来贾府，昨日"就为钱这件混帐东西"他们姊弟间翻了脸；它写出贾敬的丧仪虽亦颇焜耀，"宾客如云，自铁槛寺至宁府，夹路看的何止数万人"，但与秦可卿相比，却相差远甚，既没有什么樯木棺材，亦没有王公们的路祭，夹道看者虽多而送殡者却少。第三次丧事是续书中写的贾母之死，它写出贾环"虽在那里嚎丧，见了奶奶姑娘们来了，他在孝幔子里头净偷着眼儿瞧人"。它写出王熙凤力诎失人心，邢夫人既在掣肘，贾琏又冷眼旁观，奴仆们便乘机作践；它写出想让贾母的丧仪风光些亦风光不起来，"银钱吝啬，谁肯踊跃，不过草草了事"。这大致也是揣摩着原作者的意思安排的，其主要缺陷是在于没有将贾赦和贾政、贾环和贾宝玉的矛盾开展到应有的深度。贾母的丧仪不及其侄贾敬风光，贾敬的丧仪不及其孙儿媳秦可卿风光，这种反常现象是由贾府的"钱势"造成的。秦可卿死于"贾元春才选凤藻宫"前夕，大明宫掌官内相戴权亲临吊奠，王公以下皆设路祭，不仅反映了宁国府尚有余资，更主要的是反映了贾元春将获"恩宠"。贾敬死于贾元春暴亡前不久，夏太监之流经常来贾府勒索实兆示着这位贵妃的"恩衰"，王公们对贾敬丧仪的冷漠正反映了悲凉之雾已遍布贾氏华林。贾母死于贾府被查抄之后，丧仪萧疏乃事有固然。凡此，作者也就从另一个角度以三个横断面的形态展示了贾府历史悲剧的发展历程；而一以反映于这三个横断面的，则是贾氏如何的坐吃山空和儿孙如何的不肖。

"三春去后诸芳尽，各自须寻各自门。"这是王熙凤梦秦氏赠言。以为它"表面上说春光逝去后，众花都要落尽，实际上是预言后事，即待到元春、迎春、探春死去或远嫁之后，大观园姊妹们也都要死的死，散的散了。"[①] 这无疑是没有错。然而，更应看到"三春"作为荣府三姊妹的隐语，她们的出嫁即贾府被查抄前的三次"红喜"，还有与上述三次"白喜"相配对的意蕴，成为展示贾府历史悲剧发展历程的又一组三个横断面。这是显而易见的。元春当上贤德妃及其归省，固然给贾府带来了"烈火烹油、鲜花着锦之盛"，使宁荣两处上下里外莫不洋洋喜气盈腮，同时也使贾府耗尽了内囊，加剧了它的经济危机，加速了它的衰亡。迎春嫁与孙绍祖，属百年望族和新权贵的联姻，是符合彼此家世利益的；然而，只因贾赦"曾收着他五千银子，不该使了他的"，孙绍祖便"作践的，公府千金似下流"，这使贾府首次感受到世态的炎凉；那脂批所说的"后三十回"，当是从这一回开始的。探春似嫁作海外藩王妃，而婚后的生活则如"秋江芙蓉"；《红楼梦曲·分骨肉》写的是这位

---

① 蔡义江：《红楼梦诗词曲赋评注》，北京出版社 1979 年版，第 103 页。

三小姐远适海疆时与骨肉亲人生离死别的痛苦心情，实际上也拉开了贾氏子孙风流云散的序幕。这三个层面，除了相映成辉展示了贾府渐次钱空势尽以外，还有个一以贯穿三个层面的东西，那就是：贾府决定自己子女的亲事，总是以家世的利益为转移的，而历史又总是和它开玩笑，结果除了使自己的子女成为牺牲之外，蒙受损害的又恰恰是它的家世利益。

然而，雪芹还运用"春"字的本义，以"三春"与"三秋"配对，构成了贾府历史悲剧发展历程中的两组各含三个横断面的生活镜头。周汝昌先生有段话是精辟的，符合曹雪芹独特的结构学："三春者，既指贾氏三姊妹，也指三个'春的标志，上元佳节。所谓始以'三春'，终以'三秋'，则是指以中秋佳节为'秋'的标志，这又是书中一层'极定大章法'。质言之，一部《石头记》，一共写了三次过元宵节、三次过中秋节的正面特写的场面。这六节，构成全书的重大关目，也构成了一个奇特的大对称法。"① 那么，这两组六个横断面又各是显现了什么呢？

从全书看，第一个元宵节场面是写英莲的甄家遭逢不测，那只是一种引子，不在贾家之数。正式第一个元宵节场面是"荣国府归省庆元宵"，这是"一件非常喜事"，它使贾府的"外面的架子"骤然上升到鼎盛状态。第二个元宵节场面是"荣国府元宵开夜宴"，尽管有"史太君破陈腐旧套，王熙凤效戏彩斑衣"，然而整个夜宴却为一种莫可名状的情绪笼罩着，它是全部书中"盛"境的终止，也是全部书中"衰"境的开端。第三个元宵节场面当是贾府惊闻元春的夭亡以及由此引起的变生不测的预感，"好防佳节元宵后，便是烟消火灭时"，它也是贾府"树倒

---

① 周汝昌：《曹雪芹独特的结构学》，《红楼梦大观》，香港《百姓》半月刊丛书部 1997 年版。

猢狲散"前度过的最后一个元宵节。"虎兔相逢大梦归",当一指元春死于虎年与兔年之交,一指元春死于深宫犹如兔之死于虎穴。

从全书看,第一个中秋节场面是写甄士隐邀贾雨村月下小酌,那也只是一种引子,不在贾家之数。正式第一个中秋节场面是"开夜宴异兆发悲音,赏中秋新词得佳谶",是"凸碧堂品笛感凄清,凹晶馆联诗悲寂寞";这年秋天有由王夫人"惑奸谗抄检大观园"引起的"俏丫鬟抱屈夭风流,美优伶斩情归水月"以及司棋、入画、五儿等被撵出贾府,还有"贾迎春误嫁中山狼",实为大观园第一批青年女子的风流云散。第二个中秋节场面当是茜雪"狱神庙慰宝玉"以及"芸儿探庵",当是林黛玉"冷月葬花魂"、"魂归离恨天";这年入秋当有由朝廷"惑奸谗抄检荣国府"引起的贾府"树倒猢狲散"。第三个中秋节场面当是贾宝玉于"寒烟漠漠,落叶萧萧"中,面对"池塘一夜秋风冷,吹散芰荷红玉影"的景象,"对境悼颦儿",并由此而下定了遁入空门以"证前缘"的决心,这与开卷贾雨村"风尘怀闺秀"题诗咏志正好是个对照。

《红楼梦》中的贾府作为"钟鸣鼎食之家,翰墨诗书之族",具有"百足之虫,死而不僵"的特点,它"人口虽不多,从上至下也有三四百丁;虽事不多,一天也有一二十件,竟如乱麻一般,并无个头绪可作纲领"。写它的历史悲剧,不这样以一组一组三段式的横断面,则不足以从不同的角度和不同的层面显现其由盛而衰、由衰而亡的发展历程,不足以对纵横交错、变化万端的情节作出关锁,不足以使行文如风行水面,涣然成澜。

青年女子的人生悲剧如此一面表现贾宝玉精神悲剧的发展历程,一面表现贾府历史悲剧的发展历程,这既反映了它在作品中地位的重要,也反映了它与二者相互渗透、相互依存的关系。然而,当我们发现作者对青年女子的写法也是一波三折,就更可以看出它的确是作品故事情节茫茫"三派"中的"一派"。这可以从如下几方面看问题。

一是，《红楼梦》认为"天生人为万物之灵，凡山川日月之精秀，只钟于女儿，须眉男子不过是些渣滓浊沫而已"，说明它是把"女子"们的人生悲剧作为人类自身的真、善、美被毁灭来描写的。它还认为这种被毁灭通常反映为"女孩儿"的"一生三变"："未出嫁，是颗无价之宝珠；出了嫁，不知怎么就变出许多的不好的毛病来，虽是颗珠子，却没有光彩宝色，是颗死珠了；再老了，更变的不是珠了，竟是鱼眼睛了。"实际上这是对李贽"童心"说的继承和发展。正因如此，所以书中同是女性也就出现了三组形象的对照和对立：具有"童心"即朴素的自由平等意识的"真人"如林黛玉和晴雯等，失却了"童心"而为宗法思想和世俗利弊观念入主于内的"假人"如贾母和王夫人等，介乎二者之间即"童心"既障而尚未全失的女子如薛宝钗和王熙凤等。这种对"宝珠"、"死珠"、"鱼眼睛"的思考，带着浓重的理论色彩，指出封建宗法思想和世俗利弊观念在腐蚀和灭绝天赋予人的美德。①

二是，《红楼梦》写青年女子人生悲剧，写出了她们的不幸，又从而写出了她们是不幸者中的大幸者，又从而写出了她们作为不幸者中的大幸者各有自己的不幸。这种一波三折描写青年女子的"有命无运"，是别开新面的，且深刻无比。试以于曹雪芹笔端死去的晴雯和秦可卿的遭际说明这一问题：

晴雯"其先之乡籍姓氏，湮沦而莫能考者久矣"。童年便被卖给贾府的奴隶赖大家当奴隶。秦可卿本是弃婴，秦业抱之于养生堂，父母乡籍姓氏亦湮沦无闻。这是多么不幸！

晴雯由于贾母喜爱，赖嬷嬷于她十岁那年孝敬给贾母，成为贾府

---

① 详见本编第九章《论〈红楼梦〉悲剧主题的多层次性》。

的奴隶，成为怡红院四个有体面的大丫鬟之一，贾母还有心使她成为未来的宝二姨奶奶。秦可卿由于"生的袅娜纤巧，行事又温柔和平"，当上了贾府的蓉大奶奶，成了贾母"重孙媳中第一个得意之人"。这是多么幸运！

晴雯虽过着"饫甘餍肥"的生活，却"身为下贱"，处于"猫儿狗儿般"的社会地位，却又"心比天高"，认为"谁不比谁高贵些"，想取得"人"的价格；以致"风流灵巧招人怨，寿夭多因毁谤生"，死后又被诬为"女儿痨"，焚烧成灰。秦可卿登上"蓉大奶奶"宝座，不是借力于什么好风，而是借力于她自己的花容月貌；其夫贾蓉又以父子聚麀作为赏心乐事，而她又是个生性好强得"不拘听见个什么话儿，都要度量个三日五夜才罢"的人；最后使她死于以聚麀之诮为耻而又无法摆脱厄运的重重忧虑和深沉苦闷，死后又被来个大出丧，不啻将秽行遍告于天下。这又多么不幸。

不幸中的大幸者不幸如此，其不幸者则将何以堪！这就是作者于书中无字处所提出的问题。所以，作品写的虽然只是"几个异样女子"，而我们从中听到的却是古今"千红一窟（哭），万艳同杯（悲）"。

三是，《红楼梦》写青年女子的人生悲剧，其主要人物的悲剧发展历程虽然同贾宝玉的精神悲剧和贾府的历史悲剧一样，也是种"三段式"，但每段的标志同贾宝玉精神悲剧和贾府历史悲剧的标志，却不是重合的。林黛玉和王熙凤的人生悲剧发展历程，便是明证。

王熙凤是贾府的实际当家人。"生前心已碎，死后性空灵。家富人宁，终有个家亡人散各奔腾。"与贾府的"盛散"，关系是十分紧密的。然而，第五回"判词"说王熙凤人生悲剧的发展历程："一从二令三人木，哭向金陵事更哀。"不论对"一从二令三人木"这一"拆字法"作何解释，都看不出贾府由盛而衰的转折点"史太君破陈腐旧套，王熙凤效戏彩斑衣"，同时也是王熙凤由"一从"至"二令"的转折点。尽管随后便出现了探春理家，那只是由于王熙凤"小产"，而且家政实权仍掌握在王熙凤手里。

与贾宝玉精神悲剧关系最密切的人莫过于林黛玉，可二人叛逆性格发展的历程却不是同步的。林黛玉叛逆性格的发展，第一个阶段，其标志是与贾宝玉赠帕定情。这是她和贾宝玉的爱情试探时期。这一时期，作者通过宝、黛、钗爱情上的纠葛，着重描写了她思想性格的外在特点和她的反封建锋芒，同时也随笔写出她所负的因袭重担。第二个阶段，其标志是与史湘云联诗悲寂寞。这是她和贾宝玉的爱情成熟时期。这一时期，她的反封建锋芒转向了内在，而这种转向内在反映了叛逆性格的深化。这一时期，一方面感伤情调越来越重，一方面寄希望于曾以"爱语"相慰的薛姨妈能为自己的亲事作主。而今宝钗母女却弃她自去赏月，这使她预感到希望将成为泡影，不能不悲从中来而吟出"冷月葬花魂"。第三个阶段，其标志当是贾母替宝玉与薛府定亲。这是她和贾宝玉的爱情被扼杀时期。这一时期，她由于伤悲过度而日益"泪枯"。而如果说，贾宝玉用以与本阶级诀别的形式是出家，那么，林黛玉用以与本阶级诀别的形式就是"魂归离恨天"。

凡此，就更足以说明曹雪芹以自己哭成的作品"使闺阁昭传"，是强意识的，久蓄于心的，不吐不快的。

还需特别一提的是，《红楼梦》这种"三波九折"相激成澜而回纹荡漾，还形成了三个相互映照的世界，从而表露出作者对社会人生的总体看法。一是以礼法森严为其特点的贾府正府，它是封建宗法的思想和制度的缩影，年轻人的"牢坑"。一是以"天不拘兮地不羁"为其特点的太虚幻境，它是作者社会理想的投影，恍若一首"游仙诗"。一是横着前者的阴影而又游荡着后者之幽灵的大观园，它是作者为"使闺阁昭传"而创造的"女儿国",也是作者为泣祭"残红"而创筑的"香冢"。

正是基于如此种种,所以我认为:贾宝玉精神悲剧、青年女子人生悲剧、贾府历史悲剧,"三波九折"相激成澜,折自成波而波又生折,形成一种澹澹东流神曳烟的景象,乃是《红楼梦》的情节结构及其开展的主体形态。

四、主线:一主双宾联络交互

照我看来,所谓"线索",就是情节的因果线;所谓"主线",就是情节的主要因果线。它与作者立言之本意血脉相连,却不相等;功能在于如梭织锦,似经络作用于肢体和脏腑,把形形色色的矛盾冲突顺理成章地勾连起来,将作者的创作意旨自然而然地注入到情节和结构中去,以增强作品的整一性、紧凑性、有机性、天然性;而其形态却是多种多样的。

《红楼梦》将"三种悲剧构架"与"三波九折"相激成澜的情节结构及其开展的总体形态勾连成一个自然浑成、天衣无缝的艺术整体的,是千经万纬。其中,最为重要的,是如下五条线索:

其一,甄士隐、贾雨村、冷子兴、刘姥姥,即甄(真)贾(假)冷(难)① 刘(留)故事。

作为书中的重要陪衬人物,作者对甄士隐、贾雨村、冷子兴、刘姥姥是放在一起统一构思的。他们的出没于情节,形成贯穿全书的重要线索之一。其特殊作用是:由远及近、由外及里地写贾府,从而把贾府

---

① 据《广韵》,"冷"和"难"声母发音部位相同,韵母的韵腹主要元音相近,韵尾都属于鼻辅音,所以读音相近,可以相谐。

和外部大千世界及太虚幻境勾连起来，最后又对整个作品作了收结。具体说来，就是：

他们是作品中心人物的引出者。我们知道，开篇像什么神瑛侍者因"凡心偶炽"而"意欲下凡造历幻缘"，绛珠仙子闻之亦欲"下世为人"以泪相酬当初"灌溉之情"，皆是为了说明贾宝玉和林黛玉的性格和关系的"前因"而写的神话。从神话过渡到现实，就安排了甄士隐的梦，让他于梦中见到那且行且谈的一僧一道，从而勾连了那个彼岸世界和此岸世界。接着，便安排了"冷子兴演说荣国府"，让"一部书中第一人却如此淡淡带出，故不见后来玉兄文字繁难。"同时又写了贾雨村，让他一头连系甄士隐和冷子兴，一头分别连系贾、林、薛三府，直接或间接"送"黛玉和宝钗至贾府与宝玉会合。王熙凤虽于第三回出场，然而第六回，"此回借刘妪，却是写阿凤正传。"

他们都曾是贾府"盛衰兆"的冷眼旁观者。脂本第二回以回前诗的形式，不无调侃地将贾府的盛衰比作下棋，道是"一局输赢料不真，香销茶尽尚逡巡。欲知目下兴衰兆，须问旁观冷眼人。"甄士隐作为"翻过筋斗来的"，作者于第一回通过其《好了歌解》对古来名门望族的盛衰现象作了论理的解释，尽管带着浓重的历史循环论和虚无主义色彩，其主旨则是要从"富"和"贵"即金钱和权势两个方面指出传统的人生价值观念的虚妄，暗示贾府没落的必然及其主要成员的悲剧型结局。冷子兴作为古董商人，作者通过他和贾雨村在村野小酒店里的一次谈话，除了扼要地介绍了贾府的家世及其主要成员的性情和口碑，还着重介绍了贾府的日用排场和经济状况，说明贾府由于坐吃山空、箕裘颓堕，实际上已成为一条"死而不僵"的"百足之虫"。而当时的贾雨村，作为浪迹湖山的利禄场中客，他更注意的，却是"外面的架子"，不是其"内囊"是否已经"上来"，所以对冷子兴认定贾宝玉"将来色鬼无疑"并不以为然，认为贾氏的兴衰胜败一时尚难料得真切；而作者则旨在通过他的"正邪两赋"说，一面从根本上否定了程朱理学的"性主于理"的人性观念，一面指出贾宝玉"一干风流冤家"，他们"都只怕是那正邪两赋而来一路之人"，指出凡秉"正邪二气"而生者，或为帝王将相，或为高人逸士，或为奇优名娼，"皆易地则同之人"，只不过"成则公侯，败则贼"而已，从而也就将宝玉一人置于决定贾氏棋局胜负的地位。凡此，皆是从远处看"山"。我们知道，写贾府盛衰，其正文实始于第六回，前五回皆带有某种"自序"性质。所以，刘姥姥说贾府是"瘦死的骆驼比马大"，实际也是在看"山"，是站在山前在看"山"。这么由远及近、从外到里一略作评介，便使读者心中已有一荣府隐隐在心了。

他们又无不与贾府盛衰荣辱有某种瓜葛。甄士隐解完《好了歌》"同了疯道人飘飘而去"，可身影却留在香菱身上；而当人们读完了作品，则又知他原来是贾宝玉的影子人物。贾雨村自送林黛玉至贾府，便成为贾政的座上客；而当贾府被查抄，他又"倒踢一脚"；但他的"再振祖宗基业"及"因嫌纱帽小，致使锁枷扛"，却又暗中规定了贾兰的人生道路及其终点。冷子兴原来是周瑞家的女婿，第七回又以侧笔写他"近日因卖古董，和人打官司，故叫女人来讨情"；"周瑞家的仗着主子的势，把这些事也不放在心上，晚上只求求凤姐便完了"。此等小市侩，当王熙凤被关入"狱神庙"，只能是对她投井下石。那刘姥姥呢？"一进荣国府"，贾府已成为"瘦死的骆驼"，她是王熙凤面前的告贷者。"二进荣国府"，贾府正处于元春加封贤德妃带来的回光返照，她是贾母席前的女篾片。"三进荣国府"，贾府已被查抄败落，所谓"荣国府"，可能只是赐回的部分旧宅；她兴许倒成为王夫人的资助者，即所谓"虽无千金酬，嗟彼胜骨肉"。最后以其救巧姐于烟花巷而成为贾府的大恩人。由此可见，如果说，贾雨村和冷子兴与贾府的关系不是为谋官位，就是为打官司，让我们看到了贾府的"贵"，即地位是何等显赫，权势是何等炙手可热，而贾府一旦被查抄，贾雨村之流又翻过脸来对它投井下石，让我们又看到了宦海风波和世态炎凉；那么，刘姥姥的"三进荣国府"，则通过她所亲历和体验的一些日常琐事和生活活动，让我们看到了贾府的"富"，即享用是何等豪华，势派是何等秩然井肃，而贾府一旦被查抄，让我们又看到了那"鹡鸰之悲，棠棣之威"，最后又看到了那"诗书家计俱冰雪，何处飘零有子孙"①的人世沧桑。

最后，曹雪芹以"甄士隐梦幻识通灵，贾雨村风尘怀闺秀"开篇，高鹗辈以"甄士隐详说太虚情，贾雨村归结红楼梦"收结，彼此实可谓"心有灵犀一点通"。书中写甄（真）贾（假）二府，贾（假）府被查抄，甄（真）府也被查抄；甄（真）士隐梦游太虚幻境看到对联"假作真时真亦假，无为有处有还无"，贾（假）宝玉神游太虚幻境时也同样看到了这副对联。既然如此，甄士隐、贾雨村、冷子兴、刘姥姥四姓，其古音可以与真假难留相谐，就难云作者无意；况且，又恰可与贾氏四姊妹的名字谐音原应叹息配对，颇为符合作品的命名艺术。如果此说有一定道理，则作者的慨叹之情可谓深入作品肌理而溢于言表了。

其二，元春、迎春、探春、惜春，即元（原）迎（应）探（叹）惜（息）故事。

元春、迎春、探春、惜春作为贾氏四姊妹，作者对她们是放在一起统一构思的。她们那种"原应叹息"的悲剧命运，是贯穿全书的又一重要线索。其特殊作用是：由近及远、由里及外地写贾府与外部大千世界及封建统治阶级内部各政治集团之间的关系，从而把贾府内部的鸡争鸭夺与府外的政治风云勾连起来，指出那"从外部杀来"的势力却原来

---

① 屈复：《曹荔轩织造》，《弱水集》卷14。

大多与贾府有"亲"。它们与贾府的关系，实际上是种大范围内的"自执金矛又执戈，自相戕戮自张罗"。凡此，可以从如下几方面看问题：

贾氏四姊妹在"金陵十二钗"中虽不及黛玉和宝钗等重要，但没有她们就没有大观园这个"使闺阁昭传"的女儿国。何以见得呢？庚辰本第二十三回有条眉批说得好："大观园原系十二钗栖止之所，然工程浩大，故借元春之名而起，再用元春之命以安诸艳，不见一丝扭捻。"这说的是元春的作用。然而，元春自幼入宫，如果没有其他三姊妹作为基本成员、聚居一处成为核心，便没有那么一大群青年女子，通过各种社会关系先后陆续汇集。这一先决条件同样是不可忽略的，否则，也就无"诸艳"可"安"。

贾氏四姊妹虽不是作品的中心人物，但她们的悲剧命运却完整地反映了贾府历史悲剧的发展历程。要而言之，元春归省给贾府带来回光返照；迎春误嫁反映了贾府债台高筑与衰而且急；探春远适传出了贾氏即将骨肉分离的哀音；惜春"缁衣乞食"是贾府家破人亡的结果。

贾氏四姊妹的悲剧命运植根于贾府的家世利益，反转来又加速了它寿终正寝的悲剧历程。元春加封贤德妃，固然使贾府由国公门第又成为皇亲国戚，也使贾府由此而卷入王室内部的政治风云，令人总感到隐然有一专制之威横在它的上空。贾赦将迎春嫁给既有世交而又属新贵的孙绍祖，其人竟是个"全不念当日根由，一味的骄奢淫荡贪欢媾"的"中山狼，无情兽"。那么，将探春嫁作海疆藩王妃，带来的又是什么呢？脂批说得清楚："使此人不远去，将来事败，诸子孙不至流散也，悲哉悲哉。"这就难怪惜春要"不听菱歌听佛经"了。贾政作为两位"妃子"的父亲，可谓人生的极大荣耀。然而，据前八十回的伏线及有关脂批来看，贾氏三房最后败得最惨的，却正是他这一房。恐怕这也就是凤姐梦秦氏赠言所说的"登高必跌重"吧！

　　贾氏四姊妹的这种悲剧命运，还暗中规定了宝黛爱情的悲剧结局。这不只由于它们同为贾府的家世利益及封建礼法所左右，还由于元春的"端午赐礼"所流露出的意向，它无疑会产生影响的。

　　其三，贾宝玉的爱情和婚姻故事。

　　认为宝黛钗爱情婚姻悲剧是《红楼梦》的主线，自出现"主线"之争以来，就是多数人的观点，专论性宏文够多的了，该讲的似乎都讲了，甚至讲过了头。这里着重补说以下几点：

　　贾宝玉的爱情和婚姻故事，实际上是由一组人物组成的，那就是：居于中心地位的贾宝玉，处于第二个层次的林黛玉和薛宝钗，处于第三个层次的晴雯和袭人。而作为一以贯穿全书的重要线索，它所勾连的主要是通部"情案"。

　　宝玉、黛玉、晴雯固然是具有"童心"的"真人"，宝钗、袭人又何尝是标准的女夫子！正如脂砚所说："当绣幕灯前，绿窗月下，亦颇有或调或妒，轻俏艳丽等说。不过一时取乐买笑耳，非切切一味妒才嫉贤也，是以高诸人百倍。"所以，她们之间的纠纷，既有思想意识的交锋，也有儿女心事的排他，却谁也不能主宰自己的命运，这就形成一种戚而能谐的审美意蕴。写他们的遭际堪悲，其思想的深度和厚度，又简直可以看作"厚地高天，堪叹古今情不尽；痴男怨女，可怜风月债难偿"的缩影。用这样的故事去勾连情节，也就令人如行山阴道上，目接天光云影、夹岸青山。诚然，宝黛钗的爱情婚姻悲剧与其他风流冤孽的爱情婚姻悲剧，一般并不存在什么情节上的贯穿作用，只是一种星月成辉的关系；然而，其他风流冤孽的爱情婚姻悲剧，却无不成为贾宝玉精神悲剧的重要诱因，从而给他的爱情婚姻悲剧的发展历程以某种影响。唯其如此，这种星月成辉，也就可以看成作者以宝黛钗爱情婚姻悲剧勾连其他风流冤孽爱情婚姻悲剧的一种独特形式。

宝玉心里只有黛玉而与宝钗格格不入，贾母是了然于心的。贾府处于"烈火烹油、鲜花着锦之盛"时，贾母对"金玉之论"举棋难定；所谓"不是冤家不聚头"，倒多少反映了这位老佛爷对宝黛心事的某种默认态度。随着贾府日薄西山，一来需要结成"金"和"玉"即薛府之"金钱"和贾府之"权势"的神圣同盟，以维护彼此"一损俱损，一荣俱荣"的既定关系，二来想要借助薛宝钗的"停机德"，于"举案齐眉"中将贾宝玉"规引入正"，三来由于"王熙凤力诎失人心"，需要"时宝钗小惠全大体"那种"治才"以理家政，贾母乃决然与薛府定亲。凡此又说明：贾宝玉的爱情婚姻故事，具有从"纵"的角度剖示贾府历史悲剧发展历程的作用。只是，"赠帕定情"以前，作者着力描写了宝黛钗的情场纠葛，它对贾府历史悲剧的剖示与情节的勾连是"明修栈道"；"赠帕定情"之后，作者着力描写了贾府的日用排场和内外矛盾，它对贾府历史悲剧的剖示与情节的勾连是"暗度陈仓"。

宝黛钗爱情婚姻悲剧，既是贾宝玉精神悲剧的重要内容，也是林黛玉和薛宝钗以及晴雯和袭人人生悲剧的主要体现形态；同时，"木石前盟"和"金玉良缘"的对立，还集中地反映了贾宝玉的叛逆思想和贾府家世利益的对立。凡此，也就从总体上对作品的"三种悲剧构架"起了至关重要的勾连作用。

其四，王熙凤的理家故事。

认为王熙凤在《红楼梦》悲剧结构中的地位和作用仅次于贾宝玉，认为王熙凤的理家故事在《红楼梦》千经万纬中是一条极为重要的线索，足以与贾宝玉的爱情和婚姻故事相提并论，这是我在拙作《论〈娬嬫词〉在〈红楼梦〉悲剧结构中的地位——兼说《红楼梦》的艺术结构》中首先提出的。弹指十年过去，经过一些研究者作了重要的补正，遂成为当前《红楼梦》"主线"论争中引人注意的一说。它实际上是对"以贾府为代表的封建家族衰亡史"说的一种必要修正。这里着重补说如下几点：

王熙凤的理家故事，实际上也是由一组人物组成的，那就是：居于中心地位的王熙凤，处于第二个层次的贾母和王夫人，处于第三个层次的平儿和贾琏。而作为一以贯穿全书的重要线索，它所勾连的主要是通部"世务"。

贾母和王夫人是王熙凤的靠山，特别是贾母，她的意志也就是贾府的意志。贾府的三位小姐，迎春是贾赦的女儿，探春是贾政的女儿，惜春是贾敬的女儿，两府三房的千金所以能"都跟在祖母这边一处读书"，成为"女儿国"的基本核心，便是这位老佛爷意志的产物。贾宝玉以一个男孩子所以能"自幼在姊妹丛中长大，不比别的兄弟"，也是这位老佛爷意志的产物。王熙凤以"玉"字辈的媳妇所以能成为荣国府的实际当家人，而邢夫人以"文"字辈的荣国府长房长媳倒不能染指家政，还是这位老佛爷意志的产物。王熙凤以贾母做靠山，其威重令行时，平儿和贾琏是她的左膀右臂；其力诎心疲时，平儿是她的代言人，而贾琏却日益成为她的克星。这组人物的内部关系，是时而笑语如珠而心不笑，时而此唱彼和而意不和，皆属世俗名利场中的揖让。它本身便具有一种婉而多讽的审美意蕴，以此作为线索去勾连情节，其大者如红白喜事，其小者如宴饮晓翠堂，也就易于令人感到文势跳跃，色调丰富，意趣横生，最散最整。

《红楼十二支曲·聪明累》云："家富人宁，终有个，家亡人散各奔腾。枉费了，意悬悬半世心；好一似，荡悠悠三更梦。忽喇喇似大厦倾，昏惨惨似灯将尽。"曲中如此将贾府的盛衰与主人公的悲剧命运连起来一咏三叹，这是其他十一支曲见所未见的。由此可知，作者将王熙凤的理家过程写成贾府的衰亡过程，是自知的、清醒的、强意识的、别具匠心的。我们完全可以这么说：捉住王熙凤的理家故事，就牵住了贾府的衰亡过程的牛鼻子。因此，与其认为贾府的衰亡过程是作品的"主线"，不如认为王熙凤的理家故事是作品的"主线"。一那么普泛，令人边际难着，一那么具体，令人可见可闻。两相对照，短长自明。

作者通过王熙凤的理家史，从内因和外因两个方面深刻地揭示了贾府走向衰亡的历史必然。这位"脂粉队里的英雄"于崭露头角时，一手抓权，一手抓钱，"挥霍指示，任其所为，目若无人"，虽曾抓住过宁国府的"五弊"而对症下药，却也日益引起她和赵姨娘的嫡庶矛盾，和邢夫人的婆媳矛盾，和贾琏的夫妇矛盾。这本是封建宗法家族内部的固有矛盾，它牵及封建宗法家族内部的财产和权力再分配问题，也牵及既有才能而又不甘雌伏的青年女子对亲权和夫权的触犯问题，而前者又深层次地反映了贾赦和贾政之间的不睦。这三组矛盾随着贾府内囊日空而越演越烈，直至外面尚未杀来，内部已在"自杀自灭"。这是一。贾府最有权势的人物当然是贾母、贾赦、贾政，然而对外真正运用家族权势的，却是王熙凤。交通当道、勾结要臣、左右官府，贾赦兄弟与之相比，远为相形见绌！实际上这对于百年望族来说，倒是家家都有的事情，只是贾氏兄弟平庸无能而又一味守礼俟命而已。可诸如给云光的信没有消缴，张华也没有成为来旺刀下之鬼，却又给那些从外头杀来的人提供了整治贾府的把柄，而这把柄堪说人证、物证俱全。这是二。正是这内外两种矛盾的交汇，最终导致贾府的被查抄和王熙凤的"哭向金陵"。

作者还通过王熙凤在贾府权势地位的变化，写出了贾府历史悲剧的发展历程。"王熙凤协理宁国府"，是贾府面临"烈火烹油、鲜花着锦之盛"时，也是王熙凤头角崭露时。"闲取乐偶攒金庆寿"，是贾府的全盛日，也是王熙凤的全盛日。正是在这一天，骤然"变生不测凤姐泼醋"，贾琏"倚酒三分醉"，拔剑"故意要杀凤姐儿"，闪现了将要对她行施夫权的征兆。"荣国府元宵开夜宴",标志着贾府"恰似黄钟大吕后,转出羽调商声",王熙凤于灯节过后便由"小月"而转为"下红之症",那手里的权势亦由此而"昏惨惨似灯将尽"。随后就生出一场"贾二舍偷娶尤二姨"的风波,王熙凤竟然从中"弄小巧用借剑杀人","恨的"贾琏跌脚要为"吞生金自逝"的尤二姐"报仇",则又分明留下了日后夫妻反目的祸根。倘结合脂批看问题,所谓"一从二令三人木",当从贾琏对王熙凤的态度之变化而言的。王熙凤以贾母作靠山,贾琏不得不作三分让,所谓"一从"是也。贾府一被查抄,贾母一魂归地府,王熙凤出"狱神庙"后回到赐还的部分宅地,还"知命强英雄",遂为贾琏所侮而"身微命蹇"至于穿堂门前"扫雪",所谓"二令"是也。最后待至整个贾氏家族"家亡人散各奔腾"之时,这个"脂粉队里的英雄"又为贾琏"休弃"而"哭向金陵",所谓"三人木"是也。

其五,青埂峰下"顽石"下凡历劫故事。

《红楼梦》本名《石头记》。正像"桃花扇"是《桃花扇》不容置疑的主线一样,《石头记》不容置疑的主线当是"通灵玉",也就是青埂峰下那块幻形入世的顽石。这是我于拙作《借得山川秀 添来景物新——论〈红楼梦〉主线与明清小说传奇结构形态》中提出并予详加论说的观点。这里只扼要重申我的六点理由:

一是,"通灵玉"是书中所写"离合悲欢炎凉世态"的历史见证人;一部《红楼梦》就是它下凡历劫所"亲自经历的一段陈迹故事",而且是"编述"者,相当于现代小说中的"我"。

二是,"通灵玉"使贾宝玉成为贾母的"命根子",贾府祸福之所系的"金凤凰",万人漫与评说的"新闻人物"。

三是,"通灵玉"是"木石前盟"与"金玉良缘"的灾星,勾连着贾宝玉、林黛玉、薛宝钗三位主人公的悲剧命运。

四是，"通灵玉"也是绾系既具有审美意蕴而又具有哲理意味的甄（真）贾（假）二氏的纽带。

五是，"通灵玉"又是连接贾府正府、大观园、太虚幻境等几个世界的桥梁。

六是，"通灵玉"还是完成小说"情节环"的总关锁。

《红楼梦》以"通灵玉"为主线，实际上也就是以贾宝玉为主线；以"石头之往来"为主线，实际上也就是以贾宝玉的人生道路为主线。因为，青埂峰下的"顽石"和赤瑕宫的"神瑛侍者"具有同一性。还因为，"青埂"者，"情根"也；"赤瑕"者，"玉有红疵"也，性喜"怡红"也，赋秉"情根"也——"青埂"、"情根"与"赤瑕"、"怡红"皆辞虽异而义相类。足见，"顽石"和"神瑛侍者"，虽一个祖居"青埂"——坠入"情根"——返回"青埂"——记述"情根"；一个家住"赤瑕"——坠入"怡红"——返回"赤瑕"——魂系"怡红"，但实乃二而一的。我们知道，以"物"为主线是明清传奇惯用的手法；以"人"为主线是我国史传文学的传统写法。《红楼梦》这种将以"石头之往来"为主线和以贾宝玉之人生道路为主线二者融洽一处，共孕一"儿女之真情"联袂而行，正集中反映了曹雪芹的文学家的审美意识、历史家的实证精神、哲学家的思辨才华，它对于勾连作品的情节来说，可谓最幻最实、最曲最直、最散最整，最后形成一个美丽的"情节环"；它对于表达作者的主要创作旨义来说，可谓既起到了画龙点睛的作用，而又令人感到曲终人杳，江上峰青。而这，也就是它自身所具有的独特审美价值。

正像贾宝玉精神悲剧、青年女子人生悲剧、贾府历史悲剧三者各有自己的价值，彼此相互依存，相互渗透，却又不是并列的，存在着层次的不同，《红楼梦》这五大线索也是如此。居于中心地位的，是"顽石"下凡历劫即贾宝玉的叛逆故事；处于第二个层次的，是宝黛钗的爱情婚姻故事和王熙凤的理家故事；处于第三个层次的，是元（原）迎（应）探（叹）惜（息）的故事和甄（真）贾（假）冷（难）刘（留）的故事。作为线索，作者对它们是放在一起统一构思的。这里，我们不只看到了一种对称美，还看到了同一层次上的两种具有相辅相成作用的审美效应。不言而喻，前两个层次上的三条线索尤为重要，这一主双宾是作品无可争议的主线。其余两条可称之为重要线索。其实，这三个层次也是种一主双宾。

那么，宝黛钗的爱情婚姻故事和王熙凤的理家故事，又为什么不能与"顽石"下凡历劫即贾宝玉的叛逆故事并列而三，而只是它的左右翼呢？

作者对贾宝玉、林黛玉、薛宝钗这三个中心人物的安排，就不是并列的，黛玉和宝钗都是拿宝玉做中心的。黛玉的爱情悲剧和宝钗的婚姻悲剧都是拿宝玉叛逆道路做中轴而展开的，如果宝玉"留意于孔孟之间，委身于经济之道"，则会爱宝钗而不会爱黛玉，反之则会爱黛玉而不会爱宝钗，这是不言而喻的。宝黛钗的爱情婚姻故事所以能对其他风流冤孽的爱情婚姻故事起勾连作用，实质上那是由于："通部情案，皆必从石兄挂号"，即皆必从宝玉其人"挂号"。一位研究者曾经指出："不管你认为《红楼梦》的主题有着多么深广的反封建的意义，只要你承认《红楼梦》的中心情节和主要线索是爱情悲剧，那么在客观上就是承认《红楼梦》的思想意义主要就是通过爱情的悲剧来反封建。而这恰恰是持爱情主线说的同志主观上所想避免的。"① 这些同志顾虑的产生，原因之一，就在于他们没有充分认识到"通部情案"，皆必从宝玉其人，即皆必从贾宝玉的精神悲剧、人生价值观念、义无反顾的叛逆道路"挂

①　孙逊：《以贾府为代表的封建家族衰亡史》，《红楼梦研究集刊》第5辑。

号"，犹如众川之蜿蜒入海。

王熙凤作为"金陵十二钗"之一，她的人生悲剧也是从贾宝玉的眼中写出来的，也"必从石兄挂号"，即所谓"万山络绎，皆来脉昆仑"，这是不容置疑的。然而，更为重要的还在于：尽管王熙凤的理家对贾府的衰败起了催化作用，却是贾府的历史悲剧在决定王熙凤的人生悲剧。王熙凤毕竟不是武则天，可以影响一个封建大家族盛衰的乃是其子孙。书中写贾府所以日趋萧疏，主要原因有二：一是坐吃山空，一是箕裘颓堕，其中尤以后者关系最为重大。正是在这个意义上，作者独具匠心地将贾宝玉置于这么一种地位：如果他能"入正"，则可以"求取功名，再整基业"；如果他跳不出"迷人圈子"，则贾府必一败涂地，"树倒猢狲散"。不从这一点看问题就不能充分认识作品所写"闺友闺情"的社会意义，就无从察觉作者写贾宝玉对贾府历史悲剧所起的金针暗度作用。正因如此，所以贾府内外矛盾的焦点，实际不是落在王熙凤身上，而是落在贾宝玉身上。作品俱在，是有案可查的。

于此亦可以看出，作者笔端的三条主线和三种悲剧构架的关系，是多么一致，多么和谐。

五、余论："三"和"四"及"正"和"闰"

《红楼梦》里还有不少"三"。比如，宝玉三次摔玉：第三回，因黛玉无玉而狠命砸玉；第二十九回，因黛玉又说"金玉"是"好姻缘"而找东西砸玉；佚稿中，"宝玉砸玉，黛玉泪枯"，当因贾母借"金玉良缘"之论与薛府定亲。又如，贾府三次过生曰："起用宝钗，盛用阿凤，终用贾母。"再如，所谓写贾府，实际上写了贾府的三房，即宁国府贾敬一房，荣国府贾赦一房、贾政一房。问题尚不在此，还在于《红楼梦》

里为什么多"三"。

我们知道，"三五以变"，互为经纬，交错变化，共同构成了我国数理文化的骨架。"三"这个数的神秘性质起源于先民在计数中不超过三的那个时代，"那时三必定表示最后一个数，一个绝对的总数，因而它在一个极长时期中必定占有较发达社会中'无限大'所占有的那种地位"[①]。扬雄《太玄经·太玄文》言："诸一则始，诸三则终，二者得乎其中乎？"亦透露了个中消息。《史记·律书》云："数始乎一，终于十，成于三"，则又知随着人类数学知识的扩展，曾出现一种"三"进位的计数方式。一些研究者认为周人尚三的风俗源出于此，我以为是对的。

"三"作为数理哲学概念，我认为要数老子《道德经》里的一句名言影响最为深远："道生一，一生二，二生三，三生万物。"这里，要特别指出的是："三"一旦被视为由简约至富赡的转折点，便又具有它自身的审美意蕴，几成为事约而旨博的代称，几成为个中自寓变化的代称，久之也就成为人们的一种审美意识。

凡此，也就作为一种文化信息凝聚于我们民族心态的深层而一代一代传递着，遂形成了以"三"为美的审美观念。它反映入诗歌，便形成了《楚辞·九歌》和五、七言诗一句三顿的节奏美。它反映入绘画，便形成了景有远、中、近——以近树、远山、一层水为基本模式的布局美。它反映入书法，便形成了以"竖"为轴而以左"撇"右"捺"为宾的结构美。它反映入建筑，便形成了以一主双宾为基本模式的造型美。它反映入宋元话本小说，便形成了该类作品的"常用布局是把整篇话本故事清楚地划分成几个阶段，每一个阶段都包括进展、阻碍、完成三

---

① 乌节尼尔：《论三》（Dreiheit），［法］列维·布留尔：《原始思维》，商务印书馆 1985 年版，第 202 页。

部分"①。它反映入中国古代文学艺术理论，便有以"三"或"三"的倍数为美的美学理论。比如，"诗教"尚温柔敦厚，温柔敦厚的哲学基础是中庸之道，中庸之道的数理哲学是"叩其两端而执其中"亦即"三"。比如，东晋书法家王羲之倡导"一波三折"，南朝画家谢赫倡言绘画"六法"。足见，《红楼梦》中的多"三"，不只出于作者强意识的对这种以"三"为美的继承和发展，还由于这种以"三"为美的民族文化心态在暗中支配着他的如椽大笔。

这种以"三"为美的审美观念一经与宗法思想相结合，便又形成了一种以奇数构成的对称为美的审美心态，建筑上的一主双宾而宾分左右，朝见时的文左武右而君居其上，便是最典型的例子。然而，还有另一种以偶数构成的对称，如骈文、律诗、楹联类的对仗，也是我们民族文化所崇尚的。崇尚这种对称美的由来，当然与汉民族的语言和文字特点有直接关系，恐怕亦肇源于《周易》所谓"太极生两仪，两仪生四象，四象生八卦"的自然文化，即作为一种文化信息，它传递于我们民族的文化心态而在暗中起作用。要知道那"太极图"，实际上就是阴阳交媾图，它本身就是"成对"的"二"。那么，《红楼梦》艺术结构中的对称美又是属于哪一种呢？我认为两种都有，错综其形，相辅相成，遂成脂砚所说的"天下古今未有之至文"；而作为它的主体构架来说，却是前者。主人公有三位，钗黛如双峰对峙而宝玉耸其间；悲剧构架有三种，而以贾宝玉精神悲剧为中轴；主线有三条，而以贾宝玉的叛逆故事执其柄，景界有远近，次第为太虚幻境、大观园、贾府正府，而作者用墨却"叩其两端而执其中"。凡此，便是明证。周汝昌先生在他的大作《曹雪

---

① 叶庆炳：《短篇话本的常用布局》，刘世德编：《中国古代小说研究——台湾香港论文选辑》，上海古籍出版社1983年版，第32页。

芹独特的结构学》中指出："雪芹真书，本分两'扇'，好比一部册页的一张'对开'，分则左右对半、合则前后一体，其折缝正在当中，似断隔而又实联整。"我认为可备一说。其中尤为精到者是指出："节序的春与秋之对称，是文之相；贾府的盛与衰之对称，是事之质。"这里只着重补说一点，那就是：这种对称亦"偶"中有"奇"。它以"三春"和"三秋"写贾府的"盛"和"衰"，当然是"偶"。它以"春"之有"三"和"秋"之有"三"写贾府的"盛与衰"之由盛而衰、由衰而败的发展历程，显然是"奇"。

《红楼梦》的主体结构，既然是由"奇数"构成，是多"三"，可留给人们的印象却多"四"，是由"偶数"构成，这又是为什么呢？这是由于书中有"四大家族"，贾府又有四位小姐，如此等等。然而，略加考察则又不难发现：书中的"四"，一般皆不是由"二二"组成，而是由"一三"或"三一"组成，形成一种脂砚所谓的"主"和"宾"或"正"和"闰"的关系，这是作者向来为研究者所忽略了的特定大章法。

写"四大家族"，贾府是"主"，其他三府是"宾"。写宝黛钗爱情纠葛时又以"间色法"插入一史湘云，而宝玉与史湘云的热络纯属子月泉心式的异性相悦：宝玉是"主"，钗黛云是"宾"。写钗黛暗中恋着宝玉时复以"间色法"插入一妙玉，而妙玉恋宝玉既不是由于心灵上的默契，又不是出于夫荣妻贵观念，只是青春的觉醒而已：宝玉是"主"，三姝是"宾"。写贾府过生日有四，"寿怡红群芳开夜宴"是"主"，脂砚所说"始用宝钗，盛用阿凤，终用贾母"是"宾"。写贾府四次"红喜"，"家亡人散"时用宝玉成亲是"主"，盛用元春加封，衰用迎春误嫁，垂败用探春远适是"宾"。

写贾宝玉精神悲剧、年青女子人生悲剧、贾府历史悲剧是"正"，那"从外面杀来"的社会势力是"闰"。写"三春过后诸芳尽"中的"三春"

是"正"，惜春是"闰"。写刘姥姥"三进荣国府"是"正"，救巧姐儿于"勾栏"是"闰"。写贾府的"白喜"，盛用秦可卿，衰用贾敬，败用贾母是"正"，贾赦死于"好一似食尽鸟投林"是"闰"。[①] 写贾府吉用元宵，否用元宵，凶用元宵是"正"，甄士隐元宵失女是"闰"。写贾府衰用中秋，败用中秋，散用中秋是"正"，贾雨村中秋咏月是"闰"。

至此，我们可以清楚看出：《红楼梦》的主体结构，的确具有对称美，这种对称美主要是由奇数"三"构筑的。然而，就全书的总体结构形态来说，作者似乎决意既要使自己的作品富于对称美而又要打破那种刻板的对称性，使作品的艺术结构呈现出一种"奇"、"偶"相若的风采，故而又以"一主三从"或"三正一闰"，错综其数，使"奇"、"偶"以变，摇曳多姿，不拘一格。最后形成一种"情节环"，它最深层地反映了作者的审美心态与创作义旨，强意识的与潜意识的，创造性的与文化继承性的：

其一，贾宝玉走上叛逆道路标志着贾府运终数尽——贾府的运终数尽加速着女子人生悲剧历程——青年女子的人生悲剧推动着贾宝玉叛逆思想的发展。这三种悲剧构架的关系，清晰地呈现为一个美丽的圆圈。它之所以美丽，就在于诅咒了封建宗法的思想和制度的罪恶，痛悼了青年女子的才识学和真善美的被毁灭，讴歌了贾宝玉作为地主阶级叛逆者的思想品格。

其二，贾府由"贾元春才选凤藻宫"带来"鲜花着锦之盛"——因坐吃山空，箕裘颓堕，"自杀自灭"，一败涂地——贾兰于"树倒猢狲散"之后，步贾雨村之后尘而"威赫赫爵禄高登"。这种"好便是了，了便

---

① 庚辰本第七十六回："可恰你公公死了已经二年多了。"句下有双行夹批云："不是算贾敬，却是算赦死期也。"按次年秋天，贾府即被查抄：此云"二年多"，故知贾赦当死于贾府被查抄后的次年秋冬之际。

是好"，也是个美丽的圆圈。它所以美丽，就在于它实际导引的，却不是人们对地主阶级人生价值观念和人生道路的企慕，而是厌弃，毫不惋惜它的"了"。

其三，只要我们不被"作者瞒蔽了去"，便知那"抄录"并"改《石头记》为《情僧录》"的"情僧"，就是遁入太虚幻境后的"怡红公子"。如前所说，"顽石"和"神瑛"，一个祖居"青埂"——坠落"情根"——返回"青埂"——记述"情根"；一个家住"赤瑕"——坠落"怡红"——返回"赤瑕"——魂系"怡红"。这种"因空见色，由色生情，传情入色，自色悟空"，更是个美丽的圆圈。它所以美丽，就在于："借幻说法，而幻中更自多情，因情捉笔，而情里偏成痴幻。"① 不是"情僧"录了《石头记》易名为"空空道人"，而是"空空道人"录了《石头记》易名为"情僧"，还不足以发人深省吗？

---

①　戚序本第一回回末总批。

第十二章 《红楼梦》的均衡美及其数理文化论纲

一、引言

曹雪芹是中华文化的伟大继承者，也是中华文化的伟大革新者。一部《红楼梦》处处体现了这一点，也同样体现在它独特的结构学上。

还是在一九八六年哈尔滨国际《红楼梦》研讨会上，周汝昌先生宣读了他的论文《曹雪芹独特的结构学》，认为《红楼梦》"采用的是'大对称'之结构法"。说雪芹原著"宗旨是将'真'隐去，以'假'演真。人物是分'甄'家'贾'家两姓门楣。风月宝鉴是'正'面'反'面分照两边。太虚幻境是'无'为'有'处，有亦成无"。这种奇特的"双面性"，是它内容上的"大对称"。说"雪芹真书，本分两'扇'，好比一部册页的一张'对开'，分则左右对半、合则前后一体，其折缝正在当中，似断隔而又实联整"。即"折缝"正"落在第五十四与五十五回之间"，这种独特的"两扇性"，是它格局上的"大对称"。说一部《石头记》，"三春"与"三秋"是"全书大关目"，这也是个"大对称"，"节序的春与秋之对称，是文之相；贾府的盛与衰之对称，是事之质"①。周先生的这些见解是令人耳目一新的。一方面，我深感其精到，因为它道出了曹雪芹独特的结构学之"成岭"的一面，也就是具有以"玉盒子

---

① 文见哈尔滨国际《红楼梦》研讨会论文选《红楼梦大观》，观点在其后来的《红楼梦与中华文化》（台湾东大图书公司 1989 年版）一书中又作了进一步阐发。

底"、"玉盒子盖"为其基本形态的律诗中佳联式的对称美；另一方面，又觉得失之于以偏概全，因为曹雪芹的结构学所以独特，还有它"成峰"的一面，那就是具有以一主双宾为其基本形态的中国建筑艺术式的对称美，而且更为主要。于是，遂不揣谫陋，作了个即兴发言，指出：《红楼梦》艺术结构其数理文化主要特点是多"三"；书中的"四"一般也都不是由"二二"组成，而是种"三正一闰"或"一主三从"关系；"奇"、"偶"相生，以奇数型为主、偶数型为辅，是其对称美的总体形态；最后又形成一个美丽的"情节环"。1990 年落实成文字，便是那篇《〈红楼梦〉结构论》①。

然而，说具有对称美是《红楼梦》结构学的主要特点，则可；说具有对称美是《红楼梦》结构学的总体特点，则不可。因为，上述"成岭"、"成峰"，都只是对《红楼梦》结构学之"横看"、"侧看"而已。《红楼梦》的结构学所以独特，其总体特点，我以为是在于：作者以"奇"、"偶"相生，"四"、"三"其数的法子，构成了一种于对称中有不对称、不对称中有对称的均衡美，而且是那么强意识，又那么天然浑成。

何以见得？还是让事实来说话吧。

二、从芳官的耳环说起

《红楼梦》第六十三回"寿怡红群芳开夜宴"，作者曾以浓墨重彩着意描绘了贾宝玉和芳官的形象：

---

① 载《红楼梦学刊》1990 年第 3 期，即本编中的第十一章《论〈红楼梦〉的结构学》。

宝玉只穿着大红棉纱小袄子，下面绿绫弹墨裈裤，散着裤脚，倚着一个各色玫瑰芍药花瓣装的玉色夹纱新枕头，和芳官两个先划拳。当时芳官满口嚷热，只穿着一件玉色红青驼绒三色缎子斗的水田小夹袄，束着一条柳绿汗巾，底下是水红撒花夹裤，也散着裤腿。头上眉额编着一圈小辫，总归至顶心，结一根鹅卵粗细的总辫，拖在脑后。右耳眼内只塞着米粒大小的一个小玉塞子，左耳上单带着一个白果大小的硬红镶金大坠子，越显的面如满月犹白，眼如秋水还清。引的众人笑说："他两个倒像是双生的弟兄两个。"

《文心雕龙·丽辞》云："造化赋形，支体必双；神理为用，事不孤立。夫心生文辞，运载百虑，高下相须，自然成对。"《史通·杂说下》云："对语俪辞，盛行于俗。"确实，造物主造就了人体的对称，也造就了人以对称为美的审美心理，早就发现了阴阳的中华民族尤其如此。岂但文人舞文弄墨，妇女戴耳环亦讲求对称美。芳官的耳环就新奇了，"右耳眼内只塞着米粒大小的一个小玉塞子，左耳上单带着一个白果大小的硬红镶金大坠子"。这当然不是一种对称美，因为，无论形状大小，还是色彩、质地，都不对称。这也不是一种对比美，因为，两耳皆有，不是一有一无。这是一种均衡美，因为，那个右耳上的米粒大小的小玉塞子与左耳上的白果大小的硬红镶金大坠子，二者的形状、大小、色彩、质地虽则殊甚，但在价值上却给人以相等的感觉，恍若秤砣虽小压千金似的。它与五官的对称相统一，形成一种非对称美；而这种非对称美，反转来又烘托着五官的对称。从而也就使芳官"越显的面如满月犹白，眼如秋水还清"。

"寿怡红群芳开夜宴"不是普通笔墨，作为大观园女孩子们的最后一次聚会，可谓"字字看来皆是血"，也最能体现作者的审美观念，而芳官的耳环又是作者的精心制撰，其美的意蕴与全书的艺术精神是一脉相通的，亦犹小沤之与大海，量分有殊而本质无二。它至少可以给我们以这么一种启示：曹雪芹欣赏对称，但不欢喜呆板的对称，喜爱并善于以均衡美辉映对称美，从而使之相兼相若，形成一种新的和谐——大对称中有小不对（五官是对称的，耳环是非对称的），大不对中有小对称（耳环与五官的总体是非对称的，虽然五官是分别对称的）。

这种"一声也而两歌，一手也而二牍"[①]，在中国美学史上是无前例的。它可以看作曹雪芹独特的结构学之缩影。

三、从人物安排上说起

当然不能认为"金陵十二钗"中的人物都是对称的，但"金陵十二钗"中确实含有对称人物。

凤姐和李纨皆是荣国府的孙媳。一个有才无德，一个有德无才；一个欲壑难填，一个心如槁木；一个有女巧姐，后纺绩于"荒村野店"，一个有子贾兰，后"气昂昂头戴簪缨"。二人又同归于"薄命司"。

惜春和妙玉是两位佛门弟子。一个由心在佛门而身在红尘，最后走入佛门；一个由心在红尘而身在佛门，最后走入红尘。二人又同归于"薄命司"。

宝钗和黛玉是两位女主人公。"宝钗善柔；黛玉善刚。宝钗用曲；黛玉用直。宝钗徇性；黛玉任性。宝钗做面子；黛玉绝尘埃。宝钗收人心；黛玉信天命，不知其他。"[②] 宝钗获得的是宝玉的身；黛玉获得的是

---

① 戚蓼生《石头记》序。

② 涂瀛：《红楼梦论赞》，一粟编：《红楼梦卷》第 1 册，中华书局 1963 年版，第 143 页。

宝玉的心。二人又同归于"薄命司"。

晴为黛之影，袭乃钗之副。晴雯与袭人固然是对称的，反对；晴雯与黛玉、袭人与宝钗也是对称的，正对。主奴四人又同归于"薄命司"。

这种对称，是偶数型的，"玉盒子底"、"玉盒子盖"式的；还有奇数型的，一主双宾式的。

黛玉、宝钗、湘云，三人才貌相当，家世相埒，且都与贾府有亲，不同者唯思想品格及价值观念而已。湘云与宝玉的关系是子月泉心式的异性相悦，宝钗与宝玉的关系是蕴含着欲念激情的性爱，黛玉与宝玉的关系是高度审美化了的情爱，三者又代表着《红楼梦》所宣泄的"儿女之真情"。作者借以褒贬钗黛的方式之一，就是写湘云之由右钗左黛而右黛左钗，从而也就使湘云在宝黛钗的爱情纠葛中反宾为主，钗黛反主为宾。

黛玉、宝钗、妙玉，三人家世相埒，才貌相当，且都对宝玉怀有儿女之情，相异者唯实际身份与人生哲学而已。涂瀛的话是对的，"妙玉壁立万仞，有天子不臣、诸侯不友之概"[①]；与宝玉、黛玉实际上是同一个营垒里的人物。因而，她的"坐破蒲团终彻悟，红梅折罢暗销魂"，就不只成为黛玉爱情观念的正对，而且成为宝钗爱情观念的反对：妙玉反宾为主了，而钗黛则反主为宾。

婚配就是旧时妇女的人生价值。宝钗是婚姻悲剧，黛玉是爱情悲剧。"钗黛合一"是为"千红一窟（哭），万艳同杯（悲）"的写照。秦氏（情字）可卿，"其鲜艳妩媚，有似乎宝钗，风流袅娜，则又如黛玉"。秦可卿的红消香断，显然兆示着宝钗和黛玉之殊途同归于"薄命司"：秦可

---

① 涂瀛：《红楼梦论赞》，一粟编：《红楼梦卷》第 1 册，中华书局 1963 年版，第 130 页。

卿反宾为主了，而钗黛则反主为宾。

"痴丫头误拾绣春囊"，傻大姐笑了，一笑死晴雯。"泄机关颦儿迷本性"，傻大姐哭了，一哭死黛玉。显然这也是一种对称：傻大姐反宾为主，晴黛反主为宾。当然，写傻大姐的哭是见于后四十回；然而，那正好说明高鹗辈早已参透曹雪芹的个中机关。

这些对称形象，每个形象是一个"这个"，一个"自足"的世界，又是相联系而存在，"互文而见义"的。你只有认识了那一方，才能真正认识这一方。你只有将几方都把握了，才能真正领会作者的创作本旨及其对该人物的态度。

这些对称形象，一与宝玉挂钩，其偶数型的，便成为一主双宾式的对称形态；其奇数型的，便成为一主三从式的均衡形态。那是由于：《红楼梦》"通部情案，皆必从石兄挂号"，即皆必从宝玉其人"挂号"。从而也就说明：以宝玉为一方，以群钗为另一方，二者所形成的均衡美，与芳官的耳环是极其相似的——如果把群钗比作她左耳上的白果大小的硬红镶金大坠子，那宝玉就像是她右耳眼内塞着的米粒大小的小玉塞子。正因如此，所以《石头记》又名《金陵十二钗》：书名亦反映出宝玉与群钗在天平上是均衡的。

四、从章回布局上说起

说《红楼梦》的章回布局"都由'两扇'合成"，可能会失之于过头，被人钻空子；说"由'两扇'合成"是《红楼梦》章回布局的一般特点，却完全符合事实，谁也否定不了。这里所说的"两扇"，就是"泰否"、"兴衰"、"荣辱"、"盛散"，就是每写繁华，必露衰音。它是曹雪芹的独创，又渊源有自的。

《文心雕龙·丽辞》云："言对为易，事对为难；反对为优，正对为劣。"刘勰所说的"事对"，当然是指诗赋的用典，而典总是以特定的故事情节为内涵的。这种"事对"，它对小说创作的影响，也就可想而知了。毛宗岗就曾指出：我国第一部长篇小说《三国》一书，有奇峰对插、锦屏对峙之妙。其对之法，有正对者，有反对者，有一卷之中自为对者，有隔数十卷而遥为对者"①。你可以认为罗贯中这种写法不一定是强意识的，毛宗岗是以显微镜和望远镜在观察问题，却不能认为罗贯中的笔端没有这种因素，全然是毛宗岗的错觉。这有他举的一系列例子可证，尽管某些例子有失于深文周纳。

无论毛本《三国演义》，还是金本《水浒传》，或者世本《西游记》，回目虽然大致工整，但言对居多，回中的事对十无一二。《红楼梦》的回目就不同了，不仅言对更加工整，而且回中的事对占十之七八。敷陈作品大义者，如"甄士隐梦幻识通灵，贾雨村风尘怀闺秀"。隐括通部总纲者，如"游幻境指迷十二钗，饮仙醪曲演红楼梦"。描述人物性情者，如"情切切良宵花解语，意绵绵静日玉生香"；"滴翠亭杨妃戏彩蝶，埋香冢飞燕泣残红"。表露儿女心事者，如"西厢记妙词通戏语，牡丹亭艳曲警芳心"；"蜂腰桥设言传心事，潇湘馆春困发幽情"。兆示人物结局者，如"听曲文宝玉悟禅机，制灯谜贾政悲谶语"；"蒋玉菡情赠茜香罗，薛宝钗羞笼红麝串"。凡此，或正对，或反对，皆一回之中的自为对，不只是工整的言对，而且是工整的事对。

遥对呢？更其显出曹雪芹的匠心。这又是怎么说的呢？让我们先看一段脂批。第二十一回，"贤袭人娇嗔箴宝玉，俏平儿软语救贾琏"，其回前总批云：

---

① 《读三国志法》，《全图绣像三国演义》。

按此回之文固妙；然未见后三十回，犹未见此回之妙。此曰"娇嗔箴宝玉，软语救贾琏"，后日"薛宝钗借词含讽谏，王熙凤知命强英雄"。今只从二婢说起，后则直指其主。然今日之袭人、之宝玉，亦他日之袭人、他日之宝玉也。今日之平儿、之贾琏，亦他日之平儿、他日之贾琏也。何今日之玉犹可箴，他日之玉已不可箴耶。今日之琏犹可救，他日之琏已不能救耶。箴与谏无异也，而袭人安在哉，宁不悲乎！救与强无别也甚矣，今因平儿救，此日阿凤英气何如是也！他日之强，何身微运蹇，展眼何如彼耶？人世之变迁，倏亦如此光阴。

今日写袭人，后文写宝钗；今日写平儿，后文写阿凤。文是一样情理，景况光阴，却天壤矣。多少眼泪洒出此两回书！

"嘻，异矣！""噫，异矣！"这两回书既是工整的一回之中的自对，又是工整的相隔数十回的遥对。"这个笔法之奇，如用一句大白话来说，就是：'他写的是前头，说的却是后头，看了后头，这才真明白了前头。'"①周汝昌先生的这一看法，是切中肯綮的。

然而，更令人叹为观止的是，《红楼梦》中的这种遥对，不只是一般"玉盒子底"、"玉盒子盖"式的，还具有某种三棱镜甚至万花筒般的特点——"薛宝钗借词含讽谏"，既与"贤袭人娇嗔箴宝玉"为一对，又与"意绵绵静日玉生香"为一对：后者是主，前二者是宾。"贾宝玉悬崖大撒手"，既与"甄士隐梦幻识通灵"为一对，又与"冷二郎一冷入空门"为一对：前者是主，后二者是宾。宝玉于"落叶萧萧，寒烟漠漠"中"对境悼颦儿"，在景色和季节上既与"潇湘馆春困发幽情"之"凤

---

① 《红楼梦与中华文化》，台湾东大图书公司1989年版，第233页。

尾森森，龙吟细细"为一对，在人物关系上又与"不了情暂撮土为香"
和"痴公子杜撰芙蓉诔"为一对，在义理上还与"杏子阴假凤泣虚凰"
为一对：前三悼是正，后一祭是闰。

只可惜"后三十回"不幸迷失，这种章回布局上的遥对，已无从见
其全璧了，只有借助脂批还能窥探一二，形态又何其多也！

五、从重大关目上说起

"三春去后诸芳尽，各自须寻各自门。"这是通部特大关目，它暗喻
贾府的"树倒猢狲散"及其盛衰的过程，而"三春"是语义双关的。①

"三春"作为时序，特指书中正面描写的三次元宵佳节：一乃"荣
国府归省庆元宵"，它标志着贾氏处于"烈火烹油之盛"；二乃"荣国府
元宵开夜宴"，它是贾氏"盛"况的终止，"衰"况的开端；三乃贾氏子
孙飘零前共度的最后一个元宵，即所谓"好防佳节元宵后，便是烟消火
灭时"是也。与此相对应的"三秋"，特指书中正面描写的三次中秋佳节：
一写"开夜宴异兆发悲音，赏中秋新词得佳谶"，入秋因有"惑奸谗抄
检大观园"而造成园内第一批青年女子的风流云散等等，致悲凉之雾已
遍被华林了；一写"喧阗一炬悲风冷，无限英魂在内游"，贾府被查抄
而"树倒猢狲散"，宝玉和凤姐被关入狱神庙，黛玉于中秋之夜魂归离
恨天；一写"团圆莫忆春香到，一别西风又一年"，宝玉出狱后和宝钗
结为夫妇，于"落叶萧萧，寒烟漠漠"中"对境悼颦儿"。

"三春"作为人物的隐喻，是指元春、迎春、探春，因而"三春过
后"又特指书中着意渲染的贾府三次"红喜"：一为"贾元春才选凤藻

---

① 详见本编第十一章《论〈红楼梦〉的结构学》。

宫"，它给贾府带来瞬息繁华；二为"贾迎春误嫁中山狼"，它使贾府感受到世态炎凉；三为贾探春远适海疆，它是贾氏骨肉分离的前奏。与此相对应的，是作者作了同样渲染的贾府三次"白喜"：一是秦可卿的夭逝，发丧那天，路旁彩棚高搭，俱是各家路祭，便是北静王水溶亦亲临送殡；二是贾敬的死金丹，丧仪虽亦颇焜耀，夹路看的何止数万人，却既没有什么樯木棺材，也没有王公们的路祭；三是贾母的寿终正寝，当由于银钱吝啬，谁肯踊跃，丧仪草草的了事而已。死者的辈分一个比一个高，而丧仪却一个不如一个，正因如此，所以它也就成了贾府渐次势尽财空的写照。

这种不只以秋对春，还以春之有三对以秋之有三；不仅以白喜对红喜，且以红喜有三对以白喜有三：显然是出于作者的强意识。它使我们想到一联两句、一句三个音节的律诗的颔联和颈联的对称形态，其艺术渊源是清楚的。

《红楼梦》的这种结构学在小说中已够独特的了，更为独特的还在于作者又以正、闰相生的法子刻意打破了这种对称，从而形成一种似对称而非对称、非对称而含对称的"三正一闰"或"一主三从"式的结构形态——书中实际上是写了四次中秋，四次元宵，四次贾府的红喜，四次贾府的白喜。还有一次中秋是写贾雨村中秋咏月，元宵是写甄士隐元宵失女，红喜是贾宝玉与薛宝钗成亲，白喜当是脂批中所说的贾赦之死。正因如此，所以我说《红楼梦》结构学的总体美，还不是对称美，而是均衡美。

六、从情节线索上说起

《红楼梦》的结构线索是千经万纬的，除"石头之往来"这条主线外，还有四条线索最为重要，而这四条线索又是两两成对的^①：

一是，甄士隐、贾雨村、冷子兴、刘姥姥，即甄（真）贾（假）冷（难）^②刘（留）故事。

作为书中的重要陪衬人物，曹雪芹对甄士隐、贾雨村、冷子兴、刘姥姥是放在一起统一构思的。他们的出没于情节，形成贯穿全书的重要线索之一。其特殊作用是：由远及近、由外及里地写贾府，从而把贾府和外部大千世界及太虚幻境勾连起来，最后又对整个作品作了收结。

二是，元春、迎春、探春、惜春，即元（原）迎（应）探（叹）惜（息）故事。

元春、迎春、探春、惜春作为贾氏四姊妹，曹雪芹对她们是放在一起统一构思的。她们那种"原应叹息"的悲剧命运，是贯穿全书的又一重要线索。其特殊作用是：由近及远、由里及外地写贾府，从而把贾府内部的鸡争鸭斗与府外政治风云勾连起来，指出那"从外部杀来"的势力却原来大多与贾府有"亲"。它们与贾府的关系，实际上是种大范围内的"自执金矛自执戈，自相戕戮自张罗"。

三是，贾宝玉的爱情和婚姻故事。

贾宝玉的爱情和婚姻故事，实际上是由一组人物组成的，那就是：居于中心地位的贾宝玉，处于第二个层次的林黛玉和薛宝钗，处于第三个层次的晴雯和袭人。他们之间的关系，既有思想意识的交锋，也有儿女心事的排他，皆属封建礼法供桌上的牺牲，这就形成一种戚而能谐的审美意蕴。而作为一以贯穿全书的重要线索，它所勾连的主要是通部"情案"。

---

① 详见本编第十一章《论〈红楼梦〉的结构学》，第四节。

② 据《广韵》"冷"和"难"读音相近，可以相谐，说详见本书《论〈红楼梦〉的结构学》（四）。

四是，王熙凤的理家故事。

王熙凤的理家故事，实际上也是由一组人物组成的，那就是：居于中心地位的王熙凤，处于第二个层次的贾母和王夫人，处于第三个层次的平儿和贾琏。他们之间的关系，是时而笑语如珠而心不笑，时而此唱彼和而意不和，皆属世俗名利场中的揖让。这就形成一种宛而多讽的审美意蕴。而作为一以贯穿全书的重要线索，它所勾连的主要是通部"世务"。

这四条线索，既是两两对称又是联络交互的；它们之勾连全书的情节，犹如经络作用于肢体和脏腑。而从其两两对称来说，其形式也具有律诗之颔联和颈联的特点，艺术渊源同样是清楚的。

然而，只看到这一点是不够的，还应看到《红楼梦》的情节线索实际融汇了明清传奇和小说的双重特点，它的真正主线是"石头之往来"，亦即贾宝玉的人生道路故事。说宝黛爱情故事与凤姐理家故事为一对，居于第二个层次；甄（真）贾（假）冷（难）刘（留）故事与元（原）迎（应）探（叹）惜（息）故事为一对，处于第三个层次，构成一主双宾式的对称，无疑是可以的。将前者比作芳官右耳眼内塞着的那粒米粒大小的小玉塞子，后者比作芳官左耳上戴着的那个白果大小的硬红镶金大坠子，构成一种均衡美，似乎又更贴切些。这种结构形态是畅神思的，所以我姑名之曰对称美与均衡美的相兼相若。质之高明，不知以为何如？

七、从通部格局上说起

俞平伯先生曾经指出第五十四与五十五回之间是一部《红楼梦》"盛"境与"衰"境的转折点，周汝昌先生的"折缝"说乃是对俞先生这一看法的发展。需要补说的是两点：一是这个"折缝"当是小说正文的折缝，具有自序性质的前五回不在其界内。二是，第三十六和三十七回之间，又将正文的前"扇"分为似断实整的上下两"片"；第七十八和七十九回之间，又将正文的后"扇"分为似断实整的上下两"片"，若四言楹联之上下联各有两个音节。

第三十六回以前，宝黛钗的爱情纠葛几乎处于作品艺术结构的中心地位，从中展示了主人公们的真善美与才学识。写宝黛的由试探到定情，写贾母的由不觉到默认，写元春对宝玉婚姻问题的暗示，凡此，莫不赋以诗情画意。第三十七回笔致变了，就连回目也令人骤觉宕了开去："秋爽斋偶结海棠社，蘅芜苑夜拟菊花题。"宝黛钗的爱情纠葛自此骤然消失，而代之以黛玉和宝钗间的义结金兰。着重描写的是贾府的主仆上下如何只知安富尊荣，借以暗示这个钟鸣鼎食之家必将坐吃山空。着重描写的是大观园的女儿们如何"直以东山之雅会，让余脂粉"，借以展现她们的才学识和真善美。着重描写的是贾宝玉和林黛玉如何"醒时幽怨同谁诉，衰草寒烟无限情"，借以揭示他们所蒙受的封建主义的如磐重压。

第七十八回以前，贾府虽然衰象日显，颓局已成，仍炙手可热，并未感受到世态炎凉，还能使监察御史们围着王熙凤的指挥棒转。写贾府的内囊已经空空如也，却又不能将就省俭。写探春的兴利除弊只是杯水车薪，反激化了府内的各种矛盾。写贾府的子孙只知纸醉金迷，却使女儿们当了牺牲。写大观园的诗酒文会亦难以为继，宝玉和黛玉的精神苦闷日益深沉。凡此，还都只是对第三十七回以后所写的贾府之兴衰兆作进一步点染。第七十九回笔致骤然一变，就连回目也显出了这一点："薛文龙悔娶河东狮，贾迎春误嫁中山狼。"贾府的男婚女嫁提上来了，贾府的外部矛盾提上来了，贾府已感受到世态炎凉了，贾宝玉爱情悲剧和婚姻悲剧的发生已势在必然了。我在拙作《论〈娲婳词〉在〈红楼梦〉悲剧结构中的地位》①中曾经指出，脂砚所说的"后之三十回"，正是从这一回算起的。如是，则《红楼梦》原著实为一百零八回。

这就告诉我们，一部《石头记》，以第五十四与五十五回之间为"折缝"，第六回至第三十六回与第七十九回至一百零八回是个大对称，第三十七回至第五十四回与第五十五回至第七十八回是个小对称。第六回至第三十六回内的"凤尾森森，龙吟细细"、"贤袭人娇嗔箴宝玉，俏平儿软语救贾琏"之必与"后三十回"内的"落叶萧萧，寒烟漠漠"、"薛宝钗借词含讽谏，王熙凤知命强英雄"为对，其深层原因也就在于此，所以，我说这主体部分的格局宛若一副四言楹联。

将第五十四与五十五回之间看作是通部的"折缝"，当是一种失误。因为，前五回带有自序性，是个相对"自足"的"单元"。作者在这五回书中，从不同的方面，以不同的口吻，反复申述了创作本旨：一是要为"怡红公子"作传，写贾宝玉的人生悲剧；二是要为"金陵十二钗"作传，写一群青年女子的命运悲剧；三是要为"诗礼簪缨族"作传，写一个贵族世家的历史悲剧②。从而，也就使它对一部大书具有敷陈大义、隐括全文的作用；当你看了那后头，也就识得了这前头。这前头和那后头明显地形成了一种均衡美，亦如芳官所戴之两个耳环。

八、结论

具有对称美是《红楼梦》结构学的一大特点，但并不是它的总体特

---

① 详见张锦池：《红楼十二论》，百花文艺出版社1982年版。
② 详见本编第十一章《论〈红楼梦〉的结构学》，第四节。

点。它的总体特点是对称中有不对称、不对称中有对称，从而形成的均衡美。这种均衡美表现于人物安排、章回布局、重大关目、情节线索、通部格局，形态是多种多样的；但"一主三从"、"三正一闰"，"四"、"三"其数，则是其基本构架。

这一基本构架，是渊源有自的：

其一，蒙受"四时成岁，三月成时"岁时文化的深层影响。

中国自古以来就以农立国，岁时观念是中华民族的深层观念之一。岁时被认为是"天之吏"（《淮南子》）；被认为是"天之道"（《春秋繁露》）；被认为是"阴阳之大经"（《管子》）；被认为是"万物之根本"（《素问》）。并且，还有"伏羲列八节而化天下"、"神农氏治天下立四时之序"的说法（《尸子》）；《尚书》所云"日月之行则有冬有夏"，照孔颖达的疏注，就是："日月之行，冬夏各有常度，喻人君为政，小大各有常法也。"于此可见岁时文化的影响是无往而不在的，久之也就成为人们的一种审美意识——法于"四时成岁，三月成时"，"四"、"三"其数，便具有"完善"、"有序"、"变通"、"以少总多"、"十全十美"的意蕴。文法之讲启承转合；画法之讲远中近三景；梁武帝《河中之水歌》云"头上金钗十二行，足下丝履五文章"；白居易《夜宴醉后留献裴侍中诗》云"九烛台前十二姝，主人留醉任欢娱"；李渔将其拟话本集题曰《十二楼》；司空图的《诗品》之将诗歌分为二十四品；冯梦龙的《情史》之将感情归为二十四类；还有曹雪芹笔端的"金陵十二钗"及其"副册"不论有几副，皆是"四"、"三"其数的倍数：凡此，都可以看出这岁时文化对中华民族之审美心理及思维方式的潜在作用。

其二，蒙受中国诗歌哲学的深层影响。

要求以少总多，含不尽之义于言外，是中国诗歌哲学的基本特点。这不只是个语言表达问题，更主要的，是个思维方式问题。而这一思维方式的形成，我以为固然植根于亚细亚生产方式，岁时意识的潜在作用也是个不可忽略的因素。以四联成首、三个音节成句为其基本形态的律诗所以蔚为大观，其深层原因亦在这里。

正像天下的树叶都具对称美，但没有两片相同的树叶，中国的诗歌和楹联的对称，形态也是丰富多彩、气象万千的，但从数理文化来说，其基本形式是两种。一是"二二"式，即两句，一句两个音节。如："青青子衿，悠悠我心。""行已有耻，博学为文。"一是"二三"式，即两句，一句三个音节。如："两个黄鹂鸣翠柳，一行白鹭上青天。""慈母手中线，游子身上衣。""山外斜阳湖外雪，窗前流水枕前书。""养天地正气，法古今完人。"前者节奏舒缓，显得比较庄重；后者节奏急促，显得比较活泼。而作为艺术法则，二者在曹雪芹笔端是交错为用的。从这一角度看问题，《红楼梦》的对称美宛若昆明大观楼的长联，是有美必备、无美不臻的，只不过更"大而化之"罢了。正是这，它赋予了《红楼梦》结构学以内在的诗情和笔法。

其三，蒙受中国园林建筑美学的深层影响。

中国园林建筑美学的基本特点是：要求主体建筑具有某种对称性，同时又要求以曲径通幽及借景等方法打破之，形成一种"曲终人不见，江上数峰青"的均衡态势。它是诗情、画意与建筑美的统一，借以说《红楼梦》之"一主三从"或"三正一闰"的结构形态最为近之。而其中的"三"，又大多由一主双宾所构成。正是这，又赋予了《红楼梦》的结构学以内在的建筑艺术的精神与造型美。

要之，中国源远流长的岁时文化，影响着中华民族的思维方式，影响着中国诗歌的艺术精神，蔚为大观的律诗和绝句便是以"四"、"三"其数为其形式特点的，亦即四联（或四句）成首，三个音节成句。另一古老的宗法观念又使中国建筑艺术的对称美与诗歌有不同的表征，亦即不是以"玉盒子底"、"玉盒子盖"，而是以一主双宾为其基本特点。二者共同作用于《红楼梦》的结构学。然而，《红楼梦》的结构学之所以独特，还不在于它具有无美不臻的对称性，还在于作者善于创造性地将"四"的组合形态由"二二"变为"一三"，从而使作品在总体上呈现出一种似对称而非对称、非对称而又含对称的均衡美，这是任何单纯的对称美或均衡美所无可比拟的。

九、余论

周汝昌先生认为《红楼梦》里有两个数字"异常要紧"："一个是九，一个是十二。"[①]"十二"是书中的一个"基数"，"九"乃通部红粉与段落的"层次"[②]。这可是个大问题，故有一谈的必要。

首先，将"十二"看作是《红楼梦》中的一个"基数"，无疑是可以的。然而，求其数理，实乃法于"四时成岁，三月成时"，"岁者春夏秋冬各有孟仲季以名十二月也"。认为"九为阳数，为'数之极'，表示最多之义"[③]，也符合先秦以来人们的看法。然而，论其数理，却不只源于"每季九十天"[④]，而且由于周人尚"三"，先民以"三"为"数之极"[⑤]，后人又鉴于"九"是"三"的"三倍"。

其次，说《红楼梦》的"全部的节奏，也以'九'为率，每九回构成一大段落"[⑥]，我总有点怀疑。别的不说，将前九回看作是同一段落，

---

① 《红楼梦与中华文化》，台湾东大图书公司 1989 年版，第 241 页。

② 同上书，第 242 页。

③ 同上书，第 243 页。

④ 同上书，第 247 页。

⑤ 扬雄：《太玄经·大玄文》云："诸一则始，诸三则终"，便透露了个中消息。

⑥ 《红楼梦与中华文化》，台湾东大图书公司 1989 年版，第 240 页。

周先生自己就不会同意。再者，脂砚所说的"后之三十回"显然相当于今人所说的书之下册，"三十"亦非"九"的倍数。全书"一百零八回"之说虽与鄙见不谋而合，但周先生的论证方法，即一者认为"合十二个九回，是为一百零八回全书"[1]，一者认为以第五十四与五十五回之间为"中缝"，除去今本第六十四回与第六十七回，加上脂砚所说的"后三十回"，是为一百零八回全书[2]，我却不敢苟同。浅识已述于前，这里就不饶舌了。

最后，"九品十二钗"[3] 之说，还可以商榷。

书中写贾宝玉神游太虚境，一共见到三个橱，即"金陵十二钗正册"、"金陵十二钗副册"、"金陵十二钗又副册"，则在册的女子为三十六人。脂批中有"三副、四副"及"外副"之说，则在册的女子当是七十二人。周汝昌先生在引用脂批"三副、四副"之说时于"四副"后面加上省略号，认为"雪芹在'神游'回中未肯呆叙全列的，还应有六排'十二'的诸副钗"[4]，其结论是："施公写的既是百零八绿林好汉，曹侯写的乃系百零八位红粉佳人！此意最有意味。"[5] 问题就这么复杂。

照我看来，说曹雪芹最初拟写的钗数是百零八，尚可；说初稿写的钗数是七十二，则可；说前几稿的钗数仍为七十二，尚可；说改定稿的钗数应为百零八，则不可。为什么？因为"曹雪芹于悼红轩中披阅十载，增删五次"，工程之一就是减头绪，其中便包括对钗数的调整，即该删

---

① 《红楼梦与中华文化》，台湾东大图书公司 1989 年版，第 243 页。

② 《红楼梦原本是多少回》，见《献芹集》，参见《红楼梦与中华文化》下编第一、第二章，这是周先生反复论述的问题。

③ 《红楼梦与中华文化》，台湾东大图书公司 1989 年版，第 243 页。

④ 同上书，第 242 页。

⑤ 同上书，第 240 页。

的删，该并的并，从而将一般形象加工为典型。何以见得？《芙蓉女儿诔》云："镜分鸾别，悉开麝月之奁；梳化龙飞，哀折檀云之齿。"《夏夜即事》云："窗明麝月开宫镜，室霭檀云品御香。琥珀杯倾荷露滑，玻璃槛纳柳风凉。"这里的"麝月"、"檀云"、"琥珀"、"玻璃"，显然是又指贾府的四个大丫鬟。今本无檀云其人，而"玻璃"却成了芳官与宝玉嬉戏时的别名，两个人物合为一个人物的痕迹是明显的。还有，庚辰本等等第二十七回云："宝钗、迎春、探春、惜春、李纨、凤姐等并巧姐、大姐、香菱与众丫鬟们在园内玩耍，独不见林黛玉。"第二十九回云："贾母的丫头鸳鸯、鹦鹉、琥珀、珍珠，林黛玉的丫头紫鹃、雪雁、春纤……奶子抱着大姐儿带着巧姐儿别在一车。"这两回显然是据早期稿本抄配，因而，"大姐儿"和"巧姐儿"，"鹦鹉"与"紫鹃"，"珍珠"与"花袭人"，是两个人，而不是同一个人的异名。由此可见，当宝玉问及："金陵极大，怎么只十二个女子？"警幻说的乃是实情："贵省女子固多，不过择其紧要者录之。下边二橱则又次之。余者庸常之辈，则无册可录矣。"一言以蔽之，情榜上的钗数当是三十六人。小说是以塑造典型取胜的。耐庵因写百零八条绿林好汉而分散了笔墨，致形象多而典型少，实际上是一种失误。曹雪芹由想仿效施耐庵而最后集中笔墨写三十六位红粉佳人，使每个人物都成为一个"这个"，正是他艺术上的一大成功。

足见，说"十二"是《红楼梦》中的一个"基数"，虽不无道理；说"九"的"层次"乃作品的一个"要因"，却未必正确。因而，若以二者的乘积去论断雪芹原著的回数及红粉佳人的人数，也就难以令人信服了。

第十三章　李贽的"童心"说和曹雪芹的《红楼梦》

一、引言

李贽在中国思想史上是个特异的人物，特别是他的"童心"说的提出，带有明显的时代印痕并具有重要的理论意义。何谓"童心"？李贽认为："夫童心者，绝假纯真，最初一念之本心也。若失却童心，便失却真心；失却真心，便失却真人。"①"童心"何以会"失却"？李贽认为："盖方其始也，有闻见从耳目而入，而以为主于其内而童心失。其长也，有道理从闻见而入，而以为主于其内而童心失。其久也，道理闻见日以益多，则所知所觉日以益广，于是焉又知美名之可好也，而务欲以扬之而童心失；知不美之名之可丑也，而务欲以掩之而童心失。""童心既障，于是发而为言语，则言语不由衷；见而为政事，则政事无根柢；著而为文辞，则文辞不能达。……所以者何？以童心既障，而以从外入者闻见道理为之心也。""闻见道理，皆自多读书识义理而来"，其中最有障于"童心"的，则是儒家的那些所谓"经典"。它们实乃"道学之口实，假人之渊薮"。因为《六经》不过是"史官过为褒崇之词"，"臣子极为赞美之语"，《论语》、《孟子》则是孔孟的"迂阔门徒，懵懂弟子，记忆师说，有头无尾，得后遗前"的残缺笔记，它们根本不是"万世之至论"，所以"断断乎其不可以语于童心之言"。倒是《西厢记》等戏曲

---

① 李贽：《焚书》卷 3《童心说》，中华书局 1975 年版。

小说，它们是出于"童心"的"古今至文"，令人读之亦可有护于"童心"。

要而言之，照李贽的看法："童心"是我固有之也，非由外铄我也。与此相反，三纲五常之类的封建道德规范是由外铄我也，非我固有之也。二者难以两立。

李贽的这种"童心"说，实际上是他的抽象人性论在道德观方面的运用。这种天赋的"童心"，不仅仅是一种天赋道德观念，已含有个性的自觉。但他虽然指出了三纲五常等封建道德规范是正统御用学者强加在人性上的桎梏，却未能给予"童心"以系统的、正面的、有具体内容的阐释，这又是李贽的"童心"说的历史局限。因此，这种"童心"说虽然已越出地主阶级的人性论的范畴，却只能看作是近代人性论的前奏。

《红楼梦》所表现的一些最基本的思想，显然与李贽的"童心"说一脉相承。试看贾宝玉的一句"呆话"："女孩儿未出嫁，是颗无价之宝珠；出了嫁，不知怎么就变出许多的不好的毛病来，虽是颗珠子，却没有光彩宝色，是颗死珠了；再老了，更变的不是珠子，竟是鱼眼睛了。分明一个人，怎么变出三样来？""怎么变出三样来"的呢？合乎逻辑的答案当然是：随着她年龄日长，"闻见道理"日多，日渐失却了"童心"，"真人"变成"假人"。

然而，李贽的"童心"说对于《红楼梦》的思想之最大的影响，还表现在处于此书艺术结构中心地位的人物形象都是些青少年。甚至可以这么看问题：如果说，贾宝玉和林黛玉等是具有"童心"的"真人"，那么薛宝钗和李纨等便是"童心"既障而又未全失的人物。这里，既可以看出曹雪芹对李贽"童心"说的继承，又可以看出他对李贽"童心"说的重大发展。他把贾宝玉和林黛玉等人物身上的自由观念和平等观念看作是"童心"，看作是人与生俱来的本性，这就给李贽所说的"童心"

充实了具体的内容。这一点是忽略不得的。它说明曹雪芹的人性论已进入近代人性论的思想范畴；同时也说明曹雪芹继孟子发现了人之后又一次发现了人，而他所发现的人实际上就是处于雏形时期的资产阶级的人。《红楼梦》里所描写的一代青少年形象，特别是其中正面人物所具的共同品德，也足资论证这一问题。

二、说葆有"童心"的叛逆者形象

《红楼梦》的当然主人公是地主阶级的叛逆者贾宝玉，他在全书的艺术形象体系中居于众星拱月般的地位。这一典型形象，凝聚着作者的毕生心血和全部理想。

论者往往认为贾宝玉只是旧世界的批判者，而对新世界缺少憧憬，这种看法并不符合书中的描写。要知道，这位因杜绝仕途经济而被贾政打得寸骨寸伤的"混世魔王"，面对女孩子们的眼泪，就曾庄严宣告："我便一时死了，得他们如此，一生事业纵然尽付东流，亦无足叹惜。"这里，说得多清楚，他有自己的"一生事业"！

贾宝玉的"一生事业"究竟是什么呢？是"致君尧舜上，再使风俗淳"吗？显然不是。因为要想"致君尧舜上，再使风俗淳"，就该放眼"经学"，留意"礼乐兵农"，趋志"仕途"，以期去实施儒家的"仁政"，可他却从无这类兴趣，而尤恶仕途经济道路。贾宝玉的"一生事业"可以用脂批的见解来作诠释："宝玉有生以来，此身此心为诸女儿应酬不暇……除闺阁外，并无一事是宝玉立意作出来的，大则天地阴阳，小则功名荣枯，以及吟篇琢句，皆是随分触情，偶得之不喜，失之不悲。"这就是说，贾宝玉的"一生事业"不是别的，是护法群钗。再看贾宝玉自己在获知晴雯死后成为芙蓉花神时所说的"呆话"："此花也须得这样一个人去管，我就料定他那样的人必有一番事业！"这意思也是清楚的：说晴雯在"洞天福地"的天国当花神，管花、养花、护花是"一番事业"，实际上也就是认为自己在"男尊女卑"、"红颜薄命"的现实世界，"作养脂粉"，尊重她们、保护她们、体贴她们，当然更是"一番事业"。

《红楼梦》把护法群钗作为贾宝玉的"一生事业"来描写，正是作者独运匠心的地方。其真正的目的，并不仅仅在于渲染贾宝玉的"闺友闺情"，还在于想从中反映出贾宝玉的人伦思想以及对人与人之间关系的憧憬。

贾宝玉虽则是贾府的"凤凰"，却不想把自己的意见强加于人，相反地倒主张听任各人按照自己的意志与心愿去自由活动，在他的护法群钗的过程中鲜明地体现着一种自由观念，这在书中反映在各个方面。不妨略举几条，看一看它的性质。第三十一回"撕扇子作千金一笑"，写晴雯生气说到怕砸了盘子，宝玉笑道："你爱打就打，这些东西原不过是借人所用，你爱这样，我爱那样，各自性情不同。比如那扇子原是扇的，你要撕着玩也可以使得，只是不可生气时拿他出气。……这就是爱物了。"尽管话说得带有浓重的贵家公子的气息，实反映了他主张"使人各得其情，各遂其欲"的思想。第三十六回"识分定情悟梨香院"，写宝玉兴兴头头去找龄官，想央她唱一套《牡丹亭》的"袅晴丝"，不料遭到龄官的厌弃，"自己便讪讪的红了脸，只得出来了"；转瞬之间见贾蔷那么体爱龄官，龄官又那么自重并钟情贾蔷，遂悟出"人生情缘各有分定"的道理。这道理虽则带有浓厚的命定论色彩，实表现了他对别人的个性和意志的完全尊重，即便对"下三等奴才还不如"的优伶也是如此。第七十九回写宝玉生病，王夫人要他"好生保养过百日"方可出门，"这百日内，只不曾拆毁了怡红院，和这些丫头们无法无天，凡世上所无之事都玩耍出来"。这又告诉我们：怡红院一关上门，就可说是个自由的天地。岂止如此，贾宝玉还想把"这屋里的人，无论家里外头的……都要回太太全放出去与本人父母自便"，让她们获得人身解放。其实，贾宝玉不仅想使丫鬟们"各得其情，各遂其欲"，他对僮仆们也是如此。这一点，兴儿说得很明确："我们坐着卧着见了他也不理，他也不责备。因此没人怕他，只管随便，都过的去。"显然，贾宝玉的这种自由观念与柳梦梅单纯追求爱情上的自由不同，它实际上是种"去专制，重人权"的思想萌芽。

贾宝玉虽则由于贾母的溺爱而在贾府有种种特权，却从不以为自己高人一等，相反地倒在女孩子们面前处处作小服低，甚至自惭形秽，在他的护法群钗的过程中又鲜明地体现着一种平等观念。这在书中多所反映。不妨也略举几条，看一看它的特点。第二回写"冷子兴演说荣国府"，说宝玉说："女儿是水做的骨肉，男人是泥做的骨肉。我见了女儿，我便清爽；见了男子，便觉浊臭逼人。"第二十回写宝玉因自幼在姊妹丛中长大，便料定："原来天生人为万物之灵，凡山川日月之精秀，只钟于女儿，须眉男子不过是些渣滓浊沫而已。"要知道，"男尊女卑"是封建主义的传统观念，董仲舒的"天人感应"说的"男阳女阴"说之类，又从人性论方面给它提供了理论基础；同时，封建主义社会也是以男性为中心建立其统治的，直至使妇女在社会上无独立的人格可言。因此，贾宝玉所提出的这种"女清男浊"说，就从人性论方面彻底翻了"男尊女卑"这个传统观念的案，尽管不免矫枉过正而且也是属于唯心主义的观点，但其实际意义却在于：不仅反对男尊女卑而主张男女平等，同时还指出了以男性为中心的封建主义统治的不合理。第十九回，写宝玉赞美袭人的两姨妹子好，而袭人有意用歪话相缠，说是"明儿赌气花几两银子买进他们来就是了"。宝玉笑道："你说的话，怎么叫我答言呢。我不过是赞他好，正配生在这深堂大院里，没的我们这种浊物倒生在这里。"第六十三回，写宝玉说不该让芳官等出钱给自己做生日而受到晴雯的抢白，袭人说宝玉："你一天不挨他两句硬话村你，你再过不去。"第五十一回，写宝玉把丫鬟们比为才开的白海棠而以野坟圈子里的老杨树自比，麝月竟这样"村"宝玉："野坟里只有杨树不成？难道就没有松柏？我最嫌的是杨树，那么大笨树，叶子只一点子，没一丝风他也是乱响。你偏比他，也太下流了。"然而宝玉却虽受排揎而从不以为忤。难怪傅试家的两个婆子要议论说："一点刚性也没有，连那些毛丫头的气都受的。"照贾府的主子们的看法，袭人的两姨妹子不过是城市细民，麝月等奴婢只是些会说话的"猫儿狗儿"。贾宝玉作为荣国公的嫡孙，却在她们面前自惭形秽，将地主阶级的"尊卑贵贱"观念作了颠倒。因此，贾宝玉的这种自轻自贱，就不只反映了他对"男尊女卑"观念的否定，同时也反映了他对封建等级制度的嘲弄。唯其如此，所以他既不想在奴隶们面前树立自己作为主子的权威，无论丫鬟还是僮仆都"只管随便"，也"不想自己是丈夫，须要为子弟之表率"，甚至并不以为自己是嫡出而应高于庶出的贾环一等。显然，贾宝玉的这种平等观念，并不同于梁山好汉的"但愿共存忠义于心，同著功勋于国"的"都一般儿哥弟称呼，不分贵贱"，它恰恰是以反对封建宗法的思想和制度本身为其特点的。

贾宝玉虽则是众星拱月般地生活在女儿群里，却不仅没有在红香绿玉中陶醉，相反地倒忧患日甚，原因又何在呢？这是由于"他看见许多死亡；证成多所爱者，当大苦恼，因为世上不幸人多"[①]。书中关于贾宝玉之"多所爱"的描写随处都有，不妨略举数端以明其思想活动的特

---

① 鲁迅：《〈绛洞花主〉小引》，《鲁迅全集》第8卷，人民文学出版社1981年版，第145页。

点。第三十回"龄官划蔷痴及局外",写宝玉的两个眼睛球儿只管随着龄官手里的簪子动,心里却想:"这女孩子一定有什么话说不出来的大心事,才这样个形景。外面既是这个形景,心里不知怎么熬煎。看他的模样儿这般单薄,心里那里还搁的住熬煎。可恨我不能替你分些过来。"第四十四回"喜出望外平儿理妆",写宝玉把被贾琏打得有冤无处诉的平儿迎到怡红院,照料她梳洗罢,正怡然自得,"忽又思及贾琏惟知以淫乐悦己,并不知作养脂粉。又思平儿并无父母兄弟姊妹,独自一人,供应贾琏夫妇二人。贾琏之俗,凤姐之威,他竟能周全妥贴,今儿还遭荼毒,想来此人薄命比黛玉犹甚。想到此间便又伤感起来,不觉凄然泪下。"第六十二回"呆香菱情解石榴裙",写香菱与荳官等斗草逗趣不意污了半扇裙子,宝玉见了为她色色想的周到,其心理活动也是很明白的:"可惜这么一个人,没父母,连自己本姓都忘了,被人拐出来,偏又卖与了这个霸王。"凡此,说明贾宝玉对居于下层地位女子们的温慰体恤,并不像一些同志所说的都掺着邪念,他对龄官、平儿、香菱的用心便都十分严肃而纯洁。他看出了封建主义人身关系的不合理而又无力改变这种现状,于是便一面不能自制地到处给被损害者以温情,一面也给他自己带来伤感。同时,也说明贾宝玉的"多所爱",并不同于孔子所说的"仁者爱人"。孔子及其门徒对卑贱者的态度是恩赐,是居高临下的局外同情。贾宝玉对奴婢们的态度是"昵而敬之,恐拂其意";"敬"就是尊重其人格尊严,所以,贾宝玉的这种"多所爱",实际上是一种以自由、平等观念为基础的博爱观念的反映。

贾宝玉在其护法群钗的过程中所体现的这种自由、平等、博爱观念虽则还都处于萌芽状态,却已成为他的人伦思想。警幻仙子说他"天分中生成"的"意淫",实际上就是这三种观念的综合。其中,最基本的是自由、平等观念。

　　贾宝玉具有自由、平等观念，这已成当前红学界所公认的问题。但对其性质的认识，自五十年代末以来却分成旗鼓相当的两派。一派是"市民"说，认为贾宝玉的自由、平等思想是新兴市民阶层的思想反映，论者比较注重从当时已有资本主义萌芽这一时代背景中去寻求印证。一派是"传统"说，认为当时纵有资本主义萌芽也不一定就反映入《红楼梦》，贾宝玉的自由、平等思想是古已有之的，论者比较注重从嵇康和阮籍等具有叛逆思想的历史人物身上去寻求印证。照我的浅见，两派的观点都具有合理的内核：贾宝玉的自由观念和平等观念当然"具有由它的先驱者传给它而它便由以出发的特定的思想资料作为前提"①。然而贾宝玉的自由观念和平等观念作为一种社会思潮的反映又一点也离不开时代对它的要求。两派在论证自己的观点时也都忽略了此书的一个内在的问题：它是把自由、平等观念作为"童心"，作为人的与生俱有的本性来显现的。这，就无异于说：人是生而自由并且彼此平等的。这种思想当然是属于近代资产阶级"人权思想"范畴。诚然，无论是美国《独立宣言》提出的"一切人生来都是平等的，他们均享有不可侵犯的天赋人权——生存、自由、追求幸福"，还是法国《人权宣言》提出的"人类生而自由，在权利上生而平等"，均是指政治和法说的。然而，伦理思想先变，政治思想后行，这是一条规律，应无争议。所以，不能认为贾宝玉所体现的自由、平等观念是属于他的伦理思想而将其排除出近代资产阶级"人权思想"范畴。恰恰相反，倒应该承认贾宝玉由于葆有这种"童心"，所以使他成为脂批所说的"今古未见之人"。

　　实际上，贾宝玉的自由、平等观念作为他的伦理思想，也并不与他的政治思想绝缘。清人二知道人说："宝玉能得众女子之心者，无他，

---

　　① 《马克思恩格斯全集》第37卷，人民出版社1971年版，第490页。

必务求兴女子之利，除女子之害。利女子乎即为，不利女子乎即止。推心置腹，此众女子所以倾心事之也。推其术以抚民，可以入循吏传矣。"①"推其术以抚民"云云，这颇发人深省。《红楼梦》里不是也曾发出这样的感慨吗？说是"无材可去补苍天，枉入红尘若许年"。贾宝玉以护法群钗作为自己的"一生事业"，所以他所憧憬的也就不是以"天有十日，人有十等"②为前提的儒家的"仁政"，而是种人与人的关系比较自由的、平等的、和谐的、美妙的社会。唯其如此，所以，王夫人说"他行事总是与世人两样的"；脂砚斋说他是"今古未有之一人……恰恰只有一颦儿可对"，同时也直白地承认"余阅此书，亦爱其文字耳，实亦不能评出二人终是何等人物"。

《红楼梦》不仅描写了贾宝玉的"童心"，而且还解释了他的"童心"何以久葆的原因：一是"没有上过正经学堂"，不曾接受孔孟之道的熏陶；二是"只爱在丫头群里闹"，蒙受世俗社会的恶劣影响较浅；三是喜看《西厢记》等有"护此童心"的"邪书"。这种解释也是发人深省的，实际上这是在对封建的宗法思想和制度作否定性的结论。——它们与人类的美德难以并存。

三、说具有"童心"的女奴们形象

《红楼梦》的崇尚"童心"的思想特点，同样也体现在奴隶起而作反的原因上。

正如鲁迅所说："一要生存，二要温饱，三要发展。苟有阻碍这前

---

① 　一粟编：《红楼梦卷》第 1 册，中华书局 1963 年版，第 90 页。

② 　《左传·昭公七年》。

途者，无论是古是今，是人是鬼，是《三坟》、《五典》……全都踏倒他。"① 历代被压迫者的反抗均离不开这一范围。然而，《红楼梦》所描写的奴隶反抗与《水浒传》所描写的农民起义存在着明显的不同。如果说，《水浒传》里的农民起义，主要是求"生存"和"温饱"，那么，《红楼梦》里的奴隶反抗，主要是求"发展"，求其先驱者们所未曾意识到的东西——人权。

要说明这一原则区别，就必须说一说中国的所谓"王道"和"霸道"问题。

照传统的观点，"王道"和"霸道"是属于两种对立的东西。"霸道"行"暴政"，置百姓于水火；"王道"行"仁政"，解百姓于倒悬之灾。实际上，"霸道"奴役人民，"王道"也奴役人民，二者的本质并无不同。"霸道"来了会使百姓想做奴隶而不可得，"王道"来了会使百姓暂时做稳了奴隶，二者的差别仅在于此。

然而，"王道"与"霸道"的这一差别，却是至关紧要的。它成了封建时代黎民百姓或志士仁人以反抗"霸道"为出发点、以向往"王道"作指归的根由。《水浒传》所描写的"官逼民反"便是典型的例证。所谓"仗义疏财归水泊，报仇雪恨上梁山"，实际上就是被抛于死亡线上的志士仁人与黎民百姓的铤而走险。其终极目的，则是想"酷吏赃官都杀尽，忠心报答赵官家"；则是想将"霸道"横行的世界变成"王道乐土"；则是想把欲做奴隶而不得的时代变成可以暂时做稳了奴隶的时代。

要是从这种"王道"与"霸道"的角度看问题，那么，贾府所行的不是"霸道"，而是典型的"王道"。要知道，"贾府中从不曾作践下人，

---

① 《华盖集·忽然想到》，《鲁迅全集》第 3 卷，人民文学出版社 1981 年版，第 45 页。

只有恩多威少的，且凡老少房中所有亲侍的女孩子们，更比待家下众人不同，平常寒薄人家的小姐，也不能那样尊重的"。平素，"吃穿和主子一样，又不朝打暮骂"，并逐月发给"月钱"。要是父母亡故，还按照定例赏以抚恤金。难怪周瑞家的出于忌刻而要说她们是"副小姐"。足见，《水浒传》里所描写的黎民百姓的憧憬，已经成为《红楼梦》里所描写的奴隶们的现实。因此，《红楼梦》里所描写的女奴们的悲苦，也就不是《水浒传》里所描写的人民大众的那种被逼挣扎于死亡线上的悲苦，而是人生于世的一种新的悲苦——她们朦胧地意识到自己既然是人，就应该是自由的，并且彼此平等；可圣贤们主张的"天有十日，人有十等"，却剥夺了她们的独立人格，并把她们置于等同"猫儿狗儿"的社会地位。不平之甚，于是便起而作反。所以，《红楼梦》所描写的女奴们的反抗，就并不是出于想做奴隶而不可得，要求暂时做稳了奴隶，恰恰是由于做稳了奴隶而仍不甘心，想争到"人"的价格。晴雯、鸳鸯、司棋、芳官、龄官等等，便是如此。试析其中二三人物以资证明。

晴雯由于出身贫贱，是个"乡籍姓氏湮没而莫能考"的几成饿殍的孤女，成为贾府的奴隶赖大家的奴隶，成为贾府的过着"副小姐"般生活的奴隶，并且等着她的还有一个"宝玉姨娘"的位置，这照世人看来真是"芝麻开花节节高"，实在幸运得很。袭人所孜孜以求的，不正是这种东西吗？那么，晴雯的悲剧又在哪里呢？就在"心比天高，身为下贱"。明明自己被置于"猫儿狗儿"的地位，却不以为"谁又比谁高贵些"。这种平等观念，直接违反了"天有十日，人有十等，下所以事上，上所以共神"的封建等级思想。这种平等观念，也使她自己自尊自重、自矜自傲。直至"高标见嫉，闺帏恨比长沙；直烈遭危，巾帼惨于羽野"。

司棋是"家生女儿"，其社会地位又低于平民出身的奴隶。而由于她是迎春的贴身大丫鬟，所以在衣食起居方面也属于"副小姐"。照时人的看法，算是有造化的。但司棋却不以此为满足，感到还需具有人的尊严。因此一触及这个问题，便显得心高气傲，目无法纪。反映于平素，就出现了她的率众闹厨房。欲吃碗"炖的嫩嫩的"鸡蛋，柳家的不愿意给蒸，便喝命小丫头们动手，"凡箱柜所有的菜蔬，只管丢出来喂狗"，这似乎显得有点飞扬跋扈。要知道，贾府"上上下下都是一双富贵眼睛"，而这种"富贵眼睛"实则反映了当时的世俗人情。它体现到柳家的对待奴婢们的态度上，就是虽则同是"有体面的"大丫鬟也随其所侍候的主子情况而下菜碟。只因迎春是位"懦小姐"，又是庶出，所以柳家的对她身边的丫鬟也轻视三分。因此，晴雯要吃芦蒿，柳家的"赶着洗手炒了，狗颠儿似的亲捧了去"。司棋要吃蛋羹，柳家的却拿她"作筏子"，还说什么"我倒别伺候头层主子，只预备你们二层主子了"。足见，司棋的率众闹厨房，实反映了她对贾府上上下下的"富贵眼睛"的忿懑；尽管她与晴雯在柳家的心目中的位置不同，却具有一个共同的思想，就是不以为"谁又比谁高贵些"，当然也就不能忍受别人对她的轻蔑。然而，司棋思想性格的主要特点，还表现在她与潘又安的爱情问题上。司棋作为没有文化教养的奴婢，自然不会吟诗传情，但借以传情的也不是玉镯或手帕，却是五彩绣春囊。用绣春囊作为爱情的象征，这对于一个少女来说，实在是对封建礼教的极度轻蔑，试看邢夫人和王夫人见了吓成那个样，便知这对封建礼教是何等严重的挑战！潘又安能溜进大观园，显然也是司棋设的法。明代中期以后有这么一首民歌，道是"当初只道郎偷姐，如今新泛世界姐偷郎"[①]。可谓信焉不诬。王熙凤抄检出潘又安给司棋的情书，百般打趣；司棋"也并无畏惧惭愧之意"，致使王熙凤"倒觉可异"。更觉可异的还在于：到周瑞家的押她出大观

---

① 冯梦龙：《山歌》。

园，都没有对谁说出一句悔过的话，反倒要求"到相好的姊妹跟前辞一辞"，自信自己的所作所为并不是什么丢人的事情。凡此，说明她是把选择配偶的自由看成是人的权利，并且不仅是男子的权利，也是女子的权利，而自己作为人，理应有此权利。唯其如此，所以她在与潘又安的爱情关系上才能表现出这种惊人的大胆、惊人的主动、惊人的坦然，以及伴之而来的那种"不自由，毋宁死"的惊人情操。

龄官作为优伶，其社会地位尤为低贱。赵姨娘曾这样骂芳官："你是我银子钱买来学戏的，不过娼妇粉头之流！我家里下三等奴才也比你高贵些的。"但贾府的正经主子们对所蓄优伶却一直是恩宠有加，特别是对龄官。第十八回，写元妃归省，点了四出戏。"刚演完了，一太监执一金盘糕点之属进来，问'谁是龄官？'贾蔷便知是赐龄官之物，喜的忙接了，命龄官叩头。""命"叩头才叩头，足见龄官对元妃的恩赏简直是淡若云烟。其孤高如此！太监又传谕，说："龄官极好，再作两出戏，不拘那两出就是了。"贾蔷忙答应了，因命龄官作《游园》、《惊梦》二出。龄官自以为此二出原非本角之戏，执意不作，定要作《相约》、《相骂》二出。"贾蔷扭他不过，只得依他作了。"其任性又是如此！难怪脂砚斋辈要感叹说，"能养千军，不养一戏"。龄官演毕《相约》、《相骂》，"贾妃甚喜，命'不可难为了这女孩子，好生教习'，额外赏了两匹宫缎，两个荷包并金银锞子、食物之类"。一天两次获得贵妃的嘉奖，这对于一个优伶来说，当是最高的荣耀，龄官总该感恩戴德引为殊荣了吧？她不，仍然是那么忧思焦劳，抑郁愤懑。第三十回"龄官划蔷痴及局外"，知她爱贾蔷是爱得发痴，那么，她的忧思焦劳，抑郁愤懑是不是由于在爱情问题上不得遂其心愿呢？不是。第三十六回"识分定情悟梨香院"，写贾蔷在龄官面前作小服低，百般体爱，真是意柔柔而斐亹，情款款而纡萦，甚至不惜花一两八钱银子买了只"会衔旗串戏台"的玉顶金豆来给龄官解闷。谁知龄官却不仅没有因此而解颐，反而倒更悲愤满膺。荣耀不足以使其心舒，爱情不足以使其欢愉，那么，这位优伶她所渴求的究竟是什么呢？不是别的，是自由，是能自由地支配自己的人身。这就难怪她要责备自己的情人："你们家把好好的人弄了来，关在这牢坑里学这个劳什子还不算，你这会子又弄个雀儿来，也偏生干这个。你分明是弄了他来打趣形容我们，还问我好不好。"这是有人格自尊的丫鬟对于封建主义人身关系的深恶痛绝。

写到这里，不禁使我们想起恩格斯在《反杜林论》中所说的两段话。一段是："甘受奴役的现象发生于整个中世纪，在德国直到三十年战争后还可以看到。普鲁士在 1806 年和 1807 年战败之后，废除了依附关系，同时还取消了慈悲的领主们照顾贫、病和衰老的依附农的义务，当时农民曾向国王请愿，请求让他们继续处于受奴役的地位——否则在他们遭到不幸的时候谁来照顾他们呢？"[①] 另一段是："无论自愿的形式是受到保护，还是遭到践踏，奴役依旧是奴役。"[②] 恩格斯这两段话给予我们以如下启示："奴役"加"保护"这在中国叫"王道"。"奴役"加"践踏"，这在中国叫"霸道"。贾府现有的奴隶没有一个是被抢来的，都是由于经济地位所迫而以自愿的形式接受着奴役，这正是中世纪人身关系的普遍特点，贾府对奴隶们实施的是"王道"而不是"霸道"，贾母等正经主子是中世纪受到被奴役者普遍拥护的"慈悲的领主"。其所以然，就在于认识并否定以"践踏"被奴役者面目出现的"奴役"易，认识并否定以"保护"被奴役者面目出现的"奴役"难。明乎此，就能加深我们对晴雯等这些女奴形象的认识。前述可见，这些女奴形象，都正如黑

---

① 《马克思恩格斯全集》第 20 卷，人民出版社 1971 年版，第 109 页。

② 同上。

格尔老人所说的，是一个"这个"。同时也体现出共性特征：一是"孤标傲世"，虽则"身为下贱"，却不以为"谁又比谁高贵些"；二是"惟我是主"，绝不容许他人宰割自己的意志。二者集中到一点，说明她们已朦胧地意识到自己是人，而人应该是自由的，并且彼此平等。可是，贾府所代表的封建宗法的思想和制度，却只允许她们在封建等级制的重轭下牛马似的匐行，而不给她们以"人"的价格。因此，贾母等主子再慈悲也不能消除她们精神上的悲苦，物质生活再优厚也不能使她们不作反。由此，也就露出了新世纪的曙色。

论者往往把晴雯等女奴们的自由、平等观念囿于反对奴婢制看问题，这是不全面的。要知道，贾宝玉等地主阶级叛逆者与晴雯等具有反抗性的女奴，他们的阶级地位虽则不同，但他们的自由、平等观念却属于同一思想性质的东西，并且作者也都是把他们作为"童心"的体现。因此，他们的悲剧性格也就相互生辉地共同说明一个问题：现存社会制度是禁锢人性的枷锁，湮灭天赋予人之美德的深渊，所以它的存在是十分不合理的。这种对封建社会的批判就不是囿于对个别具体制度的批判，它否定了封建主义的人身关系，同时包含着对新型的人身关系的探索，因此是从整体上给予封建宗法的思想和制度以大胆否定。

四、说"童心"被污的年轻女子形象

"童心"既是天赋予人的，又会被封建伦理道德之类所剥蚀，那么，这对于一个具体的人来说，它的失却也就呈现出一个过程。论者大多把薛宝钗和李纨等人说成是典型的封建淑女，实际上她们都是些"童心"既障而又未全失的人物。因此，一方面由于她们"童心既障，而以从外入者闻见道理为之心"，这使她们不同程度地成为符合封建道德规范要求的女子，另方面，又由于她们毕竟年轻，且深居闺阁，相对地入世较浅，所以或多或少地还保持着"童心"，这又使她们或隐或显地不时流露出某种反对封建礼教束缚的内在要求。唯其如此，所以"金陵十二钗"里没有一个是封建淑女的典型。

元春作为"贤德妃"，当是淑女的楷模。其实也不尽然。试看她把那堂皇巍峨的"九重金阙"说成是牢笼般的"不得见人的去处"；认为"田舍之家，虽齑盐布帛，终能聚天伦之乐；今虽富贵已极，骨肉各方，然终无意趣"！这种肺腑之言，不禁使我们想起两首诗。一首是唐人顾况的《宫词》："长乐宫连上苑春，玉楼金殿艳歌新。君门一入无由出，唯有宫莺得见人。"一首便是林黛玉的《五美吟·西施》："一代倾城逐浪花，吴宫空自忆儿家；效颦莫笑东村女，头白溪边尚浣纱。"三者在精神上显然是一致的。这就更足以看出元春对自由生活的渴望；同时，也反映了她的怨旷之情以及对专制之威的愤懑。

说探春是封建等级制度的忠实维护者，也不无道理。你看她竟然把血缘关系上的母亲赵姨娘当作自尊心上的伤口，而深以博得礼法上的母亲王夫人的器重为荣，在理家的过程中企图以整顿封建等级秩序作为造就贾府"中兴"的必要措施；甚至还公然告诫赵姨娘说："那些小丫头子们原是些玩意儿，喜欢呢，和他们说说笑笑，不喜欢便可以不理他。便他不好了，也如同猫儿狗儿抓咬了一下子，可恕就恕，不恕时也只该叫了管家媳妇们去说给他去责罚，何苦自己不尊重，大呼小喝失了体统。"确实，要论封建等级观念之重，她在"金陵十二钗"中可谓名列前茅。然而，这也并非是她的思想全部。实际上，这位"才自精明志自高"的三小姐，还是个敢把朱子的学问看作"虚比浮词"的人，她从来也不愿意使自己的思想完全囿于封建礼法。照封建礼教的说法："妻妾不分则宗室乱，嫡庶无别则宗族乱。"可她却公然对封建社会的嫡庶制度采取蔑视态度："谁和我好，我就和谁好。什么偏的、庶的，我也不知道。"照封建"妇德"规定：女子须自甘于"卑、弱"，"苟不甘于卑，而欲自尊，不伏于弱，而欲自强，则犯义而非正矣"①。可她却想冲出大观园的围墙到社会上去"立一番事业"，甚至毫不掩饰自己想和男子一争短长的雄心："孰谓莲社之雄才，独许须眉？直以东山之雅会，让余脂粉。"特别是她那种"可以出得去，我必早走了"的思想，这在要求妇女解放成为一个严重社会问题的封建末期，其所具有的反礼教意义当是可想而知的。还有一个应该注意的问题：这位曾肩担理家重任的三小姐，也羡慕田舍之家的天伦之乐。照她的说法："咱们倒是一家子亲骨肉呢，一个个不像乌眼鸡，恨不得你吃了我我吃了你。""倒不如小户人家，虽然寒素些，倒是天天娘儿们欢天喜地，大家快乐。我们这样人家，人都看着我们千金万金，何等快乐，殊不知这里说不出来的烦难更利害！"究竟应该怎样看这个问题呢？要知道，贾府的首要特点是富而好礼。其表面之礼数弥周，其骨肉之情弥薄，直至使人斫丧天真，灭绝情意，相率而趋于伪，而家庭之内，天伦之乐，几几乎绝，反不如礼法氛围较薄的田舍之家，真有天伦之乐。所以探春这个声音，就不仅反映了她对自己所出身的诗礼簪缨之族的愤懑与失望，同时也反映了她对比较和谐的自由生活的憧憬。

论思想性格之复杂，薛宝钗在"金陵十二钗"中首屈一指。认为她是封建淑女的典型，就难免不削足适履。要论述薛宝钗其人，当顾及她身上的三种东西。一是，由于自幼受过正规的封建教育而形成的属于封建淑女方面的东西。比如伺机规谏贾宝玉走仕途经济道路，宣扬"女子无才便是德"、"只该做些针黹纺绩的事才是"等等。二是，由于自幼受

---

①　班昭：《女诫》。

到皇商家庭的熏陶而产生的属于封建市侩方面的东西。比如在处理金钏儿跳井事件上所表现出的巧言令色与铜臭满口，在对待恩人柳湘莲失踪问题时所反映出的重利轻义沉溺于贩来货物的经营心理，平素好用"小惠"笼络人心而又一钱不落虚空，以及对封建礼教也采取实用主义的态度等等。三是，由于自幼好偷看《西厢记》与《牡丹亭》等"邪书"而滋长的属于要求个性解放方面的东西。这一点，往往为论者所忽略，或不愿正视。实际上，脂砚斋就曾指出："宝钗袭人等行为，并非一味蠢拙古板，以女夫子自居。当绣幕灯前，绿窗月下，亦颇有或调或妒，轻俏艳丽等说。……不然，宝玉何甘心受屈于二女夫子哉！""滴翠亭杨妃戏彩蝶"，实质便写出了她作为妙龄女郎的美好春情。诚然，要是把薛宝钗的婚姻观与林黛玉的婚姻观作对比，说薛宝钗是"典型的封建淑女"，似无大错。然而，要是把薛宝钗的婚姻观与杜丽娘的婚姻观作映照，说薛宝钗是"典型的封建淑女"，便难以令人信服。杜丽娘对柳梦梅，"情不知所起，一往而深"，具有爱情生活上的自觉性与自主性。薛宝钗对贾宝玉，"古鼎新烹凤髓香，那堪翠斝贮琼浆。莫言绮縠无风韵，试看金娃对玉郎"，同样具有爱情生活上的自觉性与自主性。杜丽娘的理想中的伴侣是："他年得傍蟾宫客，不在梅边在柳边。"具有浓重的夫贵妻荣的思想。薛宝钗亦然——鉴于贾宝玉不肯委身于仕途经济便屡屡伺机规箴以期其能改弦易辙成为蟾宫之客，同样具有浓重的夫贵妻荣的思想。由此可见，二人的婚姻观实乃一致的。如果说，薛宝钗是个"典型的封建淑女"，那么，杜丽娘的形象岂不成了封建淑女的典型！

林黛玉既有爱情生活上的自觉性与自主性，又从不劝贾宝玉去走仕途经济道路；薛宝钗虽有爱情生活上的自觉性与自主性，却顽强地规劝贾宝玉去走仕途经济道路；既无爱情生活上的自觉性与自主性，又曾规劝贾宝玉去走仕途经济道路的，是"从未将儿女私情略萦心上"的史湘云。那么，史湘云符合不符合封建淑女的标准呢？同样不符合。因为她的"英豪阔大宽宏量"，不符合封建"妇德"的要求。要知道，封建礼教对妇女的要求是矜持、娴静，甚至提倡"笑不露齿"、"行不露步"，可史湘云在言笑行止上，却"一生爱好在天然"。所以，她的"醉卧芍药裀"等所反映出的那种"好一似，霁月光风耀玉堂"的魏晋名士风度，恰好是多少挣脱了这些强加给妇女的枷锁的反映。

要是一定要在"金陵十二钗"中找出"封建淑女的典型"，恐怕当推李纨和迎春吧？迎春这个"戳一针也不知嗳哟一声"的"二木头"，不正是封建"妇德"规范所要求的自甘于"卑、弱"的女子吗？其实，这位"懦小姐"跑到那《太上感应篇》里去找安慰，正说明她也感受到了探春所感受的"说不出来的烦难"。"误嫁中山狼"，王夫人认为："这也是你的命。"而她却认为："我不信我的命就这么不好。"公然对自己的命运提出了怀疑。凡此，说明她的苦闷是自知已被作为而又不愿充当"人肉筵席"上的醉虾的苦闷。"叹芳魂艳魄，一载荡悠悠。"显然，其最后就是死于这种苦闷。那么，李纨有无自己的苦闷呢？让我们先看一看书中有一段颇类人物小传的文字："这李氏亦系金陵名宦之女，父名李守中，曾为国子监祭酒；族中男女无有不诵诗读书者。至李守中承继以来，便说'女子无才便有德'，故生了李氏时，便不十分令其读书，只不过将些《女四书》、《列女传》、《贤媛集》等三四种书，使他认得几个字，记得前朝这几个贤女便罢了；却只以纺绩井臼为要，因取名为李纨，字宫裁。因此这李纨虽青春丧偶，且居处于膏粱锦绣之中，竟如'槁木死灰'一般，一概无见无闻，惟知侍亲养子、外则陪侍小姑等针黹诵读而已。"这段文字的含义是极其深刻的，它说明这位"青春丧偶"的大奶奶之所以会"竟如'槁木死灰'一般"，就在于被那外入的孔孟之道的义理主于其心的结果。然而，青春毕竟是难以忘却的，犹如

1287

余烬收而有耀，林木萎而青存，李纨亦有芳春难度的苦闷。何以见得？其一，"薛小妹新编怀古诗"，其中《蒲东寺怀古》和《梅花观怀古》受到薛宝钗的非议，要宝琴"不如另作两首为是"。林黛玉甚为不满，说薛宝钗"胶柱鼓瑟，矫揉造作"。在旁的人虽众，唯有李纨不仅随声附和，同时还明确表态说："这竟无妨，只管留着。"李纨的随声附和并明确表态，正反映了她的思想。说明她并不以为《西厢记》和《牡丹亭》是一读之后"移了性情就不可救"的坏书，所以她才与反封建的林黛玉同声相应。其二，"暖香坞雅制春灯谜"，李纨竟把她夜阑人静"睡不着"时制作的这么一个灯谜拿出来让姑娘们猜："'观音未有世家传'，打'四书'一句。"湘云信口说："在止于至善。"宝钗笑道："你也想一想'世家传'三个字的意思再猜。"黛玉笑道："哦，是了。是'虽善无征'。"众人都笑道："这句是了。""征"，在这里应作古时"纳征"（纳彩）以成婚礼之"征"解。"观音未有世家传"，谜底为"虽善无征"，意即观音菩萨虽善，但没人向她纳彩成亲。所以，"从未将儿女私情略萦心上"的史湘云没有往这方面想，而故作道学的薛宝钗虽则一猜就着，却怕失身份而不肯说破。其三，诗社的实际发起者虽则是探春，但最积极的人物却是李纨。试看她是怎么说的："雅的紧！要起诗社，我自荐我掌坛。前儿春天我原有这个意思的。我想了一想，我又不会作诗，瞎乱些什么，因而也忘了，就没有说得。既是三妹妹高兴，我就帮你作兴起来。"果不其然，说"我那里地方大，竟在我那里作社"的，是她。到"头一社的正日子"，一一关照众姊妹"可别忘了"的，也是她。头一社被宝玉误了，定要罚宝玉的，又是她。率领众姊妹去向王熙凤要经费，不给就闹着不走的，还是她，难怪王熙凤要说："亏了你是个大嫂子呢！姑娘们原是叫你带着念书，学规矩，学针线哪！这会子起诗社！"要知道，"女孩儿家，只管拿着诗作正经事讲起来，叫有学问的人听了，反笑话说不守本分的"。况且，李纨又不会作诗，而她对诗社却如此热心，甚至头几年就想成立。这原因在哪里呢？唯一合理的解释，恐怕只能是出于"空房多寂寞，无计度芳春"。由此可见，呈现于李纨之心灵深处的，实际上是"草色遥看近却无"，而不是"槁木死灰"的景象。

要特别注意的是：不论李纨、迎春、宝钗，还是湘云、探春、惜春，她们一进入不受礼教拘检的场合，便犹如出笼之鸟，显得十分自得。"寿怡红群芳开夜宴"，就属于这种场面。其背景是：贾母婆媳祖孙等俱随驾送灵去了孝慈县；而适逢宝玉、宝琴、岫烟、平儿过生日，又是同一天。白天，已由探春出面摆了四桌酒。主仆同席，熙熙一堂，一会儿"射覆"，一会儿"拇战"。"这些人因贾母王夫人不在家，没有管束，便任意取乐，呼三喝四，喊七叫八。满厅中红飞翠舞，玉动珠摇，真是十分热闹。"晚间，袭人、晴雯、碧痕、麝月、秋纹、芳官、四儿、春燕，又"凑了分子"为宝玉做生日。喝了几杯酒，划了一通拳，想行"占花名儿"的酒令，嫌"人少了没趣"，便又把已经睡了的李纨、宝钗、探春、黛玉、湘云、宝琴、香菱等一一找来。这是一次按照脂批所说的"怡红风俗"，不论尊卑，务使各得其情、各遂其欲的夜宴。所以不知不觉，一直玩到子夜以后薛姨妈派人来接林黛玉才想到散。翌晨，平素道学气十足的袭人，也情不自禁地兴兴头头告诉平儿："昨儿夜里热闹非常，连往日老太太、太太带着众人玩也不及昨儿这一玩。"平儿笑道："好，白和我要了酒来，也不请我，还说着给我听气我。"足见，这些女孩子们都有一种以不受礼法束缚为乐的潜在意识。这两次酒宴，人人之所以皆能自得其乐，就在于她们是处于一种比较和谐的、自由的、不那么讲究尊卑上下的氛围。所以个个皆能多少一显其天性。

问题是清楚的，李纨、宝钗、探春这类人物，都是属于所谓"童心"虽障而又未全失的人物。因此，在她们身上便显出了双重人格的特征。

一方面，她们是封建宗法的思想和制度的维护者，这是由于被外入的纲常名教之类主于其心的结果；另一方面，她们又具有某种反抗纲常名教对人身束缚的内在要求，这是发轫于"童心"的人之真性情的反映。因此，这种双重人格的对立，实际上是反映了人为的纲常名教与人生而自由的品性的对立，其社会意义是在于提出了封建宗法的思想和制度是否合理的问题。照作者的看法，这些人物本都是些"宝珠"般的清净洁白好人，她们只是受了封建宗法的思想和制度的作弄，"童心"遭受着圣贤们"立言竖辞"的日复一日的腐蚀，以致不同程度地迷了本性，陷入维护损害着她们自身利益的丑恶东西的可悲境地，成为"死珠"，并且还使她们正朝着"鱼眼睛"的方向变化发展。其结论当然只能是：封建宗法的思想和制度是一种淹没人性的思想和制度！

五、说失却"童心"的封建统治者形象

《红楼梦》对封建宗法的思想和制度的批判与否定，是侧重于对其富于欺骗性质的要害部位的批判与否定。地主阶级的道德思想中最具欺骗性和理想意义的是"仁"，政治思想中最具欺骗性和理想意义的是"仁政"。《红楼梦》里作为"黑暗王国"来描写的贾府，其主要特点恰恰是"体仁沐德"，而不是"为富不仁"。

贾府的主要统治者贾母、贾政、王夫人，是既具现实性又具理想性的"仁慈地主"形象。所谓具有现实性，是说地主阶级中的确存在着"仁慈地主"。恩格斯在《反杜林论》里所提到的"慈悲领主"问题，足资明证。所谓具有理想性，是指在他们身上比较完美地体现着儒家的"仁"的思想。"已后儿孙承福德，至今黎庶念宁荣。"可以想见葆有祖风的贾母、贾政、王夫人在时人心目中是如何地受拥戴！贾母、贾政、

王夫人作为"仁慈地主"的典型，把他们塑造得较之现实生活中的"仁慈地主"更完美些并从而否定之，这正是曹雪芹的思想高出于传统思想与时人思想的地方之一。

"仁"作为调整人与人之间相互关系的原则，用孔子的话来说，就叫"仁者爱人"；用韩愈的话来说，就叫"博爱之谓仁"，而这正是贾府的"门风"。

贾政闻说"井里淹死了一个丫头"，不胜惊疑："好端端的，谁去跳井？我家从无这样事情，自祖宗以来，皆是宽柔以待下人。——大约我近年于家务疏懒，自然执事人操克夺之权，致使生出这暴殄轻生的祸患。若外人知道，祖宗颜面何在！"把"井里淹死了一个丫头"看作是有损"祖宗颜面"，说明这位"大有祖风"的政老爷是把待下人以"仁"作为贾氏家族的社会荣誉来看待与保持的。然而，就是这位素来"宽柔以待下人"的"仁者"，却如此申斥跟随贾宝玉的奴隶李贵："你们成日家跟他上学，他到底念了些什么书！倒念了些流言混语在肚子里，学了些精致的淘气。等我闲一闲，先揭了你的皮，再和那不长进的算账！"吓得李贵满含委屈地求告贾宝玉："哥儿可听见了不曾？先要揭我们的皮呢！人家的奴才，跟主子赚些好体面，我们这等奴才白陪着挨打受骂的。从此后也可怜见些才好。"

贾母更是仁慈得像一尊佛。且不说她是如何地命给小戏子撒赏钱，且不说她是如何地命把自己吃的东西赏给奴婢们尝尝，且不说她是如何地嘱咐刘姥姥闲时常来串串门。试看她对待清虚观那个被王熙凤的气焰吓慌了的小道士，想的是"小门小户的孩子，都是娇生惯养的，那里见的这个势派。倘或唬着他，倒怪可怜见的，他老子娘岂不疼的慌？"做的是吩咐贾珍"给他些钱买果子吃，别叫人难为了他"。真可谓是"幼吾幼，以及人之幼"！然而，就是这位老佛爷，并且是在她的千秋做善事那天，却对王熙凤把两个得罪了尤氏的老婆子捆起来"交到马圈里派人看守"深表赞赏，说："这才是凤丫头知礼处，难道为我的生日由着奴才们把一族中的主子都得罪了也不管罢。"并且，她对奴隶们还怀有这么一种警惕："只怕他们就是贼也未可知。"

"宽仁慈厚"的王夫人也有九分像菩萨。我们第一次在书中看到她，就见她问王熙凤："月钱放过了不曾？"可见其对奴隶们是多么仁爱。国丧期间，凡有爵之家，一年内不得筵宴音乐。贾府见"各官宦家，凡养优伶男女者，一概蠲免遣发"，便"也欲遣发十二个女孩子"。尤氏等认为："这些人原是买的，如今虽不学唱，尽可留着使唤。"王夫人却别开恩典，说："这学戏的倒比不得使唤的，他们也是好人家的儿女，因无能卖了做这事，装丑弄鬼的几年。如今有这机会，不如给他们几两银子盘费各自去罢。"商议结果：若愿意回去的，就让其父母亲自来领回，并给予盘缠；若不愿意回去的，就留下作奴婢。其仁爱之情可掬。"将十二个女孩子叫来面问，倒有一多半不愿意回家的"，这也证明贾府平素是何等"宽柔以待下人"。然而，就是这位"活菩萨"却把贾宝玉不"好生读书"归结为是周围的"狐狸精"在作祟，除了撵走晴雯和四儿以外，还吩咐把留下的八个优伶"都令其各人干娘带出自行聘嫁"。王夫人见到芳官蕊官藕官宁愿削发为尼也不肯由其干娘自行聘嫁，又"反倒伤心可怜，忙命人取了些东西来赏赏了他们"。然而，正是王夫人的这种"不忍人之心"，迫使了"美优伶斩情归水月"。

"仁"作为调整君臣之间关系的原则，就是要求"君使臣以礼，臣事君以忠"①，君要向尧舜学习，臣要向殷之"三仁"②微子、箕子、比干

---

① 《论语·八佾》。

② 《论语·微子》。孔子称赞对纣王尽到忠直的微子箕子比干说："殷有三仁。"

看齐。《红楼梦》里描写的"当今"正是"仁孝过天"的"圣君";贾府正是"肝脑涂地,兆姓赖保育之恩"的世代忠臣孝子之门。

"风声清肃"的贾政,事母至孝,事君更可谓竭尽忠诚。"当今"要选女史,贾政就把女儿元春送到那"不得见人的去处"。元春"晋升凤藻宫尚书,加封贤德妃",贾政受宠若惊,感激涕零,庆幸贾家"上锡天恩,下昭祖德"。从此,"居官更加勤慎"。一会儿,他当学政,专为朝廷督办科举考试,选拔贾雨村式的"贤良"。一会儿,他充学士,搜集林四娘式的忠孝节烈事迹,以颂扬"圣朝无阙事"。如此"朝乾夕惕,忠于厥职",真不愧为封建末世的"孝子忠臣"。可惜就是一点:不能"齐家",当然也就无才"治国平天下",所以只能作个"禄蠹"。

"至孝纯仁"的"当今",与太祖皇帝和太上皇一样,一心"仿舜",想做个"体贴万人之心"的"圣主"。舜曾南巡,所以太祖皇帝便驾至江南。舜是至孝,所以"当今"在太上皇的支持下便决定实施"以孝治天下"的国策,恩允嫔妃们可以归省。这些动作,就叫做体察民情、体恤民心。那么,他们"仿舜"的结果又如何呢?劳民伤财——"别讲银子成了土泥,凭是世上所有的,没有不是堆山塞海的。'罪过可惜'四个字竟顾不得了。"太祖皇帝南巡如此,"当今"恩允嫔妃归省亦复如此。并非他们崇尚奢靡,实"礼仪如此,不为过也",否则也就失去了天子之尊。

无须再对《红楼梦》里所描写的封建统治者的形象作更多的分析,便不难得出一个结论:呈现于书中的封建统治者,不存在昏君良臣、忠奸斗法、贤愚勃谿的问题;其主要特点倒是《大学》所讲的"知止",即所谓"为人君止于仁,为人臣止于敬,为人子止于孝,为人父止于慈";同时又无一不是假仁假孝假慈假友假悌的巧伪人。这是《红楼梦》里所描写的封建统治者,既不同于《儒林外史》、《水浒传》、《三国演义》等小说,又不同于《桃花扇》、《长生殿》、《鸣凤记》等传奇的地方。应该说，这是一种思想上和写法上的了不起的重大突破。

出现于《红楼梦》里所描写的封建统治者身上的这种具有共性的特点，用书中的一句话来解释显然是符合作者原意的，那就是："假作真时真亦假。""君仁臣良父慈子孝"这种伦常理想是孔子的"仁"和孟子的"仁政"的思想所要求的；而孔子的"仁"和孟子的"仁政"的思想是出于巩固与天赋予人的美德不相容的宗法等级制度，所以它们本身就属于"假"的东西；而把这种"假"的东西当作"真"，让它们自外而入腐蚀并替代自己的"童心"，人当然也就随之而成为"发而为言语，则言语不由衷；见而为政事，则政事无根柢"的"假人"。

孔子把"仁"看作道德范畴的最高原则，认为是服人心的法宝。照他看来，"民之于仁也，甚于水火"[①]；"一日克己复礼，天下归仁焉"[②]。甚至《儒林外史》的作者吴敬梓也借王冕的口说道："大王是高明远见的，不消乡民多说。若以仁义服人，何人不服，岂但浙江？"可是以"体仁沐德"为家风的贾府，却不仅不能服其下人之心，而且不能服其嫡孙贾宝玉之心，原因何在呢？就在于："克己复礼为仁。"[③]"仁"的基本精神是要巩固宗法等级制度；而贾宝玉和晴雯等这些具有"童心"的"真人"，则主张人应该是自由的，并且彼此应该平等，所以也就一眼看出了"仁"的虚伪性及其吃人的本质。这，也正反映了作者的思想。

六、简短的小结

人是一切社会关系的总和。不断地发现人是随着社会发展的一个

---

① 《论语·卫灵公》。

② 《论语·颜渊》。

③ 同上。

永恒的课题。战国中期，随着封建主义生产关系的确立，孟子提出"性善"说，认为"四德"是人与生俱有的"善端"，说明他发现了人，而他所发现的人实际上就是地主阶级。明代中期以后，随着资本主义萌芽的出现与发展，具有叛逆思想的思想家李贽否定"四德"是人与生俱有的东西，认为天赋予人的"美德"是"童心"。曹雪芹继承并创造性地发展了李贽的"童心"说，把自由观念和平等观念作为"童心"的具体内容，说明他继孟子之后又一次发现了人，而他所发现的人实际上就是处于萌芽状态的资产阶级。

《红楼梦》借贾宝玉之口所说的女儿一生"三变"，实际上是指封建宗法的思想和制度毒害社会人心之酷。所谓"宝珠"变成"死珠"、变成"鱼眼睛"的过程，实际上是指一个人由于入世日深而日益丧失"童心"的过程。《朱子家礼》认为："夫妇有义而后父子有亲，父子有亲而后君臣有正，故曰婚礼者礼之本也。"唯其如此，所以贾宝玉也就把女孩子出嫁看作是她由"宝珠"变为"死珠"的起点。"宝珠"者是指具有"童心"的"真人"；"死珠"者是指"童心"虽障但未全失的人物；"鱼眼睛"者是指"童心"已失而以封建宗法思想等"为之心"的人物。诚然，《红楼梦》里的人物形象是千姿百态，气象是变化万千的。然而，老年一代中无正面人物，且只处于形象体系中的客位，正面人物都出自青少年，且青少年处于形象体系中的主位，则显然是受李贽"童心"说的影响。当然，《红楼梦》的形象体系以贾宝玉为核心，以"金陵十二钗"为主体，且重点是写其髫年期，也是服从表现主题思想的需要；否则，嫁的嫁了，娶的娶了，就形成不了大观园这个"女儿国"以及贾宝玉与女儿们朝夕相处、坐卧不避的自由天地。而阀阅之家常出现早熟儿童又为这种艺术构思提供了形象的客观基础。在此，我们看到的是形象的客观性和主观性的辩证统一。

《红楼梦》里所描写的地主阶级叛逆者与富有反抗性的女奴们，多是属于具有"童心"的"真人"形象。贾宝玉把护法群钗作为自己的"一生事业"，实际上反映了作者"吾之德既明，然后推其所有者以明明德于天下"的尝试。同时，也反映了作者"上下以求索"的不是儒家的"仁政"，而是一种人与人之间的关系比较自由的、平等的、和谐的、美妙的社会。晴雯等女奴起而作反的原因，不是由于想做奴隶而不可得，要求暂时做稳了奴隶；而是由于暂时做稳了奴隶而不甘心，要求争取达到"人"的价格。所以，她们所反抗的对象不是"霸道"而恰恰是"王道"。恩格斯曾明确地指出，资本主义生产，"它用买卖、'自由'契约代替了世代相因的习俗，历史的法"。"然而，只有能够自由地支配自己的人身、行动和财产并且彼此权利平等的人们才能缔结契约。创造这种'自由'和'平等'的人们，正是资本主义生产的主要工作之一。"① 贾宝玉和晴雯等这些具有"童心"的"真人"，便是当时处于萌芽状态的资本主义生产的产物。所以，尽管还很弱小，且十分幼稚，却代表历史的潮流和方向。这又是形象的客观性。

《红楼梦》里所描写的贾府的主要统治者，其主要特点不是"为富不仁"，而是"富而好礼"。贾府的"黑暗"，也主要表现为"体仁沐德"。贾府统治集团内部的尔虞我诈、鸡争鸭夺，一方面反映了封建伦理道德固有的虚伪性与腐朽性，一方面也反映了封建末期由于商品经济的刺激，促使了地主阶级内部环绕着财产和权力的再分配问题的矛盾的加剧，以致使封建伦理道德失去了它原有的调节作用而成为徒具形式的空壳。贾母等作为"仁慈的地主"虽则在时人心目中仍受到尊敬，甚至像刘姥姥那样的村妪也对其感恩戴德，但在书中已成为过了时的社会力

---

① 《马克思恩格斯选集》第 4 卷，人民出版社 2012 年版，第 90—91 页。

量，并被列入"鱼眼睛"。在中国文学史上，最先借助形象体系发出"满口仁义道德，骨子里是'吃人'二字"的呼喊的，实乃伟大的曹雪芹。他对人的关怀含有终极关怀的意蕴。

《红楼梦》里所描写的"金陵十二钗"，没有一个是属于封建淑女的典型。李纨和薛宝钗等人都属于所谓"童心"虽障而未全失的人物。所以，一方面她们维护封建宗法的思想和制度，一方面又或多或少、时隐时现地存在着某种不愿让封建礼教锢体钳心的内在要求。要知道，这类形象较之于典型的封建淑女更富有现实性与时代烙印。

第十四章　究竟是想规范封建道德，
还是在批判封建道德

——《红楼梦》与《三国演义》和《水浒传》道德观念的比较研究

一、小引

《红楼梦》作为一部描写封建末世社会人生问题的小说，它的思想性质与主题思想问题是个聚讼多年的问题。《三国演义》与《水浒传》作为宋元两代意识形态的形象画卷，这两部小说的主题思想与思想性质问题，也一直在讨论。把《三国演义》和《水浒传》所反映出的道德观念和社会理想与《红楼梦》作一对比，或许有助于这一重大问题的解决，这就是我写作此文的目的。

二、是讽喻文学，还是叛逆文学

《三国演义》与《水浒传》，若就作品与社会的关系而言，一颂扬帝王将相，一颂扬绿林豪杰，作品的社会效果似难以相提并论；但若就作家与作品的关系，则不能不认为罗施二氏都是意在谱写"乱世忠义"的史诗。试看"宴桃园豪杰三结义"，其誓云："虽然异姓，既结为兄弟，则同心协力，救困扶危；上报国家，下安黎庶；不求同年同月同日生，只愿同年同月同日死。"再看"梁山泊英雄排座次"，其誓云："自今已

后……但愿共存忠义于心，同著功勋于国，替天行道，保境安民。神天
鉴察，报应昭彰。"凡此，在吐露作者的创作意图皆有画龙点睛的作用。
所以，清人清溪居士说《三国演义》："意主忠义，而旨归劝惩。"① 明人
袁无涯与杨定见说《水浒传》："《水浒》而忠义也，忠义而《水浒》也。"②
这就难怪明人熊飞和杨明琅要将《三国演义》与《水浒传》合刻，题为
《英雄谱》，道是："为君者不可以不读此谱，一读此谱，则英雄在君侧
矣；为相者不可以不读此谱，一读此谱，则英雄在朝廷矣。经略掌勤王
之师，马部主犁庭之役，又不可以不读此谱，一读此谱，则干城腹心尽
属英雄，而沙漠鬼哭之俦，玉门冤号之声，各不复闻于耳矣。此乃余合
谱英雄意也，非专以为英雄耳也。"③ 由此可见，写"乱世忠义"之奋志
匡扶社稷，是为《三国演义》中的蜀国英雄；写"乱世忠义"之被逼啸
聚山林，是为《水浒传》中的梁山好汉。二者虽题材不同，在蒙受江湖
文化的影响上亦有轻重之分，而"意主忠义，而旨归劝惩"则一。那么
《三国演义》与《水浒传》所宣扬的忠义思想，其质的规定性又是什
么呢？这一点，书里说得很清楚，明人余象斗亦指得很明确："忠"就
是"上报国家"，就是"尽心于为国"；"义"就是"下安黎庶"，就是
"事宜在济民"④，以及为了实现这个"保境安民"的共同目标而异姓兄
弟间彼此"死生相托"，还有与人交而当"知恩报德"。这是那个时代
所能提出来的最崇高的思想。正是这种思想，它使《三国演义》和《水
浒传》闪烁着一种理性主义的崇高美。但是，《三国演义》与《水浒传》
主题思想又有差别，二者虽同是"意主忠义"，但《三国演义》的侧

---

① 《重刊三国志演义序》。
② 《忠义水浒全书小引》。
③ 杨明琅：《叙英雄谱》，《英雄谱》卷首。
④ 《题〈水浒传〉叙》。

重点是在"义",在"下安黎庶";《水浒传》的侧重点是在"忠",在"上报国家"。《三国演义》中的真正主人公是诸葛亮,"刘玄德三顾草庐",诸葛亮仍不愿出山,"玄德泣曰:'先生不出,如苍生何!'言毕,泪沾袍袖,衣襟尽湿"。《水浒传》中宋江一再主动谋求招安,其主导思想是"统豺虎,御边幅","宁可朝廷负我,我忠心不负朝廷"。足见,论民本主义思想,《三国演义》实更充沛些;论爱国主义激情,《水浒传》实更浓烈些。其所以然?就在于身处"外敌凭陵,国政弛废"下的乱世人民对于帝王将相与草泽英雄的期待有所侧重。所以,说《三国演义》是"拥刘反曹"意主"正统",或是"反映三国兴亡",说《水浒传》是农民起义的"英雄史诗",或是"投降主义的反面教材",都只着眼于作品的客观效果的某些片面与表面现象在看问题而深文周纳以出的结论。

正因为《三国演义》与《水浒传》是"意主忠义,旨归劝惩",所以反映在作者的总的艺术构思,便形成了作品整个形象体系中的"忠"与"奸"的对立,"仁"与"不仁"的对立;而这种对立,实质上又反映了作者是在把地主阶级"一分为二",并拥护这一派,反对那一派,拥护贤臣良将与"富而好礼"的地主,反对贪官污吏与"为富不仁"的地主,一面在暴露地主阶级的黑暗,一面又把扫除黑暗的理想之光聚集在地主阶级身上。论其所树立的道德圭臬,则不脱眷眷于君仁臣良父慈子孝的封建伦常理想。究其对现实社会所作的褒贬,则不越以诅咒"霸道"为出发点,以憧憬"王道"作指归。显然,这种道德圭臬与社会理想,实际上并没有超越孔孟之道以及为程朱理学所神化了的"理"的范畴。说到底,罗施二氏基本上都只是在接过圣贤们所高悬的良法美意而用以对现实的封建统治作褒贬。这就决定了《三国演义》与《水浒传》,本质上都是讽喻文学而不是叛逆文学。

《红楼梦》则不然。正如鲁迅所说："自有《红楼梦》出来以后，传统的思想和写法都打破了。——它那文章的旖旎和缠绵倒是还在其次的事。"[①] 侯外庐先生曾说黄宗羲的《明夷待访录》"类似'人权宣言'"。我觉得《红楼梦》也具有这一特点，只是以形象谱成。所以细心的读者从那"千红一窟（哭），万艳同杯（悲）"的艺术世界里会不时隐隐听到一种呼喊："救救青年。"诚然，《红楼梦》开卷第一回也说此书"虽有些指奸责佞贬恶诛邪之语，亦非伤时骂世之旨；及至君仁臣良父慈子孝，凡伦常所关之处，皆是称功颂德，眷眷无穷，实非别书之可比"。然而，那只不过是作者为了"暗度陈仓"而在"明修栈道"，书中实际上所写的恰恰是"专制之组织，已足逼人为不孝不慈不友不悌之人；而礼教之维系，更是强人为假慈假孝假友假悌之人"[②]。具体地说，《红楼梦》与《三国演义》和《水浒传》相比，它在思想上和写法上究竟又有哪些打破呢？简而言之，主要有如下几点：一是，它所暴露的封建统治的罪恶，不是那种"霸道"淫淫之域，"为富不仁"之第的黑暗与腐朽，而是那种"王道"荡荡之邦，"富而好礼"之族的黑暗与腐朽；不是那些奸雄的窃取国柄，权臣的祸国殃民，劣绅的欺男霸女，而是那些所谓"为人君止于仁，为人臣止于敬，为人子止于孝，为人父止于慈"的"知止"派的"以理杀人"。二是，它所描写的地主阶级的内部矛盾，不是那种昏君良臣、忠奸斗法、贤愚不肖、妇姑勃谿，而是那种围绕着权力和财产的再分配问题，地主阶级各派势力之间在温情脉脉的礼教面纱掩饰下的鸡争鸭夺。三是，它所描写的被压迫者与封建压迫者的矛盾，不是那种由于"霸

---

① 《中国小说的历史的变迁》，《鲁迅全集》，人民文学出版社1957年版，第350页。

② 季新：《红楼梦新评》，一粟编：《红楼梦卷》第1册，中华书局1963年版，第308页。

道"来了，想做奴隶而不可得，于是憧憬"王道"，要求暂时做稳了奴隶，而是那种由于王道来了，业已做稳了奴隶而仍不甘心，于是对"天有十日，人有十等"之说产生了怀疑和不满，想摆脱"猫儿狗儿"般的社会地位以争到"人"的价格。四是，它所描写的主要社会矛盾，既不是那种忠奸角斗，也不是那种被压迫者的铤而走险，而是那种代表两种不同历史发展方向的"父与子"两代人之间的叛逆与卫道的矛盾。要之，它不是想以"先王之道"去"经夫妇，成孝敬，厚人伦，美教化，移风俗"①，不是想以圣贤们的"仁政"理想去驱除现实封建统治的血腥阴霾，恰恰相反，倒是想斩断那"把人们束缚于天然尊长的形形色色的封建羁绊"②，并从而把人的所谓爱好自由平等的"天性"由沉重的封建伦理道德的精神枷锁中解放出来，给予年青一代以人生幸福。尽管这种思想观念在书中还处于朦胧状态，甚至还笼罩着一层中世纪的夜雾，却是那冬末的未萌，林中的响箭，东方的微光。这就决定了《红楼梦》本质上是叛逆文学而不是讽喻文学。

三、是憧憬"仁政"，还是嘲讽"仁政"

地主阶级的道德思想中最具欺骗性和理想意义的是"仁"。孔子把"仁"看作是道德范畴的最高原则，道是"一日克己复礼，天下归仁焉"③。孟子以他的"性善"说作为"仁政"理论的哲学基础，"仁"被列为他所说的天赋予人的四种美德的第一德。程朱理学言天命之性，则进而以"仁"为"四德"的基本，而又包括了"四德"，道是"学者须先识仁。

---

① 《毛诗序》。
② 《马克思恩格斯选集》第 1 卷，人民出版社 2012 年版，第 403 页。
③ 《论语·颜渊》。

仁者浑然与物同体，义礼智信皆仁也"①。于是，"仁"便被越来越明确地成为最完美的人格的别名。因此，对"仁"的态度如何，便成为究竟是想规范封建道德，还是在批判封建道德的试金石。

"欲知三国苍生苦，请听《通俗演义》篇。"《三国演义》作为"乱世忠义"的颂歌，它对解黎民百姓于倒悬之灾的圣君贤臣的憧憬之情是殷切的，而刘备的形象实际上就是作者笔下的"救世主"的形象。作者妙笔生花的地方是在于：他以"仁"与"仁政"作为道德圭臬与政治圭臬，寓褒贬于逐鹿中原的群雄形象的塑造，让大家自己从中去认可谁是理想的"好皇帝"。这，只要以董卓、曹操、刘备的形象作一简略对比，便一目了然。董卓的特点是"不仁"，他所行施于民的是典型的"霸道"，用他的自画招供来说，就是："我为天下计，岂惜小民哉！"与董卓有所不同，曹操的特点是"假仁"，他对人民的态度是"王霸参半"，好坏取决于个人的得失喜怒。比如，"曹操仓亭破袁绍"，写曹操力主秋成之后围攻冀州，"众曰：'若恤其民，必误大事。'操曰：'民为邦本，本固邦宁，若废其民，纵得空城，有何用哉！'"这反映了他有异于董卓。"报父仇曹操兴师"，写曹操因曹嵩被杀而迁怒于徐州黎庶，令"但得城池，将城中百姓尽行屠戮"，致"大军所到之处，杀戮人民，发掘坟墓"。这又反映了他与董卓是"一路人"。刘备的特点是"纯仁"，他对人民的态度是"仁德施恩"，直至不顾个人的安危。"携民渡江"，便是最好的证明。要之，"上报国家，下安黎庶"，这是他转战南北的首要目标；认为"举大事者必以人为本"，这是他立身处世的不二信条。唯其如此，所以能"远得人心，近得民望"。以至陶恭祖三让徐州，玄德仍辞不受职，徐州百姓拥挤府前哭拜曰："刘使君若不领此郡，我等皆不能安生矣！"难

---

① 《二程遗书》卷2上。

怪毛宗岗说："民心悦服如此，想见刘公平日德政。"足见，《三国演义》中的"拥刘"，其实质是在于：作者是把刘备作为"仁"与"仁政"的化身来彪炳的。

"煞曜罡星今已矣，谗臣贼子尚依然！"《水浒传》卷末所发出的这一深沉叹息，说明它对圣君贤臣的憧憬之情是一点也不亚于《三国演义》。《水浒传》作为"乱世忠义"的悲歌，旨在总结北宋灭亡的原因，为后来者戒。"宋公明全伙受招安"以前，写的是那些忠义之士是如何地被逼上梁山，沦为"盗寇"，而犹眷眷于"瞻依廊庙"，专图报国；"宋公明全伙受招安"以后，原著当紧接平方腊，写的是那些忠义之士又是如何地被逼上绝境，而外患依然，遂致国将不国。逼使这些"不在古今名将之下"的忠义之士蹈此境地者为谁？"谗臣贼子"！重用这些误国误家误民的谗臣贼子者为谁？"无道昏君"！这正是作者妙笔生花的地方。作者妙笔生花的地方还在于：他以不写之写暗示了"好皇帝"的形象当如宋公明。这一点，清人章学诚倒是看到了的，他在《丙辰札记》里说：《三国演义》"其最不可训者，桃园结义，甚至忘其君臣而直称兄弟，且其书似出《水浒传》后，叙昭烈、关、张、诸葛，俱以《水浒传》中萑苻啸聚行径拟之"。章学诚以信史去要求《三国演义》当然是不足为训的，且把《三国演义》与《水浒传》成书的先后颠倒了；但他这种对《三国演义》的不满，却能说明一个问题：要是把梁山的忠义堂改为金銮殿，那宋江与吴用等的关系也就是昭烈与关羽等的关系，而这当是施耐庵理想中的"圣君贤臣"！不言而喻，这并不是说施耐庵认为宋江应"杀去东京，夺取鸟位"，这只是说施耐庵认为皇帝当如宋江那样的忠厚长者，君臣当如梁山好汉那样的生死相托，朝廷当如忠义堂那样的"替天行道"的仁义中枢。明乎此，便可直白地说：宋江实际上是《水浒传》中的刘备，也是个"救世主"式的"仁者"。宋江以"替天行道"为己任。何谓"天道"？"天道以爱人为心，以劝善惩恶为公。"① 它是至大至仁的。宋江的绰号人称"及时雨"，"及时雨"的真正含义显然亦在此。宋江事父至孝，乡里人亲昵地呼之为"孝义黑三郎"。有子说得很明确："孝悌其为仁之本欤！"宋江的思想性格的主要特点，是"义胆包天，忠肝盖地"。其另一个绰号名叫"呼保义"，"呼保义"的"义"当是"忠义"二字的省称。孔子曾赞誉微子、箕子、比干为殷之"三仁"，"仁"原本就包摄了"臣事君以忠"。宋江的"忠为君王恨贼臣"，足可以与"殷之三仁"并驾，宋江的"义连兄弟且藏身"，就更可以与"桃园三结义"齐驱。因此，要是以一个字去提摄宋江的道德面貌，其"仁"欤！是以他把王伦把持下的强盗山寨变成"替天行道救生民"的仁义机关。

"已后儿孙承福德，至今黎庶念宁荣。"具有"形象的人权宣言"特质的《红楼梦》，它所描写的典型环境，不是那种"乱世人不如太平犬"的扰扰乾坤，而是这种为时人所称道的"昌明隆盛之邦，诗礼簪缨之族"。《三国演义》与《水浒传》所憧憬的"王道乐土"，这里已经变成现实。这个"邦"的天子，一朝一朝皆在"仿舜"，特别是"当今"更是"仁孝过天"。恭侍太上皇，想到的是"世上至大莫如'孝'字，想来父母儿女之性，皆是一理，不是贵贱上分别的"。因此，"竟大开方便之恩，特降谕诸椒房贵戚，除二六日入宫之恩外，凡有重宇别院之家，可以驻跸关防之处，不妨启请内廷銮舆入其私第，庶可略尽骨肉私情、天伦中之至性"。这个"族"的主人，一代一代皆是以"体仁沐德"作门风，特别是其"老佛爷"贾母更是仁慈得像一尊佛，以至对被吓慌了的小道士，心里想到的是："小门小户的孩子，都是娇生惯养的，那里见的这个势派。倘或吓着他，倒怪可怜见的，他老子娘岂不疼的慌？"这位宗

---

① 《古今小说·闹阴司司马貌断狱》。

法的思想和制度的代表，真可谓是"老吾老，以及人之老；幼吾幼，以及人之幼"。但是"当今"的"以孝治天下"的国策，贾府的"体仁沐德"的门风，它们带给年青一代的绝不是福祉，是万艳同悲！"克己复礼为仁"的基本精神是要巩固宗法等级制，建立"天有十日，人有十等"的"王道乐土"，曹雪芹揭示的正是宗法等级制重轭下人的痛苦、呻吟和觉醒。《三国演义》与《水浒传》是颂扬"仁"，憧憬"仁政"，《红楼梦》是嘲讽"仁"，讥刺"仁政"：这是大相径庭的。

四、是讴歌"三纲"，还是讥刺"三纲"

"三纲"是中国封建社会中三种最主要的道德关系，西汉董仲舒提出"王道之三纲，可求于天"，"君臣、父子、夫妇之义皆取诸阴阳之道"①，是不可改变的。程朱理学则又进而说它是先于天地而存在的"理"的表现形态，并以此论证封建等级制度的永恒性，道是"三纲五常，礼之大体，三代相继，皆因之而不能变"②。因此，对"三纲"的态度如何，便成为究竟是拥护封建道德关系，还是反对或怀疑封建道德关系的分水岭。

"君为臣纲"是"三纲"中最主要的一纲，它是封建主义中央集权的理论基础。《三国演义》对"君为臣纲"是采取积极宣扬的态度。这反映于作品的整个形象体系，便是塑造了一大批"忠臣义士"的形象。其既有忠于汉献帝反对曹操的董承、吉平，又有忠于曹魏的庞德、王经；既有忠于刘璋而反对刘备的王累、张任，又有忠于刘备的关羽等

---

① 《春秋繁露·基义》。
② 朱熹：《论语·为政》注。

辈。总之，不论他的主公是谁，只要是为其主公效死，就被作为"忠臣义士"来赞美。反之，则会遭受贬斥。董卓挟天子以令诸侯，被斥为乱臣贼子的行径；曹操之所以被骂为"乱世之奸雄"，就在于他"虽有远图，而志不在社稷，假忠欺世，卒为身谋"。《三国演义》对"君为臣纲"的宣扬，还反映于作品的细节描写。"桃园三结义"可谓"义"绝千古，只因刘备在名分上是"皇叔"，关羽和张飞便一直认为自己与刘备的关系是"朋友而兄弟，兄弟而君臣"，虽则在口头上称"哥哥"，实际上却是以君臣之礼相待，并旁及甘糜二夫人。"君为臣纲"观念是作者用以褒贬人物的重要标准之一。与《三国演义》相比，"无恶不归朝廷，无美不归绿林"的《水浒传》，堪说异曲同工。"亚圣"孟夫子虽则鼓吹"君臣有义"，然而当齐宣王说"武王伐纣"是"臣弑其君"时，孟夫子的回答却既严肃而又干脆，道是："贼仁者谓之贼，贼义者谓之残。残贼之人谓之一夫。闻诛一夫纣矣，未闻弑君也。"[①]足见，出于行施"仁义"而反对"无道之君"，也是儒家思想中所认可的事情，与"君为臣纲"观念并不是水火不相容。《水浒传》中的梁山好汉是"忠义之聚于山林者也"。其所以沦为"盗寇"，并不是想"犯上作乱"，而是"乱由上作"。其所以啸聚山林，是出于"忠为君王恨贼臣"。所以，"造反"亦"忠义"。诚然，梁山好汉中也有对朝廷不恭的，比如，燕顺等落草清风山时所制定的寨规，就有"便是赵官家驾过，也要三千贯买路钱"；石勇也曾在光天化日之下，说过："便是赵官家，老爷也别鸟不换"一类的粗话，都没把"赵官家"放在眼里；李逵豪兴一来，便建议"杀去东京，夺取鸟位"。然而，应看到这类思想，并不是作者所肯定的，它们只作为陪衬宋江其人是"忠义之烈"而存在。宋江被逼上梁山以及梁

---

　① 《孟子·梁惠王章句下》。

山发展兴旺的过程，是众好汉为宋江的忠义思想所感化的过程，也是宋江的忠义思想不断朝向纵深发展并趋于净化的过程。所以，石勇也罢，燕顺与王英等人也罢，一经接受宋江的领导，便皆成为"忠诚信义并无差"的"替天行道"的仁义英雄。或云："宋公明神聚蓼儿洼，徽宗帝梦游梁山泊"，写李逵"抡起双斧，径奔上皇"，这是作者反叛情绪的反映。其实不然，那只是在再一次衬托宋江的"为人一世，只主张'忠义'二字"，虽含冤于九泉犹"不肯半点欺心"。借此以期激起封建最高统治者的反思。再退一步说，就算这里的李逵的情绪是反映了作者的情绪，要是与此书中对方腊所作的诅咒连起来看问题，那也只是孟老夫子所说的"闻诛一夫纣矣，未闻弑君也"。所以，一言以蔽之，不论《水浒传》是如何地歌颂"仗义疏财归水泊，报仇雪恨上梁山"，就其对封建王朝的基本态度来说，它只是一部"形象的谏疏"！《红楼梦》则不然，它对"君为臣纲"这一道德信条，是采取着一种"绵里藏针，柔中有刺"的态度。比如，《三国演义》正面地颂扬了"文死谏，武死战"；《水浒传》以"文"不肯死于"谏"，"武"不得死于"战"，深以为憾；可《红楼梦》却借贾宝玉对袭人所讲的一通"大道理"，公然否定这一"君臣之义"，直斥之为"国贼禄鬼"们的"浊气一涌"而干的"沽名钓誉"的勾当，从而委婉地给"君权神授"说以讥弹。又如，《三国演义》好以赞美的笔触，炫耀刘备是"金枝玉叶"；《水浒传》喜以称誉的笔触，渲染柴进是"帝子神孙"；可《红楼梦》却以"曲径通幽"的手法，借林黛玉的口贬斥时人所称颂的"贤王"北静王水溶是"臭男人"。再如，《三国演义》写关羽对甘糜二夫人施以君臣之礼，"整衣跪于内门外，问二嫂为何悲泣"，令人肃然起敬；《水浒传》写宋江神聚蓼儿洼，"跪膝向前"对梦游而至的宋徽宗"恳告平日衷曲"，令人油然而生悲；可《红楼梦》写"荣国府归省庆元宵"，贾政躬身立于帘外向元春问安，并启奏道："臣，草莽寒门，鸠群鸦属之中，岂意得征凤鸾之瑞。今贵人上赐天恩，下照祖德，此皆山川日月之精奇、祖宗之远德钟于人，幸及政夫妇。"却不禁令人哑然失笑。《红楼梦》里的这种婉而多讽的笔墨，正反映了它对"君为臣纲"的不恭。

"父为子纲"是"君为臣纲"的缩影，它是封建主义族权的理论基石，实质上也就是要以家长统治维护封建社会的宗法等级制度。方法是以封建主义的孝道作纽带，把个人、家族、国家联系起来，将封建主义的政治和封建主义的伦理打成一片，这也就是《孝经》所说的"移孝为忠"："夫孝，始于事亲，中于事君，终于立身。"《三国演义》对于这一封建教义，恪守不渝，"孝"字成了它褒贬人物的重要标准。比如，小说开卷第一回，说刘备："玄德幼孤，事母至孝。"说曹操："操有叔父，见操游荡无度，尝怒之，言于曹嵩。嵩责操。操忽心生一计：见叔父来，诈倒于地，作中风之状。叔父惊告嵩，嵩急视之，操故无恙。嵩曰：'叔言汝中风，今已愈乎？'操曰：'儿自来无此病；因失爱于叔父，故见罔耳。'嵩信其言。"二人甫登场，作者为什么要如此介绍他们幼年时的行状并形成对比呢？毛氏父子于"故见罔耳"一语下有段评语："欺其父，欺其叔，他日安得不欺其君乎？玄德孝其母，曹阿瞒欺其父、叔，邪正便判。""父为子纲"还被作者直接用以作为褒贬人物的"义不义"或"仁不仁"的基本原则。"元直走马荐诸葛"，写曹操闻听徐庶"事母至孝"，居然无视徐母的意旨，伪拟手书，想召徐庶回许昌充当自己的股肱之士，而刘备则鉴于"母子乃天性之亲"，送徐庶归许昌以全其母子之恩，借以形成鲜明对照，说明曹操是不仁不义而刘备是大仁大义。论者认为是农民起义"英雄史诗"的《水浒传》，它对于"父为子纲"的信奉一点也不亚于《三国演义》，这集中表现在作者的理想寄托者宋江身上。宋江固然是个"义胆包天"的人物，然而他身上的"义胆"与"孝道"

相比，则又不能不说是处于次要地位。"花荣大闹清风寨"，宋江不得不率领花荣与秦明等众好汉投奔梁山，于村店碰到捎书的石勇。宋江读罢家书，"叫声苦，不知高低，自把胸脯捶将起来，自骂道：'不孝逆子，做下非为，老父身亡，不能尽人子之道，畜生何异！'自把头去壁上磕撞，大哭起来。"哭昏苏醒以后，既不考虑个人的吉凶，也不考虑弟兄们的安危，边哭边留下一封书信，"连夜自赶回家"。弄得花荣和秦明等众兄弟，"事在途中，进退两难：回又不得，散了又不成"。宋江回到家里，知父亲不曾谢世；自己却银铛入狱，并被断配江州。晁盖聚众好汉四处堵截，把宋江劫上梁山，让坐第一把交椅，宋江却正色道："父亲明明训教宋江，小可不争随顺了，便是上逆天理，下违父教，做了不忠不孝的人，在世虽生何益？如不肯放宋江下山，情愿只就众位手里乞死。"作者认为：这才是宋江品德高尚而为他人所不及的地方。《红楼梦》则不是如此，它对"父为子纲"是婉而多讽，似褒实贬。书中鲜明地呈现出"父与子"两代人的矛盾，焦点是人生道路问题；且"父辈"中没有作者所肯定的人物，作者所肯定的人物皆在"子辈"；"子辈"中一些被批判的人物，作者也往往于批判中寄以同情，并把他们身上的污浊归罪于被"父辈"教育或影响的结果。这种艺术构思与形象体系，不管怎么说，它本质上都是反亲权的，都是在向"父为子纲"挑战。另外，书中以明褒暗贬的笔墨描写封建统治者所表现的孝道以及所行施的亲权，令人不禁失笑。比如，写贾宝玉至贾赦处传达贾母的问话，贾赦连忙起立毕恭毕敬地回答贾宝玉，因为此时的贾宝玉代表着贾母。比如，写元宵节贾政准备了彩礼到贾母处承欢，撒娇撒痴，效老莱娱亲，让子弟们看作表率。比如，贾珍与贾蓉星夜赶往铁槛寺奔丧，到铁槛寺，"贾珍下了马，和贾蓉放声大哭，从大门外便跪爬进来，至棺前稽颡泣血，直哭到天亮喉咙都哑了方住"。比如，写贾赦想纳鸳鸯为妾，贾母怪罪到坐在身旁的王夫人头上，"王夫人忙站起来，不敢还一言"。比如，写贾赦想买几把上等的古董扇子，贾琏访知石呆子家里有，贾赦让贾琏不惜银子去买，谁知石呆子饿死也不卖。贾雨村听见了，讹石呆子拖欠官银，把扇子折成官价送给贾赦。贾赦问贾琏："人家怎么弄了来？"贾琏只说了一句："为这点子小事，弄得人坑家败业，也不算什么能为。"贾赦听了就生了气，说贾琏拿话堵他，便打起来了——"也没有拉倒用板子棍子，就站着，不知拿什么混打一顿，脸上打破了两处。"比如，写贾母到清虚观去拈香，贾珍站在阶矶上问在门外侍候的小厮："怎么不见蓉儿？"一声未了，只见贾蓉从钟楼里跑了出来。贾珍道："你瞧瞧他，我这里也还没敢说热，他倒乘凉去了！"遂喝命家人啐贾蓉。一小厮便上来向贾蓉脸上啐了一口。贾珍又道："问着他！"那小厮便问贾蓉道："爷还不怕热，哥儿怎么乘凉去了？"贾蓉垂着手，一声不敢说。这前三个例子主要是描写封建统治者所表现的"孝道"，这后三个例子主要描写封建统治者所行施的亲权。凡此等等，用刘姥姥的话来说，就叫作"礼出大家"。《红楼梦》把这写成一幕幕喜剧，亦足以看出它对"父为子纲"的不敬。

　　"夫为妻纲"，不仅是封建家庭内部行施夫权的理论基础，实质上也是宗法等级制度以男性居于中心统治地位的理论基础。"四书"之一的《大学》强调"治国"必先"齐家"。《诗云》："刑于寡妻，至于兄弟，以御于家邦。"[1]孔颖达疏云："能施礼法于寡少之适妻，内正人伦以为化本。复行此至于兄弟亲族之内，言族亲亦化之。又以为法，迎治于天下之家国，亦令其先正人伦，乃和亲族。其化自内及外，遍被天下，是文王圣也。"《朱子家礼》："夫妇有义而后父子有亲，父子有亲而后君臣有

---

　　① 《诗经·大雅·思齐》。

正，故曰婚礼者礼之本也。"圣贤们此唱彼和，认为"治国"必先"齐家"，认为"齐家"的起点当是"施礼法于寡少之适妻，内正人伦以为化本"，这倒不是由于他们有什么天生的管教妻子的癖性，或者出于恩爱和慎重而将夫人作为"治国"的试点，这是由于"最初的阶级压迫是跟男性对女性的奴役相一致的"。说穿了，所谓"刑于寡妻"，实质上是宗法等级压迫的一种表现形式，是社会阶级压迫在两性关系上的变相反映。毋庸讳言，《三国演义》与《水浒传》里所反映出的妇女观是相当落后的，甚至落后于宋元话本与元人杂剧某些优秀作品所反映的妇女观。《三国演义》开卷便写青蛇蟠于御椅以及雌鸡化雄等种种"不祥之兆"，以示汉祚之衰，天下将乱。所谓青蛇蟠于御椅，意即毛氏父子批语所说的"惟虺惟蛇，女子之祥，寺人正与女子一类也，故有此兆"。所谓雌鸡化雄，实即《尚书》所云"牝鸡司晨，唯家之索"的旧调重弹。二者皆是以女子擅权喻东汉末年的十常侍误国。要是结合书中所写的"白门楼吕布殒命"，是由于"听妻妾言，不听将计"；刘琮的州破身亡，是由于"蔡夫人议献荆州"等重要情节看问题，便不能不认为作者实际上是在把女子看成是"祸水"。《水浒传》呢？也是如此。书中写宋江的触犯王法、亡命江湖，是由于杀惜；宋江之所以杀惜，就在于阎婆惜忘恩负义、反目成仇，以刘唐的下书作把柄要挟宋江。写卢俊义原是立意与梁山为敌的人，之所以会被逼上梁山，是由于吴用的"智赚"；吴用的计策之所以会实现，则又由于"谁料室中狮子吼，却能断送玉麒麟"。写潘金莲私通西门庆，药鸩亲夫武大郎；武松为兄报仇杀死奸夫淫妇，由此触犯王法而被步步逼上梁山。写杨雄之妻潘氏，私通和尚裴如海，离间杨雄与石秀的结义之情；石秀设法使杨雄明白事情的真相，杨雄遂杀死潘氏，与石秀畏罪投奔梁山。凡此等等，真可谓无恶不归女子，无善不归丈夫！当然《三国演义》和《水浒传》也塑造了一些正面的女性形象，然而，皆以听从伦理观念的支配为其特点，并不见其有什么独立的意志和人格。貂蝉是个"颜色倾城，年当十八"的女郎，王允让她表演"连环计"以拯救汉室，她就在董卓与吕布之间弄色相风情，离间其父子分颜；吕布杀了董卓，她又温驯地成了吕布的侍妾，始终没有半点个人感情的波动。施耐庵把扈三娘的武艺写得超过梁山上的不少好汉，这当是他独具胆识的地方；但是，当宋江为了实现当年许诺给王矮虎找门亲事的诺言，亲自保媒让被俘归顺梁山的扈三娘"当夜"与王矮虎完婚，扈三娘接受宋江的摆布当即嫁给其貌不扬且"贪财好色"的王矮虎而没有激起纹丝感情的涟漪！班昭《女诫》说得明白：女子当自甘于"卑、弱"："苟不甘于卑，而欲自尊，不伏于弱，而欲自强，则犯义而非正矣。"王允待貂蝉情同"亲女"，宋江与扈三娘是结义兄妹，他们对亲长当然只有唯命是从；这也就是罗施二氏所要看到的女性的道德面貌和精神境界。刘备有一段"名言"："兄弟如手足，妻子如衣服。衣服破，尚可缝；手足断，安可续？"这一古老思想在《水浒传》里也获得形象的写照，杨雄杀妻一段血淋淋的描写不只是一般地宣扬"夫为妻纲"的神圣，简直是认为丈夫有权把妻子当作可以任意屠宰的牲口。与《三国演义》和《水浒传》相比，《红楼梦》所反映出的婚姻观，简直给人以冰炭难同炉之感。不必说它所称颂的女子，皆以"孤标傲世"、憧憬自由平等为其特点；不必说它借助宝黛爱情关系的描写，公然主张婚姻应以爱情作基础，爱情应以共同的叛逆思想作前提，反对男尊女卑而以互相尊重为原则；也不必说它通过尤三姐与司棋的思想性格的描绘，明确地认为自由地选择配偶，不仅是男子应有的权利，同时也是女子应有的权利；单从作品的形象体系的整体看问题：《红楼梦》形象体系内部明显地存在着两种对照，一是"父辈"形象与"子辈"形象的对照，一是男性形象与女性形象的对照。这前一对照，作者的爱憎褒贬是比较含蓄，这在前面我们已作论说。这后一个对照，作者却毫不掩饰其爱憎褒贬："天生人为万物之灵，凡山川日月之精秀，只钟于女儿，须眉男子不过是些渣滓浊沫而已。"这种建立在对男性贬斥上的对女性的颂扬，并不仅仅是对"男尊女卑"的封建传统观念的反叛，实际上是在通过对男权的否定进而否定"夫为妻纲"与以男性贵族居中心统治地位的封建专制主义的合理性，尽管在当时的历史条件下还远远不可能彻底。

五、是褒扬"常人"，还是颂扬"真人"

"仁"也罢，"三纲"也罢，"仁政"也罢，其哲学基础都是地主阶级人性论。程朱理学将孟子的"性善"说与荀子的"性恶"说二者予以调和，提出天命之性与气质之性。其所谓"天命之性"，以仁义礼智为四德，而以仁为基本。从而为封建道德与政治伦理的合理性与永恒性进行论证。因此，对封建道德与政治伦理的看法问题最后必然要深入到对"人性"的认识。

明代笑花主人在他的《今古奇观序》里曾要求小说将"仁义礼智"写成是"常心"，"忠孝节烈"写成是"常行"，"圣贤豪杰"写成是"常人"，"善恶果报"写成是"常理"，"以共成风化之美"。把笑花主人这种对小说创作的要求说成是《三国演义》和《水浒传》作者的创作动机，我认为是合适的。"燕青秋林渡射雁"，宋江曾对燕青说了这么一种道理："此宾鸿仁义之禽，或数十，或三五十只，递相谦让，尊者在前，卑者在后，次序而飞，不越群伴，遇晚宿歇，亦有当更之报。且雄失雌，雌失其雄，至死不配。此禽仁义礼智信，五常俱备：空中遥见死雁，尽有哀鸣之意，失伴孤雁，并无侵犯，此为仁也；一失雌雄，死而不配，此为义也；依次而飞，不越前后，此为礼也；预避鹰雕，衔芦过关，此为智也；秋南春北，不越而来，此为信也。此禽五常足备之物，岂忍害之。天上一群鸿雁相呼而过，正如我等弟兄一般。"这里以鸿雁喻梁山好汉，以仁义礼智信作为天赋予人的美德，这种对人性的看法，与董仲舒和韩愈的看法如出一辙，与孟子的"性善"说与理学的天命之性说也一拍即合。要是社会上人与人的关系如同宋江这里喻说的那种雁与雁的关系，当然也就能"共成风化之美"！

《红楼梦》对于人性问题实际上是很强调的，这表现在它的一句名言上："只除'明明德'外无书。"所谓"明德"，就是天赋予人的美德。"明明德"一语虽则语出《大学》的开宗明义，却成为自汉至清各派思想家常用的哲学术语，只是解说各有不同。程朱理学所说的"明德"指的是天命之性，亦即仁义礼智或仁义礼智信。反程朱理学的思想家李贽所说的"明德"指的是"童心"。《红楼梦》所强调的"明德"，实际上是对李贽的"童心"说的继承和发展。贾宝玉所说的"女儿一生有三变"，而这三变实际上也就是"童心"由于受封建宗法的思想和制度的毒害而日渐被腐蚀的过程，反映到作品的形象体系里便出现了所谓具有"童心"的"真人"、失却"童心"的"假人"，以及介乎这二者之间的"童心"被蚀而尚未全失的人物。李贽的"童心"说是抽象的，而《红楼梦》则赋予以具体的社会内容，那就是自由观念和平等观念，即所谓"意淫"。把自由观念和平等观念看成是天赋予人的美德，是人的本性，这当然是唯心的，却由于认为人生来应该是自由的并彼此平等而使它进入近代人性论的范畴。这也就是作者所使用的批判武器。这一问题，我已在《李贽的"童心"说和曹雪芹的〈红楼梦〉》一文中作了比较详细的论述，所以我在这里只简略地说一说以服从行文与论说问题的需要。

我这么谈论问题，是不是在贬低《三国演义》与《水浒传》的思想价值而拔高《红楼梦》呢？不是，我只是想还它们以本来思想面貌。要知道,《红楼梦》与《三国演义》和《水浒传》这种对封建道德乃至仁政理想的态度不同,是由于它们赖以产生的时代不同。《三国演义》和《水浒传》产生的时代,那时虽已出现了市民阶层,但这市民阶层还不能说它是资本主义萌芽的代表。时代没有给罗贯中和施耐庵提供新的思想武器。罗贯中和施耐庵拿着圣贤们理想中的东西或具有欺骗性的东西来让现实统治者兑现,其主观上则是想为民请命,并不是想维护或巩固现实统治者的罪恶统治,只要看看孟夫子由于说了"民为贵,社稷次之,君为轻"一类的话,其神像竟被朱元璋逐出孔庙,就知道施罗二氏对民本主义思想的鼓吹是多么了不起。《三国演义》和《水浒传》出现于元末明初,实在是个奇迹,罗贯中与施耐庵都不愧为那个时代文坛上的宙斯。《红楼梦》之所以会成为世界首屈一指的文学名著,就在于曹雪芹又在另一个时代里以《三国演义》和《水浒传》等文学巨著作阶梯,"独上高楼,望断天涯路",终于发现了新世界的曙光,而明代中叶以后日益获得发展的资本主义的萌芽,又为他的登楼和发现提供了新的物质基础。

第十五章　究竟是主张制约"童心"，
还是鼓吹放纵"童心"

—— 《红楼梦》与《西游记》人性观念的比较研究

一、小引

鲁迅先生说："自有《红楼梦》出来以后，传统的思想和写法都打破了。"这无疑是正确的。然而，这种打破，实始于《西游记》而成于《红楼梦》。本文拟就这两部小说所表露出来的对人性的看法，研究一下它们在思想上和写法上的异同。

二、说两部小说都肯定"童心"而同中有异

文学作为一定社会生活在作家头脑中审美反映的产物，莫不受一定社会思潮的影响和制约。明清文学所反映的社会思潮是形形色色的，《红楼梦》与《西游记》虽则题材不同、创作方法不同、艺术风格不同，却是同一社会思潮中的两座丰碑。这一思潮就是伴随着资本主义萌芽的出现而产生的要求个性解放的思潮。如果说，这种思潮在《西游记》里是体现为"猿的形态"，那么，到《红楼梦》里则体现为"人的形态"，这集中反映在两部作品都把主人公的形象写成具有"童心"的"真人"并从而寄寓了作者对人性问题的认识上。

其一，孙悟空和贾宝玉的个性觉醒，都被作者写成是一种天赋，这种天赋实际上也就是李贽所说的"童心"。

《西游记》开卷即写"灵根育孕源流出"，与以往取经故事的写法大不相同，作者更动了传统的结构方式，把"大闹天宫"提到全书的开头，而且用了整整七回的篇幅；变更了传统故事中的孙悟空的出身，把"老猴精"改成了破石而出的天产石猴，并把"灵根育孕源流出"放在开宗明义的地位。这是别具匠心的。首先，显然是想突出孙悟空在形象体系中的地位，把作品写成孙悟空的英雄传奇。其次，显然是要涤荡取经故事中的孙行者身上的宗教色彩，完全把孙悟空写成神话中的英雄。最后，也是更为重要的，是要把孙悟空写成大自然的儿子，活脱脱的"自然人"的形象。这后一点之所以尤为重要，就在于：它把孙悟空身上的处于萌芽状态的自由、平等观念，写成是与生俱有的东西。

《红楼梦》呢？说主人公贾宝玉是神瑛侍者转世，其所佩之"通灵玉"是青埂峰下一块"灵性已通"的顽石下凡。瑛是假玉真石。"神瑛"与"灵性已通"的顽石，也就无质的区别。这类笔墨是否是受《西游记》写"灵根育孕源流出"的影响？尽可仁者见仁，智者见智。不过，公然宣称"只除'明明德'外无书"的《红楼梦》，却把贾宝玉的"意淫"，亦即自由、平等观念，说成是"天分中生成"，是天赋予人的美德。

程朱理学强调"天命之性"，陆王心学强调"良知"，都是把三纲五常看作是人的本性。《西游记》、《红楼梦》把自由、平等观念写成主人公的天赋，这种对人的天性的看法，是当时要求个性解放的时代精神在作者笔端的反映，它与李贽的"童心"说显然是同出一源。李贽的"童心"说是他的抽象人性论在道德观方面的运用，虽然未能作出系统的、正面的、具体的论述，然而它所抨击的目标却是具体的，那就是否定三纲五常是人的本性。而认为人的本性是一种未受官方御用思想浸过的天真纯朴的"童心"，并把自由、平等观念作为"童心"，作为人的与生俱有的本性来显现，这种思想和写法，则滥觞于《西游记》作者对孙悟空形象的刻画，而成于《红楼梦》作者对贾宝玉形象的塑造。这就是说：贾宝玉也罢，孙悟空也罢，都是他们所处的时代的具有"童心"的"真人"形象。

其二，孙悟空和贾宝玉作为具有"童心"的"真人"，实际上是当时新兴市民社会势力的思想代表；他们身上的斗争性和妥协性，实际上是反映了当时新兴市民社会势力在反对封建主义人身关系过程中的两面摇摆的政治态度。

孙悟空与天庭神权统治者的关系及其个人命运虽有前后期的不同，但要求自由和平等的天性却始终如一。孙悟空作为"天产石猴"，以他独有的探险精神发现了水帘洞，被群猴推为"美猴王"，在那"仙山福地，古洞神洲"过着"不伏麒麟辖，不伏凤凰管，又不伏人间王位所拘束，自由自在"的生活；然而，他却不以此为满足，一想到那暗中还"有阎王老子管着"，"不得久注天人之内"，于是便决心云游海角，远涉天涯，访师求道，"学一个不老长生，常躲过阎君之难"。孙悟空在学得与天同寿的真功果和七十二变的大神通之后又回到花果山。作为"美猴王"，与群猴的关系仍是"合契同情"，而不是"君君臣臣"。作为"地上妖仙"，并不以为身份卑贱，而自称是龙王的"邻居"；太白金星引他参见玉帝，竟口称"老孙"而傲不为礼，以致吓得那两旁仙卿面如土色。官拜"齐天大圣"，亦不以为地位高贵，他与诸天神交游，"不论高低，俱称朋友"。凡此等等，足以说明孙悟空身上的自由、平等观念是出于天性。正是这种天性，促使他闹了龙宫闹地府，闹过地府又闹天宫。西行路上的孙悟空，尽管被如来佛套上了那个拘束"反性"的紧箍，但他的身上依然保持着当年的"异端"风采。他诅咒观音，奚落如来，笑骂龙王，到灵霄宝殿查问妖怪的来历，高兴时，对玉帝"唱个大喏"，着恼时，"问他个钤束不严"。凡此等等，足以说明孙悟空对天上神权统治者始终保持着一种桀骜不驯的天性，并不以为自己比他们卑贱些。

与孙悟空相比，自由、平等观念在贾宝玉身上是发展了，也深化了。如果说，这种观念在孙悟空身上基本上还只是一种自在的意识，比较浅显地焕发为一种素朴的个人奋斗的精神，尚未形成一种独具风貌的社会伦理观念；那么，到贾宝玉身上已发展为一种自为的意识，比较深刻地转化为一种对人生哲理的思索，已经形成一种新的社会伦理观念的雏形。从人生哲学上说，集中地反映为贾宝玉的"懒与士大夫诸男人接谈"而却"每每甘心为诸丫鬟充役"的处世态度，把封建主义的尊卑贵贱观念作了颠倒，这种颠倒包含着近代平等观念的萌芽。从政治思想上说，集中地反映为贾宝玉的坚持叛逆本阶级给青年一代所指定的人生道路，公然抨击作为三纲之首的"文死谏，武死战"的教义，乐于成为一个"于国于家无望"的人。从婚姻观上说，集中地反映为贾宝玉的坚持婚姻必须以爱情为前提，而爱情又必须以共同的叛逆思想作基础。

恩格斯在谈到德国十六世纪资本主义萌芽阶段市民阶级代表人物马丁·路德时，曾深刻指出："路德动摇不定，当运动日益严重时反而害怕，终至投效诸侯。这一切和市民阶级两面摇摆的政治态度完全符合"①。孙悟空和贾宝玉作为当时新兴市民社会势力的思想代表，也不同程度地具有这种两面摇摆的政治态度。

孙悟空的政治态度始终具有二重性。敢于"大闹三界"，这是他的斗争性；两次接受玉帝的"招安"，这是他的妥协性。"情愿修行"，摩顶受戒，保护唐僧西天取经，这是他的妥协性；一路上扫魔除怪，在唐

---

① 《马克思恩格斯全集》第 7 卷，人民出版社 1959 年版，第 419 页。

僧面前我行我素,而所扫荡的魔怪又大多是以三界的神佛为后台的,对此勇于奋起千钧棒,视唐僧的说教如云烟,这又是他的斗争性。假如说,"大闹天宫"写出了他斗争中有妥协,那么,"西天取经"则写出了他妥协中有斗争。既有斗争的一面,又有妥协的一面,其主导面,前期是斗争而后期是妥协,这便是孙悟空与天庭神权统治者的基本关系。这种关系,反映了孙悟空前后思想性格的内在统一性,也反映了"大闹天宫"与"西天取经"两个故事的主题思想的内在一致性。

贾宝玉的政治态度也同样具有这种二重性。一方面,他十分憎恶封建礼法;另一方面,在人前却礼数周全。一方面,他坚持婚姻自主,与林黛玉结成了死生不渝的爱情,把家世利益置于脑后;另一方面,却把与林黛玉的亲事寄希望于封建家长身上,并且最后还是与薛宝钗成亲。一方面,他想解放怡红院的奴婢;另一方面,却寄希望与虎谋皮,幻想贾母能额外开恩。一方面,他以《芙蓉女儿诔》的写作,作为对封建主义的亲权和孝道的一种严重挑战,其措辞之激烈,实堪称是一篇讨伐封建正统势力的檄文;另一方面,在作了一番一字一血的认真声讨之后,却又深藏余愤而一丝不苟地去做晨昏叩省去了。凡此等等,这种斗争性与妥协性,明显地反映了贾宝玉在与封建势力斗争中两面摇摆的政治态度。

孙悟空与贾宝玉的两面摇摆的政治态度,历史地、真实地、典型地概括了当时的新兴市民社会势力的阶级特征:他们的自由、平等观念既是作为封建主义人身关系的否定物而出现的,同时又因其还十分稚嫩而在政治上不能不绕封建统治阶级之膝以行。

其三,尽管孙悟空与贾宝玉都具有两面摇摆的政治态度,然而随着其思想性格的发展,封建主义思想观念在他们身上的消长却呈现出一种相向而行的状态。正是在这里,我们可以清晰地看出两位天才作家对于"童心"的态度是同中有异。

孙悟空在"大闹天宫"时只知率性而行，要求自由、平等，直至想与玉皇大帝轮流坐庄，并不存在什么君君臣臣、尊卑有序之类的思想。可一到取经路上，随着行行重行行，尽管对自由、平等的内在要求依然存在并时有表现，但是，儒家的仁政思想以及忠孝节义观念，却在他的身上从无到有并日渐增浓。比如，他曾这样责备那横遭黄袍老怪蹂躏的百花羞公主："你正是个不孝之人。盖'父兮生我，母兮鞠我。哀哀父母，生我劬劳！'故孝者，百行之原，万善之本，却怎么将身陪伴妖精，更不思念父母？非得不孝之罪，如何？"又如，他曾这样以火眼金睛察识那乌鸡国侵占龙位的妖魔："若是真王登宝座，自有祥光五色云；只因妖怪侵龙位，腾腾黑气锁金门。"再如，他还曾给车迟国国王开过这样的治国药方："望你把三教归一：也敬僧，也敬道，也养育人才。我保你江山永固。"这些观念，都是"大闹天宫"时的孙悟空身上所没有的东西。

贾宝玉的思想性格的发展大致可以分为三个阶段。第一个阶段，其标志是由抱憾金钏儿的惨死和同情蒋玉菡的逃出忠顺王府而导致他的挨打。这使他从严父的道貌上看出了狰狞，从奴隶们的反抗中发现了曙色，那封建家族传染给他的贵族公子的纨绔习性和暴戾脾气也由此而为之一扫。第二个阶段，其标志是由抄检大观园及其所造成的晴雯之死而激发出他对《芙蓉女儿诔》的撰写。这使他又从慈母的笑脸上发现了血污，认识到同是"巾帼"却有"鸠鸩"和"鹰鸷"之别，在他的心灵深处实质上已经撕掉了那封建宗法关系的温情脉脉的面纱。第三个阶段，在曹雪芹的笔端其标志当是贾府的被抄和林黛玉之死而使他陷于"贫穷难耐凄凉"的悲苦境地。这使他又从佛面常笑的老祖母的牙缝中发现了人肉的肉丝，从锦衣卫的刀光剑影里看清了地主阶级的那种"乱烘烘你方唱罢我登场"的丑态，并从而促成了他割断了自己对封建主义的社会人生的系恋。与孙悟空相反，贾宝玉是随着其思想性格的发展，于两面摇摆的政治态度中越来越坚定地要求摆脱封建宗法的思想和制度对自己的影响和束缚。

贾宝玉来自太虚幻境,最后又回到太虚幻境;孙悟空来自花果山,最后却未回到花果山。西行路上的孙悟空不是曾嫌花果山有"妖气"吗?足见《西游记》的作者实无意于把花果山写成孙悟空的洛伽山。他心目中的真正理想世界是玉华国,这是个"体仁沐德"的王道世界。《红楼梦》的作者心目中的真正理想世界是太虚幻境这个"天不拘兮地不羁"的自由天地。由此可见,孙悟空的来自自然而最后走出了自然,贾宝玉的来自自然而最后又返归自然,这二者的不同集中地反映了两位天才作家的社会理想的不同。

虽则两位作家都把"童心"看作人的天赋,认为人们对自由、平等的要求是种合理的要求。然而,《西游记》作者同时又认为:人的"童心"应该接受封建宗法的思想和制度的某种制约,否则便会发展成无"法"无"天"。这是折中主义的态度。所以他对自称"齐天大圣"的孙悟空是欣赏,而对成为"斗战胜佛"的孙悟空是颂扬。欣赏并不等于完全肯定,而颂扬则是最大的肯定。《红楼梦》作者不仅不主张把人的"童心"强行纳入封建宗法的思想和制度的某种框框,倒主张打破这个框框让它获得自由发展。这是一种社会改革者的态度。正因为如此,所以他对作为"富贵闲人"的贾宝玉不乏批判,而对作为"混世魔王"的贾宝玉却诸多肯定。但是,究竟怎样才能打破那个封建宗法的思想和制度的框框而使人的"童心"获得自由发展呢?时代又使曹雪芹交了白卷。

三、说两部小说都诮儒毁僧谤道而同中有异

尽管《西游记》认为"童心"与"王道"可以调和,而《红楼梦》

则认为二者难以两立，然而有两点却是一致的：主要是写人世诸相，理想人物是具有"童心"的"真人"。正是这股吹苏"童心"的春风，它把批判的锋芒微而显地引进了意识形态领域。诮儒毁僧谤道成了这两部小说的共同思想倾向。这是一种前所未有的观念的变化。

《西游记》和《红楼梦》对程朱理学的批判是多方面的，除了在人性论问题上公然以"童心"论对抗"天命之性"说以外，还具体地表现在如下一些重要方面：

首先，在对王道政治的认识上。程朱理学区分王道政治与霸道政治，虽是继承孟子的政治思想而来的，但与孟子的政治思想有明显的不同点。孟子区分王道政治与霸道政治的基本标准是帝王能否使劳动人民有比较安定的经济生活，而朱熹区分王道政治与霸道政治的基本标准则是帝王的心术能否灭人欲而存天理。前者反映了上升时期地主阶级要求缓和阶级矛盾与发展生产的思想，而后者则适应了处在保守地位的地主阶级进一步加强专制政治和经济剥削的需要。

《西游记》里所写的玉华王和玉华国同玉皇大帝和灵霄宝殿的对照，实反映了作者理想中的王道政治与朱熹所憧憬的王道政治的对照。这一对照，明显反映了作者对朱熹的王道思想是采取了批判态度而想从孟子的王道思想中找寻符合时代需要的胚芽。《西游记》作者还毕竟对孟子的王道思想感兴趣，而《红楼梦》作者却对孟子的王道思想亦失去了信仰。《红楼梦》对"当今"的"仿舜"、以"仁孝治天下"，特别是对贾府的"富而好礼"的种种描写不过是证明：正是这种王道造成了那"千红一窟（哭），万艳同杯（悲）"！因此，面对这一世界，贾宝玉所怀持的深沉的苦闷及其对人生哲理的思索，正表明儒家的仁政理想既已在作者心中破产，而他理想中的那种"天不拘兮地不羁"的自由社会又十分朦胧。

　　其次，在对仁义道德的看法上。程朱理学把"仁"看作一切封建道德原则的最高原理；给"仁"下的定义是"心之德而爱之理"，说它是"众善之源，百行之本"；认为人的道德修养的最终目的是"求仁"，"仁者"是最完美的人格的别名。《西游记》里的太白金星，时时"念生化之慈恩"而屡屡主张化干戈为玉帛，是个"仁者"。"圣僧"玄奘，作为"忠心赤胆大阐法师"，不仅一味主张以"慈悲为怀"，而且一味主张以"仁义为本"，更是个"仁者"。可在作者的笔端，太白金星的累次以"仁义为本"奏请玉帝"招安"孙悟空，却成了十足的自欺欺人。"圣僧"玄奘累次施"慈悲"和"仁义"予妖魔而咒念紧箍，更成了典型的"对敌慈悲对友刁"。作者已隐隐感到"仁"有其虚伪与冷酷的一面。然而，《西游记》里被否定的对象是妖魔，作者是在揶揄道学先生的乱施"仁义"，而不是在揶揄"仁义"的本身。《红楼梦》通过对"仁孝过天"的"当今"、"体仁沐德"的贾母、"风声清肃"的贾政、"宽柔待下"的王夫人等等一系列"仁者"形象的刻画，认为所谓"仁者"是"童心"已丧失的"假人"，并把他们作为整个形象体系中的主要被否定人物，具体而微地揭露了他们的"以理杀人"尤惨于酷吏"以法杀人"的真面目。

　　最后，在对人才问题的识别上。照程朱理学看来，最理想的贤才，当莫过于"仁者"；求其次，亦需聊能"代圣人立言"的礼法之士。《西游记》所描写的那些出入于灵霄宝殿的"仙卿"，实际上就是这类人物在天国中的投影。他们在玉帝面前，曲而踞，俯而趋，规规焉，嚅嚅焉，睨意相媚，莫不竞相以理自守。但在作者看来，其佼佼者如太白金星，只解打恭作揖，或玩弄点骗局，实是个头脑冬烘的"脓包"。其庸劣者如奎木狼，一到人间，便一变嘴脸而成为凶神恶煞。论有才有胆有识，谁都不如孙悟空。天朝之所以那样腐败脆弱，就在于"玉帝轻贤"，"不会用人"。这是一种相当深刻的思想，它不仅指出那些礼法之士中没有真正的英才，真正的英才是具有"童心"的"真人"，而且已朦胧地意识到这么一个问题："误人败天下者，宋学也。"《红楼梦》也指出了这一点，而在认识上又更为清醒些。清醒在哪一点上呢？如果说，《西游记》通过主人公的被"剃度"，保唐僧西天取经，一路荡妖灭怪，最后成为"斗战胜佛"，是反映了作者认为封建主义的"天"尚可以"补"；那么，《红楼梦》通过主人公的对爱的追求、人生的探索、哲学的思考，最后怀着"情极之毒"而"悬崖撒手"，实即"堕入迷津"，则反映了作者认为封建主义的"天"已不可以"补"，并且亦不愿意让贾宝玉式的人物接受"剃度"而成为于国于家有望的人。正因为如此，所以前者给予孙悟空的悲剧性格以喜剧式的结局，而后者，把贾宝玉的悲剧性格如实地写成时代的悲剧。

《西游记》和《红楼梦》对佛教和道教也进行了不同程度的批判。

第一，两部小说都把宗教统治者写成具有世俗地主的贪婪性和冷酷性。《西游记》写如来在灵山说法时宣称："我西宁贺洲者不贪不杀，养气潜灵，虽无上真，人人固寿。"其实，如来本人就是个既冷酷而又贪婪的人。他为替文殊报那"一饮一啄"的私仇，竟然不仅派了一个青毛狮子怪化作道子，用欺骗手段把乌鸡国国王推进一口琉璃井里"浸"了三年，还教整个乌鸡国"天年干旱，草子不生，民皆饥死"。这是不是"好杀"？他让众比丘僧给舍卫国赵长者家诵经一遍，米粒黄金即得三斗三升，"还说他们忒卖贱了"，甚至默允阿傩、伽叶二尊者向那冒着九死一生前来取经的唐僧师徒揩勒"人事"。这是不是"喜贪"？作者写西天取经事业的最高组织者如来的贪婪和冷酷成性如此，写那些平素他所最厌恶的形形色色的道教代表人物就更不必说。《红楼梦》对那个"现掌'道录司'印"的张道士，对于扛着"西方大光明普照菩萨"招牌行骗的马道婆等，也都给予了无情的揭露。

第二，两部小说都把宗教统治者写成世俗地主的帮凶或帮闲。《西游记》写孙悟空一大闹天宫，三教的统治者便很快就结成反动的神圣同盟，不仅李老君慌忙前来帮助玉帝"拿妖"，而且如来佛亦闻讯赶来帮助玉帝"降魔"。天宫的玉帝与三清和如来所结成的这种勾打连环，正是人间的世俗地主与宗教统治者的关系的投影。《红楼梦》里的馒头庵的老尼静虚是王熙凤的帮凶，水月庵的姑子智通和地藏庵的姑子圆心是王夫人的帮闲，至于那个曾经先皇御口亲呼为"大幻仙人"的张道士，那就更是个穿着道袍的无耻政客。

第三，两部小说还都把讥刺的笔锋直接指向佛教和道教的最高教主。呈现于《西游记》中的如来佛形象，既是个最讲"慈悲"、"普度"的佛祖，同时又是个最横暴、自私的霸主，不仅令人生畏，而且令人生嫌。作者为了表示对当时的祸国殃民的道教代表人物的愤慨，还特意让猪八戒把三个道教祖师的圣像扔进粪坑，并嘲弄他们道："你平日家受用无穷，做个清净道士；今日里不免享些秽物，也做个受臭气的天尊！"凡此，都反映了作者对佛教和道教的最高教主的不恭态度。《红楼梦》呢？它只用一句"呆话"，便表露了作者对佛教和道教的最高教主的轻蔑神态："这女儿两个字，极尊贵、极清净的，比那阿弥陀佛、元始天尊的这两宝号还更尊荣无对的呢！"与此同时，却撇开了具有三教混一特色的久经传说的天国和神祇，另创了以自由、平等为其特色的太虚幻境及其主宰女性神祇警幻仙姑的形象，作为自己理想中的彼岸世界。

凡此等等，又足以看出：如果说，《红楼梦》的主旨是以闺阁题材写不幸的社会人生，那么，《西游记》的主旨则是以取经题材写群魔乱舞的世态。而诮儒毁僧谤道则是这两部小说的共同思想特点。这不只由于世俗地主与僧侣和道士的上层人物结成的神圣同盟压迫着人民群众，还由于三教混同的思想已成为束缚人们思想的精神枷锁。因此，把人们的思想从封建的桎梏和神学的枷锁中解放出来，便成了时代对先驱者们提出的要求，做了在他们所处的时代所能做的可贵的尝试。

《西游记》认为"童心"观念可以与封建道德规范并存以济王道，实质上是反映了作者只想为稚嫩的"童心"观念的胚芽争得一席合法的社会地位，还无意于否定封建宗法的思想和制度的本身。《红楼梦》认为"童心"观念与封建道德规范难以两立，王道亦非具有"童心"的"真人"的乐土，实质上是反映了作者对封建道德规范的否定，以及对封建宗法制度本身的合理性的怀疑。正因为如此，所以同是诮儒毁僧谤道，《西游记》的作者所采取的是玩世不恭的揶揄态度，而《红楼梦》的作者所采取的则是清醒而严峻的批判态度。《西游记》的作者揶揄的主要是三教混同的思想及其代表人物的种种外在的弊害，而《红楼梦》的作者批判的锋芒却直指三教混同的思想及其代表人物对于人的"童心"的腐蚀。这又是《红楼梦》与《西游记》的最大不同的地方。

四、说两部小说都打破了传统写法而同中有异

资本主义生产关系的萌芽，日益促使社会阶级关系的复杂化。随之而产生的"童心"观念的思潮，又日渐促使着人们的社会观念的转变，并从而加深了先进思想家对社会的认识。文学作为一定的社会生活在作家头脑中审美反映的产物，时代也就要求它对传统的写法能有所打破。《西游记》和《红楼梦》在这方面也相应地作出了自己应有的贡献。

其一，作品形象体系的构成，不再以传统的简单的忠奸关系为模式，而是展示了真实复杂的人们之间的社会关系。

《三国演义》的形象体系的内部构成，是以忠奸对立为其特点的。一边是各为其主的忠臣义士，一边是背主忘恩的乱臣贼子；然后再一一

根据人物对封建道德规范的依违程度，分别给予不同的合乎分寸的褒贬。《水浒传》的形象体系的构成，好像是以压迫者与被压迫者的对立为其特点的；其实不然，那只是客观效果。论作者的主观构想，显然也是忠奸对立。忠义之士在朝班则为张叔夜等贤臣良将，在山林则为宋江等仁义英雄；奸佞之徒在朝廷则为高俅等贪官污吏，在草泽则为方腊等"反贼乱民"。正因为如此，宋江成了施耐庵笔端的"忠义之烈"。

《西游记》突破了这种忠奸对立的模式，它的形象体系的内部构成，明显地包含着两种社会矛盾、三大社会势力。一是以孙悟空为代表的社会下层人民的进步势力，二是以神佛为代表的封建正统派的保守势力，三是以妖魔为代表的贪官劣绅等的反动势力。前一种社会势力与后二种社会势力的关系，实质上是被统治者与统治者的阶级关系。但作者只将孙悟空与妖魔的矛盾写成你死我活的对抗性矛盾，而将孙悟空与神佛的矛盾写成由对抗性的矛盾转化为非对抗性的矛盾。后二种社会势力之间的关系，显然是地主阶级内部的派别关系。但作者并没有把它们写成"忠奸斗法"，而是写成彼此既有矛盾的一面，又有相互勾结的一面：神佛既反对妖魔加害人间，同时又不惜为加害人间的妖魔充当保护人。显而易见，这种形象体系的内部构成，它所突出的已不是封建道德规范，而是当时人们的基本社会关系。

《红楼梦》的形象体系的内部构成，"横看成岭侧成峰"，而"忠奸斗法"的模式在这里已荡然无存。要而言之，作者在进行艺术构思时，在父辈与子辈之间划条线，对同一辈分的人在男性与女性之间划条线，这就使作品的形象体系主要是由两大组对立的形象所构成：一是父辈与子辈形象的对立，父辈莫不因循守旧，子辈中却激荡着要求改革的思潮；二是男子形象与女子形象的对立，男子是"泥做的骨肉"，却处于社会中心统治地位，女子是"水做的骨肉"，却被社会剥夺了独立的人格。具有初步民主主义思想的主人公贾宝玉地位最为特殊，他对于保守的父辈来说，是"混世魔王"，而对于薄命的"女儿"来说，又是"怡红公子"。要是对这两大组对立的形象再略加考察，则又不难看出它包容着多种社会势力，三组主要社会矛盾。这就是：地主阶级叛逆者的社会势力及其与封建卫道者社会势力的矛盾；地主阶级内部各派系的社会势力及其在环绕权力和财产再分配问题上的矛盾；被压迫阶级的社会势力与封建统治阶级的矛盾及其在被压迫阶级内部的反映。这种种社会势力与错综复杂的矛盾，织成了一种球形的社会关系的网络，展现了当时的人世诸相。《红楼梦》形象体系的构成本身就显示了中国古典小说现实主义的长足发展和进步。

其二，典型形象的基本形态，不是类型化的典型，而是性格化的典型。

《三国演义》和《水浒传》中的主要人物，其精神面貌大多是感情化的思想形态，以某种道德品质作为基本特征。《西游记》和《红楼梦》中的主要人物，其精神面貌大多是思想化的感情形态，以独特的个性作为基本特点。试以这四部小说中最爱哭的人物的"哭"来作比较，"刘备的天下——哭出来的"，流的竟然是"政治的眼泪"。"我为人一世，只主张'忠义'二字，不肯半点欺心。"宋江的哭，与其说是反映了他的"悲剧性格"，毋宁说是反映了他的"悲剧思想"。"莫哭！莫哭！一哭便脓包行了！"唐僧的常"战战兢兢，滴泪难言"，既反映了他慨叹取经事业的多艰，更反映了他性格上的懦弱。林黛玉的"抛珠滚玉只偷潜"，则令人莫可名状。那是由于斑斑点点皆滴自那惨淡的人生在她心灵上的投影。足见，刘备和宋江的眼泪主要涌自思想，感情是思想到达极致时所产生的附丽；唐僧和林黛玉的眼泪则主要涌自性情，思想是感情到达饱和时所形成的晶粒。

正因为《三国演义》和《水浒传》的主要人物形象,往往是以某种道德品质为其基本特征的,形象内部的其他构成因素莫不受此支配,所以人物的思想性格也就显得比较纯净,保持着古典式的整一,以致"写好的人,简直一点坏处都没有;而写不好的人,又是一点好处都没有"①。那号称"奸绝"的曹操,"全忠秉义"的宋江,便是属于这类形象。《西游记》和《红楼梦》的主要人物形象,因其是以独特的个性作为基本特征的,形象内部的其他构成因素的组合莫不以此为枢纽,所以人物的思想性格也就反映出其所处诸社会关系的五光十色,而"明镜照物,妍媸毕露"般地写出了"带着自己心理的整个复杂性的人"。孙悟空是个见了玉帝亦傲不为礼的盖世英雄,却也存在着内在的妥协性;固然很勇敢,却也有时失于浮躁;固然很机警,却也多少有点幼稚,容易上当。具有喜剧色彩的猪八戒,好偷懒贪睡,而反见其辛劳;好玩乖使巧,而反见其憨拙;好缅怀高老庄,动辄嚷嚷要"散伙",而反见其对生活的热爱和天真。贾宝玉作为曹雪芹的理想寄托者,在思想上虽是个敢于造反的"混世魔王",而在行动上却是个十分怯懦的"富贵闲人"。林黛玉作为曹雪芹心目中的"绝对女性",既尊重自我,又尊重别人;既敏感,又笃实;既尖刻,又宽厚;既孤傲,又谦和;既脆弱,又坚强;既任性,又多情。这种叙人物之优长而不忘其缺失,叙人物之缺失而不忘其优长,甚至写人物的优点之所在亦即其缺点之所在,缺点之所在亦即其优点之所在,实在是一种十分严肃的现实主义创作精神。

正由于《三国演义》和《水浒传》往往以某种思想品格作为人物形象的基本特征,思想是属于共性的东西,而共性是稳定的,所以人物的思想性格也就比较稳定,保持着古典式的静穆,情节虽千变万化,却往

---

① 《鲁迅全集》第8卷,人民文学出版社1957年版,第350页。

往被用作对人物思想性格的重复显示。《三国演义》自不必说，《水浒传》虽则已注意到人物的阶级出身、经历、生活环境对其思想性格的影响，开始从发展中刻画某些人物的思想性格，但是，就主人公宋江的形象来说，"忠义"二字却始终是他的思想性格的基本特征，而"忠"字观念则越来越由隐而显地居于矛盾的主导面。《西游记》和《红楼梦》对人物形象的刻画，因其比较注重于传达人物从各种思想上发酵出来的感情，感情是属于个性的范畴，而个性虽在一定程度上是稳定的，但由于主客观因素的交互作用，也会发生变化，所以人物的思想性格也就往往具有纵的和横的发展变化，情节的千变万化，成为对性格的多侧面的展示，或典型的成长和构成的历史。"大闹天宫"时的孙悟空实际上是青少年时期的孙悟空，"西天取经"时的孙悟空实际上是成年时期的孙悟空。其前期，显得更具"异端"风采，更具积极乐观进取精神，也更勇敢。其后期，固然仍具有"异端"风采，但封建道德观念却日渐增浓；虽然仍具有积极乐观进取精神，却不时流露出一种抑郁的情感；固然勇敢依旧，却显得更为机警。两相对照，便明显地反映出孙悟空思想性格的发展变化，然而，孙悟空以摩顶受戒为前后期，其思想性格的发展变化还多少令人感到有点突然。贾宝玉的思想性格由"情不情"发展为"情极之毒"，就不只令人感到可以"追踪蹑迹"，而且还令人感到是"步不动而神移"，一切都那么水到渠成。这从我们前面所提到的贾宝玉的思想性格发展的三个阶段上，便可以看出这一点。

其三，作者对笔端人物的评判，不是以抽象的道德标准去评判人物行为的善恶，而是以人物行为的社会效果去评判其所秉道德观念的善恶。

《三国演义》作为历史小说，作者却并不以如实地再现历史人物的精神面貌或历史功绩作为现实人生的借鉴为目的，而只以摄取其某些方面作为艺术再创造的基础以便对现实人生的道德面貌或政治伦理直接作褒贬为指归。因此，那头脑中固有的抽象道德标准一倾注笔端，便以对人物的道德评判几乎替代了对人物的历史评判，把曹操写成恶绝千古的"奸雄"，将刘备写成善绝人寰的"仁主"。

《水浒传》的作者对笔端人物的评判何尝不是如此呢？宋江饮鸩后不仅自己虽死无辞，还怕李逵造反而将其鸩死。这简直是作孽造罪，为虎作伥！然而作者却付以颂扬之笔，认为这才是宋江"全忠仗义为臣"之处；否则，李逵一起而"造反"，那不仅他自己会成为方腊式的"羞宗辱祖"的"反贼"，而且也"坏了梁山泊替天行道之名"。

《西游记》中的唐僧形象，既具有高僧的特点："以慈悲为怀"；又具有名儒的特点："以仁义为本"。这种思想品格，不正是施罗二氏所企慕的吗？但吴承恩却没有把他写成理想人物。唐僧对妖魔和强盗讲"慈悲"和"仁义"，弄得迂而无当，是非颠倒，这是作者所批判的。唐僧对比丘国关在鹅笼里等国王取心用的儿童讲"慈悲"和"仁义"，破口大骂"昏君"，急令孙悟空火速设法"救生灭怪"，这又是作者所称颂的。论猪八戒缺点之多，真是实在可以：不仅偷懒、嘴馋、贪利、好色、撒谎、嫉贤，而且居然让乌鸡国国王挑重担，自己拣轻的挑；真是"忠"、"义"、"信"、"廉"、"诚"，样样皆缺。这种种"人欲"之私，不正是施罗二氏所不齿的吗？但吴承恩对猪八戒的这些缺点的揶揄却是一种善意的揶揄，反而令人在笑声中逐渐接近并喜爱这个人物，感到他的一路摩肩压背追随到西天的不易。凡此，说明了什么呢？说明作者对笔端人物的褒贬，并不尺尺寸寸于抽象的道德标准，而比较注意人物行为的社会效果。

《西游记》这种褒贬人物的角度，到《红楼梦》里又获得了新的发展。《红楼梦》写反面人物，好用似褒实贬的笔法，这种"褒"，反映了作者对世俗之人好用抽象的道德标准去品评人物的嘲讽。写正面人物，好用似贬实褒的笔法，这种"贬"，反映了作者对世俗之人好用传统的道德观念去品评人物的揶揄。照世俗之人的看法，贾母是个仁慈得不能再仁慈的老佛爷，对清虚观的小道士的态度，便堪一赞。然而，那个苦命的小道士为什么会被吓成那样呢？还不是由于这位"享福人福深还祷福"时的那种炙手可热的气派！足见，贾母作为贾府"体仁沐德"之门风的主要体现者，她的仁慈可能是出于真心，而作者却从人与人的社会关系的角度看出并如实地揭露了她的伪善。书中写林黛玉，一则说她"尖刻"，二则说她"小性儿"，三则说她"目无下尘"。凡此等等，要是离开她所处的社会环境，抽象地看问题，那不能不认为这是她的缺点。然而，如果结合她所处的社会关系，具体地看问题，却又正反映了她的强烈的反封建精神以及出淤泥而不染的高贵品格，则又不能不认为这是她的优点。到底是优点还是缺点，那就要看你究竟是想从她所处诸社会关系的哪一个角度去看问题。

《三国演义》、《水浒传》与《西游记》、《红楼梦》在写法上之所以会出现这种那种不同，主要是由于罗贯中和施耐庵是用地主阶级的开明世界观在观察人和社会，所以比较注意人的道德规范和共性特征。而《西游记》和《红楼梦》的作者，他们主张制约"童心"也罢，鼓吹放纵"童心"也罢，承认"童心"的合理性则一。既然他们所承认的这种"童心"实际上已含有个性的自觉，他们在观察人和社会时当然也就自觉或不自觉地比较注意人的社会关系和个性特征。反映入他们的笔端，便出现了这种种对传统写法的打破。

《红楼梦》"正因写实，转成新鲜"。《西游记》虽取像于幻域，实摄魄于人间。它们之所以会不同程度地在思想上和写法上摆脱旧套，根本原因在于，随着资本主义生产关系的萌芽而产生的"童心"观念，日益促使着人们社会观念的转变，并从而使其先驱者加深了对人和社会的认识。"童心"观念在《西游记》的时代还只能体现为"猿的形态"，到《红楼梦》的时代则已体现为"人的形态"；两位处于不同时代的天才作家，一个主张制约"童心"，一个鼓吹放纵"童心"，实际上是反映了"童心"观念自身发展的历史阶段不同。

第十六章　究竟是人间喜剧，还是时代悲剧

——《红楼梦》与《金瓶梅》审美观念的比较研究

一、引言

《红楼梦》与《金瓶梅》是中国文学史上世情小说的两座高峰，而没有《金瓶梅》的拔地而起也就没有《红楼梦》的横空出世。所以，二知道人说《红楼梦》："太史公纪三十世家，曹雪芹只纪一世家。太史公之书高文典册，曹雪芹之书假语村言，不逮古人远矣。然雪芹纪一世家，能包括百千世家，假语村言不啻晨钟暮鼓"①。所以，鲁迅说《金瓶梅》："作者之于世情，盖诚极洞达，凡所形容，或条畅，或曲折，或刻露而尽相，或幽伏而含讥，或一时并写两面，使之相形，变幻之情，随在显见，同时说部，无以上之……缘西门庆故称世家，为搢绅，不惟交通权贵，即士类亦与周旋，著此一家，即骂尽诸色，盖非独描摹下流言行，加以笔伐而已"②。所以，脂砚斋说《金瓶梅》对《红楼梦》的影响："写个个皆到，全无安逸之笔，深得《金瓶》壸奥"③。

然而，所谓《红楼梦》"深得《金瓶》壸奥"，当指其以一个家族的盛衰再现了中国封建社会末期的人世诸相，但论其审美观念却与《金瓶

---

① 转引自一粟编：《红楼梦卷》第 1 册，中华书局 1963 年版，第 102 页。
② 《鲁迅全集》第 9 卷，人民文学出版社 1981 年版，第 180 页。
③ 见庚辰本第十三回脂批，"壸"原批抄本误作"壶"。

梅》异趣的。说得明确一点，就是：《红楼梦》的作者在描摹人世诸相时是注重于将人生的有价值的东西毁灭给人看，所以呈现于他笔端的乃时代悲剧；而《金瓶梅》的作者在描摹人世诸相时则迷恋于将人生的无价值的东西撕破给人看，所以呈现于他笔端的是人间喜剧。二者在中国小说发展上，"若两峰对峙双水分流，各极其妙莫能相下"，而为后人的创作所难以企及。

二、从作品的描写对象来说

《红楼梦》中的贾府是以"富而好礼"为其特点的。它是当时令人亦羡亦畏的诗礼簪缨之族；它是当时令人可赞可叹的忠臣孝子之门；它是当时令人可敬可亲的慈善宽厚之第。[①] 清官林如海与贾雨村说贾政："其为人谦恭厚道，大有祖父遗风，非膏粱轻薄仕宦之流，故弟方致书烦托。否则不但有污尊兄之清操，即弟亦不屑为矣。"村妪刘姥姥与女婿说王夫人："他们家的二小姐着实响快，会待人，倒不拿大。如今现是荣国府贾二老爷的夫人。听得说，如今上了年纪，越发怜贫恤老，最爱斋僧敬道，舍米舍钱的。"城市平民花自芳母子心目中的贾府："从不曾作践下人，只有恩多威少的。且凡老少房中所有亲侍的女孩子们，更比待家下众人不同，平常寒薄人家的小姐，也不能那样尊重的。"凡此，实反映了时人的看法，传达了贾府的口碑。然而，贾府的这个"富而好礼"之族又是以封建宗法统治为其法宝的，它虽则给大观园里的人们以锦衣玉食，无使饥馑，却不准他们"各得其情，各遂其欲"，而只准他们"各安其位，各操其职"。正因如此，所以呈现于作者笔端的那贾母

---

① 详见本编第八章《论〈红楼梦〉的悲剧底蕴》，第二节。

们按纲常名教精心筑就的王道乐土，同时也就成为一座禁锢青年们的肉体和灵魂的黑暗王国，而觉醒者要求自由的呐喊则声声可闻。马克思曾言："当旧制度还是有史以来就存在的世界权力，自由反而是个人突然产生的想法的时候，简言之，当旧制度本身还相信而且也必定相信自己的合理性的时候，它的历史是悲剧性的。"① 是以贾府的盛衰史当属时代悲剧。

《金瓶梅》里的西门庆家则相反，其特点是"为富不仁"。它作为官僚家庭，与朝廷奸党连络有亲，是权奸的爪牙；它作为地主家庭，与土豪劣绅俱有照应，是翻云作雨的恶霸；它作为商人家庭，与各级官府勾打连环，是依仗权势而生财有道的富豪。这种官僚、地主、商人三位一体，就使它成为后世官僚资本家庭的最初雏形。要特别注意的是，支撑这一罪恶家庭的主要支点，却不是权势，更不是土地，而是金钱。书中写得清楚：是金钱使这一家庭获得了权势，权势又使这一家庭获得了更多的金钱，土地则是其金钱和权势的副产品；是金钱和权势助长着这一家庭的淫乐之风，与日俱增的淫乐之风又成为这一家庭的对金钱和权势的炫耀，其结果是使这一家庭带着它的罪恶迅即走入坟墓。这是一种如实描写，因为旧时的中国是个重农抑商的国度。随着明代中叶资本主义萌芽的出现，城市经济获得迅速发展，而商人要想求得财源茂盛和地位稳固，便去一面勾结官府，以期获得一张特殊的护身符，一面花点资金购买土地，成为半个地主。这便是中国的资本主义何以发展缓慢的文化原因，也是中国的官僚资本何以先于民族资本而出现的政治原因。正因为西门庆家是体现了官僚、地主、商人这三种社会势力的结合而以金钱为其主要价值观念，致贪残无比，淫乐成性，小民为之蹙额，市肆为之

---

① 《马克思恩格斯选集》第1卷，人民出版社2012年版，第5页。

骚然，是以这一家庭的兴衰史当属人间喜剧。

《红楼梦》作者笔端的主人公贾宝玉，是近代启蒙主义者的先驱。如果说，"情不情"是其思想性格的核心，那么，"意淫"则是其人生哲学的理论基石和人伦关系的伦理原则。说得更明快一点，二者的关系是："情不情"是贾宝玉的"意淫"的外在表现形式，"意淫"是贾宝玉的"情不情"的内在思想意蕴。而所谓"意淫"，用我们今天的话说，就是爱心，就是人道观念和人权思想。是以贾宝玉的"情不情"，便表现为他对悲剧女性，不论亲疏，俱以一己真情去体贴，"昵而敬之，恐拂其意"，乃至"重情不重礼"[①]，认为女性是与男性相平等的人。因此，面对"千红一窟（哭），万艳同杯（悲）"的世道，他不以仕途经济、位列朝纲为念，而以"护法群钗"作为自己的"一生事业"。这不是在一般地反对男尊女卑的传统观念，这是在否定以男性居于中心统治地位的封建宗法的思想和制度的合理性；尽管他在行动上是个势单力薄的泥足巨人，可在思想上却是个十分富有的铮铮铁汉，而这正是早期启蒙主义者的本然特征。这场斗争又是那么具有历史意义，它"构成了历史的必然要求和这个要求实际上不可能实现之间的悲剧性的冲突"[②]。因此，贾宝玉的"重情不重礼"而终为"礼"所吞没，便成为令人遗恨绵绵的时代悲剧，更何况他与林黛玉的爱情悲剧又属千古绝唱。

《金瓶梅》作者笔端的主人公西门庆，是近代官僚资本家的远祖。如果说，其思想性格的核心是贪婪，那么，拜金主义和享乐主义则是其价值观念和精神归宿。一是对女色的贪婪：他靠"潘安的貌"、"驴大行货"、"邓通般有钱"、"青春小少"和"闲工夫"，占有一妻五妾、四个

---

① 庚辰本第 21 回脂批。

② 《马克思恩格斯选集》第 4 卷，人民出版社 2012 年版，第 443 页。

通房丫鬟、九个奸妇、三个妓女；想淫而未及淫者，还有何千户娘子蓝氏、王三官娘子黄氏。这种"吃着碗里，看着锅里"，难怪时人称他为"打老婆的班头，坑妇女的领袖"。二是对金钱的贪婪：还是个破落户财主时，他便"与人把揽说事"，"又放官吏债"，捞取黑心钱；当上金吾卫副千户后，仅替扬州盐商王四峰说一回情就获取白银二千两，其"灰色收入"，于此可见一斑。那么，商业方面呢？他交通官府，欺行霸市，别人不敢做的买卖他敢做，别人不敢放的高利贷他敢放，别人打不通的官府关节他能打通，别人需缴的税他可免。其长袖善舞如此，是以不几年便富甲一方。三是对权势的贪婪：一旦由破落户发迹，他便以金钱和美女铺路，交结各色官员，与权臣蔡京的总管翟谦称兄道弟，在翟谦的全力关照下，直至官居金吾卫副千户，直至成为蔡京的义子，直至官居金吾卫正千户，而这正是比当时的堂堂京官还有权势的肥缺。然而，要注意的是，察其灵魂，他对金钱的贪婪有甚于对女色的贪婪，他对权势的贪婪有逊于对金钱的贪婪。正因如此，所以富孀孟玉楼其貌虽不及潘金莲，而他却搁下潘金莲先娶孟玉楼，盖以其有上千两现金和三二百筒三梭布也；所以他备重礼去给蔡京贺寿，其初衷并不是想官居五品，盖旨在为他的巧取豪夺找一政治靠山也。其人的价值观念和人生哲学，用他的自画招供来说，就是："咱闻那佛祖西天也止不过要黄金铺地，阴司十殿也要些楮镪营求。咱只消尽这家私广为善事，就使强奸了嫦娥，和奸了织女，拐了许飞琼，盗了王母的女儿，也不减我泼天富贵！"他是在说：金钱可以买通政治权力，从而为所欲为，纵令天下女子供我片时之淫乐，亦理所当然。多么可笑啊，一个拜金主义者和享乐主义者的卑劣灵魂。因此，西门庆这种意气洋洋地驾着由女色、金钱、权势构成的三套马车之堕入深谷，便成为令人可悲可笑的人间喜剧，更何况他的贪欲得病而一命呜呼又属千古丑闻。

《红楼梦》中的群钗，是幅"百美图"。正如二知道人所说："雪芹所记大观园，恍然一五柳先生所记之桃花源也。其中林壑田池，于荣府中别一天地，自宝玉率群钗来此，怡然自乐，直欲与外人间隔矣。此中人呓语云，除却怡红公子，雅不愿有人来问津也。"① 且看"怡红院诸婢，醵钱开宴，为公子介寿，笑与抃会，欢将乐来。维时脱去边幅，率意承接，歌则殊声合响，觞则引满传空，诸婢乐公子之乐，公子亦乐诸婢之乐也。彼徒以寻香人为肉屏风者，何曾梦及！"② 则群钗灵魂之高洁，品性之不凡，亦欲浮纸面矣。诚然，她们既是食人间烟火的女性，当然也就各有各的心事和烦恼；以黛玉与宝钗、晴雯与袭人来说，彼此间便曾有口角含讽。然而，那是由于：黛玉和晴雯等固然不是女夫子，宝钗和袭人等行为，亦并非一味蠢拙古板，以女夫子自居；因而"当绣幕灯前，绿窗月下，亦颇有或调或妯，轻俏艳丽等说。不过一时取乐买笑耳，非切切一味妒才嫉贤也，是以高诸人百倍"③。正因如此，所以随着大观园在贾府家世利益的干预下变为一座大花冢，也就传达出一曲令人热耳酸心的青春的悲歌，从而发出一声声"救救青年"的呼喊。这青春的悲歌，不是时代悲剧又是甚么呢？

《金瓶梅》里的妇女，是一幅"百丑图"。张竹坡云："《金瓶》虽有许多好人，却都是男人，并无一个好女人"④。这话说得虽有点绝对，但大致不差。环绕着西门氏的妇女不下一打，屈指不二色的，要算月娘一个，然而"若西门庆杀人之夫，劫人之妻，此真盗贼之行也。其夫为盗贼之行，而其妻不涕泣而告之，乃依违其间，视为路人，休戚不相关，

① 转引自一粟编：《红楼梦卷》第 1 册，中华书局 1963 年版，第 86 页。
② 转引自同上书，第 91 页。
③ 庚辰本第二十回脂批。
④ 《批评第一奇书金瓶梅读法》。

而且自以好好先生为贤，其为心尚可问哉！"① 盖一面慈心冷之"奸险好人"而已。其他女人则几乎莫不是利欲熏心的"性饥渴症"和"性受虐症"患者，所以"邓通般有钱"和"驴大行货"遂成为她们人生赤裸裸的两大追求而尤以"驴大行货"为主，于是便去争当西门庆的"肉屏风"而以可耻作为荣耀，甚至为此而或谋杀亲夫，或与夫婿合谋，或以子媳作为穿针引线人。这种卑微的灵魂、卑贱的心理、卑劣的行为，正反映了当时以金钱为动因的病态社会在女性中所造成的病态人格与病态价值观念。论者或以潘金莲比包法利夫人，窃期期以为不可。包法利夫人所追求的是细腻的感情和丰富的精神生活，其结果只是耽于物欲和淫乐。潘金莲所追求的是"邓通般有钱"和"驴大行货"，其结果是随着物欲和淫乐的获得而堕入罪恶的深渊。倒需一提的是：巴尔扎克将自己的以揭露金钱关系是资产阶级社会之动力的一套小说称之为《人间喜剧》，盖因其对当时资产阶级的庸夫俗子和"不正经女人"持讥刺态度也。那么，潘金莲等市井妇女在当时金钱关系的刺激下由追求物欲和淫乐而自我毁灭，兰陵笑笑生的这种"任何写照是讽刺"，不是人间喜剧又是甚么呢？

说《红楼梦》中的主人公们是在要求个性解放，人性自由，这在当前已几成社会共识。其实，《金瓶梅》里的主人公们又何尝不是在要求个性解放，人性自由呢！问题在于：个性解放，人性自由，属人性论范畴，乃哲学概念。它对封建宗法的思想和制度的冲击具有历史的进步性，但它本身并无道德意义上的善恶。其道德意义上的善恶是来自与它相融汇的观念：如果它与人文主义相结合，则呈现为善；如果它与极端利己主义相结合，则呈现为恶。这种善是当时推动历史前进的杠杆，一般反映为其体现者正面地或侧面地公然向封建宗法的思想和制度挑战。

① 《批评第一奇书金瓶梅读法》。

这种恶也是当时推动历史前进的杠杆，一般反映为其体现者既依附于封建宗法的思想和制度而又在暗中挖封建宗法的思想和制度的墙脚。然而由于文学是人学，只应引人趋善，不应引人趋恶，所以只能歌颂善，不能歌颂恶。随着明中叶以来资本主义萌芽的出现，一方面出现了个性解放思潮与人文主义的结合，一方面出现了个性解放思潮与极端利己主义的结合，二者乃历史的双胞胎，只是其体现者在道德上有贤愚之别而已。然而由于曹雪芹和兰陵笑笑生，一个是站在初步民主主义者的思想立场观察社会和思考历史，一个是站在曾孝序之辈的思想立场观察社会和思考历史，所以也就出现了他们审美视角的不同：一个注目于贾宝玉式的近代启蒙主义者的先驱及其社会基础，故而笔端的作品成为时代悲剧，一个注目于西门庆式的近代官僚资本家的远祖及其社会基础，故而笔端的作品成为人间喜剧。可见贾宝玉和西门庆皆属"今古未有之一人"，且后世各有各的子孙，只不过一个道路口如碑，一个则被钉在历史的耻辱柱上而已。单从这个意义上说，《红楼梦》和《金瓶梅》亦堪称中国世情小说中光可鉴人的双璧，时代悲剧和人间喜剧的经典。

三、从作品的艺术构思来说

《红楼梦》的艺术构思是经典性的悲剧构思。要之，可以从三个方面看问题：

该书的主题是"横看成岭侧成峰"。其哲学层面，层次便有三[①]：一是情爱的颂歌，二是童心的赞歌，三是青春的悲歌。其文学层面，构架

---

① 详见本编第九章《论〈红楼梦〉悲剧主题的多层次性》。

亦有三①：一是作者要为一位"怡红公子"作传，即描写贾宝玉的精神悲剧，把他的以"意淫"为内涵的人生价值观念和人生足迹描摹给世人看。那似贬实褒的两首《西江月》，是小说的第一组主题歌。它凝聚着贾宝玉型精神悲剧的主要内涵，并界定了其质的规定性。二是作者要为一群青年女子作传，即描写以"金陵十二钗"为主体的"异样女子"的人生悲剧，将她们的真善美和才学识被毁灭、殊途同归于"薄命司"的苦难历程展示给世人看。那饱含着赞赏和痛悼之情的《红楼十二支曲》，是小说的第二组主题歌。它不失为"千红一窟（哭），万艳同杯（悲）"的缩影。三是作者要为一个"诗礼簪缨之族"作传，即描写赫赫扬扬已历百年的贾府，由于坐吃山空、儿孙不肖而日益式微的历史悲剧，将这个百年望族的人生价值观念及藏于礼法帷幕后面的"自相戕戮自张罗"情景描绘给世人看。那半含讥弹、半是挽歌的《好了歌》、《好了歌解》，是小说的第三组主题歌。它揭示了地主阶级人伦理想和人生追求的虚妄，勾画了封建统治阶级各政治集团、家族及其成员之间为"冠带家私"鸡争鸭夺、兴衰荣辱迅速转递的历史图景。三者中最主要也是处于中心地位的乃贾宝玉的精神悲剧。显而易见，不论从哪个层面看问题，《红楼梦》的主题都是典型的悲剧主题，且可看出它的难能可贵之点是在于从这一悲剧主题中传出了"救救青年"的呼喊，而这在中国文学史和思想史上是史无前例的，乃初步民主主义者的心声。

该书的主线是一主双宾。②其情节线索甚多，择其要者有五：一是甄（真）贾（假）冷③（难）刘（留）故事，即以甄士隐、贾雨村、冷子兴、刘姥姥出没于情节，形成全书的重要线索之一。其特殊作用是：

---

① 详见本编第十一章《论〈红楼梦〉的结构学》，第二节。
② 详见本编第十一章《论〈红楼梦〉的结构学》，第四节。
③ 据《广韵》，"冷"和"难"读音相近，可以相谐。

由远及近、由外及里地写贾府，从而把贾府和外部大千世界及太虚幻境勾连起来，最后又对整个作品作了收结。二是元（原）迎（应）探（叹）惜（息）故事，即以元春、迎春、探春、惜春的悲剧命运，作为贯穿全书的又一重要线索。其特殊作用是：由近及远、由里及外地写贾府与外部大千世界及封建统治阶级内部各政治集团之间的关系，从而把贾府内部的鸡争鸭夺与府外的政治风云勾连起来，指出那"从外部杀来"的势力却原来大多与贾府有"亲"。它们与贾府的关系，实际上是种大范围内的"自执金矛又执戈，自相戕戮自张罗"。三是宝黛钗的爱情和婚姻故事，而作为一以贯穿全书的重要线索，它所勾连的主要是通部"情案"。四是王熙凤的理家故事，而作为一以贯穿全书的重要线索，它所勾连的主要是通部"世务"。五是"顽石"与"神瑛侍者"的"下凡历劫"故事。这是一而二、二而一的，也是通部主线。道理很简单："顽石"与"神瑛侍者"，一个祖居"青埂"——历劫"怡红"——返回"青埂"，记其"身前身后事"，是谓《石头记》；一个祖居"赤瑕"——历劫"怡红"——返回"赤瑕"，录其"身前身后事"，是为《情僧录》。"吾以知《红楼梦》之作，宝玉自况也。"① 故而以"顽石"与"神瑛侍者"的"下凡历劫"故事为主线亦即以贾宝玉的人生道路为主线。它与处于第二个层次上的宝黛钗的爱情婚姻故事和王熙凤的理家故事、处于第三个层次上的元（原）迎（应）探（叹）惜（息）故事和甄（真）贾（假）冷（难）刘（留）故事构成了一主双宾的对称美，而作者的浩叹亦寓焉！

　　该书的情境主要有三②。一是贾府正府，这是作者以"富而好礼之第"为原型造就的现实世界。它是地主阶级正统派的天地，封建宗法的

---

① 转引自一粟编：《红楼梦卷》第1册，中华书局1963年版，第126页。
② 详见本编第七章《论〈红楼梦〉的三世生命说与两种声音》，第四节。

思想和制度的殿堂，古来传颂的王道乐土，而同时也是禁锢青年的精神和肉体的黑暗王国。二是太虚幻境，这是作者以自由、平等观念的幻影为心像造就的理想世界。它是个只知相互体贴而不知纲常观念为何物的女儿乐园，是个人皆可以"各得其情，各遂其欲"的美妙社会。三是大观园，这是介乎贾府正府与太虚幻境之间的中介世界，乃怡红公子与诸艳的游乐和栖止地。它既是以"不拘不束"为其特点的太虚幻境在人间的投影，同时又是以"体仁沐德"为其特点的贾府正府在世外的投影。正因为大观园交织着如此两种投影，所以它也就成为贾宝玉的"意淫"观念和孔孟的"仁政"思想之间不见刀光剑影、不闻战马嘶鸣的无声战场。其结果是，一支王道曲，千红无孑遗！死于霸道，人皆怜之。死于王道，又有谁怜？此所以作者有"一把辛酸泪"，并写一太虚幻境寄遐思也！

与《红楼梦》相反，《金瓶梅》的艺术构思则是典型的喜剧构思。要之，也可以从以下方面看问题。

该书的社会画面虽也十分广阔，但主题思想却似乎并不复杂，作者显然是旨在写出钱权交易必导致人对物欲和淫乐的贪求，导致官场的黑暗，导致时风的颓败，而"富贵必因奸巧得，功名全仗邓通成"的结果，是于国则破，于家则亡，于个人则难以逃脱自我毁灭的命运，以为世戒。因此，他安排了一明一暗两条主线，明线是西门氏的盛衰，暗线是权奸们的荣辱，从而使作品形成一种网状结构形态。于是，上自宫廷间为非作歹的宦官、朝廷上擅权专政的太师、州郡里徇私枉法的官吏，下至在市井间招摇撞骗的帮闲、蛮横狡诈的地痞、以色市人的妓女、弄神弄鬼的僧尼等形形色色的人物的精神状态，也就毕现其中了。因此，兰陵笑笑生完全可以如《人间喜剧》作者巴尔扎克，将自己的作品称之为"社会研究"。

　　该书写西门庆与官吏们的钱权交易，与其说西门庆想要官吏们手里的权，不如说官吏们更想要西门庆手里的钱，因此便出现了堂堂宰辅"礼贤下士"讨好"一介乡民"西门庆的"怪现象"。其始也，蔡京不只亲自接见了西门庆派去送礼的来保和吴主管，还平地选拔西门庆当上了"山东理刑副千户"，而这是西门庆所意想不到的。其继也，当西门庆携千金之礼至蔡府拜寿时，蔡京不只有求必应地认之为义子，还在正日那天亲自单独设宴为之洗尘，而却将前来贺寿的满朝文武弃于一旁。其终也，蔡京又设法调走夏提刑，将西门庆晋升正职，而这并非出于西门庆的谋求。其实，西门庆对于跻身仕途并无多大兴趣，他所以投靠蔡京，只不过是想为自己的不法商业经营找个过硬的政治靠山而已。可蔡京对西门庆却青睐如是，说他是迹近讨好，恐不为过吧！堂堂宰辅如此，一般官员对西门庆的金钱就更如蝇逐臭。其中最典型的，要数一戴上"状元"的桂冠便成为蔡京"假子"的蔡蕴。这位蔡状元赴安徽滁州匡庐省亲，却特意绕道山东清河县，名曰拜访西门庆，实际是去打抽丰。西门庆出手就是："金缎一端，钦绢二端，合香五百，白金一百两。"乐得这位蔡状元连声说："此情此景，何日忘之"，"倘得寸进，自当图报。"要特别注意的是，《金瓶梅》有个板定大章法，那就是张竹坡曾指出的：但凡写西门庆"到人家饮酒，临出门时，必用一人或一官来拜、留坐"[①]。需予补说的是，这"一人"，一般是帮闲篾片应伯爵之流，而这"一官"却是形形色色的。兰陵笑笑生这么写，其用意是包孕着冷嘲的，想告诉人们的是：篾片们乃西门庆的"帮闲"，而官僚们则是西门庆的"帮忙"。正因为西门庆踏着这样的"风火轮"，所以在不到五年里便由一个破落户成为拥有白银九万余两的富豪。正因为西门庆的经营是有官府作靠

---

　　①　《批评第一奇书金瓶梅读法》。

山，所以赚钱特别大胆，花钱也格外大方。既然如此，反过来又怎叫帮忙官僚和帮闲篾片们对这位"仗义疏财"之人不趋之若鹜呢？

《金瓶梅》的命名也是喜剧性的，实际上它在结构上点示了西门氏由兴而盛而衰的过程。张竹坡云："《金瓶梅》三字连贯者，是作者自喻，此书内虽包藏许多春色，却一朵一朵一瓣一瓣，费尽春工，当注之金瓶，流香芝室，为千古锦绣才子作案头佳玩，断不可使村夫俗子作枕头物也。噫，夫金瓶梅花全凭人力，以补天工，则又如此书，处处以文章夺化工之巧也夫。"① 这说法实在有点不着边际。孙述宇对《金瓶梅》的命名解释是："潘金莲、李瓶儿、庞春梅这三个，她们所共有的特质，其实只是强烈的情欲。情欲本是人的通性，金瓶中有淫行的人不知凡几，可是真正无法应付自己情欲的重要角色，除了男主角西门庆外，就数这三个妇女。她们生活在情欲驱策的路，最后都惨死在情欲之手。……作者之命名小说，也是向人生的苦致意。"② 这说法也和作品的喜剧风格不符，因而也难以令人信服。要知道，旧时有"妻不如妾，妾不如偷"之说，而对后娶之妾的宠爱尤甚于前娶之妾，亦妻妾成群者的常情。因此，《金瓶梅》"未出金莲，先出瓶儿；既娶金莲，方出春梅；未娶金莲，却先娶玉楼；未娶瓶儿，又先出经济"。这就不只是个"文字穿插之妙，不可名言"③ 问题，作者显然是旨在借以写出：潘金莲、李瓶儿作为"五娘"、"六娘"，乃西门庆六房妻妾中之最获宠爱者，而尤以钱财和色貌兼具的李瓶儿为第一。庞春梅呢？于西门庆四个通房丫鬟中可谓鹤立鸡群，斯人实为潘金莲之副，所以也就成为西门庆宠爱之

---

① 《批评第一奇书金瓶梅读法》。

② 《庞春梅：〈金瓶梅〉的命名》，胡文彬编：《〈金瓶梅〉的世界》，北方文艺出版社 1987 年版。

③ 《批评第一奇书金瓶梅读法》。

人。从而，始则以西门庆对潘金莲的宠爱有加为中心写西门氏的"兴"，继则以西门庆对李瓶儿的宠爱有加为中心写西门氏的"盛"，终则以西门庆死后春梅的被卖和得意周府为中心写西门氏的"衰"。兰陵笑笑生所以将自己的作品命名为《金瓶梅》，我以为其深层用意实在于此。

显而易见，反复出现于《红楼梦》艺术构思中的主旋律，是作者笔端的主人公们在纲常关系下对可以"各得其情，各遂其欲"的合理社会的追求，以及他们不可避免地为封建等级观念和制度所毁灭的命运，所以是时代悲剧。与此相反，反复出现于《金瓶梅》艺术构思中的主旋律，则是作者笔端的主人公们在金钱关系下对物欲和淫乐的贪求而不惜祸国殃民，以及他们虽一时得心应手而却无法逃脱的自我毁灭的命运，所以是人间喜剧。

四、从作品行文如绘来说

"行文如绘"是《红楼梦》的特点，也是《金瓶梅》的特点。然而，《红楼梦》的"行文如绘"，其所绘者一般都是风刀霜剑下的"百花图"，呈现于纸面的是如花者的仪表美、才智美、情欲美、性灵美，以及作者对这种美行将被毁灭而抛洒的一把辛酸泪，如"宝琴立雪"、"海棠结社"、"宝黛读曲"、"晴雯补裘"等便是如此，更不用说"黛玉葬花"。与此相反，《金瓶梅》的"行文如绘"，其所绘者则大多是金钱关系中的"春宫画"，呈现于纸面的是淫乐者的卑劣的行为、卑俗的心理、卑微的灵魂，以及作者对这种丑行将自我毁灭的冷嘲热讽的态度，如"西门庆露阳惊郑"、"潘金莲香腮偎玉"、"陈经济弄一得双"等莫不如是，更不用说"醉闹葡萄架"的场面。兹择与《红楼梦》相关而《金瓶梅》所绘又尚可入目者一二，略予对比以作论证。

《红楼梦》有幅"人在花外"图，即第三十回中的"龄官划蔷痴及局外"。《金瓶梅》也有幅"人在花外"图，即第五十四回中的"应伯爵隔花戏金钏"：

> （宝玉）刚到了蔷薇花架，只听有人哽噎之声。宝玉心中疑惑，便站住细听，果然架下那边有人。如今五月之际，那蔷薇正是花叶茂盛之际，宝玉便悄悄的隔着篱笆洞儿一看，只见一个女孩子蹲在花下，手里拿着根绾头的簪子在地下抠土，一面悄悄的流泪。宝玉心中想道："难道这也是个痴丫头，又像颦儿来葬花不成？"因又自叹道："若真也葬花，可谓'东施效颦'，不但不为新特，且更可厌了。"想毕，便要叫那女子，说："你不用跟着那林姑娘学了。"话未出口，幸而再看时，这女孩子面生，不是个侍儿，倒像是那十二个学戏的女孩子之内的，却辨不出他是生旦净丑那一个角色来。宝玉忙把舌头一伸，将口掩住，自己想道："幸而不曾造次。上两次皆因造次了，颦儿也生气，宝儿也多心，如今再得罪了他们，越发没意思了。"
>
> 一面想，一面又恨认不得这个是谁。再留神细看，只见这女孩子眉蹙春山，眼颦秋水，面薄腰纤，袅袅婷婷，大有林黛玉之态。宝玉早又不忍弃他而去，只管痴看。只见他虽然用金簪划地，并不是掘土埋花，竟是向土上画字。宝玉用眼随着簪子的起落，一直一画一点一勾的看了去，数一数，十八笔。自己又在手心里用指头按着他方才下笔的规矩写了，猜是个什么字。写成一想，原来就是个蔷薇花的"蔷"字。宝玉想道："必定是他也要作诗填词。这会子见了这花，因有所感，或者偶成了两句，一时兴至恐忘，在地下画着推敲，也未可知。且看他底下再写什么。"

一面想，一面又看，只见那女孩子还在那里画呢，画来画去，还是个"蔷"字。再看，还是个"蔷"字。里面的原是早已痴了，画完一个又画一个，已经画了有几千个"蔷"。外面的不觉也看痴了，两个眼睛珠儿只管随着簪子动，心里却想："这女孩子一定有什么话说不出来的大心事，才这样个形景。外面既是这个形景，心里不知怎么熬煎。看他的模样儿这般单薄，心里那里还搁的住熬煎。可恨我不能替你分些过来。"

伏中阴晴不定，片云可以致雨，忽一阵凉风过了，唰唰的落下一阵雨来。宝玉看着那女子头上滴下水来，纱衣裳登时湿了。宝玉想道："这时下雨。他这个身子，如何禁得骤雨一激！"因此禁不住便说道："不用写了。你看下大雨，身上都湿了。"那女孩子听说倒唬了一跳，抬头一看，只见花外一个人叫他不要写了，下大雨了。一则宝玉脸面俊秀；二则花叶繁茂，上下俱被枝叶隐住，刚露着半边脸，那女孩子只当是个丫头，再不想是宝玉，因笑道："多谢姐姐提醒了我。难道姐姐在外头有什么遮雨的？"一句提醒了宝玉，"嗳哟"了一声，才觉得浑身冰凉。低头一看，自己身上也都湿了。说声"不好"，只得一气跑回怡红院去了，心里却还记挂着那女孩子没处避雨。

（应伯爵郊园宴诸友）一个韩金钏霎眼挫不见了，伯爵蹑足潜踪寻去，只见在湖山石下撒尿，露出一条红线，抛却万颗明珠。伯爵在隔篱笆眼，把草戏他的牝口。韩金钏撒也撒不完，吃了一惊，就立起，裤腰都湿了。骂道："碜短命，恁尖酸的没槽道！"面都红了，带笑骂出来。伯爵与众人说知，又笑了一番。

这两幅画面，形成了鲜明对照。一个是悲剧性的，它真切地画出了眉眼体貌皆有似于黛玉的龄官对意中人贾蔷的一片痴情，从而令人不难想象黛玉对意中人宝玉的痴情当比龄官对贾蔷尤甚，故而有《葬花词》的写作；它更真切地画出了宝玉的精神苦闷是来自以女子之忧为忧，而天下不幸人多，故而忧患日甚，当大苦恼。一个则是喜剧性的，它真切地画出了西门庆的一帮结义兄弟应伯爵之流，皆是些以灵魂市人的灵魂娼妓，故而其心灵的丑恶比甘以肉体市人的娼妓尤甚，以致以下作当作快乐，以无耻当作能耐，从不知脸红为何物而甘以肉体市人的妓女韩金钏却知。

《红楼梦》中有幅"水亭扑蝶"图，即第二十七回的"宝钗戏蝶"，《金瓶梅》里也有幅"蕉丛扑蝶"图，即第五十二回的"金莲扑蝶"：

> （宝钗）刚要寻别的姊妹去，忽见前面一双玉色蝴蝶，大如团扇，一上一下迎风翩跹，十分有趣。宝钗意欲扑了来玩耍，遂向袖中取出扇子来，向草地下来扑。只见那一双蝴蝶忽起忽落，来来往往，穿花度柳，将欲过河去了。倒引的宝钗蹑手蹑脚的，一直跟到池中滴翠亭上，香汗淋漓，娇喘细细。

> 惟有金莲在山子后那芭蕉丛深处，将手中白纱团扇儿，且去拍蝴蝶为戏。不防经济蓦地走在背后，猛然叫道："五娘，你不会扑蝴蝶，等我与你扑！这蝴蝶就和你老人家一般，有些毽子心肠，滚上滚下的走滚大。"那金莲扭回粉颈，斜睨秋波，对着陈经济笑骂道："你这少死的贼短命！谁要你扑？将人来听见，敢待死也！我晓得你也不怕死了，捣了几盅酒儿，在这里来鬼混！"

这两幅画面，又形成了鲜明的对照。一个是悲剧性的，它画出的实际是宝钗的青春觉醒，于人后不是个女夫子，因为那"一双玉色蝴蝶"固然是她眼前所见的景象，恐怕也是她渴求鸾凤和鸣的心像，而结果却使她成为单凤孤鸾。假若结合同一回所绘的"飞燕泣残红"看问题，则这一题旨也就更为清楚。因为"飞燕泣残红"也罢，"杨妃戏彩蝶"也罢，说到底只不过是贾宝玉人生道路上同一悲剧的两个不同侧面而已。与此相反，一个则是喜剧性的，它画出的实际是潘金莲与她名义上的女婿陈经济之打情骂俏，于是那双"滚上滚下"的蝴蝶也就随之而成为对这双淫夫淫妇淫心荡漾的写照。

诚然，《红楼梦》中也有白日宣淫的画面，其最典型者莫如第七回"送宫花贾琏戏熙凤"。然而，正如甲戌本该回脂批所说："阿凤之为人岂有不着意于风月二字之理哉。若直以明笔写之，不但唐突阿凤声价，亦且无妙文可赏。若不写之，又万万不可。故只用'柳藏鹦鹉语方知'之法，略一皴染，不独文字有隐微，亦且不至污渎阿凤之英风俊骨。"需略予补说的是，作者所以不肯"唐突阿凤"，盖亦由于他意在将王熙凤也处理为悲剧女性。可相形之下，《金瓶梅》则无这类仇十洲《幽窗听莺暗春图》式的笔墨，而却偏多张竹坡所赞赏的"节节露破绽"，如"烧夫灵和尚听淫声"、"迎春女窥隙偷光"、"金莲窃听藏春坞"、"琴童潜听燕莺欢"，凡此等等。其潜听者所闻皆淫夫淫妇的淫声浪语，其窃窥者所睹皆淫夫淫妇的交媾过程。作者所以如此让丑恶的灵魂去看丑恶的灵魂，显然是旨在将这两方面人皆处理为喜剧性人物。

目下有个风尚，就是好以人性论研究作品。说正面人物品性之高尚也，谓其体现了"人性的美"。说反面人物品性之卑劣也，谓其体现了"人性的丑"。说正面人物之情笃与反面人物之性淫，则更囿于这一万变不离其宗的框套。窃以为这种研究作品的思维方法，与昔日之好贴"阶级标签"，实有异曲同工之处，是不可取的。以"情"和"性"而论，照我看来，"情"是人性中人所以为人的社会层面、文化层面，

"性"是人性中人所以为生物的生理层面、本能层面，二者的辩证统一是为人性之固然。其体现于两性间，"情"在一定条件下可以诱发"性"，"性"在一定条件下可以诱发"情"。但"情"以其高层面故也，可以包含"性"，而"性"以其低层面故也，却不一定包含"情"。以前者为切入点而施之"行文如绘"，是为《红楼梦》的"比比如画"。以后者为切入点而施之"行文如绘"，是为《金瓶梅》的"比比如画"。则一寓悲剧性意蕴，一寓喜剧性意蕴，亦判然有别矣！但谁以为《金瓶梅》是部色情小说，那就错了。因为书中所写的西门氏的淫乐是以钱权交易为其支点的，所以对西门氏淫乐生活的冷嘲也就成为对当时比比皆是的钱权交易的热讽。这种写照都是讽刺，情节皆含控诉，倒是《金瓶梅》的一个非常可贵的创作经验，即所谓化腐朽为神奇是也。

五、结论和余论

正如鲁迅所说："悲剧将人生的有价值的东西毁灭给人看，喜剧将那无价值的撕破给人看。"[①]无论从作品的描写对象来说，还是从作品的艺术构思来说，或者从作品的行文如绘来说，《红楼梦》皆在将人生的有价值的东西毁灭给人看，所以它本质上是悲剧；而《金瓶梅》则在将人生的无价值的东西撕破给人看，所以它本质上是喜剧。

《红楼梦》以贾宝玉入空门作结，《金瓶梅》以孝哥儿入空门作结，集中反映了曹雪芹和兰陵笑笑生都有"到头一梦，万境归空"思想。但这只是现象相同，他们产生一这思想的原因却是相异的，而认识这种相异至关重要。曹雪芹所以产生虚无思想，是由于他无法摆脱自己的四大

---

① 《鲁迅全集》第 1 卷，人民文学出版社 1981 年版，第 192—193 页。

苦闷："一是摒弃了传统的以建功立业为内核的人生价值观念之后，却找不到比较恰当的人生位置而产生的苦闷；二是亵渎了现存的以三纲五常为法典的人与人关系准则之后，却找不到真正和谐的立足之境而产生的苦闷"①；三是发现了人们于"体仁沐德"的匾额下畅饮"群芳髓"，却找不到普度不幸者的方舟而产生的苦闷；四是鄙弃了以维护封建等级制为准则的儒家仁政理想之后，却找不到"天不拘兮地不羁"的人间乐园而产生的苦闷。这种精神悲剧，是古已有之的某些民主主义精神和时代造就的某种人文主义思想的融汇，是地主阶级贤明派的进步性已经消亡而处于萌芽状态的资本主义生产关系尚未胎动的那个时代的产物和反映。是故，虚无思想亦不时向这位面对无际坟地的新时代的拓荒者袭来矣！那么，兰陵笑笑生呢？让我们先窥其本然思想。他称颂忠臣曾孝序而慨叹这样的好官在官场上却无立身之地，他称颂孝子李安而慨叹这样的孝子在社会上却友声难求，他称颂易辙守节的妓女爱姐而慨叹虽这样的妇女在市井女性中亦已属凤毛麟角，他称颂义仆安童而慨叹这样不忘故主的青年在尘世间已寥寥无几，他称颂壮士武松而慨叹这样的豪杰悌弟在当今之世却只能被驱为盗。凡此，说明了甚么呢？这说明：兰陵笑笑生的思想是儒家的。这还说明：面对钱权交易毒焰弥漫的社会，深感忠孝节义等儒家教义已成如磐夜色中的几点萤火，"王道乐土"已在这如磐夜色中再造无日，便成为这位天才作家油然而生虚无思想的基本原因。

然而，更要注意的是，不论是曹雪芹，还是兰陵笑笑生，他们的真正特点，却是"云空未必空"；否则，也就失去了他们的思想深层。

---

① 刘敬圻：《困惑的明清小说：〈红楼梦〉主题多义性论纲》，黑龙江人民出版社 1990 年版。

何以言之？"曲终人不见，江上数峰青。"诗人钱起无意中以这两句诗道出了中华民族审美思想的基本特点，而曹雪芹和兰陵笑笑生则是得其个中三昧的两位文学巨匠，所以完全可以借这两句诗来说《红楼梦》和《金瓶梅》的"万境归空"与"空中有存"的关系。盖"空"者，"曲终人杳"，令人如梦如幻：如《红楼梦》之写贾府"树倒猢狲散"，花柳繁华的大观园亦随之而成为一座"大花冢"，贾宝玉亦投入空门；如《金瓶梅》之写西门氏"树倒猢狲散"，权奸们亦同步灰飞烟灭，孝哥儿亦舍入空门。盖"存"者，"江上峰青"，令人寓目遐思：如《红楼梦》写投入空门后的贾宝玉，谓之"情僧"；如《金瓶梅》写投入空门后的孝哥儿，不言而喻，当谓之"孝僧"。"情僧"一称，显然是取义于冯梦龙的"情教"说："四大皆幻设，唯情不虚假"。难怪涂瀛说："宝玉之情，人情也，为天地古今男女共有之情，为天地古今男女所不能尽之情。"[1] 这种"人情"，乃"东方的微光"，"冬末的未萌"，它本质上就是我们今天所说的人道观念，人权思想。正因如此，所以以正面人物贾宝玉等为主人公的《红楼梦》也就成为时代悲剧。"孝僧"呢？假若将冯梦龙的话活剥一下说之，当就是"四大皆幻设，唯孝不虚假"。难怪张竹坡说："《金瓶》以空结，看来亦不是空到地的。看他以孝哥结便知。然则所云幻化，乃是以孝化百恶耳。"[2]"以孝化百恶"实即"以仁化百恶"，因为"孝悌其为仁之本"，而事实上《金瓶梅》也是以"悌"为其思想意蕴之核心的武松故事开篇的。正因如此，所以以"仁"骂尽人间诸"不仁"便成为《金瓶梅》思想意蕴的内在特点，从而也就使这部以西门氏等反面人物为主人公的文学巨著成为"人间喜剧"。

---

[1] 转引自一粟编：《红楼梦卷》第 1 册，中华书局 1963 年版，第 127 页。

[2] 《批评第一奇书金瓶梅读法》。

莫非由于作者和作品主人公是同一个营垒里的人物？曹雪芹对自己笔端的主人公们总是充满激情，甚至介入主人公们的生活，与自己塑造的人物同呼吸共命运，不时对人物的苦难遭际洒以辛酸之泪。因此他对小说主人公们形象的塑造，不仅有史笔、画笔，而且还有诗笔。因此《红楼梦》虽属时代悲剧，但却越读越令人心头热热的。莫非由于作者和作品主人公是分属于两个营垒里的人物？兰陵笑笑生对自己笔端的主人公们总是冷若冰霜，甚至好以冷眼审视人物的行为动作、心理状态，描写也客观得近于自然主义，而将自己的冷嘲热讽自然而然地注入对人物的言行、心理、思想、性格、命运的写照。因此他对小说主人公们形象的塑造，虽有史笔、画笔，却无诗笔。因此《金瓶梅》虽属人间喜剧，但却越读越令人心头凉凉的。两部同以描写世情见称的小说，其审美风格又相异如是，真令人叹为观止。

要而言之，由于曹雪芹和兰陵笑笑生的立场、思想性质、思想高度、文化素养，以及生活经历的不同，决定了他们的审美观念和审美视角的不同：呈现于他们的作品《红楼梦》和《金瓶梅》，二者虽同以描写世情见称于世，可却出现了审美观念的分野，即一为时代悲剧，而一为人间喜剧，堪称中国小说史上世情小说的双璧。

诚然，《红楼梦》中也有喜剧因素，比如写薛宝钗之仰慕元春"穿黄袍"；《金瓶梅》里也有悲剧因素，比如写潘金莲之由一个苦命的少女而演变为"咬群"的淫妇。然而，《红楼梦》的喜剧因素是为了深化它的悲剧性，而《金瓶梅》的悲剧因素则是为了深化它的喜剧性。这种"要得甜，加点盐"的写法，也反映了《红楼梦》之"深得《金瓶》壶奥"。

第十七章　究竟是悲怆地缅怀三代，
还是苦痛地求索未来

——《红楼梦》与《儒林外史》社会观念的比较研究

一、问题的提出

吴敬梓和曹雪芹是时代的双生子。我们这么说，有四层含义：

他们几乎是同时代人。吴敬梓生于康熙四十年辛巳（1701），卒于乾隆十九年甲戌（1754）。曹雪芹生于康熙五十七年戊戌（1718）[①]，卒于乾隆二十七年壬午（1762）。他们相差仅十七岁而曹雪芹又英年早逝，则《儒林外史》和《红楼梦》的成书时间，相距当不相前后。因而，清有吴曹小说堪与唐有李杜诗歌相匹，皆为一代文坛之盛。

他们都是由康乐而堕入困顿的世家子弟。吴敬梓的先世："一门三鼎甲，四代六尚书。"可他却因家族内部的倾轧和"素不习治生"而将田庐卖尽，以至"囊无一钱守，腹作千雷鸣"。曹雪芹的祖辈："家世华胄，位望通显。"可他却因抄家没籍和"唐棣之威"而跌入窘困境地，以至"满径蓬蒿老不华，举家食粥酒常赊"。然而，这一身世遭际却成了他们的幸运——不只使他们学富五车，博闻多识，而且使他们懂得什么叫作"世情看冷暖，人面逐高低"，从而得能以稗史流传千古。

---

① 详见本编第二章《曹雪芹生年考》。

他们又都是与世格格不入的"狂人"。《文木山房集》卷四《减字木兰花》云："田庐尽卖，乡里传为子弟戒。年少何人，肥马轻裘笑我贫。"这固然是吴敬梓的自我写照。《红楼梦》第三回《西江月》说："天下无能第一，古今不肖无双。寄言纨绔与膏粱：莫效此儿形状！"亦未尝不可看作是曹雪芹在夫子自谓。个中包孕的实质是对程朱理学、功名富贵、世情人面的冷嘲热讽，从而也就使他们虽身处康乾盛世而于笔端的人生画卷中却传出了封建末世的衰音。

最后，也是最重要的，他们虽则都在批判程朱理学、功名富贵、世情人面，但个人的社会观念却是殊途的——一个呼唤着对原儒的回归，憧憬"三代之治"，终至归于现实面前的幻灭和失落；一个对原儒亦失去了信仰，认为王道也在吃人，终至归于"醒时幽怨同谁诉，衰草寒烟无限情"。因而，如果说，《儒林外史》所发出的"救救文人"的呼喊只宣告了旧世纪的终结；那么，《红楼梦》所发出的"救救青年"的呼喊还昭示着新世纪的开端。这有作品的人生画卷可证。

还是让我们从吴敬梓和曹雪芹笔端的功名富贵问题说起吧！

二、说两部小说思想意蕴的异同

功名富贵，旧时几乎是人皆羡之的。康熙初年状元蔡启僔的一曲《罗江怨》，直白地道出了同时代士子的价值观念和人生理想："功名念，风月情，两般事，日营营，几番搅扰心难定。欲待要倚罗偎红，舍不得黄卷青灯，玉堂金马人钦敬。欲待要附凤攀龙，舍不得玉貌花容，芙蓉帐生恩情重。怎能两事都成？遂功名，又遂恩情，三杯御酒嫦娥共。"反映入意识形态，便出现了明末清初的以"功名遇合为之主"的才子佳人小说久盛不衰。可见这一价值观念和人生理想具有多么广泛的社会基础，而尤以"遂功名"最为基本，因为它可以促成"遂恩情"。今吴敬梓和曹雪芹却在自己的作品中不约而同地将"功名念"押上历史的审判台以定其罪，并且判词既有其相同点而又有其不同点，真不失为难兄难弟。

闲斋老人的《儒林外史》序说："其书以功名富贵为一篇之骨。有心艳功名富贵而媚人下人者；有倚仗功名富贵而骄人傲人者；有假托无意功名富贵，自以为高，被人看破耻笑者；终乃以辞却功名富贵品地最上一层为中流砥柱。"这位闲斋老人不无可能就是吴敬梓。而吴敬梓于《儒林外史》开卷第一回借王冕的口也说：八股科举"这个法却定的不好！将来读书人既有此一条荣身之路，把那文行出处都看得轻了"。并且还借王冕观天象断言："贯索犯文昌，一代文人有厄！"因而，五四以来关于作品的主题问题，先后遂有"反八股科举"说、"功名富贵"说、"一代文人有厄"说的争雄。实际上书中写得明白：罪恶的八股制艺制度以功名富贵作为士子的价值观念和奋斗目标，功名富贵以其诱惑力败坏着"文行出处"和世情人心而使"一代文人有厄"。正因如此，所以我认为："八股科举——功名富贵——一代文人有厄"，是作品同一主题的三个层面；功名富贵以其对社会人心的直接毒害而被置于三个层面的中心，但作者机锋所向却是整个现实仕途经济和世态人情，并以其特有的文化反思性质和高度的思想艺术成就而"穷极文士情态"。

不同于《儒林外史》主题思想的单一，《红楼梦》的主题思想是三种悲剧构架。一是，作者要为一位"怡红公子"作传，即描写贾宝玉的精神悲剧，把他的以"意淫"为内涵的人生价值观念和人生足迹描摹给世人看。那似贬实褒的两首《西江月》，是《红楼梦》的第一组主题歌。二是，作者要为一群青年女子作传，即描写以"金陵十二钗"为主体的"异样女子"的人生悲剧，将她们的真善美和才学识被毁灭、殊途同归于"薄命司"的苦难历程展示给世人看。那饱含着赞赏和痛悼之情的《红楼十二支曲》，是《红楼梦》的第二组主题歌。三是，作者要为一个"诗礼簪缨之族"作传，即描写赫赫扬扬已历百世的贾府，由于坐吃山空、儿孙不肖而日益衰微的历史悲剧，将这个百年望族的人生价值观念及藏于礼法帷幕后面的"自相戕戮自张罗"的情景描绘给世人看。那半含讥弹、半是挽歌的《好了歌》、《好了歌解》，是《红楼梦》的第三组主题歌。这三大悲剧和三组主题歌虽则不能相互包孕、互相取代，但却相互依存、互相渗透，共同构成一种天然浑成的三棱镜形态，以映射现实和历史的光谱。《好了歌》、《好了歌解》其劈头第一句云："世人都晓神仙好，惟有功名忘不了！古今将相在何方？荒冢一堆草没了。""陋室空堂，当年笏满床；衰草枯杨，曾为歌舞场。"说的就是功名富贵问题。然而，假若结合书中对"国贼禄蠹"的憎恶以及对"文死谏，武死战"这一最高道德原则的讥弹看问题，则不难看出作品所否定的功名富贵，其内涵，已不只是八股科举及第，甚至还包括如同杜牧所说的"若须垂竹帛，静胜是功名"。一言以蔽之，它不只彻底否定了八股制艺制度及其所滋生的价值观念，还否定了"古今"仕途经济道路。

正因为《儒林外史》写世相世情虽以功名富贵为中心，而却以批判八股科举制为的，所以其机锋所向也就首在儒林。其一，它写出八股科举制是个禁锢思想牢笼士子的制度。"当今天子重文章，足下何须讲汉唐！"将士子们引向埋头于八股时文的结果，是必然造成整个儒林学识的低下，以致堂堂钦点学道范进却不知苏轼为谁，威震一方的父母官汤知县却对本朝的开国元勋和诗文大家刘基茫无所知。其实，论八股时文造诣之高，马二先生当数个中第一，范进是无法与之相匹的。因而还是迟衡山有眼光：马纯上先生"上年他来敝地，小弟看他着实在举业上讲究的，不想这些年还是个秀才出身，可见这举业二字原是个无凭的。"

需加上一句的是：马二先生之所以终生未能举人及第，实在于他只知讲究八股时文的作法，却不知入场后"揣摩"主考官的癖好才是"这举业的金针"；范进的入场文墨虽则令人不堪入目，之所以还是捞了个举人及第，而且名列第一，实在于他的这种文字，无意中恰好投合了那钦点学道周进的胃口。就是夫子在而今，若不参透这一点，"就日日讲究'言寡尤，行寡悔'，那个给你官做？"其二，它写出八股科举制是个统制文化败坏仁政的制度。士子们既笃信"书中自有黄金屋，书中自有颜如玉"，而不去讲究"言寡尤，行寡悔"，则一旦为官作宦，就必然欲壑难填，从而造成政治的黑暗和窳败。王惠就任江西南昌知府，一上任便问前任蘧太守公子蘧景玉："地方人情，可还有什么出产？词讼里可也略有些什么通融？"在任期间衙门里一片"戥子声，算盘声，板子声"。弄得"合城的人，无一个不知道太爷的利害，睡梦里也是怕的"。然而却"因此，各上司访闻，都道是江西第一个能员"。与此相辉映，风声清肃的杜少卿之父竟遭到高翰林的恣意嘲笑，笑他"做官的时候，全不晓得敬重上司，只是一味希图着百姓说好；又逐日讲那些'敦孝弟，劝农桑'的呆话。这些话是教养题目文章里的词藻，他竟拿着当了真，惹的上司不喜欢，把个官弄掉了"。足见儒家的仁政思想在现实官场中已荡然无存，"三年清知府，十万雪花银"已成为官员间共同守则，想当清官好官者在现实官场中已无立身之地。难怪居官比较清廉的蘧太守在老年丧子时要说："细想来，只怕还是做官的报应。"然而，中国又毕竟是个讲究"君子喻于义，小人喻于利"的礼仪之邦，居官清正的美名还是可以作为升官之阶梯的。因而最聪明的官员，当是面对行贿者，行多则受之，行少则却之以示廉正的官员。高要县汤知县虽懂得个中道理，却弄巧成拙，当有愧于时贤和来哲！其三，它又写出八股科举制是个弘扬理学戕残天性的制度。因为八股文规定必须以朱熹等人注解的《五经》、

《四书》为作文的依据，所以士子们醉心于举业的过程也就是他们接受程朱理学的过程。然而理学只能使善者遵从，却不能使恶者就范。严监生拟假借重病在身的王氏的意思将已生一子的赵氏扶正，便以王氏名义赠了王德、王仁每人一百两银子；王德、王仁就马上"哭得眼红红的"，风风火火要妹夫严监生趁王氏眼见，与赵氏"同拜天地祖宗，立为正室"，并且"义形于色"地拍着桌子说："我们念书的人全在纲常上做工夫，就是做文章，代孔子说话，也不过是这个理。"这是在说理学不仅不能使恶者就范，反而能为其所用。王玉辉是个正派的老秀才，其三女儿想绝食殉夫，他不仅不劝止，反鼓励说："这是青史上留名的事"；其三女儿饿到第九天气绝身亡，他不仅不掉泪，反仰天大笑道："死的好！死的好！"这是在说理学使善者遵从的结果，是让人自我戕残天性。从而，也就从正反两个方面深刻地揭露了理学的虚伪与罪恶。其四，它还写出了八股科举制是个腐蚀人心伤风败俗的制度。马二先生曾对匡超人吐露过肺腑之言："你如今回去，奉事父母，总以文章举业为主。人生世上，除了这事，就没有第二件可以出头。不要说算命、拆字是下等，就是教馆、作幕，都不是个了局。只是有本事进了学，中了举人、进士，即刻就荣宗耀祖。"以修补乐器糊口的倪霜峰也曾对鲍文卿吐露过肺腑之言："我从二十岁上进学，到而今做了三十七年的秀才。就坏在读了这几句死书，拿不得轻，负不得重，一日穷似一日，儿女又多，只得借这手艺糊口，原是没奈何的事。"如果说，马二先生弹奏的是八股世界里士子们的畅想曲，那么，倪霜峰咏叹的则是八股世界里士子们的不尽哀歌。二者是交相辉映相辅相成的，从中也就产生出一批批形形色色的禄蠹学蠹和斗方名士。其流毒所被，便出现了"五河的风俗"。用余大先生的话来说，就是："我们县里，礼义廉耻一总都灭绝了！也因学宫里没有个好官！"不言而喻，那势利熏天狗眼看人低的"五河的风俗"，实际上就是"康乾盛世"的社会风俗。其根子是在统治者似是不重视教育、实际是害怕教育、实施愚民政策而造成的全民文化素质的日益低下，其结果是出现了中国社会的发展局趣不前的局面。正是基于如上四点，所以我认为：《儒林外史》的深层意蕴是在为一代士子请命，主张废除以功名富贵为诱饵而使士子"入吾彀中"的八股制艺制度。

正因为《红楼梦》写世相世情是以一代青年的命运为中心，对功名富贵的讨伐虽弥漫全书而机锋所向则以整个封建宗法的思想和制度为的，所以对八股科举制的批判只随笔点染，但却深入底里，从而成为作品的"穴位"。比如，写贾政"戏儿"：宝玉周岁时，"政老爹便要试他将来的志向，便将那世上所有之物摆了无数，与他抓取。谁知他一概不取，伸手只把些脂粉钗环抓来，政老爹便大怒了，说：'将来酒色之徒耳！'因此便大不喜悦"。这种周岁"戏儿"乃是旧时富贵之家的风气，然而作者却借以暗中规定了宝玉日后将以"护法群钗"作为自己的"一生事业"，贾政与宝玉父子间的矛盾将是个人生道路与价值观念的问题。比如，题稻香村对额："新涨绿添浣葛处，好云香护采芹人。"其典皆出自《诗经》。《周南·葛覃》："薄汙我私，薄浣我衣。"旧说此诗颂"后妃之德"。《鲁颂·泮水》："思乐泮水，薄采其芹。"泮水即学宫之水，故旧谓读书人为采芹人。这类对额本属诗礼簪缨之族的自我标榜，然而作者却借以暗示"虽青春丧偶"而"竟如槁木死灰一般"的李纨是如何地在以八股功名教育天真烂漫的儿子贾兰，贾兰于"祖宗基业已尽"时将走的人生道路亦即以"重振祖宗基业"为务的贾雨村所走过的人生道路，以致"因嫌纱帽小，致使锁枷杠"。比如，写宝玉好说"混话"：背前背后，"凡读书上进的人"，宝玉"就起个名字叫作'禄蠹'"；甚至说"文死谏，武死战"是那些个"须眉浊物"为"邀忠烈之名，浊气一涌"而干的勾当，"皆非正死"。这似是纨绔子弟的不肖之言，然而作者却用以写出宝玉对古今仕途经济和最高道德原则的彻底否定。比如，写宝玉"焚书"，作者谓其原因是：宝玉"懒与士大夫诸男人接谈"而"每每甘心为诸丫鬟充役"，"或如宝钗辈有时见机劝导，反生起气来，只说'好好的一个清净洁白女儿，也学的钓名沽誉，入了国贼禄鬼之流。这总是前人无故生事，立言竖辞，原为导后世的须眉浊物。不想我生不幸，亦且琼闺绣阁中亦染此风，真真有负天地钟灵毓秀之德！'因此祸延古人，除四书外，竟将别的书焚了"。既云"除四书外"，焚的当然包括二程和朱子著作。那么，他对"四书"是否真的推崇呢？不，他还有句名言："只除'明明德'外无书。"他所说的"明德"又是与仕途经济学问相对立的，可见他对"四书"亦并不完全服膺。宝玉对中国古来文化这一总的认识和评价显然是过激的，然而却源于他目击程朱理学和功名富贵对社会人心的毒害致激而为怒。还如，作者写宝玉与封建家长的三次正面冲突亦莫不与功名富贵问题有关。宝玉"愚顽怕读文章"而好在"内帏厮混"，厌与士大夫接谈而喜和优伶们交游，贾政认为发展下去，会"弑君杀父"，金钏儿跳井和蒋玉菡逃出忠顺王府又成为直接导火线，把宝玉好一顿毒打，这是宝玉和贾政父子间的一次正面冲突，其深层原因显然是在于宝玉不愿"委身于经济之道"。王夫人以为宝玉所以"愚顽怕读文章"是被丫鬟们"勾引坏"的，恰好大观园又出现了绣春囊事件，当她知道绣春囊并非王熙凤之物，便决意在奴婢们中查个"谁青谁白"，其结果是导致"惑奸谗抄检大观园"，导致大观园中的青年女子首批风流云散，导致"俏丫鬟抱屈夭风流，美优伶斩情归水月"，这是王夫人和宝玉母子之间的一次正面冲突，其深层原因则是王夫人想使宝玉"好生念那书"。论才貌双全，黛玉和宝钗堪称"双峰对峙，二分水流"，宝玉在爱情生活上曾一度钟摆于二者之间，只因宝钗好对他说"混帐话"，所以便和宝钗"生分了"，"独有林黛玉自幼不曾劝他去立身扬名等话，所以深敬黛玉"，然而贾母和王夫人对黛玉和宝钗的看法却亦因此而反是；还有，照原著的写法，所谓"金玉良缘"，当暗指薛府的"富"和贾府的"贵"需结成神圣同盟，以维护彼此"一损俱损，一荣俱荣"的家世利益，这就决定了贾母最后只能娶薛宝钗而不能娶林黛玉，从而导致了贾母和宝玉祖孙之间的一次正面冲突，结果是产生了贾宝玉的爱情悲剧和婚姻悲剧。正是这三次冲突的综汇，导致了贾宝玉的"悬崖大撒手"。真是"点水蜻蜓款款飞"。可这种间笔而淡淡写出，却莫不是对功名富贵和八股科举制的匕首投枪。然而不可忘却者，贾宝玉不只以"护法群钗"作为自己的"一生事业"，而且他本人还是"群芳之冠"，其人生悲剧与"千红一窟（哭），万艳同杯（悲）"具有同一性，"金陵十二钗"只是"其紧要者"，贾府又是个名实相符的"体仁沐德"之族，因而作者对这一封建宗法家族的批判也就变成对封建宗法的思想和制度的批判，八股科举制及其价值观念只是被作为封建宗法的思想和制度的忠实卫道士来谴责的。正因如此，所以我认为：《红楼梦》的深层意蕴是在为一代青年请命，控诉封建宗法的思想和制度的不合理。

既然《儒林外史》和《红楼梦》都反对功名富贵和八股科举制，那么，它们的基本不同点究竟是什么呢？说得明确些，就是：《红楼梦》不只批判功名富贵和八股科举制，而且否定封建宗法的思想和制度本身的合理性，认为八股科举制及其价值观念固然不好，封建宗法的思想和制度本身也不好；《儒林外史》虽反对功名富贵和八股科举制，却拥护封建宗法的思想和制度本身，认为封建宗法的思想和制度本身是好的，把社会弄糟了的是八股科举制及其价值观念。何以言之？首先，诗礼簪缨之族是封建宗法的思想和制度的社会细胞和缩影。《红楼梦》不只批判了贾、王、史、薛四大家族，而且对京都八公的其他几公亦笔带冷讽，而且对世家大族的衰落如"秋风吹渭水，落叶满长安"亦无惋惜之情，于此可见作者对诗礼簪缨之族的严峻态度。《儒林外史》则不然，但凡世家大族，它字里行间总流露着好感，纵然对湖州娄府也是如此，尽管娄琫、娄瓒是两个堂·吉诃德式的公子，其真正鄙视的是斫削元气而以八股入仕的暴发户如五河彭府；它道及天长杜府"一门三鼎甲，四代六尚书"就更情溢纸表，虽则对杜慎卿其人的假风流笔运讥讽，其真正憎恶的是五河人"说起前几十年的世家大族，他就鼻子里笑"，于此可见作者对诗礼簪缨之族是何等崇尚！其次，等级观念和等级制度是封建宗法的思想和制度的根本属性。《红楼梦》所称许的奴隶莫不具有"孤标傲世"的特点，晴雯的不认为"谁比谁高贵"，鸳鸯的坚持"不论尊卑，唯我是主"，龄官的不以贾宝玉为尊而我适我性，便是明证；贾宝玉与优伶蒋玉菡、无业平民柳湘莲、清寒子弟秦钟等的交往，不仅不讲什么尊卑上下，甚至不讲什么长幼有序，彼此全然是种我适我情的朋友关系：于此可以看出作者朦胧的平等思想，等级观念是很淡薄的。《儒林外史》则不然，戏子鲍文卿是它全方位肯定的人物，其人除了善良纯正以外，最大的特点是等级观念十分浓重，因他是向知县的恩人，向知县设席相谢，"他跪在地下，断不敢接酒；叫他坐，也到底不坐"。认为"这个关系朝廷体统"，以致"向知县没奈何，只得把酒席发了下去，叫管家陪他吃了"。这是不是在讥刺鲍文卿的迂腐呢？不，它还曾写及迟衡山对薛乡绅的责问："老先生同士大夫宴会，那梨园中人也可以许他一席同坐的么？"薛乡绅道："此风也久了。"而迟衡山也是正面形象：于此可以看出作者是很讲尊卑上下的，一点也不含糊。再次，三纲五常是封建宗法思想的核心，维护封建宗法制度的道德教条。《红楼梦》不只通过对"文死谏，武死战"的评议，否定了君权神授说，而且对孔门说的"其为仁之本欤"的"孝悌"亦只作为亲情来看重；认为"父为子纲"是不合理的，否则就不会写贾宝玉与贾政、王夫人、贾母先后三次正面冲突，而将全部同情都倾注在宝玉这边，否则就不会有书中的正面形象皆在子辈，父辈中几乎没有正面形象，宝玉固然比贾政好，贾琏亦比贾赦好；它对"夫为妻纲"更是反对的，不只主张婚姻应以爱情为前提，爱情应以心灵相契和彼此尊重为基础，而且反对任何禁欲主义，认为男子丧妻应再娶，女子丧夫应再嫁，纵有母以子贵之日，让青春丧偶者守寡也是不人道的，因为"镜里恩情，更那堪梦里功名！那美韶华去之何迅！再休提绣帐鸳衾"。于此可以看出作者对三纲五常观念的背离。《儒林外史》则又不然，它对君权观念似乎很冷漠，那只是由于是个"无道之世"，讲"文行出处"所使然，正期望有文王式的君主出现，所以并非真的冷漠，否则不会肯定鲍文卿的不失"朝廷体统"；它对孔门的"其为仁之本欤"的"孝悌"二字奉若神明，不只以浓墨重彩称颂郭孝子的寻亲，而寻的则是那无才无德贪赃枉法的酷吏王惠，并且将书中的子辈形象写成不如父辈，匡超人固然不如匡太公好，陈和尚也不如陈和甫好，蘧太守祖孙三代更是一代不如一代；它虽反对寡妇殉节，却不反对寡妇守节，写虞华轩和余大先生以有好几位叔祖母、伯母、叔母入节孝祠为荣，便是明证：于此可以看出作者对三纲五常观念的恪守。最后，《儒林外史》和《红楼梦》的写作年代几乎相同，可一个认为"当今"以八股取士，是个"无道之世"，王惠之流的贪官遍宇内；一个认为"当今"以孝治天下，是个"有道之世"，贾府式的"体仁沐德"之族东南西北皆有：这是为什么呢？显然就在于：吴敬梓主张废除造成士子堕落、政治窳败、人心不古的八股科举制，用如同《礼记·月令》篇所说的"勉诸侯，聘名士"的法子让真儒真名士在位，变"无道之世"为"有道之世"以实现"三代之治"；曹雪芹则认为"王道"也在吃人，正是它造成了"千红一窟（哭），万艳同杯（悲）"，真正合理的社会应是能使年轻人"各得其情，各遂其欲"获得健全发展的社会。

三、说两部小说天良内涵的异质

与《三国演义》和《水浒传》不同，《儒林外史》和《红楼梦》都曾以痛心疾首的笔触描写了功名富贵对社会人心的腐蚀。因而，书中的正面人物莫不是不为功名富贵所诱而葆有某种"天良"的人物，书中的反面人物莫不是惑于功名富贵致丧失了某种"天良"的人物，书中的"中间人物"莫不是虽为功名富贵所动而尚未完全迷失某种"天良"的人物，尽管对这三类人物的刻画在写法上都是以"个别"显"一般"，一些主要人物皆是高度个性化了的典型，其中的同类人物也是一个"这个"。这就把对人物的批判真正上升到对功名富贵的制度和价值观念的批判，纵然是对反面人物，亦并不认为这些人生来如此，倒认为人大多都是些好人，是制度和社会使他们变得如此。那么，《儒林外史》和《红楼梦》所说的"天良"，亦即天赋予人的美德，究竟是相同的，还是异质的呢？

笑花主人《今古奇观序》说："仁义礼智，谓之常心；忠孝节烈，谓之常行；善恶果报，谓之常理；圣贤豪杰，谓之常人。然常心不多葆，常行不多修，常理不多显，常人不多见，则相与惊而道之。"认为文艺作品歌颂的对象应是具有"常心"的"常人"。与此相反，李贽《焚书》卷三《童心说》却说："夫童心者，绝假纯真，最初一念之本心也。若失却童心，便失却真心；失却真心，便失却真人。"并说："《六经》、《语》、《孟》，乃道学之口实，假人之渊薮也，断断乎其不可以语于童心之言明矣。"认为文艺作品歌颂的对象应是具有"童心"的"真人"。那么，《儒林外史》和《红楼梦》所歌颂的人物，究竟是具有"常心"的"常人"，还是具有"童心"的"真人"呢？

照我看来，《儒林外史》所说的"天良"与《红楼梦》所说的"天良"是异质的，一个是王阳明所说的"良知"，一个是李卓吾所说的"童心"。

因此，《红楼梦》所歌颂的人物，是《儒林外史》里没有的；《儒林外史》所否定的人物虽是《红楼梦》要否定的，但《儒林外史》所歌颂的人物却正是《红楼梦》要批判的。这并不是我故作惊人之论，事实就是如此。

其一，《儒林外史》总是向着上一代，对老年人有好感，《红楼梦》总是向着下一代，对年青人有好感，这不只是个孝悌观念的浓淡问题，也是两位作者不同的"天良"说之真切的反映。

要特别注意《儒林外史》中的匡超人和牛浦郎的故事，这两个相互衔接的故事占了将近整整九回，几等于写真儒真名士故事的篇幅总和。其中尤以匡超人故事为最，占了足足五回，篇幅甚至可与杜少卿故事相匹。那么，作者的用意何在呢？旨在写出：年青人是如何受了八股科举制及其价值观念的作弄，以致一步步迷失本性，成为不知愚妄与无耻为何物的人。匡超人本是聪明好学而又内行克敦的人，曾因家境贫寒帮人贩柴流落杭州以拆字算命度日，常思"父亲在家患病，我为人子的，不能回去奉侍，禽兽也不如"。多亏马二先生的资助遂了心愿，自此也就有两条人生道路摆在他的面前。一条是马二先生说的："古语道得好：'书中自有黄金屋，书中自有千钟粟，书中自有颜如玉'。而今什么是书？就是我们的文章选本了。贤弟你回去奉养父母，总以做举业为主。就是生意不好，奉养不周，也不必介意，总以做文章为主。"一条是匡太公说的："功名到底是身外之物，德行是要紧的。我看你在孝悌上用心，极是难得，却又不可因后来日子过的顺利些，就添出一肚子里的势利见识来，改变了小时的心事。"他的"在孝悌上用心"，的确过人。从杭州一到家，便"把剩的盘程钱买了一只猪蹄来家煨着，晚上与太公吃"。匡太公要"出恭"，又不能下床，他便床前放个灰盆，端条板凳放在灰盆外边，"双膝跪下，把太公两条腿捧着肩上"，让太公躺的安安稳稳，"自在出恭"。晚上"坐在太公傍边，拿出文章来念。太公睡不着，夜里要吐痰、吃茶，一直到四更鼓，他就读到四更鼓"。他对兄嫂的体贴也是情义有加，平素都由他做点小本生意养活父母；匡太公谢世，办理丧事用的也都是他向日杀猪卖豆腐的几个本钱。可这么一个孝悌双全的青年，却随着他因备受知县李本瑛的赏识而秀才及第；又因李本瑛的摘印蒙受连累而再度浪迹杭州，当起时文选家，并与一班斗方名士打得火热；又因李本瑛的复职和官升给事中而"补了廪"并"以优行贡入太学"，没想到竟变成了另一个人。别的且不说，他生活中有三大恩人：一是马二先生，是马二先生资助他返乡的，他念的那些文章也都是马二先生临别送给他的选本，可他却以"教习"的身份说"这马纯兄理法有余，才气不足，所以他的选本也不甚行"，而这等于是在砸马二先生的饭碗；二是郑老爹，是郑老爹当年让他搭去温州的船回乡的，他再度流落杭州时又将女儿嫁给了他，可他却为了贪图功名富贵而停妻再娶李本瑛的外甥女辛氏，以致使郑老爹的女儿死于乡下；三是潘三，潘三虽是个"把持官府，包揽词讼，广放私债"的"市井奸棍"，但对他却是仁至义尽的，郑老爹之女就是潘三给他娶的，可他到杭州"取结"时，却不肯去狱中会一会，说什么"如今设若走一走，传的上边知道，就是小弟一生官场之玷"。其忘恩负义如此！然而，最需一提的还是：这位昔日的匡孝子却不仅不想回乡看看老母，还一本正经地叮嘱当时在杭州的哥哥："那年我做了家去与娘的那件补服，若本家亲戚们家请酒，叫娘也穿起来，显得与众不同。哥将来在家，也要叫人称呼'老爷'，凡事立起体统来，不可自己倒了架子。"其全然忘却父训，不孝不悌又如此！"孝悌其为仁之本欤！"而"仁"既是"五常"之首，又包括"五常"。所以，在吴敬梓看来，人失却"孝悌"之心，便失却了"仁"，便失却了"常心"，便失却了做人的道理，而蠹蚀"常心"最烈者亦功名富贵而已！《儒林外史》之所以特别强调"孝悌"二字，其深层原因在此；之所以不惜以占全书十分之一的篇幅写匡超人的人生道路，其深层原因亦在此。与此相辉映，匡太公"一生是个无用的人"，吴敬梓所以将他写成正面人物，就在于他认为"功名到底是身外之物，德行是最要紧的"，因而葆有"常心"。如果说，匡超人由于遵从了马二先生所指引的人生道路，成了"先儒"二字不知作何解的"举业"中人，那么，牛浦郎则由于遵从了《牛布衣诗稿》所指引的人生道路，成为比牛布衣又等而下之的斗方名士。二人同归于"常心"的失却，而这也就是吴敬梓何以要将这两个故事连起来写的用意。

若想一眼看出《红楼梦》的"天良"说与此异质，就需注意贾宝玉的那句"呆话"："女孩儿未出嫁，是颗无价之宝珠；出了嫁，不知怎么就变出许多的不好的毛病来，虽是颗珠子，却没有光彩宝色，是颗死珠了；再老了，更变的不是珠子，竟是鱼眼睛了。分明一个人，怎么变出三样来？"这当然指的不是形体，而是思想与为人。因而，如参透了贾宝玉何以有此一问，便晓得曹雪芹何以总把年青人写得比老年人好。那么，"分明一个人，怎么变出三样来"的呢？作者的答案显然是现成的，那就是："童子者，人之初也；童心者，心之初也。夫心之初曷可失也！然童心胡然而遽失也？盖方其始也，有闻见从耳目而入，而以为主于其内而童心失。其长也，有道理从闻见而入，而以为主于其内而童心失。其久也，道理闻见日以益多，则所知所觉日以益广，于是焉又知美名之可好也，而务欲以扬之而童心失；知不美之名之可丑也，而务欲以掩之而童心失。"① 这就是说："童心"是种天赋予人的美德，它与外铄于人的"道理"如纲常名教之言和世俗利弊之识是不相容的，因而不是人皆能葆之的；但个体的失却"童心"又有个"其始"、"其长"、"其久"的过

---

① 李贽：《焚书》卷 3《童心说》，中华书局 1975 年版。

程，因而他也就出现了"宝珠"、"死珠"、"鱼眼睛"三样的变化。如果说，李贽的"童心"说是贾宝玉这一"呆话"的哲学基础，那么，无善不归人的天赋，无恶不归宗法的思想和制度，则是贾宝玉这一"呆话"的思想指归。足见，《红楼梦》所谓人的"天良"，就是未为纲常观念所蒙的"童心"。其反映为作品形象体系的内部构成，便是年青一代比年老一代好。都没有念过书，春燕就比她母亲好；都以功名为务，贾兰就比他的"影子"人物贾雨村好。凡此，便是明证。

其二，研究者一般都认为杜少卿和贾宝玉是地主阶级的叛逆者和初步民主主义者，实际上他们所代表的社会观念虽相通而却不相同。

杜少卿和贾宝玉其相同之点主要有三。一是，都杜绝仕途经济，不以光宗耀祖为念。"世家子弟，怎说得不肯做官？"可杜少卿却真的如此！朝廷征辟他，他都不就。还与娘子解诗《女曰鸡鸣》说："你看这夫妇两个，绝无一点心想到功名富贵上去，弹琴饮酒，知命乐天。这便是三代以上修身齐家之君子。"平素不只从不曾替学里相公讲一句话，"你去求他，他就劝你不考"。甚至骂一心想"补廪"以期"穿螺蛳结底的靴，坐堂，洒签，打人"的臧蓼斋："你这匪类，下流无耻极矣！"然而，杜少卿还以做秀才作为自己的结局，贾宝玉却连秀才也不肯去做。谁以仕途经济劝他，他就骂谁是在说"混帐话"。湘云是他最"昵而敬之"的三个女性之一，只说了句："如今大了，你就不愿读书去考举人进士的，也该常常的会会这些为官做宰的人们，谈谈讲讲些仕途经济的学问，也好将来应酬世务，日后也有个朋友。"竟然也对湘云下起逐客令，而且是当着袭人的面："姑娘请别的姊妹屋里坐坐，我这里仔细污了你知经济学问的。"岂但如此，说不说"混帐话"，还是他婚前只爱黛玉、婚后又离弃宝钗的主要原因。这后一点，何以知之？第二十一回庚辰本有条脂批说得明明白白："按此回之文固妙，然未见后卅回犹不见此之

妙，此曰'娇嗔箴宝玉，软语救贾琏'，后曰'薛宝钗借词含讽谏，王
熙凤知命强英雄'。"其妙在遥遥相对，从而写出："何今日之玉犹可箴，
他日之玉已不可箴耶。"足见后四十回"中乡魁"云云只不过是高鹗辈
的白日梦而已！二是，都反对程朱理学，破除对朱子的迷信。一个在将
钦定的权威性解经说成是普通的一家之言，道是："朱文公解经，自立
一说，也是要后人与诸儒参看。而今丢了诸儒，只依朱注，这是后人固
陋，与朱子不相干。"并以《凯风》和《女曰鸡鸣》等为例力陈朱注之非。
一个则在以"混说"和"妄为"的方式奚落朱子著作，道是："只除'明
明德'外无书，都是前人自己不能解圣人之书，便另出己意，混编纂出
来的。"于是，"除四书外，竟将别的书焚了。"两相对照，其"混说妄
为"所指，明矣！三是，都反礼法，具有人道观念。一个说："娶妾的事，
小弟觉得最伤天理。天下不过是这些人，一个人占了几个妇人，天下必
有几个无妻之客。小弟为朝廷立法：人生须四十无子，方许娶一妾；此
妾如不生子，便遣别嫁。是这等样，天下无妻子的人或者也少几个，也
是培补元气之一端。"甚至称赞不愿为盐商之妾而只身逃至南京靠卖诗
文过日子的沈琼枝："盐商富贵奢华，多少士大夫见了就销魂夺魄；你一
个弱女子，视如土芥，这就可敬的极了！"这的确是种不同于世俗的独
特见解，甚至可以说是种为心羡功名富贵的世俗社会所反激出来的人道
观念。一个说："女儿是水做的骨肉，男人是泥做的骨肉。我见了女儿，
我便清爽；见了男子，便觉浊臭逼人。""天生人为万物之灵，凡山川日
月之精秀，只钟于女儿，须眉男子不过是些渣滓浊沫而已。""女孩儿未
出嫁，是颗无价之宝珠。"这三句"呆话"就更是惊世骇俗的：既然作
为封建礼法之釜底游鱼的"女儿"其品格是如此高贵，居于封建专制主
义中心统治地位的"男人"其品格是如此低劣，那么，这种社会制度以
及为之服务的封建礼法等其存在的合理性又何在呢？可见它是种为"古

今"礼法森严的世俗社会所反激出来的人道观念。凡此等等，确实可以说：曹雪芹笔端的贾宝玉固然是个地主阶级的叛逆者，吴敬梓笔端的杜少卿也是个地主阶级的叛逆者。

杜少卿和贾宝玉其不同之点亦主要有三：一是，一个以《经》中的孝悌观念作为自己安身立命之本，一个则对《经》中的孝悌观念报以冷漠。杜少卿对"但凡说是见过他家太老爷的，就是一条狗也是敬重的"：一也。认为"不孝有三，无后为大"，虽反对纳妾而又主张"人生须四十无子，方许娶一妾"：二也。于窘困中捐银三百两修建泰伯祠，将按父亲的意愿把王位让给三弟季历而自己则避居荒蛮之地江南的周太王长子吴泰伯作为人生安身立命的典范：三也。由此可见，杜少卿是在以《经》的孝悌观念陶冶自己的情操。贾宝玉则不然，他对伺候过父辈以及父辈派来服侍过他的老一代人莫不厌恶，纵然对自己的乳母李嬷嬷亦反感不已；虽然按照封建礼法规定，这一类人应该受到贾府晚一辈主子的敬重：一也。他平素从不想当子弟们的表率，甚至因经过父亲的书房须下马而偷偷地绕道走：二也。他从不接受父辈的教导，曾先后三次发生与父母和老祖母的正面冲突，其结果是使他离父辈所指引的人生道路越走越远，以致成为"于国于家无望"的人：三也。由此可见，贾宝玉是在背离《经》的孝悌观念以发展自己的情操。二是，一个是以《经》上所指的"礼乐兵农"作为自己的"一生事业"，只是鉴于霸道如钩而未去身体力行；一个是以《经》上所无的"护法群钗"作为自己的"一生事业"，并且明辨之笃行之而终为王道如直所毁灭。蜗居南京的杜少卿生活中有三大乐事：一者淡酒一樽，与妻子讲他的《诗说》；二者清茶一杯，与庄绍光等谈些"经史上礼乐兵农的事"；三者你拜我访，与虞育德等筹备泰伯祠的大祭。于此可见他是以"处则不失为真儒，出则可以为王佐"自许的。其所以"处"，是由于他清醒地认识到政治的窳败和黑暗已积重难返，"正为走出去做不出什么事业，徒惹高人一笑，所以宁可不出去的好"。然而，儒家的社会责任感又使他身虽"处"而思想却不能不"出"。谁以为他的"反娶妾"论是"好一篇风流经济"，那就堕入了萧柏泉的看法。不使天下有"无妻之客"，仁也；"四十无子"而可"娶一妾"，孝也。盖其主张以仁孝治天下也，所以，知个中三昧的迟衡山叹息道："宰相若肯如此用心，天下可立致太平！"试看他们所以醉心于集资修建泰伯祠，不就是想"借此大家习学礼乐，成就出些人才，也可以助一助政教"吗？则其社会理想是欲使《经》中所谓"三代之治"复见于今日，亦明矣！贾宝玉则不然。正如脂砚斋所说："除闺阁外，并无一事是宝玉立意作出来的"，纵然是对丫鬟们，他也"昵而敬之，恐拂其意"。其所以然？就在于他天分中生成一种"意淫"，是"情之圣"。谁知一曲《葬花吟》却成了"大观园诸艳之归源小引"，也使宝玉堕入"爱博而心劳，忧患亦日甚"的境地。难道是由于贾府的为富不仁？不，贾府的主要特点是以仁孝齐家，富而好礼，它不只是个令人亦羡亦畏的诗礼簪缨之族，而且是个令人可赞可叹的忠臣孝子之门，同时还是个令人可敬可亲的慈善宽厚之第。可正是贾府这种以仁孝齐家的家风，却使大观园这片王道乐土变为一座"花冢"，宝玉也因"护法群钗"之事业的毁灭而堕入苦闷的深渊。觉醒者总是在苦闷中探索社会人生的，宝玉也是如此，而时代又在制约着他，于是他便把不存在任何宗法观念的太虚幻境作为自己理想社会的蓝图。这就最好不过地说明：宝玉的"意淫"，其内涵是对冯梦龙的"情教"说的发展，其人性论基础是李贽的"童心"说，其思想性质与今天说的自由、平等、博爱虽不相同而实相通。宝玉的以"护法群钗"作为自己的"一生事业"，实际上包孕着他对一种不为三纲五常和封建礼法所羁的新的伦理关系的求索，而绝不只仅仅是个反对男尊女卑传统观念的问题。不言而喻，这种新的伦理关系是属于历史的未来的。三是，一个是从士大夫阶层中觅知音，一个是从平民阶层中觅知音。杜少卿的交游面虽广，但其引为知音的是真儒虞育德、真名士庄绍光，以及虽为举业中人而却不失真儒风貌的迟衡山、武书，鲍廷玺之流只不过是乞赐其门下的食客而已。贾宝玉则又不然。他的交游面虽亦甚广，但其引为知音的却不是冯紫英，更不是北静王水溶，而是想逃出忠顺王府当自由民的优伶蒋玉菡与"冷面冷心"看社会的城市平民柳湘莲；从第二十六回他与贾芸的谈话可知，水溶欢迎他去、贾政更希望他去的北静王府，他是不怎么去的。这种社交路线以及对知音的寻觅，最足以看出杜少卿和贾宝玉价值观念上的异趣。凡此等等，确实又说明：杜少卿不是个地主阶级的叛逆者，而贾宝玉却是个地主阶级的叛逆者。

这是怎么回事呢？杜少卿和贾宝玉，其相同点是浅层面的，其不同点是深层面的。说得具体点：汉儒发展了孔孟的宗法思想形成纲常教条，程朱又从而发展之形成理欲之辨；明清两代由于封建专制主义的加强，又加强了程朱理学对人们思想的禁锢，并将其定为钦定哲学。杜少卿的叛逆只是对程朱理学的叛逆，而对孔孟的学说却是种回归；他只反对八股科举制，并不反对封建等级制；他的人道观念，实际就是孔孟的王道观念：所以他本质上是属于具有"常心"的"常人"，只是比虞育德和迟衡山多了一点魏晋风度而已。贾宝玉则不然。他的叛逆不只是对程朱理学的叛逆，而且包孕着对孔孟学说的叛逆；他否定的不只是八股科举制，而且包孕着封建等级制；他的人道观念，实际就是他的"意淫"思想：所以他是个地道的具有"童心"的"真人"。《儒林外史》中没有这类人物，所以使它缺少林中的响箭。《红楼梦》则以这类人物作正面主人公，所以使它有了冬末的未萌。

其三，具有"常心"的"常人"，是《儒林外史》的歌颂对象，却成了《红楼梦》的批判对象。论原因，就在于：他们的主要对立面，换了人间。

实质上所谓具有"常心"的"常人"，就是恪守封建主义正统思想的人。假若属地主阶级中的一员，就是"留意于孔孟之间"的地主阶级的正统派。他们憧憬的是地主阶级的王道，想施或个人已施于民的是仁政。《儒林外史》中的真儒真名士固然属于这类人。《红楼梦》中贾府的"三仁"也是属于这类人。

虞育德二十四岁进学，五十岁中进士，官居南京国子监博士。他对功名富贵得之不喜，失之不忧，所以杜少卿说他"不但无学博气，尤其无进士气"，是个"上而伯夷、柳下惠，下而陶靖节一流人物"。他的最大特点，是体现"仁"于"恕"道。他将家乡房子给表侄汤相公住，汤相公私自拆卖了，又到南京来找他要钱租房子住；他说没钱用拆卖房子是应该的，要的银子也照给不误。一个监生犯了赌博罪，衙役送给他惩处，他却留在书房里天天一桌吃饭，优待有加，还"到府尹面前替他辩明白了这些冤枉的事"。监里六堂合考时，一个学生打小抄，又昏头昏脑误把夹带夹在试卷里交给他，他赶快不声不响地还给那个学生；那个学生发案考在第二等，跑来感谢他，他竟坚决不承认有这回事。他将太太陪嫁来的一个丫头配了姓严的管家，严管家嫌国子监是个清水衙门，辞了要去；他不向严管家要那丫头的赎身钱倒罢了，还又给了他十两银子去找食宿，又"随即把他荐在一个知县衙门里做长随"。显然，他的这种寓"仁"于"恕"以礼化俗，想"养其廉耻"让人心里知羞，实在是个为恶浊世风反激出来的迂而无当的做法，结果只能姑息养奸。

与虞育德一见如故并"结为性命之交"的是庄绍光。"虞博士爱庄征君的恬适，庄征君爱虞博士的浑雅"，当然也就相见恨晚了。杜少卿亦云："绍光先生是我所师事之人。"认为泰伯祠大祭的礼乐得请他厘定，可见他是如何名重一时！但杜庄二氏虽皆"竟同元豹，任终隐以无伤"，而处世方式却各有自己的特点。少卿其人内方而外亦方，绍光其人则外圆而内方。所以，面对天子征召，一个既无意于出山，便决意装病而不应征，一个虽亦无意于出山却决意先应征而后再辞爵："我们与山林隐逸不同，既然奉旨召我，君臣之礼是傲不得的。你但放心，我就回来，断不为老莱之妻所笑。"所以，一个穷愁潦倒地隐于秦淮陋室而遭百口诽谤，一个优哉游哉地隐于御赐水庄而为万目称羡。这就难怪作者在庄征君正要奏对时要让一个蝎子对准他的头顶心猛蛰一下。那么，假若庄绍光是应天子"聘名士"之"聘"则作者的意向当又如何？其意向恐怕只能是："沽之哉！沽之哉！我待贾者也。"

然而，迟衡山和武书都是委身于科举之道的人物，而作者却报以称许态度，这又是为什么呢？显然就在于：他们都想以礼乐化天下，都不满于"而今读书的朋友，只不过讲个举业，若会做两句诗赋，就算雅极的了，放着经史上礼、乐、兵、农的事，全然不问！"那么，他们想"替朝廷做些正经事"，其前程又是如何呢？书中没有说，可实际上是说了：将会像杜少卿的父亲一样受到官场的嘲笑！由此可知，杜少卿和庄绍光也罢，吴敬梓自己也罢，他们的"竟同元豹，任终隐以无伤"，是由于目击官场的腐败而出于"儒者爱身"不得不如是，并非他们的初衷！

中国封建社会已经发展到其末世的明清时期，假如虞育德和庄绍光这类想以仁孝治天下的真儒真名士，他们的对立面不是迟衡山所说的那"而今读书的朋友"以及形形色色的昏官污吏，而是身映东方微光的"今古未有之一人"贾宝玉式的青年，则其现实的作用和历史的作用又将如何呢？曹雪芹要回答的正是这一问题，于是便出现了他笔端以仁孝齐家的贾府"三仁"形象。

假若贾府不是富而好礼，而是为富不仁，那么，当时正"担风袖月，游览天下胜迹"的贾雨村，他是不会顺着冷子兴的竿子上攀贾府为同宗，以自取其辱。假若贾府不是"怜老惜贫"的"体仁沐德"之族，那么，与贾府仅略有瓜葛而又见多识广的刘姥姥是不会上门认亲打抽丰，以自打其嘴。假若贾府不是神州鲜见的一块王道乐土，那么，花袭人也不会无端地红口白牙说它好，芳官等平素好"作反"的优伶在贾府让她们回家时更不会去申请留下来愿作丫鬟。假若贾府的道路口碑不好或平平常常，那么，为它撵回家中的金钏儿也就不会感到没脸见人，以致"含耻辱情烈"跳井。凡此皆属人生常识，又怎容置疑！那么，贾府是不是个"黑暗王国"呢？当然是。但，它的黑暗却不是由于它的"不仁"，而倒是由于它的"好礼"：其主要统治者，莫不在以仁义道德杀人，且尤以残害青年为甚！

贾政其人，"谦恭厚道，大有祖父遗风，非膏粱轻薄仕宦之流"。他侍亲至孝，甚至借猜灯谜为乐学老莱子态以娱亲。且"风声清肃"，别人"三年清知府，十万雪花银"，而他任江西粮道时带来的银两使没了，又打发人到家中去取。这事虽见于后四十回，显然是符合曹雪芹原意的。与吴敬梓笔端肯定的清官安东县知县向鼎和徽州府学训导余特相比，其洁何如？然而最能体现他仁孝思想的，还是他一心想勒死嫡子贾宝玉。这又是怎么说的？他想勒死宝玉的直接原因，是认为宝玉"在外流荡优伶，表赠私物，在家荒疏学业，淫辱母婢"。这类事宝玉纵然都有，也是纨绔子弟常见的，更何况有道是"虎毒不食子"，他为什么下此狠心呢？却原来他想的是："好端端的，谁去跳井？我家从无这样事情，自祖宗以来，皆是宽柔以待下人。——大约我近年于家务疏懒，自然执事人操克夺之权，致使生出这暴殄轻生的祸患。若外人知道，祖宗颜面何在！"当他听说这一祸患竟是自己的儿子造成的，而且这不肖子还在外流荡"忠顺王爷驾前承奉的人"，当然也就要一正家法，以告自己"上辱先人下生逆子之罪"。这就是说：他之所以要勒死贾宝玉并不是他不心疼儿子，而是体现在他身上的以仁孝齐家的思想使他如此！

王夫人其人，也是仁孝有加。贾赦要纳鸳鸯为妾，贾母竟连她也怪上，而她却"忙站起来，一言不发"。平素她最关心的，是丫鬟们的月钱发了没有，又克扣谁的月钱没有。"刘姥姥一进荣国府"，她让周瑞家的告知凤姐"不可简慢了他"；"刘姥姥二进荣国府"，她又赠银一百两，叫她"拿去或者作个小本买卖，或者置几亩地，以后再别求亲靠友"。她对买来的十二个优伶的处理就更仁至义尽：愿留者留作丫鬟，愿去者照发盘缠；又怕她们路上遇到坏人，便让她们的亲人来领回，路费照给。与杜少卿和武书不胜赞叹的虞育德对其妻陪嫁来的丫头态度相比，其仁何如？正因如此，所以被她撵走的丫鬟也就为世人所侧目。哪是什么她一个巴掌将金钏儿打进井里去的，分明是有口皆碑的贾府"体仁沐德"的门风将她逼进井里去的！晴雯之死亦应作如是观。所以，大观园里没有一个丫鬟愿意被撵出贾府的，而贾府对奴婢们最重的刑罚亦仅限于此！

贾母其人，就更是个老佛爷。不说她平素对丫鬟们是何等仁慈，对儿孙们是何等慈爱情深，就说她对素不相识的清虚观小道士的态度："快带了那孩子来，别唬着他。小门小户的孩子，都是娇生惯养的，那里见的这个势派。倘或唬着他，倒怪可怜见的，他老子娘岂不疼的慌？"问过小道士的话后，又向贾珍道："珍哥儿，带他去罢。给他钱买果子吃，别叫人难为了他。"如果说，王夫人对刘姥姥的怜惜，是"老吾老以及人之老"，那么，贾母这种对小道士的疼惜，则是"幼吾幼以及人之幼"。这是不见于吴敬梓笔端的真儒或真名士的。那么，她为什么要扼杀宝黛爱情呢？这全然是"中原得鹿不由人"！因为贾府的家世利益决定了她对宝玉的一项基本原则：须在人前还出个"礼数"，所以当宝黛爱情发展到将突破这一"礼数"而出时，她只好忍痛"割却心头肉"。

一要生存，二要温饱，三要发展，这是人生的正当要求。"霸道"不给人以生存和温饱，而"王道"则反是，其合理性是真实的。《儒林外史》着眼于地主阶级的阴暗面，将现实社会处理成"霸道"横行，所以歌颂代表"王道"思潮的具有"常心"的"常人"；实际上是在拥护地主阶级的这一派，反对地主阶级的那一派，这与《三国演义》和《水浒传》的思想和写法是同质的。然而"王道"虽给人以生存和温饱，却不给人以发展，其合理性又是虚假的。《红楼梦》着眼于地主阶级的光明面，将贾府处理为现实社会中"王道"成分的投影，所以代表"王道"思潮的具有"常心"的"常人"，也就成为其所批判的失去"童心"的"假人"；实际上是在批判整个地主阶级及其所代表的社会制度，这与《三国演义》和《水浒传》的思想和写法是异质的。

最后，"泰伯祠名贤主祭"，是真儒和真名士们筹划的；参加者除儒林中具有"常心"的"常人"以外，还有"常心"虽障而未全失的儒士如马二先生等，但无"常心"已失而以功名富贵为之心的丑儒如匡超人之流。这次盛典，是群士的最后一次聚会，欢乐而典重；但同时也昭示着儒林的叶落枝枯，返青无日，从而反映了作者以仁孝治天下的社会理想幻灭后的悲凉，使作品成为一曲令人唏嘘不已的"儒林哀歌"。"寿怡红群芳开夜宴"，是怡红院婢女们策划的；参加者除女儿中具有"童心"的"真人"如林黛玉以外，还有"童心"虽障而未失却者如薛宝钗，只瞒老一代而不瞒年青妇女的如平儿。这次夜宴，是群芳的最后一次聚会，活泼而自由；但同时也昭示着群芳的落红满地，春光难再，从而反映了作者以"意淫"经人伦平天下的社会理想幻灭后的彷徨，使作品成为一曲令人热耳酸心的"青春的悲歌"。

一言以蔽之，吴敬梓认定"常心"是人的天性，主张以既为"三纲"之源而对人们思想的禁锢又宽松于"三纲"的"孝悌"经人伦平天下，认为这才是合乎人的天性的社会，所以缅怀过去，将"礼乐兵农"作为其影子人物杜少卿想干而无用武之地的"一生事业"。曹雪芹则认定"童心"是人的天性，主张以"意淫"经人伦平天下，认为这才是合乎人的天性的社会，所以注目未来，将"护法群钗"作为其影子人物贾宝玉始终身体力行而最后毁灭的"一生事业"，以寄寓其对能使人"各得其情，各遂其欲"的新型人伦关系的上下求索。

四、说两部小说文化沿革的异途

《儒林外史》的哲学精神是比较单纯的。与释道二教思想几乎没有什么瓜葛，主要是继承了儒学的原教旨及其在各个历史发展时期的合理内核而一炉铸之，既与程朱理学抗礼，又与陆王心学分庭，是属于崛起于二者之间的清代"新儒学"。

它继承了"孝悌其为仁之本欤"的伦理观念、以"仁义"治天下的"王道"思想、"礼乐兵农"的认识论、"达则兼济天下，穷则独善其身"的处世哲学，用作批判现实社会的基本武器。这在前面讲得够多了，不妨再信手拈个例证，就是书中对明成祖的态度。作者一则借娄琫、娄瓒的口说："宁王此番举动，也与成祖差不多。只是成祖运气好，到而今称圣称神，宁王运气低，就落个为贼为虏，也要算一件不平的事。"并说："自从永乐篡位之后，明朝就不成个天下！"二则借邹吉甫的口说："而今人情薄了，这米做出来的酒汁都是薄的。小老还是听见我死鬼父亲说：'在洪武爷手里过日子，各样都好。二斗米做酒，足有二十斤酒娘子。后来永乐爷掌了江山，不知怎样的，事事都改变了，二斗米只做的出十五六斤酒来。'"我们知道，明成祖的皇位是抢的侄儿的，清雍正的皇位是夺的哥哥的。于是，不少专家学者认为这是在借明成祖以讥刺雍正皇帝，反映了作者的民族感情。我认为这是求之过深的。"康乾盛世"，民族思想已经淡化，不一定反映到作者身上：一也；其曾祖吴国对是顺治年间的探花，伯叔祖吴昺、吴晟，一为榜眼，一为进士，足见其家族不是个有民族思想的家族，而他在《移家赋》中是以自己的家族为荣的：二也；作者对明成祖的父亲是有好感的，岂不等于说对雍正的父亲康熙是有好感的，假若他有反满情绪，又焉能如是：三也；颂扬明成祖的"武功"而贬斥建文帝"软弱"的杜慎卿，说被明成祖"夷十族"的方孝孺是"迂而无当"，与他说杜少卿是一个"呆子"，态度是一致的，则作者的褒贬明矣：四也。所以，我认为作者所以贬明成祖，合乎逻辑的解释当是：而今所以"人情薄了"，是由于"永乐爷"的不孝不悌不仁，不是个有道之主，致愚者趋之，贤者隐之，天下不成个天下。"百代兴亡朝复暮，江风吹倒前朝树。"可见，作者不只在批判现实，还在作历史反思，而机锋则直指人主。

它继承了魏晋风度的恣情肆性、孤标傲世、淡泊自守，以白眼观世态。其述王冕之性情高傲：因危素爱他的画，时知县便派翟买办去请，他说帖子请倒不去，票子传倒要去；时知县怕危素笑自己"做事疲软"，又想到"屈尊敬贤，将来志书上少不得称赞一篇"，便简约仪仗亲自下乡去拜他，而他却避之大吉并让牧童告诉翟买办，说"他在二十里路外王家集亲家家吃酒去了"。其述杜少卿之狂放不羁："这日杜少卿大醉了，竟携着娘子的手，出了园门，一手拿着金杯，大笑着，在清凉山冈子上走了一里多路。背后三四个妇女嘻嘻笑笑跟着，两边看的人目眩神摇，不敢仰视。"其述庄绍光之脱略事务：闭门注《易》，"闲着无事，又斟酌一樽酒，把杜少卿做的《诗说》，叫娘子坐在傍边，念与他听。念到有趣处，吃一大杯，彼此大笑。"就是市井中的四个奇人，也莫不是特立独行、不汲汲于富贵、不戚戚于贫贱的狂狷人物。程晋芳云："敏轩生近世，而抱六代情。"这当是对作者知之甚深的品评。

它又继承了明代东林党人的关心民瘼、裁量人物、訾议国政，以"移风易俗"为己任的"下行路线"去消长"得君行道"的"上行路线"。黄宗羲《明儒学案》论顾宪成的东林讲会说："先生论学与世为体，尝言'官辇毂，念头不在君父上；官封疆，念头不在百姓上。至于水间林下，三三两两，相与讲求性命，切磨德义，念头不在世道上，即有他美，君子不齿也。'故会中亦多裁量人物，訾议国政，亦冀执政者闻而药之也。天下君子以清议归于东林，庙堂亦有畏忌。"又谓东林讲友之一陈龙正云："上士真其身，移风易俗；中士自固乌尔矣；下士每遇风俗，则身为之移。"不论杜少卿和庄绍光，还是迟衡山和武书，这类吴敬梓笔端的"上士"，其独处也，或说《诗》，或注《易》，其相与也，一不讲求性命，二不谈玄说空，其所关心者乃"世道"，其所切磋者唯"礼乐兵农"。迟衡山曾说："我本朝太祖定了天下，大功不差似汤武，却全然不曾制作礼乐。少卿兄，你此番征辟了去，替朝廷做些正经事，方不愧我辈所学。"杜少卿虽托病而未应征，庄绍光虽应征而又辞爵归山，却莫不以"移风易俗"为己任，"泰伯祠名贤主祭"便是他们欲以"礼乐化俗"的一次大的尝试，其"訾议国政"之意亦寓焉！

它还直接继承了明末清初三大思想家的以治《经》作为"人生立命处"、"经世致用"，以及反对八股科举制的思想。这在前面讲得够多的了，特别是关于反对八股科举制的问题，已属辞费，兹再举一不为学者们注意而批判的矛头却是直指人主的例证："天子坐便殿，问太保道：'庄尚志所上的十策，朕细看，学问渊深。这人可用为辅弼么？'太保奏道：'庄尚志果系出群之才，蒙皇上旷典殊恩，朝野胥悦。但不由进士出身，骤跻卿贰，我朝祖宗无此法度，且开天下以幸进之心。伏候圣裁。'天子叹息了一回，随教大学士传旨：庄尚志允令还山。"这位太保虽云臧仓小人，却很懂得什么叫作"君子欺之以方"。"方"者，何也？一曰制度如是，二曰又是祖宗之法。所以叫天子"叹息"归"叹息"，"圣裁"归"圣裁"。那么，这类"圣裁"其总的后果又如何呢？"花坛酒社，都没有那些才俊之人；礼乐文章，也不见那些贤人讲究。论出处，不过得手的就是才能，失意的就是愚拙；论豪侠，不过有余的就会奢华，不足的就是萧索。"那么，这对有明一代的影响又如何呢？"江风吹倒前朝树。"顾炎武抨击八股取士制云："此法不变，则人才日至于消耗，学术日至于荒陋，而五帝三王以来之天下将不知其所终矣。"这思想在《儒林外史》中可谓表达得淋漓尽致。盖作者将故事放在明代而且以年号为序，不只有避清代文字狱之意，亦且有以史为鉴之心，"冀执政者闻而药之也"。

正是鉴于如上几点，所以我认为：《儒林外史》中的"民主主义思想"，不是带有近代色彩的初步民主主义思想，而是中国儒学固有的朴素民主主义思想。吴敬梓和其影子人物杜少卿，都是朴素民主主义者，而不是初步民主主义者。他们的缅怀先贤，是冀"三代之治"复见于今日，而不是想披着先贤的外衣以演出历史的新场面。

与《儒林外史》不同，《红楼梦》的哲学精神是寓杂多于整一，它取于儒释道而又跳出儒释道，蕴有新思想的萌芽。

作者对张道士之流老道是憎恶的，更不相信什么"导气之术"，但对道教尊其为祖师爷的老庄却报以青睐。《老子》是道家的经典著作，唐代称之为《道德真经》。其十八章云："大道废，有仁义。慧智出，有大伪。六亲不和，有孝慈。国家昏乱，有忠臣。"实则旨在强调人们在思想、行为上应该效法"道"的"生而不有，为而不恃，长而不宰"，因而也就从理论上否定了儒家的仁义道德。贾宝玉对忠君思想的嘲讽与对孝悌观念的冷漠，显然在理论上有取于此。道家另一经典著作《庄子》实乃我国叛逆文学之先河，唐代称之为《南华真经》。其中《外篇·胠箧》着力发挥了《老子》的"绝圣弃智，民利百倍"的思想，认为儒家所提倡的"圣法"是乱天下的原因，主张莫如绝弃圣智礼法以免为窃国大盗用作防身的名器，道是"彼窃钩者诛，窃国者为诸侯，诸侯之门而仁义存焉"。然而，曹雪芹在将这一思想注入笔端时却施了一点狡狯，一面让贾宝玉于极端苦闷时到《南华经》里去求解脱，酒后乘兴提笔以"焚花散麝，而闺阁始人含其劝矣"云云续其"故绝圣弃智，大盗乃止"一段，一面让林黛玉看了续文作诗嘲之曰："无端弄笔是何人？作践南华《庄子因》。不悔自己无见识，却将丑语怪他人！"作者以林黛玉的思想作为自己的思想，既表露了他对庄子的反仁义思想的认同，又表露了他对庄子的虚无主义思想的扬弃。

作者对圆静之流老尼是厌恶的，但对佛教思想却青睐有加。佛教对其思想的影响，既有积极的一面，也有消极的一面。所谓积极的一面，是指某些思想帮助了"意淫"说的形成。因为这是作者提出的新的人伦观念，所以也是深层面的。比如，"佛法平等"之成为演为"意淫"说平等意识的文化渊源之一，这反映为贾宝玉对丫鬟们的"昵而敬之"，"敬"就是尊重对方的人格尊严，不认为"谁比谁高贵些"，还反映为贾宝玉不要求小厮们对他还出个"礼数"，"礼数"就是"按名位而分的礼仪等级制度"。比如，"慈悲为怀"之演为"意淫"说博爱意识的文化渊源之一，这反映为作者以"情不情"作为贾宝玉思想性格的核心和总体特征，从而反映为贾宝玉对"女儿"族的"爱博而心劳"，而"劳而不怨"，甚至认为"文死谏，武死战"皆"不是正死"，唯有为"女儿"族而死才是"死得其所"，令人感到只要大观园里还有一个"女儿"没有脱离苦海，他自己就不能从苦海里获得解脱。凡此，这与佛教哲学在人生观上"强调主体的自觉，并把一己的解脱与拯救人类联系起来"①的思想，显然是一脉相通的。所谓消极的一面，是指色空观念点染了作者的思想，致使他不时产生一种虚无感。但这是浅层面的，因为书中纵然是集中渲染虚无思想的情节，其深层面亦是因情而起并因情而止的"意淫"观念在起作用。何以言之？"金陵十二钗"中有两个相辅相成的佛门子弟，一个是妙玉，其特点是，身在佛门而心在红尘，最后走出了佛门；另一个是惜春，其特点是，身在红尘而心在佛门，最后走入了佛门。可作者却欣赏妙玉的"坐破蒲团终彻悟，红梅折罢暗销魂"，而对惜春的为当"自了汉"而甘作"狠心人"不顾入画的死活则持贬抑态度。此其一。贾宝玉两次到释老门前求解脱，林黛玉皆报之以嘲讽。"厌嗅箴宝玉续庄文"，则有黛玉嘲之以"作践南华《庄子因》"；"听曲文宝玉悟禅机"则有黛玉讥之以不知什么叫作"了"。此两处皆是宝玉后来"悬崖大撒手"的伏脉，而黛玉的思想亦即作者的思想。则知遁入空门后的宝玉，也是"云空未必空"，与妙玉彼此彼此。此其二。甄士隐是贾宝玉的影子人物，但他俩的遁入空门又同中有异。相异者何？甄士隐是由一僧一道度出"迷津"的，一僧一道是"色空"和"虚无"的象征。贾宝玉是由"木居士"和"灰侍者"度出"迷津"的，"木居士"和"灰侍者"即林黛玉和晴雯，黛玉思想性格的核心和总体特征是"情情"，而晴为黛之影，则知遁入太虚幻境后的贾宝玉即开卷第一回楔子中所说的空空道人或情僧。此其三。楔子中说得明明白白：空空道人闻"石兄"之言，将《石头记》再检阅一遍，"方从头至尾抄录回来，问世传奇。从此空空道人因空见色，由色生情，传情入色，自色悟空，遂易名为情僧，改

① 仁德：《佛教与中国文化》代序，河北科学技术出版社 1993 年版。

《石头记》为《情僧录》。"不是情僧抄录了《石头记》，易名为空空道人，而是空空道人抄录了《石头记》，易名为情僧，盖谓其不灭于"空空"者，宝玉之"情不情"思想而已。正因如此，所以序诗云："满纸荒唐言，一把辛酸泪！都云作者痴，谁解其中味？"否则，"一把辛酸泪"又从何而来呢？此其四。凡此，不难看出：压根儿不愿意让自己的主人公遁入空门，却又不得不让他遁入空门，想扬弃色空观念和虚无思想，而虚无思想和色空观念却又总噩梦一般地萦绕在自己的脑际，这便是曹雪芹的大悲苦！

作者批判儒家思想最力，但对儒学义理的精华汲取亦最多。这是由儒学自身的特点决定的。不同于西方中世纪文化的政教分离，上帝的事归上帝管，凯撒的事归凯撒管，中国儒学的特征是在半宗教半哲学的道德主义的命令言辞下全力推行"内圣外王之道"，将宗教、政治、伦理三合一；既管上帝的事，又管凯撒的事，而管好上帝的事，又是为了管好凯撒的事；虽则在名义上也注意分道扬镳，然而实际上却常常是一体二面。其最典型的例证，莫若有子曰："其为人也孝弟，而好犯上者，鲜矣；不好犯上，而好作乱者，未之有也。君子务本，本立而道生。孝弟也者，其为仁之本欤。"然而有子的这种将伦理和政治交融混同又是有所本的："或谓孔子曰：'子奚不为政？'子曰：'《书》云："孝乎惟孝，友于兄弟，施于有政。"是亦为政，奚其为为政？'"正因如此，所以，纵然是这属于"内圣"系统的"孝悌"，亦常被"外王"系统的当权者直接用作杀人的名器，嵇康之为以孝治天下的晋武帝所杀，便是明证。凡此，就是曹雪芹之所以要将批判的矛头直指儒家"内圣外王之道"的根由。然而，这种"内圣外王之道"又毕竟有其弥可珍贵的合理内核，那就是独步世界中世纪的朴素民主主义思想。比如："道千乘之国，敬事而信，节用而爱人，使民以时。""弟子，入则孝，出则悌，谨而信，泛爱众，而亲仁。""己所不欲，勿施于人。""仁者以其所爱及其所不爱，不仁者以其所不爱及其所爱。""亲亲而仁民，仁民而爱物。""仁者爱人，有礼者敬人。"这种"情本体"思想，显然含有朴素的博爱意识。"不降其志，不辱其身，伯夷、叔齐欤！""三军可夺帅也，匹夫不可夺志也。""君子和而不同，小人同而不和。""富贵不能淫，贫贱不能移，威武不能屈。""予唯不食嗟来之食，以至于斯也！"甚至陆九渊也说："若某则不识一个字，亦须还我堂堂的做个人。"这种对人格尊严的强调，虽则在现实生活中只能化为美丽的幻影，但个中包孕着朴素的人格平等和意志自由意识却是清晰可见的。比如，"逝者如斯夫，不舍昼夜！"其中所反映的对人生的执着和探究；"吾非斯人之徒与而谁欤"以及"人皆可以为尧舜"，其中所体现的对人的主体性的深刻肯定；"天下有道，以道殉身；天下无道，以身殉道；未闻以道殉乎人者也。"其中所显示的对人生价值的认识和对王权的鄙夷。凡此，只要对孔学的"内圣外王之道"作一解构，那么，其合理内核则成为曹雪芹之建构"意淫"说和人格论的文化源头活水，明矣！书中的主人公贾宝玉不是个以"礼乐兵农"为事业的"文行出处"论者，而是个以"护法群钗"为事业的新型伦理关系的上下求索者，则其所接受的是儒家的入世思想，并用作批判释道二教的色空观念和虚无思想，不意却属铅刀一割，亦明矣！

作者还直接汲取了明末清初进步思想家们的"经世致用"和"以情抗理"等思想，特别是冯梦龙的"情教"说，并把这一新兴市民思潮作为其"意淫"说的首要文化渊源。何以见得？事实为证。说这是新兴市民思潮，并非我的想当然，请看冯梦龙在《广笑府序》中对梵音圣曲之祝的嘲讽：

　　　　我笑那李老聃，五千言的道德；我笑那释迦佛五千卷的文字，干惹得那些道士们去打云锣，和尚们去打木鱼，弄儿穷活计。那曾有什么青牛的道理，白象的滋味？怪的又惹出那达摩老臊胡来，把这些干屎橛的渣儿，嚼了又嚼，洗了又洗。又笑那孔子这老头儿，你絮叨叨说什么道学文章，也平白地把好些活人都弄死。

这么一口气挖苦着儒释道三个教主，能属于地主阶级或农民阶级思潮的作品吗？真有点西人所说"哲学的突破"或"超越的突破"的味道。纵观明清文学，唯以诮儒诽僧谤道为其特征的《红楼梦》可与之异曲而同工。冯梦龙不只讥讽挖苦了梵音圣曲，还打着"六经皆以情教也"的旗号，别出心裁地宣扬他的"情教"说。其于《情史序》中作"情偈"曰：

> 天地若无情，不生一切物。一切物无情，不能环相生。生生而不灭，由情不灭故。四大皆幻设，惟情不虚假。有情疏者亲，无情亲者疏，无情与有情，相去不可量。我欲立情教，教诲诸众生：子有情于父，臣有情于君，推之种种相，俱作如是观。万物如散钱，一情为线索，散钱就索穿，天涯成眷属。若有贼害等，则自伤其情。如睹春花发，齐生欢喜意。盗贼必不作，奸宄必不起。佛亦何慈悲，圣亦何仁义。倒却情种子，天地亦混沌。无奈我情多，无奈人情少。愿得有情人，一齐来演法。

冯梦龙的这一"情教"说之发展为曹雪芹的"意淫"说，真可谓是水到渠成！证据呢？能坐实吗？能。别的不说，单说最简单的事实：都是着眼于伦理关系谈问题，并以此表露对现实伦理关系的不满：一也。都是在反程朱理学，并把批判的矛头直捣其以"天理人欲"为核心的心性本体论：二也。《情史》分二十四类，《红楼梦》第五回正面提及的为"金陵十二钗正册和副册"，共二十四钗：三也。《情史》编者詹詹外史为冯梦龙的又一别号，其《序》云："愿得有情人，一齐来演法。"是为曲终奏雅，盖谓"有情人"舍我其谁欤！《红楼十二支曲》是《红楼梦》的主题歌之一，其《引子》云："开辟鸿蒙，谁为情种？都只为风月情浓。"是谓开门见山，盖言古今堪称"情种"者，宝玉一人而已：四也。最后，我曾说过，谁能把握住"情僧"之名的含义，谁就把握了书中的色空观念或虚无思想与"情"的关系，谁就把握了《红楼梦》思想性质的总体特征，今以《情史序》中的"四大皆幻设，惟情不虚假"十字说之，又何其确也，又何其确也！

然而，请注意中国哲学史上一个严肃的事实。孔子虽则以"仁"作为最高道德原则，却没有来得及从人性论上为它找出理论根据，所以他的"内圣外王之道"是情本体论。最能代表这一情本体论的，是《论语·颜渊篇》子夏所说的一句话："四海之内，皆兄弟也。"率先从人性论上为孔子的"内圣外王之道"提供理论根据并从而将孔子的"仁"发展为"仁政"学说的，是孟子。其"性善"说，认为"仁义礼智"是天赋予人的美德。然后与孟子的"性善"说唱对台而亦旨在从人性论上为孔子的"内圣外王之道"提供理论根据的，是荀子。其"性恶"说，认为好逸恶劳是人的本性，"仁义礼智"之成为人性须经外铄。因此，孟子和荀子的"内圣外王之道"，实际上是情性本体论。因为，孟子认为"性善"，所以他的学说基本上走的是"内圣"路线，荀子认为"性恶"，所以他的学说基本上走的是"外王"路线。一个提倡个体自觉，直承并发展了孔子的"仁"的学说，一个提倡强制教育，对孔子的"仁"的学说有所偏离而开了法家思想之先河。二者在维护封建宗法的思想和制度方面是相辅相成的。程朱理学则将孟子的"性善"说和荀子的"性恶"

说合二而一，建构了它的以天命之性和气质之性为其两大内涵的人性论，易"内圣外王之道"的孔子的情本体论和荀孟的情性本体论为心性本体论。其目的是想从人性论上说明"纲常万年，磨灭不得"之理，所以"以理杀人"便成为它的主要特征。这一特征，具体体现在"存天理，灭人欲"的口号上。这一口号，博得了明清两代君主极权主义者的格外青睐，却同时也引起了进步思想家们的一致反击。李贽所提出的"童心"说，便是对程朱理学的"天命之性"说的一种直接否定，真不愧为"异端之尤"。冯梦龙所提出的"情教"说，则是针对程朱理学"灭人欲"思想而来的，但却未能摆脱其"存天理"思想的樊篱，所以经过他加工并编入《三言》的小说，其主要作品大多是在歌颂具有"常心"的"常人"。曹雪芹一面直接继承并发展了李贽的"童心"说，一面直接继承并发展了冯梦龙的"情教"说，将其合二为一，建构了他的以情性为本体的"意淫"说，并从他的理想世界太虚幻境中发出一个不同于"四海之内，皆兄弟也"的继往开来的伟大声音，那就是："四海之内，皆姊妹也。"从而，宣告了他对中国古来文化的"哲学的突破"。这又何以言之？

旧时所谓五伦，指君臣、父子、夫妇、兄弟、朋友。其法定关系是："父子有亲，君臣有义，夫妇有别，长幼有叙，朋友有信。"一个"长幼有叙"，要求"兄友弟恭"就决定了兄弟之间关系的法定不平等。姊妹关系不入五伦，其社会地位的分野是婚后的"嫁鸡随鸡，嫁狗随狗"，未出嫁前彼此之间是平等的、自由的，且相亲相爱的程度一般都胜于兄弟之间的感情。曹雪芹以太虚幻境中的仙姑们之间的关系作为自己理想的伦理关系，这不能不说是对封建纲常观念的一种深刻否定。此其一。警幻仙姑说："如尔则天分中生成一段痴情，吾辈推之为'意淫'。'意淫'二字，惟心会而不可口传，可神通而不可语达。汝今独得此二字，在闺阁中，固可为良友，然于世道中未免迂阔怪诡，百口嘲谤，万目睚眦。"这就奇了，宝玉的"意淫"为什么是"天分中生成"，而且唯他"独得此二字"呢？却原来"这人来历不小"！书中说得清楚：宝玉本是太虚幻境赤瑕宫神瑛侍者。神瑛侍者者，灵性已通之似玉美石化为人形也；赤瑕者，玉有赤疵也，怜红也，惜花也，日以甘露灌溉为务，而尤惜绛珠草一株也。书中说得清楚：通灵玉本是大荒山青埂峰下的一块顽石，此顽石是女娲炼石补天时自经煅炼而灵性已通的三万六千五百零一块中剩余的一块。青埂者，情根也，女娲炼石补天以拯救生灵之所因，顽石自经煅炼而灵性已通之所由也。凡此，就说明：天地间生生不灭者，"情"而已；女娲炼石补天，乃"情不情"。赤瑕宫的神瑛也罢，青埂峰的顽石也罢，都是不知富贵贫贱和尊卑上下为何物的"原人"，其所知所识，所作所为，亦唯"情"之动于衷而已！凡此，又说明：宝玉之"含玉而生"，亦即含"情根"而生；宝玉在怡红院以"护法群钗"作为自己的"一生事业"，只不过是神瑛侍者在赤瑕宫日以甘露灌溉花木为务之重演而已，不意却成了诗礼簪缨之族中的"混世魔王"而为万目睚眦，可见"王道"亦如何在灭绝人之所以为人的真性情。此其二。正是这种"天分中生成"并为宝玉"独得"的"意淫"，它决定了宝玉：认为以建功立业为核心的人生价值观念应予摒弃，尽管他不知在摒弃了这一价值观念后自己的恰当人生位置在何方；认为以戕残人之天性为务的三纲五常等封建法典不应遵从，尽管他不知在亵渎了这类封建法典后自己的真正立足之境在何方；认为以维护封建等级制为前提的儒家仁政思想应予弃置，尽管他不知在弃置了这种仁政思想后"天不拘兮地不羁"的人间乐园在何方；认为那"体仁沐德"的匾额下畅饮"群芳髓"的场面必须扫荡，尽管他不知扫荡这些食人者的得力武器在何方。于是，他呐喊，他苦闷，他彷徨，他求索。因而，他的最后遁入太虚幻境，便多少有点与卢梭的呼喊"回归自然"相若，成了他"意淫"的涅槃。此其三。论者认为"曹雪芹在《红楼梦》里创造了两个鲜明而对比的世界。这两个世界，我想分别叫它们作乌托邦的世界和现实的世界。这两个世界，落实到《红楼梦》这部书中，便是大观园的世界和大观园以外的世界"①。这看法是很有启发性的，但我却不敢苟同。我认为《红楼梦》里总共写了四个世界：一、贾府围墙外面的天地，这是个如同《儒林外史》中所写的霸道横行的世界。花袭人、晴雯，以及芳官等十二个优伶之被卖入贾府，以及刘姥姥的忍耻到荣国府打抽丰，个中给我们传来了消息。作者在前八十回中虽只作随笔点染而已力透纸背；从脂批得知贾府被查抄后其子孙曾四散流落，则知在佚稿中作者对这一世界还可能有正面描写。二、贾府围墙里面的正府，这是作者以现实社会中鲜有的地主阶级的积善之家为原型并益之以孔孟的王道理想而构建的世界，是个王道荡荡的世界。其主子是世上少见的大善人，其奴隶是人间少有的幸运儿。作者所以构建这一世界，旨在写出：在封建宗法的思想和制度的规范下，其大善者亦不善，其大幸者亦不幸。三、山在虚无缥缈间的太虚幻境，是作者的"游仙诗"和理想世界。它以"四海之内，皆姊妹也"为其特征，是个不存在纲常观念、自由、平等、和谐的美妙社会。四、"天上人间诸景备"的大观园，既是贾府正府在世外的投影，又是太虚幻境在人间的投影。正因为大观园交织着如此两种投影，所以它也就成为一个独特的世界，即贾宝玉的"意淫"观念和孔孟的"仁政"思想之间不见刀光剑影、不闻战马悲鸣的无声战场。其结果，是"曲终人不见，江上数峰青"。"曲终人不见"者，是纲常教义与贾府家世利益的结为神圣同盟，将花柳繁华的大观园变为白杨萧萧的大"花冢"；"江上数峰青"

①　余英时：《〈红楼梦〉的两个世界》，胡文彬、周雷编：《海外红学论集》，上海古籍出版社 1982 年版。

者，是在白杨萧萧的大"花冢"那边，依然隐显着发人遐想的太虚幻境。由此也就出现了《红楼梦》结构学上的总体特点，那就是我在拙作《论〈红楼梦〉的结构学》中说的：神瑛侍者（贾宝玉）"家住'赤瑕'——坠入'怡红'——返回'赤瑕'——魂系'怡红'"，是为"情僧"。顽石（通灵玉）"祖居'青埂'——坠入'情根'——返回'青埂'——记述'情根'"，是为《石头记》。二者相辅相成，合二为一，是为《红楼梦》的主要情节线索和思想线索，其哲学精神即以"情性"为本体的"意淫"说亦寓焉。此其四。是故，我的结论是：《红楼梦》对古来中国传统文化是"超越的突破"。

正是基于如上几个方面，所以我认为：《红楼梦》的文化沿革，与《儒林外史》是异途的。吴敬梓基本上仅取儒学原教旨及其各个历史发展时期的合理内核而熔为一炉，当然也就不能有"哲学的突破"，他只是个朴素民主主义者，其社会理想的幻灭只宣告了中国中世纪的终结。曹雪芹则取于儒释道而又跳出儒释道，并注意汲取明清新兴市民阶层思潮之进步因素，从而一炉铸之，因而具有"哲学的突破"，他是个初步民主主义者，其社会理想的幻灭还宣告了中国新世纪的开端。他俩对现实社会的批判虽颇多殊途同归之点，但就社会观念来说，一个缅怀于既往，一个求索于未来，其思想趋势是两股道上逆向开的车，存在着回归与叛逆原则上的不同。

这不是偶然的，与自幼蒙受的文化教养有关。吴敬梓的家族，是"一门三鼎甲，四代六尚书"。其曾祖辈和宗族中多举业中人，父霖起是康熙丙寅年的拔贡，做过一任江苏赣榆县的教谕，"马帐溢执经之客，鹿车骈问字之人"，是个既博学而又雅好治《经》的士大夫，吴敬梓把治《经》看作"人生立命处"，这不能不认为是蒙受其父亲的影响。曹雪芹的家族是世任江宁织造，其祖父寅曾纂刻《全唐诗》和《佩文韵府》

等书于扬州，但家庭文化氛围虽亦颇浓郁，父祖辈中却无以治《经》见称的人。曹雪芹亦然，他虽亦服古通经，并长于诗，长于画，却无意于治《经》，这有敦敏、敦诚兄弟和张宜泉诗只字不言其治《经》可证。

不少专家学者常引马克思《拿破仑第三政变记》开端一段话，来说吴敬梓的召唤过去的亡灵是为了演出历史的新场面，来说吴敬梓是个初步民主主义者，窃以为不可这么论证。因为明清复古思潮虽具东方的微光，但只能说明个中人或蒙受这一思潮影响的人，皆对现实不满，想抬出周公、孔孟以反对程朱、陆王，却不能说明他们的社会理想中皆有冬末的未萌，皆是西方文艺复兴时期式的反封建斗士。这便是我们通过对《儒林外史》和《红楼梦》的社会观念的比较研究所得出的结论。

五、余音

过去的只能作为借鉴，历史总是通向未来的。悲怆地缅怀三代，造就了吴敬梓。苦痛地求索未来，造就了曹雪芹。

第十八章　论《红楼梦》后四十回

一、引言

创作难，续书亦不易。续书本身就是种创作，虽有原著作依傍，亦受原著的多所制约，要想达到形神俱似，简直难于上青天。

《红楼梦》以它残存的前八十回成为中国封建社会的百科全书，这是文学史上的奇迹。高鹗一流人续写的后四十回竟然能达到乱真的程度，这也是文学史上的奇迹。一部书有此双重奇迹，可说是独秀世界文林。

然而，倘详加鉴别，就会发觉二者在情节描写上虽不无形神俱似的地方，在基本思想倾向上却貌似神离。这不是由于高鹗们的续书成就太低，而是由于曹雪芹的原著成就太高。因此，识别这种貌似神离，有助于我们加深对原著的认识。这也是本文所要重点谈的问题。

二、说高鹗辈续补后四十回的基本方法

高鹗和程伟元在给《红楼梦》写的一篇"引言"里，曾宣称他们所补的后四十回与前八十回是做到了"前后关照"，"有应接而无矛盾"。这颇为自得的两句话，实际上是道出了他们续补后四十回（以下简称"续作"）的方法。这种"关照"的方式是多种多样的，其实际作用是修正曹雪芹的原意，改变原著的基本思想倾向。

模拟原著一些具有提挈全书或主要人物思想性格作用的情节，这是"前后关照"的方式之一。这类模拟，面目虽似，神情实非。

比如，原著写了贾宝玉"神游太虚境"，续作也写了贾宝玉"神游太虚境"。原著描写贾宝玉的"神游"，借以说明决定"金陵十二钗"等命运的东西是贾府的"运终数尽，不可挽回"，是社会法则在起作用。续作描写贾宝玉的"神游"，借以说明决定"金陵十二钗"等命运的东西是"福善祸淫，古今定理"，是神的法则在起作用。原著描写贾宝玉"神游"的结果是坠入了"迷津"，成了"于国于家无望"的"痴顽"。续作描写贾宝玉"神游"的结果是"乃忽改行，发愤欲振家声"①，终于"入圣超凡"②。

比如，原著写了薛蟠的一场人命官司，续作也写了薛蟠的一场人命官司。原著是通过对薛蟠的人命官司的描写，引出了一张"护官符"。它告诉人们："如今凡作地方官者，皆有一个私单，上面写的是本省最有权有势、极富极贵的大乡绅名姓，各省皆然；倘若不知，一时触犯了这样的人家，不但官爵，只怕连性命还保不成呢！"薛蟠之所以能逍遥法外，就在于四大家族名列"护官符"，触犯他不得。续作是通过对薛蟠人命官司的描写，否定了有所谓"护官符"，显示了"国法王条不顺情"。它告诉人们：尽管四大家族"炙手可热势绝伦"，贾政也亲自出面"托人与知县说情"，薛蟠仍然难逃法网。尽管薛府又"花上几千银子，才把知县买通"，改"故杀"为"误伤"，薛蟠还是被"监禁候详"。最后幸逢皇恩大赦，刑部才准其"赎罪"。原著写审理薛蟠人命案的贾雨村，是着重表现他为要保官升官就不得不"徇情枉法"，从而揭露了封

---

① 鲁迅：《中国小说史略》，《鲁迅全集》第 9 卷，人民文学出版社 1981 年版，第 233 页。

② 鲁迅：《坟·论睁了眼看》，《鲁迅全集》第 1 卷，人民文学出版社 1981 年版，第 239 页。

建末期官僚政治的腐朽本质。续作写审理薛蟠人命案的某知县，是着重表现他为要获取薛府"几千银子"的"私贿"而"贪赃枉法"，从而批判了贪官污吏们的个人道德品质的败坏。

比如，原著写了贾宝玉和林黛玉在爱情上彼此一再试探，续作也写了贾宝玉和林黛玉在爱情上彼此一再试探。然而，如果说，原著从"探宝钗黛玉半含酸"，直到"诉肺腑心迷活宝玉"，宝黛内心达成了默契，这一过程也反映了他俩叛逆思想的不断发展；那么，续作从"病潇湘痴魂惊恶梦"，直到"苦绛珠魂归离恨天"，宝黛内心总未达成默契，这一过程不仅反映了他俩爱情上的时时"返生"，也反映了他俩思想上的日趋逆转。林黛玉说"混帐话"，贾宝玉"评女传"，便是他俩思想逆转的显著表现。

正如何其芳同志所说："这种模仿和重复实在太多了，如果一条一条地写出，我们这篇论文的这一部分也就会成一本账簿。"[①] 而每次模仿和重复，都不同程度地修正着曹雪芹的思想。

遵照原著的一再暗示完成人物的结局，这是"前后关照"的方式之二。其结果，与原著的暗示大多是步不动而神移。

当然，并非所有人物的结局都符合原著的暗示。比如，史湘云早寡。《乐中悲》："云散高唐，水涸湘江"，用楚襄王梦会巫山神女事；回目："因麒麟伏白首双星"，用牛郎和织女的典故。显见史湘云的结局，当是新婚燕尔即劳燕分飞。又如，王熙凤魂返金陵。册子判曰："一从二令三人木，哭向金陵事更哀。"《聪明累》云："机关算尽太聪明，反算了卿卿性命。"可知王熙凤的结局，不是魂返而是被"休"后死于金陵。再如，香菱扶正。册子上"画着一株桂花，下面有一池沼，其中水涸泥干，莲

----

① 何其芳：《论红楼梦》，人民文学出版社 1958 年版。

枯藕败"。其词曰："自从两地生孤木，致使香魂返故乡。"明言香菱的结局，是被夏金桂虐待而死。显然，这些人物的结局，是续作者的杜撰。

然而长夜无晨，大多数的人物归宿虽未契于曹雪芹本怀，却与原著之伏线亦不背。贾宝玉、林黛玉、元春、探春、惜春、妙玉、巧姐，以及花袭人等的归宿，就是如此。这是续书中难能可贵的地方，但亦不能与原著相提并论。

贾宝玉的结局是遁入空门，这在原著里颇多暗示。《参禅偈》："无可云证，是立足境。"便既是禅理，又是谶语。作为禅理，用薛宝钗的话说是"了则未了"，用脂砚斋的话说是"可知宝玉不能悟"，因为这句禅语机锋落在"是立足境"，并未悟及"身等空界"。作为谶语，又暗伏贾宝玉的日后"悬崖撒手"。照脂批说，贾宝玉的"悬崖撒手"是出于"情极之毒"。所谓"情极之毒"，就是"空对着，山中高士晶莹雪；终不忘，世外仙姝寂寞林。……纵然是齐眉举案，到底意难平。"是以脂批又说："宝玉看（有）此世人莫忍为之毒，故后文方能'悬崖撒手'一回，若他人得宝钗之妻，麝月之婢，岂能弃而（为）僧哉。"足见，贾宝玉的"悬崖撒手"是"云空未必空"，是堕入"迷津"的变相反映形式，是使他成为"今古未有之一人"的叛逆性格的完成。其特点是：身在红尘，他是名教的叛逆者；身入空门，他是佛教的叛逆者。这种"无枝可依"，正反映了一个觉醒者感到无路可投的苦闷。这一点，第五回有明确的暗示，只是不为人们所注意。此回写贾宝玉"神游"的结果是落入"迷津"。贾宝玉行至"迷津"，警幻仙子曾追来告道："快休前进，作速回头要紧！……如堕落其中，则深负我从前一番以情悟道、守理衷情之言。""回头要紧"一句，甲戌本有夹批云："机锋。"这就清楚地说明：贾宝玉的"悬崖撒手"实则意同堕落"迷津"，正反映了他的不作"回头想"。因此，既与"守理衷情"相抗礼，也与"以情悟道"不相并。

然而，续作却以六回书写贾宝玉修举业，以五回书写贾宝玉悟仙缘，从而以中乡魁却尘缘来了结其归宿，这就等于给他换了灵魂。抱定"只有这一入场，用心作了文章，好好的中个举人出来"以"不枉天恩祖德"，这不失为"名教中人"。在雪影里，"光着头赤着脚，身上披了一领大红猩猩毡的斗篷"，随一僧一道飘然而去，"渺渺茫茫兮，归彼大荒"，这又无疑是"超凡入圣"。一方面羡慕金章紫绶，一方面羡慕白日飞升，这正是我国地主阶级的代表心理。贾宝玉终获此全福，无怪于皇帝要封其为"文妙真人"。要之，还是鲁迅说得好：贾宝玉之终于出家，"在作《红楼梦》时的思想，大约也止能如此；即使出于续作，想来未必与作者本意大相悬殊。惟披了大红猩猩毡斗篷来拜他的父亲，却令人觉得诧异。"其所以"令人觉得诧异"，就在于那衣着，那下拜，正象征着一个"超凡入圣"者的不忘"天恩祖德"，正反映了儒释道三教思想的汇合。

《芙蓉诔》"虽诔晴雯，而又实诔黛玉"。如果说，第三十回，宝玉对黛玉说："你死了，我做和尚。"成了宝玉"悬崖撒手"的谶语，那么，第二十八回，黛玉对宝玉说："赶你回来，我死了也罢了。"当成为黛玉"泪尽夭亡"之谶。"一个枉自嗟呀，一个空劳牵挂。"也分明是相思而不能相见的情景。足见，黛玉死时宝玉并不在贾府，弥留之际牵挂着宝玉。宝玉究竟在哪里呢？合乎逻辑的解释只能是在脂批所说的"狱神庙"。脂批还提到佚稿有"宝玉砸玉，颦儿之泪枯"的情节。此事当发生在贾府与薛府定亲之日，时在贾府被抄的前夕。由此可知，林黛玉是死于双重打击，一是贾宝玉与薛宝钗定亲，一是接踵而至的贾府被抄，遂使贾宝玉身陷囹圄。"林黛玉焚稿断痴情，薛宝钗出闺成大礼"，"苦绛珠魂归离恨天，病神瑛泪洒相思地"，写黛玉"泪尽夭亡"，颇哀婉动人，是续作的神来之笔，亦是小说史上的佳笔之一。然而仍不可与原著同日而语。这可归结为两点：一是使宝黛的爱情悲剧游离于统治阶级内部矛盾的总爆发之外，流于主人公的"哀情艳史"；二是写黛玉怀着对宝玉的误解和怨恨而殁，实有伤于黛玉的思想性情。

"虎兔相逢大梦归"，这是元春的结局。续书写"元春自选了凤藻宫后，圣眷隆重，身体发福"，死于"痰疾"，"谥曰贤淑贵妃"。并明叙元春死在甲寅年十二月十九日，而十二月十八日立春，已交卯年寅月，存年四十三岁。这种比附，与"虎兔相逢大梦归"不是"有应接而无矛盾"吗？这就涉及"虎兔相逢"的含意问题。要知曹雪芹的本意，就不可不联系下列问题：（1）元春于燕尔新婚之际，"忍悲强笑"说皇宫是个"不得见人的去处"。（2）元春的灯谜云："一声震得人方恐，回首相看已化灰。"曲子《恨无常》云："喜荣华正好，恨无常又到。"寓意均属暴亡。（3）元春归省点的四出戏里有《乞巧》，脂批明言是"伏元妃之死"，以杨玉环之自缢作谶当非吉兆。（4）元春死后托梦贾政："儿命已入黄泉，天伦呵，须要退步抽身早！"凡此，足以看出所谓"虎兔相逢大梦归"，实隐喻元春生活于深宫犹如兔入虎穴并死于上层统治集团的风云变幻。既然如此，当然也就不会有续作者笔下的那种生前"身体发福"与死后"谥曰贤淑贵妃"的幸运。

照原著的暗示，探春的归宿是矛盾着的两个方面。她所作的灯谜是风筝，脂砚斋云："远适之谶。"这当然令她可悲。她所抽的花签是杏花，签上注云："必得贵婿。"这当然令她可喜。二者在佚稿里当是统一的，这种统一反映在作者的暗用高蟾的《下第》诗上："天上碧桃和露种，日边红杏倚云栽。芙蓉生在秋江上，不向东风怨未开。"诗的第二句固然见之于探春所抽的花签，第四句也与探春所作的灯谜诗中"莫向东风怨别离"的隐义全同。它暗示：探春的夫家虽则富贵繁华，但本人的境遇却十分冷落凄清，更何况骨肉家园，天长路远，又梦魂难度。可是，这种暗示一经续作者的应接，探春的远嫁海疆却成了塞翁失马，不仅婚后生活颇为得意，而且还"服采鲜明"地随夫归宁，仅有的一点思乡之苦也化为乌有。

惜春的福分似差些，实亦不错：打坐栊翠庵，周围有紫鹃等相随，似幽尼又似小姐，既遂了平素的心志，经济上也颇优哉游哉。假若其祖父贾敬不死，定会引这个小孙女为同调。然而，这只是续作者的良法美意。照原著的暗示，惜春的归宿就不妙了，是栖身"古庙"，"独卧青灯"，"缁衣乞食"。"公府千金至缁衣乞食，宁不悲夫。"

惜春在续作里走了运，妙玉在续作里却倒了霉，落得个不堪的结局。清人江顺怡说："妙玉似倪云林。"① 涂瀛说：妙玉"似阮始平"②。并说："妙玉壁立万仞，有天子不臣、诸侯不友之概"③。这些看法，是精辟的。实际上，妙玉也是个叛逆者。"坐破蒲团终彻悟，红梅折罢暗销魂。"④ 这不仅违反佛门教规，而且违反封建礼教，一般世俗小姐都不允许，更别说是个尼姑了。正因为如此，所以曹雪芹是深深同情她的"到头来，依旧是风尘肮脏违心愿。好一似，无瑕白玉遭泥陷"；同情她无法摆脱那个浊恶的社会环境给她安排的悲惨命运。照脂靖本的一条批语，知这指的是妙玉后来流落"瓜洲渡口……红颜固不能不屈从枯骨"。然而原著的这类暗示一经续作者的"关照"，便成了"活冤孽妙姑遭大劫"。续作者为什么要让妙玉被强盗合伙劫去，落了个极其难堪的下场呢？难道是出于慨叹"铮铮者易缺，皎皎者易污"⑤？否。王夫人的一

---

① 一粟编：《红楼梦卷》第 1 册，中华书局 1963 年版，第 206 页。

② 同上书，第 144 页。

③ 同上书，第 130 页。

④ 茅盾：《赠梅》，《社会科学战线》1978 年第 4 期。

⑤ 冯家奢：《红楼梦小品》，转引自一粟编：《红楼梦卷》第 1 册，中华书局1963 年版，第 234 页。

句话道破了这个秘密："不知他怎么凡心一动，才闹到那个分儿！"——原来是对妙玉的不肯把"七情六欲"捆起以示处罚。

　　研究者认为："高氏补巧姐传，可谓一句题外的话也没有说。"[①] 实际情况并非如此。巧姐的归宿，册子上的画暗示得最明确："一座荒村野店，有一美人在那里纺绩。"说得具体一点，就是：照曹雪芹的原意，巧姐在"家亡人散"时被"狠舅奸兄"卖进了"烟花巷"，幸而为刘姥姥所救，嫁给她外孙板儿，成为"纺绩"于"荒村野店"的农妇。续作者似乎认为这么写太煞风景了。所以，他虽然也写了巧姐为"狠舅奸兄"所卖，然而是被卖给一个"藩王为妾"，并且没有变为现实；他虽然也写了巧姐为刘姥姥所救，然而救出之后是嫁给了一个"家财巨万，良田千顷"的财主之子，这个财主之子，"生得文雅清秀，年纪十四岁"，"新近科试，中了秀才"，是个"前程似锦"的人物。"纺绩"于"荒村野店"的农妇与诰命夫人有望的秀才娘子，这在命运上是霄壤之别。

　　"堪羡优伶有福，谁知公子无缘。"寓指袭人的嫁蒋玉菡，并带有调侃的味道。袭人出嫁的来龙去脉已难推测，然而从脂批可知佚稿的情节与续作不同。（1）第二十回，写宝玉为麝月篦头，晴雯说他们"瞒神弄鬼"。此段有脂批云："袭人出嫁之后，宝玉宝钗身边还有一人，虽不及袭人周到，亦可免微嫌小敝（弊）等患，方不负宝钗之为人也。故袭人出嫁后云，'好歹留着麝月'一语，宝玉便依从此话。可见袭人虽去，实未去也。"此条批语说明在贾宝玉堕入贫困之前，袭人早已嫁蒋玉菡。（2）第二十一回，有回前批云："按此回之文固妙，然未见后卅回犹不见此之妙，此曰（回）'娇嗔箴宝玉，软语救贾琏'，后曰（回）'薛宝钗借词含讽谏，王熙凤知命强英雄。'今只从二婢说起，后则直指其

_____

　　① 　俞平伯：《红楼梦辨》，人民文学出版社1973年版，第28页。

主。……箴与谏无异也，而袭人安在哉，宁不悲乎。"宝玉与宝钗定亲虽在贾府被抄以前，而结婚则在宝玉出狱以后。^①"薛宝钗借词含讽谏"当在新婚燕尔不久，"王熙凤知命强英雄"必在"哭向金陵"之前。此时，袭人就已经不在贾府。第二十回，写李嬷嬷拉住黛玉和宝钗"将当日吃茶，茜雪出去，与昨日酥酪等事，唠唠叨叨说个不清"。畸笏叟批云："茜雪至'狱神庙'方呈正文。袭人正文标目曰：'花袭人有始有终'。余只见有一次誊清时，与'狱神庙慰宝玉'等五六稿，被借阅者迷失，叹叹！"此言"花袭人有始有终"，显然是指袭人夫妇与茜雪等去狱神庙看望宝玉。这有第二十八回回前批资证："茜香罗红麝串写于一回，盖琪官虽系优人，后回于袭人供奉玉兄宝卿得同终始者，非泛泛之文也。"凡此，可知袭人离开贾府，与蒋玉菡结婚，时在贾宝玉身陷囹圄期间。袭人脱离贾府奴籍的原因似不外两个，一是贾府被抄后花自芳将其赎出奴籍，二是贾府被抄时因抄出茜香罗而引起瓜葛。续作者虽则按照原著的暗示写出了袭人的归宿，却从封建主义的贞节观念出发，讽刺其在宝玉出家后想死不死而嫁给蒋玉菡。这不是曹雪芹的意图。

正如恩格斯所说：文艺作品的"主要的出场人物是一定的阶级和倾向的代表，因而也是他们时代的一定思想的代表"^②。他们的行为的逻辑及其发展的归宿，渗透着作者对生活的评价与审美理想，因而也显现着作品的主题思想。《红楼梦》后四十回所描写的贾宝玉等这些主要人物的行为的逻辑及其发展的归宿，尽管大都符合前八十回中的线索或暗示，然而这种"符合"实际上是种"步不动而神移"。其总的趋势是要改变这部书的思想倾向，让它于默化潜移中变得"尚不谬于名教"^③。

---

① 参见张锦池：《论林黛玉性格及其爱情悲剧》，《红楼梦学刊》1980 年第 2 期。
② 《马克思恩格斯选集》第 4 卷，人民出版社 2012 年版，第 440 页。
③ 高鹗：《红楼梦序》。

　　捕风捉影，向壁虚造，这是"前后照应"的方式之三。这种"照应"，当然大谬于曹雪芹的原意，也最鲜明地反映着续作者的意图。

　　比如，第九回，宝玉"入家塾"，黛玉笑道："好，这一去，可定是要'蟾宫折桂'去了。"这分明是黛玉习常的讽刺口吻，可续作者却当作伏脉，据此不仅写出宝玉中举，还写出宝玉有"可以飞黄腾达"的"遗腹之子"贾桂。要是黛玉这句话作准，那第十八回，宝钗也对宝玉笑道："亏你今夜不过如此，将来金殿对策，你大约连'赵钱孙李'都忘了呢！"岂不是暗伏宝玉日后当进士及第！可见续作者把黛玉这句讽刺话当作伏脉，正反映了他十分信仰那功名富贵的偶像。

　　比如，第一回，写空空道人见《石头记》"及至君仁臣良父慈子孝，凡伦常所关之处，皆是称功颂德，眷眷无穷，实非别书之可比"。这分明是曹雪芹的带有调侃味道的"假语"，所以书中对这类"伦常所关"多应之以似褒实贬。然而，续作者却把这种"假语"当作真意，反映在对贾宝玉"却尘缘"的描写上，就是让他临行时必哭拜王夫人，并且是"只管跪着，不肯起来"；既出家后，必在雪地里拜贾政，而且是"似喜似悲"地"拜了四拜"。韩愈曾攻击佛教"不知君臣之义，父子之情"[1]。贾宝玉已"悟仙缘"，犹如此不忘"天恩祖德"，这正反映了续作者对名教的偶像是何等的顶礼膜拜。

　　比如，神仙梦幻在原著中皆别有寓意，或供以宣判贾府的"运终数尽"，或用以揶揄世道人情，所以只略点虚说而止。贾宝玉有段话，实反映了曹雪芹写神仙梦幻的本心："我素日因恨俗人不知原故，混供神盖庙，这都是当日有钱的老公们和那些有钱的愚妇们听见有个神，就盖起庙来供着，也不知那神是何人；因听些野史小说便信真了。比如这水

---

　　① 韩愈：《论佛骨表》。

仙庵里面供的是洛神，故名水仙庵，殊不知古来并没有个洛神，那原是曹子建的谎话，谁知这愚人就塑了像供着。今儿却合我的心事，故借他一用。"足见曹雪芹写神仙梦幻，其本意并不是要宣传神鬼仙佛。所谓"用'梦'用'幻'等字，是提醒阅者眼目，亦是此书立意本旨"，实际上是在提醒阅者：此书的"梦"、"幻"等字的背后藏有"碍语"，不可作等闲看。然而，续作者却不是如此。且看他从"梦"、"幻"等字引出些什么吧！王熙凤月夜见鬼魂，贾宝玉潇湘闻鬼哭，妙玉请拐仙扶乩，贾蓉请毛半仙占卦，贾赦请法师拿妖，通灵玉避祸撮合示神灵，凡此等等不一而足。这种"倏而神鬼乱出，忽又妖魔毕露"，说明续作者对神鬼仙佛的偶像也是"至信朝礼"。

正因为续作者对这三座偶像怀有信仰之情而曹雪芹却相反，所以也就在质的规定性上逐渐改变了贾宝玉等人的行动的逻辑及其发展的归宿。这便把《红楼梦》的思想倾向引向歧途。

正由于续作者用了这种种方式与原著取得"前后关照"以致"后四十回的事情，在前八十回都能找到它的线索"[①]，所以也就在艺术感受上给人一种似是而非的满足。王雪香等之所以把赝品当作真品，其客观原因亦在于此。

三、说高鹗辈续补后四十回的指导思想

甄士隐对贾雨村说："福善祸淫，古今定理。现今荣宁两府，善者修缘，恶者悔祸，将来兰桂齐芳，家道复初，也是自然的道理。"这段话虽则出自甄士隐之口，实际上反映了续作者补写后四十回的指导思

---

① 俞平伯：《红楼梦辨》，人民文学出版社 1973 年版，第 37 页。

想。宁荣二公对警幻仙姑说:"吾家自国朝定鼎以来,功名奕世,富贵传流,虽历百年,奈运终数尽,不可挽回。"这段话虽则出自宁荣二公之口,实际上反映了曹雪芹创作《红楼梦》的指导思想。

一个要写贾府的"家道复初",一个要写贾府的"运终数尽",这是续作者与曹雪芹在创作思想上的原则分歧,也是续书与原著在基本思想倾向上的不同之点。

既要以"家道复初"去替代贾府的"运终数尽"为指归,又想与前八十回"有应接而无矛盾"以期能够乱真,这就决定了续作者对前八十回的情节或伏线必然要采取实用主义的态度。其特点是:仿佛在追迹前人,实则在取己所需。因此,续书中在"写什么"和"怎么写"的问题上也就呈现出三个基本特点。

第一,凡是原著有关贾府"运终数尽"的伏脉,续作者一般都不予以"应接"。

比如,王熙凤是贾府的理家者,所以她的册词和曲子伏有贾府的历史命运。"散花寺神签惊异兆"与"王熙凤历幻返金陵",显然是出于续作者对"哭向金陵事更哀"和"反算了卿卿性命"的精心"应接",然而对"终有个家亡人散各奔腾"这么重要的暗示却不作一字"关照"。

比如"老学士闲征姽婳词",并非出于"闲",倒是出于"忙",忙于光宗耀祖。何以见得?"征姽婳词"的缘由可以资证。这不是贾政的心血来潮,是他赴诗坛文会于同僚"快散时忽然谈及一事,最是千古佳谈。'风流隽逸,忠义慷慨'八字皆备,倒是个好题目,大家要作一首挽词"。并且"大家"当即就写了篇序。这些达官贵客之所以对林四娘如此感兴趣,实由于"昨天因又奉恩旨,着察核前代僧尼乞丐与女妇人等有一事可嘉,即行汇送履历至礼部备请恩奖"。贾政明知"他们那里已有原序"并且"送往礼部去了",回家后又口授清客写了"一篇短序",

同时不仅要宝玉等立刻各写一首挽词，还亲自提笔向宝玉笑道："你念我写。"其动机是明显的，就是想把自己的短序与宝玉等的挽词配套成龙，送往礼部以与同僚们竞邀"圣宠"，并以此当作宝玉登上仕途的"终南捷径"。谁知却与其愿望相反。"天子惊慌恨失守，此时文武皆垂首。何事文武立朝纲，不及闺中林四娘！"贾府的政敌们据此诬贾氏父子以心存"唐突朝廷"，这在文字狱盛行的时代当不足怪吧？因此，如果说"痴公子杜撰芙蓉诔"实际是王夫人抄检大观园的产物，那么，"老学士闲征姽婳词"当伏锦衣卫查抄荣国府的导火线。贾政"因嫌纱帽小，致使锁枷扛"，贾宝玉也因卷进文字狱而被关入"狱神庙"，这该不是完全出于臆测吧？无论如何，"老学士闲征姽婳词"在佚稿中必有照应，可在续书中却成了断了线的风筝。试想：要是贾政跌入了文字狱，那么，贾赦因石呆子等案罹祸后荣国公世职又着谁承袭？贾府不是一败涂地了吗？所以，续作者对贾政把《姽婳词》等呈送礼部的结果不予"关照"，也就事在必然。

比如，脂批中曾明言环绕着贾宝玉和王熙凤被因于"狱神庙"，有五六回文字不幸被借阅者迷失，其中包括茜雪"狱神庙慰宝玉"、"芸哥仗义探庵"、"花袭人有始有终"；曾明言贾宝玉在"悬崖撒手"前，"寒冬噎酸齑，雪夜围破毡"，王熙凤在"哭向金陵"前，执帚扫雪，"身微运蹇"；曾明言"为官的家业凋零，富贵的金银散尽"，"二句总宁、荣。与树倒猢狲散作反照。"足见，贾府被抄没，宝玉等坐牢，诸子孙流散，丫鬟们也"各自干各自去"，这是佚稿中的主体情节。难道续作者当时没有看到这些脂批？否。不言而喻，他所看到的脂本不会比我们少。可是他对这类脂批却视而不见，这只能说他因盲于心而盲于目。

当然，续作对这类伏线并非全无"应接"。"落了片白茫茫大地真干净"，就有"关照"。此语寓言贾氏结局，含义不语自明。脂砚斋又好饶舌，从旁加批道："照看葫芦庙。与树倒猢狲散反照。"可续作者却作了这样的"应接"：贾政于雪天追赶跟随一僧一道而去的贾宝玉，"转过一小坡，倏然不见。……只见白茫茫一片旷野，并无一人"。这种"应接"以半神奇的景象，会使读者落诓妄中，以为曹雪芹本意就是以此语寓指宝玉的终于成佛成祖；却也证明续作者对贾府的"树倒猢狲散"讳莫如深。

第二，把大故迭起，破败死亡相继，作为贾府由否运朝向泰运转化的过程来描写，其悲凉之雾既与原著相洽，又便于引出贾氏的终于"兰桂齐芳，家道复初"。这就叫"明修栈道，暗度陈仓"。

《红楼梦》里的主要人物，其结局早在册子里就一一注定。一经续作者的"应接"，便形成了续作中的大故迭起，破败死亡相继。而这种"应接"又均未契于曹雪芹本怀，所汇成的大故迭起，破败死亡相继，自然与所谓"食尽鸟飞独存白地"者殊不类。因此，不能认为"兰桂齐芳，家道复初"只是"惟结末又稍振"，实质它是续作修正了原著思想倾向的综合反映。

从哲学思想上说，曹雪芹基本上是从朴素的唯物论和朴素的辩证法思想出发，认为盛筵必散，富贵难永，不存在什么亘古长存的"天理"，而贾府正在完成的便是由"好"而"了"，由兴盛而衰败的历史转化，其总的发展趋向是"运终数尽，不可挽回"。续作者则从历史循环论思想出发，认为"天不变，道亦不变"，"否极泰来，荣辱周而复始"，而贾府正处在"否运"与"泰运"的交替时期；并且"否运"即将过去，"泰运"已经来临。"锦衣军查抄宁国府"，"复世职政老沐天恩"，就是这一历史转折的标志。因此，"将来兰桂齐芳，家道复初，也是自然的道理"。

从伦理思想上说，曹雪芹消孔反儒，讥弹封建主义的伦常观念，认为人与人之间的关系应该是和谐的、平等的、自由的；认为晴雯等之所以死于非命，是由于贾府的统治者在"以理杀人"；认为贾府的统治者们之所以相率而为伪，甚至天伦之乐，几几乎绝，就在于以礼教为家庭之经制，其面上之礼数弥周，其骨肉之情意弥薄。续作者则尊儒重道，恪守封建主义的伦常观念，甚至认为贾府其所以大故迭起，破败死亡相继，就在于人们没有切实遵循先儒遗训，做到"好德如好色"、"去欲存理"。因此，贾府被抄，无异于给人们当头棒喝。自此，"善者修缘，恶者悔祸"。贾母又是"祷天消祸患"，又是"散余资"，还吩咐将府里的奴隶"该配人的配人，赏去的赏去"。贾政认为自己"不能管教子侄，这就是辜负圣恩。只求主上重重治罪"。贾赦老泪纵横，真心诚意地"恼悔"自己的"从前任性"。邢夫人在巧姐的"遇难呈祥"以后，"自觉羞惭，想起王夫人主意不差，心里也服。于是邢王二夫人，彼此倒心下相安了。"一切都走上"理"的轨道，这就难怪平儿等也说："咱们家该兴旺起来了。"

从人生道路上说，曹雪芹对孔子的"学也禄在其中矣"的格言坚决否定，主张与仕途经济的道路决绝。续作者则把孔子的这一格言奉若神明，宣扬委身于仕途经济是人生的荣耀，除了让贾宝玉一第以外，还为贾府找到了"兴灭继绝"的接班人——贾兰和贾桂。从而抚慰了那曾经是忧思焦劳而又一筹莫展的宁荣二公的在地之灵。

归结到一点，曹雪芹作为地主阶级的叛逆者，认为贾府已届"末世"，它所代表的封建宗法制度，是有问题，有缺陷，不合理的，因而要解决，要改革，要反抗。续作者作为封建士大夫文人，他对现实社会制度的缺陷所生的苦痛并非没有感受，甚至已早有不满，可是一到快要显露缺陷的危机一发之际，便即刻闭上了眼睛，同时便在幻觉中看见贾府"善者修缘，恶者悔祸"，自此"否极泰来"，一切尽够圆满。这也就是曹雪芹与续作者政治态度的不同。

第三，用少量的笔墨草草交代人物的归宿，用大量的笔墨精心描写似属"前后关照"而实则不应有的情节，这是由于改变原著思想倾向所不可少，迷离阅者眼目所不可无。这类描写，堪谓"君子欺之以方"。

打开庚辰本，从第二十一回的回前批，知"后文"即佚稿部分是"三十回"；从第二十回一条畸笏叟的批语，知描写贾宝玉身陷"狱神庙"时期的文字至少有五六回，约占全部佚稿的五分之一。这说明一个十分重要的问题："家亡人散各奔腾"是佚稿的中心画面；贾宝玉等众多人物的结局就是这种"人散各奔腾"的归宿。因此，开卷即云石上所记是它"历尽离合悲欢炎凉世态的一段故事"。因此，人物虽众，用短短三十回写其不同的结局，却不仅游刃有余，亦且扩展了社会的生活画面。

续作较佚稿还多十回，尽管把大观园诸人的结局大都依据前八十回的暗示补出，却大多写得草率仓皇。史湘云是个很重要的人物，史府的命运是通过她的遭际从侧面展示的。可续作也只用"姑爷很好，为人又和平"等语以"关照"曲子上的"厮配得才貌仙郎"；用"姑爷痨病死了，你史妹妹立志守寡"云云就算"应接"了"云散高唐，水涸湘江"。"因麒麟伏白首双星"一回，脂批明明写道："后数十回若兰在射圃所佩之麒麟，正此麒麟也。提纲伏于此回中，所谓草蛇灰线在千里之外。"这么一桩重要公案，续作竟未予理睬。探春远嫁时，未见写《分骨肉》的悲切场面。贾府仍然袭着世爵，自然不会有凤姐的"哭向金陵"、惜春的"缁衣乞食"、妙玉的"流落瓜洲渡"等等惨痛悲苦情节；只要点明一下，她们一魂返金陵，一进入栊翠庵，一为强盗合伙所污，就算是都应合了册子上规定的结局。然而，巧姐作为"绣户侯门女"，却让她为"狠舅奸兄"所卖而为刘姥姥所救以"应接"册子上的注定，别的姑且不说，那些"狠舅奸兄"也未免过分狗胆包天。这又说明一个问题：这些人物的结局之所以写得那么草率仓皇，甚至不近情理，缺乏真实性，其根本原因就在于：续作者既想"应接"册子上的暗示，又不愿写贾府的"树倒猢狲散"，反而要写它的"家道复初"。

归结人物的结局应是续作中最重要的一项，却写得如此仓皇草率，贾芸和小红一段公案、麝月抽着了荼蘼签、茜雪被撵后的下落，凡此等等甚至无一字相"关照"；那么，续作者的笔墨都洒到哪里去了呢？主要是洒在三个问题上。

第一，在宝黛爱情问题上画蛇添足。正如前人所说："须知黛之于宝玉，纯以爱情相感，不失男女爱情之正。试观两人情意未通以前，黛时时有疑忌心，有刻薄语，这都是放心不下的缘故。及至'诉肺腑情迷活宝玉'一回之后，黛知宝心，宝知黛心，黛之情已定，自此心平气和，以后对宝玉没有一点疑心，而对于宝钗诸人亦忠厚和平，无一些从前刻薄尖酸之态。"① 这位评论者没有指明宝黛"不失男女爱情之正"的思想基础，这是个不足；然而"及至'诉肺腑情迷活宝玉'一回之后"云云，实在是很有见地。续作者费了九牛二虎之力，用七回书的篇幅（第八十二、八十七、八十九、九十一、九十六、九十七、九十八回），直接描写了宝黛爱情；间接写到的就更多，举其要，也不下五回书（第八十三、八十四、八十五、一百零四、一百零八回）。这七回书所描写的宝黛爱情关系有一个共同特点，那就是：黛玉不知宝玉心，宝玉不知黛玉心，特别是黛玉对宝玉总存疑心。这就把宝黛的爱情关系倒退到"诉肺腑"一回以前情未定的时期。因此，除了第九十七、九十八回在完成宝黛爱情悲剧的结局上与曹雪芹的原意合拍，从而有其必要性以外，其余五回书，特别是前四回所描写的宝黛爱情问题，基本上是属于

---

① 季新：《红楼梦新评》，转引自一粟编：《红楼梦卷》第 1 册，中华书局 1963 年版，第 304 页。

画蛇添足。然而，这种画蛇添足，又恰恰是续作的思想倾向所要求的。何以见得呢？这可以从三方面说。首先，第八十二回，"老学究讲义警顽心，病潇湘痴魂惊恶梦"，这是续书中第一次描写宝黛爱情。居然写黛玉对宝玉说：八股文章，"不可一概抹倒。况且你要取功名，这个也清贵些"。这无异于一开始便给黛玉换了灵魂。并让她参与贾政对宝玉的"思想改造"。难怪宝玉"听到这里，觉得不甚入耳"。然而此时觉得黛玉此言"不甚入耳"的宝玉后来也日渐成了势利名教中人。因此，这实际上是种釜底抽薪，它抽去了宝黛爱情的思想基础。其次，曹雪芹写贾宝玉叛逆性格的发展是有个过程的，这一过程也反映在他与黛玉在爱情问题的一次次相互试探上。续作者写贾宝玉叛逆性格的逆转也想如此，以免使贾宝玉的思想性格顿成两橛。最后，贾母决定娶宝钗而不娶黛玉，当是"中原得鹿不由人"，一是由于宝钗的思想符合贾府统治者改造宝玉的需要，一是由于贾薛两府需要以新的联姻来结成"金"与"玉"亦即金钱与权势的神圣同盟。曹雪芹于"诉肺腑"一回，一写宝黛的"情已定"便不再写宝黛钗在爱情问题上的纠葛，目的就是要揭露贾府的这种家世利益在宝黛爱情悲剧中所起的决定性作用。续作者始则写黛玉赞美时文八股，以为学举业取功名是件清贵的事情，让黛玉像宝钗一样"利欲熏心"；继则写薛府由于"薛文起复惹放流刑"，弄得倾家荡产，让宝钗像黛玉一样的寒楚；终则写贾母决定娶宝钗是由于"林丫头……恐不是有寿的"，其目的是要掩盖贾府这种家世利益在宝黛爱情悲剧中所起的决定性作用。

第二，在贾宝玉的举业问题上向壁虚造。凡看过《红楼梦》的人，都知道贾政曾一再逼贾宝玉"留意于孔孟之间，委身于经济之道"。甚至曾这样对李贵说："你去请学里太爷的安，就说我说了：什么《诗经》、古文一概不用虚应故事，只是先把《四书》一气讲明背熟，是最要紧的。"这一段话见于第九回"恋风流情友入家塾，起嫌疑顽童闹学堂"。贾政为什么首重《四书》呢？因为这是修举业的立足点。于是续作者便不惜笔墨，用六回书的篇幅（第八十一、八十二、八十四、八十八、一百十八、一百十九回），描写了贾宝玉修举业的"苦难的历程"。第八十一回，这是续书的开篇，题目是："占旺相四美钓游鱼，奉严词两番入家塾。"写贾政对宝玉说："我还听见你天天在园子里和姐妹们玩玩笑笑，甚至和那些丫头们混闹，把自己的正经事，总丢在脑袋后头。就是作得几句诗词，也并不怎么样，有什么稀罕处？比如应试选举，到底以文章为主。你这上头倒没有一点儿工夫。我可嘱咐你：自今日起，再不许做诗做对的了，单要习学八股文章。"这与第九回不是"前后关照"，"有应接而无矛盾"吗？然而，贾政的思想也是有变化的。何以见得？第七十八回，"老学士闲征姽婳词，痴公子杜撰芙蓉诔"，作者有段长达四百零三个字的旁叙，其中明明写道："近日贾政年迈，名利大灰。然起初天性也是个诗酒放诞之人，因在子侄辈中少不得规以正路。近见宝玉虽不读书，竟颇能解此（指能诗），细评起来也还不算十分玷辱了祖宗。就思及祖宗们各各亦皆如此，虽有深精举业的，也不曾发迹过一个，看来此亦贾门之数。况母亲溺爱，遂也不强以举业逼他了。"这里，"名利大灰"云云，显然是作者对贾政的调侃说法，可与贾政游稻香村自言"引起我归农之意"照看。这里，"天性也是个诗酒放诞之人"云云，实质是对贾政的自我解嘲心理的点破，因其登上仕途是皇帝"额外赐了……个主事之衔"而不是以"科甲出身"。这里，"不强以举业逼他"云云，确实是点明了贾政的思想变化，可与宝玉挨打后贾政向贾母作的"保证"参照。因此贾政也就满心期望宝玉能发迹于"终南捷径"。当然也就不会"严词"训宝玉，说什么"自今日起，再不许做诗做对的了，单要习学八股文章"。要指出的是：第七十八回这段作者旁叙，庚辰本和戚本等脂本均有，但不见于今本。《乾隆抄本百廿回红楼梦》也有，然而被删削。该抄本这一回后面，有朱笔"兰墅阅过"四字。删削者是否是高鹗，现在还难以确定。然而删削的原因很明显，那就是：续书中不惜笔墨所写的宝玉修举业，与这段长达四百零三个字的作者旁叙不能并存，所以不得不削足以适履！反过来当然也就证明：续书中以六回书所写的宝玉修举业，纯属续作者的向壁虚造。

第三，在神鬼仙佛的问题上舞文弄墨。《红楼梦》前八十回写了太虚幻境，写了一僧一道，也暗示了贾宝玉的归宿是遁入空门。这都不假。然而能否以此书为成佛之要道呢？当然不能。鲁迅在《关于太炎先生二三事》一文中就曾明确地说过，自己年青时之所以爱看章太炎所办的《民报》，一个十分重要的原因，就是由于章太炎"和'以《红楼梦》为成佛之要道'的×××斗争，真是所向披靡，令人神往"。显然，鲁迅和章太炎的看法是一致的，也是正确的。但是，假若以续作为成佛之要道，却并非毫无道理。续作者竟视墨如水，居然在不下十五回书里（第八十三、九十四、九十五、一百零一、一百零二、一百零三、一百零八、一百十一、一百十二、一百十四、一百十五、一百十六、一百十七、一百十八、一百十九回），描写到神鬼仙佛问题。这还不算第一百二十回，"甄士隐详说太虚境，贾雨村归结红楼梦"。其中除了第一百十九回在完成贾宝玉的结局上与曹雪芹的原意貌似以外，余者基本上是出于续作者的弄神弄鬼。别的不说，就说"通灵玉"吧。照庚辰本等脂本所写，通灵玉是青埂峰下顽石的幻相，贾宝玉是太虚幻境神瑛侍者的转胎，二者是同一共性的不同个体。照脂砚斋们所说，佚稿中有宝玉"砸玉"，"玉"被"误窃"，王熙凤"扫雪拾玉"，甄宝玉"送玉"等等情节。凡此，说明贾宝玉确曾"失玉"，原因是人的因素在起作用，"玉"也仍在人间。可是，这些脂批所说的关于"玉"的情节，续作者却一概不予描写。他居然篡改原著把神瑛侍者改为警幻仙姑给予顽石的封号。并从而在续作中把贾宝玉的"失玉"写成："宝玉，即'宝玉'也。那年荣宁查抄之前，钗黛分离之日，此玉早已离世：一为避祸，二为撮合。从此凤缘一了，形质归一。又复稍示神灵，高魁贵子，方显得此玉乃天奇地灵煅炼之宝，非凡间可比。"这倒也说明：续作者笔端的妖气既是笼罩着贾府之"否运"的夜雾，又是接迎贾宝玉成佛成祖和贾府"家道复初"的朝霞。

洒在这三个问题上的笔墨有多少呢？不少于续作全部篇幅的二分之一吧，除了不几个地方与曹雪芹的原意相通，其余基本上都属于不应有的笔墨。然而它们对于续作改变原著之思想倾向，却至关重要。

四、说高鹗辈续补后四十回的总体功过

或许有人会说：你既认为续作是文学史上的奇迹，又认为它与原著的基本思想倾向不同，这不是自相矛盾吗？一点也不矛盾。要知道，这是在把它与以八十回的残本而成为世界文坛之显学的《红楼梦》相对比。

因此，立足于基本思想倾向看问题，弄清续作与原著的异同，从而既有联系又有区别地对待它们，就十分必要。否则，要么不能还原著的基本思想倾向以本来面目，要么不能还续作的基本思想倾向以本来面目：二者必居其一。事实上，这两种情况在研究界也普遍存在。

一是，以续作的思想扣原著的思想。比如有人认为："宝玉到后四十回，所以能深深动人，就是因为他已不似前八十回专说呆话吃口红而已。他读八股，取功名，是专为报答父母养育之恩，尽了人子之道，才遁入空门。这时宝玉年纪较大了，人品也较成熟了，不是永不成器，

谤僧骂道一个茜纱公子而已。"①这位研究者指出续作中的贾宝玉是个回头的浪子，这是有见地的；而以为这符合曹雪芹的本怀，则又等于是歪曲了原著的思想倾向。

二是，以原著的思想扣续作的思想。比如不少同志认为"高鹗的续作，基本正确地发展了前八十回中主要人物的性格，展开并加强了前八十回中的主要矛盾"；认为"后四十回续写的宝玉黛玉的爱情悲剧使《红楼梦》有了更深刻的反封建的意义"；认为"高鹗在后四十回中，基本上忠于现实的必然发展，忠于曹雪芹的精神"。这些看法，是只看到黛玉对宝玉说："好哥哥！你叫我跟了谁去"之类的露骨地表达爱情的方式；只看到宝玉在洞房花烛夜，"也不顾别的，口口声声只要找林妹妹去"之类的公然在封建家长面前表白自己愿与黛玉同生共死，却没有看到宝黛的叛逆性格在续作中的逆转，没有看到续作者早已用釜底抽薪的法子抽掉了宝黛爱情的思想基础，抽掉了宝黛爱情悲剧的社会经济、政治根源，改变了曹雪芹所赋予的质的规定性。是只看到续作所写的大故迭起、破败死亡相继等等与原著的伏线颇符的一些具体情节，却没有看到续作者是把这些情节作为贾府所面临的一时"否运"来写的，目的是要为贾府的方兴未艾的"泰运"作铺垫和陪衬，借以表现贾府的所谓"否极泰来"，从而与曹雪芹所赋予贾府的结局以"运终数尽"相争驰。因此，这些同志的上述看法，当然也就偏离了续作的基本思想倾向。

三是，不是着眼于续作的基本思想倾向，而是在一些具体情节上指出其与曹雪芹的原意相谬，甚至能正确地看到续作者所信奉的是功名富贵、神鬼仙佛，以及名教等三个偶像，这与曹雪芹的思想大相

---

① 林语堂：《跋曹允中〈红楼梦〉后四十回作者问题的研究》。

径庭①；然而又认为原著写的是"钗黛合一"、"闺友闺情"、"情场忏悔"，并认为贾兰自幼"聪慧好学"，将来应是"文武双全"、"大富大贵"，而看不到原著以贾雨村的归宿补足了阅者对贾兰前程的想象，这种对原著基本思想倾向的看法却又正好与续作殊途同归。

三种看法，彼此殊异，甚至相互对立，但有一个共同的特点，就是认为后四十回忠实于前八十回，差异只在细微的地方，而不在大关节上。由此可见弄清续作的基本思想倾向，看看它与原著究竟是相异还是相同，这是多么必要！

然而，指出续作的基本特点是与原著貌似神离，这绝不意味着否定续作的成功，绝不意味着否定续作的价值。

首先，要求续作与原著神形毕肖，否则就否定其审美价值，认为是失败，这是对续作者不切实际的苛求，不公平的评价。文艺创作是种审美认识，最具个性特征，也最要求独创性。天才的创作，是不可重复的。著名的古希腊雕像美神阿弗洛狄忒仅残双臂，不少一流的雕塑家想复原尚且望洋兴叹，又何况补写以残存八十回而成为中国封建社会宏伟历史画卷的《红楼梦》，真是谈何容易！比如第七十五回，"开夜宴异兆发悲音，赏中秋新词得佳谶"。脂批云："乾隆二十二年五月初七日对清。缺《中秋诗》俟雪芹。"现在仍付阙如。比如第三十五回回末，宝玉吩咐秋纹去给黛玉送果子，秋纹刚欲去时，只听黛玉在院内说话，宝玉忙叫"快请"，到第三十六回回首又另起一事，与这了不相干，显见脱落了一节文字。谁有兴致，可补补试试，做到形似就行，恐怕难吧！《红楼梦》人物是那么众多，纠葛是那么复杂，续作却形似到可以乱真的程度，以致像王雪香这样在红学史上有地位的评点家都感到没有一回

———————————

① 参见俞平伯：《红楼梦辨》，人民文学出版社 1973 年版，第 45 页。

不是神妙难言，以致像王国维那样的大学问家都看成前后一辙，以致像那些必令"生旦当场团圆"的续作者们也只敢从百二十回续下去，这本身就是一种了不起的成就。

其次，貌似神离，这使续作的思想价值与原著无法相比；然而，续作的"貌似"又与曹雪芹的原意不乏合拍的地方，它本身也具有讽喻作用，堪称讽喻文学。

续作者向壁虚造贾府的家道复初，精心阉割宝黛爱情的思想基础，着眼于写出贾府政治上的"大团圆"，宝黛爱情上的"小悲剧"，这当然有谬于曹雪芹的思想。但是，"悲剧"虽"小"，毕竟是悲剧。就爱情婚姻问题上的反封建礼教来说，还是有一定的积极意义的；与明末以来的"才子及第，奉旨成婚"之类的以"大团圆"为结局的作品相比，还算是较为高明、敢于写实的。它也有契于曹雪芹的本怀，并由于这种悲剧在续作中占据艺术结构的中心地位，而使续作的思想成就和艺术成就与《西厢记》和《牡丹亭》等以爱情作题材的优秀作品相比也绝不逊色。续作虽然不能像原著那样通过宝黛爱情悲剧把批判的矛头指向封建制度本身，却也从道德的角度上尖锐地揭露了贾府的统治者们玩弄"调包计"的丑恶，因而对地主阶级并不失其讽喻作用。

贾政作为地主阶级的忠臣孝子，在原著中是典型的反面人物，到续作中则基本上成了正面人物。这集中地反映了曹雪芹与续作者在对待封建正统派的态度上所存在的原则分歧。但是，应该看到，续作者对于贾政亦不无微词。第九十九回，"守官箴恶奴同破例，阅邸报老舅自担惊"，便是明证。书中写贾政外任江西粮道，以廉洁自守，"一心做好官"，不仅出示严禁州县"折收粮米，勒索乡愚"，还严令左右凡"州县馈送，一概不受"。然而"那书吏衙役，都是花了钱买着粮道的衙门，那个不想发财？俱要养家活口"。"眼见得白花花的银子，只是不能到手。"于是便"齐打伙儿"告假的告假，怠工的怠工。恶奴李十儿便乘机与衙吏们串通一气，合伙愚弄贾政以致使其被参削职。这种描写是颇为深刻的，它不仅揭露了官场的黑暗腐朽，也讥弹了贾政这位"守官箴"的道学家在复杂的现实面前"同于泥塑"，无力"治国平天下"。诚然，续作者写贾政办事的"古执"也意在集中表现贾政为官的廉洁，然而这种肯定贾政的品质而讥弹其迂疏肤阔，却反映了封建"末世"的一个客观事实：地主阶级虽则把程朱理学奉为正统思想，可是代表着这种思想的封建正统派却不能"治"地主阶级之"国"。描写这种历史的讽刺，显然未离曹雪芹的本怀。

曹雪芹与续作者在创作思想上有一个鲜明的异同点，那就是：一个既"指奸责佞"，又嘲讽"君仁臣良父慈子孝"的封建伦常理想；一个也"指奸责佞"，却宣扬"君仁臣良父慈子孝"的封建伦常理想。这反映在对"当今"的态度上，一个称颂其"仁孝过天"是语含调侃，一个则真心诚意地在称颂，说什么"如今的万岁爷是最圣明最仁慈的，独听了一个'贪'字，或因遭塌了百姓，或因恃势欺良，是极生气的，所以传旨便叫拿问"。贾府便是因"恃势欺良"被查抄，贾雨村也是因"遭塌了百姓"被革职。这就把皇帝这个"封建贵族社会的代表"[1]，打扮成铁面无私的执法者，全民的救世主。然而续作者也并非一味歌颂"天皇圣明"，他对宫廷生活也颇语含讽喻。第八十三回，"省宫闱贾元妃染恙"，写内监出来说道："贾府省亲的太太奶奶们，着令入宫探问；爷们，俱着令内宫门外请安，不得入见。"贾母等入宫请安，元妃含泪道："父女弟兄，反不如小家子得以常常亲近！"第九十五回，"因讹成实元妃薨逝"，写："贾母王夫人遵旨进宫，见元妃痰塞口涎，不能言语。见了贾

---

[1] 《马克思恩格斯全集》第 6 卷，人民出版社 1961 年版，第 301 页。

母，只有悲泣之状，却没眼泪。……少时贾政等职名递进，宫嫔传奏，元妃目不能顾，渐渐脸色改变。内官太监即要奏闻，恐派各妃看视，椒房姻戚未便久羁，请在外官伺候。贾母王夫人怎忍便离，无奈国家制度，只得下来，又不敢啼哭，惟有心内悲感。"尽管续作写元妃死于寿终正寝与原著的伏线不符，然而此等笔墨却与元妃归省所言"不得见人的去处"前后关照，也继承并发展了历代以"宫怨"为题材的现实主义诗歌的讽喻传统。

凡此等等，说明一个问题：如果说，《红楼梦》前八十回是叛逆文学，那么，后四十回就是讽喻文学。"讽喻"之对于"叛逆"，当然是思想上的大倒退，但同时对于封建社会又有揭露作用。这种两重性，也可用续书所写鸳鸯和司棋的结局来略加说明。第四十六回，"鸳鸯女誓绝鸳鸯偶"，写鸳鸯的意向是："老太太在一日，我一日不离这里；若是老太太归西去了，他横竖还有三年的孝呢，没个娘才死了他先纳小老婆的！等过三年，知道又是怎么个光景，那时再说。纵到了至急为难，我剪了头发作姑子去，不然，还有一死。"足见鸳鸯并无主恩仆义观念，其结局亦颇难推知。第一百十一回，"鸳鸯女殉主登太虚"，写鸳鸯怀着殉主之念，"哭得泪人一般"地跪着对王熙凤说："我生是跟老太太的人，老太太死了，我也是跟老太太的！若是瞧不见老太太的事怎么办，将来怎么见老太太呢？"要王熙凤务必把丧礼办得"体面些"，让死去的贾母"风光风光"。这就把一个意识到自己的奴隶地位而敢于反抗的奴隶，篡改成一个"忠奴义仆"的形象。同时又点出鸳鸯自缢时的心理：想到贾赦虽被发配，贾政是不管事的人，邢夫人一"乱世为王"，自己就得受掇弄，"倒不如死了干净！"因此鸳鸯自缢也是对邢夫人等贾府的"恶者"们的一种控诉。第七十七回，写司棋因私情泄露被撵，临行向周瑞家的等人哭告道："婶子大娘们，好歹略徇个情儿：如今且歇一歇，让我到相

好姊妹跟前辞一辞，也是这几年我们相好一场。"说明在她的世界观中
已萌发了一种新的道德观念和婚姻观念，所以才能如此自信自己与潘又
安的幽会并非见不得人的事情。第九十二回，显然是模仿尤三姐的自刎
写了司棋的撞墙。这对贾府的罪恶无疑是有揭露作用的。然而，尤三姐
是殉于"情"；司棋当亦如此，可书中却让她在自杀以前说出这样的话
来："我是为他出来的，我也恨他没良心。""一个女人嫁一个男人。我
一时失脚，上了他的当，我就是他的人了，决不肯再跟着别人的。"这
就把司棋的殉"情"又纳入了烈女殉"节"的思想轨道。一方面给不幸
者以深深同情，一方面又尽可能地把他们的思想纳入名教的范畴，甚至
不惜削足适履：这正是续作的一般特点。这不是偶然的。续作者作为封
建士大夫文人，究竟是敏感人物，由本身的矛盾或社会的缺陷所生的苦
痛是要身受的，这使他易于对不幸者产生同情；可又不敢正视这种社会
的缺陷所孕的危机，这又使他易于到名教中去立命安身。

再次，续作者改变了原著的基本思想倾向，写贾府"否极泰来"，
"家道复初"，这不是他个人的过错，是一定社会思潮的反映。早在
一百二十回印本问世以前，戚蓼生为他所得的八十回抄本写了个序，序
上说："乃或者以未窥全豹为恨，不知盛衰本是回环，万缘无非幻泡。
作者慧眼婆心，正不必再作转语，而万千领悟，便具无数慈航矣。彼
沾沾焉刻楮叶以求之者，其与开卷而寤者几希！"这当然是在强作解人，
然而他的这种看法却与高鹗等续作者的认识如出一辙。他们为什么会产
生这种认识呢？主要是两个原因。一是，八十回仅露"悲音"，殊难毕
其究竟，而曹雪芹又好用曲笔，特别是前五回，简直令人"横看成岭侧
成峰"，要识庐山真面得有一个历史过程。这是客观原因。二是，贾府
不是严嵩府，它的主要特点是"富而好礼"，是"王道荡荡"，是忠臣孝
子之门。花袭人与刘姥姥对它的看法，实际上反映了世俗对它的看法。

它的男性统治者没有一个是高衙内式的人物，贾政、王夫人、贾母就更是地主阶级的仁人君子。要而言之，它所代表的是地主阶级的"光明面"，不是地主阶级的"阴暗面"。面对这么一个"诗礼簪缨之族"，戚蓼生和高鹗等人作为地主阶级的一分子，当然不仅不能理解它何以会衰亡，而且也不相信它会衰亡。但是，症结已为曹雪芹点明，"悲音"已于八十回露出；于是，他们便以"盛衰本是回环"来作解释，而这又反映了他们根本就不忍心看到贾府的衰亡。须知，曹雪芹对贾府的思想感情也是复杂的。因此，他们便热衷于到《红楼梦》的消极面中去寻找希望。这是主观上的原因。那么，曹雪芹何以会"挥泪斩马谡"，宣判贾府以"运终数尽，不可挽回"呢？脂砚斋们说贾宝玉是"今古未有之一人"。这句话可以移来说曹雪芹，并回答这一问题。

最后，高鹗说他们所补的后四十回与前八十回是做到了"前后关照"、"有应接而无矛盾"，这的确反映了如下一个事实：他们对前八十回的情节简直是明察秋毫，十分有研究。他们的续作是以他们的研究成果为基础的，所以也就经得起时间的考验。我们今天对《红楼梦》的认识之所以能比他们深刻，一个极为重要的原因就在于是站在他们的肩膀上在看问题。当然，一不留心也就会被他们牵着鼻子走。如果说，胡适所开创的新红学其指导思想虽则是错误的，却是红学史上的里程碑之一；那么，高鹗等人所补的后四十回其思想倾向虽则与原著不同，却是红学史上的第一座里程碑，并且是一座用形象思维写出的难以企及的丰碑。

"岱宗夫如何？齐鲁青未了。造化钟神秀，阴阳割昏晓。荡胸生层云，决眦入归鸟。会当凌绝顶，一览众山小。"这是杜甫的《望岳》诗。是的，与泰山相比，旁边的众山是"小"的；与喜马拉雅山相比，泰山也是"小"的，但决不能因此否定其是一岳。《红楼梦》后四十回与前八十回相比，也是如此。

第十九章　论《姽婳词》在《红楼梦》悲剧结构中的地位

——兼说《红楼梦》的艺术结构

在《红楼梦》里，《姽婳词》是郁郁诗林的一木、情节波涛的一粟；同时又是激起狂澜的礁石——甚至可以说，贾府被抄就是以它作的导火线。

这并不是我们故作惊人之语，《姽婳词》在《红楼梦》悲剧结构中的地位确实值得重视。其矛头所指，乃地主阶级的忠义观，这有事实可证。

一、从贾政闲征《姽婳词》说起

贾宝玉和贾政的矛盾，说到底，是"父与子"两代人在人生道路问题上的矛盾。贾政"闲征《姽婳词》"与贾宝玉写作《姽婳词》，既是他们各自思想发展的必然结果，又反映了他们父子间思想上的深刻对立。它是塑造人物性格的一个十分重要的环节。

贾政"闲征《姽婳词》"有其偶然性，又有其必然性。他至一达官贵客家赶诗坛文会，"快散时忽然谈及一事"，想到了这一题目，当然是偶然的。可也是必然的。首先，贾政这些名利场中人，他们的附庸风雅、行诗坛文会，实际上是一种谈讲仕途经济、练达人情的特殊形式。

所以每遇这种文会，贾政必携子弟前往唱酬。因此于文会上想起林四娘这类忠义题目，就事有必然。其次，林四娘这一题目，"'风流隽逸，忠义慷慨'八字皆备，倒是个好题目，大家要作一首挽词"。贾政作为封建宗法的思想和制度的代表，自然会产生浓烈的兴趣。再次，"昨日因又奉恩旨，着察核前代以来应加褒奖而遗漏未经请奏各项人等，无论僧尼乞丐与女妇人等，有一事可嘉，即行汇送履历至礼部备请恩奖"。因此，林四娘这一题目也就情同应制。贾政这些"国贼禄鬼"，自然会如群蝇逐臭——"大家听见这新闻，所以都要作一首《姽婳词》，以志其忠义"。最后，也是最主要的，书里说"近日贾政年迈，名利大灰。然起初天性也是个诗酒放诞之人，因在子侄辈中少不得规以正路。近见宝玉虽不读书，竟颇能解此，细评起来，也还不算十分玷辱了祖宗。就思及祖宗们各各亦皆如此，虽有深精举业的，也不曾发迹过一个，看来此亦贾门之数。况母亲溺爱，遂也不强以举业逼他了。所以近日是这等待他"。显然，所谓"近日贾政年迈，名利大灰"云云，实际上是作者对贾政的调侃。贾政是鉴于贾宝玉在举业问题上无望，遂转而期望能发迹于"诗酒放诞"。唯因如此，所以便把制作《姽婳词》当作贾宝玉的"终南捷径"。须知，备请予以恩奖的原则是林四娘的"忠义之志"，然而呈请者的献诗写得好，也自会获得当今的赏识。因此，所谓"老学士闲征《姽婳词》"，实际上是"忙征《姽婳词》"，"忙"于颂扬"圣朝无阙事"，以邀君恩；"忙"于"望子成龙"，以光宗耀祖。明乎此，也就懂得贾政携题归来何以那么心花怒放，与清客、相公们谈论此事竟至乐得语无伦次；并且又是让清客提笔，口授了"一篇短序"，又是亲自提笔向宝玉笑道："如此，你念我写。"打开《红楼梦》，贾政对宝玉几曾有过这么和蔼可亲的态度？

贾宝玉写作《姽婳词》有其偶然性，也有其必然性。《姽婳词》是贾政从诗坛文会上带回的题目，并非出于贾宝玉的自择。这对他写作《姽婳词》来说，当然是偶然的。然而他写出这么一首《姽婳词》，却又是必然的。这种必然性具体地反映在它与贾兰和贾环所写的《姽婳词》的区别上，这种区别不在诗的形式，在于诗的内容。

贾兰的是一首七言绝。写道是："姽婳将军林四娘，玉为肌骨铁为肠，捐躯自报恒王后，此日青州土亦香。"贾环的是一首五言律，写道是："红粉不知愁，将军意未休。掩啼离绣幕，抱恨出青州。自谓酬王德，讵能复寇仇。谁题忠义墓，千古独风流。"两首诗都以"流贼余党"作为林四娘的对立面，从而明确地颂扬了林四娘的"忠义之志"，这与贾政所规定的题材及其征词的目的完全吻合。

贾宝玉的《姽婳词》，情况则比较复杂。它既把林四娘与"流寇"对立，写道是"贼势猖獗不可敌，柳折花残实可伤。魂依城郭家乡近，马践胭脂骨髓香"；又把林四娘与"将士"对立，写道是"纷纷将士只保身，青州眼见皆灰尘。不期忠义明闺阁，愤起恒王得意人"；还把林四娘与"君相"对立，写道是"天子惊慌恨失守，此时文武皆垂首。何事文武立朝纲，不及闺中林四娘"！这前两点符合贾政所规定的题材，是由贾政征词的目的所决定的，不足为怪。这后一点不符合贾政所规定的题材，是由贾宝玉的主观思想所决定的，耐人寻味。须知，贾政明明是说：面对"流寇"，"朝中自然又有人去剿灭，天兵一到，化为乌有，不必深论"。足见，自天子以至百官，与诗中所描写的形象迥然不同：一是被肯定、颂扬的对象，一是被否定、讽刺的对象。

贾宝玉的这种写法又是有意识的。这一点，书里说得很清楚："那宝玉虽不算是个读书人，然亏他天性聪敏，且素喜好些杂书，他自为古人中也有杜撰的，也有误失之处，拘较不得许多；若只管怕前怕后起来，纵堆砌成一篇，也觉得甚无趣味。因心里怀着这个念头，每见一题，不拘难易，他便毫无费力之处，就如世上的油嘴滑舌之人，无风作有，信着伶口俐舌，长篇大论，胡扳乱扯，敷演出一篇话来。虽无稽考，却都说得四座春风。虽有正言厉语之人，亦不得压倒这一种风流去。"这分明是告诉人们：贾宝玉对贾政"闲征《姽婳词》"的态度与贾兰和贾环不同。贾兰和贾环是想借题以"应制"，贾宝玉是想借题以"大展其才"。这分明是提醒人们：要注意贾宝玉《姽婳词》中的"无风作有"、"误失"和"杜撰"之笔。足见，所谓"天子惊慌"云云，实乃此词的精髓，是"诗眼"。

这就产生一个问题：贾宝玉为什么要这么"杜撰"？其指导思想究竟是什么？一个地主阶级的叛逆者何以会对林四娘这一题材感兴趣？弄清了这些问题，便足以看出他写出这么一首《姽婳词》，实在有其必然性。

贾宝玉为什么要这么"杜撰"呢？难道是出于对农民起义的仇恨，嘲讽文武百官缺乏林四娘的"忠义之志"？恐怕未必。贾宝玉心中历来只念"闺友闺情"，从未想过镇压"流寇"问题。此时此刻的贾宝玉正因"去了司棋、入画、芳官等五个，死了晴雯，今又去了宝钗等一处"而"不忍悲感"，又哪来心思去谈"忠义"、论"流寇"问题？再说，题材与贾政的征词目的规定了贾宝玉要将"流寇"与林四娘对立，然而词中所着力描写的是其对官军所造成的威压，并未对贾政所说的"抢掠山左一带"予以渲染以显其"害民"。这种对"流寇"的描写，本身就具有客观性。再说，贾政曾明言朝中自然又有人去剿灭"流寇"，并且是马到成功。要是贾宝玉写作此词意在力主对"流寇"的镇压，当会对天子和满朝文武持颂扬态度。因此，一些同志以《姽婳词》来论证贾宝玉对农民起义的仇恨，这恐怕是由词的题材和表象的多义性所引起的，而为曹雪芹所始料不及。

贾宝玉究竟为什么要这么"杜撰"呢？难道是出于有心唐突朝廷，故意诽谤君相？恐怕也不是。贾宝玉根本就反对"文死谏，武死战"这一封建主义的最高信条，认为"必定有昏君他方谏，他只顾邀名，猛拼一死，将来弃君于何地？必定有刀兵他方战，猛拼一死，他只顾图汗马之名，将来弃国于何地？所以这皆非正死"。既然如此，当然也就不会以对"流寇"是否镇压有力的问题去责难文武百官；况且，贾政是要将《姽婳词》三首及其所口授的一篇短序"配套成龙"呈送礼部"备请恩奖"的，这一点，贾宝玉知道得一清二楚。既然如此，纵然有唐突朝廷的意思，恐怕也不会公然去触犯"龙鳞"。

贾宝玉其所以要这么"杜撰"，应该说，这是他的"女儿是水做的骨肉，男人是泥做的骨肉"这一思想观念发展的必然结果。贾宝玉的这种"女尊男卑"思想与一般的反对"男尊女卑"的观念不同。比如李贽认为男女同样有智慧，不能说"男子之见尽长，女人之见尽短"，这并不存在女尊男卑的问题。比如一些话本小说和戏曲传奇中往往把女子描写得比男子出色，但所描写的这种女子只是作为女性中的个别，其对立面也不是整个男性世界，所以也不存在女尊男卑的问题。贾宝玉的反对男尊女卑的观念，是以代之以女尊男卑的思想为特色的，其意义已越出对于重男轻女的思想的抨击范围，实质上是意在从两性关系的角度否定封建社会的合理性。要知道封建社会是男性至上的世界，特别是在以儒家思想作为统治思想的中国。反映在统治阶级的格言上，就是"牝鸡司晨，唯家之索"，所以母鸡打鸣，就要杀它，即便正在下蛋；反映在政权上，就是除武则天以外都是男性接皇位，女性也不能为官作宦；反映在神权上，就是最高神祇均是由男性去充当；反映在族权上，就是族长不能由女性来任职；反映在一个家庭的内部，就是妇女只应该遵守"三从四德"的教训，服从夫权和父权，母亲也须遵从儿子的权位，体察儿子的意旨，以襄助家庭大事。凡此等等，都反映了封建社会统治权力的特点，反映了妇女在这个社会里没有独立的人格和自主之权可言。因此，贾宝玉的女尊男卑的思想发展下去，就必然会使他唐突朝廷、诽谤君相，不论其自觉与否。正如一位先哲所说，妇女解放是社会解放的一把天然尺度。所以贾宝玉的"女儿是水做的骨肉，男人是泥做的骨肉"这一思想观念似是荒诞，实际上乃是他的人文主义思想的集中反映。

坚持这种人文主义思想，也就是对程朱理学的有力抗击。正因为如此，所以《姽婳词》中"天子惊慌"云云这种"杜撰"之笔，与李贽对那些成天空谈"天理"的虚伪的学者们的嘲讽也就如出一辙——"嗟乎！平居无事，只解打恭作揖，终日匡坐，同于泥塑，以为杂念不起，便是真实大圣大贤人矣。其稍学奸诈者，又挨入'良知'讲席，以阴博高官。一旦有警，则面面相觑，绝无人色，甚至互相推委，以为能明哲。盖因国家专用此等辈，故临时无人可用。"[①] 由此可见，所谓"天子惊慌"云云，又是贾宝玉平素对"凡读书上进的人……就起个名字叫作'禄蠹'"这一思想之深化的反映。

因此，如果说贾宝玉的这种"杜撰"导致他对朝廷的唐突，这倒并非出于自觉，那么，他对"国贼禄鬼"的嘲讽，确实是出于有心。其妙处则在借渲染林四娘的"忠义之志"以行。

贾宝玉否定"文死谏，武死战"这一封建主义的最高道德信条，实际上也就是对封建主义的忠义观念的否定。既然如此，这就又产生一个问题：贾宝玉对林四娘的"忠义之志"，究竟抱什么态度？"我为四娘长太息，歌成余意尚彷徨。"这含于言中的不尽之意，究竟是什么？这一问题，只要看一看贾宝玉对群钗的具体态度，就不言自明。

---

① 李贽：《焚书·因记往事》，中华书局 1975 年版，第 156 页。

首先，贾宝玉由于自幼在姊妹丛中长大，便有个"呆意思存在心里"——认为"天生人为万物之灵，凡山川日月之精秀，只钟于女儿，须眉男子不过是些渣滓浊沫而已"。因有这个呆念在心，所以把一切男子都看成混沌浊物，可有可无，把"女儿"两个字看得比那阿弥陀佛、元始天尊这两个宝号还更尊荣无比，甚至由于"爱博而心劳，而忧患亦日甚"。"老学士闲征《姽婳词》"之日，正是"惑奸谗抄检大观园"余波未平之时。"不忍悲感"的贾宝玉，把林四娘与须眉男子相对，借题以赞颂"女儿"，当是出于必然吧！

其次，贾宝玉从他对生活的观察，又不无慨叹地说了一句"混帐话"："女孩儿未出嫁，是颗无价之宝珠；出了嫁，不知怎么就变出许多的不好的毛病来，虽是颗珠子，却没有光彩宝色，是颗死珠；再老了，更变的不是珠子，竟是鱼眼睛了。分明一个人，怎么变出三样来？"怎么变出三样来的呢？当然是由于封建社会是个大染缸，随着"女孩儿"们入世日深，懂得了封建主义的利弊大事，日渐失去了"童心"的结果。林四娘作为恒王的宠姬，在贾宝玉心目中自然已成为"死珠"；然而，毕竟仍是一颗"珠"，不是"鱼眼睛"，所以还是有其值得称颂的地方。"绣鞍有泪春愁重，铁甲无声夜气凉。""胜负自然难预定，誓盟生死报前王。"这与其说是在称颂林四娘的"忠"——殒身于国，毋宁说是在称颂林四娘的"义"——殉夫以情。要知道贾宝玉是主张为人应"有情有义"的，第十九回曾这么写他对袭人的不满："谁知这样一个人，这样薄情无义。"便是明证。

最后，同是"女孩儿"，思想倾向不同，贾宝玉对她们的褒贬也不同。第三十六回，写贾宝玉懒与士大夫诸男人接谈，却"每每甘心为诸丫鬟充役"。"或如宝钗辈有时见机导劝，反生起气来，只说'好好的一个清净洁白女儿，也学的钓名沽誉，入了国贼禄鬼之流。这总是前人无故生事，立言竖辞，原为导后世的须眉浊物。不想我生不幸，亦且琼闺绣阁中亦染此风，真真有负天地钟灵毓秀之德！……独有林黛玉自幼不曾劝他去立身扬名等语，所以深敬黛玉。"要注意的是第七十八回，写贾宝玉作完《姽婳词》，又去作《芙蓉女儿诔》。王夫人一口咬定晴雯是"狐狸精"，《芙蓉女儿诔》却说："忆女儿曩生之昔，其为质则金玉不足喻其身，其为性则冰雪不足喻其洁，其为神则星日不足喻其精，其为貌则花月不足喻其色。姊妹悉慕媖娴，妪媪咸仰惠德。"贾政称颂林四娘是"最是千古佳谈。'风流隽逸，忠义慷慨'八字皆备"。《姽婳词》只说："我为四娘长太息，歌成余意尚彷徨。"两相对照，褒贬自见。原因在哪儿呢？显然是在于晴雯之死，死于封建统治阶级的迫害；林四娘之死，除了有死于殉夫以情的一面以外，还有死于殉国以忠的一面，终不免有"邀忠烈之名"之嫌。因此，如果说第七十八回对晴雯的赞美就是对林黛玉的赞美，那么，第三十六回对薛宝钗的"太息"就是对林四娘的"太息"；而这种褒贬又是属于对"女孩儿"内部的褒贬。

贾政喜爱林四娘是喜爱其"风流隽逸，忠义慷慨"，可以"汇送履历至礼部备请恩奖"。贾宝玉喜爱林四娘是喜爱其英姿飒爽，义重情深，足以生辉巾帼，羞煞须眉。贾政期望贾宝玉把《姽婳词》写成应制诗，借以接履青云之上。贾宝玉却"明修栈道，暗度陈仓"，明写林四娘的"忠义之志"，暗刺国家已到无人可用的田地，并对林四娘的"忠义之志"寓贬于褒。难怪贾政感到"虽然说了几句，到底不大恳切"。然而，一则由于"众人都大赞不止"，二则由于词中所含褒贬是借渲染林四娘的"忠义之志"以行，三则也由于"望子成龙"之心过于殷切，所以贾政这位"老学士"还是乐呵呵的，满以为将它呈送礼部，会给贾府带来福音。

恩格斯在《致斐·拉萨尔》里认为：把"两个人物的有代表性的性格"

加以对比，是进行"卓越的个性刻画"的有效方法。贾宝玉和贾政对林四娘都是持赞美态度，《姽婳词》又是出自贾宝玉的口、记自贾政的手。贾宝玉一面念，一面自我欣赏；贾政一面记，一面点头微笑。多么融洽啊，这父子俩！然而妙也就妙在就在这父子俩似是无差别的境界里，却显现出这父子俩思想上的深刻对立，并从而在加以对比中成功地直接根据这两个人物的代表性的性格作出了卓越的个性刻画。

二、从贾宝玉因何关入"狱神庙"说起

贾政将《姽婳词》呈送礼部以"备请恩奖"，并从而邀宠"当今"，其结果却成为导致贾府被查抄的导火线。

贾政"闲征《姽婳词》"，目的是要呈送礼部"备请恩奖"，并与"大家"竞邀"圣恩"。这一点，历来为研究者所忽略，而在书中是写得清清楚楚的。

我们知道，《姽婳词》这一题目是贾政至某府"寻秋之胜"，"快散时忽然谈及一事"才想到的。可当时"大家"就要"作一首挽词"，并写了一篇序，准备把这篇序送至礼部。贾政回到贾府已是黄昏，他请来众清客、相公纵谈林四娘的事迹，又口授了一篇短序，接着叫来贾宝玉、贾环、贾兰，"命他三人各吊一首，谁先成者赏，佳者额外加赏"；甚至由于贾宝玉想写成一篇长篇歌行而合了其"前序后歌"的主意，遂兴致勃勃地亲自代为之捉笔。他们为什么这么心急火燎，如群蝇逐血？就在于"昨日因又奉恩旨，着察核前代以来应加褒奖而遗漏未经请奏各项人等，无论僧尼乞丐与女妇人等，有一事可嘉，即行汇送履历至礼部备请恩奖"。"大家听见这新闻，所以都要作一首《姽婳词》，以志其忠义。"贾政明知那篇"原序也送往礼部去了"，却又口授了"一篇短序"，

以与贾宝玉等人作的《姽婳词》合成"前序后歌"，其用意不说自明。

我们知道，"闲征《姽婳词》"与"试才题对额"，实是两个遥相辉映、特犯不犯的情节画面。"试才题对额"，贾政"试"的是贾宝玉的"诗才"，不是"文才"。这应引起我们注意。凡理学之士，虽则也常好附庸风雅，但其所苛求于子弟的却是举业。贾政对李贵说，"你去请学里太爷的安，就说我说了：什么《诗经》、古文，一概不用虚应故事，只是先把《四书》一气讲明背熟，是最要紧的"，道理就在于此。贾政离家外任当学差时给贾宝玉所留的课业，除了《四书》、《五经》和古文以外，就是"百十篇"时文八股，没有一篇诗词，道理也在于此。比如应试选举，到底以文章为主，举业才是终身立身成名之事。可是，"试才题对额"，贾政对贾宝玉的题词和议论，尽管口里一声接一声地辱骂"畜生"和"蠢物"，心里却流露出一种难以掩饰的高兴，而这种高兴竟连跟随贾宝玉的小厮们都能体察到：这原因在哪里呢？或者说他"试才题对额"的目的又是什么呢？就在于想"使贾妃见之，知系其爱弟所为，亦或不负其素日切望之意"；说得明确一点，就是想借此以博取元妃的高兴。因此，他又想以《姽婳词》去"邀取圣恩"，这既是"试才题对额"之情节发展的必然，也完全符合这个"禄蠹"思想性格发展的内在逻辑。

由此可见，贾政"闲征《姽婳词》"，其目的确实是想呈送礼部，与"大家"竞邀"圣恩"。可结果又如何呢？"因嫌纱帽小，致使锁枷扛。"——谁知却触犯了"龙威"，跌入了文字狱，点燃了贾府被查抄的导火线！何以见得？

首先，贾府被查抄的根本原因当然是由于上层统治集团内部的权力和财产再分配问题。这在前八十回已有暗示。一是，忠顺王府派来向贾宝玉要蒋玉菡的长史对贾政的态度十分冷漠，秦可卿出丧与贾母八十大寿忠顺王府均置若罔闻，说明忠顺王府与贾府不睦。二是，孙绍祖之所以敢于任意作践迎春这个"侯门艳质"，并且动辄就说"你老子使了我五千银子，把你准折卖给我的"。这不是一般地行使"夫权"的问题，也不是由于迎春个人懦弱，它反映了贾府与孙绍祖这类"新贵"之间的矛盾，也反映了贾府随着其经济危机的日益加深而在上层统治集团内部矛盾中的虚弱地位。三是，书中对元春的描写主要是截取了其一生的两个横断面："榴花开处照宫闱"和"虎兔相逢大梦归"，其间以太监往返于宫中和贾府作穿插。因此，太监对贾府的态度如何，也就反映了元春宫廷生活的状况。如果说，第十三回写"大明宫掌宫内相戴权"与贾府的热络，是元春将"晋封为凤藻宫尚书，加封贤德妃"的征兆，那么，第七十二回写贾琏说"昨儿周太监来，张口一千两，我略应慢了些，他就不自在"，便是元春在宫中已经失意的反映。四是，贾府作为"诗礼簪缨之族"，并以"体仁沐德"为其主要特点，虽则家无犯法之男，却亦颇多恶迹。这些恶迹也完全可以被政敌用作整它的把柄。比如，王熙凤因贪图贿银三千两而包揽词讼，遂导致张金哥与其未婚夫双双自杀问题；比如，王熙凤与都察院演双簧，捉弄贾琏，逼死尤二姐，随后又想杀死出面告状者张华问题；比如，王熙凤放高利贷问题；比如，在国丧和家丧期间，贾珍邀集诸世家子弟聚赌并与贾蓉行"聚麀之诮"问题；比如，贾雨村为了讨好贾府和王府而"乱判葫芦案"问题；还如，贾雨村为了巴结贾赦而构陷石呆子，以索其古扇问题。"乱判葫芦案"和构陷石呆子虽属贾雨村的徇情枉法，而一旦他倒踢一脚也会嫁祸于贾府。凡此等等，又都说明了一个问题：贾府的政治危机四伏！然而，这只是贾府政治上的一方面情况，贾府的政治上还有另一方面情况。它属于赫赫有名的"京都八公"，又是皇亲国戚，具有"百足之虫，死而不僵"的特点。其所以会"死而不僵"，是出于"扶之者众"。它的种种恶迹之所以得逞，也正是"扶之者众"的一种反映。况且，且不说它与史、王、薛三府是连络有亲，扶持遮饰皆有照应，直到第七十一回贾母"八旬大庆"，还"钦赐金玉如意一柄、彩缎四端、金玉环四个、帑银五百两……馀者自亲王、驸马以及大小文武官员之家凡所来往者，莫不有礼，不能胜记"。况且，王熙凤与都察院演双簧，这事发生在第六十九回，堂堂都察院竟然绕着这位少奶奶的指挥棒转，也说明贾府的权势仍然是炙手可热。全面衡量贾府的这两个方面情况，它的那些恶迹真可以说是说小就小，说大就大。说小，公侯门第家家都有，哪省都有一张"护官符"；说大，一旦飞祸临头，桩桩件件都是罪状。因此，倘若没有一个导火线，贾府的种种政治危机都是种不会爆发的潜在危机。

其次，贾政把《姽婳词》呈送礼部，目的既然是要与"大家"竞邀"圣恩"，那么"大家"当然也就要挑《姽婳词》的毛病。"天子惊慌恨失守，此时文武皆垂首。何事文武立朝纲，不及闺中林四娘！"要是"大家"或其中有一人，诬以"故意唐突朝廷，诽谤君相"之罪，贾政将以何作答？这不是我们在危言耸听，当时的文网委实是如此。历史告诉我们：清朝出于统治文化、牢笼士子，一面除设科举以诱利禄之士，还有南巡召试，其献诗赋、呈著述者每有奖叙；一面又立文禁，甚至一字违碍，每兴大狱，犯者以大逆谋反论。其中便有贾政式的以献诗呈文而自罹文网的可笑情景。这在曹雪芹创作《红楼梦》的乾隆年间尤其如此。比如，乾隆十六年，流寓山西介休县的直隶人王肇基，赴同知衙门献《恭颂万寿诗联》，因"毁谤圣贤"被奏请论罪。又如，乾隆十八年，浙江人丁文彬至衍圣公孔昭焕府第献书，因"内多大逆不道之言"，被奏请论罪。同年，江西金谿县生员刘震宇自作《佐理万世治平新策》一书，至湖南献于布政使周人骥，因"书内有更易衣服制度等条"，被奏请论罪。再如，乾隆二十年，山西兴县人刘裕后，假冒堂弟监生刘立后之名，将所著《大江滂》一书呈送学院，因"书中语多不解，且有狂悖之处"，被奏请论罪。同年，山东德州生员杨淮震著书曰《霹雳神策》，献之于官，因"书多不经之谈"，被奏请论罪。真可谓文禁如毛，缇骑遍地。雍正五年，邹汝鲁进《河清颂》，内有"旧染维新，风移俗易"语，尚且以为讥讪，著交九卿严审定拟。贾政进《姽婳词》，以内有"天子惊慌"云云至罹文网，著交九卿严审定拟，这又何足而为奇呢！诚然，贾宝玉写出这种悖逆讥讪的诗句是由于"从血管里流出的都是血"，本是思想问题；然而，贾政把《姽婳词》呈送礼部，一罹文网，思想问题也就随即转化为政治问题。因此，说它是引起贾府潜在的政治危机之总爆发的导火线，恐怕并非全然出于臆测吧！

又次，要特加注意的是贾宝玉与王熙凤在厄运上的不解之缘。贾府处于一时烈火烹油之盛日，他们"叔嫂逢五鬼"；贾府处于"树倒猢狲散"之时，他们叔嫂又同被关入"狱神庙"。诚然，贾府一旦事败，其主子难免不受缧绁之苦；然而，脂批中单单提他们叔嫂二人，可见其情况的特殊，甚至成了治罪的重点。"叔嫂逢五鬼"，这是由于贾府内部权力和财产再分配问题上的矛盾，是贾府内部的"自杀自灭"。贾宝玉是贾府的"凤凰"，王熙凤是贾府的实际当家人，二人在贾府内部权力和财产再分配问题上占有特殊地位，所以成为赵姨娘母子等人的眼中钉，遭到暗算，这可以理解。叔嫂缧绁"狱神庙"，这是由于上层统治集团内部权力和财产再分配问题上的矛盾，是贾府被"从外头杀来"。朝廷问罪，照法律规定与传统做法，妇女和年轻男子一般发落从宽。然而，王熙凤与贾宝玉的情况却颇特殊，这就发人深思。王熙凤被关进"狱神庙"还可以理解，结交外官包揽词讼问题，蹂躏尤二姐致死问题，高利贷重利盘剥问题，凡此等等均是此人的罪状。贾宝玉为什么被关进"狱神庙"，并且是"一别西风又一年"呢？或许是由于贾环之再一次诬以"逼淫母婢，不从致死"？诬以"混迹内帏，有伤风化"？凡此等等当然可以成为贾宝玉的罪状，然而绝不是其被关进"狱神庙"的主要罪状，因为"脏唐臭汉……谁家没风流事"？再说，要是此时贾政夫妇的命运较贾赦夫妇等其他人好些，也定会从中袒护一二。反过来说，也就是此时贾政夫妇的命运较贾赦夫妇等其他人还差。问题就来了：既使年方及冠的贾宝玉被关进"狱神庙"，又使道学先生贾政比色中厉鬼贾赦问题还重，这究竟是什么事件呢？要从前八十回中找伏线，恐怕只能是《姽婳词》吧！

再次，"冷子兴演说荣国府"，说贾府的最大危机是"如今的儿孙，竟一代不如一代了"！这儿孙"一代不如一代"，似应在导致贾府的被查抄这一问题上，具体地反映为各有自己的"罪愆"。贾赦父子除了为玉熙凤包揽词讼等所殃及以外，贾赦的主要罪状当是石呆子古扇问题，贾琏的主要罪状当是国孝家孝期间"强占良民之妻为妾，因其不从而凌逼致死"问题。贾珍父子除了为贾琏娶尤二姐事所牵连以外，他们的主要罪状当是国丧家丧中引诱世家子弟赌博问题。贾政和贾宝玉呢？贾雨村当然会倒踢一脚，把"乱判葫芦案"的罪责推到贾政身上；但这既不是他一人的罪愆，也不会成为他的主要罪状。贾政和贾宝玉这思想对立着的父子俩，他们的主要"罪愆"和"罪状"，只能是殊途同归的《姽婳词》问题。此外，贾府还有一个可为政敌所用的把柄，就是大观园具有御苑规格。贾政与贾赦谁将成为一条最破的船，"僭越"这场连夜雨就会落到这条船头上。显然，贾府事败时在"文"字辈获罪最重的是贾政，在"玉"字辈获罪最重的是贾宝玉。正因为如此，所以于世路好机转的贾琏才敢于休弃王夫人的亲内侄女王熙凤。贾府事败时是否有遇难呈祥的子孙呢？当然有，就是贾环和贾兰。此二人的《姽婳词》，特别是贾环的，讴歌"忠义"颇力，倒可以看作"佳谶"。要是朝廷"念及贾府祖宗功勋"，果真赐了他一官半职，这本身就又是作者对朝廷的讥讪！

最后，《红楼梦》的回目不同于《三国演义》等书的回目。《三国演义》等书的回目一般只对该回的内容起提示作用，别无味外之旨。《红楼梦》的回目作用是多方面的，其命题的本身就是一种艺术。比如，"滴翠亭杨妃戏彩蝶，埋香冢飞燕泣残红"，既提示了该回的内容，又是两个相互映衬的画面；比如，"蒋玉菡情赠茜香罗，薛宝钗羞笼红麝串"，除了提示该回一方面的内容以外，更主要的却是用作日后两对婚姻的伏线。要注意的是"老学士闲征姽婳词，痴公子杜撰芙蓉诔"这一回目。《芙蓉诔》是抄检大观园的结果，抄检大观园又是日后贾府被查抄的预演；既然如此，《姽婳词》当然也就暗伏后来贾府被查抄的起因。还需一提的是"闲征《姽婳词》"与"试才题对额"的遥相掩映、特犯不犯问题。我们已经说过，书中对元春的描写只写了她一生中的两个片断，即"榴花开处照宫闱"与"虎兔相逢大梦归"。"试才题对额"是由"榴花开处照宫闱"引出；反之，"闲征《姽婳词》"就有可能又是在为"虎兔相逢大梦归"作引。要知道，所根据底本属早期脂本的《乾隆抄本百廿回红楼梦稿》中"虎兔"作"虎兕"。"兕"不可能是"兔"的声误，也不可能是"兔"的形误，且笔画又比较别扭：所以，不大可能是抄误，倒有可能是属于两个不同的底本。无论是把"虎兔相逢"理解为康熙与雍正在虎兔相逢之年的更换皇位，还是把"虎兕相逢"理解为喻指两派政治势力的恶斗，其共同之处都是说元春死于上层统治集团的政治风云。我们又知道，第十八回写元春归省时点了四出戏，其中之一是《乞巧》。脂批云："《长生殿》中伏元妃之死。"以杨玉环之死喻元春之死。第三十回写贾宝玉因薛宝钗体胖而比之为杨玉环，薛宝钗冷笑了两声说道："我倒像杨妃，只是没一个好哥哥好兄弟可以作得杨国忠的！"实即把贾宝玉比为杨国忠，也起伏笔作用。杨贵妃之惨死马嵬坡，实受杨国忠之牵连。是故，说《姽婳词》对元春的悲剧结局具有催化作用，恐怕不一定是深文周纳吧！

　　贾政此次赴诗文会，作者尝戏作之为"寻秋之胜"。果然，《姽婳词》这个最后寻到的"好题目"，却成了贾府在政治上由桃李春风到草木凋零的"转折点"。

　　说也奇怪，高鹗和程伟元在他们的《红楼梦引言》里，是以所续后四十回做到"前后关照"、"有应接而无矛盾"自诩的。然而对于《姽婳词》这么一条重要伏线竟无一字相"应接"。莫非是由于没有看出？否！是不敢承认。这反映在他们一板斧就砍掉了四百零三个字上。这四百零三个字，其中既包括贾宝玉撰写《姽婳词》的心理，亦即"自为古人中也有杜撰的"云云，又包括贾政"闲征《姽婳词》"的心理，亦即因见贾宝玉竟颇能解"诗酒放诞"，遂以为"也不算十分玷辱了祖宗"云云。这么一删，一则模糊了人物的精神面貌，二则把人们对《姽婳词》的注意力引向了"志"林四娘的"忠义之志"，三则也就把"闲征《姽婳词》"在书中的伏线作用变成可应接可不应接的"游丝"。

　　然而，贾府的被抄又总得有导火线，于是高鹗辈便杜撰了两条。一条是"醉金刚小鳅生大浪"，散布贾府的"风声"，迅即传到了"两位御史"的耳里；一条是正巧李御史"参奏平安州奉承京官"，而这京官就是"赦老爷"。所以"火上浇油"，于是贾府也就以两条罪状被查抄。一是，"贾赦交通外官，以势凌弱"；二是，贾珍"引诱世家子弟赌博"与贾琏"强占良民之妻为妾。因其不从，凌逼致死"。一切就这么简单，也不涉及上层统治集团内部的其他矛盾。这么写能令人相信吗？只好说是"仁者见仁，智者见智"。

　　要注意的倒是没有贾政的罪款，与贾宝玉更是毫无瓜葛。因此所谓贾府被抄，实际上是"二公"里被抄了一个半。一个，是宁国府；半个，是荣国府里的贾赦这一房。正因为没有贾政父子的罪款，所以他这一房没有被抄，所以才有贾府的"沐天恩"、"延世泽"、"兰桂齐芳，家道复初"，而贾宝玉也有幸被封为"文妙真人"。要是贾政父子有罪款呢？贾府当就只好是"树倒猢狲散"！这岂不是又正好从反面证明了《姽婳词》是导致贾府被查抄的导火线！

三、从《红楼梦》的惯用笔法说起

说《姽婳词》是贾府被抄的导火线，还可以从《红楼梦》悲剧结构的主要特点来窥测。它在《红楼梦》的悲剧结构中，实暗透前后通部之脉络。

《红楼梦》是一部以"闺阁"题材反映社会主题的书。妇女问题本来就是社会问题，以"闺阁"题材反映社会主题不足为奇，奇的是《红楼梦》成了我国封建社会的百科全书。这是由于作者在他的艺术构思中巧妙地赋予三个问题以统一性，即贾宝玉走什么路做什么人的问题，贾宝玉爱情悲剧和婚姻悲剧的问题，贾府由一时鲜花着锦之盛而一败涂地的问题。

统一当然不等于同一，但统一性却意味着具有同一性。贾府由盛而衰的原因是多方面的，但一切原因中最主要的原因却是"儿孙一代不如一代"。其"所遗之子孙虽多，竟无一可以继业"，其中"略可望成"者，"唯嫡孙宝玉一人"。因此贾宝玉走什么路做什么人的问题，也就直接决定着贾府的盛衰。无论是出身门第，还是个人才貌，林黛玉和薛宝钗均堪称"若两峰对峙双水分流，各极其妙莫能相下"。二人的优劣在于思想品格的不同，在于对人生问题的看法大相径庭。要是贾宝玉"留意于孔孟之间，委身于经济之道"，则必钟情于薛宝钗；反之，则必钟情于林黛玉。这，事在必然。诚然，这三个问题又是相互影响的。然而，贾宝玉走什么路做什么人的问题，却是其中起决定性作用的问题。贾宝玉的爱情悲剧和婚姻悲剧是其悲剧性格在爱情和婚姻问题上的特殊反映；而贾府的盛衰问题则积淀并体现于他的悲剧性格之中。所以，贾宝玉走什么路做什么人的问题，既是贯穿其爱情悲剧和婚姻悲剧发展过程的脉络，又是贯穿贾府由盛而衰发展过程的脉络。这就使《红楼梦》的悲剧结构呈现出第一个特点，亦即以贾宝玉走什么路做什么人的问题为主线而展开其人物千姿百态、意境气象万千的社会生活画面。这种以主人公的人生道路问题为主线，颇类司汤达的《红与黑》。《红与黑》里所描写的两个爱情故事，即于连同德·瑞那夫人、于连同玛特儿小姐，是两个并立的故事，不存在主从关系。作者以于连的个人奋斗道路问题为主线一以贯穿，从而完成了小说的悲剧结构，从而把一件十分平凡的刑事案件提到了对十九世纪资产阶级社会制度进行历史的、哲学的研究的境界。贾府的"树倒猢狲散"是由于它的被查抄；贾府的被查抄是由于它的内外矛盾的总爆发。既然如此，当然也就不能不与主人公贾宝玉发生关系；并且他与这一事件的关系，不应是"城门失火，殃及池鱼"，而应是促使矛盾总爆发之火捻的点燃者。这根火捻一点燃，一方面是导致贾府被查抄，并由此而使贾府"家亡人散各奔腾"；一方面是导致他自己被关入"狱神庙"，并由此而促使林黛玉"泪尽夭亡"①。这样，贾宝玉的人生道路问题、宝黛爱情悲剧问题、贾府的盛衰问题三者也就归于统一。

贾府的盛衰问题又影响着贾宝玉叛逆思想的形成和发展，同时也影响着或决定着金陵十二钗正册、副册、又副册等诸多人物的命运。贾

---

① 林黛玉应死于贾宝玉被关入"狱神庙"之日，详见张锦池：《论林黛玉性格及其爱情悲剧》，《红楼梦学刊》1980 年第 2 期。

宝玉在书中又正处于"主持巾帼，护法群钗"的特殊地位。群钗与他的关系虽则有亲有疏，有远有近，各不相同，然而她们的主观思想品格，她们的客观社会地位，她们的不幸生活遭际，却以不同的形式，从不同的侧面，由不同的渠道，或直接或间接，或强烈或微弱，共同作用于他的情感、观念、心理、志趣，从而培育并加速其叛逆思想的形成和发展，使之成为"于国于家无望"的"混世魔王"。这就使《红楼梦》的悲剧结构呈现出第二个特点，亦即在人物布局上诚如脂批所说，"通部情案，皆必从石兄挂号，然各有各稿，穿插神妙"，遂成状若众星拱月又似石激涟漪式的网状结构。这种网状结构当然与《水浒传》的"链状"结构迥异，也与《三国志通俗演义》的网状结构不同。《三国志通俗演义》往往是按下一头表一头，说罢刘备道曹操。《红楼梦》甚至在具体情节的发展上，也是石激涟漪式的。亦即往往以"芥豆之微"的人或事引起情节波澜，从而让人物纷至沓来地进入画面。比如以刘姥姥的一进荣国府揭开《红楼梦》的"正传"，用傻大姐的误拾绣春囊引出王夫人的"抄检大观园"，便是如此。这种网状结构显然得自《金瓶梅》之网状结构的壶奥，然而不仅比《金瓶梅》更缜密，更严谨，并且在人物关系上与《金瓶梅》有质的不同。西门庆与环拱他的群妇的关系是"色淫"；贾宝玉与环拱他的群钗的关系是"意淫"。激起西门庆家"树倒猢狲散"之情节波澜的是西门庆"色淫"的结果，亦即贪色横死；激起贾府"树倒猢狲散"之情节波澜的当是贾宝玉"意淫"的产物，亦即写作《姽婳词》。否则，群钗的"各自须寻各自门"，也就不"从石兄挂号"。这不言自喻。

《红楼梦》的悲剧结构实际上组合着三个世界，这三个世界就是它着力批判的贾府正府，重点描写的大观园，略点虚说的太虚幻境。贾府正府是个"体仁沐德"、礼法森严的王国，也是罪恶的渊薮；大观园是个相对自由的天地，但它的上空笼罩着一个魔影，这个魔影就是贾府正府；太虚幻境实质上是大观园这个贾府里的"世外桃源"的"世外桃源"。从一干风流冤家"下凡造历幻缘"，到"造历幻缘"后返归幻境，它向人们提出了一个十分严肃的问题，这就是年青一代的命运与人生道路问题，从而点明书中所描写的矛盾冲突主要是两代人之间的矛盾冲突。作者又借第五回贾宝玉的神游阅册与佚稿中贾宝玉的观看"情榜"，并以一僧一道穿插其间，从而使这一世界忽隐忽露，与大观园和贾府正府遥相掩映。假若说，大观园最忙的人物是贾宝玉，那么，贾府正府最忙的人物就是王熙凤。贾宝玉的忙是忙于护法群钗，王熙凤的忙是忙于执掌家政。贾宝玉作为贾府诸子孙中唯一"略可望成"的人物，他的爱情悲剧和婚姻悲剧既是他悲剧性格在爱情和婚姻问题上的特殊反映，又植根于贾府的家世利益。王熙凤作为贾府的实际当家人，她的事业悲剧实质上反映了贾府的命运悲剧。王熙凤事业悲剧的三部曲，亦即从协理宁国府时的踌躇满志，到面对荣国府的种种矛盾感到心竭力疲，到"身微命蹇"地"哭向金陵"，实质上反映了贾府由盛而衰的三部曲，亦即从一时烈火烹油、鲜花着锦之盛，到悲凉之雾笼罩华林，到家亡人散各奔腾。同时，王熙凤作为贾府的实际当家人，她在贾母等对"金玉良缘"和"木石前盟"作最后的选择上又无疑地会起高参作用；而贾母等其所以最后选择了"金玉良缘"，一个极为重要的原因显然就在于薛宝钗的思想品格有裨于将贾宝玉"规引入正"。因此，贾宝玉的爱情悲剧和婚姻悲剧，王熙凤的"半世"事业悲剧，二者也就成为书中的主要故事。王熙凤在《红楼梦》悲剧结构中的地位是仅次于贾宝玉而与钗、黛相并立。这就使《红楼梦》的悲剧结构呈现出第三个特点，亦即在情节安排上是"千经万纬"。"千经"中最斑驳的一条是王熙凤的"半世"事业悲剧故事，其他风流冤家或人物的悲剧故事或经或纬地纵横穿插其间，而以贾宝玉走什么路做什么人的问题作为贯穿三者发展过程的主要脉络所形成的"横看成岭侧成峰"式的立体多层次网状结构。这种组合情节的网状结构既不同于《三国演义》的网状结构，也不同于《金瓶梅》的网状结构。不论是《三国演义》还是《金瓶梅》，二者都没有一以贯穿全书的相对完整的故事作为结构情节的经纬线。这倒也提醒我们：一部作品的主要线索不等于它所描写的一以贯穿全书的主要故事，否则，就有可能会把《三国志通俗演义》和《金瓶梅》这样的巨著看作是没有主线的作品。应该看到，所谓"主要线索"，实际上是指贯穿在整个文学作品的情节发展中的主要脉络。《红楼梦》的主线是贾宝玉的叛逆道路问题，而《姽婳词》则是其叛逆思想的结晶。它一方面引出贾宝玉的身陷囹圄，促成林黛玉的夭亡，亦即暗透贾宝玉的爱情婚姻悲剧；一方面又引出王熙凤的种种恶迹被查究，促使王熙凤的身陷囹圄，亦即暗透王熙凤的"半生"事业悲剧。这样，也就使这贯穿全书的一经一纬九九归一。

　　《红楼梦》的悲剧结构还有一个十分重要的特点，就是具有对称美。这种对称美，反映在人物的布局上，比如以贾宝玉为中心，一边是林黛玉和晴雯，一边是薛宝钗和袭人，二者具有对称性。这种对称美，反映在情节的开展上，就是善于运用应接、映衬、对照、对比等等方式方法，让相类的情节事件重复地出现两次，构成两个相互辉映、特犯不犯的画面。比如，两次写贾宝玉至太虚幻境，一在第五回，写贾宝玉的"神游"，一在佚稿末回，写贾宝玉的"遁入"；一侧重于描写贾宝玉的阅册听曲，借以暗示主要人物的悲剧结局，一侧重于呈现"警幻情榜"，《情榜》评曰"宝玉情不情，黛玉情情"云云，借以点明主要人物的性格悲剧的特点。又如，两次写宁国府的丧事，一在第十三回，写秦可卿的丧事，意在侧重于暴露贾府的"儿孙不肖"；一在第六十三回，写贾敬的丧事，意在侧重于显示各世家子弟皆然。再如，两次写荣国府的喜事，一在第十六回，写元春的加封贤德妃，一在佚稿中写探春的择得"贵婿"；一侧重于写贾母等的"喜气盈腮"，迎来的是烈火烹油之盛，一侧重于写双亲的"哭损残年"，导致的是将来的诸子孙流散。还如，"惑奸谗抄检大观园"是日后贾府被查抄的预演；"俏丫头抱屈夭风流"是后来林黛玉"泪尽夭亡"的前奏；"冷二郎一冷入空门"是来日贾宝玉"悬崖大撒手"的先声。凡此等等，足以看出一个十分重要的问题：这些特犯不犯的画面，同中有异，于两相映照中既反映了生活的横长，又开掘了生活的纵深。正如戚本第二十一回回前总批所说："按此回之文固妙，然未见后之三十回，犹不见此之妙，此回'娇嗔箴宝玉，软语救贾琏'，后回'薛宝钗借词含讽谏，王熙凤知命强英雄'。今只从二婢说起，后文则直指其主。然今日之袭人、之宝玉，亦他日之袭人、他日之宝玉也。今日之平儿、之贾琏，亦他日之平儿、他日之贾琏也。何今日之玉犹可箴，他日之玉已不可箴耶？今日之琏犹可救，他日之琏已不可救耶？箴与谏无异也，而袭人安在哉？宁不悲乎！救与强无别也甚矣，但此日阿凤英气何如是也！他日之身微运蹇，亦何如是耶！人世之变迁，倏尔如此。"足见这类特犯不犯的画面，实乃通部书之大过节、大关键。而如前所说，"闲征《姽婳词》"与"试才题对额"是特犯不犯。"特犯"之处，是都出于贾政的邀宠；"不犯"之处，是一博得的是贵妃喜，一博得的是君王怒，终于成为贾府被抄的导火线。

最后，悲凉之雾笼罩着整个《红楼梦》，但格调又有两变。概而言之，第五十四回以前，主要是写贾府的回光返照，第五十五回以后衰音日显，但至第七十八回，权势仍炙手可热，未见其在统治阶级内部不受人们的尊重。自第七十九回"薛文起悔娶河东狮，贾迎春误嫁中山狼"，笔调又突然一变，而始写贾府感受到世态炎凉，遭人冷眼。这一点，应特别注意，是历来为研究者所忽略的。脂批有云"后三十回"，照我看，当从第七十九回算起，原著为一百零八回。由此也可看到第七十八回"老学士闲征姽婳词，痴公子杜撰女儿诔"在全书的悲剧结构中所处的关键地位。而如果说《女儿诔》是承前，那么，《姽婳词》便是启后。

凡此，也足以看出《姽婳词》在《红楼梦》悲剧结构中的地位——它暗透前后通部之脉络。说《姽婳词》是导致贾府被查抄的导火线，假若我们的这一看法有一定道理，那么，贾府的被查抄实质是反映或包括了贾宝玉的叛逆思想与封建王朝的冲突。因为贾宝玉写出"天子惊慌"云云这种悖逆讥讪的诗句是他叛逆思想发展的必然。这种唐突朝廷、诽谤君相，在贾宝玉虽出无意，在作者却实属有心。所以，《姽婳词》实质上又是贾宝玉"女清男浊"思想发展的高峰。它，作为贾府被查抄的导火线又给贾宝玉带来缧绁之灾；而贾宝玉被关在"狱神庙"之日，又正是林黛玉最后泪尽夭亡之时。从而也就使贾宝玉的人生道路问题、宝黛爱情悲剧问题、贾府的盛衰问题，三者得到有机的统一。我认为"老学士闲征姽婳词"是"暗透前后通部之脉络"的大过节、大关键。

一位红学界老前辈曾把《红楼梦》比作"梦魇"。这反映了一个实情：要解"其中味"非常不易。其所以会如此，一则由于它所反映的社会生活博大精深，二则也由于它八十回以后的原稿不幸迷失。因此，要认识其思想内容和艺术成就的本来面目，除了研究前八十回以外，还需对佚稿部分作一番探索。这两方面工作都很艰难，因此，难免不走些弯路。我这篇东西可能就走在弯路上，方法也许是不科学的，论断也许是荒谬的，然而却是久萦于我心的。所以写出来以就教于方家。

附录　红学的新贡献①

锦池同志的大著《红楼梦考论》即将问世了，要我写几句话作为序言，我当然无可推辞。

我认识锦池同志是在1975年，至今已23年了。1977年我们又一起校注以庚辰本为底本的新版《红楼梦》，十来位各地来的专家聚集在一起，从《红楼梦》的抄本到文句的注释，一一从头讨论，这样大约有两年左右。这两年左右，实在是一次宝贵的难得的聚会，现在回忆起来还令人神往。这次聚会的成果，又经过后来反复订正修改，就是1982年由人民文学出版社出版的新校注本《红楼梦》。

从1977年聚会至今的20多年来，当年与会的诸公都有著述问世，而锦池同志应说是成绩最为突出者之一。这当然不是单纯指《红楼梦》研究方面，而是包括其他研究方面的成果在内。例如他最近问世的《西游记考论》就是一部具有突破性的新著。

犹记1979年关于《红楼梦》著作权的论争时，锦池同志以雄辩滔滔之势，对否定曹雪芹对《红楼梦》的著作权的论点，率先进行了驳论，论文在《北方论丛》发表后，得到了红学界热烈的反映。这之后，锦池同志连续发表了《论林黛玉性格及其爱情悲剧》、《论元春》、《妙玉论》、《论秦可卿》、《也谈红楼梦的主线》等一系列的长篇论文，加上此前发表的《论薛宝钗的性格及其时代烙印》、《论贾宝玉叛逆性格的形成和发

---

① 原《红楼梦考论》序，作者为冯其庸，黑龙江教育出版社1998年版。

展》等佳制，后来结集成《红楼十二论》，至今此书已经三版。也由于此书的问世，锦池同志遂被红学界普遍认为是红学的中流砥柱。

锦池同志的治学，有他自己的鲜明特色。第一是他读书精细，目光四射，烛照无遗。所以往往能见人之所不能见，于别人不经意处发现问题，提出新的见解，新的思路。第二是他长于分析，每一问题，都能抽茧剥蕉，作层层深入的剖析，而且鞭辟入里，令人心服，或如导人探幽，别开佳景。第三是他从不作空论，论必有据，且论必有考。锦池同志本来是长于理论思辨，再加论必有考，这就无异是把清人的义理考据结合了起来。而锦池同志的文笔，有长江大河之势，有落花流水之妙，文质相生，花实相称，这就使他的文章更能引人入胜。

锦池同志的新著《红楼梦考论》就更具有这方面的特色。

例如他在考证曹雪芹的生卒年的时候，就独辟蹊径，不用卒年壬午上推生年的老方法，因为曹雪芹的年龄只有"年未五旬"和"四十年华"两种文献记载，而这两种记载都是约数，不是绝对准确的记录，所以从卒年上推，推不出一个可以绝对相信的结果。锦池同志看到了这一点，就断然扬弃这种上推法，而自觅新路，从脂本第十三回的三条脂批：

> 读五件事未完，余不禁失声大哭；三十年前作书人在何处耶？
>
> ——庚辰本眉批

> 旧族后辈受此五病者颇多，余家更甚，三十年前事见书于三十年后，今（令）余想（悲）恸，血泪盈（腮）。（原文"盈"字下缺，俞平伯先生补作"腮"。）
>
> ——甲戌本眉批

树倒猢狲散之语，全（今）犹在耳，屈指卅五年矣，哀哉伤哉，宁不痛杀！

——庚辰本眉批。甲戌本也有此批，文字略异。

作缜密考析，得出了曹雪芹当生于康熙五十七年戊戌，公元1718年的结论。这个结论，能否作为定论，当然还有待于更直接的文献资料的证明，有待于实践的证明，但从相关的文献资料来看，是比较接近实际的。而这一以脂批记载的年份互证而细加分析的方法，也深见锦池同志的思辨和考证的功力。

尤其是在确认雪芹卒年壬午和排除癸未说的问题上，更见锦池同志的求实精神。壬午是可以确信无疑的：一是有甲戌脂批"壬午除夕芹为泪尽而逝"的铁证；二是有夕葵书屋同样内容的脂批；三是有1992年重要的北京通县张家湾出土的"曹雪芹墓石"上的"壬午"纪年。一事而得三证，当然无可怀疑。而卒于癸未说的"根据"，却只有《懋斋诗钞》编于癸未年的《小诗代简寄曹雪芹》的这首诗。对这首诗，锦池同志分析说：

试看敦诚兄弟近几年与曹雪芹的交往。乾隆二十五年庚辰，敦敏在明琳养石轩与"别来已一载余矣"的曹雪芹相遇，"惊喜意外，因呼酒话旧事，感成长句"，是日或稍后又有《题芹圃画石》。乾隆二十六年辛巳秋月，敦诚兄弟曾去西郊访雪芹，敦敏有诗《赠芹圃》，敦诚有诗《赠曹雪芹》。是年初冬，敦敏又再次到西郊去访雪芹，作《访曹雪芹不值》。乾隆二十七年壬午秋晓，敦诚遇雪芹于槐园，风雨淋涔，朝寒袭袂。主人敦敏尚未起床，而雪芹酒渴如狂。敦诚解佩刀沽酒而饮之，雪芹乘兴作长歌以谢，敦诚亦作《佩刀质酒歌》以答。然而，一进入乾隆二十八年癸未，除了敦敏那首写于二月下旬而却未见斯人应约的《小诗代简寄曹雪芹》以外，却再也不见有敦敏兄弟与曹雪芹有一纸过从的诗。雪芹何以杳如黄鹤？……

足见，《小诗代简寄曹雪芹》，只能证明敦敏当时以为雪芹尚健在，一点也不能证明雪芹还活着。雪芹于癸未年尚健在与否，当由敦敏兄弟与之是否仍有过从来证明。更何况，该诗的写作时间与"壬午除夕"只相隔五十天左右，而雪芹又是"死便埋"！

以上这些分析，都具见其思路新颖而论断精辟。锦池同志对"前数月，伊子殇，因感伤成疾"的分析，也是切中肯綮的。他说：

照旧时中国人的约定俗成的说法，一过正月初一，便称不日前为"年前"。若雪芹卒于甲申一二月间或春分之际，则对"前数月"将何以解？若雪芹死于某年"除夕"，则如此写，倒"正合榫"。

这一分析，朴素而合情合理，令人信服不疑。

锦池同志在论析《红楼梦》的思想受李贽童心说的影响时，分析得鞭辟入里，十分深刻，他说：

《红楼梦》所表现的一些最基本的思想，显然与李贽的"童心"说一脉相承。试看贾宝玉的一句"呆话"："女孩儿未出嫁，是颗无价之宝珠；出了嫁，不知怎么就变出许多的不好的毛病来，虽是颗珠子，却没有光彩宝色，是颗死珠了；再老了，更变的不是珠子，竟是鱼眼睛了。分明一个人，怎么变出三样来？""怎么变出三样来"的呢？合乎逻辑的答案当然是：随着她年龄日长，"闻见道理"日多，日渐失却了"童心"，"真人"变成"假人"。

　　然而，李贽的"童心"说对于《红楼梦》的思想之最大的影响，还表现在处于此书艺术结构中心地位的人物形象都是些青少年。甚至可以这么看问题：如果说，贾宝玉和林黛玉等是具有"童心"的"真人"，那么薛宝钗和李纨等便是"童心"既障而又未全失的人物。这里，既可以看出曹雪芹对李贽"童心"说的继承，又可以看出他对李贽"童心"说的重大发展。他把贾宝玉和林黛玉等人物身上的自由观念和平等观念看作是"童心"，看作是人与生俱来的本性，这就给李贽所说的"童心"充实了具体的内容。这一点是忽略不得的。它说明曹雪芹的人性论已进入近代人性论的思想范畴；同时也说明曹雪芹继孟子发现了人之后又一次发现了人，而他所发现的人实际上就是处于萌芽时期的带有资产阶级雏形的人。《红楼梦》里所描写的一代青少年的形象，特别是其中正面人物所具有的共同品德，也足资论证这一问题。

锦池同志这一段分析是十分精辟的，完全可以拿来诠释《红楼梦》里的这些人物。锦池同志这样精辟的分析文字还有很多，我不可能全部引录，好在都收在这部书里，读者可以自己阅读。

　　以往的红学研究者较多地注意《红楼梦》对封建社会的批判，这当然是对的，没有问题的。但《红楼梦》并不仅仅是对封建社会的批判，实际上曹雪芹是有新的进步的社会理想和人生理想的，关于这一点，锦池同志也已敏锐地感觉到了，并且作了很好的阐述，锦池同志说：

　　论者往往以为贾宝玉只是旧世界的批判者，而对新世界缺少憧憬，这种看法并不符合书中的描写。要知道，这位因杜绝仕途经济而被贾政打得寸骨寸伤的"混世魔王"，面对女孩子们的眼泪，就曾庄严宣告："我便一时死了，得他们如此，一生事业纵然尽付东流，亦无足叹惜。"这里，说得多清楚：他有自己的"一生事业"！

　　……

　　贾宝玉的"一生事业"不是别的，是护法群钗。……

　　《红楼梦》把护法群钗作为贾宝玉的"一生事业"来描写，正是作者独运匠心的地方。其真正的目的，并不仅仅在于渲染贾宝玉的"闺友闺情"，还在于想从中反映出贾宝玉的人伦思想以及对人与人之间关系的憧憬。

锦池同志的这一分析，是卓有见地的，而且我也是与有同感。我在1983年写的《千古文章未尽才》一文里就说：

　　贾宝玉和林黛玉，他们的叛逆思想和叛逆行为，充分体现了那个时代思想界的先进思想和斗争精神。可以说，他们是一对洋溢着十八世纪中期的时代精神的典型。他们在意识形态领域里，起到了启蒙的作用。

　　……

　　我认为《红楼梦》这部书，不仅是对二千年来的封建制度和封建社会（包括它的意识形态）的一个总批判，而且它还闪耀着新时代的一线曙光。它既是一曲行将没落的封建社会的挽歌，也是一首还将到来的新时代的晨曲。

1997 年，我在北京国际《红楼梦》学术研讨会的开幕词中说：

> 以往研究《红楼梦》，较多地侧重于曹雪芹对封建时代的批
> 判。曹雪芹对封建时代的批判是深刻的、全面而广阔的，因而这
> 种侧重也是必要的、自然的。
>
> 但曹雪芹是一位超前的思想家，他的理想不属于他自己的时
> 代。他的批判是属于他自己的时代的，他的理想却是属于未来的
> 时代的。所以他只给贾宝玉、林黛玉以美好的理想而且让这个
> 理想在他的时代彻底毁灭，这就表明他的理想是属于未来的世
> 纪的。
>
> 曹雪芹在《红楼梦》里是寄托着很美好的理想的，而且这个
> 理想还将经过若干世纪才能逐步实现。

锦池同志的思想与我的思想是完全一致的，我们可谓不谋而合，这也使
我更加佩服锦池同志的卓识。

我一直认为曹雪芹对新社会的理想，他的新的社会观、人生观、
婚姻观、爱情观，是通过他的小说人物和故事情节表现出来的，曹雪芹
所描写的贾宝玉与林黛玉具有特殊内涵的生死不渝的爱情，这就是他的
新的社会理想、人生理想的集中表现，他对社会、事物的爱憎也借此而
表现得十分明确。所以锦池同志指出曹雪芹对未来世界的憧憬，是一种
卓见，也是今后红学研究的一个重大课题。

锦池同志在红学研究上还有许多独到之处，特别是他对具体问题
的分析，往往出人意表，胜义无尽。但我总不能把他的许多警句式的话
统统引出来啊，何况我这篇文字已经够啰苏的了，还是请读者自己去读
锦池同志的大著吧！

后　记

一

　　我萌生研究《水浒传》之念，是在二十世纪"评红"、"批水"期间。

　　那时，百学俱废。作为一个因"有家庭历史问题"而被"打入另册"的"臭老九"，我能堂而皇之阅读的中国古典小说就只有两部，一本是被抬上了九重天的《红楼梦》，还有一本是被打入了十八层地狱的《水浒传》。当时我倒是怀着"改造世界观"的虔诚愿望去接受"《红楼梦》是部政治历史小说，第四回是全书的总纲"，"《水浒传》这部书，好就好在投降"一类观点参加有组织的"评红"、"批水"活动的。然而，最有意思的是，一日我在走廊里徘徊，见一张大字报的署名是"金猴战斗队"，竟猛然想到这么一个问题：孙悟空两次接受招安，一次当弼马温，嫌官小，一次封齐天大圣，嫌无实权；摩顶受戒后，当他奋起千钧棒时，打的对象中就有他的结义哥哥牛魔王在内。宋江只接受了一次招安，其所以接受招安，又是为了"平虏保民安国"；且他与梁山好汉们的关系，又始终可谓"二人同心，其利断金；同心之言，其臭如兰"。可一个被看成了不起的大英雄，一个被看成地地道道的投降派。这是怎么回事呢？公平吗？正因为心里有如此这般的疑团，所以当我的《红楼十二论》于一九八一年初付印后，便着手研究《水浒传》，结果是越来越倾向于一倡"忠义说"，认为《水浒传》是"一本宣扬忠义的小说"，

1456

乃"乱世忠义的悲歌"。

一九八二年，全国《水浒传》学术研讨会在北京师范学院召开。我应聂石樵先生之约，以《〈水浒传〉是一本宣扬忠义的小说》为题，作了个大会发言；又应北京师范学院廖仲安先生之邀，以《宋江形象的历史发展》为题给学生做了个学术报告。这两次发言，一为舒芜先生所称许，誉为"一扫陈说"，遂成为他的约稿，落实成文字，题为《〈水浒传〉是一本宣扬忠义的小说》，刊登于《中国社会科学》内部的《未定稿》一九八三年第十期；一为聂石樵先生所称许，认为"乱世忠义的悲歌"说的提出是对《水浒传》研究的一大突破，遂成为张国星先生的约稿，落实成文字，题为《论宋江形象的演化及其历史发展》，发表于《中国古典小说论丛》第六辑。这两位先生的约稿，不只是对我的鼓励和鞭策，也是对我整个学术研究的支持，没有他们的约稿和称许，也就没有《水浒传考论》，我是铭感于心的。

这两篇文章成了我《水浒传》研究的代表作，也给我的《水浒传》研究开了个好头。比较起来，我个人更偏爱的是《论宋江形象的演化及其历史发展》，因为它浓缩着我对《水浒传》的总体看法。道是：

> 《水浒传》把宋江塑造成"忠义之烈"的典型，赋之以岳武穆式的"宁可朝廷负我，我衷心不负朝廷"的思想感情，这正是南宋以来水浒故事及宋江形象的合乎逻辑的发展。不是一般地希望草泽英雄出来匡扶宋室，而是想借水浒故事总结宋室何以灭亡的原因，赋予宋江以壮志未酬身遇害的悲剧结局，这又是施耐庵高过于前人和同时代人的地方。由此，也就使《水浒传》成为一曲昂入云天的乱世忠义的悲歌。

这"乱世忠义的悲歌"说的提出，可谓敝帚自珍，诚可哂也！

随后，我又以数年的时间，陆陆续续完成了五篇。这七篇文章在倡导忠义说方面，却自成一体。一九九三年，拙著《中国四大古典小说论稿》出版，我将这七篇文章中的五篇收入该书。令我欣喜的是，该书被列入了上海三联书店教材文库，成为大学生必读书目之一。

随着自己步入古稀之年，我随之也就逐渐产生了一个念头：不如将这些文稿扩而充之，结集成册，使之成为与《西游记考论》、《红楼梦考论》相并驾之作。遂又从比较研究的角度写下了一组文稿：《〈水浒传〉三纲观念论略》、《论〈水浒传〉的梁山精神》、《〈水浒传〉人性观念考释》、《出作者之心入神道之口》、《论〈水浒传〉的神道设教问题》、《说断了尾巴的蜻蜓仍是蜻蜓》、《〈水浒传〉原本无征辽故事考》等。

十分感谢齐裕焜先生、鲁德才教授的青睐，于百忙中为二〇一四年人民出版社版《水浒传考论》赐序、赐跋。这次收入第三编附录，作为《水浒传考论》的评论。此情此谊，是奖挹，也是策励，我是铭德于心的。

二

在中国六大古典小说中，我最早读的是《三国演义》。第一次接触它，还是个在私塾里念书的十来岁孩子。一九四九年因父亲和庶母赴台湾而浪迹上海滩头时，它曾伴我度过艰难的岁月。上钢二厂对面有个开杂货铺的朱老伯，最爱听"三国"故事，我常去给他讲一段，他也常给我吃碗阳春面。

我写《三国志通俗演义》的第一篇文章《〈三国志通俗演义〉的正统观念——从曹操和刘备的艺术形象说开去》，是一九六二年在北京大学读四年级的时候。当时，正在批判《三国演义》，说它是曹操的谤书。我不同意此看法，就写了这篇文章。当时吴小如先生看了，认为文章的观点很有新意，只是文笔略显油滑。然而，开始写一组论文，却是在一九九零年由三国演义学会会长刘世德教授邀我参加次年于江陵召开的全国三国演义研讨会开始的。其中，《论〈三国志通俗演义〉的"三本"思想》乃会心之作，识者鉴之。时至今日，《〈三国志通俗演义〉考论》成书，已经过了半个多世纪，真可谓"路漫漫其修远兮，吾将上下而求索"是也。

恩师吴组缃先生多年前也曾对我谈起完成四大古典小说考论的问题，也一直在鞭策着我。由于一直有课，本科生的、硕士生的、博士生的，忙碌之中，陆续完成了《红楼十二论》、《中国四大古典小说论稿》、《中国古典小说十二讲》、《西游记考论》、《红楼梦考论》、《中国六大古典小说识要》、《水浒传考论》等著作，共二百五十余万言。

当然，也写了一些《三国志通俗演义》研究方面的文章，除个别文章外，也都发表过。时光荏苒，几十年过去了，我从未放弃过《〈三国志通俗演义〉考论》的成书愿望，但却不意之中将这一工作拖着。想起《三国志通俗演义》与我半个世纪的渊源，想起恩师的嘱咐和期望，虽在病中，也不能不使我完成其考论工作的心情越来越迫切，愿望也越来越执着。今天终于如愿以偿，可以安心了。

十分感谢刘世德、石昌渝教授的青睐，于百忙中为二○一六年人民出版社版《三国演义考论》赐序、赐跋。这次收入第四编附录，作为关于《三国演义考论》的评论。此情此谊，不只有光篇幅，而且也是对我最大的鼓舞和策励，我是铭德于心的，谨致谢忱。

还需说明的是：本编主要是以《三国志通俗演义》（即嘉靖本《三国演义》）为底本撰写而成的，故将编名定为《三国演义考论》。以与拙编《红楼梦考论》、《西游记考论》、《水浒传考论》相并列。

三

第三编《西游记考论》里的前十二章文字，是由我自一九八六年以来撰写的十三篇《西游记》研究系列论文合成的。这十三篇系列论文来自我十年来先后给本科生和研究生开专题课"《西游记》研究"的十二个课题，除个别篇章以外，都发表过。一九九六年黑龙江教育出版社不嫌鄙陋，予以出版。

说实话，我不会考证。然而作此效颦，却并非心血来潮。一九八〇年我因系里教学工作需要，从文艺理论教研室转到古代文学教研室，不久即遇到一个困惑不解的问题，就是当我细细读了《吴承恩诗文集》以后，发现《西游记》的思想和风格与之殊不类。这使我感到从事古代文学教学和研究不学点考证功夫是不行的。恰逢苏兴先生与章培恒先生就《西游记》著作权问题展开争论，于是便决心冒邯郸学步之险而效之以亦考亦论的方法去研究《西游记》，哪篇成熟就先写出哪篇，形成系列论文以结之成集。

《论〈西游记〉的著作权问题》，写毕于一九八六年十月二十七日凌晨五点。次月，接到世德学长索稿手谕，说他正筹备出个刊物《中国古典小说研究》，第一辑稿件已大致编就，希望我撰稿一篇寄往。当时我正在撰写关于《西游记》主题论方面的文章，后文一脱稿我便着手修改前文，于第三日凌晨四点二十分改定。承世德学长和石昌渝兄不嫌稚嫩，而且还颇为满意，决定刊在《中国古典小说研究》第二辑上。堪叹世德学长历经数年的努力，该刊终因经费问题而未能面世。拙作遂改由《北方论丛》于一九九一年第一期和第二期分两期发表。

《论孙悟空形象的演化与〈西游记〉的主题》，写毕于一九八六年十一月三十日子夜，发表于《学术交流》一九八七年第五期。

《论〈西游记〉艺术结构的完整性与独创性》，写毕于一九八六年十二月二十五日午夜，发表于《文学遗产》一九八七年第五期。

《论孙悟空的血统问题》，写毕于一九八七年三月二日凌晨四点，发表于《北方论丛》一九八七年第五期。

《〈大唐三藏取经诗话〉"说话"家数考论》，写毕于一九八八年六月二十四日上午，发表于《学术交流》一九八九年第三期。

《〈大唐三藏取经诗话〉故事源流考论》，写毕于一九八七年十月三十日上午，发表于《求是学刊》一九九〇年第一期。

《〈大唐三藏取经诗话〉成书年代考论》，写毕于一九八七年十一月二十三日下午，改定于一九九〇年三月五日上午，发表于《学术交流》一九九〇年第四期。

《论〈西游记〉中的观音形象——兼谈作品本旨及其他》，写毕于一九九一年二月十七日（农历正月初三）午夜，发表于《文学评论》一九九二年第一期。

《〈西游记〉版本源流考论》，写毕于一九九四年十一月一日凌晨三点。因初写版本方面的文章，所以它也是我全部论文中用力最多的一篇。因文字过长，所以没有准备发表。因一九九六年九月中旬由中国社会科学院文学研究所和新疆自治区社会科学院等单位联合举办的"世纪之交中国古典文学及丝绸之路文明"国际研讨会在乌鲁木齐召开，所以便用作了提交该会的论文。

《论唐僧形象的演化》，写毕于一九九五年二月七日午夜，发表于《学习与探索》一九九五年第五期。

《论猪八戒形象的演化》，写毕于一九九五年四月十五日午夜。其中第四部分"说猪八戒形象是阿Q的远祖"曾以《阿Q的远祖——猪八戒形象漫议》为题，发表于《北方论丛》一九九五年第六期，其前三个部分则以《论猪八戒的血统问题》为题，作为提交一九九六年七月上旬由春风文艺出版社和辽宁师范大学小说研究中心等单位联合举办的"大连国际明清小说研讨会"的论文。

《论沙和尚形象的演化》，写毕于一九九五年八月十日子夜，发表于《文学遗产》一九九六年第三期。

《论〈西游记〉思想和写法上的总体特点与文化特征》，写毕于一九九五年十月十二日下午，改定于一九九五年十一月十二日午夜，为提交一九九六年二月由香港浸会大学中文系举办的"香港国际小说与宗教研讨会"的论文，于《文学评论》一九九六年第六期发表。

我所以详列各篇写作时日，是旨在策励自己今后更该爱惜寸阴而莫以年逾花甲自怠。我所以详列各篇的发表情况，是旨在对各有关刊物编辑部和会议东道主表示由衷的谢忱。

需着重说明的是，我在《中国四大古典小说论稿》成书时，曾将《论孙悟空的血统问题》收入该书作为第七章，今经修改并增加"孙悟空和贾宝玉比较研究识小"一节，易名为《论孙悟空形象的演化》以作为本编的第五章；曾将《论孙悟空形象的演化与〈西游记〉的主题》和《论〈西游记〉中的观音形象》合而修改成一篇，题为《论〈西游记〉的主题思想》收入该书作为第八章，今经将该章作了全面修改并增加"从与《水浒》的思想异同来考察"和"以个性心灵解放为基础的文艺开山作"两节，易名为《论〈西游记〉的创作本旨及其对传统思想的打破》以收入本编作为第九章；曾将《论〈西游记〉艺术结构的完整性与独创性》收入该书作为第九章，今经作了全面修改并增加"人物刻画方法的开生面"和"蜡梅之美其所以为美"两节，易名为《论〈西游记〉的艺术构思及其对传统写法的打破》以收入本编作为第十章。其他各篇在收入本编定为一章时，也都作了统一的修改。

《论〈水浒传〉和〈西游记〉的神学问题》在黑龙江教育出版社版《西游记考论》中，本作为附录发表，因内容可独立成章，这次单列为本编第十三章。

想将这部书稿尽快拿出来，是始于二十世纪八十年代末。动因是：恩师吴组缃先生曾特意要沈天佑教授转告我，说我的《西游记》方面的文章写得比我的《红楼十二论》里的文章好，他看了很高兴；组缃先生的称许，当然会增加我的敝帚自珍。于是，便一面请启功先生题签，一面请吾师吴小如先生写序，两位先生出于对后生的提携，都满足了我的愿望。其间小如先生还曾来过信，说为了把握起见，需要看看我已发表的全部文章，可他看到我的文章中却缺了主题论。并勉励说："此七篇已一一读讫，受益甚多。而足下于《取经诗话》用力甚勤，有朴学之功底而益以历史唯物主义之方法，虽略嫌辞费，而实迈前人。是则出于仆意料之外者。"然而，当我写毕观音论却将对《西游记》的研究搁下了，原因是：经老友胡文彬介绍与华艺出版社商谈的结果，他们的兴趣是出版我对中国四大古典小说的总论，而其中便有三章是论《西游记》的。正好小如先生惠赐的序言是对我小说研究的总体性评述，于是我征得先生的同意便将它作为拙著《中国四大古典小说论稿》的序，此后便将主要精力转向了中国六大古典小说的比较研究。然而，启动先生的墨宝却总在鞭策着我，时间愈久而愧疚愈甚，于是便集中全部精力于两年内在授课讲稿的基础上完成了上述最后五篇。所以，我能有黑龙江教育出版社版《西游记考论》这本小书面世，心里特别感谢启功先生。

我对章培恒先生也是很感谢的。一九八五年，当苏兴先生与章培恒先生就《西游记》作者问题展开争鸣时，我虽则赞同章先生总的看法，却不认为元代道学之士许白云有作世德堂本《西游记》的可能，认为《西游记》的作者当是世德堂本的"校者"华阳洞天主人。一九八六年夏,我利用赴上海公出的机会,经应必诚教授介绍拜会了章先生,章先生于百忙中和我交谈了一个多小时。章先生对我的"华阳洞天主人"说很感兴趣,认为"有道理",并告诉我:"最重要的是查出华阳洞天主人是谁。"还随即亲笔写了封信,介绍我去上海图书馆善本室阅《华阳洞主唯心集》,并嘱我把查阅的结果告诉他。我反复阅读《华阳洞主唯心集》,没查到有价值的线索。第三天,我去告诉章先生查阅的结果并告辞时,章先生与我说:"你以后需要查阅什么资料可以到我们这里来,我们资料室的门对你是敞开的。"培恒先生的厚意和大家风范令我终生难忘。

程毅中教授是恩师吴组缃先生的大弟子,我的大学长,道德文章为我素所敬佩。陈曦钟教授齿序小于我而才学为我望尘莫及,比我高一届,是我的小师兄,承二位于百忙中审阅了全部书稿,并分别为黑龙江教育出版社版《西游记考论》作序和跋,这次收入第一编附录《关于〈西游记考论〉的评论》。这不只有光篇幅,亦且是对我莫大的鼓舞和鞭策,谨致谢忱。

还需感谢同行诸君的谬赏。他们对《西游记考论》,或惠以书评,或在有关文章中称誉有加。甚至谬许《西游记考论》的研究路子,是种将"文献、文本、文化"作"整合一体的研究路子"(李希凡:《有感于"文献·文本·文化"的命题》)。甚至谬许《西游记考论》,是"本世纪末出版的《西游记》研究专著中最重要的论著之一"(张强:《新时期〈西游记〉研究回顾》)。其他如梅新林和崔小敬的《〈西游记〉百年研究:回视与超越》,对《西游记考论》也是谬许有加。这对于作为北大荒学人的我,是鼓励,也是鞭策。我是很感动的。兹录三篇书评作为附录,当作纪念。

四

第四编《红楼梦考论》里的前十八章文字，除了《〈红楼梦〉作者考》和《论〈红楼梦〉后四十回》曾收入拙著《红楼十二论》以外，皆写于一九八〇年春《红楼十二论》一书的书稿为天津百花文艺出版社采用之后。我近二十年来所写的红学论文毕集于此。

《略论〈红楼梦〉对传统的思想和写法的打破》，是我在一九八〇年七月举行的哈尔滨全国《红楼梦》研讨会上的发言，而文章则写于该年十一月上旬，收入黑龙江人民出版社出版的该次会议论文集《红楼梦新论》。

《李贽的"童心"说和曹雪芹的〈红楼梦〉》，是我在一九八一年十月举行的济南全国《红楼梦》研讨会上的发言，而文章则写于一九八二年二月上旬，刊于《红楼梦学刊》一九八三年第一辑。

《〈红楼梦〉与启蒙主义人性思潮》，是我提交给一九八二年十月举行的上海全国《红楼梦》研讨会上的论文，刊于《红楼梦学刊》一九八四年第一辑，曾收入拙著《中国四大古典小说论稿》。该文与《李贽的"童心"说和曹雪芹的〈红楼梦〉》属姊妹篇，因主体思想有些重复而前者论说似有所深入，是以一列为正文而一作为附录；但我对收入附录中的一篇则甚为敝帚自珍，它是新中国成立以来最早以"童心"说并结合作品形象体系的内部构成去论说《红楼梦》的人性论和作品思想性质的文章，从而也就为"市民"说提供了一个新的思路。

《究竟是想规范封建道德，还是在批判封建道德》，是我提交给一九八三年十一月举行的南京全国《红楼梦》研讨会上的论文，刊于《北方论丛》一九八五年第二期。

《究竟是主张制约"童心"，还是鼓吹放纵"童心"》，是我在一九八四年夏天贵州省红学会成立大会上应邀作的学术报告，文章写于一九八三年九月，改于一九八五年三月，刊于《北方论丛》一九八五年第四期。《新华文摘》一九八六年第二期摘刊万余言，台湾《联合报》以《孙悟空与贾宝玉》为题于一九八八年六月二十八日和二十九日摘载了数千言。

《论〈红楼梦〉悲剧主题的多层次性》，是我提交给一九八六年六月举行的哈尔滨国际《红楼梦》研讨会的论文，刊于《红楼梦研究集刊》第十四辑。曾收入香港《百姓》半月刊丛书部出版的《红楼梦大观》、北方文艺出版社出版的《中外学者论红楼》，拙著《红楼十二论》出第三版重排本时曾将其作为附录以补该书无主题论之缺。

《论〈红楼梦〉的悲剧底蕴》，是我在一九八八年五月举行的芜湖全国《红楼梦》研讨会上的发言，而文章则写于该年十一月，刊于《红楼梦学刊》一九八九年第二辑，曾收入拙著《中国四大古典小说论稿》。

《论〈红楼梦〉的结构学》，是我在一九八六年哈尔滨国际《红楼梦》研讨会上针对周汝昌先生所谈《红楼梦》对称美的即兴发言，而文章则写于一九九〇年三月中旬，刊于《红楼梦学刊》一九九〇年第三辑，曾收入拙著《中国四大古典小说论稿》。

《论〈红楼梦〉主线与明清小说传奇结构形态》与《论〈红楼梦〉的结构学》实为姊妹篇，旨在再次论证我于八十年代末在《红楼梦》主线问题上提出的"贾宝玉人生道路"说，草于一九八九年七月下旬，一九九一年六月十二日午夜一时改定，刊于《红楼梦学刊》一九九二年第一期。

《巧姐的人生历程及大观园的时间跨度考》，是我在一九九〇年五月举行的黑龙江省红学年会上遵命作的学术报告，而文章则写于该年七月上旬，刊于《红楼梦学刊》一九九一年第二期。

《〈红楼梦〉的均衡美及其数理文化论纲》，是我在一九九二年十月举行的扬州国际《红楼梦》研讨会上的发言，而文章则写于该年十一月下旬，是对《论〈红楼梦〉的结构学》所谈对称美的补说，刊于《红楼梦学刊》一九九三年第二期。

《曹雪芹生年考》，是我提交给一九九四年五月举行的台湾红学研讨会的论文，写于该年四月中旬，刊于《红楼梦学刊》一九九五年第一期。

《究竟是悲怆地缅怀三代，还是苦痛地求索未来》，是我提交给一九九六年二月举行的哈尔滨海峡两岸红学研讨会的论文，写于该年一月下旬，刊于《红楼梦学刊》一九九六年第二辑。

《论〈红楼梦〉的三世生命说与两种声音》，写于一九九六年十二月上旬我在香港浸会大学从事中国宗教与中国小说问题研究期间，曾作为会议论文提交给一九九七年七月举行的北京国际《红楼梦》研讨会，先后刊于香港浸会大学学报《人文中国》第五期、《红楼梦学刊》增刊《'97北京国际红楼梦学术研讨会专辑》。

《略论〈红楼梦〉形象体系内部构成的特点及其代表人物》，是我应台湾光复书局之邀为其出版的套书《新红楼梦》"红楼梦的人物"而撰写的。而我所以作此承诺，则由于我虽在好几篇文章中皆顺带谈到李贽的"童心"说与《红楼梦》形象体系内部构成的关系问题，但总觉失之于零星，应作一专论，遂于一九九七年十月上旬勉力为之。

《究竟是人间喜剧，还是时代悲剧》，是我提交给拟于一九九八年八月举行的北京《红楼梦》文化学术研讨会的论文，该会因抗洪救灾形势严峻而按上级精神推迟，该文在《求是学刊》一九九八年第五期发表。

拙著《红楼十二论》成书后，我虽依然保持着对《红楼梦》的爱好与兴趣，但主要精力是放在对《三国演义》、《水浒传》、《西游记》的研究上，特别是《西游记》耗去我的时间尤多，所以这十六篇红学文字的写作，几乎都是由于一次一次的红学研讨会的推动。假若没有在中国红学会支持下的一次又一次卓有成效的红学研讨会的召开，没有在会议期间与红学界师友们的互相切磋，没有《红楼梦学刊》这块研究阵地，恐怕也就没有我在红学研究上的少许长进，也就没有这些文字。是故，当一九九八年黑龙江教育出版社出版《红楼梦考论》之际，我特请中国红学会会长、《红楼梦学刊》杂志社社长冯其庸教授为该书作序，以光篇幅，以志纪念，并非"拉大旗，作虎皮"也。蒙冯先生拨冗见赐，在此谨深表谢忱。这次收入第二编附录，作为关于《红楼梦考论》的评论。

还需一说的是，一九八〇年哈尔滨全国《红楼梦》研讨会，这在国内是第一次；一九八六年哈尔滨国际《红楼梦》研讨会，这在中国是第一次；一九九六年哈尔滨海峡两岸红学研讨会，这在海峡这边是第一次。这"三个第一"都是由我们哈尔滨师范大学作东道主。我躬逢其盛而且忝为这三次会议的主要筹备者和主持者之一。三次会议开得都很成功，为红学界有口皆碑，谨在此谢谢红学界的师友们对我们哈尔滨师范大学的全力支持与对我个人的鼎力帮助。特别是胡文彬先生，他在这三次会议的筹备和举行过程中替我们做了不少繁难而具体的工作。

这十六篇文字已近四十万言，我所以还将《论〈红楼梦〉后四十回》作为一九九八年黑龙江教育出版社版《红楼梦考论》的附录，这次又单列为第四编第十八章，并非出于敝帚自珍，而是一来由于《红楼梦》的后四十回问题向来是见仁见智、褒贬不一、聚讼不休的问题；二来由于我对《红楼梦》的研究主要是研究曹雪芹原著的思想艺术和人物形象，而涉及佚稿中的问题则益之以适可而止的考证，庶免探之过细而蹈代作者创作之讥，本书也是如此；三来鉴于一般读者心目中的《红楼梦》是一百二十回的《红楼梦》，所以在《红楼梦考论》中理应有篇文章谈谈《红楼梦》后四十回的问题。我所以还将《〈红楼梦〉作者考》作为本编的开篇，亦非出于敝帚自珍，而是一则由于二十世纪八十年代末那场关于《红楼梦》作者问题的论争是以戴不凡先生为一方，以我为一方展开的，弹指二十年过去，不意《红楼梦》作者问题又成为今天红学界的一个论争热点；二则由于我自觉地以亦考亦论的方法研究问题是以这篇文章开其端的，它给我对拙著《西游记考论》的写作带来了信心；三则我在拙著《红楼十二论·再版后记》中已经说了，这篇文章的写作是出于戴不凡先生的一再动员，所以我将它作为本编的开篇，是想对当前关于《红楼梦》作者问题的论争表达一下我个人的看法，对逝去的戴不凡先生寄托我的一点哀思。

要之，本编中的文字，第一、二、三章，是有关《红楼梦》作者以及成书过程中的某些问题的考证；第四章至第十三章，是对《红楼梦》的思想性质、主题思想、艺术结构的研究而在写法上有交错；第十四章至第十七章，是对《红楼梦》的思想性质、主题思想、艺术结构、审美观念与其他中国五大古典小说的比较研究而在写法上亦有交错；第十八章，则是对后四十回问题的专论。需要特别说明的是，第十九章《论〈姽婳词〉在〈红楼梦〉悲剧结构中的地位——兼说〈红楼梦〉的艺术结构》，是近些年的新作，2016 年人民出版社出版我的《三国演义考论》时，曾作为该书附录发表，这次四大考论结集出版，干脆还是分门别类，放到本编，单列一章。

启功先生于 1988 年为我正在写作中的《西游记考论》题签，这对我矢志完成此书起了极大的鞭策作用。想再次去乞启功先生题签以作为对我的鞭策，又实在不好意思开口，于是便去与邓大姐魁英教授商量。承邓大姐领我去见启先生，并代陈了我的心愿。蒙启功先生高兴地说："完成中国四大古典小说考论，这可是个大工程。"谨在此感谢邓大姐的鼎力玉成，感谢启功先生的慨然俯允与对我的激励。

五

如今，《西游记考论》、《红楼梦考论》、《水浒传考论》、《三国演义考论》总算依次完成，并结集为《中国四大古典名著考论》，得以出版。需要特别说明的是，这次四大考论结集出版，不按照我先后完成的时间排序，而是尊重学界通常的观点来编排，分别是：《水浒传考论》、《三国演义考论》、《西游记考论》和《红楼梦考论》。

王瑶先生曾说过："年过六十，不作学问是坐以待毙，再作学问是垂死挣扎"。我已年过八旬，可谓垂垂老矣。我不能，也不愿坐以待毙，只能挣扎向前。感谢老天假我以年，让我可以完成这中国四大古典小说考论，将来见恩师吴组缃教授于泉下，也可以说一声："先生，我已完成了四大名著的考论工作，虽然质量不高，我已尽了最大努力。非不为也，是不能也。"

我所以产生此念，而且越来越执着，还由于我这十多年来是在"天不佑我，人佑我"中度过的。所谓"天不佑我"，是指为帕金森病魔缠身，使我手不便执笔、眼不便看书；所谓"人佑我"，是指我的学生多，经常主动伸出援助之手，帮我做一些我力不从心的工作。他们从文字的校对到字句的推敲，从篇目的调整，到注释的校订等，方方面面，莫不尽心尽力，而且视为应当，这使我很感动。我要借助这一"人佑"，在有生之年做些有益于教学与科研的工作，以答谢我的学生们对我的关心和帮助。

感谢百花文艺出版社、华艺出版社、黑龙江教育出版社、黑龙江人民出版社、人民出版社的领导和同仁。若不是他们当年不嫌我学识浅薄，分别出版了我的《红楼十二论》、《中国四大古典小说论稿》、《西游记考论》、《红楼梦考论》、《水浒传考论》、《三国演义考论》等著作，恐怕也就没有这部集子。

感谢哈尔滨师范大学校友会，为此集的出版提供学术资助。

感谢我的老伴于珊媛女士，她除了照顾我的病体以外，还充当了我的秘书，帮我做了不少校勘工作。

说句心里话，当我走进教室的时候，当我登上学术会议讲坛的时候，当我打开稿纸的时候，我是充满自信的，因为我听从了刘姥姥的教导，"守多大的碗儿吃多大的饭"，呈现于人前的是自己园子里种的一点新鲜瓜果，又不是贩来的。然而，当我一离开教室，当我一走下学术会议的讲坛，当我一合上稿纸，空虚感便向我袭来，因为我深感才疏学浅，腹中已掏得空空，而呈现于人前的自己园子里种的一点新鲜瓜果，亦不过尔尔！

张锦池

二〇一九年春于哈尔滨

责任编辑：陆丽云

封面设计：曹 春

图书在版编目（CIP）数据

中国四大古典名著考论/张锦池 著. —北京：人民出版社，2019.10
（2021.4 重印）

ISBN 978－7－01－020895－4

Ⅰ.①中… Ⅱ.①张… Ⅲ.①章回小说-古典小说评论-中国

Ⅳ.①I207.41

中国版本图书馆 CIP 数据核字（2019）第 102529 号

中国四大古典名著考论

ZHONGGUO SIDA GUDIAN MINGZHU KAOLUN

张锦池 著

人民出版社 出版发行
（100706 北京市东城区隆福寺街 99 号）

北京汇林印务有限公司印刷 新华书店经销

2019 年 10 月第 1 版 2021 年 4 月北京第 2 次印刷
开本：710 毫米×1000 毫米 1/16 印张：93.5
字数：1100 千字

ISBN 978－7－01－020895－4 定价：498.00 元（全四册）

邮购地址 100706 北京市东城区隆福寺街 99 号
人民东方图书销售中心 电话 （010）65250042 65289539

哈尔滨师范大学校友会资助